周瘦鹃文集

珍藏版（上卷）

范伯群／主编

文汇出版社

周瘦鹃和他手制的微型盆景

老年时的周瘦鹃小影

周瘦鹃（右）和亲密合作者、名画家丁悚之合影。周瘦鹃所主编的诸多刊物的封面与插图大多出自丁悚之手。丁悚乃现代著名画家丁聪之父。

周瘦鹃年轻时手持《欧美名家短篇小说丛刊》精装本的摄影。

一九六三年一月三十一日
访用瘦老于苏州爱
莲堂。

周恩来

邓颖超

"嘉宾题名录"中周恩来、邓颖超同志的题字。

一九六四年一月十日
访用瘦老于扬州
爱莲堂

朱德

"嘉宾题名录"中朱德同志的题字。

我的小园地　周瘦鹃

周瘦鹃手迹

1914年创刊的《礼拜六》创刊号封面

《半月》首创30开本版式，三色精印，在当时极为罕见，一时成为其他杂志模仿之标杆。

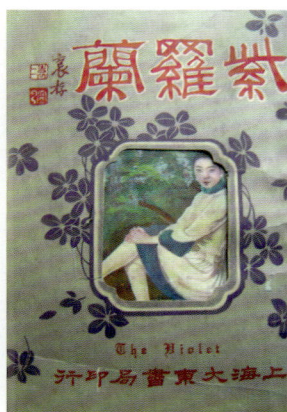

1928年1月《紫罗兰》第3卷改版革新，封面挖空一块，作苏州园林的"漏窗式"，扉页是一幅精印彩色时装仕女图，配上相映成趣的诗词。封面与扉页合成后的效果，颇有"画里真真，呼之欲出"之感。周瘦鹃说自己总是不断"挖空心思，标新立异"。

红白双色梅桩

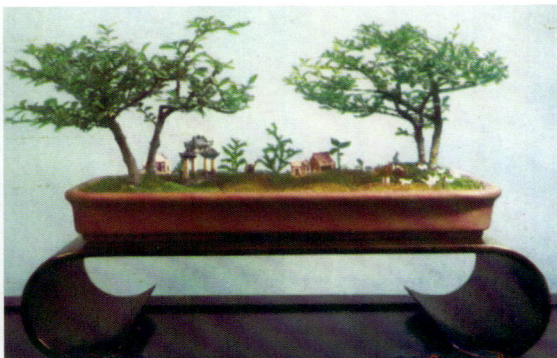
"农家乐"盆景

百年梅桩"鹤舞"

老桩桃花盆景

悬崖式榆树老桩

仿"桂林山水"水石盆景

周瘦鹃论(代前言)

范伯群

提　要：1936 年,鲁迅等在起草《文艺界同人为团结御侮与言论自由宣言》时,确定包天笑与周瘦鹃为通俗作家代表人物。周瘦鹃作为市民大众文学最有代表性的作家的身份,被广泛公认。他著、译、编皆能,又是杰出的园艺盆景专家。他翻译的《欧美名家短篇小说丛刻》被鲁迅誉为"近来译事之光"。他以撰写散文与短篇小说著称,并初具现代都市文学特征。作为一位"名编",他在 20 世纪二三十年代几乎撑起了上海市民大众文坛的"半爿天",推出了张爱玲、秦瘦鸥等著名作家。他办《礼拜六》的若干成功经验,对今天的"周末版"等媒体具有一定的参考价值。随着市场经济杠杆作用的发挥与市民社会的逐步回归,我们对这一多元共生文坛上的历史人物,当应作出更全面的评价。

(一)

　　周瘦鹃,1895 年生于上海。16 岁,他还是中学生时就试探着走上写作之路,他的第一篇作品发表于清朝末年——辛亥革命前夕的 1911 年 6 月。不久,民国肇始,上海的都市化进程呈更快速推进的态势,一个国际性大都会的雏形已巍立于黄浦江之滨。第一次世界大战爆发后,趁着西方列强忙于战事,无暇旁顾,上海民族企业迎来了持续发展的"黄金时期"。经济的繁荣为丰富多元的文化事业提供了广阔的发展空间。而上海市民社会的初步形成,使晚清的文人情趣也正在被市民情趣所替代;一批从"文士"的旧卵中破壳而出的知识分子则更将传播西学和为市民大众文化事业效力视为当务之急。新型的文化事业运用商业经营模式成为现代都市生活的重要组成部分。周瘦鹃生逢其时,也生逢其地,他抓住这个大好时机,从业余创作而正式"下海"成为职业作家,凭借着现代媒体的优势与伟力,以他多产的著、译、编,很快就在上海市民大众文坛上"声誉益隆,几乎红得发紫"。①

周瘦鹃常常自称是"文字劳工":"吾们这笔耕墨耨的生活,委实和苦力人没有甚么分别,不过他们是自食其力,吾们是自食其心罢咧。"②他的自况也得到同行们的公认,许廑父就说他"平生无嗜好,每日治事,至 15 小时,常自称曰文字之劳工"。③ 这样的话在论述周瘦鹃的评论文章中常被人们所引用,可是还有一句话也应该引起我们足够的重视,那就是周瘦鹃自述的,他又是一个"文字上的公仆"。这当然是指编辑生涯而言:"不幸我所处的地位,恰恰做了人家文字上的公仆。一天到晚,只在给人家公布他们的大文章,一天百余封信,全是文稿,……"④他做公仆可说是夙夜匪懈,尽其所能为他人作嫁衣裳,被同道们誉为"好好先生"。因此他除了创作上的"自食其心"之外,在编辑工作中,他还得"鞠躬尽瘁",有时他要同时编五六种刊物,他自加压力,乐此不疲,这种苦干精神也令人钦服。

在上海市民大众文坛上,周瘦鹃可说是最有代表性的作家。纵观 20 世纪初,上海市民大众文学界,著、译、编三者"齐头并进"而可与周瘦鹃媲美的有包天笑、严独鹤。包天笑是提携周瘦鹃步上文坛的前辈之一,又是编过许多报刊的名主笔,可是到 1922—1923 年编了《星期》之后,他就很少涉足编务活动了;而周瘦鹃的编辑工作几乎是与民国相始终。包天笑的外文还不足以流畅地独立从事翻译工作,他大多是以合译的成果在译界取得一席之地;而周瘦鹃的译作甚至享誉新文学界。严独鹤也是编、著、译样样皆拿得起的能手,他是周瘦鹃的同辈好友,当时严是《新闻报·快活林》的主持人,而周瘦鹃则在《申报·自由谈》当家,两个著名副刊在上海市民社会中皆享威望,文坛上有"一鹃一鹤"之美称。就编龄而言,严的起步要早于周,但严独鹤著、译的量却逊于周。就作家、翻译家和出色的市民大众文学的"组织家"而言,称周瘦鹃是上海大众文学中的最有代表性的作家,甚至将他列为"前三甲",是并不过分的。

正因为他是上海市民大众文学的代表人物,所以周瘦鹃又"首当其冲"地受到某些知识精英主流作家的猛烈批评。应该说,其中有的批评也对周瘦鹃有一定的帮助,但也有不少批评是由于这些主流作家对上海市民的文化需求认知不足所造成的。因此,在知识精英文学家与市民大众文学家之间往往会发生激烈的争辩。可是在这种批判面前,周瘦鹃又是如何反应的

① 郑逸梅:《记紫罗兰庵主人周瘦鹃》,香港《大成》第 108 期,1982 年 11 月 1 日出版。
② 周瘦鹃:《噫之尾声》,《礼拜六》第 67 期,1915 年 9 月 1 日发行。
③ 许廑父:《周瘦鹃》,《小说日报》1923 年 1 月 1 日第 1 版。
④ 周瘦鹃:《几句告别的话》,《上海画报》三日刊第 431 期第 2 版,1929 年 1 月 12 日出版。

呢？他曾在文章中自述他的一贯态度："在下本来是个无用的人，一向抱着宁人骂我，我不骂人的宗旨。所以无论是谁用笔墨来骂我，挖苦我，我从来不答辩。"①在与知识精英文学家的论争中，市民大众文学作家当然可以答辩，而且那些敢于答辩的作家，往往都是对中外文学包括对中国的新文学有一定知识的人，他们甚至精通外语，能了解世界文坛的近况，否则他们无从与知识精英作家去辩难。我们知道，周瘦鹃是最具备此类条件的人，但他没有因此分散他的注意力，更谈不上有失态的举措。在他的一生中，对内，他是"好好先生"；对辩难的对方，他说自己是"无用的人"。他还是专心致志做他的"劳工"与"公仆"。

除了著、译、编的成就之外，周瘦鹃还是一位杰出的园艺盆景专家。他热爱生命，热爱美艺。20世纪30年代，他定居苏州。他的"周家花园"几乎成为苏州一景，他开放这个私家花园，供国内外人士参观欣赏。他也以园艺盆景为"作品"，成为传播"美"和"艺"的亲善使者。

综观他的一生，他为人热情、善良、正派、富于正义感。许廑父说他"平生无嗜好"，那是讲他的一生中与烟（鸦片）、赌、嫖无缘，他洁身自好。他翻译过托尔斯泰的《黑狱天良》，后来收进《欧美名家短篇小说丛刻》时，改题名为《宁人负我》，这或许带有一点以此自勉的成分吧？他编过一本杂志，名曰《乐观》，他是个乐观的人。那么他在"文革"中怎么会如此悲惨地结束自己的生命的呢？当我在写这篇《周瘦鹃论》时要去瞻仰这位"优秀的文人和作家"②的那一刻，我觉得我们过去若干文学批评中对他的评价是苛刻而过分的。如果我们去回顾历史，要总结这方面的经验与教训，应该说是教训多于经验，这就值得我们去作文学史的反省。那么我们今天是否应在这些教训中走出来，在历史的反思中画出一个真实的周瘦鹃来？

（二）

周瘦鹃，原名祖福，字国贤，笔名瘦鹃，后以笔名为正名；他尚有泣红、紫兰主人、怀兰、鹃、五九生等笔名。他出生在一个小职员的家庭中，父亲是上海招商局江宽号轮船上的会计。生三子一女。他排行第二。周瘦鹃可能也不会料到，就在这样一个普通的家庭中，由于他父亲的早逝，家庭产生了变故，使他在

① 周瘦鹃：《辟谣》，《上海画报》第125期第2版，1926年6月26日。
② 熊月之主编：《上海通史·第10卷·民国文化》第195页，上海人民出版社1999年版。

未正式踏进社会时，就试图用投稿去减轻家庭的困境；当他初获成功后又毅然决然地去从事职业写作，籍此维持一家的生计，不仅如此，这个家庭在他身上产生了一系列的连锁反应，甚至规定了他今后写作的题材，框范了他作品的主题。

　　1900年，周瘦鹃6岁时，父亲因病逝世。其时，正当八国联军肆虐中国，入侵天津后又攻陷北京。关心国事的父亲在病榻上愤激填膺，在昏迷时还呓语高呼："兄弟三个，英雄好汉，出兵打仗！"这是他父亲在生命尽头迸发出来的爱国情怀。周瘦鹃一生中将它视为父亲的遗嘱。他虽然没有照老人家的遗念去做卫国的士兵，可是那种爱国主义的情愫却深烙在他的作品之中。由于他父亲平生喜挥霍，病中求医又卖尽当绝，连他父亲的一口棺木也是由亲戚们凑了钱买来的。家中可谓一贫如洗。那时他们一家生活，简直比黄连还苦啊！有的亲戚不是没有向他母亲提过改嫁的事，可是他母亲就是靠没日没夜地为人缝补针黹来作为回答。从此就是凭这位慈爱而坚韧的母亲的十指，含辛茹苦地将子女抚养成人，她不仅撑持了这个家庭，而且还一定要让儿子读书求学。他常含泪教育子女："爸爸死得早，要好好读书，要争气，立志向上。"于是母亲的"苦做"激励着周瘦鹃的"苦学"。他由私塾而小学而中学，都是做的苦学生，从没有出过学费。他是靠自己的优异成绩和良好品德感动校方或老师的爱才之心。正因为有这样的家庭背景，因此，周瘦鹃对母亲的守节抚幼的感恩连锁地遍施于对其他"节妇"的尊敬。在他的初期的小说创作与编辑发稿时常对"节烈"抱有好感。而他的辛劳的母亲对他的爱又使周瘦鹃回报以"孝思孝行"，成了他作品中理直气壮地反覆宣扬孝道的动力。这一切与其说是儒学的薰陶，倒还不如说是苦难家庭生活炮烙的深深印痕。凡此都曾受到知识精英作家的批判，认为这是"思想的反流"："《礼拜六》的诸位作者的思想本来是纯粹中国旧式的……同时却又大提倡'节'、'孝'。……想不到翻译《红笑》、《社会柱石》的周瘦鹃先生，脑筋里竟还盘据着这种思想。"①应该说，在"节"、"孝"之类的传统观念上，周瘦鹃是有一个思想发展与变化的过程，乃至既划清了与封建思想的界线，又承传了我们民族传统美德的精华。至于做了十多年的"苦学生"，则使他在日常生活中既有自卑自谦的心态，又有自强不息的精神。他曾说自己是个"无用的人"，他特别能"忍让"。多年的"苦学生"的弱势地位使他不习惯去与人"争辩"，遇事只能用自己的不屈的苦干精神，去开拓出自己的一番新业绩。

①　西谛：《思想的反流》，《文学旬刊》第4期第2版，1921年6月10日出版。

"苦"他不怕,"苦干"他能胜任。他常说,他是"苦出身"! 以上这些品性,难道不是这样一个贫困而不屈的家庭所磨炼出来的么?

周瘦鹃也是一位"多情种"、"至性人"。他的"可歌可泣的恋史"更证实了这一点。这一段的恋情即使在家庭中也是公开的:他的夫人是他的"最亲",而不是他的"最爱"。周瘦鹃到晚年还对她女儿说:"瑛儿,你总也知道我早年那段刻骨伤心的恋史,以后二十余年间,不知费了多少笔墨,反对封建家庭和专制婚姻。我的那些如泣如诉的抒情作品中,始终贯串着紫罗兰一条线,字里行间,往往隐藏着一个人的影子。"为此,《小说月报》最早的主编王西神还为他写了一首长诗《紫罗兰曲》,其中有"周郎二十何堂堂"、"三生自是多情种"等句。更有张恨水以周瘦鹃为原型撰写长篇小说《换巢鸾凤》15回,因抗战《春秋》停刊而中断。郑逸梅则多次在文中涉笔此事。周与"紫罗兰"即周吟萍相识是他在民立中学执教时,一次在务本女校观看演出,对演出中的周吟萍产生强烈的爱慕之心。在通信往还中他们相互热恋,可是双方贫富悬殊,对方父母不会将女儿许配给穷书生,况且女方自幼就订有婚约。周瘦鹃的苦恋相思使他有紫罗兰癖,也使他"一生低首紫罗兰":

> 我之与紫罗兰……刻骨倾心,达四十余年之久,还是忘不了。只为她的西名是紫罗兰,我就把紫罗兰作为她的象征,于是我往年所编的杂志,就定名为《紫罗兰》、《紫兰花片》,我的小品集定名为《紫兰芽》、《紫兰小谱》,我的苏州园居定名为"紫兰小筑",我的书室定名为"紫罗兰庵",更在园子的一角叠石为台,定名为"紫兰台"。每当春秋佳日紫罗兰盛开时,我往往痴坐花前,细细领略它的色香;而四十年来牢嵌在心头眼底的那亭亭倩影,仿佛从花丛中冉冉地涌现出来,给我以无穷的安慰。①

周瘦鹃甚至在自己创办的个人小杂志《紫兰花片》上,每期汇集前人词中有"银屏"二字的,辟专栏为"银屏词",就是为周吟萍而设的。他有时在自己的文章署名时,用"屏周"、"瘦鹃",似乎是两个人合作的作品,这位神秘的"屏周"不知何许人也。实际上就是嵌在心头眼底的那亭亭倩影与他"合作"的产品。郑逸梅文章中讲过周瘦鹃与周吟萍的生死不渝而又难成眷属的爱情故事。在郑的晚年还专门为周氏的《爱的供状——附:〈记得词〉一百首》

---

① 周瘦鹃《一生低首紫罗兰》,《拈花集》第304页,上海文化出版社1983年版。

写了一篇文章《周瘦鹃伤心记得词》，他读周瘦鹃的这一百首绝句，真感到回肠荡气，恨不得与他同声一恸。同时也觉得这位女性是值得周瘦鹃如此深情地爱恋的。郑逸梅还提供了这样一个事实，1946年，周瘦鹃的谪室"凤君逝世，而周吟萍亦已守寡，瘦鹃颇有结合意，奈吟萍却以年华迟暮，不欲重堕绮障⋯⋯"①她是那样地动情，曾对周瘦鹃说，将她看作是永远的"未婚妻"吧；她又是那样地理智，两人都已年过半百，而周瘦鹃这样一个具体的家庭，中馈需人，她又非持家能手，她难能胜任。她这一决定，也恐怕出自为周瘦鹃的晚年的幸福着想吧？

与周吟萍的"一生相守，无期结缡"的哀情悲剧是周瘦鹃"哀情小说"之源，也是他的泪泉。在他的小说中滔滔泪泪，永无尽头。他在《情》这篇小说开端说道："周瘦鹃曰：两年以还，予尝撰哀情小说三十有九，译哀情小说二十有三，而吾为此捐弃眼泪亦六十有二度矣⋯⋯挽近之世，一情字为人玷辱殆尽，实则肉欲，美其曰情爱，须知情爱之花，决不植于欲田之中。肉欲之外，尚有所谓精诚者在，精诚之爱，能历万古而不磨，天长地久之一日⋯⋯"②最后几句直是他自己与吟萍恋情的写照。周瘦鹃写哀情小说时常以泪洗面，"朋友们往往称我为小说界林黛玉，我也直受不辞。"③

他的"家庭"与"恋情"构成了他创作初期的小说中的"爱国"、"孝道"、"哀情"等"情结"，而民立中学对他的培养为他的创作和翻译作了充分的准备。他自述16岁时，踏进了当时上海有名的学府民立中学。在《上海通史》中对民立中学有这样的介绍："1903年苏本立昆仲奉父遗命创办。⋯⋯该校以英文功底扎实著称，毕业生除进大学深造外，多在海关、银行、邮政等部门工作。1918年曾在江苏省教育会（其时上海属江苏省——引者注）列表调查中荣居第一。"④当时的海关、银行、邮政都属"金饭碗"。但民立中学也培养出了像周瘦鹃和郑正秋⑤那样著名的文艺界才俊。在民立中学，周瘦鹃受到语文老师孙经笙（南社社员）和校方的器重，他仍是不出学费的"苦学生"，但他已能如饥似渴地阅读欧美名作家的原著，并开始习作小说和试译外国作家的佳作。就在毕业的前夕，他大病一场。连毕业考试也未能参加。

---

① 郑逸梅：《周瘦鹃——伤心记得词》，香港《大成》第202期，1990年9月1日出版。
② 周瘦鹃：《情》，《春声》第4期，1916年5月2日出版。
③ 周瘦鹃：《红楼琐话》，《拈花集》第93页。
④ 熊月之主编：《上海通史·第10卷·民国文化》第151—152页，上海人民出版社1999年版。
⑤ 郑正秋（1888—1935）早期著名戏剧评论家，新剧艺术家，中国电影事业的重要奠基人。

但校方鉴于他平时成绩优秀,破例给他发了毕业证书。"苏校长留我在本校教预科一年级的英文(相当于初一的程度——引者注),给了我一只饭碗。"可见民立中学待周瘦鹃不薄。可是,"那班学生都是我的同学,有的是富家子弟,有的年纪还比我大,因此有意欺侮我这初出茅庐的小先生,常常要我陪他们'吃大菜'(学生们戏称犯规后被校长召去训斥为'吃大菜'——原注)。我挨了一年,天天如坐针毡,真的是怨天怨地,于是硬硬头皮,辞职不干了。……我一出校门,就立刻正式下海,干起笔墨生涯来,一篇又一篇的把创作或翻译的小说、杂文等,分头投到这些刊物和报纸上去,一时稿子满天飞,把我'瘦鹃'这个新笔名传开去了。"①应该感谢民立中学使周瘦鹃的语文和英语程度迅速提升之功,为他的"下海"打下了扎实的功底;但是也要"感谢"那些班上的顽童们,他们用自己的顽皮去欺侮这位初出茅庐的小先生,逼出了一位著名的市民大众文学的优秀作家、翻译家和编辑家。

(三)

周瘦鹃正式发表的第一篇作品是刊于《妇女时报》创刊号(1911 年 6 月11 日出版)上的小说《落花怨》;但他的处女作却是《爱之花》(8 幕改良新剧),连载在《小说月报》第 2 卷第 9—12 号上(1911 年 11 月—1912 年 2 月)。那就是说,短篇小说《落花怨》创作于《爱之花》之后,却发表在《爱之花》之前。而周瘦鹃却非常看重他的处女作。他多次提到这个 8 幕话剧的创作过程,以及发表时带给他与全家的大欣喜。商务印书馆的《小说月报》在当时可算是全国性的一流刊物。他能在这样级别的刊物上发表作品,大大增强了他对未来写作事业的信心。他之所以会"硬硬头皮,辞职不干了",是因为他自知在这要"下"的"海"中他有几分把握成为一个"弄潮儿"。更何况客观上当时正是文艺刊物风起云涌之时,有广阔的平台可以让这位还不满 20 岁的青年去闯荡文坛。

他的处女作的创作经历值得一提:周瘦鹃 16 岁那年暑期中,他偶尔在城隍庙的冷摊上"淘"回一本《浙江潮》,那是革命党同盟会的浙江籍会员在东京出版的刊物。在其中他"读到一篇笔记,记的是法国一位将军的恋爱故事,悲感动人,引起了我的爱好,……于是日夜动笔,用了一个月的功夫,编了一个 5 幕(记忆有误)的剧本,取名《爱之花》。并且取了一个笔名,叫做

---

① 　周瘦鹃:《笔墨生涯五十年》,香港《文汇报》1963 年 4 月 24 日《姑苏书简》专栏。

'泣红',……我就瞒着家里人,偷偷地把这个剧本寄了去,……隔了不多久,好消息来了;《小说月报》的编者王蓴农先生回了我一封信,说是采用了。……并送了银洋16元,作为报酬。这一下子,真使我喜心翻到,好像买彩票中了头奖一样。你祖母的欢喜更不用说;因为那时的16块大洋钱是可以买好几石米的。我那50年的笔墨生涯,就在这一年上扎下了根。"①在《小说月报》发表后,也似乎没有那位研究者去查对过,究竟是根据一篇什么样的"笔记"改编成剧本的,大概也由于《浙江潮》这本刊物难于找到吧。原来周瘦鹃当时在旧书摊上买到的是《浙江潮》第8期(1903年10月10出版,周瘦鹃"淘"到时,已是出版了8年的旧刊了)。其中有一位笔名叫"依更有情"的作者发表了两篇小说。一篇题名《恋爱奇谈》,里面包含3则笔记,第一则题名《情葬》,只有730个字。周瘦鹃就是根据它改编成8幕剧《爱之花》的。"依更有情"的另一篇小说题为《爱之花》,小说也是以法国为背景——在《浙江潮》第6至第8期连载,一共是3回。这篇小说写得实在不高明。但是周瘦鹃借用了他的题目,将自己的剧本也叫做《爱之花》。《情葬》的故事情节是:"柯泌卿云者,当时一英飒青年……无端与茀鲁卿之夫人结不解之孽缘。"后来柯泌在战争中英勇牺牲,临终前嘱其侍者将自己的心脏赠茀鲁夫人。后此心脏竟落入其夫茀鲁之手。他即令厨师作羹以飨夫人,然后才告诉夫人:

> 是卿最恋爱锺情人之宝贝心肝也。……夫人骇极,情根欲断,红泪如沸,气几绝复苏。忽解颐谢良人曰:"幸君成全情魔之结果。妾实爱此心脏,妾实爱此心脏,有无量之价值;而忧世界无此珍重之墓以葬之。今君能代相此珍重心脏之坟墓于妾腹中。君之多情更甚于妾。"言竟即日幽于室,绝食既四日,夫人一缕情魂遂于柯泌卿续未了缘于泉台。②

周瘦鹃就将这一情节作为戏骨。这8幕剧后来被郑正秋、汪优游搬上舞台,易名《英雄难逃美人关》,票房看好。以后还摄制成电影。在1913年,周瘦鹃之所以敢于下海,大概就是因为剧本的改编成功,使他信心倍增,他甘"冒风险"为此一搏。

周瘦鹃步上文坛之初,是靠翻译起家的。他曾说:"在我这五十年笔墨

---

① 周瘦鹃:《笔墨生涯五十年》,香港《文汇报》1963年4月24日《姑苏书简》专栏。
② 依更有情:《情葬》第1—2页,《浙江潮》第8期,1903年10月10日出版。

生涯中，翻译工作倒是重要的一环。"①在 1914 年 6 月 6 日《礼拜六》杂志创刊之前，周瘦鹃以《妇女时报》和《小说时报》为发表基地，扶持他的是包天笑与陈景韩（冷血）。他 1911 年开始在《妇女时报》上发表第一篇文章，当时该刊主持人就是包天笑。当包天笑从书信中知道周瘦鹃在 1912 年大病一场，又知他家庭清寒，便预支一笔稿费给他，并在信中说，以后只要他的稿件一到，不论发表与否，即优先付酬。但周瘦鹃第一次到《时报》馆拜访包天笑却是在两年后的 1913 年 9 月。包天笑那种悉心培养"素不相识"的后学青年的精神，真可传为文坛美谈。后来他们成了忘年交，对周瘦鹃说来，包天笑可谓亦师亦友的长者。而《小说时报》起始是由陈景韩与包天笑轮值编辑的。而这位陈景韩后来出任《申报》总主编，也就是他将周瘦鹃推荐给《申报》老板史量才，让年轻的周瘦鹃入主《申报·自由谈》。在《礼拜六》创刊前，据不完全统计周瘦鹃在刊物上发表了 58 篇文章。其中刊登在《妇女时报》上的为 37 篇，在《小说时报》上发表的为 11 篇，他在《时报》系统发文总计 48 篇；只有 10 篇文章发在《小说月报》、《东方杂志》和《中华小说界》等也是很有影响的刊物上。在这 58 篇文章中，翻译或根据外国材料经他编纂的共计 46 篇，这还不包括他常用《闺秀丛话（杂谈）》形式，连续刊登的一组组文章中的若干外国小故事。因此，说周瘦鹃是"靠翻译起家"是有充分根据的。除了他的自我努力之外，也使我们不得不想起"民立（中学）效应"。1914 年 6 月起他成了《礼拜六》周刊的台柱。他在《礼拜六》创刊号上的文章也是翻译小说《拿破仑之友》。在前后期《礼拜六》周刊 200 期中，在 147期中有他的供稿，共刊 152 篇，创作计 83 篇，翻译计 69 篇。在"前百期"中有 12 篇翻译小说后来经他作了校订，收入他的《欧美名家短篇小说丛刻》之中。

　　《欧美名家短篇小说丛刻》是周瘦鹃翻译工作、甚至是他一生文字生涯中的一个"亮点"。那是因为鲁迅对他的翻译予以极高的评价。可是这个"亮点"一直被"遮蔽"着。他只"莫名其妙"地收到了一张教育部的奖状。但北洋军阀教育部的一张奖状，所"值"又几何呢？却不知奖状背后却矗立着一个巨人的身影，而且还有他亲自的嘉许。遗憾的是周瘦鹃迟至 1950 年才知道奖状是出自鲁迅的推荐，那是在一张小报——《亦报》上有鹤生的一篇《鲁迅与周瘦鹃》，周瘦鹃后来知道这位鹤生就是周作人的化名。文中值得注意的有三点：一、对该译作"批复甚为赞许，其时鲁迅在社会教育司任科

---

① 周瘦鹃：《笔墨生涯鳞爪》，香港《文汇报》1963 年 6 月 17 日，"姑苏书简"专栏。

长，这事就是他所办的。"二、批语已记不清了，"大意对于周君采译英美以外的大陆作家的小说一点，最为称赞，只是可惜不多"。三、"《域外小说集》早已失败，不意在此书中看出类似的倾向，当不胜有空谷足音之感吧。"①其时是解放初期，也还来不及去评价周瘦鹃这类作家的时候，这篇文章并未引起文坛的注意。连周瘦鹃本人也是友人寄给他"剪报"才知晓的。直到1956年10月5日，周作人以周遐寿为笔名在《文汇报》上发表《鲁迅与清末文坛》再重提此事，才有了反响。周作人的文字不多，但分量却不轻："总之他(指鲁迅——引者注)对于其时上海文坛的不重视乃是事实，虽然个别也有例外，有如周瘦鹃，便相当尊重，因为他所译的《欧美小说丛刊》三册中，有一册是专收英美法以外的作品的。……他看了大为惊异，认为'空谷足音'，带回会馆来，同我会拟了一条称赞的评语，用部的名义发表了出去。"②紧接着周瘦鹃在《文汇报》的10月13日发表了《永恒的知己之感》。其时正当周瘦鹃又迎来一个发表文章的高峰，两相映衬，才使文坛又对周瘦鹃"刮目相看"。

　　《域外小说集》的"失败"对鲁迅说来是一个"心结"。第一集和第二集只分别卖出了21和20本。由于寄售处的一场大火，使这些心血化为灰烬。周氏兄弟原想卖出了书收回成本，再陆续出下去的愿望也成了一个美丽的梦。从1909年至1917年之间可以说是翻译小说集的近10年的空白期。"不意在此书中看出类似的倾向"，一位青年有志于"接班"，一次就推出上、中、下三卷的成果，怎么不使鲁迅有"空谷足音"之感呢！出于兴奋起的心情，他将此书带回绍兴会馆，与一位共同经受失败的合作者周作人分享这种喜悦。他和周作人是行家，因此在周瘦鹃所译的14国的小说中，能指出"其中意、西、瑞典、荷兰、塞尔维亚，在中国皆属创见，所选亦多佳作。"评语这样开头也就令人折服。"又每一篇署著者名氏，并附小像略传。用心颇为恳挚，不仅志在娱悦俗人之耳目，足为近来译事之光。"中国早期的译作，不写明原作者，更不标姓氏的外文者是一个较为普遍的弊端。周瘦鹃的译作则极为规范，甚至可供学者作研究之用，更何况有些原作者的"略传"在中国也是第一次作介绍，也属首创。批语作结说，"然当此淫佚文字充塞坊肆时，得此一书，……则固亦昏夜之微光，鸡群之鸣鹤矣。"评语最后建议："复核是书，搜讨之勤，选择之善，信如原评所云，足为近来译事之光，似宜给奖，以示

　　① 鹤生：《鲁迅与周瘦鹃》，转引自周瘦鹃《一瓣心香拜鲁迅》，收入《花前续记》江苏人民出版社1956年版。
　　② 周遐寿：《鲁迅与清末文坛》，上海《文汇报》1956年6月5日第3版。

模范。"①此后,周瘦鹃在 1947 年又出版了《世界名家短篇小说全集》(全四册)。他后来在翻译上所下的功夫,曾由胡适给予评价。

就我们所看到的材料,胡适涉及周瘦鹃的译作曾有两次谈话。第一次是在一个宴会上,而在宴会上"欢谈未畅,重申后约";第二次谈话是周瘦鹃对胡适的专访。在两次叙谈中重点是切磋翻译问题。

在 1928 年 3 月,胡适与周瘦鹃在一次宴会上相遇。"胡适博士健于谈,语多风趣……承齿及本报(按即指《上海画报》——引者注)谓每期必读拙作,而尤激丹翁之诗……继又道及拙编《紫罗兰》半月刊与往岁中华书局出版之拙译《欧美名家短篇小说》谓为不恶。愚以大巫当前,不期为之汗下数升焉。已而愚谈及二十年前之《竞业旬报》中有博士诗文杂作,署名铁儿,已斐然可诵。博士谓所化之名,当不止此。当时共同合作者,有丹翁、君墨诸君。故至今尚珍藏数十册,以资纪念云。"②这虽然是在宴会上的谈话,但也是周瘦鹃与胡适的一次"叙旧":你谈我 1917 年出版的《欧美名家短篇小说丛刻》,我就谈你 1906 至 1909 年所编的白话报《竞业旬报》。各人皆知对方的老底,岂非叙"旧"? 因为是周瘦鹃自己写的文章,"谓为不恶"是出于自谦,实际上是"不错"或"很好"之谓也。而周瘦鹃说当时胡适之的文章"已斐然可诵",就是称赞他在 1906 年时,白话文也已经写得很好的了。否则仅是评说当年胡适文章已写得"斐然可诵",岂非贬低了"大巫"吗? 而胡适当然也知道,就在他发表《文学改良刍议》的次月出版的《欧美名家短篇小说丛刻》已有很多篇小说用的是非常流畅的白话文译成的(该书的 50 篇译文中有 18 篇是白话文——引者按)。

1928 年 10 月,周瘦鹃又在胡适寓所书房中畅谈两小时。谈及翻译文学作品时,胡适拿出一本《新月》杂志送给周瘦鹃。并"指着一篇《戒酒》道:'这是我今年新译的美国欧·亨利氏的作品,差不多已有六七年不弹此调了。'我道:'先生译作,可是很忠实的直译的么?'胡先生道:'能直译时当然直译,倘有译出来使人不明白的语句,那就不妨删去。即如这《戒酒》篇中,我也删去几句。'说着,立起来取了一本欧·亨利的原著指给我瞧道:'你瞧这开头几句全是美国土话,译出来很吃力,而人家也不明白,所以我只采取其意,并成一句就得了。'我道:'我很喜欢先生所译的作品,往往是明明白白的。'胡先生道:'译作当然以明白为妙。我译了短篇小说,总得先给我的太

① 鲁迅、周作人评语,据《教育公报》第 4 年第 15 期,1917 年 11 月 30 日。
② 周瘦鹃:《记许杨之婚》,《上海画报》第 334 期第 3 版,1928 年 3 月 21 日出版。

太读,和我的孩子们读。他们倘能明白,那就不怕人家不明白咧。'接着胡先生问我近来做甚么工作。我道:'正在整理年来所译的短篇小说,除了莫泊桑已得 40 篇外,其余各国的作品,共 80 多篇,包括 20 多国,预备凑成 100篇,汇成一编。'胡先生道:'这样很好。功夫着实不小啊!'我道:'将来汇成之后,还得请先生指教。'"①那就是指后来出版的 4 册《世界名家短篇小说全集》了。

这第二次谈话是两位对译技的一次交流,其中尤其是论及直译问题。因为在译《欧美名家短篇小说丛刻》时,周瘦鹃还是常用意译的方法。这是中国早期译风的一种"弊端"。但那时不少译者却不以为怪。在陈蝶仙为"丛刻"写"序"时还表扬了这种译风:"欧美文字绝不同于中国,即其言语举动亦都撖格不入,若使直译,其文以供社会,势必如释家经咒一般,读者几莫名其妙。等而上之,则或如耶稣基督之福音,其妙乃不可言。小说如此,果能合于社会心理否耶?要不待言矣。……欧美小说,使无中国小说家为之翻译,则其小说亦必不传于中国,使译之者而为庸手,则其小说虽传,亦必不受社会之欢迎。是故同一原本,而译笔不同,同一事实,而趣味不同,是盖全在译者之能参以己意,尽其能事。……人但知翻译之小说,为欧美名家所著,而不知其全书中,除事实外,尽为中国小说家之文字也。"②这是一则比较典型的倡导意译的文字。但大概从 1918 年后,周瘦鹃在翻译时,用直译的手法逐渐占了上风。这也是由于中国译界逐渐从早期译风走向较为成熟的直译手法的影响所致。因此,在周瘦鹃与胡适谈话时就请教了胡适翻译短篇小说的经验,可作自己"整理年来的短篇小说"时的借鉴。

据不完全统计,周瘦鹃一生的译作是 418 篇。③ 在这个统计中已经扣除了周瘦鹃"自暴其假"的数字:周瘦鹃在《游戏杂志》第 5 期(1914 年 4 月)发表小说《断头台上》时,有"瘦鹃附识":"系为小说,雅好杜撰。年来所作,有述西事而非译自西文者,正复不少。如《铁血女儿》、《鸳鸯血》、《铁窗双鸳记》、《盲虚无党员》、《孝子碧血记》、《卖花女郎》之类是也"。但目前几本主要书目工具书中都将以上创作归类于译作,这是编者没有看到《游戏杂志》的"瘦鹃附识"的缘故。应该指出,这也是 19 世纪末 20 世纪初,中国有些作者常用的手段之一,他们将自己的创作冠于译作拿出去发表;或者将译作戴

---

① 周瘦鹃:《胡适之先生谈片》,《上海画报》第 406 期第 2 版,1928 年 10 月 27 日出版。
② 天虚我生:《欧美名家短篇小说丛刊·序》,见该书《序二》第 1—2 页,中华书局 1917 年版。
③ 根据禹玲博士在她博士学位论文中的统计,未刊稿,特此致谢。

上创作的桂冠。但是他们却不像周瘦鹃那样"自暴其假",竟"以假乱真"。但研究这几篇的"假"也可以从中看出周瘦鹃"作假"的目的（他集中造假的年代是 1912—1913 年），在《孝子碧血记》中他想说明外国也有孝子，因此中国今天更不应该"非孝"，如此等等。但是他后来觉得这样做不好，还是"坦白"为上。

综观周瘦鹃的翻译成就，他在中国早期译界是功劳卓著的。在解放以后，"我不再从事翻译，因为没有机会读到英美进步作家的作品；其他各国的文字，又苦于觌面不相识，那就不得不知难而退了。"①

周瘦鹃的译作为我们打开了一扇照进"外部"阳光的世界天窗，同时他也通过翻译吸取异域的营养，将"取经"所得的收获运用到自己的创作中去，以提高自己的写作水平。因此他说过："吾们做小说的人，一见了欧美名家的著作，仿佛老饕见了猩唇熊掌，立刻涎垂三尺。"②他的创作是与他的翻译同步地成长的。

（四）

周瘦鹃的创作在市民读者群中影响巨大。从 1911 年他发表第一篇小说《落花怨》起，到 20 世纪 40 年代，可以说他与几代市民读者结为"知友"。他从 19 岁正式"下海"从事专业创作，"一时稿子满天飞"，当时就被称为多产作家；他还先后担任几个大报大刊的特约撰稿人和编辑、主编，市民大众文坛有足够的空间供他驰骋，也吸引大批市民成为他的忠实读者。1944 年他编后期《紫罗兰》时，曾刊登这样的读者来信："（上略）母亲不大看小说，但是当我说起您的大名时，他却知道，在我看来，这真是一个奇迹！但据母亲告诉我，十几年前，她正是您的一个忠实读者。还有我的祖母也爱读您的作品，在乡下我们旧屋的板箱里，藏着您编的许多书，祖母还将您在报上发表的文章，剪下来订成本子（这些都是我母亲告诉我的，或者有些含糊，只恨我生得太晚了，没瞧见）。在我们家里，从祖母至我，读您文章的已是三代了。（下略）"周瘦鹃的感言是："一家三代读我那些拙劣的文字，孙女士要不是在哄我，那我真该感激零涕啊！"③发表这样的读者来信当然有自我标榜之嫌，

① 周瘦鹃：《我翻译西方名家短篇小说诉回忆》，《雨花》1957 年 6 月号，1957 年 6 月 1 日出版。
② 周瘦鹃：《噫之尾声》，《礼拜六》第 67 期，1915 年 9 月 1 日发行。
③ 周瘦鹃：《写在〈紫罗兰〉前头》，后期《紫罗兰》第 11 期，1944 年 2 月出版。

可是对编者而言，只要不是虚假的，"标榜无罪"，谁不想自己编的杂志拥有广大的读者群呢？而且这样的来信也决不是"孤证"。张爱玲第一次见周瘦鹃时也谈到她母亲喜读周瘦鹃的小说，周瘦鹃转述道："据说她的母亲和她的姑母都是我十多年前《半月》、《紫罗兰》和《紫兰花片》的读者，她母亲正留法学画归国，读了我的哀情小说，落过不少眼泪，曾写信劝我不要再写了，可惜这一回事，我已记不得了。"①张爱玲的叙述应该是真实的，可作为有力的"旁证"。周瘦鹃收到此类"劝告"恐怕也太多了，多到无法记忆。有的人还当面婉言相劝，他的挚友陈小蝶甚至多次在文中请他"节"哀。周瘦鹃有时也"作秀"地做一篇《喜相逢》的"大团圆"小说，说他也要"破涕为笑"了。但他在小说结尾又自讽道："这一篇圆满的小说正不让'私订终身后花园，落难公子中状元'的老套。"实际是他根本不想"改弦易辙"，相反，像张爱玲母亲这样的"劝告"从另一个角度去看，是对作家的"鼓励"与"褒奖"。他的小说能对读者有如此强烈的震撼效应，这正是作家要获取的理想效果，他肯"善罢甘休"？

周瘦鹃确是一位"哀情巨子"。他的言情小说"辄带哀音"，这当然与他的身世有关，于是，"瑟瑟哀音，流于言外，滔滔泪海，泻入行间"。而这种受封建家庭和专制婚姻之害的情节在当时的市民社会中具有典型意义。像周瘦鹃这些哀情小说是很能引起上海里弄居民的共鸣的，他们会觉得这些哀情小说就像他们邻里间发生的悲剧、甚至是自己亲尝的身世的生动再现。他们会用自己的亲历、亲见与亲闻去丰富周瘦鹃的哀情小说，从而将他视为自己的"知心人"。周瘦鹃的那篇《留声机片》所得到的反响是截然不同的，新文学家批判他，但有的青年却视他为知己。严芙孙介绍了这样一件实事："《礼拜六》108 期上登的那篇《留声机片》是一篇刻骨伤心之作，大凡略有一些情感的人，看了无不动于中的。武进梁女士，遇人不淑，怏怏成病，临死前几天，读了《留声机片》，私语伊的同学道，瘦鹃真是我的知己，居然把我的心事借他的一枝笔衬托出来了，我死可以无憾了。"②这其实是一篇"非写实小说"，周瘦鹃是专为那些"失恋的同道"们写的。他有他的"构思"："《西厢记》云：'治相思无药饵'。是以古往今来，人之患相思病者，往往不治。此病根荄，每在心坎深处，有触即发，苦痛万状，与麻疯病、肺痨病同足致人死命。

① 周瘦鹃：《写在〈紫罗兰〉前头》，后期《紫罗兰》第 2 期，1943 年 5 月出版。
② 严芙孙：《周瘦鹃》，转引自王智毅《周瘦鹃研究资料》第 168 页，天津人民出版社 1993 年版。

今之仁人君子,有设麻疯病院、肺痨病院者矣。其亦能别设一相思病院,以拯彼浮沉孽海中之苦众生乎?"①这篇"非写实小说"就是周瘦鹃"幻想"中的"相思病院"。当时他家中正好买了"新玩意儿"留声机,他就用留声机片来帮情劫生向情人倩玉传情,也是他们的最后的诀别。"相思病院"终于没有治好情劫生的致命伤。而武进梁女士也患上了这种"不治之症",她对那位"束手无策"、却又"同病相怜"的"医生"周瘦鹃表示了由衷的感激。

　　除了周瘦鹃的善唱"生命的哀歌"和读者用自己的心声与哀歌"共鸣"之外,使他的作品能受到如此热烈欢迎的还有一个原因,那就是在民初的年代里,当人们从辛亥革命的振奋与冲击中回到原来的生活正常状态中来时,感到新与旧的纷争中的许多问题都未能得到解决,于是又充满了失望与沮丧;而青年人最敏感的爱情、婚姻、家庭等问题,传统势力所制造的阻力还是那样强劲。于是"民初的上海,人们在文化上都希望寻求新的东西。一般市民的文化兴趣也同晚清有了明显不同,无论是小说还是戏剧,哀情缠绵的东西比以前更受欢迎。鸳鸯蝴蝶派小说、家庭伦理新剧等在这个城市中有了更多的爱好者,当然这种情形和正在变化着的市民结构也有莫大的关系。"②历史学家认为在民初弥漫着失望情绪,于是哀情是一种存在于广大市民中的"时代色调"。而当在"五四"时期,历史学家还发现了"周瘦鹃们"处在一个相当微妙的"尴尬"境地:"在五四时期的新文化运动人士眼里'鸳鸯蝴蝶派'主要是指民初的艳情小说(当时对哀情小说的另一种称呼——引者注)。他们对鸳鸯蝴蝶派小说的批判主要是基于道德上的,认为这类小说'贻误青年''陷害学子'。对于民初艳情小说一些保守的人士早在新文化运动以前就提出了批判,他们认为艳情小说是'青年之罪人':'近来中国之文人,多从事于艳情小说,加意描写,尽相穷形','一编脱稿,纸贵洛阳',青年子弟'慕而购阅',结果'毁心易性,不能自主'。艳情小说造成了;'今之青年,诚笃者十居二三,轻薄者十居七八'。新旧人士一样反对艳情小说,只是新文化人士认为那是复古的祸害,旧派人士认为那是趋新的弊端。"③复古保守派的指责是不难理解的,那么新文学界怎么会与复古保守派同调的呢? 这是由于他们不懂得"哀情"风靡一时,是因为当时西洋的悲剧理论刚传入中国,经过王国维等人的鼓吹,使它成为一种悲情新类型,他们以为国民通过悲情的强

---

① 周瘦鹃:《相思话》,《紫罗兰》第2卷第3期之《紫罗兰画报》(单页,不标页码),1927年1月18日。
　　② 熊月之主编:《上海通史·第10卷·民国文化》第5页,上海人民出版社1999年版。
　　③ 同上注,第61页。

刺激,反而可以使他们振作精神,促使他们去探寻改变现实之路。周瘦鹃等人所写的"哀情小说"拨动了青年们在爱情与婚姻上的反封建的敏感的神经,在民初,他们是与时代合拍的,也表现出了民初时期的"现代性"。"哀情小说"在市民中得到广泛的响应,市民认为这是他们"自己的文学",甚至几代人都成为它的固定的读者群体。这也就是新文学界对哀情小说虽然进行如此严厉的打压,而这些作品仍然能成为现代都市文学的"滥觞",畅销不衰。

周瘦鹃的"哀"也不光表现在爱情与婚姻问题上,他还有一定的政治敏感性。那就是他"哀"国家之贫弱,贫弱到将要被列强"瓜分"的边缘。这种"哀"的最强烈的表现就是他的爱国小说。从他的第一个短篇《落花怨》中,我们就看到外国人指着我们的鼻子,骂我们是"亡国奴"。在这方面,周瘦鹃有一种"超前的危机感":"在那国难重重国将不国的年代里,我老是心惊肉跳,以亡国为忧,因此经常写作一些鼓吹爱国的小说和散文,例如《亡国奴日记》、《卖国奴日记》……皆在唤醒醉生梦死的国人,共起救国。此外还写过假想中日战争的《祖国之徽》和《南京之围》,后来'八一三事变'发作竟不幸而言中……"①在写《亡国奴日记》之前,他曾研究了韩、印、越、埃、波、缅的亡国史,在这本书的封面上印着"毋忘五月九日"——那是袁世凯承认丧权辱国"二十一条"的国耻日。在"跋语"中他写道:"吾岂好为不祥之言哉!将以警吾醉生梦死之国人,勿应吾不祥之言陷入奴籍耳。尝忆十年前英国名小说家威廉·勒苟氏草《入寇》一书,言德意志之攻陷英国。夫以英之强,苟氏尚为危辞警其国人,今吾祖国之不振如是,则此《亡国奴之日记》乌可以不作哉?"在1919年5月4日后,他请中华书局重印此书,一天就销去四千余册,并一再再版,销数达四五万册之多。许多学校向学生推荐,作为课外读物。五四运动中他又写了《卖国奴日记》,痛斥曹汝霖、陆征祥等的卖国行径,语多激烈。当时没有出版社敢印,他于1919年6月自费出版。1919年6月4日北洋政府为镇压学生运动,实行大逮捕,关押了1150名学生。周瘦鹃于6月11日的《申报》上发表题为《晨钟》一文,声援被捕学生;文章是"为北京幽囚中的学子作"。他将北京的学子比作"晨钟",这"晨钟"是"少年中国的福音,唤大家牺牲一切,救这可怜的中国,……我们少年精神不死,中国的精神永永不死。"在这些爱国作品中以《亡国奴日记》为最佳,不仅有对"矮子兵"种种暴行的揭露与控诉,还有中国人民不屈的反抗与斗争。因此,我们不应

---

① 周瘦鹃:《笔墨生涯鳞爪》,香港《文汇报》1963年6月17日,"姑苏书简"专栏。

该将周瘦鹃的"哀"仅仅限于反封建家庭与专制婚姻,他也将这个"哀"扩大到国族的被屠戮与被凌迟,他的"哀"与"痛"摩擦出了爱国主义耀眼的火花。

在上海进入工商社会与资本积累的初始期中,旧的传统道德正在被遗弃,而资本社会的新型商业伦理又尚未建立,在那时,周瘦鹃还"哀"万商之海中的人们的"义利观"的失衡,社会上普遍地存在一种信仰危机和物欲私念的失度膨胀,周瘦鹃通过《旧约》、《最后一个铜元》等小说企望建构一种新的价值理性与法理观念。1921年周瘦鹃发表《旧约》时,正值上海遭受"信交风潮"之时,这一风潮不仅在经济史上留下了重重一笔,连《辞海》中也为此立了专条:"1921年上海发生的一次金融风潮,是年初,投机商人先后集股开设几家交易所和信托公司,以其本身所发股票,在交易所上市买卖,并在暗中哄抬股票价格,获取暴利。……仅在当年夏秋间的几个月内,即成立交易所一百四五十家,信托公司十多家,一时股票大量上市,形成投机狂潮。不久市面银根日紧,股票价格暴跌,交易所信托公司纷纷倒闭,酿成严重金融风潮。"周瘦鹃在那年9月上旬,在《礼拜六》上发表此文之日,正值交易所大发展之时,他已预感到危机的临近。他就用小说中的胡小波的频于身败名裂的处境警告那些狂热的投机市民们,正如书中的洪逵一所训示的:"你为甚么也妄想发财,陷到这个陷阱中去? 要知我们既在这世界中做人,应当劳心劳力的去做事,得那正当的血汗代价,……"胡小波悔悟后,兢兢业业工作,诚诚恳恳守信,终于事业上有了大发展。作为一位市民作家,他关心的是市民的"民生议题",他发挥民间导向,在义利失衡时传播一种市民的新型商业伦理价值观。在《最后一个铜元》中的"我"穷到乞食为生,但他不偷不抢,还是用出卖自己的力气,好使久饿的肚子换得一顿饱饭,他还用剩余的钱帮助丐友,最后靠了"最后一个铜元",为自己找到一个自食其力的差使。在建立新型义利观的议题中,周瘦鹃"哀"的是人们迷失了终极价值,而他就用一种励志的正面形象去激发良知,以社会的新型责任伦理加以制衡。

但是一个"哀"字概括不了周瘦鹃,作为一位都市小说的初期代表作家,他还是一位绘制新型都市空间蓝图的能手。例如,他的一篇3 300字的短篇小说《对邻的小楼》就因形式创新、空间感强、视角独特而在国外引起了热议。这还得从笔者主编的一套《中国近现代通俗作家评传丛书》(12册)说起,这套丛书介绍了46位通俗作家,每位作家都附有他们的代表作。其中就有周瘦鹃的7个短篇。哈佛大学李欧梵教授选了其中若干篇代表作作为研究生的教材。他在一篇文章中写道:"即以通俗小说为例,内中不少作品是可以细读的。我在哈佛任教时曾用范教授主编的《中国近现代通俗作家

评传丛书》中所选的晚清民初通俗小说代表作作为教材，与研究生在课堂上详细讨论某些'文本'之中的形式创新，甚至包括其中都市空间意识和叙事者的视角，周瘦鹃的短篇小说——《阁楼小屋》（即《对邻的小楼》，在国外译为《阁楼小屋》）——被我们视作此中的'经典'，……我认为更重要的是这些小说对于都市日常生活的大量描述，像是一个万花筒，其本身就是一个巨幅图像……"①这篇小说的题材就发生在周瘦鹃的身边——他在一篇文章中曾介绍说："北窗外有对邻的小楼。我在《半月》杂志中曾做过一篇短篇小说，叫做《对邻的小缕》，即是指此而言。"②细读这篇作品，我们就可对周瘦鹃小说的都市空间意识和叙事者的视角有一种新的感受。可见，我们对周瘦鹃小说的研究还有许多可以进一步挖掘开拓的广阔领域。

周瘦鹃的小说在当年受到新文学家的严厉批评，如《父子》。认为他宣扬"愚孝"，还有的小说鼓吹妇女"从一而终"。但是随着时代的进展，周瘦鹃也在小说创作中逐渐清除了这种封建意识。在《说伦理影片》一文中，他写道："平心而论，我们做儿子的不必如二十四孝所谓王祥卧冰、孟宗哭竹行那种愚孝，只要使父母衣食无缺，老怀常开，足以娱他们桑榆晚景。便不失其为孝子。像这种极小极容易做的事，难道还做不到么？"③在这里他很明确地划清了"孝"与"愚孝"的界线。在周瘦鹃的脑中，对"从一而终"本来有着两种思想的起伏碰撞。在《礼拜六》第110期他签发陈小蝶的《赤城环节》时，加了按语，说黄节妇实有其人也实有其事。"叔季之世，伦常失坠，坚烈如黄节妇，百世不易靓也。……于戏节妇，可以风矣。"可是事隔半月，在112期上他自己写了一篇《十年守寡》，对小说中的王夫人的"失节"表示了充分的同情："王夫人的罪，是旧社会喜欢管闲事的罪，是格言'一女不事二夫'的罪。王夫人给那钢罗铁网缚着，……我可怜见王夫人，便蘸着眼泪做这一篇可怜文字……"可见他既歌颂节妇，也同情"失节"的妇女，思想上不无矛盾。但是到他写《娶寡妇为妻的大人物》时，他已明确地跳出了自相矛盾的境地："娶寡妇为妻，在我们中国是一件忌讳的事，而在欧美各国，却稀松平常，不足为奇。"他举出"美国的国父华盛顿"、"法国怪杰拿破仑"、"英国海军中第一伟人奈尔逊"和"美国前总统威尔逊"等多人，都是娶寡妇为妻，这"既无损于本人的名誉，也无碍于本人的事业。我国只为人人脑筋中有了不可娶寡

① 拙著《中国现代通俗文学史(插图本)·李序》第9页，北京大学出版社2007年版。
② 周瘦鹃：《我的书室》，《申报》1924年12月17日第17版。
③ 周瘦鹃：《说伦理影片》，《〈儿孙福〉特刊》，1926年9月15日，大东书局出版。

妇的成见,而寡妇也抱了不可再醮的宗旨,才使许多'可以再嫁'的寡妇都成了废物,……与其如此,那何妨正大光明的再醮呢?然而要寡妇再醮,那么非提倡男子娶寡妇为妻不可。"①在此文中周瘦鹃不仅根除了封建残余思想,而且为破除千年迷信说项。

在周瘦鹃的创作中,散文是他常用来抒发自己感情或与读者倾心交流的工具。作为一位园艺盆景大师,周瘦鹃散文以他写四时花序为顶尖佳品;同时以他的丰富阅历和掌故知识,撰成四季民俗佳节,也斐然可诵;而他笔下的游记小品,能引领读者进入大自然的恬静世界,读者可以在书房中凭借这些优秀的散文卧游于山水胜景之间。这三组题材,可说是周瘦鹃的散文中"三绝"。而在解放之后,他的散文的基调是欣然乐观的:"祖国获得了新生,国恨也一笔勾消了。到如今我已还清了泪债,只有欢笑而没有眼泪,只有愉快而没有悲哀。"②在他的花花草草的散文中,在在都以他的一颗爱心作为"文之精魂":"我性爱花木,终年为花木颠倒,为花木服务;服务之暇,还要向故纸堆中找寻有关花木的文献,偶有所得,便晨钞暝写,积累起来,作为枕中秘笈。"③他常说自己"爱花若命",他爱花,也爱那些颂花的诗词,他在"晨钞暝写"之余,还要"在花前三复诵之,觉此花此诗,堪称双绝,真的是花不负诗,诗不负花了。"④因此,周瘦鹃的散文满蕴着文化色彩与知识味汁。具备了这些内涵之后,他的写花木的散文才会在相同的深层结构中显示那百花争艳的精彩:他写一种花,往往从这花有多少别名说起,然后,此种花又包含着多少品种,再从那的美的形状、艳的色彩与沁人的香味着笔,在这叙述中他又镶嵌着晶莹剔透的诗词,而最后他总要说到"我苏州园子里","吾家紫罗兰庵南窗外","吾园弄月池畔"……说出自己的许多栽培的心得来。

周瘦鹃"因爱好花木而进一步爱好盆景,简直达到了热恋和着迷的地步,以盆景为好朋友,为亲骨肉,真有'不可一日无此君'之感。"⑤他之所以成为一个盆景迷是因为在园艺盆景中可以发挥他的"创造美的天性"。他用笔创造美,用自己的所编的刊物创造美之外,他还要用盆景的"肢体语言"和"郁勃生命"创造出一幅幅活色生香的"立体画"来。那也是一种"创作",是一种对美丽生命的潜心追求和顶礼膜拜,他要把大自然的美浓缩到一个小

---

① 周瘦鹃:《娶寡妇为妻的大人物》,《上海画报》第 109 期第 2 版,1926 年 5 月 10 日出版。
② 周瘦鹃:《红楼琐话》,《拈花集》第 93 页。
③ 周瘦鹃:《花木的神话》,《拈花集》第 274 页。
④ 周瘦鹃《绰约娄尾春》,《拈花集》第 312 页。
⑤ 周瘦鹃:《诗情画意上盆来》,香港《文汇报》1963 年 5 月 10 日"姑苏书简"专栏。

小的盆子中去,成为一件"缩龙成寸"的艺术珍品。盆景对周瘦鹃而言是一种业余爱好,但作为一个业余的盆景爱好者能达到如此高的造诣,这是和周瘦鹃的"胸有丘壑,腹有诗书"的境界是分不开的。除了要对种树栽花有丰富的知识与技能之外,他认为还要取法乎上:"一方面是自出心裁的创作,一方面是取法乎上,依照古今人的名画来做,求其有诗情,有画意,例如明代沈石田的'鹤听琴图',唐伯虎的'蕉石图',近代齐白石的'独树庵图'等,也有参考近人摄影来做的,例如延安的'宝塔山'一角,'珠穆朗玛峰'一角等,我曾取毛主席沁园春名句'江山如此多娇'作为总题。当我做这些山水盆景时,总有一个愿望,就是要在一个小小的浅浅的盆子里,表现祖国的锦绣河山,是多么的伟大,多么的美丽!"①他不仅创作美,而且还要传播美,他将自己的"周家花园"开放,向所有愿意鉴赏和领受这种美的人敞开大门。"一年四季,我的园地上,参观的来宾络绎不绝,我的文章未必为工农兵服务,而我的盆景倒真的为工农兵服务了,甚至有二十个国家的贵宾,先后光临,给予太高的评价。尤其觉得荣幸的,国家领导人如董必武副主席、周恩来总理和夫人、陈毅、陆定一、李先念、薄一波、谭震林、乌兰夫六位副总理,班禅副委员长一家以及刘伯承、叶剑英元帅等,也纷纷登门观赏,蓬荜生辉。叶元帅先后来了三次,更为难得,曾在我那《嘉宾题名录》上题句道:'三到苏州三拜访,周园盆景更新妍。'"②后来,朱德委员长也光临周家花园,而且还赠送给他两盆名贵的兰蕙。周瘦鹃不是一个以盆景为禁脔而孤芳自赏的"创作家"。盆景对他来说,不仅是发挥他的"创作欲"的载体,他也从中宣泄着自己的爱国情怀。那是在解放之前,他参加"中西莳花会"的那一段经历。他参加过 1939—1940 年春秋各二次"莳花会",第一次得了第二名,有外籍参观人士还以为这是日本人的作品,周瘦鹃挺身而出,说明是中国人,他们连忙握手道歉。第二、三次,皆夺得总冠军;正当他想"三连冠"时,由于外国评判员的不公,想方设法要阻止中国人取得"三连冠"的美誉而将他压低为"亚军"。周瘦鹃愤而退出莳花会,并在上海静安寺开设"香雪园",展出精心栽培、制作的花卉、盆景,以示与外籍人士操纵的莳花会抗衡,参观者陆绎不断,一时传为美谈。在解放后,他的盆景的照片与介绍文字译成英、俄文流传国外,还摄成电影,在国内外映播。

　　无论是小说、散文,旁及他的业余爱好盆景,都显示了周瘦鹃的创造性

---

① 周瘦鹃:《诗情画意上盆来》,香港《文汇报》1963 年 5 月 10 日"姑苏书简"专栏。
② 同上。

的才能。

（五）

　　周瘦鹃还是一位编辑大家。在民国时期,编新文学刊物最多的要算苏州人叶圣陶,而编通俗文学报刊最多的要数苏州人周瘦鹃。他在1913年19岁正式下海成为职业作家后,1914年《礼拜六》创刊,他几乎每一期都刊载一篇著译。1916年21岁,他受聘于中华书局,任《中华小说界》和《中华妇女界》撰述与英文翻译。1918年因中华书局改组而脱离。在这期间,他除出版译作《欧美名家短篇小说丛刻》外,又与严独鹤等合译了《福尔摩斯侦探案全集》,共44案,分12册发行。这期间,他还在《新申报》与《新闻报·快活林》兼任特约撰述。从1916年11月至1919年1月在《新申报》发表文章133天次共计95篇;在1917年1月至1918年3月在《快活林》发表文章133天次共计123篇。在1919年5月起任《申报》特约撰述,从1919年5月31日起至1920年3月31日止,他在《申报·自由谈》发表文章194篇。经过《申报》几乎近一年的考察,从4月1日起,史量才就"量才"录用,正式聘任他主持《自由谈》。正如周瘦鹃晚年所回忆的:"我得意洋洋地走马上任,跨进了汉口路申报馆的大门,居然独当一面的开始做起编辑工作来。……这在我笔墨生涯五十年中,实在是大可纪念的一回事。"①

　　他称编《自由谈》时是"神仙编辑",每天只要花二小时即可,看小样大样都由其他人分工承担。于是他又兼任了1921年复刊的《礼拜六》周刊的主编,那年的6月份起,他又与赵苕狂合编《游戏世界》;同年9月他自掏腰包,创刊了半月刊《半月》;从1922年6月起他还别出心裁创办了他的个人小刊物《紫兰花片》月刊,精致玲珑的64开本,每期刊登20多篇文章,全是他个人的著译;而在那时,他还兼任先施公司所办的《乐园日报》的主编。如此算来,在1922年,他身负五六个报刊的主编确是实情。另外的一个编刊高潮是1925—1926年,同样是在《自由谈》任内,他主持过《上海画报》;那年9月,他又任《紫葡萄画报》(半月刊)编辑;1925年《半月》改名《紫罗兰》;他每次创办杂志或为杂志改版,皆力图以全新面貌出现;在1926年2月他又被《良友》画报聘为主编,不过他主持《良友》的时间很短。他在这一波高潮中又同时任担过五种杂志的主编。周瘦鹃真可称得上是一代"名编"。

---

① 周瘦鹃:《笔墨生涯五十年》,香港《文汇报》1963年4月24日《姑苏书简》专栏。

周瘦鹃最得心应手的是编《自由谈》副刊以及《半月》和《紫罗兰》一类的刊物。在副刊方面最显出他功力的是他在正式进《申报》前的将近一年"考察"期内,稿件的质量皆比他在《新申报》和《快活林》中的文章要高出一等。《申报》是当时全国的第一大报,但它是一张民营报纸,走的当然是商业路线,广大市民是它的衣食父母。它需要吸引市民读者,从自己口袋里主动掏出钞票来买它,它追求的是最高的公众覆盖率和认同率。作为副刊的编辑也得要从知识性、休闲性、娱乐性与可读性的角度考虑市民读者的需求;作为一个大报,在这些方面既要有磁力而又不可低俗。在这将近一年中,周瘦鹃动足脑筋开了几个不定期的"专栏"。例如,他连载了 15 篇《影戏话》,这是中国最早的系列影评。在当时,中国的"本土电影"基本上处于"余兴"阶段,大多是一种片段的 5 分钟短片,离艺术片还有一大段距离。但周瘦鹃已看出电影这种新兴的综合艺术有着巨大的发展潜力。因此,他认真借鉴外国电影的经验,加以倡导。他在《影戏话(一)》中开宗名义提出:"盖开通民智,不仅在小说,而影戏实一主要之锁钥也。……美英诸国,多有以名家小说映为影戏者,其价值之高,远非寻常影片可比。……吾人读原书后,复一观此书外之影戏,即觉脑府中留了绝深之印象,甫一合目,解绪纷来,书中人物,似一一活跃于前,其趣味之隽永,有非言可喻者。"(1919 年 6 月 30 日刊)他在这 15 篇《影戏话》中,对侦探片、滑稽片、言情片一一作了介绍,如卓别林的成名史,名导格里菲斯的导演风格,名演员丽琳·甘许的演技等等都作了推荐。他专文《影戏话·十三》介绍格氏的《世界之心》,说明其主旨是写欧洲大战之惨状,斥德国统治者之残酷。格氏率全体演员亲赴前线,在药云弹雨中,险乃万状,历时 18 个月才摄成此片。演之世界各大都会,备受欢迎。英国首相称此片实为"人道之保障",使人人知"爱国爱家忧人之义"!这又是周瘦鹃对历史巨片的高度赞扬。他还开设《小说杂谈》专栏,共刊登 17 篇文章。他历数外国诸文豪,指出"凡此诸子,均与一代文化有莫大之关系,心血所凝,发为文章,每一编出,足以陶铸国民新脑。今日欧美诸邦之所以日进文明,未始非小说家功也。"(《小说杂谈(一)》1919 年 5 月 31 日刊);他对小说家的社会责任也有所论及:"小说家之笔,犹社会中之贤母,往往能产出一二英物,为世称颂。"(《小说杂谈(六)》1919 年 7 月 2 日刊)。其他专栏如《艺文谈屑》、《紫罗兰庵随笔》等均有佳作。其时,社会上正在讨论男女"社交公开"、"恋爱自由"之新风尚,周瘦鹃开了两专栏,一是《名人风流史》,一是《情书话》。这里的"风流",是"数风流人物"之"风流",介绍的是欧美名人如雨果、拜伦、白朗吟(英国大诗人)、伊丽莎白(俄罗斯女王)、惠林顿(英国名将)等人的恋爱史;而《情书话》则介绍伏尔泰、拿破仑、雨果等人的"情书"，也大受当时青年之欢迎。看这些专栏，觉得格调还是很高尚的，对社会风俗之转型，对新风的传播，也有一定的作用。

1920年4月1日周瘦鹃正式主持《自由谈》，他日后在《自由谈》上除了常写短小精干的杂感外，其他的文类就很少发表了。但是他"独当一面"的第一天——4月1日这一期却特别值得注意。我们且称它为"紫罗兰颂歌"之"专号"。他以紫兰主人为笔名写了一篇《花生日琐记》："生平于花中，独爱紫罗兰。花小色紫，幽艳异常卉，尝谓其足以奴视玫瑰，婢蓄茶花，不为过也。……考希腊神话，谓此花为女神维纳司 Venus（司爱情与美丽者）情泪所化。维有夫远行，相与把别，泪珠入地，忽生萌蘗，入春花发，则紫罗兰也。予旧有句云：'野花撩乱扑阑干，生爱萧郎陌路看，毕竟巫云谁得似，以他惟独紫罗兰。'吾知紫兰，紫兰当亦知吾也。"这最后的一句，就像密电码一样，是发给正在寂寞中的周吟萍。更有意思的是他从这一天起至4月4日连载了一篇哀情小说《玫瑰小筑》，几乎可说"预示"了他的一生：作家一冰的恋爱因女方家长阻挠而告失败，他的意中人的名字中有一"玫"字，因此他特别钟爱玫瑰。一冰决心日写万言，得十年所积，建一华厦，并设小圃，遍种玫瑰，以杀相思之苦。十年后他果然如愿在郊外构筑华屋并设玫瑰园，其中设备皆作玫瑰状，室内均为玫瑰色。一冰后来因思念"玫"而疯癫，放一把火烧毁这座华厦，而自己则"登楼入玫斋，抱玫小影而卧。明日，人有过玫瑰小筑者，第见一片瓦砾，白烟尚迷漫未散，而圃中玫瑰，犹向人作可怜红也。"中国有句老话叫作"一语成谶"，周瘦鹃在第一天做主编就"一文成谶"。他果然用十年稿费所积，在苏州购地建紫兰小筑，他后来也自戕于紫兰小筑，不是自焚而是自沉，不是由于情爱而疯癫，而是由于"文革"的迫害。

周瘦鹃在《自由谈》编辑任上12年又7个月。他调离《自由谈》去就任《春秋》编辑是大时代转轨中的必然。1929年10月，西方资本主义国家经济开始大萧条。"不少人对资本主义产生怀疑，而把实行与西方不同制度的苏联，看作是另一种希望，这就促使了世界思潮的变化。虽然，与西方不同，中国的经济在30年代表现出比较健康的发展势头，但是，上海文化界依然显示出"左"倾和激进的影响，这种倾向无疑受到了整个世界"左"倾思潮的影响。……《申报》本以稳健和守旧著称的，'自由谈'是《申报》历史悠久的副刊，王钝根、陈蝶仙、周瘦鹃先后出任过该副刊的主编，长期以来它的倾向是同他们主编的趣味是一致的。1932年，《申报》起用黎烈文担任'自由谈'的主编，黎当时仅28岁，先后留学过日本和法国。他主编'自由谈'后，在当

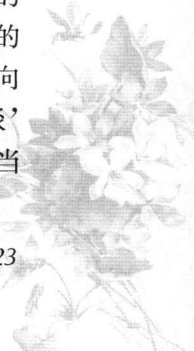

时如火如荼的形势下,大胆革新,并邀请许多左翼文化人士为'自由谈'撰稿,使得该副刊在社会上十分引人注目。'自由谈'的趣味的变化,实际上是社会思潮、社会趣味的变化,是时代在一份报纸上留下的烙印。"①《上海通史》作这样的解释是非常合情合理的。史量才是非常会"量才"的老板,他知道要周瘦鹃转这个湾是不合适的。而黎烈文刚从法国回来,史与黎家又是世交,他对黎有一定的了解。于是他将一个名牌副刊让给了这股世界左翼思潮,以示他并非不想跟上时代。可是他也绝对不会"抛弃"市民读者,因此,他另辟《春秋》,让周瘦鹃去发挥他的专长。史量才对周瘦鹃说的话,其中4个字最为重要:希望两个副刊能"各显神通"。

为这次周瘦鹃的撤离《自由谈》,在以后的中国现代文学史中就尽情地对周瘦鹃主持的《自由谈》,扣了不少帽子,例如热衷于"茶余饭后的消遣"、专喜"奇闻轶事的猎奇"、有"鸳鸯蝴蝶的游泳与飞舞的黄色倾向"等等。这些论调都只能算是"受蒙蔽的抄袭"行为。当时上海的经济正有着健康发展的势头,中间阶层生活相对安定,"茶余饭后的消遣"就是今天的所谓"休闲",算不得是一种罪状;副刊对奇闻轶事的兴趣,也是一种承续古代"拍案惊奇"的传统,正如朱自清所说的:"先得使人们'惊奇',才能收到'劝俗'的效果,所以后来有人从'三言二拍'里选出若干篇另编一集,就题为《今古奇观》,还是归到'奇'上。这个'奇'正是供人们茶余酒后消遣的。"②男女社交公开,恋爱自由等等,正是当年的热门话题;至于一张全国性的大报怎能让"黄色"大行其道呢? 看到这些帽子在中国现代文学论文中"飞舞"倒使我们感到权威者的误导,比反面人物的造谣更加危险。

周瘦鹃主持的《自由谈之自由谈》、《随便说说》、《三言两语》等专栏,皆发表了不少时评,短短一二百字,嬉笑怒骂,令人忍俊不禁。1923年1月到1926年6月,周瘦鹃在《自由谈》中开辟了《三言两语》专栏,他上至总统、遍及各地军阀,旁涉国会议员,都敢于指名道姓地进行讽刺和抨击,体现了当时相对的"言论自由"。例如在1923年12月21日,他尖锐讽刺吴佩孚喜恬不知耻地唱高调:

> 如今吴大头也像煞有介事的说起殉国家殉法律殉国会死而无憾的话来了,不知怎样总觉得有些不配。我看大头要是真有这种烈性,就请

---

① 熊月之主编:《上海通史·第10卷·民国文化》第30、36页,上海人民出版社1999年版。
② 朱自清:《论严肃》,《中国作家》1947年创刊号。

他殉一下子,让全国的国民来给他立铜像开追悼会罢。

对当时曹锟演出的贿选丑剧,周瘦鹃对"猪仔"议员们也极尽讥刺之能事,他将被收买的国会议员比作妓女:

> 我听说上海卖淫的妓女,有长三、么二、雉妓三等之分。不过,我们所谓神圣的国会议员,有人收买,也把他们分做了三等:六千、四千、三千,不是个小数目。料他们得了这笔钱,少不得要打情骂俏,曲意献媚了。唉,国会议员啊,你们可要去拿这笔钱么,可还要挂着神圣的招牌么?

在"五卅惨案"后。1925 年 6 月 1 日他在《三言两语》栏中写道:"地上一抹一抹的血痕,被一夜雨水冲洗去了,但愿我们心上的所印悲惨的印象,不要也和血痕一样淡化。"他对惨案发生后的愤慨言论绝不止于这一篇。对北京女师大事件,周瘦鹃也发表自己的看法:

> 章士钊为了女师大女生厮守着学堂不肯走,他一时倒没有法儿想。这也是他福至性灵,斗的计上心来,便召集了三四十个壮健的老妈子,浩浩荡荡杀奔女师大而去。末了儿毕竟马到成功,奏凯而归。这种雷厉风行的手段,我们不得不佩服他。但是女学堂不止女师大一所,起风潮亦在所难免,照区区愚见,不如组织一个常备老妈子队,专为应付女学堂风潮之用,免得临时召集,或有措手不及之虞……但不知密司脱章可能容纳我这条陈么?(1925 年 8 月 29 日刊)

在"三一八惨案"后,周瘦鹃又写道:"我看了北京惨案中死伤的调查表,不禁吓了一跳,想段大执政的手段,委实可算得第一等辣了。任是那震动中外的'五卅惨案',也没有死伤这样多的人啊!唉,外边人要杀,自己人又要杀,这真是从那里说起?"(1926 年 3 月 27 日刊)凡此种"三言两语"都可说是代表了上海市民的民意。"受蒙蔽的抄袭者"读过之后,或许会觉得他们得去先去看看《申报》原件,再下断语了。

当时还有一种说法,就是周瘦鹃私心太重,老是登熟人的文章,所以要请他"下台"。首先,周瘦鹃也为此种情况苦恼。他曾说自己做了"文字公仆",一天到晚为他人作嫁衣裳,"又为朋友太多,不能不顾到感情,只好到处讨好,而终于不能讨好,偶一懈怠,责难立至……在我已觉得鞠躬尽瘁,而在人还是不能满意。唉,好好先生做到这个地步,可已做到山穷水尽的地步了。"①只要稿子质量达到要求,采稿中有照顾朋友之嫌,也是不能避免的,他自承有此倾向。可是也不能一概而论,张爱玲并不是他的熟人,风兮当时也是一位素不相识的文学青年;至于秦瘦鸥的稿件,当时他还名气不大,很难上大报,秦的朋友告诉他:"最重要的是要先请'自由谈'编辑周瘦鹃过目,希望他在编辑委员会议时说几句好话,否则很难通过。……后来,申报编辑部会议时,周瘦鹃是出名的好好先生,竭力推荐……"②可见他也培养了一些新进的作家。20 世纪 20 年代,《申报·自由谈》刊登毕倚虹的《人间地狱》,成为上海人的"樽边谈片",是 30 年代《快活林》刊登张恨水《啼笑因缘》的预热;而 40 年代,《申报·春秋》发表秦瘦鸥的《秋海棠》是《啼笑因缘》热的延伸,都曾被编辑界传为美谈的。台湾有位作家认为张爱玲找周瘦鹃是找错了门。我们却说是找对了门。周瘦鹃不仅给予她高度评价,而且能指出她受了中国的那部作品的影响,而又喜爱那位外国作家的风格。"我把这些话一说,她表示心悦神服,因为她正是 S. Maughm 作品的爱好者,而《红楼梦》也是她所喜读的。"③像一名医生,把过脉后说得如此准确,岂非找对了门吗?

周瘦鹃作为编辑大家,在中国现代文学编辑史中应该有他的地位。以上仅就《申报·自由谈》为中心说说他的编辑工作的概况。至于他编的《半月》和《紫罗兰》等均是通俗期刊中的精品。④

解放以后,在有关领导的关怀下,他又拿起笔来,用散文抒发他的欢愉心情。如果要用最简洁的两个字来概括,那就是一心一意地"歌德"。即使是在"政治挂帅"和"政治标准第一"的年代里,他的产品也是经得起挑剔的。可是在"文化大革命"中他受到如此残酷的待遇,多次轮番批斗、抄家、游街……人格受尽侮辱,肉体屡遭摧残,令人寒心。他爱花如命,他将盆景视为亲骨肉。可是这些他的"最爱"毁于一旦。在这"文革"的充满兽性的世界里,1968 年他含冤而死。一个热爱生命,热爱美的作家,非得接受如此悲惨的下场,至今人们还深感痛惜和哀悼,今天我们也不可能为他说更多的愤慨

---

① 周瘦鹃:《几句告别的话》,《上海画报》三日刊第 431 期第 2 版,1929 年 1 月 12 日出版。
② 陈存仁:《我与秦瘦鸥》,香港《大成》第十八期,1975 年 5 月出版。
③ 周瘦鹃:《写在〈紫罗兰〉前头》,后期《紫罗兰》,第 2 期。
④ 可参看拙著《中国现代通俗文学史(插图本)》第 9 章第 3 节《〈礼拜六〉的复刊及〈半月〉、〈星期〉、〈紫罗兰〉的创办》,北京大学出版社 2007 年版。

而不平的话语。他投井自沉前,一定回顾了他的一生,担心过他活着的亲人以后如何度日;他也会盘算过,这个世界怎么会使他如此大起大落,哪些是假象,哪些才是真容。总之我们无法去了解他当时的思绪。我们只能借用他生前曾写过的一段话表达他诀别人世时的心声:"我本来是幻想着一个真善美的世界的,而现在这世界偏偏如此丑恶,那么活着既无足恋,死了又何足悲?"①

周瘦鹃没有熬到拨开乌云见青天的日子。在粉碎"四人帮"和清算极"左"路线之后,以经济建设为中心,市场经济的商业伦理重新定位与市民社会的逐步回归就像是一对孪生子,而市民社会的回归也就是"个体本位"在一定范围内的得到承认。市民们今后就可以用多元价值与自主权利去进行适度的自由选择。人人都说"上海人怀旧",前几年所谓"海上旧梦"大行其道,其实这"旧梦"就是新社会人人早就应该享受的权利,那就是:每个人都是一个个体,每个个体在法律允许的范围内都是自由的。这怎么是"怀旧"呢? 那才是真正的"盼新"。于是过去周瘦鹃在市民社会中从事的事业和积累的经验,就有了新的价值。说得更透彻一点,那就是周瘦鹃的成功经验又部分地"复活"了。他过去办过《礼拜六》杂志,遭到过多少的非难与谴责,可是现在有那么许多"周末版"。我们难道连"周末"就是"礼拜六"这个常识也不懂吗? 周瘦鹃的某些经验不是就"复活"在今天的"周末版"之中?

《上海通史》是这样估价当年的上海的:上海"客观上充当了世界文明输入近代中国的桥梁。……上海以市场消费为本质特点的都市生活方式,成为民国时期'上海生活'的魅力所在。……由各地移民组成的近代上海人既参与创造了上海,也被上海所塑造。他们是都市文化的结晶。他们的眼界、梦想、思考和行为方式,代表了近代中国人突破传统文化围城,面向世界的勇气和雄心。……人类文明成果的传播已突破地域自闭状态,全球一体化的潮流已不可阻挡;中国融入世界文明演进主流,推进工业化、都市化进程的发展方向已不可逆转。"②在当年,周瘦鹃活跃于上海滩,他是输入文明、共同塑造都市化的上海的最积极的"媒体人"。说得再直白一点,周瘦鹃用媒体、用他的文艺作品宣扬了"时尚"的上海生活。他对"人类文明成果的传播已突破地域自闭状态",作出了贡献。他的"大时尚"就是他翻译了《欧美名家短篇小说丛刻》等众多的外国优秀作家的作品,他步鲁迅、周作人的后

---

① 周瘦鹃:《杨彭年手制的花盆》,《拈花集》第 276 页。
② 熊月之主编:《上海通史·第 9 卷·民国社会》第 438—439 页。

尘,在"五四"之前就努力突破中国的自闭状态,将国外的文明引进中国来。他还有许多介绍"小时尚"的作品,过去不为我们所理解,认为这是他的"玩物丧志"。但这实际上这些也是"民国时期'上海生活'的魅力所在。"在周瘦鹃的作品中有着许多时尚元素。例如他对电影的推广,甚至涉及现在时常谈到的热门话题"贺岁片";他在自己的报导中对跳舞热、时装表演、宠物展览;都一一作过恰如其分的报导,从而增添了都市的"摩登"气息。更不必说那花卉与盆景的专攻了。讲到跳舞,在 20 世纪 20、30 年代,曾是上海一大新景观。某报报导过这股热潮:"今年(指 1928 年——引者注)上海人的跳舞热,已达沸点,跳舞场之设立,亦如雨后之春笋,滋苗不已。少年淑女竞相学习,颇有不能跳舞,即不能承认为上海人之势。"①可是因此却惹出了许多桃色事件,本埠新闻中也天天报导,当时有一本名为《如此天堂》的影片,提出舞厅是"天堂软,地狱软?",实际上将舞厅比作"地狱",若干通俗作家仅从道德层面上去加以谴责,只有周瘦鹃说得既与"世界文明接轨",又要大家"警惕野蛮之风"。他解释道:"其实跳舞并非坏事,欧美的上流社会,以跳舞为社交上必要之事,国家的庆祝大典中,也总得有跳舞之一项,并且是极庄严郑重的。不幸跳舞一到了上海,就被认为罪恶,实在也为的上海一般以营业为目的跳舞场,大半为荡子妖姬所盘据。"②在周瘦鹃的散文中已有《新装斗艳记》、《云裳碎锦录》(分别刊 1926 年 12 月 21 日、1927 年 8 月 15 日《上海画报》)等关于时装表演的文章,虽然当时还不是走 T 台,但恐怕是上海最早举行的时装表演了;而后者是写陆小曼与人合伙开"云裳时装公司"的报导。《上海画报》是 3 日刊,周瘦鹃每期都发表一篇文章,就像现在某名人 3 天发表一篇"博客"一样,1926 年 3 月 4 日《上海画报》中,他在《樽边偶拾》一文中讨论过"贺岁影片",今天此种类型的影片已司空见惯,当年却是个时髦话题;在 1926 年 5 月 7 日的《上海画报》中谈上海最早的宠物比赛《狗赛会中》;而在 1926 年 6 月 30 日则介绍《美国之模特案》,讲的是分清艺术与淫秽之区别。除此之外,作为一位市民大众文学的代表人物,周瘦鹃的文章时刻顾及客观、公正、真实、及时、有趣的原则,在他的文中有一种对世俗的关怀,他重视市民中的民生课题,也在社会转型中对新伦理观作反复的探讨。他欣赏时尚,同时也尊重中国传统美德,他游走于现代与传统之间,这是市

---

① 转引自熊月之主编《上海通史·第 9 卷·民国社会》第 177—178 页。
② 周瘦鹃:《发人深省的〈如此天堂〉》,载《〈如此天堂〉特刊》第 1 页,大东书局,1931 年 10 月出版。

民最能接受的道德尺度与生活准则。而新文学家中不少人住的是亭子间，市民是他们的邻居，可是他们以为四周都是庸俗不堪的"俗众"，与他们在精神上格格不入。他们对市民社会的认识空缺，对市民社会的许多现代性内涵，显得冷淡与漠视，这或许是某些新文学家的历史的局限性。我们反观今天现实中的市民们的一切时尚元素，难道我们不觉得周瘦鹃所报导与抒写的时尚，又部分地"复活"了吗？我们今天的媒体人，正在自觉或不自觉地运用周瘦鹃的成功经验。

在本文开端，我们就认定在"上海市民大众文坛上，周瘦鹃可说是最有代表性的作家"。我们之所以连"之一"这样的字眼也不加，是因为他的代表性经由鲁迅等文学巨匠钦定的。在 1936 年，鲁迅等 21 人签名于《文艺界同人为御侮与言论自由宣言》上时就确认包天笑与周瘦鹃为"鸳鸯蝴蝶派"作家中的代表人物。1936 年，包天笑 61 岁，周瘦鹃 42 岁，他们代表着市民大众文坛上的两代作家。无可争议，周瘦鹃当时可算是市民大众文学少壮派的代表人物。他的著、译颇有成就，特别是作为一位"名编"，在民国期间，他几乎撑起了上海市民大众文坛的"半爿天"；而在当前，市场经济复苏与市民社会逐步回归中，周瘦鹃成功经验的"复活"现象也日益明显，他的经验的影响力随着时间的推移将会更进一步地凸现！

范伯群

2009 年 12 月 31 日于苏州

目　录

小　说　卷

散 文 卷

小说卷

社会讽喻

SHEHUIFENGYU

　　1918 年 1 月由中华书局出版的《瘦鹃短篇小说》书影，上册为创作，下册为翻译。1915 年出版单行本的重要代表作《亡国奴之日记》亦收入本书上册。

最后之铜元

哎哟哟,看官们啊! 我苦极咧,肚子里饿得甚么似的,不住地叫着,倒像兵士们上战场放排枪的一般,又仿佛听得那五脏神在那里喊道:"酒啊肉啊,快来快来! 我欢迎你们! 我欢迎你们!"然而那酒咧肉咧,正在趋奉富人的五脏神,给他个不理会。哎哟哟,我这样饿去,可捱不得咧! 要是有钱的当儿,肚子饿时自然觉得有趣,可是家里早预备着肥鱼大肉、美酒白饭,给你饱餐一顿。这么一饿,反把食量加大了一半。然而腰包里没了钱,还有甚么话说? 家既没有,更哪里还有肥鱼大肉、美酒白饭的希望? 就瞧这花儿似的世界,也觉得变做了地狱咧。我一壁捱着饿,一壁沿着街走去,眼中似乎瞧见无数瘦骨如柴的饿鬼,在暗中向我招手。耳中又似乎听得这偌大的上海城,在那里嘲笑我,向我说道:"你是穷人,可算不得个人! 既没有钱,就合该饿死。不饿死你,饿死谁来? 你们这班穷鬼,倘能一个个饿死了,那是再好没有的事。眼见得我这个繁华世界的上海城中,全个儿都是富人咧!"我一行瞧,一行听,一行走,一行捱着饿。有时踅过人家的门儿,往往有一阵阵的肉香饭香,从那厨房中送将出来,送进我的鼻子,惹得我一肚子的饿火,几乎烧了起来。喉咙里的馋涎,也像黄浦中起了午潮,险些儿涌出口来。没法儿想,只得紧了脚步,飞一般逃了开去。但在街心没精打采地走着,心想此时,倘有一辆摩托卡呜呜呜地冲来,把我冲倒了,倒能免得我呕血镂心,筹划这一顿中饭。况且摩托卡杀人,原是上海近来最出锋头的事。车中人正在眉飞色舞的当儿,不知道那四个挺大的轮儿下边,早已血飞肉舞咧。为了这一件事,简直是怨声载道。但我今天却很要给他们做个人饼玩玩,呜的一声,事儿便完了。叵耐我心中虽是这么想,偏又不能如愿。就那摩托卡,也好似比平日少了许多。有的见了我，便刷地避了开去，竟像平白地生了眼儿的一般。我没奈何，只得撑着了空肚子，向一条冷街上踱去。脑儿里生了许多幻想，逐一在眼前搬演，一面又似乎听得许多声音，从远处送来。这声音不像是人声，倒像从地狱里送过来似的。又不像是嘲笑我的声音，比了嘲笑更觉可怕，听去分明是甚么魔鬼在那里向我说道："你肚子饿么？为甚么不做了贼偷去？你没有钱么？为甚么不做了强盗抢去？"唉，可怕可怕！这声音好不可怕！我原是好好儿的出身，我老子娘也都是很清白的人，怎能去做强盗？怎能去做贼？然而袋儿里没有钱，也是无可奈何的事。可是钱儿万能，在世上占着最大的势力。一个人有了钱儿，甚么都能买到，能买美人的芳心，能买英雄的头颅。朋友间有了钱，交谊才越见得深；夫妇间有了钱，爱情才越见得浓。人家为了它，牺牲一辈子的名誉，抛弃一辈子的信义，都一百二十个情愿。可是钱儿到手，世界就是他的咧。只你要是没有钱，那就苦了。仿佛坐着一叶孤舟，在大洋里飘着，没有舵，没有桨，单剩一个光身体，听那上帝的处置。所以一个人没有钱，便是没有性命；与其没有钱，宁可没有性命。你倘生着，就须受那种种的痛苦。唉，钱儿啊！钱儿啊！你到底是个甚么怪物？你为甚么这样坑人？我正在这里胡思乱想，肚子里益发饿了。这种苦况，着实使人难受，觉得里头有几十把几百把的刀儿，没命地乱戳。一时间知觉也模糊了，街上的人渐渐儿瞧不见了，那些车马奔腾的声音，听去也不清楚了。蓦地里却又起了一种奇怪的感觉，觉得我这身儿飘飘荡荡，不知道飘到甚么所在。有趣呀有趣，我竟在人家屋檐下边睡熟了！

看官们啊，要知这睡觉实是我们穷人无上的幸福。一纳头睡熟了，就好似个半死，饿也不觉得，冷也不觉得，不论甚么痛苦，一概都不觉得。加着我们到处睡觉，也非常舒服，幕天席地，处处都是铜床铁床。临睡的当儿，又一些儿不用担心，可是我们身无长物，单有这一条裤儿一根绳，剪绺先生们见了也只掉头而去。不比富人睡时，先要当心那枕儿底下的钱袋，既怕小贼掘壁洞，又怕强盗打门，半夜三更还时时从睡梦中惊醒，把一身的汗儿都急了出来。但是我们睡时，却从没这种苦况。不但如此，还能做许多花团锦簇的好梦。日中捱饿捱冻，叫苦连天；到了梦中，往往变做公子哥儿，穿的绸，吃的油，坐着簇簇新新的摩托卡，拥着妖妖娆娆的活天仙，直把人世间享受不尽的幸福，都给我们在梦中享尽。因此上我们最喜欢最得意的，便是这睡觉。到了无可奈何时，就把睡觉捱将过去。看官们不见城隍庙中天天在大阶石上打盹的乞食儿，不是很多的么？他们也正和我抱着一样的心理，简直好算得是我的同志呢。

闲话休絮，且说我一觉醒来，已是四五点钟光景。追想梦中的情景，很觉津津有味。然而这一醒，就立刻好似从天堂中掉入地狱，肚子里一阵子呜呜的乱响，那五脏神早又翻天覆地造反起来。摩挲着眼儿，向四下里望时，见是火车站近边，有许多男女提筐携篓地向着火车站赶去，多分是趁夜班火车去的。我打了个呵欠，站将起来。正要洒开脚步走去，蓦地里瞧见一位五六十岁的老先生一路赶来，气嘘嘘的不住地喘着。两手中既提着两个挺大的皮夹，臂儿下边又挟着一个包裹儿，满头满面都进了一粒粒的汗珠。瞧他那种样儿，已很乏力。这当儿我福至心灵，猛觉得我的夜饭送来了。连忙赶上一步，掬着个笑脸说道："老先生，你可是往火车站去么？带着这许多东西，很不方便，可要小可助你一下子？"那老先生在一副金丝边的老花眼镜中白愣着两眼，向我打量了半晌，见我衣服还没有稀烂，面相也有几分诚实，就点了点头儿，把那两个皮夹授给我，一壁掏出块手帕子来，没命地抹那一头一面的汗珠。我替他提着那皮夹，在他旁边慢慢儿踱着，还向他凑趣道："老先生可是往杭州去的？只是出门人路上总有许多不便，老先生年纪大了，为甚不唤公子们作伴？况且近来坏人很多，使人家防不胜防。抢的抢，偷的偷，骗的骗，那是常有的事。老先生一路去，还该当心些儿些。"我这几句话儿，说得好不铿锵动听！那老先生听了连连点头，又从那脸儿上重重叠叠的皱纹中，透出一丝笑容来。我瞧了，心中也暗暗得意，料想我这十几句话儿，决不是白说的，每句话总能换他一口饭吃呢。不多一会，已到了火车站上。我瞧那老先生买了票，就把这两个皮夹恭恭敬敬地交给他。一霎时间，心儿别别别地乱跳，想他不知道要给我多少钱，一角呢？两角呢？或者格外慷慨，竟给我一块大洋！总之我这一顿夜饭，总逃不走的了。正估量着，猛见他伸手到一个搭膊巾中去，不住地摸索着。这时我的心儿，益发乱跳起来。跳到末后，见那支手已从搭膊巾中慢慢儿地出来，在一个食指和中指中间夹着一个银光照眼的溜圆的银四开，纳在我手中。

　　我谢了一声，回身就走。白瞪着眼儿，向这银四开瞧了几下，想我为了这捞什子，吃尽了苦楚，此刻在我手中过一过关，停会儿又须送它走路呢。一壁又安慰那五脏神道："老先生请你安静些罢，粮饷已经到手，一会儿就送进来呵。"这时我瞧着这一个银四开，不知道怎么猛觉得兴高采烈起来，倒像掘到了甚么二百万、二千万的宝藏一般。一路出了车站，一路在那里盘算，心想我该怎样发付这一个四开。劈头第一件要事，自然去饱餐一顿。这一餐之费，倒也不能菲薄，不化它一个银八开不办的。还有那一半儿，须得留着到了晚上，弄它个床铺睡睡。一连睡了好几夜的阶石，背儿上究竟有些酸痛呢。打定主意,得意洋洋地一路走去,以前的一切幻想,一古脑儿都没有了。走了一程,便走过一家小饭店。那一阵阵的饭香,早已斩关夺门而出,过来欢迎我。我便在门前住了脚,向那烟熏火灼、半黄半白的玻璃窗中,张了一眼。只见一条条的鱼,一块块的肉,都连价挂起着,真是个洋洋大观咧。接着又挨近了门,抬眼向门中瞧去。只见两三个厨子,正在灶前煮着菜,沸声、碗碟声和呼喊声并在一起,闹个不了。这种声音,都能使街上化子听了心碎的。瞧那厨子们和几个跑堂的,都是胖胖儿的人,似乎一天到晚被油气熏着,所以透入皮肤变做胖人咧。我瞧着他们,甚是艳羡,想他们背着主人也一定能够尝尝各种鲜味,何等地有趣!一壁想着,一壁不知不觉地跨进门去,竟大摇大摆地在一只桌子旁边坐了下来,倒像袋儿怀着二十块钱,要尽兴饱餐它一顿的一般。

坐定,早有一个跑堂的赶将过来,带着笑问客官要用些甚么东西。我把他袖儿轻轻一扯,低声说我身边单有两角钱,尽着一角钱吃饭,菜咧、饭咧、小账咧,一概都在里头;还有一角钱,夜中须得找宿头呢。那跑堂的斜乜着眼儿,向我上下打量了一下子,便皮笑肉不笑地笑了一笑,扮着鬼脸蹍将开去,接着怪叫了一声,自去招呼旁的客人了。我一屁股坐在那条板凳上边,十分得意,取了一双毛竹筷儿,揾鼓似的轻敲着那桌子,嘴儿里还低唱着一出《打鼓骂曹》。自己觉得这种乐趣,落魄以来,实是破题儿第一回呢。唱罢了戏,更抬眼望时,只见这饭店中生意着实不坏。五六只桌子上,都已坐满了人,说笑的说笑,豁拳的豁拳,笑语声中夹着“五魁八马”之声,又隐约带着杯匙碗碟磕碰的声音,叮叮当当地响个不休。瞧那些人,没一个不兴高百倍。我暗想这所在,大概好算是天堂咧!这样东张西望,过了约莫十分钟,那五脏神似乎等得不耐烦了,早又闹了起来。我便向着那跑堂的喊了一声,说我的饭菜已煮好了没有?那跑堂的扬着脖子,大声大气地答道:“不用催得,好了自会端上来的。对不起,请等一会罢。”我暗想这一个跑堂的好大架子,对着客官竟敢怎样放肆,然而口中也不说甚么,只得撑着空肚子老等着。可是仗着袋儿里一个银四开,到底不够我发甚么脾气呢!

接着又等了五分钟光景,才见那跑堂的高高地端着两只青花碗儿,蹍将过来。我忙把眼儿迎将上去,但见热气蓬勃,一路腾着,倒把那跑堂的一张冰冷的脸儿,也掩盖住了。等到那两只碗儿放在桌子上时,我的两个眼儿也就箭一般射在碗中。只见一碗是又香又白的白米饭,一碗是半青半红的咸菜肉丝汤,青的是咸菜,红的是肉丝,瞧去好不美丽!我打量了半响,暗暗快乐,心想我也像孔夫子三月不知肉味,今天却能一尝这肉味咧!当下笑吟吟地提起筷来，先向五脏神打了个招呼，便把嘴儿凑在那饭碗边上一口口地吃着那饭，又细细地尝那咸菜肉丝。呀！有趣有趣，饭儿既香，菜儿又鲜，觉得我出了娘胎以后，从没吃过这么一顿可口的夜饭，多分是天上仙人和人间皇帝所用的玉食呢！就这饭咧菜咧，也像有甚么仙术似的。刚吃得一半儿下去身上顿时热了，精神也顿时提起来了。吃完了一碗饭，又添了一碗，一壁又呷着那汤，慢慢儿地咽将下去，直好似喝了琼浆玉液，腾云登仙的一般。不多一会，第二碗的饭早又完了。很想再添它一碗，只为给那一角钱限制着，不敢放胆再添。但把那余下的一些儿汤，喝了个精光。当下又见那跑堂的高视阔步地过来，把一块半白半黑的手巾捺在我手中。我也不管三七二十一，抹了嘴脸，自管走到门口一只账台前边，郑郑重重从袋儿深处，掏出那精圆雪亮的银四开来，在手掌中顿了一顿，大有惜别之意。接着听得那跑堂的又怪叫了一声，我也就割爱忍痛地把这银四开放在台上。那账台里高坐着一位账房先生，道貌甚是庄严。那时把鼻梁上一副半黄半黑的铜边眼镜向上一推，直推到额角上边，取起我的银四开来，在台上掷了几下，一面带着宁波口气，说一共是一角小洋。说着从一个抽斗里拈出一个银八开来找给我。我想这捞什子小小的，放在身边不大放心，没的在路上掉了。还是换了铜元，倒重顿顿的，十二个铜元合在一起，直有一块大洋那么重呢。于是开口说道："请你老人家找铜元给我罢。"那账房先生似乎已厌我麻烦了，向我瞅了一眼，才取出一把铜元来，数了十二个给我。我又郑郑重重地在袋儿里藏好了，踱出饭店。

一路上意气飞扬，好似已换了个人。刚才牙痒痒地恨世界恨上海，如今却甚么都不恨了，心儿里又生了无限的希望，仿佛前途无量，都张着锦绣。就我此刻，也似乎登基做了皇帝咧！我沿街走去，脚步也轻快了许多，嘴儿里又呜呜地低哦着。唱了一出《鱼藏剑》，接连却想起了伍子胥吴市吹箫的故事。我自己做了伍子胥，勉强把那饭店里跑堂的派了个浣纱女的角色。这当儿我肚子里既饱，心儿里又何等地快乐，口中不住地唱着，好像变做了个嬉春的黄莺儿，且还觉得我四面似乎都在那里，和着我高唱呢。呀，有趣呀有趣！这世界究竟是个极乐世界，这上海也究竟是个好地方。世上的人，也究竟有几个好人。那位给我这银四开的老先生，就是第一个好人。如今我肚子里不但装饱了，夜中还能在床上睡觉，做一个甜甜蜜蜜的好梦。此时我一路兴兴头头地踱去，仿佛已在梦中咧。

我正这样踱着，抱着无限的乐观。想我今天，简直已到了山穷水尽的路上，谁知道半天里飞来这一个银四开？照这样瞧来，我的恶运分明已转关

了！明天一定福星高照，有甚么好运来呢。一壁这样想，一壁即忙替我将来的公馆花园，在心中都打好了图样。又想出门时，总得弄一辆摩托卡坐坐。可是坐马车，已不见得时髦阔绰咧！但是一个人这样享福，也不免有些寂寞，至少总得娶它两个老婆。那窑子里的姑娘们，很有几个漂亮的人物。我前几天在一个甚么坊里踱着，肚子里空空的，想弄些儿饭吃。不道这一个坊里，好几十家人家挨门挨户的，都是些窑子。我撞来撞去，却撞不到甚么，只挨了她们几声"杀千刀"。但那声音，都是清脆温软的苏州白，听了使人肉儿麻麻的，连心儿也有些痒咧！然而我这吃饭的计划，虽然失败，却瞧见了好几个花朵儿似的姑娘，都很中我的意儿。说也奇怪，我瞧了她们一张张的鹅蛋脸儿，连肚子饿也不觉得了。因此上我每逢饿时，往往到这种坊里去盘桓一会。只消饱餐了秀色，饭也不想吃咧。将来我发迹时，便须到这坊里，挨门挨户地大嫖一场。说我便是当时在你们门前张望，给你们骂"杀千刀"的化子，此刻不怕你们不换个称呼，亲亲热热地唤我几声"大少爷"呢！这种事儿，好不爽快！好不有趣！临了就拣他两个脸儿最俊的婆回家去，成日价给我赏览，给我作乐，左抱右拥，谁也不能禁止我。如此世界上的艳福，可不是被我一人占尽了么！我这样想着，身儿飘飘的，直好似离了人间，在那九天上青云里头打着筋斗，心儿里乐得甚么似的，险些儿放声大笑起来。

正在这想入非非的当儿，猛觉得有人在我肩上一拍。这一拍顿时把我的空中楼阁拍做了粉碎，一时如梦初醒，不觉呆了一呆。心想谁来拍我的肩儿，不要是印度巡捕见我犯了甚么警章，预备捉我到巡捕房里去么。当下便怀着鬼胎，战战兢兢地回过头来。抬眼瞧时，却和一个又黄又瘦鬼一般的脸儿打了个照面。原来并不是甚么印度巡捕，却是今天早上一块儿在城隍庙里大阶石上打盹的朋友。早上分了手，不想此刻却在这里蓦地相逢。我见了个朋友，自然欢喜；只为他毁了我那座惨淡经营的空中楼阁，未免有些恨恨。于是开口叱道："天杀的！我道是谁来，原来是你这鬼。那一拍又算是个甚么意思，我的魂儿也险些给你拍落呢！"我那朋友眼瞧着我的脸儿，很羡慕似的说道："今天你交了甚么好运啊？脸儿红红的，好像敷了胭脂，额角上也亮晶晶的，似乎放着光呢。"我道："你怎样？今天运气可好？"然而我这话儿委实不用问得，因为他那个又黄又瘦的脸儿，就是个运气不好的招牌。我那朋友摇了摇头，黄牛叫似的长叹了一声，一会才道："我今天糟极了，还用问么？踏遍了城厢内外，只讨到了十三个小铜钱。肚子里整日价没有装些儿东西，如何过去？刚才上粥店去，那天杀的店家偏又嫌钱儿小，不肯通融。我低声下气地哀求他时，他却扬着脖子给我个不理会咧。唉，这是哪里说起！这是哪里说起！"说时更哭丧着脸儿，不住地长吁短叹。

这当儿我瞧着那朋友，又记起了袋儿里十二个黄澄澄重顿顿的铜元，一时间便动了恻隐之心。想我今夜不管它有宿头没宿头，此刻须要做一个大慈善家咧！于是举起手来，在那朋友肩上猛捆了一下，含笑说道："好友，我们俩交情虽然还浅，然而兄弟向来是个乐善好施的人。如今瞧你这样捱饿，很觉得可怜儿的，快些儿跟我去吃罢。"我那朋友听了我这话，很诧异似的抬起头来，说道："怎么说？今天你可是发了横财么？"我一声儿不响，自管在前边走去，那朋友也就跟将上来。我一壁走，一壁仿佛听得那十二个铜元，兀在里头叮叮当当地响着，好似奏着音乐，歌颂我大慈善家的功德一般。走了十多步路，我一眼望见近边有一家面店，便想请他吃一碗大肉面，倒也合算。记得前三年曾吃过一碗肉面，连小账一共六个铜元。现在我身边既有十二个，做了这慈善事业，还剩一半，岂不很好？当下拉着我那朋友，一同走到那面店门前，大踏步闯将进去。那些跑堂的见我们身上不大光鲜，大有白眼相看之意。我倒有些不服气起来，自管在一只桌子旁边大摇大摆地坐了下来。唤我那朋友也坐了，就把袋儿翻个身，掏出那十二个铜元，重重地放在桌子上，故意要使这铜元的声音，送到那跑堂们的耳中，好教他们知道我身上虽然不光鲜，袋儿里却并不是空的，要知我们实是落拓不羁的名士呢。接着我又提着嗓子，喊了一声："弄一碗大肉面来！"眼瞧着旁边十二个铜元，竟张大了无限的声威。自己觉得高坐在这桌子旁边，很像是个面团团的富家翁呢。但是瞧那朋友时，却和我大不相同。蜷蜷缩缩地坐在一边，自带着一种寒乞之相，两个眼儿，却兀在我十二个铜元上兜着圈子。可见我们立地做人，这钱儿是万万少不得的。一有了钱，处处都占上风；就是你走到街上，狗儿见了也摇尾欢迎咧。但是我那朋友向我十二个铜元上呆瞧了好一会，就把头儿挨近了我低声说道："你今天可是当真发了横财？怎么有这许多钱儿，就你这一派架子，也活像变了个公子哥儿咧。只不知道你这些钱儿，是真的还是假的，请你给我一个瞧瞧，我简直和它久违了。"我笑了一笑，就取了一个给他。他翻来覆去地瞧了好久，又抢着指儿弹了几下，一壁喃喃地说道："这声音怪好听啊！怪好听啊！"我只瞧着他微微地笑。他又玩弄了好一会，方才依依不舍似的还了我。这时那一碗面已端上来了。我那朋友早就瞪着两眼，一路迎它到桌上，接着就刷地举起筷来，即忙半吞半嚼地吃着。霎时间那碗咧、筷咧、牙齿咧、喉咙咧，仿佛奏着八音琴似的，一起响了起来。我在旁瞧着，见他吃得十分有味。那葱香面香肉香，又不住地送进我鼻子，引得我喉咙里痒痒的，一连咽了好几回馋涎。很想向他分些儿吃，只又开不得口。没法儿想，便掩着鼻子背过脸儿，去向那当中一幅半黄半黑的关帝像瞧着，想借那周仓手中一把青龙偃月刀，杀死那一条条的馋虫。叵耐我眼儿一斜，偏又射在下边长台上一面半明半暗的镜儿中，瞧见我那朋友捧着碗儿吃得益发高兴，几乎把个头儿也送到了碗里去。到此我再也忍不住了，便想鼓着勇气向他说情，和他做个哈夫，分而食之。谁知我口儿没开，他的碗中早已空了。别说面儿不剩一条，连那汤儿也不留一滴。瞧他却还捧着碗儿，兀是不放。当下我便恨恨地立了起来，开口说道："算了罢，别把这碗儿也吞了下去呢。"我那朋友不知就里，向我瞧了一眼，忙把那碗儿放下了。抹过了脸，我便替他付了钱，一块儿出来。十二个铜元到此已去了一半，只想起了慈善事业四字，倒也并不疼惜。走了一程，我鼻子里既不闻了面香，心中的怒气也就平了。暗想我刚才已饱餐了白米饭和咸菜肉丝汤，肚子里也装不进许多东西，没的为了几条面和朋友斗气呢。于是又高兴起来，和那朋友一路讲着我今天的得意史。一行走，一行讲，把唾沫讲了个精干，猛觉得口渴起来。事有凑巧，恰见前面有一家小茶馆，一个血红的"茶"字，直逼我的眼帘。我向手中六个铜元瞧了一眼，立时得了个计较：想这六个铜元，不够寻甚么宿头了；索性泡一碗茶去，和朋友喝着谈天，岂不很好？当下里就拉着我那朋友，三脚两步地赶去，在近门一个矮桌子旁边相对坐下。不一会就泡上一碗茶来，我们各自把小碗分了喝着，接着又高谈阔论起来。我撑起了两条腿儿，颤巍巍地坐着，好不舒服！好不得意！谈了半晌，觉得单喝着茶还有些寂寞，抬头恰见对门有一家小杂货店，吃的用的甚么都有。我知道这茶每碗但须两个铜元，还多四个铜元，总得设法化去才是。就站起身来，匆匆赶将过去，很慷慨地化了两个铜元买了两包西瓜子，又加上一个买了两枝纸烟，一旋身回到茶馆里，于是我们俩嗑着瓜子，吸着纸烟，乐得无可无不可的，似乎入了大梦的一般。我那朋友从没享过这种奇福，更得意得甚么似的，直要跳到桌子上唱起《莲花落》，跳起《天魔舞》来。好几回拉住我的臂儿，沉着声问道："我们可是在梦中么？请你重重地拧我一下，我倘觉得痛时，就知道不在梦中咧。"我笑着答道："自然不在梦中。你生着这一副叫化骨头，总脱不了小家气象。我一向原享惯福的，倒没有甚么大惊小怪呢。"等到出茶馆时，我身边还有一个铜元。我那朋友一叠连声地道着谢，就兴兴头头地去了。临行把个纸烟尾儿嵌在耳朵上，说要带回去做个纪念品，将来发财时，决不忘我今天这一面一茶之恩呢。

那朋友去后，我便信步蹀去，想这最后的铜元该怎样化去。无意中却又蹀到了火车站上，瞧见许多卖报的人，在那里嚷着"一个铜元、一个铜元"。

我慢慢儿踱将上去,想这新闻纸上,不知道有甚么好玩的新闻? 仗着我识得几个字,倒能瞧它一瞧。横竖今夜不能找甚么宿头了,何不把这最后的铜元买了它一张,在街灯下边细细瞧去,藉此消磨长夜,倒还值得呢。想到这里,听得前边一个孩子也执着几张新闻纸,在那里嚷着"一个铜元、一个铜元",那时我身边有一个铜元听了这呼声,似乎勃勃欲动的一般。当下我便挨近了那孩子,瞧着他手中的新闻纸,一壁取了那铜元出来,在手心里顿着:想这最后的铜元,倒很有重量;此刻轻描淡写地化去了,岂不可惜? 万一有急难时,就是没命地唤它,可也唤不回来。买这一张捞什子的新闻纸,有什么用? 不比得墙壁上贴着的大戏单,夜中倒能当做鸭绒被盖着睡觉呢。我想到了这一层,便把这铜元郑郑重重地收入袋中去。谁知一个不小心,却铿地掉在地上。那孩子是个猴子般矫捷不过的,立刻弯下腰去拾将起来,接着说道:"先生你可是要买回一张新闻纸么? 不错,一个铜元够了。"说着,竟取了一张新闻纸纳在我手中。我很要夺回那铜元,还他的新闻纸。只想这孩子破口就称我先生,那是我以前从没听得过的,不论怎样,只得算了,就买他这一声先生,似乎也合算呢。瞧那孩子时,却还瞧着我那铜元,倒像验它是不是私版似的。那时我便把眼儿向这最后的铜元道了别,大有黯然销魂之慨。接着微唱了一声,挟着那新闻纸,走将开去。走了四五十步路,恰见路旁有一盏很亮的电灯,我就立住了脚,展开来瞧着。瞧了一会,不见甚么好玩的新闻,有的字不大认识,也跳过了。瞧到末后,便又翻身瞧那广告。眼儿最先着处,却着在一角一个小小儿的方块上。看官们要知道一个小方块,便是我今夜的宿头了。我仔细瞧去,却是一个招雇下人的广告。说要雇一个打杂差的,年纪须在二十五岁左右,身体须强健,性格须诚实,略须识字,每月工资六元;倘有愿就这位置的,赶快前来,下边便登着那公馆的地址。我看了两遍,心想这一家倒很别致,平常人家雇下人总上荐头店去,他们却在新闻纸上登起广告来,怪不得那新闻纸的广告生意分外地好。就是人家拆姘头撵儿子,也须登一个断绝关系的广告呢。只这广告的作用,自也不恶。有的藉着它做个法螺,大吹特吹地吹去,往往乳臭未干,识了几个字,便充着文学大家大登广告,居然老着面皮开学堂做起先生来了。这当儿我瞧着那广告,脑儿里欻地起了一念:想我的一身和那上边恰恰相合,今夜正没宿头,何不赶去试它一试? 别管它以后久长不久长,今夜总能舒舒服服地过它一夜咧。主意打定,立时依着那广告上的地址赶去。

一刻钟后,我早在那公馆里头的书房中,见那穿着洋装的少年主人咧。那少年主人向我打量了一会,又问我识字不识字。我一叠连声回说"识的识的",当下就把新闻纸上那个广告,朗朗读了起来。那少年主人似乎笑了一笑,便说:"今夜就留在这里,试了三天再说。"我即忙答应着退将出来,到厨房中休息着,等候使唤。一壁把那新闻纸折叠好了,很郑重地纳入袋中;一壁暗暗感激那最后的铜元,亏得仗着它我才有这三天的食宿。就是第四天上不继续下去,在我也很合算。请问踏遍了上海,可能找到这样便宜的旅馆么?以后倘能久长,自然更好了。前途飞黄腾达,也就全仗那最后的铜元呢!我这样想着,放眼望那外边,只见星光在天,月光在地,仿佛都含着笑容,在那里向我道贺的一般。咦,看官们,对不起,我主人已在里头唤我咧。再会,再会!

(原载《小说画报》第 3 号 1917 年 3 月出版)

血

升降机的基础，已打好了。铺上了水泥，水泥上染着一大抹血，一大抹鲜红的血，是一个十四岁小铁匠的血。

阴惨惨的天气，已下了三日夜的雨了。风横雨斜，滴滴落个不住，仿佛是造物主在那里落泪。可怜那门内的血，还没福受太阳的照临，衬托着门外的雨丝风片，更觉得凄凉悲惨。

南京路某号屋中，有四层的高楼，单有盘梯，没有升降机。一年上屋主因为加了住户的租金，不得不讨好一些，就在盘梯的中央造起升降机来。一个月前，便来了一班铁匠，把那盘梯改造。截短的截短，补长的补长，要腾出当中一个恰好的地位，容纳那升降机。一连做了一个多月，还没有完工。

四层的楼上都把绳子和狭狭的木板拦住，代替着栏杆。下面升降机的基础，却已打好，铺上了水泥，甚是结实。四条铁柱，也竖起来了。屋中上下的人，都暗暗欢喜，想一二月后就有升降机坐了，上楼下楼不必再劳动自己的脚，省些子脚力上游戏场兜圈子去。

那班铁匠的里头，有一个小铁匠，今年十四岁，名儿叫做和尚，他已没有父亲了，家中单有母亲。他是个独生子，并没兄弟姊妹。只为穷苦得很，他母亲不能养他，才投到铁匠作里去，充一个学徒。除了做工以外，还得做许多零星的事务，整日价忙着，没有一刻休息。到得身体疲倦极了，手脚都酸得像要断下来，方才在着地的破被褥中安睡。天色刚亮，就被他师父娘唤起来，依旧牛马般忙着做工，动不动还得捶打捶骂，只索咽下眼泪去。他每天吃的是青菜萝卜黄米饭，难得和鱼肉见面。但他还很快乐，还很满意，出来做工时，常常对着人笑，嘴里低低唱着歌。他见了那穿绸着缎的富家孩子，也并不眼红。

这天正是阴雨天气,并且冷得紧。他穿着一件薄薄的黑布棉袄,大清早就到那南京路某号屋中来做工。四层的楼梯上,因为常有人上下走动,沾着湿湿的泥,大大小小的脚印,不知有多少。每一个脚印,似乎表示一种生活中的劳苦。他到了第三层楼上,就取出家伙开始做工。为了天气冷,觉得手脚有些不灵,只还勉强做去。耳中听得门外车马奔腾之声,好不热闹,一时把他的心勾引去了,只是痴痴地想:想自己此刻十四岁,做着学徒,忙了一个月拿不到钱,不知道再过十年又怎么样?自己年纪大了,本领高了,可就能升做伙计,每月有四五块钱的工钱。带回家去交给母亲,母亲一定欢喜,或者给我一块钱做零用。如此每天肚子饿时,不必捱饿,好去买大饼和肉包子吃了。若是再做一二十年,那时我三四十岁,仗着平日间精勤能干,挣下多少钱来,或者已开了铁厂。如此我手头有钱,自己不必再做工,吃的总是肥鱼大肉,比青菜萝卜可口多了;穿的总也绸缎,或是洋装,好不显焕!到那时我母亲可也不致再捱苦,从此好享福了。每逢礼拜日,我便伴着母亲,出去玩耍,坐马车,看戏,吃大菜,使她老人家快乐快乐,也不枉她辛辛苦苦养大我起来……和尚想得得意,竟把做工也忘了。眼望着空洞之中,只是微微地笑。可怜这笑的寿命很短,冷不防脚下一滑,就从那拦着的绳子下面跌了下去,扑地跌在那最下一层水泥铺的基地上,脸伏着地一动都不动。

老司务在门口抽着旱烟,没有瞧见,也没有觉得。一会有一个邮差送信来,一眼望见楼梯下当中的水泥地上伏着一个人,便嚷将起来。老司务赶到里边,唤"和尚",和尚略略一动,却已做声不得。把他抱起来时,地上已留着圆桌面似大的一大抹血。那时门外有汽车掠过,车中有狐裘貂帽的孩子,同着他母亲上亲戚家吃喜酒去。唉,他也是人家的儿子!

五分钟后,和尚在近边的医院中死了。两颗泪珠儿留在眼眶子里,似乎还舍不得离这快乐的世界。唉,以后升降机造成时,大家坐着上下,须记着这下边水泥上染着一大抹血,一大抹鲜红的血,是一个十四岁小铁匠的血!

(原载《礼拜六》第 102 期 1921 年 3 月 26 日出版)

十年守寡

那阴气沉沉的客厅里挂着白布的灵帏，也像那死人的脸色一样惨白。帏中放出一派幽咽低抑的哭声来道："唉，天哪！你怎么如此忍心，生生地把我们鸳鸯拆散。算我们结婚以来，不过三个年头，难道就招了你的忌么？如今我丈夫死后，叫我怎么样？你倘是有些儿慈悲心的，快把我也带了去罢！"说到这里，一阵子抽咽，几乎回不过气来。接着又哭道："唉，我的亲丈夫啊！你怎地抛下我们去了？你上有父母，下有我和曼儿，都是掏了心儿肝儿爱你的，你平日间也说爱我的，就不该撇了我去。以后的日子正长，叫我和曼儿怎样过去！亲丈夫啊！我的心已为你碎了，求你带着我同去罢！"说完大哭一声，陡地晕了过去。当下起了好多呼唤的声音，有唤姊姊的，唤妹妹的，一阵子忙乱。过了好一会，方始哭醒回来。这时庭中风扫落叶，似乎做着呜咽之声，伴着那箔灰衣灰一块儿打旋子。梁上燕子听得哭声，一时没了主意，只是呆坐着不敢呢喃。

王君荣出殡的那天，他夫人身穿麻衣，头套麻兜，颤巍巍一路哭送出门。那麻兜是把极粗极稀的麻做的，梭子式的洞眼里露出那娇面的玉肌，只是哭狠了，已泛做了红色，再也不像是羊脂白玉一般。然而旁人瞧了都知道她是一个二十岁的青年寡妇，禁不住叹了口气道："可怜可怜，怎么年纪轻轻就做了寡妇！"大家听了她的哭声，也没一个不心酸的。独有那三岁的女儿阿曼坐在一个女下人的身上，随在枢后，还不知道是怎么一回事。口中衔着小拳头，两个小眼睛骨碌碌地向四下里转。小孩子是穿红着绿惯的，穿了麻衣，着了麻鞋，就分外觉得可惨咧。

王君荣今年不过二十八岁，是个矿工程师。他从北京工业大学矿务专科毕业以后,就受了一家矿公司的聘,做正工程师,他平时很肯用功,成绩自然很好,每天除了正课以外,还买了好多西洋的矿务图书,用心研究,所以他毕业时,就高高地居了第一名。连那德国教授工科博士施德先生也着实赞叹,说他的造诣,正不止大学中一个工科学士,赏他一个博士学位,也不为过啊!他既做了那矿公司的工程师,每月有六百块钱薪水,谁也不说他是中国工业界中一个有希望的青年?这年上他就结了婚,他夫人桑女士也是一个才貌双全的女子。结婚三年,夫妇间的爱情比了火还热,真实做了小说书中美满鸳鸯四个字。第二年生了个女儿,出落得玉雪可念,面目如画,取名叫做阿曼。红闺笑语声中便又多了一种小儿啼笑之声,分外热闹,却不道他们的幸福单有这三年的寿命。这一年四月中,君荣在湖北开采一个铁矿,用炸药时偶不经心,就把他炸伤了要害,医治无效,竟送了性命。一时新闻纸中都有极恳切的悼词。他的亲戚朋友和一般不认识他的人,都掉头太息,说这么一个有为的英俊少年,正挑着一副振兴中国工业的重担,前程万里,可没有限量。哪知轰然一声,竟把他轰去了。中国的工业还有希望么?王君荣遗骸送到上海故乡,王夫人自然哭得死去活来。他父母也分外伤心,仗着家中有钱,矿公司中也送了一笔很厚的抚恤金,把他从丰殡殓了。湖北方面的同事们,就把那铁矿所在的村主改了个名,叫做王君荣村,作为永久的纪念。

　　王夫人自从她丈夫死后,悲伤得甚么似的。她十七岁出阁,到今年二十岁,不过三年,原想天长地久,永永厮守在一起。加着得了这么一个好夫婿,芳心中自然也得意万分。哪知平地一声雷,把她的丈夫夺去了。三年中生了个女儿,又没生儿子。女儿终是要嫁人的,身后没有嗣续,岂不可叹。自分此身,自然要一辈子埋在泪花中,给他守寡,也不枉他三年来的相爱。只是以后的悠悠岁月,待怎么消磨过去啊?她本想一死殉节,然而不知怎的,却舍不得那三岁的女儿阿曼。她屡次把金约指纳在樱口中,只一想起女儿,就哇地吐了出来,慢慢地把死志打消了。可怜这一个二十岁的青年寡妇,天天过着断肠日子,真个对花洒泪,见月伤心。这一个偌大的缺陷,再也不能弥补的咧。她本来是喜欢玩的,从此却死心塌地,戏也不看了,牌也不打了,游戏场也不逛了,往往独坐空房,饮恨弹泪,对着亡夫的遗物,自不免有人亡物在之感。见了丈夫一本书,就下一回泪;瞧了丈夫一个墨水壶,就哭一回,索性把这壶子盛她的眼泪了。这样过了一年,她简直拗断了柔肠,捣碎了芳心。一个躯壳,似乎已有半个伴着她丈夫同埋地下咧!

　　中国几千年的老例是男子死了一个妻,不妨再娶十个八个妻的;女子死了夫,却绝对不许再嫁。再嫁时就不免被人议论,受人嘲笑,以后就好似在额上烙了"再醮妇"三个大字，再也不能出去见人。这社会中一种无形的潜势力，直是打成了一张钢罗铁网，把女子们牢牢缚着。倘敢摆脱时，那就算不得是个好女子咧。这当儿倘有人可怜见这二十岁的青年寡妇，劝她再嫁，她在悲极怨极时，未始不能咬咬牙齿去找一个人做终身之托，好忘她心中的痛苦。然而没有人敢出口劝她，她也不敢跳出铁网去。只落得亲戚邻人们啧啧称赞道："好一个节妇，好一个节妇！难得，难得。"除了这一句不相干的话外，再也没有甚么事足以慰藉她了。她翁姑见她留在家里随时随处都生感触，家中人又少，没法使她快乐，就劝她常在母家走动走动。因为她家有好几个兄弟姊妹，彼此都很合得来的。她在百无聊赖中，摆布不得，便也常往母家去。好在母家人人都爱她。父母更不用说了，妯娌和姊妹们瞧她可怜，千方百计地逗她快乐，不是打牌，便是看戏，上馆子，要使她没有片刻空闲的时候想起亡夫来。然而这样深悲极痛，是刻在骨上的，哪能忘怀？有时见了甚么悲剧，挑起心头隐恨，往往红着眼眶儿回去，眼瞧着兄弟姊妹都是对对鸳鸯，十分亲热，即使在反目的时候，闹得惊天动地，在她眼中瞧去，也总觉得有幸福，比了一个孤零身子，要反目都不能可不是强多么？然而她虽羡慕夫妇之福，自己却并没有再嫁的意思。人家娶媳妇嫁女儿，她总不愿去瞧一瞧，生怕见了难堪。这样一连十年，真个妾心如古井了。

王夫人长住在母家，不再到夫家去，翁姑们瞧她十年守寡，不落人家说一句话，也自点头慨叹说，他们王家祖上积德，后代才有这么一个小节妇，真是难得呢！于是送了一个存款的折子过来，给她取钱零用。又暗中嘱咐她父母，不时同她出去散散心。王夫人好生感激，除了阖家出去玩时凑凑热闹外，常日总是守在家里教女儿读书学绣，委实安分得很，十年一日，不曾改变她的节操。左右邻舍哪一个不说她好，恨不得给她造起节妇的牌坊来，做普天下女子的师表呢。

王夫人守寡第十一年的那年上，邻人们蓦地不见了她。大家都以为回夫家去咧，倒也不以为怪。到得第十二年的阳春三月，邻人们不由得吓了一跳，原来王夫人又出现了，还多了一个小娃娃。中国的社会是最喜欢管闲事的，简直连邻猫生子也要与闻与闻。如今就把猜疑的眼光，集在王夫人身上，大家都想问问这小孩子是哪里来的。然而王夫人一见他们走近时，早就讪讪地避开去了。于是大家益发猜疑，把心中的节妇坊打倒了一半。这疑团怀了一个多月，才由王夫人母家的一个女下人传出消息来，说那小娃实是王夫人去年生的。她十年守寡，原早已死了心。却不道孽缘来了，偏偏有一个亲戚家的男子常来走动，目挑心招给她已死的心吃了回生剂，竟复活了。

不知怎地在外边生了关系，父母没有法儿想，只索听她。后来他们俩就一同租了屋子，早去夜来，合伙儿过日子。据说那男子家中早有了妻子，手头也没有钱，然而王夫人像有神驱鬼使似的竟愿偷偷摸摸地和他混在一起，去过那清苦的生活。她未尝不想起自己这么一来，未免对不起那为公而死的王君荣。叵耐她那一颗芳心没有化成她丈夫坟上的石碑，也不曾伴着她丈夫同埋地下。苦守了十年，到底战不过情欲，只索向情天欲海竖了降幡，追波逐浪地飘去了。不上一年就生下个小娃娃来。先不敢出来，知道要惹人笑话，然而母家又不能久走，隐瞒是不能久的，也就硬着头皮索性露面了。她的心中未始不含着苦痛，然而又有甚么法儿想？世界是用"情"造成的，胸窝中有这一颗心在着，可能逃过这个"情"字么？

　　王夫人做了失节之妇，不久就传遍远近了。翁姑都长叹一声，说年轻妇人毕竟是靠不住的，懊悔当年不曾出口唤她改嫁，倒落得清白干净。父母也生了气，虽还体谅她青年守节，本来难受，只是待她也不如从前了。兄弟姊妹和妯娌们也另用一副眼光瞧她，虽仍同她亲热，只是谈笑之间，都含着些儿假意了。连她十三岁的女儿阿曼也和她渐渐疏远，镇日价埋头在书卷女红中，装做个不见不闻。她回顾一身，真乏味得很，和她亲爱的，不过是一个没有名义的丈夫，和一个没有名义的小娃娃。就她自己也没有名义，既不能算那人的妻，又不能算那人的妾。只听得社会中众口同声地说道："一个失节妇，一个失节妇！"

　　王夫人的失节，可是王夫人的罪么？我说不是王夫人的罪，是旧社会喜欢管闲事的罪，是旧格言"一女不事二夫"的罪。王夫人给那钢罗铁网缚着，偶然被情丝牵惹，就把她牵出来了。我可怜见王夫人，便蘸着眼泪做这一篇可怜文字，然而吹皱一池春水，干卿底事，我又免不了要受管闲事的罪名呢！

（原载《礼拜六》第 112 期 1921 年 6 月 4 日出版）

脚

车儿有轮子,才能载人载货物,行千里万里。人身也有轮子,仗着它往来走动,又一大半仗着它和生活潮流去奋斗。这轮子是甚么?不消说是一双脚。没有了脚,虽然一样呼吸做人,其实已成了个活死人,一半儿不能算是人了。在下侥幸有了脚,又侥幸没有坏,便一年年奔走名利场中。到底搬着这一双脚为了谁忙,又忙些甚么,我自己也回答不来,最不幸的就把我的性灵汩没了。然而这一双脚偏又缺它不得,横竖不走邪路,不走做官的终南捷径,也就罢咧。在下做这一篇《脚》,因为有两只脚嵌在我的脑筋和心目之间,兀的不能忘怀,只一闭眼就瞧见这两只脚。两只脚是属于两个人身上的:一只脚把脚尖点着地,脚跟离地一尺;一只脚从电车下拖出来,变了个血肉模糊!唉,好可怜的脚!

河南路棋盘街口,有一个二十多岁的黄包车夫,拖着车子招徕坐客。街角站着一个佣妇模样的少妇,提着两只挺大的篮子,要招车子。那车夫便柔声下气地求她坐,带着笑说道:"大小姐,请你坐我的车子罢!从这里到火车站,好长的路,人家至少要一角钱,我只消六个铜子够了。比人家多么便宜!"那佣妇把头一扭道:"我不要坐你的车,你跑不快的。"那车夫又道:"你不妨坐了试试。我虽是点脚,跑得也很快。你倘嫌不快时,尽可在半路上跳下来,一个大钱都不要你的。"那佣妇依旧不愿坐,到底坐了车钱一角的车子去了。那车夫瞧了自己的脚一眼,低低骂道:"天杀的,我都吃了你的亏!"原来徐阿生的左脚,天生是个点脚。要是点得低一些,人家可就不大注意,偏偏是个双料的点脚,五个脚指竖在地上,脚跟耸得高高的,离地足有一尺光景。除了双料近视眼和六十岁眼钝的老公公老婆婆外,没有不瞧见他一双脚的。阿生从小不曾读过书,家中又穷得精光。父母死时,他已十六岁,以后不得不设法自立,要找好些的事儿做。一则为了不读书没本领,二则为了那只点脚,再也不能走上发达的路去。末后穷得要死,连吃顿粥的钱都没有了,没法儿想,只得向亲戚们凑借了几个钱,租了一辆黄包车,做这车夫的生活。其实他那一只点脚,万万不配做车夫。车夫是靠着脚吃饭的,他这脚既打了个六折七折,不能飞跑,这一只饭碗终也是靠不住了。阿生每天拖着车子出去,自己原知道倘给人家瞧见了这点脚,一定不肯坐他的车子,因此上他总把右脚放在前面,遮住左脚,车价也不敢多讨,生怕主顾掉头他去。只消人家肯跨上他的车子,他就得意极了。他讨车价也并不是随意乱说的,估量路的远近,规定数目,比旁的车夫便宜七折。主顾仍嫌贵时,就打一个六折。他心儿里挂着定价表,那点起的左脚上可黏着大放盘的招贴咧。有几个粗心的贪他价钱便宜,刷地跳上车去,阿生拖了就跑,也不顾街路是刀山是剑池,总是没命地奔。然而生着一只点脚,哪能比得上旁的车夫?有些主顾,都是《水浒》传上霹雳火秦明的子孙,性儿躁得了不得。往往等阿生拖到了半路,呼幺喝六地跳下车去,不名一钱地走了。好在白坐了一会,不曾劳动贵腿,到底合算,再有一半的路就是走去也好,落得省了钱。阿生也没有法儿想,臭汗流了满头满脸,白瞪着眼送他远去。回过身来又把右脚遮了左脚,哀求旁人坐他的车了。有些人没有急事,生性也和平些的,就一壁催着阿生,一壁耐性儿坐到目的地,把已放盘的车价打一个折扣,说是为他点脚跑得慢的缘故。这种人已算是有良心的,阿生心中已感激得很。至于有几位没有火气的老公公老婆婆们,既不嫌他慢,又不扣他钱的,那真是乐善好施的大慈善家咧。阿生因为不容易得到主顾,又往往受半路下车的损失,所以一天中所得的钱,除了付去租车费外,简直连三顿苦饭也张罗不到。有时花两铜子买两个大饼吃下去,也就抵去一顿饭了。阿生原觉这种生活太苦,叵耐除此以外竟找不到甚么好些的事。一连好几年,仍和一辆黄包车相依为命,左脚仍点着,仍是哀求人家坐他的车。可怜他一身的血汗,不过和那车轮下的泥沙一样价值!

王狗儿十一岁上,就进了玻璃店做学徒。他就在这一年,死了他的父亲。他父亲是卖鲜果的,终年跟着时令,卖桃子,卖枇杷,卖西瓜,卖桔子,沿街唤卖,天天总要唤哑了喉咙回来。鲜果易烂,常常要受损失,如今他的身子也像桃子、枇杷、西瓜、桔子般烂去咧。卖鲜果的小贩是没有遗产传给他寡妻孤子的,两只装鲜果的竹篓担子,就是他唯一的遗产了。王狗儿母亲没有钱给儿子吃饭,又见丈夫卖鲜果不曾发财,因此不愿教儿子再理旧业。仗着隔壁玻璃店掌柜陈老先生的提拔,带他到店中做学徒去。玻璃店可没有多大的事给他学习,除了把金刚钻针划玻璃以外,就是扫地抹桌、淘米洗菜,替师娘抱小孩子,给师父倒便壶洗水烟袋。这简直不但做徒弟,还兼着婢女小厮老妈子的职务,倒也能算得能者多劳了。像这么重的一副担子,岂是一个十一岁的孩子所能胜任的?他要生在富家,可就能穿绸着缎,吃好东西,还得躲在奶妈子怀中打盹咧。然而上天造人,往往替富人和高一级的人打算,特地造成一种牛马式的人,好供他们役使。这一个王狗儿,也就是天生牛马式的人了。狗儿做学徒,一连三年,打骂已捱得够了,却不曾得到一个大钱。因为学徒的年限内,是照例白做事没有工钱的。狗儿母亲见儿子有了着落,不吃她的饭,已很满意。她自己替人家洗衣服,赚几个苦钱,也能勉强度日。有时狗儿捉空回家去,他母亲总勉励他,说你快勤恳做事,好好儿地不要犯过失;再过两年,就有工钱给你了。狗儿生平从没有过一块钱,不知道藏在身边是怎样重的。他曾见顾客们来买玻璃,掏出银洋来放在柜台上,银光灿烂,煞是好看,又叮叮当当好听得很。因此他也很希望有工钱到手,做事加倍地出力,师父和师娘嘴儿一动,他已忙着去做了。有一天他送十多块玻璃到一家顾客家去,把一个篮子盛着。师父见路太远了,为节省时间起见,给他四个铜子,唤他来去都坐了电车,又把上车下车的地点和他说明了。狗儿坐电车是第一次,又是一字不识的,只索在电车站上向人打听该坐哪一辆电车,"伯伯叔叔"叫得震天价响。大多数人对于这种闲事是不肯管的,怕一开口损失了唾沫。这天却有一位古道可风的先生,竟指点他上了一辆电车。狗儿很兴头地坐在车中,身儿飘飘荡荡地很觉有趣,心中便感激师父给他享福,以后做事更要勤些,把平日间的打骂全个儿忘了。当下便又向旁的车客问明了下车地点,提心吊胆地等着。末后听得卖票人已喊出那条路名来了,车儿还没有停,已有好几个车客拥向车门。他心慌意乱,抢在前面,又被背后的人一挤,连着一篮子的玻璃倒栽下去。不知怎的一只右脚伸在车轮下边,到得车儿停时,拖出脚来,早已满沾着血。加着他赤着脚,模样儿更是可惨。他倒并不觉得痛楚,连哭也忘了。坐在地上,收拾那破碎的玻璃,装在篮中,手上脸上已割碎了好几处。街上的行人和车中的坐客,都挤着瞧热闹,却没有人问他痛不痛的。一会儿巡捕来了,把旁人轰散。电车的轮儿闹了这乱子,不负责任,也早飞一般地载着车儿去了。巡捕说狗儿自不小心,合当捱苦。当下问了那玻璃店所在,替他叫了一辆黄包车,一挥手排开众人,大踏步走开去。他的责任也就完咧。狗儿坐到车上,脸色已泛得

惨白。他瞧着那十几块玻璃，稀烂的散在篮子里，知道回去定要受师父的一顿臭打，泪珠儿就止不住淌将出来。那脚上的痛楚也觉得了，好似有千百把钢刀在那里乱戳，热溜溜地痛得利害。低头一瞧，见脚背上鲜血乱迸，车中也淌了好些血，一晃一晃地动着。狗儿咬着牙忍痛，一壁低唤阿母。直唤到店中，便觉痛也略略减了。他师父蓦见他坐了黄包车回来，先就吓了一跳，接着瞧见那一篮的破玻璃，知道闯了祸，揪住狗儿便打。最后见了那只血肉模糊的脚，方始住手，问明原由，又把狗儿骂了一顿。一见破玻璃，心中恨得牙痒痒的，再也不管他的脚。可是砸了玻璃，血本有关，学徒任是碾断了脚，也不关他痛痒的。那掌柜的陈老先生知道自己是个介绍人，万不能袖手旁观，即忙把狗儿送回家去。狗儿到家中时，已痛得晕过去。狗儿母亲见儿子坏了脚回来，险些把心胆吓碎，肚肠都吓断了，疾忙把一香炉的香灰，倒在那脚上。然而血仍淌个不住，想请医生，苦的没有钱。那陈老先生是个吝啬鬼，向来一毛不拔的。刚才送狗儿回来，已损失了车钱，正在心痛。去向玻璃店主人商量，他老人家就把那一篮的破玻璃献宝似的献出来，反要求狗儿母亲赔偿损失，更算那三年多的饭钱。狗儿母亲没法，只索哭着回家。邻人们劝她送狗儿进医院去，只是进医院也要钱，又听说外国医生要动刀截去脚的，一吓一个回旋，更不敢送医院了。狗儿醒回来后，不时地嚷痛。他母亲吊了一二桶的井水，放在床边，喊一声痛，泼一回水，略觉好些。当夜就又堆上好多香灰，把好几块的破布包裹起来。这样一连几天；狗儿只是躺在床上喊痛，痛得周身发热。母亲没奈何，只索抱住那只脚，抽抽咽咽地哭。十五岁的孩子，哪能熬得住这样的痛苦！那脚既没有一些药敷上去，只吃饱了井水和香灰，便烂得一天大似一天。十天以后，竟烂去半只脚。这半只脚就带着狗儿到枉死城中去了。狗儿母亲哭得死去活来，不上一个月，竟发了疯，镇日价抱着一只破凳子脚，在门前哭，说是她儿子的脚。

（原载《礼拜六》第 114 期 1921 年 6 月 18 日出版）

旧 约

斜阳下去了，天已夜了。河边散步的人，都已散开去了，四下里渐渐寂静没有声响。但听得远处闹市中还有车马箫管之声，杂在一起，隐隐送到这个所在，却好似在别一世界中了。河边一只游椅中坐着一个少年，脸色沉郁得很，不时望着那半天星月长吁短叹，又喃喃自语道："交易所！交易所！原来是陷人的陷阱！我可就落在这阱中了。那蚀去的两万块钱，明天拿甚么还与债主？手头一个钱都没有，这便怎么处？"说时，望着那黑魆魆的河上，眼前陡地起了一种幻象，仿佛见一座挺大的牢狱峙在那里，开着两扇牢门，似是一头猛虎张开着大口等他进去，好不可怕！那少年一阵打颤，忙把两手掩住了脸，不敢再看这个幻象。当下呆坐了一会，似乎已打定主意了，蓦地长叹一声站起身来，仰天惨呼道："生不如死，死后就能逃去一切苦痛！我还是死罢。"便颤巍巍地直赶到河边铁栏杆旁，两手紧握着栏，把上半身弯倒在栏外，预备两脚向上一耸，一个倒栽葱栽到河中去。谁知正在这当儿，猛听得背后起了一片脚步声，早有人把他紧紧抱住。一壁说道："好好青年，甚么事不能设法？哪里没有生路，却偏要向河中觅死路去？"那少年没奈何，只得离了铁栏回过身来，抬头瞧时，见是一个衣冠齐整的中年人，口中噙着一枝雪茄立在那里，两眼停注在自己身上，脸上十分和善。那少年倒觉得忸怩起来，低着头一声儿不响。那中年人又道："到底是为了怎么一回事？快和我说，我或能助你一臂。你瞧那黑黑的水发怒似的流着，何等怕人！你为什么去乞灵于它？难道除了它，再也没有旁的路么？"少年太息道："没有路了！不瞒先生说，我身上正负着二万块钱的一笔大债，明天须得还与债主。但我除了一身之外不名一钱，因此赶到河边来寻一个归宿之地，撒手离了世界，这笔债也就逃去了。"那中年人道："但你这笔债又是怎样欠下的？可是为了平日间狂嫖滥赌，有荒唐的行径才挥霍去了这二万块钱么？"少年摇头答道："并不是在嫖赌中挥霍去的，只为起了个发横财的妄想，张罗了许多钱，一古脑儿去买那交易所现股。起先情形还不恶，竟能赚进几个钱，但我还希望它飞涨起来，比本钱涨上几倍，方始脱手。谁知不上几时，交易所的西洋镜拆穿了，股票的价值越跌越低。我慌了，生怕它末后连一个大钱都不值，即忙卖出。合算起来，除去收入的数目料理一部分债务外，还足足欠人二万块钱！明天无论如何必须归还，然而我的路都已断绝，又向哪里去设法呢？"那中年人叹道："唉，交易所不知道已坑死多少人了！你为甚么也妄想发财，陷到这陷阱中去？要知我们既在这世界中做人，应当劳心劳力地去做事，得那正当的血汗代价，若要不劳而获，世上哪有这种便宜的事？你平日可有甚么正当的营业么？"少年道："有的。我本是高等商业学堂银行专科的毕业生，离了学堂以后就在市立银行中办事，充出纳部的副部长，每月也有一百块钱的薪水，年底分红也很不薄。"中年人道："如此你前途很有希望，将来发扬光大也未必不能成一个富人，为甚么不好好儿依着这正路走，偏自轻意走到那邪路中去呢？你可有父母可有兄弟么？"少年道："父母单生我一个人，并没有兄弟姊妹。父亲也已去世十年，如今单有母亲在家。"中年人道："好狠心的人！你发财不成自管觅死，便抛下你母亲孤零零地过活么？"少年道："这也是没法的事！我本来很爱母亲，很要使她享福，但是事已如此，哪里还能顾到她老人家？"中年人道："大好青年应当在世界中做些事业，好好儿奋斗一场，自杀的便是懦夫，是弱虫。即使做错了事也该设法改变过来，万不能一死自了，把你父母辛苦抚育你长大的身体断送了。"少年颤声说道："先生！请你不要苛责。我们立地做人，谁不爱惜他的性命？瞧那花花世界，何等可爱，谁不想长生不老，永永厮守着？像我这样割舍一切，要投身到河中去，也叫做无可奈何呢！先生请便，我管我死，你管你走路罢。"说完旋过身去，仍要向铁栏杆畔走。那中年人却一把扯住他道："算了算了，没的为了二万块钱牺牲性命，我自问还有这能力助你一臂，我们且来商量一下子。"一壁说，一壁同着那少年在游椅中坐下。接着又道："我听了你的谈吐，知道你实是一个诚实的少年，堕落还没有深，发达也甚是容易。你要二万块钱还债，我此刻就签一张支票给你，不过我有一个条件愿你遵守：以后不许再做那种不正当的营业，好好地仍到那市立银行中当你的出纳部副部长去。每月一百块钱的薪水，似乎尽够你们母子俩的用度。市立银行是一家很发达的银行，照你这一百块钱薪水算，明年此时至少有二千块钱的分红。今夜我给你这二万块钱,完全是借贷性质,虽然不须借据不须付息,但你年年今夜须到这里来还我二千块钱,十年分十期,理清这笔债。你可能答应下来么?"那少年做梦也想不到一条绝路中忽然开出一条生路来,当下感激涕零不知道该说甚么话才好,支吾了好一会才嗫嗫嚅嚅地说道:"先——先生,我甚么都愿答应!以后定要依着正路走,决不再堕入魔道了。一年二千块钱,我也敢答应的。"中年人很高兴似的说道:"这样再好没有。我们准定照这样办,年年今夜我在这里等你的二千块钱。在这一件事上,我能见你的人格如何,你可不要失约啊!"少年连应了几声不敢。他便从身边掏出一本支票簿来,就着一边街灯下面签了一张二万块钱的支票给少年藏好了,又安慰了几句,便说一声再会,三脚两步跑去了。少年随后喊道:"且慢,请问先生尊姓大号?"那中年人似乎不听得,飞一般跑去。少年又大声说道:"先生记着,我叫做胡小波!我叫做胡小波!"那时星月在天,照见那中年人已在街角上跳上一辆马车,渐渐远去了。

胡小波得了那二万块钱,第二天把债务一起料理清楚,顿觉心头舒服,身上轻松。放着一副自然的笑脸回去见母亲,把前后的事都说了出来,母子俩哭一回笑一回,又悲又喜。他母亲更不住地念着佛号,要替那不留名的大恩人供长生牌位。小波银行中的职位原没有辞退,自然照常前去办事。前几天满面愁云,如今可换上一副笑脸了,映着那出纳部柜台上明晃晃的黄铜栏杆,更见得神采飞扬。他心中已立定主意,从今天起可要重新做人,依着袁了凡氏"以前种种,譬如昨日死;以后种种,譬如今日生"的两句话,脚踏实地做去。他心中脑中深深刻着那夜预备投河时的情景,又牢牢记着那恩人的一番金玉之言,把一切发财的妄想、行乐的恶念,全都赶走了。每天到银行中勤恳办事,再也没有旁的意念来扰他的精神。第二年年底,他喜出望外,竟得了三千块钱的分红!暗想,这回就能付清十分之一的债款。到了那和去年同月同日的夜中,就揣着三千块钱的钞票,守着旧约到河边去,会那不留名的恩人,坐在游椅中回想去年此时情景,真觉得感慨不浅。但是这夜从七点钟起直等到十二点钟,不见那恩人到来。河岸草地外的大街中,除了曾有一辆汽车开过外,并没有旁的车子经过,走过的人也不多,没一个到河边来的。小波没奈何,只索没精打采地回去。明天到银行中,就用了不留名先生的名义,把三千块钱一起存下了。以后一连几年,小波兢兢业业,尽心在银行中,他的职位已从副部长升到正部长,每月的薪水既加多,每年的分红也加厚了。他母亲见儿子一年胜似一年,常常嘻开了嘴笑。每年到了那一个投河纪念的夜中,他总揣了二千块钱到河边去,然而一次也不见那恩人到来。他心中好生诧异,想那恩人可是打算把二万块钱的债务取消了么?但他仍不敢动用一钱,把分红所入一起存入银行。曾有两回在各大报纸上登了封面广告访寻那不留名的恩人,却一封回信都没有来。他一年年依旧守着旧约,却一年年失望回来。到了第十年上,小波一查银行中的存款,连本带利已有了十万块钱。等到了那夜,便提出八万块钱一张支票仍到河边去,预备把旧债加上几倍,还他八万,藉此表示自己的感激之心。说也奇怪,这夜他刚到河边,那恩人早已在游椅中坐着等他了。一见了小波,便立起来和他握手道:"恭喜恭喜!十年来你已完全换了个人了。银行中挣下了多少钱?可有十万么?"小波笑着答道:"已有十万了。十年来每逢这一夜,我总守着旧约,怀了那笔钱到这里来,但总不见你老人家践约。我没法想了,又为的不知道尊姓大号,没处可送,登了广告又不见回信,于是只得把钱存入银行。今天我预备和你老人家打消这笔旧债,十年前的二万之数,加利奉还。"说时,忙把那张支票双手递与那中年人,眼中不觉落了两滴感激的热泪。那中年人却把小波的手儿一推,带笑说道:"小波,算了。这笔债早就取消。我不是别人,便是人家称做中国丝王的洪逵一,家资千万,还希罕你这八万块钱么?当初我给你二万,本是可怜见你,存心送给你的,只怕当时不是那么激励你一下,你就没有这一天呢!但我还须向你道歉,十年中失了九回的约,累你白白等我,真对不起得很!每逢这一夜,我原也坐着汽车经过这里,瞧你来也不来。十年中你竟一回不脱,足见你真是个不可多得的君子,使我佩服极了。"小波听得他就是丝王洪逵一,几乎一吓一个回旋,当下忙又说了好多感激的话。洪逵一瞧着小波,又笑问道:"小波你有了那十万块钱,打算怎样?可要开一家交易所玩玩么?"小波忙说:"不敢不敢。目前中国没有完备的造纸厂,还是去开一家造纸厂。不知道逵翁意下如何?"洪逵一道:"这意思很好。我再助你十万基本金,你自管好好儿办去。"

第二年春上,胡小波便辞去了银行中的职位,开办造纸厂了。不上三年,已很发达,中国的报界出版界全都用他厂中的出品。一年年过去,差不多已和洪逵一的丝业分庭抗礼,小波名利双收,好生得意。他得意中的第一事,就是洪逵一才貌双全的女公子德英,已做了他的夫人了!

(原载《礼拜六》第 126 期 1921 年 9 月 10 日出版)

028

圣贼

　　世界中没有不能改过的人，有了过失，只要有决心去改就是了。陈德怀是个贼，他所犯的过失要算大了，然而也勇于改过。他最后的结局，仍死在铁窗之下，却正像耶稣在十字架上就义，有牺牲的精神。他不但改过，还保全一个恩人之子，到底使这恩人之子也改过了；但他死后，社会中人还骂着他道："他是一个贼，他是一个贼。"

　　陈德怀做贼，是从中学堂里做起的。他早年死了父母，家中又没有钱，在孤儿院中毕业后，送到中学校受中学教育。他寄宿在校中，学费膳宿费却豁免的。他天资很聪明，功课总在八十分以上。这时他已二十岁了，不幸有了一种嗜好，这嗜好也是他的同学们引起来的。你道是甚么？便是打扑克。同花顺子，常常同着三角几何中的方式，盘据在他的心脑中。晚上和他同房间的，有五个同学都是打扑克的健将，家道也都不恶，向家中取了钱便带来做赌本。每天晚上息火安睡时，他们只假睡了一会，就悄悄地起来，同聚在一个帐中，点了洋烛，立时开赌了。好在扑克牌不比麻雀牌，纸片儿寂静无声，神不知鬼不觉地尽自赌去。只要取到了好牌，不跳起来欢呼，那就不怕败露。那监学程先生恰又是个瞌睡汉，往往一瞌睡到大天光，半夜里并不起来查察，他们的赌局，可也是一百年不会捉破的。德怀既和他们同房间，自也加入伙儿，不知怎的，从此竟入了魔道，每天不赌不能过瘾。叵耐赌运不好，十赌九输。他生性又喜欢虚荣，家都没有偏要装做富家子模样，连赌了几夜，他竟输了十多块钱。手头哪里有甚么钱？只索记账。但是心头很觉不快，总想要料理这笔赌债，一天到晚虽仍用心读书，一壁却兀在那里想得钱之法。有一天他下课后，偶因问一节文法入到英文教员的房间中去，瞥见桌子上放着一只金光灿灿的金表，像火箭般直射到他眼中。他心中一动，接着别别别地乱跳起来，当下胡乱问了文法退将出来，心头眼底就牢嵌着这一只金表，估量它的代价总要好几十块钱，如此还了赌债，还有余下来的钱做赌本。他这么一想，就立下决心要去偷了。他的房间恰恰和英文教员是斜对门，那时同学们大半在操场上运动，宿舍中没有多少人，只有几个死用功的同学，关紧了房门在那里自修。他在门罅中偷瞧着英文教员的房门，守了好久，蓦听得门声一响，英文教员出来了。德怀的心陡又猛跳起来，满脸子蒸得火热，一霎时间心中似乎变了一片战场，爱名誉的心和爱钱的心彼此厮杀起来。临了儿到底是爱钱的心占了胜利，于是蹑手蹑脚地溜将过去，硬着头皮推门进房，一眼瞧见那金表仍在桌上，似乎对着他笑。他这时已自以为贼了，刷地赶到桌前取了那金表揣在怀中，依旧蹑手蹑脚地溜出来。哪里知道合该有事，刚刚溜出门口，那英文教员早已回来，一见德怀，便问有甚么事。德怀面色如死，讷讷地回不出话来，忽地探出那只金表，想捉空儿捺在那里。这一下子可就被英文教员瞧出来了，先向桌子上一瞧，忙把他臂儿扯住，那只金光照眼的金表早在他手中奕奕地晃动了。英文教员大发雷霆，拉他去见校长。不一会"陈德怀做贼"已传遍了全校，通告处揭起开除牌子，限明天清早出校。这一夜他缩在床上，捱尽了同学们冷嘲热骂，连那五个扑克朋友也不留情面，要和他清算赌账。德怀逼得无可奈何，只得苦苦地哀求，耳边但听得四下里都腾着一种声音，仿佛说"陈德怀是个贼"，"陈德怀是个贼"。第二天早上，可怜陈德怀便背着一个铺盖，在同学们嘲骂声中低头出校去了。德怀无家可归，便到孤儿院中去恳求院长，一把鼻涕一把眼泪说了好多忏悔话，立誓以后决不再犯过失。院长戈厚甫是个恺恻慈祥的老先生，今年六十岁了，脸上额上都满着皱纹，每一条皱纹中似乎都含着一团和气。他见德怀怪可怜见的，自然答应他设法。当下便写了一封信，介绍到旁的一个中学校去。哪知他偷金表的事已传得很远很快，他们一见"陈德怀"三字，都掉头拒绝说我们这里都是好好的学生，不能容一个贼在里头。连试了几个学堂，都是如此。德怀惭恨交加，自悔当日的一时之误，一壁却又怨恨那些学堂，想一个人犯了过，可是绝对不许他改过么？要回到孤儿院中去，却又觉得惭愧见院长，因此决意不去。向四下里谋事做，知道这陈德怀三字不能见人了，便化了许多名字到处撞去。然而他额上仿佛刺着一个贼字似的，没有人肯收容他。其实并不知道他曾做过贼，实在为目前谋事的人太多了，位置却不多，因此跑去都碰一鼻子灰。有的有位置空着，却要保人押柜银，这两要件他都做不到，便不能做甚么事。他没法可想，于是流落了。那铺盖早已变钱，支持了两个多礼拜，渐渐儿把身上衣服剥下来。这当儿已是深秋，树头叶子黄了，西风刮得很紧。陈德怀的身上已剩了两件短衫子，去和西风作战。他要做化子，又苦的没有这嘴脸向人去化钱。打定主意，惟有走"自杀"的一条路了。一天早上，他长吁短叹在一条小弄中走，预备寻一条河去，低倒了头，泪如雨下。正在这时，猛觉得有人在他肩头拍了一下，抬头望时却见是孤儿院院长戈老先生。院长不等他开口，先就说道："德怀，你既不能进旁的学堂，为甚么不回到院中来？我曾着人找了你几天，竟找不到。你堕落到如此，将来还能在社会中做事么？"德怀哭着答道："戈先生，学生并不要如此，只为学堂中既不肯收，要谋事又谋不到，回来见先生自己又觉得惭愧。想我永远挂着这个……贼……的头衔，一辈子没有希望了，今天打算自杀去，免得在世上出丑。再去做贼，那是我万万不愿的。"戈院长正色道："德怀，别说到自杀两字。一个人偶犯过失，可不打紧。我相信你是个能改过的人，快快努力做君子，洗净你的恶名。人家不收容你，我收容你。院中正要多用一个书记，就委你担任，每月十五块钱的薪水，可也够你一个人使用了。"这时德怀感激已极，长跪在戈院长跟前，流泪说道："戈先生，学生感激极了！只图来生报答你的大恩。要是社会中人都像先生般宽大，容人改过，以后犯过的人可就少了。"戈院长扶他起来道："算了，你且同我家去，借我儿子的衣服用一用，从明天起好好在院中办事，别辜负我成全你的苦心。"德怀忙收泪答道："我知道！我知道！"

陈德怀在孤儿院中做书记，天天勤恳办事，毫不懈怠，骂他贼的声浪也渐渐儿没有了。他怕人小觑他，也不敢和人交接，只是伏在办事室中，自管做他的分内事，少说少笑，变做了个很古板的人。同事们有知道他往事的，也不敢再讥笑他，背地里总说他是勇于改过的。院长有一个儿子，叫做戈少甫，在院中充舍监，今年三十岁左右。面目俊爽，是个风流自赏的人物，常瞒着他父亲在外面逛逛窑子，吃吃花酒。家中有慈母，很肯给钱他使，因此挥金如土，未免太豪放了些。他和德怀倒很合得来，凡是私人信件也得拜托德怀代笔，德怀自然没有不效劳的，有时有甚么不大正当的事，还得苦口劝着少甫。少甫没有话，只是点头笑笑罢了。

德怀在院中一年多了，很得戈院长的信任，常在董事们跟前称赞他，说天下第一个勇于改过的，要算得是陈德怀了。德怀愈加奋勉，一心向上，他见院长儿子在外荒唐很为担忧，又不敢去告诉院长，伤他们父子的感情。一天院长收到了一个慈善家的捐款，是三千块钱一张支票，交到办事室中，那时办事室中有好多人，少甫和德怀都在那里。司库的会计先生正忙着算一笔很乱的旧账,把支票搁在桌子上不曾收拾好,一转眼却不见了。当下室中大乱,会计满地里乱寻没有寻到,于是又急又恼,说一时间还没人出去,非得向各人身边搜一下子不可。五分钟后,便在陈德怀身边搜出来。会计暴跳如雷,不肯罢休,立时唤校役去召警察来,把德怀拘捕去了。到得院长到来,已来不及。他心中也很着恼,想德怀的改过,原来是装着幌子哄人的,到底种了贼的根性总难变换过来,我倒上了他的当,还信任他,一见了钱可又来了。于是气冷了心,尽看德怀去受法律的裁判。三天以后,已由官中判定了一年的监禁。一时"陈德怀做贼"的声浪,又传遍了社会,凡是知道他的人都唾弃他了。他入狱后,并没甚么悔恨,面上反常有笑容。第二年夏季,快要期满释放,忽然害了急痧,不上五分钟便气绝了。大家听了这个消息,都淡淡地毫无怜惜之意,说他是个贼,死了倒干净咧。

　　这一天晚上,戈院长回到家里,把陈德怀死在狱中的话告知夫人,彼此微微叹息,说好好一个孩子竟如此结局,真想不到的。那时少甫恰正久病新愈在家中养病,一听这话,便直跳起来,忽地哭着说道:"唉,天哪!这是我戈少甫杀死他的!教我怎么对得起他?"他父亲母亲都呆住了,忙问是怎么一回事。少甫抽抽咽咽地说道:"先请父亲母亲恕了孩儿。不瞒你们说,这二年来孩儿住在院中,向不回家,每天晚上常和几个朋友在窑子里走走,花酒、扑克几乎夜夜有的。今年相与了一个姑娘,衣服首饰已报效了不少,她定要嫁我,我也答应了。但恨手头没有钱,四处张罗也张罗不到,可是赎身之费,至少要三千块钱呢!那天恰有人捐给院中三千块钱,父亲把支票交到办事室中,会计忙着算账没有收拾好,我便捉空儿偷了。我穿着洋装,随手纳在外衣袋中,正待溜出去,会计却觉得了,四处找寻,并且要搜查各人的身上。我急得甚么似的,不知怎的,陈德怀忽从我外衣袋中取了去,一会儿那支票便在他的身上搜出来,代替我被捉将官里去了。"说到这里,伏在桌上又哭。他父母呆坐着,说不出话。少甫哭了半晌,又接下去说道:"他入狱后,曾寄给我一封信。说父亲是他的恩人,这一回事就是他报恩之道。信中又苦劝我赶快回头,别再去嫖。这时我也大彻大悟了,因便绝了那姑娘,立誓不再踏进窑子一步。但是一年以来,我总觉转侧不安,心中十分难堪。要自己投案去代德怀坐监,又怕拖累父亲令名,因此不敢妄动。不想德怀如今害急病死了,我要报他的恩已无从报起。唉!天哪,教我怎样对得起人啊!"戈院长掉了几滴眼泪,说道:"算了,你既已改过,我也不用再责备你。不过陈德怀当然是我们害死他的,须得好好儿料理他的身后,也算是表示我们一些感激之心唉。德怀毕竟是个英雄,我一向赏识他,可真是老眼无花咧。"

半个月后，他们已造了个很庄丽的坟，把德怀葬了。碑上刻着的字，是戈院长亲笔写的，叫做"呜呼小友陈德怀之墓"。大家见他这样优待一个贼，都莫名其妙，只说老头儿怪僻罢了。偶有人提起陈德怀三字时，大家仍还骂着道："他是一个贼，他是一个贼！"

（原载《礼拜六》第 134 期 1921 年 11 月 5 日出版）

汽车之怨

看官们，在下非别，是许多人爱慕和许多人怨恨的一件东西，名儿叫做汽车。出身本在外国，所以还有个外国名字，叫做摩托卡（Motou），又号乌土摩皮（Automobile）。我的姊妹兄弟，为数众多，直好说足迹遍于全世界。我们心爱繁华，所以专在那些繁华的去处，往来飞逐，大出风头。至于非洲的沙漠，西比利亚的荒原，我们可就裹足不去了。在下是上海几千辆汽车中的一辆，生在美国，不久就由人带到上海。论我的模样儿，十分漂亮，身穿大红袍子，霍霍地放着光彩。长得又肥瘦适中，修短合度，就是评论中外古今的美人儿，也不过这八个字，可见我长得好看了。四只橡皮脚，又软又白，和那六寸肤圆光致致的美人脚没甚分别。不过两个眼睛生得大些，但也构造得好，顾盼生姿，况且西方美人，本来以眼大为贵，我瞧上海地方也有好多饱眼睛的美人，惯向人家飞眼风的。不过我的声音似乎大了些，一开口总把旁人吓跑，比不得美的人儿莺声燕语，呖呖可爱，任是破口骂人，人也娓着不肯走呢。

闲话休絮，且说我既到了上海，就在一家汽车公司中住下了。一连几天，坐在大玻璃窗中，仗着我的模样儿好，不知吸到了多少中外男女，都在窗前站住了，笑嘻嘻的向我瞧，又口讲指画，瞧着我评头品足。连街头乞儿，也得对我瞧瞧，知道一辈子没有他的分儿，只索叹息而去。不上几天，我却被一个中国大腹贾瞧上了，真个一见倾心，十分中意，立时出五千两身价银子，把我买了回去。我瞧他满身俗气，雅骨全无，不免有明珠投暗之叹，但是实逼处此也，无可如何，只索同着他后堂姬妾装点他飞黄腾达的门面。可是中国人一朝得意，除了大兴土木，造大洋房以外，总有两种目的物，一种是小老婆，一种是汽车。倘是一个人有几个小老婆，几辆汽车的，就可见这人是个很得意的人物了。我那主公也是如此，他小老婆足有半打之数，但听得下人们三姨太太二姨太太五姨太太的乱叫，连我也辨认不出谁是谁，不知道那主人怎样应酬他们的。论到汽车，可怜我也居于四太太的地位，因为他先前早已买了三辆了。仗着我是个新宠，很讨欢喜，日夜总坐着我出去，但是休息时少，疲于奔命。一会儿上银行，一会儿上总会，一会儿上那家阔官的公馆，到了晚上，又得上好几家酒楼餐馆、戏院、窑子，并且到那种不明不白的地方去，累得我终夜在外，餐风饮露，又出乱子碾死人，这种生活，可也过得怨极了。

一天恰逢主公病了感冒，才得在家休息一天，恰巧我上边那三位汽车太太，也不出去，我们便开了个谈话会。一块儿谈谈说说，倒也有味，但是一谈之后，大家都是怨天恨地，没一个满意的。他们三位进了我主公的门，多的三年，少的也一年多了，据他们说，主公的那几位姨太太和公子女公子们，都喜欢自己开车，横冲直撞的，把他们开得飞跑，这几年中也不知道闹了几回乱子。男子、女子、老婆子、小孩子，已杀死了不少，好在主公有钱，杀一个人，至多花一二百块钱完了。最冤枉的要算是我们做汽车的，可是出了事，人家总说汽车害人，连新闻纸中也大书特书的"汽车肇祸"，其实害人咧，肇祸咧，何尝是我们自动，都是驾驶我们的人主动的。譬如大炮机关枪倘没有人装子药进去施放，他们也会轰死人么？然而舆论不管，往往派我们做汽车的不是。还有那班汽车夫，想要讨好主人，总把我们开得飞奔，倘是载着那珠围翠绕花枝招展也似的小姐姨太太们，那就更要开得飞快，出足风头，直好似入了无人之境，人家的性命，全都不管了。出了事，总还说死者自不小心，自己把身体送到车下来碾死的，不是开车的不是，可怜死人不能开口，不能爬起来辩白，也只索受了自不小心的处分，冤冤枉枉的死定了。记得有一回那一位公子自己开车，碾死了一个穷人家的孩子。这孩子年已十二三岁，是三房合一子的，虽是生在贫家，可也名贵得很，但为了那位公子要出风头，就轻轻的牺牲了这条小性命。好一位公子，见了那臂断腿碎血肉模糊的尸体，毫不在意，口中衔着雪茄，微微一笑，接着就从身边掬出一叠钞票来，等候罚金。那孩子的家原是在近边的，顿时惊动了他三房的父母，一窝蜂的赶来，抱着那破碎的尸体，呼天抢地的痛哭，大家闹到官中，上官判罚三百块钱。公子早就预备着的，把那叠钞票一掷，返身走了。谁知那三房的父母很不识趣，竟不希罕这些钞票，苦苦的求着上官伸雪，并且愿意把六条老性命一起牺牲，自去横在街上，请那公子照样的把汽车来碾一碾，碾死了他们，免得以后不见儿子的面,一辈子受精神上的痛苦。这几句话,说得大家掉下泪珠来,这件事不知道后来怎样了结的,可真凄惨极了!唉,我们每夜停在汽车房中,似乎夜夜有冤魂到来,绕着我们的脚,啾啾哭泣,就我们身上的大红颜色,也仿佛满涂着他们的鲜血呢。

我们美国诗家谷①地方,有一个贤明的长官,对于那种开快车的人,有一种特别的裁判法,他不要罚金,只把犯案的人带到验尸所中,指点那些被汽车碾死的孩子,给他们看,唤他们一礼拜后再来。这一礼拜中,他们受了良心上的裁判,夜中常常梦见自己的儿女死在汽车之下,于是一礼拜后再到官中,说以后决不敢再开快车了。不知道把这种裁判法施行在上海,可有效无效。只怕上海富人的心地太硬,见了尸体不动心,想自己儿女出门总坐汽车,一辈子不会给人家碾毙的,夜中做梦,又总梦见的饮食男女之乐,如此这一种良法美意,可也不行了。但我忝为上海几千辆汽车之一,敢代表几千辆汽车,向有汽车的富人贵人说一句话,并且替无数穷人苦人请命:"诸公要出风头尽着出,但也总须顾全人家性命。自己不开车的,便劝导劝导汽车夫,随时留心一些,不要给人家瞧我们汽车是刽子手中的刀,又使我们担怨担恨,代诸公受过咧。"

《新申报》的任嫩凉先生,前天做了一篇小言叫做《汽车之怨》,先前我那《半月》杂志中,原有一篇小说叫做《汽车之恩》,彼此恰恰相反,做了个对儿。任先生对于最近一件汽车案,很有发挥,深得我心,末了说这汽车之怨四字,倒又能做一篇小说。小子不揣谫陋,就大胆做了这么一篇,还须向任先生道谢,赐给我这个小说材料,鹃识。

(原载《礼拜六》第 157 期 1922 年 4 月 15 日出版)

---

① 诗家谷:现译芝加哥。

挑夫之肩

　　黄浦滩一个码头上，有一个老挑夫傍着铁栏杆坐着，把他那件千缀百补的破棉袄翻来覆去，不住地在那里捉虱。捉到了一个，便放入口中细嚼，倒像很有滋味似的。这挑夫年已六十左右，头发白了，他把一顶破毡帽罩着，只露出乱乱的几丝，嘴上还没有胡子，但是胡根也雪白了。他忙着捉虱，几乎把他破棉袄的全部都已检到，末后索性脱了一半，露出一只黄黑的右臂来，臂上肌肉缕缕坟起，分明是很有气力的样子，但他臂膊以上肩井的上面，有使人惨不忍睹的便是血花模糊的一大块，斜阳红上他的肩头，只见半红半紫又有一半儿黑，分外地可怕。

　　这当儿五点多钟了，斜阳正照在水面，一闪一闪的，仿佛撒了许多金屑金片一般。小说家秦芝庵这几天正缺少小说材料，任他搜索枯肠，也搜不出什么材料来。他一向相信，街头巷口便是小说材料出产之所，随时随地找得到材料的，于是带了一本手册走出门来，一路信步跶着。不知不觉跶到了黄浦滩边，恰恰跶过这老挑夫坐着捉虱的码头。他一双尖锐的眼睛，就被老挑夫右肩上那个半红半紫半黑血花模糊的一大块吸引住了，不由得立住了脚，呆看了半晌。老挑夫自管低头捉虱，并没瞧见他。秦芝庵却忍不住了，开口问道："老伯伯，你肩上可觉得痛么？"这时老挑夫恰从那乌黑的棉花中捉到了一个虱，猛听得有人问他，也来不及答话，先把这虱送进了嘴，才疾忙抬起头来，一壁嚼着那虱，一壁反问道："先生，你问我什么话？"芝庵道："我问你肩上破碎了这么一大块，可觉得痛么？"老挑夫向自己右肩上瞧了一眼，摇头微笑道："这算什么来？我仗着这两个破碎的肩胛，已吃了二十年的饭了。只要肚子不饿，心不痛，还怕肩胛痛么？"说着，索性把那破棉袄全脱了下来，露出那左肩来,也一样的半红半紫半黑,有这么血花模糊破碎的一大块。

　　秦芝庵不知不觉地在老挑夫身旁坐了下来,忙道:"老伯伯,你快把这棉袄穿上了,这样深秋的天气,没的受了冷。"老挑夫把棉袄披在身上,不再捉虱了,慢吞吞地答道:"我们这种不值钱的身体,在风露下面磨惯了,哪得受什么冷? 你几曾见我们挑夫会伤风拖鼻涕的?"说得芝庵笑了,当下掏出他的金烟匣来,把一枝华盛顿牌纸烟授与老挑夫。老挑夫笑了一笑道:"先生,谢谢你,我吃不惯这个,这里有旱烟管在着。"说时,从他裤带上取下一枝短短的旱烟管来,装了一管烟。芝庵忙扳开引火匣,给他点上了,一壁又问道:"老伯伯,你当这挑夫有多少年了? 可是少年时就做挑夫的么?"老挑夫道:"我做这挑夫,大约有二十年了,那时记得是四十一二岁罢。少年的时候,我也像先生一样,读书识字,且还在小学堂中当过三年的算学教员。我父母早故,单有一妻一女,每月四五十块钱的束脩,已很够敷衍我一家的衣食住了。唉! 先生,不道妒忌倾轧,随处都免不了。我这每月四五十块钱束脩的算学教员,可没有什么希罕,但我钟点比别班的算学教员少一些,出出进进似乎舒服得很,因此遭了别一班的算学教员妒忌了,鬼鬼祟祟地在校长跟前说我坏话。第二年上,钟点加多,束脩减少。我知道有人在那里倾轧我,于是一怒辞职,抛下教员不做了。"说到这里顿了一顿,抽了几口旱烟。芝庵问道:"你既不做了算学教员,就当挑夫么?"老挑夫带笑容道:"不做教员,就做挑夫,这改行未免改得太快了。我出了学校后,仗着一家有钱的亲戚出了一封介绍书,介绍到一家银行中充任会计科副科长。谁知不上一年,又被人倾轧,把我轧出去了。以后连换了好多职业,受了种种刺激,从没有做得长久的。心中暗暗慨叹,想人生世上,吃饭如此艰难,人心如此险诈,动不动就是妒忌倾轧,真使人怕极了。商学两界,我已尝过滋味了,倒要尝尝别界的滋味如何。到了三十八岁那年,便得了一个很好的机缘,入了道署做起幕友来了。那道台很信任我,什么事都和我商量,我说的话,他老人家差不多没有不依从的。和我立于同等地位的幕友还有四五个,见我独得主座信任,自然妒忌起来。到得我自己觉得,设法挽救时,已来不及,毕竟被他们挤去了。我这时心灰意懒,回到家里,简直不愿再出去做事。只是混了多年,毫无积蓄,我的妻向来是享用惯的,除了手头有一二千块钱首饰外,也不曾给我积什么钱。我坐吃了几个月,一瞧局面不对,托了许多亲友,一时也谋不到事。偶然想到有一个好友在山东办盐务,便带了些盘川投奔前去。临行对我妻说:'此次出去,定要衣锦还乡,你耐心儿等着我。'我妻唯唯答应,我便飘然走了。谁知到了山东,我那好友恰恰身故出缺。在客店中住了一个多月,谋不到别的事,盘川完了,只索当去了衣服,没精打采地回来。不想事有凑巧,真应了'福无双至,祸不单行'的那句老话,我妻竟席卷一空,不知跟人逃到哪里去了,连一子一女都带走了。我四下里探听,一些儿消息都没有。我这时伤心已极,暗想十多年糟糠之妻,竟这样弃我如遗,我生在世上还有什么希望?又何必做人?所有几个亲戚朋友都背地笑话我,没一个给我出力的。我这时既无家可归,身上又没有钱,哪里还有生人之趣?"

老挑夫说到这里,叹了一大口气,忍不住掉下几滴眼泪来。芝庵只望着水面上斜阳之影,说不出话来安慰他。老挑夫又接下去说道:"我心中怨极恨极,便想自杀了。只是上吊两次,总见我亡故的老子娘立在跟前,不许我死,我于是不死了。又因亲戚朋友一味势利,不愿意去干求他们,就隐姓埋名,专在这一带码头上做挑夫的生活。无家无室,无牵无累,倒也安乐得很。好在穷苦之中,大家都差不多,倒没有妒忌倾轧的事了。二十年来我便自由自在地做这挑夫,每天仗着两个肩胛,赚几百个钱,恰够我装饱肚子。有钱的人,不过衣食住阔绰一些,不是一样地做人么?"芝庵点头叹息道:"老伯伯,我佩服你,你真是一个高人啊!但你那两个肩胛,怎么会破碎的?"老挑夫道:"这两个肩胛,也已破碎好多年了。那一年夏天,挑了一副极重的重担,又走了很长的路,肩上没有衬东西,出汗太多,就被扁担擦破了。可是我天天仗着挑担吃饭的,一天不挑担,一天没饭吃,哪能养什么伤?于是越擦越碎,变成了这个样子。先前虽还觉得痛,现在倒也不大觉得了。"说时微微一笑,把手去抚摩他的双肩,又低声说道:"这两个肩胛,正是我一辈子的饭粮啊!"

这时斜阳已下去了,汽笛声声,有一艘小轮船开向码头来。老挑夫忙拿了地上扁担,跳起来道:"先生,对不起,我的生意来了,再会罢。"芝庵即忙握了握那老挑夫粗糙的手道:"再会,老伯伯,我祝你手轻脚健,多做几年快乐的挑夫。"

(原载《半月》第 3 卷第 5 期 1923 年 11 月 22 日出版)

对邻的小楼

发　　端

对邻有一宅一上一下的屋子，屋瓦零落，檐牙如墨，多分已有二三十年的寿命，和近边几宅新屋子比较，也可以算得年高德劭了。这屋子的主人，是一夫一妇，并没有儿女。他们俩倒是精明经济学的，以为夫妇二人尽可蜷蜷尾巴缩缩脚，住着这么一上一下的大屋子，未免太不经济了。于是把他们那个小楼，像陈平分肉一般，平平均均地划分为二，自己住了后半楼，把前半楼出租。至于那前半楼的面积，虽不致像豆腐干那么小，却也只够放一张床铺、一张桌子和一二把椅子了。我瞧着那半角小楼，总说这是半壁江山的小朝廷。

第一章　第一家住户

那朱红纸的召租贴在门口，色彩鲜明，很引起许多走路人的注目。不上十天，那对邻的小楼中，已有一户人家搬进来了。几件很简单的家具，一一从窗口上缒上去。一张铁床，靠墙放着，靠窗口一张红木漆的小桌子，已微微露出白色了。桌旁放着两把椅子，三四只凳子，中式和西式都有，分明是杂凑拢来的。壁角里一个三只脚的面盆架子，安了一个铜面盆在上面，也暗暗地没有光彩。此外便是瓶瓮罐头和脚桶马桶之类，把床下桌下全都塞满了。第二天我推开楼窗来，要瞧瞧这对邻小楼中新迁入的高邻了。留意了半天，却不见人，只见那铁床的帐子沉沉下垂。床前有一双男鞋和一双女鞋放在那里，四只鞋子却横七竖八地放成四个地位，也可见他们临睡时的匆促咧。

午饭吃过了，自鸣钟已打了一点钟，才见那小楼中有一男一女正在忙着洗脸梳头，搽雪花粉，一会儿便各自穿了华丽的衣服，分头出去了。我瞧了他们两人的脸，觉得很厮熟，似乎曾在甚么地方见过的。想了一会，陡地有红氍毹上的两个影儿映到我眼前，才记起他们是游戏场中演新剧的男女演员。

他们毕竟是演惯戏的，平日间谑浪笑傲，差不多把舞台上演戏的一言一动，全在这小楼中搬演着。有时也有同业的男女来瞧他们，一块儿吃饭打趣，无论甚么粗恶的话，都可出口；打情骂俏的举动，也可随随便便地做出来。他们那种生活，倒也快乐自在。这样过了一个多月，他们忽然搬走了，大门上又贴了朱红纸的召租。据屋主的夫人说，他们俩原是非正式的结合，因为这几天闹了意见，彼此分手咧。

第二章　第二家住户

半个月后，那朱红纸的召租已揭去，又有第二家住户搬进来了。我每天早上起来，常见对窗有一个女学生般打扮的女子，坐在窗下挑织绒线袜。年纪约摸二十三四岁光景，一张长方形的脸，现着紫棠色，分明是在体操场上阳光之下熏炙过的。槛发齐眉，烫得卷卷的，变成波纹起伏的样子，常穿一件方领的黑半臂，四周都滚着花边。她有时不做活计，便拿了一本书，很用心似的在那里看。瞧去似是教科书，又像是旧式的小说，也无从证实是哪一样。

楼中的布置虽也简单，却是一式新的，比那第一家住户整齐多了。铁床上的帐子，一白如雪，配上一副亮晃晃的白铜帐钩。一面壁角里，还放着一架小衣橱，这是第一家住户所没有的。并且墙上也有画镜了，一张是爱情画片，一对西洋男女在那里接吻；一张是裸体画，一个美女子赤条条地立在河边，这也是第一家住户所没有的。

这天晚上，我便瞧见她的他了，是一个三十多岁商人模样的人，和她的女学生式不很相配。然而他们俩亲热得很，有说有笑地用过了晚饭，便同坐在床边，学那画镜中西洋男女的玩意，又唧唧哝哝地说着话，大约总是情话吧。一到九点钟，便吹熄了火，双双地钻进那一白如雪的帐子去了。

这样三个月，那半角小楼真是情爱之宫，没有甚么不快意的事。但是有一晚，他们俩却似乎口角了，她伏在床前的小桌上，抽抽咽咽地哭个不住。又过了一天，我听得窗下起了邪许之声，临窗瞧时，却见那第二家住户又搬出去了。我家的女仆张妈，是很好事的，她又从屋主夫人的口中，探得那两口儿的事。据说她确是一个女学生，因了上大洋货店买东西，忽然和一个伙友爱上了，便非正式地结合起来，在法租界住了两个月，搬到这里。但那伙友早有妻子，住在洞庭山故乡。不知怎样被她知道了，赶到上海来和丈夫大起交涉，竟要打上门来。那女学生父母都去世了，还有一个伯父在着，也反对他们的结合。这回搬出去，恐怕要劳燕分飞了。

第三章　第三家住户

第三家住户可阔绰了，小铜床啊，红木的桌椅啊，白漆的挂镜啊，红花细瓷的西式茶具啊。顿把这半角小楼装点得焕然一新。一个西式少年脱去了外衣，卷高了白衬衫上的袖子，正在喜孜孜地布置一切。估量他年纪约在三十左右，雪白的领圈，简直连一星灰尘都没有。一个锦缎做的领结，配上独粒小钻石领针，分外地美丽。一头头发，全个儿向后倒梳，乌油油的好似涂着漆。一张小白脸上，微含笑容，足见他心中的快乐咧。

他是一个人来的，并没有女子。我暗想奇了：他租了这么半角小楼，布置得很阔绰，难道给他一个人舒服的么？更奇怪的，一连两夜楼中没有灯火，那少年分明不宿在这里，另有宿处。到得第三天晚上，忽见楼中灯火通明，他同着一个穿绿斗篷的美女子到来，一阵阵浪笑之声，随风送来。又眼见得一时灯光撩乱，不知道他们在那里忙甚么事。第二天日上三竿的当儿，才见那少年起床了，接着那铜床中又钻出一个云鬟蓬松的女子来，正是昨晚那个穿绿斗篷的美女子。

那少年很乖觉，知道有人窥探他的秘密了，便在窗上遮了一个窗帘。从此以后，除了听得楼心浪笑声外，再也瞧不见甚么新鲜的玩意。不过有时仍能在帘角瞧见钗光钿影，霍霍地闪动，又似乎不止一人，随时在那里变换的。

两个月后，这小楼中却又空了。只有六扇玻璃窗，在日光中弄影，似乎满含着寂寞无聊的神情。

第四章　第四家住户

张妈在露台上大惊小怪地嚷起来道："看新娘子！看新娘子！"我正在静

坐,倒给她吃了一吓,一壁也就抬起我那双好奇的眼睛来,向对邻的小楼中望去。果然见那前二天迁入的住户,今天已把这半角小楼布置成一个洞房模样了。一个宁波式大床,挂了花洋布帐子,铜帐钩上垂着红缨络,床前的半桌上,放着两瓶红红绿绿的瓶花。又有两枝龙凤烛,插在一对寿字锡烛台上,已点明了。壁上有一幅麒麟送子图,两面配上红蜡笺的房对。就我这双近视眼瞧去,只认出笔画最多的"鸳鸯蝴蝶"四个字,别的字便瞧不出了。

那时楼中共有四五个女客,中间一个穿着粉红缎袄子的,据说是新娘。脸上涂了一脸子的粉,嘴唇上的胭脂也点得红红的,头上插一朵红绒花,微微颤动。我瞧这新娘和那几位女客们的脸,知道都是黄浦江那一面的人,到得她们一开口,我的猜想果然证实了。我瞧了新娘,更想见见新郎。不多一会,果然见一个黑苍苍的男子满面春风地进房来,一壁嚷着道:"请下楼用酒去! 请下楼用酒去!"于是新娘啊,新郎啊,女客们啊,都鱼贯下楼去了。楼中只有一对龙凤烛,还一晃一晃地放着快乐之光。

据张妈说,那新郎是在一家工厂中办事的,挣钱不多。所以这次结婚,一切节省,总算敷衍成礼就算了。第二天清早六点钟,新郎已抛了鸳鸯之梦,匆匆地上工厂去。八点钟时,新娘也起床梳洗咧。

他们也不知道甚么蜜月不蜜月,新婚燕尔中,新郎照常上工厂去,新娘也换了旧衣服,忙着操作了。

他们迁入以来,还不上半月。他们的结合,和以上三个住户不同,也许能住得久长些么。精明经济学的屋主人,可以省些朱红纸,不致时时贴召租了。

结　　论

前后不上一年,这对邻的小楼中,已好似经了四度沧桑。那四家住户,有四种情形,过四种生活。以上所记,不过是旁观者所见的概略。若是由四个当局者自己琐琐屑屑地记起来,怕非一二十万字不行。单是这半角小楼,已有如此的变迁,像这样的复杂,无怪一国之大,一世界之大,更复杂得不可究诘,更变迁得不可捉摸了。

（原载《半月》第 3 卷第 16 期 1924 年 4 月 18 日出版）

我的爸爸呢

　　大将军打了胜仗，奏着凯歌回来了。他身穿灿烂的军服，胸口满缀无数的勋章宝星，霍霍地放着光。他骑着一匹高头骏马，缓缓地在大道中前去，气概轩昂，面上微带笑容。一路军乐悠扬，旌旗飞舞，都似乎表扬大将军的战功。

　　大将军马后，跟着一千多兵士，面无人色，很疲乏似的在那里走。他们都是百战余生，从二三万战死和覆没的大军中遗留下来的。大将军胸前的勋章宝星，正是无数战士之血的结晶品。

　　沿路虽有千千万万的人，欢迎大将军凯旋。然而绝少欢欣鼓舞的气象，内中有好多男女老幼，正向着这一千多侥幸生还的兵士中，寻他们的亲骨肉。有的是父母寻儿子，有的是妻子寻丈夫，有的是兄寻弟，弟寻兄，又有一般小儿女牵着他们母亲的衣，满地里寻爸爸的。有的寻到了，便快乐得像发狂似的扑将上去，有寻不到的，便很失望的倒在路旁哭了。因此大将军的凯歌声中，却搀杂着一派愁惨之气。

　　那时有一个衣衫破烂十一二岁的孩子，也扶着他一个白须白发的瞎眼老祖父到来。他先把老祖父安顿在一家小茶馆门前，自己便在那一千多个兵士的队中像穿梭般穿来穿去，似乎找寻甚么人。他的身体饿得很瘦小，虽是穿来穿去，还不致乱他们的队伍。但因心中慌乱得很，时时撞在兵士们身上，捱了好多次的打骂。

　　他寻了好久，分明已失望了。两个红红的眼眶子里，满含着眼泪，呆望着那些兵士们一排排过去，很凄惶的嚷道："我的爸爸呢？我的爸爸呢？"

　　他瞧正了一个面色和善些的排长，便走上去放胆问道："我的爸爸呢？"

044

那排长不理会他，拿着指挥刀，自管向前走去。

　　他不肯失望，又在队伍中穿了一会，差不多把那一千多人的面庞，全都瞧清楚了，然而终不见他的爸爸。于是他又放胆拉住了一个擎旗的兵士，悲声问道："我的爸爸呢？"那兵士也不理会他，把手一摔，将他摔倒在地。

　　他从地上爬起来，满面的泪痕，沾着泥，涂抹了一脸，好像变做了鬼一般。但他并不觉得，仍还拉着那些兵士，不住口的问道："我的爸爸呢？我的爸爸呢？"兵士们也有不理会他的，也有和他打趣的，终于问不出他爸爸的所在。

　　末后他的小心窝中霍地一亮，以为大将军是一军之长，一定知道他的爸爸了。当下便从后面飞奔前去，直到大将军的马旁，抬着那张泥污的脸，悲切切的放声问道："我的爸爸呢？我的爸爸呢？"这当儿大将军正在左顾右盼，留意瞧那两面楼窗中的俊俏女子，微微的笑着，那里顾到这马下哀号的苦小子。

　　他见大将军不理会，以为是没有瞧见他，因便绕到马前，拉住那马脖子下的一串铜铃，提高了嗓子问道："我的爸爸呢？我的爸爸呢？"这时大将军正瞧见了一个极俊俏的女子，飞过眼去，饱餐秀色。却不道被这苦小子岔断了，于是心中大怒，把缰绳斗的一拎，那马直跳起来，可怜把这孩子踏在铁蹄之下，口中却还无力的嚷着道："我的爸爸呢……"

　　路旁的人惊呼起来，忙把那孩子从马蹄下拉出，去交给他那小茶馆前等着的瞎眼老祖父。可怜可怜，他早已死了，但他那张泥污的脸上，却微含笑容，似乎已寻到他的爸爸咧。

（原载《半月》第 4 卷第 1 号 1924 年 12 月 11 日出版）

照相馆前的疯人

淡妆浓抹总相宜的西子湖，年年总是最先占到春光。满湖上新碧的杨柳，被柔媚的春风梳着，一树树上下荡漾，瞧去好像是一堆堆的碧浪。孤山上的梅花落了，余香犹在，让林和靖和冯小青多多领略。而山坳水澨，已时时见桃花的笑靥了。各处山坡上杜鹃花烂烂熳熳，映得满山都红，仿佛给湖上诸山都披上了一件红罗衫子。加上那春山如笑，春水如鬈，便使这尤物移人的西子湖，更见得秀色可餐。好美丽的西子湖啊，你简直是躺在春之神玉软香温的怀中了！

这一年似乎在阳春三月中罢，我们局局促促地在这十里洋场中，天天过着文字劳工的生活，委实苦闷极了。如今一受了春风嘘拂，这颗心便勃勃而动，勾起了无限游兴。而西子湖的水光山色，又偏生逗引得我心中痒痒的，于是招邀游侣，同到湖上看春光去了。

一连三天，饱游了湖上诸胜。往灵隐看飞来峰，上韬光望海，玉泉观鱼，龙井试茗，扶筇过九溪十八涧，顿把一年来的尘襟，洗涤得干干净净。这一晚在旅馆中用过了晚餐，便同着小蝶、红蕉，上街闲逛去。手中还带着那根紫竹的手杖，在路上拖得嚓嚓地响，模样儿都消得很闲。小蝶爱看旧书，我也有同好，沿路瞧见旧书店，总得小作勾留。我们便在新市场一家旧书店中，勾留了半点多钟，把插架几百卷旧书的标签，差不多一起过目了。小蝶买了一部镇海姚梅伯氏的《花影词》，我也买了海盐词客黄韵珊氏所选的一部《国朝续词综》。出得店门，一路上翻着低哦着，甚么"菩萨蛮"啊，"蝶恋花"啊，"巫山一段云"啊，大半芬芳侧艳，都是些销魂蚀骨之词。我正在看得起劲，猛听得近旁有人嚷着道："一个疯人！一个疯人！"我抬头一看，只见一家照相馆前聚了好多人，也不知哪一个是疯人。

当下我好奇心切，定要看他一个究竟，于是把那部《国朝续词综》挟在胁下，排开了人丛，步步捱进。却见那照相馆的玻璃大窗前，站着一个五十多岁的汉子，正对那窗中陈列的相片破口大骂。我弯下腰去偷偷一瞧，见他一张黑苍苍的脸，带着一派英武之气，虬髯戟张，露出血红的两片厚嘴唇，倒很有些像古画中的武士模样。那一头蓬乱的头发，却已白多黑少了。更瞧他身上，穿一身似是蓝宁绸团龙花样的夹袍，只是肮脏不堪，有几处早已破碎，连那团龙都飞去了。上身还穿一件枣红宁绸的半臂，也已敝旧，襟上挂着一串多宝串，叮叮当当的不知是玉是石，又似乎有几个古钱在内。脚下穿的甚么，却瞧不见，多分是一双通风的破靴子罢。

我瞧见了这样一个人物，顿觉得津津有味起来，一壁端详着，一壁便仔细听他说些甚么。只见他骈着两个指头，对那玻璃窗中央镜架中一位峨冠佩剑的大将军，指了一下，操着一口京腔骂道："忘八羔子，你今天算得意了么？瞧你这副嘴脸，也没有甚么特别之处。一个扁鼻子，瞧了就叫人呕气！像咱老子这样虎头燕颔，可就比你像样得多咧。你在十年以前，又是甚么东西，不是和弟兄们一样地躲在一旁嚼油炸脍大饼吃么？任是给咱老子当马弁，老子也不要。只是你会拍马，会杀人，才得扶摇直上，平步青云，居然做起大将军来了。哼哼，瞧你的胸口，倒也花花绿绿地挂满了勋章，倒像真的给国家立了甚么大功似的。但老子要问你：你的功在哪里？你可曾出征海外，御过强寇么？你可曾为国家雪耻，夺回过尺寸的失地来么？唉！一些都没有，一些都没有！你们的能耐，不过是自己人杀自己人罢了。咱老子只为不愿意和你们同流合污，才丢了官不做来做我的平民，不然，今天不也是峨冠佩剑，像你一样地把这副嘴脸骄人么？算了，你要是不能为国争光，那老子一辈子瞧你不起，任是杀了老子的头，老子也要骂你。"他骂到这里，略顿一顿，吐去了一大口的唾沫，接着又指那旁边镜架中一个穿大礼服戴大礼帽满挂勋章的肖像，脱口骂道："你这兔崽子，居然也得了意了！平日间奔走权贵之门，朝三暮四，搬弄是非，真是连妾妇都不如。我们中华民国糟到这般田地，一大半就是你们这班政客弄成的。哈，畜生！你拍马拍上了哪一个，今天也做起大官来了。像你这一类人，通国不知有多少！老子可要去请一柄上方剑，把你们这班兔崽子一一砍了，免得害了百姓。"说着，把双手做出拔剑砍头的手势来，又向那两个镜架中恶狠狠地瞅了半响，方始踱将开去。踱到另一面的玻璃大窗前，负着手，站住了。这窗中大大小小都是些妇女的照片，美的丑的，长的矮的，胖的瘦的，活像一个妇女陈列所。他忽又对着窗中顿足骂道："咄！天杀的妇人！该死的妇人！滚开去，滚开去！你们瞧不上咱老子，咱老子也不要你们！"说完，忙不迭回过身去，三脚两步跑出人丛，一会儿已跑远了。那些照相馆前聚着看热闹的人，也就说着笑着，渐渐散去。我耳中只听得"疯人疯人"的声音，知道大家都公认他为疯人。但我听了他那番话，却好像看《红楼梦》看到焦大怒骂一节，兀自觉得痛快，认定那人并不疯，实在是个伤心人啊。

我找小蝶、红蕉时，却已不见，料知他们早已回旅馆去了。正待走开，却见照相店里一位老者，正在和伙计们议论那个疯人。我便走进去挑买几张西湖上的风景照片，作为进身之阶。当下搭讪着问那老者道："老先生，敢问刚才那个疯人，毕竟是甚么人？"那老者答道："这人是个北边人，流落江南已好多年了。听说他先前做过高级军官，精通兵法，曾立过战功。一天不知受了甚么感触，忽把官丢了，解甲还乡，困守了多年，一事不干。他家中有一妻一妾，过不惯清苦的日子，都悄悄地离了他，别寻门路去了。他到这里来时，就是这样疯疯癫癫的，动不动在街上骂人。但因并没有动武伤人等事，警察也不便干涉他。他独往独来，倒也自由自在，此人真有些古怪呢。"我道："然而他每天总不能不吃的，他又仗着甚么吃饭啊？"那老者道："听说他还有一个老仆，甚是忠心，在这里衙门中当差，天天送饭去给他吃的。"我既知道了这些来历，也不便多问，便谢了那老者，走出照相馆来，信步向湖滨踱去。

这夜正是三五月明之夜，湖上月色很好。雷峰塔笼着清辉，仿佛老僧入定，当得一个静字。那时听得一声清磬，从水面上送来，直打到我心坎中，我便想起那照相馆前的疯人。在湖滨立了一会，见众山如睡，也不由得要想睡了，于是离了湖滨，踱向旅馆。忽听得沿湖一带黑暗中，有人朗朗地唱起戏调来。一听是伍子胥过昭关一折，唱得沉郁苍凉，泪随声下。唱完之后，忽又接上一声长笑，笑得人毛发俱戴。我暗暗点头，心想这一定又是那照相馆前的疯人了。

（原载《半月》第 4 卷第 7 号 1925 年 3 月 24 日出版）

西市辇尸记

　　西市者,犹俗称洋场之谓也。夫以纷华缛丽之洋场,而忽有伏尸流血之惨事。寡妇孤儿,哭声动地,谁实为之,乃至于此? 吾草斯篇,吾心滋痛已。

　　最后的一抹斜阳,下去已半点多钟了。天空中黑魆魆地,似乎遮上了一重黑幕。壁上的一架挂钟,铛铛的报了七下,屋中所有电灯都霍地旋明了。那黄金色的灯光,从玻璃窗中透送出来,似乎含着无限乐意。客堂中一盏璎珞四垂的电灯下,写出两个人影。一个是二十一二岁的少妇,一个是五十左右的中年妇人。

　　那中年妇人望了望壁上的挂钟,说道:"此刻已七点多了,松儿怎么还不回来? 这十天来,他不是每天六点钟就回家么?"少妇道:"是的,他今天也许店中有事,所以回来得迟了;但我们可唤王妈先端上饭菜来,等着他,谅来他一会儿也就来咧。但婆婆肚子饿了,请先吃罢。"说着走到屏门旁,莺声呖呖的唤道:"王妈,你先把饭菜端上来,给太太盛一碗饭。"那中年妇人做着很慈祥的笑脸说道:"新奶奶,你也尽可先吃,不用等他,他万一在外面吃了回来,可不是白等么?"少妇摇头道:"不,我不饿,多等一会不打紧。"

　　这当儿那花白头发的老王妈,已端了一盘热气腾腾的饭菜,到客堂中来,直到那八仙桌旁。少妇即忙站起身来,助着老王妈把盘中四样菜端在桌上,含笑说道:"今天这四样菜,冬瓜火腿汤,黄瓜炒虾,咸蛋燉肉,卷心菜,都是他爱吃的。今晚回来,又得多吃一碗饭了。"说时,从一个小抽斗中,取出一双银镶象牙箸来,抹了又抹安放在空座前面,又放了一只银匙,心中一壁很恳切的等伊丈夫回来。可是伊们新婚以来,不过半月,正在甜蜜蜜的蜜月之中。一块儿用晚餐,原是一件极寻常的事,只为新婚燕尔,倒也瞧作日常的一种幸福。况且丈夫在早上九点钟出去,午饭是在店中吃的,到此时已足足有十一个钟头没见面。等他回来时同用晚餐,载言载笑,觉得分外的有味。

老王妈又端上一碗饭来,说道:"太太先吃罢。"中年妇人道:"松儿就得回来,我也不妨等一会。"少妇忙道:"婆婆请先吃,吃着等也是一样。"伊婆婆一壁吃饭,一壁笑说道:"新奶奶,你过门不过半个月,怎么已知道松儿的口味了?"伊也带笑答道:"这是他前晚对我说的。一年四季他所爱吃的菜,我大概都有些知道了。"一面这样说,一面望着钟,估量伊丈夫此时总已在路上,正催着那黄包车夫拉得快,不一会可就叩门咧。

正在这时,猛听得一阵叩门之声,来势甚是急促。伊心中一喜,亲自赶出去开。门开处,却气急败坏的撞进一个人来,没口子的嚷道:"不——不好了,不——不好了!你们柴先生被人打死了。"伊立在一旁,暗暗好笑,想那里来的冒失鬼,喝醉了酒,好端端赶来咒人。此时那老太太却已认明来人正是伊儿子商店中的一个伙计,便立时放下饭碗,赤紧的问道:"你怎么说,可是我儿子身上出了甚么岔子么?"那伙计喘息着答道:"是啊,柴先生死了,是被人打死的。还是三点多钟死的。我们先还不知道。只听得市上闹了个很大的乱子,说甚么外国巡捕放枪,死伤好几个学生罢了。柴先生是三点钟出去接洽一笔进货的,谁知等到六点钟,还不见他回来,心知凶多吉少,怕也死于非命。店中便派我出去一打听。据说死的都已送往验尸场去了,我再赶往验尸场一瞧,果然见几具死尸,柴先生也在其内。"老太太听到这里,放声哭了;伊也惨叫了一声,斗的晕倒在地。可怜那牙箸银匙,还空陈在桌子上,而他所爱吃的咸蛋炖肉、冬瓜火腿汤,已渐渐的冷了。

晓风残月,伴着这新婚半月的小寡妇,披麻戴孝,凄凄惶惶的赶到验尸场去。那昨晚报信的伙计自也陪伴伊同去。经过了一番请求的手续,许伊领尸回去。可怜伊昨夜已痛哭了一夜,眼泪早哭干了。此时眼瞧着那血渍模糊、口眼未闭的丈夫,只是一声声的干号。伊唤着他的名字,摩挲着他冰冷的面颊,又不住的问道:"为甚么要杀死他,他有甚么罪?"然而验尸场中只陈着死人,四下里鸦雀无声,无人作答。

那伙计很会张罗,不肯怠慢了死后的掌柜先生,出重价租了一辆轿式汽车来,载着那尸体回去。伊坐在车中,抚着这亲爱的丈夫,还是一声声的干号着。他那脑府中,像影戏般映出一个印像来。那天是在半月以前,他们在大旅馆中行过了结婚礼,同坐着那花团锦簇的汽车回家去,不是也像这么一辆汽车么?伊捧着一个花球,低鬟坐着,鼻子里闻着一阵阵的花香,沁入心坎,正和伊的心一样甜美。车轮辘辘地碾动,似乎带着无限的幸福,随伊同去。伊在绿云鬟下,斜过星眼去偷瞧他时,见他正目不转睛的对伊瞧着,真个春风满面,快意极了。接着又觉得他伸过手来,握住伊的纤手,又凑近耳边来,柔声问道:"你辛苦了一天,可觉得乏么?"伊娇羞不胜的,回不出话,只微微摇了摇头。伊想到这里,吃吃地笑了。便又斜过星眼去,偷瞧伊身旁的新郎,却见已变做了一具血渍模糊的尸体,张着口眼,甚是可怕。伊狂叫一声,扑倒在尸体上,又放声问道:"为甚么要杀死他,他有甚么罪?"然而市街中车马奔腾,无人作答。

　　缌帐高悬,陈尸在室。尸身上袍褂鞋帽,都已穿着好了。早哭坏了个慈祥的老母,只对着伊爱子之尸作无声之泣。那半个月的新妇,也早已哭得死去活来,疯疯癫癫的伏在尸身上,不肯离开。还凑近了那灰白的死脸,嘶声问道:"你出去了,早些儿回来,我们等着你吃夜饭。你想吃甚么菜,咸蛋燉肉、冬瓜火腿汤,好么?"伊见他默然不答,才知他已死,便又放声哭了,一壁哭一壁问道:"为甚么要杀死他,他有甚么罪?"然而只听得鼓吹手的鼓吹声,赞礼人的赞礼声,闹成一片,终于无人作答。

　　一阵鼓吹声中,棺木已来了,庭心里堆着草纸石灰,已有一行人忙着料理入殓的事。伊一见了那棺木,呆了一呆,忽又嚷起来道:"怎么怎么,你们可要抢我的松哥去么? 这是我死也不答应的。"因便抱住了那尸身死不放,入殓的时刻已到,一般亲友都来扯开了伊,入到内室中去。十多人拥住了,不给伊出去。伊听着那丁丁钉棺之声,铁钉子好似打在伊心坎上,直把伊的心打碎了。伊顿着脚,握拳打着墙壁,声嘶力竭的呼道:"为甚么要杀死他,他有甚么罪?"然而丁丁钉棺声中,夹着老母呜呜的哭声,终于无人作答。

　　可怜这半个月的新妇,从此担着绵绵长恨,一辈子消磨过去,更不幸的伊已变做了一个疯妇,镇日价歌哭无端,嘻笑杂糅,完全在无意识中过着生活。而伊所念念不忘的,便是那半个月的新婚艳福,深刻在心版上,最容易唤起伊的回忆来。伊兀自像学生温理旧课般,一一从头温理着,有时独坐绿窗之下,便一个人做着两人的口吻,娓娓情话,或是谈些家常琐事,倒像伊那亲爱的丈夫仍在身旁一样。每天也像先前那么,唤丈夫点菜,把他平日所爱吃的菜去报与婆婆知道。一到晚上客堂中电烛通明,伊就又在空座前安放着牙箸银匙,等丈夫回来同吃。往往一个人言笑晏晏,非常高兴,只惹得伊婆婆不时的伤心落泪罢了。有时伊神志清明了些,见伊丈夫的灵位,便恍然大悟。伊知道那亲爱的丈夫早已饮弹而死了,于是伏倒在灵案之下,哭着嚷着道:"为甚么要杀死他,他有甚么罪?"然而死的早已死了,活着的人管不得许多,终于无人作答。

伊积恨为山,挥泪成海,过了三个月哀鹣寡鹄的光阴,竟郁郁地死了。临死时,伊握着双拳,撑着两个干枯的眼睛,怒视着天半,放声呼道:"为甚么要杀死他,他有甚么罪?"然而上帝无言,昊天不语,又终于无人作答。

(原载《半月》第 4 卷第 15 号 1925 年 7 月 21 日出版)

烛影摇红

　　W城自被围以来,已半个多月了。城中的守兵,都是些幽并健儿,由 N 军中一个愚忠耿耿的老将统率着,死守这落日孤城,兀自不肯投降。虽有一般人眼见得城已危在旦夕,终于不能守了,劝他掩旗息鼓,好好地降了 S 军,一方面既保全了残军的性命,一方面也使枪林弹雨中的苦百姓得了救,岂不是两全其美。他们还愿意多多的贡献些金银玉帛,做那和平解决的代价咧。但那老将却执迷不悟,斩钉截铁的,一定不肯屈服下来。他说老夫奉主帅之命,死守着这座危城,城存俱存,城亡俱亡,万万不愿做降将军。谁敢逼我的,只要他有本领,请取了我这脑袋去,不然便教他看看我的宝刀。说客们经不得这一吓,一个个都吓退了。于是他老人家整理了他那百战余生的一万残兵,将几个城门牢牢守住,城墙上也团团守着兵士,备着炸弹,架着机关枪,把这 W 城守得像铁桶相似。

　　S军都是血气方刚的青年,本抱着"直捣黄龙与诸君痛饮"之志,如今见 N 军深沟高垒,顽抗不降,可就着恼起来。仗着他们新占据了邻近一座 H 城,有居高临下之势,便尽着把大炮轰将过来,日夜连珠似的轰轰不绝。一面又派了飞机,像苍鹰般在半空里盘旋,随时掷一个炸弹下来。可是炮弹和炸弹没有眼睛,N 军并没受多大损失,偏又苦了许多小百姓。有的轰死了爸爸,有的炸伤了妈妈,有的吓疯了弟弟妹妹,弄得骨肉飘零,家庭离散。有的把住着的屋子给轰成了一片白地,累累如丧家之狗,无家可归,真的是可怜极了。

　　P门内一条 L 街,是炮火最烈的所在。街上的商店和住宅,差不多已轰去了十之五六,到处颓井断垣,伤心触目。在那瓦砾堆中,还可以看见一条腿,一条臂,或一个烂额焦头,露出在外。原来他们来不及逃出,被炮火连带轰死在内的。便是大街之上,也随处陈着残缺不全的尸体,血肉模糊,十分可怕。只为无人掩埋,天天日晒雨淋,发着恶臭。那些猫狗也不幸生在乱世,再没有鱼屑肉骨可吃,饿得没做理会处,可就不得不吃这些不新鲜的人肉了。那时 L 街上一条巷中,有一家大户人家,叫做黄大户。他们是啬刻传家,好几代代代如此,所以拥了一百多万的家产,竟不大在外流通,只是积谷满仓,积金满箧,都保守在家门以内。那位主人翁黄守成,确是个十足的守成之子,遵奉先人遗训,整日价躺在家里抽鸦片,看守家产。此外就舍不得再有花费,任是早上吃一碗大肉面,也得打着算盘算一算的。这一次战事起时,有几家亲戚都迁移到别处去了。当初也劝他们早自为计,叵耐黄守成啬刻性成,生怕迁移时又要花费好一笔钱。而这么一所偌大住宅,无论一砖一瓦,都很爱惜,也是万万抛撇不下的。加着他平日这对于 N 军甚是信仰,以为旗开得胜,马到成功,料不到会一败涂地,使这 W 城陷于被围的地位。

就这么一二夜的工夫,N 军被 S 军冲破了阵线,竟翻山倒海似的退下来,一径退入城中。仗着 W 城四面都是高高的城墙,即忙把各城户一齐关住,架了枪炮,总算把 S 军挡在城外。另有一部分 N 军,却折损了无数军马,仓仓皇皇的退向北方去了。黄守成这时要逃已逃不得,只索像 L 将军一样的死守。好在他家屋子大,围墙高,门户又坚固,只须炮火不来光临,此外强盗溃兵,都可不怕。于是外边的风声虽急,谣言虽大,而他却好似被铜墙铁壁保护着,自管抽着鸦片,过他烟霞中的生活。

S 军见 N 军死守着一座 W 城,困兽犹斗,大有坚持到底的样子,他们恨极了,决计要攻破了 W 城,来一个瓮中捉鳖。当下召集了敢死队,演讲一番,便分成几组,开始总攻击了。那天半夜子时,敢死队分做了好几十班,每班由二人抬了一乘梯子,八人掩护着,每人都执着一枝驳壳枪和一颗手榴弹,都向着城墙拼命前进,直到城下。但他们一路前去,城上守兵没命的把机关枪向下面扫射,牺牲了不少的人。但是死的死了,活的早又继续上去,毕竟有好多架梯子直竖的竖在墙上。那些不怕死的军官军士,都争先恐后的向上爬去,那城上的守兵,不敢怠慢,便乱掷炸弹乱开机关枪抵敌。一时弹雨横飞,硝烟四布,可怜那些一身是胆的健儿,有的没爬上梯子先就倒地而死,有的爬上了一二级就跌下来,有的爬到了中间,蓦地中了弹,尸体便悬搁在梯格的中间。每一乘梯子下边,总得积着无数尸体,一堆堆全是模糊的血肉。而后来的人,仍还勇气百倍的踏着尸体爬上去,然而能爬到梯顶的,却不过五六人。这五六人又因墙高梯短,不能爬上城墙。内中有一二人仗

着好身手，竟爬上墙了，便用手榴弹和驳壳枪击死近身的敌兵，但因后方没有人接踵而上，终于吃了敌弹跌下城墙去了。最壮烈的是一个营长，他奋勇先登，竟达到了梯子的顶上，口中只喊了一声"S 军万岁"，而墙上一弹飞来，恰中了他的要害。这时他身上已受了好几处伤，还是攀住着墙死不放，军士们见不能接近梯子，便一个个叠肩而上。谁知那无情的炸弹和机关机纷纷乱放，一行人都靠着梯子跌下去了，这一下子死伤了 S 军好几百人，血儿几乎染红了 W 城半堵城墙。

S 军见爬城无效，便又利用飞机抛掷炸弹，又在 H 城中开大炮轰将过来，毁了无数屋子。全城时时起火，有一带热闹市场，几乎烧去了一半。数百年辛苦造成的大都会，很容易的随时破坏。受那炮火的洗礼，黄守成所住的 L 街，也已葬送了半条。所幸他的私产 M 巷，却还没有殃及。M 巷中本有十一二户人家，除迁往别处去的以外，还剩有五六户，都因听信了房主黄守成不打紧的话，因此蹉跎下来。如今处在这水深火热的境界中，急得甚么似的，不免要抱怨黄守成，都为他爱了房钱，才使他们如此捱苦。到得炮火最烈的当儿，便索性寻到黄氏门上来，要求守成保护他们。黄守成也因家里人口不多，而屋子很大，在这乱离时代，便觉得冷清清阴惨惨的，一到晚上，常听得鬼哭。如今落得慷慨，让那些房客们进来同住，好热闹些儿。不过他有一个条件，凡是进来的，都须自备铺程伙食，到得食粮尽时，再行设法。大家一致赞同，那五六户房客当日便把值钱的东西以及铺程伙食，都搬到黄家来，只剩下些粗笨木器，就请铁将军把门。

黄守成的屋子，前后三进，共有好几十间房间。那五六户房客一起有二十多人，住了几个房间，还是绰绰有余。黄守成自受了这回战祸的打击，脾气倒改好了不少，平日间他除了以一灯一枪一榻作伴外，亲戚朋友，差不多不大见面的，如今倒和那些房客们很合得来，一块儿谋安全的方法。他们把外面两扇大门和后门边门都堵塞住了，门上贴了迁移的字条，又警戒全屋子的人少做声音，小孩子更不许哭泣，务必装得像没有人居住的样子。火灶暂时不用，改用炭炉，以免烟囱中炊烟外冒，被人觑见。无论上下人等，绝对的禁止出外，窗上全糊了纸，不能外望。至于粮食一项，合在一起筹算，尽可支持半月。这么一来，他们倒也像那 L 将军一样的死守孤城了。

每天晚上，大家都聚在大厅中，闲谈解闷。电气早断了，只点着一枝蜡烛，烛影摇红，照在他们憔悴的脸上，都现着一派忧虑恐怖之色。惟有那些未经忧患不知愁的小孩子们，还在憨嬉笑跃，听了那砰砰訇訇的枪炮之声，只当作新年的爆竹声咧。黄守成心中忧急而表面上安闲，他还是躺在红木杨妃榻上抽

着鸦片，想起家里盈千累万的珍宝钱钞，不曾带得一丝一毫出去，虽然这所在目下前后堵塞，装做空屋样子，不致有甚么强盗式乱兵前来打劫。但那 S 军的大炮弹万一轰将过来，那就免不了玉石俱焚，连一家性命都不保咧。但他虽是这么忧急着，而一面仍闲闲的安慰家中妻小和房客们道："你们不要着慌，我们守在这里是很安全的，只指望半个月后，兵事解决，城门一开，那我们仍可过太平日子了。"大家听了，以为大财主的话总不错的，面上便略有喜色，而那些妇女们都南无着手，不约而同的连念阿弥陀佛。

S 军见 N 军既不肯投降，商人等奔走说项，希望和平解决，也仍是不得要领。虽常派飞机到来抛掷炸弹，而 N 军中有高射炮，也很厉害，有时倒反损失了自己飞机。大炮的力量，也不过轰去几间民房，引得城中有几处起火，此外没有多大的效力。没奈何便用封锁江面的方法，禁止船只往来，断绝城中一切食粮的接济。这一着可就凶了，W 城中有二十万人民，全都起了恐慌。先还把白米当做粒粒珍珠似的，不敢煮饭，只煮些粥儿吃吃。末后这珍珠完了，连粥也没得吃。还有那些城墙上死守的饿兵，瘪着肚子不能打仗，不得不取给于民间。于是民间更痛苦了，凡是可以装饱肚子的东西，罗掘一空，全城猫狗都做了牺牲品，鸡鸭早已绝种，连鼠子也不大看见了。草根树皮，都变做了席上之珍，只差得没有吃人罢了。可怜全城的饿人，都饿得面皮黄瘦，眼睛血红。有捱不下饿的，先就在刀上、绳上、河里、井里寻了死路。不肯寻死的，也终于饿死，每天总要饿死好几百人，街头巷口都有些人跌倒在那里，这真一个人间的活地狱啊。

黄守成以为再守半个月，总可以解决这回战祸了。谁知半个月一瞥眼过去，依然如故。L 将军捱着饿，还在那里死守，说我有一口气存在，定要厮守到底的。可是黄守成的食粮已断绝了，那些房客们的伙食，不过支持得四五天，这十天来全是吃黄守成的。黄守成虽然肉痛，也无可如何，到此眼见得大家要捱饿了，家中虽有盈箱的珠钻宝石，无数的金银钱钞，竟不能当作粥饭吃，装饱他们的肚子。没奈何只得派一个下人揣了二百块钱，悄悄地由边门中出去，上街去买米买菜。谁知踏遍了个 W 城，却一些都买不到，仍是原封不动的带了二百块钱回来。这一下子可把黄守成他们急死了，眼看着珠钻宝石，金银钱钞，只索生生的饿死。

夜夜烛影摇红，照着这一片愁惨之境。他们已五天未进粒米了，只借着水充饥。小孩子们饿得哭也哭不出来，倒在地上呻吟。有一家房客的八十岁老太太，捱不过去，只余奄奄一息。这一夜连蜡烛也剩了最后的一枝了，明夜不知如何过去。内中有几家已怀了死志，预备过这最后的一夜，一等到天明时，便与世长辞了。这夜全屋子的人，一起都聚在大厅中，守着那枝最后的蜡烛，看他一分分短将下去。那时除了呻吟和愁叹声外，谁也说不出一句话。夜半过后，烛已短了一半，黄守成抱着他两个呻吟不绝的儿子，呜咽着说道："想不到我黄守成，拥着百万家产，今天竟一家饿死在这里。唉，我深悔平日间抹掉了良心，积下这许多不义之财，临死时，还得向上天忏悔一番，求他老人家格外超豁，不要把我打倒十八层地狱里去。"那些房客们听了黄守成忏悔的话，都不由得心动，各自想起生平的罪孽来。当下有一个姓徐的房客长叹了一声道："唉，早知有今日的一天，我又何必夺人之爱呢。我的妻在未嫁我时，本来爱着一位很有希望的书生，两下里已有了白头之约。我因见伊貌美，仗着和伊家是多年邻居，便劫持着伊的父母，硬把伊娶了，累得那书生远走高飞，心碎肠断而去。而我妻嫁了我，也兀自郁郁不乐，那花朵似的娇脸，早一年年的憔悴下来。唉，我可葬送了伊的一生咧。"他这样说着，壁角里一个妇人，背着烛影，嘤嘤地啜泣起来。当下又有一位姓洪的老者也眼泪梗塞了喉管，接口说道："徐先生，你说起了这婚姻的事，我也抱疚于心，一辈子不能忘怀。我大女儿阿雪，伊原是个绝顶聪明的女子，由中学毕业后，有一个女同学的哥子求婚于伊，伊也爱上他。临了儿来要求我答应伊们俩的婚姻，我因女孩儿家擅作主张，私定终身，不由得大发雷霆，绝对不答应伊的要求。伊羞愤已极，整整痛哭了一日一夜，第二天竟投缳而死。至今想来，我那阿雪死后突眼吐舌的惨状，还历历如在目前。我犯了这样的罪恶，活该今天捱受这种死不得活不得的痛苦啊。"大家在烛光中瞧见他那张皱纹重叠的脸上，湿润润地全是泪痕。这当儿人人知道自己去死不远，都扪着一线未绝的天良，将平生罪恶供招出来。有不孝他父母的，此时便跪在二老跟前，叩头求恕。有妇人平日间不管家事，得丈夫血汗换来的金钱胡乱挥霍，到此也哭着向丈夫陪话，数说自己种种的不是。总之在这大限临头万念俱灰之际，人人都想返朴归真，做一个完全的好人，去见造物之主。

蜡烛一分分短下去，只剩了三分之一。蜡泪和人泪同流，连光儿也晕做了惨红之色，照着这二三十个将死未死的饿人，东倒西歪的，真好似入了饿鬼道中。一会儿忽有人放声哭了起来，原来那只余奄奄一息的八十岁老太太，已先自和这惨苦的世界告别了。黄守成忙喝止那哭的道："哭甚么，老太太好福气，先走一步，我们还该庆贺一番才是。"于是哭的不哭了，大家只是惨默不语。

烛影摇红，可也红不多时的。到得蜡完时，焰熄了，光也灭了。大家在那蜡烛摇摇欲灭最后的一刹那间，禁不住都低低的惊呼了一声，仿佛他们身

中的活火与生命之光，也随着这蜡烛同时熄灭了。那时天还没有亮，他们都伏在黑暗中，呻吟的声音，渐渐提高，此唱彼和的，蔚成了一种悲惨的音乐。

好容易捱过了两点钟光景，一缕晨曦，才从东方的天空中吐了出来。黄守成斗的从杨妃榻上跳起来道："咦，我还没有死么？"其余的人有哭的，有呻吟的，也有一二人狂笑的，那简直是疯了。他们正在略略动弹的当儿，猛听得门外起了一片欢呼之声道："兵退了，兵退了，城门开了，城门开了。"黄守成第一个听得清楚，喊一声奇怪，疾忙赶到一扇窗前，揭开了窗纸向外一望。果然见巷外大街上有许多人在那里狂跳狂喊，似有一派欢欣鼓舞的气象。他长长吐了一口气，自知这一条价值百万的性命，已得了救了。于是回过来向大众说道："兵退了，城门开了，我们的性命也保住了。快快开了门，大家各自回家去。你们在我家里住了好多天，也吃了我好几天，这笔账回头派账房来算罢。"当时那姓徐的也霍地跳了起来，揪住了他妻子一把头发，吆喝着道："回家去，回家去，服侍我洗脚要紧。"那个姓洪的老者，也笑逐颜开的拉了他小女儿的手，说道："好好，我们又可活命了。过一天我便同你拣一个丈夫，好好的嫁你出去。但你要是自己去拣丈夫，那我可不答应的。"那时那先前叩头求恕自称不孝的好儿子，也抛下了他父母，跳跳踪踪的跑出大门，寻他们的淫朋狎友去了。而先前向丈夫数说自己种种不是的妇人，也满心欢喜，打算日后如何的约着小姊姊们，舒舒服服打他三夜的麻雀咧。

身中的活火又烧起来了，生命之光又渐渐地明了。他们早忘了那烛影摇红的恐怖之夜，他们早忘了那烛影摇红的最后一刹那间。

（原载《半月》第 1 卷第 21 号 1926 年 10 月 7 日出版）

爱国图强
AIGUOTUQIANG

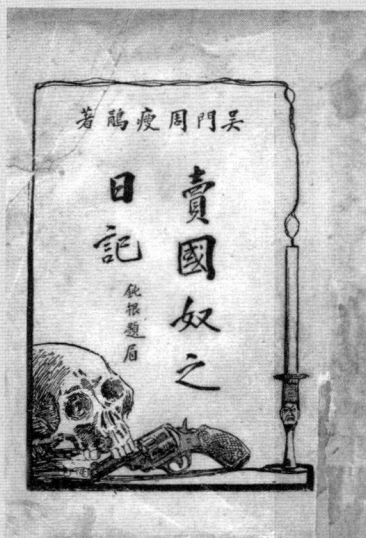

1919年5月所作的《卖国奴之日记》，"痛骂曹、章、陆三个私通日本的卖国贼"，语多激烈，当年无出版社敢印，由周瘦鹃自费出版。

落花怨

　　嗟夫,吾何忍草此一幅断肠词,以赚读者诸君恨泪哉?吾草此篇,吾心如割,悲泪涔涔,不禁缘毫端而下。然而吾又不得不草此篇,以与大千世界善男子善女人共读之。以哭落花怨之泪之血,哭将来朝鲜第二之祖国也。吾岂愿洒此无谓之眼泪哉,奈叔宝全无心肝何?

　　黄女士者,西子湖畔人也。父某为邑中富豪,晚年始生女士,钟爱不啻掌上珠。女士丽质天成,云鬟雾鬓,袅娜动人,殆天上安琪儿,非人间女子可媲美也。女士生有宿慧,年十七,肄业某女学,各科靡不洞悉。尤精英文,声入心通,一若六桥三竺间之灵气,悉钟于女士一身者。

　　某年夏,女士毕业于女学,会其兄拟游学英伦,女士乃欣然负笈从。兄入文科,屡试辄冠其曹,彼都人士以其为有志少年也,尚遇以殊礼,不以奴隶目之。女士抵英后,入某女学肄业。越年其兄已毕业,获学位,束装回国。临别依依,未免别泪双飘。时女士以未届毕业之期,故未能赋归去来辞也。

　　夏期暑假,气候溽暑,终日如处洪炉中,局蹐不安。女士不幸抱采薪之忧,为病魔所缠绕,于药炉茶灶间讨生活者十余日。达克透①谓宜养疴海滨,以避尘嚣,且可吸清新空气,于病体不无少补。女士然其言,遂只身独往海滨,而女士所以致疾之由,则以风雨晦冥之夜,寂寂埋书城中,不节劳之故耳。既抵海滨,求宿舍十余处,宿舍主人咸询女士是否日本人,女士生平不作诳语,乃以实对曰:余非日本人,乃中国人。众闻女士言,咸厉声叱曰:亡国奴,速去休,勿污吾一片干净土。其速行毋溷乃公为。脱不然,莫谓吾棒

---

　　① 达克透:指医生。

下无情也。女士不得已，且行且泣，徬徨途次，血泪染成红杜鹃矣。自念此细弱鷦鷯，又将安往。穷途日暮，何处乡关，引领东望，眼落都是沧桑感，不知涕泗之何从也。

未几，折道循海滨行，寻抵一家，结构颇工。前临浩海，银涛排空，一碧无涯，披襟当此，洵足涤俗尘万斛也。宅后有芳园一片，园中花红欲然，树浓似幄，万紫千红，都以笑靥向人，风景亦复不恶。女士往叩其门，女主人欢然出迎，导女士入，以近园之一室居之。室中陈设，亦甚风雅。女主人年约四十，面目间殊仁慈，待女士颇欢洽。女主人故善词令，与女士相周旋，故谈不数时，已如数年莫逆交矣。女主人既与女士洽，相谈甚欢，而女主人吐属尤温文有致，足令听者忘倦。谈时道其子不去口，女士则唯唯坐听而已。傍晚，下婢来请女士晚餐，女士遂随之入膳堂，则见一美少年据案坐，面如冠玉，额容平直，神采奕奕如天神，双眸美秀，傲若有余。女主人乃介绍于女士曰："此即吾儿，吾为密司[1]绍介。"女士颔之，与少年行握手礼。餐竟，少年偕女士闲步园中，吞吐夜气，为状殊适。南汀格[2]隐绿阴中，啁啾迎客，野花倚篱，迎人欲笑。一路晚风拂面，送种种之花香，扑入鼻观，沁人心脾。一钩新月，团圞如镜，照于女士身上，无殊绛阙朱扉中之仙姝也。

二人信步所之，循花径而行。少年吐属，较乃母尤为温雅。二人絮语缠绵，两情猝如胶漆。欢谈移时，鱼更已二跃矣，乃各握手道别。女士遂归已室，则见电灯照耀，光明朗澈，乃推窗纳风，而长春藤蒙络蔓延，若为彼窗际装饰品。南汀格钩辀格磔，若为彼窗际音乐具。女士倚枕假寐，心如乱丝，宛转思维，未入黑甜深处。无何晓钟初动，朝暾上窗，窗外鸟声啾啾，若告人以晓至。女士匆匆整花冠，束衣带，娉婷而入园，坐绿阴下以吸空气。鬓丝微掠，临风四袅。两旁松柏肥绿，亭亭立晓光中。女士胸襟颇适，然一忆及国家多故，则觉鸟啼花落，无非取憎于己。泪珠盈盈，已湿透罗袖矣。静坐移时，百感交集，乃入膳堂，起居女主人时适早餐，女士复与少年同桌坐。少年运其广长之舌，议论风生，惟女士则作息妫之不言，绝不露轻佻气象，唯唯否否而已。

餐罢，女主人尼女士按批亚那[3]。导入一室，室中陈饰，尤为华美，如入山阴道上，令人目不暇接。女士乃按琴而歌，高唱入云，作海天风涛之曲。

---

① 密司：指女士。
② 南汀格：Nightingale，夜莺。
③ 批亚那：指钢琴。

如春莺调簧，如冷泉咽石，珠喉宛转，慷慨激昂，仿佛作王郎拔剑歌也。时少年兀坐其旁，虎视眈眈，犹饱餐其秀色。如花粉腮，亦几为之射破矣。歌罢，女主人称道不绝口，女士再三谦让。乃偕少年出，凭眺海滨，则见万顷绿波，清漪如镜，对岸之树影波光，一若接于几席。烟波深处，隐约见白鸥点点，飞翔水面，若不知人世间有所谓苦忧患，有所谓苦恼者。人而不能自由也，不如此渺小一鸥矣。时则一轮红日，已在地平线上，海天皆赤，仿佛见有千百日影，卷浪冲波而出。女士一览此景，犹置身于云水乡中，犹鸥之飞翔于烟波深处，几栩栩欲仙矣。

　　光阴如矢，日月如迈，女士居于此者二十余日，不知我之送光阴，光阴之送我也。女士晨起，必于园中静坐，藉玩天趣。漫漫长日，无以消遣，则有少年来，与之促膝谈心。晚则于海滨观夕照，二人亦日益亲密，一寸一晷之石火光阴，无非在情天中讨生活。惟女士则不苟言笑，束身圭璧，心如古井之水，但以朋友之谊遇之。而少年本为情种，既得日亲女士芳泽，遂致飞絮满身，不能排遣而出诸情网，早于冥冥中暗布相思种子矣。月下老人，洵多事哉。

　　一日昧爽，晓风拂面，零露沾衣。残月一钩，尚悬天末作微黄色。女士晓妆初罢，挽髻作远山式，复独往园中，彳亍花径。以女主人爱紫罗兰，思撷此以赠，乃低垂其蝤蛴之颈，即绿阴中觅紫罗兰。时则女主人子饮白兰地初罢，醉语惺忪，吸淡巴菰①，凭窗远眺，见绿杨阴里，芳草堤边，有一衣碧衣裳缟、裳之倩影，如惊鸿之一瞥。谛视之，即痗痗难忘之东方美人也。少年自忖此时，何不绕入芳园，趁此晓光中，与彼美絮絮款语，洵大佳事。于是着外衣，沿道来觅女士。行未数十武②，已见女士在树阴下，闲步晓光中，宛如名葩初饴，向阳而招展也。少年自树后呼曰："密司胡为凌露来此，如感受冷露之侵袭，吾恐珊珊弱质，实不胜消受此折磨也。"女士聆其声，知为少年，乃回首微笑曰："无他，凤闻君母爱紫罗兰，故撷此以稍尽妾意耳。"少年亦笑曰："余亦爱此花，密司胡不撷以赠吾，乃赠吾母。"女红云上颊，低垂粉颈，以春笋弄紫罗兰之花瓣，默然无语。少年又曰："密司日来遇我厚，我感愧莫名，汝且来前，待我向汝道谢，愿上帝福汝。"女士闻言，默念此君出言胡绝无伦次乃尔，余寄食彼家，一切皆仰给于其母，纯然如佛，过此快乐光阴，曾未一道谢忱，彼反谢余，毋乃风马牛不相及。彼既出此言，必非无因。乃思效温

---

　　①　淡巴菰：指雪茄。
　　②　武：六尺为步，半步为武。

太真绝裾①而去,而心动手战,玉手中所执紫罗兰,悉散于地。因俯身拾取,少年亦为之代拾,渐近女士身,突然起立,坚执女士皓腕,迳与接吻。女士失声而号,缩归其手,而秋波中几欲迸出火星矣。既乃厉声叱曰:“荒伧何无礼乃尔,吾非枇杷门巷中人可比,何物狂徒,乃敢玷污吾神圣不可侵犯之身。尝闻欧西人皆文明,亦不过欺人谈耳。吾当奔诉尔母,以评曲直。”少年笑曰:“汝即奔诉吾母,亦不过置之一哂而已。吾誓必令玉人归我始已,若当知吾于膳堂一见汝后,而三生石上,红丝已牢牢缚定。日间虽能与汝把臂,而晚间自憾不能与汝同梦,不审此一日十二小时,何若是之短,不能与汝把臂稍久,常恨太阳神之无情。故一至残晖西没,吾乃怅然若有所失。虽卧孤衾之中,而一点灵犀,仍绕汝衾枕之旁。一缕痴情,充塞脑蒂之中。时亦哑然失笑,念汝既无意,我何必为此半面相思,徒自苦累。乃思一挥慧剑,斩断情丝,而一见汝之如花玉容,吾又堕入情网矣。吾今假汝以十分钟之思索,汝能否归我,即受尽永劫不复之苦恼,当亦心甜意悦,不复怨天尤人。汝既为日本人,吾等成婚后,即可归国度密月,一切皆惟汝之命是听,吾亦愿作脂粉囚奴矣。”女士冷笑曰:“天下多美妇人,何必是此。英伦三岛间,岂无一当意者。实告汝,吾非日本人,乃中国人也。”少年闻言,夷然如不闻,然面上亦微露惊讶状。移时始曰:“中国人欤?亦无伤,中国人尽人皆亡国奴,惟汝则天上安琪儿耳。汝必归我,脱不然,当知吾亦足以制汝死命。此英伦三岛间,使汝无立足地,并不能归国。汝能允吾否?”女士略为思索,乃曰:“若厚我,令我铭感,惟吾国凡遇儿女成婚事,非函禀父母不可,姑再商如何?”少年始领首去。

少年既去,女士芳心趑趄,恨恨向海滨而行,怅然得失,惟向浩海而洒泪。移时乃怏怏归寝室,且行且思,谋所以对付之策。是晚辗转思维,未入黑甜乡里,而孰知快乐之光阴已疾变灭,凄绝哀绝之活剧将从兹开幕矣。

翌日侵晨,晓日一竿,绿窗红映。女士晓妆才毕,娉婷出兰闺,忽见下婢至,面色严厉。厉声谓女士曰:“吾家主母唤汝,速随吾行。”女士乃从之入女主人之室,则见女主人面目狞厉如夜叉,面上如罩重霜,昔则如和暖之春风,今则如萧索之秋气,令人勿怡。见女士至,傲然不为礼,厉叱曰:“咄!亡国奴,若以一世界第一等之贱种,匪特污我一片干净土。乃敢以汝之狐媚手段蛊吾子,丧吾子之人格,玷吾子之家声,若今知罪乎?吾前以若为日本人,故容汝勾留于此,不图汝乃无耻若是,速去休,吾高洁无上之居室,实不能容汝

---

① 典出温峤,字太真,晋人。绝裾:扯断衣襟,形容态度坚决。

亡国奴作一日留。"遂唤下婢逐女士于户外，犹声声詈不已。女士椎心泣血，泪落如亚拉伯之树胶，九阍鸾远，呼吁无门。搔首问天，呼苍苍而不应，斯时之女士，未免愁肠寸断矣。

女士徬徨途次，恍如丧家之狗，乃思附轮回国，不致作他乡之鬼。遂往购新闻纸数纸，知是日有船往新加坡。女士鹄立海滨约一时许，往来踯躅，秋波欲涧。移时始见海天深处，隐约有一舟鼓浪而来，谛视之，适往新加坡者也。不觉大喜，心中豁然开朗，如得夜光之珠。于是购票登舟，未几，舟将启碇，忽见一少年至，则女主人子也。女士怒形于色，不为礼。少年曰："若往新加坡耶？亦大佳，我犹可与若共晨夕，前园中之言如何者，今当践约。"女士怒曰："若母既下逐客令，彼此之关系已绝，若胡为追踪来此，于吾前喃喃饶舌耶？况吾乃亡国之奴，安能为若床头人，即成此孽缘，若亦将不齿于国人。我誓不为此，脱不然，吾当以颈血溅若之袖，莫谓巾帼中无丈夫气也。"言次，恨恨归己室。舟行数日，舟中英人，皆以女士为日本贵族，遇之甚厚。每有宴会，必折柬相招，脱不至，则座人皆不欢。女士吐属既温文有致，尤善酬酢，雄辩滔滔，常靡其座人。况生成丽质，举止温存，一出室门，则舟中人逐影追香，争交目于汉皋神女。而少年遇之尤亲切，女士则以冰颜报之。继而英人皆知女士乃中国人，非日本人，咸大惭。女士一出，则诟厉不绝口，金唾之为亡国奴。而女士殊不顾，惟每于夜深人静，月黑天高时，出立船首，对茫茫浩海而长叹，娇声呜咽，不胜悲抑；泪点淋漓，恍如带雨梨花。越数日，舟已抵新加坡，女士乃上陆觅旅舍，少年则追踪不少懈。一日女士香梦方醒，鬓云微松，直似睡足海棠，令人真个销魂。女士乃盈盈下床，忽觉枕畔有人谛视之，则少年也。不觉大惊失色，神经霎时麻木。少年曰："今可申前约矣，如固执者，我将以此事暴露于外。安有以一黄花闺女，与人同衾，若之名节亦扫地矣。斯土有一牧师，乃我知友，可为吾等主婚人，佳期即明日也。"女士俯首无言，玉手纤纤弄衣角，恍如一博物院中之石美人，少年径与接吻而出。

翌晨，女士方起，彳亍庭中，以舒怀抱。缅想前尘，不堪回首，俯仰低徊，不禁愁损春山矣。当斯歆歔欲绝之际，忽闻有橐橐之响，方凝睇间，则见少年昂然入，已至身前，握女士手问曰："胡为在此凉阴里，独不畏罗袖太薄耶？"女士心怦然动，俯首不之答。少年又续曰："马车已待于门外，速行毋迟。"言已，乃挟女士出，径上马车，与御者作一二言，而马蹄得得，如一道流星，飞行而去，少年亦高赋有女同车矣。

结婚后，女士愁容暗结，红泪偷弹。玉楼深锁，寂寞生涯，愁城风味，亦

消受够矣。每于花晨月夕,感花溅泪,对月吟愁,顾影萧条,郁郁谁怜。肮脏情怀,只能诉与落花知耳。以女士纤纤弱质,又安能长日于愁城中讨生活。故不数日间,而宝靥销红,一病倒在潇湘馆里,菱花镜里形容瘦,已作憔悴姬姜矣。少年以医来,女士辞曰:"心疾须将心药医,达克透宁能疗吾心疾耶?"越数日,病少瘳,而印度洋中骤起数百丈之狂飙,蛮语沸腾,众喙铄金。少年以眷女士故,遂不齿于国人,居停亦下逐客令,乃别赁一屋居之。牧师复以绝交书至,从此薄命桃花,遂断送于雨骤风狂中矣。

少年处此四面楚歌之中,不得已,乃思附轮回英,不致落魄他乡。忽有一书至,读未竟,面色惨白如纸,盖英伦少年母之书也。书中略谓曩昔汝乃吾子,今既自暴自弃,吾亦不以汝为子矣。汝既爱彼亡国奴,毋容污我英伦一片干净土。生则饮奴隶之水,死则葬奴隶之土,汝如欲归国,则速与彼亡国奴绝。噫,有此一幅催命符,直射于女士之眼帘,女士乃死,女士乃不得不死。

女士睹此函,芳心之跳跃,骤增至一百七十度,血之流行,因而加捷,几欲从秋波中樱口中推涌而出。神志已失其灵敏,仿佛坠身于北冰洋中,只觉冷气森森,沁入心脾。自知死期已迫于燃眉,然强颜欢笑,一如平日。自念茫茫世界,竟无地以相容,王谢堂前,旧巢又不可复。一念及此,寸衷如割,泪影莹莹,几湿透鲛绡矣。无何花砖暑影,逐渐东移,一片残霞,已加鞭向亚美利加而去。女士瞰少年已入黑甜,乃就案作书志别,书曰:

　　嗟乎吾夫,死矣死矣。滔滔流水,容知吾心。妾生不逢辰,生于中国,乃蒙吾夫遇吾厚,而自濒于难,虽粉身碎骨,不足以报万一。妾久怀死志,所以含耻偷生者,因未见故乡云树,死为异域魂耳。今所吸者乃中国之空气,所居者乃中国之土地,生为中国之人,死为中国之鬼,如此江山,妾亦无所眷恋。与其生而受辱,不如拼此残生,以报吾夫,亦所以报祖国也。嗟乎吾夫,吾作此书,吾泪涔涔,此书入君目之时,见有斑斑点点如桃花片者,君其记取,即妾之血泪痕也。妾身虽死,妾魂犹生,当日日附君而行,至数千年后。妾之魂化为明月,君之魂化为地球,辗转相随,万古不变,即至天荒地老,海枯石烂,而妾之魂犹绕君而行,不宁舍君他去也。嗟乎吾夫,长相别矣,妾死之后,望即寸刳吾身,以饲狗彘,盖亡国奴死欲速朽,又何必墓门西向,千载下受人唾骂。异日孤窗独坐,或闻子规啼红,如怨如慕,即妾嘤嘤啜泣之声。或见灯影闪烁,若隐若现,即妾渺渺无依之魂。请以浊酒一杯,一扬灵焉,则妾亦含笑九京矣。吾夫吾夫，别矣别矣，吾知君玉钩低垂，罗帐沉沉中，方梦见薄命人弹泪作断肠词也。

女士书毕，香腮枯白，气喘喘如吴牛，一缕之息，纡回若游丝。娇躯若柳丝，颤颤欲坠，不复能自持。乃将闺门紧闭，即向身畔取出三尺白绫，展视良久。自慨曰："尔以天生丽质，今乃毕命于此，红颜薄命，洵不诬焉。嗟乎吾夫，行再相见。"女士毕其词，将白绫高悬，瞠目奋呼曰："吾中国之同胞其谛听，脱长此在大梦中者，将为奴隶而不可得，彼犹太、波兰之亡国惨状，即我国写照图也。"呼声未绝，而一缕香魂已归离恨之天，时则白云惨淡，日薄无色，玉肩锁愁，琼栏驻恨，惟有小鸟唧啾，悲鸣凭吊而已。

瘦鹃曰：嗟乎，娟娟明月，印河山破碎之恨；飒飒悲风，起故国凄其之慨。若黄女士者，即中国国民之前车也，读者见之，其以为何如？然余方握管时，汛澜不已，不审此斑斑点点者，是泪是墨也。

（原载《妇女时报》第 1 期 1911 年 6 月出版）

行再相见

　　却说一天是九月的末一日，枫林霜叶，红得像朝霞一般。薄暮时候，斜阳一树，绚烂如锦。玛希儿弗利门从英国领事署里慢慢儿地出来，抬头望了望美丽的天空，吐了一口气，便跳上一辆马车。那马夫加上一鞭，车儿已辚辚而去。这玛希儿弗利门原是英国伦敦人氏，年纪约有廿七八岁，长身玉立，翩翩少年。十年前就毕业奥克斯福大学，得了个学士的学位。庚子年间，在北京英国公使馆里充当书记，一连做了好几年。如今却调到上海来充领事署的秘书。领事很器重他，当他是左右手似的，片刻不能相离。他也勤勤恳恳地做事，一年三百六十五天，没有一天不到。每天早上八点钟，就带朝日而出，到馆视事。每天晚上五点钟，就带夕阳而归，回家休息。

　　每天出来回去，总经过一家花园。经过时，园里的阳台上，总有一个芳龄十八九的中国女郎，把粉藕般的玉臂，倚着碧栏杆亭亭而立。双波如水，盈盈下注，玉靥上还似乎堆着两个微微的笑涡。玛希儿初时并不在意，后来见天天如是，早上过时，往往见晓日光中，总着个美人情影；薄暮过时，斜阳影里，也总是凭栏有人。那两道秋波，像闪电般射将下来，仿佛射在自己身上，于是心里已有些儿明白。每天过时，免不得要睁起两眼，向那阳台上望它一望。因此上楼上盈盈，楼下怔怔，那四道目光，每天必有两回聚会，倒好似订定了的密约一般。过了几来复，两下里竟如素识。玛希儿过时，这一边规定地向楼上脱一脱帽，那一边规定地向楼下嫣然的一笑。无奈盈盈一水间，脉脉不得语，只能凭着他们四个眼儿通意罢了。不道天缘凑合，有一天是礼拜日，他偶然走过那中国公园，便迈步进去瞧瞧。却见一个花枝招展的中国女郎，分花拂柳而来，玉貌亭亭，似曾相识。正是那个天天凭栏送盼的女郎！玛希儿莆利门便走上一步，脱了帽，劈头先喊了一声密司。那女郎颊晕双涡，掠着鬉云一笑，接着两口儿已在旁边的椅上坐下。款款深深的讲起话来。女郎倒也操着一口好英国话，说得如泻瓶水，十分流利。原来她是广东的番禺人，姓华名桂芳，从小在教会里读书，所以英国学问，已造高明之域。她父亲早在庚子那年，在北京被一个外国人杀死了。她母亲苦念丈夫，也就一病而亡。可怜这曙后孤星，伶仃无靠，亏得有一个伯父照顾她，带她到了上海，仗着有些儿遗产，在一个幽静所在借了一所巨厦，一块儿住着，过他们清闲的岁月。只是铜雀春深，小乔未嫁，人非木石，免不得心醉少年了。当下两人谈了一会，十分浃洽，好似多年的老友。直谈到残晖西匿，新月东升，方始勉勉强强怅怅惘惘地握手而别。临行时两双眼儿还碰了好几个正着。第二天晚上，玛希儿莆利门从领事署里出来，走到那花园之前，却并不抬头向阳台上望，自款关而入。门外汉居然做入幕宾了。从此以后，他天天总得进去一趟。或是把臂窗前，或是并肩花下，两下里已情致缠绵到十二分，竟有难解难分之势。

这一天他坐了马车，直向女郎家来，到了那花园前，停下车来，匆匆而入。直到一间精雅小室之中，在一把安乐椅上坐下。从袋里取出一封信来读着，一面扬声唤道：“桂芳桂芳，你在哪里？”不一会即见画屏背后莲步姗姗地转出那美人儿来，玉手里执着一束红酣欲醉的芙蓉花。人面花容，两相辉映，把媚眼瞟着玛希儿莆利门，娇声呖呖地说道：“呀，郎君，你来了！吾正在后园采几枝芙蓉花，想插在这玉胆瓶中，免得空落落的。只累你等久了。”莆利门道：“吾方才来此。”说毕又读手中的信。桂芳走至桌前，弄着那芙蓉花。莆利门忽又说道：“桂芳，你以为如何？吾们外交部里要召吾回英国去咧！”桂芳听了，手里的芙蓉花，顿时像红雨般索落落地掉在地下，双波注着莆利门，诧异道：“怎么？你可是要离开这里？你可是要丢了这上海去么？”莆利门道：“正是，桂芳，吾要回伦敦去，伦敦！桂芳，伦敦！”桂芳一声儿也不响，扭转柳腰，低垂粉颈，拾那地上的芙蓉花起来，清泪盈眸，几乎要夺眶而出。莆利门悄悄地瞧了她一会，便道：“桂芳，你过来。”桂芳忙执了芙蓉花，走将过来，坐在莆利门旁边，玉指纤纤，理着莆利门的头发。莆利门悄然说道：“吾去时，你不好和吾一同去？”说时，从桂芳手里取了一枝芙蓉花，替她簪在罗襟上。桂芳似乎没有觉得，愁眉蹙额地说道：“郎君，无奈吾不能跟着你去。”莆利门道：“但是吾怎能舍得下你？”桂芳惨然道：“你舍不得吾，吾也何尝舍得你来？吾很愿意跟着你去，到处双飞。无如身不由主，须得听我伯父的节制。”莆利门道：“只是你差不多已是吾的人，须同吾一块儿去。况且你

年纪已长大了，一切尽可自由，为甚么要听你伯父的节制？"桂芳叹了一口气，说道："你不知道吾们中国的风俗，和你们英国截然不同，做女子的一辈子不能自由。加着吾父母相继死后，幸而伯父抚育吾，不致失所。他好似一棵大树，吾好似一只小鸟；这小鸟好几年栖息大树之中，如今羽毛丰满了，难道就丢了大树，插翼飞去么？"弗利门默然不语了半晌，才道："桂芳，吾心中除了你以外，委实没有第二个人，你是个最可爱最柔媚的美人儿，吾愿意一辈子同你在一块儿，白头偕老。吾爱！吾们回到了伦敦，以后快乐的日子正长咧。"桂芳微微地退后，瞧着弗利门，悲声说道："郎君，吾伯父一定不许，吾伯父一定不许！"弗利门道："桂芳，你不该拒绝吾的请求。难道这半年来的爱情，已付之流水么？"桂芳掩面道："郎君，你该可怜吾，原谅吾——吾上边还有伯父！"弗利门怫然道："好，你当真不爱吾了么？"桂芳放下了手，说道："吾的爱人，吾何尝不爱你来？巴不得天长地久，吾们永永在一块儿，不论怎样，终不分开。吾这一颗心，只不能抉出来给你瞧。郎君，你千万别说那种话儿，把吾的心寸寸捣碎呢！"这时天已瞑黑，月光像水银般透将进来，照见这一双痴男怨女，都双泪盈眶，黯然无语。停了会儿，弗利门方才起身说道："吾爱，吾们的爱情，总永远不会磨灭。你心里放宽些，不必悲痛。如今吾要回去了，明天再作计较罢。"说时挽了桂芳的杨柳腰，在她樱唇上甜甜蜜蜜地亲了一下。走出屋子，弯弯曲曲地过了一条花径，出花园而去。到了门外，又回过头来扬了扬手。桂芳鞠了一躬，高声呼道："郎君，明天会！明天会！"弗利门去后，桂芳又呆呆地立了一会，才娴娴入室。

过了三分钟光景，有一个五十岁左右的人，一头花白的头发，几绺花白的髭须，徐徐地从花园外边进来，直入室中。桂芳一见这人，就欢呼道："伯父，你回来了！"忙倒了一杯茶，双手奉与伯父。她伯父瞧了她一眼，说道："那外国人今天已来过了么？"桂芳道："正是，弗利门已来过了。"她伯父道："他待你很好么？"桂芳羞红满颊，低垂粉颈，轻轻地答道："伯父，他待吾很好。"伯父呷了一口茶，吐了一口气，说道："吾刚才恰好遇见他。他的面庞，今天才被吾瞧清楚了。如今吾要告诉你一件故事：七八年前广东番禺有一个巨商，同着他妻女俩和一个阿兄，在北京做买卖，很有些信用；不想庚子年间，拳匪乱起，东也杀洋鬼子，西也杀洋鬼子，把个偌大北京城，闹得沸反盈天。后来各国派兵到京，不知道有多少无辜良民，死在兵火之下。可怜那巨商也逃不过这个劫数！有一天同着他阿兄经过英国公使馆，被一个外国人用手枪击死。幸亏他阿兄眼快，逃了开去。"桂芳急道："伯父，这可不是说阿父和你的事么？"伯父道："一些也不错。那时吾虽逃了开去，那外国人的面貌,已被吾瞧得明明白白。当下吾便立誓将来定要找到这仇人,替阿弟报仇。一向吾说起了这外国人,你不是也咬牙切齿的么?"桂芳答道:"正是。吾若然遇了这仇人,定要刳刃其胸,报这不共戴天之仇。"伯父微笑道:"好孩子,如今好了,天公大约也很可怜见吾们,因此使那仇人落入吾们的手,恰巧又落在你的手中!"桂芳大惊道:"伯父,你这话是甚么意思?"伯父道:"桂芳,那击死你阿父的仇人,今天已被吾找到了。"桂芳急道:"当真已找到了么?"伯父道:"正是呢。十年宿怨,从此便能一笔勾消。那仇人不是别人,就是你的情人,那个外国人!"桂芳闻言大惊,不觉退下了一步,大呼道:"这是哪里说起? 他就是吾的仇人?"伯父道:"一些儿也没有错。你的情人,就是你的仇人!"桂芳道:"这怕未必罢。他是个很温和很慈善的人,怎么会做这杀人的勾当?"伯父倾身向前,眼睁睁地瞧着他侄女,悻悻说道:"好好,你为了这外国人,便忘却你阿父么? 忘却你从前报仇的誓言么? 忘却你阿父的惨死么?"桂芳颤声道:"吾怎敢忘却!"伯父道:"你既不忘却,你阿父在地下也要含笑。如今吾和你说一句最后的话,玛希儿弗利门,杀死你父亲的仇人! 明天你就该把他置之死地,尽你做女儿的本分!"桂芳闻言,不则一声,但她柳腰一扭,像燕子般掠到她伯伯身旁,跪了下来。抬头瞧着伯父,玉容十分惨淡,悲声道:"伯父,吾的伯父! 教吾怎能下手? 怎能杀死玛希儿弗利门?"伯父庄容道:"桂芳,你须知道,你阿父只有你一人,并没有三男四女。你不替他报仇,谁替他报仇? 你若是孝你阿父的,总要使他灵魂安适。难道为了儿女私情,忍心把父仇置之不顾么?"说着,探怀取出一瓶药水来授给他侄女儿,又道:"你只把这药水滴几点在茶里,给他喝了,便能沉沉睡去,并没一丝痛苦,比你阿父死时爽快得多呢。"桂芳伸两臂,向她伯父说道:"吾的伯父,吾如何下得这般毒手? 吾们平日何等地相爱,他从来不把疾言厉色向吾,千种温存,百般体贴。吾面上偶然露出一些不快之意,他立刻柔声下气地来安慰吾。伯父,吾委实爱他! 吾们虽没有结婚,那爱情却比结了婚的更深更热。这半年之中,他直好似吾眼眶里的瞳子,心里的血。朝上起来,第一个念头,总是想玛希儿——吾的爱人! 晚上时,末一个念头,也总是想玛希儿——吾的爱人! 伯父,如今你却要吾杀他,像吾这样一个弱女子,哪里来的铁石心肠? 他又是吾的情人,又是吾未来的夫婿,伯父,你该可怜见吾啊!"伯父怒气勃勃地立起身来,握着桂芳的臂儿,大声道:"女孩子,你须知道你是中国人! 不论怎样,须服从你长辈的命令。明天你一定要下手,把他治死。"说罢,放了手。桂芳眼儿注着地,芳心欲碎,柔肠欲断,一会才仰首说道:"伯父,你或者误认了,他不是杀死吾父亲的仇人。"伯父道:"仇人的容貌，深深地镌在吾脑儿里，七八年来没有一刻忘却，哪里会误认？一二月以前，吾早已怀疑。今夜月光大好，就被吾瞧得明明白白，定然是他。你既不信，明天不妨探探他的口气。若然他不是杀死你父亲的仇人，吾自然没有甚么话儿说；若然他确是杀死你父亲的仇人，你就该想想做女儿的本分。"桂芳道："倘是他果真杀死吾阿父的，吾自然不得不替阿父报仇。报了仇后，吾的本分已尽，便跟着他向他去的路上去。"伯父道："好孩子，你听吾的话。他可以死，你不可死。他只能独自向那死路上去，你不能伴他。你死了，你阿父一定不以为然。你是孝女，总该体贴你阿父的心。明天晚上六点钟，吾在那公园里等你。他一死，你就赶来瞧吾。吾望上天保佑你，使你成功，明天会。"一壁说，一壁出室而去。桂芳伏在地上，掩着面，只是嘤嘤地啜泣，直哭到天明，已到了泪枯肠断的境界。好容易捱过一天，又不知落了多少眼泪。

五点钟时，玛希儿莪利门欣然来了。却见他意中人正跽在地上，把脸儿掩着，似乎在那里啜泣的样子，便疾忙过去，抱了她起来，在一把睡椅上坐下，抚着她柔声说道："吾的亲爱的，你为了怎么一回事？吾爱，快告诉吾，快和吾说！"桂芳兀是不响，把蝤首倚在莪利门肩上，泪珠儿不住地涔涔而下。莪利门甚是纳罕，但是也莫名其妙，只连连亲她的粉颈和香唇。一会桂芳才轻启樱唇说道："亲爱的郎君，吾们相亲相爱，屈指已有半年了，吾可使你快乐么？"莪利门笑道："吾爱，自然快乐，自然快乐！从前吾不知道爱情是何物，及至见了你，就不期然而然地发生出爱情来。如今吾总自以为世界上第一个幸福人，每天只等领事署的门一闭，便能到这世外桃源似的所在来，和心上人把臂谈心，消受柔乡艳福。"说着，把双手捧了桂芳的面庞，向着她，又道："吾的桂芳，你是吾世界上独一无二的爱人！你可也爱吾么？"桂芳道："吾们中国女子，原不知道甚么爱情不爱情，吾也不知道甚么爱你不爱你。只觉得白日里想甚么，总想着你；夜里梦甚么，总梦见你。有时你把吾抱在臂间，一声声地唤着吾的桂芳、吾的爱人，吾心里就觉得分外地快乐。郎君，这个大约就是爱你了。"莪利门不住地亲着她青丝发，悄然无语，那样儿却非常得意，半晌，桂芳忽尔问道："郎君七八年前你可是还在故乡吗？"莪利门道："那时吾已到中国来，在北京英国公使馆中充当书记。"桂芳道："那年正是庚子年，吾国忽地起了一种拳匪，专和你们外国人作对，把个辉煌烜赫的偌大北京城，闹得落花流水。那时你可受惊么？"莪利门道："只略受些儿惊吓。那时吾年少气盛，也恨那些拳匪刺骨。有一天正在馆中忙着办公，忽听得门外人声喧哗，说是拳匪来袭击公使馆了。吾怒不可遏，执了一枝手枪，一跃而出，一连放了几枪，居然把拳匪吓退。只是事后一检，那些拳匪一个也没有死,连伤的也不见,却伤了几个无辜良民。有一个四十左右商人模样的人,已被吾击死了。吾至今还在这里问心自疚咧!"桂芳大呼道:"那商人竟被你击死了么?"荜利门道:"这也是一时操切所致,现在也不必去说它了。"桂芳头儿靠在荜利门膝上,拔了自己罗襟上插着的一朵芙蓉花,一瓣瓣地撕了下来,抛落在地,默然了好久,方才起身说道:"郎君,你等一会,吾替你做一杯咖啡来。"走了几步,忽又立定了,回到荜利门身旁,说道:"郎君,你再说一遍,说你是爱吾的,说你是永远不愿和吾分手的呀!郎君郎君,你再把吾抱在臂间说:'吾的桂芳!吾爱你!'"荜利门也不知其所以然,只拉了她过来,亲着她说道:"亲爱的,吾的爱人!你为了甚么,态度有些儿改变?吾自然一心爱你,万万没有两条心。你别哭,快收了眼泪,替吾做咖啡去。"一面又和桂芳亲了一个吻。桂芳走到画屏之前,倏地又回了转来,跽在那睡椅旁边,凄凄楚楚地说道:"郎君,你不论遇了甚么事,总要原谅吾,体贴吾的心。吾是永远爱你的,吾的身体为了你牺牲,也所甘心。你到哪里去,吾总伴着你去。你若是到世界的尽头处去,吾也跟着到世界的尽头处去,决不肯听你独去,寂寞无伴。"说时,把手儿掩着玉颜,一动都不动地跪在那里。荜利门瞧着她,很为诧异,但是也不知道其中道理。只当是为了昨天说起了要回英国去,所以她心里郁郁不乐。于是又捧起桂芳的脸儿来,含笑着亲了一下,说道:"亲爱的,这不打紧,吾到哪里去,自然总带你一同去。吾身外之物一切都可以没有,然而不可以一天不见吾的桂芳。"桂芳在那睡椅旁边痴立了半晌,才轻移莲步,往屏后去了。停了一会,已托了一只茶盘出来。迟疑了半晌,方始颤手把那一杯咖啡给授荜利门,一壁说道:"吾的郎君,你喝一杯咖啡!"荜利门带笑容道:"吾的爱人,多谢你!"便擎杯凑在嘴上,咕嘟咕嘟喝一个干。喝罢,扑地向后倒在椅上,那杯儿掉落在地,打了个粉碎。桂芳秋波含泪,对着她意中人呆瞧了好一会,才低下蜻蜓般的粉颈去和他亲了一个最后的吻。接着跽在地下,发出杜鹃泣血似的声音来,凄凄恻恻悲悲惨惨地喊道:"郎君!行再相见!"

(原载《礼拜六》第 3 期 1914 年 6 月 20 日出版)

为国牺牲

一

大中华民国与敌国宣战后之三日，中原健儿尽集于五色旗下，厉兵秣马以须。黄歇浦畔一小屋中，有一英俊少年，横刀立门次，体态昂藏，可六尺许，目光熠熠有棱角，四射如电炬，时则扬声谓其老父曰："别矣阿父，儿去也。"老人力把其爱子之手，欢然言曰："别矣吾儿，愿汝努力，尔父老矣，今日一别，或弗能复见儿面，然为祖国故，即牺牲吾百子，无恤也。"老人言既，即有一老妇自一木椅上盘散而起，至于乃子之侧，展其手按爱子肩。双眸莹然，直注其面，久久乃弗瞬。少年扶母归椅，使坐屈一膝跽于地，捧其皱纹叠叠之面于手中，与之亲额，怡声言曰："别矣阿母。儿此去当杀敌归。母其备国旗以待，为儿拭宝刀，勿使敌血凝其上，锈吾霜锋。今兹母曷以笑靥向儿，儿行矣。"母欲语，声格格不得吐，则展靥而笑，两手仍坚执其爱子之臂，弗忍遽释。遍体斗大震，似欲力排其中心之悲痛，顾终为爱子之情所克，以广袖掩面，伏其首于椅臂上，啜其泣矣。少年惧为阿母眼泪短其英雄之气，即一跃而起，不之顾。将行，则又顾谓桌畔一亭亭玉立之蓝衣少妇曰："吾妻，吾二人别矣。"少妇遂微步近少年，出其纤纤之手把少年臂，复以明眸注少年面。而少年亦还视其妻。两人修短适相若，两人之目光乃交互而成直线，如是者可十分钟。少妇始低声呼曰："别矣吾夫，愿汝无恙。"少年首微点，返身出。少妇遂扶老人立门外，目送其英雄夫婿跃马而去。夕阳娇红，笼首作赤阑，如大神顶上之圆光。此神盖救世之神也，将弗见。少妇即自罗襟间出其白罗之帕，高扬于头上，振其玉喉呖呖呼曰："顾明森大尉万岁！大中华民国万岁！"顾明森大尉者，少年也。

顾明森大尉此去，实与爱妻为永诀矣。当其行时，此娟娟者尚曼立门外,嫣然作浅笑,高呼万岁以壮夫婿之气。则其笑直较哭为尤痛,泪已盈眶,乃强制弗听出,而此强制之工夫,良匪易易。迨夫婿既远去,则即踉跄入门,席地恣哭,悲恸至于万状。良以二人结褵才三阅月,新婚燕尔,闺中之乐趣正浓。今特以捍卫祖国故,乃不得不作分飞之燕。妇虽灼知爱国之义,然亦不能无悲。是日直啜泣至于日昳,悲犹未杀。而老人则老怀弥乐,一无所悲。老人当壮年时固海上健儿,甲午之役亦身列戎行,勇乃无艺。尝于月夜只身犯敌垒,夺其帜,受数十创归。后又屡立战功而受创亦屡,故其身上疮痂纵横纠结,为状绝类地图上之山脉。每值兴至,与村中壮男子角力,解衣磅礴,时尚复历历可见。而老人见痂每潸然下泪,谓:"此为老夫悲痛之纪念,见之辄枨触于怀。设尔时将士能人人如老夫者,何致丧师辱国为天下笑。然而国魂不死,民心不死,行见将来终有雪耻之一日耳。"以是村中人每生子,老人必登门道贺,并殷殷嘱他日长时,必令从军,执干戈为祖国复仇。村人见其热诚,则亦漫应之。老人所生只一子,年甫十七,即投身入军籍。以能守纪律、精于军事闻,寻即擢为大尉。而老人犹以无多子为憾,设多子者,即可尽为祖国宣力,祖国得益当亦较大。然既无多子,则亦无可奈何,惟竭力以勖其一子,未尝或懈,而爱国真诠,言之尤凿凿,俾使其子深铭于心,力自鞭策。今见祖国竟不甘受敌国屈辱,毅然下宣战之书,民心亦奋发一致对外,老人乃大悦。谓:"似此御敌,何敌不克?今而后可以雪甲午之耻矣。"时其子请假宁家,归甫五日,老人即力促之返营,盖风闻其全营将于今夕出发也。子行后,老人尤跃跃乐乃无艺。日将暮,即往码头送全军之行。

既至,则见一绝巨之轮船泊河干,船尾船首俱悬国旗,猎猎然临风招展,似扬吾武;烟突长且巨,状若仰天吐气,谓中华从此强矣。老人举眸四瞩,见码头上人至庞杂,往来如掷梭,而军人尤伙,为数可千余人,顾独弗见其子,意殊不怿,亟排众人,始见之于舱门之次。时方指挥其众,状颇鹿鹿。老人视此戎服灿烂之爱子发号施令,虎虎有生气,于意甚得。去舱门不数武,有巨炮一,硕大乃无朋。老人不觉对之微点其首。念此巨炮发时,敌军必弗支,乞息战议和,割彼国三分之一,赠吾国为殖民地,且倍前所要求于吾之条件以许吾。吾大军遂凯旋而归,其荣誉直为从来历史上所未有,而列强亦相顾咋舌,称吾国为世界第一等国,从此弗敢复犯。……念至是,不觉拊掌而笑,得意至于无极。

老人方冥思间,斗闻呼声破空而起曰:"趣上舟!趣上舟!"呼已,军士辈即陆续而入舱门。旋有工兵一队至,从事于巨炮之侧。须臾,忽闻金铁铿锵声,则舟上之蒸气起重器已提此巨炮而起。甲板上之军士尽呼万岁,声震一水。老人亦挥其冠引吭三呼。时去老人弗远，有一少年军人，为状似少尉也者，方与一衣浅绛衣之女郎话别。女郎殆为其妹氏，眼似波而口似樱，意态殊娟好，见此巨炮离地而起，则亦鼓掌跳跃，若至忻悦，作娇声呼曰："是炮何巨！吾前此乃未之见。"少尉微笑答曰："良然。是炮巨乃无伦，构造亦异，为吾国晚近一大制造家所创制，尽彼德意志克虏伯厂中所有都不之及。脱令敌人见之，心胆且俱碎矣。"女郎又娇呼曰："然则其弹安在？如何不见？吾颇欲观之，想如此巨口中必能吞一巨球也。"少尉大笑曰："阿妹殆以为炮弹枪弹都如吾家阿弟所弄之皮球乎？是误矣。弹初不浑圆如球，特作圆锥之形。若此炮中之弹，则更与寻常殊，立之地上，直与妹身埒，权其重量可六七百磅，发之能及七八里。"女郎闻之，目眙而口张，状至错愕，曼声言曰："奇哉！奇哉！是炮朝出，敌人夕歼矣。"少尉点首而笑，似然乃妹之言。

当是时，起重器已提炮至于船尾，辘轳放，炮乃徐徐下入舱底，不复见。而高呼万岁之声一时又四起。老人呼既，又引眸觅其子。旋乃得之于舱门之次，方往来微步，态度绝安闲。少尉举手指其人，顾谓女郎曰："彼悬佩刀徐步舱外，俨然有大将风者，为顾明森大尉，即指挥彼巨炮者。其人实为吾军中之祥麟威凤，军事之学，惟彼为最精。即此枪炮中之构造，渠靡不洞悉，即一螺旋钉，一细钢丝，亦复知其装配之法，如一老练之钟表匠知其钟表之内部，实令人佩畏无已。阿妹更不见彼腰间所佩之刀乎？是为顾家刀，吾家阿父及祖父尚能历历道其历史。此刀盖属诸乃父，尝于甲午之役斩敌馘无算者。今乃父尚存在，老矣，而雄心犹未已，时时以报国为念。闻彼因甲午之耻，梦中辄跃起，大呼杀敌，故吾大尉自幼即知爱国，且邃军事学，譬之大树上一旁枝，同根生，相去迩也。"女郎点其蝤首，流波遥睐顾大尉，微吐其气，言曰："彼貌殊都，宛类妇人女子，顾又奕奕有英雄气。其人殆即吾国历史上之张子房^①欤！"少尉颒然曰："阿妹譬喻殊确当，特惧而兄无暇与汝论史，今兹当登舟矣。别矣阿妹，行再相见。"女郎举其纤手，取云发上所簪一娇红欲燃之玫瑰，授其兄，作巧笑曰："别矣阿兄，愿汝杀尽敌人，血其刃如玫瑰。否则阿妹且以弱虫目汝矣。"少尉受花，置之军冠中，毅然言曰："吾渴欲饮敌人血久矣，此往必大杀一场，以疗吾渴。妹或弗信，可誓之天！"女郎挥手向舶曰："行矣，谁欲汝誓，妹信阿兄耳。"少尉即匆匆返舶，飞步入舱门。时顾明森大尉已登甲板，方凭铁阑而立，俯首四瞩，似视此人丛中有无稔熟之面。双眸炯炯然，适与乃父肫挚之目光值，则微笑，一笑中若含无限孺慕

---

① 张子房，即秦汉时之张良，字子房。

之意。众以为大尉向渠辈笑也,立哗然呼万岁,声同如出一人口。大尉举手行一军礼,遂入舱去。

老人纡徐出人丛,已惫罢甚,而彼少尉与妹氏之语,则往来于脑中,弗能复忘,曰俨然有大将风也;曰军中之祥麟威凤也;曰是为顾家刀也;曰此刀盖属诸乃父,尝于甲午之役斩敌馘无算者也;曰乃父老矣,而雄心犹未已也;曰譬之大树上一旁枝,同根生,相去迩也;曰彼貌殊都,顾又奕奕有英雄气,殆即吾国历史上之张子房也。凡兹数语,老人都于脑中往复默诵,弥觉其甜蜜。自念吾归去,决一一语之老妻及爱媳,渠辈闻之当亦欣慰。舶且以夜半行,吾尚及携渠辈来是,一观吾国之巨舶也。老人念至是,即疾趋而归。归乃益罢,然犹力自支持,既以彼少尉兄妹语,语其妻媳。复撷拾当年战中故实述之,以为余兴。述未竟,已入睡乡。比醒,则日光灿然,已透藤蔓蒙络之疏棂而入,若告以天明久矣。尔所系念之巨舶,已解维远去,此时方容与水上,状如美人螺髻也。

二

崇山峻岭,绵亘弗断,蜿蜒曲折,可百里而遥,为状如一巨蟒,偃卧于大地之上。炮声砰訇,时辄排空而起,震山中作回响。炮声少止,则又隐隐闻来福枪声。声来自远处,一若老僧讽经也者。间又杂以机关枪声,阁阁然如蛙叫。凡此枪声炮声,续续而入中华民国大军中一传令官之耳。此传令官者,方鹄立于一田舍之门外,翘首向山,若有所眴。须臾,斗闻室中有深沉之声起,曰:“彼来乎?”传令官举其项际所悬之望远镜,遥望高山及平原间之一深谷,望有顷,始下其镜,回首及肩,扬声答曰:“将军,尚未也。”言已,则又翘首而望。时斜阳将下,嫣然作粉霞之色,光烛山背,与黯碧相混合,色乃奇丽。传令官视此娟媚之暮景,几已忘其职守。阅数分钟,身遽微震,遂举其望远镜前瞭,则见平原上。有一人跃马疾驰而来,疾如飞矢。谛视其人,则服炮兵大尉之制服,遂回首报曰:“将军,顾明森大尉来矣。”

顾明森以奔波久,入田舍时,呼吸乃至迫促。既入,即举手向将军为礼,并礼在座诸参谋。忽闻间壁小室内有细语之声,视之,则见电话传令兵多人,方面墙坐于一长案之次,人各缚传话筒于额下,系听音筒于耳际,面前皆置一电话机。诸人且语且听,精神专一,目不他瞬。别有一传令兵跋来报往于二室之间,每出,必手一纸,授之参谋长,殆即从电话中速记而下者。参谋长得纸,辄喁喁然与其同事语,似相商榷。时诸人俱围案而立如堵。顾明森乃一无所见,一无所闻。迨天将暮,暝色渐合,即有一下卒入,悬一绝巨之煤油灯于室心枕梁上,光下灼成一光明之圞,映射众面,神采都奕然焕发,似示人谓此赳赳者,金属大中华民国之名将谋士,第小用其勇智,已足以克人国而有余者。

维时将军及参谋长俱立案首,顾明森亦入其列,案上铺一大地图栓以针,小纸旗百余面插其上,以志两军之阵地所在。敌军为黑旗,本国之军则标以国旗,五色纷披,大有云蒸霞蔚之观。观其状若有得色,似操必胜之券。此田舍者,固有电话与战场上吾军之各司令部通。吾军之如何设施、如何进行,都由电话传达。故此大本营之电话室中乃大忙,每一消息至,由速记生记录而下,属传令兵进呈参谋长。于是互相磋商,讨论其臧否。或进或退,则移动地图上之小纸旗,以为标识。将军但须视此地图已能知吾军之进行。而顾明森亦极注意于此,双眸专注其上,略不旁瞬。于时见敌军面南而阵,在前山二十里外,其右翼临一大河,左翼则适当山尽处。图上五色旗与黑旗并行而立,可知两军正在对垒,相持弗下,而东端则有白旗一丛,甚密,谂吾军方并力进攻敌军之左翼,为势至盛。顾明森见之,心乃弥乐。参谋长指旗谓众曰:"诸君不见乎?今者敌军之中坚尚与吾相持,其左翼似已有失败之势。今将军意将以全力破之,使片甲不复返,特欲行此策,势必致力于右翼,而分中坚及左翼之劲旅并入右翼,俾厚其兵力。将军拟即于今夕施行。少选,即当颁发详细之命令。惟吾左翼及中坚之诸司令官,仍当继续进攻,以欺敌人,使彼弗知吾军之已更动。迨敌军左翼一破,余即不能支矣,是为将军计划之大概。吾参谋部诸君,其各分发命令于战地诸司令部,遵行无违。"

参谋长言已,诸参谋各散去,而顾明森尚木立不动,似俟将军之下令委以要务者。参谋长仰首见之,即呼曰:"顾明森大尉尚未行,良佳,趣来是。"顾明森遂趋至参谋长侧。参谋长俯其首,指地图上架河之大桥,谓之曰:"大尉听之,将军命君为是。明日昧爽,立毁此桥。须知此桥关系匪小,势在必毁。盖吾军右翼一胜,敌军必取此桥而逃,或且出不意袭吾左翼,亦殊难必。桥一毁,则其生路绝,吾即足以制其死命。君其以巨炮往,幸为国努力。"顾明森视图,则见此桥适在敌军之后,去本国大军之阵地可五里许。参谋长又指图上一小山言曰:"顷据吾国第五师陆少将报告,谓彼处左近但有一处可见桥,即此小山之巅,其地虽匪妥,然吾辈亦不得不一冒是险。惟君其志之,炮当隐于山后,发时庶不致为敌人所见。适者炮兵总司令官有电话至,谓已于山上见得一至安妥之地,怪石突起,或蹲或立,蹲者如狮,立者如人,大可藉为屏蔽,渠当乘君未往以前先为君准备一切也。"

三

天半明月，流波下泻，溶溶然烛山坳。树为月光所笼，筛影于乱石间，枝叶都极分明。树影中有物庞然，黝以黑，如巨魔独立，张其口，仰天噫气，则巨炮也。此巨炮之次，有人蚨坐于地，翘首望月，厥状至闲适。口中且低哦，似骚人雅士入山寻诗料者，则顾明森大尉是。盖顾大尉于十一时许即偕一电话传令兵登山，炮则已于一小时前由辎运兵一大队潜运至是。山上果如参谋所言，都已准备，且装电话与大本营及炮兵司令部通。顾明森上山后，无所事，则惟枯坐以俟破晓。举眸四瞩，但见疏星丽天，犹闪烁如金，月色似霜华，被山巅山腰山趺间，尽成一白。月不及处，则作灰褐之色，隐约中如有鬼影离立，阴森怖人。特大尉有胆，则亦无慑。伫久之，意颇弗耐，翘盼长天，双瞳欲涸。不知经几许时，月始徐落，残星亦渐隐，晓色抉云幕外透，犹熹微。大尉欠伸而起，舒其手足，斗闻其电话传令兵忽失声而呼，举手遥指天末。遂仰视，则见一黑点方微微而动，大仅如萍婆之果，既而幻为深黄色，似傅金然，则已受朝暾映射也。取望远镜视之，审为气球，以高故，先受日。而此山则仍在灰褐色之影中，似人之熟睡未醒。越十分钟许，始见远处一最高峰上，染一抹玫瑰之色，娇艳无伦，徐徐及于山谷，弥望皆绛。须臾，此朝日之光，若变为生物，自此峰跃登彼峰，瞬息间诸峰乃皆被日，一一都发奇彩，而此小山亦在日中，红如浴血。盖大地于是揭幕矣。

顾明森大尉精神乃立奋，亟以炮口向河上之大桥，度其距离，可九千七百码。当是时，陡闻电话机上铃声铿然作，大尉即舍炮取电话筒，问曰："谁欤？"听筒中作声曰："君是否即顾明森大尉？"大尉答曰："然。君为谁？"曰："此间为炮兵总司令部。顷得气球报告，谓敌人之马兵及步兵二大队已在前山之后，将向桥进发。君已以炮口瞄准乎？"大尉曰："已瞄准矣，但俟其来，一鼓歼之耳。"听筒中又曰："兹事殊快人意，据气球报告，彼二大队似系敌国最精之兵，去君处已近，只一里许。君其磨厉以须，勿令若辈一人生还也。"大尉欣然答曰："谨遵命。"铃声又作，二人之语遂止。大尉乐甚，亟手远镜，望桥以待，心跃跃然陡加其速率。

阅数分钟，已见马兵一小队来桥上，旋乃自十数人增至数十人，自数十人增至数百人，观其制服确为彼国之精兵。而大尉犹不发其炮，以为此数尚弗足以禁其一轰。马兵之后，即为步兵，短小精悍似皆善战，续续上桥，为数可五百人。一时桥上马步兵乃有千人，密如丛林。大尉至是遂发炮。炮发，全山为震，顾弹乃弗中桥而落水，水飞溅而起，如壁立。大尉见状，不觉失声而呻，则即瞄准续发其炮。弹虽然出，桥上立大乱，敌人出不意，惧骇。而步兵已死其半，马兵驱跃马向前，残余之步兵则各仓皇返奔。人马纷乱，互相践踏，惊呼之声彻天。大尉悦，复发第三炮，弹适捣其中心爆，红光四射，继则黑烟起幂，桥上如浓雾。烟散。桥已去其一角。落水者綦众。大尉遂又向桥之东部发炮。桥断，马兵死者过半，余皆入水。刹那间，水中已为人马所充塞，流为之断。大尉拊掌向天而笑，意乃得甚。居顷之，大炮已寂然，水上亦寂然。

四

顾明森大尉既占胜利，将军以此小山形势尚不恶，拟即据为阵地，控制敌军。因遣步兵炮兵各一队来守，而委大尉为司令官。

是日凌晨，敌将之派其精练之马兵步兵两大队过桥也，意在厚其左翼之军力，以抗吾军。既闻全数被歼，则大失望，且愤。知炮发自小山，即欲报复。夜中立遣大军抄山后来攻，为势至猛，似必欲夺得山上之巨炮而后已。吾军之步兵悉伏于壕沟中，发枪御敌。炮兵则各争发其机关之炮，歼敌军无算。然终不少退，猛进弗已。生力军且大至，为数已倍，竟围山数匝，徐徐而登。吾军军力薄，乌能四面受敌！而所备弹药亦弗多，力支一时许，已告竭。步兵为状，亦渐不支。顾明森大尉乃大骇，遂知此山不久且下，坠入敌手，然而此巨炮实大有利于吾国全军，何可为敌所得？脱欲舁之下山，在势弗能，惟有力卫是炮，至于最后之时。吾军或有一人尚生，必不弃炮而去，誓以死守。遂以斯意诏其所部之炮兵，诸炮兵佥大奋，并力御敌，而敌终弗却，去山巅已近，寻且掷其火药之包，飞集如雨。包发，炮兵死者过半，势益蹙。厥后敌军竟齐上其刺刀于枪尖，如潮决堤，一拥而上。顾大尉为敌枪猛击其颅，仆地而晕。比苏，斗觉面上湿且冷，张眸始知为雨。时方霶霶而下，状如绠縻。虽受雨，头脑尚觉沉督，亟起坐极目四瞩，以在洞黑中，乃一亡无见。少选，始见数尺外有黑影庞然而大，隐约中识为巨炮。大尉见炮，遂省前事，心大痛，念平昔生死相共之健儿，都歼于此一场血战之中，宁不可痛？已独延此残喘，偷生人世，弗能与渠辈把臂于地下，而此全军命脉所系之巨炮，又复堕入敌人之手，明日敌人或且利用之以歼吾军。思之能无心痛。念至是，心乃立决。决于破晓以前，使此巨炮成为废物，不能复发。然计将安出？良用踌躇，山上在在皆敌人，雨一止，且为渠辈所见，无可幸免。今兹务必从速着手，斯能集事，少一濡滞，则立败。遂匍匐于地向炮蛇行而进，且进且筹思，念将如何使此巨炮失其效力。但凭赤手，虽一螺钉亦无从拔，何由毁之？如欲挟以俱去，则即具乌获举鼎之力，亦万难措手。若堵石于炮管，事或可成，特费时多，敌军去此才数码，必且发炮。策未决，身已进至炮后，遂悄然起立。视炮，则炮尾之机关门方辟，知敌军之炮手已准备，一俟有警，立发是炮。顾大尉悄立弗动者可一二分钟，筹维此堵炮之策。正焦急间，斗得一策，策之来疾乃如电。念惟有堵之以身，最为便捷，敌人亦不致遽觉。计定，即自炮尾之机关门中探身以入炮管。既入，亟以足勾门使阖。入后不及一分钟，忽闻排枪之声砰砰然，起于山下，左近亦有一小炮訇然发。大尉知山下必为吾军并力来攻，冀夺回此山及山上之巨炮，于是希望之心乃立生。望敌人败北，炮仍入吾手。顾此希望斯须已变为恐惧，惧已匿此炮管之中，一为同伴所见，必且目为无胆之怯奴，加吾以腹诽。男儿死耳，讵能当一怯字！生而蒙辱，毋宁以死为得。念既，即坚握其拳，作微呻。是时两方面鏖战至烈，各不相下，弹丸如跳珠，着巨炮上悉悉作声。须臾，攻者似已甚近，大中华民国万岁之声隐约可闻。大尉乐极，亦欲高呼万岁于炮管之中以和之，声未作，斗闻足声杂遝而至，殆敌人又以援军来，枪声炮声一时乃四起，瞬即寂然，则吾军退矣。

顾大尉恨甚，双拳坚握，指爪几透其掌，身蜷伏炮管中，手足都弗一伸，苦乃万状。炮管固不甚广，若欲挤彼至死。身贴钢亦冷，血管似将凝结为冰。无聊已极，则微仰其首引眸外窥。时天已晓，晨曦尚淡，而山边嵯岈之石已了了可睹。方眺望间，炮声与枪声又历乱而起，厉且近，然不在山上，意两国大军殆交绥于附近。大尉闻声，精神为之一振，逆料发炮已在指顾间，炮一发，吾之痛苦即可了，而吾国大军势在必胜。吾虽弗能亲睹诸同伴凯旋，死后心亦良慰。念时，闻炮后隐隐有人语声，钩輈莫辨，继即觉炮管已动，转向右方。此际大尉但见前有松树一，青翠欲滴，照眼似带笑容。既而闻开炮尾机关门声，实弹声，旋又闻人语声，似发令者。于是炮口徐徐起，松树遽弗见，依稀见远山上有黑影点点连亘弗断，细审其状，知为本国军队。此炮所向，即向军队。敌人似将乘此发炮以报昨晨桥上之仇。炮就未发，大尉忽萌思家之念，念其父，念其母，念其妻，今方目断云天，盼已无羔归去。觉知吾身乃在炮管之中，去死仅一间，身死后，名亦立死，弗能从为国而死之诸英雄后，同列于光荣之题名单上，直类与草木同腐也。惝恍间似见其爱妻

倩影，衣蓝色衣，盈盈立门外嫣然作娇笑，力扬白罗之帕于头上，曼声呼大中华民国万岁、顾明森大尉万岁。即此呖呖莺声，今亦荡漾于其耳际；而爱妻之后，则为白发盈颠之老父，危立弗动，作塞容，似告人谓其爱子此去，乃为祖国宣力者；屋之内，为老母，方伏而哭，哭声似亦隐约可闻。大尉至是，心几粉裂，直欲失声而呼，而炮尾人语之声又作，炮口又少高，殆已瞄准。大尉当此生死关头，为国牺牲之志遂决，力以爱国之念，排其思家之念，毅然俟一死，不复作他想。灵魂中似作声曰："为全军之大局故！为大中华民国故！"遂嚼齿力啮其唇，遥视天半玫瑰色之云，莞尔而笑。笑时，已闻炮尾下令发炮之声，则即大呼："大中华民国万岁！"呼声未绝而炮已发。

炮声嗤然，初不作巨响。烟散。敌军中人俱大愕。则见炮发初未及远，但着于数十码外一高树上。树顿着火。时有一炮手颤手指炮口，惊呼曰："趣视，趣视！此炮口中如何有血？"众亟趋视，则果然。血方自炮口涔涔下滴，如小瀑布状，良久，犹未已。将实弹重发炮，而远山上之军队已过。刹那间，陡闻山后有哗呼声，则大中华民国之军队已登山矣。敌军不及抵御，人各苍黄下山弃甲曳兵而走。诘朝，大军亦获大胜，敌军尽没。入晚，遂凯旋。时则小山上巨炮中之血犹未干也。

（原载《礼拜六》第 56 期 1915 年 6 月 26 日出版）

亡国奴之日记

　　嗟夫，嗟夫！万里秋霜，长驻劳人之足；一腔热血，难为故里之归。予不幸竟为亡国之奴矣！向以为亡国云者，初匪实有其事，特文家故作危辞，用以点缀行墨，讵意今乃竟成实事。大好河山，匪复自有，而四万万黄帝之裔，遂亦伈伈俔俔听命于人。前此有国之时，弗知爱国，今欲爱国，则国已不为吾有，徒宛转哀号于异族羁绊之下，莫能一伸。曩者鞭策牛马，使为吾役，以为牛马贱矣，而今兹即欲沦为牛马，亦不可得。九阍穹远，呼吁无门，果能撒手一死，即足以了此痛苦，或且诞登天上，依吾祖国之魂。生不为自由人，死当为自由鬼，顾此生死之权，亦已操诸他人，生固无聊，死乃弗能。一若人世间万劫不复之苦，必令吾人一一备尝之而后已。嗟，吾亡国之民，惨苦乃至此耶！峨峨之山，嵚崎如故；汤汤之水，浩瀚依然。然而此山此水，则已易其主人，并其一拳之石、一勺之水，亦都属之新主。纵横九万余里，直无吾人厕身之地。予自祖国亡后，栖息祖国之土者，凡年有半，所受楚毒，不可纪极。中夜擗踊，往往拊心而悲。卒乃亡命出走，遁迹穷荒，苟延此奄奄一息，聊为无家无国之鲁滨生矣。溯自去国以来，草荣木替者瞬已三更。飘泊他乡，望断家山之月，百忧千愁，丛集吾身，几使吾身弗能复举。衔悲揽涕，汲汲无欢，东望祖国，但有泣下。偶检地图视之，已无吾祖国名字，旧时颜色，亦复尽变，每于斯时，辄为慨息。有时永夜彷徨，吊影茹叹，惝怳中似闻国人呻吟号哭之声，时随东海涛声而至，钩辀格磔，弗能复辨，知吾祖国国语，亦已荡然无存矣。年来羁迹他乡，欲归不得，含哀懊呷，靡复沦脊。欲寄愁于天上，天既弗纳，将埋忧于地下，地非吾土，则不得不寓之于文字，文字有灵，或能少解吾中心悲缠耳。以下日记，为吾三年前在祖国时所记，而祖国亡后一年半中吾民哀哀无告之史,已尽于兹。吾为此记,吾心滋痛,吐之难为声,茹之难为情。盖吾握管时中怀无限之痛苦,欲吐又茹者矣。然而吾心愈痛,吾乃愈欲出此日记以示大千世界有国之人。凡此一字一句,实为吾缕缕之血丝丝之泪凝结而成。俾使后之览者洞知天下亡国之苦,而各各爱其宗国也。某年某月某日亡国奴某和泪志于太平洋中一荒岛上。

九月十日

今日滨暮,斜阳抹屋角,色惨红,如涂人血。晚风飒然来,恍挟鬼哭之声,听之令人魄悚。市上室似悬磬,都作可怜之色。未逃之家,尚有老弱坐门次,目惨红之斜阳,掉头而叹。小鸟觅食街上,啁啾悲鸣,似亦和人太息。斯时为状,盖已至惨矣。阿兄蹀足自外归,掩抑不作一语。就问外间消息如何,则泪已潸潸而下,但谓六国之师已长驱入京,擒总统去,幽于某国使馆中,胁迫甚至。百僚尽降,无一死节,且有出妻孥以献,资彼外兵行乐者。富人之家,都已树顺民之旗,箪食壶浆,以媚外兵,似悦其来灭祖国也。贫家一无所有,无以为献,则扶老挈幼以逃,逃又不知胡适,匪填沟壑,即听胡骑践踏耳。赳赳之士,本所以执干戈而卫社稷者,今乃解甲弃兵,委命于敌。大局如斯,祖国亡矣!阿兄言既,泪下如雨。老父亦噭然而哭,哭久之,始含哀语吾兄弟曰:“不意尔父以白头老人,尚复身受此亡国之苦。后此仰面看人,如何能堪?苟前年即以病死,宁不甚佳?顾乃故故弗死,而吾六十余年托命之祖国,今乃先吾死矣。”老父言时,决澜弗能自已。予与予妇,亦相持而哭。予子三龄,生小不解事,见乃母恣哭,泪被其颐,则吐其小舌舐之使干,复呜呜然歌,以逗母笑,初不知彼身已为亡国之余孽也。老母卧病于床,闻声弗解所谓,尚探首帷外,微声问何事。阿兄亟趋前,强颜慰之,谓弟及弟妇以细故有所不欢,初亡他事。老母遂无语。入晚,星月俱死,而天半尚深绛如血。乱云叠叠然,若以人肉之片缀合而成。乱云中有异星,状似毛瑟,明光溥照,彻夜弗黯。老父指星微喟曰:“国之将亡,固应有此不祥之兆也。”夜中时闻远处有枪声,声声到枕。嗟夫!不知彼外兵杀吾同胞几许矣!

九月十一日

晨起忽大雨,雨脚影影,历数小时弗绝。天心殆亦怜吾祖国之覆亡,故下此一副痛泪耶。阴雨中杜鹃苦叫,厥声绝惨,似方唤吾祖国之魂。鹃声雨声少寂,则隐隐闻枪声号哭声相继而起,似在十里以外,令人闻之,心肺皆碎。朝来道路喧传,谓外兵将至,行且大屠村人,夷此全村为平地。于是人咸悚悚愬愬,罔有宁心。小康之家,他徙者又十之四五。予妇凤娇怯,平昔偶闻雷声,尚掩耳鼙躄,依吾如小鸟,至是则益辋张,掩袂雪涕,泥予出走。予性矕特,且倔强,谓国既亡矣,去将焉适?况阿母病,在势亦难耍置。壁上龙泉,方夜夜作不平之鸣,果敌人来者,吾剑当饱啜其血。帝天在上,实式凭之。予妇无语,惟有饮泣。予力慰之,且纵声呼曰:"汝为吾妻,则当助吾仗剑杀敌耳。奈何恣哭,哭则匪吾妻矣!"妻固爱予,闻语少止。而邻家夫妇啜泣之声,方嘤嘤入吾耳膜,酸楚直劈心房,不忍卒闻。午餐时阿父阿兄及予妇均屏食弗进,相对唱叹。予则据案大嚼,一如平时,谓将长养气力,准备杀敌,俾使知吾中国人中,亦正大有人在也。午后村人逃者益众,各捆载其所有以去,仓皇中什物时时狼藉,不敢拾取,一若彼如狼如虎之外兵,已踵其后者。逃者愈众,秩序愈乱,强者争先奔越,细弱不得前,都被践踏,号哭之声,上彻天衢。间有宵人,益复恣意为恶,每乘人弗备,攫物而逃。村中官长,畏死特甚,已于三日前携其妻妾、财货,不知所往。若辈之腿,似犹较小民长也。予睹此乱离之状,泪已籁籁而落。私念统国无人,百政矫诐,坐使吾庄严灿烂之祖国,土崩鱼烂,至于斯极。然吾小民何辜,乃亦受此惨毒耶!

九月十三日

今日外兵果至矣!凌晨七时许,即闻胡笳之声,呜呜然起于村外,似嘲似讽,似又写其得意,笳声中若曰:"中国亡矣! 中国亡矣!"未逃之家,闻声则皆张皇,妇孺尽匿草堆中,虽气塞弗顾,或则举室中什物,力堵其门。须臾,外兵已蹑至,六国之帜,猎猎然受风而翻。先至村长署前,摘吾国旗下,投之溷圊,即树彼六国之帜以为代。一时村中外兵密布,在在皆是,或碧其眼,或绀其发,或如巨魔,或如侏儒,面上都作僿塞狠暴之色,望之令人震慑。斯时村长署中,已为一统将所据。署前墙上张一文告,半为蟹行之文,半为不规则之中文,略谓:尔国总统,无力治国,坐使尔小民陷于水深火热之中,弗可猝拔。故吾六大国代彼为之,奄有尔国,从此尔小民即为吾六大国之小民。毋得违抗,敢违抗者,立杀无赦。以下尚有军律十数则,语多恣睢,读之发指。半小时后,忽有外兵六七辈,排闼而入。予刀已半出于鞘,作势欲前顾,为阿父牵掣而止,而刀则已为若辈所见,六七人奋身扑予,夺予刀去,继以大笑,声磔磔然乃如怪鸥。予妇见状,惶悚已极,方将避入卧内,遽为若辈所擒,一一与之亲吻。予妇大号,欲脱不得,间有一人且作佻佻之声曰:"美哉! 东方绵羊也。绵羊无怖,吾辈初非豺狼,今且与汝西方之甜心跳舞者。"语次,遂拥予妇,蹲蹲而舞。予妇已晕,色朽神木,并呼声亦寂。至是予弗能复忍,立脱老父之手,怒扑而前,如虎出柙,猛乃无艺,即力劈六人,夺予妇。方相格间,一枪柄陡著予顶,予仆地晕绝,后事乃一不之省。比苏,则见外兵已去,室中无复完状,如被盗劫。予父予妇,都已失其知觉。阿兄偃卧室隅,呻吟弗已,趋前视之,则额际已被刀创,长五寸许,血尚汩汩而出。予亟问状,始知予晕时,阿兄适归,即发手枪,创其一人。贼辈大怒,并力与格,卒以众寡不敌,为一佩刀所创,痛不可支,立踣于地。贼辈遂尽毁室中物事,呼啸而去。予闻语,既悲且怒,两拳坚握,指爪几透掌背,即裂巾浥阿兄创血,嚼齿言曰:"此巾上之血,一日不褪其色泽,吾即一日不忘此仇。祖国虽死,吾心永永弗死。"语至是,阿父及予妇已苏,则相持而哭,悲哽不能成语。哭未已,而内室中哭声亦作,始忆予子适方酣睡,兹已醒矣。予妇亟起飞步入内,居未久,忽蹦踊大号而出,曰:"阿母死矣。"

九月十五日

嗟夫,嗟夫!阿母死矣!阿母之死,实彼虎狼之外兵死之也。盖暮年之人,实已不堪受惊,矧在病中,一惊遂绝。阖家痛哭累日,卒弗能返阿母之魂。自是予既无国,并无母矣。阿父伤心尤甚,时时累唏,既哀祖国,复悼亡人,怊郁无复聊赖,尝语吾兄弟曰:"祖国既亡,汝母又死,吾老矣,偷生胡为?脱从汝母长眠地下,尚不失为一有福之人。祖国之事,汝曹图之,吾无能为,惟有从汝母行耳。"吾兄弟力慰之,悲始少杀。然阿母殡殓诸事,乃亦大费周章。首必关白统领,始能成殓。市槽须纳税也,殓须纳税也,葬须纳税也。缘彼军署中已定新章,通告全村,一体遵率。无论生也,死也,畜犬也,畜猫也,畜鸡豕,畜牛羊也,均须纳税,始得无事。村人居宅、窗户有税,阶梯有税,梁柱墙壁有税,人家婚丧,则婚券,有税,枢椁有税,宴客亦须纳税。且每次宴客,不得过十人以外,人多恐有变也。村人或有顽梗不从,擅敢逃税者,则当处以十年监禁,或流放于五千里外。揣其意殆欲尽置吾人于死地而后已,然吾亡国之民,生杀由人,纵彼苛政如虎,亦惟帖然曲从已耳。嗟夫,亡国之民!

九月二十日

六国之议决矣,以吾国分为六部,由彼六国统治,曰北,曰南,曰东,曰西,曰东北,曰西南。闻今日已在京中签字,行将宣布天下。吾村中外兵,欣喜若狂,军署中置酒高会,以为庆祝。盖瓜分之局,至是定矣。阿父及吾兄弟闭关聚哭,悲不自胜,以香花鲜果,祭吾五色国旗,载哭载拜,与之永诀。

而外兵狂歌哗笑之声，时时入耳，直裂吾人之心，至于粉碎。嗟夫！同处世界，同是人类，天胡厚于彼而薄于吾耶！

九月二十五日

六国统治之文，昨已宣布，凡吾国人无不泪零。吾村处于东北，遂在侏儒种统治权下，其他五国之师，均已撤去，易以侏儒兵二千。军署中亦易一侏儒为之长，其人长可三尺，蜂目而豺声，鼻钩曲，如鹰喙，两颊横肉隆起，状似恶魔，村人见之，罔不悚息。溯自六国之师入村以来，所以苦吾村人者已至，横征暴敛，民不聊生。向之受于万恶政府下者，今复受之于异族。不特此也，凡吾村中男女，罔不躬被奇辱。女子口辅，几于无一不著腥膻；男子则听其呼叱，听其扑挞，复须以笑容相向，始能自保，苟反唇者，饮弹死矣。故吾人每出，往往俯首不敢仰视，深恐一披若辈逆鳞，必且无幸。亡国之民，凡百但有忍受，何有于人道，更何有于公理？天心仁慈，亦但相彼强国之人，安得矜怜吾哀哀无告之群黎，而加覆庇？盖亡国之奴，匪特见绝于人，且亦见弃于天矣。今日凌晨，又有一伤心之事，益吾忉怛。邻家有儿，年甫七龄，夙兴嬉于门前，意滋自得。陡有一金铃小犬，掉尾而至，猖猖然向儿狂吠，儿怒投之以石，顾石甫脱手，而一弹已中其颅。缘此犬为一侏儒兵所有，此弹亦即出彼手也。儿中弹立仆，惨呼而绝。迨其父母闻声出视，则彼侏儒兵已扬长率犬自去。父母痛哭久之，即抱儿尸，至军署中，哀署长伸其冤抑。署长弗应，麾之门外。二人枕藉阶下，长号弗去，如是久久。署长乃怫然出，厉声谓二人曰："亡国之奴，一死又何足恤？尔二人既爱而子，吾即送尔二人从彼同行可矣。"遂命门前守卒枪杀之。村中之人，无敢发一言鸣此不平者。阿兄愤甚，怀枪欲出，卒为阿父沮格而止。嗟夫！天，世上果尚有人道有公理耶？果公理人道尚未澌灭净尽者，则当哀吾穷黎，毋令彼虎狼残人以逞也。

十月二日

今午十一时许，军署中忽下令遍检全村，人家所有刀剑悉数见收，并一纸刀之微，不得隐藏，有隐藏者，即以叛逆论罪。然而军署所搜，不特刀剑，凡属珍贵之品，亦都挟以俱去。人惟束手听命，弗敢与争，盖枪弹有眼，辄好宅于吾人腹中，唇吻一动，则枉死之城，亦立启其扃矣。军署左近之公地上，忽设一巨桌，桌上有刀二，系以铁索，墙上榜有文告，略谓：民间禁贮寸铁，所有菜肉之类，必携至此间宰割。凡尔村人，切切无违。于是每值午暮，村人麕集巨桌之次，争切弗已。旁有侏儒兵四人为监，有争执者，立予格杀，故人皆噤如寒蝉，缄默不声。一时但有刀声，则则作响，群人愤无所泄，则泄之于菜肉，每嚼龂力下其刀，似即以此菜肉为侏儒之兵者。然亦但有菜蔬，肉初无有，试思亡国之奴，焉得复有食肉相耶？每日之晨，则见此桌下辄有一二人僵卧血泊中，良以亡国余生，生亦无惮，故宵深自刎于此。天下悲惨之事，无以加兹。彼侏儒之兵，本无人心，纵使桌下陈尸如山，亦殊漠然无动。每得一尸，则贻之彼国医士，供其解剖。以是吾人死后，必受断胫刖足洞胸抉心之惨，尚不能全此遗骸，长眠地下。嗟夫！世界虽大，直无一寸一尺为吾亡国奴立锥地矣。

十月八日

日来军署中杀人滋夥，日必十数人。署后行刑场上，草为之赭，溪水粼粼，乃亦带血而流。天下文明之国，本无断头之刑，顾对吾亡国贱奴，在彼尚云匪酷。今日死者凡十二人，其一为少年，年方二十许，以毁谤彼国获罪。其人颇英英有丈夫气，临死不屈，痛骂弗绝于口。头颅着地时，目眦尽裂，似犹腐心于国仇也。其一则为女郎，娇好如玫瑰之葩，闻以受辱于侏儒，投碗创贼头，故亦处死。至是则泪华被其粉颊，宛转娇啼弗已。其他十人，为村中农父，以抗税暴动见絷。十人皆赳赳无所畏慑，视死有如归去，眼赤如血，尚怒视侏儒之兵，停注弗瞬。行刑时，彼侏儒之兵以为杀鸡可以骇猴，则力迫吾人往观，十二颗之头一一而落，全场观者，乃皆痛哭而去，而侏儒兵哗笑之声，方磔磔然与哭声相应。阿父归时悲甚，泪如堕麋。午餐晚餐，均力屏不进。夜深梦回，犹闻其搥床叹息声也。嗟夫！阿父心碎矣。

十月十九日

今晨有二村人偶语街上，为一侏儒兵所见，指为谋叛，捉将军署去。闻将监禁三年，以儆余人。又有一人以书札封口，亦见执。书中但为寻常朋友间道候之词，初无一语侵及彼众，顾亦监禁一年，以为不遵军署约章者戒。予悲愤填膺，恻恻欲死。中夜无寐，但与阿兄相对饮泣。嗟夫，苍天！汝断吾胫可，沥吾血可，寸剐吾四肢百体可，毁吾屋宇可，屠戮吾父母妻子可，然汝必还吾以自由，还吾以真正之自由！

十月三十日

夜来阴云如墨，幂天半，无复纤光，全村似入墨水壶中，而为状又类鬼窟。夜鸟哀鸣，作声如哭，顾乃不知发自何许。鸟声少寂，又闻鬼哭，啾啾然匝于四周，彻夜弗已。盖侏儒兵入村以还，杀人多矣。予既不能入寐，则挑灯读越南、朝鲜、波兰、印度、缅甸、埃及六国亡国之史，一时两袖淋浪，都渍泪痕。念吾泱泱大国，胡亦弗能自存于世界，竟从彼六国之后，同为人奴，穷蹇帖屈，无敢自伸。夫以四万万之国民，而无以保此东亚片土，清夜扪心，能无惭汗？恐彼六国之奴，亦且笑吾拙耳。读罢，孤檠已炮，而曙光亦微透入吾疏櫺，度彼侏儒之兵，又将磨刀霍霍，准备杀人矣。噫！

十一月三日

日者彼侏儒种忽于村中开学校三所，强迫吾村中子弟及四十以内之男子入校，读彼国之书，操彼国之语。有拒绝不往者，立杀无赦。予椎心泣血，愤不欲生，知彼狼子野心，日益勃发，不特灭吾祖国，且将灭吾祖国文字矣。闻他村及国内其余各部，亦多如是。逆知数十年数百年后，吾祖国四千年来历劫不磨之文字，必且绝迹于世界。仓颉有灵，当亦慨息地下，谓后人之不作也。夜中读法兰西大小说家阿尔芳斯桃苔氏①《最后之课》一篇，篇中言一八七〇年德意志攻入法兰西，迫阿尔萨斯人读德文事，行间泻泪，沉痛无伦。吾今自誓当吾祖国文字语言寂灭之最后一刹那顷，纵使吾身不在此世，亦当效彼阿尔萨斯之教师，含此万斛酸泪，蹒跚九邙山下，仍以吾祖国之语，嘶声呼祖国万岁也！

十一月十五日

有一十一二龄之小学生，翔步过街，口中朗然高唱童谣。中有杀尽侏儒种还吾好河山之语，为一侏儒兵所闻，将趋前禽之，童固矫捷，返身立奔，越街三四，逃入其家。兵亦穷追弗舍，竟禽之而去。父母长跽请命，悍然弗顾。此童寻受鞫讯，处鞭笞之刑。行刑时，童之父母复被迫往观。童卓立行刑台上，手反鞹，褫衣暴其背，行刑吏手三角之鞭，力鞭童背，每一鞭下，血肉随鞭而飞。童宛转哀号，如羔就宰。父母掩面不忍观，但有痛哭。鞭至百，背肉尽脱，童痛极而晕，哭声亦咽。行刑吏意得，挥其鞭于头上，厥声呼呼然，似亦鸣其得意。而鞭上血丝肉片，乃飞扑观者之面，观者皆泣下，侏儒兵怒，逐之四散。童受刑后，一息奄奄，已不绝如缕。父母号哭舁以归，未及日殂绝矣。兹事之惨，实为从来所未见。予今枯坐斗室，拈笔记此，灯影憧憧中，恍见彼童辗转鞭下之状，而哀号惨呼之声，亦尚荡漾吾耳。吾心匪石，能不寸

---

① 今译为都德。

裂？笔著纸上，泪亦随落，一片啼痕，湿透蛮笺十幅矣。嗟夫，苍天！汝心何忍，乃竟听彼虎狼虔刘吾民，无有已时耶！

十一月二十一日

昨有友人自南方来，挟护照无算，历艰苦无算，始得到此，而一身所有，亦于此一行中荡然矣。友固别有主人，非受侏儒种统辖者。其来也，实为苦虐，然而吾人之苦，亦何尝次于南方！友直出虎口而膏狼吻耳。吾二人阔别数载，至是则相持大哭。回忆当年相见，尚为有国之人，握手言欢，乐乃无极。而今则囚头丧面，同为人奴，餐血饮泪，但求一死，顾此一死，亦尚不可即得也。哭少间，吾友始以南方同胞之惨状，觌缕相告。予则悲哽无言，但以日记示彼。"无端天地忽生我，如此河山竟付人"，读三韩遗民之诗，有同慨矣！

十二月一日

今日薄暮，斜阳黯澹如死，尖风薄衣袂，冷入骨髓，与吾友出外同步。遇一三韩少年于窄巷中，斜眸睨予而笑，如嘲如讽，意似轻予。予弗能耐，盛气问曰："汝笑胡为？"少年笑如故，冷然曰："亡国之奴，胡咄咄逼人如是！果能以此状向彼军署中人者，则吾服汝有胆。"予大声曰："汝非亦亡国奴耶？"彼少年复冷然曰："亡国固也，然吾人但为一重之奴隶，而若曹则为六重之奴隶，此着吾犹胜汝耳。"语既，长笑自去。予与吾友木立移时，痛哭而归，从此杜门蛰处，裹足不复出。

十二月七日

嗟夫，嗟夫！吾挚爱之阿父，今亦弃吾去矣！阿父初无疾病，第以邑郁所致。自祖国覆亡以来，时辄揾泪喟叹，未及两月，须发尽白。盖天下之足以斫丧人者，匪特光阴，忧伤憔悴，为力较光阴伟也。阿父临终，痛苦似已尽祛，额上皱纹，都化乌有。忽展辅莞尔而笑，笑久之，即向吾兄弟索国旗，怀之胸次，如慈母之乳其婴雏也者。已复亲之数四，语吾兄弟曰："吾今死矣，一死之后，痛苦亦了。自问一生无罪，或能诞登天上，依吾国魂。至吾遗骸，则可付之一炬，归于溟漠，然后收拾余烬，扬之东海。祖国已无干净之土，何地可以葬吾。且亡国贱奴，死而速朽，奚必留此坏土，更供后人讪笑。他日祖国残魂，果得汝曹拯拔，则吾魂纵陷泥淖，亦所诚甘。此祖国之徽，汝曹当什袭珍藏。须知老父躯壳虽死，心实未死，尚冀其破壁飞去，风翻于日所出没处也。老父行矣！汝曹为国自爱。"语次，则复亲其国旗，一笑而绝。予与阿兄均大恸，吾妻亦痛哭而晕。哭声方纵，而侏儒之兵，已来干涉矣。嗟夫，嗟夫！笑既弗能，哭又不得，岂吾亡国之奴，并此哭笑弗克自由耶？

十二月十三日

夜来雪花怒飞，天地俱白，意者天亦有知，故特为吾祖国服丧也耶。中怀憭慄，愁逼夜长，因与阿兄挑灯读越南亡国史，相对哽咽，弗能自已。读未半，得义士阮忠巽事，不觉为之起舞。阮忠巽者，越南少年，见祖国沦亡，愤不欲生，遂杀其妻子，率族中子弟五百人，编成决死军，与法人搏战于喀桑团柏间。十进十捷，所向披靡，敌畏之如虎。会有奸人通敌，诱阮深入，敌凭险筑垒困之，始败。法将令寸磔以徇，子弟五百人，无一免者。忠巽临死，有绝命诗云：万缕血花能障海，九原雄鬼本无家。亡国英雄，其亦可以风矣！予读已，即回眸注阿兄面悄然言曰："阿兄勉旃。"阿兄亦顾予曰："阿弟勉旃。"遂各亲吾国旗，久久无语。

十二月二十九日

晨五时，曙光甫抉，云幕外透，忽闻门外有辘辘之声。就窗隙外窥，见为囚车，监以侏儒之兵。车上无马，而以老囚十数人拽之前趋。车中载妇孺无算，殆往军署去者，至以何罪见萦，则不可知。即此辈老囚，亦初无罪，只以偶出一语，侵及彼族，遂致困于犴狴，备受缧绁之苦。然而吾人亦何一不在此无形之犴狴中耶？尔时诸老人彳亍雪中，弥觉艰苦，中有一叟，殆在七十以外，须发已如银丝，观其骀背龙钟，弥复可怜。行少滞，则彼侏儒之兵挥鞭力策其背，计行十数武，而鞭亦十数下矣。老人不敢较，力支其羸弱之躯，冒死而前，顾亦于晓风中颤动弗已。足跣不履，受冻而溃，血涌出如泉，地上积雪，斑斑都著红痕。复行十数武，老人忽仆，侏儒兵下鞭益力，似将以鞭扶之起者，而老人惟有哀号，愈弗能起。予睹斯状，血管中怒血已沸，立探祖衣，出一密藏之手枪，向彼侏儒兵续续而发，侏儒兵著弹遂仆。他兵大哗，群奔吾屋，阿兄方起，不及抵抗，立死刺刀之下，予妇予子，亦均被杀。予隐身几后，发枪御敌，直欲尽歼群丑，于心始快，来者七人，卒乃一一都死。于是出至屋外，释诸老人及囚车中妇孺去。入屋抚阿兄妻子尸，纵声一恸，草草瘗之屋后，立标为志。次即挟枪佩刀，飘然出走，狂奔十余里，不遇一敌，乃入一森林而息。此记亦即记之森林中者，而今而后，予遂为无家无国之身矣。噫！

十二月三十日

嗟夫,嗟夫! 予今别吾挚爱之祖国去矣! 峨峨者祖国之山耶,汤汤者祖国之水耶! 小别须臾,会有见期。当小子生还之日,即日月重光之年。天长地久,斯言不渝。今后小子虽栖息穷荒,去国日远,而耿耿此心,则仍祖国心也。别矣,祖国! 行再相见!

　　周瘦鹃曰:吾草斯篇,吾悄然以思,悄然以悲,恍然以惧。吾心痛,如寸劙。吾血冷,如饮冰。吾四肢百体,亦为之震震而颤。吾乃自疑,疑吾身已为亡国之奴,魑魅魍魉,环侍吾侧,一一加吾以揶揄。于是吾又自问,问吾祖国其已亡也耶,然而此中华民国四字,固犹明明在也。吾祖国其未亡也耶,则一切主权奚为操之他人,而年年之五月九日,奚为名之曰国耻纪念之日? 吾尝读越南、朝鲜、缅甸、印度、波兰、埃及亡国史矣,则觉吾国现象,乃与彼六国亡时情状一一都肖。吾乃不得不佩吾国人摹仿亡国,何若是其工也! 于是吾又悄然以思,悄然以悲,恍然以惧,设身为亡国之奴,草兹《亡国奴之日记》。吾岂好为不祥之言哉? 将以警吾醉生梦死之国人,力自振作,俾不应吾不祥之言,陷入奴籍耳。尝忆十年以前,英国大小说家威廉勒苟氏草《入寇》一书,言德意志攻入英国,全国尽陷,虽凭理想,几同实录。夫以英国之强,苟氏尚复发为危辞,警其国人。今吾祖国之不振如是,则此《亡国奴之日记》又乌可以不作哉? 吾记告成,乃在凄风苦雨之宵,掷笔汍澜,忧沉沉来袭吾心,惝悦中似闻痛哭之声,匝于八表;摩眼四顾,则又杳无所见。而冥冥中若有人焉,作释迦大狮子吼,朗然谓吾曰:"是汝祖国之魂也,方在泥淖中哀其子孙,加以拯拔耳。"国人乎,汝其谛听!

　　瘦鹃又曰:"此日记,理想之日记也。吾亦愿此理想,终为理想。"

［原载《瘦鹃短篇小说》(上册)中华书局1918年1月出版］

卖国奴之日记

序

予曩作亡国奴日记，尝为之雪涕无数，当夫着笔之际，盖亦疑己身为亡国奴矣。今为斯作，体卖国奴之意，作卖国奴之口吻，又几自疑为卖国奴。其络绎于行墨间者，多无耻之语，为吾人所不欲道，不屑道者。顾吾欲状卖国奴，状之而欲逼肖，则不得不悍然道之，其苦痛为何如。此书之作，冷嘲与热骂俱备，而写末路之窘促，穷极酣畅，盖区区之意，即在警吾国人，俾知卖国奴之可为而不可为耳。

大中华民国八年五月九日
瘦鹃识于紫罗兰庵

唉，我是个甚么人？我的皮肤是黄黄的，我的眼睛是黑黑的，我说的是中国的语言，我写的是中国的文字；我世世祖宗，是中国的人，我周身血管中，流着中国人的血。如此我可不是个中国人么？但是全中国的男女老幼，却都不当我是中国人。一见了我，便戟手大骂道：你不是我们中国人，你是外国人的走狗，没志气没良心，没一丝中国人气味的。这中国一片干净土上，可容不得你这个人面

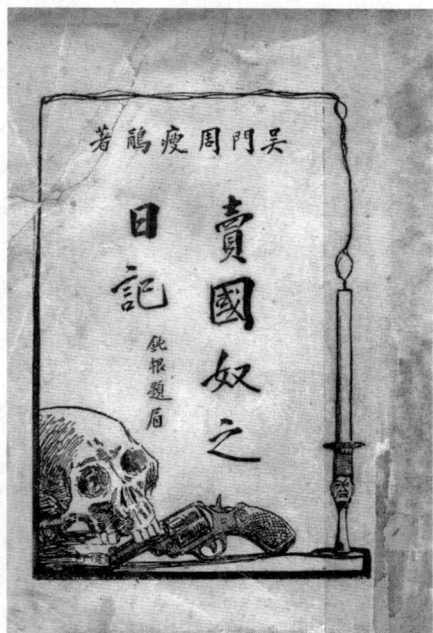

兽心的恶贼奴。我有几个好友,一向殷勤握手,杯酒往来,很知己很密切的。如今一见我,却好似遇了鬼,忙着避开去,连正眼儿都不向我瞧一瞧。有的瞅了我一眼,嗤嗤的冷笑几声。唉,我好好一个须眉男子,为甚么给人家奚落到这般田地?这不是我自作之孽么?

每天早上起来,取各处新闻纸翻开一瞧,大半是记着我的事和痛骂我的文章。我那很荣耀的姓名上边,已加上了个卖国奴的头衔。这卖国奴三字,实是世界中一个最耻辱最难受的名词。要是骂我牛,骂我马,骂我乌龟,骂我杀人放火的强盗,倒也罢了。偏偏骂我是卖国奴,从此以后我额上好似把烙铁烙着这三字,永远不能擦去。且还深深的刻在我骨上,将来我死了。肉体都烂完,我这几根贱骨留在世界中,依旧磨不了这卖国奴的恶名。就是我现在不论到哪里,渡过太平洋大西洋,飞过东半球西半球,赶到世界的尽头处,或是跳出地球,直到八大行星里边,那恶名也好像插了翅似的,跟着我,缠在我身上,凭你用了一万把钢刀来劈,也劈他不开。我虽到了深山中无人之境,没人嘲笑我痛骂我,但我本身总是个卖国奴,我精神上和良心上的痛苦,比了人家嘲笑和痛骂更觉难受。况且山中豺狼虎豹,都知道爱他们窟宅爱他们同类的,倘见我这么一个卖祖国卖同胞的恶人,可不要把我生吞活剥么?唉,罢了罢了,事已到此,还有甚么话说。半夜里钟定人静的当儿,摸着心想想,总觉得有一万个对不起祖国对不起同胞的所在。不见如今国已亡了,做了人家的属国了,四万万高贵的同胞,也缚手缚脚做人家的奴隶了。我千万的家产,本是靠着卖国挣起来的,现在已给外国人夺去了。我的父母已不认我是儿子了,我的妻妾已不认我是丈夫了,我的兄弟已不认我是弟兄了,我的儿女已不认我是父亲了。我的亲戚朋友,已和我断绝关系了。我在这世界上,从前是热烘烘的,大家都捧着我,到如今却成了个单身汉,一个人跼天蹐地,不知道把这身体放在那里才好。抬起眼来望天,仿佛听得天上怒声说道:你这贼,你这没良心的卖国奴,我不愿覆你。低下头去看地,又仿佛听得地下怒声说道:你这贼,你这没良心的卖国奴,我不愿载你。天既不覆,地又不载,国既亡了,家又破了,想不到一个有作有为轰轰烈烈的好男子,却变做了个无国无家天诛地灭的大罪人。至于那亡国后的惨状,说来也觉伤心,凭着我这一张嘴,一枝笔,怕也说他不完,写他不尽。森森血波,卷去了五千年祖国;荒荒泪海,葬送了四百兆同胞。放眼瞧去,但见那血红的斜阳,冷照着无数颓井断垣,做出一派可怜景色。但剩几头无家可归的燕子,还在那里呢喃上下,似乎相对话兴亡的一般。唉!天翻地覆,鬼哭神号,把好好一面庄严灿烂的五色国旗,掉在泥淖里头,使那亲爱的同胞,一个个都做了牛马奴隶。这就是我卖国卖同胞的良好成绩，虽把我千刀万剐，也抵不了这罪恶的。唉！一念之错，种下了恶因，千里之谬，便结了个恶果。今天五月九日，是个国耻纪念日，也是我祖国灭亡的大纪念日。我只一见了日历上五月九日四字，就中了寒似的，忒楞楞地颤个不住。心中不知怎么，像有千万枝的小针，在里边乱刺乱戳。清早无事把日记簿看了一遍，打算给全世界做国民的人瞧瞧。要知为了千万金钱，卖去祖国，祖国亡了，钱仍没有。往后任你把金钱堆上天去，可不能再把祖国买回来。愿大家看了我日记，知道无国之苦，不要学我做卖国奴，临了儿也像我这么下场呢。祖国亡后第一周年纪念日卖国奴某某志。

一月三日

今天是新年第三日，积雪刚化尽，一轮红日烘在窗上，做着美满之色，好似向我贺年一般。书房中一株绿萼梅，檀心半吐，绿沉沉的十分好看。还有那兰花的一脉清香，散在四面，更薰得人心也醉了。我信步踱到客堂中，抬眼四望，见我宝藏着的许多字画，已挂了几幅最精的出来。桌上几上，还陈列着几十件名贵的古董，真个琳琅满目，古色古香。单是这些字画古董，我已化了几万块钱咧。想起从前读书时，要买一本西洋书也没有钱；现在一做大官，飞黄腾达，腰包里钱已装饱了。别说是买些字画古董，没有甚么希罕，就要买人家的灵魂，也买得到。不见我手下那些掇臀捧屁的人，我只略略使几个钱，就甚么都肯做，不是把灵魂卖给我么。思想起来，好不有趣。正在这当儿，我那老妻恰出来，他平日间本打扮得像孔雀一样，今天是年初三，更加上了几倍美丽，几乎把他所有珠翠钻玉，全个儿载在身上。当下我向她上下打量了一会，笑着说道："今天你不但像孔雀，更好像凤凰了。记得二十年前，你在新年中怎么样？穿一件半新旧的玄色花缎皮袄，戴上了两个金戒指，你就欢喜得甚么似的。"我老妻听了这话，啐了我一口道："你不要单刻薄我了，二十年前你又怎么样？不是穿一件竹布长衫，提着网篮上东洋去么？你们男子生在中国，不论做甚么，总比不上做官好。国家虽越发穷，你们却越发富了。"我点头微笑。

一月五日

昨夜在八大胡同窑子里闹了一夜，灯红酒绿中，真觉得魂销心醉了。今天睡了半天，午后才起来，想起夜来的事，还津津有味。吃罢饭，部中已有一叠公文送来。我一瞧便头痛，想大年初五，怎么就有公文，真累死人了。自管搁在一边，等到明天再说。在兰花前立了半晌，闻了一会香味，想上一个姓罗的老友家里打扑克去，只不知道怎么，很觉懒懒的，老大的不得劲儿。随手在书架中取了一本李完用小传，坐在沙发中翻着观看，想象李完用这种人，真是个识时务的俊杰。高丽全国要算他是第一个明白事理的人，他见国家弄得不像样了，就索性做个买卖，把万里江山，全都卖给了人家，不去管小百姓哭着叫着，自己早发了一大注意外之亡国财了，安安稳稳做个亡国大夫，还能讨外国人的欢喜，依旧给他安富尊荣，世世子孙吃着不尽。谁说卖国奴做不得呢？现在我瞧这中国也弄得不像样了，我们做官的，谁也不爱钱？这一宗好买卖，不要被人家占了先去，我可要试他一试咧。

二月九日

今夜我家开了个夜宴会，请了几个东国的政客和资本家，座上还有那姓罗的老友和一二同事做伴客，济济一堂，热闹非常。最荣耀的就是那几位上国的名人，一起都到，和我十分亲热，说我们中国人才，无论外交内政，要算我坐一把交椅。这种宠语，真个铭心刻骨，一辈子忘不了的。我对于那东国，本来很崇拜很敬爱，我们这中国，可就不在我心坎上。瞧上下百事，哪里比得上东国。就是东国国民，也都是上天的骄子，聪明伶俐，人人可爱。别说是上流社会中人了，就是一个化子，也使人见了欢喜的。那时我就把这意思在席上演说一回，又擎了酒杯，喊三声大东国万岁。他们一行人见我这样讨好，甚是快乐。内中一个年长的竟赶过来和我亲嘴，又抚着我头说道："中国人中，也惟有你最可爱，我永永欢喜你。"呵呵，我今夜真荣耀极了。夜半将过，大家益发高兴，便招了许多妓女，唱曲侑酒，又唤我两个小姿出来，行那青衣行酒的故事，直把那几位上客，灌饱了迷汤，这一下子可也是一种外交手段呢。席散时已两点多钟，我便把自己汽车，又雇了十多辆，一个个送他们回去。这一夜的盛会，直是我年来最快乐的事。

二月二十二日

今天姓罗的朋友来访，便同到书房里细细的谈心。这老罗本是我最知己的朋友，他一向居着重要位置，也像我一样崇拜东国。凡是对于东国有甚么银钱上的事，政府中总派我们两人去办。另外有一个朋友姓张的，在东国做地皮大掮客，也是我生平好友。我们三个人，彼此志同道合，分外投契。这老张久住东国，自然更和东国人接近。所往来的都是东国数一数二的大人物，有时还能拜见东国圣上大皇帝，真荣耀到了万分。一连三年，他真好似住在三十三天堂之上，不想回来。他曾写信给我，说恨不得归化大东国，做个大东国民呢。我也很赞成他的意思，但望这中国亡后，我们就能像淮南鸡犬，拔宅飞升，一个个到东国去逍遥咧。那时我和老罗说了些闲话，便讲起我们中国财政上的困难，任是管财政的本领怎么大，但是巧妇难为无米炊，可也没有法儿想。我们曾经手过一二十种借款，随意把铁路林矿抵押，算来已借到了好几千万。虽然国家产业上大受损失，只送给大东国受用，也一百二十个情愿。借款越多，我们回扣越大。就我家产二千多万，也都从借款上得来的。况且国中小百姓最容易说话，听我们怎么样做去，从不敢哼一声儿。我们便把这偌大中国半送半卖，给东国做一份大礼物，他们却还昏昏沉沉，在鼓儿里做梦呢。

三月八日

早上十点钟时，我刚从床上醒回来。喝了一盏燕窝汤，逗着小妾们调笑。连那洋台上一架鹦鹉，也格格磔磔学着掉舌起来。正在这时，忽有一个婢女，取了封信进来。拆开一看，原来是政府中一个姓窦的送来的，唤我午后一时到他家里去走遭，说有很要紧的事要和我商量。这姓窦的是政府中第一个大人物，手中握着军国大权，势力极大。他说一句话，谁敢不听。手下有个姓齐的，也是很利害的人，翻云覆雨，要算他一等名工。并且生着个苏秦张仪的舌子，死的能说得像活的一般。平日喜欢搬弄是非，经他一说，便无事变做有事，掀起天大的风潮来。因此人家替他题了个绰号，叫做小扇子。他说甚么话，那老窦百依百顺，没有不听的。这回写信来唤我，大概又是他在那里捣鬼呢。用过午饭，我就坐了汽车，直到老窦家里。那小齐和老罗也都在着，大家在密室中坐定，锁上了门，怕被旁人偷听。当下老窦就向我说："现在国库空虚，实在窘极了，没有钱如何做事？向各处罗掘，也弄不到几个钱，没法儿想，只得再去借款。你向来和东国熟悉的，对于借款这种事又很有经验，这事可又不得不拜托你了。"那小齐也接着说："现在世界中最富的国度，谁也比不上东国，他们当国的又非常慷慨，我们要借多少，总依我们多少。这回须得大大的借他一批，多用几天，不要零零碎碎，一转眼就没有了。国家没有钱，倒不必管他，最怕的便把我们也带在窘乡里头，这可不是事呢。"我点头笑道："要借几个钱，那是很容易的事。只消我一开口，东国的人，谁也肯借钱给我。横竖我们国产很多，任便押去一些，有甚么希罕，只求东国人中意罢了。老罗也说，借款的事，有我们两三人在着，东国没有不帮忙的。中国有这么大的地方，哪一个不爱？我们正不必忧没钱使用。

譬如女孩子有三分姿色,样样肯依从人家,还怕没有饭吃,生生饿死么?"小齐忙道:"着啊着啊,事儿成了,我们大家都有利益。"半点钟后,商量定妥,我和老罗一同辞了出来。到门口时,他涎皮涎脸的向我说道:"老哥,我们又有发财的机会来了。"

三月二十七日

这几天来,为了借款的事,天天忙着和东国的政客大资本家接洽。那老罗也跟着我跑,一会儿上东国使馆,一会儿上六国饭店,一会儿上国务院,一会儿上银行,一会儿又在东国政客和大资本家的寓中。真个脚跟无线如蓬转,忙得头也昏了。一面又写信到东国去,托那姓张的地皮大捎客,在东国方面周旋一切。可是借款的事,虽说容易,到底也不是一说就能成功的。我们为自己发财起见,不得不担些辛苦。昨儿有一个老同学从南方来,特地赶来看我。我恰恰从东国使馆回到家里,没口子嚷着忙。那老同学说:"你做官也好几年了,手头钱已不少,何必如此劳动,自己寻苦恼吃。加着所做的事,也总不免有一二件对不起良心的,万一闹出来,可要受人唾骂呢。"我回他说:"我们一做了官,就好似着了迷,一时不易丢手。觉得在位时有权有势,甚么都很有趣。至于良心两字,委实说早就没有的了。我们要怎么样,就怎么样,可也顾不得受人唾骂。这就叫做笑骂由他笑骂,好官我自为之。心中存着这两句格言,还怕甚么来?"那老同学怕我生气,也不敢多说甚么,末后道了声珍重,兴辞而去。

四月一日

今天借款已告成了,一共是三千万。把东北两处的林矿作抵,限期十年,利息七厘五。我在这上边又得了一笔很大的回扣,可是这一宗买卖,不像以前那么零碎,数目很大了。有人说那边的树林,实是中国最大的富源,所出木料,用他三百年也用不完。如今白白送去,岂不可惜。但我可也顾不到许多,没有这香饵,怎能去钓那三千万来。我瞧中国的命运不过三年,最多也不到三十年,管他能用三百年、三千年,国亡后一样是给人家受用的,何不趁早在我手中送去,既换到一笔钱,又买东国人的欢心,又借此见我们中国的一片厚意,可不是一举三得么?那几棵树留着做甚么用?难道等亡国以后,给四万万人做棺材不成?下半天三点钟,已和东国代表订了约,这事总算定了。

四月二日

午刻十二点钟,我家又开了个宴会,专请东国名流,祝贺这回借款的成功。一切酒菜,都分外讲究,请了第一等有名的厨子,担任烹调,足足化了三四百块钱。那许多名流,一齐到来,共有三四十人,也有文官,也有武官,真个猛将如云,谋臣如雨。这都是东国大皇帝的股肱,我直当他们像天上大神一般,酒酣耳热,大家高兴非常,都起来唱一支东国的国歌和祝颂东国大皇帝的一首长诗。从前我在东国留学时,早就预备有今天做外交大官的地步,因此唱得烂熟。此刻便也立了起来,和着他们高唱,一时间心血来潮,觉得自己已不是中国人,不受中国的俸禄,倒像也做了东国的人,在东国大皇帝陛阶之下泥首称臣的一般。唱罢了歌,内中有几位新从东国来的,没有见过我夫人和小姿,都说要见一见,好赏识赏识中国美人的姿态。我哪敢不依,连忙唤下人们传话进去。不多一会,他们三人已打扮好了,袅袅婷婷的出来,逐一和列位上客握手行礼。这种事他们原惯了的,所以并没一丝羞涩的模样。霎时间十多个人都拍手欢呼,说今天才见到中国的美人了,好美丽,好美丽。其余二十多人也和着拍手,我听他们赞赏妻妾,觉得脸上平添了一重光彩,心中更高兴起来,便又打发下人往八大胡同去找个有名的乐师来,唤小姿们合唱一出武家坡。他们俩本是窑子出身,武家坡又是拿手,弦索声动,那珠喉也和着宛宛的响了起来。一出唱完,大家又拍手喝采,小姿们含笑谢了一声,便同着夫人进内去了。当下二十三人都来和我握手,说你们中国妇人真了不得,怎么大半都会唱曲子。八大胡同里的姑娘们不要说了,怎么官眷们也会唱起曲来。我含糊答应,并不和他们说明白。我如今做这日记时,仿佛还听得他们一片赞美声咧。不过我写到这里,却记起了前清时的一件事。记得有一回也在很高兴的当儿,恰有一个满洲的亲贵在着。那时我位置还小,对着王公大臣,自然格外奉承,忙唤小姿唱了一曲。后来不知怎么,被人知道了,有一个嚼舌头的文人做了一首诗嘲笑我,我曾在报上见过。至今还记得,那诗道:"郎自升官妾按歌,外交手段较如何,三年海外终何用,未抵春宵一刻多。"想起了现在的事,不免起一种感触呢。

四月七日

这几天欧洲和会中传来一个消息,说我们的外交问题已完全失败,给东国占了胜利去。试想我们中国懦弱到这个地步,哪里配得上说甚么外交。更想去和东国的外交家较量,那更好似螳臂当车,未免太不量力了。平日间我常和政府中人说,对于东国的外交,不妨让步。彼此是兄弟之国,何必斤斤较量。他们要甚么土地林矿铁路之类,尽可送些给他们。譬如弟弟问哥哥要个饼吃,做了哥哥,难道好意思拒绝他么?所以这回失败,也是情理中应有的事。谁教他们如此小家气,中国二十二行省,大也大极了,割去一小块,算得甚么。譬如牯牛身上拔根毛,又何必和人家认真呢?最可笑的是那些小百姓,一些儿不懂甚么,居然也说起爱国来。其实这中国是我们大人先生的中国,谁要你们爱他,我们大人先生倘要把中国送人,也不许你们说一句话,小百姓也说爱国真放肆极了。

四月九日

我那姓张的朋友已从东国回来了,他年来做地皮掮客,十分得手,和东国上下非常亲密,直好似自己人一般。我经手一切大小借款,在东国方面他委实很出力的。这回回来,也就为了欧洲和会先有中国外交胜利的消息。他一听得东国失利,急得甚么似的,因此赶回来,想在政府中活动,暗暗使我们中国的外交一败涂地,也算报答东国几年来知遇之恩。这种有情有义的人,真是世界中少有的了。他一回国,先就赶来瞧我,我把东国的情形问了一番,又问起东国大皇帝对我们的意向。知道大皇帝因为我们很能替东国尽忠,十分嘉奖,将来中国亡时,我可不怕没有官做呢。接着我又问他路上的情形,一路可平安么?他说:"路上倒很平安,因为临行时,曾密托各处巡警,设法保护。不过在东国京城旧桥车站上火车时,却受了一些虚惊,有三十多个该死的留学生,忽地握着小旗,赶上车站来,扯住了问我从那年来到东国以后,经手过多少借款,订过多少密约,又做下了多少丧权辱国的事。我面皮虽厚,听了这番话,脸儿也顿时涨得绯红,竟像了个猢狲的屁股,一时吓呆了,兀的回不出一句话。他们又说道,你既爱卖国,为甚么不把老婆也卖掉了。那时我夫人正在旁边,羞得头也抬不起来。亏得有几个东国巡警见义勇为,把他们驱散了,我们才能上车。一路在火车中,我心中老大的不快,直把那些狗留学生恨得个牙痒痒地。想我如今回国去了,算便宜了他们,往后再来时,可要和他们细细算账。后来在神窗地方上船,我那夫人又和我闹将起来,一壁哭,一壁诉说。说父母清白之躯,不知道多早晚晦气,才嫁了你,如今平白地受人污辱,有冤可没处伸呢。我先还不则一声,听她一个人闹去,后来忍不住了便回她一句道,你不要唠叨了,我卖国得来的回扣,不是我一个人享用的,你也用过不少。到此她才没有话说,但还不住的哭,面上泪渍,到了中国还没有干咧。"我听他说完,便安慰了他几句,说:"这种事不算难受,从前淮阴侯韩信曾受胯下之辱,并不计较,何况是听他们嘴上骂骂呢。我们做官已好几年了,面皮练得厚,肚子练得大,挨骂受气都要耐得下。这一着老哥怕比不上我了。"这时天已入夜,我就留他吃了夜饭,谈到深夜才去。

四月二十日

中国外交失败的消息,如今已证实了。民心甚是激昂,又发起电报狂来,东也一个电报,西也一个电报,拍到政府中,无非是请政府设法补救的话。呵呵,世界中有这等不解事的人,要知外交怎么失败,全是我们在暗中牵线,别说补救不易,就要补救时,我们也不让他补救呢。同事中有几个呆子,这几天也闹着爱国,见了人便皱着眉说:"中国真糟极了,这样下去,怕不免亡国。"这种人平日呆呆的,只知埋头在公文中办事,今天上条陈,说实业该怎么样提倡;明天上说帖,又说吏治该怎么样整顿。一天到晚,只在那里说梦话,不想和东国大人物联络联络。将来中国一亡,他们一定饿死,怎能像我们永远保着富贵荣华呢?现在他们尽自忧急,我却分外得意,日中在家里睡觉,或是和小妾们调笑,借此消遣。晚上到八大胡同去喝酒打牌,不到天明,决不回家。这真是人世间的极乐国土,不但使人乐而忘倦,直使人乐而忘死咧。光阴容易,白发催人,我已四十多岁的人了,趁此不寻些快乐,还等甚么时候。至于中国亡不亡,又干我甚么鸟事啊。

四月二十四日

前天我父亲在兴头上,请了许多亲戚朋友,在家里小叙。我本来架子很大的,对于从前一班亲戚朋友,早就不大理会。今天碍着父亲面子,不得不做个伴客,敷衍一下子。不道小妾佩春,忽又麻烦起来,嬲着我替她表兄谋事,又说要借一千块钱,应个急用。我给她缠不过,匆匆忙忙取了个折子给她,唤她自往银行中提一千块钱好了。这夜佩春回来,和我说:"那折子并不是提钱的,却是个大借款贴水息折。已请人看过,据说很秘密,很要紧的。现在这息折存在我处,你可打算要不要?"我一听这话,大大吃了一惊,暗暗骂自己太糊涂了,怎么胡乱把这万分重要的折子给她。万一宣布出去,可就要我性命咧。当下忙道:"这折子非同小可,你快取来还我。"她笑着说:"还你没有如此容易,须有交换条件。"我说:"你们女人家,有甚么条件不条件。快还了我,别说玩话了。"她却正色道:"我并不说玩话,当真有条件在这里,你可能依我不依我?倘依我的,我便原封不动的还给你,要是说一个不字

101

时，我可……"我不耐道："你快说来，这样半真半假的呕着人，算甚么来。"她顿了一顿，便伸着五个纤指，数了一数，娇声说道："条件不多，不过三条罢了。第一条，你以后须得许我自由，不能约束我的身体，譬如我今夜宿在外边，就宿在外边，你不能干涉。第二条，须得抬高我身分，和正夫人一样，对于家中上下的事，都有全权过问。第三条，须得给我十万块钱，做个零用之费。"说完，竟取了张纸儿出来，要我签字画押。我见她条件很严酷，哪肯答应。但那秘密要件掉在她手里，又不敢不答应。一时我倒给她逼得无可如何，只索忍痛签下了字，心想这女孩子倒也是个外交家，这一副辣手段，煞是不弱，可不是个女中铁血宰相俾斯麦么？那时她把签字的纸儿瞧了又瞧，似乎很满意。这才笑孜孜的掏出那折子来，双手还给我，一面还说："以后留心些儿，不要再掉在旁的人手里，怕要断送你老头皮呢。"我好生懊恼，给他个不理会。

五月一日

今天早上有一个好友气嘘嘘地赶到我家里来，说这几天为了欧洲和会上中国外交失败的事，国内爱国的潮流，已涨得很高。一般人对于接近东国的官员，都有一种恶感。听说京城里学生们已在暗中会议，打算有所举动，表示他们的爱国，你须要提防着呢。我听他这话，毫不在意，嗤的冷笑了一声道："多谢你关怀，但据我眼中瞧来，学生们都是小孩子，最多也不过开开会，演说几句，可闹不出甚么事来，我倒并不怕他们，看他们怎样好了。"这当儿那老张和老罗恰一同到来，他们听了，也付之一笑，说："这有甚么大惊小怪，小孩子们识了几个斗大的字，满口子说着爱国，要闹可就闹不起来，我们且看着罢。"那朋友见我们不信他的话，也就没精打采的去了。

五月四日

下半天三点钟光景，我刚吃过了饭，那老张忽又同着个东国朋友跑了来，大家谈论赞助东国外交的事。正在高谈阔论的当儿，猛听得门外起了一片呐喊之声。他们两人谈得高兴，似乎没有觉得，我不知就里，即忙溜到外边去看看风色。刚走近大门，听得外边喊着我姓名，又骂着卖国奴卖国奴，沿街的窗也打开了，抛进许多白色的旗子来，上边都写着字，也瞧不出写些甚。我见来势不妙，正想进去通知老张和那东国朋友，不道轰的一声，大门也坍塌了。我一吓一个回旋，拔脚就逃，跑到后面，想开了后门出去。只怕外面也守着人，便想了个狗急跳墙之计。好容易爬上了墙，向墙外跳去，究竟我不是日常运动的人，身手不大灵捷，跳下地时便摔伤了腿。我想这一下子，曹国舅不要变了个铁拐李呢。起身走时，蓦觉腿子很痛。恰巧这卖国奴，今天你把我们也累死了。醒回来时，我的心还突突乱跳，按也按捺不住。暗想我到底是卖国奴不是呢，其实我何曾真个卖国，这几年来不过经手一二十种借款。如今政府中单靠着借款度日，大家又挥霍得利害，越借越多，地产林矿铁路之类，一起做了抵押。到十年二十年后，期限到了，天上没有钱掉下来，地下没有钱涌出来，可把甚么东西去还债，那地产林矿铁路之类，少不得送给人家了。仔细想来，我当真是卖国，但是卖国的人，不是我一个，卖国的罪，我也决不承认。要是大家逼我时，我可只索向东国溜了。用过早饭，忙变了装，赶到老罗家里去。探望家人，问起昨天的情形，据说那些暴徒都是学堂里学生，打开大门拥进来时，那老张和东国朋友都着了慌，正想逃走，不道学生们已进了客厅。一见便嚷道："他就是姓张的，也是个卖国奴。"当下便拥上前去，要和他算卖国账。那东国朋友自然帮老张的，不许他们走近。这么一来，大家生了气，都喊着打打。索性拿住了老张，按倒在地，拳脚像雨点般下来。那东国朋友前后招架，可也没用，看看老张头面上血渍模糊，知道已受了重伤，连忙把身体覆在他身上，学生们才住了手。这时我父亲在里边听得了声音，出来瞧甚么事。学生们说："这是卖国奴的父亲，该打。"因此也挨了几拳，其余妻妾们倒承他们照顾，没有受辱，同着父亲一起逃出来。可怜我那许多古董都遭了劫，被他们捣个粉碎。正在这当儿，不知怎么又起火了。我听了他们一番讲述，心中又怒又恨，只苦的没处发作。但能咬牙切齿，把这回事记在心上，将来不报仇，可算不得个大丈夫呢。当下我又和老罗说了几句，劝他留心些儿，说我和老张已吃了苦了，第三个就轮到你，你可不要大意啊。老罗灰白了脸，忔楞楞地颤着说："从昨天以来，险些吓破了胆。晚上睡了，时时惊醒。听得一些声音，就当学生们打进来咧。因此连夜唤了一百多个警察来，看守后前门，这样才安下了心。现在我只求祖宗保佑，算便宜了我这遭，没的也遇了学生们毒手。"我道："你求祖宗没用，还是自己留心一些。我瞧京城里总不稳，想到天津去暂避几天。"我父亲和妻妾们都赞成，就借着老罗的汽车，悄悄地同往火车站去。可怜我那两辆簇新的汽车，也早已被学生们捣毁了。

五月八日

我做这日记时，已安安稳稳的在天津了。目下第一件事，就上一封辞职书到政府中，一则假意辞职，二则替自己洗刷卖国的罪名。唤秘书起草，洋洋洒洒做了二千多字。我明知政府中少不得我，无论如何，不但不许我辞职，定要很恳切的挽留我。果然辞职书上去了不到两天，挽留的命令已下来了。看那各地的报纸，自然都有一种讥笑的论调，说我狡猾，说我奸诈，骂我卖国奴。我也不放在心上，只要不再来烧我宅子，不来打我羞辱我就是了。我到了天津以后，打算静静的伏在家里，不走出去。可是京城里既如此，难保天津不是如此。我这个脸和一头头发，这京津两处，几乎人人都认识。要是也像老张一样，捱他们一顿打，我这身体不大结实，怕要死在他们乱拳之下呢。唉，我这姓名上边，已顶了个卖国奴的头衔。以后任是到哪里去，总不大稳妥，也须学那三国时代曹孟德死后做疑冢的法儿，造他七十二座疑宅，更用了七十二个和我脸子相像的人，扮做七十二疑人，如此或能保住我本宅，保住我本身呢。饭后有人从京城里来，说老张在医院中，伤势甚是利害，怕有性命之忧。查他伤处，全身足有好几十处。头上伤八九处，连脑骨也伤了。好好的学生，竟做出暴徒的行径来，把国家堂堂的大官，打了个半死。像这样无法无天闹去，世界还成世界么？

五月九日

今天是五月九日，就是往年签定东国二十一条件的日子。这一件事，区区曾替东国效力不少。明知这二十一条件签定后，中国就好似害了半身不遂症，以后便给东国束缚着动弹不得。委实说，这一下子直断送了半个中国。然而凡是有利东国的事，我总当仁不让，尽力做去。何况是半个中国，就把全中国断送了，又怎么样呢？可笑那些小百姓，闲着没事做，又在那里闹着开会演说，牛头不对马嘴的胡说几句。多分又把我们三四人做捱骂的材料，又把这一天叫做甚么国耻纪念日，真真奇怪极了。试想把国家地皮和各种权利送人，好似朋友亲戚间节边送礼，怎么配得上一个耻字。又譬如大少爷生性慷慨，手头有着钱，随意结交朋友，大家瞧了，总说这人好阔，也万万配不上这个耻字呢。午后老张有信息来，据说伤处已平复一些，人渐清醒，大约性命总能保住了。本来吉人天相，断不致一打就死，老天正要留着我们效忠东国，预备将来做东国大皇帝至忠不二之臣呢。

五月十二日

那天闹事的学生们，被警察拿到了十多个，已拘禁起来。政府中为他们得罪了我，主张严办。不道旁的学生们都是一鼻孔出气的，全愿自己投到警察厅去，要求把十多人释放。倘不放时，他们可要约齐了京城里全城二万多个学生一起投入官中,听凭拘禁。一面又有几个书呆子去替学生们说好话,十多人竟全放了出去。唉,还有甚么法律,还有甚么公道。今天放了他们,往后定然又要闹出事来。小小学生,不知道用功读书,敢干预国家的大事,还敢侮辱上官,但愿秦始皇再生,把他们一齐坑死呢。

五月十六日

学生们益发放肆了,天天在那里闹开会,闹演说。听说街头巷口,都聚着无数的人,流氓无赖挤了一堆。他们手中都擎着白旗,无非是得罪东国人的话。警察驱逐他们,一时也驱逐不去。最该死的,全城十多处学堂都罢了课,二万多个学生,到处乱闹。这还了得,大家不是要造反么。他们这么闹,听说有两个条件,叫做外争主权,内办国贼。仔细想去,好不可笑,中国这样没用,不是从今天起。根已种了好久,所有主权大半操在外国人手中,现在凭你们嘴上喊喊,就肯把主权给你么? 至于办国贼,那更是做不到的事。他们所说国贼,不消说就是我和老张、老罗。不知道暗中不止我们三个人,不但不敢做到一个办字,连放也不敢放我们走。就退一步说,把我们办了,也不过面子上敷衍。不见以前许多复辟犯、帝制犯,原个个都要办的,现在不是个个逍遥自在么? 总之我们中国人的事,不过大家哄骗大家罢了。

五月三十日

呵呵,有趣有趣。京里头的军警,我一向当他们没有用,这几天居然发起威来了。瞧他们满街拿学生,好像拿强盗一般,打咧骂咧,毫不留情,拿一批总是好几十人。最爽快的要算马队,远远见有许多人聚着,便像打仗时冲锋杀敌一般,豁喇喇冲将上去,踏伤的踏伤,打伤的打伤。像这种人真是中国有志气的好男儿,当时虽没有上战场打德国人,这样也就够了。况且捉拿学生时,也抵得过战场上拿德国俘虏,一样替国家出力,可没有辱没军人的身分。内中有一个军官,更明白事理了。拿学生时,有一个学生向他说道:"我们爱国,你也是中国人,难道不爱国么?"他毅然决然的答道:"我不是中国人。"这一句话何等老辣,何等简炼,从来中外的历史上,爱国家不知多少,谁能斩钉截铁的说出这种话来。将来中国亡后,他一定像我们一样前程正远大呢。

六月二日

呵呵,有趣有趣,学生已拿到一千多个了,都拘禁在一个大学堂中。前后都用兵队围住,搭了营帐,真活像战时的模样。听说学生们关在里头,已有一二天没东西吃,好生的饿死他们,这也算替我报了一小半仇。恨我不能赶到那里,瞧瞧他们捱饿捱骂捱打时,又是怎样一副嘴脸。问他们再要爱国,再要办国贼不要呢。呵呵,这几天我真得意极了,一天到晚横竖没有事,不是打牌,便和小妾们调笑。也常有朋友从京里来探望我,问我摔伤了腿,已好了没有。其实并没有伤,不过抽了抽筋,早就好了。即使受了伤,一跛一拐也不打紧。不见东国从前有一个大名鼎鼎的大宰相,也是跛脚,将来我也做宰相时,可不是和他鼎足而二么(惭愧惭愧,中国有一句成语是鼎足而三,但是两个人只得说二了)。今天看报,据说学生手中的国旗,被军警扯碎了不少。这国旗在东国和欧美各国原是很尊重的,但我们中国的国旗可没有甚么希罕,投在毛坑里也好。可是我心目中没有旁的旗,正有一面很美丽很堂皇的太阳旗在着呢。

六月五日

昨天我到京里去打探消息,却听说政府中忽收到上海无数的电报,像雪片一般飞来。说上海城厢内外,全体都罢市了。为甚么罢市呢?据说是要求两件事,第一放学生,第二办国贼。要是有一件做不到,他们就不开门。该死的小百姓,你们做生意吃饭就是了,管甚么国家大事。学生放不放,和你们有甚么相干?国贼办不办,也和你们有甚么相干?他们使出这种手段来,倒带着三分辣味,要是牵动旁的地方,一起罢市,政府中向来很胆小的,经不得一些风波,被大家逼不过,少不得要牺牲我们几个人。唉,我先还当和我们做对头的,不过几个学生,照如今看来,却已动了天下公愤,这个如何是好。难道我这十年来根深蒂固的地盘,就在这一遭划起来么?呵呵,不要忙,不要忙,看政府中可有这办国贼的胆力没有。当下我就赶到政府中,恫吓了一阵,说我已来了,你们是不是认我国贼,要办不要办?我是国贼,谁不是国贼?大家见我怒鹙哥哥似的,都吓碎了胆,忙向我赔不是,说没有这话,尽请放心好了。一壁便安慰我,送我出来,这一下子总算是很有面子的。

六月六日

今天我上医院去探望老张,老张果然好多了。但是头上还缚着一重重的绷带,好似印度人的包头一样。他一见我,甚是欢喜,说这回遇这无妄之灾,委实睡梦中也没有想到。他们说我卖国卖国,我自己却并不觉得,不过和东国接近一些,经手一二借款罢了,这一顿打岂不冤枉。那时也亏得东国朋友左右招架，才没有给他们打死。进医院后，也亏得列位东国名医，尽力救治，才把我从死神手中夺将回来。有了这回事，我对于东国方面，倒又加上了一片感激之心。要是此身不死，往后还得设法补报呢。我也道："东国对我们几个人，真个仁至义尽，恩深如海。未来的日子正长，我们尽能报答大恩。不见中国二十二行省，还不少富源，尽够给我们供献东国。不过现在有一件事很觉困难，你可知道了没有？四日以来，政府中连接上海电报，说全城都已罢市，要求放学生，办国贼。他们眼中的国贼，自然是指我们两人和老罗了。我最怕的就是上海一罢市，像传染病般牵到旁的地方，也一起闹起罢市来。事情越闹越大，政府中定要害怕，临了没法儿想，便把我们垫刀头。虽说不到个办字，我们的位置可就不保了。在我们个人呢，原没有甚么舍不得，手头有了一二千万，以后尽能逍遥自在。国亡了，我们便到东国去做个长乐老。所为的只因对于东国方面，还没有尽力图报，以前零零碎碎的送些林矿铁路，还难为他们一大笔使力，可算不得甚么。要是地盘不倒，我们就能随意办几件大礼物，暗暗送去，不要他们化一个钱，也尽我们一些微意。地位失了，就有许多不便，对东国怕脱不了忘恩负义四字呢。"老张听了这话，也皱着两眉，老大的不快。一会忽道："这个不用担心，任是地盘动了，我们尽能暗中活动。好在手下喽啰很多，都是我们提拔起来的，我们有甚么话，谁敢不听。"我道："这话也不错，我们且见机行事罢。"接着又谈了一会闲话，方始分手。

六月九日

不了不了，事情竟闹大咧。其余南京、杭州、苏州一起罢市，连天津也罢市了。看南方报纸，说家家店门上都贴着不除国贼不开门的纸条儿，学生们虽放了，仍是没用，政府中已派人疏通，说大家这么闹，似乎不得不下罢职的命令了，趁此暂息仔肩，往后仍能上台，政府中一片苦心，还请原谅呢。我先还不答应，说你们逼我走，我可不走，这些事都为了政府处处懦弱，放大了小百姓的胆，才惹起来的。那时我父亲在旁，苦苦求我，说事已如此，你也好放手了。要是再干下去时，不但你自己危险，还不免累及老父。我听了这话，才又勉强上了辞呈，这一回政府一定批准，只等着免职的命令下来好了。唉，自以为十年做官，内外都有了势力，一百年也不会倒，谁知今天偏偏倒在那些小百姓手中。哼哼，我走便走，你们不要太得意了，我可不是好惹的，总有一天报你们的仇，才知道我手段辣不辣呢。

六月十四日

我和老张、老罗免职的命令已下来了,我心中好气,一天到晚,只是着恼,好像拿破仑滑铁卢大败后,接到了远放孤岛的消息一般。满肚子的恨气,没处发泄,便在下人们身上寻事,打了三个,撵掉了一个,妻妾们见了害怕,不知道躲到那里去了。傍晚时老罗赶来,脸上却带着喜色。我怒道:"你还快乐些甚么?难道没有见命令么?"老罗道:"就为这命令一下,我的心才安了。自从五月四日那天,老张挨了打,你宅子烧了一半,我就提心吊胆,一个多月没有好睡。手头已有了钱,官也不用做了。"我道:"你官虽丢了,东国的大恩未报,你难道就算了么?"老罗道:"那一二十批借款,也好算报了一些恩。况且这里官不做,将来难道不能到东国去做官不成?到那时再报大恩,也不妨呢。"我听到这里,不觉点了点头,因为到东国去做官这句话,正中下怀。不想老罗也有这个心,真叫做英雄所见略同了。

七月五日

我免职后,住在团城,一切都由政府供给,十分舒服,自己还立了个厨房,在饮食上分外考究,千金下箸,差合我的身分。每天没有事做,便坐在廊下看看杜诗,也好算得雅人深致了。小妾佩春,向来在外边乱逛,管他不住。近来倒也收了心,常常伴着我,或是捺琴,或是唱歌。那一串珠喉,唱得像大珠小珠落玉盘的一般,到此我不觉想起目下这个地位,很像是苏东坡,像佩春那么解事,又不是现现成成一个朝云么?今天饭后,猛觉胸中气闷,便唤佩春唱了一出《空城计》,唱罢,我笑着说道:"我近来也像在这里唱空城计。"佩春忙问为甚么,我道:"你不见这团城形势,活像戏台上西城的布景,我便是个诸葛武侯呢。"佩春笑道:"人家都说你是小曹操,你自己倒又充起诸葛亮来了。"我啐了他一口,他还吃吃的笑个不住。

七月八日

我虽罢职闲居,没有甚么事,应酬却依旧很繁。因为有许多老友,常来探望,大概都来安慰我的。我也常向他们说道:"这几年来国家经济困难,全靠借款。一般武人,谁不是靠我度日。就那些学生,没有我也怎能安心读书。现在大家异口同声,都说我卖国,可不是太没良心了么?况且从前办选举时,议长议员,也哪一个不用钱?多的十多万,少的也一二万,这些钱都是卖国的钱,为甚么用下去了,现在骂我是卖国奴,其实自己骂自己呢。"他们听了,都一叠连声的答应着,齐说外边的话,你老人家不用放在心上。譬如半天上一轮明月,偶然被浮云遮了一遮,一会儿可又重放光明了。

八月二十日

呵呵,我们一走,国事可就不像样了。政府中要借钱,已没有借处。大家没钱用,有的也丢手走了,不走的便想尽了种种法儿,助着政府向百姓头上括去。但是括来的钱,零零碎碎的,怎能像借款那么多。南北和议,搁了好久,这边既不肯让步,那边又不肯让步,好像火山般郁了好久,便又爆发起来。这一交手可益发利害,就是南北自己方面也意见不合,自己和自己厮杀。一时二十二行省,到处烽烟,土匪也趁此起来,乱抢乱杀,一个中国,便变做了一块大糟糕,弄得不可收拾。我瞧了这情景,暗暗害怕。想别的不打紧,我所有财产,都散在各处,这一下子我可糟了。事有凑巧,老张和老罗恰恰到来,就和他们商量这事。他们也像我一样,正在担忧,大家商量到深夜,才得了个主意,想学明朝吴三桂的法儿,请东国派大兵来平乱。第一要求保全我们财产,不许损失一丝一毫;第二要求赏我们官职,和他们自己的大官一样看待。当夜就唤了个亲信的秘书,起草一封结结实实的请愿书,暗中送往东国。这事倘能做到,不但保全我们身家财产,也是向小百姓表示报仇呢。

九月十日

秋雨秋风中,中国竟亡了。抬开眼来,但见天地失色,不论一山一水都带着愁惨的样子。山中堆着无数的死尸,男女老小,血肉狼藉。下边给狗狼大嚼,上边还时有野鸟飞下来,啄了一会,便衔着一片肉一根骨飞去了。河中也有死尸,有的没了手脚,有的少了半个头。连河水也变做通红,渐渐流去,仿佛在那里呜咽。城中但见东国的兵士,擎着亮晶晶的枪,不住的往来。街头巷口,都贴着东中合璧的安民告示,只是并不见人在那里瞧。因为死的人太多了,不死的也伏在家里,不敢出来。别说是人,连狗也害怕甚似的,不知道藏匿到那里去咧。一天到晚,人虽不见,却时时听得哭声,断断续续的送入耳中。有的女人哭着丈夫,有的父母哭着子女,也有小儿失了慈母,啼饥索乳之声。远处还不时有刀枪的声音,大约又是大兵示威,在那里杀人呢。夜半人静时,我一个人坐着瞧那壁上灯影,似乎见无数带血的鬼,对我恶狠狠的看着。耳边又似乎听得他们吐舌骂道:你这贼,你这卖国奴,杀死我们的是你,灭亡中国的是你,你且等着上帝最后的裁判。到此我大吃了一惊,痴坐椅中,忒楞楞地颤个不住。

九月十九日

我从国亡以来,常有一种很奇怪的感觉。不是悔,不是恨,不知怎么,总觉得心中不安,又像失落了甚么东西似的。除了吃饭睡觉以外,没有旁的事做,兀自往来走动,数着自己的脚步,或是数地上的砖块。两眼注着地,心儿不觉大动起来,暗想这一尺一寸之地,虽说我自己的,其实已不是我们中国的土地了。就是我祖宗的坟墓,本来也在中国地面上,很清净很安全的。但他们坟墓的所在,如今却被我做子孙的连带着送给人家,料他们在黄土之下,白骨也要翻身呢。

九月二十一日

呀,不了不了,我也变做个穷人了。这两天中,连得各方面消息,说我银行中存款,和各处五六百万的地产,全都被东国人没收了,我投资的一切事业,也一起倒闭了。这么一来,我几年来辛辛苦苦卖国得来的钱,已去了四分之三,所剩的不过是家中有限几个钱,和妻妾们一些首饰。以后的日子正长,如何度日。我当时向东国请兵,原为了保全自己财产起见,不道反生生的断送了。当下我便向东国官员们交涉,请他们把没收去的存款地产一概发还。谁知他们却一反脸,给我个不瞅不睬。再请时便勃然说道:"你们亡国奴,还配来和我们大国上官说话么? 国也不是你们的了,何况这一点子私产,照理你不待我们没收,先该恭恭敬敬的供献我们,才合着顺民两字。况且你这些钱这些地产又是那里来的? 不是从前靠着我们挣起来的么? 现在原该还给我们,还有甚么话说。以后再来闹时,可子细你性命。"我哪敢和他们挺撞,只得太息着退了回来,一面又亲自写了封很长很恳切的信寄往东国政府,请实行请兵时的两个条件。晚上老张和老罗慌慌张张的赶来,说所有财产,也被东国没收去了。当下我就把自己的事告知他们,三人对哭了一点多钟,你也不停,我也不止,大家这副眼泪,也不知道从那里来的。末后还是我先住了哭,说我们不用哭了,国亡家破,原是我们自己求来的,怨不得天,也怨不得人。本来世界中断没有甘心做亡国奴的人,我们却似乎很甘心,于是卖国卖国,到今天把我们的身家性命也卖掉了。

十月四日

哎哟,这是哪里来的话,我那该死的秘书竟忘了我平日豢养之恩,宣布我最后大卖国的罪状。不但把我骂得个狗血喷头，连老张老罗也给他说得体无完肤。他在宣布之前，还写一封信给我，说祖国给你一手卖掉，现在已灭亡了，你大概也心满意足了。但你瞧了亡国后同胞的痛苦，你那漆黑的心可动也不动，算来亡国不过一个月，痛苦已如此，将来十年百年，叫同胞们如何受得？没有你这个混蛋，和那两个天杀的，中国可也没有这灭亡的一天。当时我脂油蒙了心，替你们起草做了那封请兵的请愿书，到如今已万分懊悔，觉得我也是卖国奴一分子，一百个对不起祖国，一百个对不起同胞。因此上今天决意把你们大卖国的罪状宣布出来，给全国同胞们瞧瞧，好知道二十世纪的中国，正有比秦桧吴三桂更不要脸的人在着。也得想个处分之法，要是听你们安安稳稳做长乐老，世界中可没有公道，没有正义了。我宣布之后，自己便向东海中寻个死路，结果这条性命。一则借此忏悔，向全国同胞谢罪；二则做了一个月亡国奴，滋味已尝够了，万死不愿再尝下去；三则我死后好化做一个厉鬼，缠在你们三个天杀的卖国奴身上，使你们没有安乐的日子。我看了这信，真好似曹孟德听祢正平击鼓痛骂，何等难堪呀。这个如何是好，他要是当真宣布出去，我就做了全国同胞的公敌，不论那一个都能来骂我打我，任是打死了，也没有人能替我洗刷罪名。如今谁也不可靠，只索化他一二万送给那东国驻在这里的总督，请他派兵来保护罢。

十月十一日

唉，天哪，如今大家都知道我是罪大恶极的卖国奴了。我父亲一见我，就好似毒蛇一般，天天关在一间小屋子里，念经拜佛，不问外面的事，吩咐下人，不许我再接近他。我心中虽不快，也无可如何。有时走过他门外，常听得长叹之声，大概也懊悔生了个卖国的儿子呢。这一天来，我住宅外常有人聚着，在那里指点议论。有的横了眼，对着我屋子瞧，眼中红红的，似乎要冒出火来，把屋子烧掉，变做一片白地。幸而门前已有东国兵武装看守，他们也不敢做出甚么事来。但那沿街一带窗上的玻璃，都被人掷石子，碎了不少，连里面东西也打碎了好几件。有时我闷得慌，冒着险出去，竟有许多人跟在后面，不住的骂卖国奴。一片片的石子砖块，都向我身上飞来。有一般顽童，更是可恶，不知道那里去弄来的秽物，裹了纸抛在我头上，弄得个淋漓尽致，臭不可当。回来浴了三四回，还带着余臭，难道这就合着遗臭万年的那句话么？从此以后，我伏着不敢出去。但是看看家里的人，也已换了一种面孔。男女下人，对着我都没了敬意。我的命令，也渐渐违抗起来。有时唤他们买一件东西，他们口中答应着，去了好久，却不见来。往后见了他们问时，说早已忘怀了。我虽很生气，只也不敢发作。唉，卖国奴到底做不得的。

十月二十日

东国政府中已有信来，全是一派轻薄的话头，说你所有财产，暂时由东国保护着，免得被旁人占去。将来中国光复时，定然一起还给你，决不食言。至于来我们东国做官的事，更万万不敢从命，因为我们大小百官，都很爱国的，生怕放了你一个卖国的人在里头，不要带坏了。这譬如一篮梨子，内中要是有一只烂了，其余的梨子，末后也一起烂。况且你喜欢卖国，中国既卖掉了，将来高兴时，倘再卖掉我们东国，岂不是引狼入室么？所以这件事也不敢请教的。我得了这信，好生纳闷，想我请兵卖国，原为这两件事，他们当时已默许我。现在把祖国送给了他们，就全都反悔了，从来强大之国，只有强权，本来不和弱国讲信义讲公理的。何况我是个卖国的人，又做了亡国奴，更不能和人家讲信义讲公理。唉，以前我简直没了心肝，不知道祖国的可爱，今天送铁路，明天送林矿，到此我才懊悔咧。

十一月二十五日

呀，这是哪里说起，佩春竟不见了。这几天神色冷淡，对我原不大理会，晚上锁上了房门，不许我宿在她那边。问她为甚么，说是有着病，也不知道是真是假。大概为了我大卖国的罪恶已经宣露，因此有这种表示，唉，这也是我自作孽罢了。今天早上起来，见她房门开着，人已不知去向。所有四季衣服，一共四五百件，大半很值钱的，不知怎么，却剪得粉碎，堆在壁角里。一切珠钻宝石，足值好几万块钱，也把铁锥子捣碎了，抛散满地。我瞧了好生奇怪，想她可是发了疯不成。赶到床边看时，一眼望见床上铺着一张挺大的纸儿，上边写着道：我虽是个女子，却也知道一些大义。自问清白之躯，从前落在烟花队中，已辱没了爷娘，现在更做你卖国奴的小老婆，岂不是第二重辱没爷娘。昨夜我便立下决心，走出这污秽耻辱的屋子，任是饿死冻死，也一百二十个情愿。你平日给我的许多衣服首饰，我一件都不取。因为这些东西，未始不是把卖国的钱换来的，上边正涂着同胞的膏血，用了不能安心。但我也不愿意留着给你受用，或是将来给东国人没收去，因此费了一夜的工夫，把衣服剪碎，更把那首饰用铁锥子细细研磨，好容易研碎了。我走咧,你良心发现时,还是早些死罢。我瞧了心中一阵子痛,便大呼一声,晕倒在地。

十一月三十一日

午时我肚子好饿,忙唤下人们开饭。唤了好久,才有一个老妈子赶来说,今天不能开饭了。一年的租米都已吃完,今天上米店籴十石,不道店中一口回绝,说不愿意卖给卖国奴吃。连上了五六家,都是这样说。不但如此,那小菜场上卖菜卖肉的也合了伙,说不愿意把菜肉卖给我们,要饿死了我们才罢。这当儿厨子和下人都在那里打铺盖,说要停工家去了。我听了这些话,好似当头打一个霹雳,呆了半晌,说不出话来。少停,下人们果然一个个搯着铺盖赶来,要一个月的工钱。我不许,说你们倘留着,以后工钱加倍。他们却坚执不肯,说任是加上三倍四倍,也不愿再把卖国奴奉着做主人。这一句话仿佛一拳打在心坎上,我立时着恼起来,说你们走便走,这一个月的工钱可不发了。他们哪里肯罢,竟磨拳擦掌,预备动蛮。我没法儿想,便说去唤账房先生。内中有一个小厮答应着赶去,一会儿却气嘘嘘赶回来,说账房中银箱开着,账房先生已不见了。我怔了一怔,忙赶去瞧时,果然见银箱开得大大的,四五万的现款都被那贼卷着走咧。当下只索把我自己藏着的钱,取了一百多块出来,打发下人们散去。一壁忙去瞧夫人,和她商量个吃饭之法。不想到她房中,但见桌上留着一封信,我知道又有变卦,急汗如雨。那信中说嫁你二十年,暗中受了无限痛苦,如今带着孩子们回母家去。他们也不愿再见你,说有了个卖国的父亲,一辈子蒙着耻辱咧。我咬了咬牙齿,又去瞧那第一个小妾,也留着一封信,说那账房先生多情多义,终身可托,已跟着他一同去了。我瞧瞧这一个宅子中,已只剩了我一个人,和那闭关自守的老父。去撞门唤父亲时,里边却只是念经,老不回答。我吐了一大口血,晕倒在房门之外。

十二月一日

唉,我竟变做一个无家无国的人了。昨夜夜深时,忽来了一百多个工人,悄悄地在后门下了火种,放起火来。我从睡梦中惊醒,忙去唤父亲,父亲依旧不理。我连嚷火起,把门打得震天价响,他只冷冷的说道:"我不幸做了卖国奴的父亲,今夜烧死了,也算替你向全国同胞谢罪。"说完,自管念佛。这时我好似发了狂,飞一般跑将出去,跑了好几里路不曾停脚。天明时才在荒野中醒回来,苍茫四顾,简直没了侧身之所。只得向北方走去,打算投往蒙古外沙漠中,掩盖我卖国的罪恶,等着一死完了。打定主意,站起身来,猛听得树上有一头乌鸦在那里叫,也似乎骂着道:卖国奴,卖国奴。(终)

(1919 年 5 月作,因语多激烈,无出版社敢印,6 月自费出版)

亡国奴家里的燕子

我是一只燕子,我是一个中华民国亡国奴家里的燕子。

我在我主人家的梁上做窠,一连已十年了。年年的春分前后,我总同着我的妻飞回来,衔泥负草,修补我们的窠,哺育我们的儿女。我们来来去去,甚是快乐。闲着没事时,便在庭中回翔,或是啄那地上的落花。我主人家里,从八十岁的老太太起,到一个五岁的小官官,全和我们感情很好。还有一位十四五岁美貌的姑娘,往往抬高了粉脖子对我们瞧,嘴里则则地娇唤着。瞧她两边颊上堆着两个笑涡儿,好似贴上两片玫瑰花瓣似的,好美丽啊!

这样过了十年,我们直把主人家当做一个安乐窝了。每天和我的妻双栖画梁上,相对呢喃时,便也做出一派和乐的声音。我们还暗暗地祝颂主人家多福多寿,长享太平之乐,我们也可永久依附他们,一年年很安乐地过去,不致有无家之苦咧。

谁知这近几年来,我们主人家的情形,却忽然有了变动了。先前他们一家快快乐乐的,只听得笑声、牌声、丝竹声、悲啊娜声。现在霍地一变,变做了叹息之声,不但是主人愁眉不展,连那主人的女儿也黛眉双锁,再也不见那贴着玫瑰花瓣似的笑涡儿了。常听得他们说什么五月九日国耻纪念啊,又夹着什么二十一条二十二条的话。主人的儿子从学堂中回来,擎着一面五色国旗,也咬牙切齿地嚷嚷着道:"抵制日货!抵制日货!只有五分钟热度的,便不是人,是畜生!"瞧他红涨了脸,愤激得什么似的,我们在梁上呆看着,也不知道是怎么一回事。

第二年春分后,我和我的妻依着年年老例,重又飞到主人家画梁上来了。哪里知道刚到门口，就大大吃了一惊，原来那两扇黑漆铜环子的大门，有一扇已跌倒在地，屋子里也腾着一片哭声骂声呼喊声。我们诧异着，一同飞到里面，见我们的故巢已打落了。有许多恶狠狠的矮外国兵挤满在客堂中，都握着枪，枪头上插着明晃晃的刀。有几柄刀上，却已染了紫红的血迹。

我张着眼寻主人时，见他蹲在一面壁角里，被一个握着指挥刀的矮外国人揪住了。听得他强操着中国话，不住地骂着道："亡国奴！亡国奴！"到此我才明白，原来中华民国已亡了，我的主人已做了亡国奴，我便是中华民国亡国奴家里的燕子了。

这时我好生悲痛，止不住掉下几滴眼泪来。我这几滴眼泪，恰掉在客堂外阶沿的一角，这阶沿的侧面，正有一个十四五岁的孩子躺着。我仔细瞧时，顿时吃了一吓，原来见他胸口开了一个碗儿大的创口，血还不住地流着，不用说早已死了。他的两眼怒睁着冒出血来，颊上凝着两滴冷泪，也带着红色。他的两手中还紧紧地握着那面五色国旗，死也不放，手背上的肉，却已被刀尖剁得烂了，一片模糊的血肉，把那黄蓝白黑的颜色也染红了。可怜啊！这便是我们中华民国的国旗。

我正哭着，吊我的小主人。猛听得里面起了一片尖锐的怒骂声，我即忙抹了抹眼泪向里面望去，陡见四五个矮外国人嬉皮涎脸地挟住了一个女郎，从内堂出来。我瞧这女郎时，不是我主人的女儿是谁？唉！她不是一个金枝玉叶的千金小姐么？怎么给那些矮人们如此轻薄？我心中虽想给她打不平，却又无可奈何。那时但见她没命地挣扎着，一壁不住口地骂。可怜她究竟是一个弱女子，一会儿竟晕去了，好像一朵无力的海棠，倒在一个矮人的臂间。呀！天杀的！……天杀的！……竟做出这种该死的事来么？……呀！……四五个矮人……竟……竟……

我不忍再看，疾忙回过身去，同我妻飞上西面的屋脊，一颗小心儿几乎要炸裂了。我妻也悲愤万分，扑在我肩上，抽抽咽咽地哭道："亡了国，竟有这样的苦痛么？可怜的亡国奴！可怜的亡国奴！"我说不出话来，只在屋脊上跳来跳去，一壁哭，一壁痛骂那万恶的矮外国人。

正在这当儿，忽又听得客堂中怒吼一声，似是我主人的声音。我即忙瞧时，却见主人打倒了那握指挥刀的矮外国人，从壁角里跳将出来，去救他的女儿。说时迟那时快，猛听得砰砰几响，五六个弹子都着在我主人身上，立时把他击倒在地。我震了一震，正待飞起，忽又听得我身边嗤的一响，可怜我的妻一个倒栽葱，从屋脊上掉将下去，原来是中了流弹了。我急喊一声，飞下去瞧时，早躺倒在地没了气息。

我痛哭了一场,也不愿再见那些矮外国人作恶了,便没精打采地飞了开去。可怜我主人国亡家破,我也弄得无家可归,连我亲爱的妻,也为这残破的中华民国牺牲了。

　　明年春上,我勉强压住了悲怀,再来瞧瞧我主人的家可变做了什么样子。只见那屋子已装修一新,门上挂着一面太阳的旗子。我不忍再进去,料知我往时做窠的所在,早已变做别姓人家的新画梁了。我含悲忍泪地一路飞开去,心想古人有"呢喃燕子,相对话兴亡"的话。如今我孤零零地,还有谁和我相对啊? 飞过人家屋脊时,听得麻雀们唧唧叫着,似乎也变了声口,改说外国话了。更张眼向四下里瞧时,但见斜阳如血,照着那中华民国的残水剩山,默默无语。

（原载《半月》第 2 卷第 17 期 1923 年 5 月 16 日出版）

言情婚姻

YANQINGHUNYIN

1922 年 11 月出版的《紫兰花片》第 6 集为"恋爱号",林纾题签,丁悚作封面画。

真假爱情

一

却说辛亥那年，桂花香候，这三百年沉沉欲睡的中国，蓦地里石破天惊的起了大革命，那无数头颅如斗的革命健儿，先在武昌树了革命之帜。黄鹤楼头，白旗飞舞；黄鹤楼下，战血玄黄，替这寂寂无声的河山生色不少。各省热心之士，都龙骧虎踪而起，赶到武昌去仗力杀敌。江山如画，一时多少豪杰，十足为吾们四万万人吐气！

单表江西九江城中中学校里有一个学生，姓郑，单名一个亮字，平日气概不凡，抵掌谈天下事，豪气往往压倒侪辈。课余之暇，每取了一本《法兰西革命史》，回环雒诵，想慕罗拔士比①之为人。又喜欢涉猎战法学，因此战术也略知一二。如今忽听得平地一声雷，武汉起了义师，驱逐满人，他就仰天大笑，以为这正是大丈夫得意之秋。横竖父母已经双亡，没有甚么人掣肘，何不投笔从戎。看官，可是天下一般飞而食肉、气吞云梦的英雄豪杰，终不免有儿女恋恋之情。你不见那"力拔山兮气盖世"的西楚霸王项羽，何等豪爽，那知垓下一跌，雄风不竞，却还在明灯影里，对着虞美人缠绵歌泣，回肠荡气！像项羽这样一个鸣暗叱咤的莽男儿，尚且为一缕情丝所缚，何况是旁的人呢！

这位豪气不可一世的郑亮，也犯了这一个"情"字。原来他和一个女学校里的女学生唤做陈秀英的有了爱情，并且已订了婚约，两下里十分缠绵。现在既要去从军，须得和意中人说一声。当下他便写了一封信去，约在城外一个幽静的花园里相见。

---

① 罗拔士比：今译为罗伯斯庇尔。

那天斜阳将落未落的时候，先到那边去等着。等了十分钟光景，早见他意中人从斜影里姗姗而来，那亭亭倩影，益发绰约欲仙。郑亮忙迎将过去，带笑说："妹妹，你来了。"陈秀英把一双媚眼睐了郑亮一下，婉婉的说道："哥哥你唤吾来，有甚么事？吾瞧仔那封信，似乎写得匆匆忙忙的。"说时，玉靥上微微现着一丝笑容。郑亮慢慢儿的说道："妹妹，吾要去从军了。你不见武昌城中，处处风翻革命旗么？昨天吾见报纸上说，各处学生都争先恐后的去从军。吾郑亮素来自命为觥觥好男儿的，如何肯落在人家后边！"说着，探怀掏出那张报纸来，授给陈秀英。秀英一瞧也不瞧，轻舒玉手，嗤的撕为粉碎，丢在地上，把小蛮靴践着，娇嗔道："哥哥，你怎么好去从军？"郑亮道："这也是吾们爱国少年应尽的天职，万万不容规避的。吾曾读过十年书，略知道些儿大义。平日做论说，满纸都是慷慨激昂、爱国救民的话头。但是纸上空谈，究竟无补于事，所以吾久已立了一个决心，不学那贾长沙的痛哭，不学那黎沙儿的哀吟。夜半飞出龙泉剑，不斩楼兰誓不回！用了全力，着着实实做去，目下这好机会到了，吾怎肯轻轻放过呢？"秀英道："你好好儿住在这里，有甚么不好？偏偏要寻死去！革命军中多了你一人，未必就会打胜仗，少了你一人，也不打紧，未必就会打败仗。你又何苦来呢？"郑亮毅然道："你这话错了，要是人人存了这个心，趑趄不前，大事还能成功么？吾决意要去，不去定要发狂咧！"秀英听了，星眸中早已含着怒意，娇呼道："你可是忍心丢下吾么？你可是忘了吾们指天誓日的盟约么？你可是忘了吾们平日的爱情么？"郑亮柔声道："吾怎么敢丢下你？吾怎么敢忘却吾们平日的爱情？然而也不能为了儿女情长，致使英雄气短！妹妹，你须得明白些，如今不论那一个来劝吾，吾一概不听！"秀英大呼道："就是吾的话也不听么？"郑亮道："妹妹，只得对不起你。现在吾这身体已不属于妹妹，属于大汉。这身体，这灵魂，都一概要替他宣力，把吾满腔的热血，浇开那自由之花！妹妹，你原是吾生平最爱的人，吾断断不忘却你，永把赤心对你。你也须把赤心对吾，断断不可忘却吾，将来吾凯旋归来，便和你填鸳鸯之谱，成一对美满无比的夫妻。"说时，执了那双温软如绵的柔荑，正待温存。秀英却洒脱了，退下一步，大呼道："你要去从军尽去，吾也不希罕你！你能够丢下吾，难道吾不能丢下你！这茫茫世界上，自有多情人在着呢！"郑亮听了他的话，脸上立刻没了血色，咬着嘴唇，沉思无语。想他说出这种话来，分明有和吾决裂的意思。然而为了同胞的自由起见，也顾不得了！咳，天下女子原是水性杨花的多！今天和你鹣鹣鲽鲽，过几天就钗劈钿分，又去爱上了旁的人，要求那爱情专一的女郎，简直是凤毛麟角。这时，他脑海中也起了个幻想，仿佛已从战地归来，断手折足，满身都是伤痕。陈秀英和他的新相好联臂并肩，立在那里抿着檀口，向他冷笑。自己却成了个废物,送进善堂去,过那冷冷清清寂寂寞寞的岁月。不久便魂归地下,化为异物,当复如何?但是,他虽是这么想,那从军之心依旧热热的,并没有冷,好似百炼之钢,用了烈火也烧不软他。

一会,眼中含着泪痕,嘶声说道:"吾就是失欢于你,不能和你缔同心之结,这一片爱国之心,也始终不变!妹妹,吾自以为这半年来爱你的情,上天下地,求之不得。谅来妹妹也爱吾的。好妹妹,如今你不妨把吾暂时借一借给祖国,好好儿的勉励吾几声,吾上起战场上,记起了妹妹香口中的娇呖呖声,便能勇往直前,奋力杀敌!妹妹,你须原谅吾,吾要是不去,人家一定要讥笑吾,说吾是没胆的懦夫,冷血的动物,以后吾昂藏七尺怎能再出去见人?吾为了祖国,为了自由,不得不辜负香衾事战争了!妹妹,你可能依旧爱吾么?"说时,把两个灰色的眸子,注在陈秀英秋波里,等她回答。秀英冷然道:"这世界上足以消受吾爱情的,不仅你一人!"此时,树阴里夕阳影碎,半天上新月阴斜,照见这情场失意人,掉头长叹了一声,踏着落叶,踉踉跄跄的出花园而去。那落叶苏苏作声,也好似向他说道:"你是个情场失意人!你是个情场失意人!"

二

陈秀英有一个表妹姓李,名儿唤做淑娟,生得姿容秀媚,体态轻盈,芳龄恰才二九,也能知书识字,确是一个好女子。伴着她七十岁的老父,住在城外一个幽情所在,屋后绿阴千顷,屋前碧树当门,正不数渊明之宅,诸葛之庐。淑娟秉性贤孝,问燠嘘寒,善承老父意志,人家见了,都免不得要叫她一声好姑娘。她有时到表姊家去走动走动,因此也和郑亮相识,相见时总谈谈学问文章,一些儿也不露出轻佻模样,仿佛是凛凛不可侵犯的样子。郑亮和她表姊已订了婚约,她也知道,心里十分快乐,想阿姊毕竟好眼力,赏识了这个如意郎君,前途幸福,正复无量。武昌义师起后,知道郑亮要投笔从军,益发倾倒到十二分。说,大丈夫固当如此!将来怕不是一个东方华盛顿么!一天,忽听得他在园中和表姊握别,表姊已和他决裂,不觉大大的失望。想进城去劝劝他,只为老父恰有些小病,侍奉汤药,不能抽身。不道过了几天,忽接到了她表姊一封信,说已和郑亮断绝关系,同郑亮的一个老同学张伯琴订了婚了。淑娟便叹了一口气。于是,不得不抽身到城里去走一遭,瞧有挽回的法儿没有。

一路离了家，刚要进城，却见郑亮彳亍而来，低着头似乎在那里想甚么心事。淑娟立在一旁，曼声叫了一声："郑君。"郑亮猛抬头一瞧，见是淑娟，也就立定了。淑娟瞧着他说道："郑君，吾表姊处可有甚么消息么？"郑亮面色非常坚决，答道："没有。"淑娟道："你也不必气恼，或者她有回心转意的一日，好姻缘依旧是好姻缘。"郑亮微喟道："吾已绝了这希望了！"停了会儿，淑娟又道："吾今天接到了表姊一封信，那信中的话，吾本不愿意告诉你，怕你听了触动悲观。只是，想你是个觥觥好男子，决不为儿女私情，灰了平生壮志。因此，吾不妨和你说，吾表姊已和你的同学张伯琴订了啮臂盟了。"说时，双波中不知不觉的含着盈盈红泪，芳容上现着惨淡之色。郑亮低头不语了好一会，才不动声色的说道："淑娟女士，吾和你再会了，今天晚上吾就要出发赴前敌，以后药云弹雨中，是吾的生活。那香闺绣阃中的艳福，合该让那有情人消受去！"说时，咬了咬唇，背过脸去，低声说道："淑娟女士，吾们再会了。"淑娟道："郑君，再会再会。愿你此去，得胜归来。今夜，吾到火车站来送行。郑君，你心里别悲痛，既已失了情人，不妨以身许国，尽你的本分，将来云破月来，仍还你个快乐之日，愿上天佑你。"郑亮闻言，十分感激。返身过去，眸子里早含着两包子的眼泪。一会，回头瞧时，却见淑娟的亭亭倩影，已去远了，不由得长叹一声，一直向学生军驻扎处而去。老天恶作剧，大雨倾盆而下，郑亮好似一些儿也不觉得，还在雨中彳亍走去。

　　这天夜中十点钟时候，学生军全队出发到火车站去。雨仍点滴未停，似乎伴着那些送行人洒泪一般。这时车站上早黑压压都挤满了人，军队也乱了秩序。有人家老母弱妹，扬着手帕，含着眼泪，送她们亲爱的儿子、阿兄，嘴里喃喃的求天公保佑；也有闺中少妇，泪痕被面，把着她良人的手，扭股糖儿似的恋恋不舍。此刻虽有江文通生花妙笔，怕也不能替他们做一篇酣畅淋漓的《别赋》呢！

　　那郑亮也随着众人惘惘前行，眼瞧着人家都有人热烘烘的来送别，吾却这样冷清清地没有甚么人来理会吾，想着，不由得欷歔叹息，无限低徊。到了月台上，抬头四望，却一眼瞧见李淑娟苗条体态，在一边人丛里乱挤，眼波如月，照在他身上，朱唇微微动着，玉手里执着一条雪白罗巾，一阵子狂挥。郑亮也向她扬了扬手，像做梦般拥到火车里面，停了会儿，汽笛鸣鸣的响着，汽机腾腾的动着，载着这一百多个好男儿，向着那血飞肉舞的武昌而去。那车站上数千百人老少男女的欢呼声，兀是响彻天空，久久未已。

三

却说学生军到了武昌之后,还没有开赴前敌。一天操演已毕,大家休息,郑亮同着一个小队长巡行营外,忽见前边有一个人骑着一匹马得得而来。郑亮抬起头来一瞧,却千不是万不是,正是他的情敌张伯琴。张伯琴见是郑亮,就在马上高呼道:"哈哈,郑亮君,久违了。"郑亮疾忙赶到马前,和他握手,说道:"吾却想不到在这里遇见你!"张伯琴微笑道:"可是你料吾不敢从军么?"郑亮道:"吾并没有这意思,只想那人如何舍得你!"张伯琴道:"你说陈秀英么?吾既然一心要来从军,她自然也拗不过吾。"郑亮点了点头,又道:"但是她一定不以你此行为然,又要发娇嗔咧!"张伯琴道:"吾自有驾驭妇人之术!听她哭,听她跳,然后慢慢儿的使她贴服。郑亮君,吾很佩服你有毅力,为要出来从军,竟能割断情丝,学那温太真绝裾而去,这真不可及!吾听得你们两下里绝了交,吾就乘隙而入,把钱儿晦气,买她的欢心,她居然倾心于吾,吾益发奋勉。今天金刚钻,明天蓝宝石,尽力的去巴结她。哈哈,果然天从人愿,不久就交换指环,生受她一声声娇唤郎君了。只吾夺了你的旧爱,你可恨吾么?"郑亮笑道:"吾不恨你,女子的心,原是最容易变的,她爱哪个,就爱哪个。吾也没奈何她,只望你此番好好儿的回去,长隶玉镜台畔,善事玉人,一辈子享受那闺中艳福,别使她望穿秋水,怨王孙久不归呢!"张伯琴欢然道:"好老友,你如此大量,吾再要和你握握手。吾也望你安然归去,横竖吾家有百万,你倘然没有啖饭地,尽可投到吾家来,做吾父亲的记室,薪水从丰便了。"郑亮道:"多谢你的盛意,只是吾却不想再回到故乡去。这回倘然不做战死之鬼,以后也须留在军中,终生以戎马为生涯了。"张伯琴道:"这也很好,从军原是快事,吾非常赞成的。以今吾在第二队中,你可是在第一队么?"郑亮道:"正是。此刻吾们暂别,相见之日正长咧。"说着,又和张伯琴握了一握手,同那小队长走了开去,往小山上仰天长啸去了。

过了约有半个月,不过天天操演,夜夜防守,并没经过战事。郑亮眼见得英雄无用武之地,觉得闷的慌,心里早已跃跃欲试,但望他快些儿发见战事,便能上沙场杀敌去,就是死了,也算是个荣誉之魂。横竖吾孑然一身,既没有父母,又没有家室,毫无牵挂,死了也不打紧。男儿合为国家死,半壁江山一墓田。烈烈轰轰的死一场,可不辱没吾"郑亮"两字呢!

一天，忽听得民军已在汉阳和清军交战，这两队学生军须得开赴前敌助战，郑亮听了，十分得意，几乎要距跃三百，曲踊三百。这一天，黄昏时候，已到了汉阳。只见药云漫天，弹雨卷地，枪炮之声隆隆不绝。这边的统领，当下便发出一个进军的号令，这二百多个初出茅庐的学生，一个个抱着马援马革裹尸之志，勇往直前。各人的大小脑里，一个装着那身经七十余战的西楚霸王项羽，一个装着纵横欧罗巴洲的绝世怪杰拿破仑，因此，战得甚是勇敢，没一个退缩。虽是死伤不少，却还不屈不挠。郑亮比别人自然更加奋勇，心胆俱壮，血汗交流，他心目中一切都没有，只有那敌人，拼命的冲将过去。这边的小队长身中子弹，跌倒在地，还振喉大呼道："诸君快奋勇杀敌，使吾们学生军的荣誉传遍全世界！"于是，大家又平添了百倍勇气，拼着命儿冲去。前后战了两个钟头，依旧相持不下，两军都宣告停战，检点两队学生军中，一共死伤四五十人，都由红十字会招去。

　　第二天朝日方升，其红如血，两军又开起战来。这边民军抵敌着清军大队，两队学生军却去袭击他们的支队。慢慢儿的掩去，掩到一百五十码左近，郑亮劈头大喊一声，一跃而前。那一百几十个血性少年，跟着他像猛虎出柙般冲向前去！一百几十把明晃晃的刺刀，映着晓日，闪闪作光。那边清军原不过七八十人，抵御了好一会，果然支持不住，都丢了枪逃了。学生军便插起军旗，把那地方占领。大家经了这一场恶战，不免有些儿困倦。郑亮身上受了好几处伤，伏在河边喘着。忽见河当中有一个人，伸着两臂，高声呼救。远处还有弹丸一个个的飞来，落在河中，那人不住的喊着。郑亮举目瞧时，见是张伯琴。这时，他心里想：这人是吾情敌，夺吾的意中人，吾何必去救他。他死了，也好使那负情人心里悲痛悲痛，也算出了吾心头的怨气。停了会儿，猛可里长叹一声，颤巍巍然立起身来，跃入河中。正在这当儿，河的对岸三四百码外早又来了一队清军，不住的把机关枪、毛瑟枪向这边遥射。郑亮置之不顾，游向河心，抱住了张伯琴，回到岸边。刚上得岸，忽地飞来一个弹子，恰打在郑亮肩头，便扑的倒在地上，晕了过去。

四

　　郑亮在医院里好几天不省人事。一天，那军中的统领特地来瞧他，问那看护妇道："姑娘，那人怎么样了？"看护妇道："将军，他已出了险了，大约不致有甚么意外咧。"统领喜道："敬谢上帝,吾们军中原不能少那郑亮似的好男儿。此刻他醒着么?"看护妇道："醒着。"统领道："吾要和他说几句话。"说着,便走进病房,到那郑亮的床边,坐了下来。郑亮举起那只无力的手,行了个军礼。统领道："郑亮,你不必拘礼了。那天你的一番作为,又义又勇,真足为吾们军人生色。那大军中也都已知道你的事,很为叹服。听说要赠你一个宝星咧!"郑亮道："将军,吾不愿意得甚么宝星,倘能许吾永远做一个军人,替国家效力,就感激不尽了!"统领道："你有这样志气,不愧是中国的好男儿。这事万万没有不许你的,只吾有一件事告诉你。那天你所救的人,因为受伤过重,已死了。"郑亮失色道："怎么,张伯琴已死了么? 张伯琴已死了么?"统领道："正是。他才是昨天死的。郑君,再会。吾望你立刻就好。"说罢,和郑亮握手而去。郑亮喃喃自语道："张伯琴死了,张伯琴死了。"一面说,一面躺了下去。替那陈秀英着想,想夫婿战死沙场,一去不归,"可怜无定河边骨,犹是春闺梦里人"。她听得了这恶消息,不知道芳心中要怎样悲痛呢!

过了三个月,郑亮已升为军官。一天,蓦地里接到了一封信,一瞧却是陈秀英的手笔。只见信笺上边写着道:

> 郑亮吾君如握:妾夫不幸,竟作沙场之鬼,良使妾悲! 然吾君无恙,差堪少慰。妾至今未尝忘吾君。曩昔之情,犹温馨心上。吾君戎马之暇,或亦念及旧人乎? 迢迢千里,相思无极,月夕花晨,梦想为劳。君以何日归,妾当为君解战袍也。

郑亮一连读了三遍,蓦地撕成了几百条,摔在地下,把脚一阵子乱踹,轻轻骂道："好一个无耻的女子! 好一个无耻的女子!"当下,撇开了这假爱情,就不免想起了真爱情。朝朝暮暮,把那"李淑娟"三字深深的镌在心坎上。

等到战事完毕,他便跨马回去,向李淑娟求婚。淑娟禀明老父,立即答应。一个月后,这一对小鸳鸯,已在红氍毹上盈盈对立,交换指环。结婚后,伉俪间万分相得。淑娟却时时向郑亮道："郎君,你娶了吾,别忘了祖国。吾虽然望你爱吾,吾也要望你爱祖国! 郎君,你须体贴吾的心。"郑亮听了她这种有志气的话,更加钦佩,想世界上竟有这样柔肠侠骨的好女子,能不使人五体投地! 那李老翁年纪虽然大了,精神却还矍铄,对着这一对爱婿娇女,得意非常,不时掀着那千缕银丝般的白髯,微微而笑。那城里远远近近的人,都很艳羡他们。每当春秋佳日,往往见夫妇俩比肩同出,一个戎服映日,一个罗衣凌风;或是双骑游山,或是一舸玩水,有时联袂看花,有时同车送晚。大家见了,都啧啧称羡,说是神仙眷属呢。

(选自《礼拜六》第 5、6 期上海中华图书馆 1914 年版)

恨不相逢未嫁时

六桥三竺间，一片山明水媚之乡。风物清幽，直类仙境。其间乃毓生一大画家，曰辛惕，风度翩翩，如玉山照夜，说者谓钟天地之灵秀而生。生十龄而丧父，母氏茕茕一嫠，孤苦无依，家固匪富，殊弗能支此残局。于是携生及生之一妹一弟，走海上，投其所亲，而令生入一商肆学商焉。生母栖息他乡，每念逝者，辄面壁掩泪，中心如剜，生偶归省，必依膝下，逗阿母欢笑而后已。岁暮分得余羡，则狂喜，归以奉母，而己则不名一钱。母或与之，则曰："儿不需是也！"生习商数稔，勤于所事，良得肆主欢。顾心殊无聊，念长此雌伏，永无雄飞之日，蛟龙非池中物，胡能郁郁久居此哉！于是弃商入一图画学校。生天资颖慧，声入心理，不越年，已得个中三昧。后复孜孜自修，艺乃益进，偶有所作，风景人物罔不工，老画师见之，金首为之肯。更数载，名满春申江上，尺幅流传，得者如拱璧，一时言美术家，人莫不推辛先生云。时年甫二十一二也。生母见生已长，在势当娶，因敦促之。然生美术家也，审美之眼光绝高，目中殊无当意者。居恒叹曰："吾欲美人画，顾欲于此茫茫人海中，求一好范本，且不可得，世无美人，其亦可以已乎？"

时生妹有闺友某女士者，丰于才而啬于貌，雅慕生之为人，芳心可可，颇属以意，间以函札与生通，论文说学，俨然女博士。顾以爱生之心深，时于行墨间微露其意。而生殊无属，谓个侬之才固可取，特欲为吾范本，则未也。后女性不自禁，逐求婚于生，生与女本无情愫，因阳慰之而阴绝之。女觉，由是不复以书至，盖情丝断矣。生漠然无动，不言娶。母促之，弗应，但出其意匠中之美人，作画而已。时已暮春，花落残红，鹃啼野绿。生心中惘惘，百无聊赖。一日薄暮，偶出游，用舒积闷。经一曲巷，夕阳拖人家屋角，殷若胭脂。生仰天噫气，于意良得。斗见十数武外，有女郎携一稚子，被夕阳，姗姗而来，衣朴而不华，芳龄可十六七，而其姿态之便娟流丽，实为此大画家二十年来所未尝见，即其独运匠心所成之画中美人，对之亦且失色。生痴视久之，似见天上安琪儿，飞到人间，以观其色相者。女鬟影低鬓，以双波微睐生，遂姗姗出巷去。生目送之，至于弗见，念此娟娟者，其瑶台之仙子耶？洛水之神姝耶？似此美人，庶足为吾范本矣！念极，仍木立巷心，久久弗动。俄闻巷尾车声辘辘然，始警觉，惘然引归。而彼美之花貌玉影，犹在眼睫间也。

　　明日薄暮，复欣然往，顾乃不见彼姝芳踪，越日复然。生心滋怏怏，私念昙花一现，从兹岂不再现耶？及第四日午后，忽见女在巷口一丝肆中，市五色绣丝，展玉纤，细细数之，六寸肤圆，御浅碧罗鞋，色泽尚新，时云鬟犹微蓬，受风飐拂，则频以手掠之，厥状至媚，生恋恋不忍去，则引目视丝肆商标，用以自掩。女偶仰其首，眼波遽与生接，则立垂其睫，略动玉背外向，仍数手中色丝，矫为未见，时肆中人见生木立如痴，频属以目。生不得已，遂怅然他适。由是日必往曲巷，冀得邂逅美人，为程虽弯远，殊不之顾。而彼美玉貌，时萦心目间，未尝或忘。一日五时许，会访友归，行经巷尾，忽闻一门中呖呖如啼莺曰："阿弟，趣以扇来，扑此梁山伯！瞬且度墙去矣！"此娇声绝处，乃有一女郎，携稚子翩然而出，挥扇逐蝶。生乍见女，心乃大跃，盖彼美也！彼美见生立止，微赧其靥，夕阳衬桃花之影态乃益媚。俄释稚子手，翩然如惊鸿，引身入屋，但闻门后曼声呼曰："阿弟趣入，否则将有外国人来，捉汝去矣！"稚子遂亦疾奔而入，门亦遂阖。生意得甚，欢然归去。由是日必徘徊女家左近，阴晴风雨，未尝或间。顾不见之日多，而见之日少，见则女但微睐，未尝有笑容，柔媚中端肃无匹，生受睐，心辄为之跃跃。有时生过时，女方低鬟坐门中，拈针挑织，波眸初不旁瞬，则生大弗怡，滋欲发吻而语之曰，痴生日过卿家，意欲伺卿眼波，卿曷微仰其首，睨以一睐，则兜率生天，甘迟十劫矣！然生无儇薄之习，殊不敢唐突美人。无已，则如小学生初习体操，足顿地，作巨响，彼美闻声，立仰其首，双波澄然，微睐生，生如饮醇醪，含笑而归。餐时食量陡增，尽数瓯不言饱，入睡则梦魂亦适，而梦中犹见彼美横波如水，微睐己也。

　　生自遇美以后，每好作美人画，日必二三幅，尝应至友某君请，绘《水晶帘下看梳头》，及《与郎细数指间螺》二图。画中人秋波春山，以及笑容媚态，一一与彼美绝肖，遂张之壁间，晨夕恣观。友来索，靳弗与，迫之，则唾不顾。友因戏之曰："画中人岂君意中人耶？胡恋恋至是！"生微笑，他顾不答，目灼灼注壁间弗置。一日又杀粉调铅，绘美人画一巨幅。仅画半身，作女画家绘画状，恣态栩栩如生，若将仙去。生薰以异香，装以锦架，并手题其上曰《辛郎画侬侬画辛郎》，盖为彼美作也。其妹笑问之曰："哥奚事不画全身，而画此半截美人？"生曰："丹青不是无完笔，写到纤腰已断魂也！"妹曰："然则画中人果有其人否？"生复微笑，他顾不答。由是日夕对画痴视，必一二时始已。若欲观此画里真真，辞纸而下者。生妹见状滋怪，辄叩之曰："画中人果谁氏妹？乃令哥移情至是！"生又微笑，他顾不答，而日夕痴视如故。值友人来，则指画问曰："是画如何，画中人美乎？谓为国色天香，亦相称不？"或曰："然！似此美人，诚天人也！"生大悦，力褒其人，谓英雄所见同也。间一友故戏之曰："画中人直鸩盘茶耳！作配非洲黑奴始得，乌足以言美人？"生闻语大怒，色立变，几欲与之决斗！怫然言曰："尔敢作是言，当抉眸子！以尔俗眼，固不合瞻仰天人，斯人而曰鸩盘茶，则天壤间将胡由得美人者！岂必如尔家中黄脸婆，始为美人耶？"友笑曰："足矣足矣！前言戏之耳！奚悻悻为？特吾欲问君，画中人果有其人否？"生怒少解，笑而不答。

时生仍日日往曲巷，然梨花门掩，不复见亭亭倩影，一扉之隔，直同蓬山万里。如是半月，终不遇女，心大弗怿。长日神志惘然，如弗属，食量锐减，面容日消瘦，作画亦懒，第时向画中美人痴视而已。未几遂病，生母大忧，延医求神，栗六万状。而生病势且日重，无已，因延一星者来，以卜休咎。星者谓公子喜星已动，须论婚为之见喜，病且立瘳。生母信之，恳所亲物色女郎。生闻其事，力阻其母，谓儿宁终生鳏，脱相强者，儿旦夕死矣！母勉慰之。生妹固知乃兄意在画中美人，病亦由是而起，因私询生画中人所在，生微哂弗应，泪痕盈眦，立蒙首而睡。越日，生妹固问之，继之以泣，生始直陈其事，妹以告母，母遂画策，将求婚其家。时适有女仆曰阿桂者，闻其地址，遽矍然曰："嘻！吾知之矣！是家崔氏，三年前吾尝佣彼家，主人已殁，主母年五十许，有三子一女，长公子次公子均以疫卒，今仅存三女公子及四公子耳。四公子甫六七岁，女公子年十六七，月颊星眸，如天女郎！且知书识字，工绣善织，秉性亦温柔，公子既有意，吾当一行。"生阻之曰："尔勿孟浪，彼家或不吾许。"阿桂曰："公子才貌均佳，性复诚厚，少年中胡可多得，彼家安有不许之理！吾决往矣！"阿桂去后，生焦急至弗能耐，切盼青鸟使去，以好音归。则后此年年月月，乐且无极；脱不幸而见绝，则彼苍苍者且安排愁城恨海，为吾汤沐邑矣！念若是，心大跃，几欲上抵其咽。翘盼既切，因时时私问乃妹："阿桂归未？"妹笑曰："阿兄情急哉！讵今日即欲作新郎耶？"生微愠曰："妹无赖，恣加调侃，他日出阁，吾亦当以此报妹耳！"妹大叛，疾趋而出。越半时许，阿桂归，索然无喜色。私语生母曰："事不谐矣！崔氏女公子已于客腊许城北某氏，月内将出阁。不幸哉公子，已落他人后矣！"母曰："奈何！此恶耗不可告惕儿，彼知之病且立殆！"妹曰："然。儿以为不如姑绐阿兄，谓彼家已允，则兄中心必悦，而病亦易瘳。"母曰："尔决策良高，可嘉也！"于是敦属阿桂勿泄，而以好消息报生。生初不察其诈，乐乃不翅，引眸主帐顶，几将纵声而笑，此身飘飘然似已在画堂红毡毹上，并彼美香肩，互换指环，彼美倾环低黛，玉颜微酡，娇美若不胜情。俄又仿佛相对于海红帘底，彼美花容笑倩，话曩日曲巷中邂逅事，软语沁人似水。生乐极，几欲跃起舞蹈。越三日，病已霍然，治事咸有兴致。生母喜且忧。惧一旦事泄，不知将作何状？自是生仍时往曲巷，虽不遇美，彼亦无所怼，知彼美伏处香闺，殆为娇羞也。一日午后，生以事访友，经曲彼美倩影，知不复操苦役，心乃少慰。特不能日见玉容，无以慰相思之苦，辄复临风惆怅耳。

一夕十时许，生方挑灯读书，於意良适，斗闻警钟声，鲸铿而动，俄门外人声鼎沸，群呼"火火！"生急拔关出，闻途人言在某巷中，以某家稚子遗火于薪，遂兆焚如。生疾奔而往，则见红光已烛天，火鸦烨烨然，凌空四舞，火光上冒如巨蟒吐舌，被火者则崔氏居也。生大惊，排众直趋屋前，救火会中人方施救，栗六万状，生斗见一窗中有稚子舞双臂，大呼乞援，顾为火声所掩，众乃不闻，而火焰灼灼，垂乃其身，瞬且葬于火窟！生见状，见义勇为之心立动，夺救火梯至于窗下，猱升而登，冒火光挟稚子出，平昔荏弱如处女，此时力大如牛，迳至梯下，初弗觉重，观者佥啧啧称其义勇。时稚子已晕绝，有中年妇趋至，持之而哭，生知为母子，扶之同归其家。叩妇姓氏，知为彼美之母，而稚子则彼美弟也。生前者固尝见之，第以病后脑力大衰，相见乃不之识。已而，天已破晓，树上宿鸟徐扬其声，忽闻叩关声甚急，生趋出启关，则盈盈立于前者，意中人也。玉容惨澹，如梨花被月，见生，即颤声问："母弟在是否！"生乍觌芳容，似居大梦，木立不知所答。女入见母，相持大哭，久之，始收泪，女哽咽曰："阿母无恙，儿心安矣！"母惨然曰："吾家已毁，尔弟亦几葬身火窟，幸此先生奋勇相援，得免于难。儿曷谢此先生！"女流波睇生，状至感激，既即俯其柳腰，磬折言曰："出吾弟于火窟者君耶？君义且勇，侬至感佩，誓毕生不忘大德！"生亦磬折曰："女士无事抝谦，见义勇为吾人分内事，见人及于难而不救者，非男子也！"女曰："君以救人为分内事，今侬则以感激君为分内事。各为其分内事可耳！"语既，即顾与女母语，且晋谒生母，致其谢忱。惟女母以昨夕受惊过甚，至是病矣。女本欲携母弟同至夫家，母既病，遂弗果。病兼旬始已。此二十日中，女日必一至，与生母妹至相得，见生每脉脉含羞，时或在绿云鬓下，流波送睐，生时与语，时且不敢与近，但凭其二眸，示其中心隐情而已。老人瘥后，女即谢生及生母，携母弟俱去。生知此后曷克幸晤，殊怏怏不可自聊。然女间数日必一至，省生母，相与话家庭琐事，生母偶询及其夫，女辄颦蹙，出罗巾揾泪微喟曰："侬自恨薄命耳！"旋顾而言他。一日，女至，不面生母妹，迳入画室，愁黛惨颦，含泪注生面，久久无语。生起立曰："女士奚事郁郁？可得闻乎？"女泫然曰："侬与君长别矣！此生恐无再见之期。"生急曰："何遽言别？去将安适？"女曰："彼人携侬赴汉皋，不日首途。嗟夫辛君！侬身不能自主耳！"生大悲曰："别时容易见时难，吾胡忍与君别欤！"语次，把其如荑之手，颤声言曰："君……君当知吾心，吾爱君深也！"女理鬓回其娇面，恻恻作断肠声曰："嗟夫辛君！勿复与侬言爱，恨不相逢未嫁时耳！"

（原载《礼拜六》第 9 期 1914 年 8 月 1 日出版）

此恨绵绵无绝期

革命之战云,消散垂五稔矣。当战云漠漠时,吾夫宗雄亦身列戎行,仗刀杀敌,凡二阅月。春闺梦里之人,幸未作无定河边之骨,创于背而归,医生谓是瘫痪之症,他日或且侵及心脏。伤哉宗郎!吾至爱之人,今夕汝双眸炯炯,注于火炉之中,果何所见者,其见当年大战时沙场上血飞肉舞之惨状耶?抑见当年结婚时洞房中香温玉软之美景耶?当跃马出战时,郎年廿七妾廿五,汝面直类莲花,潘安卫玠,见汝或且失色。犹忆结婚之后两月,正四月艳阳之天,绿阴罨昼,芳华满眼,景色良复可人。红窗风月夜,乐事正多,郎鼓批亚那①,妾唱定情歌;或则盈盈比肩,偎倚窗前,指点天上春星,猜测姮娥心事。新婚燕尔,伉俪之情弥笃,红楼翠幙中,光阴正大好也,汝今犹记之否耶?

孰意是年桂花香候,战云突起,宗郎英英,固汉家健儿,竟不顾儿女私情,横戈赴战。去后匝月,杳无只字见贻,吾朝朝暮暮,相思无极,征妇泪洒问玉阑干,晚妆楼化作望夫山,天下至苦之事,莫闺中人思夫若也。复阅月余,郎归矣!吾大悦,逆之门外,几欲法欧西说部中多情之女郎,见征夫战后归来,展藕臂,抱而与之亲吻。寻扶入闺中,亟问别来无恙否?吾夫黯然曰:"吾虽未作沙场之鬼,然创于背,成废疾矣!"吾曰:"药云弹雨中,固非安乐之乡,且玉郎莲花之面,亦滋消瘦弗类曩日玉镜台畔人矣。"因相与慨叹者久之。

吾夫耽静,以市居尘嚣,迁寓野外一精舍中,上下仅二三间,方春绿樾交

---

① 批亚那:指钢琴。

檐,绛花蔽门,好鸟歌于树底,声长日绵蛮不断,地特幽蒨,类隐者居。屋后小园中万绿如海,间着嫣红,灿烂如锦,置身其间,如处神仙福地;屋前百数十武外有球场,芳草平铺,软茵衬足,夕阳红抹时,碧眼绀发者流,恒呼群啸侣,来此击球。吾夫杜门习静,以书自遣,或与吾絮语,或则坐安乐椅中,临窗观球,于意滋适。戚畹故旧,初不过从,即吾母家亦绝弗往来,盖吾适宗雄,母以其清贫,滋不谓然,妹氏蕙贞,嫁夫至富贵,罗绮被体,金刚石累累然,大于戎菽,风日明媚之辰,辄黼黻夫婿挟阿母同坐摩托卡,驰骋南京路中,其疾如飞,阿母于此,老怀弥适,笑口靡有闭时,安得念及屏居野外人贱女贫婿耶?而爱吾如掌珠之老父,则已做古人,吾身遂成孤露,然吾秉性恬淡,初不艳羡妹氏,以为多金不为富,夫妇间必富于爱情,始称富耳。吾夫早失怙恃,父母逝世相去仅三日,上无翁姑,凡百都如吾意,吾夫爱吾,亦唯唯不加可否。盖天下有娇妻者,万事体贴入微,未尝敢少拂妻意,生其娇嗔。吾家本匪富,顾每日之一饮一啄,无虞匮乏,应门有僮,司炊有婢,有书可读,有花可种,一夫一妇,尽足享人间清福,彼富翁者,徒觉其铜臭薰人,俗不可耐耳!

嘻!宗雄吾夫,汝目眈眈然注于窗外,殆有所见耶?嘻,吾闻马蹄得得之声,止于门前矣。阶下绿草不芟,今日谁来践踏者?"吾夫吾夫,吾见其首矣,是汝至友洪秋塘君也。吾夫,阿春方出,吾其下楼启关,延之入乎?"吾夫额首曰:"可,旧雨来,吾良怿也。"

洪秋塘者,吾夫之旧同学,生平肝胆交也,丰度翩翩,不亚于吾夫。吾于归时,三日新妇,屏角窥人,吾夫第一即引吾见是人。渠有母,老悖不近人情,妹数人,俱便娟如天上安琪儿,安琪儿三字,吾恒见之于新说部中。三字上每冠以玉艳花娇等字,吾遂以为是殆西方美人。一日吾夫告吾,谓是英字Angel,言天使也,举以状美人,犹吾国作家所谓姑射仙人,洛水神姝耳。吾唯唯,吾夫凝视吾良久,遽笑而言曰:"刼芳吾爱,汝亦大类安琪儿也!"吾低鬟报绝,曼声啐之,谓郎今日亦调侃吾,是何理耶?吾夫莞尔而笑,把吾手弗释。洪秋塘君来后,即与吾夫促膝闲谈,吾则坐吾夫后,侧耳而听。吾夫谈甚乐,笑声弗绝,为平昔所未有也。

秋塘君年三十,吾夫三十一,而吾则二十有九。秋塘犹未娶,盖其眼界高,视群雌粥粥,无当意者。他无所好,第好读书,目中所见殆千种,一日市市上新出版之说部及杂志十数种,遗吾夫,茶熟香温之候,吾每遴其新奇有味者,为吾夫朗声读之,吾夫为状滋悦,仰坐摇椅上,以其温蔼慈祥之目光,定注吾面,颊肤间微现笑容。然以长日槁坐,弗克自由行动,恒生恼怒,怒极则自咒速死。嗟夫宗郎!当未从戎前,汝实温驯如绵羊,未尝有须臾之恼怒

135

者也。

　一月中，秋塘君时来吾家，风和日朗之辰，野游归来，辄来款关。吾夫颇喜其人，时盼其来，闻门上有纤声，吾或在他室，吾夫必扬声呼曰："纫芳吾爱，趣下楼启关，秋塘来矣。"秋塘年已三十，犹有童心，谑浪笑傲，靡有已时。昨日渠来时，吾以茗进，渠遽起夺，水溅吾手，吾低声而呼，渠急曰："吾乃伧甚，水灼君手乎？"言时以目注吾，目中乃呈异光，此光常于吾夫目中见之。

　今日午后，秋塘之母夫人来矣。往年吾尝数遇其人，性暴戾，多言如鹦鹉，年五十有五矣，犹靓妆华服，粲粲如女郎，浅笑轻颦，作老美人娇态。来时且挟一少年郎与俱，时时流目送盼，如母之爱子，实则子仅秋塘一人，此少年殊不知为谁氏子，自是吾益鄙夷是媪，念吾他日誓不作斯态也。吾夫虽深爱秋塘，顾亦深恶其母，几欲斥之为人妖，特以秋塘故，乃遇之以礼，弗敢少加侮慢。媪北窗而坐，目灼灼视吾不已，继私语吾夫，谓吾从何处得驻颜术，玉貌花肤，犹似十七八少年时也。夫以语吾，吾一笑置之。须臾秋塘来，邀吾二人于星期三日往彼家晚餐，吾初弗欲往，而吾夫殊跃跃，吾爱吾夫，胡忍使之弗怿，渠欲往则吾亦往耳。

　星期三日，吾夫欢笑如孺子，吾见吾夫乐，则亦大乐。薄暮时，秋塘以马车来迓，翻箧出新衣服之，对镜顾影者良久，似较平日少有风致。吾夫则在寝室中，属阿春助之更衣，秋塘方与吾夫语，居顷之，斗闻足音蛩然，向吾室来。吾审为秋塘，心不期微跃，亦不自知其所以然，引首则见秋塘已入，手红玫瑰一巨束，花香扑人欲醉，含笑谓吾曰："君为状如白玫瑰，故以红玫瑰来，以为点缀。"语既，以花授吾，吾受花，木立如痴，不知应报以何语。秋塘微睨吾，遽曰："纫芳，君得毋怒吾乎？"秋塘夙称吾为嫂，迩来则纫芳称吾，盖从吾夫命也，吾复默然者移时，始足恭答曰："侬感且弗遑，乌得怒君。"遂拈二枝缀襟上，时吾夫入，见状，笑曰："美哉吾妻，今并娇滴滴越显红白矣！"

　秋塘家客可十余人，以女宾为多。席间吾夫双眸了不他瞩，但注吾不瞬，似惊吾艳，吾几欲啐之曰：郎底事作尔许痴态，长日相处，尽汝饱看，岂犹不识阿侬耶？顾吾亦时以眼波微睐吾夫，觉其风度仍不减当年，他人都不之及，良以今夕盛服，故尔尔也。餐后，秋塘诸妹竟操批亚那以悦客，冷冷然直如天半笙歌，令人听之意远。诸女歌竟，吾夫心旷神怡，意得甚，嘱秋塘操琴，命吾歌《My darling! I love You!》之歌，是歌盖新婚弥月后吾夫所作，通体用英文，语语悉绳吾美，后尝译以示吾，其名曰：《吾爱！吾爱汝！》然止能歌之闺中，不足登大雅之声，琴声起时，吾颊肤都绛，赧赧然不能出诸口。吾夫见状立悟，因命歌《海天风涛》之曲。吾乃引吭高歌，不复羞涩，抑扬疾徐，曲尽能事。歌已,掌声四起,秋塘则朗吟"此曲只应天上有,人间那得几回闻"句褒吾。吾大窘,立逃至吾夫侧,吾夫笑顾曰:"吾妻胡犹娇羞如许,红云披两颊,如当年作新嫁娘时矣。"吾低啐之,面壁而坐,居顷,吾夫似罢,遂告归。归则共坐灯下,相对无言。吾出一小说周刊曰《礼拜六》者,选其一、二篇朗声读之,冀以悦吾夫,而吾夫神志似不属,第以双眸注窗外娟娟明月,若思甚深者。嗟夫吾夫!汝果何所思耶?

秋塘偕其母返故乡苏州去矣,遂不复来吾家。光阴之逝,直如电掣星驰,转瞬已交冬令,玉胆瓶中,水仙亭亭四五枝,如瑶台仙子,铢衣叠雪,又若洛川神女,有罗袜凌风之致,吾二人均爱之。小园中寒梅破蕾,垂垂著花,淡妆美人,呈其素面,微飔乍动,则挟缕缕幽香,逗小窗而入,晨夕萧间,辄扶吾夫来窗前观梅,弥望如一片香雪海也。

吾夫素乐,迩来弗省何因,居恒郁郁,双眸中时含愁意。一夕,皓月飞光,写梅影于窗上,梅受风摇,影亦微动,吾夫命以椅坐其侧,相偎无语,吾夫目中似微含泪痕,下注吾面,一手则频抚吾发,予知其中心悲也,欲慰之,顾百思不得一的当之语。嗟夫吾夫!汝果何悲?

春光又至矣,寝室中之碧纱窗外,有树亭亭,叶已葱翠,四覆如盖,小鸟无数隐其中,上下啁啾,似相告语,谓春光至矣。一日有双燕比翼来檐下,衔泥营巢,顷刻而成,凡一星期许犹未去,出则同出,归亦同归,吾恒好临窗观之,觉其双宿双飞,正与吾夫妇同也。窗间亦间有麻雀飞集,三三五五,啾唧弗已,若相口角,吾乃恶之,斥为鸟中小人。每当春日,吾反觉弗怡,而吾夫亦有同情,盖值秋冬之际,燃灯特早,夫妇围炉同坐,目注火中,熊熊然似含乐意,虽门外寒风雪霰,万物作黯澹可怜之色,而吾二人心中乃酝酿出一片春光,顿觉室中春气如酥,寒意尽祛。入夜,每与吾夫为种种之游戏,或操琴,或唱歌,或猜灯谜,或弄叶子,其乐万状,人望春光之长驻,而吾侪则愿春光之速去。天乎!汝能年年不畀吾以春光耶?

昨日秋塘有书予吾夫,略谓居故乡闷甚,行且买棹返申,重与良友把臂云云,吾夫扬声朗诵,诵已微喟,遽叩吾曰:"纫芳吾爱,汝喜洪秋塘否?"语时,泪盈其眸。吾作色曰:"郎胡出斯言?侬身属郎,侬心亦属之郎耳。"遂各把臂,默坐无语。

洪秋塘归矣。吾滋弗欲更见其人,因引避他适,往一女友家。归时,吾夫言秋塘来访,且垂询及吾,吾颔首无语。后此吾夫相爱益挚,几不听吾少离其侧,吾遂晨夕伴坐,每曼声低唱《吾爱!吾爱汝!》之歌以悦之,吾夫恒点首微笑,把吾手,以歌名还以称吾。日来阴雨,雨脚如绳,长日彭彭弗绝,雨

声入耳,令人无欢。今日午后,吾夫背创作剧痛,不能起坐,吾抚之入睡,俾忘其所苦。时积雨初霁,小园如洗,日光弗耐久隐,力抉云罅而出,绿叶犹带雨珠,受日作光如钻石,杜鹃啼丛绿中,百啭未已。杜鹃乎!汝其勿声,吾宗郎方睡也!杜鹃吾友,曷止尔啼,侬且感汝!

越一时许,吾夫醒矣。强自起坐,坚执吾手,太息言曰:"嗟夫吾妻!吾命殆在旦夕,行与汝长别矣!"吾急曰:"郎安得遽死,奚事出此不祥之言,令侬心碎。"吾夫曰:"吾背创甚剧,痛彻心脏,为日殆无多。惟吾死后,汝茕茕寡鹄,身将安托?秋塘至可恃,汝其委身事之,无事为吾守节,使君本无妇,罗敷亦无夫矣!"吾闻言泣下,伏床呜咽曰:"郎殆不吾爱耶?奈何出是言,侬始终为陈家妇耳。"吾夫亦泫然曰:"吾惟爱汝,故为汝计将来,纫芳吾爱!汝当知吾心也。"吾泣下曰:"郎休矣!侬生为陈氏之人,死亦作陈氏之鬼。且上天相郎,安得死者。郎其少须,侬当往延医者。"遂揾泪出,甫出门,斗见秋塘来,伫立十武外,目中似有忧色,颤声言曰:"纫芳,吾之安琪儿!吾此来与君别也,脱再居此者,寸心且为汝碎矣!行再相见,行再相见!"吾第颔之以首,初无一语,返身趋医者家。嗟夫宗郎!侬心终属之郎耳!

宗郎宗郎!汝闻侬声乎?侬归矣!新月娟娟,已破云幕而出,清光徐入碧纱之窗,照郎面上,郎趣醒,侬当为郎歌《吾爱!吾爱汝!》之歌,郎欲听之否?嘻!宗郎!汝何事佯作酣睡,故故不吾答?侬且呵汝痒。看汝……天乎天乎!吾宗郎死矣!

嗟夫!天长地久有时尽,此恨绵绵无绝期!

(原载《礼拜六》第 16 期 1914 年 9 月 19 日出版)

千钧一发

天已亮了好一会了,门前的一树垂杨上,喜鹊儿一阵子乱噪,一丝丝的日光,红如胭脂,照在那玻璃窗里,只见靠窗坐着一个二十五岁左右的女子,低垂粉颈,在那里做活计。瞧她的容貌,虽不能说是闭月羞花,却也带着几分秀气。只是玫瑰花儿似的玉靥,白白的如同梨花;羊脂白玉似的纤手,只为多操家中苦役,又粗又红;两个眼儿,本来也配得上秋波凤目那种名称,只为早起晚眠已失了神,彷佛秋波上笼着一重薄雾的一般。身上的衣服半新不旧,朴而不华,洗濯得却甚是洁净。便是这一个小小儿的房间,东西虽不精美,也位置井井,洁无纤尘,足见她家政学是很精明的呢。看官,要知道这女子原是女学堂里出身,名儿唤做黄静一,着实有些儿才学。她丈夫是个小学教员,名唤汪俊才,文学界上,倒也薄负微名,只可怜怀才不遇,没有人家请教,没奈何只得投身小学校里,充一个国文教员,每月赚他二十五块钱的薪水,同他老婆俩过这茶苦生涯。幸而黄静一是个明理贤惠的女子,从没有一丝怨怼之色,整日价忙忙碌碌,不肯休息。早上一清早起身,替人家做活计,赚几个苦钱,贴补贴补柴米之费,使丈夫肩头也得轻松一些。至于一切家事,也一力担任,不辞劳瘁,买东西咧,淘米咧,洗菜咧,烧饭咧,几乎忙得发昏。这些琐事弄清楚了,便又忙着做活计,直要做到夜深人静,十指纤纤,没有停的时候。她丈夫见了,不免疼惜她,总说:"静一,你忙了一天,已辛苦极了,快些儿睡罢。"她便从灯下抬起头来,竭力张大了两个眼儿,向着她丈夫,答道:"吾一些儿也不觉得疲倦,你不见吾两眼还张得大大的,很有精神么?"看官,其实她眼儿里两个瞳人,手上十个指儿,都在那里叫苦咧。汪俊才见他老婆如此贤惠,自然感激,黄静一却益发奋勉,夫妇间的爱情于是乎更见浓密了。

　　这也不必细表，且说黄静一做了一会活计，忽听得大自鸣钟镗镗的打了八下，便从窗前立起身来，穿了裙子，提了筐儿，反锁了门出去，珊珊的直到八仙桥小菜场上，买了些肉和菜，化了一角多钱，回到家里，走进厨房，放下了筐儿，就入到房间之中，坐在窗前，捉空儿取起那当日的报来瞧。原来她一切日用都肯节省，惟有这每月八角的一份报钱，她总先在预算表里开明，万万不肯省的。静一瞧了半晌，刚瞧罢欧洲大战争的路透电报，猛听得门上起了弹指之声，便丢下报纸起身出去开门。门开时，只见外边立着一个二十七八岁的少年，长长的身材，约摸有五尺五寸左右，面色微黑，似乎刚从远方回来的一般，身上衣服穿得煞是阔绰，手指上带着一个挺大的金刚石指环，逼得静一眼花缭乱。当下他带笑说道："静一，你可还记得从前和你母家同居的傅家驹么？"静一娇呼道："呀！家驹君，久违了！"傅家驹又笑着说道："吾此来可不是出于意外么？"一壁说，一壁早已走入室中，静一也只得跟着进来，问道："家驹君一向在哪里？出门了差不多四五年，毫无消息，你家里的人也都当你客死在外边咧。"傅家驹得意洋洋的语道："不但没有死，并且很过得去，这四五年里已弄了好几个钱。如今的傅家驹，已不是往年你所知道的傅家驹了。不瞒你说，吾出门时，身边一古脑儿但有五块钱，此刻却满载而归，总算每年也有五千块钱的进款。"说着把手扬了一扬，那金刚石指环的光儿便闪闪四射。静一道："只你一向到底在哪里？"傅家驹道："这四五年来一向在南洋群岛营商，并没到旁的地方去。"静一道："但是你那年为甚么一声儿也不响，就飘然而去了？"傅家驹道："吾们同居了有两个年头，吾的心谅来你总有些儿明白，两年来一意要想和你白头偕老，结一对美满的鸳鸯，不道吾还没开口，却听得你已和汪俊才订了婚了。吾心里好不难过，眼见得自己的禁脔，被人家一口衔了去，却想不出甚么法儿来夺回来。失望之余，不愿意再老等在家里，眼瞧你们俩结婚，于是发一个狠，悄悄地往南洋群岛去咧。"静一道："承你垂爱，感激之至。然而那时吾却如在梦中，一些儿也不知道呢。"傅家驹道："如今吾倒要谢谢你，当时要是没有这样一激，怕依旧是个江海关里的书记生，哪里有这每年五千元的进款？"说时，笑了一笑，在一把椅儿上坐了下来。接着把那一双眼儿骨碌碌向四下里一溜，慢吞吞的说道："你们的景况似乎不甚佳么？吾知道你芳心中也一定很不自在呢。"静一微笑答道："吾心中倒很觉自在，一些儿也没有不适之处。"傅家驹道："俊才一向可好么？"静一点了点头，说道："多谢你垂询，他很好。"傅家驹又道："他的脾气也依旧和从前一模一样么？吾记得他每天七点钟慢吞吞的上学堂去,午后五点半钟慢吞吞的回到家里来,不喝一滴酒,不吸一口烟,礼拜日只老坐在家里,闭关自守,两眼不离书籍,这怪脾气可是仍然没有改么?"静一道:"仍然如此。各人自有各人的性格,原不容易改变的。"傅家驹道:"他学堂里的薪水可加了些没有?"静一道:"每月仍是二十五元,因为那学堂里经费甚是支绌,这数目已算是大的咧。"傅家驹摇头道:"吾以为他老做这每月二十五元的小学教员,总不是个事体。在于他一方面倒没有甚么,可是他是个怪人,多赚了钱也没有使处,只苦了你。"静一道:"吾倒也不觉得苦,那牛衣对泣的光阴,个中自有乐趣。"傅家驹不语了一会,才问道:"你们两口儿订婚之后,过了多少时才结婚的?"静一道:"差不多过了一年,方始结婚。"傅家驹道:"吾总不明白你为甚么赏识一个穷书生,竟肯委身下嫁,过这清苦的日子!"静一道:"吾从前读书时代,就抱着一个志愿,不嫁则已,若要嫁,总要嫁人,不要嫁钱。吾嫁俊才,便是嫁人,有了才,不怕没有飞黄腾达的日子,此刻不过在雌伏期中罢咧。将来难道不能雄飞么?"傅家驹笑道:"好一张利口,吾竟说不过你。只吾替你想,俊才出去之后,一天到晚独自一人在这屋中,未免太觉寂寞。何不出去走动走动,你同学闺友不是很多的么?"静一微喟道:"咳,家驹君,你不知道其中难处。俊才每月所入不过二十五元,一日三餐和衣服房金都取给于此,你想还有余钱给吾和闺友们去酬酢么? 加着吾还须做做活计,贴补贴补,也没有余暇呢。"傅家驹道:"这个未免太苦了,像你这样花儿似的珊珊弱质哪里禁受得起? 一天到晚你到底要做多少事!"静一道:"吾一清早五点钟起身,草草梳洗过了,便做一会活计,等俊才起来后,就去烧粥给他吃。他一上学堂去,吾便又抽空做一会活计,听得大自鸣钟打了八下,忙到小菜场去买小菜,回来看了一张报,于是淘米洗菜烧饭,忙了好一会,饭后好在没有甚么旁的事,只做那活计。夜色上时,就丢了活计烧夜饭。用过夜饭,俊才坐着看书,吾再做活计,直到一二点钟,外边都静了,方始安睡,吾一天的功课到那时总算完了。"傅家驹摇头道:"太辛苦,太辛苦! 这样做去,简直像牛,不像是个人咧。你总该寻寻快乐,剧场里头也不妨去走走。"静一道:"去年俊才的朋友周瘦鹃,曾送给他两张新民新剧社的优待券,他便同吾去瞧了一夜天笑生的《梅花落》,以后却没有去瞧过,一则没有余钱,二则也没有余暇呢。"傅家驹默然无语,把两眼兀是注着静一,心想不料这花容失色横波无光的小学教员之妻,便是四年前女学界中的花冠,人人所倾倒的黄静一。从前何等艳冶,何等活泼,如今却憔悴得几乎不成样儿! 红颜易老,能不使人生今昔之感? 想到这里,不觉叹了一口气道:"咳,改变得真快呢。"静一不知他话儿里含着甚么意思,也搭讪着说道:

"不错,世界上万事都改变得很快。"傅家驹道:"只吾想俊才必须生色些才好,若是老赚这二十五块钱,吾怕你一辈子不能出头呢。"静一点头道:"只消俊才加些儿薪水,或是进中学堂去充教员,家里便能宽绰得多了。"

傅家驹低头瞧着地板,停了好一会,才抬起头来说道:"今天吾想同你一块儿去用一顿丰腆的中膳,舍妹也很要见你呢。"静一夷犹不语,想这事倒有些尴尬,不去未免有负他盛意,去倘被俊才知道了一定不以为然。沈思了半晌,终不能决定,却听得傅家驹又说道:"上海的西菜馆,卡尔登是很著名的,吾就同你到那边去用一顿极丰腆的西膳,膳后再去看戏,今天礼拜六,日戏也很有精采呢。"静一不住的绞着那白洋纱手帕,嗫嚅道:"多谢你的盛情,只吾怕不能从命。"傅家驹道:"同吾去吃一顿饭,看一回戏,打甚么紧,吾可不会拉了你逃之夭夭呢。今天中膳你预备了甚么菜?"静一道:"吾买了一角钱的肉,和四铜元的白菜。"傅家驹摇头道:"这个如何能下饭? 何不同吾去尝尝上海第一西菜馆里的东西!"静一沈吟了一会,想偶一为之,也不妨事。大家不过借着酒食,谈谈旧事,朋友间是常有的,于吾道德上似乎没有甚么妨碍。况且他妹子也一同去,不至于惹人注目呢。当下便笑吟吟的说道:"家驹君,如此吾扰你了。请你等一下子,待吾去换一件衣服,像这个样儿可上不得台盘。"说罢,如飞而去,正如往年做女学生时,听得先生们说要出去踏青,顿时兴高百倍,觉得身体也轻了许多。

她到了内室,一壁换衣服,一壁还低低的在那里唱,樱唇里细细的透出一种曼妙的歌声来。可怜她一年来劳心劳力,没有甚么兴味,今天委实是第一回唱歌呢。那时傅家驹却正在外边掉头叹息,嘴里喃喃自语道:"可怜的女孩子,这种苦日子,如何能过,真亏她的!"说时,举起眼儿来向四边瞧,见一切器物都很简陋,收拾得却极清洁,足见她倒是个治家的能手。正在那里东张西望,静一已如飞而来,气嘘嘘地说道:"这衣服还是三年前的嫁时衣,已不时路的了,但是吾所有的好衣服惟有这一件,也不能管它时路不时路咧。"傅家驹立将起来,含笑说道:"横竖你生得一副倾国倾城的玉貌,便是乱头粗服,也自饶妩媚,正不必靠着衣服装点。吾往往见上海一般无盐嫫母似的妇人家,偏偏浓装艳裹,珠围翠绕,袅着头在南京路上走,卖弄她的衣饰,她却没有想到到老凤祥门前的镜儿前去,把那副尊容照一照,不怕人家见了作十日恶呢。"静一笑道:"亏你有这伶牙俐齿,形容得淋漓尽致。"傅家驹道:"吾们不必多说闲话了,快些儿走罢。"

于是同着静一并肩而出,走上几步,举手向路角上招了一招,早见一辆摩托卡慢慢儿的开将过来,傅家驹忙扶了静一上去,自己也就一跃而上,只听得腾腾腾的一阵响,车儿已风驰电掣而去。静一出娘肚皮第一回,何等快乐!玉颜笑倩,兀把两眼从车窗里望着外边,似乎乡下人初到上海的一般。傅家驹只低着头,彷佛在那里想甚么心事,车儿过了好几条路,还没开口。静一望了一会,便回过头来,笑着说道:"家驹君,你为甚么好久一声儿也不响?"傅家驹带着笑答道:"你自己也好久一回不开口,倒反而怪起吾来。"静一道:"吾不开口自有原由,此刻吾好似身在梦中,惝恍迷离,不知所届,怕一开口,这好梦立刻就醒。"傅家驹笑道:"吾不开口也有原由,吾正在这里瞧着你花容,追想四年前的事。"静一道:"正是。四年前吾们也曾一同出去过好几回,不过当时不是步行,便是坐电车,并没有摩托卡坐呢。便是上剧场看戏,也只坐坐头等正厅,从没坐过特别包厢,然而那时吾们倒觉得很快乐,一些儿也没有烦恼事。"傅家驹道:"静一,你可要复返于四年前么?"说时,那声音非常恳切,分明是意在言外。静一只微微一笑,依旧把那秋波望着窗外,不则一声。车儿驰骋了一会,已到宁波路卡尔登西菜馆之前。

傅家驹便扶了静一下来,一同走将进去。拣壁角里的一只桌子旁边坐下,唤侍役取纸笔来,开了两张菜单,点了几式最可口的菜,又唤了两瓶香槟酒,和静一俩浅斟低语起来。这时静一真快乐极了,一面把朱唇衔着粉红玻璃杯,唆着香槟,一面把那一双凤目向四下里观望,只见一切陈饰都富丽堂皇,和旁的菜馆相去天壤,座上客大半是碧眼绀发者流,中国人却很少很少。那时静一已喝了两杯香槟,香腮上早飞上两朵桃花,红喷喷的,真有活色生香之妙,樱唇两边,又微微现着两个笑涡。傅家驹坐在对面,眼睁睁的注在她面上,心儿已醉了,魂儿已消了,不觉点了点头,想娟娟此豸,毕竟不弱。此刻这卡尔登菜馆之中,虽是美人如云,然而细细的评量起姿色来,要算这小学教员的夫人黄静一女士坐第一把交椅咧。酒儿喝罢,傅家驹开口问道:"静一,你想吾们饭后到哪里去看戏?看新戏呢,还是看旧戏?新民社、民鸣社、竞舞台、大舞台,凭你说哪一家?"静一道:"大舞台你以为如何?"傅家驹道:"四年前吾和你最后一回看戏,也在大舞台。你还告诉吾和汪俊才订婚的事,你可记得么?"静一面上现着不宁之状,说道:"吾已忘了,以前种种,譬如昨日死,吾们不必去说它,说起了怕彼此都要不欢呢。"傅家驹点头无语。这当儿饭已来了,两人吃了饭,付了账,便走将出来,依旧坐上摩托卡,疾驰而去。

静一启口说道:"今天这一顿中饭,委实生平第一回尝过,你一共化了多少钱?"傅家驹道:"也算不得贵,不过二十多元罢咧。"静一娇呼道:"呀,你怎么还说不贵?恰是俊才一个月的薪水,吾们一家一个月的用度,你真是大手

笔呢!"傅家驹微笑道:"但是吾以为这数目是很小很小的。"静一道:"家驹君,你成了富人,自然眼界大了。只吾要问你,令妹怎么不来?"傅家驹道:"早上吾曾和她说起过在卡尔登中膳,大约家里忙,她不能抽身,也未可知的。"

到了大舞台,两人便上楼在特别包厢里坐了。那时戏已开幕,静一横波盈盈,只注在台上。傅家驹眸子睁睁,却只是注着静一,台上做些甚么,他并不在意,把七岁红的大杰作《金钱豹》、贾碧云的拿手戏《打花鼓》错过了,还没有知道,彷佛那《金钱豹》、《打花鼓》都在静一面上演唱的一般。静一瞧了好久,才回过头来,曼声向傅家驹道:"好戏,好戏!吾实是第一回见识过,只是如今甚么时候了?"傅家驹掏出一只挺大的金时计来瞧了一瞧,答道:"四点二十分。"静一起身说道:"如此吾要回去咧。再等四十分钟,俊才便须从学堂里出来的。"这时傅家驹恨不向她说:你别回去罢!还是天天吃吃大菜看看戏,同吾过快乐日子。跟着那穷酸,永远没有出头之日呢。无奈要说竟说不出来,这几句话儿只在嘴唇上乱颤,不能作声,于是只得起身同着静一下楼。出了戏园,坐了那摩托卡,送她回家去。

一路上彼此都老不开口,各人想各人的心事,过了约摸十分钟,那车儿戛然停了。原来已到了静一居宅之前,两人便下了车,相将入屋。两下里在室中相对痴立了一会,静一才微启绛唇,呖呖说道:"家驹君,今天这一天,要算是吾四年来无聊生活中最快乐的日子了。那卡尔登菜馆里的一顿丰膳、大舞台戏场里的几出好戏,吾永远记在心头,断不忘却。这几个钟头里委实好似脱离苦海,诞登乐土,一切烦恼尽行消灭。将来吾到了郁郁不乐的时候,只消坐下来悄悄地把今天这一天想一想,也觉快意。此刻吾不知所报,只能说,'多谢你'的一句话罢了。"说时双波中现出一种不可思议的精光来。傅家驹心里别别的乱跳,不知不觉的走上一步,立在静一面前,嘴唇动着,却说不出甚么话儿来,只把那两个眼儿,钉在静一脸上。静一羞答答的低垂蝤首,把横波注着地,不敢向傅家驹瞧一瞧。傅家驹胸中,却好似钱塘江里八月十八起了寒潮,思潮早汹涌不已,几乎不能自持。停了好久,静一才慢慢儿的抬起头来,四道目光,便不期而遇。傅家驹脱口喊了一声:"静一!"陡的捱到静一身边,双手执起她温软如荑的玉手,一壁渐渐儿屈了膝跪将下来。静一好似化了石的一般,木立不动。

正在这当儿,猛听得小桌子上一架小钟铛铛的敲了五下,门上钥匙眼中擦的一响,傅家驹疾忙立起身来,静一也立刻走了开去。只见门开时,汪俊才颤巍巍的走将进来,脸儿惨白如纸,带着凄苦之状,两眼兀是注在地上,好似并没有瞧见傅家驹，接着扑的倒在一把椅儿上，摊开了两手，掩着面，一动也不动。傅家驹正想上前招呼，静一忙拉开了他，自己却走到她丈夫旁边，摇着他的肩，问道："俊才，俊才！为了怎么一回事？俊才，快和吾说。"汪俊才的头益发低将下去，停了会儿，才悲声说道："静一，吾们以后的日子简直难过咧。学堂里为了经费支绌，预备关门，吾的饭碗可不是打破了么？"静一听了，呆呆的立着，默然不声。这时室中阒其无声，但有那小钟走动的声音。傅家驹立在那里，很觉不耐，咳了一声嗽。静一即忙抬起头来，瞧了瞧她丈夫，又瞧傅家驹，接着把玉纤指着门，低声说道："你快去罢。别老等在这里，抛撒你黄金的光阴。"傅家驹嗫嚅道："静一。"静一咬着樱唇不答，星眸如水，注在傅家驹面上，一面把手轻轻的抚着她丈夫的头发，好似慈母抚慰她爱子的一般。那时她兀立在那汪俊才身边，抬着粉颈，挺着酥胸，彷彿是天上的仙子，宝相庄严，下临凡人似的。傅家驹瞧了，不觉起了钦敬之心，鞠了一躬，悄然自去。静一娇躯微颤，跪在她丈夫跟前，展开了那双玉臂，挽着俊才的头颈，把香颊贴着他脸儿，千种的温存。俊才哽咽着说道："静一吾爱，日后吾虽是落漠，但是有你在着，心中也觉快乐。"静一含笑答道："吾夫，吾终是你的人，你便是沿门托钵做化子去，吾也愿意跟着一同去的。"于是夫妇俩相偎相倚，直到夕阳下明月上时。

（原载《礼拜六》第 24 期 1914 年 11 月 7 日出版）

自　由

　　一抹粉霞色的朝阳，映在那大学休息室的玻璃窗中，扶着当窗一盆美人蕉的影儿，摇上那雪白的墙壁，这影儿微微晃动着，彷彿是一件活绣。那时中间一只长桌子旁边，却坐着一个眉目挺秀神采英爽的少年，手中执着一卷纸儿，呆着不动，两个眼儿，恰正注在那一墙美人蕉的影儿上，不知道在那里想些甚么。这当儿大学中已行过了毕业式，大家得了文凭，都兴兴头头回家去了，所以四下里都寂静无声，但有窗外园子里虫吟鸟叫的声音，随着薄飔，时时逗将进来。这位少年名儿唤做张俊才，也是毕业生中的一人，这回毕业大考，且还高高的中了第一。但他出身却是个孤儿院里的孤儿，老子娘一个都没有了，从小儿就在善堂中抚育起来。仗着生性聪明，读书又勤谨，二十年来年年长进，从孤儿院升到高等小学，从高等小学升到中学，从中学直升到大学。如今年纪不过二十二岁，却已从大学毕业咧。不过毕业之后，有一件事着实使他踌躇。因为他本来是个无家之人，二十年间，衣食住都由学堂供给，现在出了学堂，劈头就须打算这衣食住三事。只一时找不到事儿，可也没有法儿想。他也为了这一个难问题，因此光瞧着同学们都去了，自己还留连不去。

　　此时他呆坐在休息室中，正对着那张毕业文凭，筹措那投身社会的大计画呢。正想着，猛觉得后边有一双手儿，轻轻地来按在他肩上。回头一瞧，却见是总监督柯先生，当下即忙站起身来，恭恭敬敬的施了一礼。这柯先生平日很器重俊才，说是他平生第一个得意门生，此刻便将着他一部漆黑的浓髯，含笑问道："俊才，你学生的生活，至此已经终结，以后回去做甚么事儿？"俊才答道："柯先生，学生的行止，刻还未定。加着学生又是从小没有家的，一出学堂,简直不知去处。幸而杭州有个亲戚在着,目前想先投到他那边去,找到了事儿,再作计较。西子湖的风光,梦想了十年,到此倒能一偿宿愿咧。"柯先生道:"吾目前满拟介绍你一件事儿,不知道你可愿意不愿意?吾有一个好友,屏居西子湖畔,预备编一部中国的百科字典,特地写信来托吾给他介绍一个学贯中西的青年,做他的助手。吾想你倘能前去,再合宜没有的了。"俊才道:"敢问先生的贵友姓甚名谁,像学生这么一个后生小子,怕不当他的意么?"柯先生道:"他姓林,名唤伯琴,别号叫做湖隐居士。谅你多分已听得过这个名儿,他家世甚是富有,学问也卓绝一时,接物待人都温柔敦厚。前年续娶了个新夫人,便一块儿结庐孤山之下,过他们幽闲的岁月,湖山清福,委实被他们两人占尽咧。"俊才听了这话,脸儿上还现着些迟疑不决的样子。柯先生又掬着笑容,蔼然说道:"俊才,这事为甚么委决不下,横竖你正要到杭州去呢。与其依你的亲戚,何不去助吾那个朋友,他住着一所精舍,恰好给你避暑,况且那薪水也一定不薄的。将来那部百科字典告成之后,吾便拓着一个教席,等你回来咧。俊才,你可去么?你可去么?"俊才微笑道:"学生哪里有甚么迟疑,去便去咧。"柯先生听说俊才已答应他去,甚是得意,握着俊才的手儿,说道:"你去时,吾那朋友定然欢迎你的,吾瞧你明天就动身罢。"俊才忙答应了一声,柯先生便含笑而去,俊才依旧一个人坐在那里,沉沉的想着,心想二十年来,没有出上海一步,现在却要和他小别咧。一时过去的事儿,也都潮上心来,想起儿时的哀史,想起孤儿院中的生活,接着又想起高等小学和中学里头的许多好友。当时风雨一堂,天天聚首,现在却风流云散,相见难期。他一想起了中学,便把一段历历伤心的影事,也勾引了起来。当下便有一个女郎的情影,从脑海中反照到眼帘,玉婷婷的现在他面前。真个巧靥笼烟,琼肌映月,活像是一枝南非洲蛮荒绝艳的馥丽蕤花。俊才兀把两眼停注着这影儿,觉得她似乎已栩栩的变做了个活美人的一般。这女郎芳名叫做沈淑兰,便是他中学堂里一个同学沈静波的令妹,末后静波往德国留学去了,这一位淑兰女士也芳踪沉沉,不知道住甚么所在。去年曾听得人家说起已嫁了个文学家,只是没有确实的消息。然而俊才听了,也着实郁郁不乐了好几天,因为他那勤劬好学的心儿里,早分了一半儿的地位,密密的藏着这位人天绝艳的美人儿。加着这美人儿不但是玉貌娇好罢咧,才调也很不凡,那时俊才时时被静波拉着到他家里去,所以也得时时和淑兰相见。俊才原是个绝顶聪明的人,见了这么一个十全十美的女郎,那有心儿不动的道理。就是淑兰方面,不时听得他阿兄道着俊才的长处,那一寸芳心中也未必不印着张俊才三字。彼此常川相见,足足有一年光景,静波忽地自费到德国留学去,他老子娘便也携着淑兰离上海去了。淑兰原很恋恋的舍不下上海,起初那里肯去,叵耐拗不过她老子娘那种专制的性儿,只得含着两眶子的眼泪,跟着他们走咧。从此以后,俊才就不知道淑兰的消息,也不得淑兰半个字儿。悠悠的又过了一年,料想淑兰已不把自己放在心上了,但是他耿耿寸心,却永远系在淑兰身上,再也忘却不得。一方面专心向学,分外的勤恳,心想吾倘读成了书,立下了名,淑兰知道了,也一定快乐。因此上他总把淑兰勉励自己,发奋读书,果然不上三年,已从大学中第一名毕业了。刚才他已依了柯先生的劝告,明天便须往杭州去,眼前但有一天还能在这黄歇浦畔温磨之地小作勾留,一到明天朝暾上时,就要和这二十年的老友诀别咧。于是那前尘影事,也不知不觉的兜上心来,只回头追溯,偏多悲痛感慨的材料,咀嚼了好一会,便叹了口气儿,站将起来,自到宿舍里收拾行装去了。

　　第二天早上,他便挟着柯先生的介绍书,动身往杭州去。一路在火车上,不知道为了甚么,那颗心儿,兀像小鹿儿似的在里头乱撞,好似前途伏着甚么危机的一般。到了杭州,他就雇了个向导,坐了船,照着柯先生信上的地址赶去。居然不甚费力,早找到了那湖隐居士林伯琴的别墅了。俊才远远望去,只见一大丛老绿成帷的松林中,露出一角两角的蛎粉墙来。那个向导的指点着道:"那边松林中的一所洋房,即是林家咧。"俊才答应着,心中甚是快乐。等到船儿傍岸,便付了船家,打发了那向导的。很兴头的跳上岸去,走不上三四百步,已见那所洋房高高的矗立眼前。当下便三脚两步上去叩门,不一会早有个下人应声而出,俊才连忙把介绍书和名片掏出来,交给了他。那下人导着他入到一间精美雅洁的会客室里头,返身自去。去了约摸三分钟光景,猛听得外边起了一派小蛮靴着地之声,又隐隐带着罗裙淬缘的声音。俊才听了,正诧异着,却有一阵玫瑰花香,拥着个淡妆雅素的绝色美人,盈盈的微步而入。俊才抬头一瞧,几乎要脱口惊呼起来。那美人儿却掬着笑容,从檀口中低低的迸出两句话儿来道:"好久不见了,你一向可好?"俊才怔了好久,说不出甚么话来,只颤着嘴唇说道:"淑兰!林夫人,多谢你。"淑兰花靥上起了两朵红云,仍笑着道:"俊才君,这一会会得突兀,无怪你诧异咧。况且吾的事儿,当时也没有告知你。"说时那两朵红云,益发加深了些,便低头不语了一会。俊才定了定神,开口问道:"林先生可在哪里,吾急着要一见呢。"淑兰道:"他刚才到一处诗社里去的,不久就回来咧。咦,这一回相见,可不是很奇怪么?"俊才一声儿不响,只向淑兰瞧着。见她那副琼花璧月的玉貌,并没大变,不过当时还好似玫瑰含蕊,此刻已蒂开瓣放,正到了一生最美满的时代。那发儿咧,脸儿咧,都和从前一模一样,只那眼波眉黛之间,却似乎绾着一丝愁云。俊才瞧着她,不觉把过去的陈陈影事,又一古脑儿幻摄了起来,一时荡气回肠,不知道怎么才好。就那淑兰也似乎起了一般的感觉,大有低徊欲绝的样子。彼此又不言语了好久,只各自痴痴的望着那窗外一片湖光出神。末后还是淑兰先回过脸儿来,搭赸着说道:"你已从大学中毕业了,那是很可贺的事。便是你这回光降寒舍,吾们也竭诚欢迎呢。你一路赶来,总很劳顿了,可要休息一会子么?"俊才道:"多谢,吾倒不甚乏力。"淑兰道:"如此吾们到后边去瞧瞧风景如何,谅他已在路上回来咧。"俊才答应了一声很好,淑兰便导着他经过了一所厅事几间静室,直到后边的花园里头。这当儿正在斜阳欲下未下的时候,湖面上艳生生的,荡漾着一大片玫瑰色的光儿,就这一所别墅,也好似笼在玫瑰色的光中,变做了天上仙乡咧。两人慢慢的踱到园子尽处,并肩立在那斜阳影里,彼此自管把眼儿注在湖上,不言不动。两颗心儿,也正像那水中斜阳,兀在那里荡漾呢。这样过了一刻钟光景,俊才才像好梦初醒似的,回过眼来瞧淑兰。此时淑兰也恰好回过眼来瞧俊才,两双眼儿,不期然而然的碰了个正着。淑兰脸儿歘的一红,似笑非笑的低下绿云鬟去,俊才连忙把眼儿避了开去,依旧回到那湖面上。心中一壁自语道:"吾为甚么好端端赶到这里来,吾可不能勾留在这里,寸寸捣碎吾的心儿呢。吾该立刻去才是,吾该立刻去才是。"然而他自己虽是这么说,无奈那万恶的造化小儿,却在冥冥中褰了万丈柔丝,把他牢牢缚住。就是在下做书的笔尖儿,也正勾着他不放他去,可是他一去,吾下文就没有半个字儿,怕要变做一块没字碑咧。

闲话休絮,且说俊才正在自怨自艾,猛听得近边来了一阵脚步之声,知道有人来了,便立刻回过头去,却一眼望见一个雍容闲雅四十岁左右的绅士,从一条小径中披花拂柳而来。俊才正要开口请淑兰介绍,早见那绅士已满面春风的迎将过来,很亲热的和俊才握了握手,便带笑说道:"足下可就是张俊才先生么?久仰久仰,在下往时曾屡次听得老友柯君道起足下,说是少年英俊,委实是社会上不可多得的人物。如今一见了足下,便觉吾老友的话儿,着实不错呢。"俊才初出学堂,还没有练过交际之道,听了那一派恭维的话头,顿觉局促不安起来。好容易敷衍了过去,又说了许多景仰的话。当下里淑兰也把当年在上海和俊才相识的事,直直截截和她丈夫说了,她丈夫益发兴头,搓着手儿不住的笑。这夜特地开了个盛宴,请俊才饱餐了一顿。一连三天,又领着他出去闲逛,把西湖逛了个畅快。俊才见那伯琴如此优待,甚是感激,第四天上,便在书房中助着伯琴,开场编那百科字典了。

悠悠忽忽的过了一个月,宾主却也十分相得。俊才和淑兰却时时做避

面尹邢，不大相见。有时俊才远远地瞧见了淑兰，就立刻避了开去。淑兰偶然见了俊才，也总躲避不迭。然而两下里相避的当儿，总长叹一声，这一声长叹，打入两人心坎，直把满肚子无可奈何的苦衷，一起托了出来。有时当着伯琴，彼此方才相见，但那一言一语，倒像是新相知的一般。这样又过了一个多月，中秋到了。这中秋之夜，西湖上自然比平日间益发可爱，一湖明波，映着半天明月，波光月光，融合在一起，简直是个销魂境界。这夜伯琴可巧有些不舒服，不能出去游湖，便向他夫人和俊才说道："如此良宵，一年不过一回，你们俩何不坐了吾那汽船，一块儿到湖上去游一趟，没的轻轻辜负了这良宵啊。"他夫人笑道："倘若俊才君有兴去游湖时，吾自然奉伴呢。"俊才听说淑兰愿意伴着他去游湖，自己哪有不愿意的，即忙欢然答应了。伯琴吩咐下人去预备了汽船，两人便一同出发。那船儿划着碧波，慢慢驶去。两人指点夜景，随意闲谈，过去的事却绝口不提。偶然提起了一句两句，便立刻把旁的话岔了开去。畅游了一会，转舵回来，上岸后，却又在岸边立了一立，各自有些舍不得那船儿的意思。那时两口儿肩并肩的立着，月光无赖，照着他们的影儿，倒在那滟潋碧波之中。两个头儿，恰也并在一起。俊才见了，微微的叹了口气，却故意指着远处，颤声向淑兰道："今夜的湖光月色，好不可爱煞人，吾直好似在梦中呢。"淑兰也微喟了一声，放低了珠喉说道："真好似在梦中呢，只不知道如此良宵，吾们可有几回消受啊。"说时那一缕似兰似麝的口脂香，被风儿挟着过来，宛宛的送入俊才鼻子。接着那一双似月似水的明眸，也微微向俊才斜睇了一眼。俊才到此，心儿忽然勃勃地大动起来，又颤着声说道："吾们握手重逢以来，一转眼已两个多月了。吾受了你这秋波一睇，顿时记起那去如云烟的前尘影事来咧。唉，淑兰呀淑兰。"淑兰听了这话儿，玫瑰双涡，便立时泛做了白，喘着说道："过去的事儿，还记起它则甚？"俊才道："吾怎能不记起它，怕吾骨化为尘，也不能忘怀的咧。淑兰，你须得知道吾的心儿。"淑兰只是太息着，一声儿也不言语，半晌却像鬼影般向绿阴中溜了进去，但有那太息之声，还在俊才耳边荡漾了不住。俊才独立明月之下，心儿和魂儿，似乎已在那里交战起来。痴立了好久，方始掩着脸儿回到屋中去了。以后一连十多天，两口儿相避不见，有时俊才踅过淑兰的绣阁，总听得一派宛转低吟之声。那声音中似乎含着无限的悲端愁绪，使人不忍卒听。就她一切举动，也和往时有异，有几天俊才大清早起身，在窗中已望见淑兰一个人立在后园尽处，望着湖水一动都不动。更深夜半，大家都睡了，俊才有时不能入睡，起来吸些夜气，也总见淑兰绣阁的窗中灯火通明，似乎有通宵不寐的样子。俊才明知她端的为了自己，只也没法儿去安慰她。

一天到晚，但在书房中助着伯琴编辑，专心致志，分外勤劳。打算赶快把这百科字典编成了，就回他的上海去，免得逗遛在这里，时时勾起淑兰的伤心。可是此心既爱着淑兰，自该使淑兰安乐呢。俊才既打定了主意，便日夜的忙着笔墨，伯琴虽劝他休息，他也兀是不听。只为用心过度，临了儿竟生起病来，一病十天，方始痊可。病中却见淑兰常到病榻前来探望，问煖嘘寒，十分体贴。那几年来深种着的一点情根上，便又加上了十二分的感激之心。然而瞧那淑兰时，玉容已很憔悴，一头鸦羽似的云发中似乎也缀了几缕银丝，足见那芳心之中已不知道经了多少的折叠咧。

一天早上，俊才积病乍愈，恰从床上起来，预备到窗前去吸些清新空气。猛可里却听得一片呼声，彷佛是喊着救命。俊才甚是诧异，开了窗探头出去瞧时，却见那老园丁正在那里力竭声嘶的嚷着，当下就开口问道："老儿，你嚷些甚么？"那老园丁忔楞楞的说道："张先生，快快下来，快下来，夫人投河死咧，快些儿救她才是。"俊才一听得"夫人"两字，分外刺耳，心中也大吃一惊，险些儿从窗口中栽将下去。一时也不管三七二十一，发了疯似的飞奔下楼，赶到后园岸边。他从前在大学中原曾学过游泳的，便立刻耸身跳入水中，觑正了一处起着泡沫的所在，拍着水儿游去。不多一会，果然已抱住了个又温又软的玉体，即忙游回岸来。这时伯琴和下人们都已聚在岸边，一见俊才抱了淑兰出水，大家都同声欢呼起来。刚在上岸的当儿，淑兰已苏醒了，忽地张开了那星眸，瞧了俊才一眼，两行清泪便也潸然而下。接着悄悄地说道："你也须知道吾的心儿。"说完，又晕了过去。俊才忙把她放在地上，去和伯琴接手。那伯琴似乎已听得了他夫人那句刺心的话儿，双眉微微的蹙了一蹙，搭赸着向俊才道了谢，忙唤下人们请医生去。过后那老园丁便把他刚才所见说将出来，说他刚刚披衣起身，到园子里来瞧一丛昨天新种的花儿，却一眼望见夫人呆呆的立在岸边。正要前去请个早安，却见夫人陡的耸身一跳，跳下水去。这一惊非同小可，连忙喊起救命来，亏得张先生在楼窗中听得了，立时下来搭救。阿弥陀佛，夫人一定有命咧。伯琴听了，皱眉不语，只唤下人们舁着夫人，回到屋中去。一会儿医生到来，察验了一下子，说是不打紧的，只消静养几天，身体也就复原了。谁知以后好几天，夫人却又生起热病来，镇日价昏昏沉沉，再也没有清醒的时候。俊才急得甚似的，饮食都减，动笔也没有心绪。又为了那天救起淑兰来时，淑兰说了那句"你也该知道吾的心儿"的话，恰被伯琴听得，所以力避嫌疑，不敢到她绣阁中去探望，只从下人们口中探些消息。有时也向伯琴动问，但那伯琴一双眼儿总紧注在他眼中，使他很觉搁不住，恨不得立刻钻到地下去呢。然而伯琴待

他，仍像初来时一般亲热。那种诚恳之情，也并不冷淡一些。就对于夫人，也加上了一百倍的爱情，一天到晚，时时守在病榻旁边。比了病院里头的看护妇，更见得温存熨贴。然而夫人的病势，却一天重似一天，昏迷中往往喊着俊才的名儿，更断断续续说着他们往时的情愫，怎样的高尚，怎样的纯洁。伯琴听了，禁不住低头慨叹。夫人醒时，便瞧着伯琴，不住的下泪。见他老守在旁边，很过不去似的，总苦苦劝他去休息。有时含悲说道："郎君，吾已不中用的了，你该保重玉体，为国自爱，一片深恩，只能等来世报答你罢。"伯琴说不出旁的话儿，只竭力的安慰她，并且提起俊才，使她快乐。然而夫人一听得俊才两字，又兀是掉头太息，心中既多抑郁，那病势自然也不肯减轻下来。伯琴眼瞧着这一枝好花，憔悴得不成样儿，一壁着急，一壁伤心。见杭州没有甚么名医，就差人挟了重金，特地到上海去聘请。一共聘了三个西医，尽心施治，不到一礼拜，病势已减了许多，一个月后早渐渐复原了。不过伯琴和俊才两个，却已瘦了一壳，脸肉削去了一半，两个眸子，也深深的陷了进去。两下里对坐在书房中编着字典，瞧去活像两个鬼影，多分是甚么古时的文学家，在泉壤下把臂论文呢。这样又过了两个月光景，这部百科字典已成了一大半。俊才天天急着要回去，伯琴却一百个不放，越发推心置腹的优待他，直把他当做自己的骨肉一般。俊才没奈何，也只得勉强留下，但是见了淑兰，总急着回避，心目中只把大义两字，提醒自己。有时伯琴在着，彼此倒也不能回避，惟有装着假笑，假意周旋。伯琴瞧了他们那种情景，背地里往往扼腕，又太息着说道："唉，可怜这一对有情儿女，可怜这一对有情儿女。"接着自己便赶到后园中一处静僻的所在，掩面泣下咧。

一夜正是十二月的某夜，西湖上的雪景，十分清俊，真个好似银装玉琢的样儿。伯琴推窗赏雪，忽地动了游湖之兴，吩咐下人预备了汽船，带了些酒菜，携着他夫人和俊才，一块儿游湖去。那船儿被四下里的白雪映着，照得三人的面目都奕奕如画。伯琴狂饮大嚼，煞是兴头。那时便说了无数哲学家的名言，大有出世之想。游罢回来，似乎已有了些儿醉意。三人舍舟上岸，一块儿上楼去。伯琴唤俊才和他夫人在前边走着，自己却踅在后边。不道刚走楼梯的顶上，俊才猛听得天崩地塌似的一响，回头瞧时，止不住和淑兰同声惊呼起来。原来见那伯琴已栽了下去，直僵僵的躺在楼梯脚下。两人即忙赶到下边，跪在伯琴的身旁，只见他面色如土，满笼着一派死气。摸他心口，跳动已渐渐微了。两人瞧着，竟呜呜咽咽的哭了起来。到此伯琴忽地笑了一笑，向俊才道："吾的小友，你助吾编着那部百科字典，足足已有半年了。大功告成，就在目前，吾很感激你。只吾此刻去死已近，不能瞧它出版,但求你替吾独力编成,付印行世。将来倘能在你大名之下,附着吾的贱名,吾已非常满足咧。至于吾这可怜的淑兰,还求你替吾好生保护,此刻吾就交给你,做吾们一个最大的纪念品。像你这么一个有才有貌的少年,自该配这么一个有才有貌的佳人。吾死后,但求你们结一对美满的鸳鸯,一辈子享那人世间无穷的幸福。如此吾在九泉之下,也须蹲蹲起舞咧。"说到这里,呼吸已加急了许多,闭着眼儿休息了一会,便颤颤的伸出两只手来,把了俊才和淑兰的手,又道:"如今吾该求你们俩见恕,可是吾不该梗在你们中间,使你们暗中生受了那千万种无可告语的痛苦。想吾一死之后,或能打消吾一二重的罪恶。俊才,只你也该谅吾,因为当初吾和淑兰结婚的时候,委实并不知道你们早已心心相印呢。淑兰,你也该谅吾,当初吾们结婚的时候,都是令尊令堂从中作主,吾可并没有劫制你啊。唉,好了好了,死神已在吾头上了。这世界原是无谓的世界,此刻吾可要和他告别了,愿你们快乐,愿你们忘了吾林伯琴,愿你们……"说时声音低了,再也接不下去,两眼却明光灿灿的注在俊才和淑兰面上,那灰白的嘴唇旁边,还微微带些儿笑容。这当儿那些下人们都已赶来,俊才只打发了他们分头请医生去,自己依旧跪在伯琴身旁,哭着瞧着。那淑兰早哭倒在伯琴身上,变做了个泪人儿。这样过了五分钟,就有一个西医匆匆赶来,听了伯琴的心口,立刻说没用了,就匆匆而去。伯琴这时忽地逼着他最后的一丝气息,长笑了一声,便挣扎着把手指上一个金指环脱了下来,巍巍颤颤的授给淑兰,微声说道:"亲爱的淑——淑兰吾还——还你的自由。"说完眼儿向上一翻,气儿已绝了。俊才和淑兰一同哭倒在地,再也仰不起来。这当儿忽有一丸冷月,从厚厚的云幕中涌现出来,照在他们三人身上。只那明光的四边,却带着一丝丝的黑晕,似乎在那里凭吊林伯琴一般。

　　林伯琴死后三个月,那部大杰作百科字典已经出版,风行全国,口碑载道。那书上却单署着林伯琴的名儿,那西湖边林伯琴的别墅和旁的产业,都已捐给各处善堂,充作善举。上海的一所天主堂中,却多了个笃志的教士,和一个高尚贞洁的女教士。整日价除了祈祷天主外,再没有旁的事。两人身上,不久就穿了法服,佩上了银十字架。全堂的教士们,没一个不称道他们。每逢礼拜日,两人总一同到杭州去,买了无数的香花,堆在一个大理石的坟上。他们便也跽着祈祷,两三点钟后方始起身,太息而去。那天斜阳影中,人家往往见有两个黑衣人并肩向火车站踅去,寂寂寞寞的好似两个鬼影呢。

（原载《南社小说集》文明书局 1917 年 4 月初版）

良 心

　　话说上海城内，有一个小小儿的礼拜堂。这礼拜堂在一条很寂寞的小街上，是一座四五十年的建筑物。檐牙黑黑的，好似涂着墨，两边粉墙，白垩都已剥落，露着观木，长满了绿苔，彷彿一个脱皮露骨的老头儿，巍颤颤立在那里的一般。两面有两扇百叶窗，本是红漆的，这时却变了色，白白的甚是难看。那窗框子也早脱了笱，歪斜欲坠。当中两扇大门，已不是原配，一新一旧，勉强支撑着，瞧去倒像一个老头儿死了老婆，又续了弦似的。就那屋顶上那个十字架，也黯然失色，懒洋洋向着天，满现出无限凄凉之状。这一座礼拜堂经了四五十年风霜雨雪的剥蚀，在全街许多古屋中要算是大阿哥。每逢礼拜，来祈祷的人很少，不过是二三十个妇人，和七八个老人，都是这街中住着的中国贫民。无非是蓝布衣裳黑布裤子，再也寻不到一身绸衣绸裤。只瞧他们脸儿，就写出一派穷苦之象。来时还带着几个拖鼻涕的小孩子，一进了门，就抛石子，弹纸蚱蜢，咭咭咯咯闹个不住。至于那妇人和老人们呢，内中信教的只一小半，其余却是和着兴，借此消遣来的。主持这礼拜堂的是个英国老牧师，年已七十多岁，一部长髯，垂到胸口，白得像银丝一般，头上更白白的，好似堆着霜雪，大家都称他做梅神父。这梅神父道力高深，性儿十分慈善，街中有人生了病，他总得前去探望，好好儿安慰他。倘有人家断了炊，没东西吃，他便向别处化了钱来，分给他们。因此受过他恩的人，都把他当做万家生佛般看待。就这每礼拜来祈祷的三四十人，也都是他感化来的。到了礼拜日，梅神父一清早就到堂中，又带了他女儿来弹琴。这琴也是四五十年的东西，不知道修理过好几十回。弹时做出一种格格之声，活像是老头儿落了牙齿，和着三四十人唱赞美诗的声音，倒像一群乌鸦，聚在一处乱噪似的。除了这礼拜日外，堂中却鸦雀无声，静悄悄地好似一座挺大的古坟。街中人都忙着挣饭吃，没有工夫上礼拜堂来。连那墙上挂着的耶稣基督圣像，也现着我倦欲眠的样子。门儿镇日价关着，并没人影，却造化了蝙蝠、耗子，在里头打起公馆来。那梅神父是个很虔诚的人，不论天气阴晴，总到堂中走遭。一则向圣像祈祷，一则洒扫圣坛，从没一天不到的。他来时总在傍晚六点钟，有一定的时候。这是他每天的刻板课程，毫不变动。礼拜堂近边人家，一见梅神父白发飘萧，从斜阳影里慢慢儿走来，便知六点钟已到，家家预备夜饭。十多年来，天天如此，倒比了天文台大时钟还准确咧。

　　一天正是十二月某日，风雨萧条，阴寒砭骨。那风丝雨片中，还夹着些雪花，霏琼屑玉般飘着。沿街的化子和野狗，都在雨雪中瑟瑟地乱颤，可怜冬天又到了。正在六点钟光景，梅神父撑着一顶半新旧的蝙蝠伞，一路从大街上走来，一壁低着头，抵住那扑面的冷风。但他那身黑色的法服上，已沾满了雨丝雪花。他的寓所，去礼拜堂约有两里光景。在旁的人呢，像这种天气，定要恋着火炉，裹足不出，决不肯冒着风雨上礼拜堂来。但这梅神父却是个一点一画的人，不肯为了天气破他的常规。别说下雨下雪，任是天上落下铁来，他也依旧要出来的。那时他一路走，口中低低祈祷着。大街中有几家酒店，都聚满了酒徒，酒臭菜香和豁拳谈笑的声音，都从门罅里逗将出来。梅神父暗暗叹了口气，想这是制造罪恶的所在，怎么如此热闹。正走过一家时，猛听得里边起了一片打架之声，又一阵子大骂，话儿甚是龌龊。梅神父长叹了一声，飞一般逃了开去，到礼拜堂时，恰是六点钟时候。轻轻地开了大门，正襟而入，只惊动了那些耗子、蝙蝠，没命的逃了个干净。当下他自管踅到那圣坛前面，伸手在圣水中浸了一浸。猛觉得有人跪在那里，倒吃了一吓，忙从怀中掏出火柴，把坛上一盏圆灯点了起来。就那淡红的灯光中瞧时，见有一个工匠模样的人，跪在坛前。穿着一身灰色爱国布短衫裤，头上戴着一顶鼻烟色毡帽，口中呢呢喃喃的，不知道说些甚。梅神父打量了一会，便开口问道："我的朋友，你在这里做甚？"那人一听得这仁慈的声音，又见了那灯光，就回过头来，接着却呆了一呆，一时做声不得。梅神父仔细一瞧，见是一张很诚实很忠厚的脸儿，眉宇之间并没一点浮滑气。瞧去还觉得眉清目秀，不像是个粗犷的工人，估他年纪，约在三十左右。想他为了甚么事，却在这傍晚时候，冒了雨雪，赶来祈祷。难道像他这么一张忠厚诚实的脸儿，也做下了甚么亏心的事么？想着，又柔声下气的问道："我的朋友，你到这里来为了甚么事？"那人抬着一双水汪汪的泪眼，注在梅神父脸上，嗫嚅着说道："爷爷恕我，爷爷恕我。"梅神父忙道："你别唤我爷爷，只唤我神父好

155

了。"那人点着头向当中那幅耶稣基督圣像望了一眼，又嗫嚅着说道："爷爷……神父……我又唤错了，请你见恕则个。我原不是你们教门里的人，因此也不明白你们教门里的规矩。只是平日间听得隔壁卖旧书的张老伯伯说，我们要是犯了过失，或是做下了甚么不安心的事，只消去告诉上帝，上帝都能宽赦我们的。今天我就为了这个，特地冒了风冒了雨冒了雪赶来，想把我的过失一五一十告诉上帝，求上帝恕我。这一件事在我觉得很对得起良心，并没有做错。只不知道为甚么这颗心却兀是安放不下，倘再闷在肚子里不说，怕要发疯咧。"梅神父瞧他一脸子的忠厚气，委实猜不透他犯的甚么罪，便赤紧的问道："你到底做了怎么一回事，快和我说，我能助你忏悔。"那人蹲在地上，忕楞楞地抖了一会，才颤声答道："神父，说来你别吓，我是个杀人犯，曾杀死过一个人。"梅神父不听犹可，一听了这话，禁不住怔了一怔，白瞪着两个老眼，停注在那人脸上，移动不得。暗想十多年来，到这里来忏悔的果然不少，大都是为了偷偷摸摸的小事，却并没有杀人犯到来。今天要算是破题儿第一遭咧，只瞧他模样儿，却不像是杀人的凶手。谁也知道他这一副忠厚诚实的脸壳后面，却藏着一团杀气，那一双摩挲圣坛的手，却涂过人家的血。这么说来，世界上善恶两字，竟不能在皮相上分辨，须用了哀克司光镜照人的心脏了。他想到这里，不住的咄咄称怪，一面又悄悄地说道："我的朋友，你快当着上帝细细说来，上帝的一片慈心，宽大无边，或能恕你呢。"那人又在地挨了一阵，才嘶声说道："如此我说了，不过我觉得这事很对得起良心，是凭着良心做去的。只不知道上帝和神父听了，又怎么样。我姓沈，名儿叫做阿青，是个泥水匠，今年三十一岁。八年以前，我便跟着一个好友，同到上海。这好友委实二十年的老知己，从小就和我在一块儿玩，那时我们都在乡下，整日价好似没笼头的马，到处乱跑。不论到哪里，彼此总在一起。论我们的玩意儿，也四季不同。春天探鸟窠，夏天游小河，秋天捉蟋蟀，冬天塑雪人。不论玩甚么，彼此也总在一起，所以我们俩好似扭股糖似的，天天扭住着。别说是老知己，简直比了人家亲兄弟亲热得多。他姓陈，名唤阿利，脸儿很俊，身体也很壮硕。我对着镜儿自己照照，总觉比不上他。十四五岁上，我们一同投在一个泥水匠门下做学徒。他身手灵捷，着着争先，不到一年，居然跳出了学徒的圈儿，取薪工做伙计了。但我却像蜗牛缘壁一般，进步非常迟慢，辛辛苦苦做了两年，仍是原封不动的还我一个学徒。阿利性儿很温和，并不小觑我，他的心也像托在胸前，不是藏在心房里头的。平时待我总用真情，毫没假意，我得了这么一个好友，得意万分。又为他年纪比我大一二岁，便当他是自己亲哥哥看待。我爱他，又羡慕他，有时他和我玩笑，拍着我背儿唤我笨伯，我不但不生气，反觉欢喜。我一连做了三年的学徒，才算完毕，和阿利一同出了师父的门，同到上海，上一家天水木作去做伙计。到此我的本事已不输阿利，他能做甚么，我也能做甚么。至于我们两人的情谊，依旧像从前那么亲热，一天到晚，彼此厮守在一起，有说有笑，分外兴头。他有甚么工事做不了，我总竭力助他，我有做不了的事，也总央他相助。不过到了晚上，两下才分手自去。阿利性情活泼，喜欢作乐，加着老子娘都死了，肩上不挑担子。一到了黄昏时候，他自有一班朋友合伙儿玩去。只我却没有这个福分，因为家里有老母在着，又生着病，我每月得了薪工，除去自己费用，便积下钱来寄回家去。可是做了儿子，不能不尽做儿子的一些心意。我倘一个人自管作乐，可不要把母亲饿死病死么？因此上阿利有时约我去玩，我总谢绝不去，他也很体谅我，并不相强。时光容易，一年又过去了。

"我到了上海，没有宿头，阿利和旁的朋友们借了人家一个楼面住着，我却将就住在一个卖花妇人家里，费用比他们节省。每月连吃饭不过两块多钱，那卖花妇人是个寡妇，怪可怜见的。大清早忙着出去卖花，换几个苦钱，我住在她家，饭菜虽不见好，只想这两块多钱，在他们也算得个小小进款，我不妨迁就下去。还有一层，我这颗心已给那寡妇的女儿牢牢拘住，再也分不开去。那女孩子玲珑娇小，芳名叫做小灵，真是有名有实，十全十美。估她年纪，不过十七八岁，一张鹅蛋脸儿，虽不搽胭脂，却是活色生香，好像贴着粉红的蔷薇花瓣儿。但瞧那一双媚眼，也水汪汪的着实有趣。你倘把眼睛和她接一接，灵魂儿怕就飞去半天咧。加着她又是苏州人，苏州女孩子的口气，又最是动听。她张开了樱桃口儿说话时，那声音娇脆得甚么似的。记得从前春天探鸟窠时，听得黄莺儿在杨柳阴中呖呖娇唱着，似乎还比不上那小灵的好声。她的性儿又很温和，很孝她母亲，就待我也非常亲切，彷佛兄妹一般。我只听她叫一声阿清哥，心儿就别别别跳个不住。这样一天天和她相见，就不知不觉爱上她了。然而一连三年，我却不敢把心事告诉小灵，只闷在肚子里，打熬着万种相思之苦。一则生性胆小，不论做甚么事，总有些蹩蹩蹩蹩的；一则进款太薄，除了两块多房饭钱和零星费用外，多下来的钱都须寄回去给母亲，可没有闲钱娶老婆。为了这两件事，我兀是不敢和小灵说情说爱，可是话儿一出了口，将来可收不回来咧。那知我正在心儿热热的时候，可怜母亲陡的撒下我上天去了。我一得这凶信，何等悲痛，足足哭了好半天，才回去把母亲殓了。守了一个月丧，才又回到上海，依旧住在小灵家里。到此我灰了一百心，也不想甚么爱情不爱情。接着过了一年，我每月

不用把钱寄回家去,倒积下好几十块钱来。眼瞧着那花朵儿似的小灵,如何不动心。一天上正是鸟啼花放的春天,到处都带着春气。小灵母亲贩了一篮的鲜花大清早就出去了,小灵却在窗前洗衣服,露着两条粉藕似的臂儿,又嫩又白。一头青丝发,微微蓬松着,在晓风中拂拂地飘动。半窗太阳,放着胭脂的光儿,照在小灵羊脂白玉似的脸上,真好似个活观音咧。当下我硬着头皮,走将上去,低低喊了声灵妹妹。喊了一声,又咳了几声嗽。小灵不知道我要说些甚么,又见我脸儿涨得猪肺似的,便吃吃的憨笑起来。我又挣扎了一会,才把三年来爱她的话说了,接着又迸起了一股勇气,向她求婚。小灵一听这话,粉腮子欻的一红,忙从水中拖起两条玉臂来,羞人答答的背过脸去。我赤紧的再和她说,她却老关着樱桃小口,兀不做声。既不说肯,也不说不肯,我没法儿想,只索搭赸着踅了出来。这天完了工回来,我放大了胆又把这事和小灵母亲商量。她老人家平日里很瞧得上我,说我忠厚诚实,一辈子不会落薄,经我此刻一说,居然满口答应。一壁她又悄悄地去和小灵商量,不想小灵也有情于我,香口中竟吐出愿意两字来。我见好事已成,好不快乐,这夜做了一夜的好梦,彷彿见小灵已穿着红衣红裙做新娘子了。以后一个月中,我这心似乎浸着蜜糖,分外得意。瞧小灵待我,虽和以前没有甚么分别,仍当我哥哥般看待。只想将来结婚之后,定能把兄妹之爱变做夫妇之爱,尽耐心儿守着好了。

"定亲以前一礼拜,我便把这事兴兴头头告知阿利。可是除了阿利,我并没旁的好友,加着这一件天大的喜事,在肚子里委实包藏不住,说了出来,方才舒服。阿利一听,也替我欢喜,口口声声向我道贺。且还和我开玩笑,说要先瞧新娘子。我和他既像兄弟一样知己,这一些小事,自然答应下来。况且小灵是个天仙女模样的人,我也很要显宝似的显给阿利瞧瞧。第二天上,就带他去见小灵。这一见,那晦气星便钻进了我天灵盖,我所犯的罪,也就在这天下了种子。你老人家料事如神,想能猜透后来的变局了。大凡女孩子生长闺中,究竟少见世面,不明世故。倘有了三分姿色,更是危险。她们的心,既不能放定,她们的眼光,也不能放远。今天见了这个,便爱这个,明天见了那个,却又爱那个,正和小孩子弄耍货,一得了新的,早把旧的抛开了。那阿利我原说过,是个脸儿很俊身体很壮硕的人,说话又漂亮,能把死的说成活的。叫他应酬妇人,也是一等的名工。我自问三四年来,做泥水匠的本事已不输他,只是这几件事总比不上他。整脚的骡子,怎能和马比跑呢。那天阿利和小灵见面,正叫做不是冤家不聚头。不知道是谁在暗中捣鬼,竟把他们的心牵动了。从此他们俩你恩我爱,常在背地里会面,倒把我冷冷的抛在一边。我却装聋作哑，仍然赤胆忠心爱着小灵，要使小灵自己明白，渐渐儿回过心来。到得定亲的前一天，我已向银楼中配了两式金饰两式银饰，很兴头的带回来给小灵瞧，想借着这黄澄澄白晃晃的，换她一个笑脸。谁知道不但不笑，却陡的掉下几颗珍珠似的泪儿来，一壁呜咽着说道：'阿青哥，请你恕我则个，这些东西你留着给旁的女孩子受用，我可不能做你老婆了。阿利爱着我，我也爱着阿利。'唉，神父，到此我还有甚么话说，只索忍痛把那捞什子藏好了，心儿里顿像有几千把快刀在那里乱戳，眼中也热烘烘的险些儿掉下泪来。唉，至此我可没有法儿想。我既爱小灵，又爱阿利，倘要拆散他们姻缘，原很容易。但我却没有这一副铁石心肠，苦苦想了三日三夜，总想不出甚么好法儿。临了我反做了个媒人，把他们俩撮合拢来。只是阿利向来是作乐惯的，钱儿到手，就像泥沙般用去。所以到了上海三四年，并没多下一个大钱。如今要和小灵定亲，又苦的没处张罗，我和他既是好友，那能不尽力相助。于是把那新办的四件首饰，全个儿借给了他。可是我已没有心爱的人，也用不着这捞什子了。三个月后，我又把余下的钱借给阿利，助他结婚。一面又办了两份礼物，送给他们两人，暗暗向天祝告，使这一对有情人百年和合，多福多寿多儿子。我虽满肚子的不快乐，也不得不咽了眼泪，勉强装出笑脸来。这时正是八月半亮月团圆时节，他们两口儿便欢天喜地的结婚了。这一件事，我觉得很对得起他们，也很对得起我自己良心。神父，你想可不是么？结婚后一年中，他们俩都很快乐，我却冷清清地一个人过着伤心日子。眼瞧着他们甜甜蜜蜜，好不难堪。第二年冬天，小灵便生了个儿子，门庭里头更腾满了喜气。只可惜阿利却着魔似的竟走入邪路去了，夜夜仍和朋友们在外边乱逛，不但喝酒看戏，更大嫖大赌。他这人本来很活泼，不受束缚，有了妻子，在他就好似上了脚镣手铐似的。先还耐着过了一年，便忍耐不下，他胡闹了三个月光景，不但把薪工使用干净，反又欠了一大笔钱。既没有半个钱给小灵，又把小灵的四件首饰偷了去，等到事儿发觉，东西早插着翅儿飞进长生库去了。阿利回来时，小灵少不得哭哭啼啼，问他要回东西来。阿利动了怒，竟动手把小灵打了一顿。我瞧他们这种情景，心如刀割，那阿利的拳儿着在小灵身上，倒像打碎我的心一般。一天我在工场中，便悄悄地把阿利劝了一番，劝他归心向正。叵耐阿利这时早忘了我们朋友的情分，哪里肯听。他有时没钱，却还向我挪借，我倒不能不借给他。有时我捉空儿到他家里去，只见结婚时所办的家具，早卖去了一大半。可怜我花朵儿似的小灵，已像一枝半谢的桃花，十分憔悴。见了我时时淌着泪珠儿，掉在那小孩子脸上，只是懊悔也来不及了。

"这样过了一年，小灵已吃尽万般苦楚。我怕她见了我心中难堪，不敢去瞧她。只不去瞧她，偏又记挂着，整日价牵肠带肺，很不得劲儿。趁着晚上阿利不在家时，总到她家门前兜个圈子，见小灵和她儿子都好着，心上才安。临去总把一二块钱塞在那孩子小拳里，给她们母子俩买些儿东西吃。这一件事，我自问也很对得起良心。神父，你想可不是么？谁知我正做着这良心的事，阿利却又凭空妒忌我，说我是他浑家的老相好，此刻仍在暗中来往。又说了许多很龌龊的话，把我一阵子臭骂。唉，神父，我虽是个下贱的泥水匠，决决不肯做那种不要脸的事。况且小灵也很知正道，像观世音一般清净，这种事也万万不肯做的。光阴如箭，眨眼儿又是一年。阿利已变得穷凶极恶，直好似陷进了地狱。三年来所欠得债，已在五百以外，本钱既不能还人家，连每月的利息也不付。债主不肯干休，天天来逼他，要拉他上衙门去。阿利没法儿想，就想出个卖老婆的法儿来。该死的阿利，哪里还有良心，要是有良心的人，哪里会做这种没良心的事。这天我恰带了两块钱去探望小灵，小灵就哭着把这事告诉我，急着要觅死。我好好儿安慰了她一番，没精打采回到自己家里。那时小灵母亲早已死了，我另租了一间小屋子住着。这夜我通夜没睡，兀在床上翻来覆去，想着法儿。只是想到了天明，依旧没得计较。可是我又没有这五百多块钱，替阿利还债，要救小灵，简直比登天还难。第二天我又出去做工，阿利也在一处，这当儿我们正包造一座三层楼房，将近完工。这天我和阿利正砌那顶楼上高墙，各自立在一乘长长的梯子上，相去不过一尺左右。十二点钟时，旁的伙伴们都吃中饭去了，我们俩为了一角没有砌好，正忙着砌。阿利忽地停了手，冷笑着向我说道：'阿青，你一向爱着小灵，小灵也爱着你。这小蹄子生成贱骨，不配做我浑家，我索性送她进窑子去，尽她作贱。你既爱她，以后天天上窑子去逛好了。今天晚上我就须写卖身单子，把她送去换他六百块钱，也是好的。'说着，张开了血盆大口，一阵子傻笑。我咬着牙齿勃然说道：'小灵是个天仙女，谁也配不上她。你这天杀的恶鬼，合该下十八层地狱去呢。'那阿利听我唤他恶鬼，却生了气，陡的伸手要打我。我这时直把他恨得牙痒痒地，猛可里起了个杀念，想今天倘能葬送了他，就能救得小灵。为了小灵分上，我可顾不得甚么了。便趁他伸手过来时，用脚向他梯子上狠命踢了下去。接着就听得拍跶一声，那梯子连着阿利一古脑儿栽将下去。这一跌足有四五丈，甚是利害，眼瞧着阿利头破血流，一声儿不响的死了。我呆了一会，才赶下梯子，去唤伙伴们来瞧。大家只道他自不小心，并不疑到我身上。阿利一死，自然保全了小灵，这一件事我自问很对得起良心。就我杀死他，也凭着这一点良心呢。"

那人说到这里，略停了一停，抬起眼来，向那耶稣基督圣像瞧着。梅神父听了他一大篇话，心儿甚是感动，忙又问道："如今那小灵怎么样，可嫁了你没有？"那人正色道："小灵可不是那种水性杨花的妇人，我也不敢做这种丧尽良心的事。阿利死后，我依旧和从前一模一样，隔了两天三天就带些钱去探望小灵，更瞧瞧她儿子。唉，可怜可怜。"梅神父道："如此你可娶了没有？"那人摇头微叹道："除了小灵，没一个人瞧得上眼。我已打定主意，一辈子不娶了。只不知道为甚么，从阿利死后，我心中兀是不安，晚上常做恶梦，不能安睡。打熬了好久，才听了隔壁张老伯伯的话，来求上帝恕我的罪。神父，你瞧上帝可能恕我么？"梅神父低着头，老泪纵横，呜咽着答道："好一个有良心的人，上帝定能恕你。"这时那圆灯的红光，正亮亮的照在那人脸上，便微带着笑容，像要登仙去咧。

（原载《小说月报》第 9 卷第 5 号 1918 年 5 月 25 日出版）

之子于归①

　　那团花簇锦的大厅上密密地张挂着许多缎幛绸幛,一色都是猩红,好像涂着血的一般。幛上除了一个挺大的"喜"字外,大半是"之子于归"字样。这四个金字默默地向人,被阳光照着,一晃一晃地放出光来。也不知道它是得意是不得意,大概是无聊罢了。

　　汤撷君的女儿咏絮今天出阁了,但是并不出于咏絮的自愿;因为从小儿就由她父亲作主,许配了人家,夫家姓应,是一个商人之家。在丝业中挣下了几个钱,蚕儿辛苦吐丝,作茧自缚,倒助人发财,于它们自己毫没利益,然而蚕的自身又哪里知道?应家所生一子名叫铁荃,生得倒还活泼。只为是富家子,读书就不大用功。这大概是世界的通例,书卷和金钱实是天然的避面尹邢,断不能容在一起,也不但是应铁荃一人如此呢。汤家本来也是世家,书香门第,可又和应家不同。那位撷君先生在社会中很有些声誉,对于公益事业都肯尽力去办。不过多读了旧书中毒太深,思想未免旧些,性质也固执,他打定了主意,可就不许人家违拗了。单生一个女儿,就是咏絮。从小冰雪聪明,和寻常女孩子不同。貌既出落得花娇玉艳,凡是小说书中形容美人儿的名词,她都当之无愧,论到一个才字,更像一部百科全书,包括着好多门类:"琴"、"棋"、"书"、"算"色色精明;说起女红,更样样来得,从帽子做起,做到袜子,又绣得一手好花。并千句为一句,她就合着龚定公"艺是针神貌洛神"七个字儿。汤、应两家相去很近,早年上就往来走动,像亲戚一样。

---

　　① "之子于归"典出《诗经·周南·桃夭》:"之子于归,宜其室家。"之子:这个人。女子出嫁为于归。

咏絮还不上十岁，常到他家去玩，梳着一个丫角儿，配上两张鲜艳的苹果颊，何等地娇小可爱。可怜她只为了出落得太好，就把她一生的厄运暗中注定了。应家见了这么一个小姑娘，自然合意，就要求汤家配给他家的儿子。撷君先生见应家门第不恶，孩子虽小也还过得去，竟不给女儿将来打算一下，轻描淡写地答应下来，不上几时就送茶文定了。咏絮不懂得害羞不害羞，还对着喜果憨笑，取了红绿胡桃红绿花生玩着，却料不到自己一辈子的幸福已断送在这上边，永没有恢复的日子咧。

咏絮一年年长大起来，才貌也一年胜似一年，仿佛和光阴先生在那里赛跑，光阴先生赶前一步，她的才貌也赶前一步，不但如此，并且还追过头咧。那应铁荃却偏偏做了个反比例。虽也上学读书，从初等小学起达到中学。但他只眼瞧着光阴先生在那里飞跑，自己的进步却好像蜗牛走壁一般。学堂中成绩不好，校长写信报告他家里，他父亲却还偏袒自己儿子，特地上学堂去，见校长说，师长们本领小，不能教育他的儿子。没有毕业就在中途退学了。以后连换了好多学堂，仍是没有进步。譬如一块不大不小的木料，既不能做栋梁，又不能雕细工，恰合着一个僵字。那时他已二十岁，心也放了，渐渐儿有不正当的行为。听说在窑子里狂嫖滥赌，亏空了二三千块钱，一时不下得台。他父亲怒极，给他还清了钱，就狠狠地打了他一顿，关闭在家里，不许出大门一步。铁荃神经上多分受了震动，从此便有些呆头呆脑的样子。那边汤咏絮也十八岁了，已从女中学堂毕业出来，中西文都是一等一的，加着那一张宜喜宜嗔的春风面，在全堂中要算是第一个才貌双全的人物。她听得了应铁荃的消息，芳心中自然一百二十个不愿意，常在她母亲跟前表示意思，说愿意不嫁，索性用功读书，将来也能自立。然而她的父亲却不答应，说她已配给了应家，就是应家的人，不能再有甚么反悔。"为了保全我名誉和体面起见，定须嫁过去。"她母亲不敢说甚么话。她也向来怕她父亲，不敢说甚么话，于是腔子里贮满了辛酸眼泪，委屈出嫁。决意为了保全她父亲的名誉和体面起见，牺牲她后来的幸福了。

今天就是汤咏絮出嫁的日子，汤家是个世家，自然加意铺张，里外都花花绿绿，扎满了灯彩，一班清音和军乐队也吹吹打打，分外地热闹。但这杂乱的乐声由咏絮听去，都是很凄凉的音调，仿佛奏着送葬曲似的。她又想军乐本是战场上作战时用的，今天为甚么也用它嗄？从今天起我便须和那不幸的运命作战，也正和敌军死战一样，只怕我此去不久阵亡咧。咏絮想到这里，暗暗慨叹，就着窗罅儿张望时，见那花花绿绿的灯彩都现着伤心之色，一些儿没有快乐的气象，那些亲戚朋友却还一声声向她道喜，一般年纪老些的

163

太太们都还说着咏姑娘好福气,咏姑娘好福气!咏絮兀是诧异着,想怎么叫做福气,福气又是甚么东西,如何我不觉得人家倒觉得呢?

咏絮心中既老大地不高兴,又听了那种不入耳的话,好生难受。想人家说我好福气,也无非是为的虚荣,羡慕我嫁一个富家儿罢了。其实我家也有饭吃,也有衣穿,也有屋子住,就是我自问也有自立的能力,为甚么定要去依赖人家?至于珠翠钻石,任是堆得山一般高,我可也不希罕。难道为了这些捞什子的就卖掉我的一身么?我宁可一辈子不嫁,就是嫁时也得嫁一个称心如意的丈夫,任他一个钱没有,同去过牛衣对泣的光阴,我也愿意呢!如今委屈着出嫁,完全没了自由,往后的日子只索在涕泪中过去。唉!我还能算得是个人么?想到这里,泪珠儿扑簌簌地掉下来,把她身穿着的一件粉红绣花袄子湿透了一大块。这一副眼泪开了场,直好似自来水旋开机括,再也按捺不住,心中兀是酸,眼泪兀是滚,索性扑倒在桌子上,呜咽了好久,连湿几块帕子,好像从水中捞起来的一般。亏她母亲和几个知己的同学姊妹们好言相劝,才把她劝住了。

日中时候,客人们来得更多了,清音军乐,闹得更利害,道喜的话,时时刺入咏絮的耳朵,倒像带着讥笑的口气。咏絮经了这么一闹,头脑直痛得要破裂开来。想前思后,觉得自己并没犯过甚么罪恶,为什么要受这刑罚?又想父母既生了我,平日间似乎很疼我的,为甚么抚育到了二十岁就要攒我出去,可是吝惜着衣食住,不愿再供给我么?如此尽听我自己设法去,为甚么定要把我半送半卖地让给人家啊?咏絮翻来覆去把这几件事问着自己,总也回答不出来。于是她又向自己说道:"我平日自负不是寻常的女孩子,我的好友也说我不是寻常的女孩子,如此我为甚么像寻常女孩子一样,做这可笑的把戏,我难道没有自主力么?我难道没有自由权么?父亲的名誉和体面要紧,我一辈子的幸福倒不要紧么?"咏絮又把这几件事翻来覆去地问着自己,也仍找不到一句回话。

门外军乐一阵子响,又加上一阵子金锣的声音,直送到咏絮耳中,像快刀般戳在心上,何等地难受。楼上许多女客们都很兴奋似的说道:"花轿来了,花轿来了!"咏絮心中焦急,哭得更苦,一时不知道怎样才好,只牙痒痒地恨着造物之主,为什么使她踏进这个世界,给她心脑和知觉,捱受这种说不出的苦痛。一会神经好似麻木了,任着喜娘们给她打扮换衣服,她都没有觉得。又不知怎么一来,已到了楼下的厅事中。微微地抬眼望时,但见四面挂满着"之子于归"的缎幛,芳心中瑟地一动,向着自己道:"归……归、归到哪里去,可是归到泉下去么?如此再好没有,一归之后宁可投生做一头牛做一头马去，决不再到这世界中来做女子了。"接着又吹吹打打地闹了一阵，自己被喜娘们摆布着，不知道做了些甚么事。亲戚朋友和四邻的男女小孩子们都挤满了一堂，瞧着自己像罪人枪毙，或是上断头台去。原也有好多人挤着瞧热闹的，他们好忍心，还瞧了快乐么？不多一会，觉得自己已关闭在一个小小地方了，虚悬着在那里走，好像腾云驾雾一样。前后的军乐声，金锣声又闹得沸反盈天。她停了停神，张眼瞧时，原来已坐在花轿里面，一步步地离开家门了。咏絮心中痛极，倒反而没有眼泪，隐约听得轿外有人议论着。听去是东邻一个李老太太，她说汤家小姐今天嫁好丈夫去，满怀的快乐，所以连这俗例的哭也哭不出来了。咏絮受了这一激，心头又是一痛，倒止不住落了两滴眼泪，一路咀嚼着那"嫁好丈夫去满怀快乐"的一句话，胸中好像打翻了个五味瓶儿，尝那甜酸苦辣的滋味，样样都觉消受不下。

军乐洋洋中那花轿已去远了。咏絮坐在轿中一路前去，倒没有甚么思想，只是研究着这顶花轿，想它虽是披着绸缎，扎着花朵，其实一样是长方形的，和棺儿有甚么不同？不过一个直抬一个横扛罢了。要是半路上遇见甚么仙人，使一使法术，把这花轿变做了棺儿，如此异着我一个死人送到他们应家去，倒是一件绝好的牺牲物，好叫天下做父母的看看，既然爱着女儿，可不要趁着女儿未解人事的时候，先就胡乱定下了买主；也不要单顾着空的名誉和体面，就不顾女儿实在的幸福。况且赶早觉悟，矫正那已铸下的大错，可也算不得不名誉不体面啊！

不幸人的好希望，断不能达到的，惟有失意的事，往往抢着送将上来。咏絮所希望的仙人没有遇到，却已到了应家咧。近三年来应家早已迁开，和咏絮家相离约莫十里光景，路上费了好些时候，方始赶到。咏絮坐在轿中，闷得甚么似的，她几乎要发疯，从里边跳将出来，找上天拼命，问他要自由去。然而她一向是个很拘谨的人，哪里敢轻举妄动，无论气闷苦痛，只索忍耐下去。到了应家，轿儿停将下来，咏絮猛觉得身体向下一沉，似乎已陷到了十八层地狱的底里去，跳不起来。当下里神经已完全麻木了，竟不知道以下怎么样，简直是做着傀儡戏，自己成了个木人头儿，任人牵扯着。到得她头脑清醒时，已是结婚后的第二天了。

咏絮本来是个很乐观的女子，到此却变做了个悲观的哲学家了。甚么事都看了个透，打了个破，把自己当做是旁的人，只是冷眼瞧着。新婚十日，觉得她丈夫常在左右，做出种种的丑态，把她玩弄。咏絮到此才明白父母生了自己一个身子，原来是造一件大玩具，专供人家弄着玩的，自问哪里是甚么不同寻常的女子，不过是一件玩具罢了。从此三年、五年、十年、二十年，

永远是做人玩具的时代。

堂上的翁姑得了这么一个十全十美的媳妇，自然张开了嘴儿笑，但那多情的爱神，因为没了用武之地，就抛开他的短弓金箭，抱着一颗碎心呜呜地哭。像这种专制派买卖式的婚姻，倘能担保人家快乐，维持人家一辈子的幸福，也未始不好；叵耐像买彩票一般，命运好，才能得头彩。三四万号中单有一号，岂是容易得的？汤咏絮是甚么人，能指望得头彩么？她丈夫把她玩弄了几个月，似乎已厌了，常像没笼头的马在外边乱跑，把她抛撇在脑后。在家里时，又时时露出神经病的形迹来，说话行动都很乖僻，和常人不同。咏絮本来爱好天然，从头到脚总是齐齐整整的。她丈夫恰恰相反，对于修饰上完全不讲。鞋破了，袜子破了，不知道换一双新的，脖子里积了垢，也不知洗浴。咏絮瞧在眼中自然难堪，要她事事过问可又管不了许多。他不做事，不读书，只是把日子混将过去。咏絮瞧不过，便时常回母家去住，动不动总是十天二十天。她见了父母，往往掉下泪珠儿来。母亲最知道女儿的，自然好好儿安慰她，她父亲是个固执的人，他可不管。问她衣、食、住三件件件称心么？她噙着泪回说件件称心。他父亲便道好了，衣、食、住三件大事已件件称心，你还想什么？咏絮不敢多说甚么，把眼泪咽了下去。停一天，也就回夫家去了。然而她总觉人生的需要，不止衣、食、住三件事，还有一件更重要的东西，有了这东西即使衣、食、住欠缺一些，倒也不妨。然而她旁的不缺，偏偏缺了这个，这东西是甚么？便是夫妇间的真爱情。

一连三年，咏絮只是落落寞寞地过着日子，同学、姊妹们也不大往来。因为一不高兴，就甚么都不高兴了。她读书时代所抱的大志，都已烟消火灭，不再想起；也不想再把她的芳名传布到社会上去，打算永远在愁城恨海中埋没下去了。夫妇间既没了爱情，甚么事也就没有商量。她丈夫有了一个很好的内助放在家里，并不知道宝贵，只是在外边胡闹。一年上不知怎的，竟犯了欺诈取财的罪案，捉将官里去。新闻纸上连篇累牍地记着，把他的姓名也大书特书地记了出来。凡是认识她的人，都知道她丈夫犯了事了。她的好友们都替她惋惜，想象她那么一个天上安琪儿，如何有这样一个丈夫，他虽不惜自己，也得替她想想呢！有一般人都说这种事要是发生在外国，早就提出离婚，然而中国的女子是派定了捱苦痛的。第一件义务，要给她父亲保全名誉和体面，任是怎样总默默地忍受过去。然而她冰清玉洁的姓名上边可也连带着沾上污点咧！咏絮遇了这一回事，不消说芳心寸碎，镇日价关闭在房中，不住地落泪。她本是个很高傲的女子，好像天上凤凰，飞向最高处去，经了这打击，直把她的翅膀打折了。

世界中有了钱可就甚么都不怕。她丈夫仗着父亲手头有钱,便把罪案打消,把自由赎回来了。回来后很觉无聊,又见不得人,悄悄地到远方做买卖去。临去也不曾和咏絮相见,一溜烟地走了。撷君先生到此也悔悟,只已来不及。咏絮甚么都不管,抱了个做一天和尚撞一天钟的宗旨,在混沌中度日。她已打定主意,总算牺牲了自己的肉体,对不住了上天,然而她高洁的心和灵魂总没有断送,着在一个极高洁的所在。她没事时,只学弄音乐,藉着消遣,把乐声压下她心中呼痛之声,把乐谱遮住她眼中辛酸的泪痕。那千叠山的愁思恨绪,倒也撇去了一二。平日间同着家人们打牌、看戏、逛逛戏场,装得像一个快乐的人一样。不过在那种热闹去处,见人家夫妇并肩携手,同去同来,总觉得有些心痛。

金刚钻的光任是怎样明亮,可不能把一颗暗淡沉郁的心照得明亮起来;咏絮虽有金刚钻的种种首饰,做着富人家的媳妇,然而她总是一百个不快。一年三百六十五天,不时有病,身体越淘得虚弱,那张花朵儿似的面庞也消瘦多咧,然而人家依旧说着道,好福气,好福气!

那当年挂在大厅上的绸幛缎幛,还搁在咏絮母家的高阁上,一色都是猩红,没有褪色。那"之子于归"的金字,仰着天,堆在一起,被阳光照着,依旧一晃一晃地放出光来。

（原载《礼拜六》第 106 期 1921 年 4 月 23 日出版）

留声机片

留声机本是娱乐的东西，那一支金刚钻针着在唱片上，忒愣愣地转，转出一片声调来。《捉放曹》咧，《辕门斩子》咧，《马浪荡》咧，《荡湖船》咧，使人听了都能开怀。就是唱一曲《烧骨计》一类的苦调，也不致使人落泪。谁知道这供人娱乐的留声机片，却蓦地做了一出情场悲剧中的道具，一咽一抑地唱出一派心碎声来。任是天津桥上的鹃啼，巫峡中的猿哭，都比不上它那么凄凉悲惨。机片辘辘地转动，到底把一个女孩子的芳心也轻轻碾碎了。

太平洋惊涛骇浪的中间，有一座无名的小岛，给那些青天碧海、瑶草奇葩，点缀成了一个世外桃源。世界中一般情场失意人，满腔子里充塞着怨恨没法摆布，又不愿自杀，便都逃到这岛中来消磨他们的余生。那些诗人小说家，因为岛中都住着恨人，就给它起了个名号叫做恨岛。这恨岛直是一个极大的俱乐部，先前有一二个大慈善家特地带了重金，到这里来造了好多娱乐的场所，想出种种娱乐的方法，逗引着那些失意的人，使他们快乐。虽也明知道情场中的恨事，往往刻骨难忘，然而藉着一时的快乐，缓和他们，好暂忘那刻骨的痛苦，也未始不是一件好事。至于文明国中一切公益事业，岛中也应有尽有，并不欠缺。这所在简直是一个情场失意人的新伦敦，也是一个情场失意人的新纽约。

岛中住民约有十万左右。内中男女七万人都是各国失意情场的人，其余是他们的家人咧婢仆咧和一般苦力。就这婢仆和苦力中间，也很有捱过情场苦味来的。论他们的国籍，一时间也说不清楚。除了中华民国以外，有美国、英国、法国、德国和欧美两洲旁的文明国。就是非洲的黑人，南美洲的红人，也有好几百人。瞧他们不识不知，直好似鹿豕一般，却也知道用情，也为了情场失意,逃到这恨岛中来。可知世界中的人,不论文野,都脱不了一个情字的圈儿。在他们呱呱坠地的当儿,就带了个情字同来咧。

　　就这十万人中,单表一个中华民国的情场失意人。他是从上海来的,姓名没有人知道,自号情劫生,年纪还只三十岁。状貌生得不俗,清癯中带一些逸气。虽是失意,衣冠却整洁得很。他到这岛中来,已有八年多了。光是一个人,并没家人婢仆同来。来时只带了个皮箧,瞧它直当做宝物似的,片刻儿不肯离身。睡时当枕头,醒时做靠背,出去时不带行杖,也就带着这个皮箧。箧中藏着的,原来是一大束的情书,裹着很美丽的彩绸,束着粉霞色的罗带,另外还有小影和好几件信物。八年来他常把恨岛中一种非兰非麝的异香薰着,使得香馥馥的。他闻了这种香味,就回想到八年以前伊人的衣香发香,也是这样甜美可爱,当下他脑中便像变做了个影戏场,那前尘的影事好似拍成了影戏片,一张张那里翻过,顿使他回肠荡气,兀地追味不尽。想极时,他没有法儿想,只索对着那小影痴看,追慕她的一颦一笑,把那青丝发远山眉星眼樱口一起想到,更想到那纤腰玉手和罗裙下那双六寸肤圆的脚,都是他忘不了的。一壁又打开那一束情书,足足有一二百封,从头瞧起。觉得字里行间仿佛有她人的芳心在那里跳动,又像有她的呖呖珠喉在那里向他说话,直把他的眼泪都吊了出来,几乎把那信笺做了个盛泪的盘子咧。

　　恨岛中的男女们,既然都是情场历劫的人,到了无聊的当儿,往往喜欢把他们的情场历劫史彼此相告,彼此相慰。惟有这情劫生却关紧了嘴,从不和人家多说甚么,既不把自己的情史告诉人家,也不求人家的相慰。他那一张嘴儿,倒也有一夫当关万夫莫开之势。他平日并不多交朋友,只有一二个知己,都是本国人,也为了失意情场,同时从上海逃来的。他们约略知道他的事。事儿原也平淡得很,自从有世界以来有了男女,两下里瞧上了发生了两性相恋,就像铁针遇了磁石吸在一起。以后被环境逼迫,好事难成,因为他们两人之间早有个第三人在着,把陈年古宿的庚帖允书捎出来,轻轻地把那女孩子抢去了。一个落了空,就捧着碎心,逃了开去。情劫生的事,也是如此。他在十七八岁时,结识了一个才貌双全的好女儿,似乎叫做林倩玉。他就一往情深,把清高诚实的爱情全个儿用在这女郎身上,一连十多年没有变心。世界中尽有比这女郎才貌更强的女子,他却一百个不管。心目间不但以为所爱的才貌是天下第一,倒像天下也单有这一个女子一般。彼此如狂如醉地喝着那情爱的酒,不知道杯底里却藏着黄连,喝到味儿苦时,只得耐下去连一个“苦”字也喊不出了。末后那女郎被家庭逼着嫁了一个旁的人,他不愿再留在故乡,多生无谓的感触,知道太平洋中有一个恨岛,是世界

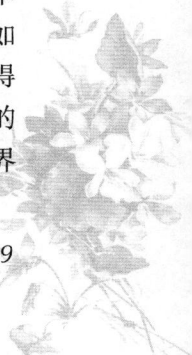

情场失意人的安乐窝，于是带了些钱和他爱人的情书信物，一溜烟离去上海，做了个黄鹤一去不复返。决意把他一身和那千般万般的愁恨，埋在太平洋烟水迷蒙中，把无穷的酸泪洗他那颗破碎的心。

情劫生逃到这恨岛中来，原是要斩情绝爱，忘掉他的痛苦，然而正合着冯小青的两句话，叫做"莲性虽胎，荷丝难杀"，心上总是牵牵惹惹地推不开去。岛中原常有宴会、跳舞会、音乐会请大家参与，尽着吃喝玩笑，好把愁惨不快的前尘影事慢慢儿淡忘下来。每夜华灯初上，就有好多的男女前去寻乐。灯影人影、花香酒香和音乐声笑语声，都并合在一起。大家当着这沉醉的一夜，简直快乐得像发疯一般。然而这一位情劫生却始终不曾参与过这种娱乐的会。他曾向一二知己说道："一个人受了情爱的苦痛，就好似极猛烈的毒弹深深地嵌在骨上，岂是一时娱乐所能忘掉的？这样的盛会，不过是一只挺大的麻醉药缸。给你去麻醉一下子，到得夜阑人静旧恨上心，便更觉得难受。我又何必附和着他们，把勉强的笑脸去掩盖那一双泪眼呢？"

岛中的男女们见情劫生落落寡合，从不和众人合在一起，从不谈起他的情史，一张脸活像是把铜铁打成的，也从不曾向人笑过一笑。他的身上倒像裹着北冰洋中无数的冰块，瑟瑟地冷气逼人。走到街上时，开着极小的步，行动非常迟慢，好似一个鬼影一般。岛中人便给他起了个外号，叫做怪人。

情劫生本是一个孤儿，老子娘都已死了。在故乡时还有几家亲戚，往来凑凑热闹，如今身在几千里外，真个是举目无亲。镇日和他厮守在一起的，单有一个小僮，年纪不过十四五岁。他既是哑巴，偏又是个傻子。因为不能说话，一天到晚只是痴笑，分明把这笑来补他不说话的损失。有时节情劫生只管哭，他便只管笑；一个哭得越苦，一个也笑得越凶。这一哭一笑之间，就包括着一大部人生的哲学了。

情劫生在闷极的当儿，往往同着这个哑僮到洋边去苏散，抬着一双泪眼，向中国方面望去。心想倩玉此时，在那里做甚么？身体可安好？可能享受那夫唱妇随的真幸福？想到这里，眼泪不由得扑簌簌地掉入洋水。白浪翻过，把他的眼泪卷去了。他痴痴地望着这一个浪，指望它滚到故乡，代表自己向意中人道一声好。有时节在斜阳西下时，眼见那一大抹玫瑰红的斜阳恋着水，仿佛相偎相依地正在那儿接吻，他便又想起当年和倩玉接近时，也是这么亲热。可怜余香在口，再也不能和她偎傍了，当下里心痛如割，不觉连呼了几声倩玉吾爱，眼泪早又不住地掉将下来。哑僮不知就里，只是嘻开了嘴，站在一旁痴笑。

情劫生想念倩玉，日夜不断，睡梦里头更夜夜要回去和倩玉相见。好在这一着还算自由，没有人能干涉他们。至于倩玉方面，自然也一样地苦念情劫生。她的嫁与别人，并不是有意辜负他，只为被父母逼着，委曲求全，不得不这样混过去。她原打定主意把自己分做两部，肉体是不值钱的，便给她礼法上的丈夫；心和灵魂却保留着，给她的意中人。她出阁的那天，只得了情劫生"珍重前途、愿君如意"八个字，从此就没有消息。私下里着人去探望他，只见屋子空了，人已没了踪影。更探听他平日往来的朋友们，也都说不知道。倩玉疑他已寻了短见。转念想他是个基督徒，生平最反对自杀，说是弱虫的行为，料来未必如此，多分是避到甚么远地去了。倩玉没奈何，花晨月夕，只索因风寄意，暗祝她意中人的安好；枕函上边，也常为他渍着泪痕。芳心深处，总怀着"我负他"三个字，兀的自怨自艾，对着家人也难得有笑脸了。

情劫生本是个多病之身，又兼着多愁，自然支持不了。他的心好似被十七八把铁锁紧紧锁着，永没有开的日子，抑郁过度就害了心病。他并不请医生诊治，听它自然。临了儿又吐起血来。他见了血，像见唾涎一般，毫不在意，把一枝破笔蘸了，在纸上写了无数的"林倩玉"字样。他还给一个好友瞧，说他的笔致很像是颜鲁公呢。那朋友见了这许多血字，大吃一惊，即忙去请医生来。情劫生却关上了门，拒绝他进去。医生没法，便长叹而去。一个月后，他病势已很危险。脸儿憔悴得不像了人，全身的气力早已落尽，成日躺在床上不能起身。他那几个好友，便又去请了医生来。医生一把脉，说已不中用了，还是给他预备后事罢。临死时，他神志很清楚，脸上忽地有了笑容。那时斜阳正照到楼心，红得可怜，他吐了一口血，染在白帕子上，笑着向他的哑僮道："孩子，你瞧我的血，不是比斜阳更红么？倘能染一件衫子给那人穿在身上，好不美丽！"哑僮不明白他的话，只是痴笑。

朋友们见他去死近了，问有甚么遗嘱没有。他想了一想，眼光霍地一亮，说："有一件事先要烦劳你们。我有几句话要寄回去给那人，信中只能达我的意，不能传我的声。她是向来喜欢听留声机的，我想就把我的话做成了留声机片寄给那人。住址在我的手册中，停会儿你们检看好了。此刻快到百代分公司去唤一个制造机片的工师到来，给我收声，要求他们代造一张，须得经久耐用，口齿也要清楚，多少费用归我担任。我箧中还剩三千块钱，除了制片葬殓以外，倘有余下的钱就请捐与甚么慈善机关。我本来不用葬殓，只消抛在太平洋中饱了大鱼的腹，甚么都完了。遗蜕埋在地下，虽然无知无觉，总还带着余恨。不过我恋着这些情书信物，没法摆布，我倘葬殓时，就能做殉葬物埋到了黄土之下，和我合在一起。将来的白骨冷了，也好藉它

暖和暖和。除却这两件事，我没有甚么遗嘱。但求诸位好友依着我的话做。等那留声机片制成后，立刻寄往上海，交那人亲收。殓我时千万不要忘了那情书信物，定须好好儿放在我的身边。至于一切遗物，都送给诸位留个纪念。哑僮侍我很忠恳，我也爱他的痴笑，请把我箧中的钱提出三百元给他。以外我没有话了。"情劫生说了这一大篇话，甚是乏力，便把上半身伏在被上，一阵子喘，当下又吐出好多血来。被斜阳照着，真是一片惨景。

　　朋友们听了他的话，都很伤感，叹息的叹息，落泪的落泪。当下不敢怠慢，即忙赶到百代分公司和经理人商量，派了个工师带着收声机立刻赶来。情劫生挣扎着，把话儿送入机中。一句一泪，全都是使人断肠的话。说完，他就倒在枕上死了。那时惨红的斜阳照了他的血，不忍再照他的尸体，早已悄悄地蹑足而去。门外的棕榈树上，起了一阵风，似是呜咽的声音。太平洋中夜潮拍岸，也做着哭声，料想墨波之上，多分送着情劫生的痴魂回去咧。

　　三个月后，上海的林倩玉家忽地接到了一个海外来的挂号邮件，层封密裹，似乎非常郑重。倩玉拆开一看，见是一张留声机片，好生诧异。仔细瞧时，陡见当中那个圆圈子里有"情劫生遗言"五个金字。她芳心一跳，泪珠儿也立时滚了出来。这当儿她丈夫恰不在家，家中只有一个耳聋的老妈子，在灶下打盹。她家本有留声机的，当下便锁上了房门，把那片儿放上去。开了机，不一会就听得忒愣愣地说道：

　　　　唉！亲爱的，我去了！我是谁，你总能辨我的声音。你出阁的那天，我就逃到太平洋中的恨岛上，过这怨绿愁红的日子。八年以来，早已心碎肠断，不过还剩着一个皮囊。捱到今天，这皮囊也不保咧！唉，亲爱的！我去了，愿你珍重。要是真有来世，便祷求上天，给我们来世合在一起。今世可已完了，还有甚么话说？往后你倘念我时，只消瞧你面前的日影云影，都有我灵魂在那里。晚上你对着明月，便算是我的面庞，见了疏星，便算是我的眼睛。你红楼帘外，倘听得鸟声啾啾，那就是我的灵魂凭着，在那里唤你的芳名呢！唉——唉——亲——亲爱的！祝你的如意！我、我——我去了！

　　倩玉忍住了好一会子的悲痛，到此便哇地哭了一声，晕倒在地。到得醒来时，她丈夫还没有回来，忙把那留声机片藏好了。又哭了一回，方始抹干眼泪，仍装做没有事人一样。心中又不住地暗暗念着道："我负他！我负他！"

从此倩玉一见她丈夫出去,就锁上房门,听这留声机片。片中说一句,她落几滴眼泪。这样一个月,片上都积着泪斑,连那金刚钻针也碾不过去。她对着这机片说了好多的话,片中说的却依旧是这几句,没有旁的话回答她。后来,她竟发了疯,不吃粥饭,也不想睡觉。见了日影云影,总当是她的意中人。又常和楼窗外的小鸟说话,问它们可是唤她的芳名。她丈夫要把她送往医院去,她便大哭大闹,抵死不肯。一天晚上,她丈夫回来,只见她伏在桌子留声机畔,早没了气息。原来她的一颗芳心,到此才真个碎了!

（原载《礼拜六》第 108 期 1921 年 5 月 7 日出版）

真

　　明漪双睑在那碎银般的月下，一汪一汪的晃出一派柔媚的光来，嵌着两颗春星，微微荡漾，任是希马拉亚山头千年不消的白雪，也不配给她照临，怕玷污了她。雪太白了，玉太坚了，实是合放在造化的洪炉中，融洽过一下子的。红玫瑰花太红，衬上去也不好看，这简直是一朵含着苞将放未放的白玫瑰，含苞处带一脉极微极薄的淡红，是何等的嫩艳。

　　以上的一番话，并不是描写风景，真的风景和名画师笔尖上的风景都没有这样好。我描写的却是一位邹如兰女士的眼和脸。其实邹如兰的仙貌，还不是以上几句所能描写得到。凭你诗、词、文、赋、词曲、小说和国粹派、西洋派的画，先前曾描写过死美人西施、王嫱的，却偏偏奈何她不得。做书的费了九牛二虎之力，也只就她的眼和脸不疼不痒的形容几句，其余各部竟万万形容不出了。

　　邹如兰的绝色，本是北大街上最有名的。远近的人谁不知道这北大街的美人，纷纷传说。北大街的住民也就借着邹如兰自豪，当做一件极荣誉的事，索性连街名也改做美人街了。

　　邹如兰不但貌美，还是一个有学问的女子。那一颗玲珑剔透的芳心中装满了中西学问。就是绣一只花，织一件绒线衫子，也都是斲轮老手。她从小儿在女学堂中念书，如今二十岁，快要从中学毕业了。端为她才貌双全，不知道颠倒了多少青年，有的写了信，有的诌了诗，偷偷地寄给她，但她生性幽娴贞静，好似瑶台最高处的仙花一般，任人家百般挑逗，她兀是不瞅不睬。收到了诗或信，给她父亲过一过目，就一把火烧了。

　　有一天，不知怎样神驱鬼使似的，忽被西大街上一个少年诗人撞见了，诗人的理想中，本来常有仙姝往来。美色当前，可也不算什么希罕，谁知他一见如兰，就着了魔，觉得他诗心诗魄制造出来的美人，任把琼花璧月仙露明珠的句儿形容上去，总觉不称。像这么一个活色生香的真美人，才当之无愧咧。

少年诗人姓汤名唤小鹤的，是个初出道的诗人，诗笔还嫩，但是报章、杂志已很欢迎他的诗稿，一般人心目中也就渐渐有了汤小鹤的名字。小鹤自遇了如兰以后，一打听人家，什么都知道了，更倾倒得了不得。心想总要和她相识才是，要写封信寄去，兀是不敢，连捱了三日三夜，反来复去的想了好久，方始立下决心。一夜他取出花笺写了封很恳切的信，一壁写一壁小鹿撞胸，第二天又踌躇了一会，方始付邮。

说也奇怪，那邹如兰得了汤小鹤的信，竟破题儿第一回悄悄的藏了起来，不给她父亲看，也不把火儿烧了。她原曾见过小鹤好几首诗，觉得字里花飞，很合她的意，如今瞧了这信，又写得大方得体，不像旁的人那么轻薄，这分明不是寻常的少年了。不上三天竟写了封回信给小鹤，还附着一张雪白金边的名片，许他结为朋友。小鹤喜心翻倒，把她的信薰香珍藏，直当做宝贝一般。从此以后，他们俩就做了不见面的好友，鱼雁往还，无非谈诗论学，有时在路上遇见，彼此也并不招呼，只像陌路人一样。可是，中国的社会中。往往把无形的桎梏锁缚住了男女青年，凭你们友谊十分高洁，也一概不许。他们走到什么所在，有千百双吓人的眼睛，跟随到什么所在，因此上，偷偷摸摸的事越多，风俗越坏，不自由的婚姻也越发层出不穷。可是男女社交不能公开，又哪能产出美满的夫妇来呢！小鹤和如兰结识了三年，始终不曾接近，讲过一句话。但是，小鹤心中已长了情苗，觉得邹如兰已满满的占据在灵台之上，凭你十万横磨剑，也斩不掉这一缕情丝。英国大诗人拜伦说得好："友谊往往胎生情爱。"这也是男女交际上免不了的一个阶级。不但小鹤如此，如兰的信中也流露了一些出来。那时社会中已约略知道汤小鹤和邹如兰结交的事，认做是罪大恶极，没来由的诽谤，传布人口，常使他们俩陷在忧恨、恐怖之中。却再也料不到，他们一总没有见过面呢！小鹤方面有几个朋友，都在背地议论他，说小鹤爱邹如兰，不过爱她的貌罢了，又哪有什么精神上真的爱情。眼见得如兰貌一衰，他就掉过头去，爱上旁的美女子咧。小鹤什么都不理会，自管掏着心儿肝儿遥遥的把真情用在如兰身上。这样又过了两年，邹如兰忽然嫁人了。原来她不曾和小鹤订交以前，早就由她父母许配人家，可怜一个天上安琪儿似的女子，竟也落了买卖式婚姻的俗套。如兰对于这事很不愿意，然而哭干了两眶子眼泪，也是没用。小鹤一得这消

息,不觉呆了一呆。如兰出阁的那天,小鹤躲在床上,整整的哭了一天,他并不是哭自己不能得如兰为妻,实是哭天上的仙人,从此堕落,灵台上一枝畅好的仙花,从此着了污点了。他心目中总以为如兰不是寻常的女子,也就不该像寻常女子一样,委曲了自己白璧无瑕的身子,去做臭男子的玩具。他越是想,越是伤心,一壁还暗中责备如兰,不该如此自暴自弃,辜负上天造就绝代佳人一片苦心。夜半梦回,他从床上跳将起来,仰天大呼道:"完了!完了!"邹如兰一嫁,世界中可就没有一个完美的女子了,从此小鹤的诗就哀弦瑟瑟,全是低徊凄恻之声,他那一首《堕落仙人》的长诗一唱三叹,竟引得好多人掉下眼泪来。其余的长短诗也都写尽人世间无可奈何的苦情,直是把笔尖儿蘸着血泪做的。有一般好事的人,竟写信去责问他,还要求赔偿眼泪的损失。如兰知道小鹤都是为己而发,便不时写信来安慰他,劝他达观,说:"你看破些罢,能寻快乐时,寻些快乐,没的常常这样悲伤,我的辛酸眼泪也流得够了,不用你伴着我流泪呢!"然而小鹤终不能改,一动笔无非是红愁绿怨,做出一派凄响,文学界中就上了他一个"眼泪诗人"的浑号。邹如兰嫁后一年,小鹤实在无聊极了,便依着家人之请,居然娶了一个妻,也装着很高兴的模样,在人生舞台上扮演这种没意味的把戏。以后十年中,他也生子育女,很勤恳的做事,除了一身独处以外,总得把笑脸向人,于是他的朋友们都说小鹤已忘了邹如兰咧。如此,小鹤当真忘了邹如兰么?其实他何曾忘怀过来,不但没有一天不想,就是一刻钟一分钟中也有如兰挂在心头,他想着如兰才肯努力向上,才做得出极绵邈的好诗来。

　　如兰含辛茹苦,过着那种不满意的生活,对于小鹤惟有私心感激,瞧做一辈子唯一的知心人,她的芳心已成了那沙漠,幸有这汤小鹤在着,算是那沙漠中的一片青草地,倘没有小鹤维系她一丝生趣,可当真要憔悴死咧。如兰三十五岁上,忽地遇了一件意外的事,把她花一般的美貌毁了,还跛了一只脚。

　　原来有一天,她坐马车出去,被一辆汽车撞了个满怀,马仰车翻,把她压倒在地,一只脚压断了,脸上也被车窗上的玻璃剜破了好几处。送到医院中医了一个多月,那脚总没有复原,一张羊脂白玉似的脸上,也平添了好多疤痕。她丈夫先还爱她的貌,到此竟完全抛下她了,自管娶了两个姜作乐,逼她写了休书,撵将出来。

　　小鹤一听得这事,直把那薄幸郎恨得牙痒痒地,恨不得生生杀死了他,给如兰出一口恶气。那时如兰母家已没有什么人了,小鹤就托她一个老姑母出面,接了如兰。把自己新造的一座别墅,让她住下,用了好几个下人服侍如兰,衣食住三项都使她享用畅快,没一处不满意。小鹤自己仍住在旧宅中,每天晚时,总到别墅的门房中,问如兰和她姑母的安好,有时还带了花来,送与如兰,悄悄地在花堆中夹一张名刺,写上一个"爱"字。但他怕人家说话,从不踏进别墅内部去,在门房中勾留至多五分钟,得了如兰一声回话,就一掉头走了。如兰感激得落泪,往往对着那老姑母哭说:"我没有什么能酬报小鹤的厚爱,只索把这一颗真的心和真的眼泪酬报他了。"小鹤对于如兰仍是一往情深,像十多年前一样,如兰虽是疤痕界面,又跛了脚,再也不像往年的如花如玉,然而小鹤心目中,仍瞧她是个天仙化人,一壁还暗暗得意,想她丈夫不要她了,旁人也瞧不上她了,从此十年二十年,可就完全是我精神上的爱人,从此不用忌妒,不用怨恨,不用怕人家抢我灵台上这一枝捧持的花去,想到这里,便得意忘形的笑将起来。然而他仍不想和如兰接近讲一句话,每来探望时,只立在园子里,对那小楼帘影凝想了一会,就很满意的去了。这时便又做了一首长诗叫《真仙子归真篇》,平时掩掩抑抑的哀调中参入了愉快的神味,社会中不知道他事情的,都诧异着说,汤小鹤已将哀怨的心魂换去了,往后可不能再称他眼泪诗人。小鹤的朋友们都很佩服他,用情能实做一个"真"字,一壁又笑他太痴,二十年颠倒着一个邹如兰,空抛了好多眼泪,好多心血,究竟得了些什么来。小鹤听了这话,也只付之一笑,说我自管用我真的情,可不问得失呢!

如兰在小鹤别墅中住了一年,思前想后,郁郁不乐,在第二年暮春花落的当儿,也就同着花一样落去,临死时樱唇开合,说了十多声的:"我对不起小鹤!"到得小鹤赶到时,芳息已绝了。小鹤又呆了一呆,落了几滴眼泪,即忙从丰殡殓,把玉棺暂在别墅中搁着,一壁赶造了一个大理石的坟,三个月后方始落成,就将如兰葬了,墓前立了一块石碑,刻着"呜呼吾如兰之墓",是他亲笔写的。后来他自己就住在别墅中,月夕花晨,摩挲着如兰的遗物,只是痴痴的想。每天他总得到如兰坟上去一次,送一个花圈或是焚化一首诗,这是他刻板的日课,风雨无间的。

明年,如兰的忌日,他做了一首长诗,买了个大花圈,清早就到那坟上去,去了一天,没有回来,入夜时有人见他仍在如兰坟前,伏在一个大花圈上,斜阳照到他身上,惨红如血,推他不动,唤他也不醒。他动时,醒时,多分要在百年以后了。

(原载《礼拜六》第 115 期 1921 年 6 月 25 日出版)

空　墓

那十字形的墓碑上，攀满着长春藤，柔条在风中微微摇曳，似乎要向人申诉哀情的一般。碑石上苔藓斑驳，常现着新碧之色。中央隐隐有几个字道：呜呼英雄安芙林之墓。教人瞧了，便可知道这所在是个英雄埋骨之地。他的一缕英魂，却早已归依上帝去了；后人不能忘他，就立了这一块十字碑，一年年朝对朝阳，夜对夜月，默默地替长眠人表功。

墓地的近边，种着几丛玫瑰花，却不知道是哪一年下的种，也不知道是谁手植的。瞧它在这凄凉寂寞的所在，无言自芳，香气倒分外浓烈。一年一度开花，从不间断，好似笑着坟墓中的死人不中用，不能像它那么年年复活呢。那相去最近，消受玫瑰花香最多的，是一座老礼拜堂。正面顶楼上的时钟已没有了，由一个日晷仪充做代表，也不能尽职。堂中还有一只老钟，是专供报丧用的。邻近人家只一听得这老礼拜堂中的老钟放出沉郁低咽的声浪来时，便知道那坟场中又有新住户了。

这坟场中除了那英雄安芙林的坟墓外，还有好几十个坟。有的没有甚么标记，有的都竖着石碑。长的，矮的，尖的，斜削的，十字形的，甚么都有。碑上的姓名，受了风雨霜雪的剥蚀，一大半早已模糊。只是在伊文老人的心坎中，却仍刻得很清楚。别说他能记着许多姓名，就是那些死人的生年死日，他也记得起来。这伊文老人是谁？原来是坟场中的看守人，还兼着掘坟穴的职务，挣几个苦钱。仗着人家死人，倒保全了他一条老命。他的住宅，就是那座老礼拜堂，还有一个老妻，伴他的寂寞。他这样与鬼为邻，已足足有好几十年了。眼瞧着死亡的事，好像一日三餐，并不希罕。世界中不论甚么事，用他的眼光看去，都是一个棺材的影子，所以完全都看透了。

暮春时节，花事渐渐阑珊了。玫瑰花含着余芳，把一张苦笑的脸送春光归去。那坟场中的玫瑰花，仍像常年一样，傍着死人乱开，红得可怜。长春藤也依旧绿了。一天早上，在下忽地抱着伤春的顽感，推排不去，就信步踱到坟场里头。想就那许多坟墓的中间寻春光去，藉此摩挲碑碣，追念逝者，好排去我一腔顽感。进坟场后，走了不多路，就遇见那个看守人伊文老人。他老人家从老礼拜堂的背后转将出来，背曲了，像一只弓一般。一头白发，被阳光照着，比银丝还白。一双黑眼和一张皱皮的面庞，满现着慈和之色。在下先前曾和他见面几回的，当下就立住了，带笑说道："老人，多久不见，你身体可硬朗？今天可不做工么？"老人答道："正是，倘能给我少做些工，也是好的。可是瞧人死，替人掘坟，究竟也不是一件好玩的事。至于老朽的身子，已一年不如一年。到底年纪老了，就不中用。俗说人老珠黄不值钱，这话是很不错的。咦，算了，横竖多早晚总是土馒头的馅子，过一天算一天罢。"我微叹道："人世间的事，原像泡影空花。凭你做了一世的好汉，骂人打人，占尽便宜，临了儿也总不免一死。"老人点头道："怎么不是！大家想透了，可就没有事咧。寿长的活不到二百岁，寿短的不到一二岁便死了，就像这里许多坟墓中，正不少红颜绿鬓的青年男女，也早被死神收拾去咧。"说时导着我向坟墓中间走去，一路指点，说这是谁家的少爷，死时不过二十岁，出落得面目如画的；那是谁家的小姐，死时还只十八岁，一张鹅蛋脸好似滴粉搓酥，不知道现在怎么样了。说到这里，老眼中微微有了泪痕。末后我们已走到了那个攀着长春藤的十字形墓碑前面。我一眼望见了那苔藓中的字，便读着道"呜呼英雄安芙林之墓"。伊文老人忽地说道："这一个坟我不曾掘过，里头也并没有死人。"我诧异道："怎说没有死人？如此坟中葬的甚么？"老人道："葬着一段哀艳壮烈的故事。至于那个尸身，早被天上群仙葬在那碧海之底。他是为了情人死的。"我道："如此这是一个空墓，里头没有死人；然而又是谁给他造的呢？"老人把头向坟场外西面一座挺大的爵邸点了一点，回过来向我说道："这是爵邸中哀兰爵夫人的主意。花了不少钱，给那死的造这一个空墓，不时还来凭吊。"说着，忽又凑近了我低声说道："这哀兰爵夫人就是那死人的情人。"我道："原来如此。死的叫做安芙林——英雄安芙林。这一段故事，你可能说与我听么？"

　　老人顿了一顿，在近边一块矮碣上坐了，慢吞吞地说道："这是一段断肠哀史，说来很能勾人眼泪的。如今虽过了好多年，我还时时记起亨利安芙林那张孩子气的面庞，总是对人笑的。刚才有一个花朵儿似的女孩子到这里来玩，就使我记起一切事来唉。先生，我还记得那银钟似的笑声，就是那哀兰姑娘的笑声。那时节她也和亨利安芙林同来玩的。"说时,他把声音压得很低,似乎怕被地下幽魂听得了,要怪他泄漏秘密的一般。接着又道:"那时两小无猜,无忧无虑,直好似天上的仙童仙女。他们两家本是多年世交,彼此很密切的。大家也以为这两个小友,总有结成为鸳偶的一天。村人们每见他们俩携手同行,往往点头微笑。他们却自得其乐,一块儿在欢笑中过这黄金的光阴。然而光阴容易,一转眼男的成丁,女的已知道情爱。他们依旧常在一起,依旧谈笑,但已成了情人,不再做那小孩子的恶戏了。一年上镇中倒闭了一家大银行,那两家的厄运也降临了。因为他们所有的钱,都存在这银行里,于是两家都受了极大的打击。安芙林家更支撑不住,亨利便航海谋生去咧,抛下了哀兰姑娘,再也谈不到结婚的事。但是心心相印,都愿厮守到将来。两下里哭一回,叹一回,就分手而去。不上几时,那老安芙林死了。据说是为了忧郁过度,心碎死的。他就长眠在那边礼拜堂的墙阴中,还是我葬他的呢。"说时叹了口气,把大拇指向礼拜堂那面指了一指。停了一会,才又接下去说道:"自从亨利先生远行后,哀兰姑娘粉颊上的玫瑰娇红,就渐渐淡下去,真个是为郎憔悴了。幸而亨利先生常有信来,安慰她的心。只是一年年过去,总不见亨利回来。哀兰姑娘的脸色,也一年白似一年,连笑容也没有了。一般人诧异着:为甚么只见信来,不见人回来?末后我们才明白了,亨利先生是个心志高傲的青年,他定要在外边挣下了一份产业,方肯回来成家,此刻正在刻苦中呢。那时节安芙林家的屋产地产,都已卖给人家,换了别姓。买主欧林森,是个很有钱的人,就做了村中的首富。同时哀兰姑娘家却也步了安芙林家的后尘,快要破产了。"伊文老人说到这里,分明很激动似的,声音打颤着。末后他又说道:"于是欧林森忽向哀兰姑娘求婚了。哀兰的芳心深处,因为有亨利安芙林在着,立时回绝了他。欧林森先还苦苦地软求,临了竟恫吓起来。哀兰到此才知道父亲欠着他一大笔债款,自己已在他掌握之中。支撑到末后,又受了他父亲的逼迫,只索含悲忍泪,勉强答应下来。结婚后,就出去做蜜月旅行。哀兰姑娘想藉着一路的明山媚水,忘她刻骨的痛苦,然而触景生情,又哪能忘怀?事有凑巧,忽又在地中海的一艘轮船上撞见了亨利安芙林。亨利正做着副船长,声音笑貌都不曾改变。这一回的会面,可真难堪极了!亨利强笑道喜,不说甚么话。哀兰愧对旧欢,只索吞着眼泪,顿觉这一片地中海,化做了苦海咧。唉,先生,你料我怎么知道这件事的?委实和你说,这全是哀兰姑娘亲口告诉我的话。她从小儿就认识我,所以肯对我直说,并不隐瞒。她还说到那可怕的一夜,轮船触礁沉下去了,满船的人有一小半已搭了救生艇逃命,亨利安芙林疾忙放下了一张自造的小筏。这筏又小又轻，只能容得下两人，便同她坐了，打桨划去。她暗暗欢喜，心想天从人愿，好同着爱人双双远去咧。不道划了不多路，猛听得沉船的甲板上起了哭声，亨利回头一瞧，见是她丈夫欧林森，当下想了一想，现出一种沉毅果敢的神情，立时把小筏划回去。自己跳到沉船上，唤欧林森下小筏去。她只觉得樱唇上热溜溜的，被亨利亲了一亲，到得神定再瞧时，却见小筏已被她丈夫划到海心。那轮船早已载着英雄安芙林，沉下海底去了。她怀着一颗碎心，回到故乡就唤丈夫取出一笔钱来，给安芙林造了一个空墓，又立上了一块碑。这事去今已好多年了，但她仍时时带了鲜花到这里来，挥泪凭吊。几年来她也总穿着黑衣，分明是为安芙林服丧唉。可怜的哀兰姑娘，可永永不能忘却亨利安芙林咧！"伊文老人说完，眼望着远处，眼中已水汪汪地有了泪花。一会儿又道："哀兰姑娘对她丈夫，始终没有爱情。她的心简直已埋在这里空墓中，完全交给了安芙林。不上三年，她丈夫也渐渐堕落，在赌场中花去了一大半的家产。一天和人打架，受了重伤死了。从此以后，哀兰就成了寡妇。其实她从安芙林殉身海中后，早做了未亡人咧！"

在下听了伊文老人这一段哀艳的故事，回肠荡气，感动得甚么似的。正在低徊不语，蓦地听得小径上起了一阵细碎的脚声。伊文老人抬眼一瞧，就扯我避到一棵大树后面，就着我的耳低语道："这便是哀兰姑娘，又来吊那空墓了。"我回头瞧时，见一个黑衣服的少妇已到了那十字碑前，手中握着一大束鲜花，盈盈地跪在地上，把花儿散将开来，口中一壁祷告，泪珠儿扑簌簌地掉下来，好似散珠满地。那时碑上的长春藤仍在风中摇曳，玫瑰花仍是无言自芳，落地里散着浓香。

按：这一篇小说，原意是圆满的：说亨利安芙林沉在海中后，怎么得救，以后怎么回来，仍和哀兰姑娘结为夫妇。我想情节上果然圆满，但我这小说可给它作践了，于是疾忙咬一咬牙齿，一刀两断，不再说下去。看满月不如看碎月，圆圆的一轮，像胖子的脸一般，又有甚么好看？看它个残缺不全，倒觉得别有韵味呢。看官们，我本来喜欢说哀情的，请你们恕我杀风景罢。

（原载《礼拜六》第 116 期 1921 年 7 月 2 日出版）

喜相逢

　　小巷中一头黑狗，张开了嘴，伸着一个血红的长舌子，对梅一云汪汪乱叫，这叫声中分明骂着道："化子，化子！"梅一云好生气愤，撩起了那件不甚光鲜的竹布长衫，把那穿着破皮鞋的一只脚，对准那狗的脑袋上踢了一下，一壁骂道："好势利的狗！你也欺侮老子么？"说时，已到了一宅又脏又小又暗的小屋子门前，讪讪地走了进去。那狗跟着叫到门口，也就跑开去，向街头找旁的化子叫了。梅一云实在不是化子，是一个落魄的书生。他家本来也是小康之家，虽不富裕，却还过得去，不幸却和富家做了邻居。这富家的主人是做投机事业的，除了买空卖空，并没有正当的营业。去年中秋节边，在金子上失败下来，设法把产业变卖了，又张罗了一大笔钱，却还差一万两银子。实在没法想了，就想到他保有二万银子火险的屋子上。一天夜半过后，这屋子就失火了，不上三个钟头，烧成了一片白地。左右邻舍也连累了好几家，有的保险，有的不保险。梅一云家正在左邻，并没保险，可怜一个很安乐的小康之家，就被一场火葬送，并且把一云的老父老母也收拾了去。一云从睡梦中醒来跳窗逃出，幸而平日在学堂中练惯了跳高跳远，没有送命，但也摔伤了腿。只是性命虽保了，身外的东西却一件都没有带，连那在学堂中天天读的文法读本和几何三角也一古脑儿葬身火窟了。一云在街头呆坐了一会，方始定神。当下立刻想起父母来，便绕着火窟大哭大叫。那时救火员正忙着，唤他走开去，他也不管。一会儿却又疑他们老人家或者已经逃出，于是在近边几条街中巷中四处找寻，"母亲父亲"乱唤。真个脚跟无线如蓬转，一直奔到天明，叵耐总不见他父母的影儿。第二天跟着被灾的邻人们扒火烧场，才在瓦砾中扒出二老焦头烂额的尸体来，一时心如刀割，哭晕了过去。后来好容易啼啼哭哭，向几家亲戚化缘般化了几个钱,把二老殓了。从此无家可归,书也灰心不再去读了。在一个亲戚家坐吃了十天,受了逐客令,只索挺身出来,心中暗暗慨叹着:想人生在世,原是富得穷不得的。富的时候,大家往来很勤,逢了节便大鱼大肉地送礼物,似乎慷慨非常;倘有一方面失势了,便不再当亲戚看待。一个亲戚如此,料想其余的亲戚也如此,朋友们更不必说了。

因此梅一云索性挺起那嶙峋的傲骨,死了那依赖别人的心,任是饿死在街头,也一百个情愿。一云最痛心的,就是平日间去惯的意中人家,到此也不能再去了。虽不明言绝交,实际上已是如此。他曾有一回上门去,门房却请他尝闭门羹,说是奉了老主人的命令,以后请不必光顾了。这一下子可把一云气了个半死,恨不得立刻撞死在门前。第二天写了封信给他意中人,也没有回信,一云这才死了心。屡次想自杀,却又屡次劝住自己,说死不得死不得,死了可要给他家笑话,还是留着这个身体和前途千磨百难去奋斗,图得将来有一个飞黄腾达的日子,也出了胸头一口恶气。因此他就不死了,但要找事儿做,踏遍了苏州城竟找不到。末后仗着一个打更老头儿的提携,供给了他一副亡儿遗下的测字家伙,于是老着脸在玄妙观中摆了个测字摊,挂上一块"梅铁口"的牌子,天天在眼上搭凉棚般遮了张纸儿,冷眼看人。每天来请他测字和写信的倒也不少,天晴的日子总能挣到三四百钱,一个人的身体差能敷衍一日三餐。他究竟是受过中学堂教育的,虽是信口开河,所测的字可也说得自然入妙,和旁的人两样。写一封信,更和旁人有天上人间之别,一笔楷书也工正得很。洗衣服的王妈妈,是个不识字的老婆子,有时来托他写家信给乡下的老丈夫,也总说梅铁口先生的信写得好:"可是黑字落在白纸上,笔笔像样,这是瞒不过人家眼睛的。"一云的生涯虽还不恶,然而他旧时的同学都来和他开玩笑,出了钱请他测字。这是他最难堪的事。勉强捱了半年光景,再也捱不下去,连得亲戚们朋友们也都来瞧他。他虽问心无愧,仗自己挣饭吃,他那一双冷眼虽已看透世情,但他到底是个不满二十五岁的青年,不免还有一些子虚荣心。后来恨极了,决意不再出去摆测字摊,一连在家中躲了三天。

他的家在紫兰巷中,就是开头说的那条小巷,每月出一块钱,向一个卖水果的老公公租了半个楼面,安放一张床,一张桌子。他的家就完全在这里了。这一天他出去走走,看见一家书坊中陈列着许多小书和杂志,他就中买了一本上海出版最精美的小说杂志,揣着回来。路上忽地得了个主意,正在暗暗欢喜,不道走到小巷中吃那狗对他叫了几下,就着了恼,骂着回家。到了楼上,忙把那小说杂志打开,从头看起。第一页上就是个挺大的悬赏征文广告,说要征求一种三四万的长篇小说,出题是《我之回顾》,凡是应征的人,须把自己过去的历史记出来,第一名一千元,第二名五百元,第三名一百元。一云把一个大拇指纳在口中,对那一千元、五百元、一百元几个字着实发了一回愣。接着又看了两篇小说,很觉有味,想自从出了校门,也好久不看书了,小说更不要说,今天见了小说,倒像分外有缘咧。一壁想,一壁翻下去,翻到第四篇,陡地目瞪口呆,好似触了电的一般,原来见那篇小说,名儿叫做《寂寞》,下边却署着魏碧影女士五个字。这魏碧影是谁?原来就是他的意中人。一云好久不见意中人的娇面了,一见这魏碧影的芳名倒像见了面似的,不觉目不转睛地呆看着。一会儿心神定了,暗想登门被拒,去书不理,她分明已把我看做陌路人,我又何必再去想她,发这无谓的愣呢?接着把那《寂寞》懒洋洋地读了一遍,心中忽又动起来。原来里头的话,分明是记他们两人的事,末后便拍上题目,说她深闺中的寂寞况味,描写得分外的细腻。一云倒也不能忘情,想她既是如此,我何不再寄封信去试她一试?当下便磨墨伸纸,一口气写了封很恳切的信,粘上邮票,亲自送往邮局去。这一夜颠倒迷离,做了许多好梦。然而他伸长了脖子,等回信来,一连一个礼拜,竟不见半个字。无聊中没法排遣,便想起那悬赏征文,把自己的历史着手做《我之回顾》,好在过去半年中省吃俭用,把玄妙观中测字得来的钱,挣下了二三十千,尽够给他坐吃一二个月。他日夜动笔,忙了一个多月,居然把那《我之回顾》做成了,寄到上海那家小说杂志社去。接着一礼拜,他直好似举子望榜般等候消息。一天早上,回信来了,拆开一看见是那杂志主笔出名,通篇都是钦佩的话,说这种可歌可泣的好文章好久没见过了,龙头之选不是先生是谁,现已备就银饼一千,请先生到上海来领,藉此好一识荆州,并且另外有借重的事。一云一接到这封信,好生欢喜,连那每天当早餐吃的一根油条一块大饼也忘记吃了,当下就怀了那信,搭火车赶往上海。身上虽仍穿着那件不甚光鲜的竹布长衫,袋子里倒似乎已有了那一千块钱叮叮当当的声响。

到上海时,就在火车站上坐了一辆人力车,直奔黄浦滩小说杂志社而来。那时那位主笔先生洪远伯,正在编辑室中阅看文稿,一听得茶房报到梅一云先生五字,怎敢怠慢?竟赶到门口,一路迎他进去。他眼中只见梅一云那个玲珑剔透的小说家脑袋,并不注意到他身上的衣衫,那种恭敬的态度,一些没有折减。倒惹得茶房们暗暗诧异:想洪老先生今天可是发了疯,怎么必恭必敬地迎接一个落魄书生进去,倘给旁人知道,可要笑掉大牙咧!洪远伯既把一云迎到会客室中,就开口说道:"梅先生的大才,兄弟委实佩服得很。敝杂志自从出了那《我之回顾》的题目,登出征文广告以后,投寄来的稿件不下一二千篇,但总没有大作那么有声有色、可泣可歌,大概把先生的心和灵魂都装入行间字里去了。当代不少小说名家,对于先生都得敛手却步呢!"一云忙道:"言重言重! 在下做小说,却还是破题儿第一遭咧。"洪远伯道:"那更难得了。第一遭就做得好小说,怕是天才罢。但我疑这篇小说中的事实,不知道真的是先生自己的历史不是?"一云低头向那竹布长衫上一个破洞瞧着,红着脸说道:"先生,这当真是我自己的事。我原曾在玄妙观中做过测字的。"洪远伯口中"哦"了几声,又道:"如此,那书中的女角色也实有其人了? 但你结束得过于悲惨,怎的把你自己送了命? 我很希望你们后来相逢,重圆那乐昌破镜呢。"一云怅叹道:"唉,没有这希望了。我自分永永沦落,哪里还能做她家的娇婿? 况且登门被逐,去信不答,他们早就拒我在千里之外了。他们先前虽曾有许我的话,我可也没有凭据和他们交涉去。就我自己也不愿见金枝玉叶的好女子,嫁我这个穷断脊梁的梅一云啊。"洪远伯拍他的肩道:"你这人真好极了! 我总得尽力助你。这里的一千块钱请你收了。"说时取出签票簿,签了一张一千块钱的支票交与一云。接着又道:"第二件事,我还要请你做一篇五六千字的短篇小说,题目叫做《春之夜》,须把黄浦江上的夜景,细细描写做开首的点缀。往后我这里要添一位副主笔,助理一切,怕要有屈先生了。"一云答应着,真个喜心翻倒。洪远伯又道:"这一篇《春之夜》我待用很急,你最好赶快动笔。今夜半夜时分,不妨先到对面的江岸一带看看夜景,助你笔上的渲染呢。"一云连答了几个是字,待要告别出来,洪远伯忽道:"先生请恕我唐突,我斗胆要问你那意中人的姓名,可肯见告么? 因为我是个生性好奇的人,不论甚么事都要打听底细。"一云迟疑了一下子,才吞吐着说道:"她——她姓魏,名儿叫做碧影。贵杂志最近一期中,也有魏碧影的著作,不知道是不是她?"洪远伯点头道:"哦哦,或者是她。"说完,也没有旁的话,竟把一云送了出去。

一云只得出来,先到银行中把支票兑了现银,尽着半日中到上海各部分逛了一遍。身边有了钱,虽然不肯浪用,胆儿到底大了许多。捱到晚上,上馆子吃了一顿晚饭,半夜时分便到黄浦滩来,在江岸往来散步,看那夜景。只见半天星月倒影水心,水微动,星月也微动,一晃一晃的,好像碎金一般。沿岸小船无数,都泊着不动,静悄悄地寂无声响。远处的大船中,还有一星星的火,也印在水中,似和星月争地位。偶有一二头水鸥飞来,翅尖掠过水面,把那星影月影灯影水影一起都搅乱了。一云手扶着铁栏,正看得出神,猛听得咯噔咯噔一阵脚声,似是女子的蛮靴着地。一云回头一看,果然是个女子,月光恰照出脸痕,不是他意中人魏碧影是谁? 于是呆了一呆,想避开去,那女子倒也眼快,早已瞧见了一云面目,止不住娇声呖呖地呼道:"你不

是一云么？我们好久不见了！"一云只索住了脚冷然答道："我原是一云，道你早已忘了我了，怎么倒还认识我？"碧影道："我哪曾忘过你来！怕是你忘了我。自从那天我得了你家火烧的消息，就急得害病，病中很望你来瞧我，或是寄一封信来，哪知毫无影响？病后要找你，既没处找寻，父亲又不许我出来，正使人难堪极咧！"一云道："我曾到过你家，被门房拒绝了；又写了封信给你，却不见你的回信。一二月前见了你的小说，还有信寄上，叵耐仍像石沉大海，一总没有回信。到此我才知道说情说爱，原要在有钱时说的，一到穷途落魄的当儿，就没有这份儿了。"碧影沉吟了半晌，点头说道："哦，是了。这一定是我父亲在那里捣鬼。怪道他从你家烧掉后，绝口不提你的名字，你的信也定是他从中捺去的。但你可不要怪我，我对于你始终如一，并没有改变初心。任你做了化子，也总有嫁你的一天，你放心罢！"一云很感激地说道："你要是真能如此，我自然更要力图上进，重新造起我的家来，决不敢辱没你。但你怎么平白地到上海了？"碧影道："因为小说杂志社中要出一本女杂志，请我做主笔，我父亲答应了，在一个月前伴我同到上海，目前正在筹备一切。今天小说杂志的洪远伯忽要求我做一篇《春之夜》短篇小说，唤我在夜半时分到这江岸来，看那江上夜景，写入小说。不道事有凑巧，竟遇见了你，这不是天意么？"一云瞧着碧影娇脸，悄然答道："不是天意，是人意。"当下便把破家后起，到今天洪远伯唤他做《春之夜》的小说止，源源本本地和碧影说了。碧影很快乐地说道："如此这明明是洪远伯他有心要撮合我们，所以藉这《春之夜》来使我们喜相逢呢！"一云道："正是，我们应当感激洪远伯。"接着两人便并倚在铁栏上，说了好多情话。那时对街一座洋房的窗子开了，有一个人立在那里，对着这边月下双影点头微笑。这人便是小说杂志社的主笔洪远伯。

瘦鹃道：近来我得了广州一位先生的信，说他向来爱看我小说的，只是哀情太多，使他伤心极了，要求我别做。又有一位朋友，说我做哀情小说大非卫生之道，还是少做些罢。前天在一品香，遇见老同学徐叔理君，他也是这么说。我一想不好，他们要是仿照英日同盟般结了同盟，以后不看我的小说，我难道自己做了给自己看？因此这一回连忙破涕为笑，做这一篇极圆满的小说，正不让"私订终身后花园，落难公子中状元"的老套呢。我第一要问，徐叔理君读过了这篇，可开胃不开胃？

（原载《礼拜六》第 120 期 1921 年 7 月 30 日出版）

小　诈

　　葡萄棚上盖着重重叠叠的绿叶，好像亭亭翠盖一般；葡萄虽已结实，还没有变紫，一球球地向下挂着。柔藤下撩，恰撩在一对少年男女的头上，但他们俩自管软语，一些儿没有觉得。瞧他们的脸色，似忧似喜，也不知道说些什么话。一会，那少年太息道："去年葡萄紫时，我们俩曾在这里私订百年偕老之约，预备等我的文字生涯发达一点，然后去求你老父，更给亲友们知道。今年葡萄又快要紫了，我却依旧如此失意，瞧来这小说家的生活和我是没有缘的，任是再做一百年二百年的小说，可也不能享甚么大名。要像我先父那么在小说界上占一个重要位置，怕就没有这一天了！"那女子道："黎明，你不要灰心。只须把你的思想和艺术完全用在小说上边，包管有名利双收的日子。你父亲原是个大小说家，他的小说至今传诵，他的大名也至今不曾衰歇。只恨中国的书商太薄待一般著作的人，虽做了好书不给善价，多方地剥削。一编风行时，他们却自管赚钱，自管作乐，到得著作人死后，他们哪里过问？不像外国书商，把著作人捧得天一般高，既用极大的代价买下了他的底稿，每年还有规定的酬金；本人死了，子孙还能承袭下去。像中国的著作人，简直和苦力化子差不多，他们的心血在书商眼中瞧去，不过像沟水罢了。"少年道："平心而论，他们对于已成名的著作家，也略略优待一些。像我父亲当时，也总算藉着一枝笔，挣了几个钱。只为他自己太豪放了，死时便一钱不剩，连做成后未刊的小说稿也一本都没有。"那女子道："你倘能找到你父亲未刊的稿件，书商们一定要把善价来买的。有了一二千块钱到手，我们就能舒舒服服地订婚结婚了。"那少年道："怎么不是！只消有一二千块钱，也就够了。但像我目前这样，哪能得这笔钱？做短篇小说卖不到多少钱,做长篇小说又没有主顾,但愿哪一天给我从甚么屉底橱角找到一部先父的遗著,那便好咧。"女子眼望着少年的脸脉脉无语,一会儿忽道:"好了,我们回去罢。天快要夜了,我没的累父亲饿着肚子等夜饭吃。"少年道:"好,我们走罢。我也得回去做小说呢。"当下两人离了葡萄棚下,踱出公园,到燕子街口,彼此便分手了。

　　吴黎明是个小说家,已做了三年的小说,还没有出名。他父亲却是一个大小说家,做得一手好小说,长短篇都很出色,社会中凡是提起了吴畏庵的大名,简直没有一个不知道的。他仗着笔歌墨舞,钱倒挣得不少,但他生性豪放,瞧着这些心血换来的钱不甚爱惜。日走胭脂坡,夜过赵李家,挥霍一个畅快;就那赌场和各小俱乐部中,也喜欢走走。他生平的风流韵事,倒也能做一部很好的艳情小说,但他末后毕竟因了瘵疾而死,临死两手空空,连自己买棺木的一笔钱也不曾留下,竟自撒手去了。瞧他的一生,很像法国大小说家大仲马,做小说是大家,挥金如土倒也是大家。大仲马有儿子小仲马,同在小说界享大名。吴畏庵有儿子黎明,原也有小说家的天才,但还比不上小仲马。那天他别了情人丁淑清回到家里,他那寡母已煮了夜饭等着。黎明胡乱吃了一碗,就靠在椅中呆呆地想,淑清的呖呖莺声,似乎还留在耳边,那"有了一二千块钱就能舒舒服服订婚结婚"的一句话,更很清楚地印在心上。他想来想去,总没有法儿挣这么一大笔钱。这夜他兀的不能入睡,夜半起来把抽屉箱篓一起搜查,想找到他父亲的遗稿。谁知任把地板翻了个身,也找不到甚么,转把他母亲从睡梦中惊醒了,还道他发疯,忙起来瞧是甚么事。经黎明说明了原委,才安了心。丁淑清的父亲仙舟是个大学教授,他和黎明的父亲原是三十年老友,膝下单有淑清一女,才貌双全,对于这个最重大的择婿问题十分仔细,几乎都要像考试学生般考试一下子,瞧他合格不合格。他见黎明和女儿相爱并不反对,不过暗暗仍有一种表示,说要娶淑清为妻未尝不可,但须有了娶妻的能力,才能说到这件事。黎明和淑清俩也都知道了老人的意思,兀是想赚钱的方法,然而黎明虽呕心沥血,也换不到多少钱,只能敷衍日常的家用。自从那天听了淑清的一番话,就痴心妄想要找到他父亲的遗稿,谁知连找三天,只落得白忙了一场。仗他心地灵敏,忽然得了个计较:想父亲的遗稿既找不到,何不假造一本,去骗骗那些书商?好在父亲的文笔是看惯了的,学也学得像,混卖出去,定能换它一二千块钱呢。打定主意,就找了一本空白的旧簿子,动起笔来。全书的结构和意思,他早已想妥,自然容易着笔。每天日中怕淑清和旁的朋友们来瞧他,不敢造这假稿。到了夜静更深,方始偷偷地动笔,往往做到天明,把睡眠也牺牲了。这样捱了一个多月，居然把那小说做成，名儿叫做《十年回首》，一总有十万字，好算得一部大著作了。但他用了这一个多月心力，已疲乏得很，脸子瘦了好些，两眼也凹了进去，倒像害过一场大病似的。完稿之后，他又踌躇好一会，想这件事很带些欺诈取财的意味，不知道轻意做去，于自己道德上有亏么？但是转念想到淑清"订婚结婚"的话，就也顾不得许多了。当下他写了封信，附着那小说稿挂号寄与一家大书店，当年他父亲在世时也不时送稿件去的。发信后，他怀着鬼胎，生怕那书店中觑破他的秘密，倒是很害臊的。一连盼望了五天，心中很觉不安，第六天上，那书店中有回信来了，拆开一看，不觉喜出望外。原来满纸都是赞美的话，说通篇情文并茂，一读就知道是吴畏庵先生的手笔，这种好小说现在是没有的了，预备奉酬二千元，不知尊意如何？倘蒙允许，请亲来立约，价格上倘不满意，也尽能熟商的。黎明读罢这信，直喜得手舞足蹈起来，暗想好了好了，我们正在想这二千块钱，不道真有二千块钱送上门来！且慢，我何不多要他一些？索性说三千块钱，怕也没有不依的。于是他亲自到那大书店中去，见了编辑部部长，他的要求也答应了，揣了三千块钱一张银行支票，回到家里。同日就赶到丁家，把那发见父亲遗稿的事告知淑清，又掏出那支票来做凭证。淑清自然也欢喜，但是还不敢和她父亲说，因为钱虽有了，究竟不是黎明仗着自己本领去挣来的。老父生性怪僻，和常人不同，此刻倘提出婚姻问题，倒未必肯答应呢。黎明也不敢说，只等再寻机会。

两个月后，那部《十年回首》已出版了。报纸上登着极大的广告，说是大小说家吴畏庵先生的遗墨，由他文郎黎明先生在故纸堆中寻出来的。不上一月，早已轰动全国，销去了十多万册，倒给那书店中稳稳地赚了一大笔钱。黎明暗自好笑，想那十多万人都上了他的当咧！转念想时，又觉得这事很像诈术，似乎于道德上很有妨碍，不如再往书店中自首，叫他们普告天下，向读者谢罪，也算给自己忏悔一场罢。但是过了一夜，又想这种事可比不得招摇撞骗，就是利用自己父亲的名字，也不算僭冒呢。那时丁淑清的父亲仙舟老人，也已读了这部《十年回首》，十分怀疑。因为吴畏庵生平所有已刻未刻的稿件，临死时都私下交给了他，嘱咐他说儿子年纪还小，甚么都不懂，我这一生心血请老友好好儿保存着，等儿子将来长大了，结了婚，然后交他保管。仙舟依着他的吩咐，二十年来好好儿地珍藏在保险箱中，只等黎明一结婚，立时移交。况且见黎明也是个小说家，私心更是欢喜，想他克绍箕裘，往后定能保守他父亲的遗稿呢。如今忽见市上有吴畏庵的遗稿出现，据那书店主人的序言中说，还是畏庵的文郎黎明发现的。他就觉得诧异起来。细细

地读那书,文字和情节都很高妙,自能比得上畏庵的大手笔,至于写景之处更超过畏庵。仙舟诧异极了,把这意思和淑清说,一壁又写信去唤了黎明来。淑清和黎明已有多天不见面了,一见之下,欢喜自不消说。仙舟却劈头就问道:"黎明,你父亲的那部《十年回首》是从哪里发现的?"黎明脸色微微一变,支吾着答道:"是、是从一只抽斗的底里搜出来的。"仙舟一瞧他模样,心中已明白,接着带笑说道:"怕未必罢。委实和你说,你父亲生平所有已刻未刻的稿件,已在当年临终时全都交给我了。他也是爱惜自己心血起见,唤我等你长大了,结了婚,才交给你保管。我见你还没有结婚,因此一径没有移交。如今我问你,你那部书是从哪里来的?究竟是谁的手笔?"到此黎明已满面涨得通红,急忙说道:"老伯请恕我的欺诈!这部书实是我自己做的。只为我没有出名,有了作品不能得善价,因此想出这法儿来,居然骗到了三千块钱。但我心中兀的不能安耽,今天受了老伯的责问,更要愧死咧!"说完低倒了头,不敢对仙舟瞧,也不敢瞧淑清。仙舟却放声笑了起来道:"黎明,你不用这样。像这种小诈,也像兵家行军一般,哪能说有伤道德?我很佩服你这部书做得绘影绘声,没有一笔松懈,写景一层更胜过你父亲一筹,这真不是死读父书的人了。停一天我还得代你向那书店中声明,说是你自己的著作,一壁更把你父亲未刻的稿件交他们刻书去,怕还不止三千块钱咧!"黎明道:"多谢老伯的赞许,我感激得很。但我几时才能接收先严的遗稿呢?"仙舟道:"等你结婚以后。"黎明脸儿一红,鼓着勇气说道:"我正很想结婚,不知道老伯可能见助?"说时抬眼向淑清瞧,淑清梨涡也是一红,却把头低了下去。仙舟扑哧一笑,陡地站起来,拉了淑清的手纳在黎明手中,放声说道:"愿你们永远快乐!"

（原载《礼拜六》第 128 期 1921 年 9 月 24 日出版）

两度火车中

黄芝生一生的命运,就在两度火车中定了。第一度在火车中,火车失事,他失了记忆力,又失了意中人。第二度在火车中,却又见意中人同着旁人度蜜月去,他就失了心志,变做了疯人。可怜的黄芝生,你为甚么两度上那火车。

芝生留学美国已三年了,那一年诗家谷火车失事,他受了伤,不知怎样,昏昏沉沉的走了开去。第二天早上,却躺在市梢一家后园的铁门外边,失了知觉。园主人是个美国少年画家,名唤佛恩,为人很有义侠气。一见芝生负着伤,不敢怠慢,立时扶将进去,一壁请医生替他疗伤。过了好半天,方始醒回来,叵耐记忆力完全失掉了,甚么都记不起来。一连过了三个多月,只是住在佛恩家。佛恩和他很投契,待遇极好。自己作画,唤芝生坐在旁边瞧,借着解闷。这一天他们俩同在后园中,并肩坐着谈笑,各把头仰着天,看浮云来去,好似有许多鸟兽,在那里飞的飞跑的跑一般。一会儿佛恩忽然问道:"你可觉得身中硬朗些么?"芝生道:"这几天硬朗得多了,但要回想过去的事,兀的想不起来。想狠了,几乎发疯。"佛恩道:"医生说你不久总有回复记忆力的一天,目前不必多想,想坏了脑筋,可不是玩。"芝生道:"但我老住在这里,靠着你过活,也不是事。"佛恩柔声说道:"朋友,这是小事,你说他则甚?我从一枝毛笔上扫出来的,尽够养你这么大的孩子一二打呢。你别恼,好好儿伴着我玩。天气已热了,我要到海边避暑去,明天早上便须动身,你和我一同去换换空气,或者就在路上把你的记忆力召将回来。"芝生道:"多谢你的厚意,我可一辈子忘不了的。不想你待一个异国之人,竟能如此热心。我除了感激涕零外,可也说不出旁的话来道谢。"佛恩笑道:"算了,说甚么感激和道谢。有力量救患难中人，直是做人一辈子最快意的事，只恨不能常有人给我救罢了。"芝生便也不说甚么，从旁边草地上取起一张新闻纸来瞧，翻到了一处，猛可里像触电一般，脸色立时变了。原来那新闻栏中登着一条新闻道："那中国女留学生中有名的美人卫碧兰女士，昨天和侨居纽约的南洋糖王谢子坚公子小坚君结婚。女士在四个月前曾在诗家谷失事的火车中脱险，艳生生的花容，丝毫没有受损。如今才有这一段美满姻缘，委实是上帝玉成的呢。"芝生看罢，那新闻纸突从手中掉下去，呆了好一会，那脑中却刷的一动，把记忆力恢复了。他记得这卫碧兰是他的意中人，两下里志同道合，十分亲爱的。那一天是礼拜日，他们一同从纽约搭火车来游诗家谷。不想火车在诗家谷出轨，他受了伤，还从覆车下救出碧兰，载将开去。他自己却像醉人一般，颠颠顿顿的走开了。后来碧兰经车站中人送往医院，芝生就倒在画师佛恩的后园门外。自从在覆车下救出碧兰起，他心中便像一片白纸，不知道是怎么一回事。伤愈以后，竟连前事也记不起来。如今猛见意中人芳名，才拨动心弦，恢复了记忆力，只是以下的几句话，可也尽够把他的心儿捣碎了。他呆坐在那里，两眼停注着掉下去的那张新闻纸，一动都不动。佛恩瞧了这模样，很诧异的问道："朋友，为了甚么事，你竟呆过去了。"芝生拾了新闻纸，指着那节新闻答道："如今我已明白咧，以前种种，只算是一场梦。索性使我不再记得，倒也很好。如今一记得，痛苦就来了。"当下他就把先前的事一起告诉了佛恩，末后又道："这一下子，我的一生已毁，可没有希望了。但我还须去瞧她一次，教她知道我没有死，或者再问她到底爱我不爱。她要是说不爱，我可也死了心咧。"佛恩忙道："很好，我不妨伴你同去寻她，瞧她见了旧爱，可要追悔自己不该急急的另寻新欢呢。"芝生想了一想，忽又说道："不行不行，我既爱她，不该再去打扰她，索性由她去伴着新欢，过那黄金的光阴罢。"说完咬了咬嘴唇，眼中湿湿的，似乎已有了泪痕咧。第二天早上，佛恩拉着芝生同往海边去。不道在诗家谷火车中，偏偏撞见了卫碧兰，正同着她丈夫度蜜月，去瞧他们依依不舍，真好似双飞双宿的蛱蝶一般。碧兰虽见芝生，却似乎不认识了。芝生呆坐在座中，只是向他们呆瞧，到得下火车时，可怜他已变做了个疯子。一二天后，佛恩便到疯人院中去探望他了。

（原载《礼拜六》第 130 期 1921 年 10 月 8 日出版）

著作权所有

　　小说家薛平之，在文字上奋斗了十多年，没有享大名，向壁虚造的材料，已搬用完了，呕血镂心竟想不出甚么好意思来，天天握着一枝笔，不禁有江郎才尽之叹。这一年春上，有一家大书坊中请他做一部一百万字的章回体社会小说，要求一年交卷，肯出一笔极大的酬资。薛平之的笔墨生涯本来不甚发达，每月所入，只能勉强把衣食住三大问题应付过去，有时想买白兰地吃，常觉钱儿不凑手，如今既有这么一注大生意寻上门来，自然没有不欢迎的。叵耐苦苦的想了三天，想好了结构，却没有材料供他描写，要搭起空中楼阁来，又觉得无从着笔。可是做社会小说很不容易，作者必须饱经世故，见得多听得多了，才能意到笔随，着着实实的写出来。一百万字的长篇作品，任是写他一百万个"一"字，也很费力，何况要做成小说呢？他心知坐在家里空想，是不济事的，须得出去游历一趟。看来北方东三省一带和京津，倒是个小说材料出产地，何不到那边走遭，游罢回来，当然见多识广，那一百万字可就容易设法了。打定主意，然而手头却没有这笔游历费，看来至少总要带五六百块钱，他是个穷光棍，哪里有这些钱呢？没奈何，只索去和那大书坊主人商量。那书坊主人为了今年营业发达，正在兴高采烈的当儿，一听平之的话，竟答应下来，当下就唤会计付他六百块钱。一面又吩咐广告主任做了个铺张扬厉的大广告，号召看书的人，先来预定这部一百万字的大杰作，把特派名小说家薛平之周游全国采集材料的话一起做了进去，预备第二天在各大报上登出来。薛平之喜之不胜，捧着那六百块钱回去，准备动身往北方去了。

　　平之在这世界中光是一个身子，他父母早年死了，也没有兄弟姊妹。他父亲临死，曾遗下几千块钱，把他托与一个表亲照顾，那表亲见有钱来，自然没口子的答应。从此平之就在这表亲手中渐渐长大,那几千块钱却也在这表亲手中渐渐缩减,渐渐不见了。那表亲总算还有一丝良心,给平之受了五年中学教育,毕业以后,没处谋事,因为生小爱看小说,就想在小说界中占一个位置,然而做小说究竟不是生财之道,一连十多年,未见生色。他也不好意思再和那表亲算那几千块钱的旧账,自己虽已和表亲家脱离,另借屋子居住,想起那笔钱心中虽不无介意,但是表面上感情依旧很好。和他平辈的有一个表兄,叫做林莲亭,常在他寓所中走动,有时一同出去闲逛,仍和平时一样。林莲亭很羡慕平之会做小说,说是名利双收的事,比甚么事都好,但他学着做时,总是牛头不对马嘴,不成个样儿。

平之生平有一件快意的事,就是因了小说结识一个女友。这女友名唤何小碧,向来有小说癖的,新旧各种小说,眼中见得不少,她很爱平之的文字,说是轻倩流利,有字里花飞之致。于是投信给平之,彼此相识,往来既密,自然有了爱情,情到热处,背地里便订下了百年之约。林莲亭既常来瞧平之,因而也有好几回撞见小碧,瞧了那花朵似的娇脸,也很羡慕平之的艳福。平之很得意,这回动身出去,就约了小碧在一家酒楼中置酒话别,虽是小别,却也不免同洒了几行别泪。

平之一路北去,到天津,到北京,考察各处社会情形,记入小册子中。又仗了几个文字交的介绍,结识当地人士,探听了许多遗闻轶事,都能作小说材料的。这样盘桓了十天,便再向北到哈尔滨一带,游历蒙边。一天上遇了胡匪,竟掳到深山中去,那匪首倒是个通文墨的人,听说平之是小说家,会弄笔头,就吩咐匪众不得虐待,请他充秘书,要是不依时,便立刻杀却。平之到了这生死关头,哪敢强项,只索屈服了,从此平之便留在山中,做那匪首的秘书。写信草檄文,件件做到,很得匪首的欢心,闲来时一同讨论《水浒传》,口讲指画把一百零八个好汉,都说得像生龙活虎一般。这样过了一年,屡次求去,匪首兀是不放,并且也不许他通一封信,仍把快刀手枪恫吓他。他想尽方法,总不能逃出山去,想起了意中人何小碧,往往临风洒泪。

第三年夏季,匪首害病死了,山中一时大乱,平之便捉空儿逃出山去。停辛伫苦的到了北京,他已无意再到别处去游历,即忙搭火车南下,他也并不写信给小碧,想先去瞧瞧情形再说。到了上海,先去瞧他的寓所,却见已换了别人居住,自己的东西,不知道移到了哪里去。上去问时,回说不知道,打听房东,房东已换人了;他更赶去瞧他的表兄林莲亭,谁知林家也已移居;连那何小碧家也移开了。平之无聊得很,知道内中定有蹊跷,不愿再去打听别人,想用侦探小说中的侦探手段,慢慢地探他出来。那时他既没处去,就先到市立图书馆中,翻旧报看,最触眼的,就是那大书坊中所登的封面广告,大书悬赏捉拿薛平之,看那下文无非是说平之欺诈取财,诈了六百块钱,一去不回,如今便悬赏一百元,拿他到案,受法律的裁判。平之瞧到这里,似乎触了电,呆住了好一会,心想大书坊中目前去不得,且等事儿完全弄清楚了,再去说话。更翻近日的报瞧时,又见一个触目的广告,上边写着"十年来小说界唯一杰作",下边便是《绛云记》三个挺大的字和"林莲亭先生著"六个大字,平之不瞧犹可,一瞧之后,心头兀是乱跳。原来那《绛云记》明明是他前四年的旧作,因为内中有不妥之处,须好好修改,一径把稿本藏在箱中,没有卖出去,不想被表兄偷去,当做自己的作品,看来那寓所中一切东西,也都给他一起取去了。别的且不管,《绛云记》是著作权所有,可不许他据为己有,欺骗社会,须得和他交涉去。他出了图书馆,气急败坏的一路走去,哪知走不到十多步路,猛见一辆马车擦身走过,车中坐着一男一女,女的正是他意中人何小碧,男的不是他那表兄林莲亭是谁?瞧他们的模样,似是新结婚的一对。到此平之的身子似已冷了一半,两条腿也软下来了,没精打采的跟那马车跑了一会,见已到了一宅洋房门前,门上有铜牌刻着"文学俱乐部"字样,当门搭了个花牌楼,又挂着一块牌子,叫做"欢迎《绛云记》作者林莲亭先生,并贺其新婚"。那马车停时,两人走了下来,洋房内已迎出二三十个男女,簇拥着进去。平之趁他们一阵鸟乱也溜了进去,只得里边一个大会场上,已黑压压的坐满了一屋子的人,一见莲亭和小碧进门,都拍手欢迎。当下莲亭走上演说台去,先谢了众人的欢迎,接着便说他做《绛云记》的经过。平之坐在人丛中忍耐着,等莲亭说完全身的热血都怒涌了上来,便大呼一声"著作权所有",离了座跳上台去。莲亭一见他,顿时变色,喘息着说道:"我们都当你已死了,你怎么又回来咧?"平之抓住了他,怒呼道:"你好大胆子!敢偷了我的旧稿,做你的作品,更占了我的旧爱,做你的妻子!好,好,我今天和你拼了命罢!"那时何小碧已晕倒在座中,另有好多人赶上台来解劝平之,平之略略平了气,便把三年来的源源本本演说了一次,赢得大家太息的太息,赞美的赞美。他那表兄林莲亭,却已趁着这当儿溜走了。

过了几天,何小碧已告到官中,和林莲亭离婚。那大书坊中已取消了悬赏捉拿薛平之的广告,平之成竹在胸,已着手做那部一百万字的社会小说。至于这小说做成不做成,何小碧和薛平之可能言归于好,在下不再说明,留着这一枝甘蔗头,请看官们自己去嚼出甜味来罢。

(原载《礼拜六》第 136 期 1921 年 11 月 19 日出版)

旧　恨

西湖上僧寺尼庵是很多的。梵贝声声，常腾在湖面清波之上，和那些轻舟荡桨声互相唱和。单表涌金门内，有一座尼庵，叫做正觉庵。庵中住持是一个老尼，叫做慧圆，今年已七十岁了。拜佛念经，已消磨了她五十个年头。湖上众尼庵中，要算她资格最老。大家也知道她是个笃志的佛弟子，对于佛事是再虔诚不过的。

这一天是三月中暖和的日子，慧圆师太做了日常的功课，在院子里晒太阳。手拈佛珠，口中不住地念着阿弥陀佛，接连也不知道念了几千遍了。末后那太阳已在西天沉下去，一道道黄金色的光线，照在院中几株白桃花树上，把那白桃花的瓣儿也染了黄色，仿佛在那里微微地笑。小鸟啾唧上下，啄那落下的花瓣；有时互相争啄，啾唧声便闹成一片。经堂上时有磬声，镗的一响，仿佛打到慧圆师太的心坎上，使她忘却一切尘世的烦恼。就这一个院子，此时也像变做天堂的一角了。但在半点钟前，慧圆师太却听得了一段很凄惨的话，所以她这时口头虽念着阿弥陀佛，心中却酸溜溜的，老大地不得劲儿。原来前天庵中来了一个新披剃的小师太，拜她为师，法名叫做小慧。这小慧出落得花容月貌，年纪不过二十三四。本来是城中黄公馆里的小姐，嫁与一家姓沈的，真个郎才女貌，再美满没有了。哪知天妒良缘，结婚不到一个月，她丈夫忽地害病死了。她心碎肠断，万念皆灰，抛下了锦绣衣裳、珠钻首饰，剪去了青丝，换上了袈裟，竟在这尼庵中留下了。任是她老子娘和翁姑们苦苦拦阻，全都没用。可怜这一枝艳生生的好花，从此就在蒲团经卷间讨生活了。慧圆师太就听得了这么一段惨史，心中不知怎的，竟有些难受起来。这当儿她耳听着鸟声啾唧，眼瞧着斜阳渲染的白桃花，禁不住把前尘影事,一起勾摄了起来。虽然隔了五十年,她心上还是清清楚楚的。可是五十年前,她也是一个红颜绿鬓的姑娘,活泼泼地,享受那妙年时代应得的幸福。到得她情窦既开识得情爱时,她也就蹈进情场去了。她的意中人姓刘,名唤风来,那时刚经高等学堂中毕业出来。两下里只经得两度会面,就发生了情爱。他们的处境很好,情海中一帆风顺,毫无波澜。又经了两家父母的同意,彼此订婚了。他们都是苏州人,生长苏州,订婚后,风来一想闲居在家可不是事,就挟了一张高等学堂的毕业文凭,到上海去谋事情做。谁知上海地方竟像是青年的陷阱,心志不坚的往往要堕落下去。风来本是心志不坚的,到上海后结交了几个无赖朋友,镇日价狂嫖滥赌,不但不找事做,反常常寄信到家中去要钱。他父亲先还汇了几回钱去,末后知道他在外荒唐,也就置之不理了。他母亲托人到上海去找他回来,他却避走了。手头既没有钱,可就为非作恶,鼠窃狗偷。一天上海报纸的本埠新闻中,忽登着一节新闻,说有苏州少年刘风来,流落在沪,前天因取了一家银行中的空白支单,向十多家商店中冒取货物,给包探查到捉将官里去,判了西牢一年的监禁。那时慧圆的父亲在茶馆中看见了这报纸吓了一跳,回去便含着两包子的眼泪向女儿说,一壁向刘家去退婚。慧圆一得这消息,伤心已极,就晕过去了,接着病了好久。病中兀是记挂着风来。心想自己一生所爱的,除了父母以外,就是这一个刘风来,一生希望也全在风来身上。不料他竟堕落这般田地!父亲虽向他家退婚,但我既专爱这人,更有何心再去嫁旁的人?于是打定主意,削发空门。那时她正在预备嫁时衣,便一起剪破了。病愈后,竟趁着她老子娘不在家时,一个人往杭州去,投身在这正觉庵中,剪下了万缕青丝发寄回家去。他老子娘拗不过她,只索听她,不过时常来探望探望罢了。从此以后,她就藉着这尼庵四堵高墙和那繁华的世界隔绝,寂寂寞寞,过这无聊的岁月。把她的心儿魂儿,全都贯注在经卷上,竭力忘怀她那件刻骨伤心的事。可是她既然自愿来做尼姑,要藉这尼庵做个埋愁之地,对于拜佛念经这些事自然比旁的尼姑勤恳得多,因此庵中住持最器重她,百事都得和她商量。末后住持死了,临终时就把这庵交给她。她进了庵十年,老尼姑都死,刘家也早已割绝,没有甚么消息,刘风来更不知道哪里去了。如今她在庵中已做了三十年的住持,仗着那些信佛的奶奶太太们往来得勤,香火十分旺盛。她吃饱着暖,倒也无忧无虑地过去。她的那颗心,也变了个古井不波,再也不想起刘风来了。只为了今天听了小慧的一段惨史,不觉连带着想起自己的事来,心头起了一种说不出的奇怪感觉,一时推排不出。当下便悄悄地自语道:"唉!小慧!还是你有幸一抔黄土,掩住了你丈夫的骸骨,那一缕幽魂,可已到西方极乐世界去,可怜我做了大半世的人,还不知道那人的下落咧!"说着,老眼中涩润润的,几乎滴下泪珠儿来。

正在这当儿,她忽地记起前天妙灵庵中的住持来说,今天有一位法名静因的普陀山高僧到家来,顺便参谒各庵,大约傍晚六七点钟要到这里来。眼看着斜阳将尽,暮烟欲然,似乎正是这时候了。当下便立了起来,撑着拐杖向外边经堂走去。走不到几步路,却见那小慧匆匆赶来,说那普陀山的静因和尚已来了:"先在经堂中礼佛,再来拜见师父。"慧圆不敢怠慢,即忙到经堂中去。果然见一个白须白发的和尚正跪在当中一个蒲团,喃喃念经。听了那声音,慧圆的心中顿时一动,想这声音怎么很熟,十停中倒有六停像那五十年前的刘凤来。不要我今天偶然想起了,耳朵便来作弄我么?到得那高僧念罢了经,起身回头时,四个眼睛忽在长明灯下碰了个正着。面貌虽有变动,这眼睛是变不了的!那高僧低低地说了声"咦",退下一步,似乎打颤起来。这边慧圆却微微一笑,念了声阿弥陀佛,扑倒在面前一个蒲团上。小慧即忙赶上去瞧时,见她师父已圆寂了。

(原载《礼拜六》第 155 期 1922 年 4 月 1 日出版)

名旦王蕊英

　　王家三小姐，生性是很活泼的，一天到晚兀自纵纵跳跳的，淘气打顽，没有安定的时候。倘要她坐定一点钟半点钟，那可比登天还难咧。有时门外有甚么婚丧的仪仗走过，军乐队的鼓和喇叭一响，她就直跳地跳起来，赶到门口去瞧。其余江北人的西洋镜咧，猴子戏咧，木人头戏咧，她都爱看的。倘逢着邻舍人家相骂，或是里中小孩子们相打，三小姐更是兴高采烈，挤在人堆里瞧热闹。凡是邻里人家有甚么事故发生，三小姐也打听得最明白，口讲指划地说给她母亲和两个姊姊听。因此上她那两个姊姊都唤她做包打听阿三，她听了只是一笑，并不着恼。但她母亲见她太活泼了，常常说道："女孩儿家怎能如此不安定？邻里中有甚么事情，都要你插身去打听？就是人家有婚丧的仪仗走过，难得看看原也没甚么使不得，但你可不必出出有份啊！你的岁数一年年大了，将来总有出嫁的一天，倘给人家批评你一声，很不好听。以后快安安分分地留在家里，不要常到外面去，举止也放稳重些，才像一个女孩儿家。瞧你两个姊姊，可就和你不同了！"三小姐听了这些话，虽总要做半天的嘴脸，只是背过了母亲，又在那里纵纵跳跳地顽皮了。

　　三小姐的父亲王清儒先生，是中华中学校的国文教员，为人很古板的，一举一动都是方方正正，连笑都不敢笑，和三小姐比较时，恰成了个绝对相反的反比例。清儒先生膝下并无子息，单有这三颗掌珠。最活泼的是三小姐，最美丽也是这三小姐。一双眼睛水汪汪地十分妙妒，玫瑰花似的娇脸又艳又嫩，真好似吹弹得破的。还有一头秀发，又长又细又黑又光润，十分可爱，不知道把甚么话形容它才对。这真是缚住男子心坎的情丝咧！清儒先生本来也最爱这个女儿，平日亲自教她读书，一直教到十五岁，因为每月的收入不多,生活艰窘,老怀中常感不快,因此也没有心绪教她读书了。然而三小姐很聪明,读了这几年书,笔下已很来得,写伙食账看报看小说,都是毫不费力的。她见父亲回来时,总是愁眉不展,便柔声安慰他道:"阿爷,你不用担心。女儿只要等到了机会,也能出去挣钱的。任是有十块钱八块钱到手,也能分阿爷一小半的劳呢。"他父亲听了,虽明知这事未必能做到,但是听了女儿这样安慰的话,心中也略略一宽。

三小姐今年已十七岁了,淘气打顽的脾气仍没有改。虽然家况很窘,不变她的乐天主义,布衣粗服,也知足得很。有一天她又淘气了,原来她家隔壁有一个姑娘,是个新派的女学生,顺着剪发的潮流,把发髻剪去了。三小姐莫名其妙,只以为没了发髻,像男子般留了西洋头,怪好玩的,因便赶到自己房中取起一把剪刀,把她那头又长又细又黑又光润的青丝发,也一口气都剪了下来。到得她母亲和姊姊们知道,已没法挽救。大家和她闹了一场,她却只是嘻皮涎脸地笑,没有旁的话说。回头给她父亲看见了,又大大地责备一顿,说弄成这僧不僧尼不尼似的,还像个甚么样儿!三小姐却笑着答道:"管它呢,剪去了长头发省事多咧。每天既不用梳头抛去一二点钟的工夫,况且我没有首饰,不梳发髻,以后也可不必办了,岂不又省了阿爹的钱?"她父亲奈何她不得,只索对之一笑。末后还是拗不过她两位姊姊,逼着她重新留长起来。不到一年,早又云发委地了。

王清儒先生究竟是个五十多岁的人,平日间又多愁多病,不上几时就到地下修文去了。他们一家都是女流,哭声就分外地响。内中喉咙最响的,要算是这位三小姐,直哭得死去活来,分外地悲痛。邻家的老太太听了,竟为她流下泪来。

母女几个好容易把清儒先生的后事料理清楚了,亲戚们都在背地里担忧,说王先生既死了,一家中没有挣钱的人,三个女儿长得这么大,都还没有许配人家,看王太太如何得了?三小姐隐隐听得了这话,便跳起来道:"男子会挣钱,女子难道不会挣钱么?等到阿爹五七过后,我也去挣几个钱给你们看看。我们一家,未必就会饿死呢!"

五七过后,亲戚们都得了一个消息,吓了一跳。原来三小姐已投身在一家女班子的新声新剧场中,串新剧去了。因她出落得好,生性又活泼,一张嘴又伶俐,说东话西,死的能说得活的,因此剧场主人开头就给她五十块钱一个月的包银,专串旦角。她给自己题了个名字,叫做蕊英,于是王蕊英从此在舞台上露脸了。

王蕊英玉笑珠啼,娇瞋巧语,色色都来得。做起戏来,能够设身处地,像在真的境界中一样，因此上她的戏白也做一样像一样，和旁的人不同。这样不上半年，已得了看客们盛大的欢迎，新声新场中便仗着她做台柱子，号召一时。报纸上的广告写着挺大的字道"新剧中第一名旦王蕊英"。

蕊英既然色艺都全，夜夜在红氍毹上搬演出来，那种吸引男子的魔力，谁也及不上她。一时自然有好多惨绿少年为她颠倒，一见她登台，便拼命地来捧场，手掌拍肿，喉咙喊哑。有几个会掉文的，便孜孜兀兀地做捧场文章，设法登到大小报纸上去，赞得天花乱坠，直把个王蕊英捧到了三十三天以上。蕊英心中虽觉欢喜，却也不大在意。内中有几个轻薄子，要和她相见，她都拒绝了。在那许多捧场客中，最热心最有魄力的，却是一个前任司法总长的儿子，姓翁单名一个湘字，原籍杭州，却在上海做寓公。这翁湘从美国大学中毕业回来，长于文学，闲着没事做，便吟风弄月，分外地逍遥自在。蕊英最初登台的第一个月，名还没有显，却就给翁湘赏识了，特地办了一张小报，着力鼓吹。又就着她的艺术上作确当的评论，宗旨在促她发奋进步，没一句肉麻的话，也毫无非分的举动，除了常看她的戏外，没有甚么见面的请求。蕊英天天看他的报，自问自己有不到的地方都依着他话改正，对于翁湘身上，不知不觉起了一丝感激之心。如今已成名了，包银也加上十多倍了，自更感激翁湘，但仍藏在心坎中，绝不流露到外面来。转是那新声剧场的主人因为那翁湘报纸的鼓吹，营业日见发达，便托人介绍和翁湘认识了。彼此很谈得来，末后又因剧场主人的介绍，蕊英才和翁湘见面。可是少年男女一经相见，就像磁石和铁针一般，最容易吸在一起。不上一二个月，彼此便发生很热的爱情了。一天晚上，同赴剧场主人的宴会，散席后一块儿在园中散步，翁湘瞧着天上一轮明月，月下一个花朵儿似的美人，鼻子里又闻着那园中一阵阵玫瑰花的媚香，一时便忍俊不禁，竟开口向蕊英求婚了。蕊英心想自己是个贫女，如今又做着女伶；他是一个官家子弟，前途很远大的，如何能娶个女伶回去做夫人？他的父母不消说决不承认，或竟决裂起来，叫他怎样立身？我爱他，肯忍心害他么？当下便敷衍了他一阵，说改日再谈，匆匆地分手了。

翁湘对于蕊英颠倒既深，怎能摆脱？就一天天来催着蕊英以身相许。在蕊英母亲和两个姊姊意中，都一百二十个赞成，心想得了这么一家富贵的亲戚，将来总能沾润些儿。然而蕊英从大处着想，总不以为可。自己虽也一心爱着翁湘，却不得不忍痛割断情丝。

过了几天，蕊英受着各方面的逼迫，很觉难堪，恰见扬州地方新开了一家女子新剧场，她就立下决心，收拾了些衣服悄悄地溜往扬州去了。她想隐

去一二个月,或能使翁湘渐渐忘怀,一面也不致听家中那种不入耳的劝告。临行只写一封信给新声剧场主人,请了两个月的病假。到扬州后,便隐姓埋名,投身在那女子新剧场中,做个不相干的配角,藉此自遣。这样过了半个月,心中虽记挂着母姊和翁湘,也用力忍耐着。一天她偶翻上海的报纸,猛见封面上登着两个大广告:一个是新声剧场主人出面,劝她回去;一个是她两个姊姊出面,有母病在床,日夜渴想,倘不回来,母病难愈等话,说得很是恳切。蕊英又勉强捱了三天,才长叹一声,依旧回上海去。

新声剧场主人见她回来,自然喜之不胜,因为她二十天不登台,已受了很大的损失。她母亲并不害病,故意这样说,骗她回来。一见了她,就"心儿肝儿"地乱叫,说以后决不再逼她嫁翁公子了。蕊英意态落落的,不说甚么话。她从剧场主人口中,探知翁湘已为她病倒,进医院去了。她心中很过意不去,第二天就上医院去探望。彼此哭一回笑一回,依依不舍。出医院时,经过后边花园却瞥见一个美貌的看护妇,立在一株松树下和两个华服少年鬼鬼祟祟地讲话。她生性好事,便在近边树荫中躲住了,侧耳听去,听了一会,才知道他们两个都是拆白党员,正在设计勾引翁湘。藉着那看护妇的美色做香饵,要钩他上钩,结了婚便能骗取他的财产。据说目下翁湘和看护妇的感情很好,不等到病愈出院,就能订婚了。蕊英听到这里,一吓一个回旋,回去后细细地想了一夜,决计要搭救翁湘。第二天再上医院去时,竟毅然决然地以身相许咧。

半个月后,翁湘病愈出院,拆白党的计划失败,却成全了这一对多情儿女。翁湘的父母爱子心切,倒也并不反对,今年的桂子香里,王蕊英便须出闺成大礼了。

(原载《礼拜六》第 161 期 1922 年 5 月 13 日出版)

不实行的离婚

　　张先生和李女士结婚以来,不过一年零五个月,今天却是第一百零一次拍案跺脚的闹离婚了。据张先生的介弟小张先生对人说,他暗下里曾做着统计,计哥嫂俩同床共枕的结为夫妇,一共是五百又十五天,平均每五天总要闹一次离婚,然而离婚两字,虽叫得震天价响,他们却始终没有离婚。

　　张先生是一个高等学堂的教授,是专教化学一科的。十年前曾到美国去留学,很用过一番苦功。回国后一连好几年,连主几个学堂的化学讲席,镇日的和学生们弄着玻璃管、曲颈瓶,心脑中充满着琉酸、炭酸和许多缠夹不清的化学名词,倒把"娶妻生子"这件终身大事忘怀了。直到三十九岁那年,亲戚们要预祝他的四十大庆了,他才好似从睡梦中惊醒过来似的,猛觉得自己还没有娶妻,还是一个孩子,不由得痛恨那些玻璃管、曲颈瓶和琉酸、炭酸等等,耽误了他二十年的青春年少。于是趁着这一年暑假期间,急起直追,一心一意的物色佳偶。他那娶妻的热心,差不多像咄咄逼人的太阳一般热了。暑假将满,不知怎样认识了一位老小姐李女士,问起芳龄,已有两个二八,曾在上海北京念过好多年书,一双高跟鞋子穿在脚上很有样,一派谈吐,也十足表示伊肚子里确曾吃过许多墨水的。张先生和伊结识了两礼拜,居然情投意合,草草的订了婚,不上三个月,就结婚了。

　　据小张先生统计簿上说,哥嫂婚后一礼拜中,两下里一天到晚扭股糖似的扭在一起,非常的要好。不过这蜜礼拜一过,彼此就开始反目了,原因是为了吃西餐的馆子问题。李女士要到一品香去,张先生偏要到一枝香,就为了这一品一枝之间,话不投机,破口便骂。一时气极了,竟提出"离婚"这个大题目来。还是岳老太太出来调停,今天先到一品香,明天再到一枝香,才不曾实行离婚。

自从这第一次闹过离婚之后,他们倒像把这回事瞧得很好玩似的,三五天总要搬演一次。夫妇间唇枪舌剑,脚踢手打,常在战云弥漫之中。闺房以内,变做了一片战场,这一年多的夫妇,到也是百战余生了。他们不闹便罢,一闹总喊离婚,邻舍人家,常常听得这离婚之声。有没有见过离婚的,都想趁此开开眼,瞧离婚到底是怎么一回事。叵耐闹尽管闹,离婚总不见实行,倒使邻舍人家有些儿失望了。

张先生的脾气原坏,李女士的脾气更坏,任是张先生在化学中用了二十年的苦功,能变化各种气质,然而竟不能变化李女士的气质。今天他们闹这第一百零一次的离婚,可就闹得凶了,原因是为了一只结婚指环。张先生对于这结婚指环是看得极重的,以为夫妇之间,有这两个金指环儿套在指上,无形中也就把两颗心套住了。但他那位夫人李女士对于这指环,却不甚爱惜,今天不是抛在厨房里的油瓶旁边,明天却又在卧房中马桶底下发见了。张先生见伊把这神圣的结婚指环抛来抛去,当然一百二十个不以为然,这天便向夫人提出抗议了。夫人勃然道:"这劳什子的有甚么希罕,我一见就生气,你既当它是宝贝,就由你一个人戴在指头上好了。"张先生怒道:"这是哪里来的话,哪有一个人戴着两只结婚指环的。你不愿意戴,我却偏要你戴,你是我的妻,应当服从我的命令。"李女士也怒道:"你不要像煞有介事,夫妻是立于平等地位的,说甚么服从不服从。"张先生道:"无论如何,做夫的总比做妻的高一级,你的衣食住总要我供给,我的命令,你当然要服从的。"李女士从鼻子里冷笑出声音来道:"笑话笑话,女子嫁了丈夫,丈夫不供给衣食住,难道叫伊偷汉子去不成?至于服从两字,免开尊口罢。"张先生见他夫人竟句句挺撞,丝毫不肯让步,可气极了,当下里便咬牙切齿的说道:"你不服从我,那你就是有背为妻的天职,我们还是离婚罢。"李女士怒得跳起身来,没口子的嚷道:"好好,离婚离婚。"说时向桌子上取了伊的结婚指环,赶到窗前,头一仰,似乎把那指环吞下肚子去了。接着坐在靠窗的一把椅中,把头伏在茶几上,不住的呻吟起来。这一下子可吓慌了张先生,一壁在房间里打旋子,一壁嚷着吞金吞金,一壁唤老妈子快到他岳家去,把岳父、岳母、大姨、小姨、大舅子、小舅子全都请来。那时左右邻舍,都已知道他们闹了乱子了,有的在门外探头探脑的张望,窃窃议论;有的平日和他们夫妇招呼的,便索性到里边去,帮同张先生出主意请医生。一会儿,岳家的全体人员都到了,闹得乌烟瘴气,不亦乐乎。那时医生也来了,取了药水给李女士吃。李女士忽然不慌不忙的说道:"我实在没有吞金,只为他动不动总是说离婚,因此有意吓吓他的。至于那结婚指环，不值甚么钱，早给我抛到窗外去了。"当下大家听得伊没有吞金，便放了心，都赶出来寻那指环。但是满地里寻了好一会，兀自寻不到。据那看守里门的曲背翁说，刚才曾有一个换旧货的进来过，怕已被他拾去了。这一次闹了离婚后，和好得最快。这天夜半时，他家老妈子和小张先生就听得夫妇俩在床上嘻嘻哈哈的说笑话咧。

夫妇俩在不闹离婚的时期间，彼此亲密到了极点。同出同进，直好似双飞的蝴蝶一般。张先生因为夫人既不喜欢结婚指环，已把那只抛去了。便也抱了个形式上不妨随随便便的宗旨，不敢再去补买一只来逼伊戴。每天课余回来，总和夫人合着唱歌，或是一块儿说笑。有时一同出去看影戏，吃西餐，逛游戏场。看他们那种亲热之状，直好似蜜月中的新夫妇一样。这当儿李女士已有了五六个月的孕了，相骂尽管相骂，和好也尽管和好，这肚子里的一块肉倒安然无恙。自从那结婚指环问题闹过之后，夫妇言归于好，爱情更深，也就把这一块肉看得非常宝贵。一天是礼拜日，便一同出去，采办了一百多块钱的小孩子用品，连摇篮起直到洋团团、小椅子全都办好了。左右邻舍都背地里说，夫妇俩如此要好，给那还须在肚子里安住四五个月的小孩子预备得如此周到，以后可决不会再闹离婚了。

谁知一礼拜后，又闹起离婚风潮来了。这一回是双方同时开口提出离婚，原因也不过为了一句话的冲突，各不相让，先破口相骂了一阵，竟扭在一起打起来了。一面扭，一面同声嚷着道："离婚离婚！"小张先生和老妈子夹在当中苦拉苦劝，他们全不理会，没奈何便又赶去把张先生的岳父、岳母、大姨、小姨、大舅子、小舅子都请了来，好容易把夫妇俩扯开了。夫妇坐定下来，彼此喘息了一阵，就同时开口说道："离婚离婚，我们一定要离婚了。"张先生的大舅子原是一个法律家，当下用着律师的口吻说道："照民律第一千三百五十九条，夫妇不相和谐而两愿离婚者，原可以离婚。但是第一千三百六十二条说，夫妇的一造，要提起离婚之诉，也须有充分的理由，不是胡乱可以离婚的。"说到这里，顿了一顿，便庄容向张先生道："妹倩①，你既要离婚，总也有充分的理由，如今我先要问你，我妹妹可曾和人通奸么？"张先生答道："没有这事。"大舅子又道："如此伊可要谋杀你么？"张先生道："没有这事。"大舅子又道："如此你可曾受伊不堪同居的虐待，或重大的侮辱么？"张先生道："不过彼此相扭，言语冲撞罢了，似乎算不得虐待或侮辱。"大舅子又道："如此伊可曾虐待你的直系尊属或重大侮辱么？"张先生道："我的父母都

---

① 旧称女婿，妹倩者妹婿也。

死了，也没有甚么伯叔，这话是说不上来的。"大舅子又道："如此伊可是以恶意遗弃你么？或是伊已逾三年以上生死不明么？"张先生不觉笑起来道："全没有这回事，全没有这回事。"大舅子也笑道："既是全没有这回事，你就也没有离婚的理由，不许离婚。"他的岳父岳母也接口道："不许离婚，不许离婚。"

于是大舅子又回过去问李女士道："妹妹，如今我可要问你了，你要离婚可是为了妹倩重婚么？"李女士答道："不。"大舅子又道："如此可是为了他因奸非罪被处刑么？"李女士道："不。"大舅子又道："如此可是为了他要谋杀你么？"李女士不再回答，却伏在伊妹妹的肩上，吃吃笑了起来，一时大家都笑了。大舅子也笑着说道："好了，你们俩都没有离婚的理由，大家都不许离婚。"张先生的岳父拈着一部白须子，说道："你们既做了夫妇，该好好的一块儿度日，没的使着小孩子脾气，一开口就是闹离婚。"张先生唯唯答应着，一会儿，他岳家的大队人马，便又开拔回去了。

这天晚上，不知怎样死灰复燃起来，睡觉时，李女士深闭固拒，不许张先生上床。张先生恼了，一伸手就是两个耳括子，直打得李女士喊起救命来。但伊毕竟很乖觉的，如何肯让步，冷不防也还敬了张先生两个耳括子。这战端一起，可就像欧洲大战般闹得不可收拾。两下里索性把那张五尺阔的方梗子铜床做了战场，交手便打。下面一张钢丝垫子，打得像八音琴似的丁丁冬冬乱响。那时，时候已不早了，足有十二点半钟光景，他们贴隔壁住着一位王先生，是在邮局中办公的，明天七点钟就得上早班去，从睡梦中被他们闹醒了，再也睡不着。一时发起火来，便用外国人干涉中国内政的态度，在墙上重重的擂了几下，大声说道："你们要闹，请明天闹罢，人家一清早就要出去做事情的，没的闹得人一夜睡不着。"张先生到底是高等学堂教授，很懂得道理的，立时应声说道："很好很好，我们明天再闹，到明天便解决这离婚问题。"说完两下里居然解甲释兵，安安静静的睡了。

第二天左右邻舍都怀着鬼胎，想今天夫妇俩要解决那离婚问题，正不知要怎样的闹一闹咧。小张先生很怕哥嫂俩闹，一清早就溜到学堂中去了。那些好事的邻人悄悄地等候着他们开战瞧热闹，谁知上半天过去了，毫无动静，午后一点钟、两点钟、三点钟过去了，仍然是一些儿声音都没有。直到五点半钟时，却见张先生和李女士手挽儿的走出门来，唤黄包车到新世界去。邻人们暗暗好笑，想他们俩不知道在甚么时候讲和的，倒难为我们白白的盼望了一天咧。

光阴容易，夫妇俩仍时时闹着不实行的离婚，闹得李女士肚子里的小国民也急急的出来了。小张先生说，这不满十个月的孩子，也许是要充议和专使来的，以后哥嫂俩瞧在这孩子分上，或者可以免淘几回气，不致再闹离婚了。不想李女士产后未满十天，痛定思痛，又动了肝火，对张先生提出离婚来。说这一回生产，再痛苦没有了，论起法律来，和那不堪同居的虐待一条，很有些相像。以后三个四个生产下去，可不要送我的命么？这一回总算是张先生自甘屈服，柔声下气的说了许多好话，又特地去买了一只一卡拉的钻石指环做了礼物，才把李女士离婚打消了。

※ ※ ※

张先生和李女士又接连生了两个孩子，已过中年了。那离婚的风潮，一年仍要闹几次，幸而始终没有实行。小张先生自己已娶妻生子，也没有空闲给他们做统计咧。他们俩最后一次闹离婚，张先生已七十九岁，李女士也七十二岁了。第二天，张先生因气急病去世，一礼拜后，李女士也哭夫而死。他们俩生时，虽常闹离婚，然而像这样的收局，也可以算得恩爱夫妻了。但他俩并头黄土之下，不知道可能相安无事，或者一言不合，还要闹几次离婚风潮么。

年年清明节，小张先生带着子侄们上坟去，坟上白杨摇风，萧萧槭槭的响了不住。小张先生指点着说道：他们俩多分又在那里相骂闹离婚了。

（原载《半月》第 2 卷第 24 期 1923 年 8 月 26 日出版）

避暑期间的三封信

△第一封信▽

莲汀吾夫：

你送我到庐山来避暑，一转眼已半个多月了。此来一小半为了避暑，一大半却是为的养病。山中的苍松、银瀑以及晓风、夕阳、夜月等等，都足以开豁心胸，苏我的病体。然而不知怎的，我心头总有一件事情，左推右推推不开的，兀自梗住在那里。其实这一件事，已磨难了我一年有余，我如今面黄肌瘦，一病恹恹，也就因此而起的。

唉，莲哥，我本来早就要和你开谈判了。只为爱你的心太切，不敢开口，生怕一开了口，你说我的器量太小，因此反失欢于你，这是不是玩的。于是宁可在暗中捱了一年多的苦痛，始终没有在你面前哼一声儿，也从没有当着你露出一些不自在不快意的样子。如今我却可以开口说了，为甚么早不说迟不说，偏在这当儿说呢？喏，因为你自己已点醒了痴迷，跳出了情网。我就利用这时机说一个明白，希望你不要再入痴迷，重陷情网，不要再当我是盲子，使我捱受那无限的苦痛。

这两年以来，你完全变了习性。向来每天七点钟就回来的，这两年来却要过了夜半才回来。问你为甚么如此回来得迟，你也没一句真心话。但我以为做男子的，原比不得妇人，朋友多应酬也多，这是免不了的，可不能把丈夫缚在裙带上，一步不离啊。但你可知道你夜夜迟归，我夜夜等着你，你不回来，我是睡不着的。

我最先起疑的一次，是在去年夏天的那天晚上。过了夜半，你还没有回来，我躺在床上，眼睁睁地瞧着床顶，听你的叩门之声。谁知等到了夜半过后两点多钟，仍还不见你回来。我等得倦了，迷迷糊糊睡了过去，到得妆台

208

上钟声报了三下,把我惊醒了,才见你回来。你说是在朋友家打扑克,但我第二天早上,在你换下来的衬衣袋中,发见一方水红边的小手帕,香馥馥的带着一股茉莉花香,于是我知道你在外面已有了人了。

我发见了你这秘密以后,心中很难受。然而我不敢对你说破,我既是你的妻,依旧尽我为妻的职务就是了。这天你深夜回来,我仍对着你微笑,也索性不问你在甚么地方了。我仍柔柔顺顺的睡在你身旁,你那身上的茉莉花香,直薰得我头脑作痛。唉,这可不是你那外妇身上的香么?早上用过了早餐,你忽地对我说,为了公司中的事,要到南京去走遭,须一礼拜后才能回来,你倘嫌寂寞,不妨着着小莲回你母家去小住,我回来时来接你便了。我心中将信将疑,但仍不敢对你说甚么话,却忙着给你料理行囊,道着一路珍重,送你到大门外。阿莲还嚷着道:"爹爹,爹爹,你从南京回来时,带几个鸭肫干我吃。"你点了点头,匆匆的跳上黄包车走了。

我心中怀疑着,想你为甚么突然的要到南京去,不要是扯谎哄骗我,实在是和那外妇畅聚一礼拜么?但我也没有法儿想,只索依着你的话,带了阿莲回母家去。便是在父亲母亲跟前,我也并不把你已有外妇的话,向他们诉说。可是他们知道了,也无可奈何,我又何必使老人家为我不安呢。

唉,莲哥,我直好似一条恬静的清溪啊,兀自在和风朗日之下,宛宛流去,无声无息的,简直是微波不兴。你可要笑我这妇人是无用长物,太好说话了么?

我写到这里,心头忽觉得很涨闷,头也有些儿作痛了。旁的话很多,下次再说罢,愿你珍重。有暇请到我母家去一次,看阿莲可好,说我很记挂她。淑上六月二十日

△第二封信▽

莲哥:

六月二十四日那封信,想来已收到了。一连十天,你没有回信给我,可是恼我么?还是没有话可说,所以不写信么?但我上次的话还没有完,不得不继续下去。那时我在母家住了一礼拜,天天盼望你来接我回去,谁知左等也不来,右等也不来,阿莲又记挂着南京鸭肫干,我却料知这鸭肫干是十停中有九停靠不住了。

我回母家后的第八天晚上，姨母请我上中国舞台看戏去。阿莲怕看红面孔和绿面孔相打，因便留在家里，伴着她外祖母。我买了两个鸭肫干给她吃，她就很高兴了。我们是坐的官厅，抬起头来，可以望见两面包厢的一部分。这天新到一个旦角陈雅仙，演《棒打薄情郎》似乎很不错啊。正在棒打演完的当儿，我无意中抬头一看，立时好似当头打了一个霹雳。原来见近台第三个包厢中，有一男一女，在那里喁喁情话，不是你和你的外妇么？呵呵，我的眼福很好，居然瞧见你的外妇了。瞧伊的模样儿，似是一个窑子里的姑娘罢。两个凤眼，很为风骚，瞥来瞥去的十分活动。伊笑时，两面粉腮子上，也能晕出两个深深的酒涡儿。像这样善媚的狐狸精，无怪要迷惑住你，我知道你的灵魂，也就失落在伊的一双凤眼和两个酒涡中了。论到姿色，实在平常，眼圈下的几点雀斑和两个颧骨，使伊减色不少。不过年纪确比我轻，至多不多二十二三岁罢。唉，我明年就是三十岁了，嫁了你十年，一年年觉得自己老了许多。我又没有那种风骚的凤眼和酒涡儿，无怪你要去爱上别人。但我以为既是你的妻，似乎可不必借重窑姐儿的媚态，来结你的爱么？然而你既不爱我，我也不得不退让了。

　　唉，那时你们何等的快乐啊。一阵阵的浪笑声，送到我耳中，直把我的心捣碎了。你兀自专心致志的注在伊身上，哪里还留心到我，又哪里知道我把辛酸眼泪，不住的向肚子里咽啊。姨母自管看戏，并没瞧见你，我也不愿意给伊知道。到得《疯僧扫秦》演完，我再也坐不住了，就推说头痛欲裂，急着要回去，姨母也只得伴我走了。

　　好一个作伪的人，第二天你居然提着行囊，匆匆的来接我了。又从行囊中掏出十多个鸭肫干来给阿莲。我心中又气又好笑，想这鸭肫干可惜不会开口，不然定要说它们实是上海那一家广东店中的出品，并不从南京来的啊。唉，莲哥，你既爱上别的人了，为甚么还要敷衍我，难道是怕我么？我也没有甚么可怕之处，转是我倒有些怕你。我前一夜虽曾流了一夜的眼泪，打算和你大闹一场，但是见了你的面，却又没有这勇气了。我还是不和你哼一声儿，还是装着笑脸欢迎你。

　　唉，你握我的手，我心知你是刚握过了那人的手，才来握我的。你搂住我的腰，我也心知你是刚搂过了那人的腰，才来搂我的。我似乎觉得你的手上臂上，还留着那人的余温咧。一霎时间，我的知觉麻木了，呼吸急促了，不由得晕倒在你怀中，你那时不是很弄得莫名其妙么？

　　咦，医生来了，我不能多写了。医生劝我要静养，不可多思想，但我思绪纷纷，怎么竟抽之不尽啊。这几天天气很恶劣，你多多保重罢。妹淑白，七月五日。

△第三封信▽

莲哥青睐：

　　朝起看山瀑，似是一匹白练奔泻而下，我的思绪也就像这山瀑般按捺不住了。回到旅舍中，惟有坐下来写信给你。前两封信，你虽没有覆我，但我接二连三的给信，你临了你少不得要覆我一言半语罢。

　　你夜夜迟归，大约继续了十个月之久。我们俩彼此敷衍，不曾露出一丝破绽。我郁郁成病，你也不知道为甚么原故。你深夜回来时，总是很快乐，估量你两眼之中，还带着那人的情影啊。直到今年端午节的前几天，我瞧你态度有异了。每晚十点钟，已回到家里。回来后便找把柄，发脾气，借着发泄你心中的烦恼。可怜那六十多岁的老张妈，天天被你骂得哭了。我一向有耐性，只是不做理会，不然也早和你闹起来咧。我暗暗猜测你发脾气的原因，和早回来之故，心上不觉一喜，料知你那外妇一定有了变卦。一夜你熟睡时，忽地喃喃不绝的说着呓语。我从这呓语中，便知道你那外妇已抛下了你，嫁与一个老富翁了。到此我才吐了一口气，暗想仗着这老富翁金钱之力，把那窑姐儿吸引了去，从此仍还给我一个完完全全的丈夫，可没有人夺我的爱了。

　　节上我偶然瞧见你那扣银行中的存折，存款上已少了五千元，大约就是你一年多的买笑金了。委实说，我并不痛惜这笔钱，只痛惜这一年来，我暗中损失了你无限的爱我之情，又损失了无限精神上的乐趣。但愿你从此觉悟了，不要再入痴迷，重陷情网，不要再当我是盲子，使我捱受那无限的苦痛。

　　我到了庐山已有两月，因为心中一宽，病也好多了。只要你从此怜我爱我，不再沾花惹草，那我以后决不会再病，我的身体反要比以前健旺了。我这三封信可使你着恼么？要是不恼我的，那就盼望你快来接我回家，我委实很记挂你，又记挂阿莲。你们俩是没一分没一秒不嵌在我心头，我万万放不下的莲哥，我等着你来，我很想回到故乡，和你一同看那中秋夜团圆的明月啊。妹淑八月一日。

★　★　★

△上海来电▽

江西庐山消夏旅舍十五号吴郑淑嘉

三函俱悉，我已觉悟，以后永不相负。准明日启行来接，小莲安，勿念。莲汀八月五日。

（原载《半月》第 3 卷第 24 期 1924 年 8 月 30 日出版）

卅六鸳鸯楼

我们的小舫，载了好多的桃花，宛宛地顺着流水，划向里湖去。过段家桥下时，不由得低吟着清季一位女诗人的《里湖棹歌》道："辋川庄外浪迢迢，携得青樽复碧箫，商略依舟泊何处，嫩寒春晓段家桥。"我咀嚼着末二句，觉得很有意味。便不由得吩咐船家，将那船傍着桥泊住了，只是细味那"依舟"的"依"字，暗自忍俊不禁。

我手中拈着一枝白桃花，眼望着四下里深幽的景色出神，不觉把桃花瓣儿一片片揉碎了，散落在水面上。那时恰有游鱼出水，错道是甚么好吃的东西，争衔着花瓣入水逃去，一时水纹乱了，晕出无数的小圈儿来。

西湖的面积不算大，抬眼一望，四下里都能望见。在这春光明媚之际，四方游人来得不少。然而湖面上却并不见有多少画舫，有时有这么一二艘在旁掠过，往往载着佳丽。鹅黄和粉红的衫子，色彩最为鲜艳，映得我们眼前霍地一亮。而黄莺儿娇啭似的笑语声，挟着衣香阵阵，因风送来，更足使我们魂销魄荡。好一片西子湖，真个是变做美人湖了。

云龛带着一只一百倍光的德国望远镜，不住的东张西望。从南高峰望到北高峰，从宝叔塔望到那重建的雷峰塔。瞧他高瞻远瞩，差不多把全湖都已收入眼底了。他似乎也很不满意于湖上游舫之少，失望似的对船家说道："你们说这几天湖上游人怎样怎样多，据我看来，也不见得多罢。"那船家操着一口杭州白答道："先生，要知西湖四周有三十里大，船都散开了，自然觉得不多。你只须上各家大小庄子去瞧瞧，就可见耍子的人多呢。"我插口道："近来可也有甚么新庄子建造起来么？"那船家指着宝石山方面一带浓绿的树阴道："先生们请看，那树阴缺处露出的一堵白墙，高高耸起的，便是一个新庄子。可是说新也不新,已有三个年头了。先生们前两年多分不曾来耍子,所以没有去过?"我点头称是,又问道:"这叫甚么庄啊?"船家道:"不叫甚么庄,却叫做鸳鸯楼。"云龛笑起来道:"可是他们戏文中那个《血溅鸳鸯楼》的鸳鸯楼么?"船家道:"不是的,似乎叫甚么卅六鸳鸯楼。"我对云龛一笑道:"这名字艳得很,这其间定有甚么风流韵事在内。"云龛道:"那是当然的,委实说,湖上的甚么庄甚么庄,已使人听得怪腻烦了。如今楼这么一楼,又加上卅六鸳鸯这个香艳名词,那自分外的觉得动听了。"我道:"单是动听不希罕,还要动看才是。船家,这卅六鸳鸯楼中,可以去耍子么?"船家吸着旱烟,似笑非笑的说道:"先生们为甚么不带了娘儿们来,倘有娘儿们同来,不但可以耍子,还能在楼中住这么一个月啊。"我诧异道:"为甚么带了娘儿们,就有这特别权利啊。"船家摇头道:"小老也不大明白,只为前几天曾有两位客人搭着我的划子前去耍子,刚捺了门铃,那位守门的先生出来一看,说是单身的男客,照章不能进门。倘带娘儿们同来,便可住一个月,可是住不住也任从客便的。那两位客人不服气,第二天果然各带了一个娘儿前去,那位守门的先生果然开大了门欢迎了。据说里面真好耍子,没一个庄子比得上它。先生们倘要去,还是回去带了娘儿再来罢。"我道:"我们的娘儿都在上海,难不成远迢迢的赶回上海去带来么?"船家微笑道:"上旅馆去叫一个也行。"我忙道:"那不行,好在我身上有名片在着,姑去递一个名片试试。"云龛道:"不错,他们对于新闻记者去参观,也许是破格欢迎的。"

　　斜阳如血,已染得湖面上红喷喷的,真好似变做了桃花水了。我们便唤船家向宝石山下荡去,船家没奈何,在舷上扑去那旱烟斗的烟烬,重又打起桨来。不到半个时辰,已到了宝石山下,船家把小舫傍岸泊住了,说那楼还在半山,山路很不平,须得小心才是。我信口答应着,和云龛携手上岸,爬上山去瞧时,见有一条特筑的山径,标名"爱径",全用白石筑成。却不知怎的,有意筑得崎岖不平,难以行走。倘带着娘儿们同来,那真有行不得哥哥之叹咧。山径的两旁,全种着桃柳,红绿相间,真合着红是相思绿是愁的好句儿。走到半径,卅六鸳鸯楼已在望中,那路却益发难走,云龛撑着一枝司的克,还不住的叫苦。我却一眼望见一株柳树下立着一块白漆紫字的木牌,上边大书道:"真爱情的路径,永不平坦。莎士比亚"我笑着嚷了一声有趣,便指点给云龛瞧。云龛也连说有趣有趣,脚下顿似长了气力,一步步挣扎着上去,不以为苦了。走近了那卅六鸳鸯楼瞧时,见是一座最新式的大建筑,全部都是意大利的白石。屋前一大片园子,种满了无数的嘉树,浓阴蔽日,好似张了个天然的油碧之幄。四下里琪花瑶草,更长得烂烂熳熳。我们到了园门之前，见门顶上雕着一个甘必得（Cupid）小爱神像，一手张着弓，做射箭之状。但弓上并没金箭，使人意想到这金箭已射中在有情人的心坎上了。而那爱神的两个小靥，笑容可掬，更觉得娇憨可爱。那两扇大门是白漆的，门上钉着一块金牌，刻着五个字道"卅六鸳鸯楼"。字仿灵飞经，娟秀无比。我们刚到门前，已感受了十二分的美感了。我瞧那金牌之下，有一个心形的象牙小钮，料知是捺铃叫门用的。因便伸过手去捺了一下，立时听得里面起了一种银钟之声。当下我们从那大门的花格中，见有一对青年男女，手携手的出来应门。本来是满面春风的，一见我们是两个男客，就现出不欢迎的神情来。我却疾忙放出笑脸，将名片递了上去，说是专诚来参观的。那青年看了我的姓名，又给他那位女伴看，两下里居然就表示欢迎之意。在门边甚么机括上捺了一捺，那两扇花格大门，便徐徐的开了。我向云龛递了个眼色，小心翼翼的走将进去，又少不得给云龛介绍了一番。那青年落落大方的自道姓名，叫做秦青心，又指着他那女伴道："伊是我的爱人史爱爱小姐。"那女郎嫣然一笑，很柔媚的伸过一只玉手来和我们握了一握。我忙问那青年道："秦先生可是这里的主人？"青年道："不是的，在下不过奉了老师之命，在这里做个看守人，管理一切事务。"我道："如此这卅六鸳鸯楼是令老师的物业么？敢问令老师的姓名？"青年摇头道："我曾受老师训嘱，不可宣布，只须知道他是卅六鸳鸯楼主人就是了。"我道："但这位令老师又在哪里，可也住在这楼中么？"青年道："他是一个奇人，将一生心血所得，造成了这一座楼，专供别人享用。他自己却飘然远引，不知所之。他去后三年，只每逢春季来一封信，说是隐居在深山之中，度此余年。兹顺樵夫出山之便，带寄此信。祝卅六鸳鸯楼中的一对对有情男女，幸福无量。三年来接得他三封信，都是一样的几句话，倒像刻版文章一般，此外便鸾沉雁杳，无消无息了。"我想了一想，便缓缓的开口说道："瞧来你那位老师定是个失意情场的伤心人罢，但不知他那伤心之史，可能见告一二么？"那位史爱爱小姐正立在一旁，把几朵牡丹花扎个花冠儿戴，一听得我的话，忙道："先生快快乐乐的到这儿来，何必听人家伤心之史，替人伤心呢？"我道："对不起得很，在下只为要知道这卅六鸳鸯楼建造的经过，不得不问个仔细。加着在下有一个难忘的结习，就是喜欢听人家说伤心史，陪他下一掬同情之泪，请小姐原谅罢。"那女郎自管扎着那牡丹花的花冠，不做理会。

当下那青年接口道："事情也简单得很，我老师年轻的时候，曾爱上了一个才貌双绝的女孩子。在他的心目之中，以为是天上安琪儿，是天仙化人，并世找不到第二人了。他那么缠绵歌泣，捱过了五六年，经历了种种精神上

的苦痛,不道他那爱人终于为家庭所迫,很委屈的嫁了个富家子去了。可是伊矢志不屈,虽进了夫家之门,却一味的装病,始终不曾失身。伊痴心妄想的还留着那清白之身,待将来供献于伊的恋人。至于有没有这机会,伊自己并无把握,并不知道,只抱着这希望死等罢了。这样过了十年,两家都为了体面关系,并不提出离婚。伊丈夫在外花天酒地,娶了几个妾回来,伊也完全不与闻,反是暗暗欢喜,以为伊那名义上的丈夫,往后可以不来和伊歪厮缠了。从此独守空房,过着寂寞的岁月,只暗藏着伊恋人的一幅小影,作为寂寞中的好伴侣。至于我那老师呢,也兀自痴痴的空望着,正像那失足落水的人一般,抓住了一根漂过的浮木,漂漂荡荡的泊浮着,抱着前途万一之望。他因郁闷过甚,不能自遣,好在自己只有孤零的一身,便带了钱周游天下。国内游倦了,又去游历欧美各国,他所见的美人很多,也尽有可以结丝萝之好的,但他不知怎的,中心耿耿,总也忘不了他的爱人。终于回到故乡,便把回乡的消息设法报与爱人知道。他爱人总是安慰他,说你等着,我们要是不死,谅来总有希望罢。我老师一年年的等着,已等到五十岁了。一生辛苦,曾积下了好一笔钱,因此不愿再出去做事。日常无聊得很,便根据着他爱人'总有希望'的一句话,抱起乐观来。提出他一大半的钱,建造这所卅六鸳鸯楼,希望将来和他爱人作同栖之用。因此一切建筑和布置等,全是和情爱相关合,简直是一座情爱之宫啊。谁知落成之后,刚布置定当,而他那爱人竟因历年忧郁过度,呕血而死。临死写信给我老师,不许自杀,要为了伊生在世上,以终天年。倘不听伊的话,那么到了九泉之下,也不愿相见。他不敢违背伊临死的话,因此虽想自杀,而终于不曾自杀。他的本意,还想拆毁这座卅六鸳鸯楼,以志痛悼。但转念一想,不如借此作爱人的纪念物。因此也终于不曾拆毁,反开放了,供天下有情人来此小住。他自己却逃入深山隐居去了,临去时就把这楼托在下管理,又把他的一段伤心史告诉了我。唉,我听后,也不知落了多少眼泪啊。"

我听到这里,心中也不期然而然的生出一种异感来,弹去了眼角的两滴眼泪,说道:"令老师真可算是个多情种子,他自己因不愿享受这座情爱之宫,而很慷慨的让给别人享受,这是何等的牺牲。但他老人家可曾规定甚么办法没有?"那青年道:"办法也很简单,总之凡有夫妇或情人成双而来的,这里一概欢迎。本来房间不多,老师去时却又添造了一层,恰凑成十八间卧房,给十八对夫妇或情人居住,可就暗合楼名卅六鸳鸯了。居住的期限,每对只可一个月,也叫做度蜜月。一切起居饮食,无不尽善尽美。因为他老人家留有常年的款,专作供应之用的。"我道:"要是来的不止十八对,便怎么处?"青年道:"那么请他们作为候补者,一这空房腾出,便立时通知他们前来。你瞧这里山明水秀,花笑鸟歌,又着了十八对有情眷属在内,可不是人间的仙境么?"我和云龛满口子啧啧赞美,少停我忙又向那青年说道:"对不起秦先生,可能导我们把这卅六鸳鸯楼参观一遍么?"青年道:"使得使得。"于是和他那位未婚夫人史小姐联着臂,导我们前去。只见楼的四周全是连理树,树上大半刻着双心交绾之形,并刻有中西姓名和表示情爱的语句诗句等。那青年指着说道:"这都是三年来一般有情眷属刻了留作纪念的。楼的前面,有一座挺大的粉红云母石喷水池,中央立着恋爱女神娓娜丝(Venus)石像,洁白如雪,池中蓄着鸳鸯,往来游泳,分外的逍遥自在。从头排来,又恰恰是十八双。"我悄立叹羡了半晌,便跟着那一对少年情人游遍全园,见到处都种着毋忘侬花、紫罗兰花、海棠花、蔷薇花、断肠草等,也无非是些有情的花草,更足动人观感。据那青年说,每逢夏秋之交,西面的一个莲塘里,还开出并头莲来咧。我们离了园子,又到楼中。便见有许多男孩子女孩子走动很忙,都打扮得像小爱神模样,瞧他们那些苹果小脸,又没一张不是美丽可爱的。那青年对我说道:"这些乔装的小爱神,都是伺应那班度蜜月的有情眷属的。"我没有话可以赞美,只很简捷的说道:"美极了。"那一对少年情人一路哼着情曲,导我们参观楼下各室,有跳舞室,音乐室,体育室,游艺室,图书室,会客室,起居室。没一间不是穷极富丽,壁上全都是中外大画师亲笔所作的爱情名画。中如仇十洲的《张敞画眉图》,英国麦克施冬《蜜月》、《情侣》诸真迹,更为名贵。天花板和壁板等,都是刻的小爱神像和中西爱情故事,十分精细。另有冬园一所,用五彩玻璃盖成。通明不障,遍种着奇花异草,以供冬间游散之用。园中并有孔雀、凤凰、相思鸟等种种名鸟,真个是悦目爽心,使人流连而不忍遽去。上了电梯,便是卧房了。上面共有三层,每层六大间,间间是文窗朱扉,钿床玉镜,中国紫檀的木器,波斯的地衣,法兰西的天鹅绒幔。总之所有陈饰,全是价值最高的东西。并且每间中都有自然的花香,自然的乐声,使那班住在里边的有情眷属,随时发生美感。我和云龛参观到这里,简直都看呆了。当下那一对少年情人,又介绍我们见过了几对所谓有情眷属。我自己昏昏沉沉的也不知敷衍了些甚么话。末后便兴辞而出,踏上小舫的当儿,我禁不住又回头望了那卅六鸳鸯楼一眼。低低的念着白云庵中月老祠一联道:"愿天下有情人,都成了眷属;是前生注定事,莫错过因缘。"

(原载《紫罗兰》第 1 卷第 10 期 1926 年 4 月 26 日出版)

柳色黄

　　那桌子上一座黑云石的座钟，嘻开了团白的面庞，似乎在那里冷笑着，一壁不住的说道："滴……搭……滴……搭……滴……搭。"这时疗治室中寂寂无声，惟有这单调的滴搭之声，打破四下里的岑寂。而在柳自华的耳中听去，仿佛在那里说："生……死……生……死……生……死……"，他的心也跟随着这钟摆的声响，一突一突地跳个不住。

　　柳自华解开了上衣，躺在沙发上，由肺痨病专家梁博士给他很仔细的诊察，已足足诊察了十分钟了。这十分钟的时间，在自华直好似过了十个钟点。他怀着鬼胎，两眼停注在梁博士的脸上，要瞧着这位大医学家的脸色，断定自己的运命。

　　梁博士俯着身子，握着听心器，在他的胸腔上听了好久。便又将指儿在他肩背各部叩着擂着，听去冬冬有声，活似擂一个小鼗鼓儿，不过声音重浊些罢了。自华听着这鼗鼓似的声响，好生不耐，看看梁博士的脸，又像泥塑木雕般的，一些儿不动声色。他的眼睛没处安放，就满屋子的打着旋儿，桌上的几座银盾，他已背诵得出上面刻着的"扁鹊再世"、"妙手回春"等那些字了。天花板上镂着的花纹，他数过了好几遍，已得了总数了。那两面粉壁上挂着的匾额，和梁博士在德、英诸国学医时的毕业证书，也看得清清楚楚，不愿再看了。

　　好了，诊察完毕了。梁博士已放下了听心器，挺身立起来了。自华偷看他的脸，仍是不见动静。禁不住颤声问道："梁博士，我的身体怎么样？"博士悄然说道："你把衣服穿好了罢。"说着点上了一枝雪茄烟，纳在口中，坐到桌子前去，开他的药方。自华急急地穿好衣服，心儿跳个不住，眼瞧着博士镇定的模样，甚是着恼。因又赤紧的问道："博士，你诊察我的身体怎样？可有甚么危险的征候么？"博士眼瞧着自华，眉宇之间，似乎现出一丝怜悯之色。慢吞吞地说道："柳先生，你请坐了。"自华瞧了这情形，心知凶多吉少，他那惨白没有血色的脸，更泛得白白的，像死人一样。抖颤着说道："博士，我对于生死问题，向来看得很透澈，你尽管实说罢。"梁博士道："柳先生，你既逼着我说，我不得不实说了。你的肺痨病，已入了最后的一期，要是当心些儿，那么还有四五个月的寿命，到得柳色黄时，怕你已不在这世界中了。"

自华听了这死刑的宣告，仿佛当头打了个焦雷，不由得怔住了。好一会做声不得，末后才有气没力的问道："难道仗着博士的回春妙手，也不能打退死神，保留我的生命么？"博士道："你蹉跎得太久了，当初在第一二期的时候，你为甚么不好好的疗治？"自华道："我生平最怕吃药，无论中药西药，一例都是苦水，委实上不得口。非到自己支撑不住的当儿，轻易不上医生的门。"博士道："这如何使得，你简直是自己送自己的命儿。"自华道："事已至此，还有甚么话。说我只须等柳色黄时，踏进棺儿中去就是了。"博士道："然而人事不可不尽，你仍须吃药，在这四五个月中，或能挽救过来，也未可知，你且慢灰心啊。"自华低头不语，两眼望着桌子上的座钟，见那团白的面庞，似含狞笑。而滴搭滴搭之声，送到他耳中，竟好像在那里奏着薤露曲咧。

自华出了医院，心上好似压着几千斤重的一块石头，手上脚上，也像加了镣铐。全身的气力，都不知飞到哪里去了。他一步黏不开两步的走过了几条街，见那往来的行人，奔腾的车马，都包含着无限的生气。自己虽还活着在这里走，实际上却变做行尸走肉，是一个候补的死人了。他叹息着一路行去，总觉没有勇气带这恶消息回去，报与爱妻知道。在这热闹而富有生气的市街中走着，心坎儿里又觉得嫉妒厌恶，不自在。于是折到了一条僻静的小街中去，把脚步放得益发慢了，简直和蜗牛在壁上一样。低头垂眉的不知走了多少路，却已到了一座废园之前，可是他平日间从没有走过这许多路，早已喘做一团，接着又一阵子咳嗽起来。咽喉里痒痒的，一抹血已脱口而出，他便入到园中，在就近一张破椅上坐了下来，定了一会神，渐渐复元。又不由得想道：唉，我柳自华跌宕情场，前后足足有二十年了。一缕情丝，飘飘荡荡的没有归宿之地。直到五年前遇见了倩英，才觉得自己心有所属，情有所归。一生的幸福，已有了把握了。叵耐倩英貌儿太美，性儿太温柔了，少年们用情于伊的，着实不少。我仗着一颗坚忍之心，厮守了五年，一心专注，百折不回，到如今才占了最后的胜利。使那些恋爱伊的人，一一失败而去。内中有一人和我立于同等地位，足称劲敌的，偏又是生平最知己的朋友

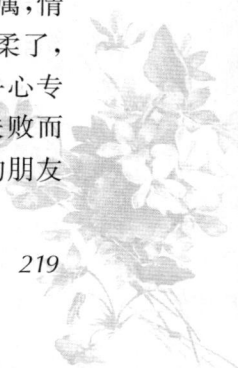

叶仲子。一向相亲相爱，如手如足，而我也绝对不肯相让，终于把那如花如玉的倩英，整个儿夺了过来。为了伊分上，我甚么都不管。仲子虽并不和我绝交，仍是往来走动，然而十年来，根深蒂固的友谊上，也不免生了裂痕了。我和倩英结婚以来，刚度过了一个蜜月，端为这一件无价之宝，由五年的奋斗中得来，很不容易，自也分外的珍惜爱护。而倩英的爱我，也委实是既深且固，无可譬说。单就这蜜月中说来，双方情爱的热烈，直超过了寒暑表上最高的度数，和火山快要爆裂时相仿佛。满望白头偕老，好合百年，享受一辈子美满的幸福，不想这几天忽然病了，今天医院中一诊治，偏又断定我的病已成了不治之病，一到柳色黄时，就得和我那最亲最爱的倩英长别了。唉，我怎么会害上这肺痨病的。读书时有时吐口血，也并不在意，从来又不曾害过甚么大病，只是咳咳嗽嗽罢了。身体向来很瘦，还自负筋骨好，谁知那可怕的肺痨病会潜伏在我的身体中呢。要是经了别的医生诊断，我倒还不很相信，叵耐这位梁博士是当今专治肺痨病的圣手。他说无法可治，那就是绝对的无法可治。老同学洪子新，去年以肺痨病去世，也由梁博士断定他不治，说中秋节以前必死，果然不先不后在八月十四日死了。如今他说我柳色黄时必死，那么九十月间一定难逃。别的倒没有甚么留恋，只教我如何舍得下倩英呢。自华想到这里，禁不住掉下两颗泪珠儿来，泪眼模糊中，恰又望见了面前的一行柳树，嫩绿的柳丝，在风中微微飘拂着，似是美人的云发一般。一双紫燕正在那里翩翩上下，现出十分恩爱的神情。自华触景生情，便颤巍巍地走将过去，抚着柳丝说道："柳啊柳，你是多情的树，你可能可怜见我，同着松柏长春，永没有黄的时候，使我一辈子厮守着倩英，永不分离么？"然而柳树无知，默默不答，袅着那丝丝嫩绿的柔条，尽春风调戏罢了。

夕阳下去了，园中一株古树上，暮鸦乱噪，似乎一声声催人回去。柳自华虽是怕见他的爱妻，可也不能不回去了。没精打采的出了园门，便坐上一辆人力车，赶回家去。他心中起了一幅幻想之画，见倩英坐在绣阁银灯之下，玫瑰花似的娇脸上，含着甜媚的笑容，正在抚弄伊那头心爱的玳瑁小狸奴，这真是一幅绝妙美人图啊。他又想到他那情场失败的老友叶仲子，近日常来走动，此时也许在家里，伴着倩英闲话咧。唉，仲子仲子，你不过短时间的失败，最后的胜利，怕还是属于你啊。他一壁想着，他的心，好似被那车轮辘辘之声碾碎了。

自华到了家里，将帽子授与他应门的婢子后，便蹑手蹑脚的走上楼去，推开了卧房的门，低唤一声倩英。这时倩英正坐在玉镜台旁，逗着伊的爱猫玩。一听得自华的唤声，便霍地抬起头来，向门口一望。带笑说道："华，你回来了么?"当下便起身迎将过去,挽着自华的手,同在一张碎花绿丝绒的温椅中坐下。又柔声问道:"华,这大半天你可在哪里,真教人寂寞死了。"自华强笑道:"为了度蜜月,一个月不上书局去了,也得去看看情形。教你挨了半天的寂寞,真过意不去。可是我的心一径在你的身上。"情英把伊的蟫首枕在自华肩上,很腻的说道:"华,便是我的心也一径系在你的身上,我委实舍不得你离我一步呢。"自华暗暗呻吟着,心口自语道:无论如何,我决不能把这恶消息告知伊,伊如此爱我,我怎忍捣碎伊的芳心啊。当下闭紧了两眼,紧抱着伊的头,他直要借着情爱之力,和死神抵抗。这一个鬓发如云的蟫首,倒好似溺水者所抱着的一根木条一般。

他捱过了一礼拜,兀自装着笑脸敷衍他的爱妻。每天早上从床上起来,便想到柳色黄时,这美丽的绣花双枕,再也没有他和爱妻并头安眠的分儿了。用早餐时又想到柳色黄时,再也不能和伊并坐着吃鸡子了。凡是一日间所经过的种种琐事,都足以引起他的伤感,连想到柳色黄时,精神上的痛苦,比肉体上的痛苦,更为厉害。然而他又不敢告知情英,连咳嗽也勉强忍住,少咳几声。一面还偷偷地服着梁博士的药,希望这药是仙人葫芦里的灵药仙丹,不但使他不死,并且能延年益寿,不老长生。

一天晚上,在餐室中晚餐以后,他一阵子大咳,觉得自己再也不能不说了。咳停了以后,便柔声向情英说道:"情英,你到这儿来,偎傍着我,我有话对你说。"情英道:"华,你又有甚么正经话儿,偏是这样郑重其事的。"说着,含娇带嗔的走将过来靠在自华身上坐定了,水汪汪的两眼,注着自华的脸道:"说啊,快说啊。"自华道:"你得鼓着勇气听我说,说出来你不要吓。"情英笑道:"任你谈神说鬼,说得活龙活现,我也一些儿不吓。"自华微叹道:"唉,好孩子,我并不是和你说甚么山海经,这是很关重大的事。要知再过这么四五个月,到得柳色黄时,我便须上道远行,极远的远行,并且只许我一个人单身前去,你万万不能同去的。"情英扭股糖儿似的扭在自华身上道:"不不,你去,我也要去,抛下我一个人在这里,好生难受啊。"自华惨白的脸上,满现着苦痛之色,很恳切的说道:"情英,你听着,世界上甚么地方都可去,惟有这所在你是去不得的。你不见么,近来我时常咳嗽,有时且还咯血,身中很觉得不自在。除了咳嗽的声音不能掩住外,总想隐瞒着不给你知道。前几天我更觉困乏,因便上肺痨病专家梁博士处去就诊,不道诊断之下,都说我的肺痨病已入了第四期,到得柳色黄时,我便须与你长别了。"

情英一听了这话,顿时玉容失色,颤声大呼道:"华,华,你这话可是甚么意思,难不成要死了么?"自华长叹道:"唉,亲爱的情英,我何忍抛下你,走到

这可怕的死路上去。何况刚度了蜜月，正尝着甜美的情爱之味，更使人撇不下。然而梁博士既束手无策，认为不治之症，我又有甚么法儿想呢？"倩英听到这里，陡的惨呼了一声，晕将过去，倒在自华的身上。自华慌了手脚，急忙抱着伊上楼，入到卧室中去，放在床上唤婢子取白兰地来，喂了一口下去，不一会便悠悠醒转，又哇地哭了。自华守在伊身旁，柔声下气的安慰伊说："梁博士的诊断也许靠不住，我还须找德国的名医诊治去，说不定一药而愈，正未可知。你尽自放心，急坏了你自己的身子，可不是玩的。亲爱的，你好好的睡一会，只当我的话是开玩笑，可不要记在心上啊。"倩英本像是一个天真烂漫的小孩子一般，听了这些话，便放下了一半的心，竟在自华身上棠息微微的睡熟了。

从此以后，自华便又担了心事。明明是个有病之身，偏要装得像没有病的人一样。整日价有说有笑，伴着倩英打趣，以安慰伊的心。有时忍不住咳嗽咯血，总借着手帕子掩瞒过去。梁博士的药，虽是一日三次，很虔诚的服着，竟不见多大效验。大概病入膏肓，药也无能为力了。可是自华因着爱妻之故，仍一心作求生之想，对于向来所信仰的梁博士，也有些儿不信仰起来。另外去找了两个德国内科名医诊治，不道他们两人的诊断，和梁博士竟不约而同，说病根已深，决计逃不过秋季的了。自华到此，才知自己确已陷入了绝望之境，无可挽救。便先自预备一切身后的事，检点资产，共有十万元左右，一起遗与倩英，背地里请律师立了遗嘱，这身后第一要事总算办妥了。

可怜的自华，苦心孤诣，全在倩英身上着想。他为了倩英未来的慰安和幸福起见，自己有意去和叶仲子亲近，给他常到家中来走动。先前一礼拜来一次，如今三天来一次，一天来一次了。仲子一来，他立刻避开，让二人同在一起，煽动起旧时的情焰来。夜中自己又往往推说有事，或直说身体不舒服，唤仲子伴倩英去看电影，看京剧，或上跳舞场去跳舞。他们俩本来旧情未死，如今耳鬓厮磨的机会一多，彼此相爱的心自然又热了。

自华用了两个月的水磨工夫，把一切未了事件全都料理清楚。眼瞧着倩英和仲子亲热的情形，心知伊的终身也有了依托了。可怜他精神上肉体上都受足了痛苦，自觉多留一天在世界上，便多受一天痛苦，还不如早早的逃出世界，又何必等得柳色黄时啊。于是一天早上，自华飘然出走了。倩英起身，只见枕边留着一封信，忙拆开来看时，见上边很工整的写着道：

倩英吾爱，吾去矣。吾病已入膏肓，无复生理。柳色黄时，势在必死。等死耳，不如早死为佳。惟卿向娇怯，雅不欲令卿见陈尸之惨，故毅然割舍一切，远走他方。非葬鱼腹，即堕幽谷。嗟夫吾爱，从此长别矣。遗嘱在蒋立律师处，祈与接洽。恨吾寒素，未能遗卿以巨产，毕生心血所积，止区区十万金耳。仲子吾知友，亦卿旧好。吾去后，务与缔姻，毋背吾意。柳色黄时，恐将令卿触景生感，幸即委身仲子以蠲烦忧，吾亦将含笑地下，听卿等赓合欢之歌矣。别矣吾爱，千万珍重，毋以吾为念。自华和泪志别。

　　倩英读完了这信，哭倒在钿床之上，碧纱窗外，柳丝在风中飘拂着，瑟瑟有声，似乎和着伊哽咽。

（原载《紫罗兰》第 2 卷第 15 期 1927 年 8 月 12 日出版）

献衷心

　　夜来月色很明,照着园中的晚香玉,其白如雪,花香分外地浓郁,荡漾在晚风之中。那多事的风姨忽地挟了这一阵阵的浓香,偷偷地溜进那老医学家杜鸣时博士的书室,将四下里的药香掩盖住了,直扑老博士的鼻观,顿使他老人家也回肠荡气起来,给他枯燥的人生观,得了一些子润泽,而他那久已沉定不动的心,便不由得微微波动了。

　　杜老博士抱着好几十年的学识和经验,曾行医多年,活人无算,得到社会上绝对的信仰,几乎真当他是华佗再生,扁鹊复活。晚年嫌行医麻烦,精力不继,便由他几位门弟子合办了一所医学专门学校,恭恭敬敬地请他老人家去担任校长之职。有许多医学生因久仰杜老博士的医学高深,都纷纷负笈来校,这医校便非常发达。十年以来人才辈出,所有悬壶市上鼎鼎有名的大医士,全是校中的毕业生,这哪得不归功于杜老博士啊!

　　这一天是博士的七十岁生日,可是他一辈子尽瘁于医学,从没有享过室家之乐,连个一男半女也没有他的分儿,所以他老人家对于这种做寿的俗套,也不愿举行。但他的门弟子们如何过意得去,定要称觥祝嘏。他老人家没奈何,便提出一个条件,说旁的虚文,一概免除,只许在酒楼中大家大嚼一顿。门弟子们本想举行大规模的祝典,大大地热闹一下,但见老师执拗,也只索依允他的条件了。博士经了这一场轰饮,已有醉意。出了酒楼,忙回到他校内的寓楼中。一时还睡不着,就照着他夜夜的老例,在书室里小坐,吸一斗板烟,望一会夜云。

　　无赖的晚风,挟着那晚香玉的浓香,来搅乱老博士寡妇般古井不波的心曲。他见今夜有花有月,花既分外地香,月又分外地明,而一天夜云,又分外地美丽。猛觉得世界万物都是有情之物,惟有自己孑然一身,倒变做了个木强无情的人,未免辜负了这有情的世界。当下里便引动了身世之感,益发觉得寂寞无聊了。他抬眼向四面瞧时,只见满目琳琅的都是中外的医书,案头所陈列着的无非是五颜六色大大小小的药水瓶;就中有一个大瓶,满盛淡黄色的药水,浸着一颗碎裂的心。这心是谁的?他隐隐记得是四五十年前一个邻家女儿的心啊!他不知怎的,今夜瞧在眼中,心头忽然刺促不安起来。即忙靠坐在一张安乐椅中,抬头向天,紧紧地闭上了眼睛,将他自己那颗不安定的心,暂时寄在云表,一壁他归咎于今夜多喝了酒了。

蓦然之间,猛觉得肩头轻轻的一拍,很轻很轻,简直像一朵落花或一片落叶掉在肩上的一般。他刷地一惊,疾忙张开眼睛来,却见一个二十多岁的女子,不知在甚么时候溜入室中,玉树亭亭地立在那里。黑黑的发儿,弯弯的眉儿,亮亮的眼儿,嫩嫩的颊儿,小小的嘴儿。就这一张脸,已当得上一个美字了,又加上了那不长不短不肥不瘦的身材,真是个美人的胎子。她所穿的衣服,虽还是四五十年前的旧式装束,却也不减其美。杜老博士眼睁睁地呆瞧着,不知她是甚么人,黄夜到这儿来,又不知为的甚么事?愣了好一会,才柔声问道:"姑娘是谁,此来有何见教?"

那女子嫣然一笑,莺声呖呖地开言道:"博士,你难道不认识我了么?我即是四十多年前住在绵恨街中和你家贴邻的秦银鸾啊!当时我曾献与你一颗碎裂的心,承你的情,倒还安放在这儿咧。"杜老博士听到这里大吃一惊,身体虽仍坐在椅中,上半身却尽着向后退缩,只可恨被椅背挡住了,无可再退,无可再缩。一壁便颤声问道:"秦银鸾,秦银鸾,你不是早就死了么?"那女子忙道:"死了又打甚么紧?你不见我虽隔了四五十年,仍还年青,仍还貌美,一些儿没有变动。这不是比你们活在世上强得多么?但瞧你——你当初是出落得何等的漂亮,穿着西装,又何等的挺拔,而如今却已发白如雪,背曲如弓,早变做一个老头儿了。"

杜老博士靠在椅中,兀自微微打颤,做声不得。那女子忙道:"博士,你不要怕。我此来毫无恶意,只为四十多年阴阳相隔,记挂得很,特地来望望你,和你谈谈。可是我并非淫荡妇阎婆惜,你也不是负心汉张三郎,我用不着来串一出《活捉》啊!"杜老博士这时虽放下了一半儿的心,但是当面和鬼物说话,总觉得不自在。当下便有气没力地说道:"谢谢你,谢谢你的一片好意。"那女子故意学着葡萄仙子中的腔调,鞠躬笑答道:"不要客……气,不要客……气。"一面将那两道灵活的秋波向四下里乱转,忽又变换了口气道:"博士,光阴过得真快,一转眼已过了四五十年。你仍还在那里行医卖药

么?"博士摇头道:"不,我久不行医,在这里办个医校,教人学医。"那女子道:"但愿你教出来的学生,多给女孩子们医医心病,不要硬着心肠不瞅不睬,瞧她们心碎而死。不幸的我,便是供你牺牲的。且慢,我还得问你,你四五十年来可是依旧抱着独身主义,并没有娶妻生子么?照例早该儿孙满堂,做个老封翁了。"杜博士道:"我的心一辈子用在医学上,竟没有想到娶妻生子这些尘俗的事。到如今年华老去,也未免有些儿寂寞咧。"女子冷然道:"你也有觉得寂寞的一天么?既有今日,当初为甚么瞧不起人,硬生生地捣碎了人家的心,置之死地啊?"说到这里,泼风似的赶到窗前,将案头那个浸着心的浅黄色药水瓶捧将起来,含悲带怨地说道:"你瞧,你瞧,这上边有无数裂纹,像一个无价之宝的古瓷瓶,被人砸碎了。这每一条裂纹中,正不知包含着我多少哀怨的血泪呢!"说时两手颤动,那瓶子几乎要掉落下来。杜博士即忙捧住了,很郑重地还放在案上,口中喃喃地说道:"可怜,可怜,谁也料得到你会情深一往,竟致心碎而死的。"女子勃然道:"为甚么不,你以为一个唱戏的女戏子,就不知道爱情,就不会情深一往么?想当年我们同住在绵恨街中,两家贴邻,只隔得一堵墙壁。你家有钱,而我家清贫。端为我父亲早年故世,没有儿子,单生了个我。母亲见人家女孩子上戏园子唱戏都很能挣钱,不由得眼红起来,因也请了教师,教我唱戏。谁知一唱了戏,就好似做了贼强盗似的,身分立时降落下去。但我还是个天真烂漫的女孩子,哪里知道身分不身分?得了闲总得上你家的门,和你一块儿玩。我的小心坎中,早就满满地嵌着你了。到得你读完了小学中学,上大学堂去学医,我们俩都已成丁,于是我觉得你和你的父母,都渐渐地和我生分起来。我也就不敢常到你家来走动,惟有我那学戏时高唱的声音,可关闭不住,不免天天要来惊扰你们。而我私下以为我的声音倘能常给你听得,也觉得万分欢喜的。你每天早上出去,我总得半开着窗偷看你;傍晚时立在门前,等候你回来。远远地听得了你的脚步声,我的心便突突地不住地跳了。这样过了一天又一天,而我爱慕你的心也一天深似一天,一天热似一天。但我哪里知道你正抱着大志,一心要做你的大医学家,并不留意到一个学着唱戏的穷女孩子。从此见面的日子很少,彼此的情谊也淡了。本来东邻西舍小孩子时代的情谊,只热在一时,终于是不可靠的。到得你大学医科毕业,上北京某大医院去实习时,我眼瞧着你越去越远,连那推窗偷看倚门守候也没有我的份儿了。于是心坎深处顿像堵塞着甚么东西似的,推不开去。过了几时,这东西似乎活了,日夜磨砺着牙齿在那里吃我的心。正好似春蚕吃那桑叶一般。唉,你——你又哪里知道啊?"

226

杜博士听了这番话,好生感动,眼眶子里湿润润地有了眼泪,即忙将手掩住了。那女子又道:"那时我戏已学成,为了维持我们母女俩的生活起见,不得不老着脸登台唱戏了。可是我既怀着这一腔子不可告人的心事,又哪能唱得好甚么戏? 每在哀怨无奈之中,发着幽咽凄哽之声,不知如何却把《六月雪》《玉堂春》一种悲情的戏唱红了。自有许多好事文人没命地捧场,又给我上了甚么'哀艳亲王'的封号。日夜在后台侍候我的人,不知有多少。然而我的心中何尝有他们一丝一毫的印象? 我只知有你,再也没有第二人能闯入我的心坎了。"杜博士嗳嚅道:"你这样地多情,真使我感激不尽,但你当初为甚么不向我表示呢?"女子道:"那时你远在京中,何从表示? 况且我是个唱戏的女孩子,也决不敢作非分之想。只索拼着一辈子单相思了。果然不上一年,我竟害起心病来,身子一天天瘦下去,变做了个痨病模样。戏院子里,十天倒有八天请假。我母亲虽给我延医服药,也没有多大效验。事有凑巧,这年年底,你回来过年,母亲为便利起见,就天天请你来诊治。多谢上天,我居然天天能见你的面了。你每次来时,坐在我的床边,总得握着我的手看脉。眉宇之间微有忧色,我便快乐得甚么似的,以为我病了能使你忧,这就足见你很爱我啊! 因此我不但不恨我的病,反感激病魔能使我天天享受那片刻儿甜蜜的光阴。"博士喟然道:"可怜的女孩子,可怜的女孩子,我何尝知道呢?"

　　那女子白白的脸,忽地现出一片玫瑰嫣红之色,分明是很激动的样子,接着又道:"博士,你还记得么? 那时你每在早上来给我诊治时,总见我模样儿很好,大有起色。你道为甚么? 这并不是你的药石之功,只为好天良夜,我往往入梦,梦中的你,比在梦外亲热十倍。话是情话,笑是情笑,你且还和我接吻,竟像情人一样。梦中的情景,虽是空虚的,然而醒回来时还觉得津津有味。这就好似服了一剂灵药了。"博士捧着头憔恼似的说道:"你生着嘴,为甚么不说? 我是个书呆子,可瞧不到你正用情在我身上啊!"女子道:"女孩儿家羞人答答的,好意思亲口将心事说出来么? 那时我天天见你,夜夜梦你,倒很心安意得,病也渐渐地好了。年初一那天,我居然上戏园子去,日夜登台,唱了两出戏,博得不少的采声。年初三那夜,记得你也来看我的戏。我站在台上,和你遥遥相对,心花朵朵儿开了。可是我因为你在座,就分外地卖力,你瞧我这一部《玉堂春》唱工极多,我竟始终不曾放松一些,完全不像是个久病初愈的人。要知我这一夜的戏,聚精会神,都是为你做的啊! 这样一连唱到元宵,不曾告过假。园主挣到了不少的钱,好生欢喜。而我的名字,也越唱越红了。有许多痴心妄想的臭男子都千方百计地来亲近我，想得些好处。然而我这颗心中，仍满满地装着你，转移不动！唉，这半个月的好时光，一会儿已过去了。你又上北京去了。我的病又上了身了。这病不来便罢，一来便不肯再去，每过一天，病势也加重一天。两个月后，已甚是沉重，无论甚么名医，都医不好我的病。有一天在热极的当儿，大说谵语，把心事都说了出来，给母亲听得明明白白。第二天清醒之后，母亲就竭力安慰我，说好孩子，你的心事妈都知道了，停一天请媒去说亲。杜公子他们都疼你，那一定办得到的。当下我虽觉害羞，心却放宽了。过了一天，母亲果然挽了西邻的沈嬷嬷，到你们那里去说亲。回头沈嬷嬷来告知母亲，说杜老爷、杜太太都不敢作主，须写信到北京去问杜公子。且等半个月后再给回话。我听了，心头也安慰了不少，以为二老既并不一口回绝，那就有些希望了。于是一天天很乐观地盼望着。不道半月以后，回话来了，说杜公子已有信来，不赞成这段婚事。因为唱戏的女孩子太下贱了，不配做夫人。这话是沈嬷嬷私下来告知母亲的，母亲虽想瞒过了我，将好消息来骗我，安慰我，但早已给我听得一清二楚。这一个当头霹雳，直好似把我从天堂中打入地狱。我的心苦痛万分，便渐渐地碎了。"博士诧道："呀！我全不知道有这回事啊！当初我父亲母亲并没有写信来问我，甚么唱戏的女孩子不配做夫人的话，全是他们编出来的。唉！这真苦了你了。"说完抱着头流下泪来。

那女子在旁瞧着面现喜色，伸过手来抚摩着博士的头发道："过去的已过去了，你不必悲伤，更使我觉得难堪。这事的真相，我死后也就知道。所以并不怪你，只未免抱怨你平日间太不注意于我，而又抱怨我母亲不该给我学唱戏，吃了这碗戏子饭，身分太低，难怪要给你父母亲瞧不起了。唉！这一段因缘，虽没有成功，但我四十多年来身在幽冥，一片爱你之心始终不变。真个和天地一般久长咧！"博士道："你怎么将你的心送给我的？"女子道："我自被你家拒绝之后，心已死了，身体也已死了一半。捱不上一个月，不医不药也就一病不起。病重时定要母亲送到医院中去，切嘱医生等我死后，剜出我的心来，送交北京杜鸣时博士。这医生倒也是个多情的人，对天立誓，一定照办。于是我死了。你瞧见了这颗心，瞧见了这心上的裂纹，总也明白我秦银鸾是为你而死的罢？"博士泪流满面，摇头太息道："唉，阿鸾，阿鸾，我负了你。我负了你。"女子道："这也不能说是你负我，只恨我们俩彼此无缘罢了。今天是你的七十岁生日，你半醉归来，似乎感觉得人生寂寞之苦，所以我特来看望于你，向你一诉衷曲。你瞧我虽过了四五十年，却还年轻貌美，像十七妙年华时一样。不胜似生在人世间，变做一个鸡皮鹤发的老婆子么？从此以后，你每感寂寞，我立时前来伴你。你只须对着我的心低唤三声'阿鸾'就得了。我去了,再会,再会。"博士悲声道:"怎么说,你去了么,你去了么? 可能带着我一同去?"这当儿那亭亭倩影已霍地隐去了。杜老博士陡地醒了回来,摩挲着两眼瞧时,却不见甚么,只见月色在窗,花影入户,伴着他孤单的身子,追味着那凄艳的梦境。

(原载《紫罗兰》第 2 卷第 18 期 1927 年 9 月 25 日出版)

辛先生的心

　　紫罗兰的幽香,被晓风挟着,很轻柔而委婉的送到辛先生鼻子里,便知道那媚人的春光又来咧。窗外一株含蕊未放的玉兰树上,鸟声细碎,如吟如笑,阳光照入窗中,着在身上,已觉得热烘烘地,分明是艳阳天气了。这一天是星期日,他不必上女校去上课,一看案头的日历,见是三月十八日,猛记起今天还是他的生日——是六十岁的生日。可怜啊,他既在早年上丧了父母,又从没有娶过妻,成过家。所有一二近亲,也早已不大来往了,因此上他的生日,只有他自己记得,可没有人来捧觞上寿凑热闹啊。

　　东壁上挂着的一面小小圆镜,照见他那额上的皱纹,和一头斑白的头发。嘴脸上虽没有留须,也已老态毕露。他立在镜前,向自己端相了一会,不由得悄然太息道:"唉,六十岁了,去死已一天近似一天,得逍遥处且逍遥,可不能再活六十年呢。今天定须好好地乐他一天,莫等闲过去,也算是给我自己祝寿罢。"于是笑了一笑,打开当日的报纸,翻看各舞台的戏目。见一家舞台中一个著名的坤角儿,正排演一出《麻姑献寿》,更看到影戏的广告,见一家影戏院中,正在映一部老明星路易史东主演的《情场遗恨》,似乎真有一看的价值,因又欣然自语道:"好好好,先来一出《麻姑献寿》,再来一部《情场遗恨》,这一天也够我消磨了。"当下他揣了一个钱袋在怀中,反锁了房门,踱出寄宿舍去。

　　钲鼓镗镗声中,看罢了《麻姑献寿》,总算已给自己祝过寿了。来不及再看压轴戏,忙着坐了人力车赶往影戏院去看《情场遗恨》,六十老翁忽然平添了无限兴致,这是辛先生十多年来很难得的事。可是那银幕上的《情场遗恨》却使他看得回肠荡气,起了一种说不出的感触。并不是为的这影片中的

230

本事,和他的身世有甚么吻合之处。只为瞧着那皤然一老,孤零零地在脂香粉阵中度他独身的生活,没一个慰情的人,在这一点上便勾起了他同病相怜之感。自问平日在女校中上课的当儿,眼看那娇莺雏燕,济济一堂,确是包围在一派温馨柔和的空气中,心坎中充满了乐意。但一回到寄宿舍自己的卧房之中,就觉得举目无亲的,寂寞得难受。一到春季,窗外的园子里,生气勃勃,花啊,草啊,行云啊,飞鸟啊,都足以撩拨他的心坎,而发生出一种不可名的烦闷来,正与美人迟暮,有同样的感觉。

他看完了影戏,颤巍巍地站起身来,不知怎样,面颊上已淌着冷冷的泪痕。掏出帕子来抹去了,在人堆里随波逐流似的挤将出去,刚到得门口,猛听得背后有人唤道:"咦,佩翁,你也在那里看影戏么?"辛先生听这声音很厮熟,回头一看,却见是老友秦先生,当下便立住了,欢然答道:"咦,芳翁,你也在这里,好久不见了,一向可好?"两人一壁寒暄着,一壁便离了影戏院的门口。那些院中散出来的男女,三三两两,擦身而过,时时有浓郁的衣香,送入辛先生的鼻观。一阵香风中,蓦地送过一声娇脆的呼声来道:"辛先生,辛先生。"同时有两张娇憨的粉脸,现在他的肘边,一个十六七岁,一个十八九岁,分明是一对娇姊妹,都是截发长袍,风姿秀丽,真的像粉妆玉琢的一般。辛先生对伊们看了一眼,微笑着点点头,姊妹俩就花枝招展似的走开去了。秦先生问道:"这两位姑娘是谁?"辛先生道:"还用问么? 当然是吾们校中的学生。这一对姊妹,是很聪明,很活泼的,倘是我自己的女儿,那么两颗明珠,擎之掌上,够多么得意啊。"言下很有些儿感慨不尽之意。

这一条长长的街,两面都是大商店,窗饰光怪陆离,布置得都很美观。这两位老友,一壁谈天,一壁且看且走,也不觉得路长。走不多路,对面来了一个西装少年,挽着一个衣饰入时顾盼生姿的少妇,谈笑风生的一路过来。那少妇一见辛先生,很恭敬似的鞠了一躬,便姗姗的走过了。辛先生对秦先生说道:"这也是我的学生,去年暑假已毕业,听说毕业后就出阁的,那少年多分是伊的丈夫,你看可不是一对璧人么?"秦先生道:"你的女学生真多,几乎到处可以遇得到,总计起来,大概也不下于孔老夫子弟子三千之数罢。"辛先生道:"我在女校中担任教科,足足做了四十年的教书匠。女学生当然很多,若是一年年统计起来,怕还不止三千之数咧。"秦先生道:"怎么说,你已吃了四十年的教育饭么? 我记得你是在二十岁上,就投身教育界的。那么今年定有六十岁了,几时生日,该请我吃寿酒。"辛先生欣然道:"很好很好,今天恰恰是我的生日,我就立刻请你吃寿酒去。"秦先生忙道:"不行,我该先给你祝寿,且一同上酒家楼去,浮一大白。"

灯红酒绿之场，辛先生本来是不惯去的。今天喜逢老友，恰又是自己六十生日，可算是难得的事，于是也高兴兴的，同着秦先生，寻到了一家比较清静的广东酒楼中，浅斟低酌起来。秦先生的年纪，少辛先生十岁，为人很有风趣。一张嘴最是会说会话，直能将死的说成活的。他又是新闻记者出身，如今虽已退闲了，却还喜欢打听人家琐琐屑屑的事情，作为谈助。平日很喜研究男女问题，以为全世界一切军国大事，都不及这一个问题的重要。今晚他逢到了这位日常与女子接近的辛先生，真是一个大好机会，又可研究他的男女问题了。

秦先生衔着酒杯，微微地哝着酒，做出一张似正经非正经的面孔，悄悄地向辛先生说道："你一辈子做这女学校教师，简直是天天住在温馨柔和的空气中，那风味定很不恶罢。"辛先生苦笑道："如入芝兰之室，久而不闻其香，也不过是那么一回事罢了。唉，就是我四十年老坐着这条冷板凳，一些儿不到社会上去活动，放弃掉许多飞黄腾达的机会，又岂是得已的事。唉，老友，我自有我的隐衷在着，谁也不会知道的。"

秦先生一听得"隐衷"二字，分外的动耳，脸上不知不觉的做出一种很有兴味的神情来，赤紧的问道："嘎，你有隐衷在着，可又是甚么隐衷啊？"辛先生微喟道："过去很久了，何必重提旧事，徒多无谓的惆怅。"秦先生忙道："老友，你心中有事。一个人自己知道，要闷出病来的，又何妨对知己的老友诉说一二，我也可安慰安慰你。况且你已是六十岁的人，说出来也没有甚么妨碍。你倘要秘密的，那我给你严守秘密就是了。"

辛先生沉吟了一会，将面前满满的一杯白兰地酒，一饮而尽，开口说道："也罢，今天是我的六十岁生日，说出来也算给自己留一个纪念。四十年来，这事深藏在心坎深处，正如作茧痴蚕，丝丝自缚，也委实使我苦痛极了。"秦先生凑趣道："着啊，越是隐秘着不说，心中越是苦闷，到得一诉说之后，自然会觉得宽心的。"这当儿辛先生酒酣耳热，旧恨攒心，便说出以下的一番话来。

"我在二十一岁上自大学毕业以后，就进英华女塾去担任英文教席，每礼拜虽有二十四点钟的功课，可真如你所说的，常在那温馨柔和的空气中，并不觉得怎样辛苦。我所教的是正科四年级，是校中最高的一班，学生共有三十多人，全是优秀分子。而内中有一个唤做林湘文的，更是冰雪聪明，常作全班的冠军。年纪不过十八九岁，生得面目如画，非常的可爱。我所最最忘不了的，便是那一双清如秋水明若春星的眼睛，对人瞧时，似乎能直瞧到人的灵魂中去。唉，我至今还记得伊笑吟吟地立在讲台下执卷问字时的情景。那一双明眸,水汪汪地注在我面上,那时我那一颗二十一岁的心,也止不住怦怦地跳动咧。

"我在女校中和学生们感情都好,而对于湘文,更是另眼相看。不知怎的,总觉伊在同学中矫矫不群,真的是鸡群之鹤。可是伊不但貌美,功课也居第一,英语说得很流利,发音又正确。一部纳士菲尔氏文法,烂熟胸中,做一篇英文论说,头头是道,竟不像是中国女郎的手笔。听国文教员说,伊对于中国文学也极有根柢,做起文章来,洋洋洒洒,竟是梁任公一派。像这样才貌双全的女郎,真是难得之至了。

"我对于伊自有一种特殊的感情,但不敢流露在外,生怕引起别人的非议。心中未尝不在暗暗地想,我一辈子不娶妻则已,倘要娶妻时,总得物色一个像湘文般的女子才是。说也奇怪,平日间湘文对我,似乎也很亲近。捉空儿问长问短,和我研究文法,辛先生辛先生的满口子叫着。伊在我班中读了一年,就毕业了,这一年中,使我精神上得到不少的安慰。我恨不得挽住伊留级一年,然而伊各科的成绩都好,终于以第一人毕业而去。举行毕业礼时,我当然在场,亲见伊领了毕业文凭,走出礼堂去时,抬眼对我瞧了一下,眸子里竟有着泪痕,这也是一辈子使我忘不了的。自伊去后,我不知怎的,常觉得忽忽若有所失。下学期起,第三年级的学生,已升上来了。内中也有不少优秀的女子,然而无论如何,在我心目中,总觉不如湘文。往往对着湘文先前所坐的桌椅呆瞧,幻想中就把现在坐着的学生,当做是湘文,借着安慰我那寂寞无聊的心灵。唉,那得湘文依旧回来,给我饱餐伊那张玫瑰脸上的秀色,更给我消受伊那双横波目中的美盼啊。

"我渴欲知道湘文毕业后的消息,虽知伊的住址,因为碍着自己居于师长的地位,不敢冒昧写信去。加着生性拘谨,也不敢有所表示,后来探听得校中一位庶务先生,却是湘文家的亲戚,因此常常和他去接近,在无意间得到一二消息。而最最痛心的,便是湘文毕业后不到半年,就出阁了。伊是自幼儿订婚的,平日从没有见过未婚夫一面,嫁过去后,不道伊丈夫竟是一个呆头呆脑的呆子,自知彩凤随鸦,大错已铸。父亲又是一个头脑极旧的人,绝对的无法可想,伊郁郁不乐,便常在药炉茶灶讨生活了。我自得了这不幸的消息后,真有说不出的苦痛,要设法去搭救伊。可是想来想去,总想不出一个办法来。日常只得在同事中间痛论中国婚姻制度的不良,痛骂中国一切顽固专制的父母。人家不知我命意所在,也无非在旁凑趣罢了。这样茹苦含痛的捱过了一年,仍是没有办法。而噩耗传来,却说湘文已郁郁而死。

第二天上，一封信天外飞来，一看封面，大吃一惊，竟是湘文的手笔。心跳手颤的疾忙拆开来看时，只见信笺上潦潦草草的写着几十个字道：'遇人不淑，生不如死，湘今死矣。先生之心，湘固知之，湘之心，先生亦知之否？呜呼……'以下戛然而止，似乎正在病危之际，写不下去了。伊死后，这封信不知如何会寄给我的，至今还是一个疑问咧。

"我得了这封信，心已碎了。请了一个月的病假，整日整夜的躺在床上，不知如何是好。手中执着那信，将那几十个字不知读了几千遍几万遍，两眼无论着在窗上墙上帐顶上，总是虚拟着湘文的声音笑貌。同事们和朋友们来探望我时，忙把那信藏过，始终不敢给他们知道，生怕妨碍了湘文死后的清名，我是对不起伊的。厮守过了一个月，我简直要发疯了。无可如何，还是上课去，借着满堂的学生，在嘈杂中暂忘心头的痛苦。然而我的两眼，终于离不了湘文先前所坐的桌椅，恍恍惚惚倒又似乎瞧见湘文依旧坐在那里，素靥如花，明眸如水，一一都在目前。反将我那寸碎的心，一一收拾拢来，缝补完成了。从此以后，我便乐于上课，好瞧着我那念念不忘的桌椅，好瞧见我那幻觉中念念不忘的湘文。

"一班班的学生毕业了，一年年的光阴过去了，我留恋着那湘文先前所坐的桌椅，而连带在幻想中瞧见湘文，所以不忍离去这女校，不知不觉的过了四十年。在最初的二十年中，常有人和我做媒，我却一一回绝，说世间女子，是造物之主辛苦造成的宝贝，不容我们万恶的男子去破坏伊们，坑陷伊们，自愿一辈子抱独身主义，不敢造此恶孽。于是一般做媒的人，都说我是怪物怪物，拂衣而去，从此不来打扰我了。唉，老友，今天是我六十岁的生日。自知去死不远，因此把这四十年从未宣泄的秘密诉说出来，使你知道天下还有我这样的一个痴人，给一般轻于言情说爱的青年做一个榜样。要知真正的情爱，全在两心相印，不在两体的接触。在乎牺牲，不在乎圆满。我如今已以一生的幸福，为湘文而牺牲了。在世一日，还是要厮守在女校中，留恋着湘文先前所坐的桌椅。因桌椅而连带在幻想中，瞧见湘文。湘文虽久已死了，但在我的心目中却永永活着，永永不死。"

辛先生说罢，脸上都淌满了眼泪，一滴滴掉在酒杯中，不知是泪是酒。

（原载《紫罗兰》第 3 卷第 1 期 1928 年 4 月 5 日出版）

家庭伦理

JIATINGLUNLI

◉《九華帳裡》的原刊插圖頁。

　　新婚后，周瘦鹃于 1917 年 4 月作《九华帐里》，载 1917 年 6 月《小说画报》第 6 号上，此为画报原刊之插图。

噫之尾声

——噫，病矣

编者按：周瘦鹃写过八篇同名小说，总题为《噫》，总题下均有副题。这篇是第九篇，为《噫之尾声》，副题为《噫，病矣》。

看官们请了，在下前几天不是曾经有过八篇短篇的哀情小说，总名唤做《噫》的么？瑟瑟哀音，流于言外，滔滔泪海，泻入行间，想看官们读了，也曾掉过几行眼泪，叹过几口气来。不道吾叹了这八口不舒不畅的鸟气，却惹了一场不大不小的恶病。这一病中，发生了无限的感触，明白了许多的事理，搁了好几天的笔墨，受了一大番的痛苦。看官们要知道吾们这笔耕墨耨的生活，委实和苦力人没有甚么分别，不过他们是自食其力，吾们是自食其心罢咧。就这小说家三字的头衔，也没甚希罕，仔细一想，实是小热昏的代名词。那林琴南啊，天笑生啊，天虚我生啊，便是小热昏里头的名角儿，可以进得玄妙观，上得城隍庙，当着千千万万的人，舌粲莲花的说他一大篇。至于在下呢，只索向荒村寒市老虎灶上，冷壁角里敲敲破铜钹，嚼嚼烂舌根，给乡下人开开笑口，替小孩子寻寻快乐，也不敢老着脸儿，挂甚么小说巨子著作等身的大招牌。虽然偶一挂之，还不妨事，然而挂了之后，反觉问心多愧，还是不挂的好。况且像在下这么个后生小子，肚子里空洞洞的没甚么东西，恰合着当代大小说家恽铁樵先生所谓"才解涂鸦，侈谈著述"的八个字儿，其实在下连鸦儿也涂不相像，不然吾就学吾老友丁慕琴捐着画笔画板做画家咧。至于在下的文稿，一古脑儿都是废物，既不合覆酱瓿，也不配糊纸窗，因为在下的稿纸，都是蓝格子的洋簿纸，覆瓿嫌它不伏贴，糊窗又嫌它太厚笨，不比桑皮纸那么透明耐久。幸而那些编辑小说的先生们，大约都是慈善家，见了吾这些呕心剜血的文稿，往往赏收，没有退回来的，因此吾一家的生计倒还过得去，吾的心儿脑儿虽然苦了些，吾和家人们的身儿总算暖了，肚儿总算饱了。

不料天有不测风云，人有旦夕祸福，这回没来由生了一场病，却累我受了个很大的损失。原来吾除了投稿以外，还在中华书局编辑所里当一个译员，局中定例，有人不到一天，便扣他一天薪水，还把年底的双俸上也扣去一天，吾如今不到了六七天，一扣倒是个大数目。这局中每月的薪水，吾自己委实分文不用，全个儿给吾母亲，作为甘旨。吾说起了母亲，理应替看官们介绍介绍，吾母亲实在是世界上天字第一号温柔敦厚、恺恻仁慈的母亲，并且吾的母亲，不比人家有福儿郎的母亲，她却是从十五年的眼泪十五年的辛苦中磨炼过来的。看官们啊，在下此刻把眼泪滴在墨水壶中，把泪墨和在一起，细细写出来告诉你们：

在下生来就是个不幸之人，六岁上没了父亲，阿母茕茕寡鹄，何等凄凉！膝下除了在下以外，还有一个哥哥、一个妹妹和一个襁褓里初生两个月的小弟弟，要是吾家放着几个钱，我母亲就可以减轻许多的担负，偏偏吾家又是个赤贫之家，便是父亲身后，也多半借重亲戚朋友的大力。可怜从此以后，这一副千斤重担，就全搁在吾母亲肩上。天天靠着十指，孜孜力作，尝遍了世味辛酸，抚育到吾们长大。吾现在居然二十一岁了，只想起了二十年慈母劬劳，眼泪就禁不住滚出来了。平日间吾虽不敢说曲尽孝道，但是母亲一言一语，吾总不肯违拗，不论甚么大小的事，吾总不敢使她有些儿不快乐。她不快乐时，吾总竭力使她快乐，她快乐时，吾便和着她一块儿快乐。吾每月的薪水，得来就交她，不短少一个大钱，不耽搁一个黄昏，使她过这安心的日子，不再像从前的忧急。吾单尽了这一些子做儿子的本分，母亲已不住的当着人家说吾孝顺。咳，看官们啊，说起了一个孝字，吾又勾起一肚皮的牢骚。你瞧上海这么大的地方，好许多青年子弟竟全把孝子两个字弄错了，说孝子是老子娘孝顺儿子，并不是儿子孝顺老子娘。其实呢，孝子两个字，是古人用来称呼那些孝顺父母的人，所以这孝字是形容词，并不是动词，分得很清楚的。回耐人欲横流，正教扫地，瞧这富贵场中的孝子，本来没有，就是贫民窟里，也很难得。据吾眼中所见，姑且说两件给看官们听听。

吾有一个亲戚住在城里，这亲戚家的房东，已好几年没了她当家的，膝下单有一个儿子，手头也着实有几个钱。平日间这做儿子的吃得好，穿得好，出去时俨然是个名门大户的公子哥儿。十九岁上，他母亲就取出一大注钱，替他娶了老婆，他似乎得意，也似乎不得意。那时他在一家药房里办事，每月的薪水，约有二十块钱左右，但这是他自己的零用，从没一文钱到家的。过了一时，他在外边渐渐儿放肆了，这位哥儿，原是喜欢阔绰的，花柳场中，不免也去走走，似乎不走也算不得个哥儿。叵耐每月的薪水，不够他挥霍，就慢慢儿的欠起债来，可是债儿这样东西，生殖力最富最快，一天积一天，一天多一天，到头来竟合着俗语说的欠了一屁股两胁子的债咧。幸而到了节上，有他母亲出来算账，但他对他母亲，丝毫没有感激之心，便是他母亲的一言半语，也不肯依从。一年以后，居然得了个儿子，他母亲好不快乐，他却依旧在外边乱混。混了几时，忽地说有一个好友荐他做甚么洋行里的买办了，当下天花乱坠的说了一阵，向他母亲要了三四百块钱，作为应酬之用。他母亲听了，快乐得了不得，自然没有不依的。从此以后，他就把窑子当做了自己的家里，成日成夜的盘踞在里头，和酒连绵，天天不断。这样花天酒地的混了两个多礼拜，他那朋友早在暗地里吐舌，想他没有做买办，先是如此的阔绰，做了买办，可了不得，因此就不敢荐他，后来这事就渐渐儿变做了空花泡影。他倒也不很可惜，只管天天在窑子里喝酒赌钱，索性把母亲妻子都忘怀了。他母亲夜夜到窑子里找他，有时他从后门逃了，有时躲不了，只得一块儿回家，便深更半夜的大骂，说死也愿意死在外边，他母亲奈何他不得，只得听他出去。过了十几天，却有人上门来替他说亲，说他在外边说新死了老婆，预备娶续弦呢，他母亲听了，直气得个发昏。唉，这种不孝之子，不知道碎了天下多少慈母的心儿咧。过后在下微微听得人家说起这位老太太，从前也不十分孝顺她母亲。她母亲老了，没有依傍，没奈何靠着她过日子，她却把一间秽气薰蒸的柴间给她母亲做卧房，一日三餐，也嫌她母亲肮脏，不准她母亲坐在一块儿吃，只在碟子底里分些儿饭餐给她，有时心里不自在，便把她母亲哼哈着出气，她母亲病了，也不好好儿去服侍她，到头来竟把这老婆婆活活气死。吾听了不觉点头微喟了一声，想这也是个报应，自己不尽了孝道，将来便吃儿女们的苦。看官们，这是富贵场中一段故事，以下便讲到贫民窟里去了。

　　两三年前吾家常常有一个老婆子来走动，不知道她姓甚么，只听得吾母亲唤她阿华的娘。她来时总提着一只旧竹篮，篮里放着几枝不值钱的花儿，有时也有四五枝白兰花。瞧她样儿，已有七十多岁，脸儿又枯又黄，满嵌着皱纹，几根头发，已从白的泛做了黄，背儿曲的好像一张弓儿，身上的衣服更是破碎不全，脚上也没有鞋儿穿，只拖着一双破草鞋。吾母亲很可怜见她，常作成她几枝花儿，且给她喝一杯茶儿，润润枯喉，教她休息一下子，她坐了

叹了一会苦，也就称谢去了。往后吾听得母亲说起，这可怜的老婆婆，养了个不孝的儿子，所以头发白了，还须自己寻饭吃。她儿子名唤阿华，是个黄包车夫，赚了钱不养老母，只顾自己抽鸦片，鸦片越抽越多，良心越熏越黑，觉得他的身体，是从鸦片烟缸里熬出来的，和旁的人毫不相干，逼得他白发萧萧的七十老娘，日上街头卖花去了。但卖花也须本钱，可怜这老婆子哪里有甚么钱？七拼八凑，只有五六个铜元，乱买了些贱值的花儿，勉强撑着几根老骨头，把上海城内的大街小巷，走了一半，一壁走着，一壁声嘶力竭的喊卖花。可恨那些红楼窗畔的娇娃，只爱那娇音清脆的吴侬，这肮脏老婆子，休想承她们的青眼，所以这老婆子跑了半天，花儿总卖不完。就是卖去的几朵，也很费力，除了花儿之外，还须加上几句大慈大悲救苦救难的可怜话儿，人家激动了慈悲心，才勉强买她几朵。到了十一点钟左右，她总提着卖剩的花，赶到吾家来，求吾们作成她，吾们不忍推却，便叫她吃了饭儿去，有时多给她几个钱，教她好好儿回去。她回去时，一路上瞧见垃圾堆里有几片菜皮，便拣在篮里，又买一些油，籴几粒米，带回去烧一些粥吃，听说她每天从没有吃过三顿的。她住的所在，不消说是一所七穿八洞的小屋子，阴天不遮雨水，晴天不遮日光，晚上躺在冷冰冰的破床上，做她辛酸劳困的苦梦。那位不养老母的孝子，也不去张她一张。过了几时，不知怎么，那老婆子不到吾家来了，吾们很为咤异，问人家才知道她七十多年的苦生活，已经做完了。她临死时很想她儿子，盼望着见最后的一面，叵耐她儿子到底不来，她死了之后，两个眼儿还张得大大的，望着那扇破门，尸身搁了三昼夜，才给善堂里收拾了去。

这两段故事，都是说母子间的，还有父子间，母女间，父女间的事，吾也见得很多。只恨在下有一个恶习，凡事说开了场，便像自来水坏了龙头，要阻住这滔滔汩汩的水，一时很难措手。这小小一本《礼拜六》里头，可不能听吾一个人回翔，如今索性不说了。不说了故事，却要和看官们谈几句天。看官们不是都有父亲母亲的么？看官们读书明理，不是都很孝顺父亲母亲的么？刚才听了吾两段故事，不是都切齿痛恨那两个逆子的么？唉，凡人立足在这世界上，哪一个没有父母？既有父母，哪一个不该尽孝？但想吾们的身体、吾们的名誉、吾们的事业，都出于父母之赐。吾们从小儿长大起来，不知累父母抛了多少心血，所以吾们一辈子所最宝贵的，就是这一个父亲、一个母亲。这一个父亲、一个母亲没有了，任你上天下地，任你万唤千呼，休想见他们回来。可怜在下六岁上没了父亲，如今连父亲的声音笑貌，几乎追想不起来，然而吾又从哪里去寻他呢？看官们好福气，既有父亲，又有母亲，该像夜明珠般时时捧着，别放他从手缝里滑去了。在下说到这里，有几位不耐烦的朋友，跳起来嚷道："呵，瘦鹃你这篇小说标题的，分明是说你的病儿，如今你丢了病不说，却海阔天空的说出一篇大道理来，岂不是去题万里？"在下只得长揖谢罪道："对不起，对不起。"但在下做这篇小说，着眼实在一个孝字，因为一病十日，眼见得慈母劬劳，心中一百二十个过不去。又把吾慈母的心，揣测天下慈母的心，想来都是一样。大凡做父母的，人人爱他儿子，做儿子的，自然也该人人爱他父母，因此在下不辞瘠口，说这一大篇话。不然，在下生了病，有甚么大惊小怪？万一死了，难道还要世界各国替吾举哀么？

　　若讲吾的病，便起源在那前四个《噫》出版的前一天。那天起身时，微觉头痛，并且有些儿发热，吾毫不在意，照常出去做事。第二天依旧发热，吾也仍然出去。第三天是礼拜日，无须出去奔波，无意中却发见了却尔司狄根司的一篇短篇小说，名儿叫做一个《星》字。吾们做小说的人，一见了欧美名家的著作，仿佛老饕见了猩唇熊掌，立刻涎垂三尺，在下又生就是个性急鬼，那《水浒传》上的霹雳火秦明，也得拱手唤吾一声大哥，当下吾发一个狠，想今天决不能轻轻放它过去，便拈起一枝笔来，动手就写。写不到几行，恰有一个朋友到来，吾做事原不求静的，一壁和他讲话，一壁只管写，忙了半天，居然被吾译完。微微觉得乏力，便上床去将息一会，不道正在这当儿，吾母亲可巧踅到吾房里来，顿时大惊，因为吾平日间从不睡中觉，这一睡分明是生病的证据。大凡天下做母亲的，见了儿子生病，直比自己生病，还加上十几倍着急。当下吾母亲就使出她提痧的老法儿来，说在脖子上提了痧，便能发泄痧气，吾不敢违拗，直僵僵躺着，听她提去。霎时间记起吾八九岁时生病，母亲捉着吾提痧，吾直着嗓子杀猪般喊救命，一壁又破口大骂，骂天骂地，把甚么都骂到，只除了父母，不敢乱骂，百忙中却想起了读的书上天地日月山水土木牛羊鸡犬十二个字儿，吾便骂了天地，又骂日月，索性把下列四项唱歌也似的一连串骂了起来。心中又想平日里吾手上被蚊虫咬了个小疙瘩，母亲就疼惜得了不得，如今吾又生了病，怎么她倒忍心下这毒手？吾猛然醒悟过来，才知道这也是慈母爱子之心呢。如今且说吾母亲用力提了十多分钟，颈儿上已现了十九条血红的痕儿，吾倒也不觉得十分痛楚，过后吾就躺在床上，不再起身。这一夜吾母亲简直没有好睡，时时过来问吾觉得怎样，吾只求她安心，总回说很舒服。

　　捱过了这一夜，礼拜一礼拜二两天，吾热病还没有退，却依旧支持着出去，因为吾一天不出去，于经济上很有影响，这也是吾体恤母亲的微意。然而母亲也很体恤吾，说吾所赚的钱，块块都是把心血脑汁换来的呢。礼拜二

我到了书局里，不防吾一年来没有发过的胃病，趁这当儿明火执仗的反了起来，只听得喉咙里恩恩恩不住的作响。午餐时，单喝了一浅碗的薄粥，喝了之后，不能坐下，只得像磨旋般走着，走了一点多钟，仍然不觉得舒服，这肚子里还是恩恩作响。吾暗暗埋怨道："算咧算咧，一年来吾吃了你多少苦，你到说是恩恩恩，怪不得中华民国谢恩折子的多咧。"这天三点半钟，吾赶到一位医友张近枢君那边，请他替吾开了一张药方，后来吾喝了三瓶药水、半瓶药粉，果然好了许多。礼拜三那天，吾的热病不但没有退，反加上了些。这天早上，吾母亲执意不肯放吾出去，说再放你出去，就对不起你了。那时吾自己也觉得有些支持不住，头儿虽没有顶着石臼那般重，却也可以比得顶着一个挺大的水晶墨水壶儿。吾母亲没了主意，大白天守着吾，愁容满面，连饭量也减了许多。晚餐时，吾勉强灌了一碗薄粥下去，桌子上放着昨天祭祖下来的菜，瞧那一些肥鱼大肉，仿佛向着吾傻笑，教吾尝尝它们的味儿，吾只向它们皱眉，连筋儿也不敢接近它碗边，怕被它们一口吞将下去。八点半钟，吾就登床睡了，谁知翻来覆去，把被儿翻了十七八个身，休想进黑甜乡一步，似乎病魔履了新任，那睡魔便该辞职而去咧。但吾不能安睡，还有一个原因，因为吾的脑儿，分外勤敏，不肯休息一二分钟，一会儿想这个，一会儿又想那个，种种思潮，汹涌而来，好似"群山万壑赴荆门"。吾母亲又时时蹑手蹑脚的过来瞧吾，吾只得装假睡哄她，要是她知道了吾不能安睡，又得长夜无眠厮守着吾咧，母亲见吾睡着，才又蹑手蹑脚的过去。无奈吾的假睡，不能变做真睡，转侧到了三点多钟，两眼仍然像鱼目炯炯的合不拢来。吾心里恨极，就把盖着的被儿狠命踢去，这一踢不打紧，却听得天崩地塌的一声。看官们别吃惊，并不是在下的床儿坍了，不瞒看官们说，在下平日很喜欢买书，一向收罗得不少，书橱里早已装满了，还有一小半，竟没有安身之所，吾就把床的一角，借给它们打了个临时公馆。那些书新的旧的一概都有，大半是欧美名家的小说，英国有施各德、狄更司，法国有嚣俄、大仲马，美国有欧文、霍桑，俄国有托尔斯泰，旁的短篇杂作，也都出于名家之手，还有好几种杂志的年刊，聚在一起，高高的叠着。吾想吾们中国古时，每逢大战之后，总把阵亡将士的遗骸，筑一个京观，表示他们的丰功伟烈，现在吾这一大堆书，倒好说得是欧美大文学家脑血的京观。只恨吾睡品一向不大端正，睡到兴头上，两只脚便写起擘窠大字来，把这座京观踢坍，朦胧里还当是天坍呢。吾唬怔了，悄悄起来，收拾了书，过了约摸半点钟，母亲早又来了，吾只得再装假睡，母亲蹑足走到床前，轻轻地揭开了帐儿，伸手在吾额上按了一会，微喟一声走了开去，又在暗中呆立了一会才慢吞吞的去了。吾见母亲为了吾如此不安，心里头好不难受，后来不知怎么，却渐渐进了睡乡。明天起身时，病体依然，午后，请了一个中国医生来疗治，据说是暑湿，一时不能全愈。医生去后，吾斜靠着安乐椅心中乱想，想吾往常和吾那好友丁慕琴同游同息，和兄弟没甚分别，吾一病他定然寂寞得多，幸而他身体比吾好些，跳跳踪踪的，活像一只蚱蜢，吾如今却奄奄的坐在这椅儿上，直变做了一条僵蚕咧。停了会儿，那屋角上一抹黄金色的斜阳，已化做了胭脂，吾兀坐了好久，微觉烦闷，趄到玻璃窗前，向远处绿油油的树影和红喷喷的屋脊望着。猛可里听得下边大门呀的开了，走进三个人来，吾一眼瞧见那大大方方的是王钝根，摇摇摆摆的是李常觉，后边那个跳跳踪踪的，不消说是丁慕琴了。一会儿三人已搠着三个笑脸，到吾楼上，先问病情，后谈闲事，吾们虽只三日不见，却已好比三年，此时见了分外的亲热，接着说东话西，直到夜色上时，才各别去。临去时吾还向他们说今天承你们福禄寿三星，一同照临，吾的病儿包管就好，并且心里也觉爽快欢喜得多，似乎喝了三星牌白兰地酒，看了《三星牌》（影戏名）影戏片呢。夜中吃了那医生的药，裹了被儿，立刻就睡，望他出一身大汗，发散那热病，天气虽热，吾也不管，一直捱到十二点钟，已把全身浸在汗里，两件短衫一条衬裤，都湿透了。谁知正在这时，那不知趣的臭虫先生，却趁着静夜无声，三军一时齐发，向着裤管里袖口里进行。原来吾往年住在法租界时，吾的铁床，不幸结交了这几个损友，一路追随到此，相依不去，见了吾这许多书，就钻在里头打起公馆来，吾笑它们倒很好学，也在那里拜读欧美名家的小说。只禁不得它们聚族而居，十年生聚，十年教训起来，吾这身子，怕要给它们扛了走咧。它们要是伏在里头，不出来闹，倒也罢了，无奈它们也染了贪官奸商的恶习，最喜欢吸人的血，因此吾有几回早上起身时，总见腿上臂上，好似礼拜六的底稿，装着许多大红的密点，吾只把花露水搭他几回，便也不大在意。此刻却熬不住了，立时跳起身来，换掉了湿衣服，躺到沙发上去。那时吾母亲还忙着煎药烧茶，没有安睡，后来竟在沙发旁边的地板上铺了一条席子睡下，吾苦苦劝她睡到床上去，母亲却说："天气热，不打紧，半夜里你要茶要水，也方便些。"吾拗不过她，只得听她。这一夜她几次三番的坐起来瞧吾，有时问吾口渴么，有时问吾身上冷么，有时又问吾可能安睡，瞧她那颗心儿，简直全个儿用在儿子身上。唉，慈母深恩，真叫人一辈子刻骨镂心，忘不了呢。

　　一夜过去，曙光又出现了，可恨吾的热病没有退，看官们倒觉得厌烦了，吾只得长话短说。一连好几天，吾抱病坐在家里，外边的一切景物，一概不能瞧见，仿佛做了囚犯，监禁在牢狱里头，不过那看守吾的狱卒，委实踏遍了世界也找不到的。并且还有许多好友,不时来探监,也有写信儿来,很恳切的慰问吾,真使吾感激涕零,自分此身没有价值,受人家如此怜惜呢。吾每天日中,很难排遣,或在椅上坐一会儿,或在床上躺一下子,但是吾心儿脑儿,往往不肯休息。那天花板和帐子顶,都是吾制造小说的机器,坐着望了天花板,一阵子胡思乱想,一篇小说就打成草图了;躺着望了帐子顶一阵子胡思乱想,又是一篇小说打成草图了。若要好好儿睡一会,那是很难得的事,夜中也必须用了强制工夫,方能入睡。只吾偏又是个很多感触的人,在枕头上听了那浅红玻璃胆瓶里晚香球残花飘落的声音,吾便多一重感触;听了小桌子上那只古铜爱神钟的的得得的声音,吾又多一重感触;听了那玻璃窗上苍蝇营营飞集的声音,吾又多一重感触;听了隔壁那一家的夫妇勃谿的声音,吾又多一重感触;见一个蜘蛛在窗上张了网儿捕苍蝇,苍蝇竟会投到它网中去,吾又多一重感触;见那天一会儿晴,一会儿雨,倏忽更变,吾又多一重感触。一天到晚吾总有无限的感触,末后知道这种种感触,都从静中发生。于是吾又向钢笔墨水壶讨生活,每天两三点钟时,写他二三十行,就把吾的病儿做了上去,过了几天,居然全篇告成,便叫他做《噫,病矣》,算是吾前八《噫》的尾声了。写罢之后,吾坐在安乐椅上休息,直到六七点钟,撑着两个眸子,只见这紫罗兰的天上,已满布了霞彩,好似笼着粉红的轻纱,那残阳已移到了吾的屋角上,浑似包了一重黄铜皮,一会儿这黄铜皮忽地剥落了,飞上了一道道玫瑰色的光儿。吾兀是痴痴望着,就中仿佛瞧见过去未来的种种幻象,也有乐观,也有悲观,也有积极,也有消极。吾望了一会,又多了一重感触,末后玫瑰的光已化为乌有,半天上早下了墨幕。吾私心盼望,明天吾的病就好了,好几天闷在家里,恨不得跳出空气层,到旁的星球里去玩他一玩呢。那时吾母亲也在窗前呆呆的立了好久,把肘儿靠在窗槛上,支着颐,痴望着半天鸦影,吾侧了头瞧她,只见她眉儿打了结,神气非常索漠,知道这几天来已为吾忧急得了不得。吾不觉微微叹了一口气,母亲听了,立时回过她瘦靥来瞧吾。唉,母亲已瘦得多咧!可怜她天天不但忧急,更是忙碌,为了吾求天求地,求仙求鬼,想打退吾的病魔。吾生了这一场病,脸儿瘦了一壳,谁知她也好似生了一场病,脸儿瘦得更凶,这真难为她咧!在在下呢,忙里偷闲,靠着这场病,总算享了好几天可怜的清福,只是苦了吾的母亲。

(原载《礼拜六》第 67 期 1915 年 9 月 11 日出版)

珠珠日记

　　斜曛似梦，落叶如潮，轻飔薄帘腰入窗，已含秋意。新雁叫风，曳残声过小楼，若告人以秋至。瘦鹃氏积病乍愈，袭重衣，斜倚沙发上，手执英国大诗人摆伦氏悲剧脚本《佛纳》（WERNER）一册，披阅自遣，而心则如万丈游丝，罥晴空而袅，渺渺弗属。书中何语，乃一不之省。因抛书于侧，流目他顾，无意中邋及月份牌，则见赤字作血色，映入眼帘，上为"九月"二字，略小，下则大书曰"二十五"，屈指一病颠连，几及两月。笔墨荒落，砚田不治，能不令人心痗？回忆初病时，夏木鹂声，尚婉转送入吾耳，横塘中莲叶田田，亦未零落净尽，而曾几何时，已是秋风黄叶之天。光阴容易，如电走空，刹那间已飙瞥无痕。则吾人厕身斯世，亦如飘流过客，悠悠数十年，直转眴间事耳。迨至数十年后，一棺既盖，长眠黄土之下，纵令后死者千呼万唤，付之弗闻，而生前角逐名利场中所得之俘房品，至是究亦安在？争名夺利无一非空，名本虚幻，直同空气，而灿灿黄金，死后亦弗能携以俱去。即使墓碑十丈，镌其一生遗事，岿立墓前，或足以昭垂一时，然而此墓碑亦滋难恃，苟为数十年风雨所剥蚀，苔痕蟊满其上，黝然作黯碧，或有好事者过，扫此苔痕，求其故实，作游记中之资料，藉以生色。而字已模糊不可复读，并姓名亦不之识，然尚可问之故老，得其一二，更数十年者，故老已弗存，则其姓名遗事一例成尘，人遂不复知此墓中人为谁矣。

　　念至是，则为之低徊不置。当是时，阿母适入，掬其笑容于瘦靥之上，鞭然向予，次即至吾侧，偻其身，展手以抚吾额，复絮絮问寒否？疲否？思茶否？继见沙发上书，则立取之，发为恳挚之声曰："吾儿久病方瘥，急宜休养，乌可读书以劳神思，药在壶中沸久矣。进药之时已届，汝其须之，吾当往取。"遂直其身，而风动帘波，斜阳漏一线入，灿若黄金，适烛母面，眉宇间如幂慈云，温蔼无伦。帘动斜阳，金光摇漾，寻及其首，如作环形，则吾几疑圣母顶上之圆光矣。须臾，母已带此斜阳而去，旋以药碗入，坐吾次，手碗进吾，吾饮之立尽，觉此药碗在阿母手中，药乃立失其苦，一入吾口，且似化为醇醪，弥觉甘芳。饮罢，母始起去。既而天已暝黑，遂以灯至，予就灯下窥母，心乃弥痛。盖吾一病之后，乃使阿母容光，较前此瘦损多矣。缘吾病中，母实况瘁万状，日中奔走为吾料量汤药，夜亦必数数起，潜来视吾，或按吾额，或抚吾胸，热少增，则颦蹙弗展其眉，热少减，则不禁色然而喜。予每值阿母抚摩时，吾身似已返于儿时，密裹褓裸之中，就阿母怀抱，听其拂拭。顾忽忽数旬，母劳无已，吾心亦滋惴惴，惧吾病未瘥，而母病遽作。母知吾意，则悄然谓予曰："吾滋愿代儿病，惟恨弗能。儿病而能即愈，吾病又何足恤？"嗟夫！慈母爱子之深，乃至于此。予生于赤贫之家，一身外无长物，阿父弃世时，亦一无所遗，特遗此慈母，直较百千万之巨产为尤可贵。自顾此身，不殊富贵，予生平既无所有，亦无所长，惟有此慈母，实足以骄人也。予方陶然自得，陡闻履声跫跫然起于梯上，予平日因习闻此声，立谂来者为吾知友慕琴。慕琴每上梯，辄作急步，予尝窃喻之，谓如蚱蜢跃登稻茎也。既上，予已启关以俟其入，则立出一裹授予，谓此裹殆为君友所遗，寄至中华图书馆编辑所者。君或不即出，故吾为君代取。予视裹面，字迹初非素识，亟启视之，则为西纸簿一，上署时日，似为日记，字亦为钢笔所书，罗罗清晰，初不草率，外附书曰：

瘦鹃先生鉴：今夕于《礼拜六》第六十七期中，得读尊著《噫，病矣》一篇，令人无限感慨，足以唤醒不孝子之迷梦，亦足以成全孝子之心志。先生苟能时作此等小说，则赖先生以感化者多矣，敢为吾可怜之中国贺也。溯自读尊著以来，最令人可歌可泣可钦可敬者，有数种，如《孝子碧血记》、《铁血女儿》(见《小说时报》)、《绿衣女》(见《妇女时报》)等，欲令人不歌不泣不钦不敬，不可得也。近读《噫，病矣》，则一片孝亲之思，又溢于字里行间，于以知先生天性之笃厚。兹特奉上日记数则，每则或可作小说一篇，若以先生之才，即作三篇四篇，亦殊易易。若刊于《礼拜六》中，每篇又可得十元二十元之润资，以奉先生之慈母，藉博慈颜一粲，不亦乐乎？惟先生不可以吾书及日记付刊，以老师至严，知之必加呵责。然何故寄此日记？则以先生之母，亦如吾阿母之慈爱，吾爱母甚，故亦爱先生之母，即借此不足道之文字，以表吾诚，先生或亦许吾乎？吾年幼，读书不多，此日记宁独力所能成？斟字酌句，半实得阿母阿兄之助。钩月入帘，明灯乍灿，即为吾埋头窗下，拂笺把笔之时，时或一记，亦不自觉其苦也。吾书已竟，愿上帝永永加福于先生。

十二岁女子珠珠上言。

其日记曰

一月五日　晨起，见晓日已嫣红如玫瑰，映吾窗纱，一室都红，并白色之帐帷，亦作粉霞之色。早餐时，仆妇何妈，谓今日寒甚，急宜加衣。吾曰："身上著如许衣服，尚云寒甚，彼街头丐者，又将如何？"何妈闻语，恻然心动，即倾筐倒箧，自觅旧衣数袭，持往街头寻丐者，空其手而归，盖何妈亦具佛心肠也。餐罢，阿母为吾理发，对镜视吾，谓吾曰："此即乡谚所谓，身著棉花都话冻，可怜街上乞儿公也。"吾心有所触，因足成小歌一，信口歌曰：林凋雪下近残冬，冽冽寒威飒飒风，身著棉花都话冻，可怜街上乞儿公。杜工部"朱门酒肉臭，路有冻死骨"句，正同此意。

三月二十日　吾不作日记久矣。非关懒也，以阿母前患感冒，久久弗瘥，日夜呻吟，令吾焦灼欲死。顾又不能代阿母病，俾得祛其痛苦，脱能使阿母安者，儿身又何恤？幸今则已瘥，又健全如平昔矣。前年主日大聚集，得识一巴陵婴儿院中之女子，把臂未久，已成莫逆，临行属吾他日访彼，依依如不忍别。后此吾因数乞阿母偕往，以事集不果。今日午后，母适无所事，乃携吾过婴儿院，访彼婴女。院在观涵道，四周植修竹，新翠欲滴，入其内，则白屋数间，蛎粉之墙，尽作雪色，似别一天地。后进谒院中主事之德国姑娘，则皆和蔼可亲，视诸婴如己出，吾不觉为诸婴贺，失母之后，重复得母也。姑娘又偕母及吾参观院中各处，若为科堂，若为卧室，若为养病房，若为游戏场，以及食堂、浴房，靡不整洁周备。迨至四句半钟，已为诸婴晚餐时，食堂中长桌凡二，婴之自五岁至十二三者，列坐焉。其有过稚不能自哺者，则十四五岁者哺之。当诸婴未食之先，各整立于座外，俯其首，恭立祈祷，声喃喃然，似含悲意。吾闻之，几于泣下，急投母怀，不忍听也。食品无他物，饭一瓯，佐以青菜及鱼肉数片。以设此院者为德意志人，方今欧战未已，本国经济弥窘，院中经济已停寄，故凡百都从节省也。嗟夫！以皇皇之大中华民国，而一般孤苦无依之婴儿，乃弗能自养，仰食于外人，滋足愧矣。当吾去时，尝携饼干糖果数磅，因俟诸婴膳后，即出而分赠之。诸婴最知让，得一饼后，如再与以他饼，即举让他人，不复自取。吾平日辄与阿兄争物，自见诸婴谦让之风，不觉内愧，厥后设有所得，即一一让之阿兄，不敢复争矣。归时，吾向诸姑娘再三申谢，又与相识之婴女作小语，始从母出。而眉月一弯，已揭云幕而出，如美女郎作新妆也。

247

四月二日　午后忽大雨，凉风飒飒然，挟雨势壮其声威，气候因亦转为微寒。同学之婢仆辈，纷纷送衣至，阿母亦命何妈以夹衣来，恐吾受寒也。嗟夫！父母爱子之心，无微不至，在家时问燠嘘寒，固无待言，儿或在校亦刻刻不能去怀。起风矣，下雨矣，天微寒矣，送伞送衣，栗六万状。吾尝窃怪天下为父母者，何若是之不惮烦耶？即吾每日上学放学，阿母亦必命何妈伴送，一若中道有狼，择人而噬，而何妈足以翼卫吾者。四时许，何妈又来，携吾归家。归后，阿母招吾至其膝前，谓午后天气骤有寒意，儿亦觉寒否，继又问今日读书熟否，写字佳否，算学得十分否。吾答曰："儿衣夹衣，已不觉寒，书亦熟，字亦佳，算学亦得十分。"母乃大喜，抚吾双频，以示爱，并出饼饵糖果饲吾，时时向吾微笑。夫勤敏读书，分内事耳，阿母又奚用其厚奖？入晚，阿母尚虞吾寒，又为吾加半臂。然吾恨甚，恨吾夜中酣眠，必至天曙始醒，弗能起为阿母加被也。

四月二十一日　吾今日以细事掌婢频，掌后悔甚，啜泣可一小时，匿不使阿母见，后至母前请罪，心始少安。平日吾每有过失，自责甚重，苟不自责，则入夜辄转侧不能成寐，觉精神上有无限之痛苦。幸吾时萌悔心，故虽有过，而亦甚少，且下次亦不复犯。然吾何由萌此悔艾之良心乎？乃得诸天帝，学自圣贤，养之父母，成于师长，是以吾恒深感天帝圣贤父母师长之赐吾以良心也。

五月十八日　凌晨入学，见途中有两童共挟一童殴之，既又力蹴其腰，令仆，仆则复殴，被殴之童啼哭，束手不敢还殴，且作皇恐之色。吾见之，大愤，见二童犷甚，知进劝亦弗能止其殴。吾又巽弱无力，未能效游侠子，攘臂而出，平此不平，遂舍之去。迨既入学，而吾心中尚愤愤弗置。

七月一日　放学归，小立门前游眺，见斜阳方留邻家屋角，恋恋弗去，碧空有鸦影过，鸦背斜阳，的烁如金，为状乃奇丽，寻何妈至，携吾出游。途经一小巷，狭如羊肠且幽暗弗洁，人家之秽水，即由此巷通于明渠，而汇于河，终日潺潺然弗绝也。吾睹之忽有触于怀，念潺潺山水，水也，潺潺渠水，亦水也，同是水也，而人经山水处，则五内皆爽，经渠水处，则掩鼻过之，是奚故？清浊不同也。清，水之本性也，浊，岂水之本性哉？幸则为深山幽谷之清泉，不幸则为秽渠污沟之浊流，幸不幸之别，俨若天壤，人亦犹是也。一念之起，为善为恶，相差虽仅毫厘，顾其品质已相去如天渊矣。曩者阿父亦尝以此言教吾，吾谨记之，弗敢忘。

七月二十五日　今日为祖父忌辰，吾今又忆及祖父矣。祖父之貌，蔼若春温，吾每立其遗像之前，辄觉祖父方含笑视吾，一如生时。吾或夜梦，往往梦见祖父,有时在未睡时,似亦见其立于左右。吾以为鬼也,后念不然,世上必无鬼。凡人既丧其所亲戚友,则所亲戚友之声音笑貌,平日所接于耳目者,此时必深印于脑中,偶一念及,即幻为其人之状态,或见于梦,或见于醒时。而世之人则骇汗相告曰:"吾见鬼矣!吾见鬼矣!"实则鬼即生者脑中所印死者生前之状态也,乌有所谓鬼者。迨为日渐久,脑中所印死者生前之状态,亦渐消灭,生者之梦中乃不常见,而世之人又哗然曰:"死者死已久,殆投生去矣,故吾梦中乃不之见。"此特臆测之词耳。死者投生与否,孰则知之哉?

八月十九日　今夕薄云如秋罗,衬出一九明月,月光自邻家之窗隙,射入吾家屋后阑干曲处。吾以小镜迎之,令返射入吾卧室,荡其光于帐上,时方有微飔入,吾帐遂似化为云幕,扶月动荡弗已。吾乃大悦,盖吾殊弗欲见此明明之月,独照邻家也。亟走告阿兄,来助吾捉月,兄谓吾童性未除,憨态犹昔,且谓渠年已十五,不当与吾嬉,防为人见,笑其偷懒不知读书,尚作稚子态。予笑之曰:"阿哥老成人哉!吾自憨态犹昔耳。"因复入室弄月,且弄且观,益觉其美。第恨吾弱于文,又弗能作绘事,不尔当草一记,名之曰弄月记,更调铅杀粉,绘一弄月图矣。

二十六日　晚餐既罢,方挑灯治手织物,姑丈至,为吾言一故事,吾女子闻之,可以兴起。姑丈曰:"吾乡有一至高至坚之石室(乡名霞席,在广东凤城左近),登楼一望,全村历历在目。室四围皆桑麻,新碧中间以黄白,弥望都是。少远则为沙亭海,帆船无数,往来如织,帆影点点,远望似海鸥。村中富豪,以石室坚,各以贵重之物贮藏其中,盖此村多盗贼也。守石室者为一女子,石室富于藏,盗贼觊觎已久,连劫三次,不得入。及第四次,又以百余人至,女闻声立醒,贼尚未入,急登天台,堆石子碎瓦于四周,使高,贼攻之急,则尽推之下,以击贼,此瓦石盖平日备以御贼者。是晚,贼力攻之不少退,瓦石尽,死贼数十,攻益力,女虞不能支,心急甚,即力毁天台之围墙,墙隤,砖石雨下死贼无算。天将曙,贼遂退,生还者仅二十余人,临行大骂,谓将生得女而甘心,始泄今夕之愤,然是晚终不得石室也。明日村人俱来谢女,女不居功,至夜回忆贼临行言,颇中慑,因自经死,以身犹未字,惧受辱也。又明日,村人始觉,已不救,厚葬之,并立木主于石室之第一层,以为纪念。厥后每值盗贼攻石室,守者但呼守室女,胆力立为之壮云。"吾闻其事,亟敬石室女子御贼之勇,顾又怜其寂寂以死也。

附复书:
珠珠女士惠鉴:损书谨悉,甚佩甚佩。拙著伦理小说,辱承加以刮目,赐以奖借,荣幸何如? 惟舍《铁血女儿》、《孝子碧血记》、《绿衣女》外(诸篇均为杜撰,初非译作),尚有《卖花女郎》(见《妇女时报》第六期)、《阿母》(见《游戏杂志》第五期)、《孤星怨》(见《小说月报》第二年临时增刊)、《死声》(见《时报》短篇小说第二集)、《孝女歼仇记》(见《礼拜六》第三十五期)诸作,亦可参观。方今风颓俗敝,人欲横流,为人子女者,几不知孝之一字,作何解释。往往自适其适,弃其所亲于弗顾,吾知他日必有人杀其父母于市上,而人且拍手哗赞之者,更指点其人啧啧相告语曰:"此孝子也! 此孝子也!"非吾过甚其词,将来或且有此一日,亦殊难必。女士方在髫年,已知孝亲之道,求之斯世,殊属难得。鹃也无状,能不心折? 拜读尊著日记,措词造意,具见慧心,教孝教仁,用意良苦。属衍为小说,本拟遵命,惟是小说之作,情节与文字并重,尊著情节过少,滋难措手。用持删去数则,略加润色,与大札并刊《礼拜六》上,默揣尊意,或不谓然。然鹃以为女士之作,均无背于礼法,而有稗于世道。令师虽严,当亦不致以呵责相加。擅专之罪,尚祈恕之。兹于吾书结束之际,尚有忠告进之女士。昔苏格兰有女郎上书于英国大小说家乔治密列狄司氏(George Meredith)(生一八二八年,卒一九〇九年),求其墨迹,措词隽妙无伦,氏读之,颇为所动,立草一书为答,称许备至。末则谓女子夙慧,实属非福,端居多暇,尚宜多事运动,以强体魄,留为他日用云云。以鹃之不学无术,宁敢自比于密氏,顾不得不以密氏忠告苏格兰女郎之语,忠告女士俾善自保养,以成完才。他日者出其所学,光大女界,蜚声于吾大中华民国全土,即驽拙如鹃,尝与女士订一时文字之交者,亦有光矣。前途如锦,正复无量,幸为国自爱,余不白。瘦鹃谨上。

(原载《礼拜六》第 73 期 1925 年 10 月 23 日出版)

试　探

那时正是深秋天气,院落中一树梧桐,撑着它瘦干儿战着西风,萧萧槭槭地做出一派潮声来。那树上早有好几十瓣黄叶飘落在地,被风儿刮着,兀在那里打旋子,倒像生了脚儿,满地里乱跳乱舞的一般。有一二瓣,却像鸟儿似的飞到一扇玻璃窗中,打在一个少年人的头上。这少年正拈着一枝笔儿,呆坐着想甚么似的,被这落叶一打,才微微地动了一动。当下就拈着那叶瓣儿,带笑自语道:"我正在这里想那开场的几句点缀文字,兀的想不起来。如今蓦地里飞来这瓣梧桐叶,我倒有了句儿了。"于是把那笔在砚儿上蘸了一蘸,动手写道:"秋深矣,落叶如潮……"不道刚写得两句,却听得呀的一声,门儿开了,踅进他的小厮小云来,提着嗓子说道:"主人,外边有一个人求见。衣儿脸儿都很肮脏的,我问他要名刺,他却给我一个白眼。我回他说主人此刻不见客,他却老不肯走,说定要一见呢。"那少年怒勃勃地答道:"小云,我正忙着,不能见他,可是那《秋声》杂志里正催着我的短篇小说,明天须要交卷的。他倘要见我,唤他停一天来就是了。"说着,动笔又写。小云忙道:"主人,这个不行。他说主人倘若不见他时,他自管闯进来咧。况且那人又活像是个钟馗,怪怕人的,我倘出去回绝他,却要吃他一个耳刮子。"那少年皱了皱眉,把笔儿向桌子一丢,大声道:"天杀的!不知道那厮是个甚么路数,偏偏这样打扰人!小云,你且去领他进来。"小云答应着,一路走将出去,一会儿就领着个五尺来长四五十岁化子也似的人闯进门来。

那人进了门,便张开了一张血盆大口,笑了一笑,露出那一半儿像黄蜡一半儿像黑炭的牙齿来。那少年一见这人,几乎吓了一跳,想小云说他像钟馗,委实一些儿不错呢。瞧他身上,穿着一件又肮脏又破烂的棉袄,也不知道它本来是甚么颜色。上边又满着无数的窟窿，一个个好像蜂房似的，那半黑半白的棉絮，也落在外边。下边一条犊鼻裤，恰正相得益彰。头上那头花白的头发，蓬蓬松松地堆着，多分是那虱类的殖民地。就那嘴边的须儿，也像乱草一个样儿。两只脚上，一只穿着草鞋，一只穿着破靴子，靴尖开着个老虎口，伸出五个脚指来。那少年打量了好久，呆得说不出话儿。那人抬着两个铜铃似的血眼，向四下里溜了一下子，接着就劈毛竹般放声问道："你可就是甚么小说家唤做陈乐天的是么？"少年答道："正是。你要瞧我，可有甚么事？"那人老实不客气，鞠了个大屁股，在一把雪白椅套的安乐椅上坐下来，直把个陈乐天恨得牙痒痒地，却又不能发作。那人搁起了那只穿着破靴子的脚儿，五个乌黑的脚趾，也就和陈乐天行一个正式的相见礼咧。半晌，那人才道："陈先生，我委实苦极了！日中既没饭吃，晚上又没宿头，眼见得天已渐渐冷了，如何捱得过去？你可能可怜见我，收我在这里充一个下人罢？"乐天勃然道："我这里已有小厮，又有老妈子，不必再用甚么下人。"那人又道："先生，你瞧我样儿虽然不大好看，然而抹桌扫地倒便壶，都是一等的名手。府上虽已有了小厮老妈子，添一个下人也算不得多。先生很有好心的，请收了个可怜人罢！"乐天道："对不起，此刻我正有着事，可没有空儿和你歪厮缠，快些儿出去，别噜苏了。"那人现着哀求的样子，说道："先生，你瞧上天分上，赏赐一个饭碗给我。人家都拒绝我，人家的儿子们都撵我出来，只你总得体着上天的好心，赏我一个脸。就不肯收我做下人，可能听我说……"乐天很不耐地说道："但我没有这许多闲工夫呢！"那人道："先生虽没有闲工夫，可能从百忙中腾出十分钟的工夫来？要知我如今堕落到这般田地，情节很曲折的。先生既是个小说家，可要得一篇小说资料么？我的事儿，简直好做得一篇小说。先生听了，倘说好的，只消赏给三角四角钱，我也好捱过两三天咧。"那涎沫好像急雨跳珠般，飞在乐天脸上。乐天忙把自己的椅儿拽得远了一些，一壁想那人的事儿倘能做得小说资料，倒也不恶。况且近来正苦没有资料，脑儿中又挖不出许多，单造那空中楼阁，究竟也不能持久。我不妨听他一下子，可不是浪费光阴呢！想到这里，便点上了一枝纸烟，吸着说道："如此你快说来，我便破了十分钟的工夫听着你。你要是胡说乱道，我便唤小厮撵你出去。"那人点了点头，忽从耳朵里挖出小半截的纸烟来，取了乐天手中的烟去接了火。一连吸了几口才抛在地毯上边，把脚儿一阵子乱踏。乐天瞧了这种情景，心中甚是着恼。

　　不一会那人便开口说道："十五年前，我也是个很得意的人，年壮志大，手头也有几个钱。一年上，我忽地发一个狠，想到美国营商去。好在我早年断弦之后，并没续弦，但有一个儿子，年纪还只十岁，我就把他托给一个好友，动身走了。不道船儿到了半路上，忽地触礁沉没，一时大哭小喊，闹得个不亦乐乎。妇人和孩子们都坐了小船，纷纷逃命，我们男子，只索一个个跳入海中。会游水的，自然保全了性命；不会游水的，都葬身海底。我平时原不会游水，只是徼天之幸，却飘飘荡荡地飘到了一个所在。幸而上天又可怜见我，给我遇了一位慈善的老牧师。老牧师见我落魄异乡，也不是事，就收我在家中做他的下人。……"乐天道："且慢，那艘沉没的船儿，唤做甚么名儿？"那人答道："那船儿唤做'宝星'。遇难的时期，已在十五年前，那时先生怕还是个小孩子在学堂里读书咧。"乐天很诧异地说道："咦，奇了。十五年前，我老子也坐了那'宝星'出去的，半个月后，陡地得了个恶消息，说那船儿已在半路上遇了难咧。我老子一去，也就永不回来。那时我虽是个小孩子，已懂得人事，自问自己变做了个没爹没娘的孤儿，好不悲痛，往往对着黄浦，下几行思亲之泪。然而酸泪入水，可也流不到美国去呢。如今你既说当年也搭着那'宝星'出去的，如此恰好和我老子同在一艘船上，不知道你可曾见过我老子？或者也认识他么？"那人愣了一愣，答道："我认识的朋友们中并没有姓陈的，加着那船上虽然大半是外国人，内中却也有好几十个中国人，我可不能一个个认识他们呢。"乐天道："只你唤做甚么名儿？"那人支吾了一会，才道："我唤做丁通山，不过流落了十多年，几乎把这名儿都忘了。那些化子朋友，都称我做老丁。因此上你倘不问我时，我竟记不起来。"说完，把身儿牵动着，伸手到那破棉袄里去搔爬一会子。接着伸出手来，把指甲儿轻轻一弹，就有一个小黑团铅珠似的着在乐天脸上。

乐天愣了一愣，又颤声问道："你、你唤做甚么？"那人答道："我唤做丁通山。"这当儿乐天口中含着的一枝纸烟，立时掉在地上，睁着两眼呆注着那人，又咕哝道："丁通山？怎么也是丁通山？"那人接口道："正是，我便是丁通山，便是十五年前的丁通山。只到了如今，人家怕已不认识我了。咦！先生，你怎么满脸现着奇怪的样子？难道十五年前你也曾听得过这名儿么？"乐天一声儿不响，兀在室中往来踱着。抬眼瞧那壁上挂着一幅大小说家施耐庵遗像，倒像在那里向他冷笑的一般。他一行踱，一行心口自语道："这是哪里说起？这么一个化子似的人，却是我的老子？瞧他的举动，分明是个下流；瞧他的面目，又可怕煞人。然而他的名儿，却唤做丁通山，却是我的老子！十五年前，我不是也姓丁么，只为他动身出门时，把我寄在一个朋友家中，后来听说他已在半路上遇了难了，便把我当做了义子，改姓了陈。直到如今，依旧用着义父的姓。然而我老子，却回来了！唉，这是哪里说起？我一个大名鼎鼎的小说家陈乐天,却有这么一个化子也似的老子,给人家知道了,可不要笑话我?况且我夫人又是个出身高贵的女学生,脸儿既俊,肚子里又有学问,平日间又最重贫富贵贱的阶级。凡是穷苦些的人,都吃她瞧不起的。此刻我怎能领着这化子似的老子去见她?还向她说道这化子便是你的公公,你便是他的媳妇?那时我夫人吃了这大打击,受了这大耻辱,怕要迸碎芳心,立刻晕去咧!幸而此刻她不在家里,尽能瞒着她。照情势上瞧来,惟有不认他是老子,把他敷衍了出去。好在他已不认识我,不怕事儿破裂呢。"想到这里,就住了脚,说道:"以后怎样,快说下去。"那人净了净嗓子,在地毯上连吐了三口痰。又把两个指儿做了个双龙入洞势,探到鼻孔中去挖了几挖,随手把旁边圆桌上的一张白毯子,抹着鼻子。一会,便把他十五年中种种的艰难困苦说了出来,其中还夹着些不名誉的事。乐天侧耳听着,好不难堪。等他说罢,就从身边掏出一张十块钱的钞票,授给他道:"你的事儿怪悲惨的,我很可怜你。此刻你就取了我这十块钱,快些儿去罢。"那人刷地伸出一只很肮脏的手来,立时接了去,凑在眼儿上,瞧了好久,又把那纸儿弹了几下子,接着带笑说道:"先生,多谢你!我已好久没有见过这东西咧。你听见我的事,竟赏我这许多钱,你实是一个活菩萨,实是一个大慈善家。那老天一定保佑你,保佑你的夫人,保佑你的公子,保佑你的千金,更保佑你的老太爷。"说罢,又一连谢了好几声,起身踅将出去。

乐天呆呆地眼送他出去,自语道:"十五年中,一些儿没有消息,我当他总已死的了。谁知却没有死,却回来了,却又变做了这个样儿!唉,我怎能还认他是老子?怎能还唤他一声阿父?"当下里他便扑地投身在椅中,把手儿掩住了脸,一会儿才抬头来,把眼儿注在窗外。只一时他已忘了那桌上放着的稿纸,已忘了那"秋深矣,落叶如潮"的句儿,其余的事也一古脑儿都忘了。只暗暗想道:但我做下了这件事,可合道理么?我可能把十块钱,卖掉一个老子么?摸着良心自问,究竟有些过不去。可是他堕落虽然堕落,老子仍然是我的老子。我既是他的儿子,万不能做这丧尽天良的事。他虽堕落下去,我须得扶他起来,做了儿子,自该尽这儿子的天职呢。万一我将来也像他一个样儿,我儿子也抄了我的老文章,如此我飘泊在外,可搁得住么?想着恰又一眼望见了那梧桐树上一个鸟巢,每天早上他总和爱妻一块儿靠在楼窗上,瞧那小鸟们衔了东西回来,给老鸟吃。此刻一见了这鸟巢,心儿便大动起来。于是发了狂似的飞一般奔到门外,向四下里望时,却已不见了他老子。但见一个送信的邮差,踏着一辆自由车过来。乐天忙截住了他,问道:"对不起,你一路过来,可瞧见一个衣服稀烂、四五十岁模样的人么?"邮差道："可是一个化子么？我瞧见的，他正在那横街上边，慢吞吞地踱着呢。"乐天不则一声，拔脚就奔。不多一会，已到了横街上。抬眼瞧时，却见他老子正坐在一家后门的檐下，低着头儿把那钞票一条条地撕着。乐天不敢怠慢，气嘘嘘地赶将过去，向他说道："你老人家，可能跟着我来？我有一件很奇怪的事告诉你，怕你老人家听了，定要咄咄称怪咧。"他老子却不理会，依旧撕他的钞票。乐天愕然道："咦，你老人家，怎么把这好好儿的一张十块钱的钞票撕做纸条儿了？"他老子嗤地笑了一声，仰着脖子说道："这到底是甚么东西，我委实不认识它。只为耳朵里痒痒的，手头又没耳扒子，不得不借着这捞什子的造它一个。"说时，取了两条在手掌中搓着，搓成了个细条子，在耳中一阵子乱扒。乐天瞧了，伸出了半截舌子，缩不进去。于是即忙拉着他老子三脚两步回到家里，恭恭敬敬地请他进了书房，只把个小云睁着两个乌溜溜的小眼珠，瞧得呆了。到了书房中，乐天便跪在地上，亲亲切切地呼道："阿父，你回来了！我便是你的儿子！便是你十五年前寄给个朋友的儿子！"他老子带着诧异的样儿，忙道："咦，怎么说？你是我的儿子？我姓丁，你姓陈，彼此可不相干的。快起来，你这样跪着，可要折煞我化子了。"乐天急道："阿父别说这话儿！刚才孩儿不过一时误会，并不是有意不认你是老子。十五年前，孩儿原也姓丁，只为那时听得了'宝星'遭难的消息，道是阿父也落了劫数。你那朋友见我没了老子娘，怪可怜的，因此上把我做了义子。从此以后，我也就姓了他家的姓。如今阿父既回来了，那是天大的喜事！委实说，这十五年中孩儿也刻刻记挂着阿父呢！"到此他老子便把他扶了起来，紧紧地拥抱着，荷荷地说道："我的儿！我的儿！上天可怜见我们，使我们父子俩今天合在一起咧！"乐天抬头瞧他老子时，只见那血红的眸子中已满着眼泪。

父子俩拥抱了好久，猛听得外边叮叮地起了电铃之声。乐天忙道："阿父，你媳妇回来了！像这样儿，如何和她相见？"他老子道："正是，这便怎么处？常言道丑媳妇怕见公婆，如今却变了个丑公公怕见媳妇咧！"乐天一声儿不言语，拉着他老子飞也似的赶上楼去。先领他到浴室中，给他洗了脸，又取了自己的衣服靴帽，唤他更换。一面三步并做一步地奔下楼来，到那客堂里头。这时他夫人却已姗姗地走进来了。见了乐天，便呆了一呆，娇声呖呖地呼道："咦，乐天，你到底为了怎么一回事？脸儿白白的，像是受了甚么刺激咧。"乐天同她进了书室，柔声说道："婉贞，今天平地里来了一件喜事，很奇怪的，你听了一定也要说奇怪。往时我不是和你说，我阿父已在十五年前在一艘船上落了难么，不想过了十五年，他老人家却好好儿回来了！"乐天

说到这"好好儿"三字,却微微皱了皱眉。他夫人白瞪着一双凤眼,说道:"乐天,你可是发了疯么?公公早已葬身海底,怎能回来?"乐天慢吞吞地答道:"已回来咧。那时他并没有死,却飘泊到一个所在,被一位老牧师收留了。以后一连十多年,兀和恶运交战,吃尽了困苦。此刻回来,委实不成个样儿,然而他究竟是我的老子,我须得爱他。你瞧我分上,也须得孝顺他。"他夫人欣然道:"做媳妇的原该孝顺公公,还用你教我么?乐天,你阿父回来了,这是我们天大的喜事。不过这事儿来得突兀,简直好像是梦境呢!乐天,公公此刻在哪里?快和我说。"乐天道:"别响,他已经楼上下来咧。"说时,那扶梯上果然起了一片脚步声。一会儿他老子已入到室中,指着他夫人问道:"乐天,这可就是我的媳妇么?"乐天答应了一声"是",只呆瞧着他老子。原来他老子此时似乎已受了幻术,全个儿变了,刚才那种下流人的神气,一些儿都没有,态度又庄严又大方,俨然是个上流社会中的老绅士。刚才那双血红的眸子,和那血盆的大口,也都变了个样儿。那种乱草似的须儿发儿,也整整齐齐的,只带着些花白之色。乐天瞧着他老子,直当做大剧场中的名优化了妆咧!他老子却悄悄地说道:"乐天,你瞧了你老子这个样儿,可不失望了么?我已在这十分钟中,学那《西游记》中齐天大圣的法儿,变了一变咧!"乐天呆着说道:"我不明白!我不明白!"他老子微笑道:"现在你不明白,停会儿我就使你明白。"说时,吸着一枝雪茄,连吐了几口烟。乐天的夫人,只在旁边呆瞧,一时倒做了丈二的和尚,摸不着头脑起来。

一会那老头儿便伸着一只手,搁在乐天肩上。带笑说道:"我的儿,我这回特地来试验你的,你险些儿失败呢!"乐天垂倒着脖子,低声答道:"请阿父恕了孩儿!孩儿很觉惭愧!"他老子道:"你没有甚么惭愧,我也决不责备你。上星期我既回到了这里,知道你已成了个有名的小说家了。听说你仗着一个笔头,做得很有出息,于是我想先和你玩耍一下子,然后和你说明。哪知你竟险地上了我的当儿!"乐天道:"阿父,只你十五年中到底在哪里?做了些儿甚么事?"他老子道:"那时我既到了那老牧师家中,做了三个月的下人,老牧师见我为人诚实,又能书算,便把我升做了书记。以后我却认识了几个美国朋友,彼此十分投契。这样过了一年,他们要到加利福尼亚去找寻金矿,约我一块儿去。我们困苦颠连,捱了三个年头,别说金矿没有找到,连金屑都不见一粒。末后乞食度日,流转到了墨西哥。仗着我们两年中的热心毅力,竟找到一个金矿。从此我们几个乞儿,便变做了富人,大家合开了几爿大公司,生意非常发达。十年中我恋着美国,不想回来,只如今钱儿太多了,一个人尽着使用也用不了千分之一,于是我便想回来,找我十五年前分手的儿子。恰好上月有几个同国的人要回来,就同着他们合伙儿走了。"乐天道:"阿父,但你刚才那种样儿,如何扮得很像化子?连那脸儿也可怕煞人!"他老子笑道:"这是很容易的事。我这里还有一个老友在着,恰开着个戏园子。我便央他班中的戏子们,替我化了妆,趑将回来,自然活像是个化子了。"乐天拍着手儿笑道:"好耍子!好耍子!但孩儿那张十块钱的钞票,须要阿父赔偿呢!"他老子荷荷地答道:"我的儿,赔偿你就是。任你要一百张、一千张、一万张,我都有呢!"说完,伸着两手挽着他儿子和媳妇,嘻开着嘴儿不住地笑。

那时小云已在门罅里张了好久,到此便也走将进来。乐天拉着他的耳朵,笑着道:"小鬼头,你该向着这钟馗,喊一声老太爷!"小云便扑倒在地,做了个鬼脸儿,喊道:"钟馗老太爷!"于是三人大家相觑着,磔磔格格地笑个不住,连那窗外梧桐树上的鸟儿,也似乎做着笑声唰。

(原载《小说画报》第 5 期 1917 年 5 月出版)

九华帐里

　　周瘦鹃道：大中华民国六年二月十九那天，我在也是园中成婚。证婚人包天笑先生运着他粲莲之舌，发了一番咳珠吐玉的妙论，劈头就说瘦鹃是个爱情小说的老作家，他那言情之作不知道有多少，我们见了他，便好似读一篇言情小说。今天我们见了他们一对佳偶，更好似读一篇极愉快极美满的言情小说。然而他以前的著作，都是理想的，以后的著作就要入于实验的。我们料知不上几时，瘦鹃定能做几篇事实的言情小说，饱大家的眼福呢。这一番话儿，又给《小时报》登了出来。还有一位陈蝶仙先生，握着他那枝生花之笔，做了四首半庄半谐的好诗，当日登在《申报·自由谈》上。于是我的新婚倒被人家做了个插科打诨的资料。隔了一天，我那好友丁慕琴、王钝根、李新甫闯进门来，赶着问新婚第一夜，可在九华帐里说了些什么情话？多分把平日间做言情小说的几句妙语搬运尽了。我忙道："你们真要听我九华帐里的情话么，这也使得，但你们须得耐性些儿，停几天就《小说画报》中瞧罢。"当下我就在怀兰室中，静坐了会儿，托着腮子，想了一想。一时茶香砭骨，花影上身，不知不觉地动了文兴。忙唤凤君焚了一盘香，揭开了百叶窗上的白茜纱，提起笔来，在蛮笺上写了四个现现成成的字道："九华帐里"。

　　凤君啊，今天是我们新婚的第一夜，今天是我们家庭生活的开幕日！我们以后的闺房是天堂，是地狱，便在今天开场；我们以后的光阴是悲苦，是快乐，便在今天发端。所以今天这一天，实是我们一辈子最可纪念的日子，任是受了千魔万劫，永永忘不了的。从今天起，你便是我家的人，你那胡凤君

258

三个字儿上边，已加上了一个周字。你既进了我姓周的门，自然要替我姓周的出些子力。我们一家的重担，须我们两口子合力挑去，一半儿搁在你肩上，一半儿搁在我肩上，彼此同心同德，排除前途无限的困难。堂上老母，须得好好儿侍奉；家中百事，须得好好儿料理。有时我有甚么愁闷，你须得体贴我，怜惜我，要知夫妇之间，重在一个爱字。这爱字便从体贴中怜惜中发生出来。夫妇俩要是相亲相爱，白首无间，如此我们一辈子的岁月，直好似在花城月窟之中，寸寸光阴都像镀着金，搽着蜜糖，大千世界也到处现着玫瑰之色。我们耳中，常听得好鸟的歌声；我们眼前，常瞧着好花的笑容。一年四季，都觉得风光明媚，天地如绣，虽在严风雪霰中，也自酝酿出一片大好春光来。所以夫妇相爱，实是要着，其余富贵穷通都是小事。倘若有了金钱没有爱情，红丝无赖，又不容你摆脱，如此名义上虽是夫妇，实际上还有甚么乐趣？从古以来，不知道坑死了多少好女子咧。今天是我们的新婚第一天，总得想一个永远保持爱情的法儿，日后天天晤对，两下里该当掏出心儿，相印相照。去年我有一位朋友新婚，曾送他一副喜联，叫做"郎是地球侬似月，卿作香车我作轮"。我以为夫妇倘能相爱到这般地步，才是家庭中莫大的幸福。做丈夫的好似地球，做老婆的好似月轮，彼此吸引着，相绕而行，任是亿万斯年，可也分不开去。或者一个做车身，一个做车轮，同行同止，相依相附，次一层说，也是好的。你听了我这番话，心中可明白么？我在平日，并不想娶妻。古人说得好：书中自有颜如玉，书中自有黄金屋。就我自己所做的小说中，也正有无数的好女子在着，我只守着一个，也能算得我精神上理想中的贤内助。只为了老母分上，又不得不略尽人事。如今你过了门，我很盼望你做一个贤妻。古今中外，贤妻也着实不少，有助着丈夫从军杀敌的梁红玉，有助着丈夫著书立说的托尔斯泰夫人，有助于丈夫福国利民的格兰斯敦夫人。在我才疏学浅，一无所能，原不敢比那些古今中外的名贤，然而我期望你的心，却很不小，愿你努力前途，做我的内助。前天晚上，我曾接到一封南京来的西文信，是我一位好友黄君的手笔。那信中连篇累牍都是祝颂的话头，说他虽没见过你一面，但从理想中揣测起来，定像海勃（希腊神话海勃为司春之女神）那么美丽，定像鲍梯霞（莎翁《肉券》剧中人物）那么名贵，定像周丽叶（莎翁《铸情》剧中人物）那么温柔，自配得上生受我的爱情。和我一块儿在花城中并肩走去，你像那夏天的暖日，我像那秋夜的明月。这一段姻缘，不但是夫妇两口儿的幸福，也是一家腾达之兆。瞧来爱神解事，特地把金箭射中了我们的心儿，才能结成一对美满的鸳鸯呢。这几句话，都是黄君信中的话头。我很望我们俩能够依着他的话，也算不负好友千里外传来的一片好意。别使我们两人中间，隔入一层云幕。要知一丝微云，就能全个儿打消我们的家庭幸福咧！

至于我的身世，你或者知道一二，当初订婚时，曾由介绍人转达。可是我是个贫家子，一些儿不用讳饰的，长夜未央，不妨把详情说给你听。我在六岁时候，就变做了个孤儿。可怜阿父生了一场伤寒重症，竟自撒手归天，父子间的缘分，单有这很短很短的六个年头。我瞧人家父子，往往同到白头，就到了潘鬓成丝的当儿，还能向着白头老父亲亲切切喊一声"阿爷"。如今我即使喊破了喉咙，可也没一个人答应，就这声声唤爷之声，可也达不到九泉之下呢。阿父死时，恰是庚子年，北京城中闹得个沸反盈天，不想家忧国恨，竟罩在一个六岁小孩子的头上。阿父在日，本是个放浪形骸的达人，家人生产一概不放在心上，所以一朝撒手，家中就半个钱儿都没有。加着病了一个多月，医药费也化了着实不少，一切首饰衣服，都当的当，卖的卖。阿母椎心泣血，但求阿父平安，日夜地苦唤上天，愿将身代。半夜里独到中庭，焚香拜天，磕得额儿上边起了一个个大疙瘩。末后钱儿没有了，不能再请甚么医生。瞧阿父病势，也一天重似一天。一天晚上，阿母便发了一个狠，从臂儿上割了一大块肉，煎了给阿父吃。阿父并不知道阿母割股，一口喝了下去。第二天瞧见了洋纱衫上血痕外透，方始觉得，止不住长叹一声，落了几滴眼泪，向阿母说："我终对不起你了！"阿父临死，好似发了狂的一般，陡地从床上跳将下来，赶到外室直着嗓子仰天大呼道："兄弟三个，英雄好汉！出兵打仗！"喊了这三句，才又回到床上。不多一刻，气绝了。如今我追想遗言，很觉奇怪；细细味去，分明有唤我们兄弟从军的意思。然而我们不肖，依旧埋首牖下。阿兄既不长进，我也日就堕落，清夜扪心，好不惭愧死呢！阿父死后，甚么都很困难，连那殡殓之费，也没着落，亏得几位亲戚，仗义相助，好容易把阿父殓了，送往苏州祖坟上安葬，然而以后的日子，也很难过。那时阿兄只十岁，我六岁，阿妹四岁，阿弟还不到一岁。阿母赤手空拳，带着四个小孩子，如何度日？有几位亲戚便劝她把我、弟、妹，送给了人家，免得多这三个口腹之累。阿母却咬着牙关，抵死不依，说这是阿父一线血脉，万不忍抛弃的。从此她便含辛茹苦，把我们兄弟四个抚育起来。亲戚们见她可怜，也贴补她几块钱。她又仗着十指，日夜地做着女红。每月四五块钱的收入，已够敷衍那开门七件事。我们的房租，原是最便宜的，平房三间，每月不过一千六百钱。那屋子也破旧不堪，檐牙如墨，墙壁又乌黑的。我和阿兄、阿妹、阿弟，都生在里头，一连住了二十多年。这三间平房之中，委实渍着我无数泪痕！你倘到小东门内县西街瞧去，便能见洽升弄底有两扇黑的门儿，这黑门里头，便是我一辈子最可纪念之地。现在我偶然走过，还觉得无限低徊呢。

那时阿母既要做女红，又要看顾我们，未免顾此失彼，幸而外祖母到来助她一臂。这外祖母的大恩，实是我刻骨镂心忘不了的。七岁时上学读书，外祖母也着实操心。每天日映纱窗，领着我一同上学，等到斜阳下树，又来领我回家。一路上提携保抱，何等怜惜！我在学堂中，倘受了同学们的欺负，外祖母知道了，总来告诉先生，替我报复。到了晚上，外祖母总得和我温字，一灯相对，孜孜不倦，目光书影，赶去那几点钟的光阴。更漏声中，往往夹着我的朗朗书声，到了夜半才罢。如此过了三年，我委实得益不少。十岁时抛了私塾，进养正小学读书。只为那时恰好没有义额，一年中好容易出了十块钱的学费。我进这养正，也是出于一时的高兴，因为阿兄已在那里读了一年，年底回来，得了奖赏；我瞧着他，好不眼热，于是镇日价闹着阿母，定要进那养正小学去。阿母拗不过我，就答应了。难为她做了两三个月的苦工，换到了十块钱！我见钱儿来处不易，自然用心向学，暑假年假大考，居然也得了奖赏回来。第二年上，恰空了个义额，校长便把我补了。第三年养正停办，我就转到一个储实两等小学里头，依旧不出学费，做一个苦学生，读了两年，渐有门径。慈母的辛苦，也已达到了极点。这年年底，我已毕业，明年春上，升进了民立中学。校长知道我是个孤儿，又从储实升过来的，因此也不收学费，只消买些书籍，一节上倒也有十块八块钱。临时没法应付，只得到处张罗。亲戚们见我有志读书，自然也肯借贷。我进了民立，益发认真，往往夜深人静还在读书灯下。外祖母见我寂寞，总在旁边作伴。难为她白头老人，常把心儿系在我身上！我受恩深重，哪得不感激涕零呢？阿母到此，已守了十年的节，人世间的忧患困苦，甚么都已受到。年年压线，十指欲折，就是我们兄弟四人的衣儿帽儿鞋儿，也都出于慈母之手。外祖母竭力相助，不辞劳瘁。但是想前思后，大家都不免落几滴伤心之泪，所希望的只在我们兄弟罢了。

不上几时，外祖母也归了天。阿母失了右臂，何等悲痛！我从小生受她的感情，自也分外伤心。风清月白之夜，还仿佛瞧见她老人家巍颤颤地坐在我读书灯畔咧。十七岁上，我已升到了正科第三年级，眼见得去毕业还有一年了。我一壁用心求学，一壁却在那里想谋生之道。可是光瞧着阿母日夜劬劳，挣饭给我们吃，寸心耿耿，如何搁得下去？那时我读书之暇，很喜欢看几部小说。这年暑假，没有甚么事儿做，不知不觉地发了小说热，竟胆大妄为地想做起小说家来。那一片热心，真比了那满地的骄阳加上几十倍热！暗想我倘做了一万二万字的小说,卖给哪一家书坊里,倘能换它十块二十块钱,也能分去阿母一半儿的劬劳。这一件事瞧来很做得呢!打定主意,便动起笔来。然而写来写去,总觉不像小说。一天偶然见了人家一种剧本,心想这个似乎比小说容易。说白是说白,动作是动作,上下只消话头搭凑,文势不必相连,我倒要老着脸试它一试。于是就藉着一本杂志里一段笔记,唤做《情葬》的,铺排出一本《爱之花》剧本来。一幕接上一幕,一共做了十二幕,约莫一万五六千字。好容易做了一个月光景,总算大功告成,便署了个泣红的假名,投到《小说月报》,一面瞒着阿母,不给她知道。一连几天,我心中怀着鬼胎,想这第一回出马,怕不免要失败呢。谁知过了一礼拜,《小说月报》社中,竟差一个人送了十六块钱来,还附着一封信,说"你的稿儿很好,我们已收用了"。阿母见平白地来了这十六块钱,喊了一百声奇怪。当下我和她说明了原由,她就欢喜起来。这一下子,我也好似一交跌到了青云里头,真个栩栩欲仙。可是我们弄笔墨的初出茅庐,自有这一种快乐。后来那稿儿印在报上,我还翻来覆去地看了几遍,其实这种狗屁文章,可不值识者一笑呢。然而这《爱之花》虽是儿戏之作,却也上过台盘。那时我朋友汪优游、王无恐、凌怜影一班人,正在湖南开演新剧,不知怎样却看中了它,改了个《儿女英雄》的名儿,竟在红氍毹上演将起来。一时名将、美人,演得有声有色,拍手喝采之声,腾满了汉水两岸。三年后来到上海,也着实受人欢迎。我先还并没知道,也并没去瞧过,后来遇了郑正秋,才知《儿女英雄》即是《爱之花》。这一件小事,也算是我当时的得意事呢。

　　入秋开学,我已进了第四年级,明年的暑假,照例能够毕业了。不想到明年五月中间,忽地吐起血来。阿母劝我在家中休息,不许上学。这么一来,就错过了毕业的大考,隔了半年,我病体已经复元,那民立中学的校长苏颖杰先生,便唤我去担任预科的教务,我担任了一年,却把课堂当做了恐怖之窟。因为学生们都是我的同学,不肯听我的教诲,我年纪又轻,没法制服他们。这年年底,我就辞了职出来。好在这一年中,我已做了好几种短篇长篇的小说,分投各种日报杂志,收用的很多。打回票的也有,我只修改了一遍,仍能投将出去。那时我"瘦鹃"两字,就像丑媳妇见公婆似的,渐渐和社会上相见了。第二年春上,我便把这文字生涯继续下去。这一年正是小说最发达的时代,所以我小说的销场也很广大。到此我便和那二十年息息相依的三间平房告别而去,住在法租界恺自尔路一所小洋房里头。每日伸纸走笔,很有兴致,一切用度,还觉充足。阿父的遗债,也还清了好些。我见阿母辛苦了十多年,没享过一天清福,便劝她抛去了活计,节劳休养,说以前阿母养我,以后我该养阿母了。这样过了一年,我就进了中华书局。两年来笔耕墨耨,差足温饱。不过生性多感,常觉得郁郁不乐,只当着阿母又不得不勉强装出笑容来。阿母本来很知足的,见衣食不用担心,已很得意。但我侍奉无状,问心有愧,对着老母总觉抱歉万分呢。

唉,凤君啊!我的身世已经说得很明白,你听了,便能知道我是从千辛万苦中血战肉搏过来的。阿母更不必说,比我还要辛苦万倍。我如今二十三岁了,阿母二十三年的精诚血泪,也就聚在我身上。以后第一要着,我们就要孝顺阿母。你须当她是自己的阿母,时时体贴她,使她快乐。你倘爱她,便是爱我。我宁可见你分了爱我之情,全个儿加在阿母身上。可是我的阿母,比不得人家的阿母,你该另眼相看,特别优待。你倘逆她一些,上天可也不许的呢。况且阿母不但是个十七年苦守清贫的节妇,也是个孝感天心的孝女。从前外祖母六十岁时,生了一场大病,医生们都已束手,说是不救的了。亏得阿母割股,才从死神手中夺回了外祖母的性命。外祖母醒回来时,曾向阿母说:"你这一片孝心,已延了我十二年的寿命。"后来外祖母归天时,一算恰是十二年。这一件事,直能使人天感泣呢!现在阿母左臂上,还有两个割股的瘢痕,高高地隆起着,一个便是为了外祖母,一个便是为了阿父。以前我瞧了往往泪落。外祖母晚年生了眼疾,阿母清早起来替她舐眼,病时日夜看护,衣不解带。近来的女子,哪有这种血性?怕她们母亲病死在床,她们还在戏园子里看戏行乐咧!从今以后,我们该当追想她的前事,力尽孝道,就在我们两口儿的心窝之中,替她竖一个孝女碑,造一座节妇坊,使她桑榆晚景,常在春风化雨中呢。凤君,天将要亮了,从明天起便是你做媳妇的第一日。以后年年月月,你须得记着这新婚第一夜九华帐里的一夕话。别忘了!别忘了!

(原载《小说画报》第 6 号 1917 年 6 月出版)

父　子

　　一阵子风片雨丝,把那红桃碧柳都葬送尽了。春光几时来的,人还不大觉得,一转眼却已远去。城内外几家中学堂、高等学堂,都开着运动会,入场券上面刻着"春季运动会"。其实春光老去,春已不成春咧。一天新雨初霁,阳光从云端里探出头来,对着人微微地笑。照到城西成仁中学堂的操场上,正开着个极大的运动会,几千百个男女来宾环着个绳圈儿坐着,都把全副精神注在圈儿里那些活泼泼的学生们的身上。操场的四周插了好多旗帜,花花绿绿的,在风中翻动,好像一双一双的彩蝶在那里飞舞相扑。乐亭里头,有乐队奏乐,鼓声角声,闹得震天价响。这时人人脸上都有一种欢欣鼓舞的神情,任是老头儿也没了颓唐气。学生们短衣秃袖,照着秩序单,做一样样的运动,更是精神百倍。每一种运动完毕,看客没命地拍手。运动员大踏步退下场去,心中不知不觉地生出傲气来,有得奖的,那更得意极了。

　　撑杆跳一门,是成仁学堂中最擅长的运动。一个撑杆跳的架子,搭得像小屋那么高,瞧它在风日中微微摇动着,也似乎现着得意之状。一会,有几个身体伟大的学生排着队出来,在离架五十步外立住了,擦掌的擦掌,试竹竿的试竹竿。号令一下,各人便挨着号数开始赛跳。那当中横架的竿儿,搁得比他们身体还高,却个个腾身撑将过去。不上一刻钟,已一步步地加得很高了。看客眼望着半空,拍手欢呼,好似发了疯的一般。连一班矜持的女郎,也禁不住拍着纤掌,眉飞色舞。在她们眼中瞧去,简直个个都是英雄咧。

　　那时在下也是看客中的一分子,抬着一双近视眼,从玳瑁边圆眼镜中注到那架上。随着那些运动员的身体上去下来,顿觉自己的身体也轻了许多,时时要从座中跳起来。回想十年以前,我也是这么一个龙骧虎跃的人物,十

264

种运动中参与过六种的运动。身上穿着白色红边的半臂，一色的短裤跳来跳去，好不得意。十年以来，我出了学堂的圈儿，此刻自顾一身，倒像是一个充军的犯人咧。我正看得出神，呆呆地回想当年，猛听得邻座中起了呜咽之声。我好生诧异，斜过眼去瞧，却见一位白须白发的老先生，正揾着泪眼抽抽咽咽地哭。我动了好奇心，便也不顾冒昧，把他袖儿扯了一下，低声问道："老先生，平白地为甚么这地伤心？有话请说给我听，我来安慰你。"那老人住了哭，对我瞧了一眼，含悲答道："我瞧着这班虎虎如生的青年，不觉想起我的亡儿来，眼中热溜溜地再也忍不住了。"我心中一动，想这几句话中定有我的小说材料在着，可不能放过。当下疾忙问道："老先生的文郎，先前可是也在这里读书的么？"老人道："怎么不是！三年以前，每逢春季、秋季开运动会时，我总到来参观。那孩子也是一个撑杆跳的能手，身体腾向空中，在那横竿上过去，足有一丈多高。哪一回不是带了第一名的奖品回去？老朽虚荣心是很大的，瞧在眼中也自暗暗欢喜；听人家的拍手欢呼，倒像是赞美我呢。今天瞧了人家的儿子一个个撑杆高跳，触景生情，哪得不想起亡儿来？"说到这里，早又老泪婆娑，扑簌簌地掉将下来。我道："这也难怪，人生在世，不遭丧明之痛便罢，遭到了又哪得不伤心？敢问老先生尊姓大号？里居何方？令郎又是怎么死的？"老人答道："老朽姓陈，草字萱卿，原籍杭州，作客上海已三十年了。至于小儿的死，全为的是我，流干了一身血死的。老朽平日一见了血和红的颜色，往往想起小儿的血，从他的总血管中通入皮管，流到我身中来。我这一颗心委实痛得要碎开来咧！唉！那孩子已死了三年，他遗下的东西我已烧个干净，怕留在眼前，勾起我的痛苦。然而他一身的血，在我的身中往来流动，又哪里忘得下？我念极时，仿佛听得血儿流动的音声，还一声声唤着阿爷呢！"说完，眼泪早又湿了他一脸，在阳光中晶晶地亮着，一壁掏出帕子来乱抹。我听了血的话更觉奇怪，忙问他是怎么一回事。老人叹了口气答道："说来话长，一时也说不完。敢请先生留下姓名住址，停一天再走访奉告罢。"我道："这里有应接室，我们何不到那边去谈谈？好在此刻大家正在运动场上瞧热闹，料来那边是没有人的。"老人想了一想，便道："也好。我坐在这里瞧他们运动，只是添我的感慨。索性把这段事告诉先生，也能泄泄我心头闷气。"当下我便站了起来，同着他走向应接室去。

我们到了应接室中，那老人又长吁短叹了一会，才开口说道："先生，老朽已是个六十岁的人了，老妻早故，膝下曾有三子，长次都在十年前染时疫死的。第三子就是我所要说的这一个，死时也二十五岁咧！唉，我不知道犯了甚么大罪恶触怒了上天，因此不许我有这三个儿子，一个个夺了去。如今

单剩我一个孤老头儿，形单影只，过这凄凉寂寞的光阴。最伤心的实是我三儿的死。他本可不死，却是代我死的。其实像我这么一个老头儿也应该死了，倒没来由葬送了一个大好青年。好似一株郁郁葱葱的嘉树，将来正能做栋梁用的，却横加一斧把它砍去咧。这一着不但难为了我那孩子，委实也对不起中国，因为我把它的栋梁毁了。"说到这里，又摇头叹了一声，少停又道："论我平日的待他，也不见得好，可是我一向抱着严厉的主义，不肯姑息儿子。他每天从学堂中回来，我总监督着他，不许躲一躲懒。他读书，我冷颜坐在一旁；灯下两点钟的自修，没有一分钟白白放过的。就是礼拜日，我只带着他出去散步，或是到公园中去吸些子新鲜空气，不给他同着那些不长进的学生们又麻雀、打扑克、逛游戏场，坏他的人格。有时他不听我的话，做下了甚么逆我意的事，我生性本是很暴躁的，总得一个耳括子打过去，打得他一佛出世二佛升天。心想小孩子应当受这样的教训，不给他手段看，往后可要爬到老子头上来咧。当着这高唱非孝的时代，老子早已退处无权，照理该向儿子尽尽孝道才是，哪里还说得到一个打字？然而我那孩子却服服帖帖的，甚么都甘心忍受，并没一句怨我的话。他的同学们见他给我管束住了，不能伴他们玩去，便暗暗撺掇我孩子快起家庭革命，宣告独立，和我脱离关系。那孩子却兀是不听，反沉着脸责备那些同学，说是离间我们父子。他曾向亲戚们说道：'阿爷虽然待我很严，我心中并不抱怨，还感激得甚么似的。可是他老人家单有我一个儿子，哪得不疼我？他的管束我，也就是疼我的一种表示，要我敦品立行，做一个有人格的人，没的在这少不更事的时代，失足走到歧路中去。因此上任是怎样骂我打我，我唯有感激他罢了。'唉，先生！你瞧这孩子是这么样一个好青年，现在的世界上可找得出第二个来么？"我叹美道："难得，难得，真是一个孝子。但是令郎大号还没有请教？"老人道："他叫做克孝。"我忙道："好好，这才是名副其实。不是孝子，可也当不起这个名字。"老人不做声了半晌，又道："他的天性固然好了，资质又聪明得很，不论哪一种功课，都在九十分以上。就是那种缠绕不清的几何、三角之类，他也抽蕉剥茧似的，弄得清清楚楚。说他是读死书呢，却又不然，跳高赛跑，甚么都来得，又打得一手好网球。最拿手的要算是撑杆跳，每一回开运动会，总给他夺得锦标。所以老朽今天瞧着人家撑杆跳时，就触动了心事，心目中还有那种撑杆腾身的姿势，何等地自然！唉，不知道他的魂儿，也来参与这运动么？"说着，眼圈儿又红了。我道："像令郎这样的青年，真是使人佩服。可不是合着文武全才一句俗话么？有了这么一个儿子，做老子的哪得不得意？"老人长叹道："然而有了好儿子，也须有福分去消受！我抚育他

266

到二十五岁,前途正有无限的希望,却眼巴巴瞧他化做异物,又偏偏是为了救我一个老头儿死的。天下原多伤心的事,怕没有比这事更伤心的了!"我道:"令郎是怎样死的?内中可有一节惊天地泣鬼神的事儿在着么?"老人道:"怎么不是!老朽且奉告先生,还请先生给他表扬一下子,好使人知道非孝声中还有一个孝子在着,并且这孝子并不是一个脑筋陈旧的老腐败,却也一样是个新派的学生。先生听着,待我把儿子殉身的历史慢慢道来。——

"三年前的一天早上,我到南京路大庆里去访一个朋友。那时是在九点钟光景,中西人士在洋行中办事的,都忙着上写字间去。汽车、马车、人力车横冲直撞,都像发了疯的一般。先生是知道的,近来汽车这东西,简直是一个杀人的利器。轮子转处,霎时间血肉横飞,一年中不知道有多少无辜的男女老小,都做了这汽车轮下的冤鬼,任是做了鬼还没处去伸冤呢!这一天也是我合该有事,穿过马路时曾向两面一望,不见有甚么汽车。却不想支路中陡地冲出一辆汽车来,不知怎的连喇叭都不曾响一响,它一个小转弯,就斜刺里把我一撞。我喊声哎哟,早已来不及。但觉得眼前一阵乌黑,有甚么重重的东西在我身上压过,以后就没有知觉了。到得醒回来时,我已在医院中。一会儿神志清明了些,就略略记起被汽车撞倒的事,一时倒暗自侥幸,没有送了老命。想在床上翻一个身,猛觉得全身都痛得紧,好似有千百把钢刀在那里乱戳,止不住嚷起痛来,一壁知道我已受了重伤了。当下忽又听得我儿子克孝的声音,在枕边很恳切地唤道:'阿爷阿爷!你觉得怎样?'我张眼瞧了一瞧,眼角里不觉淌出泪珠儿来,要回他的话,却兀自放不出声。旁边似乎还有医生和看护妇在着,一时也瞧不清切。我挣扎了好久,才迸出一句话来问道:'我可要死么?'克孝忙道:'阿爷,你放心。据医生说,这一些子伤是不打紧的,不上一个月就复元了。'当下他斟了一匙药水给我吃,我就渐渐儿睡了过去。这一天克孝老守在病榻旁边,伴着我。晚上也不回去,助着看护妇侍奉汤药。瞧他脸色凄惶,分明是急得甚么似的。夜中我不能安睡,但觉周身作痛,暗地咬着牙齿,痛恨那万恶的汽车。瞧克孝时,仍是呆坐在榻旁,眼睁睁地望着我。我向他说道:'孩子,你快去睡罢。老守在这里做甚么来?'他摇头道:'阿爷,孩儿不想睡。阿爷正揣着苦痛,儿又怎能高枕安睡呢?'我道:'不相干,你是明天要上学堂读书的人,怎能不睡?这里横竖有看护妇,不用你伴我。'克孝道:'看护妇是不可靠的。虽然服侍得很周到,究竟不及自己儿子。阿爷快睡罢,别多话伤了神。'说完,又给我吃了一匙药水,我就睡将过去。第二天医生和我说,我身上伤了好几处,失血过多,须得加些新血进去才是。我道:'算了。像我这样年纪,也死得不算早了;用甚么新

血旧血，累你们多费一种手续。'医生道：'不是这般说。你既到了我们医院中来，我们总须救你的命。不过这新血向哪里设法，这倒是一个问题。'我问道：'用畜生的血行么？'医生道：'不行，不行，一样要人血。'我不做声，吐了几口气。蓦地听得我儿子说道：'医生，要人血容易得很，把我的血给我的父亲，不是很现成么？'医生脸上霍地一亮道：'这样再好没有。老先生的性命有救了！'我急忙插嘴道：'孩子你不要这样胡闹。我已老了，不久总是要死的。你正在青春年少，性命何等宝贵，前途正有好多事要做，可不是当耍的。'我儿子笑道：'阿爷放心，分一些血给你，哪得便死？孩儿身体很强健，平日是运动惯的，血儿比甚么人都好。送到阿爷身中，定很有益。即使有意外的事，也不算甚么。孩儿的身体本是阿爷所生，如今还与阿爷，也算是报了抚育之恩。'那时我听了克孝的话，心中原很感动，但总不愿瞧他为了我冒险，当下便截住他道：'孩子，你不要和我歪厮缠。我是不依的。'我儿子道：'阿爷，为甚么如此固执？这不过尽我做儿子的天职，天经地义，不容推辞的。要是孩儿袖手旁观，父亲有个三长两短，将来给人家知道了，说孩儿不肯救阿爷，间接说来，直是孩儿杀死阿爷的。往后的日子正长，怎样立在社会上做人？'说完，顿了一顿，脸色已很坚决。接着却又向医生道：'医生，你不用再问我父亲了，这事由我作主。快请施手术就是。'我待要反对已来不及。那医生不由分说，早给我上了麻醉药，昏昏地不省人事。不知道过了多少时候，才醒回来，一眼瞧见我儿子躺在一张邻床上，脸色白得像纸儿一样。我唤道：'克孝，你真是孝子！为父的很感激你！'克孝横过脸来，微微一笑道：'阿爷，这哪里说得上感激二字？孩儿不过尽职罢了。孝子的头衔，也不愿承受的。'这一天我身中得了克孝的新血，顿觉精神强了一些，痛苦也似乎减了。

"唉，先生！哪知老朽的命虽保了，却牺牲了我的好儿子，真使我伤心无限，无限伤心！这天夜中，克孝不知怎的，总血管下针处忽地破裂了。我先还不知道，看护妇也没有来。第二天早上，我唤了好几声克孝，不听得答应，抬头一瞧，却见他流了一床的血，僵卧在血泊里头。这一惊非同小可，疾忙唤看护妇。看护妇摩挲着倦眼，赶将进来，一会儿医生已到，说是总血管破裂，血已流尽，气也绝了。我一听这话，放声便哭，悲痛得什么似的。然而我虽悲痛，却并没有死。在医院中留住一个月，竟复元了。回家葬了克孝，就一个人过这凄凉寂寞的光阴。只仗着几个下人，在旁服侍。有时闷极了，便出去听听戏、散散心，或是到杭州、苏州去盘桓几天，想藉着好山好水忘我的悲痛。然而我心中总深深嵌着克孝，哪能忘怀？我那周身的血，一大半是克

268

孝的；在世一日，就留给我一种极深刻的纪念。克孝死了，他的血还活着，可也是无可奈何中一种慰情的事。我本想给他表扬一下子，向官中请旌表，只是追想他平日的言论，很不赞成这一回事的，因此作罢。但我心坎里头，早就给他造起了孝子的牌坊咧！"

老人说完，又掉了几滴眼泪。我即忙安慰他，又着实赞美了孝子几句。那时外面的运动会，还是兴高采烈地在那里进行，时时送进拍手欢呼声来。斜阳在窗槛上照着老人木乃伊似的面庞，他眼含着泪，定注在空中。我知道他又想起儿子了。

（原载《礼拜六》第 110 期 1921 年 5 月 21 日出版）

改 过

陈菊如先生的一张脸，这时好似炎夏中的天空一般：闷过了一天，黑压压地遮上一重乌云，雷动电闪，风起沙飞，快要刮下雨来了。他交叉着两条臂儿，挺身坐在一把大号安乐椅中，一动都不动。从头到脚，似乎把南冰洋北冰洋的冷气都聚在一起，连这书房中的空气，也含着一派冷意。两个眸子，却又像火山中冒出烈烬一般，直注在他儿子松孙的脸上，大声说道："算了算了！从此以后，我们一刀两段，断绝关系。你不必再当我是父亲，我也不认你是儿子。你取了这二百块钱，赶快走路，这里姓陈的屋顶下边，可万万容不得你这个不肖子！你倘能好好改过，回过头来把你的血汗去挣五千块钱，偿还你所偷银行中的这笔款子，或者能许你回来，再和你母亲见面。不然，你休想踏进我门口一步，进右脚斩右脚，进左脚斩左脚！"这几句斩钉截铁的话，从他牙缝儿里迸将出来，直好似一千把一万把的利簇·直刺到松孙心中。松孙流着泪说道："阿爷，你可能别撵我出去！不妨把儿子锁闭在那一间房中，从此闭门思过，想往后做人的法儿，决不敢再闹甚么事，使阿爷着恼。阿爷，你可怜见我罢！"菊如铁青着脸，连连摇头道："不行不行，你非走不可。宁可使你去提倡非孝主义，赶回来一手枪打死我，我的家教是不能变动的。"他夫人哭着劝道："算了罢，我们单有这一个儿子，甚么都该担待些儿！儿子养到这么大，也不是容易的事，你难道忍心瞧他流落在外，自己也甘愿做孤老头子么？"菊如勃然道："做孤老头子不打紧，没有儿子也要过活，怕甚么来？他倘流落在外，这也是他应得的罪，谁教他偷银行中的钱呢？即使流落死了，我只算不曾有过儿子。可是我们陈家历代清白，人人洁身自好，没一个做过一件不道德不名誉的事，偏偏临到这个不肖，就闹了这么一件事。父亲做银行行长,儿子却做贼偷银行中的钱。如今报纸宣传,大家都知道了,叫我撑着甚么嘴脸在社会中做事?我如今心灰意懒,已向银行中提出辞职书。他们虽百方挽留,我是决计不干的了,五千块钱已照数赔偿。这样的贼儿子,也不能留在家中,使我见了生气,不给他利害看,他可永远没有改过的日子。照我的意思,恨不得把他交与官中,给他坐一二年监。只为了你分上,留些余地。这二百块钱,且给他出去做改过的资本,我这做父亲的总算是仁至义尽了。"那时菊如夫人的背后,忽又转出个十八九岁的姑娘来,玫瑰脸上泛着白色,含泪说道:"表叔请你瞧我薄面,别撵表哥出去!这一回的事,全为了交友不慎,受人愚弄,才踏到赌场里去。又为的输了钱,吓急了,才忘了利害,竟干出这种事来。但他的德性,依旧没有变动,改过自很容易。要是到外边去,更受恶徒们的引诱,如此不但不能改过,恐怕愈陷愈下,不可救药了。"菊如夫人帮着说道:"可不是么!小芬的话是一些不错的。你也得想想利害,究竟是自己的亲骨血,凭着一时之气撵了出去,将来后悔不及。菊如脸上的黑云,愈腾愈密,哪里是这雨丝微风吹得散的!当下便瞅了他夫人一眼,哼声说道:"后悔后悔,有甚么后悔!我的主意已打定了,谁也不能摇动我。我要瞧他到了外边去,怎样地改过。"接着就转向松孙,冷冷地说道:"先生,你快取了这二百块钱走出我的门,从此我们只当你是死了,你也不用再来问我们的事。你倘能改过,那就是你复活咧。但我料你也未必有这一天!先生,快走快走!"松孙听了"先生"的称呼,脸色顿变得像死人一般,眼泪扑簌簌地掉个不住,只还咬着嘴唇,想要强制下去。他母亲即忙跑过去,抱住了他,悲声说道:"阿松,阿松,我怎能舍得下你?但父亲如此决绝,我也没法,只望你此去真能改过,给我和小芬欢迎你回来,一家仍能团聚。阿松,你在外边倘要做甚么恶事时,总得想起你可怜的母亲,忙向正路上走去。小芬已许给你了,她也等着你回来的!"松孙道:"母亲,你和小芬妹妹要是真个不忘我,我总要图到一个回来的日子。宁可像牛马般在外做着苦工,洗净我姓名上的污点。这一回的事原是我的大错,怪不得阿爷生气。我去了,愿你们大家珍重!"说完,满脸都沾着眼泪,长叹了一声走将出去。菊如坐在椅中,不动也不说话,直好似化做了一尊石像,只有两只手紧紧抓住了椅柄上两个雕成的狮子头,十指牵动个不住。他眼注着地,侧耳听着他儿子的脚声踅出书室,穿过客厅走下阶石,最后就听得大门开闭之声,知道这二十五年来长依膝下的爱子,一步步离他远去了。当下就咽下了喉咙口涌起来的眼泪,抬起头向他夫人和小芬道:"你们记着,以后别在我跟前提起他名字!"他夫人和小芬只是抽抽咽咽地哭,都不理会。

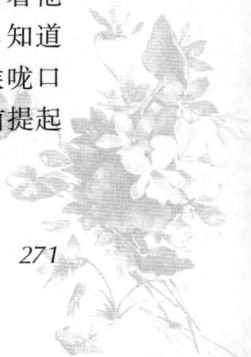

陈菊如是北京百业银行的行长，任职已十多年了，为人刻实，商业上的知识和经验都极充足，因此在商界中名誉很好。凡是有人创办甚么新事业，倘发起人中没有陈菊如三字，人家就不很相信。他儿子松孙从高等商业学堂毕业后，就在银行中办事，做他的左右手，聪明伶俐，分外地得力。叵耐插身社会中没有定力，受了恶朋友的引诱，误入赌场，连赌三回扑克，就输去了五千块钱。松孙急极了，没有法儿想，于是从银行中偷了五千块钱去付清赌账。事儿发觉，大家都给松孙叹惜，也给他父亲叹惜。菊如悲愤已极，即忙赔出五千块钱，又辞去了行长之职。董事会特开紧急会议，要挽留他，竟也没用。回来时就打定主意，把儿子撵出去了。他从松孙走后，心已灰尽，社会中的事一概都不与闻，拒绝应酬，不见宾客，成日伏在家中不出大门一步。除了读书临池和念经外，也难得和家人们讲话。夫人守着他当日命令，再也不敢提起松孙的名字，常和小芬坐在一起落泪。小芬姓杨，是菊如的表侄女儿，五年前父母双亡。家中没有旁的人，就寄居在陈家。两小耳鬓厮磨，生了爱情，松孙很爱她，她也很爱松孙。菊如夫妇原是极开通的，瞧他们既彼此相爱，就许他们将来结为夫妇。不道发生了这五千块钱的事，竟把他俩生生拆散了。小芬好生伤感，为了松孙不知道抛去了多少眼泪，那个雪色荷叶边小枕头上，夜夜总沾得湿湿的，连那爱子心切的菊如夫人，也没有她这般伤感。

松孙去了五年，一径没有消息。菊如的头发越白，小芬的娇脸越憔悴，菊如夫人额上的皱纹，也一天多似一天了。菊如失了儿子，嘴上虽从没有说过一句后悔的话，但他夫人枕下放着一张儿子的小照，他有时也得偷瞧一下子。看书看到说起父子间的事，也总发生感触，不知不觉地要想起自己儿子来。小芬和菊如夫人不消说更是记挂，每天傍晚时，她俩总在斜阳中盼望松孙回来，每见街头有少年人走过，总疑是松孙。然而她们虽望得眼睛干了，总也不见松孙的影儿来到门前。

那时松孙究竟在甚么地方呢？却在上海一家大书局中，充当一种文学杂志的图书主任。原来松孙本有作画的天才，他在学堂中时已喜欢东涂西抹，常给同学们画滑稽小像。虽把头儿画得像栲栳般大，脚儿像苍蝇般小，然而面目画得个个相像，好似拍照一般。他到上海后，一时没有事做，谋了好久，才谋到这么一个位置。仗着自己能画几笔，就放胆做去，五年来他已成名。他的封面画和小说插画，都是一时无两的。他的每月薪水，也从五十元加到了二百元，银行中已有了二千元的存款，预算再辛苦五年，就能带了五千元回去还给父亲咧。他的画是折衷派，无论仕女、花卉、风景、静物都能

来得，设色生动，尺寸正确，画稿上都不署名，只写上一个"改"字。他从当年被撵后出京南下，来到上海，就改了姓名，异想天开，用了"改"作姓，"过"作名，合在一起恰是"改过"二字。人家对他的姓倒不生问题，因为想起了先前的名画家改七芗，百家姓中原有这个姓的。不过名儿用个"过"字，未免带些滑稽。有人问起他时，他却正色道："我们立地做人，随时有过，也得随时改过。我恰姓改，因就加上一个过字做名儿。改过改过，也是古人座右铭的意思。"人家听了这话，就没有话说了。

东亚的风云，腾结了十多年，一年恶似一年。这年的五月九日，就大决裂了。中华民国正逢一个沈毅果敢的新总统当国，竟把哀的美敦书递与东国，开起战来。全国的英俊少年都投身军中，替国家效死。先锋军的军士名簿中，一天就多了个"改过"的名儿。有几个陆军学堂毕业生和他同伍，知道他是上海画师出身，都估量他不中用，一听得枪声就要逃的，还是回去把画板做盾牌，把画笔做毛瑟枪，和生活去作战罢。谁知这手无缚鸡之力的弱画师，却也像赵子龙一身是胆，前后十多次血战，他总杀了好多敌人，染红了制服回来，还带些战利品。卸去血衣，仍和同伍的兵士们从容谈笑。统将听得了他的勇名，就把他拔升大佐。最后一次的大决战中，他竟第一人深入敌垒，领着先锋军，占据了一个要镇，夺得机关枪、来福枪不少，虏获敌兵在五千人以上。敌军一败涂地，失了战斗力，过了几天就来乞和，割地赔款，总算出了中华民国一百年来的恶气，报了仇，雪了耻了。全国的男女老少，谁也不欢欣鼓舞！连黄海、东海和三大流域的水声，也含着几分乐意。论这回大战中的首功，却是先锋军中一个画师出身的改过大佐。一时通国皆知，恨不得家家把香花供奉。统将受大总统命令，除赏了他最荣誉的勋章外，又问他要甚么东西。他说："暂借三千块钱，要回去料理一笔旧债。债额是五千块钱，自己已有了二千，所以告借三千。五年以后，仍须卖画偿还。"当下就把前事说了出来。统将甚是慨叹，向军库中拨了三千块钱，不要他还。大佐哪里肯依，仍写了借据交与统将。那时他身上受着好几处伤，在医院中留了一个多月，伤口平复后，他才揣着那五千块钱得意回乡。心想自己一生的污点，到此总算把血儿洗净了。

改大佐还乡的那天，北京各方面早得了消息，已在三天前预备欢迎。全城都扎着花，张着旗帜，真点缀成了个锦绣名都。大佐下火车后，就由总统府派骏马来迎，还有军乐和各界旗帜，都是崇拜英雄的话。大佐跨马过市，乐声盈盈，人家窗中都抛下香花来，欢呼"万岁"的声音，好似春潮怒涌。改大佐却并不往总统府去，径向前百业银行行长陈菊如公馆行来。那时菊如

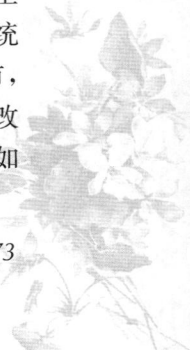

273

夫妇和小芬都在石门楼上,要一见英雄风采,预备了几大筐的好花撒将下去。一会儿军乐洋洋,簇拥着改大佐到来。大佐两眼向上,全不注意旁人的欢迎,眼光着处,却先和小芬一双妙目碰个正着。小芬正握着许多花要撒,这时忽地呆住了,扯着菊如夫妇叹道:"你们瞧,你们瞧,这不是明明是我们的松孙哥哥么?怎的变做改大佐了!"菊如夫妇正待细瞧,改大佐却已入门下马,一口气赶到石门楼上,朗朗地说道:"阿爷,阿母,儿子似乎已改过了!今天回来,仍回复我的旧姓名,你们可许我么?第一件事就要还阿爷的五千块钱,请阿爷掣一张收条。"那时菊如夫妇哪里还留心这些话,早扑到了他们儿子身上,扭股糖似的扭在一起,鼻涕眼泪笑容黏成了一片。小芬在旁瞧着,也快乐得无可无不可,一张鹅蛋脸儿比玫瑰花更见得红了,取了那几大筐的花朵,全个儿堆在他们身上!

(原载《礼拜六》第 117 期 1921 年 7 月 9 日出版)

先父的遗像

先父去世已二十二年了，故乡七子山下，有断坟一座。坟上的小草，年年发青；坟前的老松，年年长翠，但我父亲却长眠在黄土之下，再也没有回来的日子。自我读书作文以来，知道了"魂兮归来"一句成语，便常常追味这四个字，发着痴想，想我父亲的魂或有回来的一天么？然而痴想了二十二年，总也不见回来。

先父去世时，我还只六岁。一个六岁的小孩子，懂得甚么事？见父亲气绝后，直僵僵躺在床上，还道是睡熟呢，爬在床沿上一声声唤着爹爹。见母亲和外祖母哭时，才哇地哭了。我和父亲在世上聚合之缘，先后不过六年。父亲的面貌，在我幼稚的脑筋中印得极浅。何况父亲是个吃船饭的人，那往来长江一带、前年被兵舰撞沉的江宽轮船，便是他日常的家。每月不过回来四次，每次盘桓二天，每月八天，一年九十六天，六年合算起来不过五百七十六天。所以我们父子虽说有六年聚合之缘，其实已打了个大大折扣。试想这六年间五百七十六天，怎能使我心脑中留一个深印象？所以我一年年长大，这浅淡的印象也一年年模糊下来。所仗着引起我的追忆的，就是我母亲床前墙壁上挂着的一张旧照片，和每年阴历新年到元宵节的一幅画像。

那照片去今不知有多少年了，已泛了黄。照中一共四人，是我父亲和他三个好友合拍的，一人在右面的石几上操古琴，一人斜靠在那里听，我父亲却在左面石几上和一人下棋，黑白的棋子，颗颗分明。父亲穿着玄色花缎的方袖大褂，摹本缎袍子，戴一顶平顶帽子，态度甚是安详。一张圆圆的大白脸上，现出一种似笑非笑的样子。这照片是我母亲苦节二十二年中唯一的系心之物，时常指点着给我们兄弟们瞧的。

那最足使我触目动心的，便是年年阴历新年中天天张挂的一幅画像了。这画像是由当时一个画师照着那照片临下来的，面目很为相像。那种似笑非笑的样子，却已改做了很温柔的笑容，戴的是蓝顶子的雀顶帽，穿一身箭衣外套，朝珠补子方头靴一应俱全。记得他老人家往年下棺材时，也是这样打扮的。

　　每年大除夕，好容易把一切过年的琐事安排好了，就从一只长方形的画箱中取出五幅画像来：祖父祖母咧，姑丈姑母咧，和先父的遗像并挂在一起。点了香烛，供了三盆鲜果和一个果盘，然后上茶上酒上菜上饭，又必恭必敬地向那五幅遗像各叩了一个头。那祖父、祖母和姑丈、姑母，我都没有见过，对他们自也没有多大感情。我的心目之中，自只有父亲的一幅遗像，那张圆圆的大白脸上，似乎布满了笑，眼睁睁地对我瞧着。

　　我能天天见先父的遗像，每年不过这阴历新年半个月。从大除夕傍晚挂起，直挂到元宵，到十八日就收下来，重又藏入那长方形的画箱中去了。这半个月中，日夜上饭，仍供着果盘和鲜果。然而任是供到甚么时候，总不见他走下来吃，也不见缺少了半碗饭或一只橘子。唉，他老人家二十二年不吃东西，可觉得肚子饿么？

　　我每天早上起身，在像前叩过了头，便站起身来对父亲那张圆圆的大白脸儿呆瞧。瞧了几分钟，仿佛见父亲两个乌溜溜的眼睛在那里闪动了，脸上的笑容愈展愈大，好像把石子抛在水中，水纹儿渐渐化大似的，从两颊牵动到嘴唇，从嘴唇牵动到下颔，竟张口而笑了。于是我仍呆瞧着，仍目不转睛地呆瞧着——咦，他的手动了，脚动了，身体也动了，竟慢吞吞地从后面那张椅中走下来了，两只方头靴子咯登咯登地响，一步步向着我走来。这时我并不害怕，只觉得心中快乐，便展开两臂迎将上去，一壁没口子地嚷着道："爹爹！你回来了么？我做了好多年的无父之儿，从此依旧有父了！"但我父亲一声儿不响，兀自立着笑。我待扑到他怀中去时，却扑了个空。定神一瞧，才知道是幻想，是眼花，父亲哪能从画像中走将下来？仍是一动不动地坐在那里。我这一时幻想中的有父之儿，可也变做了无父之儿。唉，可怜呀可怜！

　　清明时节，是上坟的时节。家家坟上，大都有飞作白蝴蝶的纸灰，染成红杜鹃的血泪。我家因先茔远在苏州七子山下，不能年年去扫墓，总得隔一二年去一次。只托守坟的人加意照管，随时去拔野草，扫落叶，加添坟上的泥土。但我去虽不去，每逢新年瞧了先父的遗像，就不知不觉地有黄土一抔，涌现在我的面前，使人低徊不尽咧。记得六年前的清明节，正是我新婚的后二月，母亲说今年须要上花坟了（苏俗，新婚后上坟谒祖先，曰上花坟），因便带着我和新妇同往苏州去。下火车后，换船往西跨塘，足足有六点钟的路程。找到了守坟的人，就同坐山轿到七子山下。我一步一步地走近祖坟，忽起了一种说不出的情感。到坟上时，眼见松柏参天，结成了一片乱绿，映得我们浅色的春衣上也带着浅碧之色。料想三五月明之夜，或有我父亲的灵魂，在这森森松柏之下往来散步么？在这松柏的背面，便是一个不大不小的土馒头，乱草中开着几朵猩红的幽花，似是我母亲当年的血泪所染。我虽爱它的鲜艳，可也不忍去摘取咧。我们上了酒菜，点了香烛，先后叩过了头。我叩下头去时，又仿佛见父亲从坟中走出来，身上的装束和那画像中的一模一样，满面堆着笑容，不过我叩罢了头立起来时，忽又不见了。随后我们便在坟旁的石条凳上坐下，母亲含着两眶子的眼泪，说起十多年前父亲临终时的惨况。十多年来同生活奋斗之苦，真个感慨不尽，我和新妇也止不住掉下眼泪来了。我们在坟上盘桓了两点多钟，我擦去了石凳上久积的青苔，扫除了地上枯败的落叶，摩挲那一株株的松树、柏树、杨树，兀自恋恋不忍离去。觉得这所在一寸一尺之地，都留着父亲的遗像，直灌注到我的心坎里去。我暗想今天母亲来吊他，我和新妇来吊他，他眠在黄土垅中，可有一丝感觉么？可也觉得有一丝安慰和快乐之念么？这夜我们宿在守坟人的家里，夜雨萧萧，打在纸窗上。我的心便又飞到七子山下，暗想那幅父亲的遗像，倒安放在家里画箱中十分安全，但他的坟却不能造在家里。十多年来不知捱了几回雨打，几回风吹，又经了几回雪盖，几回日晒。父亲躺在下面，可也捱得下那风雨雪日的欺压么？唉，风雨啊雪日，求你们不要侵犯我父亲的坟墓！

我父亲去世的那年，正是庚子年。八国的联军长驱入京，实是我们中国历史上很伤心的一页。一时风声鹤唳，惊动了全国。父亲虽已病重了，仍天天要新闻纸看，焦虑得甚么似的。上海方面，人心惶惶，近边有好多人家，都搬往乡下去了。父亲对母亲说："我的病怕已没有希望了，身后又没一个钱，你是个女流，如何捱得过去？还是把四个小孩子送给人家一二个。能换几个钱，那就更好。现在北京正在大乱，万一牵连到上海，你总须快快逃回苏州去。"母亲只是哭，回不出话来。北京光绪帝和西太后蒙尘出走的当儿，父亲也弃养了。可怜我一个六岁小孩子的头上，竟担下了一重家忧国恨。如今我对着父亲的遗像，虽见他脸上满现笑容，然而这笑容之中，仿佛也包含着忧国忧家的无穷涕泪呢！

去年我从黄家阙路搬家到西门勤业里时，无意中在一脚破橱里发现了一个旧木碗。我一见这旧木碗，心中刷地一动，猛记起二十年前的事。那时

是父亲弃养后的第一个新年,那画师刚画成的遗像已张挂起来了,我们兄弟们既生在寒素之家,又没了父亲,虽逢到新年也没有甚么兴致。眼瞧着邻家孩子们玩着花花绿绿的耍货,只是眼热。外祖母可怜见我们,便买了一盏状元灯给哥哥,买一个木碗给我,总算是过新年了。每天早上,母亲总要对着父亲的遗像痛哭一回。有一天母亲不知受了甚么感触,哭得分外的悲痛,一句句送到我耳中,直好似刀戳针刺一般,禁不住也号啕大哭起来。那时手中正捧着那只木碗,眼泪便索落落地一起掉在杯中,倒做了个承泪之盘。到得母亲哭罢,我那木碗中也盛了一小半的眼泪了。如今我见了这旧木碗,怎不伤感唉?碗中的眼泪早已干了,碗底的泪斑也早被灰尘掩住了,但我的终天之恨,可一辈子也忘不了的!

今年的阴历新年又到了,家里小孩子们,已欢天喜地地预备过新年了。先父的遗像虽还没有挂起来,那一张圆圆的大白脸,已从我心坎上映到眼前……唉……

(原载《半月》第 2 卷第 11 号 1923 年 2 月 16 日出版)

大水中

这一星期的倾盆大雨，仿佛千军万马一般，从天上倒将下来，顿使定永河中的水高涨起来，冲塌了河坝，泛滥上岸。可怜这一个富饶的秦家村，一大半淹没在水中，不但村中男女死伤了不少，连猫狗鸡鸭也都牺牲了小性命。

这一天雨止了，水退了，太阳出来了，那一道道金色的阳光，也不管人家的惨痛，又照常照遍了全村。除了高处的屋子还完好外，其余低下的地方，都是墙坍壁倒，变做了一堆堆的瓦砾。瓦砾之中有时还发现一具两具浸涝的尸体，真使人惨不忍睹啊！

慈善医院的院长秦老医士，带了一个助手，提着药包，在那里挨门挨户地救治伤人。他老人家是全村中最恺恻慈祥的人物，平日间村人们倘有什么病症忧苦等事，他总是掬着笑容，好好儿安慰他们。但今天眼瞧着这一片劫后的惨象，那一头银丝似的白发之下，也不由得做出一张沉郁的面庞，老眼之中，似乎还隐隐含着泪痕咧。

秦老医士一路巡视过来，已救治了好多伤人，此刻便到了陈寡妇家。她家因为是去年新造的屋子，造得又很坚实，所以没有冲塌。水退以后，一母一子仍厮守在那里。陈寡妇不知怎的，忽地疯了。她共有两个儿子，大儿平，十五岁，头上受了伤，正躺在床上；次儿威，十四岁，却不知被水冲到哪里去了。陈寡妇坐在床边，哭着嚷着道："阿威，阿威，你到哪里去了？快回来！快回来！"秦老医士不理会她，自管察看平的头额，唤助手舀了盆水来，洗净了伤口，敷了药，用绷布裹好了。床后忽然转出了一个老妈子来道："老先生，我们的二官官被水冲去了，不知他的尸骨落在哪里？好苦啊！奶奶一气,就气偏了心,竟发起疯来。您老人家可给她诊一诊,诊好了,那么阿弥陀佛,也是阴功积德的事。"秦老医士给陈寡妇搭了搭脉,说道:"这种病不是一时可以诊得好的。这里湿湿的,也不能住,还是把他们娘儿俩送到我医院里去罢。"这时平也开口说道:"好的,秦老先生。我的伤不打紧,但求您医好我母亲的疯病。她竟为了二弟疯了。"正说着,陈寡妇忽又嚷起来道:"阿威,阿威!你到哪里去了? 快回来! 快回来!"

陈寡妇在慈善医院中歌哭无端地疯了十天,口中一声声唤着阿威,阿威,一天到晚,总要唤这么一二百遍,又不住地把手向空中抓着,似乎要拉他回来的一般。秦老医士费了好多心力,才把她的疯病渐渐治愈。每天常能安睡,不再哭闹了,不过态度上还是呆木木的,似乎在那里想什么心事的样子。

一天,秦老医士诊断陈寡妇的疯病已经痊愈,可以出院了。陈寡妇忽地现出一派局促不安的神情,又像有话要说而不敢说似的。秦老医士忙柔声说道:"陈夫人,你有什么话要说尽管向我说来,我能安慰你的。"陈寡妇拉住了秦老医士衣袖,很恐怖地说道:"我不敢回家去! 到了家里,眼瞧着门前屋檐,就仿佛见阿威那天落水时怒目向我的情景,怕我又要发疯了。"说到这里,涌出两道眼泪,忽又抽抽咽咽地哭着说道:"秦老先生,我今天可要和你说个明白。要是一辈子隐瞒着不说,良心上的痛苦实在难受,并且死了之后,不但见不得阿威之面,也怎么样去见先夫啊? 我如今说了出来,也许能减少一分罪恶。唉! 秦老先生,我已决定了,今天我向你画了供状,明天便须投身到尼寺中去度此余年,也忏悔我这杀人之罪。"

秦老医士一听了这"杀人之罪"四字,不觉大惊道:"怎么说? 怎么说? 你怎么会杀起人来?"陈寡妇指着一把椅子,很镇静地说道:"秦老先生,你请坐了,听我慢慢地说来。吾家阿威的死,不是大家都知道了,他是在发水时溺死的,因为水势极猛,把他不知冲到哪里去了。其实呢,水势虽猛,我也尽可救他。然而我却坐视不救,并且扳掉了他攀住在屋檐上的手,把他推落水中。秦老先生,你听着,我委实是个女杀人犯,生生地杀死阿威了。"说着两眼霍霍地向四下里乱射,一会儿把双手掩住了脸,又哭了。秦老医士疑她的疯病又发作起来,忙抚着她的背说道:"陈夫人,你快静静心,不要胡思乱想。这一回大水中溺死的人,也不止你家二公子一人,你又何必如此气苦,竟说是你杀死他的? 你虽是这般说,我可也一百个不信呢! 至于二公子为人,又聪明又诚实,原是一个好孩子,村校中师长们都称赞他。便是你家陈先生在日,也非常疼他的。"陈寡妇道:"原是啊! 他是先夫最疼爱的儿子,至于我表面上虽也疼他，心中却并不疼他，因为他是别一个妇人生的，并不是我的骨血！"

秦老医士很惊讶地瞧着她，以为她又疯了，接着说道："陈夫人，你住到这村中来，已有十二三年了，人人都知道你有两个儿子，如今怎说二公子不是你的骨血呢？"陈寡妇道："你不要当我说疯话，我此刻神志很清明，一些儿也不疯了。可是这十多年来，我绝不披露此中的秘密，你们当然不会知道。要知阿威实是我先夫外室的儿子，是一个窑子里的姑娘生的。待我把过去的事情一一对你说破了罢！"说到这里，顿了一顿，向秦老医士要了一口茶喝，便又接下去说道："我和先夫的婚事，原是二十年前旧式的婚姻，是凭着父母之命媒妁之言而结合的。我的面貌，自己知道很平常，但也读书明理，努力做他的贤内助。婚后一年中，两下里原也如胶如漆，感情极好。叵耐我夫生性风流，最喜欢拈花惹草，寻芳猎艳，可不是我一个面貌平常的妻子所能拘管住他的。婚后几年，我即生了一个儿子，他在窑子里却相与了个名唤菊芳的姑娘，竟给她脱了籍，同住在一起，从此便恋着菊芳，不大回家了。我心中虽很气苦，也奈何不得他。况且做丈夫的纳妾，原是社会上惯有的事。我只索守着自己新生的儿子，鼓起了勇气，挨受那无可告诉的苦痛了。这样过了一年，我夫似乎和菊芳打得火热，也生了一个儿子，但是不上半年，两下里却渐渐冷淡下来。我夫回来得勤了，回来时总满脸现着不高兴的神情，在我身上寻事出气。我心中却暗暗地快乐，知道他和菊芳快要分手咧。有一天晚上，他抱了个小孩，垂头丧气地回到家中说：'菊芳卷逃了，抛下这孩子，只得抱了回来。'我忙道：'你抱回来做什么？'他很苦痛似的说道：'我要求你好好抚养他，像抚养你自己的儿子一样。'我一时妒火中烧，脱口呼道：'不不！这一个娼女的贱种，可不干我的事！'我夫悄然说道：'他虽不是你生的，然而也是我的骨血，你难道不能瞧我分上收下他来么？'我仍很坚决地一叠连声嚷道：'不能不能！我为了那娼女已挨了两年多的苦痛了，如今还要把这贱种来累我么？'我夫含泪说道：'你不要开口贱种，闭口贱种，我万万不能抛下他，就和他一同去了。'说完抱着那孩子，回身走出门去。我这才急了，即忙扯住了他，当下便答应他把这孩子抚养起来。我夫才平了气，不再出去。过后登报招寻菊芳，连登了好几天，也没有什么消息。他心灰意懒，不愿再住在城中，常多伤感，就迁居到这秦家村来。村中的人，都以为这两个孩子同是我所生的，我未便否认，可也不能声明。阿平、阿威又并不知道，彼此相亲相爱，好似亲兄弟一般。我对他们俩的待遇虽是一样，心中自然爱着亲生之子。但我夫却似乎专爱阿威一人，他常把菊芳的照片对着，说

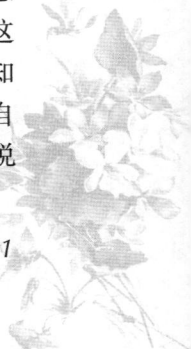

阿威活脱是菊芳的小影,他仍还爱着菊芳,就把爱菊芳之情,都移在阿威身上,对于我和阿平,简直说不上一个爱字了。末后我夫毕竟为了想念菊芳之故,郁郁而死,遗下一份薄产,就由我把阿平、阿威抚养长大起来。我为了先夫分上,也不敢难为阿威,吃啊,着啊,两兄弟都是一样,并不分什么薄厚。不过我心中却牙痒痒地恨着菊芳,为了她,才使我夫杀减了爱我之情,害我挨受了多年的痛苦,也为了她,才使我所爱的丈夫葬送了性命,累得我一辈子做这凄凉的寡鹄。我便暗暗立一个誓,我以后倘遇见她时,定要一报此仇。"陈寡妇说到这里,握拳切齿表示她心中深嵌着的仇恨。

一会儿又继续说道:"那晚大水来时,我正在楼上做针线,两个孩子坐在一旁读书。先还没有知道水涨,直到邻家呼喊起来,却见我家楼下也已浸在水中,那水还是不住地升高,竟浸到楼上来了。两个孩子着了慌,忙拉了我赶上阁楼,打开天窗,爬到屋顶上去。阿平先上去,不知怎样,一根街灯的长木竿倒过来,恰打在他头上,把他打倒了,躺在屋顶上昏晕过去。阿威跟着也上来了,他脚下正穿着皮鞋,陡地一滑,便从这斜屋顶上滑了下去。他大喊一声,滑到了屋沿,即忙把双手抓住,但他身体已悬空了。他唤着我,唤我拉他一把,好拉上屋顶来。我这时似乎已疯了,我眼中瞧他,明明是一个菊芳悬空在那里。眼啊!鼻啊!嘴啊!头发啊!——都是菊芳!于是我自己对自己说:报仇的时间已到了,此刻不报仇,更待何时?心中这样想,便立时咬一咬牙,刷地伸过手去,没命地扳掉他那攀住在屋檐上的手指,一手刚去,那一手恰又一滑,可怜的阿威便掉到下面水中去了。他掉下去时,似乎曾怒目向我瞧了一眼。从此我再也不能忘怀,我于是疯了。"说完,扑倒在床上,又抽抽咽咽地哭个不住。秦老医士不知道应该说什么话安慰她,只是呆呆地坐在一旁。

第二天,陈寡妇把大儿平和十多年来没有使用完的薄产,全都重托了秦老医士。她自己便投身到尼寺中去,藉着蒲团经卷,消磨她负疚的余生了。

(原载《半月》第 3 卷第 23 期 1924 年 8 月 15 日出版)

爱妻的金丝雀与
六十岁的老母

　　H先生在美国留学十年,如今才回国了。他也像衣锦荣归似的,心中说不尽的得意。因为他这回回来,多了两件东西。第一件是那黄色的皮箧中,多了一张C大学的哲学博士学位证书,第二件是身旁多了一位蓝宝石眼金丝发的美国夫人。

　　这位美国夫人W女士,原是纽约城中一个舞女。明眸皓齿,出落得很为美丽。那一搦纤腰,在跳舞的当儿,真好似三起三眠的杨柳枝一般,无论一摇一摆,一俯一仰,一举手,一移足,都能表现出一种销魂荡魄的娇态来。因此伊每到跳舞场中,无论老年人少年人,都钻头觅缝的要和伊合伙儿跳舞。

　　不知道W女士是不是巨眼识英雄,忽地赏识了这中国留学生H先生。每上宴会跳舞会,总是搂着H先生同舞。琴韵灯影中,不住的舞着,直舞得娇喘细细,香汗淫淫,直舞得H先生的心,也在心房里跳舞起来。这样一个多月,两下总在一块儿跳舞,耳鬓厮磨,眉目传情。于是H先生的胸脯,竟很热了W女士的芳心,一阵子写情书,讲情爱,居然宣告结婚了。

　　他们俩结婚之后,倒也情如胶漆,恨不得日夜的黏合在一起。两人的心中,都有一种满意。H先生以为娶一个中国女子做夫人,远不如外国夫人的娇媚。W女士也以为嫁一个本国男子做丈夫,也比不上中国丈夫的循谨。于是夫爱妻的娇媚,妻爱夫的循谨,两下里便过了一年多海燕双飞的美满生活。

　　W女士爱伊的丈夫,也爱伊的金丝雀。这金丝雀也和伊丈夫一般循谨,肯在伊的纤掌中啄东西吃,肯栖在伊的肩头,亲伊那张樱桃小口。这是伊旧时一个情人送给伊的,特地制了一只金丝的鸟笼,博伊的欢心。后来那情人破了产,被伊抛弃了,但这金丝笼中的金丝雀,倒还不曾失爱于 W 女士,天天亲自把珍食喂给它吃,逗着它玩,听着它的歌唱。伊既嫁了 H 先生,就把这金丝雀像陪嫁般带了过来,又异想天开,把 H 先生的名字,称呼这头鸟。曾指着鸟,笑对 H 先生道:"我爱你如爱金丝雀。"H 先生明知把自己和金丝雀相比,未免拟不于伦,只因出于爱妻之口,就好似圣经中的圣训一样,只索没口子的答应。

照 H 先生的意思,原想伴着这花朵儿似的美国夫人,久居美国,不再回捞什子的祖国去了。好在自己早已毕业大学,挂着个博士头衔,总有法儿想。日常要使钱,只须写信打电报,不怕家中不汇来啊。谁知他正打定了这不回国的主意,偏偏他那不识趣的老子忽然死了。万急的电报,雪片也似的飞来,催他赶快回国去。他心想奔丧倒不成问题,惟有那二十多万的遗产,倒是非同小可。虽是老子娘只生自己一人,上没有兄,下没有弟,不怕甚么。但在忙乱之中,说不定被自族里的弟兄们沾了光去。母亲年纪老了,顾不到许多,事关自身权利问题,可不能不回国了。但他生怕 W 女士不肯同去,着实踌躇,一天晚上,便诚惶诚恐的在枕边向伊情商。

大凡西方人眼中瞧中国,总像是一个神秘不可思议的去处,和大人国小人国一样。这位 W 女士更是一个特别好奇的女子,听说要到中国去,心想这真好似甘立佛游小人国,一定很好玩。当下便很高兴的答应 H 先生同去,好在伊是没有父母的孤女,一些没有甚么牵挂的。并且伊听说中国还有二十多万遗产等候享用,更乐得心花都开了。于是开了留声机,早又搂着 H 先生狂跳乱舞起来。

他们定船舱,办护照,收拾行装,一连忙了好几天,方始定当。朋友们送别凑热闹,又连开了几夜的宴会跳舞会,狂欢了一下子,才把他们俩送到船中,乘风破浪的往中国去了。瞧着 H 先生那种快乐的神情,谁也料不到他是个死了老子的人,说甚么泣血稽颡,简直是手舞足蹈啊。

W 女士那头心爱的金丝雀,当然也带着上船了。W 女士每天不是搂着男子们跳舞,便听这金丝雀歌唱,把那金丝笼子挂在床横头,听个不住。伊往往对着金丝雀带笑说道:"亲爱的,你唱得好曲儿,这回子我带你到中国去,做中国的上客,须得放尊重些,没的使他们小国的人小觑了我们。"H 先生觉得这些话怪刺耳的,但也只得在旁边陪笑凑趣,不敢哼一声儿。

H 先生啊,W 女士啊,金丝雀啊,都到了中国了。H 先生的故乡是在镇江的,那船到上海后,他们下了船,又在上海从从容容的盘桓了几天。满足了 W 女士好奇的心和好奇的眼光,才改搭火车往镇江去。那时 H 先生家中因为等不得 H 先生赶回来,早把他父亲殓了,灵柩却仍暂放家中,等五七开奠安葬。H 先生一回来,疾忙接受了遗产,一一点交清楚,委实有二十多万动产不动产,加着那留美回国哲学博士的头衔,和一位娇滴滴艳生生的美国夫人,真是锦上添花,好算得大丈夫得意之秋了。

H 先生既点收了遗产一切契据,便把他们这座十上十下的住宅察看一遍。一见了那灵柩,不觉眉头一皱,对他母亲说道:"这死人的棺木如何好停留在活人住的屋子里,这未免太野蛮了。旁的不打紧,没的吓坏了我这位少奶奶。"当下便一叠连声吩咐下人,赶快把这棺木移往祠堂中去,听候安葬。他母亲虽竭力反对,他却只做没有听得,下人们也不敢违拗小主人的命令,终于把灵柩移去了。

五七设奠之后,草草葬了他父亲,他没有事了。天天和 W 女士商量享用那二十多万遗产的法子,劈头第一件事,觉得这中国式的旧屋子很住不惯,非改造一宅大洋房不可。于是也不取他母亲同意,先租了一座洋房迁去暂住,一面便唤了工匠来,把他家三代传下来的旧宅拆成一片平地,重新造起五层楼的洋房来。他那位六十岁的母亲只是流泪太息,暗暗对亲戚们说道:"吾家来了一个外国媳妇,我的儿子也变做了外国人了。瞧我儿子那么蛮不讲理,真好似他们外国人侵占我们中国一模一样,这真是气数啊。"亲戚们为了这位大权旁落的老太太,很抱不平,然而也奈何 H 先生不得。

六个月后,H 先生的新洋房落成了。便大排筵席,庆祝落成,自有许多中外新朋友来凑趣道贺。他不好意思排斥那位六十岁的老母,只索一同居住,好在不把伊老人家放在心上,也由伊和下人们混在一起算了。

宴会啊,跳舞会啊,这是 H 先生和 W 女士的家常便饭,差不多每礼拜中,总要举行二三次的。琴韵歌声,钗光钿影,混合在一起,大家快乐得甚么似的。惟有那位见弃于儿媳的白头老母,和几个老妈子躲在厨房中,没人理会,远不如那金丝笼里的金丝雀,倒在那跳舞室中占一个位置,受许多来宾的重视。

W 女士除了丈夫外,只知有金丝雀。伊没有儿子,仿佛就把金丝雀当作儿子了。伊的心目中,那里有老姑,便是 H 先生心目中,也只知有爱妻,不知有老母了。可怜那老太太独往独来,好不凄凉寂寞。整日价陪伴伊的,只有伊十年来所豢养着的一头花白老猫。伊无聊中,往往抚着猫背,含泪说道:"唉,做儿子的已不认识生身的老母了,你这畜生倒还认识老主人么。"那

猫只是呜呜的叫着,似乎助伊太息。

一天早上 W 女士忽地大哭大闹起来,说那天杀的贼猫,来把伊的金丝雀生生咬死了。慌得 H 先生手忙脚乱的赶到伊绣阁中,擎着司的克追赶那猫。直追过了花园,跑出门来,末后见那猫逃上别人家屋顶去了。他无法再追,方始垂头丧气的回来,柔声下气的安慰 W 女士。W 女士兀自把那金丝雀搂在怀中,不住的哭,给他一百个不理会。

看官们要知这闯下弥天大祸的猫,千不是万不是,正是老太太十年来所豢养着的那头花白老猫。它不知是有意还是无意,这天趁着 W 女士将金丝雀取出笼子来洗浴时,就捉空儿把来咬死了。它被 H 先生一追,逃上别家屋顶,就跑了个不知去向。但它睡梦中也料不到弄死这一头小小的鸟,却连累了他老主人代自己受罪。

W 女士哭了半天,才买了一只精美的钿匣,郑重其事的把金丝雀殓了。H 先生倒好似做了个罪孽深重的不孝子,在一旁亲视含殓,还办了两个花圈,表示哀意。W 女士既把金丝雀的后事料理定妥,便和 H 先生一同去找老太太说话,勒令老太太交出那猫来,限二十四小时答覆。W 女士不能说中国话,当然由 H 先生通译,辞正气严的,倒像办甚么国际交流一般,几乎把个老太太吓坏了。

老太太听说那猫咬死了外国少奶奶爱若性命的金丝雀,又勒令伊在二十四点钟内交出猫来,这一急非同小可。即忙亲自督同老妈子们满地里找寻,然而任伊把屋角、床下、屋顶上、园子里一起都找到,总也不见那猫的影儿。可怜老太太已乏得筋疲力尽了,还是把筷子叩着猫食盆,向空中颤声悲呼道:"咪咪回来,咪咪回来。"

二十四小时很容易的过去了,W 女士见老太太胆敢不交出猫来,便又拉着 H 先生赶到老太太房间里,大兴问罪之师。吓得老太太躲在床背后,忒楞楞地不住的打颤。W 女士倒竖了蛾眉,圆睁着杏眼,勉强用中国话骂道:"老婆子该死,老婆子该死。"这句话,大概是从枕边速成科学来的。H 先生也向老太太跺脚道:"这是哪里说起,要知少奶奶爱这头鸟,正和爱我一样。如今你纵容那贼猫忍心害理的咬死了它,就好似亲手杀死你的儿子了,你使少奶奶不快活,倒不如杀死了我。"老太太听了这种千古奇谈,气得说不出话来,只是扑簌簌地落泪。

二十四小时过去后又四十八小时九十六小时……都过去了,老太太终于交不出那猫来。W 女士除了天天到伊房间里骂几声"老婆子该死"外,倒也没法处分伊。一天,W 女士却得了个计较,便和 H 先生共同发下命令去,全宅中无论男女下人,即日起不准服侍老太太,并且也不准理睬伊,违者罚金斥退。又责成门房谢绝亲戚登门,生怕来给老太太打不平。

从此老太太的生活,简直比牢狱中的罪犯都不如了。要粥饭没有人送,要茶水没有人给。一连几天,伊索性不饮不食,兀自坐在房中,对着伊丈夫的遗像呜咽流泪。可是六十岁的老人,如何捱受得起这样磨折,不多时,就生生的气死了。伊是甚么时候死的,竟没有人知道。送伊终的,只有伊丈夫的一幅遗像,像中一双老眼,似乎含着两包子的眼泪。

这晚 H 先生正为了祝 W 女士的生辰,特地开一个花团锦簇的跳舞大会。宾客们花花对舞,燕燕交飞,何等的快乐。忽有一个老妈子慌慌张张的来报老太太死了。H 先生生怕被人知道,杀了胜会,即忙挥一挥手,低低的说道:"唤账房先生买一口棺木来安殓就是了。"

爱妻的金丝雀不幸横死,总算把六十岁的老母抵了命了。

(原载《半月》第 4 卷第 2 期 1924 年 12 月 26 日出版)

女冠子

　　春雨廉纤，一连已好几天。满天的湿云，阁住了春晴，使人闷损极了。那天也正是春雨廉纤的一天，有一家亲戚，在妙莲华庵中做佛事。上海的风俗，做佛事也像请人吃喜酒一样，邀请一般亲戚前去热闹。只须送些锡箔、香烛、草篓等类，便可去吃一天，玩一天。骨牌劈拍之声和钟鱼叮当声相应和，也正是佛门中的奇观啊。这一天我恰没有事，并且因亲戚的关系，不能不去叩一个头，因便随着母亲，同到妙莲华庵中。

　　妙莲华庵是个尼庵，地点很幽静。门前一条小河，宛宛的流着，也有几枝杨柳梧桐，做那院子里的点缀物。此时春寒料峭，只有空枝筛雨，料想到了初夏初秋的当儿，定有柳丝梳风，梧叶蔽日咧。我们既礼过了佛，母亲坐在经堂中，和几位老太太坐在一起念阿弥陀佛，把锡箔折成一只只的锭儿。我空着身体没有事做，将大殿上的几尊佛像都看熟了，便闲闲的踱出去。好在庵中占地还不小，倒容我在前院后院中，往来踱着。

　　我踱过了后院，见后院的背面，还有一弓之地，种着些青菜，着了雨，绿油油的甚是可爱。在这菜田的一面，有一间矮屋，门口挂着许多面筋干菜，分明是厨房了。我沿着菜田踱过去，若有意若无意的向厨房中探头一望，望见里面黑魆魆的，仿佛有一座灶头。灶上放着一个油盏，鬼火荧荧，晕做一丝丝的惨绿色，照见一个法衣破旧的老尼，正坐在一条矮凳上流泪。这老尼分明是专司烧饭煮菜的，那件七穿八洞的法衣上，差不多被油垢占了一半的地位。此时只为伊正在流着泪，那前襟上没有油垢的所在，都被眼泪沾湿了。我借着门外的天光，和灶上的火光，倒把那老婆子瞧得很清楚。估量伊的年纪，总已在六十以外，额上脸上，一道道都是皱纹，端为嵌着油垢和灰

288

尘,便分外的分明了些。可怜伊一双老眼,日夜的烟薰火逼,又为的流泪太多,一半儿似已瞎了。

我瞧了这么一个独坐流泪的老尼,瑟瑟缩缩的伏在灶脚边,和外面那些法衣净洁满面春风的女尼们截然不同,早就料到伊身上定有一段伤心史了。也许伊在年轻的时候,失意情场,爱心灰死,因此逃入空门,借着蒲团贝叶自忏么。要是并非逃情,那么为了遇人不淑,婚姻上的不幸,也往往逼得一般好女子抛却尘缘,借空门作归宿之地。我瞧这可怜的老尼,二者中必居其一了。只要是二者中必居其一,便大可供我做小说的资料,我心中这么一想,立时放大了胆,走进厨房中去。

那老尼听得了我的皮鞋声音,很吃惊似的抬起头来,接着也就颤巍巍地从矮凳上站起来。我即忙满面堆了笑,走上去柔声说道:"老师太,你为甚么一个人坐在这里流泪,可是有甚么不快意的事情么?"老尼定了定神,便开口说道:"我这个半死的老婆子,只有捱骂受气的分儿,还有甚么快意的事情。流泪也是我天天的家常便饭,不算一回事的。先生怎么不在前面殿院里坐地,却到这腌臢的厨房中来,关心到老身呢?"说时,伊那双朦暗的眼睛,直注在我的脸上,现出一种怀疑的神色来。我忙答道:"没有甚么,我只为闲着没事,满庵子的蹀着。正蹀过这厨房门口,恰见老师太流泪,因此动问一声。老师太可有多少年纪,出家怕已很久了么?"老尼道:"先生,老身已是六十三岁的人了,出家却不过六个年头。唉,倘不是为了儿子不争气,那又何必出家,何必受这许多苦楚,不也像旁的老太太,那么安坐在家里享福么?就是我那老丈夫也尽可仗着薄产度日,为甚么要撑几根老骨头,再出去像牛马般做事情,给儿子偿还余欠呢?"我听到这里,暗暗欢喜,想这位老师太话匣子开了,以后定然大有可听啊。果然,那老尼不等我开口动问,先就接下去说道:"唉,先生,我那不肖的儿子,怕还比先生的年纪要叨长些咧。我三十岁时才生下他来,因为是个头胎,捱了两日两夜难产的痛苦。谢天谢地,总算下来了。生了他后,从此不再生养。我们夫妇俩对于独生之子,当然是疼得甚么似的。他年幼时,身体单薄,不时的害病,一年三百六十天,几乎一百八十天是在病中过去的。我们好生着急,总是衣不解带的日夜看护他。那时家况不好,手头很拮据,也得当了钱或借了钱来给他延医服药。甚至把我们的衣食也节省下来,做他的医药费。好容易停辛伫苦,将这孩子抚养长大了。"说到这里,顿了一顿,咳了一阵子嗽。我搭赸着说道:"原是啊,我们立地为人,哪一个不是父母费尽心血,千辛万苦抚育起来的。不过令郎自幼儿多病,自不免更使父母多费些心血,多捱辛苦了。"当下老尼又道:"我们爱这孩子,比无论甚么都爱,真的是风吹怕肉痛,含在嘴里又怕溶化。吃啊着啊,都不肯待亏了他。因此上把他娇养惯了,到十岁上,才送他进学堂去念书。那时我丈夫经营布业,很为顺利,手头宽绰了不少。对于儿子的学业,分外注意,打算一步一步给他读上去,直读到大学堂,再出洋去。叵耐我们那孩子和书卷不很近情,读到十七岁,由高等小学里毕业出来,就不肯再读上去了。他说不识字的人,也可以发财,何必多读书。我们不能勉强他,只索依他的主张,他逛了一年,似乎逛腻了,便要求他父亲送到一家金子店中去学业。我们见他自愿学业,欢喜得甚么似的,以为他将来成家立业,光大门楣,更要胜过父亲十倍百倍咧。"我又凑趣道:"可不是么,金子店本来是一种很有出息的营业,令郎投身其间,每年定能挣得很多的钱罢。"老尼太息道:"任他挣得怎样多的钱,我们做父母的可不曾看见半个大,反把我们养老送死的本钱都断送了。唉,说来话正长,他先前原是学业,每月只有几个鞋袜钱剃头钱,到年底才有一笔花红。他在家里是吃惯用惯的,自然不够用,每月总向我要这么一二十块钱去,贴补他的用度。我还不敢给他父亲知道,只索把我自己名下的零用钱也给了他了。三年满师以后,他便升做了跑街,钱挣得多了,用得也厉害,每月仍要我贴补他。他本来住在店中的,如今住在家里了,每夜总是更深夜半的回来,说是为了店中事忙之故。我不忍先睡,总一个人伴了盏灯坐着,侧耳静听着叩门之声。听得他叩了第一下,便立时去开。因为我知道他性子很急,叩了三下,要是不开门,他就得发火了。我本来是个很胆小的人,夜半听得一些儿声音,总是疑神疑鬼,一颗心别别地乱跳。但我为了爱子之故,心中虽很害怕,也依然硬了头皮老等着。夏季大热的天气,倒还可乘乘风凉,只到了冬季,却很为难受。等到二三点钟,连两条腿也冻僵了。那孩子做了好几年的跑街,我也做了好几年的守夜。他父亲虽有话说,我总是竭力替他辩护。后来亲戚们悄悄地告诉我,说你们的孩子在外边花天酒地,你们在家中可知道么。我兀自不信,摇着头,回说没有这回事,把亲戚们都弹走了。但每夜见儿子回来,总是喝得醉醺醺的,并且他的衣袋里,又常常发见女人的绣花帕子,一阵阵浓烈的香水香,直熏得脑都发昏。我于是也不得不有三分相信了,口头还不敢教训他,生怕他着了恼,反而赌气不回来。心想他既爱女人,不如快快给他娶一房媳妇,我们也好早日抱孙子。和我丈夫一商量,也很以为然,叵耐那孩子偏又不答应,为了这婚姻的事,和我们闹了好几场,我们也只索罢了。"

　　我见那老尼好像开了自来水机括一般,滔滔不绝的讲来,虽很着意的听着,然而也已连打了几个呵欠,一壁便懒洋洋地问道:"以后怎样呢?"老尼长叹道："唉，上海地方，真是一个可怕的陷阱。少年人陷落在这阱中，不能自拔的，正不知有多少。我们那孩子，不幸也陷下去了。直到那八年前的一个春季，他生了毒病回来，躺在床上哼哼唧唧，我方始相信先前亲戚们对我说的话，原是千真万确的。那时我可又忙苦了，一面既须瞒过他父亲，一面便四下里给他弄丹方，服侍他。末了儿还是仗着外国医生打了针，方始全愈。我一把眼泪一把鼻涕的劝告他，以后不可再在外边胡闹了。他赌神罚咒，说从此好好的做生意，决不再去胡闹，于是重又到店中去了。谁知贪嘴的猫儿性不改，背地里又轧上了姘头，打得一片火热。一礼拜中，总有二三夜不回来，累得我终夜坐守，眼睁睁地守到天明。到此我的心可真痛极了。"老尼说到这里，早又泪下如雨，抽抽咽咽的哭了起来。我忙又问道："以后怎样呢？"老尼含悲说道："以后更闹出大事情来了，那年是七年前的一个冬季，忽然当天一个霹雳，直打到我们老夫妇的头上。说我们那孩子在金子店中亏空了十万银子逃跑了，我们得到这恶消息时，恰在风雪之夜，两下里急得没了主意，冒着大风大雪赶出去，很无谓的到处去找寻那孩子。整跑了一夜，终于没有找到。我们俩却晕倒在雪中了。第二天早上，便有包打听和巡捕上门来，把我老丈夫带往巡捕房去。事后调查，才知道那孩子亏空了店中五万银子，另外又偷了银箱中五万现钞，带着他那姘头一同逃跑的。那时我丈夫气瘫了半个身体，一颗心也早已打得粉碎了。当下他承认给儿子料理这件事，把布店和屋产田产全数变卖，一共得了八万银子，交给金子店中。还短少两万银子，却没法可想。金店主人苦逼着，非得到全数不行。我丈夫没奈何，便和他软商量，说我年虽老了，还可以做事，可能许我顶替儿子的职司，慢慢儿的挣出这二万银子来，清偿余欠。店主人见石臼中榨不出油来，也就答应他这么办了。我丈夫经了这个变故，却把我恨得牙痒痒地，对我说道：'你生儿不肖，平日间又处处瞒着我，纵容他做坏事，才弄到这个地步。算了，从此以后，我撑着这一身老骨头，给好儿子还债去。还清了债就死，你也自管走你的路罢。'说罢，头也不回的走了。我没奈何，只得投身到这里庵中来。然而出家也是要钱的，我只为没有钱，因此老师太不喜欢我，也不给我念经礼佛，只派了我一个厨房里烧饭的职司。伊们又分外的难服侍，动不动骂我打我，六年来委实是吃尽苦楚了。料想我老丈夫此时，也一定没有好日子过，辛苦了这几年，多分还没有还清儿子的债么。但那孩子是带着五万银子出去的，多分能吃饱着暖，不像我为娘的这般捱苦罢。唉，只要他不捱苦，也就罢了。"说完抹着眼泪。

我听完了这番话，觉得没有话可说，也没有适当的话可以安慰伊。呆望着门外春雨廉纤，仿佛和慈母眼泪同流咧。

（原载《紫罗兰》第 1 卷第 8 号 1926 年 3 月 26 日出版）

散文卷

春风浩荡

CHUNFENGHAODANG

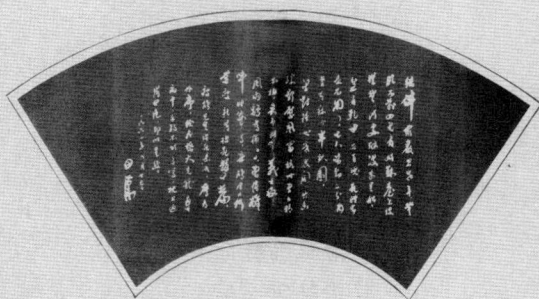

田汉不仅是杰出的戏剧家，他才气纵横，诗、书双绝。这
是他为周瘦鹃的《拈花集》亲题的序诗。

结伴灵岩忽几年，
登临不靠女儿肩。
姑苏台上披襟望，
何处烟波万里船？

盆有乾坤石有魂，
花时常是不关门。
七分劳动三分酒，
借得苏州半亩园。

曾对诗人几度开，
暗香疏影历风雷。
杭州曾有精忠柏，
吴市能无义士梅！

风雨鸡鸣犹昨日，
曾将雄叫比啼鹃。
啼鹃今日何尝瘦，
新得拈花数十篇。

瘦鹃先生"拈花集"成，嘱为作序，
给我极大光宠。适在病中，手弱
不能多写，枕上适得四绝，即以
呈敬。

一九六二年九月二十五日
田 汉

一时春满爱莲堂

瑛儿①：

　　这难道是梦吗？如果是梦，也是一个十分愉快的好梦，是可遇而不可求的。然而这并不是梦，明明是事实。原来一月三十一日这个难忘的一天，周恩来总理贤伉俪，突然于百忙之中光临苏州，光临我家。这和去年四月十五日在京，蒙毛主席个别召见，领教益半小时，同样给予我莫大的鼓励，莫大的光荣。这光荣不单是归我个人，也归我们一家，你是我的女儿，当然是"与有荣焉"的。

　　瑛儿，周总理这一次光临苏州，实在是有一个因素的。记得一九五九年我第一次在怀仁堂外见到总理时，曾经问总理到过苏州没有，他回说没有到过。于是我恳切地说："那么请总理得暇光临苏州，看看苏州的新建设，新面貌。"总理点头，连说好，好。可是匆匆三年，未见光临，我以为他老人家早已忘了。不料去年重见总理时，总理握着我的手带笑说道："那年你邀我来苏州，我还没有来哩。"我即忙说："那么请总理破工夫早些来。"当下我想，他老人家身负一国重任，辛劳可知，却还牢记着我三年前的一句话，多么使人感动啊！今年总理和夫人在上海欢度春节，召开了一连串的座谈会，黄浦江边，欢情洋溢。我心中暗暗地想，总理近在咫尺，会不会抽空到苏州来走一遭呢？至于光临我家这回事，那是我想也不敢想的。

　　呵呵！来了来了，总理终于来了！这一天是春节的第七天，风和日丽，春意盎然。下午四时左右我得到了这消息。有两件事必须突击一下，一件

---

　　①　瑛儿，即周瑛，为作者四女，侨居于海外。

是准备一本比较精美的册子,请贵宾题名,留作永久纪念;一件是准备一个比较鲜艳的花束,向贵宾奉献,以表些微敬意。一时手忙脚乱总算把册子准备好了,可是这时节园子里没有什么鲜花,要鲜花又待怎么办? 没奈何只得在几个盆景上打主意,见三个大盆景里的迎春花正开得好,就分头把过多的枝条剪了下来,再配上五朵奶白色的菊花,两枝紫红色的三角花和三枝翠绿色的郁金山草,这才扎成了一个五色缤纷的花束,把鲜花问题解决了。

我按捺住了一颗激动的心,静悄悄地等着,直等到日斜时候,猛听得大门口有人嚷道:"来了来了。"我立即跳起身来,三脚两步赶出去迎接,一面唤蔷蔷和全全小姐妹俩捧着花束站在石阶上准备献花致敬啊! 瑛儿,我这时抬头一望,那满面春风踏着轻松的脚步从花径上走过来的,可不是我们敬爱的周恩来总理和夫人邓颖超同志吗? 伴同前来的,有市委和市交际处的负责同志和总理的随行人员等一行十余人。我忙不迭地迎上去,跟总理和夫人握手问好,又和市里的几位负责同志一一握手,然后带头向着爱莲堂缓缓地走来。蔷蔷和全全一见总理,忙把预先准备的花束献上。总理带着笑接过了花,把她们的小手握了一下。蔷蔷是个少先队员,忙又举手行了个队礼。

爱莲堂上,灯火通明,也似乎分外热情地欢迎贵宾。进得门来,我指着高挂在上面的"爱莲堂"三个横额,含笑问道:"总理府上的堂名,可也是爱莲堂吗?"总理微笑不答,我立即明白过来,他老人家早年献身革命,背井离乡,自不会留意到这传统的玩意儿的。当下总理并不坐定,先看了看屋中央两张方桌上陈列着十多个盆景和瓶供,然后回头去看那东西两壁上的梅花画屏。他细读了汪东先生画上自题《东风第一枝》的一支曲儿,又读着蒋吟秋兄画上"先春传喜报,遍地展东风"的题句,点点头说道:"这两幅画题得好,很有新意。"这时总理夫人忽然看到了东壁上另一条清代大书家伊秉绶的字屏,指给总理瞧。总理走过去瞧了一眼,也说一声好。可见贤伉俪对于前代的书法都是很有研究的。

我家那两个养在一对年窑大瓷缸里的老绿毛龟,都已寿登耄耋,一向引起众多来宾们的兴趣。前年西藏班禅副委员长一家光临时,也大为称赏。入冬以来,正安放在爱莲堂上。这时被总理夫人发见,就和总理一同观赏,问是吃什么的,产地是哪里? 我回答说:"苏州专区的常熟,是它们的家乡,平时吃的是虾或小鱼,长在甲壳上的并不是毛,其实是苔藓一类的寄生植物。"贤伉俪听我说着,顾而乐之。

总理和夫人坐定后,你继母献上什锦糖和花生米。我给她介绍了一下,彼此握手道好。贤伉俪十分随和,拾起了几颗花生米,各自吃着。瞥见你的几个小妹妹正在门口张望,就问起我家庭状况。我回答说第二代第三代共有三十四人之多,散在各地。接着,总理又关切地问到我的健康和写作情况。我一一作了汇报,末了又感慨地说:"我年来身受知遇,报国有心,可是马齿日增,总觉心有余而力不足,实在是惭愧得很。"

我兴奋地谈了一会,总理起身告辞。我忙说那边还有几室,请总理前去看看。于是伴同他们沿着走廊到了紫罗兰庵、且住、寒香阁三个室内,重新介绍了三处陈列着的骨董文物,那两面五彩雕瓷的梁山泊一百零八将小围屏,引起了贤伉俪的很大兴趣。那时我的书桌上已展开着那本新备的《嘉宾题名录》,我就敦请总理题名。总理回答说:"好好,让我带去写好了再给你。"随手把册子交给了他的秘书,就跟我握手道别。我忙问总理在苏州想耽几天? 总理回答说:"今晚就要回上海。"我知总理公事忙,没法挽留,只得依依不舍地相送出门。总理边走边说:"北京快要开会了,你一定要来啊!"我忙回答说:"一定来,一定来,今天承蒙总理和夫人大驾光临,我荣幸万分,我一辈子也忘不了!"可不是吗? 总理来去匆匆,在苏州不过六七小时,却特地光临我家,亲切慰问,这一份高谊隆情,教我一辈子怎能忘得了呢!

瑛儿,那本《嘉宾题名录》,已于总理离苏后不久便送到我家来了。只见第一页上墨光耀眼,用毛笔大书特书道:"一九六三年一月三十一日访周瘦老于苏州爱莲堂。周恩来、邓颖超。"我捧读再三,深感国家领导人对我们老一辈知识分子的关怀,心中激动得久久不能平静,特做诗三首,以资纪念:

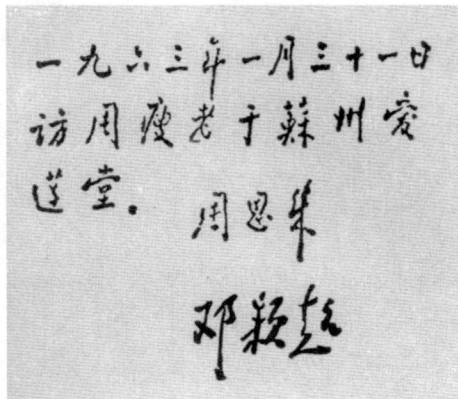

"嘉宾题名录"中周恩来、邓颖超同志的题字。

华灯初上日初斜,瑞霭祥云降我家。自是三生真有幸,蓬门来驻使君车。

殷殷促膝话家常,读画看花兴倍长。三沐三熏温暖甚,一时春满爱莲堂。

吴市群黎笑靥开,欣逢人日^①有人来。奈何高躅留难住,行色匆匆带月回。

(选自《拈花集》)

年年香溢爱莲堂

瑛儿：

　　时间老人真性急，老是急匆匆地在那里赶，既送走了形势大好的一九六三年，又急匆匆地把希望无穷的一九六四年送来了。记得去年元旦，你曾寄给我一张美丽的西式贺年片，给与我们一家一个"百凡如意"的祝愿。我想，尽管我和你是爷儿俩，"来而不往非礼也"，因此也寄还了一张，向你们一家贺年祝福。可是今年元旦，你也许是忘了，没有寄贺年片来，而我也没有寄给你，倒象是彼此"划账"似的。其实我并不是为了你不"来"，我也不"往"，只因去冬十二月上旬出席了全国政协会议，从北京回来以后，身体和精神一直不大好，为了害着肺气肿的慢性病，稍一劳动，就觉得有些儿气急，因此影响了情绪，天天懒得动笔，休说长篇大论的文章写不出，连三言两语短的信也不愿写了。

　　瑛儿，说也惭愧，这一个多月来，我是在"怠工"的情况下挨过去的，除了整理一些小型的盆景和先后出席了市人民代表会议、市政协会议以外，简直没有做什么事，夜夜挑灯枯坐，心中苦闷得很！

　　啊，瑛儿，你不要为我担心，这不过是偶然的现象，兴奋剂终于来了，且让我来向你报个喜讯，你道是什么兴奋剂，什么喜讯呢？你听我慢慢道来。料知你听了，也一定会兴奋而认为确是喜讯的。原来一月九日那天傍晚，市园林管理处的张处长派了一位姓徐的秘书来对我说，明天有客登门相访，让我思想上有个准备。我一听，心中先就一喜。

　　到了十日那天清早，园林处的四位男女工友就带着工具赶来了。经过两小时的劳动，把我的园地打扫得干干净净。我整理了陈列着的盆景和几

301

个花瓶中的残菊，并由公园中送来了四盆一品红和四盆石蜡红，重行布置，就觉得楚楚有致了。这当儿你继母忽地心血来潮，悄悄地对我说："我猜今天光临的客人，也许是朱德委员长吧？"我点点头，不说什么。

十时半左右，那位提前到来的市人民委员会办公室李主任，在门口嚷道："周老，来了来了。"我疾忙赶出去迎接，只见我常在报刊上和人民大会堂主席台习见的一张笑吟吟的面庞，已涌现在大门口。这不是当年运筹帷幄跃马疆场的解放军总司令，而今天主持全国人民代表大会的朱德委员长吗？我暗暗佩服你的继母，居然给她猜中了。当下我忙不迭地向委员长握手道好。他老人家立即给我介绍了他的夫人康克清同志，我也急忙向她握手道好。同来的除了我们市委的王书记和交际处周处长外，还有委员长的七八位随行人员。我陪同他们通过园中小径，到了爱莲堂中，分头坐下。我请委员长就座之后，寒暄了一番，就谈起他老人家所爱好的兰蕙。

朱委员长问起苏州市培植兰蕙的情况，我回答说，现在全市培植兰蕙的专家不过三四位，绍兴的名种总数不到一百盆，品种也不过二十余个，其他较多的不过是建兰和秋素罢了。单以我来说，只有绍兴的春兰"西神"一盆，秋素三盆，建兰四盆。建兰和秋兰倒还容易培养，而绍兴的兰蕙却是很难伺候的，往往辛勤了一年，却不见一花。委员长说："兰蕙实在是易于培养的，比你培养树桩盆景容易得多。"我问委员长共有兰蕙多少种？委员长回说共有四百多种，这真是洋洋大观，甲于天下了。

委员长坐了一会，就起身看我几案上所陈列的迎春和宫粉梅等盆景。朱夫人见到了那只享龄百年的大绿毛龟，很感兴趣，问是产在哪里的？我回说："产在苏州专区的常熟，年年常有销售到国外去的，很受欢迎。"当下出了爱莲堂，看那走廊下的两盆鸟不宿老桩，一片片定胜形的绿叶和一颗颗浑圆的红籽互相掩映，赢得了委员长的赞赏。随后又看了一盆桂林山水的小景和上海四位专家所制的山水盆景，就到紫罗兰庵中，看那许多形形色色的石供。我指出了前清潘相国的遗物，一块由南宋贾似道题着"花下琴峰"四个字的大石笋和号称"江南第一"的一块大型昆山石；此外又介绍了一块富有丘壑的柏化石和一块明代名画家居节题有"云迟"二字的灵璧石，这些都是我家长物，不知经过多少上客的欣赏了。

从这里转入寒香阁、且住二室。看那明清两代的几幅梅花书画和点缀着梅花的瓷、铜、陶石、竹、木等十多件供品；又看了画着金龙的乾隆玉磬、水浒一百〇八将的五彩雕瓷小插屏，以及壁上挂着的乾隆漆画"岁朝图"，明代露香园刺绣和雕瓷梅、莲、牡丹等挂屏，明代万历朝成对的细瓷壁瓶，"道光

御玩"用玉石螺钿嵌成的花寒庵竹石大挂屏,以及墨松、五针松、代代橘等老干盆景等物。委员长不厌其烦,依着我的口讲指划,一件又一件地都看了一下。

回到紫罗兰庵中,我请委员长在南窗书桌前坐下,就请他在那本曾于去春由周总理和夫人题过名的《嘉宾题名录》上题名留念。他老人家戴上了眼镜,用毛笔写下了"一九六四年一月十日访周瘦老于苏州爱莲堂。"当他写到"周瘦"两字的时候顿了一顿,抬头问我几岁了,我回说六十九岁,他微笑着说:"那么可以称得上老了。"于是重又写了下去。我接着说:"不老不老,

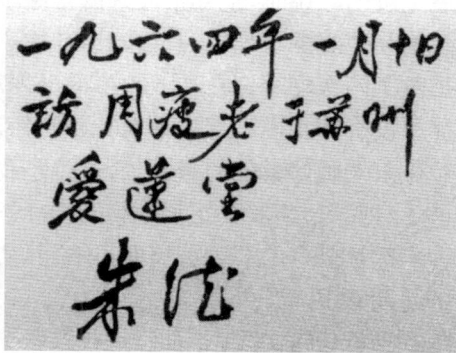

"嘉宾题名录"中朱德同志的题字。

祖国年轻,我也年轻哩。委员长的高寿呢?"委员长答道:"七十八了。"我忙道:"可也并不见得老呀。"委员长放下了笔,对夫人说:"你也来题个名。"夫人说:"由你一个人代表得了。"原来夫人爱花,忙不迭的要你继母同到园子里看花去了。

我也陪同委员长到了园里,先看了那些连盆埋在地下防冻过冬的大批树桩盆景,又看了五座湖石竖峰组成的"五岳起方寸"。我笑着说:"委员长,我不能周游天下,就把这五个石峰权代五岳,聊作卧游了。"接着就从五级上拾级而登,进了梅屋,看了壁上挂着的元代王冕和刻在银杏木板上的宋代杨补之所画梅的五个挂屏和唐代白乐天手植的一段桧柏枯木。我指着这枯木说:"梅花时节,我用竹管插上一枝红梅放在上面,那就好象是枯木逢春了。"委员长听了,点头微笑。

出了梅屋,看了梅丘,就经过荷轩,从曲径上走向那间作为温室的仰止轩去。在轩外的小草坪上,看到了在大石盆中种着三株黑松的大盆景,委员长就停住了脚。我说:"这是《听松图》,那个石湾窑的红衣达摩正微侧着头,在听松间风涛声,曾经在那部五彩纪录片《盆景》中收入镜头的。"委员长点点头说:"不错,我曾在银幕上看到过它了。"在这《听松图》前端详了一会,就转身走进了仰止轩。

我先就指着正中壁上挂着的一幅彩色图像,委员长正和毛主席、刘主席、周总理同在一起,笑容可掬,我接着说:"委员长,今天您虽是第一次大驾

光临，而一年以来，我都是天天在这里仰望风采哩。"委员长微微一笑，不说什么。我请他老人家在大藤椅中坐了下来，指着前面和左右几案上的许多小型盆景说道："这里十分之八的盆景，都曾于今秋送往广州市文化公园中展览过的。"说时，把几个较好的常绿小盆景，一一指给委员长看。委员长兴致勃勃地观赏了半晌，开口问道："在广州拍了电影没有？"我回说："没有，只拍过了两次电视。它和广州市的电视观众见过面了。"委员长又道："你带了徒弟没有？"我说："有一个女儿正在跟着我学，而园林处有十多个青工正由一位朱老师傅教他们做盆景，这就是我们的接班人啊！"说到这里，朱夫人进来了，把一朵紫罗兰花和一簇玉桂叶送到委员长鼻子上说："你闻闻，这花和叶子都是挺香的。"委员长闻了一下，点点头，于是一同走出了仰止轩，回到了爱莲堂中。

委员长初次光临，合该献花致敬，可是蜡梅已在凋谢了，一时无花可献。多亏你继母出了主意，把一盆三株虎刺合栽、两株小棕竹合栽的两个常绿小盆景，代替了献花。在一株较高的虎刺旁，配上一个陶质的红衣老叟，又铺了青苔，安了拳石，到也楚楚可观。委员长看了很欢喜，当由一位随行人员送上车去了。

时已近午，委员长和夫人不再就座，向我们夫妇握手兴辞。我们依依惜别，直送出了门，送上车，我目送车儿出了巷，渐渐远去，觉得心中还是很兴奋。瑛儿，试想建国十四年来，我老是感佩着解放军的丰功伟绩，救国救民，今天竟和这位胸罗百万甲兵的大元帅握手言欢，怎么不欢欣鼓舞呢！

第二天早上，忽又来了一个喜讯，原来交际处周处长带同工友捧着两盆兰蕙送入我家来，说是朱委员长临行时嘱咐托他们送给我的。投之以木桃，报我以琼瑶，教我怎样过意得去。这两盆兰蕙的盆面上，插着两个玻璃标签，用红漆写出名称和产地，一盆是产在四川嘉定的"雪兰"，一盆是四川的夏蕙。雪兰已有两个花蕾，夏蕙是要在夏季开花的，因此还没有花蕾。这两盆花都是绿叶丛生，精神抖擞，叶片比绍兴兰蕙为阔，足见它们的苗壮了。我于拜领之下，就写了两首绝句，准备寄给朱委员长致谢：

　　兰蕙争荣压众芳，滋兰树蕙不寻常。元戎心事关天下，要共群黎赏国香。

　　雪兰夏蕙生巴蜀，喜见分根到我乡。此日拜嘉勤养护，年年香溢爱莲堂。

304

这两盆兰蕙的赐予，使我如获至宝，便郑重地安放在仰止轩中，将好生养护，留作永久纪念，如果年年开花，那就可以年年香溢爱莲堂了。过了十天，那两朵雪兰，竟先后开放起来，两花一高一低，花瓣长而尖，作白色，我细看花瓣的背面，有一条条粗细不等的红筋，花舌下卷，有两条并行的红线，舌根上还有许多红点，美得很。我天天在花畔，细领色香，春兰冬放，使我如坐春风，不由得欢喜赞叹。瑛儿，你是一向爱好香花的，明年此日，你如果回来，就可和我同赏国香了。

（选自《拈花集》）

花布小鞋上北京

"小鸟飞来,我这里来,有句话儿告诉你,我们都是好孩子,请你告诉毛主席!"

这正是东方红、太阳升的大清早时光,一阵子银铃般清脆的歌声,响彻了爱莲堂外的一曲回廊。全全正抬起了她那个黄发蓬乱的头,在向前面那株大枫树上栖息着的几头小鸟歌唱着。她天真地硬要小鸟依从她的召唤,飞到她跟前来;她唱到"有句话儿告诉你"时,就把左手的食指放在嘴唇上,分明要凑着小鸟的耳朵,叮咛它飞到北京去告诉毛主席,说她是个好孩子;一面把右手高高举起,指点着远处,大概就是她所想望已久的北京。然而小鸟哪里懂得她的意思,在枫树枝条间跳来跳去觅食,一会儿就搧着翅膀飞开去了。

1962 年 3 月周瘦鹃赴京参加全国政协第三届第三次会议,夫人俞文英和小女儿周全随行,摄影留念于北京北海公园,返苏后周瘦鹃曾写散文《花布小鞋上北京》。

全全是我的最小的女儿,在她三岁那年的冬天,我恰要上南京去出席省人民代表会议,她以为我是上北京去,就缠住了我,要跟我一起去见毛主席。我温和地对她说明这一回是上南京去的,不是北京,将来上北京去时带她去。当下我连劝带哄地费了一番口舌,她才撅起小嘴跑开去了。不料我一到南京，在旅馆里打开旅行包来时，却意外地发现了她那双日常穿的花布小鞋，原来她趁我在动身前忙乱的时候，偷偷地放了进去，表示她跟着我一块儿来了。从此以后，她的三个姐姐就给她起了个绰号，叫她"花布小鞋"，连左邻右舍的小朋友们，也知道这个花布小鞋的故事了。

全全今年五岁了，已进了幼儿园小班，由于老师的循循善诱，似乎更懂得了许多事，而任性淘气的程度，也有了很大"进步"。在她发脾气时，哭闹不休，简直是不可理喻，不但使她妈常感头痛，连我也束手无策，徒唤奈何。

可是话又要说回来了，全全发脾气的事情，毕竟还是比较少的。上幼儿园去时，很肯听老师的话，听阿姨的话，跟小朋友们也合得上来，曾得到老师的表扬，指出她不少优点。每天晚上在家吃过了晚饭，听了收音机里的音乐，总喜欢在我身边跳跳舞，唱唱歌。在过新年的几天里，她老是兴高采烈地唱着：

"过新年，过新年，大家真欢喜。小朋友，小朋友，我来问问你。这个欢喜，是谁给你的？就是那，毛主席，就是毛主席。"

唱到了末一句，她的手就不知不觉地要指着那年画上慈祥地含笑挥手的毛主席了。尤其可喜的，她全用普通话的音调来唱，很为动听，"毛主席"三字更唱得好；当然，这要归功于老师的教导有方，我的全全可决不是"天亶聪明"啊！

难忘的一九五九年四月，我在出席第三届第一次全国政协会议时，荣幸地见到了毛主席和周总理，并且在那三百八十多位老年委员团聚的茶话会上，又听到了总理亲切动人的讲话。他说毛主席关怀各位老年人，下次开会时，可以带着老伴同来，好照顾得更周到一些；如果没有老伴而有必要的话，就是带一个儿子或女儿也好。像这样设想周全、无微不至的关怀，真使我们感动得什么似的。我说小不小，说老不老，因此一九六〇年三月开会前三天到南京去集中时，仍是踽踽独行，而省领导上一见了我，就忙着问："带了爱人来没有？像你这般年纪，尽可以带了。"当下我感激万分，即以"以待来年"为对。这一回第三届第三次会议在京召开，我鉴于这次大会不同于往年，除原有的许多委员出席外，又特邀了全国各界人士八百多人列席，食宿都要安排；因此我仍想单身赴会，以免麻烦。谁知开会期近，却接到了省政协的来信，说我年近古稀，不妨挈眷同行，这真是一个天外飞来的喜讯！我的妻原已想望了两年，真可说是喜心翻倒，一则借此可以观光首都，大开眼界；二则也可见见十年不见的大女夫妇，一叙天伦之乐了。

她一面忙着准备行装,一面却又引起了顾虑,因为家中还有她亲生的四个小女儿,从没有离开过十天八天;而最最放心不下的,就是这个绰号"花布小鞋"的五岁未足的全全。一连几天,她兀自想呀想的想个不了,终于嗫嗫嚅嚅地向我提出了带全全同去的要求。我一听之下,断然回绝道:"不行!怎么能带孩子去!我们还是严守秘密,不要给她知道。她如果知道了,硬要跟我们走,那倒是够麻烦的。"我的妻果然听话,把这秘密保守得像铁桶相似。那知在我们动身上南京去的前夕,全全的三个姐姐口没遮拦,却泄漏了秘密。于是风暴来了,全全立刻跟我来大办交涉,哭着闹着,赖在我膝上说:"爹爹这一回是上北京去开会了,妈也要去,为什么不带我一块儿去?我一定要去,一定要去看毛主席!"任我怎样劝她,哄她,唬吓她,都没有用,老是守着我们不肯睡觉;直到快近夜半倦极了,才伏在小竹凳上沉沉睡去。

　　第二天早上,我们黎明即起,预定搭七时半开行的九十二次车上南京;满想悄悄地溜出门去,一走了事。不料这个精灵的小鬼头似乎早就料到,一清早也就醒了,缠住了我们死不放。我处在这无可奈何的僵局里,没了计较;忽地想起了上一次在京开会时,曾见有个别委员带着保姆和婴儿同来的。于是心肠一软,长叹一声,就扯起白旗来向全全投降;唤她妈赶快把她几件必要的衣裤塞进旅行包,带着这"小包袱"匆匆走了。

　　一路相安无事地到了南京,因为要等待第二天傍晚才集体北上,在南京有一天半的勾留。我就带她们母女俩去逛玄武湖公园,看遍了动物园里的许多飞禽走兽。全全非常高兴,拉着我跑来跑去,看这看那。一见水塘里游着的白天鹅,就给我讲天鹅和妖怪的故事,居然讲得有声有色,不知她是从哪里听来的。

　　这天晚上,我没有好好地睡,引起了思想斗争,心想带着这"小包袱"上北京去,总觉不妥,想托那位从苏州伴我们同来的陈同志带回去。陈同志生怕带她回苏州去时,一路上要大哭大闹,应付不了,倒是劝我们带她一同北上。

　　全全获得了胜利,在北上的列车里加倍高兴,整天跟同车的小朋友在一块儿玩,乐而忘倦。同车北上的省领导同志,见了也很欢喜,连说尽管带她同去,不用顾虑;况且日常有她妈看顾着,也不会妨碍你参加任何会议。我听了之后,心上的一块石头,掉下了一大半。

　　下了火车,全全由一位从苏州结伴同来的沈大娘搀着,走进那壮丽无比的车站。她得意极了,做着跳舞的身段,在过道里边跳边走,边笑边唱,唱的又是幼儿园里老师教给她的一支儿歌:

"我们都是好孩子,坐着火车上北京,轰、隆、隆! 轰、隆、隆! 去见毛主席。"

刚走进这个富丽堂皇的大饭店的大门,全全就抬着头,东张西望,忽地拉住了我的手,悄悄地问道:"爹爹,毛主席是不是住在这里?"我回说不在这里,住在别处;她似乎有些失望,就低下头去,不说什么了。

感谢大会招待组的同志们,同意我把全全带在身边;还计划伴同她们母女俩跟其他从各地来的夫人们、小朋友们,集体出去游览,以免寂寞。但我在自己房间里时,还是随时告诫全全,不许吵嚷,以免打扰人家。为了使她安静,我特地向外孙那里借了几本小人书来给她看,买了糕饼糖果来给她吃,又买了个会叫会眨眼的洋娃娃来给她玩。她倒也识趣,乖乖地独个儿玩着;有时压低了声音唱唱歌,有时轻手轻脚地跳跳舞;有时搀着邻室中那位八十五岁的沈骵老同志去就餐。一老一小相差八十岁,黄口寿眉,相映成趣。我随侍在侧,顾而乐之,这一颗不安定的心,也渐渐地安定下来了。

在大会开幕的前三天里,我闲着没事,就带同全全和她妈到中山公园、北海公园去逛,又参观了团城那个丰富多采的贝壳工艺美术展览会;全全问长问短,兴高百倍。这些年来,她对天安门最感兴趣,在家里已不知做过多少美好的梦了。此来她在衣襟上别着一个小小的天安门纪念章,抚抚摸摸,很为得意。出了中山公园,她在天安门前逗留了好一会,老是望着那高高的门楼,不肯离去。我告诉她每年国庆节,毛主席总要到这天安门上来的。她一听就兴奋起来,立时举手向着门楼,放声唱道:

"毛主席,我爱你! 我把鲜花献给你。祝你身体好,向你敬个礼!"

呵呵! 一个幸福的吉日终于降临了。那天是日丽风和的四月十五日,时在下午二时三十分,毛主席竟个别地召见了我。只因这喜讯突如其来,全全恰跟其他小朋友玩耍去了,我只得单身应召,不能带她同去,了却她歌子里所常唱的"我把鲜花献给你……向你敬个礼"的心愿。但是我见了主席之后,就代达了她小心眼里一片爱戴向往之诚。他老人家满面春风,瞧着我柔声说道:"你替我谢谢她!"我一听之下,只觉得一股温暖的电流,熨遍了全身。到得我欢天喜地回到所住的民族饭店去时,忙不迭地先把这句话告知了全全和她的妈。她们俩的眼睛立时湿润了,闪出了快乐的泪花,感激的泪花。

(选自《拈花集》)

长春不老

记得几年以前,曾听得几句从首都传来的妙语:"六十岁是小弟弟,七十岁多来西,八十岁不稀奇,九十岁刚满意,一百岁成大器。"这几句话,对老年人说来,真好似打了一枚强心针。

在一九五九年第三届第一次全国政协会议上,曾听得湖南何炳麟先生的发言,说他今年八十三岁,还打算再活八十三岁,翻他一番。那么像我这样一个六十五岁的小老头儿,断断不能满足于翻一番,非要翻两番不可。可不是吗,祖国也年轻了,我们也觉得年轻起来;大家的年纪翻一两番,是不足为奇的。

四月二十九日全国政协闭幕之后,又举行了一个别开生面的敬老会,三百八十多位老年委员白头相看,济济一堂,听取周总理风趣的致辞,于关怀之中,寓鼓励之意。我那时很为兴奋,就口占了绝句一首,以表微忱:

    白发满堂集众贤,春光未老百花妍。欢呼共祝人长寿,更祝宗邦万
万年。

后来离京南下时,恰与上海严独鹤、安徽朱遂二老同车,我就抛砖引玉,请他们赐和。严老欣然命笔,依韵和云:

    会开敬老聚群贤,春暖花香景色妍。鹤羽犹全应起舞,不辞衰拙学
青年。

读"鹤羽犹全"句，足见严老不服老，我们这些老年人，应该向他看齐。朱老也一挥而就：

> 满堂欢笑乐群贤，鹤发童颜分外妍。南极星辉春不老，月圆花好万千年。

过了几天，又在报上读到沈尹默先生的诗，也是为参加敬老会而作的。他引了唐代刘梦得与米嘉荣的诗，有"近来世事轻先辈，好染髭须事后生"之句；可见在唐代并不敬老而轻老，所以老年人往往有染了髭须而冒充少年人的。沈老就根据了刘诗戏成一首。我觉得这两首诗都很有趣，就各和一首。和刘诗云：

> 一片和平雅颂声，共相团结共争荣。后生此日尊先辈，先辈还须学后生。

和沈诗云：

> 春满华堂乐满怀，众中尽有济时才。不妨鬓首如秋柳，何事染髭颌上来。

我们同在这新时代的新社会里，不论是老的少的，都应该互相团结，少的都尊敬老的，老的也该学习少的；至于染髭的玩意，更不必要了。如果刘梦得有知，也该羡慕我们这班今天活在新社会里的老年人吧！

（选自《拈花集》）

上客来看小菊展

霜严露白感秋深，帘卷西风瘦不禁。今为岁寒添益友，此花原有后凋心。

这是章太炎夫人汤国梨先生为我的小菊展所作的一首诗。原来我的小菊展已持续了一个多月，尽管北风怒号，严霜铺满大地，而劲节黄花，还是精神抖擞，开得好好的。一个月来敞开着门，任人观赏。客来不速，都是渊明，尽可登堂入室，看花不问主人。

一九六〇年十一月二十九日清早，就有苏州市人民委员会的马秘书长赶来通知，说是有一位不远千里而来的上客要来参观。于是我们立即洒扫庭园，足足忙了半天，方告就绪。原来上客不是别人，就是全国人民代表大会常务委员会副委员长、西藏自治区筹备委员会代理主任委员班禅额尔德尼·却吉坚赞。

下午三时左右，班禅副委员长果然来了。联袂同来的，有他的父母和经师，还有北京、南京、苏州和西藏的各位首长一行三十余人；而跟班禅同时进门的，便是那位银须如雪、精神矍铄的陈叔通副委员长。我这时早就带着四个小女儿迎上前去，三个少先队员忙把一个五色文菊扎成的花束献了上去，接着举手行了队礼致敬。班禅副委员长笑逐颜开，接过了花束，跟我握过手，就连唤着："小朋友！"分头跟四个小女儿握手，并且抚摩她们的头，表示祝福。

我引导他们穿过花径，跨上台阶，走进爱莲堂。班禅副委员长只小坐了一下，就起身观赏几案上所陈列的许多菊花盆供。他操着流利的汉语，问这问那，我逐一加以说明。我问西藏有没有菊花，他回说："没有，那边天气很冷。"我又指着居中那盆用白石堆成的象征性的世界最高峰说："这是我想象中的珠穆朗玛峰，可有些儿相似处没有？"他端详了一下，点头微笑，并跟他的父母交谈了几句，方始离开。

他出了爱莲堂，随我到廊东去观赏我那批天天亲自养护的小盆景。见我把一个指头托起那个种着一株小真柏的六角蓝瓷盆来时，不觉顾而乐之。回步向西，看到了居中长窗前那盆百年老干的鸟不宿，从绿叶丛中透出一颗颗猩红的子儿来。他欣赏了一会，然后沿廊走去，看到一块大汉砖上正供着一盆半悬崖形的老枸杞，就摘了一颗红子，瞧着说："活像是红玛瑙。"我说："是啊，它还可以作药用，吃了明目。"

这时他已走进了我的书室，遍看那两个桌子上的许多菊花盆供和四周的石供。我向他介绍了两个有关的民间传说，并请他在那本《嘉宾题名录》上留下他的大名。他欣然坐下，掏出钢笔来写了三行藏文。可惜我忘了请他用汉语翻译一下，真是遗憾！接着他又参观了一会，然后到园子里去看我那些大型和中型的盆景。我知道他先已看过了《盆景》的彩色纪录片，就把一盆树龄二百年的枯干大榆树和一盆三松合栽的《听松图》指给他看。他含笑点头说："不错，我已在电影里见过了，好得很！"最后他又看了那座象征五岳的假山，经我说明之后，他作出会心的微笑。一面又跟我走进梅丘上的梅屋，浏览了一会，然后握手兴辞而去。这次会见，在我的生命史中又写下了难忘的一页。

（选自《拈花集》）

一瓣心香拜鲁迅

　　一九五五年十月十九日，是我们伟大的文学家、思想家和革命家鲁迅先生逝世十九周年纪念日。我不能抽身到上海去扫一扫他的墓，只得在自己园子里采了几朵猩红的大丽花，供在他老人家的造像之前，表示我一些追念他景仰他的微忱。作为一个文学工作者的我，不但在公的一方面要追念他，景仰他，就是在私的一方面也要追念他，景仰他；因为我对他老人家是有文字知己之感的。

　　一九五〇年上海《亦报》刊有鹤生的《鲁迅与周瘦鹃》一文，随后又有余苍的《鲁迅对周瘦鹃译作的表扬》一文，就足以说明我与鲁迅先生的一段因缘。鹤生文中说：

　　　　关于鲁迅与周瘦鹃的事情，以前曾经有人在报上说过，因为周君所译的《欧美名家短篇小说丛刊》三册，由出版书店送往教育部审定登记，批复甚为赞许，其时鲁迅在社会教育司任科长，这事就是他所办的。批语当初见过，已记不清了，大意对于周君采译英美以外的大陆作家的小说一点，最为称赏，只是可惜不多；那时大概是一九一七年夏，《域外小说集》早已失败，不意在此书中看出类似的倾向，当不胜有空谷足音之感吧。鲁迅原希望他继续译下去，给新文学增加些力量，不知怎的，后来周君不再见有译作出来了。（下略）

余苍文中说：

（上略）我们首先应确定周先生在介绍西洋文学上的地位，恐怕除了《域外小说集》外，把西洋短篇小说介绍到中国来印成一本书的，要以周先生的《欧美名家短篇小说丛刊》（中华书局出版）为最早。此书取材方面，南欧、北欧、十九世纪的名家差不多全了；而且一部分是用语体译的。每一作品前面，还附有作者小传、小影，在那个时候，是还没有什么人来做这种工作的。此书出版年月，大约为一九一八年（民国七年）左右，曾获得北京政府教育部的奖状，此事与鲁迅先生有关。原来鲁迅那时正在教育部的社会教育司当佥事科长，主管这一部门工作，曾将中华送审的原稿，带回绍兴会馆去亲阅一遍。他老先生本来就有意要提倡翻译风气，故在原书批语上，特别加上些表扬的话。中华书局如能找出当日原批，还可以肯定这是出于鲁迅先生的手笔呢。抗战前夕，上海文化工作者为针对当时国情，积极呼号御侮，曾一度展开联合战线，报纸上发表郭沫若、鲁迅、周瘦鹃等数十人的联合宣言；鲁迅对周先生的看法一直是很好的。

不过鹤生说我后来不再有译作出来，实在不确。我除了创作外，还是努力地从事翻译，散见于各日报、各杂志上，鲁迅先生他们也许没有留意。一九三六年大东书局出版的《世界名家短篇小说全集》四册，就是一个铁证；内中包含二十八国名家的作品八十篇，单是苏联的就有十篇，其他如波兰、捷克、匈牙利、罗马尼亚、保加利亚等，一应俱全。鲁迅先生在天之灵，也许会点头一笑，说一声孺子可教吧！

至于余苍所说的出版年月，一九一八年左右，实在已是再版了；初版发行是在一九一七年二月。那时我是二十二岁，为了筹措一笔结婚费而编译这部书的。包天笑先生序言中所谓"鹃为少年，鹃又为待阙鸳鸯，而鹃所辛苦一年之集成，而鹃所好合百年之侣至"。即指此而言；他老人家原是知道这回事的。

此书出版后，由中华书局送往北京教育部审定，事前我并没知道，后来将奖状转交给我，也已在我脱离中华书局二年之后。那时鲁迅先生正任职教育部，并亲自审阅加批，也是直到解放以后才知道的。前年北京鲁迅著作编辑室的王士菁同志曾来苏见访，问起鲁迅先生的批语是不是在我处，想借去一用。其实我从未见过，大约当初留存在中华书局，只因事隔三十余年，人事很多变迁，怕已找寻不到了。抗日战争初起时，鲁迅先生等发起文化工作者联合战线，共御外侮，曾派人来要我签名参加，听说人选极严，而居然垂

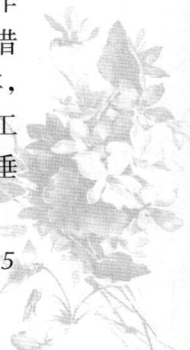

青于我。鲁迅先生对我的看法的确很好，怎的不使我深深地感激呢！

　　鲁迅先生的大作《呐喊》、《彷徨》，我曾看过三遍。看了这两部书的名字，就可知道他处于黑暗的时代，以彷徨来表示愤激，以呐喊来惊醒国人。我们未尝不彷徨，可是未敢作斗争；未尝不呐喊，可是声音太低弱，其贤不肖之相去也就远了。鲁迅先生如果知道今天的祖国，阴霾尽扫，八表光明，也该含笑于九泉哩。

（选自《拈花集》）

我翻译西方名家
短篇小说的回忆

　　时间过得真快，弹指间，四十四年已经过去了！四十四年前，我还是一个十八岁的青年，为了生活的鞭策，就东涂西抹的卖文了。每天孜孜兀兀，劳动十余小时，所作小说和杂文，散见于各日报各杂志。那时我除了创作外，还从事于翻译西方各国名家的短篇小说。因为我生性太急，不耐烦翻译一二十万字的长篇巨著，所以专事搜罗短小精悍的作品，翻译起来，觉得轻而易举。由于我只懂得英文，所以其他各国名家的作品，也只有从英译本转译过来。

　　二十岁时，中华书局编辑部的英文部聘我去专做翻译工作，除译了几种长短篇的"福尔摩斯侦探案"外，还译些杂文和短篇小说，供给该局月刊"中华小说界""中华妇女界"等刊用。二十二岁时，为了筹措一笔结婚的费用，就把这些年来译成的西方各国名家短篇小说汇集拢来，又补充了好多篇，共得十四个国家的五十篇作品，定名为"欧美名家短篇小说丛刻"，计英国十八篇，法国十篇，美国七篇，俄国四篇，德国二篇，意大利、匈牙利、西班牙、瑞士、丹麦、瑞典、荷兰、芬兰、塞尔维亚等国各一篇，并于每一篇之前，附以作者的小影和小传。这五十篇中，用文言文翻译的多于语体文。

　　编译完工之后，就由局中收买了去，得稿费四百元，供给了我的结婚费用。包天笑先生在卷首的序文中，还提到此事，天虚我生陈栩园先生在序言中道出翻译西方小说的甘苦，而主编"礼拜六"周刊的王钝根先生，也作了一篇序，除了夸奖之外，也说到我艰苦笃学之况。现在包先生虽还健在，年逾八十，而远客海外，阔别多年；陈王二先生已先后作古，无从亲炙，重读遗文，

317

如听山阳之笛，不由得感慨系之！

　　当时中华书局当局似乎还重视我这部"欧美名家短篇小说丛刻"，一九一七年二月初版，先出平装本（三册），后又出精装本（一册），我自己收藏着的，就是这样一册精装本。只因经过了四十年，书脊上的隶书金字，已淡至欲无，而浅绿色的布面也着了潮，变了色了。不意到了一九一八年二月还再版了一次，这对于那时年青的我，是很有鼓励作用的。至于中华书局把这部书送往教育部去申请审定登记，我根本不知道有这回事。两年后，我已不在局中工作，局方却突然送给我一张教育部颁发的奖状，使我莫名其妙；直到一九五〇年，周遐寿先生用"鹤生"的笔名，在上海"亦报"上发表了一篇短文（此文后收入他所著的"鲁迅故家"中），我才知道：民初，鲁迅先生正在教育部里任社会教育司科长，这部书就由他审阅，批复甚为赞许。那奖状当然也是他老人家所颁发的了。最近周遐寿先生在上海《文汇报》上发表的"鲁迅与清末文坛"那篇文章中，又提起此事。

　　我推想鲁迅先生之所以重视这部书，自有其原因。周遐寿先生也说得很明白，说他对于我采译英美以外的大陆作家的小说一点，最为称赏。

　　我翻译英、美名家的短篇小说，比别国多一些，这是因为我只懂英文的原故，其实我爱法国作家的作品，远在英美之上，如左拉、巴尔扎克、都德、嚣俄①、巴比斯、莫泊桑诸家，都是我崇拜的对象。东欧诸国，以俄国为首屈一指，我崇拜托尔斯泰、高尔基、安特列夫、契诃夫、普希金、屠格涅夫、罗曼诺夫诸家，他们的作品我都译过。此外，欧陆弱小民族作家的作品，我也欢喜，经常在各种英文杂志中尽力搜罗，因为他们国家常在帝国主义者压迫之下，作家们发为心声，每多抑塞不平之气，而文章的别有风格，犹其余事。所以我除于"欧美名家短篇小说丛刻"中发表了一部分外，后来在大东书局出版的"世界名家短篇小说集"八十篇中，也列入了不少弱小民族作家的作品。

　　近年来，我不再从事翻译，因为没有机会读到英美进步作家的作品；其他各国的文字，又苦于觌面不相识，那就不得不知难而退了。如果要重弹旧调，只得乞灵于古典文学，我想英译本中，也还有不少未曾译过的各国名作，只要用一番沙里淘金的工夫，也许能淘到一些金的。

（选自 1957 年 6 月 1 日《雨花》月刊）

---

　　① 嚣俄：指雨果。

有朋自远方来

古人道得好,"有朋自远方来,不亦乐乎!"远方来了朋友,谈天说地,可以畅叙一番,自是人生一乐。何况这个朋友又是三十余年前的老朋友,并且足足有三十年不见了,一朝握手重逢,喜出望外,简直好像是在梦里一样。

记得是某一年秋天的一个月明之夜,在上海旧时所谓"法租界"的一幢小洋房里,有南国剧社的一群男女青年正在演出几个短小精悍的话剧:《父归》啊,《名优之死》啊,都表演得声容并茂,有光,有热,有力,真的是不同凡俗。那导演是个瘦长个子的年轻人,而模样儿却很老成;头发蓬乱,不修边幅。他一面招待我和那些特邀的观众;一面还在总管剧务,东奔西走,而脸上的表情,也紧张得很。一口湖南话,又快又急地从舌尖上滚出来,分明是个与《水浒》里"霹雳火秦明"同一类型的人物。这年轻人就是现在中国戏剧家协会主席田汉同志,也就是这次从远方来的老朋友。

这是一九五六年九月间一个秋高气爽的日子。还只清早六点多钟,就有一位苏州市文联的同志,赶到我家里来,说昨晚上田汉同志到了苏州,现在西美巷招待所中候见。我一得了这天外飞来的喜讯,兴奋得什么似的;料知这位现代的"霹雳火秦明"是不耐久待的,于是撇下了手头正在整理的盆景,急匆匆地赶往西美巷去。

一位头发花白而身材微胖的中年人从沙发上站起来,和我紧紧地握住手;除了他那面目还能辨认出是田汉外,其他一切都和三十余年前大不相同了。那时他正热烈地和几位文化界同志谈着地方戏剧上的种种问题。我不愿打搅他们,恰见那位研究舞蹈的专家吴晓邦同志也在座中,就和他讨论起我国舞蹈的新事业来。

我们正在谈着谈着,却见田汉同志已站了起来,忙着说道:"来!来!我们大家玩儿去!"只因其他同志恰好都有别的任务,就由我和交际处的李瑞亭处长作陪,同行的还有两位上海戏剧家协会的干部吴瑾瑜、凤凰和田汉的秘书李同志;一行六人,分乘两辆汽车,向灵岩进发。

我和田、凤、李秘书合乘一车,颇不寂寞。凤凰同志原是十余年前的电影小明星。我初见她时,她还只十岁,恰象一头娇小玲珑的雏凤;而现在玉立亭亭,已是一个二十七岁的少妇了。这时我和田同志就打开了话匣子,从回忆过去,再说到现在,真是劲头十足。田同志说他经常在外边跑来跑去。最近在安徽合肥看地方戏的会演,几天里看到了庐剧和从湖北输入的黄梅戏,而安徽旧有的徽剧却没有了,这是一件莫大的憾事!这一次已和当地文化部门商讨发掘徽班老艺人、复兴徽剧的办法,使它发扬光大起来。我向他叙述了上月在江苏省人民代表大会上所听来的关于艺人们生活的情况。

我们谈谈说说,不觉已到了灵岩。田同志一下了车,就一马当先,大踏步赶上山去;脚上虽穿着皮鞋,却如履平地。他比我虽然年轻一些,也已五十八岁了,而"霹雳火秦明"的脾气,依然不变。他在山上到处流连,到处留影,到处都有兴趣,足足游赏了两小时。在寺门口买了一只大型的元宝式柳条篮子,亲自拎着,飞一般地奔下山去。据他说,要把这篮子送给他那位在文工团里工作而正在扬州演出的爱女,作为此次游苏的纪念。

这时已是正午了,我们不但忘倦,并且忘饥;又一同游了天平。田同志对于亭榭楼阁中的楹联都很欣赏,请李秘书一一抄录下来。在白云精舍中大啜钵盂泉水,放了二十六个铜子在杯子里,水还没有溢出,足见水质的醇厚。大家跑上一线天,田同志拉了我和凤凰,合拍了一张照,就步步登高,由下白云而到达中白云。他远望着"万笏朝天"光怪陆离的无数奇石,叹赏不已。因为时间的限制,就只得放弃了上白云,恋恋不舍地下山来了。

他虽将于明晨离苏赴锡,可是游兴很浓,还要一游园林。先到我家看了盆景和盆栽,又请吴同志替我们合拍了几张彩色照,已经四点钟了。中共市委文教部长凡一同志夫妇俩伴他去游拙政园、寒山寺、虎丘等处,直到七点多钟方始回来,出席了凡一同志的宴会,再预备去看评弹和苏剧。田同志喜孜孜地对我说:"今天时间虽匆促,但我还在寒山寺里叩了几下钟哩。"

(选自《拈花集》)

320

日本来的客

　　这几年来，有些日本人民，常不远千里而来，纷纷到我国来访问。就是我这僻在苏州东南角里的一片小小园地，也扫清了三径，先后接待了三批日本来的客。

　　第一批是以《原子弹爆炸图》荣获世界和平奖金的丸木位里、赤松俊子夫妇；第二批是因雪舟四百五十年纪念应邀而来的山口遵春、山口春子夫妇，桥本明治、桥本璋子夫妇；第三批是日本岩波书店写真文库编辑部主任名取洋之助。这三批日本来的客，都是艺术家，难得他们先后贲临，真使我蓬荜生辉不少。

　　我和名取洋之助先生在一起，虽只一小时左右的时光，却在我心版上留下了一个挺好的印象。他是一位三十岁上下的青年，身体很苗壮。这一天天气较冷，还刮着风，而他身上的衣服却穿得不多，头上不戴帽，露着一头鬈发，并不太黑；架着一副金丝边眼镜，分明也像我一样的近视。他的脖子里，吊着一个摄影机，正面有 NIXON 字样，很为动目，这大概是日本摄影机中的新出品吧？

　　菊花的时节虽已过去了，而我家的菊展却还在持续下去；说也奇怪，这一年我的菊花寿命似乎特别地延长。爱莲堂的几张桌上、几上和地上，还陈列着好几十盆菊花，绿色的、白色的、黄色的、紫色的、红色的、妃白色的，大型的、小型的，什么都有。每一盆都是三朵五朵以至十余朵，有的配着小竹，有的伴以拳石，姿态都取自然，尽力求其入画。右壁的长方几上，有一盆悬崖形的绿菊叫做"秋江"的，名取先生最为欣赏，端详了一会，就把他胸前的摄影机擎了起来，格勒一声，收入了镜头。我们那只年高德劭的大绿毛龟，虽已经过几千百人的欣赏,却从没有摄过影,这一次也居然上了名取先生的镜头。龟而有知,也该引以为幸吧?

我因一向知道日本园艺家精于盆栽,年年都有不少精品,因问起近来情形如何。据名取先生回说,他们在国内搞盆栽的还是不少,希望我有机会前去看看。我表示将来一定要争取一个机会,前去向他们园艺家学习;又问起《盆栽》月刊是否仍在继续出版。在十余年以前,我曾定阅过三年,月刊中并且也有一次登过我的盆栽摄影好几帧。名取先生回说《盆栽》仍在出版,等回国后寄几本来给我看。我们彼此说了不少关于盆栽方面的话,译员叶同志从中传达,很为努力,这是可感的。

名取先生一路从走廊中走去,摄取了我一满架的小型盆景。到了我的书室紫罗兰庵里,又把两个桌子上的许多石供盆供,全都收入了镜头。后来进入园中,又把地上的那株二百年的老榆树桩和盆景"听松图"、四株老柏"清奇古怪"等,都摄了影。末了我正在回过半身,招待他回到爱莲堂里去休息时,冷不防一声格勒,我也被收到镜头里去了。这天因为他还要赶往上海去参加日本商品展览会的工作,就匆匆别去,而他那格勒格勒摄影机的声音,似乎常在我的耳边作响。我在苏沪两住所见到的摄影专家很多,而像他那么眼快手快的,却是从来没有见过。他拨弄着那个摄影机,仿佛是宜僚弄丸,熟极而流。

丸木位里和赤松俊子夫妇,更给与我一个十分深刻的印象,至今还是怀念着。彼此相见握手之后,赤松女士先就送给我一个日本母亲大会的纪念章,白铜绿地,上面是母亲抱着孩子的图案,很为精美。母亲大会是一个和平机构,代表全日本的母亲为孩子们呼吁世界和平的。她在我的《嘉宾题名录》上签了名,又画了一个赤裸的小孩子躺在烟雾里,并题上了字句,原来她画的就是广岛牺牲在美国原子弹下的无辜赤子,意义是很深长的。丸木先生给我画了一枝梅花,作悬崖形,笔触简老得很。我一生爱好和平,系之梦寐,这两位和平使者的光临,似乎带来了一片光风霁月,使我兴奋极了。

山口遵春和桥山明治两先生,是日本第一流的画家,这一次是为了大画家雪舟四百五十年纪念,应邀来我国访问的。山口夫人春子长身玉立,作西洋装;而桥本夫人璋子却穿的是和服,我们已好久没有见过了,在我四个小女儿的眼中,觉得新奇得很。山口先生在我的题名录上写错了一个苏州的"苏"字,夫人立刻指了出来,请他改正。他们对于我的盆栽盆景,都看得很细致,也许是老于此道的,使我有"自惭形秽"之感!在园子里,他们看到了那被台风刮坏了一角的半廊,又对旁边的一株老槐树看了一眼,便微笑着说："这个倒很有画意!"我有些窘,怀疑这句话里是含有讽刺性的。但据伴同前来的谢孝思同志说："这倒不一定,他们也许是别具只眼,欣赏这残缺之美的。"我听了,心中虽作阿Q式的自慰,过了几天,连忙把这半廊修好了。

（选自《拈花集》）

梦

秋菊已残,寒雨连朝。正在寂寞无聊时,忽得包天笑前辈香岛来函,琐琐屑屑地叙述他的身边琐事,恍如晤言一室,瞧见他那种老子婆娑、兴复不浅的神情。记得对日抗战时期,我曾有七律一首寄给他:

> 莽荡中原日已沉,风饕雨虐苦相侵。羡公蓬岛留高躅,老我荒江思素心。
>
> 排闷无如栽竹好,恋家未许入山深。何时重订看花约,置酒花前共细斟?

不料他老人家一去多年,迄未归来,正不知何时重订看花约啊?

这一封信,开头就说了他上月所得的一个梦,梦见我新婚燕尔,而同时又在我的园子里,举行一个书画展览会,备有一本签名册子,各人纷纷题句。他也写了七绝一首,醒时只记得下二句云:

> 好与江南传韵事,风流文采一周郎。

据说他近数年来,久已不事吟咏,而梦中常常得句,真是奇怪,不过醒来都已忘却;上二句还是在枕上硬记起来的,所以特地写信来告知我。可是"风流文采一周郎"之句,实在愧不敢当。

我是一个多梦的人,这些年来几乎夜夜有梦,醒后有的还记得,有的已记不得了。所幸我所做的梦,全是好梦,全是愉快的梦;要是常做恶梦,那么动魄惊心，这味儿是不好受的。某一年春季，有友人游了西湖回来，对我称赞湖上建设的完美，说得有声有色。我听了十分羡慕，恨不得立刻插翅飞去和那阔别十余年的西子重行见面。谁知当天晚上入睡之后，我竟得了一梦，梦中畅游西湖，把旧时所谓西湖十八景，一一都游遍了。可是游过了九溪十八涧，再往西溪看芦花，拍手欢呼，顿从梦中醒了回来。这一场游西湖的好梦，真和亲到西湖去一般有趣，连一笔游费也省下来了。我于得意之余，做了西湖梦寻诗三十首，每一首的第一句都是"我是西湖旧宾客"七字，第二句中都有一个"梦"字，如"春来夜夜梦孤山""正逢春晓梦苏堤"等，恐占篇幅，不能将三十首一一录出，只录最后的三首：

> 我是西湖旧宾客，九溪曲曲梦徘徊。记曾徒跣溪头过，跳出鲤鱼一尺来。

> 我是西湖旧宾客，西溪时向梦中浮。记从月下吟秋去，如雪芦花白满头。

> 我是西湖旧宾客，春来那不梦西湖。十年未见西湖面，还问西湖忆我无？

俗语说得好："日有所思，夜有所梦。"我因为白天想游西湖，所以一梦蓬蓬，竟到西湖畅游去了。

更有一个例子，足以证明"日有所思，夜有所梦"一语的正确。抗日战起，苏州沦陷时，我与前东吴大学诸教授先后避寇于浙之南浔与皖之黟县山村。虽然住得很舒服，并且合家同去，并不寂寞，但仍天天苦念苏州，苦念我的故园，因此也常常梦见苏州，并且盘桓于故园万花如海中了。那时我所做的诗，所填的词，就有不少是说梦的。如《兵连》云：

> 兵连六月河山变，劫火弥天惨不收。我亦他乡权作客，寒衾夜夜梦苏州。

《梦故园》云：

> 吴中小筑紫兰秋，羁旅他乡岁月流。瞥眼春来花似海，魂牵梦役到

苏州。

《思归》云：

中宵倚枕不胜愁，一片归心付水流。愿托新安江上月，照人归梦下
苏州。

《梦故园花木》云：

大劫忽临天地变，割慈忍爱与花违。可怜别后关山道，魂梦时时化
蝶归。

（选自《拈花集》）

和台风搏斗的一夜

一九五六年七月下旬，虽然一连几天，南京和上海的气象台一再警告十二级的台风快要袭来了，无线电的广播也天天在那里大声疾呼，叫大家赶快预防，而我却麻痹大意，置之不理。大概想到古人只说"绸缪未雨"，并没有"绸缪未风"这句话，所以只到园子里溜达了一下，单单把一盆遇风即倒的老干黑松从木板上移了下来，请它在野草地上屈居一下。至于我那几间平屋，一座书楼，倒像是两国战争时期不设防的城市，一些儿防备都没有。

八月二日下午，台风的先头部队已经降临苏州，我却披襟当风，心安理得，自管在书楼上写作，一面还听着无线电收音机中的音乐，连虎啸狮吼般的风声也充耳不闻。那里料到文章没有写完，这一夜就饱尝了苦于黄连的台风滋味呢。

入夏以来，我是夜夜独个儿睡在那座书楼上的。前年五月，儿女们为了庆祝我六十岁的生日，在东厢凤来仪室的上面，建起了一座小小书楼，名为"花延年阁"。这原是我十余年来的愿望，总算如愿以偿了。这书楼四面脱空，一无依傍，倒像是个遗世独立的高士；而这夜可就做了台风袭击的中心。大约在十一点钟的时候，台风的来势已很猛烈，东北两面的玻璃窗，被刮得格格地响着；加上园子里树木特多，被风刮得分外的响。我听了有些害怕，便抱着枕头和薄被，回到楼下卧室里来。

正在迷迷糊糊地快要入睡的当儿，猛听得楼上豁琅琅一片响声。我大吃一惊，立时喊一声"哎哟"，从床上跳了下来，趿着拖鞋，忙不迭和妻赶上楼去。却见北面那扇可以远望双塔的冰梅片格子的红木大方窗，已被击破，玻璃落地粉碎，连窗下那座十景矮橱顶上一尊乾隆佛山窑的汉钟离醉酒造像也带倒了。这是我心爱的东西，即忙拾起来察看，还好，并没有碎。此外打碎了一只粉彩凤穿牡丹的瓷胆瓶，和一个浮雕螭虎龙的白端石小瓶，这损失不算大，台风伯伯还是讲交情的。

回到了楼下，又回到了床上，听那风刮得更响了。我想怎样可以入睡呢？没有办法，只得向妻要了两团棉花，塞在两个耳朵里，风声果然低下去了。歇了一会，妻还是不放心，重又上楼去看看。我却自管高枕而卧；不料一霎时间，我那塞着棉花团的耳朵里，仿佛听得妻的惊呼之声。我不由得胆战心惊，霍地跳起身来，飞奔上楼。只见妻呆立在那里，而靠北的一扇东窗，不知怎样飞去了。我的心立刻向下一沉，想窗兄做这"绿珠坠楼"的表演，定然要粉身碎骨的了。那时狂风夹着雨片，疾卷而入，连西窗下安放着的书桌也被打湿了。桌上的所谓"文房四宝"和小摆设之类，都湿淋淋地变成了落汤鸡。我不知哪里来的勇气，随手拖了一条席子和一张吹落下来的窗帘，双臂像左右开弓似的，用力遮住窗口；可是没有用，身上的衣裤都给打湿了，风雨还是猛扑着，几乎把我扑倒，几乎一口气也透不过来。

妻赶下楼去报警呼援，于是整个屋子的人都赶了上来，还掮来了一扇板门，替我抵住了窗口。大家手忙脚乱地去找铁锤头，找长钉子，把那板门牢牢钉住在上下的窗槛上，总算又把台风伯伯挡住了驾。

可是台风见我们有困难，也有办法，当然不甘心默尔而息，更以全力进攻。我正在提心吊胆的当儿，只听得格的一声，靠南的一扇东窗又不翼而飞了。我喊一声"天哪！"没命地扑向前去，扯起窗帘来抵住窗口，和无情的风雨再作搏斗；好容易到园子里找到了那扇飞去的窗，回上来放在原处，又把长钉上下钉住了，总算又把台风伯伯挡住了驾。

天快要亮了，我们五个人通力合作，做好了这些起码的防御工事，筋疲力尽地退回后方休息。这座明窗净几的书楼，早已变了个样。楼外的台风伯伯似乎向我冷笑道："你还要麻痹吗？你还要大意吗？这回子才叫你晓得咱老子的厉害！"我只得苦笑着道："台风伯伯，我小子这才领教了！"

我和台风的这一场搏斗，引起了许多亲友的关怀，尤其是远在首都的黄任之前辈，特地寄了一首诗来慰问：

小小山林小小园，主人胸次地天宽。一诗将我绸缪意，呵尔封姨莫作顽。

黄老这首诗情深意厚,写作都好。说也奇怪,第二次从南海里刮起来的台风,就乖乖地转了向,不再到我们苏州来开玩笑,而浩浩荡荡地赶到日本九州去登陆了。

（选自《拈花集》）

上海大厦十二天

　　凡是到过上海的人,看过或住过几座招待宾客的高楼,对于那座十八层高的上海大厦,都有好感。一九五六年秋,我曾在上海大厦先后住过十二天,天天过着丰富多采的文化生活,在我这一年的生命史上,记下了极度愉快的一页。这巍巍然矗立在苏州河畔的上海大厦,简直是我心灵上的一座幸福的殿堂。

　　永恒的景仰与怀念,不是时间的浪潮所能冲淡的,何况又加上了一重永恒的知己之感。十月十四日鲁迅先生灵柩的迁葬仪式,与十九日先生逝世二十周年的纪念大会,终于把我从百忙中吸引到了上海。感谢文化局的一片盛情,招待我在上海大厦第十二层楼上的十四号室中住下。俗有十八层地狱之说,而这里却是十八层的天堂。

　　跨上了几级石阶,走进了挺大的钢门,就是一个穿堂,右边安放着大小三张棕色皮面的大沙发,后面一块搁板上,供着一只大花篮,妥妥帖帖地插着好多株粉红色的菖兰花,姹娅欲笑,似乎在欢迎每一个来客。

　　右首是一个供应国际友人的商场,但是自己人也一样可以进去买东西,所有吃的、穿的、用的,形形色色,全是上品,如入山阴道上,目不暇接。我向四下里参观了一下,觉得不需要买什么,就买了两块"可口糖"吃,我的心是甜甜的,吃了糖,我的嘴也是甜甜的了。

　　左首是一个供应西点、鲜果、烟酒、糖食和冷饮品的所在,再进一步,是一座大厅,供住客作文娱活动,设想是十分周到的。第一层楼上,是大小三间食堂,一日三餐,按时供应,定价很为便宜,有大宴,也有小吃,任听客便。据交际处吴惠章同志对我说,这里的四川菜和淮扬菜,都是上海第一流的。

记得往年这里名称"百老汇大厦"时，我常和苏州老画师邹荆庵前辈到此来吃西餐，一瞥眼已在十年以前了。如今邹老作古，我却旧地重游，非先试一试西餐，以资纪念不可；因此打了个电话招了大儿铮来，同上十七层楼去，只见灯火通明，瓶花妥帖，先就引起了舒服的感觉。我们点了几个菜，都是苏联式的烹调，很为可口；又喝了两杯葡萄酒；醉饱之后，才回到十二层楼房间里去。

　　这是一个挺大的房间，明窗净儿，简直连一点尘埃都找不出来。凭窗一望，只见当头就是一片长空，有明月，有繁星，似乎举手可以触到。低头瞰时，见那一串串的灯，沿着弧形的浦江之滨伸展开去，直到很远很远的地方；并且也看到了浦东的万家灯火，有如星罗棋布。我没有到过天堂，而这里倒像是天堂的一角，晚风吹上身来，不由得微吟着"琼楼玉宇，高处不胜寒"了。

　　当晚在十一层楼上会见了神交已久的许广平先生。她比我似乎小几岁，而当年所饱受到的折磨，已迫使她的头发全都斑白了。许先生读了《文汇报》我那篇《永恒的知己之感》，谦和地说："周先生和鲁迅是在同一时代的，这文章里的话，实在说得太客气了。"我即忙回说："我一向自认为鲁迅先生的私淑弟子，觉得我这一枝拙笔，还表达不出心坎里的一片景仰之忱。"

　　这是第一度住在上海大厦，过了整整七天的幸福生活。第二度是十一月三日，为了被邀将盆景参加中山公园的菊展，由园林管理处招待我住在十四层楼的五号室中，真的是"前度刘郎今又来"了。这回还带了我的妻文英同来，作我布置展出的助手；并且为了今年是我们结婚十周年，也算是举行了一个西方人称为"锡婚式"纪念。

　　这五号室仍然面临苏州河，正中下怀，而且比上一次更高了两层，更觉得有趣。从窗口下望时，行人车辆，都好似变做了孩子们的玩具，娇小玲珑。黄浦公园万绿丛中的花坛上，齐齐整整地满种着俗称嘴唇花的一串红，好似套着一个猩红色的花环，构成了一幅美丽的图案画。大大小小的船只，像穿梭般在河面上往来，帆影波光，如在几席间，供我们尽量地欣赏。

　　一床分外温暖的厚被褥，铺在一张弹簧的席梦思软垫上，让我舒舒服服地高枕而卧，迷迷糊糊地溜进了睡乡，做了一夜甜甜蜜蜜的梦。老实说，我自有生以来，还是破题儿第一遭宿在这么一座高高在上的楼房里，俗说："一跤跌在青云里"，我却是"一睡睡在青云里"了。

　　为了要参加苏州拙政园的菊展，小住了五天，只得恋恋不舍地辞别了上

海大厦，重返故乡。呀！上海大厦，我虽并不喜爱这软红十丈的上海，但我在你那里小住了十二天之后，对于你却有偏爱；因为你独占地利之胜，胜于其他一切的高楼大厦。我希望不久的将来，仍要投入你的怀抱。

（选自《拈花集》）

迎春时节在羊城

二十年来,年年总是在苏州老家度春节,年年除夕,也总是合家团聚,要吃一顿所谓"团圆年夜饭"。膝前有了四个小女儿,老是缠绕不清,等于背上四个小包袱,更觉得家离不了我,我离不了家。一九六一年的严冬腊月,我却狠一狠心,抛下了家,千里迢迢赶到羊城来,自顾自地欢度春节。我生肖本来属羊,到了羊城,真是得其所哉;连四个小家伙常年老例的压岁钱也赖掉了。

小除夕刚从海南岛满载着五色缤纷的贝壳和石块飞回来,正在反复欣赏,如获至宝;却被《羊城晚报》记者俞敏同志拉去逛花市。我原是被花市像吸铁石般吸引来的,如今有了这识途老马,正中下怀,于是忙不迭地跟着就走。花市上的万紫千红,多半是旧相识,当然如见故人。只有那吊钟花却是新朋友,顿时一见倾心;横看竖看地看了好一会,才向它道了晚安辞别了。

第二天白天,觉得犹有余恋,因又呼朋啸侣,重逛花市;只见满街是人,满街是花,嫣红姹紫,斗艳争妍。我正觉得眼花缭乱口难言,呆住在人海花海中,却不料偏有一位摄影记者拉住了俞振飞同志要拍照,而振飞偏又拉住了我。于是来一个合作,随便从近旁竹架上捧起一盆多肉植物"粉玉莲"来,由我捧在手上,做了个共同欣赏的姿态,给收进了镜头。当下总算完成任务,双双逃出了重围,我暗暗地说一声再见,告别了花市。这晚就是大除夕,多承省委和省人委领导上关怀我们这班他乡之客,特地邀请我们在宾馆的宴会厅上吃一顿团圆夜饭;一再地相互敬酒,一再地相互干杯。我醉酒饱德,兴会淋漓,醉眼朦胧中,却蓦见我面前的名签上被错写了一个字,将"鹃"作"娟";料不到皤然一老,今晚上竟变做了婵娟,少不得要"翠袖殷勤捧玉

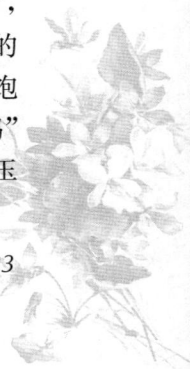

333

钟"了。于是我伸手举起杯来，向主人们敬了酒，就忍着笑在那名签的背面写下了二十八字：

> 琼筵开处欢情畅，一样团圆在异乡。六十七年如梦过，那知今夕变红妆。

合席传观之下，都禁不住笑了起来。

酒阑席散，还有晚会助兴，有的去舞厅参加交谊舞，有的去看电影《孙悟空三打白骨精》。我于三十年前，每逢岁时令节，虽曾逢场作戏跳过舞，现在却已成了不舞之鹤；心想还是去看看银幕上的孙悟空，消此良夜吧。谁知突然之间，却跑来了一位女同志，说是要拜师傅有所请教。我不知就里，正要动问，她却接下去说，刚才在花市上买了一个"满天星"盆景，大家听说出了代价二十五元，都吐一吐舌头；她不服气，因此要我去品评一下，究竟值不值？以后如何整姿，如何培养，更要多多请教。这位女同志是谁？原来是舞蹈专家戴爱莲同志。我义不容辞，合该效劳，就在口头上订下了师徒合同，把孙悟空撇下，去看满天星了。这满天星不是别的，在我们苏州叫做"六月雪"。每年夏秋二季开小白花，有单瓣、重瓣之别；又好在叶小而密，四时不凋。我打量这一株共有两干，高的一干粗如拇指，低的一干从根上抽出，像一个小指头，估上去已有二十多岁年纪，正是年少有为的时期。何况模样儿还不差，尽可加以改造；这代价也不算贵。当下略略说了说培养的方法，立即动手给它打扮起来。那只紫沙盆似乎深了一些，先就用小刀子铲去一层泥，把扭在一起的两个粗根给分了开来，随又挖呀挖的从泥里挖出了另外两个根，使其轩豁呈露。接着再把上面几个枝条扎了一扎，分出高低疏密，这么一来就好看多了。我那高徒和几位旁观的同志都给我捧场，老是赞不绝口。我一时高兴，忙去捡了一块从海南岛带回来的白石，放在那小干的一旁，以作点缀，更觉相得益彰，分外可观；于是大功告成，兴辞而出。不料大除夕身在他乡，我这盆景迷仍有盆景儿玩，倒也是大有兴味大可纪念的一件事。

春节的早上，先就遇见了巴金同志，彼此照例贺过了年。却见他的夫人象依人小鸟似的凑着他窃窃私语，似是为我而发。我心中一慌，忙问怎的，巴金同志就笑吟吟地提起了那首"那知今夕变红妆"的诗；原来昨晚上偶开玩笑，已被传开去了。只恨我这六十八岁的老头儿不能摇身一变，真的变做了红粉佳人，供大家作为欢度春节的笑料啊。

吃过了年糕、元宵和麻团，我就高高兴兴地和我们号称"八仙集团"的七位"仙侣"同往从化。一到宾馆，先就在碧绿澄清的温泉小浴池中下水一浴，洗尽了身上积垢，熙熙然如登春台。于是我们就在这山明水秀的人间仙境里共度春节。我的"仙侣"中有一位魏如同志特地做了一首诗，叫做《元日试笔》：

朝来花市满羊城，除夕先回大地春；今日南人齐北向，欢呼主席祝长生。

我是无数南人中的一人，当然也要引领北向，一声声欢呼起来。

（选自《拈花集》）

335

兴隆日日庆兴隆

——记海南岛兴隆华侨农场

　　一架飞机载着从苏州来的我和从上海来的七位男女朋友,飞过了琼州海峡,又由两辆汽车风驰电掣地从海南岛的海口出发,赶了一百十三公里而到达嘉积市,再赶了一百公里而到达兴隆镇。兴隆,兴隆,这是一个多么吉祥的地名! 而在兴隆恰恰有一个名副其实的国营兴隆华侨农场。

　　这是一个大农场,自从初创以来,屈指已有十个年头了。那时是一九五一年十月,有七百多个马来亚难侨回到祖国,政府把他们安置到兴隆来办农场。这里本来是大片大片荒地,镇上只有几间茅草房,但归侨们并不向困难低头。一方面开始搭盖竹屋,聊蔽风雨;一方面动手开荒,仅仅两个月工夫,就开了八百亩荒地,种上了各种作物。由于土壤和气候都很良好,农作物欣欣向荣,加强了他们的生产信心。一九五二年,又来了五百多个归侨,劳动力又加强了。于是农场面积一年年地扩大,劳动力一年年地增多,生产一年年地提高。

　　兴隆华侨农场一天天地兴隆起来,现在总场下有分场六个,总面积共三十万亩,可利用的土地共十五万亩,已经开垦的有十一万亩。农场种植的油棕、香根、香茅、剑麻、椰子、腰果、咖啡、可可等等普遍生长良好。归侨们对于生产经济作物的劲头固然高,但也大种粮食作物,解决吃饱肚子的问题。农场栽培的果树多种多样,也有几十种之多。一个出生刚满十岁的农场,却已挣下了这样一份家底,可真是不简单啊!

　　我们这四男四女,都是爱"打破沙锅问到底"的。有一位医务工作者忙着问:"你们农场有医院吗?"当下答案来了:"有职工医院一所,医疗站八个,医生十余人。"有一位教育工作者又开口了："孩子们可有书读吗？"当下又立刻获得了答案："中学和小学都有，还有一所农业技术学校；中学生和小学生共约三千人，凡是及龄的青少年都有书读。"接着，我们又有两位商业工作者忙不迭地问起商业状况来。据说农场中有一个较大的商店，每一分场又各有分店，所有供应的商品，都是从广州和其他地方运来的。

我们问这问那，忽又问到精神食粮如何。大家在生产劳动之后，有没有什么文娱活动啊？获得的答案是："有一个业余文工团，团员三十多人，每一分场都有一个文娱队，常有活动；有一个电影放映队，轮流到总场、分场中去放映国内外的影片；而大陆上的戏剧团体，也常有到这里来作慰问演出的。此外还有足球队和篮球队，让小伙子们在球场上各取所需，各得其乐；一方面也可借此锻炼身体，真是一举两得。"这一天恰是星期六，当晚特地派了那文工团来，由男女团员给我们表演了九个精彩节目，有相声《共同点问题》、粤剧清唱《向秀丽》，男声小合唱《五个炊事兵》，歌舞《把鲜花献给毛主席》，印度尼西亚民间舞蹈《花伞舞》，柬埔寨民歌、越南民间舞蹈《竹竿舞》，海南民歌《五指山》、《积肥谣》，而最使我忘不了的，是七人合作的诗歌朗诵《兴隆是个好地方》，余音袅袅，至今还缭绕在我的耳边，更缭绕在我的心上。

是啊，兴隆是个好地方，好了将来还要好；于是我也不知不觉地高唱起来道：

　　万里前程如锦簇，兴隆日日庆兴隆。

（选自《拈花集》）

依楼听月最分明

　　关于月球的神话，千百年来深入人心，似乎尽人皆知，什么嫦娥奔月啊，吴刚伐桂啊，月中的桂树啊，蟾蜍啊，玉兔啊，给与人们种种美丽的幻象。古今诗人对月亮有很多美丽的描写。远如唐代李商隐的名句"嫦娥应悔偷灵药，碧海青天夜夜心"；近如毛主席《蝶恋花》词中的"问讯吴刚何所有，吴刚捧出桂花酒"，"寂寞嫦娥舒广袖，万里长空且为忠魂舞"等，都是传诵天下，脍炙人口的。

　　记得清代曾有一个《听月》的故事，很有趣味。据说某地某富翁家请一位秀才作西席，那时候恰巧造了一座楼，就请他起一个名字，写作匾额。秀才取宋代陆放翁的"小楼一夜听春雨"句，本想题为"听雨楼"，不知怎的误写为"听月"。富翁原是不通文墨的，竟制成了匾额，挂在楼上。

　　有一天，一个亲戚某举人看见了，说月亮只能看，不能听，"听月"二字是不通的。富翁就责备秀才，要解他的职。秀才慌了，求援于他的朋友某翰林。翰林想了想，答应帮忙。于是秀才约了富翁和举人，置酒高会，展开辩论，翰林也来了，故意尊秀才为老师，一看那楼上的匾额，连说："妙极，妙极！"立时写了一首诗，阐发"听月"二字的妙义：

　　　　听月楼高接太清，依楼听月最分明。摩天咿哑冰轮转，捣药丁东玉杵鸣。乐奏广寒音细细，斧修丹桂响丁丁。偶然一阵香风起，吹落嫦娥笑语声。

举人看了，大为叹服，而秀才的饭碗也就保住了。

这首诗在当时虽然是牵强附会，而到了今天，却就觉得很有意思；不见飞往月球的宇宙火箭上带着无线电收音机吗？当然是可以听到月球上的一切声音了。

（选自《拈花集》）

无　言

　　春秋时,楚文王灭了息国,将息侯的夫人妫掳了回去,以荐枕席;后来生下了堵敖和成王,但她老是不开口,不说话。楚子问她却为何来,她这才答道:"我以一妇而事二夫,虽不能死,还有什么话可说呢?"于是"息妫无言"就成了一个典故。可是天赋人以一张嘴、一条舌,原不专为吃喝而设,是兼作说话之用的。人既不能不和社会相接触,也就不得不借说话来表达自己的意思。如果天生是个哑巴,造物之主先已夺去了她说话的权利,倒也罢了。至于说过话的人,而忽然装哑巴不说话,虽有一肚子的话要说而无从说起,这痛苦就可想而知了。息夫人以不说话来表示亡国之痛,对楚国是一种无言的抗议,值得后人同情。过去我们不幸处在一个反动统治的黑暗时代,虽都生了口舌,尽可说话,然而说起话来,有种种顾忌,有时说了一无所用,也等于空口白说。所以我在大发牢骚的时候,自愿变做一个哑巴,一辈子不再说话;甚至变成一个瞎子,一辈子不再看报。

　　中国有一位为了祖国而不言语的息夫人,西方也有一位为了祖国而三十年不言语的匈牙利人福立西林尔。那时匈牙利屈伏于奥地利统治之下,失去了一切自由。林尔愤慨之余,就在一八四八年集合了同志,揭竿起义。只因兵力单薄,终于失败,林尔也做了俘虏。奥人用了酷刑,逼他说出同志匿迹的所在来,以便一网打尽,杜绝后患。林尔自求一死,嚼齿不答。奥国政府再把他的老母、弱妹和恋人都捉了来,威胁他吐实,谁知依然无效。末后把他这三个亲人当着他的面处死,他还是不屈不挠地不发一言。奥国政府不敢杀害这位爱国英雄,处以无期徒刑。林尔在狱中被幽囚了三十年,从没有说过一句话,以至于死。英国诗人南士弼氏曾有《不语行》一诗咏其事,赞叹不止。

西方既有一位三十年不言语的爱国家，却又有一位四十九年不言语的痴情人。那是十九世纪时英国甘莱郡中的青年威廉夏柏。威廉爱上了一个邻近的农家女，此女也深深地爱着他，早就以身相许。无奈她的父亲是个老顽固，从中作梗，她又不忍告知爱人，偷偷地竟把结婚的吉期也订定了。到了那天，威廉鲜衣华服，欢天喜地地上礼拜堂去，满以为有情人终成眷属了。谁知他的爱人已被她那顽固的老父禁闭了起来，连信也没法儿递一个给他。威廉左等也不来，右等也不来，料知好事已变了卦，垂头丧气地回到家里。从此万念俱灰，离群独处，一连四十九年，从没有和人说过话，到七十九岁才死，也并没有一句遗言，真的是伤心极了。

共产党先烈中，北有刘胡兰，南有王孝和，不幸落入了敌人之手，天天被毒刑迫害着，要他们说出同党的名姓来。他们却斩钉截铁，始终无言，宁可贡献出他们宝贵的生命。

无言无言，伟大的无言！

（选自《拈花集》）

341

上甘岭下战士强

抗美援朝战争早已胜利了，而当年我们志愿军那种惊天地、泣鬼神的战绩，记忆犹新；尤其是上甘岭一役，给与我们一个永远不可磨灭的印象。当上甘岭坑道战最炽烈的时候，我天天百脉愤张地看着报纸上登载的前线消息，点点滴滴，全都不肯放过。看过之后，还要详细地讲给家里人听，对于敌人那种疯狂、惨酷的进攻，没一个不切齿痛恨。那时我那小女儿"小白兔"还只四岁，也在她的小心窝里烧起了怒火，向她的母亲说道："美国强盗坏得很，我要去打他们；妈，你不要跟！"这三句话，妙在第三句，我至今还记得；在朋友们跟前，总是津津乐道的。

在上甘岭战役中，不知涌现了多多少少的战斗英雄，替我们六亿人民保家卫国，牺牲了珍贵的生命。然而他们的血不是白流的，终于获得了最大的胜利，给敌人敲响了丧钟，不得不觍颜求和了。在那无数的战斗英雄中，我曾写了三首语体诗，歌颂黄继光烈士，歌颂陈治国烈士，歌颂邱少云烈士。每一首的结句是这样的："好一位舍身报国的英雄啊！您的荣誉无穷，您的生命无穷；您永远活在我们千千万万人的心中！"记得在某一次苏州市人民代表大会上，我曾把这三首诗朗诵了一下，全场三百多位代表，也都激昂慷慨起来。

不但是那许多烈士们壮烈牺牲的英雄事迹，使我们钦佩万分，就是当时战地上零零碎碎的小故事，也表现了英雄们高度的道德品质，使人深深地感动；例如一只苹果的故事，就足以教训一般只知有己不知有人的自私自利的人们。记得那时我也写了一首语体诗，作为我的座右铭：

上甘岭下坑道长，

上甘岭下战士强。
志愿军某部第八连奉命来御敌，
坑道战打得有力量。
一连坚守十多日，
无奈是人多少食粮。
有水有粮先让伤员们吃，
每个人都有一副好心肠。
第七连的一位运输员，
冒着炮火把食粮弹药送前方。
他带有一个解渴的苹果舍不得吃，
要送给坑道里的战士们尝一尝。
进坑道，见连长，献上了苹果喜洋洋。
连长想起了步话机员舍不得吃，
他为了辛苦喊话应该尝一尝。
步话机员想起了战士们舍不得吃，
他们为了辛苦战斗应该尝一尝。
战士们想起了伤员们舍不得吃，
他们为了战斗负伤应该尝一尝。
伤员们想起了连长舍不得吃，
他为了辛苦指挥应该尝一尝。
一只苹果在人人手上绕圈子，
递去递来没主张。
末了还是连长出主意，
说大家辛苦大家尝。
一口一口地各自啃一些，
觉得格外鲜甜格外香。
大家的脸上嘴上挂着笑，
坑道里全是一片祥和日月光。

　　《上甘岭》摄成电影上映了。那些生龙活虎的英雄们，给我们上大课来了，看了这一场电影，真的是胜读万卷书。我们大家打起精神，一同上大课去！

（选自《拈花集》）

343

明末遗恨《碧血花》

　　日寇大举进犯我国的头几年间,铁蹄尚未侵入上海租界,我因自己所服务的《申报》已复刊,只得从皖南回到上海来。那时稍有人心的人,都感到亡国之痛,苦闷已极;而又无从发泄。阿英(钱杏邨同志),以魏如晦的笔名,编了一出话剧《碧血花》(后来不知怎的,又改名为《明末遗恨》),演出于璇宫剧院。它轰动一时,连演一个多月,天天满座。凡是感到亡国之痛而苦闷得无从发泄的人,都去看一二遍。我也看了两遍,当时百脉愤张,兴奋得不可名状。

　　剧中女主角葛嫩娘,由唐若青饰演,男主角孙克咸,由施汶饰演,演技的精湛,达到了最高峰,简直使观众的喜怒哀乐,都跟着她们的喜怒哀乐而转移。我曾写了一篇散文赞颂她们,有云:"昔者释迦牟尼作大狮子吼,唤醒众生,今诸君子掬无穷血泪,大声疾呼,其功德正不在释迦牟尼下,恨不能使诸君子化身千万个,搬演千万遍耳。"观罢归来,感不绝于予心,爰赋二绝句,分赠孙、葛二先烈云:

　　　　不负堂堂六尺身,鸳鸯并命作贞臣。孙三今日登仙去,长笑一声泣鬼神。

　　　　义胆忠肝出狭斜,只知有国不知家。看伊嚼断丁香舌,万古长开碧血花。

　　《碧血花》的故事,阿英是根据明末余淡心《板桥杂记》中的一节写的:

葛嫩，字蕊芳。余与桐城孙克咸交最善。克咸名临，负文武才略，倚马千言立就，能开五石弓，善左右射，短小精悍，自号飞将军。欲投笔磨盾，封狼居胥，又别字曰武公；然好狭斜游，纵酒高歌其天性。先昵珠市妓王月，月为势家夺去，抑郁不自聊，与余间坐李十娘家。十娘盛称葛嫩才艺无双，即往访之。闯入卧室，值嫩梳头，长发委地，双腕如藕，面色微黄，眉如远山，瞳人点漆，叫声请坐。克咸曰："此温柔乡也，吾老是乡矣！"是夕定情，一月不出，后竟纳之闲房。甲申之变，移家云间，间关入闽，授监中丞杨文骢军事。兵败被执，并缚嫩。主将欲犯之，嫩大骂，嚼舌碎，含血喷其面。将手刃之。克咸见嫩抗节死，乃大笑曰："孙三今日登仙矣！"亦被杀。中丞父子三人，同日殉难。

此剧最足使人感动的，就是未了的一幕。唐若青的葛嫩，慷慨激昂，声色俱厉，十足表演出烈女子不屈服、不怕死的精神。

我第二次去看时，观众依然满坑满谷；我也依然看得百脉愤张，兴奋得不可名状。社友钱小山兄也在座，当然也大为感动，第二天就填了一阕《金缕曲》，咏葛嫩娘，指定要我与同社郑心史兄和他。先前我虽从未填过长调，也勉为其难，尝试一下。

小山原唱云：

呜咽秦淮水。说当年，板桥遗事，烟花北里。却有红颜奇节在，多少须眉愧死。问女伴，谁为知己？眼底无双推独步，算怜才、早有湘真李。相见晚，诸名士。郎君浊世佳公子。误初心，英雄终老温柔乡里。直与从军浮海去，碧血争辉青史。有几个从容如是！嚼舌含胡还骂贼，共孙三一笑登仙矣。千载下，闻风起。

心史和云：

凄绝桃花水。恨南朝，不堪重问，江山万里。谁识嫩娘心似铁，不信艰难一死。好说与，风尘知己。斫地悲歌余一剑，赋长征，身外无行李。终不负，无双士。笑他多少良家子。恋年年，春闺一梦，绿杨风里。竟与孙郎同毕命，认取青楼信史。合愧杀横波如是。谁为红颜埋碧血，看青山影入秦淮矣。流水急，悲风起。

我的和作是：

白下凄清水。镇潺潺，似歌似泣，声闻故里。道有青楼楼上女，为国甘拼一死。遇嘉客，随成知己。说剑吹箫豪狂甚，愿怜侬，莫当桃和李。方不愧，一佳士。孙郎自是奇男子。效孤忠、荷戈杀敌，仙霞关里。难得红妆能摵甲，不作樽边侍史。晓大义端应如是。嚼断丁香寒贼胆，谢人天我目长瞑矣。魂化鹤，搏云起。

蚓唱蛙鸣，词不成词，只因受了葛嫩娘的感应，总算交了卷了。

（选自《拈花集》）

《梁祝》本事考

《梁山伯与祝英台》，无疑地是吾国流传得最广泛的一个民间故事，各地地方戏中，常有演出，而以越剧为最著。每一个剧团中都有这一出看家戏；往往别的戏演腻了而卖座衰落的时候，就搬出《梁祝》来演一下，顿时吸引了观众纷至沓来，足见广大群众是如何地喜爱这个故事了。

川剧中的《梁祝》，别有一名，叫做《柳荫记》，故事比越剧稍简，并没有"楼台会"的一节；苏州苏昆剧团的《梁祝》，就是根据《柳荫记》的。弹词中也有《梁祝》，弹词家纷纷传唱，以朱雪琴、郭彬卿一组为最得好评。故事似乎取材于越剧，与越剧异曲同工，听了是很过瘾的。

《梁祝》的本事，考之浙江鄞县志，与地方戏所演出的颇有出入。据说县西十六里接待寺西，有义忠王庙，一名梁圣君庙，祀东晋鄞令梁山伯（按鄞县在东晋时名鄮县），安帝时，刘裕奏封为义忠王，令地方官立庙。宋代时郡守李茂诚撰庙记，竟称之为神。其所以称神，却有一段神话，说是孙恩攻会稽时，太尉刘裕往讨，山伯托梦刘裕相助，夜间烽燧荧煌，兵甲隐见，孙等见了大惊，就入海退去。至于与祝英台同化蝴蝶的话，那是不可考了。

据庙记中说：神讳处仁，字山伯，姓梁氏，会稽人。他的母亲梦见太阳贯穿胸怀，怀孕了十二个月，以东晋穆帝永和壬子三月一日分瑞而生。幼年时就聪明有奇气，长而就学，最爱坟典，曾从名师进修。过杭州时，在路上遇见一位青年，容貌端正，长身玉立，带了行李上渡船，坐在一起。山伯问他姓名，他回说姓祝，名贞，字信斋；问他从哪里来，说是来自上虞乡间；问他往哪里去，说是去求学的。双方讨论学问，很为相得。山伯便道："我们的家乡相去很近，我虽不敏，很愿攀附一下，希望您不要见外。"于是两人欣然同行，合从一师;同学了三年,祝因思亲先行回乡。过了二年,山伯也回去省亲,到上虞访祝,遍问祝信斋其人,竟没有人认识他。有一位老者在旁笑道:"我知道了,能文章的不要是祝家的九娘英台吗?"当下找到祝家门上,山伯才知他的同学是个女子,别后重逢,十分欢洽,饮酒赋诗,珍重别去。回家之后,思慕英台才貌,因此禀请父母去求婚,谁知英台已许配了鄮城廊头马氏,好事不成。山伯长叹道:"生当封侯,死当庙食,区区婚姻事,又何足道!"后来简文帝举贤良,郡中以山伯应召,被任为鄮县令。不久就害了重病,病危时对左右说:"鄮县西清道源九龙墟是我的葬地。"说完,就瞑目长逝了,年只二十有二。郡人依照他的遗言,将他葬在西清道源的九龙墟。明年暮春,英台遣嫁马氏,搭了船乘流西来,突遇大风浪,船竟不能前进。问篙师,他回说:"这里却有山伯梁县令的新坟,岂不奇怪!"英台听了,忙到坟前去拜奠,哀恸之余,坟地裂开,就耸身跳将下去,侍从即忙拉住她的裙子,裙幅却像云片一般飞散了。郡人将此事上奏朝廷,丞相谢安请封为义妇冢,勒石江左。清代李裕有诗咏其事:

> 冢中有鸳鸯,冢外唤不起。女郎歌以怨,辄来双凤子。织素澄云丝,朱橘蔃花尾。东风吹三月,春草香千里。长裙裹泥土,归弹壁鱼死。

宜兴善卷洞外有碧藓庵,庵前有台,相传是祝英台读书处。清代词人陈其年过其地,填了一阕〔祝英台近〕:

> 傍东风,寻旧事,愁脸界红箸。任是年深,也有系人处。可怜黄土苔封,绿罗裙坏,只一缕春魂抛与。为他虑,还虑化蝶归来,应同鹤能赢。语得无聊,呆把断垣觑。那堪古寺莺啼,乱山花落,惆怅煞,台空人去。

可是鄞县志中并没提起梁祝在宜兴就学,那么这善卷洞外的"祝英台读书处",又未必可信了。

(选自《拈花集》)

回首当年话昆剧

　　我是一个昆剧的爱好者，朋友中又有不少昆剧家，最最难忘的，就是擅长昆剧的袁寒云盟兄。当年他因反对他的父亲（袁世凯）称帝，避地上海，每逢赈灾救荒举行义演时，他总粉墨登场，串演一两出昆剧；给我印象最深的，就是那出《八阳》，他饰的是亡国之君建文帝，真的是声容并茂，不同凡俗。唱那句"把大地山河一担装"时，悲壮激越，至今还是深印在我的心版上，如闻其声。记得有一年嘉兴举行赈灾游艺会，请寒云兄去串演昆剧。他拉我同去，会场设在精严寺，节目很多。昆剧连演两夜，第一夜是《长生殿》的《小宴》、《惊变》，第二夜是《折柳》、《阳关》，都由平湖昆剧家高叔谦饰旦角和他合演，博得了很好的评价。在上海时，我又屡次看到昆剧名票友们的会演，最突出的就是徐凌云、俞振飞两先生，可说是祥麟威凤，一时无敌。徐先生多才多艺，什么角儿都会一手，并且都很精工。在年轻的时候，串演《连环记》中的吕布，曾有"活吕布"之称。最难得的，他还能串那《安天会》中的齐天大圣孙悟空，这一个跳跳蹦蹦活泼泼的猴子王，实在是不容易应付的。他要是串丑角儿吧，像《借茶》中的浪子张三郎，会演的人很多，可是和他一比，就有雅俗之分。俞先生是昆剧前辈俞粟庐先生的哲嗣，渊源家学，腹有诗书，又天赋一副好扮相，一条好喉咙，只要他一出场，就会使人精神一振，尽量地享受耳目之娱。他的一甩袖，一亮相，唱一句，笑一声，都有一种吸引人的魅力。他的杰作《贩马记》、《连环记》、《玉簪记》等，我都曾看过，风流儒雅，给与我一个深刻的印象。后来他以名票友下海，与梅兰芳先生配演京剧，有时也演演昆剧，真是璧合珠联，出出都成了极优美的艺术品。

　　昆剧的基本队伍，当然要算浙江昆苏剧团中和担任上海戏曲学校教师的几位"传"字辈的名演员了。三十五年前,苏州的几位昆曲家创办了昆曲传习所,招收了十余名学生,都以"传"字嵌在名字里,地点在桃花坞的五亩园,这就是今天各位"传"字辈名演员的摇篮,是昆剧中兴的发祥之地。后因苏州方面财力不足,由上海企业家穆藕初先生接办下去,扩充了学额,学生多至五十余人。穆先生自己也是一位名曲家,提携后进,不遗余力,把这传习所办得很好。学生们学成之后,就组成了"新乐府",后又改名"仙霓社",先后在笑舞台、大世界、小世界、新世界等游艺场中演出,我是经常去作座上客的。那时"传"字辈的名演员都还年轻,而表演都很老练,为一般昆曲迷所欣赏,可是曲高和寡,终于没落了。

前年在苏州举行的昆剧观摩演出,真是数十年未有的盛举,也给昆剧奠定了一个复兴的基础。我抱着病,连夜前去观赏,乐此不疲,简直把病魔也打退了。徐先生年逾古稀,俞先生也入了中年,而他们声容如旧,还是年轻得很。"传"字辈的各位名演员,艺事精益求精,已达到了炉火纯青的境界。他们并且培养好了新生力量,中如包世蓉、张世莘、龚世葵等,就是许多"世"字辈的小艺人,现在都已脱颖而出,前途无可限量。

这一次昆剧观摩演出,轰动了整个苏州市,真是有万人空巷之盛。徐凌云、俞振飞二大家的妙艺,更是有口皆碑。我和他们俩都是二三十年的老朋友,连夜看了他们的演出,满足了艺术享受,可惜没有机会和他们畅谈一下。一天下午,徐俞二先生忽然光临了我的小园,徐子权先生(凌云先生子,也是名曲家)也惠然肯来,使我喜出望外,促膝谈心,获得了莫大的安慰。现在且不谈艺事,来谈谈他们的"私底下"。

徐先生今年七十一岁了,还是精神饱满,一些儿没有老态。他在抗日战争期间,曾害过好几年的糖尿病,因为调理得当,早已痊愈了。他生平的爱好是多方面的,而且样样都精,除了曲艺外,也爱好古玩,爱好花鸟虫鱼,和我的爱好略同。三十年前,他在康定路上有一座园子,名叫"双清别墅",俗称"徐园",备具亭台花木之胜,荷池假山,布置脱俗。我于文事劳动之暇,常去盘桓,顿觉胸襟一畅。曾有一个时期,他在园后辟地数弓,架木为台,供昆曲传习所的生徒们排戏演出。那时周传瑛、王传淞、朱传茗、张传芳诸名艺人,都还年轻;并且还有一个后来转入商界的名小生顾传玠。他们合伙儿在这里演出,我曾看过不少好戏。徐先生爱护他们,如同自己的子侄,天天周旋其间,顾而乐之。现在"双清别墅"早已没有遗迹可寻,而我回首当年,依稀如昨日事。

徐先生后来住在愚园路,有一座旧式的厅堂,陈设十分古雅。他爱好山栀子，亲自到杭州山上去掘取了大批苍老的干儿，回来养在水里，甚至还能开花。记得有一年，我到他那里去，见左右两个红木八仙桌上，陈列着好几十本老干的山栀子，用各色各样的瓷盆、瓷碗、瓷碟、瓷盘盛着，白石清泉，衬托着碧绿的叶子，使我眼界一清。

在这里，我也曾有一次遇见过主持昆曲传习所的企业家和名曲家穆藕初先生。他带着一只描金朱漆的大提篮，篮里安放着好几只很名贵的蟋蟀盆，都是乾嘉年间的古物；从盆里透出瞿、瞿、瞿的鸣声来。原来徐先生爱好蟋蟀，穆先生也有同好，双方经常约同斗蟋蟀，一决雌雄。

俞先生的小生，真可说是当代第一，盖世无双。我们看了他演出《连环记》中的吕布，《玉簪记》中的潘必正，哪里会相信他已是五十五岁的中年人。

俞先生能书能画，也写得一手好文章。同来的省文化局吴白匋同志，偶然在我书桌旁翻到一本抗战胜利后出版的《半月戏剧》，恰好刊有俞先生的一篇大作《穆藕初先生与昆曲》，真巧得很！我最爱他末了的一段："……庵临半山，门前修竹万竿，终朝凉爽；凭槛清歌，笛声与竹声相和答，翛然尘外，炎暑尽忘。……"限于篇幅，不能毕录；单读了这寥寥几句，就可知道他腹有诗书气自华，无怪艺事也会登峰造极了。

（选自《拈花集》）

351

《十五贯》

　　浙江昆苏剧团的昆剧《十五贯》，现在是一举成名天下知了。它在百花齐放中，竟变成了一朵大红大紫的牡丹花。一九五六年六月中旬，我到南京去出席江苏省文化工作者代表会议，可巧剧团也从北方来到南京。我对于团中的诸位名艺人本来是熟悉的，如今"他乡遇故知"，有机会重行看一看他们改编过的成功作《十五贯》，当然是高兴得手舞足蹈起来。

　　记得去秋剧团在苏州市演出时，每一个剧目，我都曾看过，对他们的精湛的艺术，一百二十分的佩服。老实说，我爱好昆苏剧，在其他剧种之上，可以说我是昆苏剧的一个忠臣，耿耿此心，始终不变。然而像我这样的忠臣，未免太少了。前次在苏州演出《十五贯》，尽管王传淞的娄阿鼠、周传瑛的况钟、朱国梁的过于执满身是戏，但卖座并不好，真是冤枉之至！

　　有一天，我特地邀请诸位艺人和老友范烟桥兄一同到我家里来，举行一个咖啡座谈会；朱传茗同志恰从上海来，也欣然赴会。大家对于卖座不好，都莫名其妙，艺人们还虚心地要我们提供改进的方法。我建议把昆苏剧分家，昆是昆，苏是苏，不要混在一起，两不讨好，艺人们深以为然；可是当时也没有作出结论。

　　他们到了上海之后，和几位昆剧专家共同商讨，把《十五贯》删繁就简，去芜存菁，改编了一下，演出时便大红特红，客满了一个多月。我这忠心耿耿的忠臣，一听得了这好消息，总算吐出了一口闷气，为艺人们额手称庆。

　　后来剧团到了北京，又在北京演出了《十五贯》，竟达到了惊天动地的地步。毛主席和周总理等都一再观赏，大加嘉奖，以为是一部富于人民性、教育性、思想性、艺术性的好戏，并且希望各剧种向他们看齐，向他们学习。真所谓真金不怕火烧，终于遇到识货的人了。

我们在北京的最后一夜，就在人民大会堂看到了他们的招待演出。改编过的《十五贯》，已把骈枝式的熊友蕙和豆腐店童养媳的一段冤情删去了。昆苏也分了家，还了原，成了纯粹的昆剧。唱词中如《山坡羊》、《红芍药》、《点绛唇》、《天下乐》、《粉蝶儿》等等，都是昆腔，十分动听，词句是通俗化了，容易了解；而他们的演技，也达到了炉火纯青的境界。

苏州市苏剧团学员队接着也排演了《十五贯》，第一次在政治协商委员会议的文娱晚会上演出，居然头头是道，楚楚可观。我先登台作开场白，说了许多鼓励的话，末了说：《十五贯》的大名虽已如雷贯耳，容易号召，而我们仍要一以贯之地爱护他们，培养他们，使他们一天天壮大起来，千万不要忽视这一份新生力量。今后我要像京剧《三娘教子》里那个忠心耿耿的老家人老薛保一样，全心全意地帮助主母把小东人好好地教养长大，指望他一飞冲天，一鸣惊人。

（选自《拈花集》）

353

歌颂诗人白乐天

我们现在作诗，作文，作小说，总要求其通俗，总要为工农兵服务，这才算得上是人民文学；如果艰深晦涩，那就像天书一样，还有什么人要读呢？唐代大诗人白乐天，虽生在一千多年以前，倒是一位深解此意的先进人物。据说他老人家每作一诗，先要请一个老婆婆解释一下，问她："懂得吗？"她回说："懂得的。"就把这首诗录下来，如果不懂，他就将诗句换过。所以古今人每谈到白乐天的诗，总说是老妪都解。《白氏与元微之书》有云："……自长安抵江西，三四千里，凡乡校、佛寺、逆旅、行舟之中，往往有题仆诗者；士庶、僧徒、孀妇、处女之口，每有咏仆诗者。"这也足见他对于自己诗句的明白通俗，接近群众，不由得要自鸣得意了。当然，他的诗也有并不通俗的，不过并不太多。

白名居易，乐天其字，太原人，生于唐代大历七年。元和二年进士，迁左拾遗，后因获咎贬江州司马。那首有名的长诗《琵琶行》，就是在这时候做的。元和十五年召还，历官至刑部尚书。而最为我们所熟知的，就是他先任杭州太守，后又任苏州太守。苏杭向有天堂之称，他倒像做了天堂的看守人。我们现在每游西湖，游山塘，总得到白堤上去溜达一下，欣赏堤上的红桃绿柳，大家都会感念他老人家的遗爱。原来苏杭的两条白堤，都是他在任时造起来的。到了晚年，以诗酒自娱，因号醉吟先生，又因居住香山，自称香山居士。他以会昌六年去世，享年七十有五。乐天真是一个乐天派，所以有人说他生平作诗二千八百余首，多数是快乐的诗，关于饮酒的就有九百首之多。至于那首唱遍旗亭的《长恨歌》，还是成于高中进士之前，时年三十五岁，正是精力充沛的时候。

一九五七年春，为了纪念他老人家诞生一千一百八十六年，南北各地诗人们纷纷集会赋诗，给他祝寿。三月四日，苏州市由老诗人杨孟龙先生招邀诗友，在拙政园宴集，虽然天不做美，风雨交作，仍有十四人出席。最有趣的，是姓氏无一相同，而把年龄统计起来，竟得一千零十四岁。席上诗人们逸兴遄飞，赋诗饮酒。女诗人汤国梨先生首唱，赋五律一首。我虽不是诗人，也胡诌了七绝四首：

凄绝《新丰折臂翁》，痌瘝在抱几人同。香山佳什都能解，老妪居然字字通（《新丰折臂翁》系《长庆集》中新乐府二十首之一，为反战而作）。

千有余年弹指过，弥纶四海诵遗篇。那知乌拉山边客，也拜诗人白乐天（苏联有白诗译本，传诵一时）。

甘棠遗爱至今留，堤上垂杨蘸碧流。装点湖山凭好句（《长庆集》中有《吴中好风景》《苏州柳》等多首，均为歌颂苏州而作），使君应谥白苏州。

联翩裙屐集名园，诗圣前头寿一樽。风雨萧骚浑不管，梅花香里各销魂（远香堂举行梅花展览会，予亦有"鹤舞""凤翔""梅月图"等参加展出）。

白乐天任苏州太守，虽只短短一年，而政绩却很不差，公正廉明，爱民如子。因此他去任时，人民都依依不舍，涕泣送行。当时刘禹锡赠诗，曾有"苏州十万户，尽作婴儿啼"之句；而他自己的诗中，也有"何乃老与幼，泣别尽沾衣，一时临水拜，十里随舟行"等句，足见他确是一位关心人民而为人民所爱戴的好官了。

（选自《拈花集》）

红楼琐话

　　我的心很脆弱，易动情感，所以看了任何哀感的作品，都会淌眼抹泪，象娘儿们一样。往年读《红楼梦》，读到《苦绛珠魂归离恨天——病神瑛泪洒相思地》那一回，心中异样地难受，竟掩卷不愿再读下去了。

　　当年我也曾看过《红楼梦》电影。我不是批评家，不唱高调；单以情感来说，那末不怕人家笑话，我又照例掉过眼泪的。我很爱潇湘馆的布景，绿竹漪漪，使人起"天寒翠袖薄，日暮倚修竹"之感。我也很爱听周璇所唱的那首《葬花词》，似乎把黛玉心中的哀怨都唱了出来。

　　这一部电影，以《红楼梦》为名，自是太广泛了一些；因为所演出的只是贾林二人的一段哀史，不如称作《双玉哀史》、《还泪记》或竟直率地称《贾宝玉与林黛玉》，而旁边注明"红楼梦的一节"，那就妥当得多。倘要用《红楼梦》这一个大名字，那么索性包罗万象地来一下，把《鸳鸯剑》、《风月宝鉴》、《宝蟾送酒》、《刘姥姥初进大观园》、《王熙凤毒设相思局》等等，一古脑儿包括在内，依原书中情节的先后，依次拍摄起来，不过人力物力，也要相当地扩大了。

　　梅兰芳《黛玉葬花》，我曾瞧过两次，表情细腻，歌喉婉转，自是他生平的力作。当时故词人况蕙风氏倾倒得了不得，特地为他填了两首词捧场。我爱他的那阕〔西子妆〕：

　　　蛾蕊颦深，翠茵蹴浅，暗省韶光迟暮。断无情种不能痴，替消魂乱红多处。飘零信苦。只逐水沾泥太误。送春归，费粉娥心眼，低徊香土。娇随步。着意怜花，又怕花欲妒。莫辞身化作微云，傍落英已歌犹驻。哀筝似诉。最肠断红楼前度。恋寒枝,昨梦惊残怨宇。

我虽不懂大鼓,而白云鹏的《黛玉悲秋》、《黛玉焚稿》,倒也去听过的。可是任他唱得怎样缠绵悱恻,我却并不感动,也许因为我是外行的原故吧!

往年女诗人杨令茀女士,曾做过一个大观园的立体模型,有两张八仙桌那么大,曾在上海、苏州公开展览,所有园中亭台楼阁,山水花木,以及各种人物,都制作得十分精细,一丝不苟,而且宝玉、黛玉的面目,也栩栩如生,令人叹为观止!

《红楼梦》有英译本,就直译其名为 The Dream of the Red Chamber。译者是位精通中国文的英国人,似乎是名 Giles 吧!这倒是一件吃力不讨好的工作。

解放以后,《红楼梦》在文艺上仍保持了它的崇高的地位,而贾宝玉与林黛玉也获得了很高的评价,如果双玉真有其人,也该含笑于九泉了。

舞台上常见有各剧种新编的《宝玉与黛玉》的演出,而以江苏省锡剧团的《红楼梦》为最,由姚澄、沈佩华、王兰英主演,吴白、木夫编剧,因为意义正确,很得好评。苏州弹词作家吴和士前辈,正在替朱雪琴、郭彬卿两艺人编《宝玉与黛玉》弹词,不料尚未脱稿,而苏州市评弹工作团潘伯英等已编成了中篇弹词《红楼梦》,分上中下三集,先后在苏沪演出,风靡一时。

我对于林黛玉向有好感,深表同情于她的不幸的遭遇。我虽是一个男子,而我的性情和身世也和她有相似之处:她孤僻,我也孤僻;她早年丧母,我早年丧父;她失意于恋爱,我也失意于恋爱;她工愁善感而惯作悲哀的诗词,我也工愁善感而惯作悲哀的小说。因此当我年轻的时候,朋友们往往称我为小说界的林黛玉,我也直受不辞。

林黛玉自号颦卿,颦又是悲哀的表示,颦与哭是分不开的,所以一部《红楼梦》,一半儿是林黛玉的泪史,说她是在还泪债,一些也不差。我自幼至长,为了恋爱,为了国恨,为了家难,也简直构成了一部泪史,也在还我的一笔泪债。记得当年曾有《还泪》两首诗:

悲来岂独梦无成,直欲逃禅了此生。偷活人间缘底事?尚须还泪似颦卿。

学书学剑两难成,愁似江潮日夜生。为有情逋偿未了,年年还泪作颦卿。

可是那个时代女子的心,毕竟是脆弱的,所以林黛玉因受不起悲哀的袭击而死了。我却顽强地抵抗着,终于渡过了一重重难关:恋爱早已告一段落,家难也早就应付过去,而祖国获得了新生,国恨也一笔勾销了。到如今我已还清了泪债,只有欢笑而没有眼泪,只有愉快而没有悲哀。

林黛玉孤芳自赏,落落寡合,她死心塌地地爱着贾宝玉,而不肯赤裸裸地透露出来。她面对着残酷的封建和礼教,孤军作战,坚持着不妥协的精神,与恶劣的黑暗势力相周旋。所以她虽受不起悲哀的袭击,而走上了死亡之路,仍不愧为封建社会中一个勇敢的女斗士。

（选自《拈花集》）

闹话《礼拜六》

一九五六年十一月十五日，江苏省第二届文学艺术工作者代表大会在南京开幕。这是江苏全省文艺界的群英会，这是江苏全省文艺工作者的大会师；仿佛舞台上一阵《急急风》，众家英雄浩浩荡荡地一齐上台亮相，这场面是何等的伟大，何等的热闹！我虽只是摇旗呐喊，跑跑龙套，也觉得十分兴奋，十分荣幸！

省委文教部长俞铭璜同志向大会讲话，说起了我和四十年前的刊物《礼拜六》，说是当时我们所写的作品，到现在看起来，还是很有趣味的。我于受宠若惊之余，不由得对于久已忘怀了的《礼拜六》，也引起了好感。

不错，我是编辑过《礼拜六》的；并经常创作小说和散文，也经常翻译西方名家的短篇小说，在《礼拜六》上发表的。所以我年轻时和《礼拜六》有血肉不可分开的关系，是个十十足足、不折不扣的《礼拜六》派。

《礼拜六》是个周刊，由我和王钝根分任编辑，规定每周六出版。因为美国有一本周刊，叫做《礼拜六晚邮报》，还是创刊于富兰克林之手，历史最长，销数最广，是欧美读者最喜爱的读物；所以我们的周刊，也就定名为《礼拜六》。辛亥革命以后的前几年，刊物不多，《礼拜六》曾经风行一时，每逢星期六清早，发行《礼拜六》的中华图书馆门前，就有许多读者在等候着；门一开，就争先恐后地涌进去购买。这情况，倒像清早争买大饼油条一样。

《礼拜六》前后一共出了二百期；有不少老一辈的作家，都是《礼拜六》的投稿人。前几天我就接到中等教育部叶圣陶副部长的信，问我有没有《礼拜六》收藏着。他当年曾用"叶甸"和"允倩"两个笔名给《礼拜六》写过许多小说和散文，要我替他检出来，让他抄存一份，作为纪念。又如名剧作家曹禺同志来苏州访问我时，也问起我有没有全份《礼拜六》，大概他也曾投过稿的。可惜我经过了抗日战争，连一本也没有了。这两位名作家，对《礼拜六》忽发"思古之幽情"，作为一个《礼拜六》派的我，倒是"与有荣焉"的。

现在让我来说说当年《礼拜六》的内容。

前后二百期中所刊登的创作小说和杂文等等，大抵是暴露社会的黑暗、军阀的横暴、家庭的专制、婚姻的不自由等等，不一定都是些鸳鸯蝴蝶派的才子佳人小说；并且我还翻译过许多西方名家的短篇小说，例如法国大作家巴比塞等的作品，都是很有价值的。其中一部分曾经收入我的《欧美名家短篇小说丛刊》，意外地获得了鲁迅先生的赞许。

总之，《礼拜六》虽不曾高谈革命，但也并没有把诲淫诲盗的作品来毒害读者。

至于鸳鸯蝴蝶派和写作四六句的骈俪文章的，那是以《玉梨魂》出名的徐枕亚一派，《礼拜六》派倒是写不来的。当然，在二百期《礼拜六》中，未始捉不出几对鸳鸯几只蝴蝶来，但还不至于满天乱飞遍地皆是吧！

当年的《礼拜六》作者，包括我在内，有一个莫大的弱点，就是对于旧社会各方面的黑暗，只知暴露，而不知斗争，只有叫喊，而没有行动；譬如一个医生，只会开脉案，而不会开药方一样，所以在文艺领域中，就得不到较高的评价了。

（选自《拈花集》）

360

《礼拜六》旧话

去今约十余年以前，老友钝根要办礼拜六周刊，和我们一行人商量名称。一时议论纷纭，莫衷一是，我想起了美国的《礼拜六晚邮报》，有很悠久很光明的历史，因便提出《礼拜六》三字，恰好这周刊也定于礼拜六出版，钝根以为既切当，又通俗，便采用了。出版以后，居然轰动一时，第一期销数达二万以上，以后每逢礼拜六早上，中华图书馆的大门还没有开，早有人在那里等着买《礼拜六》咧。那时馆主既笑逐颜开，我们也兴高采烈。中华图书馆的小楼一角，变做了我们做文章说笑话吃老酒的俱乐部！

后来钝根因为倾向于实业，《礼拜六》出到六七十期，精彩渐减，本子也减薄了一半，一到百期就此结束。那时我东涂西抹，出货最多，一百期中，足有八九十篇，内中尽有描写我少时影事的作品，确是一把眼泪一把鼻涕的，十分悲哀。而借用昔人诗句作小说题目的风气，也就在那时由我开始，如《恨不相逢未嫁时》、《遥指红楼是妾家》、《无可奈何花落去》、《似曾相识燕归来》等，不一而足。而内中也译过好几篇西方名作，如托尔斯泰的 *The Long Exile* 译名为《宁人负我》，大仲马的 *Slange* 译名为《美人之头》，近年来新文学家也在那里竞相翻译咧。同文中有作品的，老蝶、小蝶、常觉、觉迷不用说，记得独鹤也曾有短短的一篇，名叫《杀脱头》。现在著名的新派小说家叶圣陶，也有一篇《终南捷径》刊入，署名叶匋。而将在结束时，又求得叶楚伧一篇《陈大夫移宫记》，用四号字刊登，如今叶先生已一跃而为党国要人，怕已不记得这篇小说了。

自《礼拜六》第一期至第一百期，都由钝根编辑，请孙剑秋助理。每期封面画都是丁慕琴时装仕女，可是现在的眼光看去，早成了古装了。一百期终

《礼拜六》第 171 期封面

止以后，大家风流云散，各忙其所忙，隔了几年，钝根忽然高兴起来，又使《礼拜六》复活，定要和我合作。于是将体例略为变动，每期卷首，选刊名人诗词一首，由慕琴就诗意词意作画，很觉新颖。每期小说杂作十余篇，相间刊登，除我自己按期精心撰译外，征得文友名作不少，钝根自己也曾做过几篇很精警的短篇小说。《礼拜六》前后二百期，我以为这一个初度复活时期，为最有精彩，第一一六期上，我有特号：《爱情号》的发明。文字图画，都非常可观，插画都用双心作轮廓，处处饱孕爱的色彩，封面上画一个爱神，由袁寒云题字，我和寒云结识，便在此时开始。当时寒云也很赏识《礼拜六》，连次来信赞美。特作《紫罗兰娘日记》一篇，加入《爱情号》，是以《礼拜六》所刊作品的篇名嵌入，很为自然，而文字也十分懿美，我读了再读，爱不忍释，心中可也得意极了。《礼拜六》一路顺风，好好儿的刊下去，口碑甚是不差。到了一百二十多期以后，先兄伯琴，见我一辈子依人篱下，不是了局，因便劝我自办杂志，每半月一出版，以免与《礼拜六》雷同，定名《半月》。一面我却依旧助钝根编《礼拜六》，并仍按期撰译小说，直到一百卅余期，因自己精神不够，才归钝根独编，而我仍将自己的作品供给他。可是到二百期时，钝根的兴致已尽，馆主的供应也大不如前，于是礼拜六寿终正寝了。

《礼拜六》两度在杂志界中出现，两度引起上海小说杂志中兴的潮流，也不可不说是杂志界的先导者。就是我年来由《半月》而作《紫兰花片》、《紫罗兰》也不得不归功于《礼拜六》引起我编辑杂志的兴味。所以《礼拜六》虽死，《礼拜六》的精神不死，如今寄痕每礼拜六出一张副刊，也取名《礼拜六》，虽是性质截然不同，却也给《礼拜六》周刊做了很好的纪念。我们一般礼拜六旧人，抚今思昔，那得不感慨系之啊！

（选自 1928 年 8 月 25 日《礼拜六》周刊第 271 期）

362

看了《黑孩子》

看了苏联彩色电影片《黑孩子马克西姆卡》，很为感动。本片是根据作家史达纽科维奇的小说《海洋故事》摄制而成的。这故事虽发生于一八六四年，还是在帝俄的时代，而当时的俄罗斯人，却站在正义的立场上，反对种族歧视，尊重世界上一切的种族和一切的民族，对于使用暴力奴役其他种族的罪行，加以有力的打击和制止。这是人道主义的表现，凡是有人心的人，都应该引起共鸣的。

看了《黑孩子》，我因此想起了三十年前所读过的那部林琴南先生译述的《黑奴吁天录》。我本来是个重于情感而心肠极软的人，因此被它赚去了眼泪不少。此书原著是一位美国女作家史都威夫人所作，原名《汤姆叔叔的小木屋》。只为她好多年间眼见得美国人虐待黑种人，简直是惨无人道，无所不用其极。黑种人处于水深火热之中，上天无路，入地无门，实在是痛苦极了。她因此抱着悲天悯人之念，决意乞灵于一枝笔，替黑种人呼吁，替黑种人请命，替黑种人一申冤抑，要求她的国人大发慈悲，给他们一条生路。

史都威夫人在动笔写作的时候，两眼中含着热泪，仰天大呼道："求上帝帮助我！让我好好地写一些东西，只要我还活在世上，一定要写！一定要写！"她所谓一定要写的一些东西，就是这部用眼泪和墨水混合写成的杰作《汤姆叔叔的小木屋》。一八五一年六月，先发表于《国家时代》丛报，一八五二年三月，以单行本问世，一时不胫而走，风行全美，一年间就销去了三十多万本。书中写小伊娃的惨死，哀利石的逃亡，泪随笔下，深刻非常，读者往往掩卷不忍卒读，于是引起了广大人民的同情和愤怒。

据说一八六二年十一月，黑奴们在华盛顿举行了一个感谢的宴会，邀请史都威夫人前去出席，表示了热烈深挚的谢忱。解放黑奴的总统林肯，特地召她一见。当夫人走进白宫客厅的时候，林肯颤巍巍地从圈椅中站起身来，欣然说道："夫人，我很乐于和您相见。"随即眨了眨眼睛，开玩笑似地接下去说道："如此你就是那位写了一部书而引起这一次南北大战的小妇人吗？请坐吧，请坐吧！"于是他就和夫人对坐在壁炉之前。炉火熊熊，放出血红的光来，照着他们俩娓娓而谈。谈了好久，方始互道珍重而别。史都威夫人似乎并没有其他作品，而这部《汤姆叔叔的小木屋》，已尽够使她名垂不朽了。

看了《黑孩子》，我们愿向一切被压迫的种族和民族，表示衷心的同情。

（选自《拈花集》）

364

劳者自歌

"园门长此为君开",周瘦鹃在紫兰小筑与群众共赏仿司徒庙"清奇古怪"盆景。

劳者自歌

我从十九岁起卖文为活，日日夜夜地忙忙碌碌，从事于撰述、翻译和编辑的工作。如此持续劳动了二十余年，透支了不少的精力，而又受了国忧家恨的刺激、死别生离的苦痛，因此在解放以前愤世疾俗，常作退隐之想；想找寻一个幽僻的地方，躲藏起来，过那隐士式的生活，陶渊明啊，林和靖啊，都是我理想中的模范人物。当时曾做过这么两首诗：

> 廿年涉世如鹏举，铩羽中天便不飞。平子工愁无可解，养鱼种竹自忘机。

> 虞初三百难为继，半世浮名顷刻花。插脚软红徒泄泄，不如归去乐桑麻。

又曾集龚定公句云：

> 阅历名场万态更，非将此骨媚公卿。萧萧黄叶空村畔，来听西斋夜雨声。

我的消极和郁闷的心情，于此可见。解放以后，我国家获得了新生，我个人也平添了活力。我这陶渊明式、林和靖式的现代隐士，突然走出了栗里，跑下了孤山，大踏步走上十字街头，面向广大的群众了。

今日我年过花甲，矫健活泼却仍像旧日的我一模一样。曾有一位人民政府的高级干部,问明了我的年龄,他竟不相信,说我活像是一个四十多岁的人。为什么我现在还不见老呢?实是得力于爱好劳动之故。二十年来,我从没有病倒过一天,连阿司匹灵也是与我无缘的。我的腰脚仍然很健,一口气可以走上北寺塔的最高层,一口气也可跑上天平山的上白云,朋友们都说我生着一双飞毛腿,信不信由你!

我平生习于劳动,劳心劳力,都不以为苦。每天清早四五点钟一觉醒来,先就在枕上想好了一天中应做的工作。盆景水石和其他花花草草共有好几百件,一部分必须朝晚陈列搬移,还有翻盆、施肥、灌溉、修剪等事,总是忙不过来。人家见我有那么多的东西,以为我定有几个助手,谁知我好几年来却是独力劳动;除非出去参加会议或学习,那就不得不请妻和老保姆代劳一下。直到最近三年,才有一个老花工来帮忙了。到了下雨天,老花工照例休息了,然而我却不肯休息,趁此做些盆景,往往冒着雨,掘了园地上各种小枫、小竹子等做起来,淋湿了衣服,也没有觉察。做好以后,供之几案,既可供自己把玩,也可供群众欣赏。其他种种成果,一言难尽,真的是近悦远来,其门如市,他们都说于工作紧张之后,看了可以怡情悦性。又有一位国际友人说:"我到了这里来,竟舍不得去了。"这些不虞之誉,就是我历年劳动的收获,劳动的酬报。我于快慰之余,因为之歌:

> 劳动劳动,听我歌颂。身强力壮,从无病痛;脚健手轻,自然受用。忧虑全消,愉快与共;个人如此,何况大众!工农携手,力量集中;创造般般,生产种种。国之所宝,人之所重。劳动劳动,听我歌颂。

(选自《拈花集》)

采 薪

　　"八一三"日寇来犯,在苏州再也住不下去了。我扶老携幼,随同老友程小青兄和东吴大学诸教授避难安徽黟县所属的南屏村,大家就做了无家可归的难民。我们在山村中住了下来,不但是挑水、买菜,亲自出马;还得上山去砍柴,而以砍柴为我们最得意的工作。那地点大半是在南屏山麓虎山上的大松林中,砍了柴,再拾些松皮、松针和松果,带回来生火,煮饭烹茶,是再好没有的。我曾以长短句记其事,调寄〔喝火令〕云:

　　　　雪干常栖凤,云根自蛰蛟,腾拿夭矫上层霄。大泽风来谡谡,万壑起松涛。丹果如丹荔,翠针似翠毛,检来并作一筐挑。好去煎茶,好去当香烧,好去鸭炉添火,玉斝暖芳醪。

其实身在难中,又那有这种闲情逸致,不过借此自娱而已。

　　我每天午后,往往带着儿女们,提篮的提篮,带刀的带刀,肩竹竿的肩竹竿(打松果用得着),浩浩荡荡地走二三里路,赶上山去。到得夕阳下山时,就满载而归,连我那八岁的小儿子,也得肩挑两篮子的松果哩。在山上时,常常遇到小青夫妇和他们的子女。他们工作尤其努力,每天总得一担两担地挑回去。小青曾有《樵苏》一诗云:

　　　　滞迹山村壮志无,米盐琐屑苦如荼。添薪为惜闲钱买,自执镰刀学采苏。

我也有二十八字：

> 　　未经忧患贪安乐，坐食奚知稼穑艰。且与儿曹同作苦，夕阳影里负
> 薪还。

但我自从回到上海以后，早又变做了一个手不能提、肩不能挑的废物；想起在南屏山村做樵子时的情景，如同隔世了。

说起柴薪这些引火之物，在山村中本来很便宜，焦炭每元可买一百二十斤，树柴每元可买二百八十斤，煮些粥饭烹些茶，所费实在有限。至于山间的柴薪，自以茅草为大宗，山上山下，到处都是。便是村中的妇女，也以砍茅草为日常工作之一，我常见许多老婆婆和小姑娘们，或肩或挑，伛腰曲背地从山上挑下来，一二百斤的重量，不算一回事。我想自己这个昂藏六尺之身，难道及不上一个老婆婆小姑娘吗？很想尝试一下。可是有一天见小青砍茅草，一不小心，在茅草上捋了一手心的血，用纱布裹了好几天，于是把我的勇气吓下去了，始终没敢去尝试。只为山上茅草太多，樵子们嫌它碍路，每到春初，就放一把火烧了起来，积了大量草木灰，也可用作农作物的一种肥料。我所住的对山草堂，面对顶云峰，常能看到山半的野烧。夜间熄灭了灯火，坐在窗前饱看，那火焰幻成种种图案，活像上海市上的霓虹灯，自诩眼福不浅；而孩子们更拍手欢呼，当作元宵看花灯哩。我曾填了一阕〔散余霞〕词：

> 　　夕阳鸦背徐徐堕，忽余霞掀簸。山背灼烁齐红，放芙蓉千朵。　　童
> 稚欷歔歌歌，问彩灯好么。我却心系天涯，痛处处烽火。

（选自《拈花集》）

春节话旧

　　苏沪间旧时风俗,对于年头岁尾特别重视,以为辛辛苦苦地忙了一年,这时应该欢天喜地地乐一下了。自从民间奉行了阳历以后,农历新年改称春节,一直沿袭至今。

　　春节前后的繁文缛节,举不胜举,以清代为甚。近数十年来,有的早已取消,有的却依然未能免俗,一般家庭中称为"过年景致"。

　　"过年景致"大概从十二月二十四日开始,按迷信旧俗,这天晚上例行送灶,俗称送灶界;据说这夜,灶神要上天去朝见玉皇大帝报告一年工作;于是大家就举行送灶仪式。

　　送灶之后,还得举行一个较为隆重的仪式,叫做过年,又称谢年。从历书上选定一个"顺日",在厅堂中央挂上一幅神轴,再供几副红纸做的所谓佛马。除了斋供各色果饵糕饼之外,再要供上猪肉、全鱼、全鸡三件,称为三牲,并附以鸡子和鸡血。照例,猪肉和鸡是熟的;而那尾鱼却是生的,并且以活跃为贵,寓有"鲤鱼跳龙门"的意义,取其吉利。此外还要烧兽炭、敲锣鼓,送神时还要放爆竹。

　　大除夕那天,那更要大忙特忙了。所有过年食用的东西全要办齐,称为办年货。亲友互送食物果饵,称为送年盘。入夜祭祖以后,合家长幼团聚宴饮,叫做吃年夜饭,又称合家欢。所有菜肴,都要配上一个吉利的名称。清代周宗泰《姑苏竹枝词》云:

　　　　妻孥一室话团圞,鱼肉瓜茄杂果盘。下箸频教听谶话,家家家里合家欢。

酒阑席散之后，还有接灶、祀床、封井、供年饭、画米囤、辞年、守岁许多花样，不胜其烦；所谓守岁，宋代已有此俗了。这夜合家在火盆旁团坐，盆中烧大炭团，美其名曰欢喜团；或歌唱，或谈笑，或敲锣鼓，直闹到天明，这就是所谓守岁。家家卧室里，还须点上一对大红蜡烛，也要通宵不熄，这就叫做守岁烛。

农历正月初一日，是春节的第一天，全家都穿新衣新鞋袜，焕然一新，男女依次向家长叩头拜贺，再往亲友家去道贺，称为拜年。有些人家，早起开门，先放爆竹三响，称为开门爆仗，据迷信的说法，这是可以吓退瘟神疫鬼的。这一天还有种种忌讳，忌扫地，忌汲水，忌乞火，忌做针线，忌用刀剪，忌倾倒粪秽，忌用汤淘饭，忌说不吉利话。有些人家，更要兜喜神方，烧十庙香，也全是迷信的行径，其目的无非是自求多福罢了。初三日称为小年朝，一切禁忌与初一相同。这天不知怎的，竟与初一同样被重视。初五日，据迷信的说法，是路头菩萨的生日，人家和商店都备了三牲供品，有所谓接路头之举。接到了路头，就是取得一年的所谓利市。商店接过了路头，就请伙友们吃路头酒。而从这天起也就结束了假期，开始营业了。从初一到初五，是春节的最高潮，大家总要尽情地娱乐一下。

春节第二个高潮，就是正月十五夜。一年十二月，月月有十五夜，如果不是阴雨，也总有一个团圆的月儿，原没有什么稀罕，然而这正月十五夜却被另眼相看，称为元宵，又称元夜、元夕，家家户户都要张挂花灯；通都大道上，还有盛大的灯市。此俗起于一千余年前的唐睿宗景云二年，而以开元年间为极盛。后来宋、元、明、清四朝也沿袭下来。明朝的灯市，连续十夜，胜于前朝。大画家唐伯虎曾有一诗咏元宵云：

有灯无月不娱人，有月无灯不算春。春到人间人似玉，灯烧月下月如银。满街珠翠游村女，沸地笙歌赛社神。不展芳尊开口笑，如何消得此良辰？

读了这首诗，就可见明朝元宵的盛况了。

元朝袭唐、宋遗风，元宵也盛极一时，既有灯市，也有歌舞。但看元曲中就有不少歌颂元宵的作品，如马致远〔青哥儿〕云：

春城春宵无价，照星桥火树银花，妙舞清歌最是它。翡翠坡前那人家，鳌山下。

372

张可久《天净沙》云：

> 金莲万炬花开，玉梅千树香来。灯市东风暮霭，彩云天外，紫绡人倚瑶台。

又《水仙子》《元夜小集》云：

> 停杯献曲紫云娘，走笔成章白面郎。移宫换羽青楼上，招邀入醉乡。　彩云深灯月交光，琉璃界笙歌闹。水晶宫阙绮罗香，一曲霓裳。

当时的元宵，就是这样在酣歌恒舞、绿酒红灯之间消磨过去。到了清朝和民国时期，元宵的盛况虽已不如前代，但因欢度春节，余兴未尽，仍要狂欢一下。这一切，实际上也只有少数人才真能享受得到。

沪苏旧俗，以元宵前二夜为上灯之期，而以元宵后三夜为落灯之期。上灯时吃圆子，落灯时吃年糕，所以有"上灯圆子落灯糕"之说。而元宵这一夜，也非吃圆子不可，因此这种圆子又有一个"元宵"的别名。宋人范成大《上元记》说："吴下节物，拈粉团圞。"足见宋朝就有元宵吃圆子的风俗了。清人吴鮑庵诗："既饱有人频咳唾，席间往往落珠玑。"就为圆子而作。

灯谜之制，也起源于元宵灯市。一般文人墨客，制了谜，写了纸条，粘在花灯上。灯的一面贴住墙壁，而三面都粘满谜语的纸条，任人揣摩。这就叫做"打灯谜"。谜面全从经史子集或小说传奇中取材，分为二十四格，猜中的揭条去领奖品。清朝词人陈其年《元夜词》，曾有"更夹路香，谜凭人打"之句，可见打灯谜就是当时元宵的文娱活动。现在打灯谜仍然盛行，但并不一定在元宵，也并不粘在花灯上了。

旧时苏州人家和商店中凡是有十番锣鼓的，除了春节头几天大吹大擂之外，到了元宵，也一定要再来一下，甚至通宵达旦，称为"闹元宵"。又有一种迷信的风俗，娘儿们元宵一定要出外溜达，走过了三条桥，方始回家，称为"走三桥"，据说可以却病延年。此俗明朝即已有之，诗人陆伸曾作《走三桥》词云：

> 细娘分付后庭鸡，不到天明莫浪啼。走遍三桥灯已落，却嫌罗袜污

春泥。

在清朝道光年间，此俗还在流行，到了光绪年间，似乎已废止了。

（选自《拈花集》）

上元灯话

　　农历正月十五日向称上元,这夜即称元夕,俗称元宵;旧俗必须张灯,盛极一时。考之旧籍,据说还是起于唐代睿宗景云二年,只有一夜。到唐玄宗时,改为三夜,元宵前后各一夜。到了北宋乾德五年,又加上十七、十八两夜,增为五夜。到南宋理宗淳祐三年时又增一夜,自十三夜起,名为试灯。到得明代朱太祖时,更变本加厉,增为十夜,自初八夜起就张灯于市,到十七夜才罢,名为灯市。近年来苏沪风俗,都以十三夜至十八夜为灯节,倒还是依照着南宋的旧俗。

　　制灯最工巧的地方,近推浙江菱湖。往年我在上海居住时,就听得菱湖灯彩的大名,也曾见过各式各样的菱湖灯,确有鬼斧神工之妙。记得当年有一个叫做桑栋臣的,专给新旧剧场扎灯彩,听说他就是菱湖人,技术确很不差。但在宋代,苏州倒是以制灯著名的。周密《乾淳岁时记》称:"元夕张灯,以苏灯为最。圈片大者径三四尺,皆五色琉璃所成,山水人物,花竹翎毛,种种奇妙,俨然著色便面也。"梅里人用彩笺铸细巧人物扎灯,名梅里灯,也很有名。又有一种夹纱灯,是用彩纸刻花竹禽鱼而夹以轻绡的,现在恐已失传了。清代道光年间,阊门内吴趋坊皋桥中市一带,都有出卖各种彩灯的,满街张灯,陆离光怪,令人目不暇给。人物有张君瑞跳粉墙、西施采莲花、刘海戏蟾诸品。花果有莲、藕、玉兰、牡丹、西瓜、葡萄诸品。禽兽水族则有孔雀、凤凰、鹤、鹿、马、兔、猴与金鱼、鲤鱼、虾、蟹诸品,其他如龙船灯、走马灯等,不胜枚举。一九五四年春节,人民路怡园为了引起大众兴趣,特请名手精制彩灯大小数十只,全用各式绢绸,或加彩绘,或缀流苏,十分悦目;而给我以良好印象的,是塔灯、莲花灯和走马灯三只,不愧为个中精品。

走马灯是我儿时最爱看的。大概用纸剪了人物车马或京剧中的《三国》、《水浒》等戏，著了彩色，粘贴在竹制的轮子上，承以蛎壳，一点上蜡烛，就会转动。大抵小朋友们都是喜欢这玩意儿的。清代吴谷人有《辘轳金井》词咏走马灯云：

　　　　涨烟飞焰，送星蹄逐队，奔腾不少。一片迷离，向蝉纱围绕。帘深夜悄，怕壁上观来应笑。几许英雄，明明灭灭，冬烘头脑。
　　　　平生壮怀渐老。念五陵游历，空负年少。陈迹团团，叹磨驴潦倒。山香插帽，要鼓打太平新调。尽洗弓兵，飚轮迅卷，月斜天晓。

　　古时重视上元，夜必张灯，以唐代开元年间为最盛。旧籍中曾说："上元日天人围绕，步步燃灯十二里。"其盛况可以想见。诗人崔液曾有《上元诗》六首记其事。兹录其两首云：

　　　　今年春色胜常年，此夜风光最可怜。鸠鹊楼前新月满，凤凰台上宝灯燃。

　　　　神灯佛火百轮张，刻象图容七宝装。影里如闻金口说，空中似放玉毫光。

　　所谓灯市，宋代初期，也称极盛。《石湖乐府》序中曾记苏州灯市盛况，据说元夕前后，各采松枝竹叶，结棚于通衢，昼则悬彩，杂引流苏；夜则燃灯，辉煌火树，朱门宴赏，衍鱼虎，列烛膏，金鼓达旦，名曰灯市。凡阊门以内，大街通路，灯彩遍张，不见天日。到了后来，却渐渐衰落了。明初，灯市又极热闹，南都搭了彩楼，招徕天下富商，放灯十天。北都灯市在东华门，东亘二里，自初八起，到十三就盛起来，到十七才止。白天，各处的珍异骨董以及服用之物，都来参加，好像开展览会一样。入夜便张灯放烟火，还有鼓吹杂耍弦乐，通宵达旦。据刘侗所记称："丝竹肉声，不辨拍煞，光影五色，照人无妍媸，烟骨尘笼，月不得明，露不得下。"那时明太祖刚建了都，大概就借这元宵来庆祝一下吧？
　　清初，灯市也盛极一时，上元不可无灯，已成了牢不可破的风俗。如康熙年间，词人彭孙遹有〔洞仙歌〕咏《元夕》云：

千门万户，听踏歌声遍。一派笙箫暗尘远。有麝兰通气，罗绮如云，香过处，隐隐红帘尽卷。　　闲行南北曲，玉醉花嫣，争簇天街闹蛾转。更谁家艳质，灯火阑干，蓦地里，夜深重见。向皓月光中费疑猜，不道是今宵，广寒人现。

又嘉庆年间，王锡振有〔鹧鸪天〕词《元夕出游》云：

油壁香车骤袅轻，天街风扑暗尘生。市楼一簇金盘焰，便碍纱笼侧帽行。　　前堕珥，后遗簪。烛围灯树几家屏。鱼龙杂遝街如墨，不觉当头有月明。

读了这两首词，便可知道那时看灯的兴高采烈了。

明代张大复《梅花草堂笔谈》，是小品文中的代表作，文笔隽永，读之如唉谏果（橄榄），很有回味。他曾有《上元》一篇云："东坡夜入延祥寺，为观灯也。僧舍萧然无灯火，败人意。坡乃作诗云：'门前歌舞闹分明，一室清风冷欲冰。不把琉璃闲照佛，始知无烬亦无灯。'此老胸次洒落，机颖圆通，聊作此志笑耳。崔液云：'玉漏铜壶且莫催，铁关金锁彻明开。谁家见月能闲坐，何处闻灯不看来。'方是真实语。老盲不能夜游，晚来月色如银，意欲随行辈稍穿城市，而疟鬼恼人，裹足高卧，幼女提一莲灯，戏视亦自灿然。"

他老人家不能出去看灯，而对于幼女的莲花灯却表示好感。我爱莲花，也爱莲花灯，今年元宵，就买了个莲花灯，聊以自娱。

（选自《拈花集》）

清明时节

清明时节往往多雨,所以唐人诗中曾有"清明时节雨纷纷,路上行人欲断魂"之句;而每年入春以后,也往往多雨,所谓杏花春雨江南,竟做得十足,连杏花也给打坏了。清明那天,苏州市各园林中,游人络绎,虎丘千人石畔挤得水泄不通。各处扫墓的人也不少。清代周宗泰《姑苏竹枝词》云:

　　　　衣冠稽首祖茔前,盘供山神化楮钱。欲觅断魂何处去?棠梨花落雨余天。

这也是为前人扫墓而作的。

　　邻儿到我的园子里来,摘了好几枝杨柳,插在他家门上;又做了几个杨柳球,给小姑娘们戴在头上。旧时有迷信之说,娘儿们戴了杨柳,可使红颜不老,所以《江震志》称:"清明,男女咸戴杨柳,谚云清明不戴柳,红颜成皓首。"吴曼云《江乡节物词》有云:

　　　　新火才从竹屋分,绿烟吹作雨纷纷。杨柳最是无情物,也逐春风上鬓云。

他咏的是杭州清明的风俗,正与苏俗相同。

　　清代词人陈其年有《清明后一日吴阊道中》作调寄《南乡子》第二体云:

　　　　卷絮搓绵,雪满山头是纸钱。门外桃花墙内女,寻春路,昨日子规

啼血处。

又云：

> 才过清明，东风怯舞不胜情。红袖楼头遥徙倚，垂杨里，阵阵纸鸢
> 扶不起。

前一首是咏的扫墓寻春，而后一首分明是咏放断鹞了。纸鸢俗称鹞子，春初
每逢晴日，孩子们每以放鹞子为乐。杨韫华《山塘棹歌》有云：

> 春衣称体近清明，风急鹞鞭处处鸣。忽听儿童齐拍手，松梢吹落美
> 人筝。

所谓鹞鞭，是用竹芦粘簧缚在鹞子的背上，遇风喤喤作声，很为动听。我在
童年时，也很喜欢这玩意儿。照例放鹞子到清明后为止，称为放断鹞。

清明前二日为寒食节，一说是前三日。洛阳人家每逢寒食日，装万花
舆，煮桃花粥。苏俗用稻麦苜蓿捣汁，和糯米作青粉团，以赤豆沙为馅，清香
可口，这是旧时每家每户所少不了的应景食品。

清明日，旧时还有淘井的风俗，大概也为了要使井水清明之故。据旧籍
中载，苏东坡在黄州时，梦中听得高僧参寥朗诵所作新诗，醒后记起两句：
“寒食清明都过了，石泉槐火一时新。”梦中当问：火固新了，泉为什么新？
参寥答道：“只因清明日俗尚淘井，所以泉水也新了。”这淘井的风俗，倒是卫
生之道。苏州人家几乎家家有井，可是清明日淘井这回事，却早就没有了。

宋代名臣范成大归隐吾苏石湖，对于乡村节景，都喜发为吟咏，如“石门
柳绿清明市，洞口桃红上巳山”，“桃杏满村春似锦，踏歌椎鼓过清明”诸句，
读之使人神往！至于《四时田园杂兴》诸作，描写农家乐事，也是大可一
读的。

（选自《拈花集》）

379

端午景

农历五月五日,俗称端午节或端阳节,也有称为重五节、天中节的。苏沪一带旧俗,人家门前都得挂菖蒲、艾蓬;妇女头上都得戴艾叶、榴花;孩子们身穿画着老虎的黄布衫,更将雄黄酒在额上写一王字,并佩带绸制健人、雄黄荷包、裹绒铜钱、独瓣网蒜等一串。这一切的一切,都称为"端午景"。

旧时,有些迷信的人家,还在客堂里挂上一幅钟馗的画像,以为他能杀鬼。蒲蓬除挂在门上外,还要挂在床上,以蒲作剑,以蓬作鞭,再配上一个锤子形的蒜头,据说这都是用以吓退鬼物的。清代诗人吴曼云《江乡节物词》咏之以诗:

> 蒲剑截蒲为之,利以杀鬼,醉舞婆娑,老魅亦当退避。破他鬼胆试新硎,三尺光莹石上青。醉里偶然歌斫地,只怜蒲柳易先零。

末句调侃得妙,足以破除迷信。

此外又在门上床上张贴用彩纸画成的蛇、蝎、蜈蚣、壁虎、蜘蛛等五毒符,并在每一间房中,用铜脚炉焚烧苍术、白芷、芸香等,再点上一根蚊烟条,直烧得烟雾腾腾,都是可以去毒的。这些旧风俗虽有迷信成分,却还是一种卫生运动。

孩子们所佩带的健人等物,我在幼年时代也曾佩带过;先母工女红,所以也善于做这小玩意儿。所谓健人者,是用彩绸缝制的一个小孩子,骑在一头小老虎背上,下面再加上裹绒的小铜钱,裹丝的小角黍,绸制的小荷包,内装雄黄或衣香,这几件东西用丝线联成一串,五色斑斓,美丽悦目,倒又是旧

时代妇女们一种精细的手工艺了。此外又有所谓长寿线,是用五色的丝线编就,缚在孩子们的臂上,男左女右,用以验看将来的胖或瘦,线宽则瘦,线紧那就胖了。

端午景中最有意义的两件事,是裹角黍和划龙船,都是用以纪念我们的爱国大诗人屈原的。

角黍俗称粽子,用箬叶裹了糯米制成,中间以猪肉或猪油、豆沙为馅,作三角形,因名角黍。据说角黍创始于屈原的姊姊,从前每逢端午,人家用竹筒盛了米,投在水中祭屈原,以表敬意,角黍就是从竹筒盛米演变出来的。可是后来人家裹了角黍,只为满足口腹之欲,再也想不到投水祭屈原了。

龙船竞渡,三十余年前我住在上海时,曾到黄浦江边去躬与其盛。船共两艘,用彩绸扎满船身,龙头和龙尾都是特制的。划船的青年们,头裹彩帕,身穿彩衣、彩裤,雄赳赳气昂昂地把住了桨,锣鼓喧天声中,两艘龙船彼此竞赛,候前候后,各不相下,直到夺得了锦标才罢。相传这端午竞渡的旧俗,也是为了凭吊屈原自沉汨罗而作,并不是单单闹着玩的。宋代吴礼之有〔喜迁莺〕词云:

> 梅霖初歇,正绛色海榴,争开佳节。角黍包金,香蒲切玉,是处玳筵罗列。斗巧已输年少,玉腕彩丝双结。艤画舫,见龙舟两两,波心齐发。
> 奇绝。难画处,激起浪花,翻作湖间雪。画鼓轰雷,红旗掣电,夺罢锦标方彻。望中水天日暮,犹自珠帘高揭。棹归晚,载荷香十里,一钩新月。

这词中对于端午景都略有咏及,而描写龙船竞渡,更有颊上添毫之妙。

(选自《拈花集》)

热 话

　　一九五七年七月下旬，热浪侵袭江南，赤日当空，如张火伞。有朋友从洞庭山邻近的农村中来，我问起田事如何，他说天气越热，田里越好，双季早稻快要收割了，今年还在试种，估计每亩也可收到四五百斤。农民兄弟们从来不怕热，都在热情地工作着，争取秋收时再来一个大丰收。我们住在城市里，吃饭莫忘种田人，既说是天气越热田里越好，那么我们就熬一熬热吧。

　　任是大热天，我家爱莲堂和紫罗兰庵中，仍然不废盆供瓶供，都是富有凉意的。一个豆青窑变的瓷瓶中，插上一朵大绿荷，配着三片小荷叶，自有亭亭玉立之致。一只不等边形的石器中，种着五枝高高低低的观音竹，真使人有"不可一日无此君"之感。一只椭圆形的紫沙浅盆中，种着三株小芭蕉，配着一块雪白的昆山石，绿叶婆娑，使人心头眼底都觉得清凉起来。此外如菖蒲、水石之类，也是最合适的炎夏清供。

　　扇子是夏天的恩物，几乎一天也少不了它，所以俗有"六月不借扇"一句话。在多种多样的扇子中间，我尤其爱檀香扇，因为扇动时不但是清风徐来，并且芳香扑鼻。苏州的檀香扇，在手工艺品中居第一位，每年输出几十万柄，还是供不应求。在有些国家，士女们甚至排队购买，一到了手，就爱不忍释。我们不要轻视了这柄小小的檀香扇，它在社会主义建设中也贡献了一些力量。

　　在大热的几天里，一天到晚，总可听得蝉声如沸，小园里树木多，所以蝉也特别多，便织成了一片交响乐，简直闹得人心烦意乱。天气越热，蝉也越闹，清早就闹了起来，直闹到夕阳西下时，还是无休无歇。听它们的声音，似乎在唤"知了！知了！"所以蝉的别名就叫"知了"。但不知它们成日地唤着知了知了,到底知道了什么?昨天孩子们从枫树上捉到了一个蝉,尽着玩弄,不知怎样把它的头弄掉了,可是它还在嘶叫,足见它的发声器得天独厚。国药中有一味知了壳,可治喉哑,大概也就为了它发声特响之故。

从前每逢暑天,街头巷口常可听到小贩们一声声唤着卖冰,自远而近,又自近而远,这是生活的呼声。自从有了机制的棒冰,就取而代之,再也没有卖冰的了。北京卖冰的,用两个铜盏相戛作响,比南方卖冰的更有韵致。此风由来已久,清代乾嘉年间,即已有之;王渔洋诗中,曾有"樱桃已过茶香减,铜碗声声唤卖冰"之句。周稚圭也有一首〔玲珑玉〕词:

> 蓉阙樱残,早添得韵事京华。玻璃沁碗,唤来紫陌双叉。妙手叮当弄巧,胜肩头鼓打,小担声哗。停车。裁油云,隔住玉沙。暗想槐熏倦午,正窗闲雪藕,鼎怯煎茶。碎响玲珑,问惊回好梦谁家?屏间珠喉轻和,有多少铃圆磬彻,低唱消他。晚香冷,伴清吟,深巷卖花。

一九五一年夏,我曾到过北京,早就不听得卖冰的铜盏声了。

西瓜是暑天的恩物,吊在井里浸了半天,然后剖开来吃,甘凉沁脾,实在胜似饮冰。从前苏州、扬州一带,人家往往做西瓜灯玩,把一个圆形的西瓜,切去了顶上的一小部分,将瓜瓤逐渐挖去,只剩了薄薄的一层皮,就用小刀子雕了花边,大都分成四部分,在每一部分中雕出花鸟山水,或作梅兰竹菊,或作渔樵耕读,十分工致。在瓜的内部,安放一个油盏,晚上点了火,挂起来细细欣赏,真好玩得很。清代词人冯登府,曾作《瓜灯词》,调寄《辘轳金井》云:

> 冰园两黑,映玲珑,逗出一痕秋影。制就团圆,满琼壶红晕,清辉四进。正苏井寒浆消尽。字破分明,光浮细碎,半丸凉凝。
> 茅庵一星远近,趁豆棚闲挂,相对商茗。蜡泪抛残,怕华灯夜冷。西风细认,愿双照秋期须准。梦醒青门,重挑夜话,月斜烟暝。

我以为用平湖枕头瓜作灯,更为别致,好事者何妨一试。

暑天的香花,以茉莉、素馨、夜来香、晚香玉为最,簪在衿上或插在瓶中,就可香生不断。我最爱前人咏及这些花的诗句,如:"酒阑娇惰抱琵琶,茉莉新堆两鬓鸦。消受香风在凉夜,枕边俱是助情花。""已收衣汗停纨扇,小绾乌云插素馨。暗坐无灯又无月,越罗裙上一飞萤。""珠帘初卷燕归梁,浴罢

华清理残妆。双鬟绿云三百朵,微风吹度夜来香。"读了之后,仿佛有阵阵花香,透纸背出。

清代有一位诗人,病暑气急,想登雪山浴冰井而不可得,因此把一块雪白的玉华石放在左旁,名之为"雪山",又把一只盛满清泉的白瓷缸放在右旁,名之为"冰井"。他就把一张竹榻放在中间,终日坐卧其上,顿觉暑气渐消,凉意渐来,仿佛登雪山而浴冰井了。这是一种想入非非的消暑法,亏他想得出来。

清代李笠翁,对于夏季的午睡也是尽力宣传的。他说:午睡之乐,倍于黄昏,三时皆所不宜,而独宜于长夏;非私之也。长夏之一日,可抵残冬之二日,长夏之一夜,不敌残冬之半夜,使止息于夜而不息于昼,是以一分之逸,散四分之劳,精力几何,其能堪此?况暑气铄金,当之未有不倦者,倦极而眠,犹饥之得食,渴之得饮,养生之计,未有善于此者。这一篇大道理,说得头头是道,真的是吾道不孤,获得了这一位拥护夏天午睡的忠实同志。

(选自《拈花集》)

乞巧望双星

　　苏州好,乞巧望双星。果切云盘堆玉缕,针抛金井汲银瓶;新月挂疏桐。

　　这是清代沈朝初的《望江南》词,是专为七夕望牵牛、织女二星乞巧而作的。这一段美丽的神话,流传已久,几乎尽人皆知;就是戏剧中也有《牛郎织女》一出应时戏,旧时每逢农历七月七日总要搬演一下。

　　神话的来源是这样的,据《荆梦岁时记》说:天河之东,有织女,是天帝的女儿,年年在织机上劳动,织成云锦天衣。天帝怜悯她单身独处,许她嫁与河西牵牛郎。她嫁了之后,不再从事纺织,天帝一怒之下,就责令她仍回河东,只许每年七月七日,渡过天河去与爱人一会。天帝拆散这一对恩爱夫妻,似乎忒煞无情。然而织女一嫁就不再纺织,也是自取其咎。足见照神话的作者看来,劳动不但是人间应有之事,就是做了神仙,也是不许不劳动的。

　　苏州旧俗,在七夕的前一夜,妇女们将杯子盛了一半河水、一半井水的所谓鸳鸯水,露在庭心,天明后在阳光下曝晒了一会,就把绣针丢下去。针浮在水面,水底的针影或粗或细,自能幻出种种物象,借此验看丢针的女孩子是巧是拙。这玩意儿苏州人称为礐(音笃)巧,北京人称为丢巧针,杭州人称为针影,据说是古代的穿针遗俗。清代吴曼云咏之以诗云:

　　穿线年年约比邻,更将余巧试针神。谁家独见龙梭影,绣出鸳鸯不度人。

　　七夕,苏州旧时人家有乞巧会,凡是女孩子都须参加,因又称为女儿节。她们往往在庭心或露台上供了香案,烧香点烛陈瓜果,各各礼拜牵牛、织女二星,向他俩乞巧。这天还得吃巧果,也是乞巧之意。所谓巧果,是用面粉和着白糖打成一个结,入沸油氽脆而成。这种巧果,在七夕前茶食店中早就制备了。现在敬礼双星的旧俗虽已废止,而巧果却仍是年年可吃。

据说织女渡过天河去和牛郎相会,是借重许多乌鹊作成一条桥的,因此称为鹊桥。还有一个可笑的传说,说每逢七月七日,乌鹊头上的毛都会无故脱落,就为了作桥梁给织女过渡之故。它们这种服务精神,倒是很可佩服的。鹊桥,自是很好的词料,所以词牌中也有《鹊桥仙》一调,如清代女词人袁希谢《七夕》调寄《鹊桥仙》云:

> 银河耿耿,鹊桥填否?试想彩云堆里,双双曾未诉离愁,听壶漏三更近矣。 月光斜照,良辰易过,促织声催不已。年年此夕了相思,才了却相思又起。

又孙秀芬《蝶恋花》云:

> 又见佳期逢七夕。乌鹊桥成,欲渡还娇怯。一岁离情应更切,银河执手低低说。 莫怪天孙肠断绝,修到神仙,尚有生离别,风露悄凉人寂寂,夜深独向瑶阶立。

这两位女词人,都是深表同情于这一对神仙夫妇的别离的。

每年只有一个七夕,所以牛郎织女也只有一年一度的相会;除非逢到闰七月,再来一个闰七夕,他俩才占到了便宜,可以再渡天河相会一次了。清初词人董舜民曾有《闰七夕》一词,调寄《八声甘州》云:

> 再向银河畔,数佳期,相望又相邀。正欢娱此夜,一年两度,良会非遥。记得从前好合,离恨在明朝。更值秋光永,清漏迢迢。 天遣多情灵匹,却无情乌鹊,有意偏劳。看云开月帐,重与渡星桥。愿乞取羲和历日,算年年,长是闰今宵。何须叹,世间儿女,一别魂销。

词人多情,对于这一对神仙眷属的再度相会,也觉得高兴,所以词中充满着欢欣鼓舞的情调;并且愿望年年有个闰七夕,好让他俩年年多会一次了。

(选自《拈花集》)

爱 猫

猫是一种最驯良的家畜,也是家庭中一种绝妙的点缀品,旧时闺中人引为良伴,不单是用以捕鼠而已。我家原有一头玳瑁猫,已畜有三年之久,善捕鼠,并不偷食,便溺也有定处,所以一家上下都爱它。不料后来却变了,整天懒得动弹,常在灶上打盹,见了东西就偷去吃;便溺也不再认定一处,并且常把脚爪乱抓地毯和椅垫,使我非常痛恨,但也无可奈何。不料一天早上,却发见它死在园子里了,也不知道它是怎么死的。幸而它已生下了两头小猫,总算没有绝嗣,差无后顾之虑。我们送掉了一头,留下了一头,毛片火黄夹着深黑色,腹部和四脚都作白色,比它母亲生得更美丽,也可算得是移人尤物了。

吾国文人墨客,大都爱猫,因此诗词中常有咏叹之作。清代词人钱葆酚调寄《雪狮儿》咏猫,遍征词友和韵,名家如朱竹垞、吴谷人、厉樊榭等都有和作;朱氏三阕,雅韵欲流,可称狸奴知己。其一云:

> 吴盐几两,聘取狸奴,浴蚕时候。锦带无痕,搊絮堆绵生就。诗人黄九,也不惜买鱼穿柳。偏爱住戎葵石畔,牡丹花后。
>
> 午梦初回晴昼,敛双睛乍竖,困眠还又。惊起藤墩,子母相持良久。鹦哥来否?惹几度春闺停绣。重帘逗,便请炉边叉手。

其二云:

> 胜酥入雪,谁向人前,不仁呼汝?永日重阶,恒把子来潜数。痴儿

387

骏女,且莫漫彩丝牵住。一任却食鱼捕雀,顾蜂窥鼠。百尺红墙能度,问檀郎谢媛,春眠何处? 金缕鞋边,惯是双瞳偏注。玉人回步,须听取殷勤分付。空房暮,但唤衔蝉休误。

又陈其年《垂丝钓》一云:

> 房栊潇洒,狸奴嬉戏檐下。睡熟蝶裙儿,皱绡衩。梅已谢,撒粉英一把。将伊惹。正风光艳冶。寻春逐队,小楼窜响鸯瓦。花娇柳姹,向画廊眠藉。低撼轻红架,鹦鹉怕唤玉郎悄打。

董舜民《玉团儿》云:

> 深闺驯绕闲时节,卧花茵,香团白雪。爪住湘裙,回身欲捕,绣成双蝶。　春来更惹人怜惜,怪无端鱼羹虚设。暗响金铃,乱翻鸯瓦,把人抛撒。

刘醇甫《临江仙》云:

> 绣倦春闺谁伴取? 红氍日暖成堆。炉边叉手任相猜。金猊从唤住,玉虎罢牵回。　刚是牡丹开到午,亭阴尽好徘徊。几番移梦下妆台。买鱼穿柳去。戏蝶踏花来。

清词丽句,足为狸奴生色。

不但我国文人爱猫,就是西方文坛名流,也有好多人都有猫癖的;如法国文豪雨果(V. Hugo),要是不见他的爱猫在房间里时,心中就会郁郁不乐,若有所失。小说家柯贝(F. Coppee),更如痴如醉地爱着猫,连年搜罗名种,不遗余力,有几头波斯种的,名贵非常。小说家戈缔叶(Gautier),也豢养着好多头猫,无一不爱,都给它们题了东方式的名儿,如茶比德、左培玛等;有一头雌猫,用埃及女王克丽巴德兰的名儿称呼它;另有一头最美的,生着红鼻蓝眼,平日最为钟爱,不论到哪里去,总带着同行,他称之为西菲尔太太,原来西菲尔是他自己的名儿,简直当它像爱妻般看待了。英国文坛上,也有位爱猫的名流,如小说家兼诗人司各特(W. Scott),本来是爱狗成癖而并不爱猫的,到了晚年,却来了个转变,对于猫引起极大的好感。他曾在文章中写着:"我在年龄上最大的进步,就是发见我爱着一头猫;这畜生本来是我所憎恶的。"诗人考伯(Cowper)每在家里时,他所爱的一头小猫总是厮守在他的身旁,他曾写信给朋友说:"这是蒙着猫皮的一头最灵敏的畜生。"其他如约翰生(O. Johnson)、白朗(O. M. Brown)、华尔泊(H. Walpole)诸名作家,也都是有名的爱猫者,平日间是与猫为友,非猫不欢的。

　　首都名画家曹克家同志,是一位画猫的专家,在他彩笔上产生出来的大猫小猫,不论形态神情,都好像是活的一样。一九六一年间,他在苏州待了好几个月,给刺绣工场画了不少的猫,也收了几个高徒。我们只要看了双面绣绣出来的那些活灵活现的猫,就可知道这是曹克家画笔上的产物,而过渡到"针神"们的金针上去的。

(选自《拈花集》)

茶　话

茶,是我国的特产,吃茶也就成了我国人民特有的习惯。无论是都市,是城镇,以至乡村,几乎到处都有大大小小的茶馆,每天自朝至暮,几乎到处都有茶客,或者是聊闲天,或者是谈正事,或者搞些下象棋、玩纸牌等轻便的文娱活动,形成了一个公开的群众俱乐部。

茶有茗、荈、槚几个别名。据《尔雅》说,早采者为茶,晚取者为茗,荈和槚是苦茶。吃茶的风气始于晋代。晋人杜育就写过一篇《荈赋》,对于茶大加赞美;到了唐代,那就盛行吃茶了。

茶树的干像瓜芦,叶子像栀子,花朵像野蔷薇,有清香,高一二尺。江苏、浙江、福建、安徽各省,都是茶的产地,如碧螺春、龙井、武夷、六安、祁门等各种著名的绿茶、红茶,都是我们所熟知的。茶树都种于山野间,可是喜阴喜燥,怕阳光怕水,倘不施粪肥,味儿更香。绿茶色淡而香清,红茶色香味都很浓郁,而味带涩性。绿茶有明前、雨前之分,是照着采茶的时期而定名的,采于清明节以前的叫做明前,采于谷雨节以前的叫做雨前,以雨前较为名贵。茶叶可用花窨,如茉莉、珠兰、玫瑰、木樨、白兰、玳玳都可以窨茶;不过花香一浓,就会冲淡茶香,所以窨花的茶叶,不必太好,上品的茶叶,是不需要借重那些花的。

吃茶有什么好处,谁也不能肯定。茶可以解渴,这是开宗明义第一章。有的人说它可以开胃润气,并且助消化,尤以红茶为有效。可是卫生家却并不赞同,以为茶有刺激神经的作用,不如喝白开水有润肠利便之效。但我们吃惯了茶的人,总觉得白开水淡而无味,还是要去吃茶,情愿让神经刺激一下的。

唐朝的诗人卢仝和陆羽,可说是我国提倡吃茶的有名人物,昔人甚至尊之为茶圣。卢仝曾有一首长歌,谢人寄新茶,其下半首云:

> ……柴门反关无俗客,纱帽笼头自煎吃。碧云引风吹不断,白花浮光凝碗面。一碗喉吻润;两碗破孤闷;三碗搜枯肠,惟有文字五千卷;四碗发轻汗,平生不平事,尽向毛孔散;五碗肌骨清;六碗通仙灵;七碗吃不得也,唯觉两腋习习清风生。

夸张吃茶的好处,写得十分有趣;因此,"卢仝七碗"也就成了后人传诵的佳话。陆羽字鸿渐,有文学,嗜茶成癖,著《茶经》三篇,源源本本地说出茶之原、之法、之具,真是一个吃茶的专家。宋朝的诗人如苏东坡、黄山谷、陆放翁等,也都是爱茶的;他们的诗集中,就有不少歌颂吃茶的作品。

制茶的方法,红、绿茶略有不同,据说要制红茶时,可将采下的嫩叶铺满在竹席上,放在阳光中曝晒。晒了一会,便搅拌一会,等到叶子晒得渐渐萎缩时,就纳入布袋揉搓一下,再倒出来曝晒,将水分蒸散。然后装在木箱里,一层层堆叠起来,重重压紧,用布来遮在上面。等到它变成了红褐色透出香气来时,再从箱里倒出来晒干,放在炉火上烘焙。经过了这几重手续,叶子已完全干燥,而红茶也就告成了。制绿茶时,先将采下的嫩叶放在蒸笼里蒸一下,或铁锅上炒一下。到它带了黏性而透出香气来时,就倒出来,铺散在竹席上,用扇子把它用力地扇。扇冷之后,立即上炉烘焙,一面烘,一面揉搓,叶子就逐渐干燥起来。最后再移到火力较弱的烘炉上,且烘且搓,直到完全干燥为止,于是绿茶也就告成了。

过去我一直爱吃绿茶,而近一年来,却偏爱红茶,觉得酽厚够味,在绿茶之上;有时红茶断档,那么吃吃洞庭山的名产绿茶碧螺春,也未为不可。

在明代时,苏州虎丘一带也产茶,颇有名,曾见之诗人篇章。王世贞句云:"虎丘晚出谷雨后,百草斗品皆为轻。"徐渭句云:"虎丘春茗妙烘蒸,七碗何愁不上升。"他们对于虎丘茶的评价,都是很高的;可是从清代以至于今,就不听得虎丘产茶了。幸而洞庭山出产了碧螺春,总算可为苏州张目。碧螺春的特点,是叶子都蜷曲,用沸水一泡,还有白色的细茸毛浮起来。初泡时茶味未出,到第二次泡后呷上一口,就觉得"清风自向舌端生"了。

从前一般风雅之士,对于吃茶称为品茗。原来他们泡了茶,并不是一口一口地呷,而是象喝贵州茅台酒、山西汾酒一样,一点一滴地在嘴唇上"品"的。在抗日战争以前,我曾在上海被邀参加过一个品茗之会。主人是个品茗的专家，备有他特制的"水仙"、"野蔷薇"等茶叶，并且有黄山的云雾茶。所用的水，据说是无锡运来的惠泉水，盛在一个瓦铛里，用松毛、松果来生了火，缓缓地煎。那天请了五位客，连他自己一共六人。一只小圆桌上，放着六只像酒盅般大的小茶杯和一把小茶壶，是白地青花瓷质的。他先用沸水将杯和壶泡了一下，然后在壶中满满地放了茶叶，据说就是"水仙"。瓦铛水沸之后，就斟在茶壶里，随即在六只小茶杯里各斟一些些，如此轮流地斟了几遍，才斟满了一杯，于是品茗开始了。我照着主人的方式，啜一些在嘴唇上品，啧啧有声。客人们赞不绝口，都说："好香！好香！"我也只得附和着乱赞，其实觉得和我们平日所吃的龙井、雨前是差不多的。听说日本人吃茶特别讲究，也是这种方式，他们称为"茶道"。吃茶而有道，也足见其重视的一斑。我以为这样的吃茶，已脱离了一般劳动人民的现实生活，实在是不足为训的。

（选自《拈花集》）

绣

　　近世统称刺绣为顾绣。代表顾绣最著名的,是露香园顾氏,绣品有如绘画,因有画绣之称,绣价最为昂贵。此外又有顾氏兰玉,也是刺绣名手,曾经设帐招收生徒,传授绣法,她的作品也称为顾绣。可是顾绣除了上海之外,松江也有顾绣。清代词人程墨仙有《顾绣》一记云:云间顾伯露,会余于海虞,两月盘桓,言语相得。余时将别,伯露出其太夫人所制绣囊为赠,盖云间之有绣,自顾始也。囊制圆大如荇叶,其一面绣绝句,字如粟米,笔法遒劲,即运毫为之,类难如意,而舒展有度,无针线痕,睇视之,莫知其为绣也。其一面则白马一大将突阵,一胡儿骑赤马,二马交错。大将猿臂修髯,眉目雄杰,胡儿深目兕唇,状如鹰顾,袍铠鋈带,鞍鞯具备,锦裆绣服,朱缨绿縢,鲜熠炫耀。白马腾跃,尾刷霄汉,势若飞龙;赤马失主,惊溃奔逸,神姿萧索。一小胡雏远坡遥望,一胡方骑马赴阵,皆首蒙貂幪,毛毳散乱,光采凌轹,有非汉物,窄袖裹体,蕃部结束。复有旗旛刀戟,布密森严,旛缀金牙,旗张云彩,蕃汉二屯,遥相犄向。共计远坡二,白赤黄战马三,大将胡将及小雏四,戈戟五,云旗锦旛各一;界二寸许地,为大战场,而中间空阔,气象寥远,不见有物。绣法奇妙,真有莫知其巧者。余携归,终日流玩,为纪于简。以二寸许的面积,而绣出这许多人马刀戟旗旛,也可见它的精巧细致,不愧为神针了。

　　苏绣中的第一名手,要算是清末的沈寿。她于一九〇九年曾绣成意大利君后肖像,由清政府送去,作为国际礼物。意国君后特赠沈寿钻石金时计一枚,嵌有王家徽章,系御用品。她四十二岁时,又绣成耶稣像一幅,由其夫余觉亲自送往美国,陈列巴拿马展览会中,得一等大奖。四十六岁时,又绣

了一幅美国名女伶的肖像，面目如画，这是她最后的杰作。不久她就在南通女工传习所所长任上因病去世了。她的作品，一部分存在江苏省博物馆，都很精致。她在中国刺绣史中，是有很大贡献的。

清代诗人樊樊山有《忆绣》诗十首，斐然可诵。兹录其五云：

绣绷花鸟逐时新，活色生香可夺真。近世写生无好手，熙荃画意属针神。

淡白吴绫四角方，风荷水鸟画湘江。去年绣得鸳鸯只，直到今年始作双。

枕函绣出红莲朵，比并真如脸际霞。猛忆北池同避暑，翠盘高捧两三花。

妃俪鲜明五色丝，花趺鸟翼下针迟。亦如文笔天然巧，尽在挑纱破线时。

十景西湖只等闲，裙花枕凤许多般。金针线脚从人看，愿度鸳鸯满世间。

诗中所咏绣件，几乎应有尽有，也总算想得周到的了。

亡妻凤君胡氏，工绣，先前所用绣绷和绷凳，至今仍还存在。她绣有彩凤一幅，我曾借郭频迦《清平乐》咏绣凤仕女一阕题其上云：

低鬟斜髻，浅研吴绫妥。唤作针神应也可，一口红霞浓唾。秦楼烟月微茫，当年有个萧郎。到底神仙堪羡，等闲不绣鸳鸯。

这一幅绣凤遗作，已在抗日战争时失去，为之惋惜不止！

（选自《拈花集》）

394

檀香扇

四十年以前，上海盛行一种小扇子，长不过三寸余，除了以象牙玳瑁为骨外，更有用檀香来做的，好在摇动时不但清风徐来，还可以闻到幽香馥馥，比了象牙扇、玳瑁扇更胜一着。当时女子们都很爱好，几乎人手一柄。

这种檀香小扇，自以女用为宜；后来便又流行了一种檀香骨的大扇，那就专给男子们用的了。二十余年前，我有一柄足长一尺二寸的檀香扇，两根一寸多阔的大骨上，有一位署名古吴子安所刻的汉代金石文字，小骨只有九根，扇面上一面由名艺人梅兰芳给我画的芭蕉碧桃，一面由袁寒云给我写的"题紫罗兰神造象诗"。诗是七绝二首，也是他所做的。书画都可宝贵，我至今珍藏着。记得抗日战争胜利、日本投降消息传来的那天，我带着此扇，手舞足蹈地往访老友陈定山，报这喜讯。定山就在梅君所画的芭蕉叶上题了二十八字："怀素尝为蕉叶书，广文丹柿闭门居；海陬忽听欢雷动，从此升平百虑无。"这也是很可留作永久纪念的，所可惜的，时隔二十多年，那檀香已淡至欲无了。

近几年来，檀香小扇又流行起来，并且流行到了国外去，为苏联和其他人民民主国家的朋友们所喜爱，每年源源输出，数量惊人。那扇骨的制作很为精细，而扇面上所画的花卉或仕女，也十分工致，色彩更鲜艳得很。过去几乎都由上海王星记笺扇号所包办，扇骨大都归苏州折扇业工人制作，而画则由上海、杭州、苏州等各地画家分任。最近苏州方面，已由手工艺局亲自掌握，开始大量生产。据说莫斯科人都热爱我们的檀香扇。曾有两位苏联专家特地到苏州来参观檀香扇制作的情况。一般折扇业的工人十分兴奋，由工会召集了二百多个工人，举行生产动员大会，大家立下决心，要做出特

别优美的檀香扇来,供给国际友人使用。各单位还订立了生产公约,要各自小心谨慎的干去。锯工们要设计锯法,或横锯,或斜锯,避免裂缝蛀洞和黑斑等种种毛病。拉花工人们要小心地不把扇骨拉坏。糊扇面的工人们要小心地不使扇面的夹里起泡。

老友蔡震渊画师,是个工于在檀香扇扇面上绘画花卉的专家,已有了一年多的经验。我曾见过他的作品,在那绢质的扇面上画着工笔的牡丹花,大抵是五朵花,设色各各不同,再加上很多的绿叶,工作是十分繁重的。除了牡丹花以外,或画罂粟花,或画菊花,每面或五朵或七朵,也一样的要工细而鲜艳。画仕女的,总得画两个美女,再加上布景,以园林景为多,比了画花卉似乎更为细致。最近他们十多位画师,已加入了合作社,每天聚在一起研究,一起工作。蔡画师原是识途老马,正很热情地在帮助他的画友,共求精进。

(选自《花木丛中》)

情 鸟

西方有情鸟,叫做"乃丁格"(Nightingale),我们翻译西方的小说诗歌说到乃丁格时,就称之为夜莺,因为它们能在夜晚歌唱。英国大戏剧家莎士比亚与大诗人济慈、拜伦、白朗吟等,每于曲中、诗中歌颂它们。也像我国的诗人词客们歌颂黄莺一样。

夜莺的身体象雀子般大,形态很美,毛羽作棕褐色,两翅有光泽,尾儿较长,胸部、腹部和喉部都作灰白色,脚与脚爪都尖而细,两眼作暗褐色,炯炯发光。惯常在篱落短树间飞来飞去,善于歌唱,旁的鸟都比不上它。雄鸟每向雌鸟调情时,就以歌唱来献媚于她,歌声婉转,好像是珠走玉盘,月明之夜,更觉曼妙动听。雌鸟听了这歌,就爱上了它。在营巢和孵雏的时期,它也继续不断地歌唱;到得巢成之后雏儿出生时,歌声才嘶哑起来,好似鸦鸣一般。倘有旁的鸟毁了它们的巢或卵,夫妇俩也不以为意,立刻从头做起,雄鸟又高唱起来,向雌鸟献媚。它在白天也会歌唱,可是声调很低,常被旁的鸟鸣所掩盖,几乎听不出来。

夜莺于每年初夏远远地从非洲飞来,取道法国北部飞过英伦海峡而到达英国。五六月间,处处都是雄夜莺的歌声,向它们的情侣争唱情歌,十分悦耳。雌鸟有生子较迟的,那么雄鸟直歌唱到七月还没有中止,它们总要借此博取雌鸟的欢爱的。七月过去,雏鸟破卵而出,等到羽毛丰满之后,于是跟着它们的父母飞往南方,仍回到非洲去,因为英国的冬天太冷,夜莺是受不了的。

此外如原名阿稣儿的娇凤,毛羽有蓝、绿、黄诸色,很为美丽,雌雄并栖一笼,往往交头接耳,似作情话,因此有"恋鸟"之称。还有那红嘴黄胸的相思鸟,顾名思义,也就知道它们是多情的鸟。我曾养过一笼,雌雄俩作对儿比翼双栖,依依不舍。有一天笼门没有关好,一只飞了出去,栖息在树上婉啭地叫着,它叫一声,笼里的那只也和一声;这样唱和了好久,分明是不忍相离。于是我计上心来,忙把笼门敞开了,不多一会,飞在树上的那一只终于飞了回来。至于鸳鸯,那是尽人皆知的"老牌"情鸟,古人早就把"卅六鸳鸯同命鸟"的诗句来歌颂它们了。

(选自《花木丛中》)

养金鱼

　　我在抗日战争以前，曾经到处搜求稀有的金鱼品种，精致的器皿，并精研蓄养与繁殖的法门，更在家园里用水泥建造了两方分成格子的图案式池子，以供新生的小鱼成长之用，可谓不惜工本了。当时所得南北佳种，不下二十余品，又为了原名太俗，因此借用词牌曲牌做它们的代名词，如朝天龙之"喜朝天"，水泡眼之"眼儿媚"，翻鳃之"珠帘卷"，堆肉之"玲珑玉"，珍珠之"一斛珠"，银蛋之"瑶台月"，红蛋之"小桃红"，红龙之"水龙吟"，紫龙之"紫玉箫"，乌龙之"乌夜啼"，青龙之"青玉案"，绒球之"抛球乐"，红头之"一萼红"，燕尾之"燕归梁"，五色小兰花之"多丽"，五色绒球之"五彩结同心"等，那时上海文庙公园的金鱼部和其他养金鱼的人们都纷纷采用，我也沾沾自喜，以为吾道不孤。

　　古人以文会友，我却以鱼会友，因金鱼而结识了好多专家，作为我的高等顾问。我那陈列金鱼的专室"鱼乐国"中，常有他们的踪迹。他们助我搜罗了不少名种，又随时指示我养鱼的经验，使我寝馈于此，乐而忘倦。明代名士孙谦德氏作《朱砂鱼谱》，其小序中有云：余性冲淡，无他嗜好，独喜汲清泉，养朱砂鱼，时时观其出没之趣，每至会心处，竟日忘倦，惠施得庄周非鱼不知鱼之乐，岂知言哉！我那时的旨趣，正与孙氏一般无二，虽只周旋于二十四缸金鱼之间，而也深得濠上之乐的。

　　不道"八一三"日寇进犯，苏州沦陷，我那二十四缸中的五百尾金鱼，全都做了他们的盘中餐，好多年的心血结晶，荡然无存。第二年回来一看，触目惊心，曾以一绝句志痛云："书剑飘零付劫灰，池鱼殃及亦堪哀！他年稗史传奇节，五百文鳞殉国来。"虽说以五百金鱼之死，比之殉国，未免夸大；然而

它们都膏了北海道蛮子的馋吻，却是铁一般的事实。胜利以后，因名种搜罗不易，未能恢复旧观，而我也为了连遭国难家忧，百念灰冷，只因蜗居爱莲堂前的檐下挂着一块"养鱼种竹之庐"的旧额，不得不置备了五缸金鱼，略事点缀。可是佳种寥寥，无多可观，我也听其自生自灭，再也不象先前的热恋了。

我在皖南避寇，足足有三个多月，天天苦念故乡，苦念故园，苦念故园中的花木；先还没有想到金鱼，有一天忽然想到了，就做了十首绝句：

吟诗喜押六鱼韵，鱼鲁常讹雁足书。苦念家园花木好，愧无一语到金鱼。

五百锦鳞多俊物，词牌移借作名标。翻鳃绝似珠帘卷，紫种宛然紫玉箫。

杨柳风中鱼诞子，终朝历碌换缸来。鱼人邪许担新水，玉虎牵丝汲井回（母鱼生子时，因水味腥秽，必须常换新水）。

盆盎纷陈鱼乐国，琳琅四壁画金鱼。难忘菊绽花如海，抗礼分庭独让渠（小园中陈列金鱼的一屋，名鱼乐国，四壁都张挂着名家所画的金鱼，每年秋季，苏州公园中举行鱼菊展览会，金鱼与菊花并列）。

五色文鱼多绝丽，云蒸霞蔚似丝缫。登场鲍老堪相拟，簇锦团花著绣袍。

珠鱼原是珠江种，遍体莹莹珠缀肤。妙绝珠帘朱日下，一泓碧水散珍珠。

珍鱼矫矫生幽燕，紫贝银鳞玉一团。媲美仙葩差不愧，嘉名肇锡紫罗兰（北方有一种身有紫斑的金鱼，俗称紫兰花，我爱花中的紫罗兰，因以为名）。

沙缸廿四肩差立，碧藻绯鱼映日鲜。绝忆花晨临渌水，闲看鱼乐小游仙。

朝朝饲食常临视，为爱清漪剔绿苔。却喜文鳞俱识我，落花水面唼喋来（缸边易生绿苔，积得厚了，必须剔去）。

铁蹄踏破纷华梦，车驾仓皇出古吴。未识城门失火后，可曾殃及到池鱼？

不料后来回到故园探望时，金鱼果然殃及，只索望缸兴叹；并且连我最爱的一个捷克制的玻璃金鱼缸也给毁了。这缸是作四方形的，下面有一个镂花的铜盘，两旁有两个瓜棱形的火黄色的玻璃柱，当中可以通电放光，柱顶各立一个女子，全身涂金，张开了两臂，相对作跳下水去的模样。我曾两次陈列在公园中的鱼菊展览会中，养着两尾五色的珍珠鱼，映着电光，分外的美丽。参观的群众，都啧啧称叹，至今我还忘不了它。

前人对于养金鱼的器具，原有很讲究的；像元代的燕帖木耳，在私邸中造一座水晶的亭子，四面以水晶作壁，珊瑚作栏杆，装了清水进去，养着许多五色鱼，再将绿藻红荷白苹等作点缀，真的光怪陆离，美观极了。清代的宰相和珅，有一只琥珀雕成的书案，方广二尺，嵌以水晶，下面有一抽屉，也是水晶的，约高三寸，装了水养金鱼，配着碧绿的水藻，自觉尽态极妍。往年我曾在阔街头巷的网师园中，瞧见一只杨妃榻上的匣儿，四周用紫檀精雕作边框，嵌着很厚的玻璃，四面和底层是瓷质的，画着无数的金鱼和绿藻，据说是乾隆时代的制作，也是作养金鱼之用的。前人对于玩好方面，真是穷奢极欲，现在可没有这一套了。

养金鱼的风气，宋代即已有之，苏老泉诗中曾有"朱鬣金鳞漫如染"之句，可作一证。不过他们大半是养在池塘里的。到了清代，就有把金鱼养在瓶里的了，如陈其年咏金鱼的《鱼游春水》词中，有"浅贮空明翡翠瓶，小唼瀺灂桃花水，蹙锦裁斑，将霞漾绮"之句。又龚蘅圃有《过龙门》词：

脂粉旧香塘，影蘸丝杨，花纹不数紫鸳鸯。一种藻鳞金色嫩，三尾拖凉。　蔽日有青房，翠网休张，池星密处惯迷藏。雨过满匤真个似，濯锦秋江。

这又是咏池塘中的金鱼了。我也有一阕《行香子》词，咏池中金鱼，词云：

浅浅春池，藻绿鱼绯，看翩翩倩影参差。银鳞鳃展，朱鬣鳍歧。是

401

瑶台月,珠帘卷,燕双飞(银、鳃、燕为银蛋、翻鳃、燕尾三种金鱼的别名简称)。碧胪流媚,彩衣轩举,衬清漪各逞娇姿。香温茶熟,晴日芳时。好听鱼唱,观鱼跃,逗鱼吹。

我的金鱼本来都是养在黄沙缸里的,只因春间生子太多,就分了一部分到梅丘下的荷花池中去,所以池中也成了金鱼的天地了。

(选自《拈花集》)

吾家的灵芝

古人诗文中对于灵芝的描写,往往带些神仙气,也看作一种了不得的东西;但看《说文》说:"芝,神草也。"《尔雅》说:"芝一岁三华,瑞草。"又云:"圣人休祥,有五色神芝,含秀而吐荣。"宋代大诗人陆放翁有《玉隆得丹芝》绝句云:

> 何用金丹九转成,手持芝草已身轻。祥云平地拥笙鹤,便自西山朝玉京。

又《丹芝行》云:

> 剑山峨峨插穹苍,千林万谷墙其阳。大丹九转古所藏,灵芝三秀夜吐光。如火非火森有芒,朝阳欲升尚煌煌,何中劚取换肝肠,往驾素虬朝紫皇。

写得何等堂皇,可知芝之为芝,决不能与闲花野草等量齐观的了。

芝的品种繁多,神农经所传五芝,据说红的如珊瑚,白的如截肪,黑的如泽漆,青的如翠羽,黄的如紫金,这就是所谓五色神芝。其他如龙仙芝、青灵芝、金兰芝三种,据说吃了之后,可以寿至千岁;月精芝、萤火芝、万年芝三种,吃了之后,可以寿至万岁。我终觉得古人故神其说,并不可靠,大家姑妄听之好了。

十余年前,之江大学的一位教授,在杭州山里掘得一株灵芝草,认为希世之珍，特地送到上海去公开展览，并且拍了照片，在报上尽力宣传。我生平对于花花草草，本有特殊的癖好，难得现在有这神草瑞草展览于海上，合该不远千里而来，观赏一下。可是一则因岁首触拨了悼亡之痛，鼓不起兴致来；二则吾家也有灵芝，正如报端所说质地坚硬，光亮而面有云纹，不过是死的；死的与活的没有多大分别，不看也罢。

吾家灵芝，大大小小一共有好几株。有朋友送的，也有往年在骨董铺里买来的；大的插在古铜瓶里，小的供在石盆子里，既不会坏，又十分古雅，确当得上"案头清供"之称。最好的一株，是十年前苏州一位盆景专家徐明之先生所珍藏而割爱见赠的；三只灵芝连在一起，而在左角上方，更缀上三只较小的，姿态非常美妙，却是天生而并非人为的。这六个灵芝都面有云纹，作紫红色，背白而光，柄作黑色，好像上过漆一样，其实是天生的；质地极坚，历久不坏。抗日战争期间，我曾带着它一同逃难，后来在上海跑马厅中西莳花会中与其他盆景并列，曾引起中西士女们的赞赏。平日间我只当它是木菌，并不十分珍视，作为一件普通的陈设；直至看了之江大学那枝灵芝的照片，才知它也是灵芝，所不同的，就是活的与死的罢了。

近年我又得了一株灵芝，据说是一个竹工在玄墓山上工作时掘来的。五芝连结在一起，两芝最大，过于手掌，三芝不整齐地贴在后面，大小不等，五芝都坚硬如石，作紫色，沿边有两条线，色较浅淡，柄黑如漆，有光泽，的是此中俊物。我把它插在一只白端石的双叠形的长方盆里，铺以白砂，配上了一个葫芦，一块横峰的英石，供在紫罗兰庵中，自觉古色古香，非同凡品，朋友们都来欣赏，恋恋不忍去。我不知道这是什么芝？吃了下去能不能长寿？我倒也不想活到千岁万岁，老而不死，寿比南山；只要活到了一百岁，也就福如东海，心满意足了。呵呵！

然而，我却没有勇气吃下这一株五位一体的灵芝！

（选自《拈花集》）

岁朝清供

老桩柏树盆景

岁朝清供

  春节例有点缀，或以花木盆景，或以丹青墨妙，统称之为岁朝清供。我以花木盆景作岁朝清供，行之已久；就是在"八一三"国难临头避寇皖南时，索居山村中，一无所有，然而也多方设法，不废岁朝清供。那时我在寄居的园子里，找到了一只长方形的紫沙浅盆，向邻家借了一株绿萼梅，再向山中掘得稚松小竹各一，合栽一盆，结成了岁寒三友。儿子铮助我布置，居然绰有画意。我欣赏之余，以长短句宠之，调寄《谒金门》云：

    苔砌左，翠竹青松低亸，借得绿梅枝矮媠，一盆栽正妥。 旧友相依差可，梅蕊弄春无那。计数只开花十朵，瘦寒应似我。

  原来这一株绿梅，先天不足，后天失调，一共只开了十朵花。这乱离中的岁朝清供，真是够可怜的了！

  一九五五年的岁朝清供，我是在大除夕准备起来的。以梅兰竹菊四小盆，合为一组，供在爱莲堂中央的方桌上，与松柏等盆景分庭抗礼。梅一株，种在一只梅花形的紫沙盆中，含蕊未放，花虽稀而枝亦疏，干虽小而中已枯，朋友们见了，都说它是少年老成。兰一丛，着花五六朵，已半开，风来时幽香微度。竹是早就种好了的。高低疏密，恰到好处，这一次严寒袭来，虽经冰冻，却还青翠可爱。菊是小型的黄色文菊，插在一只明代瓯瓷的长方形浅盆中，灌以清水，伴以蒲石，虽曾结冰三天，依然无恙，它不但傲霜，并且傲冰了。此外有天竹、腊梅各三、四枝，用水养在一只长方形的大石盆中，庋以红木高几，落地安放。腊梅之下，放着一块横峰大层岩石，更有紫竹一小株，从石后斜出,倒影水中。这一盆早就制成,本是庆祝一九五五年元旦的,那时腊梅大半含蕊,现在却已全放,正可作春节的点缀了。在这大石盆前,着地放着一个腊梅盆景,老干虬枝,足有六七十年的树龄,今年着花不多,已在陆续开放,色香都妙。我曾有绝句一首咏之:

　　　　腊梅老树非凡品,檀色素心作靓妆。纵有冬心橡样笔,能描花骨不描香。

　　古画中曾有"岁朝清供"这个专题,名家作品很多,都是专供春节张挂的。我也藏有清代计儋石、张猗兰等好几幅,所绘花果中,都含有善颂善祷之意。最难得的,有苏州的十六位画师给我合作的一幅大中堂,由邹荆庵作胆瓶天竹、水仙,陈负苍作松枝、山茶,余肜甫作石,周幼鸿作菖蒲,朱竹云作书卷,张星阶作老梅,蔡震渊作紫沙盆,张晋作柏枝、万年青,朱犀园作竹,柳君然作百合、柿子、如意,程小青作荸荠、橄榄,韩天眷作腊梅,谢孝思作宝珠山茶,乌叔养作橘,蒋乐山作菱,卢善群作盉,命名为"岁朝集锦",由范烟桥题记云:

　　　　丁亥之秋,集于紫罗兰庵。琴樽余韵,逸兴遄飞,以素楮为岁朝图,迓新禧也。

我每逢春节,总得张挂此画,并以陈曼生所书"每行吉祥事,常生欢喜心"一联为配。联用珊瑚笺,朱色烂然,很适合于点缀春节。

　　　　　　　　　　　　　　　　　　　　　　　　(选自《拈花集》)

献花迎新

（一）

我要向一九六一年献花。以一片至诚欢迎它的光临！欢迎前途光明、大有希望的新的一年！

我要献的第一种花是蜡梅。因为它开得最早，这几天已绽开了那黄蜡似的花瓣，吐出了那兰麝似的花香，倒像是故意抢先来迎接新年似的。

纤秾娇小的迎春花，是我所要奉献的第二种花。借重迎春花来迎接新年，实在是最最合适的。迎春是一种落叶小灌木，枝条柔软，略作方形，长可达二、三尺，像垂柳般迎风飘拂，袅娜多姿。它从枝节间发叶，每三小片合为一组，组组对生。入冬含苞，春前先放，花朵单瓣六裂，一朵朵好像小喇叭，含苞时略带红晕，开放后作鹅黄色，长条上开着黄花，因此别名"金腰带"。宋人赵师侠的《清平乐》说："乞与黄金腰带，压持红紫纷纷。"就是由此而来的。

红色原为我国传统的吉祥颜色，为人人所喜爱，岁时令节的一切装饰，非红不可。而十一年来，全国高高举起红旗，万物欣欣向荣，国运蒸蒸日上，更觉得红色真是一种大吉祥的好颜色了。我要献与一九六一年的第三种花是什么花呢？想呀想的，我想非红艳夺目的一品红不可。一品红别名猩猩木，俗称象牙红，原产在热带地区，因此必须在温室中栽培。叶作碧绿色，花瓣先作绿色，然后渐渐泛红，非常鲜艳。花型十分特殊，与叶片一般无二，是叶是花，迷离莫辨。枝条易长，种在盆子里不太美观，还是等到那花朵开到八九分时，剪下来作为瓶供，用白瓷长形胆瓶，娇滴滴越显红白。枝条剪断时，见有白色的乳汁分泌出来，必须放在火上烧焦二三寸，方可插瓶。只因它生于热带，天性怕冷，所以供养案头时，室内要保持相当温度，如果一受冰冻,花叶立刻萎缩,那就大为不美了。于是我不由得想到珠江之畔的羊城,山温水暖,四时皆春,真是一品红的一个大好乐园。羊城啊,我连带为您祝福,祝您不断的前进!

献上了红的花,就又想起了许多红的子,它们都可作新年献礼之用。譬如那几个和我的菊花盆供作伴两月的枸杞盆景,旧时早就有"杞菊延年"的美称,那一颗颗红玛瑙似的杞子,是多么的鲜艳!还有那两盆老而弥健的百年老干鸟不宿,正有无数缀在绿叶丛中的红子,每一颗都像是精圆的珊瑚珠,又是多么的美妙!说起了红色的果实,我又怎能忘情于那株盆植的老橘树,年年总要结十多个滚圆的橘子,由青衣而换上黄衣,最后才换上了漂亮的红衣,喜孜孜地来迎接新年!这一回当然也少不了它。这个献礼的阵容业已形成。此外,我还要召集千年红啊,万年青啊,吉祥草啊,这班卉族弟兄,它们都是吉祥的象征。

(二)

崭新的一九六二年又来临了。我一面掬着一片至诚,欢迎它的光降;一面又怀着无穷的希望,要看它这一年间更好更大的成就:不用说,这又是奋勇前进的一年,只见红旗招展大地,更显得光彩焕发。我爱花如命,当然要把花来迎接这新的一年。

梅花虽说开在百花之先,但还含蕊未放,赶不上来。只有蜡梅开得较早,倒像是有意抢先来迎接新年。这半个月来,已绽开了那片片黄蜡似的花瓣,吐出了一阵阵兰麝似的花香,真讨人欢喜。我家有一个年过花甲的蜡梅盆景,树干已枯到脱皮露骨,而生命力还是很强,年年着花,磬口素心,自是此中名种。元代诗人耶律楚材咏蜡梅诗,曾有"枝横碧玉天然瘦,蕾破黄金分外香"之句,移赠于它,当之无愧。今冬着花更多,正可借重它来迎新。爱莲堂外走廊之下,又有地植的双干老蜡梅一株,着花满树,这几天已陆续开放,也是磬口素心,清香四溢。我特地挖了旁生的一小株种在一个椭圆形的白陶盆里,再加上一株小松,一丛细竹,等不及春梅开放,就先让它们结成岁寒三友,而作为迎新清供。

可是蜡梅却另有一位亲密的朋友,岁尾年头总是厮守在一起的,那就是天竹。绿叶青枝,离披有致,再加上一串串鲜艳的红子,更觉得丰神楚楚。我家所有天竹,象是散兵线般分植在园中各处,共有一百多株,就中以号称

"狐尾"的一种，最为美观，红子茂密，下悬如狐尾，长达尺许。老干的盆景，也有好几个，有一盆结了三串，正可跟那老干的蜡梅盆景携手合作，一同作为迎新的代表。此外还有紫色的灵芝、红子的枸杞，满身通红的北瓜，也可参加迎新的行列，作为吉祥的象征。

除了这些大红大紫的伙伴以外，可又有一个朝气蓬勃的小伙子赶上来了，那就是别号"金腰带"的迎春花，它倒是年年老例，从不落后，总要凑凑热闹，挤进迎新的行列。它那美好的名字，比谁都有带头迎新的资格；何况它那身鹅黄色的新装，又恰好跟蜡梅花那一套蜡黄的道袍互相辉映。

单单看了这么一个迎新的行列，似乎已算得上丰富多采的了；然而还有好多种迟开的菊花，也不肯示弱，年年总要参加迎新，依然是老当益壮的样子。我曾经有过这样一首夸奖它们的诗：

> 菊残犹有傲霜枝，未减清秋绰约姿。我为琼葩添寿算，看它开到岁朝时。

因此在这欢迎一九六二年元旦的花木行列中，我家仍有十多盆精神抖擞的菊花，形形色色，缤缤纷纷，开着斑斑斓斓的花朵，不让蜡梅、天竹、迎春它们专美于前，就中如"草上霜"、"绿托桂"、"紫玉盘"、"御袍黄"、"梨香菊"、"金波涌翠"、"二乔"、"墨荷"、"白玉钩"、"秋光夜月"、"四海飘香"、"八宝珠环"、"搓脂滴粉"，还加上了那些红、白、黄各色的小菊花，都展开笑靥，争妍斗艳地迎接这崭新的一九六二年哩。

欢迎，欢迎，一九六二年！我们这里打扮就绪，万事齐备，只恭候着您大驾光临了。

（选自《拈花集》）

411

园门长此为君开

蟠胸五岳存三亩,照眼千株灿一门。永日晤言陪木石,深堂呼吸接乾坤。

　　这是广西诗人吕集义同志一九六〇年春到苏州来光降小园时,见赠的一首律诗中的两联,不但对仗工整,而且言之有物。可不是吗? 在这三亩多的小小园地里,两年以前又新堆了一座假山,"五岳起方寸",以五个石峰来象征泰、嵩、衡、华、恒五大名山;而花木盆景,大大小小已超过千数。我这闲不住的身子,整天忙忙碌碌地,老是与木石为缘。我还接待了来自祖国各地以至国外的无数嘉宾,跟他们握手言欢。那么,我虽躲在这小天地里,也可以说是和普天下人呼吸相通了。

　　近年以来,我尽力搜集合用的材料,先后制成了上百个大小盆景。制作盆景是一件很费心力的工作,先要找一株好样的树,修剪扎缚,然后配一个合适的盆,加上一二件陪衬的附属品,要它有诗情,有画意。大型的须用双手捧起,小型的却是一指可托。我又十分性急,每一盆都要它速成,因此格外要多动一些脑筋了。然而费力虽多,收获也大,除了"聊以自娱"外,不知供给多少人来观赏。例如上海科学教育电影制片厂摄制的那本彩色纪录片《盆景》,十之七八是我的作品,早已映上了国内外许多地方的银幕,至今还有人看了之后,特地赶上门来"对证古本"呢!

　　一九六一年元旦,我在欢欣歌舞之下,心想将怎样来欢迎它的光降呢? 就在前几天已开始把我的小小园地打扮好了。爱莲堂上和紫罗兰庵中的那些菊花盆供,经过了一番整理,还可以继续供下去;一面又添上几盆迟开的

"玻璃绿""杨妃出浴"等，加强了阵容。蜡梅、天竹和松、柏、竹子，可以结为岁寒五友，一同登场。那两盆百年老干鸟不宿，供在廊下，把它们一颗颗鲜艳的红子来作为喜庆的象征；而几盆大型和小型的迎春花，也开放了嫩黄色的花朵，带头来迎接新年。其他有画意的盆景，有仿齐白石的"独树庵图"，有"枯木竹石"，有"竹深留客处"，聊备一格，可以当作图画来看。至于山水盆景，除了八千米以上的部分珠穆朗玛峰外，有毛主席的故乡韶山一角，有革命圣地延安的宝塔山，有苏州香雪海，有黄山石笋矼；这当然都是想象中的产物，不过借此表示我的一片向往之情罢了。

　　我这小小园地，一切都因陋就简，实在不够园林的条件；要感谢苏州市人民政府的支援，最近整修了梅屋和荷轩，可供来宾小坐休憩之用。所引为遗憾的，盆梅尚在含苞，所有好几百个大小盆景，为了越冬防止冰冻，大半已移入室内或连盆埋在地下；只有长青的松、柏、黄杨、冬青和罗汉松等，尚可观赏。我的园门是长年敞开着的，欢迎一般看花不问主人的游客，如果假日来到苏州，不妨光临小园，作一二小时的勾留。末了我要把两句唐诗略改一下，以代请柬：

　　　　花径已曾缘客扫，园门长此为君开。

（选自《拈花集》）

413

千红万紫盈花市

　　千红万紫盈花市，尽是新春跃进花。修到年年花里活，白云山下好为家。

　　这一首诗，是我为了怀念广州一年一度的花市而作的。原来每年农历年终，广州总有一个迎接春节的花市，家家户户，都要上花市买些心爱的花草果树回去，作新春的点缀。一时万头攒动，熙熙攘攘，真的是如登春台一般。

　　听说一九六〇年的花市，从小除夕午后二时开始，分别在越秀区、海珠区、东山区几条大路上举行，集中了全国各地的花草树木，例如山东菏泽的牡丹，福建漳州的水仙，上海的菖兰、仙客来、康乃馨等等，而郊区和各县人民公社的花农们，也大量供应梅花、碧桃、海棠、玫瑰、芍药、桂花，以及金橘、四季橘等果树，而为群众所喜爱的吊钟花，更有数千枝之多。这是一种南国特有的好花，花形像吊着的小钟一样，作粉红色，够多么的美啊！尤其使我艳羡的，要算是大丽菊，我们在这里好容易要盼望到谷雨节过牡丹谢后，才能看到它的娇姿，而广州花市上，竟有金黄、大红、五彩、鸡蛋黄等二十余名种，已在那里争妍斗艳了。

　　除了广州的春节花市外，四川成都的花会，也是颇颇有名的。每年农历二月，在城西南的青羊宫举行，是一个群众游春和展出花木物产的盛会，相传为唐宋二代以来花市的遗风。花农们在会上展出他们辛勤种植的各种花草，并交换品种，交流经验，是很有意义的。

　　我们苏州也有花市，每年总在农历四月十四日所谓吕纯阳生日举行。

414

这一天有不少人都要到神仙庙所在的中市一带去买花,俗称"轧神仙"。过去所有郊区和城市中的花农花贩,先二日就忙着把花草树木挑运前去,夹道陈列,任人选购,凡是春夏二季的花花草草,应有尽有。可惜近二年来,这花市已不大兴盛,我们要把它恢复起来才好。

(选自《拈花集》)

花木之癖忙盆景

　　我热爱花木，竟成了痼癖。早年在上海居住时，我往往在狭小的庭心放上一二十盆花，作眼皮供养。到得"九一八"日寇进犯沈阳以后，凑了二十余年卖文所得的余蓄，买宅苏州，有了一片四亩大的园地，空气阳光与露水都很充足，对于栽种花木很为合适，于是大张旗鼓地来搞园艺了。园地上原有多株挺大的花树、果树、长绿树、落叶树，如梅、杏、李、桃、柿、枣、樱花、樱桃、枇杷、玉兰、石榴、木犀、碧桃、紫荆、紫藤、红薇、白薇等，此外松、柏、杉、枫、槐、柳、女贞、梧桐等，也应有尽有；而最可人意的，是在一株素心蜡梅老树之下，种有一丛丛紫罗兰，好象旧主人知道我生平偏爱此花，而预先安排好了似的。我之不惜以多年心血换来的钱，出了高价买下此园，也就是为的被这些紫罗兰把我吸引住了。

　　以后好几年，我惨淡经营地把这园子整理得小有可观；又买下了南邻的五分地，叠石为山，掘地为池。在山上造"梅屋"，在池前搭"荷轩"，山上山下种了不少梅树，池里缸里种了许多荷花；又栽了好多株松、柏、竹子、鸟不宿等常绿树作为陪衬。到了梅花时节，这一带红梅、绿梅、白梅、胭脂梅、朱砂梅、送春梅一齐开放，有色有香，朋友们称为小香雪海，称为吾园中的花事最高潮。这确是一年间最可观赏的季节。此外各处，我又添种了好多种原来所没有的树，如绣球、丁香、红豆、回香、辛夷、垂丝海棠、西府海棠和"洞庭红"橘子等。这样一来，一年四季，差不多不断有花可看，有果可吃了。

　　园中的花树果树，按时按节乖乖地开花结果。除了果树根上一年施肥一二次外，并不需要多大的照顾。我的最大的包袱，却是那五六百盆大型中型小型最小型的盆景。一年无事为花忙，倒也罢了；可是即使有事，也得分

身为它忙着：春季忙于翻盆，夏季忙于浇水，秋季忙于修剪，冬季忙于埋藏，这是指其荦荦大者；至于施肥和其他零星工作，可没有一定。像我这样的花迷花痴，没有事也得找些事出来，天天总想创作一二个盆景，以供大众欣赏，那更忙得喘不过气来了。

至于上面所说的四季的工作，也不是固定的。譬如春季翻盆，秋季冬季也可翻盆，不过我却是在春季格外忙一些，因为有几十盆大大小小的梅桩，在开过了花之后，必须一一剪去枝条，由瓷盆或紫砂细盆中翻入瓦盆培养，换上新泥，施以肥料，忙得不可开交。记得解放以前曾有过四首七绝咏其事：

> 不事公卿不辱身，翛然物外葆天真。
> 长年甘作花奴隶，先为梅花忙一春。
>
> 或象螭蟠或虎蹲，陆离光怪古梅根。
> 华堂经月尊彝供，返璞还真老瓦盆。
>
> 删却枝条随换土，瓦盆培养莫相轻。
> 残英沾袖余香在，似有依依惜别情。
>
> 养花辛苦有谁知，雨雨风风要护持。
> 但愿来春春意足，瑶花重见缀琼枝。

这四首诗，确是实录。此外还有别的许多盆树，倘见有不健康的模样，也须逐一翻盆，所以春季翻盆工作是够忙的了。浇水原不限于夏季，春秋以至冬季都须浇水；只因夏季赤日当空，盆土容易晒干，尤以浅盆为甚，甚至一天浇一次还嫌不够，要浇两次、三次之多。试想浇五六百盆要汲多少水？要费多少手脚？所以夏季浇水，实在是主要的工作，而也是最繁重最累人的工作。若是春秋二季，阳光较弱，不一定天天要浇；冬季更为省力，只须挑盆面发白的浇一下好了。

修剪工作以春秋二季最为相宜，我却于暮秋叶落之际，忙于修剪；或则延至来春萌芽之前动手，亦无不可，但我生性急躁，总是当年就跃跃欲试了。到了冬季，花木大都入于睡眠状态，似乎不须再忙；但是第一要着，得赶快做保卫工作，以防寒流的突然袭来。抵抗力较弱的盆树，一经冰冻，就有致命的危险。

　　记得一九五二年初冬，有一天寒流忽如飞将军之从天而降，单单在一夜之间，田间菜蔬全都冻坏，我也没有防到初冬会这样的寒冷，所有盆树全未埋藏，以致损失了好几十盆。中如枯干的绣球，老本的丁香，都是只此一家，并无分出的，不幸都作了惨烈的牺牲。甚至抵抗力素称强大的枸杞、迎春、石榴等等，以及生长山野中从不畏寒的山枫老干，也有好多本被寒流杀死了。

　　我痛定思痛，至今还惋惜着这无可弥补的损失。所以每年总是绸缪未雨，一过立冬，就忙着把较小的盆树尽先收藏到面南的小屋中去；然后将大型的盆树，连盆埋在地下，以免寒流袭来时措手不及。这一个赶做埋藏工作的时期，也是够忙的；并且我家缺少劳动力，中型小型的盆树，我自己还可亲自动手移放，而大型的盆树有重至一二百斤的，那就非请人家帮忙不可了。可是我这一年四季的忙，也不是白忙的，忙里所得的报酬，是好花时餍馋眼，嘉果常快朵颐，并且博得了近悦远来的宾客们的欣赏。

（选自《拈花集》）

我为什么爱梅花

这些年来,大家都知道我于百花中热爱梅花,所以我的家里有寒香阁,有梅屋,有梅丘,种了不少的梅树,也培养了不少的盆梅。

梅花不怕寒冷,能在严风雪霰中开放,开在百花之先,足以代表国人强劲耐苦的性格,况且梅树最为耐久。古代的梅树,至今还活着而仍在开花的,据我所知,浙江省临平附近一个庙宇中,有一株唐梅;超山有一株宋梅。以我国之大,料想深山绝壑中,一定还有不少老当益壮的古梅,可惜没有人表彰罢了。我们现在还没有想到要国花,如果想到了的话,那么以梅花为国花,似乎是很合适的。

古人曾说梅具四德:初生蕊为元,开花为亨,结子为利,成熟为贞。后来又有人说,梅花五瓣,是五福的象征:一是快乐,二是幸运,三是长寿,四是顺利,五是我们所最最希望的和平。古代诗人墨客,称颂梅花的,更是举不胜举。诗如唐代崔道融句云:"香中别有韵,清极不知寒。"宋代陆游句云:"坐收国士无双价,独立东皇太一前。"戴复古句云:"孤标粲粲压群葩,独占春风管岁华。"元代杨维桢句云:"万花敢向雪中出,一树独先天下春。"王冕句云:"不要人夸好颜色,只留清气满乾坤。"历代诗人墨客,都一致推重梅花,给予最高的评价。有人问我为什么爱梅花,我就以此为答。

旧时梅花种类很多,有墨梅、官城梅、照水梅、九英梅、同心梅、丽枝梅、品字梅、台阁梅、百叶缃梅诸称。我于花中最爱梅,并且偏爱老干的盆梅。年来尽力罗致,得江梅、绿梅、红梅、送春梅、玉蝶梅、朱砂红梅、胭脂红梅和日本种的花条梅、乙女梅、芦岛红梅、单瓣深红的枝垂梅等。以花品论,自该推绿梅为第一,古人称之为萼绿华。绿萼青枝,花瓣也作淡绿色,好像淡妆

美人,亭立月明中,最有幽致;诗人词客,甚至以九嶷仙人相比。宋孝宗时,宫中有萼绿华堂,堂前全种绿梅。

我园紫兰台上,有绿梅一株,古干虬枝,树龄足有二百年。十余年前,从邓尉移来,年年着花,繁密非常,伴以奇峰怪石,更觉古雅。盆梅中也有好多株老干的绿梅,而以"鹤舞"一株为魁首,树龄已在一百岁外。先前原为苏州名画师顾鹤逸先生所手植,先生去世后,传之其子公雄,不幸公雄也于五年前去世,他的夫人知我爱梅如命,就托公雄介弟公硕移赠于我。我小心培养,爱如拱璧,五年来老而弥健,枯干上着花如故,因干形如鹤,两大枝很似鹤翅,仿佛要蹁蹁起舞,因此名之为"鹤舞"。一九五六年春节,拙政园远香堂中举行梅花展览会,我以此梅种在一只椭圆形的白沙古盆中,陈列中央最高处,自有睥睨一世之概。

明代小简中,有道及绿梅的,如王世贞与周公瑕云:"梅花屋雨日当甚佳。翠禽啁啾,恼足下清梦,莫更以为萼绿华否?"史启元报友云:想兄拥双荷叶,歌八卿之曲,芙蓉帐暖,金谷风生。若弟兀坐寓斋,枯禅行径,朝来浓雪披绿萼,稍有晋人肠肺。

清代诗中,如范玑《绿萼梅》云:

> 细波展縠弥弥远,芳草欺裙缓缓鲜。怕向江头吹玉笛,夜寒愁绝九嶷仙。

吴嵩梁《坐月》云:

> 林塘幽绝似山家,坐转阑阴月未斜。仙鹤一双都睡着,冷香吹遍绿梅花。

邵曾鉴《拗春》云:

> 拗春天气酒难赊,微雪初晴日易斜。今夜瓦炉停药帖,细君教煮绿梅花。

这三首诗,都像萼绿华一样的清隽。

(选自《拈花集》)

垂直绿化

　　垂直绿化是上海绿化运动中创造出来的一个新名词,换一句说,就是要多多种植蔓性的植物。俗说作事不爽快,叫做"牵丝攀藤",而种植蔓性植物,恰好是尽其牵丝攀藤的能事。丝要牵得越多越好,藤要攀得越长越好。这才完成了垂直绿化的任务。

　　大都市中,鳞次栉比的全是房屋,很少有空地给你种树,那就适用垂直绿化了。如果有楼,楼外如果有阳台,那么就可在阳台的两角,安放两只中型的泥花盆,要是没有花盆,那么漏水的缸甏和废弃的木箱、木桶,装进了八九成泥土,就可作种植蔓性植物之用。朋友们,你们不要以为太寒酸,这就是废物利用,这就叫做节约。然而你要是有现成的陶瓷花盆搁置不用的,那么何妨搬到阳台上来漏漏脸,紫陶红陶;或青花粉彩,五色缤纷,那更足以壮观瞻了。

　　种植这些蔓性植物的盆子,不必太大,也不宜太小,无论是泥盆、陶盆、瓷盆,无论是圆的、方的,只要直径一市尺,深一尺余,就可应用;缸甏和木箱木桶,也是如此。就中如蔷薇、木香、月季、十姊妹、金银花、紫藤、凌霄、葡萄等,一盆可种一二株,但还要看泥垛的大小和根须的多少而定。至于容易成长的薜、荔、常春藤和子出的牵牛、茑萝、南瓜、北瓜、丝瓜、扁豆、锦荔枝等,那么一盆可种三四株,还要好好地培养,灌水施肥,都须恰到好处,过与不及,就不能使它们欣欣向荣了。

　　凡是蔓性植物,都有向上爬的特性,但你一定要帮助它们,攀缘在墙头屋角上的,可用麻线钉住,将藤蔓牵引上去,见一条藤蔓就需一根麻线,才可分头向上攀爬,将来分散在四面八方,才可使墙头屋角形成一个个活色生

421

香的画屏。不然的话,许多藤蔓纠缠在一起,弄得难解难分,即使开花结果,也杂乱无章地一无足观,怎么比得上画屏那样丰富多彩呢! 至于牵引要用麻线,因为它有韧性,并且比较细致;如果用了草绳,一则太粗,二则经不起风吹日晒,容易折断,折断之后,再要把藤蔓牵引上去,那就自找麻烦了。瓜类可以攀缘在晒台或屋顶上,除了用麻线牵引外,最好用竹竿在晒台上搭架,或用细竹扎成许多方格,盖在屋顶上,让瓜藤在方格里自己爬开去,倘有不爬在格子里的,那么也得施行手术,帮助它一下。

莺,俗称爬山虎,与薜荔、常春藤同样是蔓性植物中没有倚赖性的好汉,不需要人家帮助牵引,自己会向上爬;并且会像行军中的散兵线般,逐渐四散开去。莺的成长最快,最好是爬在空白的墙上,不上几年,就会变成一堵绿油油的绿墙。所可惜的,所开的花比桂花更小,成串,作白色,一些儿观赏的价值也没有。但它会结成一串串的绿子,像野葡萄一样。叶片很像三角枫而较大,深秋经霜之后,变作赭红色,却很美观;可是不多几天,就纷纷地掉落了。常春藤和莺有虎贲中郎之似,叶片作心形,经冬不脱,名为常春,确是当之无愧,不过成长较缓,美中不足。薜荔也是四季常青的蔓性植物,叶片很小,作腰圆形,开花也很细小,不为人们所注意,而结实特大,俗称"鬼馒头",不知道它为什么获得这个可怕的名称? 我很爱那一片片的小叶,因为它们蔓延极快,无论树木、墙壁、假山石,都是它们的殖民地。国画家山水画中所画的藤萝,就是给它们写照,一登画面,身价十倍,这就使那两位老大哥莺和常春藤自叹不如了。

莺的生殖力极强,随处生根,随处蔓延,而向上爬的本领也特别大;有墙爬墙,有树爬树,有石爬石,简直是无所不爬;任是三四层楼的高墙,也会逐渐逐渐地爬了上去。但看从前上海西藏路上的慕尔堂,苏州宫巷中的乐群社,都是高高在上的高楼,竟全被莺爬满了,风来叶动,如翻碧浪,在大热天里看上去,自然而然地给人感受到一种清凉味。好在它无须播种,无须培养,灌水施肥,也一概豁免,倘要移植开去,又易如反掌。至于薜荔,生殖力和向上爬的本领,虽也不在莺下,可是移植难活,并且为了它叶片太小,要爬满一堵高墙,实在是不容易的。

要使"墙头屋角画屏开",单单是绿化还不够,一定要彩化香化,才当得上画屏的美称。那么用什么来把墙头屋角绿化彩化香化呢? 这就要求助于那些蔷薇类的蔓性植物了。说到绿化吧,它们的叶片终年常绿。说到彩化吧,它们的花朵儿有白色的,有黄色的,有浅红色的,有深红色的,可以算得上丰富多彩的了。说到香化吧,那么香水花、月季花、木香花和

422

野蔷薇花，都是香喷喷地使人陶醉的。

蔷薇类中最够得上绿化、彩化的条件而可以形成画屏的，要算是十姊妹或七姊妹，因为它一小簇上就放出十朵花或七朵花，是植物中最最爱好集体和团结的。正为了这样，花朵儿就分外地见得密集，而叶片也就分外地见得多了。花型虽然小一些，却是复瓣的，因此也就不觉其小。花有深红、浅红、紫、白各色，很为娇艳，真像是一群娇滴滴的小姊妹，玲珑可爱得很！明代散文作家张大复曾说："十姊妹花之小品，而貌特媚，嫣红古白，嫋嫋欲笑，如双环邂逅，娇痴篱落间。……"又清代吴蓉斋诗云：

> 袅袅亭亭倚粉墙，花花叶叶映斜阳。谁家姊妹天生就，嫁得东风一样妆。

足见前人对于此花都以娇女作比，而篱落粉墙之句，也就写出它的蔓性，可以攀缘在篱上和墙上的。像它们那么花繁叶密，如果把那一条条的蔓分头在墙头屋角用麻线牵引开去，不就是很快地可以构成一个画屏了吗！至于繁殖的方法，可于梅雨期间剪取二三寸长的花枝，扦插在泥盆里，是未有不活的，一说可于农历八九月间扦插，正月间移植，两个扦插的时期虽有不同，都可一试。

（选自《拈花集》）

423

卖花声

花是人人爱好的。家有花园的,当然四季都有花看,不论是盆花啊、瓶花啊,可以经常作屋中点缀,案头供养,朝夕相对,自觉心旷神怡;要是家里没有花园的,那就不得不求之市上卖花人之手。买了盆花,可多供几天,倘买折枝花插瓶,也有二三天可供观赏,而一室之内,顿觉生气勃勃了。

市声种种不一,而以卖花声最为动听,诗人词客往往用作吟咏的题材;词牌中就有"卖花声"一调,足见词客爱好之甚了。清代彭羿仁有《霜天晓角》咏卖花声云:

> 睡起煎茶,听低声卖花。留住卖花人问:红杏下,是谁家?
>
> 儿家。花肯赊,却怜花瘦些。花瘦关卿何事?且插朵,玉钗斜。

黄仲则有《即席分赋得卖花声》七律二首云:

> 何处来行有脚春? 一声声唤最圆匀。也经古巷何妨陋,亦上荆钗不厌贫。过早惯惊眠雨客,听多偏是惜花人。绝怜儿女深闺事,轻放犀梳侧耳频。
>
> 摘向筠篮露未收,唤来深巷去还留。一堤杏雨寒初减,万枕梨云梦忽流。临镜不妨来更早,惜花无奈听成愁。怜他齿颊生香处,不在枝头在担头。

这两首诗把卖花人的唤,买花人的听,全都淋漓尽致地写了出来。

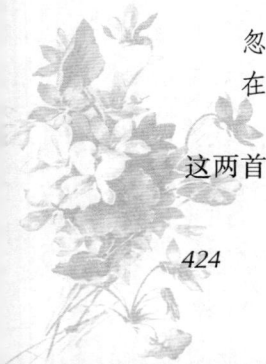

吴侬软语，原已历历可听，而"一声声唤最圆匀"，那无过于唤卖白兰花的苏州女儿了。这班卖花女，大多数是从虎丘来的；因为虎丘一带，培养白兰花的花农最多，初夏白兰含蕊时，就摘下来卖与茶花生产合作社去窨花，那些过剩而已半开的花，就不得不叫女儿们到市上去唤卖了。我曾有小令《浣溪沙》咏卖花女云：

　　　　生小吴娃脸似霞，莺声嘹呖破喧哗，长街唤卖白兰花。
　　　　借问儿家何处是？虎丘山脚水之涯，回眸一笑鬓鬖斜。

除了白兰花外，也有唤卖含笑花(俗呼香蕉花，因它含有香蕉的香气)、玫瑰花、玳玳花的，到了端午节后，那么茉莉花也可上市了。
　　南宋时，会稽城南上原陈翁，以卖花为业，得了钱全去买酒喝，又不喜独酌，往往拉了朋友们同醉。有一天，诗人陆放翁偶过他家访问，见败屋一间，妻子正饥寒交迫，而陈翁已烂醉如泥了。放翁咏以诗云：

　　　　君不见会稽城南卖花翁，以花为粮如蜜蜂。朝卖一枝紫，暮卖一枝红。屋破见青天，盘中米常空。卖花得钱送酒家，取酒尽时还卖花。春春花开岂有极，日日我醉终无涯。亦不知天子殿前宣白麻，亦不知相公门前筑堤沙。客来与语不能答，但见醉发覆面垂鬖鬖。

明代刘伯温题其后云：

　　　　君不见会稽山阴卖花叟，卖花得钱即买酒。东方日出照紫陌，此叟已作醉乡客。破屋含星席作门，湿萤生灶花满园。五更风颠雨声恶，不忧屋倒忧花落。卖花叟，但愿四海无尘沙，有人卖酒仍卖花。

此翁在陆、刘笔下，写成一位高士模样；可是他卖了花只管自己买酒喝，不顾妻子饥寒，虽能生产，而不知节约，实在是不足为训的。

（选自《拈花集》）

425

花雨缤纷春去了

　　春光好时,百花齐放,经过了二十四番花信,那么花事已了,春也去了。据说每年从小寒到谷雨,合八气,得四个月,每气管十五天,每五天一候,八气计共二十四候,每候以一花的风信应之。小寒一候梅花,二候山茶,三候水仙。大寒一候瑞香,二候菊花,三候山矾。立春一候迎春,二候樱桃,三候望春。雨水一候菜花,二候杏花,三候李花。惊蛰一候桃花,二候棠棣,三候蔷薇。春分一候海棠,二候梨花,三候木兰。清明一候桐花,二候麦花,三候柳花。谷雨一候牡丹,二候酴醾,三候楝花。这二十四花信,很为准确,你只要一见楝树上开满了花,那就知道春要向你告别了。

　　每逢梅花烂漫地开放的时节,春就悄悄地到了人间,使人顿觉周身有了生气。可是春很无赖,来去飘忽,活象是偷儿的行径,不上几时,就在我们不知不觉间偷偷地走了。我曾胡诌了一阕《蝶恋花》词谴责它:

　　　　正是缃梅初绽候,骀荡春光,便向人间透。十雨五风频挑逗,江城处处花如绣。　　恨杀春光留不久,来也偷来,走也偷偷走。绿渐肥时红渐瘦,防它一去难追究。

但是尽你狠狠地谴责它,或苦苦地挽留它,它还是悄没声儿地溜走了。

　　古人对于春之去,也有不胜其依恋而含着怨恨的。词中的代表作,如宋代黄山谷《清平乐》云:

　　　　春归何处? 寂寞无行路。若有人知春去处,唤取归来同住。

426

春无踪迹谁知？除非问取黄鹂。百啭何人能解，因风飞过蔷薇。

辛稼轩《祝英台近》云：

> 宝钗分，桃叶渡，烟柳暗南浦。怕上层楼，十日九风雨。断肠片片飞红，都无人管，更谁劝、啼莺声住？　　鬓边觑。试把花卜归期，才簪又重数。罗帐灯昏，哽咽梦中语：是他春带愁来，春归何处？却不解，带将愁去。

又释子如晦句云：

> 有意送春归，无计留春住。毕竟年年用着来，何似休归去。

连这心无挂碍的和尚，也想留住春光，劝它不要归去了。然而想得开的人也未尝没有。如秦观云：

> 节物相催各自新，痴心儿女挽留春。芳菲歇去何须恨，夏木阴阴正可人。

杨万里云：

> 只余三日便清和，尽放春归莫恨他。落尽千花飞尽絮，留春肯住欲如何？

末一语问得好，怕谁也回不出话来。清代俞曲园曾以"花落春长在"一句为人所赏识，因以"春在堂"名其堂，花落了，春去了，只当它长在。

春既挽留不住，那么还是送它走吧。明代唐伯虎与社友们携酒桃花坞园中送春，酒酣赋诗，曾有"三月尽头刚立夏，一杯新酒送残春，夜与琴心争密烛，酒和香篆送花神"等句。此外清代骚人墨客，也有束约知友作送春之会的。如李镇束云：

> 春色三分，一分流水，二分尘土矣。零落如许，可不至郊外一游乎？纵不能留春，亦当送春，春未必不待我于枝头叶底也。

又徐菊如柬云：

　　　　洛阳事了，花雨缤纷，欲携斗酒，为春作祖饯，公有意听黄鹂乎？长干一片绿，是我两人醉锦裀矣。

这二人以乐观的态度去送春，是合理的；好在今年送去了春，明年此时，春还是要来的啊。

（选自《拈花集》）

神仙庙前看花去

农历四月十四日,俗称神仙生日。神仙是谁?就是所谓八仙中的一仙吕纯阳。吕实有其人,名岩,字洞宾,一名岩客,河中府永乐县人,唐代贞元十四年四月十四日生。咸通中赴进士试不第,游长安,买醉酒家,遇见了钟离权得道,不知所往。吕还是一位诗人,有诗四卷。我很爱他的绝句,如《牧童》云:

> 草铺横野六七里,笛弄晚风三四声。归来饱饭黄昏后,不脱蓑衣卧月明。

绝句云:

> 朝游北越暮苍梧,袖里青蛇胆气粗。三入岳阳人不识,朗吟飞过洞庭湖。

《洞庭湖君山顶》云:

> 午夜君山玩月回,西邻小圃碧莲开。天香风露苍华冷,云在青霄鹤未来。

这些诗倒也是很有一些灵秀之气的。

福济观,俗称神仙庙,又称吕祖庙,在苏州市阊门内皋桥东,就是供奉吕

429

纯阳的所在。旧时每逢四月十四日，观中必打醮，香客都来膜拜顶礼。相传吕化为衣衫褴褛的乞食儿，混在观中，凡是害有疑难杂症的人，这一天倘来烧香，往往不药而愈，据说是仙人可怜见他而给他治愈的。这天到神仙庙来烧香或凑热闹的，叫做轧神仙。糕团店里特制了五色米粉糕出卖，称为神仙糕。有卖龟的，把大龟、小龟和绿毛龟放在竹篓或水盆中求售，称为神仙龟。还有一般花农，纷纷挑了草本花和木本花来出卖，称为神仙花。总之无一不与神仙勾搭上了，当然，这些都是无稽的传说。

我们一般爱花的朋友，年年四月十四日，总得前去走一遭，并不是轧神仙，全是为了看花去的。因为从十二日到十四日，神仙庙前的西中市、东中市一带，成了一个盛大的花市，凡是城乡的花贩花农都将盆花集中于此。我们可以饱看姹紫嫣红，百花齐放，见有合意的，就买一些回去，不管它是神仙花不是神仙花，只要是自己心爱的花就得了。

（选自《拈花集》）

勿忘我花

　　"勿忘我"的花名是富有诗意的,它产在西方各国,英国名字叫做"Forget-me-not"(旧时译作"毋忘侬"花),连普通的中英字典中也有这个名称。它一名琉璃草,是一种淡蓝色的小花,每一朵花有五个单瓣,并没有香味。然而它却是花中情种,男女相爱,往往把它扎成花束互相赠送,以表示双方的深恋密爱。

　　有这样一种传说:"勿忘我"花是白色的,丛生水边。欧洲古代有一骑士,带着他的恋人到海滨游览,乐而忘返。那恋人瞥见一丛花挺生水上,要采来插戴。骑士为了要博她欢心,涉水去采。不料怒潮汹涌而来,把他卷去。他忙将那丛花用力抛到岸上,放声嚷道:"不要忘了我!"因此这种花传到后代,就叫做"勿忘我"花了。女词人陈小翠,曾赋《声声慢》一阕,从赵长卿体,专咏其事云:

　　　　问谁曾识,恨叶情根,神光如此光洁?开到高秋,不似芦花飘忽。死死生生哀怨,共江潮,夜深呜咽。向月下,悄归来化作,蛮葩幽绝。
　　　　往事渔娃能说。认凄馨几点,泪痕凝结。抱柱千年,守到相思重活。长忆一枝遥赠,拼为尔,形消影灭。肠断了,待从今忘也,怎生忘得!

末了把"勿忘我"的含意点了出来,隽妙有味。

　　因了这多情的"勿忘我"花,联想到西方另一种多情的花"紫罗兰"。据希腊神话说:司爱司美的女神维纳斯,因爱人远行,依依惜别,在分手时,止不住掉下泪来。泪珠儿滴在地上,第二年就发芽生枝,开出一朵朵又美又香

431

的花来，这就是紫罗兰。曾有人咏之以诗，有"灵均底事悲香草，情种应归维纳司"之句。

　　紫罗兰小花五瓣，萼突出，好像一个小袋，色作深紫，花心橙黄，有奇香，可制香水、香皂。叶圆，茎细而柔，虽是草本，而隆冬不凋，与松柏一样耐寒，并且春秋二季都会开花，西方士女把它当作恩物。四十年来，我也深爱此花，曾赋"馥馥紫罗兰"五言古诗五十首以寄意，一唱三叹，情见乎词，可知我爱好之深了。

（选自《拈花集》）

432

关于花的恋爱故事

金代泰和中，直隶大名府地方，有青年情侣，已订下了白头偕老之约，谁知阻力横生，好事不谐；两人气愤之下，就一同投水殉情。当时家人捞取尸身，没有发见，后来被踏藕的人找到了，面目虽已腐化，而衣服却历历可辨。这一年荷花盛开，红裳翠盖，一水皆香，所开的花，竟全是并蒂，大概是那对情侣的精魂所化吧。

大词章家元遗山氏有感于此，填了一首迈陂塘词加以揄扬："问莲根有丝多少，莲心知为谁苦？双花脉脉娇相向，只见旧家儿女。天已许。甚不教白头生死鸳鸯浦？夕阳无语。算谢客烟中，湘妃江上，未是断肠处。香奁梦，好在灵芝瑞露，中间俯仰今古。海枯石烂情缘在，幽恨不埋黄土，相思树。流年度无端又被西风误。兰舟少住。怕载酒重来，红衣半落，狼藉卧风雨。"李仁卿氏也倚原调填了一首："为多情和天也老，不应情遽如许。请君试听双蕖怨，方见此情真处。谁点注！香潋滟银塘对抹胭脂露。藕丝几缕。绊玉骨春心，金沙晓泪，漠漠瑞红吐。连理树。一样骊山怀古。古今朝暮云雨。六郎夫妇三生梦，幽恨从来间阻，须念取。共鸳鸯翡翠照影长相聚。秋风不住。恨寂寞芳魂，轻烟北渚，凉月又南浦。"

清代名臣彭玉麟氏，谥刚直，文事武功，各有成就，并且刚介廉明，正直不阿，可说是当时数一数二的人物。中法之战发生后，他以七十多岁的高年，疏调湘军入粤，把守虎门沿海，准备将他带领的两只炮艇，和法国的铁甲舰拼上一拼，后来虽因清廷急于议和，未成事实，也是见他的爱国精神。可惜他先前做了曾国藩的爪牙，和太平天国为敌，这是他一生的污点。

他少年时爱上了邻女梅仙，曾有嫁娶之约，只因为了自己的前途起见，暂与分手，预备等功成名立之后，回来完婚。谁知梅仙终于被家人所迫，含恨别嫁，以致郁郁而死。刚直知道了这回事，无限伤心，于是专画梅花，以纪念梅仙，并将他的心事，一再寄之题咏，曾有"狂写梅花十万枝"之句；每一幅画上，总钤着"英雄肝胆儿女心肠"和"一生知己是梅花"等印章，也足见他的一片痴情了。

　　近人李宗邺君曾有《彭刚直恋爱事迹考》一书之作，考证极详，并且编成话剧《梅花梦》由费穆君导演，搬演于红氍毹上，曾赚了我许多眼泪。后来吾友董天野画师也曾画有梅仙像幅，图中正在瑞雪初霁之际，梅仙倚在梅花树上，作凝思状。他要我题诗，我因为是一向同情于刚直这一段恋史的，就欣然胡诌了两绝句："冷香疏影一重重，画里真真绝代容；赢得彭郎长系恋，个侬不是负情侬。""英雄肝胆彭刚直，跌宕情场见性真；狂写梅花盈十万，一花一蕊尽伊人。"

　　英国大小说家施各德氏（W. Scott），十九岁时，有一天，在礼拜堂前遇见一个女郎，那时大雨倾盆，她却没有带伞，因此一再踌躇，欲行不得；施氏忙将自己的伞借给她，于是两人就有了感情。女名玛格兰，是约翰贝企士男爵的爱女，从此和施氏做了密友，足足有六年之久，月下花前，常相把晤，渐渐达到了热恋的阶段。可是后来玛格兰迫于父命，嫁了一位爵士的儿子，侯门一入深如海，彼此不再相见。施氏万般伤心，只索借笔尖儿来发泄，他的小说名著《罗洛白》、《荷斯托克》两部书中的美人就是影射他的恋人；并以紫罗兰花作为她的象征。

　　玛格兰嫁后六月，施氏在百无聊赖中，娶了一位法国女子莎绿德沙士娣，虽是琴瑟和谐，但他的心中总还忘不了旧爱，曾赋"紫兰曲"一章歌颂她，十余年前，袁寒云盟兄正在海上作寓公，我们天天在一起切磋文艺，我将诗意告知了他，他欣然的译成汉诗三首："紫兰垂绿荫，参差杨与榛；窈然居幽谷，丽姿空一群。""碧叶间紫芽，迎露轻娇弹；曾见双明眸，流盼独媟妮。""赤日照清露，弹指消无痕；一转秋水波，久忘别泪昏。"他还写了一个立幅赠给我，作行体，字字遒逸，我用紫绫精裱起来，作为紫罗兰庵中的装饰品。

（选自《花木丛中》）

羊城花市四时春

莺啼彻晓,客梦醒来早。花地花天春不老,茉莉珠兰都好。白云缭绕高峰,分明管领南溟。信是得天独厚,四时长见青葱。

这是我于一九五九年游广州市后,用毛主席原韵写就的一首《清平乐》词,表达我热爱广州的一片微忱。

我对于羊城一向有特殊的好感,数十年来,简直是梦寐系之,这一年春间,前市长朱光同志光临苏州,也光临了小园,握手言欢,一见如故,并承以一游羊城见邀,热情得很!于是我就在四月里蔷薇处处开的时节,独个儿欢天喜地赶去了。到了羊城之后,徜徉六天,收获不小,游踪所至,遍及园林和有名的"花地",到处是绿油油的树木,仿佛掉入了绿色的海洋;在黄花岗、红花岗烈士陵园里,追念先烈们可歌可泣的业绩,不觉油然而生"生的伟大,死的光荣"的感想。其他如越秀公园的秀色,文化公园的情调,都给与我一个轻松愉快的印象。除了游园之外,我又访问了花地的鹤岗人民公社,在这个茉莉、白兰、珠兰的家乡,到处是香喷喷的花卉,更使我悦目赏心,流连忘返。

寝馈盆景三十年,如醉如痴,又怎能忘情于羊城夙有盛名的盆景呢?感谢那十多位制作盆景的专家,特地在文化公园为我举行了一个小型展览会,给我欣赏了他们的好多精品,彼此又交流了经验。在这里几案上所展出的,全都取法自然,师承造化,看了别处那种矫揉造作的盆景,就觉得卑卑不足道了。就中有一位七十多岁的陈彦名医师,老而弥健,伴同我到他府上去观光,上百个盆景,分列在两个晒台上,满目琳琅,我最爱那几盆老干的野杜鹃,红花灼灼,灿烂照眼,自有一种吸引人的魅力。

正在那"鞠有黄华"的时节,喜见新雁过天际,带得尺一书来,原来是陈老医师给我报道羊城花讯来了。在他老人家的信中,得知羊城的菊花,以每年十一月中旬至十二月上旬为全盛时期,但是迟植的,仍可继续开花,一直推迟到农历四月最后一种叫做"四月黄"为止。一年之间,大约有半年以上的时间,都有菊花可赏,并不局限于秋季;陶渊明一灵不昧,也该慨叹着古不如今了。

　　我平日虽是迷恋盆景,可是对于一般花草果木,也无所不爱,那么我又怎能忘情于年年除夕盛极一时的羊城花市呢? 据说这一晚万人空巷,都要一游花市,直到次晨二时才散。他们不吝解囊,买些心爱的花草回去,作为岁朝清供。冬季应时的梅花、水仙等,花市上当然应有尽有;而春、夏、秋三季的名花,如碧桃、海棠、牡丹、芍药、大丽、鸡冠、桂、菊等,也联翩上市。果子如柑、桔、橙、金桔等,也满树硕果累累,使人垂涎。这正证实了我这一句"羊城花木四时春"的歌颂,确是不折不扣的。南望羊城,神驰千里。羊城,羊城,您真是一个园艺工作者的乐园啊! 我于健羡之余,禁不住要手舞足蹈地高唱起来道:"信是得天独厚,四时长见青葱!"

(选自《拈花集》)

436

花一般美好的会议

——全国花卉科学技术会议散记

　　年年国庆节，我年年总要写一些诗文，说说自己的感想。现在一九六〇年国庆又到了，我想起七月间参加过一个花一般美好的会议，是大可纪念的一件事。

　　说也惭愧，虚度了六十多年的人间岁月，却从没有出过山海关，从没有见过万里长城。恰恰农业科学院在辽宁省兴城县召开全国花卉科学技术会议，邀我出席，这才使我生平第一次出山海关，看见了万里长城。真是多么快幸的事呀！

　　七月三日清晨，晓风残月，伴送着我独个儿踏上了生平第一次最遥远的旅程。先到南京待了半天，上玄武湖公园去参观江苏省花卉展览会，在百花园中看到了四季的好花，一时齐放，争妍斗艳地欢聚一堂。在盆景馆里，看到了无锡、扬州、南通和我们苏州的许多盆景，风格虽各有不同，却一样的富于诗情画意，有的也带着时代气息。在综合利用室中，看到了结合生产的各种芳香植物和芳香精油，既可观赏而又可治病的各种药用植物。这一个绿化、彩化、香化的展览会，使我这一千六百多公里的旅程，一开始就有了丰富的收获。

　　四日早上，渡江到了浦口，就搭了浦沈直达快车北上。由江南以至塞北，看不尽的气象万千，终于在五日下午一时二十分分秒不误地到达兴城。我当下被接待到了温泉区果树研究所——一个绿阴匝画、海风送凉、暑天无暑意的好地方。就在这里，将以七天的时间，举行一个花一般美好的会议。这一次我匆匆地赶来，自以为已经落后，谁知走上大楼，踏进那个花枝招展的会场,恰恰赶上了大会开幕式,真的是心花怒放了。

农业科学院党委书记的报告,给与我莫大的鼓励。他说花卉是美化环境、美化生活为人们所喜爱的观赏植物,又是经济价值很高的芳香作物。解放以后,我国花卉事业得到了迅速的发展,特别是各地由于密切结合了生产,发动群众,就地建立香料基地,大办香料工业,为国家增加了不少财富。他说我国广大的花农和花卉技术工作者,在总路线的鼓舞下,大胆地采用新技术,催延花期,改变了花卉原有的习性,创造了百花齐放、千卉争艳的新纪录。为了了解各地花卉生产栽培情况,总结交流经验,明确花卉种植的意义,确定今后花卉发展的方针,向着生产化、大众化、多样化和科学化的方向前进,所以召开了这次花卉科学技术会议。这一番话,使来自二十七个省市的九十位代表,个个听得眉飞色舞,准备在这次大会上尽量地传经取经,回去大搞一下。尤其是有关国计民生的芳香植物,更引起了普遍的重视,非大搞特搞不可。我倾听之下,似乎看见了朵朵照眼的香花,闻到了阵阵扑鼻的花香,因此口占了一首《香花颂》:

> 香草香花遍地香,众香国里万花香。香精香料关生计,努力栽花更种香。

当晚有一个晚会,露天放映彩色电影纪录片《菊花》和《盆景》。在《盆景》一片里,所有开花的盆树和一批小盆景,全是我亲手培养起来的,料不到竟在这里的银幕上重又看到它们。后来我在大会上作《关于盆景的种种》的报告,又在小组里讨论盆景生产化、大众化的问题时,充分发表了自己的意见。

连续两天的大会发言,有北京、武汉、成都、南京、太原、银川、内蒙等省市的代表,各各汇报他们当地花卉事业发展的情况,尤其是北京和苏州代表关于香花的报告,南京和上海代表关于催延花期、百花齐放的报告,主题最为突出,娓娓动听。

此外也有专家、教授和人民公社的代表,拈出一种花或果来作专题报告的,如山东菏泽的牡丹,广东花地的金柑,苏州光福的桂花,杭州的菊花,湖南、云南的山茶,南宁、吉林的大丽等等,口讲指划,历历如数家珍,使听众好似到了众香国里,兀自应接不暇。

小组讨论也连续了两天,分作华北、华中、华东、华南等四组,是传经取经的最好场合,每一组的每一代表,个个发言,交流种植花卉的种种经验,无

438

论扦插、嫁接以至用土、施肥，无所不谈，力求详尽；甚至用实物来当场表演一下。我在小组里也听到了两件花中奇迹：我一向以为，杜鹃、海棠，美是美的，可惜不香；据说福建永安却有香的杜鹃，四川某地却有香的海棠。在今天技术革命的新时代里，到处都有奇迹出现，不单是海棠有香而已。

在会议进行期间，大会场中还附设了一个小型展览会，展出各地代表带来的图片画册，名花异卉，五色缤纷，可作参考的资料。我的两套盆栽小画片、菊花盆供小画片以及中外画报刊物上所载我的盆景的图文，也一并展出，只是聊备一格罢了。

会议在七月十二日闭幕。为了纪念这个花一般美好的会议，我特献诗二首：

江山如此多娇好，姹紫嫣红万象新。愿祝年年春不老，年年长作散花人。

祖国真成花世界，芬芳绰约万花团。东风浩荡花长好，花地花天唱不完。

（选自《拈花集》）

439

我爱菊花

　　我是一个花迷，对于万紫千红，几乎无所不爱，而尤其热爱的，春天是紫罗兰，夏天是莲，秋天是菊，冬天是梅。我在解放以前，眼见得国事日非，国将不国，自知回天无力，万念俱灰；因此隐居苏州，想学做陶渊明。渊明爱菊，我就大种菊花，简直是像渊明高隐栗里，作黄花主人。菊花最多的一年，达一千二百余盆，共一百四十余种，扬州的名种如"虎须"、"巧色"、"柳线"、"飞轮"、"翡翠林"、"枫叶芦花"，常熟的名种"小狮黄"等，全都搜罗了来，小园秋色，真说得上是丰富多采的。解放以后，我忙于社会活动，便种得少了。我想陶渊明如果生于今天，瞧到祖国的欣欣向荣，也该走出栗里，不再作隐士了吧。

　　我爱菊花，不但爱它的五光十色，多种多样；更爱它那种坚强不屈的精神，象征我国的民族性格。它和寒霜作斗争，和西风作斗争，还是倔强如故。即使花残了，枝条仍然挺拔，脚芽仍然茁生。古诗人的名句"菊残犹有傲霜枝"，就给予它很高的赞颂。

　　我爱菊花，爱它那种自然的姿态，所以我所种的菊花，不喜欢把花枝全都扎得齐齐整整，除了一二枝必须挺直的以外，其他枝条，就让它敧斜起伏，然后翻种在瓷盆或紫砂盆里，配上一块拳石或一根石笋，看上去就好像一幅活色生香的《菊石图》。

　　像这样的菊花盆供，不但白天可以欣赏，到了夜晚上灯之后，还可在灯光下欣赏墙上的菊影，黑白分明，自然入画。明末文学家冒辟疆的《影梅庵忆语》中，也曾有与董小宛一同欣赏菊影的叙述。他说："秋来犹耽晚菊，即去秋病中，客贻我剪桃红，花繁而厚，叶碧如染，浓条婀娜，枝枝具云罨风斜之态。姬扶病三月，犹半梳洗，见之甚爱，遂留榻右。每晚高烧翠蜡，以白团回屏六曲，围三面，设小座于花间，位置菊影，极其参横妙丽。始一身入，人在菊中，菊与人俱在影中，回视屏上，顾余曰：'菊之意态尽矣，其如人瘦何！'至今思之，淡秀如画。"赏菊而兼赏菊影，这才算得是菊花的知己。

在一般菊展中，有名菊廊和品种廊，每一盆菊花都是独本，一般人称之为"标本菊"，就是菊花的标本。因为一本只有一花，所以花朵特大，花瓣花须，花蒂花心，都看得清清楚楚，可供园艺家研究，也可供画家写生，这是未可厚非的。可是我们做盆景的，却以三枝或五枝为合适，花朵不必太大，也不必一样大小，一样高低，让它参差一些，才显得出自然的姿态。要做菊花的盆景，还有一个必要条件，就是要选择矮种，叶子也不可太大，种在盆子里，才可入画。如果是高枝大叶，再加上碗口般大的花朵，那就不配做盆景了。

说起菊展，还只有近百年的历史。从前却让富绅巨贾和士大夫之流，在家园里置酒赏菊，只供少数人享受。明代张岱作《陶庵梦忆·菊海》云："兖州张氏期余看菊，去城五里。余至其园，尽其所为园者而折旋之，又尽其所不尽为园者而周旋之，绝不见一菊，异之。移时，主人导至一苍莽空地，有苇厂三间，肃余入，遍观之，不敢以菊言，真菊海也。厂三面，砌坛三层，以菊之高下高下之。花大如瓷瓯，无不球，无不甲，无不金银荷花瓣，色鲜艳，异凡本；而翠叶层层，无一叶早脱者。此是天道，是土力，是人工，缺一不可焉。兖州缙绅家，风气袭王府。赏菊之日，其桌、其炕、其灯、其炉、其盘、其盒、其盆盎大觥、其壶、其褥、其酒、其面食、其衣服，花样无不菊者。夜烧烛照之，蒸蒸烘染，较日色更浮出数层；席散，撤苇帘以受繁露。"这种单供少数人享受的菊展，却如此奢侈，无非是摆阔罢了。

清代王韬，是太平天国时代的一位才子，曾在他所作的《瀛壖杂志》中记当时上海城隍庙里的菊花会。他说，菊花会多在九月中旬，近来设在萃秀堂门外，绕过了湖石，到东北角上，境地开朗，远远地就瞧见菊影婆娑，全呈眼底。沿着回阑前去，便见无数的菊花，高低疏密，罗列堂前，真的是争奇斗胜，尽态极妍。所有的花，先经识者品评，分作甲等乙等，并划为三类，一是新巧，二是高贵，三是珍异；只因名目繁多，记不胜记。这样的菊展，总算粗具规模，而且是公开的了，但那时的劳动人民也是无法观赏的。

亡友王一之兄，生前曾客荷兰。说起荷兰人善于莳花，一九四六年秋，曾在莱汀市会堂举行菊展，会期七日，观众一万多人。他们的大种小种菊花，多数是从我国移去的。清乾隆十五年，有一位远游亚洲的荷兰人贞干，将小种的菊花带了回去，花作黄色，大概是满天星之类。清道光二十八年，

英国人福均,又把我国的大种菊花带去,后由法国传入荷兰;清光绪六年,荷兰人就举行了第一次的菊展。在百余年前,欧洲所有中国的菊花,不过四五十种,后来用了嫁接的方法,巧夺天工,新品种便日多一日,变成多种多样;可是所用的名称俗不可耐,往往将王后、王子、公主和达官贵人的名字移用在花上,不象我国的菊花名称,是富有诗意的。

　　日本的菊种本来大半也由我国传入,因为他们的园艺家善于培养,精于研究,新种之多,几乎超过我国。往年他们有许多研究种菊的集团,如秋英会、重九会、长生会等都是颇有名望的。每年秋季,在日比谷公园中举行菊展。他们的菊花,分大型、中型、小型三种,名称也由自题,并无根据,花瓣阔大的,称之为"荷",花瓣围簇而成球形的,称之为"厚物",管瓣而作旋形的,称之为"抱"。花瓣分作管瓣、平瓣、匙瓣三种。每一盆菊花,至少为三枝,成三角形,三朵花头,也高低相等,三枝以上的,便作五角形或六角形,从没有独本的。批评的标准,分颜色、光泽、花体、花形、瓣质、品格、才、力、花梗、叶和未来等,共十一点,十分细致。凡入选的,奖以金杯、银杯和奖状等,得奖的引为殊荣。

　　生平看菊花展览会看得多了,而规模最大、最出色的,要算一九五四年十一月上海市人民公园的菊展,真使人目迷神往,叹为观止!单就布置来说,有直径十二公尺高四公尺的大菊花山,有用无数盆白菊花排列而成的和平鸽图案,有好多种用各色菊花精心扎成的花字标语,有一座北京白塔似的菊花塔,三座菊花亭,三条菊花桥,更有仿西湖"三潭印月"矗立在水中的三个菊花潭,而最触目的,还有一座用菊花扎成的"世界人民大团结万岁"九字的菊花大屏风,加以下面七道喷水泉,不断地飞珠跳玉般地喷着水,更觉得美不可言!菊花的数量,共六万盆,有二百十七朵白菊花整齐地排成的圆形大立菊,有在假山地区沿山密布的无数盆悬崖菊,五光十色,如同锦绣。品种多至四百余,从北方搜到南方,真达到了丰富多彩的地步。品种展览廊中,全是各地出品的各色各样菊花。而名种展览廊中,更有用瓷盆砂盆翻种好了的特别精彩的菊花,多年不见的扬州名种"柳线"和我生平最爱的"云中娇凤",也在这里看到了。我连去参观了两次,把几个富有诗意的花名抄录了下来:"画罗裙"、"霓裳舞"、"懒梳妆"、"鸳鸯带"、"紫双凤"、"金雀屏"、"玉手调脂"、"秋水芙蓉"、"赤龙腾辉"、"十分春色"、"淡扫蛾眉"、"柳浪闻莺"、"云想衣裳"、"杏花春雨"、"帘卷西风"、"乳莺出谷"、"夕阳古寺"、"明月照积雪"。看了这些花名,就能想见花的美妙了。

（选自《拈花集》）

442

花市的神话

　　我性爱花木,终年为花木颠倒,为花木服务;服务之暇,还要向故纸堆中找寻有关花木的文献,偶有所得,便晨钞暝写,积累起来,作为枕中秘笈。曾于旧籍中发见许多花木的神话,虽是无稽之谈,却也可以作为爱好花木者的谈助。

　　三代时,安期生于喝醉了酒之后,和酒泼墨洒石上,一朵朵都成桃花。汉代有徐登、赵炳二人,各有仙术。有一天彼此相遇,各献身手。赵能禁止流水不流;徐口中含酒,喷到树上去,都会开出花来。三国时,樊夫人和她的丈夫刘纲都能使法,各有本领。庭心有桃树二株,夫妇俩各咒其一,两桃树便斗争起来。刘纲所咒的那一株,竟会走到篱外去,好像生了脚一样。

　　晋代佛图澄初次访石勒时,石知道他有道术,请他一试。佛取一钵盛了水,烧香念咒,不多一会,钵中生青莲花,鲜艳夺目。唐代元和中,有书生苏昌远住在苏州,邻近有小庄,距离官道约十里,中有池塘,莲花盛开。一天,他在池边看莲,忽见一个红脸素服的女郎,貌美如花,迎面而来。苏一见倾心,就和她逗搭起来。女郎并不拒绝,表示好感。从此他们俩常到庄中来幽会,苏赠以玉环,亲自给她结在身上,十分殷勤。有一天,苏见阑槛前有一朵白莲花开了,似乎特别动目。他低下头去抚弄一下,却见花房中有一件东西,就是他所赠的那只玉环;大惊之下,忙把那白莲花拗断,从此女郎也绝迹不来了。又唐代冀国夫人任氏女,少时信奉释教。一天,有僧人拿法衣来请她洗涤,女很高兴地在溪边洗着,每漂一次,就有一朵莲花应手而出。女于惊异之余,忙回头看那僧人,却已不知所往,因给这条溪起了个名字,叫做浣花溪。

唐上都安业坊唐昌观,旧有玉兰多株,在开花的时节,好似瑶林琼树一样。元和中,春光正好,赏花的人们纷至沓来,车马络绎。有一天,忽有一位十七八岁的女郎,身穿绣花的绿衣,骑着马到来,梳双鬟,并无首饰,而美貌出众。后有二女尼和三女仆跟随,女仆都穿黄衣,也生得很美。女郎下马后,将白角扇遮面,直到玉兰花下,一时异香四散,闻于数十步外。附近的群众,都以为是皇家宫眷,不敢走近去看。那女郎在花下立了好久,命女仆取花数十枝而出。一时烟雾蒙蒙,鹤鸣九天。上马之后,就有轻风拂起了尘埃,少停尘灭,大家见那女郎们已在半天之上,方知是神仙下凡。这一带余香不散,足有一个多月之久。

　　润州鹤林寺,有杜鹃花高一丈余,相传五代正元中有僧人从天台山移植而来,用钵盂药养它的根,种在寺中。曾有人见两位红裳艳妆的女郎游于花下,倏忽不见,疑是花神。周宝镇守浙西时,有一天对道人殷七七说:“鹤林的杜鹃花,天下所无,听说道人能使花木不照时令开放,现在重阳将近,可能使杜鹃开花吗?”七七便到寺中去,当夜那两位女郎就对他说:“我们替上帝司此花,现在且给道长开放一下;可是它不久就要回到阆苑去了。”到了重阳那天,杜鹃花果然开得烂漫如春。周宝等欣赏了整整一天,花就不见了。后来鹤林寺毁于兵火,花也遭劫,仿佛它正如二女郎所说的回到阆苑去了。

（选自《拈花集》）

我与中西莳花会(节选)

　　我生平爱美，所以也爱好花草，以花草为生平良友。十余年来，沉迷此中，乐而忘倦。自从"九一八"那年移家故乡苏州之后，对于花草更为热恋，再也不想奔走名利场中，作无谓的追求了。一连好几年，在苏的时候居多，往往深居简出，作灌园的老圃。平生原多恨事，而这颗心寄托到了花花草草上，顿觉躁释矜平，脱去了悲观的桎梏，连这百忧丛集之身，也渐渐地健康起来。不料"八一三"大祸临头，使我割慈忍爱的抛下了满园花草，仓皇出走，流转他乡半年有余，方始到达了上海，栖止既定，便又与花草朝夕为伍，虽是蜗居前的一弓之地，不能多所栽植，而小型的盆栽，倒也可以容纳得下一百多盆。每天早上，总得费一二小时的光阴，去伺候它们。室内净几明窗，终年有盆栽作清供，在下笔作文时，大可助我文思。

　　老友蒋保釐兄原是上海中西莳花会的会员，他很赞美我的盆栽，说何不加入此会，每逢春秋两季，好把盆栽陈列其间，使西方士女开开眼界，认识我们中国的园艺美。我本来对于这已有数十年历史的国际性莳花会，有一个深刻的印象，以前春秋年会，也常去观光，可是不得其门而入，如今既经老友鼓励，就欣然从命。终于由保釐兄会同厉树雄兄和一位西友介绍入会，会中秘书寇尔先生，也诚挚地表示欢迎之意。

　　我既到达上海之后，第一件大事，就是回去探望我那寤寐难忘的故园，虽是三径就荒，却喜花木无恙，逗留了几天，便把一部分小型的盆盎和花木携来上海。去年(民国二十八年)五月二十二日，莳花会举行第六十三届春季年会于跑马厅，我就把大小盆栽二十二点参加。这破题儿第一遭的出品，居然引起了无数西方士女们的注意与赞美，使我非常兴奋。有的还错认为

扶桑人的作品,经我挺身而出,说明自己是中国人后,他们即忙和我握手道歉。第一次展览结束,经会中专家谈判,给与全会第二奖荣誉奖凭。

十一月二十二及二十三两天,第五十二届秋季年会仍在跑马厅举行,这第二次的展览结果,居然得到全会总锦标英国彼得葛兰爵士大银杯一座。这也像国际网球赛的台维斯杯一样,可以保持到下届春季年会,由会中将我的名字刻在杯上,另给一只较小而同样的银杯,那就可以永久的保持下去,作为私有的纪念品了。

这两天恰值秋雨淋漓,观众却并不减少,诸老友听得我幸获锦标,纷来道贺。七十老娘,也以为奇数,偕同室人凤君冒雨而来,高兴得什么似的。我于欢欣鼓舞之余,曾作了四首七绝:"绿草日日奏东皇,莫遣风姨损众芳。世外桃源无觅处,万花如海且深藏。""十丈朱尘浼骨清,随人俯仰意难平。一花一木南窗下,不是蛾眉亦可亲。""奇葩烂漫出苏州,冠冕群芳第一流。合让黄花居首席,纷红骇绿尽低头。""占得鳌头一笑呵,吴宫花草自娥娥。要他海外虬髯客,刮目相看郭橐驼。"

民国二十九年五月二十二及二十三两天,莳花会举行第六十四届年会,我所参加的计有盆栽和水石等共三十点,仍分三大桌。吸引了无数中西观众的视线。这一次经专家评判的结果,出于意外的蝉联了上届彼得葛兰爵士大银杯总锦标,而上届应得的那只小银杯,也由寇尔先生送来,可以永久珍藏在紫罗兰庵中了。这一次我因再度获得总锦标,又赋七绝四首,以志纪念:"霞蔚云蒸花似绣,江城处处自成春。绝怜裙屐翩跹集,吟赏花前少一人(去岁秋季年会时,陈栩园丈曾偕张益兄伉俪同来观赏,笑语甚欢,不意半载以后,遂有幽明之隔,思之泫然)。""半载辛勤差不负,者番重夺锦标还。但悲万里河山破,忍看些些盆里山。""劫后余生路未穷,灌园习静爱芳丛。愿君休薄闲花草,万国衣冠拜下风(艺花小道,未敢自伐,徒以身与国际盛会,而得出人一头地,似亦足为邦国光,此则予之所沾沾自喜者耳)。""小草幽花解媚人,襟怀恬定忘贪瞋。太平盛世如重睹,花国甘为不叛臣(世乱纷纷,不知所届,果得否极泰来,重睹太平盛世者,则吾当终老故乡,从事老圃生活矣)。"

六个月的光阴过得真快,一转眼秋季年会的时期又到了。我因想继续保持总锦标起见,所以对于此次的出品,分外努力,在一个星期中着意筹备起来。《申报·本埠新闻》栏内,有一篇特写《莳花会的秋色》,作者署名爱农,他参观了我的出品以后,记述十分详细。这一次的盆栽,自以为很满意,同志孔志清兄和儿子铮(南通学院农科学生)曾给予我不少助力,他们以为定可保持总锦标,来一个连中三元,与美国罗斯福连任第三次总统互相媲美。谁知经两位西籍评判员草草评判的结果,却得了一张全会第二奖的荣誉奖凭,原来那总锦标已给大名鼎鼎的沙逊爵士那座菊花山夺去了。许多连看四届莳花展览的老友们和中国观众都给我鸣不平,有好几位西方观众也走上来和我说:"我给你总锦标!"那位老内行的蓝斯夫人也给了我许多好评,劝我不可灰心,以后仍然要一次次参加下去。当晚,会中秘书寇尔先生也来慰藉,说:"这一次的总锦标归于沙逊爵士,因为他的出品全部都是菊花之故,至于布置、美化,那当然以足下为最,也许评判员没有留意到罢了。"他们这些美意,使我很为感激。本来我参加此会,并非为的个人问题,我现在以笔耕为主,不需要借此宣传我的园艺。只因此会是国际性的,会员几乎全是西方各国的士女,中国会员不到十人,而参加展览的只有我和我介绍入会的孔志清兄,志清兄是职业化的,与我又自不同。我因为西方人向有一种成见,轻视我国的一切,以为事业落后,园艺也不能例外。我前后参加四次展览,总算引起了他们的注意,知道中国的园艺倒也不错,所以在会场中,我曾听到了他们无数赞美的话,差不多把字典中所有的美妙的形容词,全都搬用完了。明年春季年会,我是否仍去参加,要看我届时兴趣如何和成绩而后决定,评判员的公平不公平,那倒是不成问题的。一方面我很希望我国的园艺家,也一同起来组织一个纯粹中国人的莳花会,请有实力者加以赞助,每年有若干次的展览,请一般画家、艺术家作公平的评判,使从事园艺的人,力求进步,发扬国光。这不能说是什么有闲阶级的闲情逸致,因为我国以农立国,对于园艺的提倡,似乎也是需要的吧。

(选自 1940 年 12 月 1 日上海《永安》月刊第 20 期)

杨彭年手制的花盆

　　在旧社会，我经过了一重重的国难家难，心如槁木，百念灰冷，既勘破了名利关头，也勘破了生死关头。我本来是幻想着一个真善真美的世界的，而现在这世界偏偏如此丑恶，那么活着既无足恋，死了又何足悲？当时我在《新闻报》上发表了一篇提倡火葬的文字，结尾归纳到自己的身后问题，说是要把我的骨灰装在一只平日最爱好的杨彭年手制的竹根形紫砂花盆里，倒象是立了遗嘱似的。恰恰被一位七十五岁的前辈先生读到了，就责备我道："你才过五十，如日方中，为甚么如此衰飒，这是万万要不得的。做人总是这么一回事，不如提起兴致来，过一天算一天，千万不要想到死的问题。就是我年逾古稀，还是生趣盎然，从没有给自己身后打算过呢。"我因前辈先生的规劝，原是一片好意，未便和他老人家争辩，只得唯唯称是。

　　过了一天，又有一位爱好花木的同志赶到我家里来。他倒并不反对火葬，却要瞧瞧我将来安放骨灰的那只最爱好的花盆。抗日战争期间，我住在上海，人家正在投机囤货，忙着发国难财，我却甚么都不囤，只是节衣缩食，向骨董铺子里搜罗宜兴陶质的古花盆，这其间倒也含有些抗日意义的。原来日本人爱好盆栽，而他们自己却做不出好盆，据说先前曾把宜兴蜀山的陶泥装运回去，尽力仿制，而成绩不良，因此专在吾国搜买古盆，凡是如皋、扬州、淮安、泰县各地，都有他们骨董商人的足迹。那边有许多旧家，祖上都是癖爱花木的，而子孙却并不爱花，就把传下来的古盆一起卖给他们，数十年来，几乎都被收买完了。上海的骨董商人投其所好，也往往以古盆卖给日本人，可得善价。我以为这也是吾国国粹之一，自己要种花木，而没有一个好好的古盆，岂不可耻！所以在太平洋战争爆发以前的几年间，我专和日本人竞买，尽我力之所及，不肯退让。在广东路的两个骨董市场中，倒也薄负微名，我每到那里，他们就纷纷把古盆向我兜揽。一连几年，大大小小的买了不少，连同战前在苏州买到的，不下百数。就中有明代的铁砂盆，有清代萧韶明、杨彭年、陈文卿、陈用卿、爱闲老人、钱炳文、陈贯栗、陈文居、子林诸名家的作品，盆底都有他们的钤印，盆质紫砂、红砂、白砂，甚么都有，这就算是我的传家之宝了。

现在那位爱花同志来问我打算把哪一只最爱好的花盆安放骨灰，一时倒回答不出来。记得苏州一位创办火葬场的戎老先生说：火葬时倘不穿衣服，约重三磅之谱；而我所最爱好的花盆，有很大的，也有很小的，似乎都不相称。末了才想起那只杨彭年手制的竹根形紫砂盆来，不大不小，恰好容纳得下三磅的骨灰。杨氏是乾嘉年间专替陈曼生制砂茶壶的名手，这一个盆子确是他的得意之作。里胎指痕宛然，表面有浮雕的竹节和竹叶，并刻着一首七言律诗，笔致遒逸可喜。我本来对它有偏爱，平日陈列在玻璃橱中，不肯动用，这时拿出来给那位同志仔细观赏。他也觉得给我一个花迷作饰终之用，再合适也没有了。我想将来安放了骨灰之后，还得加以装饰，在盆面上插几枝云朵形的灵芝。再把一块灵莹石作为陪衬，就供在"梅屋"中那只洛阳出土的人马图案的大汉砖上，日常有鲜花作供，好鸟作伴，断然不会寂寞。到了梅花时节，更包围在香雪丛中，香生不断，这真是一个最理想的归宿。要不是火葬，你能把灵柩供在家里吗？所成为问题的，却是亡妇凤君已长眠在灵岩下的绣谷公墓中，我的墓穴也预备了，将来要是不去和她同葬一起，她就得永远地孤眠下去，怕要永永抱恨。唉！活着既有问题，死了还有问题，且待将来再说吧。

解放以来，我看到了祖国的奋发有为，突飞猛进，我的心情也顿时一变，由消极变为积极，由悲哀变为愉快。我要好好地活下去，至少要活到一百岁。我要把我一切的力量贡献与祖国，我要看到社会主义新中国的实现，和全国人民熙熙然如登春台，同享幸福。到那时我即使死了，也不必再借那只心爱的花盆来作归宿之所，愿意把我的骨灰撒遍祖国的大地，使膏腴的土壤中开出千百万朵美丽的花来，装点这如锦如绣的大好河山，向我可爱的祖国献礼致敬！

可是"天有不测风云，人有旦夕祸福"，万一我不幸而害了不治之症，看不到共产主义新中国的实现就撒手人世了，这……这……这怎么办呢？但是想到了祖国有希望，有办法，这一天终于会来，也就死而无憾。我愉快地先来把南宋爱国大诗人陆放翁那首临终的名作改上十个字，以示我的子女：

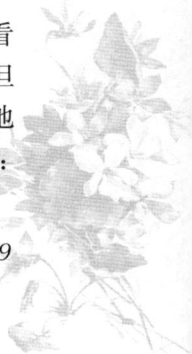

死去元知万事空，我生幸见九州同。他年大业完成后，家祭无忘告乃翁。

（选自《拈花集》）

百花生日

BAIHUASHENGRI

老桩桃花盆景

百花生日

百花生日又称花朝，日期倒有三个：洛阳以二月二日为花朝节，又为挑菜节；东京以二月十二日为花朝，作扑蝶会；成都以二月十五日为花朝，也有扑蝶会。昔人以挑菜扑蝶点缀花朝，事实上这时期蝴蝶绝无仅有，不知怎样作扑蝶会的。挑菜倒大有可为，如荠菜、马兰头等，都可挑来做菜，鲜嫩可口，不过现在早已没有挑菜节这个名目了。总之，花朝在二月是肯定的；正如汉张衡《归田赋》所谓"仲春令月，时和气清，原隰郁茂，百草滋荣"，百草既已滋荣，百花也萌芽起来，称花朝为百花生日，也是很恰当的。

苏州风俗，一向以农历一月十二日为花朝，女郎们剪了五色彩绘粘花枝上，称为赏红。现在可简化了，不用彩绘而用红纸，又做了三角形的小红旗插在花盆里，为花祝寿。从前虎丘花神庙中，还要击牲献乐，以祝花诞。清代蔡云吴歈诗云：

> 百花生日是良辰，未到花朝一半春；红紫万千披锦绣，尚劳点缀贺花神。

此诗就是专咏这回事的。虎丘花神庙旧有一联很为工妙：

> 一百八记钟声，唤起万家春梦。二十四番风信，吹香七里山塘。

不知是何人手笔。

唐代武则天于花朝日游园，令宫女采了百花，和米捣碎，蒸成了糕，赐与

453

从臣。宋代制度,花朝日守土官必须到郊外去察看农事。明代宣德二年,御制《花朝诗》,赐尚书裴本。这些故事,都可作花朝谈助。

我于每年花朝前后梅花怒放时,例必邀知友八九人作酒会或茶会,一面赏梅,一面也算为百花祝寿,总是兴高采烈的。只记得当年日寇陷苏后的第二年,我偏促地住在上海一角小楼中,花朝日恰逢大雨,而心境又很恶劣,曾以一绝句寄慨云:

> 夭桃沐雨如沾泪,弱柳梳风带恨飘。燕子不来帘箔静,百无聊赖是今朝。

那年节令较早,所以花朝日桃花已开放了。

任何人逢到自己的生日,总是希望这一天是日暖风和的;花朝是百花的生日,更非日暖风和不可,下了雨,可就把花盆里的红纸旗都打坏了。清末诗人樊樊山有《花朝喜晴》一诗云:

> 准备芳辰荐寿杯,南山佳气入楼台。鹊如漆吏荒唐语,花为三郎烂漫开。甚欲挽留佳日住,都曾经历苦寒来。晚霞幽草皆颜色,天意分明莫浪猜。

第五六句很有意义;就是我们祖国今日的欣欣向荣,也经历苦寒得来的。

词中咏花朝的,我最爱清代画家兼词人的改七芗有一阕《菩萨蛮》云:

> 晓寒如水莺如识,苔香软印沙棠屐。幨影小红阑,销魂似去年。
> 春人开笑口,低祝花同寿。花语记分明,百花同日生。

又董舜民《蝶恋花》花朝和内云:

> 屈指春光将过半,又是花朝、花信春莺唤。情绪繁花花影乱,护花花下将花看。　拈花笑倩如花伴,细读花间、花也应肠断。花落花开花事换,编成花史山妻管。

454

词中共有十五个花字，真如京剧中所谓大耍花腔，可是用以歌咏百花生日，确是很适合的。

（选自《拈花集》）

迎春花

迎春花又名金腰带，是一种小型灌木，往往数株丛生，也有独本而露根，伸张如龙爪的，姿态最美。干高一二尺、三四尺不等，可作盆栽，要是种在地上，可达一丈以上。茎作方形，上端纤细而延长，因有金腰带之称。茎上对节生小枝，一枝有三叶，叶厚，作深绿色，与小椒叶很相象而没有锯齿。春前开鹅黄色小花，六瓣，略似瑞香，不会结实，又有开花作两叠的，自是异种，也许来自日本。花后剪其枝条，插在肥土中即活，二三月中用拌牲水浇灌，来春花必繁茂。

迎春虽很平凡，而开在梅花之先，并且性不畏寒，花时很长，与梅花仿佛。我曾有句云："不耐严冬寒彻骨，如何迎得好春来。"顾名思义，自是花中可儿。然而虽说它并不畏寒，可是有一年初冬时，寒流突然袭来，也竟抵抗不得。我旧有的几株老干迎春，都断送在这一次寒流之下；只有一株悬崖形的至今无恙，如鲁灵光之巍然独存。旧籍中称迎春为僭客，又有品为六品四命和七品三命的，不知何所取义。迎春枝条多长而纤细，婀娜多姿，种在深盆中，作悬崖形，使它的柔条纷披下垂，最为美观。

迎春花倒也是古已有之的，唐宋时代，就见之于诗人笔下了。如白香山《玩迎春花赠杨郎中》云：

> 金英翠萼带春寒，黄色花中有几般？凭君语向游人道：莫作蔓菁花眼看。

刘琦中《东厅书迎春》云：

456

复阑纤弱绿条长，带雪冲寒折嫩黄。迎得春来非自足，百花千卉共芬芳。

刘敞《阁前迎春花》云：

沈沈华省锁红尘，忽地花枝觉岁新。为问名园最深处，不知迎得几多春？

断句如晏殊咏迎春云：

浅艳侔莺羽，纤条结兔丝；偏凌早春发，应诮众芳迟。

以花色比作黄莺的羽毛，以枝条比作纤柔的兔丝，更以花之早开为当然，而诮他花之迟放，寥寥二十字，已将迎春花的特点写尽了。

词中咏迎春的较少，宋人赵师侠曾有《清平乐》一阕云：

纤秾娇小，也解争春早。占得中央颜色好，装点枝枝新巧。　　东皇初到江城，殷勤先去迎春。乞丐黄金腰带，压持红紫纷纷。

这里将迎春和金腰带两个名称，全都带上了。

（选自《拈花集》）

457

问梅花消息

月之某日,偕同人问梅于我南邻紫兰小筑,时正红萼含馨,碧簪初绽。

这是杨千里前辈在我那本《嘉宾题名录》上所写的几句话;他们一行九人,是专诚来问梅花消息的。一九五四年春,因春寒甚厉,梅花也就迟迟未放。我天天望着园子里二十多株梅树和四十多盆梅桩,焦急不耐,而梅蕊为春寒所勒,老是不肯开放。这真如清代尤展成《清平乐》、《咏梅蕊》一词所谓:

> 烟姿玉骨,淡淡东风色。勾引春光一半出,犹带几分羞涩。
> 陇头倚雪眠霜,寒肌密抱疏香。待得罗浮梦破,美人打点新妆。

在它们犹带几分羞涩,而我却望穿秋水了。

立春以后,连下了两次春雪,雪又相当大,因此梅花也受了影响,欲开又止。宋代范成大有《梅为雪所禁》一诗云:

> 冻蕊粘枝瘦欲干,新年犹未有春看。雪花只欲欺红紫,不道梅花也怕寒。

我也以梅花怕寒为虑,真欲向东皇请命,快把温暖的春风来嘘拂它们啊。

这一个月来,每逢亲友,他们总是向我探问梅花消息,倒象唐代王摩诘

的那首诗:

> 君自故乡来,应知故乡事。来日绮窗前,寒梅著花未?

我对于这样的问讯,答不胜答,只得以尚有十天半月来安慰他们。直到农历二月初,才见爱莲堂和紫罗兰庵中陈列着的十多盆大小梅桩,陆续开放起来;我忙向亲友们报了喜讯,于是臣门如市,都来看"美人打点新妆"了。

梅花不肯早放,确是一件憾事!古时有所谓羯鼓催花的,恨不得也催它们一催呢。宋代诗人对于梅花晚开的遗憾,也有形之吟咏的。如朱熹《探梅得句》云:

> 迎霜破雪是寒梅,何事今年独晚开? 应为花神无意管,故烦我辈著诗催。繁英未怕随清角,疏影谁怜蘸绿杯。珍重南邻诸酒伴,又寻江路探香来。

又尤袤《入春半月未有梅花》云:

> 枯树扶疏水满池,攀翻未见玉团枝。应羞无雪教谁伴,未肯先春独探支。几度杖藜贪看早,一年芳信恨开迟。留连东阁空愁绝,只误何郎作好诗。

我园梅丘、梅屋一带,因坐南面北,梅花开得更迟,除红梅渐有开放外,白梅绿萼梅还是含苞。而有几位种花的朋友,却赶来看这含苞的梅花,说开足了反没有意思,这倒与清代诗人宋琬所见略同。他曾有小简约友看梅云:

> 永兴寺老梅,花中之鲁灵光也。仆亟欲一往,而门下以花信尚早为辞。不知花之佳处,正在含苞蓄蕊,辛稼轩所谓十三女儿学绣时也。及至离披烂漫,则风韵都减。故虽怪风疾雨,亦当携卧具以行。仆已借得葛生寒驴,期门下于西溪桥下矣。

此君的话自有见地,尤以浅红梅含苞为美,一开足反而减色了。

梅花延迟了一个月,终于在农历二月下旬烂烂漫漫地开起来,可是已使人等得有些儿不耐烦了。梅开在百花之先,所以在花谱中总是居第一位;而它的品格，在百花中也确有居第一位的可能。古人曾说："水陆草木之花，香而可爱者甚众，梅独先天下而春，故首及之。"先天下而春，就是梅花的可爱与可贵处。

古时梅花种类很多，有重叶梅、官城梅、同心梅、照水梅、台阁梅、九英梅、丽枝梅、品字梅、百叶缃梅、消梅、时梅、墨梅、侯梅、紫梅诸种，现在大半断种。我园子里则有绿萼梅、玉蝶梅、朱砂红梅、胭脂红梅、铁骨红梅、江梅、淡红梅、送春梅以及日本种的鹿儿岛梅、乙女梅、花条梅、单瓣红梅等。这几种梅花，有的种在地上，有的栽在盆里，内中也有老干枯干，这要算是梅花中的瑰宝了。

我于梅花有特殊的爱好。寒香阁中，平日本来陈列着磁铜木石陶等梅花古玩，四壁又张挂着香雪海、梅花书屋、探梅图、梅花诗等旧书画。到了梅花时节，更少不得要供着活色生香的梅花、盆梅和瓶梅，全都上场了。还有梅丘上的那间梅屋，本来窗门上都有梅花图案，并挂着用银杏木刻就的宋代杨补之和元代王元章的画梅，而雄踞中央的，还有一只浮雕梅花的六角几。这一回我在东角和西角的矮几上，分陈着两盆老干的绿萼梅，所谓疏影横斜，暗香浮动，那是当之无愧的。那六角几上的一只古陶坛中，插着一枝铁骨红梅；而一只树根儿上安放着的一段唐代大诗人白香山手植桧的枯木中，插上一枝胭脂红梅，于是这梅花时节的梅屋，也就楚楚可观了。

此外如爱莲堂和紫罗兰庵中的案上几上，更陈列着二十多盆大型小型的梅桩，而以苏州故名画师顾鹤逸先生手植的那株绿萼老梅为甲观，枯干苍古入画，好像一头鹤鼓翼而舞，我因名之曰"鹤舞"。这一株老梅，寿在百龄以上。顾氏后人移赠于我，已历三年，我珍如拱璧，苦心培养，一年更胜一年，这是我所沾沾自喜的。

农历二月二十五日起，梅屋、梅丘一带的十多株梅树，全都盛开，就中以全白而单瓣的江梅为多，如宋代范成大所谓的疏瘦有韵，得荒寒清绝之趣。此外如绿萼梅、淡红梅、朱砂红梅、胭脂红梅和日本种的鹿儿岛梅、乙女梅等，点缀其间，蔚为大观，从梅屋门前向下一望，自成丽瞩。朋友们称之为"小香雪海"，我说不敢称海，还是称之为"香雪溪"吧。我所作歌颂梅花的诗词太多了，还是把我口头常在吟哦着的几首梅屋诗写在这里：

冷艳幽香入梦闲，红苞绿萼簇回环。此间亦有巢居阁，不羡浦仙一角山。

屋小屏深膝可容,隔帘花影一重重。日长无事偏多梦,梦到罗浮四百峰。

合让幽人住此中,敲诗写韵对梅丛。南枝日暖花如锦,掩映湘帘一桁红。

闻香常自掩重扃,折得梅花插玉瓶。昨夜东风今夜月,冰魂依约上银屏。

这梅花时节的梅屋,确是可以流连一下的。

（选自《拈花集》）

山茶花开春未归

山茶花开春未归，春归正值花盛时。

这是宋代曾巩咏山茶花句，将山茶开花的时期说得很明白；其实一冬在温室中培养的，那么不待春来，早就开花了。一九五五年初，春寒料峭，并在下雪的时光，我却在南京玄武湖公园的莳花展览会中，看到了好几十盆盛开的山茶，也就是在温室中催开的。我最爱一种花鹤顶，花瓣并不整齐，色作深红，有几瓣洒大白斑，十分别致。又有倚兰娇一种，白瓣中洒红点、红丝；有红妆素裹一种，白瓣洒红斑。这两种花如其名，都很可爱。花瓣全白、花朵特大的，名无瑕玉。又有满月与睡鹤二种，也是全白大花，与无瑕玉是大同小异的。桃红色的有合欢娇、粉妆楼、醉杨妃等三种，正与花名同样的娇艳。这时我家园子里的十多盆山茶，还是像睡熟似的毫无动静，不料在南京却看到了这许多烂烂漫漫的山茶花，自庆眼福不浅！真如宋代俞国宝诗所谓"归来不负西游眼，曾识人间未见花"了。

山茶，一称玉茗，又名曼陀罗，苏州拙政园有十八曼陀罗花馆，就因为往年前庭有十八株山茶花之故。树身高的达一丈以外，低的约二三尺，可作盆栽。叶厚而硬，有棱，作深绿色，终年不凋。惜树干不易长大，老干枯干绝少。在抗日战争以前，我有一株悬崖形老干的银红色山茶，直径在六寸以外，入春开花百余朵，鲜艳欲滴。又有一株半悬崖形的纯白色山茶，名雪塔，干已半枯，苍老可喜。可惜这两株已先后病死，有难再得之叹。前年又得了一株老干的雪塔，高约丈许，亭亭如盖，种在一只圆形古砂盆中，去春着花百余，一白如雪；只因去冬严寒，现在还含苞未放，有的花蕊怕已僵化了。

山茶以云南产为最，有滇茶之称。据《滇中茶花记》说：

> 茶花最甲海内，种类七十有二。冬末春初盛开，大于牡丹，一望若火齐云锦，烁日蒸霞。南城邓直指有茶花百韵诗，言茶有数绝：一、寿经三四百年，尚如新植；一、枝干高竦四五丈，大可合抱；一、肤纹苍润，黯若古云气樽罍；一、枝条觊纠，状如尘尾龙形；一、蟠根轮囷离奇，可凭而几，可借而枕；一、丰叶深沉如幄；一、性耐霜雪，四时常青；一、次第开放，历二三月；一、水养瓶中，十余日颜色不变。

山茶花的耐久，我们大家知道；至于寿经三四百年、高竦四五丈、大可合抱并且蟠根轮囷离奇的，却从未见过，真使人神往于昆明池边了。又据闻云南会城的沐氏西园中，有楼名簇锦，四面种着几十株二丈高的山茶，花簇其上，数以万计，紫的红的白的洒金的，色色都有，灿若云锦。曾有人宠之以诗，有"十丈锦屏开绿野，两行红粉拥朱楼"之句。看了这数以万计的各色茶花，真觉得洋洋大观，大可过瘾了。

旧时山茶品种既繁，名色亦多，作浅红色的有真珠茶、串珠茶、正宫粉、赛宫粉、杨妃茶诸品；深红色的有照殿红、一捻红、千叶红诸品；纯白色的有茉莉茶、千叶白诸品。最难得的有一种焦萼白宝珠，花蕊纯白，形如宝珠，有清香，九月间即开放。又有一种玛瑙茶，产于温州，兼红黄二色，深红为盘，白粉作心，确是此中异种。又有一种鹤顶茶，产于云南，大如莲花，猩红如血，中心塞满，好似鹤顶。又有一种像山踯躅般开小花的，名踯躅茶。又有一种结实如梨子的，名南山茶，产于广州。此外如云茶、宝珠茶、磐口茶、石榴茶、海榴茶、菜榴茶等，都以形态胜。更有黄色的山茶，为生平所未见。最奇怪的：明代正德年间，有人在青山的僧寺中见到一种鹦鹉山茶，花形活像一头鹦鹉，左右两花瓣互掩，似是双翼；中间另有两花瓣合成腹部；两花须下垂如足；花蒂横生如头；两面更有黑点各一，似是双目。这真是闻所未闻的怪种了。

近年来苏州所见的山茶，大都来自金华，如粉红色洒红条的名槟榔，而园圃中卖花人却称之为抓破脸。其实抓破脸是白色洒红条的，宛如白脸被人抓破而出血一样，现在已看不到了。此外如一干而开数色花的，名十八学士，可说绝无仅有；就是开花一红一白的二乔，也少见了。常见的有洒金、六角大红、六角大白、小桃红、雪塔、东方亮等；至于松波、狩衣、荒狮子等，那都是日本种。

苏州拙政园旧有宝珠山茶三四株，交柯连理，得势争高，每花时巨丽鲜妍，纷披照瞩，为江南所仅见。明末吴梅村曾作长歌咏之，有"拙政园内山茶花，一株两株枝交加，艳如天孙织云锦，赪如姹女烧丹砂，吐如珊瑚缀火齐，映如蟛蜞凌朝霞"诸句，妍丽可以想见。这一首诗曾由南皮张枢写就，刻在香洲的屏门上，字作金色，二十年前我曾亲自见过。经过了抗日战争，这屏门早已被毁，现在却换上一面大镜子了。

明代袁中郎《瓶史》，品题山茶有云："山茶鲜妍，石氏之翾风，羊家之静婉也；黄白山茶韵胜其姿，郭冠军之春风也。"以花比人，自很隽妙。杨妃山茶也是以花比人的，色作淡红，如杨妃醉后。清代词人董舜民曾填《好时光》词宠之云：

> 一捻指痕轻染，千片汗，色微销。乍醒沈香亭上梦，芳魂带叶飘。
> 照耀临池处，恍上马，映多娇。疑向三郎语，时作舞纤腰。

宋代爱国诗人陆放翁爱山茶，赋诗一再咏叹，如"雪里开花到春晚，世间耐久孰如君；凭阑叹息无人会，三十年前宴海云"之句。又见山茶一树，自冬直至清明后著花不已，宠以诗云：

> 东园三日雨兼风，桃李飘零扫地空。惟有小茶偏耐久，绿丛又放数枝红。

花中能耐久的，确以山茶为最，一花开了半月，还是鲜艳如故。不过它喜阴恶阳，种花者不可不知。

（选自《拈花集》）

杏花春雨江南

　　每逢杏花开放时,江南一带,往往春雨绵绵,老是不肯放晴。记不得从前是哪一位词人,曾有"杏花春雨江南"之句,这三个名词拆开来十分平凡,而连在一起,顿觉隽妙可喜,不再厌恶春雨之杀风景了。又宋代诗人陈简斋句云:"客于光阴诗卷里,杏花消息雨声中。"足证雨与杏花,竟结了不解之缘,彼此是分不开的。我的园子里有一株大杏树,高二丈外,结实很大,作火黄色;另一株高一丈余,结实较小,色也较淡,而味儿都很甘美。所可惜的,每逢含苞未放时,就遭到了绵绵春雨,落英缤纷,我自恨护花无术,徒唤奈何而已。

　　一九五五年初夏,我于西隅凤来仪室上起了一座小楼,名花延年阁,凭窗东望,可见那大杏树烂漫着花。今春多雨,我常在楼头听雨,因此记起我们的爱国诗人陆放翁曾有"小楼一夜听春雨,深巷明朝卖杏花"之句,自有佳致;可是苏州卖花人,只有卖玫瑰花、白兰花、茉莉花的,卖杏花的却绝对没有。

　　唐明皇游别殿,见柳杏含苞欲吐,叹息道:"对此景物,不可不与判断。"因命高力士取了羯鼓来,临轩敲击,并奏一曲,名《春光好》,回头一看,柳杏都放了。他得意地说道:"只此一事,我能不能唤作老天爷啊?"开元中叶,扬州太平园中,有杏树数十株。每逢盛开时,太守大张筵席,召娼妓数十人,站在每一株杏树旁,立一馆,名曰争春。宴罢夜阑,有人听得杏花有叹息之声。又宋祁咏杏,有"红杏枝头春意闹"之句,一"闹"字下得好,传诵一时,人们便称之为红杏尚书。

　　咏杏的诗颇多佳作。如王禹偁云:

长愁风雨暗离披，醉绕吟看得几时。只有流莺偏趁意，夜来偷宿最繁枝。

元好问云：

　　杏花墙外一枝横，半面宫妆出晓晴。看尽春风不回首，宝儿元是太憨生。

黄蛟起云：

　　烟波影里画船轻，尺五斜辉拥树明。马上销魂禁不得，杏花花底一声莺。

此外如"借问酒家何处有，牧童遥指杏花村"、"金勒马嘶芳草地，玉楼人醉杏花天"、"春色满园关不住，一枝红杏出墙来"等，都是有关杏花的名句，传诵至今，杏花真是花国中的幸运儿了。

　　杭州西湖的西泠桥附近，旧有一家酒食店，名"杏花村"，门前挑出一个蓝色的小布旛，临风飘拂，很有画意，可惜早已歇业了。

（选自《拈花集》）

但有一枝堪比玉

但有一枝堪比玉,何须九畹始征兰。

　　这是明代诗人张茂吴咏玉兰花的诗句,嵌上了玉兰二字,而也抬高了玉兰的身价。春分节近,气候转暖,一经春阳烘晒,春风嘘拂,玉兰的花蕾儿顿时露了白,不上二三天,就一朵朵地开放起来。我们搞园艺的,往往把玉兰当作寒暑表,每年春初见玉兰花开,就知道不会再有冰冻,凡是安放在室内的盆树盆花,都可移出来了。

　　玉兰是落叶亚乔木,有高达数丈的,都是数百年物。枝条短而樛曲,很有风致。一枝一朵花,都着在枝梢,花九瓣,洁白如玉,有微香,与兰蕙相似。我园子里的一株,高不过丈余,年年着花数百朵,烂漫可观;可惜不能耐久,十天以后,就落英满地了。要是趁它开到五六分时,摘下花瓣洗净,拖以面糊,用麻油煎食,别有风味。

　　苏州拙政园中部,有玉兰堂,榜额为明代大书画家文徵明手笔,遒逸不凡。庭前有老干玉兰,开花时一白如雪,映照得堂奥也觉得亮了起来。文氏也是爱好玉兰的,曾有七律一首加以咏叹:

　　　绰约新妆玉有辉,素娥千队雪成围。我知姑射真仙子,天遣霓裳试羽衣。影落空阶初月冷,香生别院晚风微。玉环飞燕原相敌,笑比江梅不恨肥。

文氏诗友沈周也有同好,曾有句云:"韵友自知人意好,隔帘轻解白霓裳。"他简直把玉兰作为韵友了。

玉兰宜于种在厅堂之前。昔人喜把它和海棠、牡丹同植一庭,取玉堂富贵之意,今天看来,实在是封建气味十足的。可是玉兰花盛开的时候,确也好看,甚至比作玉圃琼林,雪山瑶岛。明代诗人丁雄飞曾有《邀六羽叔赏玉兰》一简云:

> 玉兰雪为胚胎,香为脂髓,当是玉卮飞琼辈偶离上界,为青帝点缀春光耳。皓月在怀,和风在袖,夜悄无人时,发宝瑟声。佺瀹茗柳下,候我叔父,凭阑听之。

他将玉兰当作天上的所谓仙子,竟给与一个最高的评价。

洞庭东山紫金庵里,有一株数百年的老玉兰,上半截早已断了,只剩几尺高,干已枯朽,只有一张皮还有生机。每春着花十余朵,多数是白色的,少数是紫色的,大概是把玉兰和辛夷接在一起之故。可惜树龄太老,树身太大,再也不能移植;如果能移植在盆子里的话,那是盆景之王,盆景之宝了。每年春初,这株老玉兰吸引不少人前去观赏。我祝颂它老而弥健,益寿延年!

(选自《拈花集》)

468

易开易谢的樱花

　　樱花是落叶亚乔木，叶作尖形，与樱桃叶一模一样，花五瓣，也与樱桃花相同；不过樱桃花结实，而樱花是不会结实的。花有单瓣，有复瓣，色有白、绿与浅红三种，易开易谢，一经风雨，就落英满地了。我们的邻国日本，不知怎的，竟爱上了这樱花，三岛上到处都种着。花开的时节称为樱花节，士女们都得到花下去狂欢一下，高歌纵酒，不醉无归，连全国的学校也放了樱花假，让学生们及时行乐，真的是举国若狂了。

　　我的园子里，本有两株樱花。那株浅红色的早就死了；还有一株白的，却已高出屋檐，春光好时，着花无数。我本来爱花若命，对于花几乎无所不爱，可是经了"八一三"创巨痛深，对樱花也并没好感。记得往年曾有这么一首诗：

　　　　芳菲满眼占春足，紫姹红嫣绕屋遮。花癖还须分国界，樱花不爱爱梅花。

某一天早上，见树头已疏疏落落地开了几枝花，与一树红杏相掩映，我只略略看了一眼，并不在意。谁知到了午后，竟完全开放，望过去恰如白云一大片，令人有"其兴也勃焉"之感。但风雨一来，那些花就纷纷辞枝而下，落英遍地了。

　　故词人况蕙风，对于樱花似乎有特殊的爱好，既以"餐樱庑"名其斋，而词集中咏叹樱花的作品，也有十余阕之多。兹录其《浣溪纱》九之五云：

不分群芳首尽低，海棠文杏也肩齐，东风万一尚能西。　　见说墨江江上路，绿云红雪绣双堤，梅儿冢畔惜香泥。

何止神州无此花，西方为问美人家，也应惆怅望云涯。　　风味似闻樱饭好，天台容易恋胡麻，一春香梦逐浮槎。

画省三休仵玉珂，峨冠宝带惹香多，锦云仙路簇青娥。　　似此春华能爱惜，有人芳节付蹉跎，隔花犹唱定风波。

何处楼台毚画中？瑶林琼树绚春空，但论香国亦仙蓬。　　未必移根成惆怅，只今顾影越妍浓，怕无芳意与人同。

且驻寻春油壁车，东风薄劣不关花，当花莫惜醉流霞。　　总为情深翻怨极，残阳偏近旧云斜，啼鹃说与各天涯。

词固隽丽，足为樱花生色，可是樱花实在不足以当之。

前南社社友邓尔雅有樱花诗五言一首：

昨日雪如花，明日花如雪。山樱如美人，红颜易销歇。

这也是说樱花的易开易谢，任它开放时如何的美，总觉美中不足。

樱花中白色的和浅红色的都不希罕，只有绿色而复瓣的较为名贵。但它也与吾国梅花中的绿萼梅相似，含苞时绿得可爱，开足后也就变淡，好像是纯白的了。

（选自《拈花集》）

470

西府海棠

　　我的园子里有西府海棠两株,春来着花茂美,而经雨之后,花瓣湿润,似乎分外鲜艳。

　　"只恐夜深花睡去,高烧银烛照红妆",这是苏东坡咏海棠诗中的名句,把海棠的娇柔之态活画了出来。海棠原不止一种,以木本来说,计有西府、垂丝、木瓜、贴梗四种,而以西府为尽态极妍,最配得上这两句诗。清朝的园艺家,也认为海棠以西府为美,而西府之名"紫绵"者更美,因为它的色泽最浓重而花瓣也最多。这名称未之前闻,不知道现在仍还有这个品种否?

　　西府海棠又名海红,属蔷薇科的棠梨类,树身高达一二丈不等,是用梨树嫁接而成。木质坚实而多节,枝密而条畅。花期在农历二三月间,花五瓣,未开时花蕾像胭脂般鲜红,开放后像晓露般明艳,而色彩似乎淡了一些。花型特大,朵朵向上,三五朵合成一簇,花蒂长约一寸余,作淡紫色,花须也是紫色的,微微透出清香。这是西府的特点,而为他种海棠所不及。到了秋天,结成果实,味酸,大如樱桃;这大概就是所谓海棠果吧?如果不让它结实,花谢后一见有子,立即剪去,那么明春花更茂美。

　　海棠也可插瓶作供,如用小胆瓶插西府一枝,自觉娇滴滴越显红白。据说折枝的根部,可用薄荷包裹,或竟在瓶中满注薄荷水,可以延长花的寿命,让你多看几天,岂不很好?

(选自《花木丛中》)

471

桃之夭夭，灼灼其华

"桃之夭夭，灼灼其华"，这是《诗经》中咏桃的名句。每逢阳春三月，见了那一树红霞，就不由得要想起这八个字来，花朵的轻盈，花色的鲜艳，就活现在眼前了。桃，据说是西方之木，是五木之精，可是并不希罕，到处都有，真是广大群众的朋友，博得普遍的喜爱。

桃的种类不少，大致可分单瓣、复瓣二大类，单瓣的能结实；复瓣的只供赏花，结实不多。单瓣的有一种十月桃，迟至十月才结实，产地不详。复瓣的有碧桃，分白色、红色、红白相间、白地红点与粉红诸色，而以粉红色为最名贵。他如鸳鸯桃、寿星桃、日月桃、瑞仙桃、美人桃（即人面桃）等，也大都是复瓣的。

我有一株盆栽的老桃树，至少有三四十年的树龄，在吾家也已十多年了；枯干槎枒，好像是一块绉瘦透漏的怪石。桃干最易枯朽，难以持久，而这一株却很坚实，可说是得天独厚。每年着花很多，并能结实，有一年结了十多个桃子；摘去了大半，剩下六个，虽不很大，而也有甜味。我吃了最后的一个，算是劳动的报酬，胜利的果实。我又有一株安徽产的碧桃，也是数十年物，干身粗如人臂，屈曲下垂，作悬崖形；花为复瓣，大似银圆，作粉红色，很为难得。每年着花累累，鲜艳可爱。这两株桃花，同时艳发，朋友们都称之为吾家盆景中的二宝。

晋代陶渊明作《桃花源记》，原是寓言八九，并非真有其地。而后世读者，都向往于这个世外桃源，也足见其文字之魅力了。我藏有明代周东村所作桃花源图大幅，上有嘉靖某某年字样，笔酣墨饱，精力弥满，自是不可多得的杰作。我受了此画的影响，因于前二年制一大型水石盆景，有山，有水，有

472

洞,有屋舍,有田野,有船,有渔人,有桃花林,有种田的农民,俨然是一幅桃花源图,自以为平生得意之作,可是桃花并不是真的。我将天竹剪成短枝,除去红子,就有一个个小颗粒,抹上了红漆,活像是具体而微的桃花了。

桃花必须密植成林,花时云蒸霞蔚,如火如荼,才觉得分外好看。据《武夷杂记》载:"春山霁时,满鼻皆新绿香,访鼓楼坑十里桃花,策杖独行,随流折步,春意尤闲。"又宁波府城东,相传汉代刘晨、阮肇二人曾在此采药,春月桃花万树,俨然是桃源模样。茅山乾元观,前有道士姜麻子,从扬州乞得烂桃核好几石,在空山月明中下种,后来长出无数桃树,长达五里余。西湖包家山,宋时有"蒸霞"匾额,因山上独多桃花之故;二三月间,游人纷纷来看桃花,称之为"小桃源"。栖霞岭满山满谷都是桃花,仿佛红霞积聚,因以为名。古田县黄蘗山桃树密集,山下有桃坞、桃湖、桃洲、桃溪诸胜,简直到处都是桃花了。又溆浦一名华盖山,从前曾有人种下了千树桃花,至今有桃花圃之称。上海龙华一带,有桃树极盛,每逢春光好时,游人趋之若鹜。苏州市园林管理处曾在城东动物园对面的城墙上种了桃树几百株,开花时红霞照眼,真如一面大锦屏了。

唐明皇御苑中,有千叶桃花。所谓千叶桃花,就是碧桃,因为它是复瓣之故,比了单瓣的更见娇艳。我的园子里,旧有碧桃四株,三株是深红色的,一株是红白相间的。树干高三丈余,盛开时真如一片赤城霞,十分鲜艳,园外也可望见,在万绿丛中特别动目。花落时猩红满地,好似铺上了一条红地毯。可惜因树龄都在三十年以上,先后枯死了,这是一个不可弥补的损失。词中咏碧桃的不多见,曾见宋代秦观《虞美人》云:"碧桃天上栽和露,不是凡花数。"这是给与碧桃花的一个很高的评价。

(选自《拈花集》)

473

一生低首紫罗兰

　　幽葩叶底常遮掩，不逞芳姿俗眼看。我爱此花最孤洁，一生低首紫罗兰。

　　艳阳三月齐舒蕊，吐馥含芬却胜檀。我爱此花香静远，一生低首紫罗兰。

　　开残篱菊秋将老，独殿群芳密密攒。我爱此花能耐冷，一生低首紫罗兰。

　　这三首诗，是我为歌颂紫罗兰而作的。那"一生低首紫罗兰"句，出于老友秦伯未医师之手，他赠我的诗中曾有这么一句，我因此借以为题。

　　紫罗兰产于欧美各国，是草本，叶圆而尖其端，很象是一颗心；花五瓣，黄心绿萼，花瓣的下端，透出萼外，构造与他花不同。花有幽香，欧美人用作香料，制皂与香水，妇女们当作恩物。此花虽是草本，而叶却经冬不凋，并且春秋两季都会开花；最好是春季，三月下旬，就像其他春花那么盛开了。

　　考希腊神话，司爱司美的女神维纳丝（Venus），因爱人远行，分别时泪滴泥土，来春发芽开花，就是紫罗兰。我曾咏之以诗：

　　娟娟一圃紫罗兰，神女当年血泪斑。百卉凋零霜雪里，好花偏自耐孤寒。

474

我之与紫罗兰,不用讳言,自有一段影事,刻骨倾心,达四十余年之久,还是忘不了。只为她的西名是紫罗兰,我就把紫罗兰作为她的象征,于是我往年所编的杂志,就定名为《紫罗兰》、《紫兰花片》,我的小品集定名为《紫兰芽》、《紫兰小谱》,我的苏州园居定名为"紫兰小筑",我的书室定名为"紫罗兰庵",更在园子的一角叠石为台,定名为"紫兰台"。每当春秋佳日紫罗兰盛开时,我往往痴坐花前,细细领略它的色香;而四十年来牢嵌在心头眼底的那个亭亭倩影,仿佛从花丛中冉冉地涌现出来,给我以无穷的安慰。故王西神前辈曾采取我的影事作长诗《紫罗兰曲》。兹录其首段云:

> 飞琼姓氏漏人间,天风环珮来姗姗。千红谢馥嫣红俗,化作琪葩九畹兰。芳兰本自生空谷,白石清泉寄幽躅。韵事尽教传玉台,美姿未肯藏金屋。移根远道来欧洲,瑶草呼龙种碧畴。耕同仙李供香国,咒傍夭桃俪粉侯。

诗太长了,只录其花与人双关的一段,以下从略。

我往年所有的作品中,不论是散文、小说或诗词,几乎有一半儿都嵌着紫罗兰的影子。故徐又铮当年曾赋诗见赠云:

> 持鳌天后落人寰,历劫情肠不可寒。多少文章供涕泪,一齐吹上紫罗兰。

这真是知我者的话,可是宣传太广,就被人家利用了。杭州曾有紫罗兰商店,上海与苏州曾有紫罗兰理发店,其实都是与我不相干的。我的《红鹃词》中,有几阕小令,都咏及紫罗兰,如《花非花》云:

> 花非花,雾非雾。去莫留,留难住。当年沈醉紫兰宫,此日低徊杨柳渡。

《转应曲》云:

> 难耐难耐,泼眼春光如缋。万花婀娜争开,付与贪蜂去来。来去来去,魂殢紫兰香处。

475

又《如梦令》云：

> 一阵紫兰香过，似出伊人襟左。恐被蝶儿知，不许春花远播。无那，无那。兜入罗衾同卧。

日来闲坐花前，抚今思昔，又不禁回肠荡气了。

（选自《拈花集》）

476

花光一片紫云堆

我对紫藤花有一种特殊的爱好，每逢暮春时节，立在紫藤棚下，紫光照眼，缨络缤纷，还闻到一阵阵的清香，真觉得可爱煞人！

在苏州几株大名鼎鼎的宝树中间，怎么会忘却拙政园中那株夭矫蟠曲、如虬如龙的老紫藤呢！这紫藤的主干又枯又粗，可供二人合抱，姿态古媚已极，据说是明代诗书画三绝的文征明所手植的。四五百年来饱阅风霜，老而弥健，只因曲曲弯弯地蟠将上去，不比其他古树的挺身而立，所以下面支以铁柱，上面枝叶伸展开去，仿佛给满庭张了一个绿油油的天幕。壁间有不知何人所题的"蒙茸一架自成林"七字，并于地上立一碑，大书"文衡山先生手植藤"八字。解放后，苏南文物管理委员会来整修拙政园，对于这株古藤非常重视，特地装置了一排朱红漆的栏杆保护它，要使这株宝树延长寿命，长供群众欣赏，这措施实在是必要的。每年开花时节，我总得专诚前去，痴痴地靠着红栏杆，饱领它的色香。有时为那虬龙一般的枯干所陶醉，恨不得把它照样缩小了，种到我的那只明代铁砂的古盆中去，尊之为盆景之王。

此外，南显子巷惠荫园中的水假山上，也有一株老藤，是清康熙年间名儒韩菼手植，所以藤下立有"韩慕庐先生手植藤"一碑。主干也有一抱多，粗粗的枝条，好像千手观音的手一般伸展开去，一枝枝腾挐向上，有好几枝直挂到墙外去，蔚为奇观。暮春时敷荫很广，绿叶纷披中，像流苏般一串串地挂满了紫色的花，实在是足与文衡山的老藤争妍斗艳的。此外更有一株老紫藤，在木渎山塘青石桥附近。沿塘有一株老榆树，粗逾两抱，却交缠着一株又粗又大的老藤，估计它的高寿，也足足有一百多岁了。这一榆一藤交缠在一起，仿佛是两个力大无朋的大汉，在那里打架角力一般，模样儿很觉好玩；曾由故张仲仁先生给它们起了一个雅号，叫作"古榆络藤"。

我家园子里，也有一株老藤，主干已枯，古拙可喜。难能可贵的是花属复瓣的，作深紫色，外间从未见过，据说是日本种，朋友们纷纷称美。我曾以七绝一首宠之：

> 繁条交纠如相搏，屈曲蛇蟠擘不开。好是春宵邀月到，花光一片紫云堆。

架上另有一株，年龄稍小，花作浅红色，也很别致；可惜地盘都给前一株占去了，着花不多，似乎有些屈居人下的苦闷。除此以外，我又有盆景紫藤多盆，以沧浪亭可园移来的一株为甲观。主干只剩半片，而年年开花数十串，生命力仍很充沛；有一年竟达二百八十余串，创造了一个新纪录，这真是一片紫云，蔚为大观了。另有两株是日本种的九尺藤，花串下垂特长，确很难得；可是九尺之称，实在是夸大的。

（选自《拈花集》）

478

国色天香说牡丹

宋代欧阳修牡丹记,说洛阳以谷雨为牡丹开候;吴中也有"谷雨三朝看牡丹"之谚,所以每年谷雨节一到,牡丹也烂漫地开放了。吾家爱莲堂前牡丹台上有粉霞色的玉楼春两大株,真是玉笑珠香,娇艳欲滴,谷雨节前,开得恰到好处。还有名种紫绢,瓣薄如绢,色作紫红,自是此中俊物。我徘徊花前,饱餐秀色,简直是可以忘饥了。

牡丹有鼠姑、鹿韭、百两金等别名,都不雅;又因花似芍药而本干如木,又名木芍药。古时种类极多,据说多至三百七十余种,以姚黄魏紫为最著。他如玛瑙盘、御衣黄、七宝冠、殿春芳、海天霞、鞓红、醉杨妃、醉西施、无瑕玉、万卷书、檀心玉凤、紫罗袍、鹿胎、萼绿华等种种名色,实在不胜枚举;可是大半已断了种,使人有香消玉殒之叹!

唐开元中,明皇与杨妃在沈香亭前赏牡丹,梨园弟子李龟年捧檀板率众乐前去,将歌唱,明皇不喜旧乐,因命翰林学士李白进《清平调》辞三章。我最爱他咏白牡丹的一章:

云想衣裳花想容,春风拂槛露华浓。若非群玉山头见,会向瑶台月下逢。

还有咏红牡丹的一章:

一枝红艳露凝香,云雨巫山枉断肠。借问汉宫谁得似?可怜飞燕倚新妆。

479

又太和开成中，中书舍人李正封咏牡丹诗，还有"国色朝酣酒，天香夜染衣"之句。当时皇帝听了，大加称赏；一面带笑对他的妃子说道："你只要在妆台镜前，喝一紫金盏酒，那就可以切合正封的诗句了。"

牡丹时节最怕下雨，牡丹一着了雨，就会低下头来，分外的楚楚可怜。明代名士王百谷答任圆甫书云："佳什见投，与名花并艳，贫里生色矣。得近况于张山人所，甚悉姚魏千畦，不减石家金谷，颇憾雨师无赖，击碎十尺红珊瑚耳。"雨师无赖，实是牡丹的大敌！

清代乾隆年间，东台举人徐述夔，作紫牡丹诗，有"夺朱非正色，异种亦称王"一联，借紫牡丹来指斥清室，的是有心人。其坟墓在石湖磨盘山上，墓碑上大书"紫牡丹诗人徐述夔先生之墓"。如此诗人，才不愧诗人之称。

（选自《拈花集》）

绰约婪尾春

婪尾春,是芍药的别名,创始于唐宋两代的文人。婪尾是最后之杯,芍药殿春而放,因有此称。《本草》说:芍药谐音绰约,是美好的意思,但看芍药的花容,确是美好可爱的。此外又有将离、余容、没骨花诸名称,都富有诗意。芍药是草本花,种下之后,宿根留在土中,每年农历十月生芽,春初丛丛挺出,作嫩红色,很为鲜艳。长成后高达二尺许,每茎一枝三叶,叶与牡丹很相象,可是狭长一些。春末开花,有紫色的、红色的、白色的、浅红色的,而以黄色为最名贵。据说扬州芍药冠于天下,多至三十余种。紫色的有宝妆成、叠香英、宿妆殷诸品,红色的有冠群芳、醉娇红、点妆红、试浓妆诸品,白色的有晓妆新、玉逍遥、试梅妆诸品,浅红色的有醉西施、怨春红、浅妆匀诸品,黄色的有金带围、道妆成、御衣黄诸品。顾名思义,可见芍药之美好,不亚于牡丹,昔人称为娇客,自无愧于这一个"娇"字的。

芍药以扬州为最,宋人诗词中都曾加以歌颂。如苏东坡《题赵昌芍药》云:

倚竹佳人翠袖长,天寒犹著薄罗裳。扬州近日红千叶,自是风流时世妆。

黄山谷《广陵早春》云:

春风十里珠帘卷,仿佛三生杜牧之。红叶梢头初茧栗,扬州风物鬓成丝。

481

韩元吉《浪淘沙》云：

> 鹈鸠怨花残，谁道春阑。多情红药待君看。浓淡晓妆新意态，独占西园。　　风叶万枝繁，犹记平山。五云楼映玉成盘。二十四桥明月下，谁凭朱阑？

东坡曾说，扬州芍药为天下冠。蔡繁卿守扬州时，举行万花会，搜集芍药千万枝，人家园圃中都被搜一空，手下吏役，又趁火打劫，无恶不作，人民敢怒不敢言。东坡一到，问起民间疾苦，都说以此事扰民为最；从此万花会就不再举行了。庆历年间，韩魏公以资政殿学士帅淮南，有一天见后园中有芍药一本，分作四歧，每歧各出一花，上下都作红色，而中间却间以黄蕊，那时扬州并无此种，原来这是异种"金缠腰"。韩欣赏之下，特地置酒高会，招邀四客同来一赏，以应四花之瑞。后来四客在三十年间，都先后做了宰相。

明代萧士玮在扬州作官时，曾有寄友人书云：

> 芍药惟此间为最；兀坐公署，不得一瓣到眼。如此名花，只陪徽州贾子，呷盐茶豆粥，饮五加皮酒，挟新桥笨娼，唱四平腔调自豪耳。邯郸才人，嫁厮养卒，可胜叹惋！

因看不到芍药而大发牢骚，读此书，令人忍俊不禁。

吾苏城内网师园中，有堂名殿春簃，庭前全种芍药，竟如种菜一般。旧友张善子、张大千二画师寄寓园中时，我曾往观赏，真有美不胜收之感。吾园芍药有红、白、浅红三色，色香不让牡丹，开到五六分时，剪了几枝插胆瓶中，供之爱莲堂中，香满一堂。白色的五枝，用雍正黄瓷瓶插供，更觉娟净可喜。因忆清代满洲诗人塞尔赫有咏白芍药诗云：

> 珠帘入夜卷琼钩，谢女怀香倚玉楼。风暖月明娇欲堕，依稀残梦在扬州。

在花前三复诵之，觉此花此诗，堪称双绝，真的是花不负诗、诗不负花了。

（选自《拈花集》）

杜鹃花发映山红

　　杜鹃花一名映山红,农历三四月间杜鹃啼血时,此花便如火如荼地怒放起来,映得满山都红,因之有这两个名称。此外又有踯躅、红踯躅、山踯躅、谢豹花、山石榴诸名,而日本却称之为皋月,不知所本。花枝低则一二尺,高则四五尺,听说黄山和天目山中,有高达一丈外的。一枝着花三数,有红、紫、黄、白、浅红诸色;有单瓣、双瓣、复瓣之别。春季开放的称为春鹃,夏季开放的称为夏鹃。春鹃多单瓣与双瓣,杜鹃夏开,却为复瓣,并且不止一色,有作桃红色的,也有白地而加红线条的。四川、云南二省,都以产杜鹃花名闻天下,多为双瓣。国外则推荷兰所产为最,复瓣而边缘有折绉,状如荷叶边。日本人取其种,将花粉交配,异种特多,著名的有王冠、天女舞、四海波、寒牡丹、残月、晓山诸种。二十余年前,我搜罗了几十种,可惜在抗日战争期间,避地他乡,失于培养,先后枯死了。

　　清初陈维岳有杜鹃花小记云:"杜鹃产蜀中,素有名,宜兴善权洞杜鹃,生石壁间,花硕大,瓣有泪点,最为佳本,不亚蜀中也。杜鹃以花鸟并名,昔少陵幽愁拜鸟,今是花亦可吊矣。"

　　善卷洞旁有碧鲜岩,岩东有碧鲜庵,后改名为善卷寺,后又讹为善权寺。善卷洞也有误为善权洞的。善卷洞产生瓣有泪点的杜鹃花,倒是闻所未闻,不知今仍有之否?

　　昔人诗中咏杜鹃花的,多牵连到鸟中的杜鹃,甚至说是杜鹃啼血染成红色的。唐代李白《宣城见杜鹃花》云:

　　蜀国曾闻子规鸟,宣城还见杜鹃花。一叫一回肠一断,三春三月忆三巴。

韩偓《净兴寺杜鹃花》云：

> 一园红艳醉坡陀，自地连梢簇蒨罗。蜀魄未归长滴血，只应偏滴此丛多。

杨万里《杜鹃花》云：

> 泣露啼红作么生？开时偏值杜鹃声。杜鹃口血能多少，恐是征人滴泪成。

杨巽斋《杜鹃花》云：

> 鲜红滴滴映霞明，尽是冤禽血染成。羁客有家归未得，对花无语两含情。

红杜鹃花还可说是杜鹃啼血所染，其他紫、白、黄诸色的杜鹃花，那又该怎么说呢？

我于抗战以前，曾以重价买得盆栽杜鹃花一本，似为百年外物，苍古不凡。枯干粗如人臂，下部一根斜出，衬以苔石，活像一头老猿蹲在那里，花作深红色，鲜艳异常。我曾宠之以诗：

> 杜鹃古木上盆栽，绝肖孤猿踞碧苔。花到三春红绰约，明玑翠羽入帘来。

抗战期间我不在家，根须受了蚁害，竟以致命。年来到处物色，殊有"佳人难再得"之叹！幸而前年又得了老干紫杜鹃花一大盆，盆也古旧，四周满绘山水，似是清初大画家王鉴所画的崇山峻岭，曲涧长河。这是清代相国潘世恩的遗物，当作传家之宝。原为五大干，入艺兰专家范氏手，枯死其二，范氏去世，归于我有。年年盛开紫红色花数百朵，密密层层，有如锦绣堆一般；来宾们观赏之下，莫不欢喜赞叹。

（选自《拈花集》）

484

蔷薇开殿春风

> 春雨,春雨,染出春花无数。蔷薇开殿春风,满架花光艳浓。浓艳,浓艳,疏密浅深相间。

这是清代词人叶申芗咏蔷薇的《转应曲》。所谓"蔷薇开殿春风",就是说蔷薇是开在春末最后的花了。蔷薇是落叶灌木,青茎多刺,因有刺红、山棘诸称。花型有大有小,花瓣有单有复,有红、白、黄、深紫、粉红诸色,花有香的,有不香的,而以单瓣的野蔷薇为最香,可以浸酒窨茶。因它不须栽种,丛生郊野间,所以别号野客。宋代姜特立有《野蔷薇》一诗足为此花张目,诗云:

> 拟花无品格,在野有光辉。香薄当初夏,阴浓蔽夕晖。篱根堆素锦,树杪挂明玑。万物生天地,时来无细微。

蔷薇又名买笑花,源出汉代,现在几乎没有人知道了。汉武帝与妃子丽娟在园中看花,那时蔷薇刚开放,好似含笑向人。武帝说:"此花绝胜佳人笑也。"丽娟戏问道:"笑可以买吗?"武帝回说:"可以的。"于是丽娟就取出黄金百斤,作为买笑钱,让武帝尽一日之欢。因此之故,蔷薇就得了一个买笑花的别名。

英国大诗人彭斯(R·Burns)有著名的诗篇《一朵红红的蔷薇》,为赠别他的恋人而作,即以红蔷薇比作恋人。诗僧苏曼殊曾把它译成中文,以《颍颍赤墙靡》为题,诗云:

颎颎赤墙靡，首夏初发苞。恻恻清商曲，眇音何远姚！予美谅夭绍，幽情申自持。沧海会流枯，相爱无绝期。沧海会流枯，顽石烂炎熹。微命属如缕，相爱无绝期。掺袪别予美，离隔在须臾。阿阳早日归，万里莫踟蹰。

中国国药店有野蔷薇露，饮之清火避暑。唐代柳宗元得韩愈所寄诗，先以蔷薇露洗了手，方始开读。寿皇时禁中供御酒，名蔷薇露，大概也是用蔷薇花制成的。宋代大食国、爪哇国等出蔷薇露，洒在衣上，其香经年不退，大约就是现代的上品香水了。

蔷薇蔓生，枝条极长，或攀在墙上，或搭在架上，或结成屏风，开花时几百朵团簇一起，自觉灿烂可观；如果铺在地上，那就好像是一堆锦被了。彭州的蔷薇，俗称锦被堆花。宋代徐积曾有《锦被堆》一诗云：

春风萧索为谁张，日暖仍熏百和香。遮处好将罗作帐，衬来堪用玉为床。风吹乱展文君宅，月下还铺宋玉墙。好向谢家池上种，绿波深处盖鸳鸯。

句句说花，却句句贴切锦被，自是一首加工的好诗。吾家紫罗兰庵南窗外，曾于一年前种了一株黄蔷薇，现在已攀满了一堵南墙，真如锦屏一样。春暮着花好几百朵，妙香四溢，含蕊时作鹅黄色，最为美观，可惜开足后就淡下来了。明代张新有诗咏黄蔷薇云：

并占东风一种香，为嫌脂粉学姚黄。饶他姊妹多相妒，总是输君浅淡妆。

（选自《拈花集》）

姊妹花枝

文章中有小品，往往短小精悍，以少许胜。花中也有小品，玲珑娇小，别有韵致，如蔷薇类中的七姊妹、十姊妹，实是当得上这八个字的考语的。花与蔷薇很相象，可是比蔷薇为小，花为复瓣，状如磬口。一蓓而有七朵花的，名七姊妹；一蓓而生十朵花的，名十姊妹。花朵儿相偎相依，活象是同气连枝的姊姊妹妹一样。花色以深红、浅红为多，白色与紫色较少，而以深红色的一种最为娇艳。每年倘于农历正月间移种，八月间扦插，没有不活的。此花因系蔓性，可以攀在墙上，一年年地向上爬。往年我住在上海愚园路田庄时，在庭前木栅旁种了一株浅红色的十姊妹。最初攀在木栅顶上，后用绳子绊在墙上，不到三年，竟爬到了三层楼的窗外；暮春繁花齐放，好似红瀑下泻，美妙悦目。清代吴蓉齐有咏十姊妹一诗云：

　　　　袅袅亭亭倚粉墙，花花叶叶映斜阳。谁家姊妹天生就，嫁得东风一样妆。

移咏我这一株倚着粉墙攀缘直上的十姊妹，也是十分确当的。

明代小品文作家张大复，有《梅花草堂笔谈》之作，中有一则谈十姊妹云："十姊妹，花之小品，而貌特媚，嫣红古白，袅袅欲笑，如双姝邂逅，娇痴篱落间，故是蔷薇别种。伯宗云：折取柔枝插梅雨中，一岁便可敷花。"此以人喻花，自很隽妙。又李笠翁《闲情偶寄》中有记姊妹花一文云："花之命名，莫善于此。一蓓七花者曰七姊妹，一蓓十花者曰十姊妹，观其浅深红白，确有兄长娣幼之分，殆杨家姊妹现身乎？予极喜此花，二种并植，汇其名为十七

姊妹。但怪其蔓延太甚，溢出屏外，虽日刈月除，其势犹不可遏……"比喻生动，堪为此花写照。

以杨家姊妹为喻的，更有清代词人两阕词，如董舜民《画堂春》云：

> 天然一色绮罗丛，妆成并倚东风。秦姨总与虢姨同，玉质烟笼。
> 馥馥幽香密蕊，姗姗淡白轻红。相携竞入翠薇官，不妒芳容。

又吴枚庵《满庭芳》云：

> 桃雨飘脂，梨云坠粉，闲庭春事都阑。窗纱斜拓，墙角碎红攒。露重愁含秀靥，娇酣甚不耐朝寒。珊珊态，惯双头并蕊，叶接枝骈。
> 昭阳台殿冷，银灯拥髻，说尽悲欢。又杨家秦虢，翠钿偷安。一样芳心浑不妒，垂珠珞浅笑风前。双蝴蝶花阴梦醒，飞过曲阑边。

大抵因花中姊妹而说到人中姊妹，就不知不觉地要想到杨家秦虢了。

我苏州的园子里，现有深红的七姊妹三株，与浅红的十姊妹一株，而以牡丹坛上高高地等在石峰上的一株为最。据说是德国种，色作深红，一蓓七花，花型特大，这当然是一株出色的七姊妹了。记得明代杨基有咏七姊妹花一诗云：

> 红罗斗结同心小，七蕊参差弄春晓。尽是东风女儿魂，蛾眉一样青螺扫。三姊娉婷四妹娇，绿窗虚度可怜宵，八姨秦国休相妒，肠断江东大小乔。

因姊妹花而牵引出杨家双鬟、江东二乔来，几乎浑不辨所说的是人是花了。

（选自《拈花集》）

清芬六出水栀子

清芬六出水栀子。

这是宋代陆放翁咏栀子花的诗句,因为栀子六瓣,而是可以养在水中的。栀与卮通,卮是酒器,只因花形像卮之故,古时称为卮子,现在却统称栀子了。栀子有木丹、越桃、鲜支等别名;宋代谢灵运称之为林兰,其所作《山居赋》中,曾有"林兰近雪而扬猗"之句,据说是一种花叶较大的栀子。佛经中又称之为薝蔔,相传它的种子是从天竺来的。明代陈淳句云:"薝蔔含妙香,来自天竺国。"因它来自佛地,与佛有缘,所以有人称它为禅客,为禅友。如宋代王十朋诗云:

禅友何时到,远从毗舍园。妙香通鼻观,应悟佛根源。

栀子以盆植为多,高不过一二尺;而山栀子长在山野中的,可高至七八尺。叶片很厚,色作深绿而有光泽,形如兔子的耳朵。六月开花,初白后黄,花都是六瓣,有复瓣,有单瓣,山栀子就是单瓣的。花香浓郁,却还可爱,古人甚至歌颂它可以代替焚香的。如宋代蒋梅边诗云:

清净法身如雪莹,肯来林下现孤芳。对花六月无炎暑,省爇铜匜几炷香。

我在抗日战争以前,曾从山中觅得老干的山栀,硕大无朋,苍古可喜,入夏着花累累,一白如雪。苏州沦陷后,我避寇他乡,想起了这一株老干的山栀,咏之以诗,曾有"堪怜劫里耽禅定,入梦犹闻薝蔔香"之句;到得胜利后回到故园,却已枯死,为之惋惜不止!后于农历四月十四日所谓吕纯阳生辰的花市中,买得小型的山栀两株,都是老干,一作攲斜态,一作悬崖形,苦心培养了一年,先后着花,单瓣六出,瓣瓣整齐,好像是图案画一样。近又得干粗如酒杯的复瓣栀子两株,姿态一正一斜,合种在一只紫砂的椭圆形浅盆中,加以剪裁与扎缚,楚楚有致。自端阳节起,陆续开花,花瓣重重,花型特大,这大概就是谢灵运所称的林兰了。

栀子花总是白色的,而古代却有红色的栀子花,并且在深秋开放的异种。据古籍中载称:蜀孟昶十月宴芳林园,赏红栀子花,其花六出而红,清香如梅。蜀主很爱重它,或令图写于团扇,或绣在衣服上,或用绢素鹅毛仿制首饰。花落结实,用以染素,成赭红色,妍丽异常。可是自蜀以后,就不听得有红栀子花了。

栀子入诗,齐梁即已有之。其后如宋代女诗词家朱淑贞诗云:

　　一根曾寄小峰峦,薝蔔香清水影寒。玉质自然无暑意,更宜移就月中看。

明代大画家兼诗人沈石田诗云:

　　雪魄冰花凉气清,曲阑深处艳精神。一钩新月风牵影,暗送娇香入画庭。

词如宋代吴文英《清平乐》咏栀子画扇云:

　　柔柯剪翠,蝴蝶双飞起。谁堕玉钿花径里?香带熏风临水。
露红滴下秋枝,金泥不染禅衣。结得同心成了,任教春去多时。

又清代陈其年《二十字令》咏团扇上栀子花云:

　　纨扇上,谁添栀子花?搓酥滴粉做成他,凝蝉纱夭斜。

490

栀子花在近代被人贱视，以为是花中下品；而这些诗词，却是足以抬高它的身价的。

（选自《拈花集》）

蕊珠如火一时开

　　春光老去，花事阑珊，庭园中万绿成阴，几乎连一朵花都没有，只有仗着那红若火齐的石榴花来点缀风光，正如元代诗人马祖常所谓"只待绿阴芳树合，蕊珠如火一时开"了。

　　石榴一名丹若，一名沃丹，一名金罂，又名安石榴。据说汉代张骞出使西域时，从涂林安石国得了种子带回来的；所以唐代元稹时，有"何年安石国，万里贡榴花，迢递河源道，因依汉使槎"之句。树高一二丈不等，叶狭长，农历五月间开花，作鲜红色，也有黄、白、浅红诸色，也有红花白边和白花红边的，较为名贵。花有单瓣复瓣之别，单瓣结实，复瓣不结实。有一种中心花瓣突起如楼台的，叫做重台石榴。有经常开花的，名四季石榴。另有一种小本细叶开花猩红如火焰的，名火石榴，高只一尺许，栽在盆内，可作案头清供。

　　据旧籍中记载，石榴有两个神话。其一：闽县东山有榴花洞，唐代永泰年间，有樵夫蓝超遇白鹿一头，一路追赶，渡水进石门，先窄后宽，内有鸡犬人家。一老叟对他说："我是避秦人，您能不能留在这里？"蓝回说且回去诀别了家人再来，由老叟给了他一枝石榴花，兴辞而出，好似梦境一样；后来再去，竟不知所在。其二：唐代天宝年间，有处士崔元徽，春夜遇见女伴十余人，一穿绿衣的自称姓杨，又指一个穿红衣的说是石家阿措。当时又有封家十八姨来，诸女伴进酒歌唱。十八姨举动轻佻，举杯时泼翻了酒，污阿措衣，阿措作色而起。原来她就是安石榴，而十八姨就是风神。

　　梁代以《别赋》著名的江淹，有《石榴颂》云：

492

美木艳树,谁望谁待? 缥叶翠萼,红华绛采。照烈泉石,芬披山海。奇丽不移,霜雪空改。

写得与石榴花一般的华艳,更增高了它的身价。词中咏石榴花的,我最爱元代刘铉的《乌夜啼》:

垂杨影里残红,甚匆匆。只有榴花全不怨东风。暮雨急,晓霞湿,绿玲珑。比似茜裙初染一般同。

清代陈其年《江城子》云:

茜裙提出锦箱中。向花丛,斗娇容。裙影花光,都到十分浓。记得夜凉低压鬓,偏爱把,绿云笼。　如今朱实画檐东。乱熏风,缀晴空。极望累累、高下绽房栊。欲摘又怜多子甚,相对笑,瓠犀红。

两词都以妇女的红裙与石榴花相比。

吾园弄月池畔,有石榴一大株,高丈余,年年着花数百朵,真如火焰烧枝。元代张弘范诗云:

猩血谁教染绛囊,绿云堆里润生香。游蜂错认枝头火,忙驾熏风过短墙。

这倒是可以移咏此树此花的。此外盆栽多株,都是老干,中有一本为百余年物,已岌岌欲危。另有一小株,高只三四寸,先后开花四朵,而一次只开一花。有一位诗友见了,微吟王荆公句云:

万绿丛中红一点,动人春色不须多。

（选自《拈花集》）

493

茉莉花开香满枝

茉莉原出波斯国,移植南海、闽粤一带独多。因系西来之种,名取译音,并无正字,梵语称末利,此外又有没利、抹厉、末丽、抹丽诸称,都是大同小异。花有草本、木本之分,茎弱而枝繁,叶圆而带尖,很像茶叶。夏秋之间开小白花,一花十余瓣,作清香,很为可爱。有复瓣更多的称宝珠小荷花,出蜀中,最名贵;据说别有红茉莉,色艳而无香,作浅红色的,称朱茉莉。雷州、琼州有绿茉莉与黄茉莉,我们从未见过。

佛书中称茉莉为鬘华,因为过去它往往是给妇女们装饰髻鬘的。苏东坡谪儋耳时,见黎族女子头上竞簪茉莉,因拈笔戏书,有"暗麝着人簪茉莉"之句。关于茉莉簪鬓的事,诗人词客都曾咏及。如明代皇甫汸云:

> 萼密聊承叶,藤轻易绕枝。素华堪饰鬘,争趁晚妆时。

宋代许棐云:

> 荔枝乡里玲珑雪,来助长安一夏凉。情味于人最浓处,梦回犹觉鬓边香。

清代王士禄云:

> 冰雪为容玉作胎,柔情合傍琐窗隈。香从清梦回时觉,花向美人头上开。

494

徐灼云：

> 酒阑娇惰抱琵琶，茉莉新堆两鬓鸦。消受香风在凉夜，枕边俱是助情花。

恽格云：

> 醉里频呼龙井茶，黄星厣乱鬓边鸦。移灯笑换葡萄锦，倚枕斜簪茉莉花。

词如徐釚《清平乐》云：

> 清芬飘荡，偏与黄昏傍。浴罢玉奴心荡漾，小缀乌云鬓上。　　定瓷渍水初开，春纤朵朵分来。半晌双鬟撩乱，不教贴上银钗。

王爕清《减兰》云：

> 芳心点点，细朵惺忪娇素艳。碎月筛廊，凉约烟鬟称晚妆。　　玲珑小玉，窄袖轻衫初试浴。香已销魂，况在秋罗扇底闻。

看了这些诗词，便知茉莉与女子鬓发似乎是分不开的。

把茉莉花蒸熟，取其液，可以代替蔷薇露；也可作面脂，泽发润肌，香留不去。吾家常取茉莉花去蒂，浸横泾白酒中，和以细砂白糖，一个月后取饮，清芬沁脾。至于用茉莉花窨茶叶，更是司空见惯的事；北方爱好的香片，就是茉莉窨成的。近年来苏州花农争种茉莉，夏花秋花，先后可开三四次，而灌水、施肥、摘花等工作。都在烈日炎炎下施行，实在是非常辛苦的。听说茉莉所窨的茶叶，不但广销于北方；并且运销国外，换回工业建设所需要的机械。这些小小花朵，竟然也负着如此重大的使命，真可留芳百世了。

茉莉除了簪鬓外，也有用铅丝拴成了毬，挂在衣钮上；或盛在麦柴精编的小花囊中，佩在身上；更有特别加工，扎成了精巧玲珑的花篮，挂在床帐中的；因为它的阵阵清香，太可人意了。

（选自《拈花集》）

荷花的生日

　　人有生日，是当然的；不道花也有生日，真是奇闻！农历二月十二日，俗传是百花生日；而荷花却又有它自己的生日，据说是农历六月二十四日。在前清时，每逢此日，画船箫鼓，纷纷集合于苏州葑门外二里许的荷花荡，给荷花上寿。为了夏季多雷雨，游人往往被淋得像落汤鸡一般，甚至赤脚而归，因此俗有"赤脚荷花荡"之谣，足见其狼狈相了。

　　其实所谓荷花生日，并无根据。据旧籍中说，这一天是观莲节。昔晁采与其夫，各以莲子互相馈送；曾有人扶乩叩问。晁降坛赋诗云：

　　　　酒坛花气满吟笺，瓜果纷罗翰墨筵。闻说芙蕖初度日，不知降种自
　　何年？

连这无稽的神话，也以荷花生日为无稽，而加以讽刺了。

　　不管是不是荷花的生日，而苏州旧俗，红男绿女总得挑上这一天去逛荷花荡，酒食征逐，热闹一番，再买些荷花或莲蓬回去。见之诗词的，如邵长蘅《冶游》云：

　　　　六月荷花荡，轻桡泛兰塘；花娇映红玉，语笑熏风香。

舒铁云《六月二十四日荷花荡泛舟作》云：

　　　　吴门桥外荡轻舻，流管清丝泛玉凫。应是花神避生日，万人如海一花无。

496

高高兴兴地趁热闹去看荷花,而偏偏不见一花,真是大杀风景;那只得以花神避寿解嘲了。词如沈朝初《望江南》云:

> 苏州好,廿四赏荷花。黄石彩桥停画鹢,水晶冰窖劈西瓜,痛饮对流霞。

张远《南歌子》云:

> 六月今将尽,荷花分外清。说将故事与郎听。道是荷花生日,要行行。　　粉腻乌云浸,珠匀细葛轻。手遮西日听弹筝。买得残花归去,笑盈盈。

清代大画家罗两峰的姬人方婉仪,号白莲居士,能画梅竹兰石,两峰称其有出尘之想。方以六月二十四日生,因有《生日偶作》诗云:

> 冰簟疏帘小阁明,池边风景最关情。淤泥不染清清水,我与荷花同日生。

诗人好事,又有作荷花生日词的。如计光炘一绝云:

> 翠盖亭亭好护持,一枝艳影照清漪。鸳鸯家在烟波里,曾见田田最小时。

徐阆斋两绝云:

> 荷花风前暑气收,荷花荡口碧波流。荷花今日是生日,郎与妾船开并头。
> 金坛段郎官长清,临风清唱不胜情。怪郎面似荷花好,郎是荷花生日生。

荷花生日虽说无稽,然而比了什么神仙的生日还是风雅得多;以我作为《爱莲说》作者周濂溪先生的后代来说,倒也是并不反对这个生日的。

（选自《拈花集》）

扬芬吐馥白兰花

　　从小女儿的衣襟上闻到了一阵阵的白兰花香,引起了我一个甜津津的回忆。那时是一九五九年的初夏,我访问了珠江畔的一颗明珠——广州市。在所住友谊宾馆附近的农林路上,瞧见两旁种着的行道树,都是白兰花,不觉欢喜赞叹;后来又在中山纪念堂前,看到两株二人合抱的老干白兰花树,更诧为见所未见。可惜我来得太早了,树上虽已缀满了花蕾,但还没有开放;料想到了盛开的时候,千百朵好花吐馥扬芬,这儿真成为一片香世界哩。

　　白兰花是南国之花,所以广东、广西、福建、云南等地,都是它的家乡;而它最初的出生之地,据说是在马来半岛一带,经过引种培育,它的子子孙孙就分布到我国来了。南方四时皆春,尽可作为地植,且易于长成大树,绿叶扶疏,终年不凋。不象苏沪一带,只能种在盆子里,娇生惯养,见不得冰霜,入冬就得躲在温室里,不敢露面了。

　　白兰花是一种属于木兰科的常绿亚乔木,木质又细又松,表皮作白色。叶大如掌,作椭圆形,长达五六寸。到了五六月里,叶腋间就抽出花蕾,嫩绿色的苞,有如一只只翡翠簪头,玲珑可爱。到得花蕾长大,苞就脱落而开出洁白的花朵来了。每一朵花约有十一二瓣,瓣狭长,作披针形,长一寸左右;花心作绿色,散发出蕙兰一般的芳香,还比较的浓一些。但还有比这香得更浓的,那就是白兰花的姊妹行——黄兰花。它穿着一身鹅黄色的衫子,打扮得很漂亮,和白兰合在一起,自觉得别有风韵。黄兰的树干和叶形、花型,跟白兰没有什么分别;可是种子不多,分布面不广,物以稀为贵,就抬高了它的身价。

　　苏州虎丘山的花农,很早就在培植白兰花了。它们跟玳玳、茉莉、芝兰

498

等共同生活，成为形影不离的好朋友。这些花都是怕寒的，入冬同处温室，真是意气相投。过去在白兰花怒放的季节，花农们除了把大部分卖给茶叶店作窨茶之用外，小部分总是叫女孩子们盛在竹篮里入市叫卖，那时的卖花女，都过着艰苦的生活，借白兰花来博取一些蝇头之利，那卖花声中是含着眼泪的。近年来花农们在党的领导之下，组织了虎丘公社，生活大大改善了。白兰花和其他香花的产量突飞猛进，不仅用来窨茶，并且大量炼成香精、香油，连白兰叶也可提炼，给轻工业和医药上提供了不少必要的原料。

（选自《花木丛中》）

莲

　　宋代周濂溪作《爱莲说》，对于出淤泥而不染的莲花，给与最高的评价，自是莲花知己。所以后人推定一年十二个月的花神，就推濂溪先生为六月莲花之神。我生平淡泊自甘，从不作攀龙附凤之想，而对于花木事，却乐于攀附。只因生来姓的是周，而世世相传的堂名，恰好又是"爱莲"二字，因此对这君子之花却要攀附一下，称之为"吾家花"。

　　莲花的别名最多，曰芙蕖、曰芙蓉、曰水芝、曰藕花、曰水芸、曰水旦、曰水华、曰泽芝、曰玉环，而最普通的是荷花。现在大家通称莲花或荷花，而不及其他了。莲花的种类也特别多，有并头莲、四面莲、一品莲、千叶莲、重台莲等等，还有其他光怪陆离的异种，无法罗致了。

　　正仪镇附近有一个古莲池，至今还开着天竺种的千叶莲花。据叶遐庵前辈考证，这些莲花还是元代名流顾阿瑛所手植的，因此会同几位好古之士，在池旁盖了几间屋子，雇人守护这座莲池。抗日战争前，我曾往观光，看到了一朵娇红的千叶莲花，油然而生思古之情，回来做了一首诗，有"莲花千叶香如旧，苦忆当年顾阿瑛"之句。这些年来，听说池中莲仍然无恙。据闻顾阿瑛下种时，都用石板压住，后来莲花就从石缝中挺生出来，人家要去掘取，也不容易，所以几百年来，这千叶莲花还是"只此一家，并无分出"。直到近三年间，苏州市园林管理处才去引种过来，种在拙政园远香堂外池塘中，于是就在苏州安家落户了。吾园邻近的倪氏金鱼园中，有一个小方塘，也种着千叶莲花，与正仪的不同，不知是哪里得来的种子？每年开花时，总得采几朵来给我作瓶供，花作桃红色，很为鲜艳，花型特大，花瓣多得数不清。花工张锦前去挖了几株藕来，安放在两个缸中，于是我也就有两缸千叶莲花可作清供了。后来园林管理处便向倪氏买下了他全塘的种藕,移种在狮子林的莲塘中,以供群众观赏,比了关闭在那金鱼园中孤芳自赏,实在有意义得多。

凡是美的花,谁都愿它留在枝头,自开自落,而莲却可采。古今来的诗人词客,多有加以咏叹的。就是古乐府中也有采莲曲,是梁武帝所作,曲和云"采莲渚,窈窕舞佳人",因此就以采莲名其曲。又《乐府集》载:

> 羊侃性豪侈,善音律。有舞人张静婉者,容色绝世,时人咸推其能为掌上舞。侃尝自造采莲棹歌两曲,甚为新致,乐府谓之张静婉采莲曲。

至于唐代的几位大诗人,几乎每人都有一首采莲曲,真是美不胜收。现在且将清代诗人的两首古诗录在这里。如马铨四言古云:

> 南湖之南,东津之东。摇摇桂楫,采采芙蓉。左右流水,真香满空。眷此良夜,月华露浓。秋红老矣,零落从风。美人玉面,隔岁如逢。褰裳欲涉,不知所终。

徐倬七言古云:

> 溪女盈盈朝浣纱,单衫玉腕荡舟斜,含情含怨折荷华。折荷华,遗所思,望不来,吹参差。

词如毛大可《点绛唇》云:

> 南浦风微,画桡已到深深处。苹花遮住,不许穿花去。隔藕丛丛,似有人言语。难寻诉。乱红无主。一望斜阳暮。

王锡振《浣溪沙》云:

> 隔浦闻歌记采莲。采莲花好阿谁边?乱红遥指白鸥前。日暮暂回金勒辔,柳阴闲系木兰船,被风吹去宿花间。

吴锡麒《虞美人》云：

> 寻莲觅藕风波里，本是同根蒂。因缘只赖一线牵，但愿郎心如藕妾
> 如莲。　　带头绾个成双结，莫与闲鸥说。将家来住水云乡，为道买邻
> 难得遇鸳鸯。

孙汝兰《百尺楼》云：

> 郎去采莲花，侬去收莲子。莲子同心共一房，侬可知莲子？　　侬
> 去采莲花，郎去收莲子。莲子同房各一心，郎莫如莲子！

这几首诗词都雅韵欲流，行墨间似乎带着莲花香。

某一年农历六月二十四日，就是所谓莲花的生日，曾与老友程小青、陶
冷月二兄雇了一艘船，同往黄天荡观莲。虽没有深入荡中，却也看到了不少
亭亭玉立的白莲花，瞧上去不染纤尘，一白如雪，煞是可爱！关于白莲花的
故事，有足供谈助的，如唐代开元天宝间，太液池千叶白莲开，唐明皇与杨贵
妃同去观赏，皇指妃对左右说："何如此解语花？"他的意思，就是以为白莲不
解语，不如他的爱人了。又元和中，苏昌远居吴下，遇一女郎，素衣红脸，他
把一个玉环赠与她。有一天见槛前白莲花开，花蕊中有一物，却就是他的玉
环，于是忙将这白莲花折断了。这一段故事，简直把白莲瞧作花妖，当然是
不可凭信的。

昔人赞美白莲花的诗，我最爱唐代陆龟蒙七言绝句云：

> 素花多蒙别艳欺，此花真合在瑶池。还应有恨无人觉，月晓风清欲
> 堕时。

清代徐灼七言绝句云：

> 凉云簇簇水泠泠，一段幽香唤未醒。忽忆花间人拜月，素妆娇倚水
> 晶屏。

又清末革命先烈秋瑾七律云：

莫是仙娥坠玉珰，宵来幻出水云乡。朦胧池畔讶堆雪，淡泊风前有异香。国色由来夸素面，佳人原不借浓妆。东皇为恐红尘涴，亲赐寒潢明月裳。

这三首诗，可算是赞美白莲花的代表作。

苏州公园去吾家不远，园中有两个莲塘，一大一小，种的都是红莲花，鲜艳可爱。入夏我常去观赏，瞧着那一丛丛的翠盖红裳，流连忘返。至于吾家梅丘下的莲塘中，虽有白色、浅红色两种，每年开了好几十朵，不过占地太小，同时也只开二三朵，不足以餍馋眼。乡前辈潘季儒先生擅种缸莲，有层台、洒金、镶边玉钵盂、绿荷、粉千叶等名种，叹为观止。前几年分根见赐，喜不自胜，年年都是开得好好的。

老友卢彬士先生是吴中培植碗莲的唯一能手，能在小小一个碗里，开出一朵朵红莲花来。每年开花时节，往往以一碗相赠，作爱莲堂案头清供。据说这种子就是层台的小种，是从安徽一个和尚那里得来的。可惜室内不能供得太久，怕别的菡萏开不出来，供了半小时，就要急急地移出去了。

（选自《拈花集》）

503

好女儿花

好女儿花这花名很为美妙，但你翻遍了植物学大词典，却是断断找不到的。只为宋光宗的李后讳凤，宫中妃嫔和侍从等为了避讳之故，都称凤仙为好女儿花。凤仙的别名很多，有海蒳、旱珍珠、小桃红、羽客、菊婢诸称，不知所本。花茎有红白二色，高至一二尺，粗的好似大拇指，中空而脆。花于枝桠间开放，形如飞凤，有头有尾，有翅有足，因此又名金凤花。叶尖而长，有锯齿，很象桃叶，因此又有夹竹桃之称，可是未免与真的夹竹桃相混了。凤仙有各种颜色，如深红、浅红、纯白、浅绿、青莲、玫瑰紫等，色色都备，并有花瓣上洒细红点的，称为喷砂。有一茎而开五色的，更为娇艳。花瓣有单有复。更有鹤顶一种，与白花而绿心的，最为名贵。

往时没有蔻丹，女儿家爱好天然，将红色的凤仙花瓣，剔除了白络，加上一些明矾，把它捣烂，染在十个指甲上，用绢包裹，隔了一夜，每一指甲上便染成猩红一点了；因此之故，又有指甲花的别称。元代杨维桢句云：

> 有时谩托香腮想，疑是胭脂点玉颜。

又女词人陆琇卿《醉花阴》词云：

> 曲阑凤子花开后，捣入金盆瘦。银甲暂教除，染上春纤，一夜深红透。　绛点轻濡笼翠袖，数颗相思豆。晓起试新妆，画到眉弯，红雨春山逗。

504

这些诗词，都是咏凤仙，都牵及染指甲这回事的。清代李笠翁反对女子用凤仙花染指甲，他说："纤纤玉指，妙在无瑕，一染猩红，便称俗物。"所言自有见地。

凤仙虽是一种平凡的草花，而历史很悠久，晋代即已有之。传说谢长裕见凤仙花，对侍儿说："我爱它名称，且来变一变它的颜色。"因命侍儿去取了一种氿叶公金膏来，用麈尾蘸了膏，向花瓣上洒去，折了一朵，插在倒影三山的旁边。明年，此花金色不去，都成了斑点，粗细不同，俨如洒上去的一样，即名此花为倒影花。

古今来咏凤仙的诗词很多，而以宋代晏殊的"九苞颜色春霞萃，丹穴威仪秀气攒"两句最为华贵，足以抬高凤仙身价。我因亡妻胡氏名凤君，也偏爱凤仙。她去世后，为了纪念她的缘故，尽力搜罗了各色种子，种满在凤来仪室外，每年秋季，陆陆续续地开放起来，足有三个月之久；并且掘了小株，用小型的细磁盆分种了好多盆，供在亡妻遗像之前。

凤仙以密植为宜，倘能特辟一圃，全种凤仙，每一畦种一色，必有可观。前数年访书画大收藏家庞莱臣前辈于其苏州寓所，见他那个很大的前庭，从石板缝隙中长出无数株的凤仙花来，五色斑斓，蔚为大观，至今还留着深刻的印象。因忆清代嘉道年间的词章家姚梅伯，他也是爱好密植的凤仙花的。他说："秋日见庭前金凤花百本，向晓尽开，蝶侣蜂群，飞宿上下，仿佛具南田翁画意。"因宠之以词，调寄《清平乐》云：

嫣红欲绝，瘦朵藏低叶。鬖袖不知风露湿，斩向晓凉时节。
蝶蜂栩栩仙仙，泥人半晌缠绵。画箔秋灯儿女，夜来若个深怜？

（选自《拈花集》）

紫薇长放半年花

似痴如醉弱还佳，露压风欺分外斜。谁道花无红百日，紫薇长放半年花。

这是宋代杨万里咏紫薇花的诗。因它从农历五月间开始着花，持续到九月，约有半年之久，所以它又有一个百日红的别名。

紫薇是落叶亚乔木，高一二丈，也有达三四丈的。树干光滑无皮，北方人称之为猴刺脱树，就是说猴子也爬不上的。要是用指爪去搔树身时，树叶会微微颤动，好象也有感觉而怕痒似的，所以它又有怕痒树之称。叶片对生，绿色而有光泽；每一枝着花数颖，每一颖开花七八朵或十余朵不等。花未放时，苞如青豆，花瓣的构造很特别，多皱襞，每朵好似一个小小的轮子，作紫色。另有红白二色，称红薇、白薇，又有紫中带浅蓝色的，名翠薇，不常见。

《广群芳谱》对紫薇评价很高，说它："一枝数颖，一颖数花，每微风至，夭矫颤动，舞燕惊鸿，未足为喻。唐时省中多植此花，取其耐久，且烂漫可爱也。"唐开元元年，改中书省为紫薇省，中书令为紫薇令，就为了省中都种有紫薇花之故。于是诗人们又得了诗料，往往把花与官结合起来，如白乐天云：

丝纶阁下文章静，钟鼓楼中刻漏长。独坐黄昏谁是伴？紫薇花对紫薇郎。

506

杨万里云：

> 晴霞艳艳复檐牙，绛雪霏霏点砌沙。莫管身非香案吏，也移床对紫薇花。

陆放翁云：

> 钟鼓楼前官样花，谁令流落到天涯？少年妄想今除尽，但爱清樽浸晚霞。

官样花三字含有讽刺之意，紫薇不幸，竟戴上了个官的头衔，就觉得它俗而不韵了。

紫薇花因为常被人把它和官牵扯在一起，所以好诗好词绝少，我只爱明代程俱五古一首云：

> 晚花如寒女，不识时世妆。幽然草间秀，红紫相低昂。草木事已休，重阴闷深苍。尚有紫薇花，亭亭表秋芳。扶疏缀繁柔，无复粉艳光。空庭一飘委，已觉巾裾凉。手中蒲葵箑，虽复未可忘。仰视白日永，凄其感冰霜。

清代陈其年《定风波》词云：

> 一树瞳眬照画梁，莲衣相映斗红妆。才试麻姑纤鸟爪，袅袅。无风娇影自轻扬。　谁凭玉阑干细语，尔汝。檀郎原是紫薇郎。闻道花无红百日，难得。笑他团扇怕秋凉。

上半阕还不差，而下半阕来了个紫薇郎，就感得减色、不如程诗之通体不着一个官字来得好了。

唐代大诗人杜牧之曾作中书省舍人，因被称为紫薇舍人杜紫薇。他曾有紫薇花诗一绝：

> 晓迎秋露一枝新，不占园中最上春。桃李无言又何在？向风偏笑艳阳人。

作紫薇郎而诗中一字不提,自不失其为好诗。

紫薇花有大年,有小年。逢大年时,我家地植的一株红薇,一株白薇和七八个老本盆景,都烂漫着花,如开画屏,朝夕观赏,眼福不浅。盆景中有红薇一株,枯干作船形,虬枝四张,满开着红花,古媚可爱。我把一个小型的达摩立像放在干上,取达摩渡江之意,别饶奇趣。又有紫薇大本一株,枯干好似顽石,上生青苔,如画师用大青绿设色,更多画意;着花数百朵,全作紫色,真是道地的紫薇了。

（选自《拈花集》）

闻木犀香

　　每年中秋节边,苏州市的大街小巷中,到处可闻木犀香,原来许多人家的庭园里栽有木犀花。记得有一年因春夏二季多雨,天气反常,所以木犀也迟开了一月,直到重阳节,才闻到木犀香。

　　木犀是桂的俗称,因丛生于岩岭之间,故名岩桂。花有深黄色的,称金桂;淡黄色的,称银桂;深黄而泛作红色的,称丹桂。现在所见的,以金桂为多,银桂次之,丹桂很少。花有只开一季的,也有四季开的,称四季桂,月月开的,称月桂。可是一季开的着花最繁,并且先后可开两次,香也最浓。四季桂和月桂着花稀少,香也较淡,不过每到秋季,也一样是花繁香浓的。台州天竺所产桂,名天竺桂,是桂中异种。它逐月开花,只在叶底枝头点缀着寥寥数点,天竺的僧人们称之为月桂。这好在花能结实,实的大小和式样,与莲子很相象,那就是所谓桂子了。

　　我家老桂一本,干粗如成人的臂膀,强劲有力,也是月月开花,并且是结实的,大概就是天竺桂。每年中秋节后,着花累累,初作淡黄色,后泛深黄。我把密叶剪去,花朵齐露于外,如金粟万点,十分悦目。最难得的,是这老桂为盆景,栽在一只长方的白砂古盆里,高不满二尺,开花时陈列在爱莲堂中,一连三天,香满一堂。朋友们见了,都赞不绝口,这也可算是吾家盆景中的一宝了。

　　记得抗日战争前,我曾从邓尉山下花农那里买到枯干的老桂三本,都是百余年物,分栽在三只紫砂大圆盆里。每逢中秋节边,我看花闻香,悦目怡情,曾咏之以诗云:

　　　　小山丛桂林林立，移入古盆取次栽。铁骨金英枝碧玉，天香云外自飘来。

可惜在抗日战争时期，我避寇出走，三桂乏人照顾，已先后枯死；幸而最近得了这株天竺桂，虽然不是枯干，而姿态之古媚，却胜于三桂，我也可以自慰了。

　　向例桂花开放时，总在中秋前后，天气突然热起来，竟像夏季一样，苏人称之为"木犀蒸"，桂花一经蒸郁，就蓬蓬勃勃地盛开了。我觉得这"木犀蒸"三字很可入诗，因戏成一绝：

　　　　中秋准拟换吴绫，偏是天时未可凭。踏月归来香汗湿，红闺无奈木犀蒸。

　　江浙各处，老桂很多，杭州西湖畔满觉垄一带，满坑满谷的都是老桂。花时满山都香，连栗树上所结的栗子，也带了桂花香味，所以满觉垄的桂花栗子，也是遐迩驰名的。听说嘉兴有台桂，还是明代遗物，花枝一层层地成了台形，敷荫绝大，花开时香闻远近村落，诗人墨客纷纷赋诗称颂，不知现仍无恙否？常熟兴福寺中有唐桂，一根分出好几株来，亭亭直立，每株树身并不很粗，不过像碗口模样。据我看来，至多是明桂，倘说是唐代，那么原树定已枯死，这是几代以下的孙枝了。鲁迅先生绍兴故宅的院落中，有一株四季桂，据说，已有二百余年之久，从主干上生出三株六枝来，像是三树合抱而成的一株大树，荫蔽了半个院落。先生童年时，常常坐在这桂树下，听他母亲讲故事。

　　我家园子里也有三株桂树，一大二小，都不过三四十年的树龄，今秋花虽开得较迟，却也不输于往年的繁盛。我因桂花也可窨茶，因此自己享受了一二天的鼻福，并摘下了几枝作瓶供后，就让邻人们勒下花朵来，卖与虎丘茶花合作社了（据说窨茶以银桂为佳，所以代价也比金桂高一倍）。苏州市的几个园林中，都有很多的桂树，而以怡园、留园为最，还各在桂树丛中造了一座亭子，以资坐息欣赏。留园的亭子里有"闻木犀香"一额，我这篇小文就借以为名。写到这里，仿佛闻到一阵阵的木犀香，透纸背而出。

（选自《拈花集》）

510

水边双艳

可不要误会,水边双艳并不是说水边的两个俊俏的姑娘,而是说秋季宜乎种在水边的两种娇艳的花:一种是蓼花,一种是木芙蓉花。说也奇怪,我的园子里所种的这两种花,有种在墙角的,有种在篱边的,似乎都不及种在池边的好;足见它们是与水有缘,而非种在水边不可了。

《楚辞芳草谱》说:"蓼生水泽。"唐人诗中,也有"红蓼花开水国秋"之句。元代朱德润《沙湖晚归》诗云:

> 山野低回落雁斜,炊烟茅屋起平沙。橹声归去浪痕浅,摇动一滩红蓼花。

这些诗句都足以证明它是宜乎水的。蓼花种类不一,有青蓼、紫蓼、香蓼、马蓼、水蓼、木蓼之别。更有白蓼,我曾得其种,栽在莲池旁边,好像美人淡妆,别饶丰致,可惜第二年就断了种。

红蓼最为普遍,干高三四尺,五六尺不等,有时竟高达一丈以外。叶薄而尖狭,着花作穗状,长二三寸,纷披如缨络,临风摇曳,分外姿媚。蓼花别有小萰的名称,梅尧臣咏以诗云:

> 灼灼有芳艳,本生江汉滨。临风轻笑久,隔浦淡妆新。白露烟中客,红蕖水上邻。无香结珠穗,秋露浥罗巾。

又叶申芗《秋波媚》词云:

小园奚似壮秋容,烟穗簇芳丛。萧疏画意,柳衰让碧,芦淡输红。
水天忽忆江南梦,落日放孤篷。影迷初雁,香留残蝶,点缀西风。

这一诗一词,把蓼花的美,全都描写出来了。

木芙蓉,又名木莲,又名拒霜、华木、地芙蓉,为落叶灌木。干高六七尺,叶如手掌,作浅裂,柄长互生。农历十月开花,有大红千瓣、白千瓣、半白半桃红千瓣诸种,并以作黄色者最为难得。又有所谓三醉芙蓉者,一日间换三色,朝白,午桃红,晚大红,是此中佳种。我园莲池畔有之,映着池水,更觉艳。据说此种产于瓯江温州一带,因此瓯江别名芙蓉江,竟以花而得名。又卭州有弄色木芙蓉,一日白,二日浅红,三日黄,四日深红,花落时,又变为紫色,人称文官花,这比三醉芙蓉更为名贵。

芙蓉于霜降时节开花,傲气足以拒霜,因有拒霜花之称。清代袁树有《渔女》一诗云:

> 短篷轻楫自为家,羞上胭脂渚畔槎。莫讶风鬟吹不乱,芙蓉原是拒霜花。

这可作左证。

古人对于芙蓉有很高的评价,说它清姿丽质,独殿众芳,秋江寂寞,不怨东风,可称俟命的君子。花的气味辛平无毒,可以清肺凉血,解毒散热,消肿治恶疮,排脓止痛,对于医疗上很有功效,不但是供人欣赏而已。清代高士奇《北墅抱瓮录》云:"木芙蓉潇洒无俗姿,性本宜水,特于水际植之。缘溪傍渚,密比若林,杂以红蓼,映以翠茭,花光入波,上下摇漾,犹朝霞散绮,绚烂非常。见宋孝宗书刁光允木芙蓉画幅云:'托根不与菊为双,历尽风霜未肯降。本是无心岂有怨,年年清艳照秋江。'善为此花写照矣。"其实此诗不特善为此花写照,并写出了此花高傲的品质,正不在东篱秋菊之下。

木芙蓉花无毒,所以可入食谱。宋代林山人洪曾采芙蓉花煮豆腐,红白交错,恍如雪霁之霞,名雪霁羹。蜀后主孟昶以此花染缯作帐,名芙蓉帐;又于成都城上遍种芙蓉,每年秋深,四十里高下如锦如绣,因有锦城之称。这都是芙蓉佳话,可作谈助。

(选自《拈花集》)

512

一枝珍重见昙花

任何物象在一霎时间消逝的，文人笔下往往譬之为昙花一现。这些年来，我在苏州园圃里所见到的昙花，是一种像仙人掌模样的植物，就从这手掌般的带刺的茎上开出花来。开花的季节，是在农历六七月间，开花的时期，是在晚上七八时之间。花作白色，状如喇叭，发出浓烈的香气。花愈开愈大，香气也愈发愈浓，从七八时开起，到明晨二三时才萎缩；花却并不掉落。它产在热带地区，所以入冬怕冷，非在温室过冬不可。吾园也有盆栽昙花好多株，内一株高四尺许，同时开了九朵花，花白如雪，香满一堂。可是入冬严寒，它和其余的几株全都被冻死了。

我对于这一种昙花，始终怀疑着，以为它是属于仙人掌一类的多肉植物，并非昙花。因为我另有一大盆仙人球，也开了一朵花，花形花色花香以及开放的时期，竟和所谓昙花一模一样。记得抗日战争前，我在上海新新公司见过几株昙花，似乎是作浅灰色的，由开放到萎缩不过二十分钟，这才与昙花一现之说较为接近；而现在所见的却能延长到七八小时之久，怎能说是昙花一现呢？

昙花一现之说，源出佛经。《法华经》云："佛告舍利佛，如是妙法，如优昙钵华，时一现耳。"优昙钵华亦称优昙花，据说是属于无花果类，喜马拉雅山麓和德干高原锡兰等处都有出产。树干高达丈余，叶尖，长四五寸，叶有两种，有的粗糙，有的平滑。花隐蔽在凹陷的花托中，雌花与雄花不同，花托大如拳，或如拇指，十余指聚在一起。至于花作何色，有无香气，却未见记载。又据夏旦《药圃同春》载："昙花，色红，子堪串珠，微香。"看了这些记载，就足见我们现在所见的昙花，是仙人掌花而不是昙花了。

《群芳谱》中虽罗列着万紫千红，而于昙花却不着一字；古人的诗文中，我也没有见过歌咏或描写昙花的。偶于清初钱尚濠《买愁集》中见有一则："吉水东山修禅师，讲义精邃。一日有逊秀才来谒，玄谈雪娓，题咏轩轾，盖山猿听讲，日久得悟者也。"下有逊秀才诗十首，中赠僧一首云：

> 一瓶一钵一袈裟，几卷楞严到处家。坐稳蒲团忘出定，满身香雪坠昙华。

这所谓昙华，分明与梅花相似，而不是现在所见的昙花了。叶誉虎前辈《遐庵诗集》中，有赵家昙花开以一枝见赠云：

> 黄泉碧落人何在？玉宇琼楼梦已遐。谁分画帘微雨际，一枝珍重见昙花。

又昙花再开感咏云：

> 刹那几度见开残，光景旋销足咏叹。谁言春回容汝惜，一生醒眼过邯郸。

这两首诗中所咏的昙花，不知又作何状？

（选自《拈花集》）

凌霄百尺英

花中凌霄直上,愈攀愈高,可以高达百尺以上而烂漫着花的,只有一种,就是凌霄,真的是名副其实。凌霄别名陵苕,又名紫葳,《本草》说,俗称色彩中红艳的,叫做紫葳葳,凌霄花也是红而艳的,因有此名;还有一个怪名叫鬼目,用意不明。凌霄为藤本,山野间到处都有,蔓长二三尺时,只须旁有高大的树木,就会攀缘而上;树有多高,它也攀得多高,蔓生细须,牢牢地着在树身上,虽有大风雨也不会刮落下来。春初枝条生长极快,叶尖长对生,像紫藤而较小,色也较深。农历六月间,每枝着花十余朵,也是对生的,花头浅裂作五瓣,初作火黄色,分批开放,入秋红艳可爱。不过花与萼附着不牢,一遇风雨,就纷纷脱落,这是唯一的憾事!唐代大诗人白乐天的一首《有木》诗,写凌霄个性,入木三分。诗云:

> 有木名凌霄,擢秀非孤标。偶依一株树,遂抽百尺条。托根附树身,开花寄树梢。自谓得其势,无因有动摇。一旦树摧倒,独立暂飘飘。疾风从东起,吹折不终朝。朝为拂云花,暮为委地樵。寄言立身者,勿学柔弱苗。

通篇劝人重自立,戒依赖,富有教育意义。

凌霄花虽说善于依附,一定要靠别的树攀缘而上,然而也有挺然独立的。宋代富郑公所住洛阳的园圃里,有一株凌霄,竟无所依附而夭矫直上,高四丈,围三尺余,花开时,其大如杯。有人加以颂赞,竟称之为花木中的豪杰。苏州名画师赵子云前辈的庭园中,也有一株独立的凌霄,高不过丈余,枝条四张,亭亭如盖,可是已枯朽了一半。赵翁去世以后,不知此树得延残喘否?

宋代西湖藏春坞门前,有古松二株,都有凌霄花攀附其上,诗僧清顺,惯常在松下作午睡。那时苏东坡正作郡守,有一天屏去骑从,单身来访,恰好松风谡谡,吹落了不少花朵,清顺就指着落花索句。东坡为作《木兰花》词云:

> 双龙对起,白甲苍髯烟雨里。疏影微香,下有幽人昼梦长。　　湖风清软,双鹊飞来争噪晚。翠飐红轻,时堕凌霄百尺英。

古人诗词中,对于凌霄花的依赖性都有微词,有人更讥之为势客,就是说它仗势而向上爬。可是清代李笠翁却偏偏相反。他说:"藤花之可敬者,莫若凌霄,然望之如天际真人,卒急不能招致,是可敬亦可恨也!欲得此花,必先蓄奇石古木以待,不则无所依附而不生,生亦不大。"他对于依附并不以为意,反以其高高在上为可敬,真是封建士大夫的见地了。

我有盆栽凌霄花一株,作悬崖形,每年着花累累,枝条纷披,越见得婀娜有致。此本为故名书师邹荆庵前辈所爱培,他逝世后,由其夫人移赠于我,以作纪念;我见花如见故人,不胜凄感!我的园子里,有大杨树二株,高三四丈,十余年前我在树根上种了两株凌霄,现在干粗如壮夫双臂,攀附已达树梢,入夏着花无数,给碧绿的杨叶衬托着,分外妍丽。我于梅丘的高峰下也种了一株,枝条交纠攀缘而上,早已直上峰巅。因忆宋代范成大寿栎堂前的小山峰上凌霄花盛开,葱蒨如画,因名之曰凌霄峰,并咏以诗云:

> 天风摇曳宝花垂,花下仙人住翠微。一夜新枝香焙暖,旋熏金缕绿罗衣。

> 山容花意各翔空,题作凌霄第一峰。门外轮蹄尘扑地,呼来借与一枝筇。

峰名凌霄,恰好与花媲美,那么我的梅丘峰也可称为凌霄峰了。

(选自《拈花集》)

516

秋菊有佳色

秋菊有佳色，裛露掇其英。

这是晋代高士陶渊明诗中的名句，与"采菊东篱下，悠然见南山"同为千古所传诵，一方面也就使他成了一位热爱菊花的代表人物。后来民间奉他为九月花神，就为了他爱菊之故。据说他所爱赏的一种菊花，名九华菊。他曾说秋菊盈园，而诗集中仅存九华之一名。此菊越中呼之为"大笑"，白瓣黄心，花头极大，有阔及二寸四五分的，枝叶疏散，香也清胜，九月半开放，在白菊中推为第一。有一次，渊明因九月九日没有酒赏重阳，只枯坐在宅边菊花丛中，采了一大把菊花欣赏着。一会儿望见白衣人到，乃是江州刺史王弘送酒来了，即便欣然就酌，而以菊花为下酒物，也足见他的闲情逸致了。记得一九五一年秋间公园开菊展，我也有盆菊和盆景参加。就中有一个盆景，以渊明为题材，用含蕊的黄色满天星，种在一只椭圆形的紫砂浅盆里，东面一角用细紫竹做成方眼的矮篱，安放一个广窑的老叟坐像，把卷看菊，作为陶渊明，标名"赏菊东篱"。一九五三年秋间，我又参加拙政园的菊展，在一个种着两棵小松的盆景里，再种了一株含苞未放的小黄菊，松下也安放了一个老叟的坐像，标名"松菊犹存"。这两个盆景，都借重他老人家作为题材，博得了观众的好评。

我国之有菊花，历史最为悠久，算来已有二三千年了。《礼记·月令》，曾有"季秋之月，菊有黄华"之句，大概那时只有黄菊一种，不象现在这样十色五光，应有尽有。到了战国时代，爱国诗人屈原的楚辞中，曾有"夕餐秋菊之落英"的名句。为了这一句，后人聚讼纷纭，以为菊花只会干，不会落，怎么说是落英？其实屈大夫并没有错，落，始也，落英就是说初开的花，色香味都好，确实可吃。

一般人都以为重阳可以赏菊，古人诗文中，也常有重阳赏菊的记载。然而据我的经验，每年逢到重阳节，往往无菊可赏，总要延迟到十月。宋代诗人苏东坡也曾经说，岭南气候不常，他原以为菊花开时即重阳，因此在海南种菊九畹，不料到了仲冬方才开放，于是只得挨到十一月十五日，方置酒宴客，补作"重九会"。

明太祖朱元璋，曾有一首菊花诗：

> 百花发，我不发；我若发，都骇煞。要与西风战一场，遍身穿就黄金甲。

就咏菊来说，那倒把菊花坚强的斗争精神，全都表达了出来。

明代名儒陆平泉初入史馆时，因事和同馆诸人去见宰相严嵩。大家争先恐后挤上前去献媚，陆却退让在后面，不屑和他们争竞。那时他恰见庭中陈列着许多盆菊，就冷冷地说道："诸君且从容一些，不要挤坏了陶渊明！"语中有刺，十分隽妙；大家听了，都面有愧色。

宋高宗时，宫廷中有一位善歌善舞的菊夫人，号"菊部头"，后来不知怎的，称病告归。太监陈源用厚礼聘请了去，把她留在西湖的别墅里，以供耳目之娱。有一天宫廷有歌舞，表演不称帝旨，提举官开礼启奏道："这个非菊部头不可。"于是重新把菊夫人召了进去，从此不出。陈源伤感之余，几乎病倒。有人作了曲献给他，名《菊花新》，陈大喜，将田宅金帛相报。后来陈每听此曲，总是感动得落泪，不久就死了。"菊部头"三字，现在往往用作京剧名艺人的代名词。

古今来歌颂菊花的诗文词赋实在太多了，举不胜举。我却单单欣赏宋末爱国者郑所南《铁函心史》中两首诗，真的是诗如其人，不同凡俗。一首是菊花歌，中有句云："万木摇落百草死，正色与秋争光明；背时独立抱寂寞，心香贞烈透寥廓。"一首是餐菊花歌，有："道人四时花为粮，骨生灵气身吐香，闻到菊花大欢喜，拍手笑歌频颠狂，……尘尘劫劫黄金身，永救婆娑众生苦"等句，意义深长，浑不辨是咏菊花还是咏他自己。晚节黄花，得了这位铁骨嶙峋的爱国者一唱三叹，更觉生色不少。

我藏有一张上海故名画家王一亭所画的册页，画中有黄菊盆栽，高高地供在竹架上，一老者坐在矮几旁，持螯饮酒，意态很为悠闲，真是一幅绝妙的持螯赏菊图。原来菊花开放时，正是秋高蟹肥的季节，旧时一般文人，往往要邀一二知友，边看菊边吃蟹的。昔人小简中，如明代王伯谷寄孙汝师云："江上黄花灿若金，蟹匡大于斗，山气日夕佳，树如沐，翠色满眼，顾安得与足下箕踞拍浮乎？"张孟雨与友乞菊云："空斋如水，不点缀东篱秋色，彭泽笑人。乞移一二种，微香披座，落英可餐，当拉柴桑君持螯赏之也。"这里都是把菊花和蟹联系在一起的。

菊花中香气最可爱的，要算梨香菊，要是把手掌覆在花朵上嗅一嗅，就可闻到一种甜香，活象是天津的雅梨。据说最初发现时，还在清代同治、光绪年间，不知由哪一个大官进贡于西太后。太后大为爱赏，后来赏了一本给南通张謇。张家的园丁偷偷地分种出卖，就流传出去，几乎到处都有了。花作白色，品种并不高贵，所可爱的，就是那一股雅梨般的甜香罢了。

在菊花时节，我怀念一位北京种菊的专家刘挈园先生。他正在孜孜不倦地保存旧种，培养新种，获得了很大的成就。近年来他又采用了短日照培植法，使菊花提前一个月到两个月开放，人家的菊花正在含蕊，而他的园地上已有一部分盆菊早就怒放了。

我与刘先生虽未识面，却是神交已久。他曾托苏州老诗人张松身前辈向我征诗，我胡诌了七绝两首寄去，有"松菊为朋心似月，悬知彭泽是前身，黄金万镒何须计，菊有黄花便不贫"等句。刘先生得诗之后，很为高兴，回信说倘有机会，要把他的菊种相报。我对于他老人家的种种名菊，早就心向往之了，只是从未见过，真是时切相思；如今听说要将菊种见赐，怎么不大喜过望呢？可是地北天南，寄递不便，只好望眼欲穿地期待着。一九五六年夏苏州公园的花工濮根福同志，恰好到首都去出席全国先进生产者代表大会，我就写了封信托他带去，向刘先生道候，并婉转地说我老是在想望他的"老圃秋容"。

大会结束后，濮同志回到苏州来了，说曾见过了刘老先生，并带来了菊种六十个，共三十种，分作两份：一份赠与苏州市园林管理处，一份是赠与我的。我拜领之下，欣喜已极，就托濮同志代为培植。刘先生还开了一个名单给我，有"碧蕊玲珑"、"金凤含珠"、"霜里婵娟"、"杏花春雨"、"天孙织锦"、"银河长泻"、"霓裳仙舞"、"武陵春色"、"紫龙卧雪"等等，都是富有诗意的名称。我一个个吟味着，又瞧着那六十个绿油油的脚芽，恨不得立刻看它们开出五色缤纷的好花来。经了濮同志几个月的辛苦培养，六十个芽全都发了叶，含了蕊，末了完全开放，真是丰富多彩，使小园中生色不少。我为了急于参加上海中山公园的菊展，就先取一本半开的黄菊，翻种在一只古铜的三元

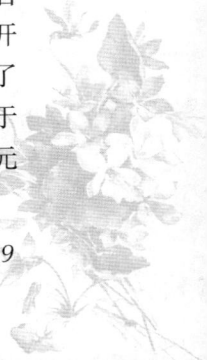

鼎里,加上一块英石,姿态入画,大书特书道:"北京来的客"。

刘先生不但是个艺菊专家,而且是一位诗人。他虽已年逾古稀,却老而弥健,一面艺菊,一面赋诗,曾先后寄了两张诗笺给我,一诗一词,都以菊为题材。他那契园中的室名斋名,如"寒荣室"、"守淡斋"、"晚香簃"、"延龄馆"、"寄傲轩"等,全都离不了菊,也足见他对于菊花的热爱。

刘先生艺菊,并不墨守成规,专重老种,每年还用人工传粉杂交,因此新奇的品种层出不穷,真是富于创造性的。他除了采用短日照培植法催使菊花早开外,还想利用原子能,曾赋诗言志云:

> 原子云何可示踪?内含同位素相冲。叶中放射添营养,根外追肥易吸溶。利用驱虫如喷药,预期增产慰劳农。我思推进秋华上,一样更新喜改容。

我预祝他老人家成功。

（选自《拈花集》）

西王母杖

　　西王母是神话中的天上仙人,那么西王母杖一定是她老人家所使用的一根仙人杖了。谁知千不是,万不是,却是山野中一种平凡的植物的别名;它的本名叫做枸杞。枸杞的别名很多,有天精、地仙、却老、却暑、仙人杖等十多个。枸杞原是两种植物的名称,因其棘如枸之刺,茎如杞之条,所以并作一名。叶与石榴叶很相象,稍薄而小,可供食用。干高二三尺,丛生如灌木。夏季开浅紫色小花,花落结实,入秋色作猩红,艳如红玛瑙。实有浑圆的,有椭圆的;椭圆的出陕甘一带,较为名贵,既可欣赏,又可入药。不论是花、叶、根、实,都可作药用,有益精补气、坚筋骨、悦颜色、明目安神、轻身却老之功。它之所以别名西王母杖和仙人杖,料想就是为了它有这些功效之故。

　　枸杞的实落在地上,入了土,就可生根,所以我的园子里几乎遍地皆是。春秋两季,采了它的嫩叶做菜吃,清隽有味。老干不易得,友人叶寄深兄,曾得一老干的枸杞,居中有一段已枯,更见古朴,大约是百年以外物,每秋结实累累,红艳欲滴。他为了重视这株枸杞之王,特请江寒汀画师写生,并题其书室为杞寿轩,可是后来已割爱让与庐山花径公园了。我也有一株盆栽的老枸杞,作悬崖形,原出南京雨花台,已有好几十岁的年龄了。最奇怪的,干已大半枯朽,只剩一根筋还活着,我把一根粗铅丝络住了下悬的梢头,又在中部用细铅丝络住,看上去岌岌欲危。我曾和朋友们打趣地说:"这一株老枸杞,好像是一个害了第三期肺痨病的病人,不知能活到几时?"哪里知道三年来它的生命力还是很强,年年开花结实,鲜艳如故。不久近根处又发了一根新条,枝叶四布,结实很多。我曾宠之以诗,有"离离朱实莹如玉,好与闺人缀玉钗"之句。各地来宾，见了这一株老枸杞，没一个不啧啧称怪的。

枸杞的老干老根多作狗形。据说宋徽宗时，顺州筑城，在土中掘得一株枸杞，活象是一头挺大的狗，当时认为至宝，就献到皇宫中去。旧籍中载："此乃仙家所谓千岁枸杞，其形如犬者也。"在宋代以前，这种狗形的枸杞，也屡有发见；唐代白乐天诗中，就有"不知灵药根成狗，怪得时闻夜吠声"之句，刘禹锡诗也有"枝繁本是仙人杖，根老新成瑞犬形"之句。宋代史子玉《枸杞赋》有句云："仙杖飞空，仿佛骖鸾，寿干通灵，时闻吠庞。"也是说它的干形像狗的。此外如朱熹诗"雨余芽甲翠光匀，杞菊成蹊亦自春。"陆游诗"雪斋茆堂钟磬清，晨斋枸杞一杯羹。"而苏东坡、黄山谷各有长诗咏叹，尊之为仙苗、仙草。枸杞，在一般人看来，虽很平凡，而古时却有这许多大诗人加以揄扬，那就见得不平凡了。

（选自《拈花集》）

仲秋的花与果

　　仲秋的花与果,是桂花与柿,其金黄色与朱红色把秋令点缀得很灿烂。在上海,除了在花店与花担上可以瞧到折枝的桂花外,难得见整株的桂树;而在苏州,人家的庭园中往往种着桂树,所以经过巷曲,总有一阵阵的桂花香,随着习习秋风飘散开来,飘进鼻官,沁入心脾。我的园子里也有三株桂树,一大二小,大的那株着花很繁,整日闻到它的甜香。到得花已开足,就采下来,浸了一瓶酒,以供秋深持螯之用;又渍了一小瓶糖,随时可加在甜点心的羹汤内,如汤山芋、糖芋艿、栗子、白果羹中,是非此不可的。

　　柿,大概各地都有,而上市迟早不同,有大小两种,大的称铜盆,小的称金钵盂。杭州有一种方柿,质地生硬,可削了皮吃。我园有一株大柿树,每年都是丰收,累累数百颗,趁它略泛红色时,就随时摘下来,用楝树叶铺盖,放在一只木桶里,过了十天到十五天,柿就软熟,可以吃了。味儿很甜,初拿出来,颗颗发热,像在太阳下晒过一般。

　　古书中说柿有七绝:一、树多寿,二、叶多荫,三、无鸟巢,四、少虫蠹,五、霜叶可玩,六、佳实可啖,七、落叶肥大,可以临书。这七绝确是实情,并不夸张。所说落叶肥大可以临书,有一段故事可以作证:唐代郑虔任广文博士时,穷苦得很,学书苦无纸张。知慈恩寺有大柿树,布荫达数间屋。他就借住僧房,天天取霜打的红柿叶作书,一年间全都写满。后来他又在叶上写诗作画,合成一卷进呈,唐玄宗见了大为赞许,在卷尾亲笔批道:"郑虔三绝。"

　　柿初红时,也可作瓶供。某秋我曾从树上摘下一长一短两大枝,上有柿十余只,只因太重了,插在古铜瓶中方能稳定。我整理了它的姿态,供在爱莲堂中央的方桌上，历时快将一月，柿还没有大熟，却已红艳可爱。可惜叶片易于干枯，索性全都剪去，另行摘了带叶的大枝插在中间，随时更换，红柿绿叶，可以经久观赏。

（选自《拈花集》）

霜叶红于二月花

　　远上寒山石径斜，白云生处有人家。停车坐爱枫林晚，霜叶红于二月花。

　　这是唐代大诗人杜牧之的一首《山行》诗，凡是爱好枫叶的人都能琅琅上口的。"霜叶红于二月花"这七个字的名句，给与枫叶一个很恰当的比喻。

　　枫别名灵枫、香枫，又称摄摄，据《尔雅》说："枫摄摄"，因枫叶遇风则鸣，摄摄作声之故。树身高大，自一二丈达三四丈，叶小而秀，有三角、五角、七角之分；也有状如鸡脚、鸭掌或蓑衣的。据说枫的种类很多，计五六十种，山枫的叶子是三角的，称为粗种，可以利用它的干，接以其他细种，易活易长。农历二月间开小白花，结实作元宝形，掉在地上过冬，明春就长出一株株小枫来。我往往在园子里掘取十多株，合种在长方形的紫砂盆里或沙积石上，作枫林模样，很可爱玩。

　　枫叶入秋之后，渐渐地由绿色泛作黄色，一经霜打，便泛作红色，到了初冬，愈泛愈红，因此红叶就变成了枫叶的代名词。"红叶为媒"，是唐代的一段佳话，至今还传诵人口。那故事是这样的："唐僖宗时，学士于祐，晚步禁衢，于御沟得一红叶，有女子题诗其上。祐拾叶题句，置沟上流，宫人韩翠苹得之。后帝放宫女三千，出宫遣嫁。翠苹嫁祐，出红叶相示，惊为良缘前定。"这件事不知道是不是实有其事，如果是事实，那也只能算是偶然的巧合罢了。

　　古人爱好枫叶，纷纷歌颂，除杜牧之一首最著名外，宋代刘成德也有一首：

黄红紫绿岩峦上,远近高低松竹间。山色未应秋后老,灵枫方为驻童颜。

它把枫叶夏绿秋黄以至入冬红、紫各种色彩,全都写了出来。此外历代诗人散句如"独叹枫香林,春时好颜色","一坞藏深林,枫叶翻蜀锦","遥看一树凌霜叶,好似衰颜醉里红","只言春色能娇物,不知秋霜更媚人","万片作霞延日丽,几株含露苦霜吟"等,这些诗句都可看出,霜后的枫叶真是如翻蜀锦,美艳已极。

日本种植枫树有独到处,种类之多,胜于我国。他们的枫,春天里就红了,称为春红枫。据说一年四季,红色始终不变。有一种春天红了,入夏泛绿,到秋深再泛为红。我家有盆栽老干枫树一株,高一尺余,露根如龙爪,姿态极美,春间发叶,鲜妍如晓霞,日本人称为静涯枫,最为难得。又有一株作悬崖形的,春夏叶作绿色,而叶尖却作浅红,并且是透明的,也可爱得很。

苏州天平山,以石著,也以枫著。高义园、童子门一带,全是高大的枫树,入冬经霜之后,云蒸霞蔚,灿烂如锦绣;年来老友张晋、余彤甫二画师都去写生,画成了大幅,堪称一时瑜亮。入秋以来,我虽常在探问天平枫叶红了没有?可是为了参加上海和苏州的菊展,手忙脚忙,不能抽身前去观赏一下。十一月下旬,郑振铎同志来访,据说刚从天平山看枫归来,满山如火如荼,漂亮极了。我听了,羡慕他的眼福不浅。

南京的栖霞山也以枫著称,每年深秋前去看枫的人,络绎于途,因此俗有"春牛首,夏莫愁,秋栖霞"之说。这两年来我常往南京,总想念着栖霞。恰因出席省文联代表大会之便,与程小青兄游兴勃发,都想一赏栖霞红叶,偿此宿愿。谁知一连好几天,都抽不出时间来,大呼负负。后来听费新我画师说,他已去过了,红叶都已凋谢,虚此一行。那么,我们虽去不成,也不用后悔了。

从南京回得家来,却见我家爱莲堂前的那株大枫树吃饱了霜,正在大红大紫的时期,千片万片的五角形叶子,绚烂地好像披着一件红锦衣裳,把半条廊也映照得红了。一连几天,朝朝观赏,吟味着"霜叶红于二月花"的妙处,虽没有看到天平和栖霞的红叶,也差足一餍馋眼了。

（选自《拈花集》）

526

得水能仙天与奇

得水能仙天与奇。

这一诗句的七个字中，嵌着水仙二字，原是宋代诗人刘邦直咏水仙花的，以下三句是："……寒香寂寞动冰肌；仙风道骨今谁有？淡扫蛾眉簪一枝。"这首诗确是贴切水仙，移咏他花不得。

水仙是多年生草，生在湿地，茎干中空如大葱，而根如蒜头，出在福建漳州的，往往三四个排在一起，出在江苏崇明的，只是单独的一个。叶与萱草很相像，可是较萱叶为厚。春初有茎从叶中抽出，渐抽渐长，梢头有薄膜包着花蕊数朵，开放时花作白色，圆瓣黄心，有似一盏，因此有金盏银台的别称。此花清姿幽香，自是俊物。花有复瓣与单瓣二种，复瓣的名玉玲珑，花瓣折皱，下部青黄而上部淡白，称为真水仙。我偏爱单瓣，以为可以入画，几位画友也深以为然。六朝人称水仙为雅蒜。我前年曾从骨董铺中买到一个不等边形的汉砖所琢成的水仙盆，上刻"雅蒜"二字，署名"之谦"。岁首供崇明水仙十余株，伴以荆州红石子，饶有画意。

水仙也有神话，据说华阴人汤夷，服水仙八石为水仙，即名河伯。谢公梦一仙女赠与水仙一束，次日生一女，长而聪慧工诗。姚姥住长离桥，寒夜梦见观星落地，化作水仙一丛，又美又香，就吃了下去；醒来生下一女，稍长，聪明能文，因名观星。观星即是天柱下的女史星，所以水仙一名女史花，又名姚女花。

宋代杨仲囦从萧山买到水仙花一二百本，种在两个古铜洗中，十分茂美，因学《洛神赋》体，作《水仙花赋》。此外如高似孙有《水仙花前赋》、《后赋》,洋洋千余言,的是杰作。元代任士林,明代姚绶也各有水仙花赋,都以洛浦神女相比拟。清代龚定盦,十三岁作《水仙花赋》,有"有一仙子兮其居何处? 是幻非真兮降于水涯,襌翠为裙,天然妆束,将黄染额,不事铅华"之句,也是比作水中仙女的。

诗词中咏水仙花的,佳作很多。如明王谷祥云:

仙卉发琼英,娟娟不染尘。月明江上望,疑是弄珠人。

元陈旅云:

莫信陈王赋洛神,凌波那得更生尘。水香露影空清处,留得当年解珮人。

袁士元云:

醉拦月落金杯侧,舞倦风翻翠袖长。相对了无尘俗态,麻姑曾约过浔阳。

丁鹤年云:

影娥池上晓凉多,罗袜生尘水不波。一夜碧云凝作梦,醒来无奈月明何。

明文征明云:

罗带无风翠自流,晓风微襌玉搔头。九疑不见苍梧远,怜取湘江一片愁。

清金逸云:

枯杨池馆响栖鸦,招得姮娥做一家。绿绮携来横膝上,夜凉弹醒水仙花。

528

这些诗句,都是雅韵欲流,足为水仙生色。

水仙最宜盆养。盆有陶质的,瓷质的,石质的,砖质的,或圆形,或方形,或椭圆形,或长方形,或不等边形;我却偏爱不等边形的石盆砖盆,以为最是古雅,恰与高洁冷艳的水仙相称。我年来置办的水仙盆虽多,却独爱一只四角而不等边形的白石盆,正面刻有"凌波微步"四字,把水仙十一株排列其中,伴以雨花台各色大小石子,自觉妍静可爱,足供欣赏。

砖盆必须将晋砖汉砖凿成的,方见古朴。安吉吴昌硕老画师以砖砚供水仙,别开生面。他宠之以诗,系以序云:"缶庐藏汉魏古甓数事,琢砚供书画,苦寒水冻,笔胶不能下。儿童戏供水仙于其上,天然画稿也。拥炉写图,题小诗补空:缶庐长物惟砖砚,古隶分明宜子孙;卖字年来生计拙,商量改作水仙盆。"这里的一首诗也是很有风趣的。

瓷有哥窑、汝窑、钧窑等,作水仙盆自是不恶。清代词人陈其年以哥窑瓶供水仙,咏以《蝶恋花》云:

> 小小哥窑凉似雪,插一瓶烟,不辨花和叶。碧晕檀痕姿态别,东风悄把琼酥捻。   滟潋空濛天水接,千顷烟波,罗袜行来怯。昨夜洞庭初上月,含情独对姮娥说。

他不用盆而用瓶,那一定是除去球根,剪了花和叶作供了。

记得抗日战争期间,先慈在沪去世,时在农历十一月中。五七时,我买了三株崇明水仙,养在一只宣德紫瓷的椭圆盆里,伴以英石,颇饶画意;因先慈生前很爱水仙,而那时花也恰好开了,我就把它供在灵几之上,记以诗云:

> 踽踽淞滨忽七年,俗尘万斛滓心田。出山泉水终嫌浊,那有清泉养水仙。

> 翠带玉盘盛古盎,凌波仙子自娟妍。移将阿母灵前供,要把清芬送九泉。

可是这不过是我的一片痴心,九泉之下的老母,再也闻不到水仙花香了。

市上花店中有所谓洋水仙,叶片攒簇,花丛中央挺生,一朵朵如倒挂的钩子,作盆供风致较差,有红、白、紫诸色,香较浓郁。故梁溪词人王西神偏爱此种,一一锡以佳名:紫色的称紫云囊,红色的称红砂钵,白色而微绿的称绿萼仙；此外有乔种的，又加以鸳鸯锦、西施舌、翠镶玉诸称。我以为这洋水仙比了国产水仙，总有雅俗之分。

（选自《拈花集》）

装点严冬一品红

一品红是什么？原来就是冬至节边煊赫一时的象牙红。它有一个别名，叫做猩猩木，属大戟科；虽名为木，其实是多年生的草本，茎梢是草质，不过近根的部分是木质化的。它的产地是北美的墨西哥，不知什么时候输入我国，现则到处都在栽种了。

一品红的叶片，绿得像翡翠一样，模样儿好像梭子，又像箭镞，叶面上有很细的茸毛，又络着红丝，很为别致。到了初冬，顶叶就从翠绿色转变为黄，也有变作浅红或深红的，因种类不同，转变的色彩也各异，而以深红的一种为最美，简直像朱砂那么鲜艳。一般人以为这就是花，其实是叶，也正像雁来红的顶叶一样，往往会被人认作花瓣的。顶叶的中心有一簇鹅黄色的花蕊，一个个像小型的杯子，这是给蜂蝶作授粉之用的。

今春我曾在北京中山公园唐花坞中，看到顶叶浅红色的一品红，茎干很矮，比长干的好；时在三月，并不是顶叶变色的时期，原来也是用催延花期的方法把它延迟的。听说青岛有一种顶叶作白色的，自是此中异种，可是与一品红的名称未免不符了。

一品红的繁殖，都用扦插的方法。到了清明节后，把老本上的茎干剪为若干段，剪断处流出乳状的白汁，须等它干了之后，才一段段斜插在田泥和糠灰的盆里，随时灌水，力求湿润，过了一个多月，就会生出根须来。这时便可分枝翻盆，一盆一株。到了夏季大伏天里，应将每枝剪短，剪下来的新枝，再行扦插，愈插愈多；这时也必须经常灌溉，不可怠忽。农历九月中，开始施肥，先淡后浓，一个月后须施浓肥，一面就得把盆子移到温室里去培养。入冬以后，切忌受寒，非保持华氏五六十度的温度不可。记得去冬曾有两大盆,每盆五六枝,猩红的顶叶与翠绿的脚叶,相映成趣;不料突然来了个冷汛,仅仅在一夜之间,叶片全都萎了,第二天任是喷水曝日,再也挺不起来。这个一品红竟好像是千金小姐养成的一品夫人,实在是不容易伺候的。

(选自《花木丛中》)

岁寒二友

　　昔人称松、竹、梅为岁寒三友,松、竹原是终年常备,而岁寒时节,梅花尚未开放,似乎还不能结为三友。倒是蜡梅花恰在岁尾冲寒盛开,而天竹早就结好了红籽等待着,于是倾盖相交,真可称为岁寒二友。

　　吾家凤来仪室西窗外,有素心蜡梅三干鼎立,姿态入画,已有四十余年的树龄,年年着花累累,香满一庭。旁侧有天竹一大丛,共数十枝,霜降以后,子就猩红照眼。看它们相偎相依,恰像两个好朋友相视而笑、莫逆于心一般。此外我又有一个蜡梅盆景,枯干虬枝,粗逾小儿臂,开花素心,作磬口形,自是此中佳种。又有一个天竹盆景,共七八枝,有枯干,有新枝,有高有低,有疏有密,每年也有二三枝结子的。我把这两盆放在一处,自觉得相映成趣。

　　蜡梅原名黄梅,宋代熙宁年间,王安国尚有咏黄梅诗。到了元祐年间,苏东坡、黄山谷改名为蜡梅,因其花黄似蜡之故。清代李笠翁有言:"蜡梅者,梅之别种,殆亦共姓而通谱者欤? 然而有此令德,亦乐与联宗。"此说很为隽妙。花有虽已盛开而仍然半含,状如磬口的,名磬口梅,出河南。花有形似荷花,瓣作微尖的,名荷花梅,出松江。花有开最早,而色作深黄,香气浓郁的,名檀香梅,现已少见。有花小香淡而红心,未经接种的,名狗绳梅;有人讹作九英,这是蜡梅下品。

　　据旧籍中载:蜡梅又号寒客、久客,料因它耐寒耐久之故。

　　古今诗人词客咏蜡梅花的,并不很多。我最爱韩子苍一绝云:

　　　　路入君家百步香,隔帘初试汉宫妆。只疑梦到昭阳殿,一簇轻红簇淡黄。

又断句如范成大云：

　　　金雀钗头金蛱蝶，春风传得旧宫妆。

耶律楚材云：

　　　枝横碧玉天然瘦，蕊破黄金分外香。

都很贴切。词如顾贞观《蜡梅花底感旧》、调寄《小重山》云：

　　　春到愁魔待厌禳。试东风第一，道家妆。蜡丸偷寄紫琼霜。檀心展，凭付与檀郎。　　金磬敛花房。相逢应只在，水仙旁。色香空尽转难忘。人何处？沈痛觅姚黄。

看了"金磬敛花房"一句，可知他所咏的是磐口梅了。

　　天竹常见于江苏、湖北诸地，又名南天竺或南天烛，是灌木性而终年常绿的。枝高二三尺、五六尺不等。叶与楝树叶相象，较小，初夏开五瓣小白花，后结一簇簇的绿子，经了霜渐渐变红，十分鲜艳。子的结法各有不同：子大而密的一种，名油球，子疏而向上高簇的，名满天星，子结得很多而向下低垂的，名狐尾。这三种，以狐尾为最有风致。此外有结子作鹅黄色的，名黄天竹，比红天竹为难得。更有结蓝子的蓝天竹，最为名贵，可说绝无仅有。听说拙政园中却有一枝，我未之见，容去访寻一下。

　　我于"八一三"日寇陷苏时，避地皖南黟县的南屏山村中，岁时苦无点缀，邻女以蜡梅、天竹各一株相赠，喜出望外，因赋小令《好事近》二阕为谢。录其一云：

　　　傍榻列陶瓶，天竹殷殷红透。好与寒梅作伴，喜两相竞秀。　　梦回夜半忽闻香，冉冉袭罗袂。晓起检看衣带，又一花粘袖。

此词确是写实。因为陶瓶安放得离卧榻太近，所以蜡梅花掉在榻上，竟粘住在衣袖间了。

　　　　　　　　　　　　　　　　　　　　　（选自《拈花集》）

534

花团锦簇话苏州
HUATUANJINCUHUASUZHOU

探梅香雪海

万树梅花玉作堆,皑皑一白满山隈。几时修得山中住,朝夕吹香嚼蕊来。

这一首诗是我为了热爱邓尉香雪海一带的梅花而作的。每年梅花时节,一见我家梅丘上下的梅花开了,就得魂牵梦萦地怀念香雪海,恨不得插翅飞去,看它一个饱。一九六一年三月八日早上,我正在给那盆百年老绿梅"鹤舞"整姿,蓦见我的一位五十年前老同学翁老,泼风似地跑进门来,兴高采烈地嚷道:"我刚从香雪海来,那边的梅花全都开了,枝儿上密密麻麻地开足了花,简直连花蕊儿也瞧不出来了。您要是想探梅,非赶快去不可!"我一听他传来了这梅花消息,心花怒放,仿佛望见那万树梅花正在向我含笑招手,于是毅然决然地答道:"好啊,谢谢您给了我这个梅花情报,明儿一清早就走!"

真是幸运得很!九日恰好是一个日暖风和的晴天,我就邀约了一位爱花的老友老刘和一位种花的花工老张,搭了八时四十五分的长途汽车,向光福镇进发,十时左右已到了光福。我们下车之后,决定沿着那公路信步走去,好边走边看梅花,尽情地享受。走不多远,就看到了疏疏落落的梅树,偶有一二株开着红的花或绿的花,而大半都是白的,被阳光照着,简直白得象雪一样耀眼;不由得想到了王安石的两句诗:

遥知不是雪,为有暗香来。

真的，要不是有一阵阵的暗香因风送来，可要错疑是雪了。

　　走了大约三刻钟光景，就到了马驾山。据《苏州府志》说：马驾山向未有名，四面全都种着梅树，清康熙中，巡抚宋荦题"香雪海"三字于崖壁，才著名起来。清帝康熙、乾隆先后南巡时，曾到过这里，住过这里，料想也曾看过梅花的了。汪琬《游马驾山记》云："马驾山在光福镇西，与铜井并峙，山中人率树梅、艺茶、条桑为业，梅五之，茶三之，桑视茶而又减其一，号为光福幽丽奇绝处也。……前后梅花多至百许树，芳香蓊勃，落英缤纷，入其中者，迷不知出。稍北折而上，望见山半累石数十，或偃或仰，小者可几，大者可席，盖《尔雅》所谓岨也。于是遂往，列坐其地，俯窥旁瞩，蒙然岩然，曳若长练，凝若积雪，绵谷跨岭，无一非梅者。……"这篇文章对于马驾山的评价是很高的。当下我们走上山径，拾级而登，山腰有轩有亭，解放前破败不堪，前几年已经过一番整修。我们在轩里小憩一会，就走上了山顶的梅花亭。亭作梅花形，所有藻井的装饰全嵌着一朵朵的小梅花，围着中央一朵大梅花，连亭柱和柱础也是作梅花形的，真是名副其实的梅花亭了。从亭中下望，见崦西一带远远近近全是白皑皑的梅花，活象是一片雪海，不禁拊掌叫绝，朗诵起昔人"遥看一片白，雪海波千顷"的诗句来。我想，三五月明之夜，疏影横斜，暗香浮动，梅花映月，月笼梅花，漫山遍野都是晶莹朗彻，真所谓玉山照夜哩。下了山，就在夹道梅花丛里行进，一阵又一阵的清香缭绕在口鼻之间，直把我们送到了柏因社。

　　柏因社俗称司徒庙，这是我一向梦寐系之的所在。苏州的宝树"清"、"奇"、"古"、"怪"四古柏就在这里，枯干虬枝，陆离光怪，可说是造物之主的杰作。有人说是汉光武时代的遗物，虽无从考据，至少也有一千年以上的高寿了。我三脚两步赶进去瞧时，不觉喜出望外，前几年的一次台风，只把那株"奇"刮断了一大根旁枝，搁住在下面的虬枝上；其他三株，依然老而弥健，苍翠欲滴。还有那较小的两株，也仍是好好的，倒象是它们的一双儿女，依依膝下似的。客堂中有两副楹联，都是歌颂四古柏的，其一是清同治年间吴云所作：

　　　　清奇古怪画难状，
　　　　风火雷霆劫不磨。

其二是光绪年间潘遵祁所作：

此中只许鸾凤宿，
其上应有蛟螭蟠。

我以为这些歌颂的语句并不过分，四株古柏确可当之无愧，但看那十二级的台风也奈何它们不得，不就是"风火雷霆劫不磨"的明证吗？

出了柏因社，仍由公路向石崉进发。一路上随时随地都有一丛丛的白梅花，供我们闻香观赏。红、绿梅却不多见，据说在含蕊未放时，就把花苞摘下来，卖给收购站支援社会主义建设了。那么我们何必一定要看红、绿梅，还是欣赏那香雪丛丛的白梅花为妙。况且结了梅子，又是公社中一种有用的产品，经济价值很高，比那不结实而虚有其表的红、绿梅好得多了。

在石崉住了一夜，第二天早上，又游了太湖边的石壁，领略那三万六千顷的一角。这一天半到处看到梅花，也随时闻到梅香，简直好像是掉在一片香雪海里，乐而忘返。在那石崉西面不远的地方，有几座红瓦鳞鳞的建筑物矗立在梅花丛中，遥对太湖，风景绝胜，那是劳动人民的疗养院。石崉精舍住持脱尘和尚，在山上种茶，种竹，种梅，种桃，是个生产能手，毛竹几百竿，直挺挺地高矗云霄，蔚为大观，全是他十多年来一手培植起来的。万峰台在石崉高处，从这里四望山下的梅花，白茫茫一片，真是洋洋大观。下午二时半，我们就从潭东站搭车回去，身边带着四株小梅桩，当作新的旅伴；原来是昨天傍晚从光福公社的花田里像觅宝一般选购来的。还有那公社天井小队送给我的一大束折枝红、绿梅，安放在车窗边，倒也有色有香，似诗似画。于是我仍然一路看着梅花，看呀看的，一直看到了家里。

香雪海探梅必须算准时期，不要忘了日历。古人曾说"梅花以惊蛰为候"，大概每年惊蛰前后一星期内前去，才恰到好处，如果太早或太迟，那么梅花自开自落，是不会迁就你的。探梅的人们，最好能与山中人先作联系，探问梅花消息；开到七八分时，就可以前去，领略那暗香疏影的一番妙趣了。

（选自《拈花集》）

539

观莲拙政园

　　也许是因为我家祖祖辈辈传下来的堂名是爱莲堂的缘故，因此对于我家老祖宗《爱莲说》作者周濂溪先生所歌颂的莲花，自有一种特殊的好感。倒并不是为它出淤泥而不染，是花中君子，实在是爱它的高花大叶，香远益清，在众香国里，真可说是独擅胜场的。年年农历六月二十四日，旧时相传为莲花生日，又称观莲节，我那小园子里的池莲、缸莲都开好了，可我看了还觉得不过瘾，总要赶到拙政园去观赏莲花，也算是欢度观莲节哩。

　　可不是吗？拙政园的水面，占全园面积的五分之三，池水沦涟，正可作为莲花之家；何况中部的堂啊，亭啊，轩啊，都是配合着莲花而命名的，因此拙政园实在是一个观莲的好去处。例如远香堂、荷风四面亭、倚玉轩，还有那船舫形的小轩"香洲"，以至西部的留听阁，都是与莲花有连带关系而可以给你坐在那里观赏的。

　　我们虽为观莲而来，但是好景当前，不会熟视无睹，也总要欣赏一下；况且这个园子已被列为第一批全国重点文物保护单位之一，真该刮目相看。怎么叫做"拙政"呢？原来明代嘉靖年间，御史王献臣因不满于权贵弄权，弃官归隐，把这里大宏寺的一部分基地造了一个别墅，取名拙政园。王死后，他的儿子爱好赌博，就在一夜之间把这园子输掉了。到了公元一八六〇年，太平天国忠王李秀成攻下苏州时，就园子的一部分建立忠王府，作为发号施令的所在。

　　从东部新辟的大门进去，迎面就看到新叠的湖石，分列三面，傍石植树，点缀得楚楚可观，略有倪云林画意。进园又见奇峰几座，好象是案头大石供。这里原是明代侍郎王心一归田园遗址，有些峰石还是当年遗物。这东

540

部是近年来所布置的，有土山密植苍松，浓翠欲滴；此外有亭有榭，有溪有桥，有广厅作品茗就餐之所。从曲径通到曲廊，在拱桥附近的水面上，先就望见一小片莲叶莲花，给我们尝鼎一脔。这是最近新种的；料知一二年后，就可蔓延开去了。从曲廊向西行进，就是中部的起点，这一带有海棠春坞、玲珑馆、枇杷院诸胜，仲春有海棠可看，初夏有枇杷可赏，一步步渐入佳境。走过了那盖着绣绮亭的小丘，就到达远香堂，顾名思义，不由得想起那《爱莲说》中的名句"香远益清，亭亭净植"八个字来，知道堂名就由此而得，而也就是给我们观莲的好地方了。

远香堂面对着一座挺大的黄石假山，山下一泓池水，有锦鳞往来游泳，堂外三面通廊，堂后有宽广的平台，台下就是一大片莲塘，种着天竺种千叶莲花，这是两年以前好容易从昆山正仪镇引种过来的。原来正仪镇上有个顾园，是元代名士顾阿瑛"玉山佳处"的遗址。在东亭子旁，有一个莲池，池中全是千叶莲花，据说还是顾阿瑛手植的，到现在已有六百多年，珍种犹存，年年开花不绝。拙政园莲塘中自从把原种藕秧种下以后，当年就开了花，真是色香双绝，不同凡卉。第二年花花叶叶，更为繁盛，翠盖红裳，几乎把整个莲塘都遮满了。并蒂莲到处都是，并且一花中有四五芯、七八芯，以至十三个芯的，花瓣多至一千四百余瓣。只为负担太重了，花头往往低垂着，使人不易窥见花芯，因此苏州培养碗莲的专家卢彬士老先生所作长歌中，曾有"看花不易窥全面，三千莲媛总低头"之句，表示遗憾。其实我们只要走到水边，凑近去细看时，还是可以看到那捧心西子态的。今夏花和叶虽觉少了一些，而水面却暴露了出来，让我们欣赏那水中花影，仿佛姹娅欲笑哩。

远香堂西邻的倚玉轩，与船舫形的香洲遥遥相对，北面的斜坡上还有一个荷风四面亭，三者位在三个角度上，恰恰形成鼎足之势，而三处都可观莲，因为都是面临莲塘的。香洲贴近水边，可以近观；倚玉轩隔一条花街，可以远观；而荷风四面亭翼然高处，可以俯观；好在莲花解意，婉娈可人，不论你走到哪一面，都可以让你尽情观赏的。穿过了曲桥，从假山上拾级而登，就见一座楼，叫做见山楼，凭北窗可以看山，凭南窗可以观莲，并且也可以远观远香堂后的千叶莲花了。

走进别有洞天，就到了园的西部，沿着起伏的曲廊向西行进，就看到一座美轮美奂的花厅，分作两半。一半是十八曼陀罗花馆，庭中旧时种有山茶十八株，而曼陀罗就是山茶的别号，因以为名。另一半是三十六鸳鸯馆，前临池沼，养着文羽鲜艳的鸳鸯，成双作对地在那里戏水，悠然自得。池中种着白莲，让鸳鸯拍浮其间，构成了一个美妙的画面；正如宋代欧阳修咏莲词

所谓"叶有清风花有露,叶笼花罩鸳鸯侣",真是相得益彰,而大可供人观赏、供人吟味的。

　　向西出了三十六鸳鸯馆,向北走过一条小桥,就到了留听阁,窗户挂落,都是精雕细刻,剔透玲珑。我们细细体味阁名,原来是从那句"留得残荷听雨声"的古诗句上得来的。这个阁坐落在西部尽头处,去莲塘不远,到了秋雨秋风的时节,坐在这里小憩一会,自可听到残荷上淅淅沥沥的雨声的。

（选自《拈花集》）

赏菊狮子林

　　节气已过小雪,而江南一带不但毫无雪意,天气还是并不太冷,连浓霜也不曾有过,菊花正开得挺好,正是举行菊展的好时光。大型的菊展,是在狮子林举行的。凡是苏州市各园林的菊花,几乎都集中于此,大大小小数千百盆,云蒸霞蔚地蔚为大观。

　　一进狮子林大门,就瞧见前庭陈列着不少盆菊,五色斑斓,似乎盛妆迎客。沿着走廊北进,到了燕誉堂。堂前假山上、花坛里,都错错落落地点缀着菊花。堂上每一几、每一案,都陈列着大小方圆的陶盆、瓷盆,盆中都整整齐齐地种着细种、名种的菊花,真是形形色色、林林总总,任是丹青妙手,怕也没法儿一一描画出来。当初陶渊明所爱赏的,大概只有黄菊一种,怎能比得上我们今天的幸运,可以看到这样丰富多采的各种名菊而大开眼界、大饱眼福呢!

　　这一带原是园中的建筑群。燕誉堂的后面,是一个小小结构的小方厅。从后院中,走出一扇海棠式的门,就到了揖峰指柏轩。再向西进,便是旧时建筑物中仅存的所谓古五松园。每一座厅、一座轩、一座堂,都陈列着多种多样的名菊,而这些厅堂前后都有院落,都有假山,也一样用多种多样的名菊随意点缀着。这触处都是不可胜数的名菊,都是公园、拙政园、留园、狮子林、网师园等花工们一年劳动的结晶。

　　揖峰指柏轩的前面,有一条狭狭的小溪,溪上架着一条弓形的石桥,桥栏上齐整地排列着好多盆黄色和浅紫色的小菊花,好象是两道锦绣的花边,形成了一条绚烂的花桥。站在轩前抬眼望去,可见一座座的奇峰,一株株的古柏,就可明了轩名揖峰指柏的含义。此外还有头角峥嵘的石笋和木化石,都是五六百年来身历兴废的古物,还是元代造园时就兀立在这里的。这一带的假山迂回曲折,路复山重,要是漫不经心地随意溜达,就好像误入了诸葛孔明的八卦阵,迷迷糊糊地找不到出路。

荷花厅在揖峰指柏轩之西,厅前有大天棚很为爽垲,这是供游客们啜茗休憩的所在。棚临大池塘,种着各色名种荷花,入夏大叶高花,足供欣赏。现在荷花没有了,却可在这里赏菊。原来花工们别出心裁,在前面连绵不断的假山上,像散兵线般散放着一盆盆黄白的菊花,远远望去,倒像是秋夜散布天际的星斗一样。出厅更向西进,有一个金碧辉煌的水榭,上有蓝地金字匾额,大书"真趣"二字,并没款识,据说是清帝乾隆所写的。西去不多远,有一只石造的画舫,窗嵌五色玻璃,十分富丽;现在船舷头、船尾上,都密集地安放着各色小型的盆菊,形成了一只美丽的花船。沿着长廊再向西去,由假山上拾级而登,就是赏梅所在的暗香疏影楼。出楼向南,得一亭,叫做听涛亭,与荷池边的观瀑亭遥遥相对。原来这里是西部假山最高的所在,下有人造瀑布,开了机关,水从隐蔽着的水塔管中荡荡下泻,泻过湖石叠成的几叠水坝,活像山中真瀑,挂下一大匹白练来,气势磅礴,水声淘淘,边看边听,使人心腑一清。这是狮子林的又一特点,为其他园林所没有的。出亭,过短廊,入问梅阁。古诗云:

> 君自故乡来,应知故乡事。昨日绮窗前,寒梅着花未?

因阁下多梅树,就借用"问梅花开未"的意思,作为阁名。阁中桌凳,都作梅花形,窗上全是冰梅纹的格子,而又挂着"绮窗春讯"四字的横额,都是和梅花互相配合的。从这里一路沿廊下去,还有双香仙馆、扇子亭、立雪亭、修竹阁等建筑物,为了这一带已没有菊花,也就不用流连了。

（选自《拈花集》）

访古虎丘山

对于苏州虎丘最有力的赞词，莫如《吴地记》中的几句话："虎丘山绝岩纵壑，茂林深篁，为江左丘壑之表。吴兴太守褚渊过吴境，淹留数日，登览不足，乃叹曰：'昔之所称，多过其实，今睹虎丘，逾于所闻。'斯言得之矣。"不错，耳闻不如目睹，到了虎丘，才会一样地赞叹起来的。何况解放以后这几年间，年年不断地加以整修，二山门外开了河，造了桥；修好了云岩寺塔、拥翠山庄；最近又整理了后山，跟前山打成一片，顿使这破败不堪的旧虎丘，一变而为朝气蓬勃的新虎丘。

开宗明义第一章，先得说一说虎丘的历史和传说。虎丘山又名海涌山，在城市西北八里许，高约十三丈，周约二百十丈。吴王阖闾葬在山中，当时以十万人造坟，临湖取土，用水银灌体，金银为坑。葬了三天，有白虎蹲踞坟上，因此取名虎丘。秦始皇东巡时，到了这里，要寻找给阖闾殉葬的扁诸、鱼肠等三千柄宝剑，正待发掘，却见一头虎当坟蹲踞着；始皇拔佩剑击虎，没有击中，却误中石上。那头虎向西逃跑二十五里，直到虎嘭（即今之浒墅关）才失踪了。始皇没有找到宝剑，而他所误击的石竟陷裂而开始成池，因此叫做剑池。到了晋代，司徒王珣和他的弟弟司空王珉把这山作为别墅，据说云岩寺塔所在，还有王珣的琴台遗址哩。唐代因避太祖名讳，改虎丘为武丘，可是唐以后，仍又沿称虎丘了。古今来歌颂虎丘的诗词文章很多，美不胜收，而我却偏爱宋代方仲荀的一首诗：

　　海涌起平田，禅扉古木间。出城先见塔，入寺始登山。堂静参徒散，巢喧乳鹤还。祖龙求宝剑，曾此凿屠颜。

545

我以为他这样闲闲着笔写虎丘，是恰到好处的。

一个风和日丽、柳绿桃红的大好春天，我怀着十分愉快而又带一些骄傲的心情，偕同苏州市文物保管委员会同人，走过了那条前年用柏油铺建的虎丘路，悠闲地踱上了虎丘山，先就来到了那座饱阅沧桑的云岩寺塔下。云岩寺塔是第一批全国重点文物保护的一个单位。过去在黑暗统治的时期里，它受尽了折磨，老是歪着头，破破烂烂地站在那里。解放以后，经过了几年的调查研究，做好了充分的准备，才在一九五六年给它整修起来。在整修过程中，人们在这七层的塔身里，发现了许多宝贵的文物，对于建筑、雕刻、丝织、刺绣、陶瓷、工艺各方面，都提供了有价值的历史艺术资料；并且从文字记载上，确定了这塔起建于公元九五九年，即周显德六年己未，而完成于公元九六一年，即宋建隆二年辛酉；屈指算来，它已足足达到了一千岁的高龄了。

出了塔，就到左旁的致爽阁去啜茗坐谈。这是山上最高的一个建筑物，前后左右都有长窗短窗，敞开时月到风来，真可致爽，使人胸襟为之一畅。凭着后窗望去，远近群山罗列，耸翠堆蓝，仿佛是一幅山水大画屏，大可欣赏。阁中有老友蒋吟秋写作的一副对联："高丘来爽气，大地展东风。"书法遒劲，语句写实而含新意。可不是吗？高丘来爽气，在这里就可以充分体验得到，而遥望山下许多的新工厂和新烟囱；虎丘公社到处绿油油的香花（茉莉、玳玳、玫瑰、珠兰）和农作物，工农业并驾齐驱，也就是"大地展东风"啊！

从致爽阁拾级而下，向左转，到了云岩寺大殿前，走下那名为"五十三参"的五十三步石级，再向左去，过了那个传说当年清远道士养鹤的养鹤涧，沿着山路行进，就可达到那新经整修、大片绿化的后山。这一带石壁的上面，有平远堂、小吴轩、玉兰房等建筑物，高低起伏，错落参差，有如古画中的仙山楼阁一般，都是可以远眺下望，流连休憩的所在。

虎丘的中心是千人石，是一块挺大的大盘石，坎坷高下，好像是用大刀阔斧劈削而成，面积足有一二亩大，寸草不生，这是别的山上所没有的。北面有一座生公讲台，据说当时人们都坐在石上听生公说法，因此石壁上刻有篆书"千人坐"三字，就是说这里是可容千人列坐的。旧时另有一个传说：阖闾当年雇工千人造坟，坟里有许多秘密的机关，造成之后，怕被泄露出去，因下毒手，将这一千工人杀死，借此灭口，后人就把这块大盘石叫做千人石。

这座生公讲台，又名说法台，是神僧竺道生讲经的所在。传说他讲经时为了没有人相信，就聚石作为徒众，对他们大谈玄理，石都领会而点起头来。白莲池的一旁，有一块刻有篆体"觉石"二字的石，就是当时的点头石。这种神话，可发一笑，而"生公说法，顽石点头"，后来却被引用作成语了。白莲池

546

周围一百三十多步，巉石旁出，中有石矶，名为"钓月"，池壁上刻有"白莲开"三字，古朴可喜。旧时又有一个神话：当生公说法时，正在严冬，而池中忽然开出千叶白莲花来，妙香四溢。现在池中也种有白莲花，洁白如玉，入夏可供观赏。

穿过千人石向北行进，见有两崖似被划开，中涵石泉一道，这就是剑池。池广六十多步，水深一丈有半，终年不干，可惜并不太清。崖壁上刻有唐代颜真卿所写的"虎丘剑池"四个大字和宋代米元章所写的"风壑云泉"四个大字，都是有骨有肉的好书法。旧时传说秦始皇和孙权都曾在这里凿石找寻阖闾殉葬的宝剑和珍物，两人各无所得，而凿处就形成了这个深池。当年池水大概是很清的，可以汲饮，所以唐人李秀卿曾品为"天下第五泉"。宋代张栻曾有《剑池赞》云：

> 湛乎渊渟，其静养也。卓乎壁立，其自守也。历四时而无亏，其有常也。上汲而不穷，其川不胶也。其有似乎君子之德乎？吾是以徘徊而不能去也。

以池水一泓，而比作君子之德，确是极尽其赞之能事了。

我们这一次是专为访古而来，而探访云岩寺塔，更是最大的任务。此外，逢到了古迹，也少不得要停一停，瞧一瞧。一路从剑池直到二山门，又探访了那个刻着陈抟像和吕纯阳像的二仙亭，那个曾由陆羽品为第三泉的石井，那个采取苏东坡"铁花绣岩壁"诗句而命名的铁花岩，那个利用就地山石雕成观世音像的石观音殿，那个百代艳名齐小小的真娘墓，那个一泓清味问憨憨的憨憨泉，那个相传吴王试过剑的试剑石，那个相传生公枕过头的枕头石。一路走，一路瞧，瞧它们还是别来无恙，我们也就得到了安慰。冷香阁下的梅花早已谢了，要看红苞绿萼，还须期之来年，因此过门不入。最后就到了拥翠山庄，这是一座山林中的小小园林，而又是当年赛金花的丈夫苏州状元洪文卿所发起兴建的。中有灵澜精舍、不波小艇、石驾轩、问泉亭等，气魄不大，而结构精巧。我们在这里流连半晌，便商量作归计；回头遥望云岩寺塔，兀立斜阳影里，仿佛正在那里对我们依依惜别呢。友人尤质君题诗云：

> 胜迹端凭妙笔传，溪山如画客情牵。十年阊阖新栽柳，七里山塘旧放船。致爽阁风吹不断，云岩寺塔故依然。支笻未信衰腰脚，还欲追登

海涌巅。

瘦鹃和作云：

虎阜名高亘古传，一丘一壑总心牵。冷香阁下停华毂，绿水桥边系画船。百尺清泉仍湛若，千年古塔尚巍然。却因放眼还嫌窄，愿欲从君泰岱巅。

（选自《拈花集》）

观光玄妙观

同志，您到过苏州吗？如果到过苏州，那么您一定逛过玄妙观了。因为它坐落在城市的中心，仿佛一头巨兽，张口雄踞在那里，一天到晚不知要吐纳多少人。它的东西南北，都有通道，而前面的那条大街，就因这座玄妙观而称为观前街，可说是苏州市商业的心脏，一个最繁盛的地区。

远在公元二七七年前后，距今大约已有一千六百八十多年了，时在晋代咸宁中叶，苏州就有一个真庆道院，是道教的圣地。相传当初吴王阖闾曾在这个地点兴建他的宫殿，壮丽非凡，到得公元七二八年前后，在唐代开元中叶，就改名为开元宫。末了有将军孙孺勾结朱全忠兴兵叛变，攻入苏州，烧开元宫，只剩下了正殿和山门，巍然独存，乱平，才重行修建。到公元一〇九年，即宋代大中祥符二年，又改名为天庆观。淳熙六年，那正中供奉圣祖天尊的圣祖殿突然失火，随即重建，改名为三清殿，直到如今。公元一二六四年，即元代至元元年，把天庆观改名为玄妙观。至正末年，张士诚起义失败，在兵乱中又毁于火。公元一三七一年，即明代洪武四年，玄妙观早已修复，又改名为正一丛林。到了清代康熙年间，因康熙帝名玄烨，为了避讳之故，改作圆妙观。以后由清代中叶以至民国，却又恢复了玄妙观的旧称。看了玄妙观的历史沿革，真是变化多端，建了又毁，毁了又建，连名称也一改再改，莫名其妙。足见保存一个古迹，真是颇不容易的。

玄妙观中原有二十五殿，是个建筑群，现在却只剩下祖师殿、真人殿、天后殿、雷尊殿、星宿殿、火神殿、机房殿、药王殿、文昌殿、太阳宫，再加上一个最近失火被毁的东岳殿，已不到半数了。正中的三清殿，是最大的一个，俨然是各殿的老大哥。殿中供奉着三尊像，就是三清像，每尊各高五丈许，金光灿烂，宝相庄严。据旧时志书载称，殿高十二丈，用七十四根大柱子支撑着。这大概是原始的记录，足见建筑的雄伟。可是因为历代迭经改建，早就打了个很大的折扣。殿上盖着两重大屋顶，四角有高高翘起的飞甍，屋脊两端的大龙头，还是宋代的砖刻，十分工致。正中有铁铸的平升三戟，也是古意盎然。殿内的承尘上，原有鹤、鹿、云彩和暗八仙等彩绘的藻井，所谓暗八仙，就是传说中的八仙吕洞宾、铁拐李等所佩带的宝剑、芦葫等八种东西，本是丰富多采的，却因历年来点烛烧香，乌烟瘴气，以致熏灼得模糊不清了。西壁上有挺大的一块石刻"老君"画像，原是唐代大画家吴道子的手笔，而由宋代名手照刻的，上面还有唐玄宗的像赞和颜真卿的题字，自是一件宝贵的文物。殿前横额，是朱地金字的"妙一统元"四字，笔致遒劲，并不署名，相传这还是元代金兀术的真迹，像他这么一个暗呜叱咤的武将，怎么写得出这一手好字，这毕竟是民间传说罢了。那么是谁写这四个字的呢？其实是清初吴江的书家金之俊，曾有人说他是金圣叹的叔父，却不可靠。殿门有一座青石的平台，三面石阑，原是五代遗制，由巨匠加工雕刻而成，在艺术上自有一定的价值，不过现在只残存一部分了。

老一辈的苏州人，总津津乐道三清殿后面原有的一座弥罗宝阁，是当时整个玄妙观中最精美的建筑物，上下共三层，像三清殿一般高大，据说是明代正统年间，由巡抚周忱和苏州知府况钟监造的。人们要是看过昆剧《十五贯》，总很熟悉这两个人物。况钟在那个时代，是苏州不可多得的好官。这座阁共有六十根用青石凿成的大柱子，每柱各有六面，一共就有三百六十面，面面雕着天尊像，并且全有名号，作为一年三百六十周天的象征，倒也很有意思。阁上第一层供奉着"万天帝主"，左右供奉着三十六天将；第二层上供奉着"万星帝主"，左右供奉着"花甲星宿如尊"；第三层上有刘海蟾像的石刻，原来是松江大画家杨芝所画的。清初词人陈其年《秋日登弥罗宝阁》，曾宠之以词，调寄《沁园春》云：

> 肃肃多阴，萧萧以风，危乎高哉。见飞甍复榭，虹霓缭辘；梅梁藻井，龙鬼毡毸。灯烛晶荧，铎铃戛触，虎篆雷音百幅裁。锵剑佩，是南陵朱鸟，北极黄能。　　玲珑月殿云阶，况珠斗斓端绝点埃。正井公夜戏，犀枰象博；麻姑昼降，绣帔瑶钗。叱日呼烟，囚蛟锁魅，五利文成未易才。银鸾背，笑蟾蜍窟里，金粟争开。

读了这首词，可以想象当年的盛况。可惜四十年前，阁中不知怎样起了一场大火，竟化为灰烬了。后由地方士绅在这里造了一座中山堂，用以纪念孙中山先生。解放以后，一度改作第一工人俱乐部，给工人兄弟们作为文娱活动的场所。近三年来，南门已造好了工人文化宫，这里就改为观前电影院。要是还有谁发思古之幽情，提起这危乎高哉的弥罗宝阁来，大家都会茫然哩。

可不要小觑了这一座城市中的小小道观，据说旧时内外竟有三十六景之多，内景外景，各有十八个。其实无所谓景，只是历代留下的许多古迹。可是为了一年年饱阅沧桑，有的虽还存在，大半却已找不到遗迹了。现在可以供我们流连欣赏的，不过是三清殿前那座青石平台上的一部分石阑和殿内那块吴道子所画老君像的石刻；此外引人注目的，那就是殿外东面地上的一大块没字碑，巍巍然耸立在那里，已经几百度春秋了。原来明代洪武年间，大文学家方孝孺写了一篇大文章，就有人给刻在这块碑上，铁划银钩，不同凡品。后来朱棣硬从他侄子的手里篡夺了皇位，自称永乐帝，定要方孝孺给他写一道诏书，诏告天下。方孝孺天生一副硬骨头，誓死不从，因此牺牲了生命；并且十族都被株连，同遭惨杀，连这大石碑上的碑文也不能幸免，全被铲除，就变成了一块没字碑。然而这碑上虽不着一字，却永远默默地在控诉着暴君的罪恶。

其他列入三十六景之内的，有水火亭、四角亭、六角亭、五十三参、一人弄、五鹤街、一步三条桥、和合照墙、麒麟照墙、望月桶、三星池、七泉眼、半月石水盂、运木古井、鱼篮观音碑、靠天吃饭碑、永禁机匠叫歇碑、八骏图石刻、赵子昂手书三门记石刻、坐周仓立关公像等等，真是五花八门，名目繁多，可惜的是现在十之七八都已找不到了。祖师殿前庭，有一座长方形的古铜器，名"武当山"，似是殿宇的模型，高四尺许，横五尺许，下有石座，高四五尺，这铜器铜色乌黑，上有裂纹。据说是宋代的作品，虽不像夏鼎商彝那么名贵，却也是玄妙观的一件"传家之宝"。

玄妙观中并没有什么宝塔，而三十六景内却有所谓"双宝塔"，其实并不是真的宝塔，而是东岳殿前庭的两株大银杏树。相传是宋代的遗物，分立两边，亭亭直上，好象是两座宝塔一样。每一株的树干粗可二三人合抱，枝叶四张，绿沈沈地荫满一庭；虽非宝塔，却是玄妙观的宝树。不料前年东岳殿失火，祸延银杏，直烧得焦头烂额，面目全非，虽然生机未绝，却已不像宝塔了。

过去的玄妙观，全是些杂货和饮食的店和摊，以及所谓"九流三教"的营生，全都集中在这里，杂乱无章，简直把那些富有历史价值和艺术价值的古文物，全都掩没了。一九五六年春，苏州市人民委员会就鸠工庀材，把它整

理起来，顿时焕然一新，给观前街生色不少。正山门的两翼，有两座新式的三层大楼，一般人以为跟古式的正山门不大调和，何必画蛇添足。其实这是早就有了的，拆去未免可惜，所以刷新了一下，利用它们辟作商场。现在东面的大楼，是工艺美术品的陈列馆和服务部，苏州著名的刺绣、缂丝、雕刻、檀香扇等，应有尽有，满目琳琅，充满着艺术的气氛，使人目迷五色，恋恋不忍舍去。

玄妙观整修以后，古为今用，曾不止一次地在三清殿举行文物展览会和书画展览会；而最为别致的，是举行过一个饮食品展览会，给"吃在苏州"作了一个有力的说明。会中陈列佳肴美点一千余种，都是全市制菜制点名手的劳动结晶品。每一种佳肴和每一种佳点，都有一个五彩的结顶，用各种色彩的面和粉做成人物、花果、龙凤、"暗八仙"和十二生肖等等，制作非常精巧，不知要费多少工夫。内中最引人注目的，是黄天源冯秉钧老师傅手制的一座三清殿全景，全用糯米粉制成，黑白分明，色调朴素；每一扇门，每一根柱子，都很精细地给塑造了出来，连殿前平台的三面石阑和一只古铜鼎，也一应俱全，真是一件匠心独运的艺术品；只因体力劳动和脑力劳动互相结合起来，才有这样美好的成果。

这一座享寿一千六百多岁的玄妙观，终于换上了崭新的面貌，返老还童了。加上这几年来从事绿化，辟了花圃，种了许多柏、榆、桂和桃树等，更见得勃勃有生气。一年到头，不但苏州市民趋之若鹜，就是从各地来的游客以及国际友人们的游览日程表上，"观光玄妙观"也是一个必要的节目。

（选自《拈花集》）

552

灵岩揽胜记

没有到过苏州游过灵岩的人,一听得灵岩之名,就可意想到这是一座灵秀的山,而具有灵秀的岩壑的。这灵秀两字的考语,灵岩自可当之无愧。

一九五六年秋,老友田汉来苏州,约我伴游,于是我们就消磨了一个美好的秋日。

灵岩在苏州城西三十里外,因与出产砚石的嶥村相连接,又名砚石山,现在砚石早已采完,人家也不知道灵岩有这个别名了。山高三百六十丈,西北绝顶上有琴台,明代户部尚书王鏊题有二字,相传西施就在这里操琴。这所在是登高望远最好的一处。宋代范成大曾说:"下瞰太湖及洞庭两山,滴翠丛碧,如在白银世界中。"明代袁中郎(袁宏道)也说:"登琴台,见太湖诸山,如百千螺髻,出没银涛中,亦区内绝景。"可说是所见略同了。据《吴郡志》载:琴台下有大偃松一株,身卧于地,两头崛起,交荫如盖,却不见根在那里;后因雷震,死了一枝,现在已完全没有了。

由琴台东去,可见玩月池和浣花池,相传是当年吴王和西施浣花玩月之处。后来不知是谁,在这一带布置了一个俗不可耐的园圃,堆叠了不成模样的假山,栽种了外来的雪松龙柏,实在是多此一举。据说这两个池虽逢天旱,水也不会干涸。池中曾产过蓴菜,夏季吃了可以去热,秋季吃了却又可以去寒。在清代每年由地方官采去晒干后,是进贡给皇帝去享受的。山腰另有井两口,圆形的叫吴王井,八角形的叫智积禅师井,别有日池和月池之称。四周石光如镜,有泉常清。平坦的地方就是灵岩寺所在,一名崇宝寺,原是吴王馆娃宫的遗址。其后有阁,名涵空阁,有塔,为灵岩塔,塔共九层,是宋代孙承祐所造的。塔前有石壁,称为灵芝石,灵岩也因此得名。

沿着塔西上,有小斜廊,就是所谓响屧廊,又称鸣屐廊。据《图经》载称,吴王用楩梓木材铺地,下面搁空,所以西施和宫娥们在廊上行走时,就蹬蹬作响,响屧廊就是这样得名的。廊东是百步街,有石龟、石鼍、石马、石罗汉等,都是石的象形。更有石人,就是游人所乐道的"痴汉等老婆"。又有藏经的石幢,俗称梳妆台,又附会到西施身上去了。此外更有石射埸,又名石鼓,最大的竟达三十围。据《吴地记》称:"南有石鼓,鸣即兵起。"晋隆安二年,孙恩起义,山上石鼓就响了起来,这当然是不足信的。西南有石壁耸峙,名佛日岩,其下有披云岩,有苏东坡题字;又有望月台,可登临望月。

百步街南有石窟,旧为西施洞,据《图经续记》说,是吴王囚禁范蠡的所在;现在却供着一尊石观音,改称观音洞了。洞右有牛眠石,前有出洞龙、猫儿石,也都是象形的。东西两面,有两个划船坞,是吴王当年积潴了水,在这里划龙船作耍的所在。其下有泉,名妙湛泉,是明代万历初年太仓曹允儒所发现而加以疏浚的。山的东岗有醉僧石,东麓尽头处又有槎头石,都是有名的岩石。明代高启曾说:"灵岩拔奇挺秀,若不肯与众峰列;尤多奇石。"可是嘉靖年后,屡经采伐,这些奇石多半被毁,江都诗人王醇曾作《采石谣》加以讽刺。万历年末,有黄习远其人,捐金赎山,勒石永禁采伐,总算保存了一些。清代康熙、乾隆二帝,先后南巡,都曾在山上小驻,行宫就在山顶。现在用砖块砌作人字形的所谓御道,就是当时赶造起来的。经过了千百年悠悠岁月的灵岩山,所有名胜古迹,有存有废,全在游人们自己去寻幽探胜了。

田汉同志虽已年近花甲,而还是当年那种水浒英雄"霹雳火秦明"的脾气;一下了汽车,就一马当先,三步并作二步地向"御道"赶了上去。凤凰同志穿着半高跟鞋,也追赶不上,就伴着我一同落后。她是我们当年喜爱的电影小明星,在银幕上出现时,还只十岁,而现在已是三九年华了。

到了灵岩寺前,田同志在一块大磐石上站住了,指着前面一条直直的像箭一般的小溪,向我说道:"我们看了西施洞,又到了采香泾。"放眼望去,见那白晃晃的溪流,有如一匹白练摊在那里,不知当年馆娃宫里的宫娥们在这里种香采香,该是什么景象?

只因跑得太快太急,六个人都出汗了,便进了寺,到茶室中休息。照料游客茶水的,都是本寺僧人;卖茶所得,贴补全寺百余人的生活费用。住持妙真上人的禅室中,满挂书画。近年来他尽力搜罗佛教中的古今文物,特辟专室陈列。我们因限于时间,来不及参观;他特地从画箱中取出一幅绢本观音画像给我看,据说是元人手笔,共有三十二幅,幅幅不同,笔触工致古雅。他又伴我到大厅中去看几幅古画,有石涛、新罗山人等六幅名作,不知是不是真迹,而画笔都是很苍老的。

我们又来到灵岩塔前，凡是国际友人来游山时，总挑选这里摄影。

古时山上梅花很多，绿萼红苞，烂如锦绣。唐代诗人罗昭谏曾有句云：

> 吴王醉处十余里，照野拂衣花正繁。

自宋代以下，所见独多松柏。如李复圭诗云：

> 吴王昔日馆娃宫，殿阁鳞差轶碧空。寂寞香魂招不得，惟余松柏韵天风。

刘无降诗云：

> 晓乘轻舸出江城，晚上蓝舆却倦行。尽日松风响岩谷，小窗听作乱泉声。

到了现代，漫山遍谷几乎都是松的天下，尤以御道两旁为多，疏疏密密，终年常青。元代周伯琦游灵岩诗，有"丹梯百尺到松林"之句，倒可以移咏的。我们六个人从御道上群松夹峙中跑下去时，倒活象六头松鼠，从松林中纷纷跳下来。

下山去时，走过两块大岩石，一高一低，并列在一起，高约丈许，都刻有佛像。旧名鸳鸯石，大概就为它们双双并列，如羽族中的鸳鸯一样。

这时快近午刻，大家急于下山。田汉同志拎了一只刚才在寺门前买到的元宝式柳条篮子，据说是要送给他的爱女的。我一面跑，一面回头望着苍翠的山色，微吟着元曲中的佳句道：

> 日月居诸，台殿丘墟。何似灵岩，山色如初。

可不是吗？吴宫的台殿峨峨，早已变做了丘墟，一无所有；惟有苍苍山色，仍如当初。

到了山下，上了汽车，别了灵岩，向天平山驶去。我在车上，想做一首诗歌颂灵岩，可是搜索枯肠，想不出什么好句来，却记得从前有一位无名诗人，曾有《灵岩吊古》七绝二首：

　　　　锦帆游处百花新，今日飞尘扑路人。惟有数株杨柳色，青青不改归时春。

　　　　西施歌舞百花中，十里香飘趁晚风。一别姑苏三百载，鹧鸪不到馆娃宫。

这两首诗写得还不差，就借它作为结束。

（选自《拈花集》）

邓尉看梅到元墓

邓尉在吴县西南六十里的光福乡，因汉代有邓尉隐居于此，故以为名。宋代淳祐年间，高士查莘在山坞大种梅树，后来山中人就都以种梅为业。梅花时节，满山香雪重重，皑皑一白，红英绿萼，也错杂其间，数十里幽香不断。清代诗人金恭曾有小记云：

> 小雪初晴，余寒送腊，具鹤氅浩然巾，入邓尉山，看红梅绿萼，十步一坐，坐浮一大白，花香枝影，迎送数十里，虽文君要饮，玉环奉盏，其乐不过是也。

往年邓尉梅花之盛而美，可以想见。附近如元墓、弹山、青芝、西碛、铜井、马驾诸山，也都有千树万树的梅花，而以邓尉为代表，因此古往今来文人墨客所作的文章诗词，都在歌颂邓尉的梅花了。

元墓在邓尉东南六里，实在是一山相连的。晋代有毒州刺史郁泰元葬在这里，因名元墓。看梅人一路从邓尉到元墓，所谓"花外见晴雪，花里闻香风"，真的使眼鼻受用不尽。在清代道光年间，时人都以元墓看梅花，作为春初胜事。顾铁卿所作《清嘉录》中有云："暖风入林，元墓梅花吐蕊，迤逦至香雪海，红英绿萼，相间万重，郡人舣舟虎山桥畔，襆被邀游，夜以继日。"当时竟有这样热情的看梅人，白天看了不满足，甚至有看到夜晚的。诗人李福雷有元墓探梅歌云：

> 雪花如掌重云障，一丝春向寒中酿。春信微茫何处寻？昨宵吹到

梅梢上。太湖之滨小邓林，千株空作横斜状。铜坑寥寂悄无踪，石壁嵯峨冷相向。踏残明月锁香痕，翠羽啾啾共惆怅。报道前村消息真，冲寒那顾攀层嶂。玉貌惊看试半妆，霜华喜见裁新样。醉酒临风各有情，小别经年道无恙。此花与我宿缘多，冰雪满衿抱微尚。相逢差慰一春心，空山不负骑驴访。

诗中所谓"踏残明月锁香痕"，分明也是说夜晚看梅花。可是到了现代，已没有这种闲人，也没有这样的闲情逸致了。

元墓山上有圣恩寺，是光福最著名的古寺；寺后有小山峦，仿佛用湖石堆成，其实是天然的，因有"真假山"之称。这一带原有好多株老梅树，春初冷艳寒香，霏琼屑玉，使人流连观赏，恋恋不忍去。寺中有还元阁，藏有《一蒲团外万梅花》长卷，出清代名画师胡三桥手，并有题跋很多，十分名贵。抗战胜利后，只剩了一半，仍有可观，我去探梅时，还作了两绝句赠与寺僧：

劫余重到还元阁，举目湖山百种宽。欲寄身心何处寄，万梅花里一蒲团。

万梅花里一蒲团，打坐千年便涅槃。佛雨缤纷花雨乱，如来弥勒共盘桓。

现在山上早就没有梅花，圣恩寺也不再开放，所以元墓看梅花，已成陈迹了。

（选自《拈花集》）

558

上方山

　　拟策孤筇避冶游，上方一塔俯清秋。太湖夜照山灵影，顽福甘心让
虎丘。

　　这是清代诗人龚定盦《己亥杂诗》中咏上方山的一首。上方山在吴县西
南十二里的石湖上，又名楞伽山。山顶有楞伽寺，又名上方寺。寺旁有一塔
岿峙，共七层，是隋代大业四年吴郡太守李显所建。严德盛撰有塔铭，据说：
"以九舍利置其中，金瓶外重，石椁周护，留诸弗朽，遇劫火而不烧，守诸不
移，漂劫水而不易。"果然自隋代至今，依然兀立山上，为石湖上一大好点缀
品，上方山要是少此一塔，未免减色了。

　　我对于上方山并无好感，以为它既没有甚么奇峰怪石，也没有甚么古树
丛林，实在太平凡了。可是唐代大诗人白居易、皮日休、陆龟蒙等都有题咏，
给与它很高的评价。此外，如许浑诗云：

　　碧烟秋寺泛湖来，水浸城根古堞摧。尽日伤心人未见，石楼花满旧
楼台。

张祜诗云：

　　楼台山半腹，又此一经行。树隔夫差苑，溪连勾践城。上坡松径
涩，深坐石池清。况是西峰顶，凄凉故国情。

559

唐以下千百年间，也有不少诗人词客加以歌颂，大约古代的上方山，确是一个可以流连的所在。据徐鸣时《横溪录》载，寺旧有白云径、清镜阁、双冷泉、楞伽室、藏辉斋、先月楼、青莲峰诸胜，而现在全都没有了。山的东南麓，有普陀岩，有石池、石梁。清高宗南巡时，曾到过这里。我却没有留心到，将来定要去寻访一下。

　　明代袁宏道游了上方山，曾把它和虎丘作比，他说："余尝谓上方以山胜，虎丘以他山胜，虎丘如冶女艳妆，掩映帘箔；上方如披褐道士，丰神特秀。两者孰优劣哉？亦各从所好也矣。"他说上方山的丰神特秀，多分是得力于石湖之故，这是虎丘所比不上的。至于古迹之多，如剑池、千人石、憨憨泉、真娘墓等，都是宝物，又岂上方所可比拟，那就该让虎丘独有千古了。又清代词人陈维崧游上方山楞伽寺，恰值微雨，以《念奴娇》一词记其事：

　　　　石湖幅，似春罗，铺在楞伽山下。上有丛祠荧赛火，照遍盘门万瓦。白马三郎，青溪小妹，绣幔摇春夜。凭阑遥望，水云苍莽难画。　　来往招飐花枝，蘸些微雨，倍觉添妖冶。鬖鬖柳丝都一样，总受东风飘洒。乱石坡陀，群峰峭蒨，满径沾兰麝。半湖纯黑，伍胥潮又来也。

这一首词，也把上方山描写得很好，而石湖确是给它借光不少的。

　　陈词中所谓"上有丛祠荧赛火"，也许是说的五通祠吧？祠供五通神，巫觋借以敛钱，说得活灵活现。康熙二十四年，巡抚汤斌把这祠摧毁了，并投其像于太湖中，在那个时代，居然能破除迷信，的是难能可贵的事。后来虽有人曾重塑一像，供奉如旧。到了一九二九年间，吴县令王引才又效法汤斌，把那像沉到石湖里去，一时香火断绝，但不知现在寺中，有没有五通神像供奉着呢？

　　我以为石湖自有游览的价值，而上方山非用人工点缀一下不可。第一要着就得多种些树木，使它绿化，而湮没了的乱石坡陀，也须使它们全部显现出来，重见天日，那么登眺时就大有可观，而上方一塔，也不觉得寂寞了。果然，从一九五八年以来，上方山的旧面貌突然变了，换上了碧绿鲜妍的新装。由于一大批各机关的干部和初中、高中毕业的学生在山上山下努力开荒，种下了千株万株的果树以及不计其数的瓜秧、山芋秧，历年都庆丰收。

（选自《拈花集》）

560

石　湖

　　杭州的西湖，名闻世界，而苏州的石湖，实在也不在西湖之下。石湖是太湖的支流，周围二十里，相传范蠡就是由这里进入五湖的。东有越来溪，越国进攻吴国来自此处，故名越来，那时原有越城。宋代名臣范成大就其原址造了一所别墅，有亭有榭，种了不少梅花，别筑农圃堂，下临石湖，宋孝宗亲书"石湖"二大字赐与他，因自号石湖居士。别墅中有北山堂、天镜阁、玉雪坡、锦绣坡、千严观、梦渔轩、说虎轩、盟鸥室、绮川亭等，而以天镜阁为第一。范氏曾作上梁文，有"吴波万顷，偶维风雨之舟，越成千年，因筑湖山之观"诸语，其旨趣如此。他的诗文集中，关于石湖的作品很多，诗如《初归石湖》七律一首云：

　　　　晓雾朝暾绀碧烘，横塘西岸越城东。行人半出稻花上，宿鹭孤明菱叶中。信脚自能知旧路，惊心时复认邻翁。当时手种斜桥柳，无限鸣蜩翠扫空。

读此一诗，就可知道他是石湖主人了。当时名人，都纷纷以文词赞美它；可是时异世变，到现在早已荡然无存。

　　距今四十余年前，苏州有名书家余冰（名觉），就范氏天镜阁旧址造一别墅，恰与上方山遥遥相对，风景绝胜。他的夫人沈寿，以刺绣享盛名于国际。余氏八十岁生日那天，我和几位文艺界老友同往祝嘏，就参观了他的别墅。凭阑小立，湖水荡漾于前，使人尘襟尽涤。

　　行春桥接近上方山麓，有环洞九个，倒影湖水中，足供观赏。每年农历八月十八日，很多人都到这里来看串月，桥边船舶如云，连接不断，鼓乐之声，响彻云霄，一直要到天明才散。所谓串月，据说是十八夜月光初现的时候，映入行春桥桥洞中，其影如串；又有一说：十八夜从上方塔的铁链中间，可以看到此夜月的分度，恰当铁链的中央，联成一串，所以名为串月。清代沈朝初有《忆江南》词咏之：

> 苏州好，串月看长桥。桥畔重重湖面阔，月光片片桂轮高。此夜爱吹箫。

一九五三年的农历中秋后二日，老友俞子才、徐绍青、叶藜青三画师约同往观串月。我因返苏卜居已达二十年，而从未见过，因欣然追随前去。前一天已定好了一艘画舫。三君因爱好写生，所以带了全副画具，打算合作一幅《石湖秋泛图》。船停泊中流，大家坐在船头看月。那一轮满月，像明镜般挂在中天，照映着万顷清波，似乎特别的明朗。我于欢喜赞叹之余，口占了七绝二首：

> 一水溶溶似玉壶，行春桥畔万船趋。二分明月扬州好，今夜还须让石湖。

> 秋水沦涟月满铺，长空如洗点尘无。嫦娥绝色倾天下，此夕分明嫁石湖。

大家听了，以为想入非非。看了好一会月，回到船舱里，三君就杀粉调铅，开始作画。先给我合作了一张便面，绍青画高士，藜青画古松，子才补景足成之。三君为吴湖帆兄高弟，所作自成逸品。我喜题一绝：

> 飞瀑千寻绝点尘，虬松百尺缀龙鳞。翩翩白袷谁家子，疑是六如画里人。

后来给湖帆兄看见了，就在背面题了一阕《和范石湖三登乐》词，更觉得美具难异并了。我看画看月，兴高采烈，始终没有倦意；直到天明时，送去了残月，迎来了朝阳，才兴尽而返。这时游人渐散，游船渐稀，石湖也似乎沉沉欲睡哩。

（选自《拈花集》）

562

不断连环宝带桥

苏州原是水城，向有"东方威尼斯"之称，所以城内外的桥梁也特别多。唐代大诗人白居易任苏州刺史时所作一诗中，曾有"绿浪东西南北水，红阑三百九十桥"之句，可以为证。我于那许多桥梁中印象最最深刻的，要算是葑门外的那条宝带桥。桥身很长，共有环洞五十三个；记得我幼时曾一个个数过，数第一遍时似乎多了一个，数第二遍时，却又似乎少了一个，总是不能数得准确。

宝带桥坐落在葑门外东南方，距城约十五里左右，正当运河的西面，瞧它横亘在澹台湖和运河的中间，有如一道长虹。查考它起建的年代，还是在唐代元和年间，足足有一千一百多年了。运河本是汉武帝时开的，它的头和尾亘震泽东墙一百多里，风浪冲激，船只通行不利，因此唐代刺史王仲舒筑了一个塘，就在河的西岸，现在成了东南的要道。然而河的支流，断堤而入吴淞江，再入于海，这堤还是不够缓和风浪，因此就造起一条长桥来。王刺史卖掉了他平日所束的宝带，充作造桥的工料费，宝带桥的名称，就是这样得来的。宋朝绍定五年，桥梁坍毁，由太守邹应博重行建造。到了元朝末年，因失修坍没，地方官没有修桥的经费，就用木板铺在桥上敷衍一下。明朝正统七年间，巡抚周忱（即昆剧《十五贯》中人物）命下属节省一切浮费，准备了器材和人力，进行了大规模的修理，前后花了四年才完工。计长一千二百二十五尺，下有五十三洞，可容船只通行，其中有三洞特别高大，使大船也可通行无阻，足见当时工程也是很浩大的。到了清朝康熙九年，桥又遭到洪水冲毁，过了三年，才由巡抚都御史马祐、布政使慕天颜、知府宁天鹏等重行修好；咸丰十年又毁；同治十一年又重建起来。

在过去的年代里,桥身残破,从未修葺,勉支残局;抗日战争时,又被日机轰炸,遍体创痍,五十三个环洞,也已残缺不全。可怜这一条虹卧五湖的宝带桥,好像一个害着五痨七伤的病人,只是躺在那里苟延残喘罢了。直到解放以后,救星来了,不但医好了重病,并且返老还童似的年轻起来。原来一九五六年四月间,市建设局先做好了勘测检查的工作,五月里就开始修理,由上海同济大学道路桥梁系教授们指导一切,做到了又好又省的地步。所用金山石,由二十几位熟练的石工精工细做,力求美观,于是宝带桥顿时起死回生,面目一新了。桃花水涨时,你如果以一叶扁舟,在五十三环洞中穿来穿去,这是多么够味啊!法国电影演员《勇士的奇遇》主角菲利浦和他的夫人来苏游览,见了宝带桥,也大为欣赏,因为这条砖桥有这么长,有这么多的环洞,是他们从来没有见过的。一九六二年夏,邮电局新发行四种桥的邮票,介绍国内四大名桥,宝带桥赫然在内。从此这一条横束五湖的宝带,更将名满天下,传诵人口了。

古人诗词中,对于宝带桥都有赞美的话。如明代诗人王宠句云:

春水桃花色,星桥宝带名。鲸吞三岛动,虹卧五湖平。

袁震句云:

分野表三吴,星桥控五湖。天河乌鹊起,灵渚彩虹孤。

清代薛氏女《苏台竹枝词》云:

翡翠双飞不待呼,鸳鸯并宿几曾孤。生憎宝带桥头水,半入吴江半太湖。

我也为了爱宝带桥的美,想把它写得美一些,因仿元人所作西湖竹枝词体,作了四首宝带桥竹枝词:

鸳衾独拥春宵冷,昨夜郎归喜不禁。宝带桥边郎且住,欲求宝带束郎心。

春水葑门泊画桡,月圆花好度春宵。郎情妾意谁堪比,不断连环宝带桥。

宝带桥边柳似金,兰桡欸乃出桥阴。卧波五十三环洞,那及侬家宛转心。

卧波五十三环洞,烟雨迷离数不清。恰似郎心难捉摸,情深情浅未分明。

朋友们,让我们来为这新宝带桥欢呼歌唱吧。

（选自《拈花集》）

姑苏城外寒山寺

月落乌啼霜满天,江枫渔火对愁眠。姑苏城外寒山寺,夜半钟声到客船。

这是唐代诗人张继的一首《枫桥夜泊》诗,就使枫桥和寒山寺享了大名,并垂不朽。寒山寺在吴县西十里的枫桥旁,因此又称枫桥寺。起建于梁代天监年间,原名妙利普明塔院,宋代太平兴国初,节度使孙承祐又造了一座七层的塔,嘉祐年中由宋帝赐号普明禅院;可是在唐代已称之为寒山寺,所以自唐至今,大家只知寒山寺了。元代末,寺与塔俱毁于火,明代洪武中重建。以后再毁再修,在嘉靖中,铸了一口大钟,并造了一座楼,把这钟挂在楼中;可是后来不知如何,竟不翼而飞,据说是被日本人盗去的。所以康有为题寒山寺诗,曾有"钟声已渡海云东,冷尽寒山古寺风"之句。叶誉虎前辈也有一绝句咏此事:

长廊曲阁塞榛菅,法物何年赵璧还?不分风期成钝置,寒山寺里觅寒山。

现在的那口钟,听说是日本人另铸了送回来的,但是好像是翻砂翻出来的东西,一些儿没有古意了。

寒山寺之所以得名。考之姚广孝记称:"唐元和中,有寒山子者,冠桦布冠,着木履,被蓝缕衣,掣风掣颠,笑歌自若,来此缚茆以居;寻游天台寒岩,与拾得、丰干为友,终隐而去。希迁禅师于此建伽蓝,遂额曰寒山寺。"明清二代间,寺中一再失火,一再修复,可是那座塔却终于没有了。

清代诗人王渔洋,曾于顺治辛丑春坐船到苏州,停泊枫桥。那时夜已曛黑,风雨连天,王摄衣着屐,列炬登岸,径上寺门,题诗二绝云:

日暮东塘正落潮,孤篷泊处雨潇潇。疏钟夜火寒山寺,记过吴枫第几桥?

枫叶萧萧水驿空,离居千里怅难同。十年旧约江南梦,独听寒山半夜钟。

题罢,掷笔而去,一时以为狂。

旧时诗人词客,都受了张继一诗的影响,每咏寒山寺,总得牵及那钟。如宋代孙觌《过寒山寺》云:

白首重来一梦中,青山不改旧时容。乌啼月落桥边寺,敧枕遥闻半夜钟。

清代胡会恩《送春》词云:

画屧苍苔陌上踪,一春心事怨吴侬。晓风欲倩游丝绾,愁杀寒山寺里钟。

词如宋琬《长相思·吴门夜泊》云:

大江东,五湖东,地主今无皋伯通。谁人许赁春?听来鸿,送归鸿,夜雨霏霏舴艋中。寒山寺里钟。

赵怀玉《蝶恋花·吴门纪别》云:

才得清尊良夜共。醉不成欢,却被离愁中。多谢故人争踏冻,霜天也抵花潭送。别语无多眠食重。隔个城儿,各做相思梦。篷背月窥衾独拥,寒山寺又钟催动。

可是寒山寺中，并没有张诗的真迹，旧有诗碑，是明代文征明所写，因年久模糊，后由俞曲园重写勒石，至今尚存。

一九五四年十月。苏州市园林修整委员会鉴于寒山寺的日就颓废，鸠工重修，我也是参加设计的一员。动工三月余，面目一新，可惜原有的枫江楼没有修复，引为憾事！幸而后来将城内修仙巷宋氏捐献的一座花篮楼移建寺中，仍可登临远眺，差强人意。开放以来，游人络绎不绝，钟楼上钟声锵锵，也几乎终日不断了。

（选自《拈花集》）

双　塔

　　二十二年以前,我买宅苏州甫桥西街的王长河头,就开始和双塔相见了。除了抗日战争的八年间避地他乡,和双塔阔别了八年外,几乎天天和它们相见。虽然开出后门来一抬头就可望见它们,还是不知足。因此当初就挖深了一个池子,将挖出的泥土堆了一座土山,种了好多株花树、果树,而在这土山的最高处搭了一只刺杉木的六角亭子,可以从两株高柳的条条柳线中,远远望见那魏魏双塔,因此我就给这亭子命名"亭亭",和"塔塔"作了对称。从此我不须开门,也可在这亭亭里随时和双塔相见了。

　　双塔位在定慧寺巷唐代咸通年间中州人盛楚所捐建的般若院内。这般若院知道的人较少,因了双塔之故,就俗称双塔寺。这两座塔根据寿宁寺修塔碑记,各有一个名称,一名舍利塔,一名功德塔,是宋代雍熙年间由王文罕捐建的。明嘉靖元年七月间,东塔顶上的铜轮突被大风吹毁;后由居士马祖晓集资修复。到清代道光元年又重行修葺过。从太平天国起义百余年来,从未修过,以致东塔的顶端倾侧在一边,所有砖瓦也剥落了不少。一九五四年秋,苏州市园林修整委员会得了省方的指示,将这东塔从事修理,顶端扶正,塔身也粉饰一新。后来又修理了西塔,比肩并峙,有如孪生兄弟。从此以后,这唐代的名迹,可以永久保持下去了。

　　双塔共有七级,只因内无阶梯,不能登临。据说内部有宋代墨迹,是用毛笔写成的,很可宝贵。在明代曾放过灯,盛况可想。诗人张凤翼有《观双塔放灯》诗云:

　　　　岧峣雁塔粲繁星,晃漾浑疑不夜城。双阙中分河影乱,两峰高并月华清。莲花竞证三生果，火树齐开四照明；漫向空中窥色相，还将上界独题名。

如果放起灯来，我那花延年阁的北窗口，倒是一个看灯最好的所在。

安吉老画师吴昌硕，曾在苏州作寓公，住过好些时候。苏州的好多名胜之区，都印过他老人家的屐痕；双塔寺也到过几次。他的诗集中有《双塔寺寄友人》五律一首云：

　　双塔倚林表，危楼此暂栖。湿云低度鸟，朝日乱鸣鸡。入望烟芜冷，怀人浦树迷。黄华故园好，昨夜梦茗西。

他说"入望烟芜冷"，还是几十年前的情景，荒凉可想，而现在却是"入望人烟密"，早就大不相同了。

（选自《拈花集》）

阊门颂

　　世间乐土是吴中，中有阊门更擅雄；翠袖三千楼上下，黄金百万水西东。五更市贾何曾绝，四远方言总不同；若使画师描作画，画师应道画难工。

　　这是明代大画家、文学家唐寅的一首《阊门即事》诗。看他歌颂苏州的阊门，是怎样地夸张，竟说倘使要画师描画起来，画师也将说是难画难描，难以见工的。原来苏州旧有九个城门，而以阊门为首屈一指。因为门内门外一带全是闹市，商店栉比，顾客盈门，河道纵横，运输便利，在工商业上占着重要的地位，分外显现出一片繁华景象。

　　要知道阊门的史实，可以参考《吴越春秋》，据称："城立阊门者，象天通阊阖风也。阖闾欲西破楚，楚在西北，故立阊门以通天气，又名破楚门。"足见阊门历史之悠久了。阊门在唐代，曾被几位大诗人作为吟咏的题材。那位人称"韦苏州"的韦应物，就有一首《阊门怀古》：

　　独鸟下高树，遥知吴苑围。凄凉千古意，日暮倚阊门。

又顾非熊《阊门书感》云：

　　凫鹥踏波舞，树色接横塘。远近蘼芜绿，吴宫总夕阳。

此外，还有那位唐代诗坛上的"无题"专家李商隐，也为了阊门而来一首无题：

> 闻道阊门萼绿华，昔年相望抵天涯。岂知一夜秦楼客，偷看吴王苑内花。

但这三首诗中，都把阊门跟"吴苑"、"吴宫"、"吴王"联系起来，以发思古之幽情，这也足以证明阊门的古老。又张继也有《阊门即事》云：

> 耕夫召募逐楼船，春草青青万顷田。试上吴门窥城郭，清明几处有新烟。

这首诗是说农民被官府召募去当苦差，以致田园荒芜，没人耕种，连城郭的居民也稀少了。这是当时阊门的另一种情景，十分凄凉，恰是和其他诗人所描写的繁华截然相反的。

阊门一作昌门，见《越绝书》；或以为春申君讳破楚之名，而改作昌门的。俗传昌门是鲁班所造，文献无考。兴平中叶，苏州有童谣："黄金车，斑兰耳，阊昌门，出天子。"据说三国吴孙坚的母亲怀孕时，梦见自己的肠子破腹而出，被一个童女背负着绕昌门三匝，对她说："这是好兆，您一定会生一个才雄之子。"后来就生了孙坚。这种神话当然无稽，却也可作阊门的谈助。

阊门在晋时确是有高楼飞阁，十分壮丽。后来饱阅沧桑，迭经兴废，到了宋代，仍然有门楼三间，很为宏敞。苏舜钦曾题诗其上，有"家在凤凰山下住，江山何事苦相留"之句。明代又大大整修了一下，郡守刘公瑀特在城楼设宴请客，诗人徐有贞即席赋诗，有"人间看尽三千界，天上移来十二楼，双手可将红日捧，扶桑只在画阑东"等句，足见明代的城楼，还是保持着它原来的壮观的。

大概是在四五十年前吧，驴子和骡子是苏州城内的交通工具之一，往往有人骑在驴上过阊门，游虎丘去。清末诗僧苏曼殊《吴门杂诗》中曾有这么一首：

> 江南花草尽愁根，惹得吴娃笑语频。独有伤心驴背客，暮烟疏雨过阊门。

他就是骑着驴过阊门的。阊门外河面开阔，尤其是客船和货船集中的所在，整日夜来来往往的船只，不知有多多少少，自古以来，早就如此。见之于诗的，如元代顾德辉《泊阊门》云：

> 枫叶芦花暗画船，银筝断绝十三弦。西风只在寒山寺，长送钟声扰客眠。

清代冯雪垞《寒食忆吴下》云：

> 西江寒食春无赖，人在游丝落絮中。料得金阊门外柳，画船络绎茜裙红。

又刘廷玑《阊门晚泊》诗：

> 近水楼台几万家，湘帘高卷玉钩斜。两岸花明灯富贵，六街烟锁月繁华。

读了这些诗，可见那时繁华的一斑，不过只是畸形的繁华罢了。

解放以来，阊门一带的工商业有了飞跃的发展，面目一新。阊门内一带有许多小型的工厂，如眼镜仪表厂、民间工艺美术厂等。如今，金阊区的工商业，在苏州全市仍是处于突出的地位。古老阊门的一片锦绣前程，正一天天地向人们展开。

（选自《拈花集》）

苏州园林甲江南

江南园林甲天下，苏州园林甲江南。

这是前人对于苏州园林的评价。的确，苏州的园林，是一种艺术的结晶品，是由劳动人民费了不少心力创造出来的。

为什么苏州有很多园林呢？原因是在封建时代，有许多官僚地主和士大夫之流，看到苏州地方山明水秀，大可终老，于是请画师和专家们构图设计，鸠工庀材，造起一座一座园林来。当然，这些造园的钱，都是从人民头上剥削来的。

苏州园林的建造，是中国民族遗产的绘画、诗文、书法的综合体现，一般都富有诗情画意。城外一些园林的特点，在于尽可能利用自然；城内的园林，不能利用自然，那就模仿自然，例如掘池沼，堆山石，种树木，以构成自然的景色，然后就适当的环境，布置适当的建筑物。

构造园林时，首先是就园地的面积和形势，作出一个大致轮廓，定出主景部位，包括主山、主水、主要场地和主要建筑等；其次是察看地势的适宜处，逐步考虑叠石种树，安置附从建筑物，连接走廊、桥梁、道路和其他较小的部分。这个创造过程是一气呵成的，也是逐步发展的。苏州园林的景物，不论主景和次景，都是这样布置起来的。它们都有疏处、密处，并且高下曲折，互相掩映，处处有变化，处处却有呼应，务使在多种多样变化中求得统一，使整个园林，具有一种独特的风格。如拙政园以幽雅胜。留园以精致胜。

苏州园林在国民党反动派统治时期和日本军阀入寇时候，都被任意摧残，以致日就荒废。解放以后，经人民政府组织园林整修委员会逐一加以整

574

修，每个园林不过花了三四个月时间，并尽量利用旧料和旧的装修，力求保持原来风格。今将已经整修而开放的六园，依创始先后，一一介绍如下：

沧 浪 亭

沧浪亭在南门内人民路三元坊学宫南，五代吴越时，是广陵王元璙的池馆。宋代庆历年间，大诗人苏舜钦子美出四万钱买了下来，他在北碕傍水处造了一座亭子，就名为沧浪亭，还作了一篇传诵一时的《沧浪亭记》。子美逝世后，屡次易主，后为章申公家所有，把原来的地面扩大，建造了阁和堂，并且买进了亭北跨水的洞山，造成了两山相对的雄观。南宋建炎年间，又为抗金名将韩世忠所得。由元代至明代，废作僧居。明代嘉靖年间，又改建为纪念韩世忠的韩蕲王祠。

清康熙年间，先建造了苏公祠，后在山巅造了个亭子，找到明代大书画家文征明隶书的沧浪亭三字，揭在额上，还造了自胜轩、观鱼处和一个题为步碕的长廊。道光七年，巡抚梁章巨重修时，因他自己姓梁，添造了一间楼，以祠梁鸿。太平天国大军攻入苏州时，亭又被毁，直到同治十二年才把它修复，还造了一座明道堂。堂后是东菑和西爽；西面是五百名贤祠，壁上石刻，全是苏州自周初到明末的五百多个所谓名贤的画像。当然，这些人的历史评价，必须站在人民的立场，重新加以考虑，但在考古方面，无疑是有历史价值的。祠南为翠玲珑，以北为面水轩，藕花水榭，都是临水而筑的。沧浪亭的妙处也就在大门外临水一带，水中旧有莲花极多，入夏花繁叶茂，一水皆香。惜在抗日战争时给敌伪搞得荡然无存，现在已经补种了一些，并在对岸种了许多碧桃和垂柳。

沧浪亭的特点，在于内景与外景互相结合，亭榭水石，参差错落，掩映有致；而复廊蜿蜒而东，廊壁花窗（又名漏窗）一百余种，形式各各不同，更是绝妙的图案画。南部的看山楼，在石屋上起建，石屋名印心，结构精妙，登楼一望，远山隐稳，都在眼前，而墙外南园一带的农田景色，也一览无余。

狮 子 林

狮子林在城东北部，位于新辟的园林路。创建于元代至正年间，本来是菩提正宗寺的一部分，清乾隆年间，改称画禅寺。园子在寺的东部。最初系僧人天如禅师和他的高徒维则特地延请了当代倪云林、朱德润、徐幼文等大画家和十余位艺术家共同设计，而绘图的就是倪云林，所以更觉难得。只因佛书中有"狮子座"，就定名为"狮子林"。

园中假山独多，全用太湖石堆叠而成，嵌空玲珑，盘旋曲折，游人穿行这些繁复非常的假山时，往往峰回路转，尽在那迷离的山径中摸索，几乎找不到出路。可惜因为历年已久，经过后人一再整修，未免有些儿走样，但那本来面目，还是依稀可辨。

园中旧有许多名胜，现在大半存在，并有许多松柏等乔木点缀其间，更觉美具难并。元末，张士诚的女婿潘元绍曾经居住园中。清代康熙、乾隆二帝南巡，都曾到过此园。相传乾隆曾在一座亭子里眺望园景，写了"真有趣"三字，作为园中匾额。当时有一个随从的大臣以为不雅，请求把中间的"有"字赐与他，于是剩下了"真趣"二字。此亭此额至今尚存，并且整修得富丽堂皇。

此园后来为上海巨商贝润生所得。贝原为苏人，以颜料起家，他把狮子林大大修葺了一下，并且加上了一只金碧辉煌的旱船。贝死后，年久失修，解放后由苏州市园林整修委员会作局部整理，后又修了"指柏轩"和"古五松园"，都尽力保持旧时朴素的风格。在"问梅阁"附近，也修好了人造瀑布，一开机关，水就倾泻而下，好像一匹白练，水声淙淙，如鸣瑟筑，这倒是其他园林所没有的。

拙 政 园

拙政园在娄门内东北街。明代嘉靖年间，御史王献臣将原来大宏寺的废址改为别墅；他因晋代潘岳做官不得意，退归田园，种树种菜，曾有"此亦拙者之为政也"一句话，所以他就以潘岳自比，名其园为拙政园。后来他的儿子因赌博输了钱，把它卖给徐姓。清初为大学士陈之遴所得。那时园中有一株宝珠山茶，初春着花烂漫，红艳可爱，诗人吴梅村曾作长歌赞美过它。后来陈之遴因事获罪，被放逐到关外去，园地也被没收。以后一度归吴三桂的女婿王永宁，吴败，又被没收入官。再后几经变迁，到咸丰庚申年间，太平天国忠王李秀成攻下了苏州，就把它作为王府，成为人民革命史上一个很可宝贵的遗迹。同治十年，改为八旗奉直会馆。入民国后，虽未开放，但游人只须出些钱给守门的，便可进去游览，但是堂宇亭榭，都已破旧了。抗战期间，曾为伪江苏省政府盘踞。胜利后，又一变而为社教学院。解放后，初由苏南文物保管委员会接收，略加修葺，即行开放。后来改归苏州市园林管理处管理，力求改善，大加整修，中断的走廊，坍毁的亭榭和湮没的花街，都一一修复，使全园景色，顿觉楚楚可观。

一进园门，就可瞧见一株枯干虬枝的紫藤，前有"文衡山先生手植藤"一碑，原来是明代大书画家文征明所手植，历时四百余年，却老而弥健，暮春繁花齐放，美艳夺目，真如遮上了一个紫绿大天幕。走进二门，迎面就是一座假山，上多老树，浓翠欲滴。沿着山边走廊过桥，就是四面开窗的"远香堂"。向东行进，有"枇杷院"、"海棠春坞"、"玲珑馆"诸胜。更东是一片新辟的园地，占地约二十余亩。

远香堂西面有"南轩"，更西为"香洲"，是一座船舫式的建筑物；这一带更有"小沧浪"、"小飞虹"、"玉兰堂"诸胜，水石花木，互相映带，饶有清幽之趣。从西边假山上"见山楼"，楼下有轩，三面临水，向有莲花很多，炎夏在此赏莲，心目俱爽。

拙政园西部，旧时划归西邻张氏，别称"补园"。这里的结构，于花木水石之外，厅堂亭榭密集，和中部的疏朗各有佳处。南有一厅，隔而为二，面北的名"卅六鸳鸯馆"，窗外池塘中蓄有鸳鸯对对；面南的名"十八曼陀罗馆"，庭前种山茶十余株。此外还有象形的"笠亭"、"扇亭"，雕刻特精的"留听阁"，为尊重文征明、沈石田二大师而建的"拜文揖沈之斋"等建筑。极西有一道水廊，系用黄石、湖石堆砌，设计别具匠心。

拙政园的特点在于多水，水的面积约占全园五分之三，亭榭楼阁，大半临水，所以用桥梁或走廊彼此联系。水中都种莲花，到了夏季，万柄摇风，香远益清，简直是一片莲花世界了。

留　园

留园在阊门外虎丘路，原为明代太仆徐冏卿旧居。清代嘉庆初年，为观察刘蓉峰所得。刘性爱石，所以园中搜罗了奇峰怪石很多，为其他园林所不及。光绪初年，归武进盛旭人，改称留园。

全园面积五十余亩，结构布局，富丽工巧。建筑物特多，到处有亭台楼阁，轩榭厅堂，它们全用走廊曲曲折折地联系起来。解放以前，屡遭摧残，破坏不堪。现已整修得美轮美奂,恢复旧观。

园的中部,以"涵碧山房"为主体,它前面有荷花池,另三面都有重叠的假山。东有"观鱼处",西有"闻木犀香轩",北有"自在处"、"明瑟楼",假山高处还有"半亭"。这一带有山有水,有树龄数百年的古树,是一幅绝妙的山水画。

"五峰仙馆"俗称楠木厅,是全园最大的一个厅事,前庭叠石,全是当时刘蓉峰搜罗来的。他曾替它们题上了"青芝"、"印月"、"一云"、"仙掌"等名称,总称十二峰,只因其中有的像猴,有的像鸡,有的像……所以后人就管它叫十二生肖石。从西边"鹤厅"前进,是玲珑曲折的"揖峰轩"和"还我读书处",这里每一小庭都有石峰石笋。由"五峰仙馆"沿着走廊向北,经"冠云台"就到俗称鸳鸯厅的"林泉耆硕之馆"。这座建筑的窗、门、挂落、挂灯等,雕刻得都很精细,它是全园最精美的处所。对面有一座狭长形的楼,名"冠云楼",登楼可以看山。楼下有三座奇峰,恰与"林泉耆硕之馆"相对。

从"冠云楼"下来,经竹楼西行到"又一村",在一片桃杏中有瓜架构成的竹廊。更向南进,便见土山一座,名"小蓬莱",系用大小黄石与土壤相间叠成,很自然。山上有亭二座,顶有大枫树十余株,绿荫如盖,深秋变作猩红,灿如霞彩,真所谓"霜叶红于二月花"了。山下有小溪蜿蜒而南,到"绿溪行",和长廊相接,廊尽处有水榭,名"活泼泼地",小小结构,装修得特别精致,倘将文章作比,那么这是六朝骈俪的小品文了。由此过窄廊出门,就接连中部的"涵碧山房"。

怡　园

怡园在南门内人民路乐桥之西,本为明代尚书吴宽故宅的一部分;太平天国失败后,为顾姓所得,就在住宅西部造园,命名怡园。怡园占地不多,而结构精巧,厅堂亭榭,位置得当,并能吸收其他园林的长处,加以融会贯通。

进了园门,经竹林小径前进,过"玉虹亭",就到"石听琴室",室外一角,有双峰并立,似在听琴。沿着曲廊进去,就到了全园的精华所在,假山绵延,亭榭相望,莲塘澄澈,古木参天,好像是《红楼梦》里的一幅大观园图,展开在面前,使人看了心旷神怡。

这里的假山,当初全是搜罗了其他废园中上好的太湖石,由名手设计堆叠而成,所以不论是竖峰、横峰、花台、驳岸所用的,都玲珑剔透;就是三块平凡的大石,因为安排得法,而且刻上了"屏风三叠"四大字,也觉得突出而动目。山并不高,而布置得十分自然,"小沧浪"一带,尤其不凡,从莲塘北面山洞中进去,侧身从暗处石罅中拾级登山,可达山顶的"螺髻亭"。出"慈云洞"为"抱绿湾",沿塘绕山而北,入"绛霞洞",自下而上,又自上而下,使人迷迷糊糊,不知所从,这又是设计者在使狡狯捉弄人了。

莲塘上有曲桥通至"藕香榭",再向西,经"邃窟"、"碧梧栖凤精舍",就到形如画舫的"舫斋",上有小阁,因窗外有松,可听松涛,所以叫"松籁阁"。再进即俗呼"牡丹厅"的大厅,厅前种有牡丹。出厅由走廊转至"藕香榭"后,穿梅林,到"岁寒草庐",前庭后庭,都用奇峰怪石随意点缀,更有石笋多株,和古柏、老梅、方竹等互相掩映,饶有诗情画意。

网 师 园

网师园在阊门内阔街头巷,前身是南宋时代侍郎史正志"万卷堂"故园的一部分,园名"渔隐"占地极大。他死后被后裔出卖,一分为四。清代乾隆年间,归于退休的官僚宋宗元,大修了一下,取名"网师园"。宋去世之后,荒废了三十年,没人过问。直到嘉庆年间,才由一个名叫瞿远村的买了去,重行布置,格局一新,人称"瞿园"。到了光绪年间,归于合肥李鸿裔,作为晚年颐养之所,一时达官贵人,文人雅士,常在这里置酒高会,赋诗唱和,就成了一座名园。近四十年间,先后为张氏、何氏所得,一修再修,又起了变化。在抗战至胜利期间,大遭破坏,日就荒芜。直到近几年间,由苏州市园林管理处接收下来,经之营之,费了不少人力物力,才恢复了它的青春。

园以大池塘为中心,建筑物以面南的看松读画轩为中心,轩前乔松古柏,苍翠欲滴,遥对黄石假山,峰峦突兀。旁有濯缨水阁,阑楯临水,自有"沧浪水清,可以濯缨"的意味。池塘南面都有曲廊,逶迤起伏,以"樵风径"、"射鸭廊"为名;而所有亭台轩榭,也给连接了起来。中如"月到风来亭"、"竹外一枝轩"、"潭西渔隐"、"小山丛桂轩"、"琴室"、"蹈和馆"等,都是游人流连游眺的好去处。

从"看松读画轩"出来,沿着曲廊向右转,就到了另一境界,以"殿春簃"为中心建筑。旧时,前庭满种芍药,为了芍药开在春末,此屋因以殿春为名。现在虽已改种了蔷薇和月季,而花期正和芍药相同,所以殿春两字还是适用的。这一带叠石为山,洞壑幽深,中有清泉一泓,名"涵碧泉",其上一亭翼然，名"冷泉亭"，在这里小坐看泉，自有一种静趣。

网师园虽面积不大，而布局却十分紧凑。除了庭园部分外，另有一部分是建筑群，厅堂楼阁，一应俱全，而仍有庭院树石作为陪衬，并不觉其单调。在苏州的园林中，网师园是较小的一个，如果以文章作比，可以比作一篇班香宋艳的绝妙小品文。

苏州的园林太多了，现在只将以上业经整修而开放的六处介绍出来，一则因为它们是宋、元、明、清四个朝代的民族遗产；二则因为它们的结构布局，也足以代表苏州一切园林的风格。我们在整修工作上虽已作了最大的努力，当然还有许多缺点，有待以后逐年的改善。我们一定要把苏州所有的园林，整修得尽善尽美，才不负"苏州园林甲江南"的美名。

（选自《拈花集》）

园林两杰作

苏州市的园林,如沧浪亭、狮子林、拙政园、留园、怡园、网师园六处,创建于宋元明清四个时代,各有各的长处,可是年久失修,面目全非;自从解放后经过整修,焕然一新,就成了劳动大众游息的好场所。可是还有两个没有开放的小型园林:一为环秀山庄,以假山著;一为惠荫园,以石洞著,可说是园林两杰作。

环秀山庄在景德路黄鹂坊桥东,旧为清代相国孙补山第宅,道光中叶,归安徽汪氏,改为耕荫义庄。中有假山,占地不过数丈,可是堆叠奇巧,不同凡俗,有矼,有磴,有峭壁,有栈道,有石梁,有洞窟,具备了大山的一切条件,曲折幽深,起伏呼应,竟像真山一样。登高下望时,仿佛有千山万壑之象,不像是在一座假山上了。相传这是嘉庆年间名手戈裕良所造的,比狮子林更胜一筹。叶遐盦前辈曾有诗云:

> 万壑千岩指掌中,一重一掩势深雄。棘狮豆马论功力,巧艺还应傲五松(狮子林一名五松园)。

左右山坡上原有二亭,可供憩坐。山后有船形的小轩,名补秋舫,旧有楹联云:

> 云树远涵青,遍数十二阑干,波平如镜。
> 山窗浓叠翠,恰受两三人坐,屋小于舟。

舫左又有小山,彼此脉络相通。山石直堆到墙壁上,把墙壁遮住,表示那边还有万壑千山,这里不过是一部分罢了。山顶原有古枫一株,粗可合抱,露根山石间,古媚可喜;另有老柏一株,亭亭直上,年来都已枯死,很为可惜!幸而那株半悬崖形的老紫薇,还是矫健如常,给这座山做个绝妙的点缀品。

补秋舫左面的那座小山上,在往年原有飞雪泉,每逢雨后,就有瀑布下泻,淙淙可听。清代蒋恭棐《飞雪泉记》有云:"楼后叠石为小山,奋土有清泉流出,迤逦三穴,或滥或汍,合之而为池,酌之甚甘,导之行石间,声淙淙,因取坡公试院煎茶诗中字,题曰'飞雪'。"可惜泉源久已淤塞。

抗日战争以前,产权归之火柴商李氏,妄将山坡上二亭和左旁的边楼全都拆去,大杀风景,山石倒塌了不少,也不加修理。市园林整修委员会为保存胜迹起见,即忙鸠工庀材,将补秋舫修复;并由委员汪星伯同志和我二人共同督修假山,尽力保持它的本来面目,以质朴自然为目标。

惠荫园在临顿路南显子巷,旧名洽隐园,道教中的少微真人韩馨曾隐居于此。清代康熙年间,毁于火,只有那小林屋洞依然无恙。后经修复,改称皖山别墅,再变而为安徽会馆。那时还有桂苑、丛桂山庄,因为屋子的四周,全种着桂树,有的高至三四丈。仲秋开花时,繁花密簇,金粟累累,满园子都闻到木犀香,连园外行人也闻得到;可是并不见花,真所谓"天香从云外飘来"了。

园中唯一特点,简直可说是希世珍宝,为其他园林中所绝对没有的,就是那个人造的岩洞叫做小林屋洞。这名称的由来,是因为洞庭西山有林屋洞,道书中尊为十大洞天的第九洞天,深邃幽奇,不可测度。这一个小林屋洞,也许当年就是仿林屋洞的一小部分造成的。

小林屋洞占地不过数丈,左右奇峰怪石,嵌空玲珑,却布置得十分自然。洞门有二,从右门进洞,只洞口有些光亮,里面却黑魆魆地一片,不见天日,隐约可见洞顶石乳垂垂,好似璎珞一样。洞有多大多深,非有光度极强的电筒照看,无从分晓,单凭目力是瞧不出来的。从沿边泞滑不平的石块上摸索转向左方,似是另一小洞,却豁然开朗。在阳光普照之下,照见池水一泓,绿油油地清澈见底,分外可爱!唐代诗人咏西山林屋洞诗云:

有时若伏匿,偪仄如见绷。俄而造平淡,豁然逢光晶。金堂似铸出,玉座如琢成。前有方丈沼,凝碧融人情。云浆湛不动,乔露涵而馨。漱之恐减算,勺之必延龄。……

我读了这些诗句，更足证明小林屋是仿那大林屋的一部分造成的了。

从左洞门中出了洞，走上曲折的石梯，就到了一座长方形的小楼上，旧名虹隐楼，楼后叠石为庭，别成奇境。庭心有老干紫藤一株，立有一碑，刻着"韩慕庐先生手植藤"八字，原来是清代康熙年间韩菼所种。这老藤虽已久历风霜，而繁枝密叶，依然强劲，把绿荫敷满了一庭；妙在许多粗粗的枝条，腾挐上下，有如游龙夭矫，有的直挂到墙外去。春暮开花时，千百串璎珞，蔚成一片紫云，美丽极了。

（选自《拈花集》）

五人义

扬旗击鼓,斩蛟射虎,头颅碎黄麻天使。专诸匕首信豪雄,笑当日一人而已。　　华表崔巍,松杉森肃,壮士千秋不死。从来忠义出屠沽,惭愧杀干儿义子。

这是清代宋荔裳咏五人墓的一阕《鹊桥仙》词。五人墓在苏州虎丘东的山塘上,墓基本是普惠生祠,是明代太监魏忠贤的干儿子毛一鹭所造,用以献媚忠贤的;词末所谓"干儿义子"就是指毛。当时士大夫因五人仗义捐躯,就捐金将五人敛葬于此,吴默题曰"五人之墓",此碑至今尚在。五人五人,实与田横五百人同其壮烈!

关于五人仗义捐躯的事,是这样的:当时苏州有一位万历中的进士周顺昌,字景贤,历吏部文选司员外郎,请告归。正值太监魏忠贤乱政,国事大坏,故给事嘉善魏忠节公触犯了他,被捕过苏州,周置酒相迎,欢叙三天,并将季女许嫁其孙。忠贤知道了大为气愤,就嗾使御史倪文焕罗织其罪,派旗牌官来捕周;周怡然自若,不为所动。宣读诏书时,巡抚都御史毛一鹭、巡按御史徐吉等都在场;人民聚观的多至数千人,都说周吏部是冤枉的。诸生王节等直前诘责一鹭,说众怒难犯,何不暂缓宣诏。旗牌官不耐,将刑具掷地威胁民众,大声呼喝,说:"这是魏公的命令,谁敢不从? 犯人在哪里?"周公即服出候宣诏,束手就缚,民众泣不能抑。就中有一人名颜佩韦的,首先替周公呼冤,愿以身代。另有杨念如、沈扬二人,也上前仗义执言,不许旗牌官捕周,群众哭声震天。又有一人名马杰,破口大骂魏忠贤,声若洪钟。旗牌官恼羞成怒,拔剑而前,问:"骂的是谁? 割断他的舌子。"民众顿时哗噪起来,旗牌官们不问皂白,先将武器扑击沈扬。旁有一人名周文元的,立即攘臂而起,夺取武器,却被击伤了头额。一时民众怒不可遏,各自折断了门栏门限,反击旗牌。旗牌们抱头鼠窜,有的升树逃到屋顶上去,有的躲在厕所里,终于有二人被击死了。事后一鹭等就上疏告民变,捕去了颜、马、沈、杨、周等五人,处以极刑。临刑时五人毫无惧色,痛骂忠贤不绝口,远近民众,都为他们伤心落泪。而五人之名却永垂不朽,真所谓壮士千秋不死了。

诗人们歌诵五人的作品,不一而足。如孔传铎云:

> 直是歼凶阉,千秋气共伸。由来殉义客,何必读书人!胜国山河改,魏坟俎豆新。三良空惴惴,殊让尔精神。

张进云:

> 意气偶然激,成名竟杀身。空山余落日,古木出青燐。地近要离墓,云连胥水滨。匹夫能就义,嗟尔附炎人。

朱奕恂云:

> 花市东头侠骨香,断碑和雨立寒塘。屠沽能碧千年血,松桧犹飞六月霜。翠石夜通金虎气,荒丘晴贯斗牛芒。片帆落处搴清藻,几伴归鸦吊夕阳。

这些诗,都是义正词严,足为五人吐气的。

苏州市文物古迹保管会鉴于五人的墓却埋没在荒草里,芜秽不堪,因此鸠工庀材,整修了一下,这样,游客于畅游虎丘之后,可到山塘上来一吊这五人之墓了。

京剧中有一出《五人义》,就是采取五人这段舍生取义的故事编成的,可是久未上演,已变了一出冷门戏。

(选自《拈花集》)

义士梅

　　我记了明代壮烈牺牲的颜、马、沈、杨、周五位义士,就不由得使我想起当年十分宝爱的那株义士梅来;因为这株梅花是长在五人墓畔的,所以特地给它上了个尊号,称之为义士梅。我和义士梅的一段因缘,前后达十年之久,不可以无记。

　　我于"九一八"那年举家从上海迁到故乡苏州以后,从事园艺,就搜罗了不少盆景,作为点缀;又因自己与林和靖有同癖,对于盆梅更为爱好,每有所见,非设法买回来不可。有一天见护龙街(即今之人民路)的自在庐骨董铺中,陈列着好几盆老梅,内中有一株,铁干虬枝,更见苍古,似是百年以外物,那时正开着一朵朵单瓣的白梅花,很有画意。我一见倾心,谁知一问代价,竟在百金以上。心想平日卖文为活,哪有闲钱买这不急之物,只得知难而退。后来结识了主人赵君培德,相见恨晚,常去观赏骨董,说古论今。有一次偶然谈及那株老梅,据说是从山塘五人墓畔得来的,培养已好几年了。他见我对于这老梅关注有加,愿意割爱相赠;我因赵君和我一样的有和靖之癖,不愿夺人所好,因此婉言辞谢。过了两年,赵君因病去世,而老梅却矫健如常,由一位花工周耕受培养着,每逢梅花时节,我还是要去观赏一下。不料"八一三"日寇陷苏,周的园圃遭劫,他也郁郁而死,这老梅辗转落入上海花贩陈某之手。那年年终,和其他盆梅陈列在南京路慈淑大楼之下,将待善价而沽。我得了消息,忙去问价,竟要一百二十金;这时我恰好给人做了一篇寿序,得润笔百金,就加上了二十金,把它买了回来。十年心赏之物,终归我有,欢喜无量。因赋绝句十首以宠之:

铁干虬枝绣古苔,群芳谱里百花魁。托根曾在五人墓,尊号应封义士梅。

嵌空刻骨老弥坚,花寿绵绵不计年。却笑孤山无此本,□生差可傲逋仙。

幸有廉泉润砚田,笔耕墨耨小丰年。梅花元比黄金好,那惜长门卖赋钱。

十载倾心终属我,良缘未乖慰平生。何当痛饮千钟酒,醉傍梅根卧月明。

玉洁冰清绝点埃,风饕雪虐冒寒开。年年历尽尘尘劫,傲骨嶙峋是此梅。

晴日和风春意足,南枝花发自纷纷。闺人元识花光好,佯说枝头满白云。

丛丛香雪白皑皑,照夜还疑玉一堆。骨相高寒常近月,缟衣仙子在瑶台。

傲雪傲霜节自坚,花开总在百花先。珊珊玉骨凌波子,离合神光照大千。

无风无雪一冬晴,冷蕊疏枝入眼明。丽日烘花花骨暖,海红帘角暗香生。

萍飘蓬泊在天涯,春到江南总忆家。梅屋来年容小隐,何妨化鹤守寒花。

读了这十首诗,便可想见我的踌躇满志了。

义士梅归我三年,年年春初开满了花,足餍馋眼;我也往往于花时举行茶会,招邀画友诗友同来欣赏。他们于赞叹之下,或为写生,或加品题,更使此梅生色。写生的有郑午昌、许征白、王师子、马公愚诸画师。题诗的也不少，如叶誉虎前辈二绝云：

气得江山助，心还铁石同。堪嗟桃与李，开落任春风。

托根五人墓上，传芳香雪园边。美人丰度翩若，义士须眉俨然。

还有古风律诗多首，不能毕录。可惜第四年上，它不知怎的竟在寄存的黄园中死去了。我如失至宝，哭之以文；抗战胜利后重返苏州故园时，好似千金市骏骨一般，把它的枯干带了回来，至今还宝藏着。

（选自《拈花集》）

588

甪直罗汉像

　　久闻吾苏甪直镇唐塑罗汉像的大名，却因一再蹉跎，从未前去鉴赏，引为遗憾！一九五六年劳动节前五天，因友人见邀，欣然同往。上午七时，从阊门外万人码头搭船出发。一行七人，都已年过半百，综计共四百十四岁，而逸兴遄飞，过于少壮。船行极稳，真有"春水船如天上坐"的感觉。过胥门后，水面渐见开阔，水色渐见澄清，青山环绕，如迎如送。我站在船头，饱餐绿水青山的秀色，顿觉扑去了万斗俗尘，不由得喊一声"不亦快哉"了。

　　十时到达甪直镇，找到了附设在保圣寺内的文化站，由负责人唐同志陪同我们入寺观光。此寺相传创立于梁代，一说是唐代，宋真宗时重建；大殿也是宋代建筑，原有唐代塑壁和罗汉像十六尊，据说是出于大雕塑家杨惠之手。民初殿堂倒塌，壁像也有毁损。民国七年顾颉刚先生见了塑像，大为赞叹，后又写了文章宣传，引起日本美术家大村西崖的注意，不远万里而来，在甪直逗留了五天，拍了二十多张照片。他之爱好塑壁，过于塑像，回国后就写了一本《吴郡奇绩塑壁残影》，加以考证。他说塑壁上的云石洞窟树木海水等，制作之妙，虽山水名手，也难与比肩。所称塑壁，只剩东壁一堵，有罗汉像四尊，另有五尊是先前拆存的；西壁早已坍塌，只剩碎片若干，真是可惜！一九二九年间，由当时的教育部和江苏省政府等拨款修复，于大殿址建古物馆，推蔡元培、马叙伦、叶誉虎、陈万里诸先生主持，由雕塑家江小鹣、滑田友二先生担任整修塑壁塑像，因东西两壁已无从复原，所以归并在北壁，凡是结构、形态、色泽，都不失其旧。罗汉像位置已不可考，或上或下，只求其俯仰呼应而已。一九三〇年秋动工，三年工成。开幕之日，叶誉虎先生亲来参加，并赋诗记其事。诗云：

年来寡所营，万事付休莫。法门勤外护，矢志非有托。甫里唐塑像，神物九鼎若。历劫荡烟灰，随风譬枯箨。我来不自量，辛苦强营度。中遘万迍邅，危途轻岞崿。观成幸有日，茹苦乃成乐。涌现弹指间，华严几楼阁。因思塑造工，历朝颇彰灼。戴颙称圣手，惠之多杰作。元代得刘兰，功堪继疏凿。所惜兵火余，遗制久凋落。杨塑仅此堵，亦几归冥漠。愿力保区区，孤怀殊硌硌；有为固如幻，卫道宁自薄。

叶先生对于这民族遗产的保存，是煞费苦心的。

我们看那塑壁和塑像，因已加上了小方格的玻璃窗，觉得视线有碍，不很畅快；然而看上去古意盎然，的非凡品。据唐同志说，这九尊罗汉像，未必出于杨惠之之手，就是日本人大村西崖也不置一辞，只在塑壁上着眼；然而考据大殿是宋代的建筑，那么罗汉像出于宋塑，是可以肯定的。我们鉴赏了半小时，才兴辞而出；那个张口狞笑右手上举的罗汉，却给我留下了活生生的印象。

（选自《拈花集》）

590

田间诗人陆龟蒙

　　我是个贪心不足的人，看了保圣寺中罗汉的塑壁塑像，还想看看旁的古迹；因向文化站的唐同志探问：还有甚么可以看看的没有？唐同志指着寺的右面说："除了那边一个唐贤陆龟蒙先生的坟墓外，没有甚么古迹了。"我听了陆龟蒙的大名，心中一喜，因为我知道他是唐代大诗人之一，与皮日休常相唱和；并且给我们苏州的山水名胜常作宣传，今天来谒他的墓，也是十分应该的。于是跟着唐同志前去，先到一个长方形的水阁中，空无一物，也不见有甚么匾额；那建筑并不古旧，大概是二三十年前重修过的。阁下有池一泓，也作长方形，水面上满是浮萍，鲜绿可爱。据唐同志说："陆先生爱鸭，经常豢养着数十头鸭子，这池就是他当年的斗鸭池，平日在池边看群鸭拍浮争逐为乐。"他又指那池旁的石槽，说是陆先生就在这里饲鸭的。

　　水阁后有一方亭，亭中有碑，中央刻着"唐贤甫里先生之墓"八大字；右旁刻有"大清同治五年岁次丙寅长至重修祠墓"字样；左旁刻有"赏戴蓝翎钦加五品衔署元昆新分防县丞升用知县平湖许树椅重立并书"字样。亭后有一黄泥墩，野草丛生，前立一碑，因埋得太深，中央只有"唐贤甫里先生鲁望"八字和半个"陆"字，下面当然还有"公之墓"三字，左旁有"康熙五十一年壬辰三月日裔孙"十三字，以下埋在地下，不知道还有甚么字？

　　甫里先生是他老人家的别号，曾有《甫里先生传》一作，就是他的自传。据说是"人见其耕于甫里。故云。"甫里是松江上村墟名，而角直也有人称为甫里，不知孰是？他自称性野逸，不受拘束，好读古圣人书；好洁，几格窗户砚席剪然无尘埃。性不喜与俗人交，人虽登门，亦不得见；无事时，扁舟出游，只带一束书和茶炉笔床钓具而已，人谓之江湖散人，又自号天随子，先生之为人，于此可见一斑。

最难得的，先生自己有田，自己耕种，人家说何必自苦如此？先生答道："尧舜黴瘠，禹胈胝，彼圣人也；吾一布衣，敢不勤乎？"他所作诗文，关于农事的很多，如《放牛歌》、《刈穫歌》、《彼农诗》、《祝牛宫辞》、《兽暴》、《记稻鼠》、《耒耜经》、《田舍赋》、《象耕鸟耘辩》等，与寻常吟风弄月不同，因此我称之为田间诗人。

先生有《自遣诗》三十首，字斟句酌，自是诗人之诗。如：

> 南岸村田手自农，往来横绝半江风。有时不耐轻桡兴，暂欲蓬山访洛公。

> 甫里先生未白头，酒旗犹可战高楼。长鲸好鲙无因得，乞取艅艎作钓舟。

> 数尺游丝堕碧空，年年长是惹春风。争知天上无人住，亦有春愁鹤发翁。

> 强梳蓬鬓整斜冠，片烛光微夜思阑。天意最饶惆怅事，单栖分付与春寒。

> 一派溪随著下流，春来无处不汀州。漪澜未碧蒲犹短，不见鸳鸯正自由。

都是千锤百炼之作。又《小雪后书事》云：

> 时候频过小雪天，江南寒色未全遍。枫汀尚忆逢人别，麦陇惟应欠雉眠。更拟结茅临水次，偶因行乐到村前。邻翁意绪相安慰，多说明年是稔年。

写出农家心事，这就是田间诗人的本色。

（选自《拈花集》）

592

江南第一风流才子

　　看了"江南第一风流才子"这个头衔,以为此人一定是个拈花惹草、沉湎女色的家伙了,其实诗酒风流也是风流,不一定是属于女色方面的。江南第一风流才子是谁? 就是明代大画家大文学家唐寅唐伯虎。

　　唐寅是一个道地的苏州人,号伯虎,又号子畏,幼年就学,才气奔放,绝顶聪明。稍长,经常跟他的好友张灵(梦晋)吃喝玩乐,绝无功名利禄之想。祝允明(枝山)是他的知己,见了不以为然,时常劝他奋发上进。他慨然道:"只须闭户一年,取解元有如反掌,容易得很!"弘治戊午,他就举乡试第一,主考梁储爱上了他的文章,还朝后带给学士程敏政去看,彼此击节叹赏;于是常叫唐寅到他们那里去,往还极密。乙未会试时,敏政主考,江阴富人徐经是唐寅同舍的考生,贿赂了敏政的家童,得到了考题。东窗事发,有给事华昶上本弹劾敏政,牵连了唐寅;于是一同被捕下狱,屡受拷问。出狱之后,唐寅被谪到浙江去作小吏。他深以为耻,辞而不就,索性放浪形骸,远游祝融、匡庐、天台、武夷诸名山,更观海于东南,买舟泛洞庭、彭蠡,然后郁郁回到苏州。从此隐居桃花坞桃花庵,天天招邀三五友好,聚饮其中,借酒浇愁,客去不问,醉便酣睡。他曾有《桃花庵歌》一首云:

　　桃花坞里桃花庵,桃花庵里桃花仙。桃花仙人种桃树,又摘桃花换酒钱。酒醒只在花前坐,酒醉还来花下眠。半醒半醉日复日,花落花开年复年。但愿老死花酒间,不愿鞠躬车马前。车尘马足贵者趣,酒盏花枝贫者缘。若将富贵比贫者,一在平地一在天。若将贫贱比车马,他得驱驰我得闲。别人笑我忒风颠,我笑他人看不穿。不见五陵豪杰墓,无花无酒锄作田。

读了这首诗，可不要以为他在桃花庵里纵酒看花，已看穿了一切，其实是故作闲适，掩盖他的失意，借这一唱三叹来发发牢骚罢了。

唐寅于失意之余，羌无好怀，就借故休了他的妻，过他鳏居的生活。在百无聊赖的时光，很有厌世之意，但是一转念间，却又振作起来，自己谴责自己道："大丈夫虽不成名，也该慨当以慷，何必效学那楚囚的模样呢！"于是刻了一个图章，自称"江南第一风流才子"，作《怅怅词》以寄意：

> 怅怅莫怪少时年，百丈游丝易惹牵。何岁逢春不惆怅，何处逢情不可怜？杜曲梨花杯上雪，灞陵芳草梦中烟。前程两袖黄金泪，公案三生白骨禅。老后思量应不悔，衲衣持钵院门前。

细味诗意，仍然是衰飒而颓废的。

那时宁王宸濠企慕他的才名，用甘言厚币来聘请他去。唐寅一见之下，知有谋反的企图，就使酒跳踉，假装疯疯癫癫的样子；宸濠受不了，只得放他走了。他回到了苏州，从此隐居不出，专心研究学问；对于应世的诗文，却不很经意，曾对人说："后世知我不在此！"因此也就掉以轻心了。他有时兴之所至，作画自娱，下笔直追唐宋名家，但又厌苦人家向他求画，还是留着一手，并没有十足发挥他的才能。晚年信奉佛法，作出世之想，自号六如居士；仅仅活到了五十四岁，就与世长辞了。他临终时神志清明，口占一绝句云：

> 生在阳间有散场，死归地府也何妨。阳间地府俱相似，只当漂流在异乡。

这首诗明白如话，而也包含着无穷感慨。唐寅死后，他的老友祝允明为他作墓志铭，情文并茂，语多翔实；可是不知怎的，对于他义绝宁王宸濠的一回事，却只字不提。

唐寅于嘉靖癸未十二月二日去世，元配徐氏，因故离异，继娶沈氏，生一女，无子。墓在横塘镇王家村，清代诗人方引谐有《吊唐六如墓》一绝云：

> 先生胸次海天宽，只爱桃花不爱官。荒土一抔魂魄在，满溪红雨落春寒。

594

墓已年久失修,苏州市文物古迹保管委员会因唐有关苏州文献,特地鸠工整修,于是这三尺断坟,不再埋没在荒草中了。凡是经过横塘而仰慕唐寅大名的人,总得前去凭吊一下;甚至有人还在追想他那段子虚乌有的"三笑姻缘"哩。

唐寅的画传世很多,而赝品也不少。我曾见过他的《东方朔》、《墨梅》、《蕉石图》三幅,都是真迹,并曾用小芭蕉二株、小顽石二块,仿蕉石图制作了一个盆景,见者都说有虎贲中郎之似。江苏省博物馆得其所作《李端端落籍图》一幅,为梅景书屋吴氏旧藏,也是精品。图中一男四女,身分不同,服饰也不同,可以看到唐代的服制和装饰,这是很够味儿的。

唐于诗文词曲都有一手,却随意著笔,并不求工。与花有关的,有"花月吟"效连珠体十一首,和沈石田落花诗三十首。我却爱他一首《妒花歌》:

> 昨夜海棠初着雨,数朵轻盈娇欲语。佳人晓起出兰房,折来对镜比红妆。问郎花好奴颜好?郎道不如花窈窕。佳人闻语发娇嗔,不信死花胜活人!将花揉碎掷郎前,请郎今夜伴花眠。

写来不假雕琢,自饶风趣;并且情景如画,倒也可以画一幅佳人妒花图的。

这些年来,我因定居苏州,爱好苏州,不论在口舌上,文字上,老是说苏州,话苏州,以至夸苏州。不料五百年前的唐寅,也是一个歌颂苏州的惯家。我从明代万历年间苏州何大成所编的《六如居士全集》中,读到了他歌颂苏州的诗,计有数十首之多,对于苏州的名胜古迹、岁时令节以及繁华情况,都大书特书,极尽其歌颂之能事。例如《姑苏八咏》是咏姑苏台、长洲苑、百花洲、响屧廊等八个名胜古迹,有些古迹早已荡然无存,找不到遗迹了。内中如天平山和寒山寺,那是前几年曾经整修,为广大群众游踪所至而是十分熟悉的。如《天平山》云:

> 天平之山何其高,岩岩突兀凌青霄!风回松壑烟涛绿,飞泉漱石穿平桥。千峰万峰如秉笏,峻峻嶒嶒相壁立。范公祠前映夕晖,盘空翠黛寒云湿。

《寒山寺》云:

金阊门外枫桥路，万家月色迷烟雾。谯阁更残角韵悲，客船夜半钟
声度。树色高低混有无，山光远近成模糊。霜华满天人怯冷，江城欲曙
闻啼乌。

唐寅所咏及的，偏重于自然景物，跟我们现在所见到的，并没有多大出入，可
是建筑物却已整修得焕然一新了。

还有值得提供出来的，是那专说繁华富庶的《姑苏杂咏》四首，兹录其
二云：

门称阊阖与天通，台号姑苏旧帝宫。银烛金钗楼上下，燕樯蜀柁水
西东。万方珍货街充集，四牡皇华日会同。独怅要离一抔土，年年青草
没城塘。

长洲茂苑古通津，风土清嘉百姓驯。小巷十家三酒店，豪门五日一
尝新。市河到处堪摇橹，街巷通宵不绝人。四百万粮充岁办，供输何处
似吴民？

这是明代嘉靖年间的苏州，已使唐寅写得这样的有声有色；要是给他看了我
们现在的新苏州，怕要舌挢不下，不知道该怎样的歌颂哩。

当时唐寅所住的桃花坞，就是北寺塔迤西的那条桃花坞大街，是颇为
有名的木刻发祥之地。他那桃花庵就是现在的准提庵，庵中还有他手写
的碑刻。唐寅对桃花坞有特殊的好感；他那《姑苏八咏》中，就有桃花坞
一首：

花开烂漫满村坞，风烟酷似桃源古。千林映日莺乱啼，万树围春燕
双舞。青山寥绝无烟埃，刘郎一去不复来。此中应有避秦者，何须远去
寻天台！

"上有天堂，下有苏杭"这句话，明代以前即已有之，因此唐寅《寄郭云
帆》诗就这么说：

我住苏州君住杭，苏杭自古号天堂。东西只隔路三百，日夜那知醉
几场。保俶塔将湖影浸，馆娃宫把麝脐香。只消两地堪行乐，若到他乡

没主张。

他对故乡苏州是一向有一种自豪感的。

（选自《拈花集》）

苏州的宝树

旧时诗人词客，在他们所作的诗词中形容名贵的花草树木，往往用上琪花、瑶草、玉树、琼枝等字句，实则大都是过甚其词，未必名副其实。据我看来，苏州倒的确有几株出类拔萃的古树，称之为树中之宝，可以当之无愧。

最最宝贵的，无过于光福司徒庙中的几株古柏，庙门上有柏因社三字，就是因柏而名的。柏原有八株，后死其二，现存六株，其中最大最古的四株，据说清帝乾隆曾以"清"、"奇"、"古"、"怪"称之，树龄都在千余年以上，就是无名的两株，也并无逊色。自清代直到现在，虽已饱阅沧桑，而"清"、"奇"、"古"、"怪"四古柏，依然是清奇古怪，各有千秋。我虽和它们阔别了十多年，瞧上去竟浓翠欲滴，矫健如常；其他二株好像在旁作陪似的，也始终一无变动，我想给它们题上两个尊号，一时竟想不出得当的字来。

清代诗人施绍书曾以长歌宠之：

> 一柏直上海螺旋，一柏拏攫枝柯相胁骈，二柏天刑雷中空。伛者毒蛇卧者秃尾龙，上有蓊蔚万年不落之青铜。疑是商山皓，须髯戟张面重枣。或类金刚舞，瞋眙杰枭目眦努。可惜陪贰四柏颓厥一，佛顶大鹏衔之掷过崭岩逸。否则八骏腾骧八龙吒，何异秃眇跛痿踔踉游戏齐廷出。安得巨灵擘山，巫阳掌梦，召之归来，虬干错互掩映双徘徊。吁嗟乎！一柏走僵七柏植，欲嗡精英月华戾。夜深月黑灯光荧，非琴非筑声清泠。天风飕飕，仙乎旧游，万籁灭息，远闻鸺鹠。此言谁所述？我闻如是僧人成果说。

598

诗颇奇崛,恰与古柏相称。而吴大澂清卿的《七柏行》,对于这七株古柏一一写照,更有颊上添毫之妙。如:

> 司徒庙中古柏林,百世相传名到今。我来图画古柏状,日暮聊为古柏吟。一柏亭亭最清绝,斜结绳文寒欲裂。九华芝盖撑长空,几千百年不可折。一柏如桥卧彩虹,霜皮剥落摧寒风。霹雳一声天半落,残枝满地惊飞蓬。一柏僵立挺霄汉,虬枝蟠结影零乱。冰雪曾经太古前,炼此千寻坚铁干。一柏夭矫如游龙,蒙头酣卧云重重。满身鳞甲忽飞舞,掷地化作仙人筇。中有二柏亦奇特,清阴下复高柯直。纵横寒翠相纷挐,如副三槐参九棘。墙根一柏等附庸,侧身伏地甘疏慵。昂头横出一奇干,千枝万叶犹葱茏。……

读了此诗,就可以想象到这些古柏的姿态了。我以为它们不但是苏州的宝树,也可说是江南数一数二的宝树。

另一株宝树,就是沧浪亭东邻结草庵里的古栝,俗称白皮松,在全苏州所有的老栝中,这是最大最古老的一株,干大数围,是南方所希有的。明代大画家沈石田曾说庵中有古栝十寻,数百年物,即指此而言。自明代至今,又加上了四百多岁,那么这古栝的年龄定在一千岁以上了。番禺叶誉虎前辈寓苏时,常去观赏,并一再赋诗咏叹,如《赠栝》一首云:

> 消得僧房一亩阴,弥天髯甲自萧森。擎云讵尽平生志,映月空悬永夜心。吟罢风雷供叱咤,梦余陵谷感平沈。破山老桂司徒柏,把臂应期共入林。

沧浪亭对邻可园中荷花池畔,有一株胭脂梅,据说还是宋代所植,有人称之为"江南第一梅";据我看来,树干并不苍古,也许老干早已枯死,这是根上另行挺生的孙枝了。每年春初花开如锦,艳若胭脂,我园梅丘上的一株,就是此梅接本。我曾宠之以词,调寄《忆真妃》云:

> 翠条风搦烟挦,影婆娑。疑是灵猿蜕化作虬柯。春晖暖,琼英坼,艳如何? 错道太真娇醉玉颜酡。

梅花单是色彩娇艳,还算不得极品,一定要有水光,才是十全十美。这株胭脂梅，就是好在有水光，普通的梅花和它相比，不免要自惭形秽。可惜一九五六年台风来袭苏州时，荷池里的水倒灌上来，竟把它生生地淹死了。

（选自《拈花集》）

洞庭碧螺春

洞庭东西二山，山水清嘉，所产枇杷、杨梅，甘美可口，名闻天下；而绿茶碧螺春尤其特出，实在西湖龙井之上，单单看了这名字，就觉得它的可爱了。

碧螺春原是野茶，产于东山碧螺峰的石壁上，据说它的种子是由山禽衔来，掉在那里的。每年谷雨节前，山中人前去摘了茶叶，用竹筐子装回来，以作日常饮料，数十年间，并不重视。清康熙某一年，因产量特多，竹筐子装不下了，大家把多余的纳在怀中，不料茶叶受了热，发出一种异香，采茶的男女们闻到了，都说是吓杀人香。原来"吓杀人"是苏州的俗语，借来夸张它香气的浓郁，于是众口争传，作为茶名。从此年年谷雨节，男女们先得沐浴更衣，同去采茶，索性不用竹筐，都把茶叶纳在怀中了。清帝康熙南巡时，曾到太湖，巡抚宋牧仲买了这茶叶献上去，康熙以为吓杀人香这名字太俗了，就给改作碧螺春。后来地方官每年总得采办一批进贡，名为茶贡，那时因产量不多，只让独夫享受，民间是不容易尝到的。

我很爱此茶，每年入夏以后，总得尝新一下；沸水一泡，就有白色的茸毛浮起，叶多蜷曲，作嫩碧色，上口时清香扑鼻，回味也十分隽永，如嚼橄榄。清代词章家李莼客曾有《水调歌头》一阕加以品题云：

> 谁摘碧天色，点入小龙团？太湖万顷云水，渲染几经年。应是露华春晓，多少渔娘眉翠，滴向镜台边。采采筠笼去，还道黛螺奁。　　龙井洁，武夷润，芥山鲜。瓷瓯银碗同涤，三美一齐兼。时有惠风徐至，赢得嫩香盈抱，绿唾上衣妍。想见蓬壶境，清绕御炉烟。

他把碧螺春的色香和曾经进贡的一回事都写出来了。

某一年七月七日新七夕的清晨七时，苏州市文物保管会和园林管理处同人，在拙政园的见山楼上，举行了一个联欢茶话会。品茶专家汪星伯同志忽发雅兴，前一晚先将碧螺春用桑皮纸包作十余小包，安放在莲池里已经开放的莲花中间，早起一一取出冲饮。先还不觉得怎样，到得二泡三泡之后，就莲香沁脾了。我们边赏楼下带露初放的朵朵红莲，边啜着满含莲香的碧螺春，真是其乐陶陶！我就胡诌了三首诗，给它夸张一下：

玉井初收梅雨水，洞庭新摘碧螺春。昨宵曾就莲房宿，花露花香满一身。

及时品茗未为奢，隽侣招邀共品茶。都道狮峰无此味，舌端似放妙莲花。

翠盖红裳艳若霞，茗边吟赏乐无涯。卢仝七椀寻常事，输我香莲一盏茶。

末二句分明在那位十足老牌的品茶专家面前骄傲自满，未免太不客气。然而我敢肯定他老人家断断不曾吃过这种茶，因为那时碧螺春还没有发现，何况它还在莲房中借宿过一夜的呢；可就尽由我放胆地吹一吹法螺了。

（选自《拈花集》）

苏　绣

　　苏州的刺绣,名闻天下,号称苏绣,与湖南的湘绣和上海的顾绣,鼎足而三。

　　往年苏州市教育局曾办过一所刺绣学校,延聘几位刺绣专家担任教师,造就了几十位刺绣的好手。她们的作品曾参加一九五四年举行于拙政园的民间艺术展览会,博得观众的好评。秋间,苏州市土产公司与吴县合作总社联合举办了一个刺绣学习班,招了农村中擅长刺绣的妇女们上班学习,由黄芗女画师画了花卉,由以前刺绣学校的几位女教师教授散套针法,采取了湘绣的优点,提高质量,经过了一个多月,全都学会了。这班学员都是从吴县望亭、光福、浒墅关农村中来的,她们一向于种田之暇,以刺绣戏衣、被面、枕套等为副业,不过花样陈旧,绣法不够细致。经过了学习,顿时使人刮目相看;除了散套针法,又学会了反抢针法,作品有软缎的方靠垫和台毯、被面、睡衣等,刺绣的花样如梅、兰、竹、菊、百蝶、和平鸽等,都足以代表我国民族风格的,后来运往北京,转运法京巴黎去展览。

　　一九五五年春节,苏州市人民文化宫举行了一个美术展览会,刺绣也陈列了一室,四壁琳琅,灿烂夺目。中如毛主席的绣像,用几十种色丝细针密缕的绣成,面目栩栩如生。还有一幅特出的作品,是前刺绣学校教师任嘒闲所绣的《列宁在拉兹里夫火车站附近的草棚里》。列宁低着头在起草革命的计划书,除了人之外,还有郊野树木草棚作背景,色彩调和,活泼生动,简直像一幅画;真可算得是一位现代的针神了。

　　我藏有旧绣一幅,以缎为底,色已黄暗,我也不知道是什么时代的作品,朋友们给我鉴定,说是明代的刺绣。绣的是一尊观音,微微含笑,坐在一朵莲花上,花作浅红色,淡至欲无;观音的膝上坐着一个男孩子,玉雪可念,一手执红榴花一枝,向人作憨笑。上端用黑色丝绣有"礼拜供奉观世音菩萨,便生福德智慧之男"十七字,下有图章一方,可惜已认不出是甚么字了。旧时女子绣观音,郑重其事,必须洗了手才下针,以示虔诚;清代邹程村曾有《留春令》第一体一阕咏《浣手绣观音》云:

> 兰汤浴手,窗前先就,红莲娇片。须记他原少凌波,休错配鸳鸯线。绣着金身须半面。似向侬青眼。春笋纤纤近慈云,疑紫竹林中现。

凡是男女婚礼中所用的绣品。鸳鸯是必要的图案,被面和枕套,总是绣着双宿双飞的鸳鸯,这又是词人们的好题材了。如朱竹垞的《生查子》云:

> 刺绣在深闺,总是愁滋味。方便借人看,不便帘垂地。　弱线手频挑,碧绿青红异,若遣绣鸳鸯,但绣鸳鸯睡。

董舜民《应天长》又一体云:

> 水精帘卷东风院,枝上流莺声百啭。绿窗轻,香梦软。清泪朝朝曾洗面。　砌痕深,花样浅。出水芙蕖波溅。绣到鸳鸯偏倦,恼乱针和线。

这两首词,都是写出刺绣者为人作嫁衣的苦闷的;其实这是一种工作,又何必闹甚么情绪呢?

近几年来,苏绣有了更大的进步和发展,新针法层出不穷,新事物都成了好题材。世界各国大都市中,几乎都可看到丰富多彩的苏绣。

(选自《拈花集》)

604

紫兰小筑九日记

编者按：抗战期间，周瘦鹃长居沪滨。苏州紫兰小筑曾遭敌寇践踏，田园荒芜。1943 年 5 月，周瘦鹃偕夫人胡凤君回到"闭锁经年"的故园。平时他杂事缠身，无暇作日记。一旦有了这"与尘世相隔绝"的九天，欣然记下了看花笑，听鸟歌，与雅人墨客畅叙，与园丁花奴过从的悠然自得的生活。充分表露了他内心向往"抽身人海，物外逍遥"的归隐心曲。

> 清夜无尘，月色如银。酒斟时须满十分。浮名浮利，休苦劳神。叹隙中驹，石中火，梦中身。虽抱文章，开口谁亲？且陶陶乐尽天真。几时归去，做个闲人？对一张琴，一壶酒，一溪云。
>
> ——苏轼《行香子·述怀》

五月十三日，晴

晨九时，偕凤君发北火车站，附十时半沪苏区间车行。车中挤甚，不得座，值吴中莳花同志徐觉伯丈，畅话甚欢；丈年甫五十有七，而长髯如雪，面目绝肖当年清代名宦孙宝琦也。抵南翔站，有下车者，始得一座，与凤君共之。抵苏已午后一时半，就餐市楼讫；诣荣芳园，见盆树固多，而鲜有当意者。出，略购饼饵，步行返故居紫兰小筑，旧宇已毁，兴建无力，堂构重新，不知何日？曩之紫罗兰庵故址，今已夷为种菜种豆之地；言念昔尘，祇益今怅！园中浓荫掩昼，蔚为一片绿天，人行其间，衣袂为之俱绿。野草经久不芟，长可没膝；野树亦怒生，与人争道；藤萝缘树缘墙而登，柔条袅风中，若欲撩人小住者。鱼乐国前所陈盆梅，因今春厄于气候之寒燠不时，而人力亦复未至，致有逢春不发，或发而复萎者；第见二十余古干，一一作骨立，如履古战场，触目惊心！温室前盆树百余本，则多欣欣向荣，差堪自慰；惟用以纪念亡儿榕之悬崖形石附老榕一本，亦竟憔悴以死，徘徊凭吊，不期为之陨泪！天竹古木四本俱花，各二三枝三四枝不等；鸟不宿二本均结实累累，入冬殷红若珊瑚珠，大可一餍馋眼也。杜鹃花时已过，而琉球红一本，含苞初坼，红如火斋，致可爱玩。紫兰台上本遍植紫罗兰，因去夏旱魃为患，花根多为烈日所杀，兹仅存十之一二，他日容再补种，俾复旧观。梅丘上梅竹松柏及凌霄紫藤之属均怒发，绿荫如幂，石态几不可见，仅主峰仍岸然向人，作傲兀态而已。丘下荷池中，新荷出水，有亭亭玉立之致；游鱼出没其间，时闻喋喋声，此盖"八一三"事变中历劫余生之金鱼也。百花坡上之"亭亭"已圮，仅余残骸，白香水作花其上，亦柔弱可怜，百花多已凋谢，惟绣球尚余残朵，犹恋枝不去，坡畔锦带花一树，则著花特盛，红白灿然，不愧锦带之称。白梅十余株结实甚繁，愚想梅子黄时，当有可观也。园丁张锦豢老母猪一，胡羊绵羊五，犬一，鹅一，鸡鸭十余，宛然一雏形动物园；是日母猪适产子，得十有九头，讵此畜冥顽不灵，竟压毙其九，殊可惋惜！夜宿梅屋中，星月甚明。

十四日，晴

园中多大树，乌春、白头翁等巢其间，昧爽即弄吭作歌，予为所醒，六时即起。盥洗已，巡行园中；向例予每归必于梅屋中供瓶花盆树，借资观赏，兹与凤君偕来，尤非此不可。因撷月月红，白十姐妹，红十姐妹，白香水花等，分插陶罐及瓷瓶中，供诸床次小几；别以六月雪及榆树二盆分陈镜台之上；又金银藤一本方发花，清芬四溢，则位以圆凳，置之座右；虽屋小如舟，仅堪容膝，亦弥觉其楚楚有致矣。十时许，旧雨赵国桢兄之夫人偕郭女士来，女士家于东美巷，有园林之胜，谓其家明日有大集会，欲借盆树以资点缀，情不可却，爱以榆、枫、雀梅等六盆与之，中以榆为最，老干作悬崖形，叶小而密，垂垂凡六七叠，吾家盆橱中俊物之一也。午餐肴核绝美，悉出凤君手，一为腊肉燉鲜肉，一为竹笋片炒鸡蛋，一为肉馅鲫鱼，一为竹笋丁炒蚕豆，一为酱麻油拌竹笋；蚕豆为张锦所种，而笋则剧之竹圃中者，厥味鲜美，非沪壖可得，此行与凤君偕，则食事济矣。午后入梅屋，倚床作小休，床次瓶花姹娅，花气袭人，不觉沉沉入睡，越一小时始醒，作书寄铮儿，问老母安否？兼及家事花事。凤君出箱箧中衣被窗帘地毯等曝之日中，因锁闭经年，间有发霉者。傍晚天色骤变，亟助以救拾；未几，大风挟雷雨俱至，竹梢萧萧作响，如怒涛然，昔人听松涛，而予则恣听竹涛矣。八时晚餐，与张锦夫妇小谈，九时即就寝，两脚犹影影未已也。

十五日，阴晴不定

昨夜夜半雨甚，为雨声所醒，遂不复成眠，转侧达旦，黎明即起床，漫步百花坡畔，观盆树，而天仍阴霾，鸠呼不已。晨餐后，令张锦将红绿老梅各一本，自盆中移植于此，二梅新芽已抽，而荏弱逾恒，此后稍得地气，窃冀其能转弱为强也。十时许，老画师邹荆庵丈来访，初讶其何由知予返苏，旋乃恍然，盖闻之荣芳园主人者。丈所居在马医科，距吾居匪遄，兹乃劳其远道过我，可感也！丈高年七十有一，腰脚绝健；日常除作画外，兼好莳花，月季、杜鹃及山茶，均所笃爱，年来在苏在沪，时相过从，遂成忘年交。寒暄已，亟延之入梅屋，相与谈人事，谈花事，历二小时，始兴辞去，临行坚约愚夫妇明午餐叙于沙利文，固辞不获，因承诺焉。午后本拟出游，而恋恋园中盆树，遂杜门不出，持利剪，分别删其徒枝，整其姿致；盆面多野草，则一一抉而去之。栗之可一小时许，我倦欲眠，因入梅屋假寐，不知历几许时而醒。独坐无所事，则就故纸堆中检旧书读之，得民国二十四年一月份之《东方杂志》第三十一卷第一号一巨帙，此为创刊三十年纪念号，图文都百余种，蔚为大观；中有特辑"个人计划"，作者计七十二人，马寅初、顾颉刚、吴经熊、茅盾、老舍、丰子恺诸先生咸与焉。先期亦尝征文于予，予以百余字应之，兹列为第二十九篇，其文云："不幸而生于这率兽食人的时代，更不幸而生于这万方多难的中国，社会上狗苟蝇营，视为常事，巧取豪夺，相习成风；像我这样的好好先生，早就没有了立足之地，任你有多好多大的计划，也到处碰壁，终于不能实行。所以我对于今年；差可称为计划者，则计划如何可以解决最低限度的生活问题，以便终老于岩壑之间，种种树，读读书，不与一般虚伪势利为鬼为蜮的人群相接触，相周旋，草草的结束了这没意味的人生，也就完。"予平昔不谙何故，易发牢骚，而以此文为尤甚，良非所易；至种树读书，终老岩壑，则为吾生平唯一宏愿，始终不变，但愿其终有实现之一日耳。继续读其他文字三数篇，渐觉腹馁，出稻香村之玫瑰枣泥饼及杏仁酥蛋饼啖之，佐以所携三星厂之鹅牌咖啡，冲饮良便，味亦不恶。夜复雨，听丛竹中雨声沥沥，心腑为清。读英译法兰西大文豪都德氏（A. Daudet）《巴黎三十年》，"*Thirty Years of Paris*"一章，此书述其三十年间之文学生活，滋有意味。氏著作等身，为当年法国文坛祭酒；予尤爱其短篇小说《最后一课》，及《柏林之围》，吾人年来所构，正复类此，可慨也！十时就寝。

十六日，阴

晨风甚劲。气候突转寒；予御夹衣两重，并羊毛半臂及哔叽单长衫，犹凛然无温意，夏行冬令，实为异数。是日因须赴邹荆丈沙利文午餐之约，九时许与凤君枵腹出，同莅观前观振兴进点，豚蹄面一，十景面一，又烧卖十枚，直十五洋，可抵五六年前之鱼翅盛宴一席；凤君向日持躬甚俭，为之舌挢不下。果腹后，入元妙观，诣苏州花圃观花，市花荻一，枸杞一，红石榴一，获根粗如小儿臂，殊不多靓。圃主惠林，亦旧识也。《紫罗兰》第二期已见于市上，书店书摊中，在在皆是，封面画之碧挑紫兰，灿然动目，予于此际，色然而喜，雅有他乡遇故知之感。已而赴护龙街吉由巷口赴国桢兄家，作长谈，君向业文玩，予旧藏多经其手，年来专营红木家俱，获利綦丰，非复吴下阿蒙矣。亭午，遂至马医科邹荆丈家，庭园中月季方娟娟作花，盆树数木均精妙，盖能以少许胜者。凤君晋谒邹老夫人，互话家常，意至惬洽。旋随荆丈同诣观前沙利文进西餐，肴核丰美，为之大快朵颐。餐罢，凤君先归，予则与荆丈同往神仙庙观花市，盖明日为农历四月十四日。俗传为吕纯阳诞辰，邑人纷往随喜，前后历三日，俗为之轧神仙；而业花树者亦纷纷设摊待沽，鳞次栉比，宛然一非正式之花树展览会也。予等巡视一过，苦无佳品可得，思昔抚今，为之潸然！值老画师陈迦庵丈，相搀入春和楼喋茗，把盏共话；晤桑芳园主人朱寿，聆其谈种花经验，颇多可取。时女弹词家范雪君方在内庭说书，御火黄色薄呢领衫，顾盼生姿，抱琵琶唱开篇，如黄莺儿啭花外，绵蛮可听。俄而画师范子明兄来，邀赴其家；荆丈亦偕往，安步当车，迳至祥府寺巷。屋宇颇宏敞，惜无园圃，所培盆树均列前庭，有真柏二本，苍翠可喜，而以玛瑙石榴一本为甲观，干身奇古，花犹含苞未放也。茗谈移时，始别去；归家已近八时矣。晚餐毕，检得旧刊林译《茶花女遗事》及《迦茵小传》合订本，读茶花女致亚猛一书及迦茵致亨利一书，悱恻缠绵，情深一往，予本工愁，不期为唤奈何，如桓子野听歌时矣。作日记二页，以十时就寝。是日奔波竟日，初不觉惫，颇以贱躯顽健为慰。就枕后，雨声又作，殊恼人也。

十七日，初阴沉，有雨意，后放晴

晨餐后，督张锦掘园中野树，用以代薪；后趋东隅榕圃中一视，见斑竹多枝，杂生红白二石榴树间，亟令钁而去之。此间本一深池，水深丈许，自吾榕儿堕水死后，即担土填塞，改为浅池，种睡莲其中，著花绝美；一仙童抱鹅喷水之像，植立池心；四周有高柳，缭以矮篱，名之曰榕圃，用以纪念此刻骨伤

心之地。池背所植斑竹，阑以湖石；初仅五六枝，盖移自虞山者，今已蔚然林立矣。嗟夫榕儿！月白风清之夜，魂兮归来，睹兹竹上斑斑者，不将疑为而父而母之血泪痕邪？亭午得铮儿书，絮絮述三日来家事园事，并以多购小型花木为请，俾作香雪园中盆景资料。午后走访徐觉伯丈，丈居西百花巷，而其家亦有百花，且多精品；所蓄古梅，均矫健如故，可羡也。其客室中骨董两厨，分陈四格，一陈纯白瓷皿，一陈青花瓷皿，一陈陶制茗壶，一陈小灵璧小英石等，每类各十余事，井然有序；四壁间张倪墨耕、张大千等所作仕女立幅，亦精妙。丈与予有同好，凡所陈设，各有系统，殊以杂然并陈纷乱无次为病焉。茗谈有间，即同赴神仙庙花市，是日邑中士女空巷来游，履舄交错，尤较昨日为盛，可知轧神仙之旧俗，不易破也。予以觉丈之助，购得樫柳、石榴、紫薇、野梅等若干本，令张锦担以归去。游兴既阑，同访邹荆庵丈于马医科，荆丈出一便面见示，书画悉出其手，精湛绝伦，所绘《天中五瑞》，笔触颇肖王忘庵，谛观上款，则赫然贻吾铮儿者，老人情重，泽及孺子，因再拜受之；小憩移时，始兴辞而归。夜读英国名作家琼士冬女士（M. Johnston）所作《郎德兰》"Audrey"说部，词旨华赡，不啻一长篇散文诗也。毕二章，渐有倦意，遂就寝；而竹圃中淅沥有声，则天又雨矣。此两夜均有雨，似较日雨为韵，惜未由倩吴娘为我一唱《暮雨潇潇》之曲耳。

十八日，晴

晨起观一昨所市花木，夜来沐雨露，咸奕奕有神；其他盆树，亦浓翠欲滴，因顾而乐之。张锦八岁子志高，探白头翁于十姐妹花丛中，得二小卵，白地紫点，玲珑可爱，令仍返之巢中，谓毋贻母鸟忧也。是日因赵国桢兄馈母油鸭及冷十景，张锦亦欲杀鸡为黍以饷予，自觉享受过当，爰邀荆觉二丈共之。匆遽间命张锦洒扫荷池畔一弓地，设席于冬青树下；红杜鹃方怒放，因移置座右石桌上，而伴以花荻、菖蒲两小盆，复撷锦带花数枝作瓶供，借供二丈欣赏，以博一灿。部署甫毕，二丈先后至，倾谈甚欢。凤君入厨下，为具食事，并鸡鸭等得七八器，过午始就食，佐以家酿木樨之酒；予尽酒一杯，饭二器，因二丈健谈，逸情云上，故予之饮啖亦健。餐已，进荆丈所贻明前，甘芳沁脾，昔人谓佳茗如佳人，信哉！寻导观温室前所陈盆树百余本，二丈倍加激赏，谓为此中甲观，外间不易得。惟见鱼乐国前盆梅凋零，则相与扼腕叹息；幸尚存三十余本，窃冀其终得无恙尔。四时许，偕二丈走访旧雨朱犀园兄于苏公弄袖园；兄工丹青，复工盆栽，所蓄十余本，虽已不如当年之伙颐，而抉择绝精，中以枯干石榴及悬崖小冬青为最。画室中陈设古雅，壁间有伊

秉绶行书及郑板桥画兰,题跋累累,并为精品;茗谈有顷,始兴辞出。觉丈导往干将坊故艺梅专家胡焕章氏旧宅,观其所造白果根大石笋,矮而特粗,惜倒卧于地,无足观赏,因废然出。觉丈以事引去,予则随荆丈重诣荣芳园,选购黄杨、冬青等十余本,姿致绝胜。问有白香水花否?曰本有三五株,去冬已为风雪所杀矣。会虞山园艺家张启贤先生至,语我以前此事变中所蓄花木遭劫状,为呼负负不置。盘桓花间可一时许,而日之夕矣,因与荆丈分道归。又得铮儿书,告予以《紫罗兰》第三期发稿及排印等事,兼道别来相念之殷,孺子能念其亲,可嘉也。是夕为月圆三五之夕,独立梅丘上,看月久之,迟迟不即眠,盖不欲孤负好月色耳。

十九日,晴

昨夜有佳月,梅屋踞梅丘高处,受月最多,一窗一闼,悉沉浸银海中,不灯而明,爱月眠迟,堪为我咏。比夜半梦回,见四壁澄澈,疑已破晓,顾万籁寂然,宿鸟无声,始知明者月;于是纳头复眠,而眠乃弗熟,斯须即起,起则立趋园中漫步。会有浓雾,濛濛四合,花木都隐雾中,阅炊时许始收,而红日杲杲,已揭云幕而出。盥洗既,见送春老梅为小红虫所困,粘枝条俱满,即一一捉之,双手为赤,历两小时始已。旋作书复铮儿,告以离苏之期,躬往观前邮局以快邮寄沪。一昨荆丈预约愚夫妇午餐于其家,却之不得,遂往;惟凤君则以疲困辞,盖连日整理衣物,甚矣其惫也。是日佳肴纷陈,咸出邹老夫人手,一豚蹄入口而化,腴美不可方物,他如敷美鲈脍,昔张季鹰尝食之而思乡,于于饱啖之余,亦油然动归思矣。长谈亘三小时,始称谢而出;赴瑶林园物色盆树,苦无所获,仅见小菠萝一事,可作水盘清供,因市之以归。归涂折往护龙街兴古斋,晤主人华仲琪君,得六角形小瓷盆二,海棠形小瓷盆一,均同治年间物,无足奇,而彩绘松菊,尚遒逸可喜;又豆青瓷五福杯一,以五蝙蝠凑合而成,黑白瓷双欢图一,作双獾交欢状,均乾嘉年间物,足供爱玩,以相知有素,索值殊廉,即怀之归。归后腹微馁,进乐口福麦乳精一杯,佐以叶受和之葱酥饼及枣泥芝麻饼,食之而甘;巡行园中半小时,暮色已苍然四合,恨不能以长绳系白日,弥觉光阴之易逝也。晚餐后,就灯下读旧藏扶桑《盆栽》月刊数册,予不解彼邦文字,但观盆栽摄影,用资借镜而已。草日记讫,复看月移时,始就寝;而月姐多情,犹窥我于梅花窗外也。

二十日,晴

晨起天甫破晓,鸟声如沸,复为悬崖古梅捉小红虫,历一小时,而十指已赤如染血矣。晨餐以油炸桧泡虾子酱油汤，并腊肉夹蟹壳黄食之，厥味绝隽，不数西土芦笋汤三明治也。十时许，朱犀园兄来访，语多年来在沪不如意事常八九，间有与予类似者；惟吾二人天伦之乐及莳花之兴，亦正相同，因又引以互慰。旋观予所蓄盆树，意兴飚举，谓为大足过瘾；兄为此道圣手，平章花木，自多阅历有得之言。予因语兄：他日重返故乡，当招邀当年艺花同志，重结含英社也；兄称善，又纵谈久之，始别去。午后三时，与凤君偕出，诣元妙观大芳斋进锅贴，以笋末拌肉馅，风味不恶，殊不在聚兴斋下。过护龙街，历观米舫、集宝斋、修竹庐等骨董，予志在莳花之盆盎，苦无惬心贵当者。凤君迳往赵国桢兄处，予则折入吉由巷访陈迦庵丈，丈方染翰作便面，含英社旧同志丁慎旃丈亦在座，相与参观迦丈所蓄盆树，精品既伙，培养亦有方，成绩自多可观：一悬崖野茉莉，花叶繁茂，清芳袭人，其他黑松、五叶松等，亦葱翠可爱。丈复爱石如米颠，颜所居曰石垫，曰松花石室，所藏旧坑灵璧、英石、崐石、松化石等十余事，均非凡品，中一石不能举其名，上有陈其年、朱竹垞题款，尤可宝。迦丈复出示陶制茗壶数事，其壶较小而古朴，为名手杨彭年氏手捏而成，底刻石梅一章，丈疑为陈曼生别署，或可信也。倾谈一时许，始辞出，往逆凤君于巷口赵宅，由赵夫人为导，同赴东美巷郭女士晚宴。既至，女士欣然出迓，导观园囿；园广五亩，中多嘉树，而以白皮松一本为冠，苍鬣虬枝，殆百余年外物也。盆栽如紫藤、紫薇、罗汉松等，多巨型，率为亡友刘公鲁兄家故物；老干盆梅数本，则出故胡焕章氏手，已属硕果仅存，爰谆嘱园丁万祥善视之。后园青石为出，泽绕苔藓，亦苍古入画，小试登临，胸襟为豁。八时入席，肴核出名庖手，水陆毕陈，朵颐之快，以此夕为最。同席有薛慧子，张指达伉俪等，二君为予旧识，尊前话旧，不胜今昔之感；于花木事亦有同好，因纵谈种植，兼及盆盎，齐声无倦意。及十时半，始谢主人郭女士，与张君同道踏月而归，凤君亦健步，谢车弗御，初不觉惫，盖月色佳也。草日记讫，就寝已近午夜矣。

二十一日，晴

昨夜有好梦，梦与伊人同饮于市楼，红灯绿酒，与人面相映有致。渠作盛妆，奉老母挈儿女俱来；盼睐有情，便娟犹昔。酒半酣，忽侃侃述吾二人三十年来相恋之史，有可歌可泣者，其儿女咸大感动，为之隕泪，老母亦凄然，不能置一辞。予方欲有言，讵已遽然而觉。力图重寻此梦，竟不可得，悒悒弗能自已！忆往岁尝有《海棠春词》咏寻梦云："落花如梦和愁度。算只有梦乡堪住。春梦不嫌多，况与伊同处。　　谁知好梦无凭据，把梦境从头温去。梦也忒难寻，迷了原来路。"今兹怅惘之情，正与此类。凤君见予有不豫色，问所苦，举实以告；凤君笑予痴，谓君连日卧起紫兰台畔，为紫罗兰所感应，故有此梦耳。予以为然；顾迢递万里，音问久疏；得此一梦，亦可少慰相思矣。是日风甚劲，掠群树萧骚有声；迳行园中一周，即为十余盆梅除虫患，伫立亘四小时，腰疲欲折，头目为眩，而虫得肃清。予之所以如许子之不惮烦者，虽曰爱花心切，亦以梅为国花，为国魂所寄，自当悉力护兹国魂，毋为幺魔小丑所贼耳。爰又谆谆告张锦，务以全力善观此三十余本劫余之盆梅，以俟吾归；张锦唯唯，一若奉命唯谨者。此子秉性尚笃厚，昔溺于赌，室人交谪，充耳若罔闻；于是予所寄托身心之花木，亦因疏于顾复，每多损折，滋可恨也！予因明晨即须赴沪，午后遂趋邹荆丈处道别，会其今甥席女士等自洞庭东山来，共话山中事，力称其山水之胜，时果之美，满山皆枇杷，已垂垂黄矣。予曩尝至西山灵老梅，顾未及东山，至今引为遗憾；他日举家归苏，首当蜡屐望游，更向消夏湾头，凭吊吴王西子遗迹也。邹老夫人手制蜡仁拌面见饷，别饶风味，果腹后与荆丈偕出，诣百货公司预购明日车票，立谈有间，始互道珍重而别。旋赴景德路烟卷肆中购白金龙限价烟，不须排队，竟得八盒之多，在沪不易得，而竟得之于此，亦异数也。维时为时尚早，不欲遽归，因又过兴古斋小坐，主人知予爱宜兴砂盆，因以旧藏松亭所制黑砂盆九事见让，虽非古物，而亦古雅可喜，又其他粗紫砂盆二事，钧釉方盆一对，亦尚可用，于是欣然呼车，满载而归。日长，天犹未暝，检理旧箧偶见宝带桥摄影一帧，为之神往。予于儿时即尝过此，故印象至深，者番归来，恨未能买棹往游，一数五十三环洞为乐也。因戏作宝带桥词，得五绝句："鸳衾独拥春宵冷，昨夜郎归喜不禁，宝带桥边郎且住，欲求宝带束郎心。""春水斝门油画桡，鸳衾春暖度春宵，郎情妾意谁堪比？不断连环宝带桥。""茜裙白裕双携好，促坐喁喁笑语温，宝带桥头春似海，闹红一舸过斝门。""宝带桥边柳似金，兰桡欸乃出桥荫，卧波五十三环洞，那及侬家宛转心。""卧波五十三环洞，烟雨迷离数不清，恰似郎心难捉摸，情深情浅未分明。"夜访对邻黄征夫先生，作小谈，壁间张岳武穆真迹拓本横幅，大书"还我河山"四字，有龙翔凤舞之致，睹之神往；又黄先生自书岳武穆"满江红"词及明代张苍水氏绝命书，亦遒逸不凡。九时许，始辞归，助凤君整理行装讫，旋即就寝，为时乃较前数日为早，盖予已决于明晨晓风残月中行矣。

　　跋：返苏以还，匆匆已历九日，目不睹报章，耳不闻时事，足不涉名利之场，似与尘世相隔绝。所居在万绿中，看花笑，听鸟歌，日夕与自然界接；所过从者多雅人墨客，或园丁花奴；所语均关花木事，不及其他。此九日为时虽暂，固宛然一无怀氏、葛天氏之民也。嗟夫！吾安得抽身人海，物外逍遥，长为无怀氏、葛天氏之民耶？

（选自 1943 年 7 月 10 日上海《紫罗兰》月刊第 4 期）

行云集

XINGYUNJI

元黄公望《富春山居图》局部

放棹七里泷

江回滩绕百千湾,几日离肠九曲环;
一櫂画眉声里过,客愁多似富春山。

我读了这一首清代诗人徐阮邻氏的诗,从第一句读到末一句细细地咀嚼着,辨着味儿,便不由得使我由富春山而想起七里泷来。这一次是清游,是在一九二六年的春光好时,距今已有两年了。两年间的光阴,也像七里泷的水一般宛宛流去,不知漂洗了多少事情的回忆;然而那水媚山明的七里泷,却在我心头脑底留下了一个很深很深的印象,再也漂洗不去。七里泷啊,你真是一个移人的尤物!

我们告别了俗尘万丈的上海,跳上沪杭火车,一路兴高采烈地到了杭州,就近在旅馆里宿了一夜。第二天清早七点钟,便赶往南星桥去。我们打听得轮船直放桐庐的共有两艘,每天分早晨午后两班驶行。这时是八点半钟左右,轮船正在码头上,我们分坐了两个舱,端为大家都是熟不拘礼的熟人,一路上言笑晏晏,无拘无束。内中有一对夫妇新婚未久,还不到半年,虽说早已度过了蜜月,多少却还带些儿蜜意,因便成了众矢之的,给我们借这船舱一角,补行闹新房的把戏。

轮船驶过了六和塔,回头不见了塔影,便渐渐地进富春江了。一到这富春江上,说也奇怪,顿觉得山绿了,水也绿了,上下左右,一片绿油油的;我们容与于山水之间,也似乎衬映得衣袂俱绿,面目俱绿了。游侣中有一个摄影迷眼瞧着好景当前,不肯放过,兀自捧着他所心爱的一架摄影机,在船头上跳来跳去,一张又一张的,不知摄了多少。将到富阳时,天公不做美,忽地下起雨来。雨点儿着在水面上，错错落落地，似乎撒下了明珠无数。四下里的山，都罩在雨气中，迷迷蒙蒙地，似是蒙着轻绡雾纱一般。同船有两个外国人，在船头看雨景，和我们攀谈；说这一带风景，绝似日本的西京，真是美绝妙绝，便是西方几个名胜之区，也及不上这里的幽丽呢。我们听了，也附和着他们叹赏不止。

午后五点钟光景，天上云散雨收，只还没有放晴。一阵子汽笛呜呜，船上人报道桐庐到了。我们上了岸，地上泥滑滑，雨水还没有干，脚下很觉难行。幸而旅馆就在岸边，走不上几十步路，早就到了。这旅馆楼阁三层，临江而筑，所处的地位很好，确有帆影接窗潮声到枕之妙。

住的问题解决了，便解决吃的问题，在邻近一家菜馆中饱餐了一顿，才回到旅馆中休息。

我爱看夜景，独个儿凭阑待月，可是倚偏了阑干，不见月来，只见乱云如絮，在桐君山头相推相逐，煞是好看。夜半月上，沿江的一带阑干都沐在月光之中，而富春江的水，更像铺着片片碎银似的，美妙已极。

我因舟车辛苦了一天，很觉疲倦，悄悄地先自睡了。难为游侣们已商定了明天游七里泷的计划，将船只和饭菜都安排好了。第二天早上八点钟，就预备出发；等候一位向导，兀自不见来。却望见了对面的桐君山，山容如笑，倒像在那里欢迎我们前去一游似的。于是搭了摆渡船，渡到对江的山下去。山虽不高，风景却还不恶。山顶有桐君寺、桐君祠。桐君姓氏、朝代都不详，传说是黄帝时代的人，采药求道，到这东山之上，偎在一株桐树下，有人问其姓，他则指桐示之，世因名其人曰桐君。他识得草木的性味，定三品药物，有《药性》(共四卷)和《采药歌》两种著作，此君可称是中国药剂师中的开山鼻祖了。桐君寺内有小轩一间，见柱上有联语，上联是"君系上古神仙，灵兮如在；"下联是"我爱此间山水，梦也常来。"大家见了下联，都拍手喊好，像富春江上这样的山明水媚，真教人梦也常来了。

我们走下桐君山来，那向导已来了，正在对岸向我们招手，我们便疾忙摆渡过去，走上昨夜预定的那只大船。那船倒是一只新船，十分宽敞，足足可容二十人。船中一家老小，都在船尾，真是云水乡中一个美满的家庭。我们一行十多人，占满了一船，红日三竿，便照着我们欢欣鼓舞地出发。春水船如天上坐，已够舒服，何况又在富春江上呢。我和妻坐在船头饱看山水，越上去越见得山青水绿，如入画图，比了西子湖，自别有一番境界。

欸乃声声，似乎唱着快乐之歌，缓缓地在这幽美绝世的七里泷中行进，泷口水浅，船家上岸去背纤。我们全船的人，知道好景临头，不肯轻轻放过，都聚在船头,尽着赏览。我们瞧这一片伟大的美景,如展黄子久山水长卷;一时神怡心旷,兀自默默地看着,再也说不出一句话来。昔人见了绝色的美人,有"心噤丽质"一句话,我这时也大有心噤丽质之概了。一路看山看水,飘飘欲仙。三点三十五分钟,便到了那鼎鼎有名的严子陵钓台之下。船儿停住了,大家走上山去。上山见有大碑矗立,标着"严子陵钓鱼台""谢皋羽恸哭西台"诸字。山顶有东西二台,高一百六十丈,东台便是严子陵钓台,有亭翼然。亭下砖石很多,据船家说:倘能将砖石击中亭顶的,便是弄璋的喜兆。我们好奇,拾过了砖块,抛掷了一会。我坐在钓台的平石上,低头一望,毛发为竖。当下我们说着顽话,说这钓鱼台离水既这般高,不知当初严先生是怎样钓鱼的? 也许那鱼竿是特别大特别长的吗? 我们纷纷研究的结果,便断定当初水面很高,至少要比现在高百丈以上,所以严先生尽可在这钓台上安然钓鱼了。西台便是谢皋羽恸哭之所,台上也有一亭,亭中有"清风千古"一块大碑。我们小立摩挲了一会,仿佛瞧见谢先生的泪痕,听得谢先生的哭声哩。谢先生名翱,字皋羽,号晞发子,宋代长溪(今福建霞浦)人。后迁居浦城(今福建建安)。元兵南侵时,曾参加文天祥抗战部队,任咨议参军。宋亡不仕。及闻天祥殉国,先生独带了酒,登富春山,设文山神主,酹奠号泣,作《西台恸哭记》。卒后葬钓台南。清代诗人徐东痴吊以诗云:"晞发吟成未了身,可怜无地着斯人;生为信国流离客,死住严陵寂寞邻;疑向西台犹恸哭,思当南宋合酸辛;我来凭吊荒山曲,朱鸟魂归若有神。"诗意也是很沉痛的。

山中有严先生祠,少不得要去拜谒一下,见是一幅画像,道貌蔼然,满现着笑容,回想到他当初隐姓埋名,洁身高隐,汉光武是他少时的同学,有意给他做大官,他却坚辞不就,宁可在富春江上种田钓鱼,以终其身。祠中有联云"磐石钓台高,任长鲸跋浪沧溟,料理丝纶,独把一竿观世局","扁舟云路近,携孤鹤放怀山水,安排诗酒,好凭七里听滩声"。祠旁有一座楼,名客星楼,供有谢皋羽、苏东坡等神位,楼中有一联云:"大汉千古,先生一人。"分明是指严先生而言,称颂十分得体。

我们在严祠中小坐了半晌,啜了一盏清茶,才踱下山去。我们原议是要直到严州的。因为我曾听得前辈陈冷先生说:从桐庐到兰溪几百里水路,全是引人入胜的好景。倘若不到兰溪,那么至少也得到严州。所以我们此来,就决计以严州为目的地了。不道同行中有人醉心西子湖上裙屐之盛,不愿冷清清地再伴这清寂的山水。因便贿通船家,推说当日不及到严州,势将搁在半路上。又说严州有强盗,往往打劫船客,于是就在钓台下回棹了。

归途到罗市镇一游，无甚可观，不过沿江一带的石滩，还可动目。而在岸上看那七里泷一带的山，罩在蔷薇色的夕阳里，真觉得春山如笑哩。

一九二八年三月

（选自《行云集》）

雪窦山之春

千丈之岩,瀑泉飞雪;
九曲之溪,流水涵云。
——宁波府志形胜篇

梦想雪窦山十余年了。在十余年前,曾有一位老同学作雪窦之游,回来极言其妙,推为四明第一。从此以后,那瀑泉飞雪的千丈之岩,流水涵云的九曲之溪,使我魂牵梦役,恨不得插翅飞去,啸傲其间。

年来每当春日,必作春游。天平山啊,鼋头渚啊,西子湖啊,七里泷啊,都去得厌了,便决意一游雪窦。珍侯、大佛诸老友一致赞成,破费了三天的工夫,准备一切,便搭宁兴轮出发。同行者共五人,颇觉热闹。夜中不能入睡,黎明即起,冒风登甲板,看海上旭日初升,真个如火如荼。奇丽万状。七时半到达宁波,一行五人分坐人力车到大佛家一坐,就赶往南门外汽车站。汽车站上的买票洞口,早已挤满了人,好容易买到了票,就跳上长途汽车,直放溪口。时已九时半,一路车行如飞,经小站七八,十时四十分到溪口镇。镇并不大,镇人多务农为业,也有几家小商店,出售零物。溪头最胜处,有文昌阁岿峙其间,十分壮丽。溪面很广阔,碧水涟漪中,常有竹筏顺流而下。这一带地区,载人载物,多用竹筏,船只反而少见。正午,在一家小面馆中吃肉丝面果腹,探听去雪窦山路程,或说二十里,或说十五里。沿溪大道,全以水泥砌成,其平如砥日阑干曲折,数步一灯,顿使这蕞尔小镇好似穿上了一身簇新漂亮的西装。去镇以后,渐入山野,汽车道可直达入山亭,便利游客不少。

621

我们雇到了一农民作入山向导,行行止止,奔波了三小时,又渴又热又疲乏;三时十五分,总算到了雪窦寺。寺门有长方大匾,红地金字,大书"四明第一山"五字。考宁波府志:"雪窦禅寺在宁波县西五十里,唐光启年间建,明州刺史黄晟舍田三千三百亩以赡之,旧名瀑布,宋咸平三年,改名雪窦山资圣寺,淳祐二年赐御书'应梦名山'四字,元至元二十五年又毁,所藏御书二部四十一卷俱无存。越二年复建,明洪武初改今额,为天下禅宗十刹之一。崇祯末毁于兵燹,今复兴建。"寺极大,寺僧不多,香火也很寥落。全寺所占地位极好,风景非常幽秀,在昔人的吟咏中,可以概见,兹摘录数首如下:

明·倪复《登雪窦岩》
倚天苍翠出峥嵘,中有飞泉泻碧鸣。
绝壑风高岩虎啸,千林月上野猿惊。
寺当绝顶丹题见,径转回溪素练萦。
徒觉尘区异寥廓,欲临寒碧洗烦缨。
明·陈濂《游雪窦寺》
青山面面削芙蓉,咫尺犹疑千万峰。
野草逢春都是药,碧潭和雨半藏龙。
池开锦镜晴波阔,路入珠林暖翠重。
试采新茶寻涧水,一双玄鹤下高松。
唐·方干《游雪窦寺》
飞泉溅禅石,瓶屦每生苔。海上山不浅,天边人自来。度年惟桧柏,独彼任风雷。猎者闻钟磬,知师入定回。
登寺寻盘道,人烟远更微。石窗秋见海,山雾暮侵衣。众木随僧老,高泉尽日飞。谁能厌轩冕,来此便忘机。
绝顶空王宅,香风满薜萝。地高春色晚,天近日光多。流水随寒玉,遥峰拥翠波。前山有丹凤,云外一声过。

在寺中吃了一碗冬菇素面,休息了半晌,早又游兴勃发起来。向寺僧探问附近名胜,知道那最著名的千丈岩、妙高台相去不远。于是各带一架摄影机,踱出寺门。过伏龙桥,已听得流水溅溅,如奏雅乐。走了不多路,便见一溪潆洄出脚下,有一株小树从陂岸斜出,正如舞人折腰,婀娜可爱。在这所在,便见有一道平坦的山径,渐渐斜上,夹径都是野杜鹃花,或黄或红或粉

622

红，似乎都掬着媚笑，欢迎佳客。前行约四五百步，见有水泥的小轩三楹，入轩时就听得水声訇訇，好像春雷乍发，凭栏一望，不觉欢喜叫绝。原来对面就是千丈岩，几百尺长的大瀑布，从岩上倒泻而下，如飞雪，如撒粉，如散银花，如展匹练。明代诗人汪礼约经雪窦寺观瀑长诗有句云："目回万里尽，意豁千峰开，足底溪声激，冷冷清吹哀。""石转惊飞流，槎来银汉秋，又疑广陵雪，喷薄钱塘丘。"足见其妙。千丈岩岩石奇古，下临无地，因有飞瀑之故，一名飞雪岩。诸游侣叹赏了一会，决意明天转到岩下去尽情饱看。出小轩，更曳杖而上，直达绝顶，就是所谓妙高台了。

这里的风景形势，确当得上妙高二字，临崖有亭翼然，可以远瞩，可以俯眺。一座座的山岩，一方方的田野，一道道的溪流，一株株的翠柏苍松，都一一收入眼底，顿使人胸襟豁然，乐不可支。明沈明臣有登妙高台远瞩诗云："西陟何崔嵬，崇基凤曾构。白云荡空阶，红壁射高溜。万岭盘斗蛟，中区显孤秀。五色纷以披，春阳逗云岫。阴霾开昨寒，曲涧回今昼。田霞耕阪迤，溪霜响林漱。西教肃瞿昙，狞猛驯山兽。藤结秋干龛，鹃鸣秋水窦。乃兹荒秽场，苍莽穴鼯鼬。坐以息纷拏，内典竟渊究。神理当自超，局影多瘢垢。眺望遥峰长，兹心敢终负。"结尾的八句，正和我的感想相同，可惜不能长坐于此，永息纷拏啊！下妙高台时，暮色已徐徐四合，回雪窦寺，夜宿后轩，睡梦中犹闻飞瀑声。

十八日五时半起身，往游白龙洞，其地离寺并不远，一路溪流潺潺，怪石刺刺，虽名为洞，却并不见洞。只见两崖之间，界以小石桥，溪水从桥洞中翻滚而下，从那无数怪石中，悠悠而逝。我们摄过了影，回寺进早餐。八时四十分，便又动身西行，一游西坑。其地又名伏龙洞，但也不见有洞，只见清溪一泓，汩汩有声。沿岸有十多株树，密密地排列成行，都开着一簇簇粉红色的花，甚是繁茂；看去团花簇锦，如入锦绣之谷。据向导说，这种花叫做柴爿花，花名俗不可耐，未免唐突奇葩，我以为是杜鹃花的一种，也许就是别名娑罗花的云锦杜鹃吧？我们折取了几枝花，便回寺午餐。十一时五分重又起程，经御书亭西行，徐徐地走下山坡。十一时半，到了千丈岩，仰视飞瀑，愈形壮丽，水花溅及百步以外，好似毛毛雨一样。瀑下有洼，积水过仰止桥下泻，不知所之。游人到此，真的尘襟尽涤，心中一些儿没有渣滓了。

正午，更向下行，峰回路转，经过峭壁无数。目之所接，全是嵯峨怪石，天高月黑之夜，也许会像神话中所传说的山魈，出没其间吧？一时十五分，过一潭，岩上有一瀑斜下，约一二丈，俗称隐潭的第二潭。我们跨石涉水，各摄一影。此时天气骤变，山雨欲来，狂风刮起树叶，满山乱舞。我们急急地奔避,而拳头般大的雨点,也跟着打了下来;一会儿春雷隆隆,似在我们当头滚过,因在高山之上,更觉得近在咫尺了。我们既没带雨具,衣履尽湿,就岩石下坐等了一小时,雨势稍杀,便又走了一程,到一座山亭中去躲雨。大家谑浪笑傲,浑忘自身已成"落汤之鸡"。

三时重又启行,到龙神庙前,那有名的隐潭,就在侧面。《宁波府志》云:"隐潭在奉化县西北五十里,潭居西岩之下,两岩相抗,壁立数百仞,仰以窥天,仅如数尺。瀑泉如练,循崖而落,水寒石洁,耸入毛骨……"我们到了潭上,但闻水声如雷如鼓,知道附近定有很大的瀑布,但不见瀑布在哪里。我抱着崖边一株大树,探头下窥,方始瞧见了一部分。据向导说,要是到下面潭前去,就可完全瞧见;但是山路崎岖,不易行走,须得分外小心才是。我自告奋勇,愿作先锋,拉了那向导,回身就走。一路从乱草乱石间颠顿而下,加以大雨之后,泥土湿湿的,益发泞滑难行。我幸而没有跌跤,安然的直达潭前。抬头看那瀑布时,虽并不很高,而水势极大,声如雷鸣。流连半晌,便攀缘而上,一行五人,居然都达到了目的地。三时四十分,离龙神庙,四时十分过偃盖亭,又十五分而达雪窦寺。此时云散雾收,阳光又现,小息片刻,游兴未阑,重登妙高台送夕阳,歌啸而归。

十九日七时四十五分,又欣然出发。八时过偃盖亭,向西急行,八时二十五分到东岙。沿路所见,都是红的黄的野杜鹃花,漫山遍野,俯拾即是。八时四十五分,向西北行,九时十五分,到徐凫岩。岩在雪窦西十五里,悬崖峭壁数百仞,瀑布终年不绝。据说岩下有神龙的窟宅,当然是神话之类,姑妄听之。我们到了岩上,但听得水声汤汤,完全瞧不见瀑布所在。据向导说,必须转到岩下,方可瞧见。可是山坡陡削,下无路径,不容易下去。一时我又发起豪兴来,掉头就走,向导也跟着下山,彼此小心翼翼,前呼后应。一路行来,鼻子里时闻兰香馥馥,留意寻觅时,果然在乱草中发见蕙兰数枝,色作古黄,奇香扑鼻,插在衣钮中,细细领略,使人忘却颠顿之苦。走到半山,瀑布已在望中,看去虽比隐潭一瀑为大,而雄放不及千丈岩瀑布。

我们直达岩下,踞石看瀑。潭旁有高树,浓翠欲滴,使此瀑生色不少。瀑水下注潭中,经流之处,全是大块的怪石,如蹲狮,如伏虎,分外雄奇。忆明代诗人沈明臣氏,有观徐凫岩瀑布诗云:"清晨理遥策,白昼临穷崖。嵌岩怖鬼胆,郁律相喧豗。无风急飘雨,潜壑奔晴雷。目眙银汉泻,心惊摧素崖。凉雪朱明溅,截冰堕寒威。忘疲强临瞰,剧恐神理违。战钦栗股坠,临深诚堂垂。幽贞神明持,庶与同心偕。"读此诗,足见其动人之处。我们又流连观赏了好久,听得岩上游侣已在叫唤,便忙着赶回去。可是下山容易上山难,

真说的一些也不错,这次上山的艰苦,竟十倍于下山时。一路细沙碎石,滑不留足,任是攀藤附葛,还时时跌跤。好容易达到了岩上,早已汗流浃背,喘息不止。是役也,计遗失已经摄影的软片一卷,黄色镜头一个,又被荆棘刺破哔叽单裤一条,踏穿橡皮套鞋一双,总算是小小损失。但是在诸游侣中,却得了一个英雄的尊号。

十一时三十五分,由原路往三十六湾,此地多苗圃,百花都有,而以水蜜桃为最著,所谓奉化玉露桃者,多出生于此;可惜此来太早,不能一快朵颐。正午,借李氏书塾中就餐。一时半离塾,重过东岙,三时到十八曲的上端。考之志籍,奉化只有剡源九曲溪,而乡人都称为十八曲,我们不知到底是几曲?但见有桥如虹,桥下有清溪怪石,野花古树,并有紫藤花点缀其间,恍如绝妙的大盆景,异常可爱。四时至西坑,又十余分钟而回雪窦寺。今天因为是我们留山的最后一天,更须尽兴,因汲清泉,携茶铛,上妙高台觅松枝,生火烹茗。我们向千丈岩瀑布道了别,就上妙高台去,围坐亭中啜茗,我微吟着明代诗人王应鹏重游雪窦诗"既看翠壁飞苍雪,更转花台憩夕阴"句,真觉得恋恋不忍遽去了。下台时天已入晚,以电筒为助,回到寺中。

二十日七时半离寺启行,四望溪山多情,似有依依惜别之意。伏龙桥上,有牧童放牛,呼一牛踉地相送,相与鼓掌大笑。流连约一小时,即到溪口乘公共汽车回宁波,二时二十分到南门外车站,又往大佛宅中略进茗点,四时登宁兴轮,四时三十分开驶,以次晨五时三十分返沪。此行往返计四日,留山三日,雪窦山之春,领略殆遍。山灵有知,愿常留好景,给我们将来作第二度第三度的欣赏。

一九三〇年三月
(选自《行云集》)

绿水青山两相映带的富春江

　　在若干年以前，我曾和几位老友游过一次富春江，留下了一个很深刻的印象。我们原想溯江而上，一路游到严州为止，不料游侣中有爱西湖的繁华而不爱富春的清幽的，所以一游钓台就沟通了船夫，谎说再过去是盗贼出没之区，很多危险，就忙不迭地拨转船头回杭州去了。后来揭破阴谋，使我非常懊丧。虽常有重续旧游之想，却蹉跎又蹉跎，终未如愿。那知八一三事变以后，在浙江南浔镇蛰伏了三个月，转往安徽黟县的南屏村，道出杭州，搭了江山船，经过了整整一条富春江，十足享受了绿水青山的幽趣，才弥补了我往年的缺憾；恍如身入黄子久富春长卷，诗情画意，不断的奔凑在心头眼底，真个是飘飘然的，好像要羽化而登仙了。可是当年到此，是结队寻春，而现在却为的避乱，令人不胜今昔之感。

　　富春江最美的一段要算七里泷，又名七里濑、七里滩，那地点是在钓台以西的七里之间，两岸都是一叠叠的青山，仿佛一座座的翠屏一样。那水又浅又清，可以见水中的游鱼，水底的石子。遇到滩的所在，可以瞧到滚滚的急流，圈圈的漩涡，实在是难得欣赏的奇观。写到这里，觉得我这一枝拙笔不能描摹其万一，且借昔人的好诗好词来印证一下，诗如钱塘梁晋竹《舟行七里泷阻风长歌》云："层青迭翠千万重，一峰一格羞雷同，篷窗坐眺快眼饱，故乡无此青芙蓉。或如兔鹘起落势，或如鸾鹤回翔容，槎枒或似踞猛虎，蜿蜒或若游神龙。忽堂忽奥忽高圹，如壁如堵如长塘，老苍滴成翡翠绿，旧赭流作珊瑚红。巨灵手擘逊巉峭，米颠笔写输玲珑，中间素练若布障，两行碧玉为屏风，无波时露石齿齿，不雨亦有云蒙蒙。一滩一锁束浩荡，一山一转殊庞褷，前行已若苇港断，后径忽觉桃源通，樵歌隐隐深树外，帆影历历斜阳中。东西二台耸山半，乾坤今古流清风，我来祠畔仰高节，碧云岩下停游踪。搜奇履险辟藤葛，攀附无异开蚕丛，千盘百折始到顶，眼界直欲凌苍穹。斯游寂寞少同志，知者惟有羊裘翁。狂飙忽起酿山雨，四围岚气青葱茏，老鱼跳波瘦蛟泣，怒涛震荡冯夷宫，舟师深惧下滩险，渡头小泊收帆篷。子陵鱼肥新笋大，舵楼晚饭饤盘充，三更风雨五更月，画眉啼遍峰头峰。"词如番禺陈兰甫《百字令》一阕，系以小序："夏日过七里泷，飞雨忽来，凉沁肌骨，推篷看山，新黛如沐，岚影入水，扁舟如行绿颇黎中，临流洗笔，赋成此阕，傥与樊榭老仙倚笛歌之，当令众山皆响也。词云：江流千里，是山痕寸寸，染成浓碧。两岸画眉声不断，催送蒲帆风急。迭石皴烟，明波蘸树，小李将军笔。飞来山雨，满船凉翠吹入。便欲舣棹芦花，渔翁借我，一领闲蓑笠。不为鲈香兼酒美，只爱岚光呼吸。野水投竿，高台啸月，何代无狂客？晚来新霁，一星云外犹湿。"读了这一诗一词，就可知道七里泷之美，确是名不虚传的。

　　航行于富春江中的船，叫做江山船，有二三丈长的，也有四五丈长的，船身用杉木造成，满涂着黄润润的桐油，一艘艘都是光焕如新。船棚用芦叶和竹片编成，非常结实，低低的罩在船上，作半月形；前后装着门板，左右开着窗子，两面架着铺位，小的船有四个，大的船就有六个和八个，以供乘客坐卧之用。船上撑篙把舵，打浆摇橹的，大抵是船主的合家眷属，再加上三四名伙计，遇到了滩或水浅的所在，就由他们跳上岸去背纤，看了他们同心协力的合作精神，真够使人兴奋！

　　一船兀兀，从钱塘江摇到屯溪，前后足足有十三四天之久，而其中六七天，却在富春江至严江中度过，青山绿水间的无边好景，真个是够我们享受了。我们曾经迎朝旭，挹彩云，看晚霞，送夕阳，数繁星，延素月，沐山雨，栉江风。也曾听滩声，听瀑声，听渔唱声，听樵歌声，听画眉百啭声，听松风谡谡声。耳目的供养，尽善尽美，虽南面王不与易，真不啻神仙中人了。我为了贪看好景，不是靠窗而坐，就是坐在船头，不怕风雨的袭击，只怕有一寸一尺的好山水，轻轻溜走。但是每天天未破晓，船长就下令开行，在这晓色迷蒙中，却未免溜走了一些，这是我所引为莫大憾事的。幸而入夜以后，总得在什么山村或小镇的岸旁停泊过宿，其他的船只，都来聚在一起。短篷低烛之下，听着水声汨汨，人语喁喁，也自别有一种佳趣。我曾有小词《诉衷情》一阕咏夜泊云："夜来小泊平矼。富春江。左右芳邻都是住轻舡。波心月，清辉发，映篷窗。静听怒泷吞石水淙淙。"除了这江上明月，使人系恋以外，还有那白天的映日乌桕，也在我心版上刻下了一个深深的影子。因为我们过富春江时，正在十一月中旬深秋时节，两岸山野中的乌桕树，都已红酣如醉,掩映着绿水青山,分外娇艳。我们近看之不足,还得唤船家拢船傍岸,跳上去走这么十里五里,在树下细细观赏,或是采几枝深红的柏叶,雪白的柏子,带回船去做纪念品。关于这富春江上的乌柏,不用我自己咏叹,好在清代名词人郭频迦有《买陂塘》一词,写得加倍的美,郭词系以小序,全文如下:"富阳道中,见乌柏新霜,青红相间;山水映发,帆樯迥沿,断岸野屋,皆入图绘,竟日赏玩不足,词以写之:绕清江一重一掩,高低总入明镜。青要小试婵娟手,点得疏林妆靓。红不定。衬初日明霞,斜日余霞映。风帆烟艇。尽闷拓窗棂,斜欹巾帽,相对醉颜冷。桐江道,两度沿缘能认。者回刚及霜讯。萧闲鸥侣风标鹭,笑我鬓丝飘影。风一阵,怕落叶漫空,埋却寻幽径。归来重省。有万木号风,千山积雪,物候更凄紧。"

船从富阳到严州的一段,沿江数百里,真个如在画图中行。那青青的山,可以明你的眼,那绿绿的水,可以洗净你的脏腑;无怪当初严子陵先生要薄高官而不为,死心塌地的隐居在富春山上,以垂钓自娱了。富阳以出产草纸著名,是一个大县。我经过两次,只为船不拢岸,都不曾上去观光,可是遥望鳞次栉比的屋宇,和岸边的无数船只,就可想象到那里的繁荣。

桐庐在富阳县西,置于三国吴的时代,真是一个很古老的县治了。在明代和清代,属于严州府,民国以来,改属金华,因为这是往游钓台和通往安徽的必经之路,游人和客商,都得在这里逗留一下,所以沿江一带,就特别繁荣起来。

过了桐庐,更向西去,约四五十里之遥,就到了富春山。山上有东西二台,东台是后汉严子陵钓台,西台是南宋谢皋羽哭文天祥处,都是有名的古迹。可是我们这时急于赶路,不及登山游览,但是想到一位高士,一位忠臣,东西台两两对峙,平分春色,也可使富春山水,增光不少。

自钓台到严州,一路好山好水,真是目不暇接,美不胜收。严州本为府治,置于明代,民国以后,改为建德县。我在严州曾盘桓半天,在江边的茶楼上与吴献书前辈品茗谈天,饱看水光山色。当夜在船上过宿;赋得绝句四首:"浮家泛宅如沙鸥,欸乃声繁似越讴;听雨无聊耽午睡,兰桡摇梦下严州。""玲珑楼阁峨峨立,品茗清淡逸兴赊;塔影亭亭如好女,一江春水绿于茶。""粼粼碧水如罗縠,渔父扁舟挂网回;生长烟波生计足,鸬鹚并载卖鱼来。""灯光星星随水动,严州城外客船多;篷窗夜听潇潇雨,江上明朝涨绿波。"

从富春江入新安江而达屯溪,一路上有许多急滩,据船夫说:共有大滩七十二,小滩一百几,他是不是过甚其辞,我们可也无从知道了。在上滩时,船上的气氛,确是非常紧张,把舵的把舵,撑篙的撑篙,背纤的背纤,呐喊的呐喊,完全是力的表现。儿子铮曾有过一篇记上滩的文字,摘录几节如下:"汹涌的水流,排山倒海似的冲来,对着船猛烈的撞击,发出了一阵阵咆哮之声。船老大雄赳赳地站在船头,把一根又长又粗的顶端镶嵌铁尖的竹篙,猛力地直刺到江底的无数石块之间,把粗的一头插在自己的肩窝里,同时又把脚踏在船尖的横杠上,横着身子,颈脖上凸出了青筋,满脸涨得绯红。当他把脚尽力挺直时,肚子一突,便发出了一阵'唷——嘿'的挣扎声。船才微微地前进了一些。这样的打了好几篙,船仍没有脱险,他便将桅杆上的藤圈,圈上系有七八根纤绳,用混身的力,拉在桅杆的下端,于是全船的重量,全都吃紧在纤夫们的身上,船老大仍一篙连一篙的打着,接着一声又一声的呐喊。在船艄上,那白发的老者双手把着舵,同时嘴里也在呐喊,和船老大互相呼应。有时急流狂击船艄,船身立刻横在江心,老者竭力挽住了那千斤重的舵,半个身子差不多斜出船外,呐喊的声音,直把急流的吼声掩盖住了。在岸滩上,纤夫们竟进住不动了。他们的身子接近地面,成了个三十度的角,到得他们的前脚站定了好一会之后,后脚才慢慢地移上来,这两只脚一先一后的移动,真的是慢得无可再慢的慢动作了。他们个个人都咬紧了牙关,紧握了拳头,垂倒了脑袋,腿上的肌肉,直似栗子般的坟起。这时的纤绳,如箭在张大的弓弦上,千钧一发似的,再紧张也没有了。终于仗着伟大的人力,克服了有限的水力,船身直向前面泻下去。猛吼的水声,渐渐地低了;最后的胜利,终属于我!"这一篇文字虽幼稚,描写当时情景,却还逼真。富春江上的大滩,以鸬鹚滩与怒江滩为最著名。我过怒江滩时,曾有七绝一首:"怒江滩上湍流急,郁郁难平想见之,坐看船头风浪恶,神州鼎沸正斯时。"关于上滩的诗,清代张祥河有《上滩》云:"上滩舟行难,一里如十里。自过桐江驿,滩曲出沙觜。束流势不舒,遂成激箭驶。游鳞清可数,累累铺石子。忽焉涉深波,鼋鼍伏中沚。舟背避石行,邪许声满耳。瞿塘滟滪堆,其险更何似?"

画眉是一种黄黑色的鸣禽,白色的较少,它的眉好似画的一般,因此得名。据说产于四川;但是富春江上,也特别多。你的船一路在青山绿水间悠悠驶去,只听得夹岸柔美的鸟鸣声,作千百啭,悦耳动听,这就是画眉。所以昔人歌颂富春江的诗词中,往往有画眉点缀其间。我爱富春江,我也爱富春江的画眉,虽然瞧不见它的影儿,但听那宛转的鸣声,仿佛是含着水在舌尖上滚,又像百结连环似的,连绵不绝,觉得这种天籁,比了人为的音乐,曼妙得多了。我有《富春江凯歌》一绝句,也把画眉写了进去:"将军倒挽秋江水,

洗尽粘天战血斑；十万雄师齐卸甲，画眉声里凯歌还。"此外还有一件俊物，就是鲥鱼。富春江上父老相传，鲥鱼过了严子陵钓台之下，唇部微微起了红斑，好像点上一星胭脂似的。试想鳞白如银，加上了这嫣红的脂唇，真的成了一尾美人鱼了。我两次过富春江，一在清明时节，一在中秋以后，所以都没有尝到富春鲥的美味，虽然吃过桃花鳜，似乎还不足以快朵颐呢。据张祥河钓台诗注中说："鲥之小者，谓之鲥婢，四五月间，仅钓台下有之。"鲥婢二字很新，《尔雅》中不知有没有？并且也不知道张氏所谓小者，是小到如何程度。往时我曾吃过一种很大的小鱼，长不过一寸左右，桐庐人装了瓶子出卖，味儿很鲜，据说也出在钓台之下，名子陵鱼。

一九三八年一月

（选自《行云集》）

新西湖

　　西湖之美,很难用笔墨描写,也很难用言语形容;只苏东坡诗中"若把西湖比西子,淡妆浓抹总相宜"两句,差足尽其一二。我已十年不到西湖了,前年春季,忽然渴想西湖不已,竟见之于梦。记得明代张岱,因阔别西湖二十八载而作《西湖梦寻》一书,他说:"西湖无日不入吾梦中,而梦中之西湖,未尝一日别余也。"我与有同感,因作《西湖梦寻诗》三十首,其第一首云:"我是西湖旧宾客,春来那不梦西湖,十年未见西湖面,还问西湖忆我无?"其他二十九首,简直把西湖所有的名胜全都梦游到了。

　　西湖之美,虽说很难用笔墨描写,但是也有描写得很好的,如宋代于国宝《风入松》词和明代袁中郎《昭庆寺小记》,三十年前我就给这一词一文吸引到西湖去的。于词云:"一春常费买花钱。日日醉湖边。玉骢惯识西湖路,骄嘶过估酒楼前。红杏香中箫鼓,绿杨影里秋千。暖风十里丽人天。花压鬓云偏。画船载得春归去,余情付湖水湖烟。明日重扶残醉,来寻陌上花钿。"袁记中有云:"山色如蛾,花光似颊,温风如酒,波纹若绫,才一举头,已不觉目酣神醉,此时欲下一语不得,大约如东阿王梦中初遇洛神时也。"这一词一文,一写动而一写静,各极其美,端的是不负西湖。

　　四月一日,因送章太炎先生的灵柩安葬于西湖南屏山下,总算和阔别了十年的西湖重又见面了。当我信步走到湖边的时候,止不住哼着我所喜爱的一首赵秋舲的《西湖曲》:"长桥长,断桥断。妾意深,郎情短。西湖湖水十分清,流出桃花波太软。"(调寄花非花)我一边哼,一边让两眼先来环游一下,觉得现在的西湖,已是一个新西湖了。环湖所有亭台楼阁,都是红红绿绿的焕然一新,虽觉这种鲜艳的色彩有些儿刺眼,然而非此似乎也不足以见

631

其新啊。

我们一行六人，雇了一艘游艇泛湖去，预定作三小时之游；虽不住的下着雨，却并不减低了我们的游兴，反以一游雨湖为乐，昔人不是说晴湖不如雨湖吗？

先到三潭印月，这里因为亭榭和建筑物较多，所以红绿照眼，更觉得触处皆新，惟有那三潭却还保持它们的旧貌；因此记起我的那首梦寻诗来："我是西湖旧宾客，每逢月夜梦三潭；记曾看月垂杨下，月色溶溶碧水涵。"料想月夜的三潭，一定是名副其实的。

不久我们又冒雨上了游艇，向西泠印社划去。四下里烟雨迷蒙，南高峰北高峰以及宝淑塔等全都失了踪，湖面上倒像只有我们的一叶扁舟了。西泠印社大部分保持它旧有的风格，布置不俗；小龙泓一带可以望到阮公墩，是最可流连的所在。我最欣赏那边几株悬崖形的老梅树，铁干虬枝，苍古可喜，如果缩小了种在盆子里，加以剪裁，可作案头清供。可惜来迟了些，梅花都已谢了，只有一二株送春梅，还是红若胭脂，似与桃花争艳。山下有堂，陈列着十圆、集圆等几盆名兰，而以素心荷瓣的雪香素为最；春兰的花时已过，这几盆大概是硕果仅存的了。堂左有一片空地，搭架张白布幔，陈列春兰、蕙兰、建兰等千余盆，真是洋洋大观，见所未见。料知早一些来赶上春兰的全盛时期，定然幽香四溢，令人如入众香国哩。听说管领这许多兰花的，名诸友仁，是一位艺兰专家，已有数十年的经验。

西湖胜处太多了，来不及一一遍游，我们却看上了虎跑，第二天早上便冒雨向虎跑进发。一行七人，除了我夫妇二人外，有汪旭初、谢孝思、范烟桥诸君，一路上谈笑风生，逸情云上。虎跑的泉水清冽可爱，记得往年在这里品茗，曾用七八个铜子放在杯子里，水虽高出杯口，却并不外溢，足见水质之厚了。我们在泉畔喝龙井茶，津津有味，一连喝了好几杯，竟如牛饮。因为连日下雨，涧泉水涨，从乱石间倾泻而下，玲琮可听。下山时我就胡诌了一首打油诗："听水听风不费钱，杏花春雨自绵绵；狮峰龙井闲闲啜，一肚皮装虎跑泉。"

第二个胜处，我们就看上了苏堤，这一条苏堤起南迄北，横截湖中，为苏东坡守杭时所筑。中有六桥，一曰映波，二曰锁澜，三曰望山，四曰压堤，五曰东浦，六曰跨虹。全堤长约八里，夹堤都种桃柳，苏堤春晓时，的是一片好景。

我们先从映波桥畔的花港观鱼游起。这儿现在已辟作杭州市公园，拓地二三百亩，布置得楚楚可观，一带用刺杉木作成的走廊和两座伸出湖滩的竹亭,朴雅可喜。有三株垂丝海棠,开得十分娇艳,此时此际,不须高烧银烛照红妆了。一个方形的池子里,红鱼无数,唼喋有声。我虽非鱼,也知鱼乐,在池边小立观赏,恰符花港观鱼之实。

踏上映波桥,见桥身已新修,栏作浅碧色,似是水泥所制,柱头狮子雕刻很精,疑是旧制。后问邵裴子先生,才知六桥全是用安徽的茶园石建成,而雕刻也全是新的,这成绩实在太好了。我们边走边赏两面的湖光山色,并欣赏那夹堤拂水的一株株垂柳。可是雨丝风片,老是无休无歇,我就借范烟桥来做了一首打油诗:"招邀俊侣踏苏堤,杨柳条条万绿齐;只恨朝来风雨恶,范烟桥上瘦鹃啼。"烟桥他们听了,都不由得笑起来。我更打趣道:"今天除了堤上原有的六条桥外,又从苏州搬到一条桥了。"

走过了第三条望山桥,便见湖面一座红色的小亭子里,立着一块"苏堤春晓"的碑,微闻杨柳丛中鸟声啁啾,活活的是春晓情景。远望刘庄,一带白墙黑瓦,还保持它旧有的风格,与湖山的景色很为调和。从第一桥到第五桥这一段,实在是苏堤最美的所在,碧水青山绿杨柳,一一奔凑眼底,美不可言。我还是破题儿第一遭走完这条苏堤,真觉得是一种莫大的享受,虽走了八里多路,也乐而忘倦了。

"峰从何处飞来? 泉自几时冷起?"这是前人对于飞来峰和冷泉的问句。当即有人答道:"峰从飞处飞来,泉自冷时冷起。"答如不答,很为玄妙,给我三十年来牢牢地记在心头,不能忘怀;而对于这灵隐的两个名胜,也就起了特殊的好感。于是我们在楼外楼醉饱之后,就向灵隐进发,大家虎虎有生气。

一下汽车,立刻赶到飞来峰一线天那里,峰石上绣满苔藓,经了雨,青翠欲滴。进洞后,仰望一线天,只如鹅眼钱那么大,微微地透着光亮,若隐若现。出了洞,沿着石壁转进,又进了几个洞,彼此通连,好像在一座大厦里,由前厅进后厅,由右厢进左厢一般。往年我似乎没有到过这里,据说一部分还是近二年挖去了淤塞的泥土而沟通的。这一带奇峰怪石,目不暇接;我和孝思俩边走边欣赏边赞叹,不肯放过一峰一石,觉得湖石所堆叠的假山,真是卑卑不足道了。

对于飞来峰的评价,以明代张宗子和袁中郎两篇小记中所说的最为精当。张记有云:"飞来峰棱层剔透,嵌空玲珑,是米颠袖中一块奇石,使有石癖者见之,必具袍笏下拜,不敢以称谓简亵,只以石丈呼之地。"袁记有云:"湖上诸峰,当以飞来峰为第一;峰石逾数十丈,而苍翠玉立,渴虎奔猊,不足为其怒也。神呼鬼立,不足为其怪也。秋水暮烟,不足为其色也。颠书吴

画，不足为其变幻诘曲也。”二人对于飞来峰的倾倒，真的是情见乎词。袁又有戏题飞来峰诗二首云：“试问飞来峰，未飞在何处？人世多少尘，何事飞不去？高古而鲜妍，杨班不能赋。”“白玉簇其颠，青莲借其色，惟有虚空心，一片描不得，平生梅道人，丹青如不识。”高古而鲜妍，自是飞来峰的评价，无怪杨班不能赋，梅道人描不得了。峰峦尽处，有一大片竹林，在雨中更见青翠，真有万竿烟雨之妙。我们走到中间，流连了好一会，竹翠四匝，衣袂也似乎染绿了。

走过红红绿绿的春淙亭，视若无睹，直向冷泉亭赶去；那泉水轰轰之声，早在欢迎我们了。我在泉边大石上坐了下来，看那一匹白练，从无数乱石之间夺路下泻，沸喊作声，古人曾说：“此水声带金石，已先作歌舞声矣”，比喻更为隽妙。唐代白乐天对冷泉也有很高的评价，他说：“山树为盖，岩谷为屏，云从栋出，水与阶平；坐而玩之，可濯足于床下，卧而狎之，可垂钓于枕上。潺湲洁澈，甘粹柔滑，眼目之嚣，心舌之垢，不待盥涤，见辄除去。”我在这里坐了半小时，真觉得俗尘万斛，全都涤尽了，因口占一绝句：“桃李恹恹春寂寂，风风雨雨做清明；何如笠屐来灵隐，领略幽泉泻玉声。”

一九五六年四月

（选自《行云集》）

秋栖霞

栖霞山的红叶,憧憬心头已有好多年了。这次偕程小青兄上南京出席会议,等到闭幕之后,便一同去游了栖霞山。

南京本有一句俗语,叫做"春牛首,秋栖霞",就是说春天应该游牛首山,秋天应该游栖霞山。因为栖霞山上有不少的三角枫和阔叶树,深秋经霜之后,树叶全都红了,如火如荼地十分美观。唐人诗中所谓"霜叶红于二月花",确是并不夸张。记得在抗日战争期间,曾有一位文友写信给我说:"秋深了,栖霞山的枫叶仍是异样的红,只是红的色素中已带了些惨黯的成分,阳光射在叶上,越发反映出一种可怕的颜色。'丹枫不是寻常色,半是啼痕半血痕',整个的中国,也已不是寻常的景色,真的半是啼痕半是血痕啊!"可是现在我们走上栖霞山来看红叶,却怀着一腔愉快的心情,所可惜的,霜降节才过,枫叶还没有全红,大约还要再过半月,就那红叶满山,才是"秋栖霞"的全盛时代了。

我们先在栖霞古寺门前看了看那块用梅花石凿成的一丈多高的明征君碑,又看到了碑阴"栖霞"两个劈窠大字,很为劲挺,相传是唐高宗李治的亲笔。从寺旁拾级而登,看到了那座创建于隋代而重建于南唐时代的舍利塔,浮雕的四天王像和释迦八相图,都是十分精工的。附近一带的山石,都凿成了大大小小的佛龛,龛中都是佛像。我最欣赏那座称为三圣殿的大佛龛,中供一丈多高的无量寿佛坐像,两旁有观音、势至两菩萨的立像,宝相庄严,不同凡俗。而最足动人观感的,在一个佛龛中却并不是佛而是一个石匠,一手执锤,一手执凿,表现出劳动人民工作时的形象,据说那许多大小佛龛和佛像,全是他一手凿成的。

一步步走将上去，见大大小小的佛龛和佛像，更多得不可胜数。据说从齐、梁、以至唐、宋、元、明诸代陆续增凿增刻，多至七百余尊，都是依着岩石的高低，散布在左右上下，号称千佛，因此定名千佛岩。这里一片翠绿，全是松树，与枫树互相掩映，到了枫树红酣的时节，那真变做一个锦绣谷，美不胜收了。

一九五七年十月

（选自《行云集》）

636

万古飞不去的燕子

"微风山郭酒帘动,细雨江亭燕子飞"。这是清代诗人咏燕子矶的佳句,我因一向爱好那"燕燕于飞"的燕子,也就连带地向往于这南京的名胜燕子矶。恰好碰到了出席江苏省文学艺术工作者代表会议的机会,就在一个星期日呼朋啸侣合伙儿上燕子矶去,要看看这一只长栖江边万古飞不去的燕子。

在新街口附近乘 12 路无轨电车直达中央门,转搭 8 路公共汽车,车行约四十分钟,燕子矶便涌现在眼底了。那块大岩石叠成的危崖,临江耸峙,真像一头挺大挺大的燕子,振翅欲飞。一口气跑到顶上,见崖边围着铁蒺藜,因为在旧时代里,常有活不下去的人到这里来从燕子背上跳下江去,结束他们的生命,所以借此预防。可是解放以来,早就没有这种惨剧了。我小坐休息了半晌,便从斜坡上跑了下去,直到江边的沙滩上。只因连月少雨,江水退落,就形成了一大片滩,可以供人行走,倒也不坏。放眼远望,只见水连天,天连水,远近帆影点点,出没烟波深处,给这萧索的寒江,作了很好的点缀。据前人游记中说:"孤岑突立江上,铁锁贯足,江水抱其三面,一二亭表之,巅之亭最可憩望。去亭百步,有飞崖俯江,俯身岩上,攀木垂首而视,风涛舟楫,隐隐其下也。矶崖之下,多渔人设罾,或依沙洲石濑为舍,或浮舍水上,或隐其身山罅,或就崖树下悬居,或将鱼蟹向客,卖换青钱,或就垆换酒竟去,悠悠天地,此何人哉!"这是从前某一时期的情景,现在渔民有了公社,各得其所,可不是这样了。从这里看到遥遥相对的一大片滩上,有着密密层层的屋子,大概就是古人诗中所谓"两三星火是瓜洲"的瓜洲吧?

我沿着滩一路走去,时时仰望那突兀峥嵘的岩石悬崖,才认识到了燕子

637

矶特殊的美点，并且越看越像是燕子了。这时四下里寂寂无声，只听得我们一行人踏在沙上的脚步声，在瑟瑟地响。好一片清幽的境界，使我的胸襟也一清如洗，尽着领略此中静趣，正如明代杨龙友来游燕子矶时所说的："时寒江凄清，山骨俱冷，其中深远澄淡之致，使人领受不尽，因思天下事境，俱不可向热闹处着脚。"这是从前诗人画家以及一般隐逸之士的看法，而爱好热闹的人，也许要嫌这环境太清幽，太冷静了。

三台洞是江边著名的胜地，沿着滩，走了好些路，才到达头台洞、二台洞，两洞都是浅浅的，似乎没有什么特点，在洞口浏览了一下，就退了出来。另有一个观音洞，供奉着一尊金身的观音像，金光灿然，瞧去并不很大，据说本是一位高僧的肉身，把它装金改制而成，那么就等于是一个木乃伊了。此外无多可观，我们也就匆匆离去，继续向三台洞进发。

三台洞倒是一个可以流连的所在，前人游三台洞诗，曾有句云："石扉藤蔓迷樵路，流水桃花引客来"，这时节虽还没有桃花，而三台洞的美名，却终于把我们引来了。洞的正面也供着一尊佛像，地下有一个方塘，碧水沦涟，瞧去十分清洌，倒是挺好的饮料。右边有一扇门，门额上有"小有天"三个字，足见里面定是别有一天的。从这里进去，见有好多步石级，我们好奇心切，拾级而登，到了一个转角上，顿觉眼前一片漆黑，伸手竟不见了五指。我们却并不知难而退，还是暗中摸索地走将上去。我偶不小心，头额撞着了石块，疾忙低下头去；一面招呼后面的朋友们当心脚下，更要当心头上。好在一旁有栏杆帮忙，我们就这样前呼后拥地扶着栏尽向上爬。再转一个弯，眼前豁然开朗，已到了一座孤悬的小楼上，却见上面更有一层，于是拾级再向上爬，就达到了第三层，大家才站住了脚，这一段摸黑的过程，倒是怪有趣味的。我定一定神，抬眼向江上望去，穿过了浩淼的烟波，似乎可以望到大江以北；恨不得摇身一变，变作了燕子，从燕子矶上飞将过去，绕个大圈儿再飞回来啊！

小立一会，觉得风力很劲，不可以久留，就又摸着黑，曲折地拾级而下。到了洞口，那个守洞的老叟招呼我们坐了下来，给了我们几杯茶，说是用方塘里的泉水沏的。据他老人家说，这泉水水质很厚，即使放下二十多个铜子，水也不会溢出杯外，这就可以跟我们苏州天平山上的钵盂泉水媲美了。老叟健谈，又对我们说起从前某一年在洪水泛滥时期，江水汹涌而来，直高出那扇榜着"小有天"三字的门顶，当下他指着墙上一道水印，依然还在。我听了舌挢不下，料知那时定有半个洞被水淹没了。这些年来，我政府大兴水利，洪水为患的恶剧，从此不会重演哩。

我们告别了老叟，告别了三台洞，在夕阳影里，仍沿着来路从沙滩上走回去。所过之处，常有发见先前被江水冲激进来的石块。我拾取了几块玲珑剔透的，揣在怀里，作为此游的纪念，预备带回家去作水盘供养，如果日久长了苔藓，那么绿油油的，也就是供玩赏了。

一般人以为燕子矶没有什么好玩，不过望望长江罢了。然而从沙滩上望燕子矶，就觉得它的美，大可入画，并且加上一个三台洞，好玩得很，所以到了燕子矶，就非到三台洞不可。归途犹有余恋，就在手册上写下了两首诗：

　　燕子飞来不记年，危崖危立大江边；幽奇独数三台洞，一径潜通小有天。

　　暗中摸索疑无路，不畏艰难路不穷；安得云梯长万丈，扶摇直上叩苍穹。

一九五七年十一月

（选自《行云集》）

江上三山记

  当我们烹调需要用醋的时候，就会联想到镇江。因为镇江的醋色香味俱佳，为其他地方的出品所不及，于是镇江醋就名满天下，而镇江也似乎因醋而相得益彰。然而镇江的三座名山——耸峙在江岸的金山、焦山、北固山，各据一方，鼎足而三，更是名满天下。

  一九五八年，我们苏州的几个朋友，刚从南京游罢回去，路过镇江，忽动一游三山之兴，并且想买些镇江醋，准备作持螯赏菊之用。于是就相率下车，欣欣然作三山之游。

  金山和焦山，一向并称，好像手足情深的兄弟一样。金山是兄，焦山是弟，各有名胜，各有特色。明代王思任曾对金、焦品评过一下，他说："金以巧胜，焦以拙胜。金为贵公子，焦似淡道人。金宜游，焦宜隐。金宜月，焦宜雨。金宜小李将军，焦则大米。金宜神，焦宜佛。金乃夏日之日，而焦则冬日之日也。"我们为了要体验这评语对头不对头，就决计先访"兄"而后访"弟"，先游金而后游焦。

  到得我们游过金、焦之后，彼此作了对比，我觉得王思任的评语，自有见地。试以药来作比，金山之属于热性的，焦山是属于凉性的；试以文章来作比，金山是典丽裔皇的骈体文，焦山是隽永淡雅的明人小品。我曾把这个对比征求朋友们的意见，大家一致通过，并无异议。

  一登金山，那座七层宝塔所谓江山寺塔，早就在那里含笑迎客了。我们一面抬头望着塔答礼，脚下却不知不觉地跨进了金山寺。这个寺原名江天寺，殿宇很多，气派很大，据说抗战初期的某一年不知怎么起了火，毁了一部分，遗址倒形成了一片小小的广场，使塔下空旷多了。塔在山的北部，宋元符末初建,名荐慈塔,又名慈寿塔。宋末毁于兵火,明代隆庆三年重建,改名江天寺塔。塔木质,七级,作八角形,四周有栏杆,中有塔心。金山有此一塔,生色不少。山顶有江天阁,是登眺的好去处;另有一座海岳楼,宋代大书法家米元章曾在这里住过;楼上有横额,三大字就是他的手笔。江边名胜有善才、石簰(一称石排)、巧石、郭璞墓等,都是游人流连的所在。清代诗人王渔洋曾有登金山诗,云:"振衣直上江天阁,怀古仍登海岳楼。三楚风涛杯底合,九江云物坐中收。石簰落照翻孤影,玉带山门访旧游。我醉吟诗最高顶,蛟龙惊起暮潮秋。"这一首诗,差不多已道尽了金山之胜,所谓玉带山门,却包含着一段故事。据说宋代高僧佛印住金山寺,苏东坡前来谈禅,佛印对东坡说:"这里有一句转语,要是回答不出,就得留下你的玉带来,镇住山门。"当时东坡听了转语,不知所对,只得解下了腰间玉带,留在寺中。现在寺中新辟了一个文物陈列室,不知有没有东坡的玉带啊?

金山的名胜,我只是粗粗领略,印象较为深刻的,却是号称"天下第一泉"的中泠泉。我们一行人被天下第一这个夸大的赞词吸引住了,就坐在那边的轩榭里品茗小憩,我们为了喝的是天下第一的泉水,就一杯又一杯的灌下去,似乎分外地津津有味。我喝饱了茶,就站起身来溜达一下,看轩榭中有没有好的联语。就中有两副,一副是集宋人词句:"阑干斜照未满,江山特地愁余。"一副是"予初无心皆可乐,人非有品不能闲。"语意空泛,都是与天下第一泉无关的。这时我们就告别了"金兄",再去拜访它的"焦弟"。

焦山浮在江上,正如古美人头上的螺髻,峨峨高耸,显得十分美好。我们一个个踏上了渡船,不多一会,早就到了焦山脚下。怎么叫做焦山呢?只因汉代有处士焦光隐居在这里,从此得名,而在汉代以前,是称为谯山的。山并不太大,而山上的岩和石,却丰富多采、名目繁多,岩有狮子、栈道、观音、瘗鹤、罗汉、独卧、浮玉诸称,石有善才、心经、虾蟆、铜鼓、翠微、霹雳、系缆、钓鱼、角牴以及醉石、音石诸称。这许多岩啊、石啊,散在各处,都要自己去找寻,自己去观赏的。

山麓有一石洞,洞壁刻着一头张牙舞爪的狮子,因名狮窟。窟外有小院,堆石为山,叫做一笑崖。崖有小石龛供弥勒佛,老是对人作憨笑。崖下有小池,种着莲花;中有片石矗立,刻着章太炎手写的"寿山福海"四字,古朴可喜。这小院的面积不过二三丈,而小小结构,很有丘壑,带着一些苏州园林的风格。上了山,一路多小庵,有碧山、石壁、自然、香林、玉峰诸称,而以松寥阁最为幽秀。小轩面江,和象山遥遥相对。站在岗前看山看水,长江滚滚,后浪推着前浪,似乎要滚到窗子上来,看着看着,真可以大豁胸襟,大开

眼界哩。

定慧寺是山中著名的古刹，建自东汉，历史悠久，已饱阅了沧桑。寺门口的石壁上，有"海不扬波"四大字，用石砌成，非常光滑，听说旧时一般船户往往取了制钱在这四个字上用力磨擦，带回去给小孩子佩带在身上，说是可以压邪的。山门内有地一弓，绿竹漪漪，很有幽致。贴邻就是纪念焦光的焦公祠，这里陈列着不少文物，多数是和焦山有关的。最好玩的是用清水养着的几个奇石，石纹如画，有的像梅鹤，有的像寿星，有的像美人，有的像船只，五色斑斓，十分可爱。

出焦公祠，鱼贯登山，那古来著名的瘗鹤铭残碑，就在山麓的石壁上。宋代爱国大诗人陆放翁和他的朋友们曾来此寻碑，勒石为记："陆务观、何德器、张玉仲、韩无欲，隆兴甲申闰月廿九日踏雪观瘗鹤铭，置酒上方，烽火未息，望风樯战舰，在烟霭间，慨然尽醉。薄晚泛舟自甘露寺以归。明年二月壬午圜师刻之石，务观书。"文章和书法，堪称双绝。从这里上观音崖，有楼名夕阳楼，可以送夕阳，迎素月。再上去，有轩名听涛书屋，当前有一株挺大的枇杷树，绿叶重重，垂荫很低，树下有石案石磴，坐在这里望江听涛，真可扑去俗尘一斗。左面有亭翼然，名坚白亭，有集句联云："金山共此一江水，王母来寻五色龙。"好语如珠，把金山联系起来，自觉隽永有味。最后我们直上东峰，在吸江楼上放眼四望，忽有一种豪情涌上心头，想长啸，想高歌，终于想起了清代诗人李龙川的一首诗，就临风朗诵起来："长江水，长江水，千古兴亡都若此。扁舟来往几千年，借问长江谁似我？我来焦公岩下坐，秋阴黯黯迷朝暮。别有秋心天外飞，化为孤鹤横江过。江云漠漠水悠悠，雨雨风风总是秋，江妃知我心中事，一夜秋声到枕头。"

游过了金焦，当然不肯放过那鼎足而三的北固山。一上北固山，当然忘不了那刘备相亲的甘露寺，因为《三国演义》中的这一出喜剧，早就在我们心上扎了根了。传说刘备相亲时，和他的舅子孙权同在一起，为了示威起见，曾挥剑向殿前一块椭圆形的大石头砍去，砍出一条裂纹来。后人就称此石为试剑石。近旁另有一块较平的石头，没有名称，据说是刘备和他的未婚妻孙尚香曾经坐在石上赏月的。寺下的山坡，叫做跑马坡，传说是当时孙权和刘备跑马竞赛的所在。传说毕竟是传说罢了，姑妄听之，又有何妨。山门大书"天下第一江山"六字，是南宋吴琚的手笔；又有明代米万钟所写的"宏开鹫岭"四字，都是铁画银钩，雄健得很。

山上最大的特点，就是江苏全省独有的那座铁塔，塔为唐代李德裕所建，已有一千一百余年的历史。据文献记载铁塔共有七层，作八角形，高约十三米,乾符中毁,宋元丰中裴据重建。明万历癸未童谣,"风吹铁宝塔,水淹京口闸",这一年海啸塔颓,后经僧性成、功淇重建。清同治七年,塔顶又断,迄未修复,只剩最下二层,面目全非。

甘露寺内有小楼,名石骚楼,踏进去时,忽有桂香扑鼻,很为浓郁,可是并不见有桂花,奇极! 也许是我的错觉吧。此外又有一楼,名风价楼,横额上,有跋云:"昔人谓五月买松风,人间本无价,而华阳洞三层楼乃得终日听之。今窃二义,用题兹额,谁软欲买松风,请于此中论价也可。蒋寿昌。"寥寥数语,却也隽妙可诵。又有五言联"山从平地有,水到远天无",也是很可玩味的。临江有亭,叫做江山第一亭,这是全山最胜处,望江也好,看山也好,望长江如在脚下,看金焦如在肘腋间。入亭处横额上题有"头头是道"四字,并不见好,而亭柱上的三副联语,却很可取,我尤其爱"客心洗流水,荡胸生层云","此身不觉出飞鸟,垂手还堪钓巨鳌"二联。一面唱,一面踱下山去,我虽不能垂手钓巨鳌,却已"荡胸生层云"了。

一九五八年二月
(选自《行云集》)

643

绿杨城郭新扬州

    扬州的园林与我们苏州的园林,似乎宜兄宜弟,有同气连枝之雅;在风格上,在布局上,可说是各擅胜场,各有千秋的。个园是扬州一座历史悠久的旧园子,闻名已久;我平日爱好园林,因此一到扬州,即忙请文化处长张青萍同志带同前去观光。园址是在城内东关街,通过一条小巷,进了侧门,就看到一带重重叠叠的假山,沿着一片水塘矗立在那里。张同志对于这些假山有一种特别的看法,给它们分作春、夏、秋、冬四个部分。他指着前面入口处的两旁竹林和一根根的石笋,说这是春的部分,而把竹林的"竹"字劈分为二,成为"个个",个园的名称,大概就是由此而来的。他又指着左面的一带太湖石假山,说这些山石带着热味,就作为夏的部分。而连接在一起的黄石假山,石色很像秋季的黄叶,可以作为秋的部分,瞧上去不是分明带着肃杀之气吗?最后他带着我到右面尽头处去,指着一大堆宣石的假山,皑皑一白,活像是雪满山中的模样。我识趣地含笑说道:"这不用说,当然是冬的部分了。"张同志点头称是,又指着壁上两个圆形的漏窗,正透露着春的部分的几株竹子,他得意地说:"您瞧您瞧!春天快到,这里不是已漏泄了春光吗?"我笑道:"您这一番唯心论,发人所未发,倒也挺有意思。"

    张同志伴同我在那些假山中间穿行了一周,他要我提些意见。我觉得有好多处曾经新修,不能尽如人意,不是对称而显得呆板,就是多余而有画蛇添足之嫌;倒是随意放在水边的那些石块,却很自然而饶有画意。那一带黄石假山,是北派的堆法,不易着手,这里有层次,有曲折,自有它的特点;可惜正面的许多石块,未免小了一些,而接笋处的水泥过于突出,很为触目,使人有百衲衣的琐碎的感觉。最使我看得满意的,却是那一大堆宣石的假山,

644

堆得十分浑成，真如天衣无缝，不见了针线迹；并且石色一白如雪，像昆山石一般可爱。总之，现在我们国内堆叠假山的好手几等于零，非赶快培养新生力量不可；设计构图，必须请善画山水的画师来干。假山最好的范本，要算是苏州环秀山庄的那一座，出清代嘉道年间名家戈裕良手，好在是他懂得"假山真做"的诀窍，拙朴浑厚，简直是做得像真山一样。

为了要瞻仰市容，出了个园，就一路溜达着。全市已有了两条柏油大路，十分平坦，拆城以后，就在城墙的基地上造了路，以利交通。在历年绿化运动中，又平添了不少大大小小的街头花园，利用了街头巷角的空地，栽种各种花木，有的还用湖石点缀，据说全是居民群众搞起来的。萃园招待所的附近，有较大的一片园地，标明五一花圃，布置得很为整齐，常有学生在上课下课的前后，到这里来灌溉打扫，原来这是学生们自己所搞的园地，经常可作劳动锻炼的场合。扬州旧有"绿杨城郭"之称，就足以说明它本来是个绿化的城市，现在全市有了这许多街头花园，更觉绿化得分外的美丽了。

瘦西湖是扬州的名胜，也是扬州的骄傲，大概是为的比杭州的西湖小了一些，因称瘦西湖。

扬州的芍药久已名闻天下，古人诗词中咏芍药必及扬州，如宋代王十朋句："千叶扬州种，春深霸众芳"；元代杨允孚句："扬州帘卷春风里，曾惜名花第一娇"等，足见扬州芍药的出类拔萃，不同凡卉了。在这瘦西湖公园里，有一个小小的芍药花坛，种着一二十丛芍药，这时尚未凋谢，以紫红带黑的一种为最美。据说扬州芍药，旧有三十多种，现存十多种，最名贵的"金带围"尚在人间，目前全扬州花农们所培养的共有一千多丛，已由园林管理处全部收买下来，蔚为大观。

走过一顶小桥，又是一片名为凫庄的园地，占地不大，而布置楚楚可观，周游了一下，就通过一条小径，踏上五亭桥去。这一座集体式的桥，可说是我国桥梁中的杰作；近年来曾经加以修饰，好像五姊妹并肩玉立，都换上了新装，虽富丽而并不庸俗。莲性寺的白塔近在咫尺，倒像是一尊弥勒佛蹲在那里，对人作憨笑，跟五亭桥相映成趣。附近还有一座钓鱼台，矗立在水中，也给增加了美观。这一带是瘦西湖的精华所在，我们在桥上左顾右盼，流连不忍去。

在莲性寺吃了一顿丰富的素斋，休息了一会，就坐了游船，向平山堂进发，在碧琉璃似的湖面上划去，听风听水，其乐陶陶。到了平山堂前，舍舟上岸，进了大门，见两面入口处的顶上，各有横额，一面是"文章奥区"，一面是"仙人旧馆"，原来这里是宋代大文学家欧阳修的读书处。那所挺大的堂屋中，也有一个"坐花载月"的横额，两旁有几副楹联，都斐然可诵，其一云："衔

远山，吞长江，其西南诸峰，林壑尤美"；"送夕阳，迎素月，当春夏之交，草木际天"。其二云："云中辨江树，花里弄春禽。"其三云："晓起凭阑，六代青山都到眼。晚来对酒，二分明月正当头。"这三副联各有韵味，耐人咀嚼。壁间有好几块书条石，都刻着前人的诗词，其一是刻的苏东坡吊欧阳修词："三过平山堂下，半生弹指声中；十年不见老仙翁，壁上龙蛇飞动。欲吊文章太守，仍歌杨柳春风；莫言万事转头空，未转头时皆梦。"末二句，显示出他当时的人生观是消极的。后面另有一堂，名谷林堂，我独爱门口的一联："天地长春，芍药有情留过客。""江山如旧，荷花无恙认吾家。"原来作者姓周，下联恰合我的口味，不由得想起爱莲的老祖宗濂溪先生来了。

庭中有一座石涛和尚塔，顿时引起了我的注意，凑近去看时，见正面的石条上，刻着几行字："石涛和尚画，为清初大家，墓在平山堂后，今已无考，爰立此塔，以资景仰。"石涛那种大气磅礴的画笔，是在我国艺术史中永垂不朽的，可惜他的长眠之地已不知所在，不然，我也要前去献上一枝花，凭吊一下。

出了平山堂，舍舟而车，赶往梅花岭史公祠去。我在中学里念书的时候，明代民族英雄史可法的忠肝义胆，给我的影响很大，念念不忘。这时进了祠堂，瞻仰了他的遗像，肃然起敬。三十年前我第一次来扬时所看到的两副楹联："生有自来文信国。死而后已武乡侯。""数点梅花亡国泪。二分明月故臣心。"还有那"气壮山河"的四字横额，都仍好好地挂在那里，这是我一向背诵得出的。此外还有两副银杏木的楹联："自学古贤修静节。唯应野鹤识高情。""斗酒纵观廿一史。炉香静对十三经。"笔力遒劲，都是史公的真迹，而也可以看到他的胸襟。他那封大义凛然的家书的石刻，也依然嵌在壁间，完好如旧。

第三天的下午，到城南运河旁的宝塔湾去参观。那边有一座整修好了的文峰塔，也是扬州古迹之一。塔共七级八面，平面作八角形，用砖石混合建筑而成。它最初起建在明代万历十年，即公元一五八二年，同时又在塔旁建寺，就叫做文峰寺。清代康熙年间，因地震震落了塔尖，次年由一个姓闵的捐款修葺，安上一个新的，并增高了一丈五尺，修了半年才完工。到得咸丰年间，寺毁，塔也只剩了砖心，后由当地各丛林僧人集合大江南北住持募捐修复。近几年间塔身有了裂缝，岌岌欲危，市人委为了保存古文物起见，才把它彻底修好了。当下我们直上塔顶，一开眼界，而这一座美好的绿杨城郭新扬州，也尽收眼底了。

一九五八年六月

（选自《行云集》）

646

欲写龙湫难下笔

在雁荡山许多奇峰怪石飞瀑流泉中，大龙湫和小龙湫是一门双杰。两者虽相隔十多里，各据一方，各立门户，却是同露头角，同负盛名。他们是雁荡的两条巨龙，龙涎长流，亘古不绝。我在游雁荡之前，早就久慕大名，心向往之；甚至假想雄姿，制成盆景，朝夕相对，聊慰相思，也足见我对它们的倾倒了。

大龙湫是雁荡名胜重点之一，也可说是雁荡的骄傲，清代诗人江湜曾有"欲写龙湫难下笔，不游雁荡是虚生"一联，给龙湫大力鼓吹，说它们的妙处，简直是难画难描的。这一次我们一行七人游了雁荡，总算不虚此生，而我平生偏爱瀑布，对二龙尤其是梦寐系之，岂可束手不写，因此也就不管下笔难不难了。

古今来文人墨客，对二龙的评价很高，有些说法当然是夸张过了头的，例如有一位诗人曾这么说："怪哉两龙湫，喷沫彻昏晓，灏气包八荒，幻迹凌三岛"，这是多大的口气。凡是诗文歌赋称颂雁荡胜景的，十之七八总要涉及二龙，尤其是大龙湫，独占不少篇幅。我们这回游雁荡，早知名胜太多，不可能一一游遍，而大小龙湫却已订定在游览日程表上，以为无论如何，一定要去拜访。

小龙湫在东谷灵岩寺后，水从石城诸溪涧来，会集于屏霞障的右胁，从岩溜中间泻下，一半是沿着崖壁下来，不像大龙湫的一空依傍，飞舞作态。据说它的高度是三千尺，而大龙湫是五千尺，大小的区别，即在于此。明代诗人裴绅有《小龙湫歌》："瀑布喷流千仞冈，僧言中有老龙藏，吞云激电下东海，随风洒润如飞霜。我来到此看不足，古殿阴森毛骨凉，疑是素丝挂绝壁，

倒悬银汉注石梁,屏风九迭锦霞张,影落澄潭青黛光。老僧指点矜奇绝,忽如雷雨来苍茫,深山大泽人迹荒,夕曛风起驿路长,万山回首转羊肠,空留余润沾衣裳。"我们刚到灵岩寺,先从后窗中窥见了小龙一角,活像是一匹又粗又大的白练,煞是好看。于是我们急不可待,就匆匆地前去欣赏了。从后门出去,不到五分钟已到了那里。这一带奇峰罗列,使小龙湫分外生色,就中有双峰作飞舞之势的,是双鸾峰。一峰瘦削无依,挺身独立的,是独秀峰。一峰如妙女临妆,妩媚多姿的,是玉女峰。一峰下圆上锐,如大笔卓地的,是卓笔峰。小龙湫恰就在这些奇峰环拱之间,汤汤下泻,自是气派不凡。只因昨夜曾下大雨,洪流奔放,似乎其势汹汹,怒不可遏,发出大发雷霆一般的声响,在空谷中激荡着,自觉分外雄壮,小龙倒也不小;不过前人说它高三千尺,那是要大打折扣的。

在山七天,天天下雨,只有一天是个晴天,于是我们就钻了空子,赶往大龙湫去。据说要翻过一千六百多级的马鞍岭,来回步行三十多里,但我们意气风发,没一个掉队的。一路上看到不少新桥新路,所费不多,听说是由于群众的通力合作,才取得了这个多快好省的成绩。大龙湫在西谷的连云障旁,我们刚到那双尖夹峙似乎要剪破青天的剪刀峰下,就听得一片沸喊鼓噪的声音,似远似近,在我这瀑布迷较有经验的听觉上,早就知道大龙湫在欢呼迎客了。我们加快了脚步,兴高采烈地赶上前去,先见龙头,后见龙腰,终于看到了龙尾。据明代王季重说:"初来似雾里倾灰倒盐,中段搅扰不落,似风缠雪舞,落头则似白烟素火,裹坠一大筒百子流星,九龙戏珠也。"我们此来正在大雨之后,所以看不到这样的光景,只见一条粗壮的大白龙,张牙舞爪地咆哮跳跃下来,正如清代一位诗人所歌颂的:"殷雷鸣空谷,天河落九霄,岂因连夜雨,惊起卧龙跳。"原来他也是在大雨后来看大龙湫的。我因慕名已久,此番幸得身临其境,于是,正看侧看,远看近看,走着看,站着看,末了索性披上雨衣,坐近了看,定要看它一个饱。相传唐代开山祖师诺矩罗曾在这里观瀑坐化,我也倒像有不辞坐化之意,我一边看,一边听,仿佛听得一片金戈铁马之声;原来山半有洞,风卷入内,就砰砰轰轰地响了起来。这时阳光万道,照着万斛飞泉,顿觉眼花缭乱,五色缤纷,无怪古人游记中说它:"五彩注射,作五色长虹,炫煜不定;白者白蚳,青者青莲,绿者绿珩,红者红蘮,紫者紫磨金,人面衣裳,皆受彩绘,变而又神矣。"这些话虽觉夸张,却也近于现实。而歌颂大龙湫极其夸张之能事的,要算清代袁随园的一首诗:"龙湫山高势绝天,一线瀑走兜罗绵,五丈以上尚是水,十丈以下全为烟,况复百丈至千丈,水云烟雾难分焉。初疑天孙工织素,雷梭抛掷银河边,继疑玉龙耕田倦，九天咳唾唇流涎。谁知乃是风水相摇荡，波回澜卷冰绡联。分明合并忽分散，业已坠下还迁延，有时软舞工作态，如让如慢如盘旋。有时日光来照耀，非青非红五色宣。夜明帝献九公主，诸天花水敢与此水争蜿蜒。我诗未竟众忽喧，傔从趣我毋迁延，湫顶雨脚黑如伞，雨师风伯不许乖龙眠。"大龙湫的妙处，已被这首诗渲染得够了，我正不必辞费。我们在这里流连很久，如醉如痴，游侣中的老吕、老顾都是摄影能手，给我们一一收入了镜头。为了对大龙湫表示敬意，我于临别时也献上了一首诗："神龙游戏人间世，攫日拿云扫俗氛；破壁飞腾容有日，和平建设正需君。"龙若有知，应加首肯。

我们一行七人，大半是六十以上的。倘以龙来作比，七十三岁的老刘是龙头，五十四岁的老蒋是龙尾。这条龙足足游了七天，天天风里来，雨里去，忽登山，忽涉水；而老子婆娑，兴复不浅，只觉其逸，不觉其劳，倒像是因祖国年轻而也一个个年轻起来了。一路上彼此形影相随，寸步不离；而导游的乐清县倪丕柳副县长和统战部张友孚秘书，更多方照顾，无微不至；我于感激之余，申之以诗："老子婆娑半白头，相随形影共绸缪；情长恰似龙湫水，日夜牵心日夜流。"可不是吗？人与人之间的一片情谊，真的像龙湫水一样长了。

一九六一年五月

（选自《行云集》）

听雨听风入雁山

日思夜想，忽忽已二十五年了，每逢春秋佳日，更是想个不了。这是怎么一回事？却原来是害了山水相思病，想的是以幽邃奇峰著称的浙东第一名胜雁荡山；不单是我一个人为它害相思，朋友中也有好几位是同病的，只因一年年由于天时人事的牵制，都一年年的拖延下来，只索一年年的作神游作梦游罢了。

我平日喜欢做盆景，去年做了个雁荡山的盆景。挑选了几块大大小小的广东英山石，像玩七巧板一般，凑放在一只玛瑙石的长方形浅盆中，利用石上白条子的天然石筋，当作瀑布，就算是我那渴想已久的大龙湫了。从这一天起，我就把它作为案头清供，还胡诌了一首诗："神驰二十五春秋，幽邃奇峰梦里游；范水模山些子景，何妨看作大龙湫！"（元代高僧韫上人能作盆景，称为些子景）

我天天看着那盆假山假水的假雁荡，看得有些儿厌了，老是惦念着雁荡的真山真水。恰恰今年五月下旬，有上雁荡山的机会，便毅然决然地走了。

一行七人，先到了温州，一路听雨听风地进入雁荡山，来回半个月，二十五年相思一笔勾。

雁荡山在浙江省东南部。多奇峰，以北雁荡山（乐清县东北）、中雁荡山（乐清县西）、南雁荡山（平阳县西南）为著。古称"东瓯三雁"。北雁荡山最为奇秀，周约一百八十里，据说山上有一百零二峰、六十一岩、四十六洞、二十六石、十三瀑、十七潭、十四嶂、十三溪、十岭八谷、八桥七门、六坑四泉、四水二湖等等，你要游吧，游不胜游；你要写吧，也写不胜写。一般人游踪所至，主要是在灵峰、灵岩、大龙湫三个风景区，单是这二灵一龙，也就足够你

650

游目骋怀,乐而忘返了。

我们刚到灵峰寺,就一眼望见群峰环拱,光怪陆离,真的如入山阴道上,应接不暇。明代王季重曾说:"雁荡山是造化小儿时所作者……山故怪石供,有紧无要,有文无理,有骨无肉,有筋无脉,有体无衣,俱出堆累雕錾之手。"他简直把雁荡山看作造化小儿的玩具和手工堆成的盆景;而灵峰一带的奇峰怪石,也确是活像一座座几案上的石供。

雁荡的峰啊岩啊,大半是因象物象形而定名的,例如灵峰区的接客僧、犀牛望月、老猴披衣、双笋峰、合掌峰等;灵岩区的上山鼠、下山猫、老僧拜塔、天柱峰、展旗峰等,都很妙肖,有的峰岩换一个角度看,也会换一个形象。导游的乐清县副县长倪丕柳同志随时指点,倍添兴趣,我曾记之以诗:"千岩万石如棋布,移步换形各逞妍;一路情殷劳指点,使君舌上綻青莲。"

灵峰区的奇峰,以合掌峰为最,高高的插入云霄,双岩相并,好像是两只巨灵的手掌合在一起,而腰部却又突然开朗,造起了九层高楼,有如古画中的仙山楼阁,却又可望而可即,顿时把我们吸引了上去。不知走过多少石级,就到了楼上,见有"石釜天成"一个横额,并有联语:"天可阶升,无中道而废。泉能心洗,即出山亦清",我们当然不肯中道而废,就一层又一层地走上去,也看到了一个又一个的奇景,扩大了视野。洗心泉清澈见底,可鉴毛发,而漱玉泉水从洞顶细碎地泻下来,水珠亮晶晶地,仿佛在洞前挂上一张珠帘。最高处天开奇境,一洞空明,中供观音像,因称观音洞。从这里放眼望去,只见群峰竞秀,气象万千,真使人如登仙界,疑非人境了。

"簇簇群峰围古寺,陆离光怪总堪思,爱他一柱擎天表,卓立千秋绝代姿。"这是我到灵岩寺时,一见那顶天立地气势雄伟的天柱峰,情不自禁地口占了这首诗歌颂起来。跟天柱峰对立而分庭抗礼的,又是一座高大的奇峰,好像是一面大纛旗般在空中飘扬,这就是展旗峰。清代袁枚有诗:"黄帝擒蚩尤,旌旗不复收,化为石步障,幅幅生清秋。"当时诗人的想象,真比喻得出奇;而现在我们看到东方红太阳照耀全峰时,真好像是一面大红旗哩。

看了雁荡不可胜数的胜景,足证祖国的"江山如此多娇",真使人有游不尽看不足之感。在山七天,几乎天天是听风听雨,但我们还是冒着风雨出游,并不气馁,畅游之下,几乎把家都忘了。身在二灵,不无灵感,戏作一字韵诗,以谢山灵:"听雨听风入雁山,二灵端的是灵山;群峰排闼如留客,底事回头恋故山?"

一九六一年六月

(选自《行云集》)

651

雁荡奇峰怪石多

　　浙江第一名胜雁荡山，奇峰怪石，到处都是，正如明代文学家王季重所比喻的件件是造化小儿所作的糖担中物，好玩得很。自古以来，人们就象物象形给题上了许多奇奇怪怪的名称，脍炙人口。天下名山，大半如此，不独雁荡为然。我过分自命风雅，以为这是低级趣味，并无可取。可是一想到这是劳动人民所喜闻乐见，并且是津津乐道的，也就粲然作会心之笑，跟他们契合无间，立即口讲指划地附和起来。

　　山中七日，掉臂游行，在乐清县倪丕柳副县长和统战部张友孚秘书热情导游、殷勤指示之下，几乎看遍了"二灵一龙"三个风景区的奇峰怪石；好在到处还有木牌一一标明，更增加了我们的兴趣。一行七人，都是老有童心的，除了评头品足，在像与不像的问题上大动口舌外，一面还要别出心裁，有所发明。例如在灵峰区合掌峰的观音洞中，依着岩壁望出去，看到了那个小小的一指观音。同时我们却又发见了一块突出的岩石，有人硬说是像一个土地庙里的老土地，而我却认为活像是一个戴着罗宋帽的上海老头儿，彼此竟引起了争论，可发一笑。

　　灵峰区的花样儿可真多啦！观音洞的对面，有一座五老峰，好像是五个肥瘦不一的老公公，连袂接踵的在那里走，劲头很足。灵峰寺前，有双笋峰，两峰并峙，体圆顶尖，真像是两只挺大的玉笋；清代诗人凌霨曾宠之以诗："瑶笋千年生一芽，何时两两苗丹霞；凌空未运青云帚，拔地齐抽碧玉丫"，倒是一首好诗。寺左有一岩石，好像是一头鸡，翘首向天，因名金鸡峰；而换了一个角度，再从将军洞外望过去时，却又形似一个女子在那里梳头，因此又称之为玉女梳妆了。寺右偏后有一岩石，似是一头犀牛，正在举首望明月，再像也没有，这就叫做犀牛望月岩。在五老峰的东北，有双峰并起，似是两头大公鸡伸颈相对，分明要斗将起来，于是被称为斗鸡峰。然而它们只是做了个斗的架式，斗是永远斗不成的。

我们两度住在灵峰寺中，天天看着五老双笋、犀牛金鸡，也看得有些儿腻了，很想换换眼界。有一天冒雨上东石梁洞去，走上谢公岭，一眼望见远处有岩，好像是一个和尚危立天际，合掌迎客，据说旧名老僧岩，今称接客僧；清代曾有人咏以诗云："大得无生意，真成不坏身；兀然山口立，笑引往来人。"这与接客的含义，倒是相近的。

从灵峰寺上灵岩寺去，在烈士墓的附近向西望去，见有一座岩石，仿佛是一头老猴子，作昏昏欲睡状；而从净名寺前东望时，却又活像这猴子披着一件长大的蓑衣，要爬上山去。这座岩旧名猕猴石，现在就称之为老猴披衣，更觉形象化了。到了灵岩寺，就望见西南方一岩巍然，好像是一个老和尚，正在拱手礼拜前面一块高耸的大石，因此叫做僧拜石，又称僧抱石。前人有诗："说法终年领会稀，坐中片石解皈依；老僧喝石石大笑，独抱青天看鸟飞。"意含讽刺，大可玩味。

在灵峰灵岩之间，有一座命名最雅的岩石，这就是听诗叟；远远望去，似是一位清癯的老叟，侧着头，倚着岩壁作倾听的模样。所谓听诗，不知是听李白的诗呢，还是听杜甫的诗？清代诗人袁随园却别有高见，要请他老人家听谢朓的诗，他是这样说的："底事听诗听不清，此翁耳觉欠分明；拟携谢朓惊人句，来向青天诵数声。"诗人说他老人家耳聋听不清，真是形容绝倒；但不知朗诵了谢朓惊人之句，他可听得清听不清呢？

我们去看小龙湫瀑布时，见有一峰亭亭玉立，婉娈作态，像个美女子模样，因名玉女峰。听说春光好时，峰顶开满了映山红，仿佛髻上簪花，打扮得更美了。因此明代就有诗人们纷纷赞美，就中一首是："琼媛明妆爱胜游，梳云不作望夫愁；蓬松只恐人来笑，又情山花插一头。"诗人工于想象，描写得很为生动。去此不远，又有一座岩，近顶处豁然开裂，中间嵌着一块大圆石，好像含着一颗大珍珠一样；据说就叫做含珠岩。我想这也许是小龙湫的小龙跟大龙湫的大龙双方抢珠时，一不小心，把珠儿掉落在这里的吧。

当我们往看大龙湫的大瀑布，向马鞍岭进发时，刚走到灵岩附近的一个所在，猛听得领先的伙伴中，有人大惊小怪地嚷起来道："咦，一头猫！一头猫！"那时我恰恰落后，一听之下，心想瞧见了一头猫，有什么稀罕；要是见了一头虎，那才稀罕哩。到得赶上前去探看时，原来在路旁的高坡上，有一块岩石，好像是一头大猫正跑下山来，耳目口鼻，栩栩欲活。当下倪副县长给

我们解说道："这叫做下山猫，那边还有一头上山鼠哩。"说时，伸手向对面的山上指点着。我们疾忙偏过头去向上一望，果然见到另一块较小的岩石，活灵活现地像一头老鼠在逃窜，而那头大猫恰像是在向它追赶的样子，真是天造地设的一个画面啊。后来我在马鞍岭上坐下来休息时，好奇地把手提包中携带着的志书翻开来查阅一下，才知旧时称为伏虎峰，又名望天猫，袁随园又有一首五言好诗，题这一幅天然的灵猫捕鼠图："仙鼠飞上天，此猫心不许；意欲往擒之，望天如作语。"我想这头猫真是枉费心机，追了几千百年，可也始终追不到啊。

"剪水裁云别样图，年年针线寄麻姑；自从玉女无心嫁，刀尺都陪夜月孤。"这是明代诗人杨龙友的剪刀峰诗，原来从大龙湫外望时，就可看到一峰高耸，分作两股，像一柄剪刀模样。再进却又变了样，似是一张大船帆，那船正在迎风行驶，因此又名一帆峰。要是转到大龙湫前回望时，那么这座峰似乎大仅丈许，又好像擎天一柱，真可说是移步换形，变化多端了。

怪石奇峰雁荡多，这些不过是我们亲眼见到而比较突出的。此外如将军抱印、童子诵经、二仙会诗、一妇抱儿等，都是像人像仙的峰石，不一定全都相象。至于像狮、像虎、像象、像龟、像凤凰、像橐驼等牲畜的，以至像宝冠、像宝簪、像金鼎、像镜台、像茶炉、像药杵等用具的，那更不胜枚举，只得从略了。

一九六一年六月

（选自《行云集》）

654

南湖的颂歌

为了南湖是革命的圣地,是党的摇篮,我就怀着满腔崇敬和兴奋的心情,从苏州欢天喜地的到了嘉兴。下了车,放眼一望,便可望见一大片绿油油明晃晃的湖光,正在含笑相迎。老实说,在过去,我来游南湖,已不知有多少次了;这时如见故人,分外亲切。可是由于我的无知,听到它那段光辉的史迹,还是最近的事。南湖南湖,我要向您赔个罪,道个歉,我……我实在是失敬了。

南湖在嘉兴市南三里许,面积八百余亩,一名鸳鸯湖,据《名胜志》载:湖中多鸳鸯,或云东南两湖相接如鸳鸯然,故名。据我看来,后一说比较近似;至于说湖中多鸳鸯,近年来却没有见过,也许是偶或有之吧?前人曾有诗云:"东南两湖水,相并若鸳鸯,湖里鸳鸯鸟,双双锦翼长。"《名胜志》说是东南两湖,而诗中却说是东西两湖,不知孰是?古人所作南湖的诗歌,以清代朱竹垞的《鸳湖棹歌》一百首最为著名。后来又有一班诗人受了它的影响,也纷纷地作起棹歌来,例如"浮家惯住水云乡,不识离愁梦亦香,侬荡轻舟郎撒网,朝朝暮暮看鸳鸯。""鸳鸯湖水浅且清,鸳鸯湖上鸳鸯生;双桨送郎过湖去,愿郎莫忘此湖名。"都不是一时一人所作,而是借鸳鸯湖这个名称来各自抒情歌唱的。鸳鸯湖的名望太大了,甚至把"鸳湖"来作为嘉兴的代名词。

烟雨楼兀立湖心,是南湖唯一胜景,据说是吴越钱元璙所建,原来的位置是靠近湖岸的,直至明代嘉靖年间,为了开浚城河,把河泥填在湖心,构成了一个小岛屿,于是烟雨楼来了个"乔迁之喜",移到了小岛上来,而环境更显得美了。从明清两代到现在,不知经过多少次的修葺,今天才成为劳动人

民游息的好去处。登楼一望，确如昔人所谓"诚有晨烟暮雨，杳霭空蒙之致"，即使是日丽风和的晴天来游，也觉得烟雨满楼，别饶幽趣。为了位在湖心，整个南湖展开在它的四面楼窗之下，你只要移动两眼，一面又一面的向窗外望去，不但全湖如画，尽收眼底，连你自己也做了画中人哩。

楼的近旁有鉴亭、来许亭、望梅亭、菱香水榭等几座亭榭，好像众星拱月一样，簇拥着烟雨楼。楼的前檐有山阴魏戫手书的"烟雨楼"三字横额，铁画银钩，颇见功力。听说魏是清末时人，能驰马击剑，挽五石弓，却又精书法、能文章，是一位奇士。鉴亭壁间，有嘉兴八景图石刻，出包山秦敏树手，画笔还不差。所谓八景，是"南湖烟雨"、"东塔朝暾"、"茶禅夕照"、"杉闸风帆"、"汉塘春桑"、"禾墩秋稼"、"韭溪明月"、"瓶山积雪"。这个八景，实在是勉强凑成的，有的不能称之为景，例如瓶山是旧县城里一个低小的土墩，据说韩世忠当年曾在这里犒军，兵士们喝完了酒，把酒瓶抛在一起，堆积成山，因名瓶山。在这八景之中，自以"南湖烟雨"最为突出，清代诗人许瑶光曾有诗云："湖烟湖雨荡湖波，湖上清风送棹歌；歌罢楼台凝暮霭，芰荷深处水禽多。"以好诗咏好景，使人玩味不尽。楼上下有楹联很多，可以称为代表作的，有天台山农所写的一联："如坐天上，有客皆仙，烟雨比南朝，多少楼台归画里。宛在水中，方舟最乐，湖波胜西子，无边风月落尊前。"又陶在东联云："问当年几阅沧桑，鸳鸯一梦。看今日重开图画，烟雨万家。"此外有一长联说到"春桑""秋稼"，这倒和我们广大群众年来特别关心农事的意义，是互相符合的。

近三年来，南湖换上了明靓的新装，烟雨楼面目一新，连烟雨迷蒙，也好像变做了风日晴美，原来这里已有了新的布置，使人引起了新的观感。不但陈列着太平天国时代的文物，还有一个革命历史资料陈列室，展出在党成立以前关于社会基础、思想基础、组织基础三个方面的历史文物，党的第一次、第二次全国代表大会的照片、图表等各种宝贵的文物；在这里可以看到毛主席"星星之火，可以燎原"的亲笔题词，可以看到当年出席"一大"的代表们的照片，看了肃然起敬，自有高山仰止，景行行止之感。不单是这些，还有一件特大的革命文物引人注目使人追想的，是四十年前举行党第一次全国代表大会的那只丝网船的仿制品，长达十四米，宽约三米，船身髹着朱光漆，光亮悦目。只见明窗净几，雕梁画屏，以至舱房床榻，一应俱全。瞧着那十二位代表的席位，更使人想到当年毛主席他们在这里艰苦奋斗，创造了惊天动地的大事业。啊，这一艘丝网船是多么伟大的船，而毛主席又是多么伟大的舵手！

到了南湖,瞧了那一大片一大片的菱塘,就会使你连带地想起南湖菱来。这种菱绿皮白肉,形如馄饨,上口鲜嫩多汁,十分甘美而又妙在圆角无刺,不会扎手。每逢中秋节边,人民公社的女社员们,结队入湖采菱,欢笑歌呼,构成一个绝美的画面。清代名画师费晓楼曾给南湖采菱女写照,并题以诗云:"十五吴娃打桨迟,微波渺渺拟通词;郎心其奈湖心似,烟雨迷离无定时","南湖湖畔多柳荫,南湖湖水清且深,怪底分明照妾貌,模糊偏不照郎心"。这种软绵绵的情词,并无内容,不过是掉弄笔头罢了。

一九六一年八月

(选自《行云集》)

657

双洞江南第一奇

　　这是第二次了,时隔二十六年,"前度刘郎今又来",来到了宜兴,觉得这号称江南第一奇的双洞——善卷和张公,还是奇境天开,陆离光怪,而善卷又加上了近年来的新的设备,更使人流连欣赏,乐而忘返了。一九六一年九月上旬,中国作家协会江苏分会组织了一部分作家,到镇江、扬州、无锡、苏州、宜兴等地参观旅行。我跟程小青、范烟桥、蒋吟秋三老友参加了宜兴之游。一行二十人,大半是青年作家,只有我们四人都已年过花甲,因此被称为苏州四老;这一次联袂同行,实在难得,也可说是老兴不浅了。

　　我们于九月二十五日清早由苏州出发,先到无锡,再搭长途汽车转往宜兴,下榻于瀛园招待所;所有假山池塘,很像是我们苏州的园林。饭后休息了一下,就上街溜达,参观了纪念周处斩蛟的长桥,也算给我们周家老前辈捧捧场。第二天早上秋高气爽,大家喜滋滋地跳上了一辆团体车,一路谈笑风生的上善卷洞去。导游的有年逾古稀精神矍铄的吕梅笙县长、有精明干练热诚周到的文化局何键局长、有当初曾经帮助她父亲储南强先生整修双洞而熟知洞中一泉一石的储烟水同志。"众人拾柴火焰高",使我们的游兴更浓了。

　　谁也料想不到在这山清水秀的江南,会有这样一个出神入化百怪千奇的善卷洞。洞在宜兴县城西南的螺岩,距城约二十八公里,有公路直达洞前。据说善卷是虞代时人,舜要将天下让给他,他慨然答道:"我逍遥乎天地之间,心意自得,又何必要什么天下呢?"于是避到这里隐居起来,因此称为善卷洞。只因洞壑幽奇,千百年来吸引了不知多少游人。历代诗人、词客、画家,如许浑、苏轼、唐寅、文征明等,都先后来游,或付之吟咏,或写以丹青,赞美不绝。可是久已失修，日就荒废，直到一九二一年间，储南强先生发愿兴修，亲自督工，投下了大量的人力物力，足足费了十一年的时间，不单修了善卷洞，并且把张公洞也修好了。抗日战争期间，日寇怕这两洞中潜伏游击队，便大肆破坏。胜利后先把善卷小修了几次，还是破破烂烂的，不足以供游览。到了解放以后，才一次次的鸠工庀材，大力兴修。这几年来，不但恢复旧观，并且呈现了一片新气象，成为广大人民的洞天福地。

我虽是旧地重游，却像初临胜地一样，先就三脚两步地赶到洞口。当门一峰突起，旧称"小须弥山"，现已改名"砥柱峰"。峰后就是一片广场，可容千余人集会，称为"狮象大场"。因为两旁石壁突出的部分，一如雄狮，一如巨象，瞧去十分相像，并且好像是在迎客一样。洞顶石钟乳累累四垂，活像是一串串带叶的大葡萄。石壁上都有题字，不及细看，而最为触目的，是梁代陶弘景篆书"欲界仙都"四个大字；是啊，像这么一个"奇不足言，几于怪；怪不足言，几于诞"的洞府，真不愧为欲界的仙都哩。

我们在这"狮象大场"中啜着小坐了一会，就从一旁的石级上一步步盘旋曲折地走上去，好像是到了大楼上，这就是所谓上洞了。只因四下里迷迷蒙蒙地，似乎密布着云雾，所以名为"云雾大场"。可是仗着电灯照明，云雾并不妨碍我们的视线，一眼便能望见那一块像云一般倒挂着的大横石上，刻着"一片飞云掩洞门"七个隶书的大字。当下我对小青他们说："这七个字倒是现成的诗句，我们四个老头儿何不借它来合作一首辘轳体诗，倒是怪好玩的。"烟桥、吟秋听了，也一诺无辞。于是就以年龄为序，由小青首唱："一片飞云掩洞门，洞中云气净无痕；忽闻雷响来岩底，九迭流泉壑口奔。"烟桥继云："在山泉冷出山温，一片飞云掩洞门；奇秘如何关得住，依然斧凿到乾坤。"我是老三，不得不用仄韵："蜗来仙洞纵游眺，洞里乾坤罗众妙；一片飞云掩洞门，应知洞外江山好。"当然，我又联想到毛主席的名句"江山如此多娇"上去了。吟秋来个压轴："仙境婵嫚万古存，探奇揽胜乐无垠；流连直欲此间住，一片飞云掩洞门。"言为心声，他大概要在洞里住下来，不想回去哩。

这上洞的花样儿真多，使人目不暇给。石壁的这一边有两个池，约略作半月形，彼此相去不远，池水活活，清可见底。两池的面积虽不大，却以两个开天辟地的大人物作为名称，一名娲皇池，一名盘古池。在这里临流看水，不但觉得眼目清凉，连五脏六腑也似乎一清如洗了。那一边又有两个挺大的石柱，高高矗立，彼此也相去不远，柱顶上接洞顶，密密麻麻地布满着石颗石粒，瞧去活像是一朵朵梅花，这两个石柱，就形成了两株硕大无朋的梅树，因此称之为"万古双梅"。再看那一边，又有一只特大的石床，别说巨无霸躺

659

上去绰绰有余，就是二十多个大汉也尽可抵足而眠，这个石床，叫做"五云大床"。此外上下左右，怪石纷陈，或像鳌鱼，或像蛟龙，或像奇禽异兽，更使人眼花缭乱，看不胜看了。

　　游罢了上洞，仍回到中洞休息了一下，就由隧道拾级而下，到下洞中去，一路上只听得水声淘淘，震耳欲聋，直好像风雨雷霆交战天际，千军万马卷地而来。到得"壑口"，就瞧见两道飞瀑，像两匹粗大的白练一般倾泻下来，就这样狼奔豕突地向下面翻滚而去，一迭又一迭，化整为零地变做了九迭流泉。我们一面看飞瀑，看流泉，一面听着那咆哮不停的水声；一面东张西望，贪婪地欣赏那奇形怪状的石壁石柱，石鼓石钟。曾瞧到当头一石，像一只大手模样的伸下来要抓人，据说这叫做"佛手幕"。也曾瞧到一根大树干模样的石柱子，上面蓬蓬松松地长满着枝叶，据说这叫做"通天石松"。也曾瞧到石壁上有一个老头儿模样的形象，似乎跨上了鹤背要飞上天去，据说这叫做"寿星骑鹤"。也曾瞧到石壁上隐隐绰绰地有些人形，仿佛伸着脚要跳下来似的，据说这叫做"仙人挂脚"。此外，还有显出瓜藕菜蔬一类形象的，那简直是好一派丰收景象哩。

　　从这里回身向后转，那就是长达一百二十余米别饶奇趣的水洞了。清代诗人咏水洞诗云："石晴闻雨滴，窦冷欲生风；只恐弹琴久，潭深起白龙"，轻描淡写，实在不足以形容水洞之奇。我们一行二十人，分成两组；我挨在第一组，先行上了小船，曲曲折折地一路荡去，洞中黝暗，全仗电灯照明，不致暗中摸索。有时岩石碍头，必须低头而过，行经"龙门""鳌门"，一湾又一湾过了"三湾"，这才一眼瞧见前面石壁上"豁然开朗"四大字，通知我们已到洞口，而真的重见了天日，豁然开朗起来。我们舍舟登陆，转身走上十多步石级，到了一个长方形的台上，据说这里叫做"壑厅"，是给游客们小憩的所在。壁间有石刻，都是各地来宾赞美善卷的诗文，满目琳琅，语多中肯。就中有无锡老教育家侯保三先生的一文，略云："……比利时之汉人洞、法兰西之里昂洞，以通舟著称，而不能如此洞之嵌空玲珑，窍穴穿透，纯然石壑，四壁无片土；一舟欸乃，如游娜嬛。……"把比、法两洞都比了下去，足为善卷水洞张目，足为祖国山水张目。

　　这些年来，在舞台上、在银幕上、在曲艺场中、在收音机里，我们常可碰到祝英台，什么《十八相送》、《楼台会》、《英台哭灵》等等，都是群众所喜闻乐见的。可是在善卷洞外，我们又碰到了祝英台。据说这里附近，旧时曾有碧鲜庵与善卷寺同毁于火，相传英台读书处，原有唐刻的石碑，共六字，现存"碧鲜庵"三字，笔致很为古朴。昔人曾有句云："蝴蝶满围飞不见，碧鲜庵有读书坛",此外还有英台阁、英台琴剑之冢等,都是从前遗留下来的。有人认为祝英台是东晋时代的上虞人,怎么宜兴会有她的读书处?是耶非耶,不可究诘。我因此做了一首诗:"英台遗迹认依稀,莫管他人说是非;难得情痴痴到死,化为蝴蝶也双飞。"我在这一带溜达了好一会,忽又在碧鲜岩的石壁上发现了不少秋海棠,正在开花,一丛丛粉红色的花朵,鲜妍欲滴。我一向知道秋海棠并不是野生的,怎么岩壁上会有这么多,并且在后洞瀑布那边,就有大片的好几丛,都在开着好花。储烟水同志给我连根拔了一些,准备带回苏州去留种。我如获至宝,很为高兴,就根据古代诗人说秋海棠是思妇眼泪所化的神话,牵扯到祝英台身上去,咏之以诗:"碧鲜庵里读书堂,佳话争传祝与梁;遮莫相思红泪落,年年岩壁发秋棠。"姑妄言之,又有何妨?

我们游过了善卷洞,继游张公洞。难为吕县长和何局长跟湖㳇公社先行联系,给我们准备了火把、汽油灯。第二天我们就搭了专车直达湖㳇镇,然后步行四五里到张公洞。洞在盂山之下,只因这座山形如复盂,才以此为名。张公洞一名庚桑洞,据道书中说:"天下福地七十有二,此居五十八,庚桑公治之,因称庚桑洞;后来张道陵和张果老都在这里隐修,才又名为张公洞。"洞高数十丈,分为三层,下层好像是一座大厅,名"海王厅"。当初虽经整修,而在抗战时遭到日寇破坏,未曾修复,因此使我这个"前度刘郎",不免有风景不殊之感。洞中因经常有泉水下滴,遍地沮洳,我们都穿上了雨鞋,跟着汽油灯和火把走,为了四下里一片漆黑,不得不步步小心,像蜗牛般走得很慢。我们由公社同志们提灯为导,青年作家们擎着火把从旁协助,在许多小洞中忽上忽下,穿来穿去。有时岩石碰头,有时前无去路,有时石级滑不留脚,险些跌跤;虽有小小困难,大家一一克服,满不在乎,而趣味也就在此。虽有人说:"老先生们还是留下来,不要去吧!"而我却老有童心,不肯示弱,还是勇气百倍地跟着青年们走。先后到了水鼻洞、七巧洞、盘肠洞、棋盘洞、万福来朝、一片灵光等处,储烟水同志原是识途老马,每到一处,就口讲指划,历历如数家珍。

张公洞之妙,妙在洞中有洞,秘中有秘,一入其中,好像进入了迷魂阵,走投无路;比了善卷洞,似乎复杂多了。清代词人陈维崧曾有《满江红》一首咏之云:"移此山来,是当日愚公夸父。还疑请五丁力士,凿成紫府。曲磴崎岖犹可入,悬崖逼仄真难度。只洞中蝙蝠共飞攀、羊肠路。石注者,形如釜。石突者,形如鼓。更左拿右攫,狰龙狞虎。仙去已无黄鹤到,人来尚忆青鸾舞。渐云迷丹灶日西斜,催归步。"读了这首诗,可以窥见洞中奇奥的一斑。

我们由火把和汽油灯一路照着,在那些洞中洞里上上下下来来去去盘

旋了好一会，才到达了一个豁然开朗的所在，这大概就是出口了。这个出口也真特别，不在底下而却在高处，岩石真像被五丁力士劈了一大斧，才开出这么一个大天窗似的罅口来。我们一行人纷纷坐下来休息，回头向洞中一望，我不禁惊喜交并的喊了起来，原来洞顶上密布着盈千累万的石钟乳，蔚为天下奇观，奇形怪状，不是笔墨所能描摹。明代都穆说它们"如笋之植，如凤之骞，如兽之怒而走，饥而噬，盖洞之妙，至此咸萃"。我以为还不止此，那些石乳，有的像帝皇平天冠上的冕旒；有的像仙女五铢衣上的璎珞，有的像珠穆朗玛峰上永不消融的冰筋；有的像昆仑山千年古木上的瘿瘤；有的像宣化、通化果农场中的牛奶大葡萄，有的像……而石色也是有青、有白、有黄、有绛，还有斑斑驳驳辨认不出是什么色彩的；总之我自愧少了一枝生花妙笔，实在是难画难描，无所施其技了。

　　饱游了这江南第一奇的宜兴双洞，周身轻飘飘地，倒像带着仙气似的回到苏州；心神恍恍惚惚，仿佛真的从仙人洞府中来。过了一天，却又欢欣鼓舞地进入了鱼龙曼衍灯彩辉煌的另一境界，原来是跟大家欢度普天同庆的第十二个国庆节了。

一九六一年九月
（选自《行云集》）

662

浔阳江畔

一九六二年一月十七日　晴

下午三时,在南京江边登江安轮,四时启碇向九江进发,一路看到远处高高低低的山,时断时续。到了五时左右,暮霭已渐渐地四布开来。吃过了晚饭,到甲板上去看落日,但见西方水天相接的所在,有一抹红光特别的鲜妍,在它的上面,有一大片晚霞,作浅红色,可是不见落日,以为早已悄悄地落下去了。谁知到五时半光景,却见那一抹红光,色彩更浓,简直是如火如荼。一会儿浓缩成一个半圆形,接着渐渐扩大,竟变做了整圆形。中间偏右,有一二抹黑影,倒像是沾上了一些儿墨迹似的。这一轮落日,逐渐下沉,而余晖倒影入水,随着波光微微漾动,光景美绝。有时有一二只帆船驶过,就把这倒影立时搅碎了。大约持续了十分钟,这落日余晖才淡化下去,终于形消影灭,而夜幕就罩住在整个江面上了。由于风平浪静之故,船行极稳,倒像是粘着在水上,并不在那里行驶似的。可惜这不是春天,不然,我可要哼起那"春水船如天上坐"的诗句来了。

这次南行,有南京博物院曾昭燏院长,研究员尹焕章同志同行,说古论今,旅次差不寂寞。六时许过马鞍山,早就进了安徽境,听说马鞍山的对面是乌江镇,那边有一条乌江,就是当年楚霸王项羽兵败自刎的所在,喑呜叱咤的一世之雄而今安在哉!

一月十八日　晴

昨晚七时半就就寝,这是好多年来从没有过的新纪录。大约过了两小时醒回来,听得上一层和左右都有脚步声,服务员在招呼有些旅客们起身,说是芜湖到了。等到汽笛再鸣,轮机重又开动的时候,我又迷迷糊糊地入睡了。直到清早听得广播机报道铜官山快到时,这才离开了黑甜乡。这一夜足足睡了十二小时,也是好多年来从没有过的新纪录。起身盥洗之后,疾忙赶到甲板上去看日出。可是这时已六点钟了,还是没有动静,但见天啊水啊,都被轻纱蒙着,显出鱼肚白的一大片。只有东方一个所在,却有一抹淡淡的红晕,似是姑娘们薄施胭脂一样。一会儿这红晕渐渐地浓起来了,蓦然之间,却有一颗鲜艳的红星,从中间涌现了出来,红得耀眼,一会儿却又不见了,似是被谁摘去了似的。但是隔不多久,就在这所在跳出了一个猩红的大圆球,影儿倒在水面上,连水也被染红了。这红球越放越大,光也越亮越强,而沉睡了一夜的大地,也就完全苏醒了。我贪婪地看着看着,看这一片江上日出的奇景,似乎沉浸在诗境里,耳边仿佛听到一片"东方红,太阳升,中国出了个毛泽东……"的豪放的歌声,我的心顿时鼓舞起来,也情不自禁地歌唱了。

早餐后闲着没事,在休息厅里捡到一本去年十一月份的《解放军文艺》,先读散文,得《塞上行》、《草地篇》、《柳》、《访秋瑾故居》诸作,全写得美而有力。继读小说《强盗的女儿》也是有声有色的好作品。我不知道这几位作家是不是解放军中的战士,如果是的话,那真是能武能文的文武全才,使人甘拜下风了。

中午到达安庆,停泊约半小时,就和曾、尹两同志登岸一瞻市容,江边有几座美轮美奂的大厦,是旅社,是百货公司,是食品商店,都是崭新的建筑物,大概也是大跃进的产物吧?我们随又找到旧时代的街道上去溜达一下,觉得新旧的对比十分强烈,毕竟是新胜于旧,旧不如新。

过了安庆,我只是沉湎于那本《解放军文艺》里,爱不忍释,直到五时左右,才读完了最后的一篇,两眼已酸涩了,于是到甲板上眺望江景,只见左边有二十多座高高低低的山,一座连着一座,而前后左右,层次分明,倒像是画家画出来的一幅青绿山水长卷。过了这些连绵不断的山,却见有一座山孤单单地站在一边,姿态十分秀美,仿佛有一美人,遗世独立的模样,一望而知这是颇颇有名的小孤山了。山顶有庙宇,似很雄伟,山腰有白粉墙的屋宇多幢,掩映于绿树丛中,真像仙山楼阁一样。这时被夕阳渲染着,瞧去分外瑰丽,如果有丹青妙笔给它写照,可又是一幅绝妙好画了。十时三十分到达九江,就结束了这历时三十二小时的江上旅行。夜宿南湖宾馆,睡得又甜又香。

一月十九日　晴

南湖宾馆占地极广,建于一九五九年,面对南湖一角,环境很为清幽。

早起凭窗远眺,见庐山沐在初阳之下,似乎好梦初回,正在晓妆。九时半由交际处万秘书陪同往访古刹能仁寺。寺初建于公元五〇〇年前后,现有建筑是公元一八六九年即清代同治七年前后所建。梁初原名承天院,唐代增建大雄宝殿和大胜宝塔。当时占地二十余亩,原是一个大丛林,因迭经兵燹,并被美法教会侵占,以致寺址日削。寺内有八景,除了那七层的大胜宝塔外,有双阳桥、海汝泉、雨穿石、冰山、雪洞、石船、铁佛等。双阳桥下的池子,原与甘棠湖相通,水很清澈,每当傍晚夕阳将下时,从池东看水面,可见双日倒影,因名双阳。

出了能仁寺,又往西园路去看古迹浪井,居民都在这里汲水应用。据说这井是汉高祖六年灌婴筑城时所凿,因历年太久,早就湮塞。三国时孙权在这里立了标,命人发掘,恰恰正在原处,于是重又出水了。唐代李白曾有"浪动灌婴井,浔阳江上风",宋代苏轼曾有"胡为井中泉,浪涌时惊发"等诗句,可以作为旁证。清代宣统年间,才在井旁立碑,题上"浪井"二字,只因长江近在咫尺,听说江上浪大时,井中也会起浪,称为"浪井",更觉名实相副了。

下午二时十五分,我们搭火车转往南昌,六时半到达,省交际处以汽车来接,过八一大桥,据说全长一千一百米,跨在赣江上,是我国数一数二的长桥。夜宿江西宾馆。此馆才于去年建成,设计极为新颖,高达九层,耸峙于八一大道上,邻近八一广场,气势极为雄伟。内有房间百余,布置精美;三层楼上有一餐厅,作浑圆形,以白色大理石作柱,浅赭色大理石铺地,所有墙壁窗户以及一切设备,色调多很和谐;在此进餐,身心感到舒服,真可以努力加餐。

一月二十日　晴

上午九时半,由文化局戴局长伴同我们访问文管会并参观博物馆,凡飞禽、走兽、水族、蔬果农作物以至历史文物、革命文物,陈列得井井有条,并有不少塑像图画以及描写农民起义等历史彩画,可说应有尽有。尤其是革命文物,丰富多采,蔚为大观,参观之后,仿佛上了一堂革命历史的大课,不但眼界顿时扩大,心胸也跟着扩大起来。

下午二时半,驱车往郊外参观明末大画家八大山人纪念馆,这里本是青云谱道院,据清代夏敬庄所作记有云:"青云谱道院距豫章城一十五里,旧名太乙观,从城南门出,崇冈毗连,络绎奔赴,迤逦前进,豁然平野,芳草绿缛,溪流澄澈,青牛掩映于松下,幽禽唱和于林中,徐而接之,有琳宫贝阙,巍峨矗起于烟霞之表者,即青云谱也。(中略)有明之末,有宁藩宗室遗裔八大山人者,遭世变革,社稷丘墟,义不肯降,始托僧服佯狂玩世,继乃委黄冠以自晦,是为朱良月道人。道人故善黄老学,既易装,益兢兢内敛,复邀旧友四人同修真于院内,而以青云圃名其居,取青云左券之意也。道人居此既久,于道有得,颇著书,复工丹青、书法亦超妙,今二门额题'众妙之门'四字,即遗墨也。"(下略)

读了这一节文字,可以明了八大山人和青云谱的关系。在八大山人时代青云谱本称青云圃,清代嘉庆年间礼部尚书戴钧元重修时,不知怎的改"圃"为"谱",沿用至今。院内外有香樟、罗汉松等树,都是数百年物,郁郁葱葱,四时常青;尤其是中庭一枝古桂,据说是唐代遗物,枯干虬枝,分外苍老,枯干的中心又挺生出五小干来;合而为一,被树皮密密包裹,而在根部还是可以看出内在的五干的。瞧它蓊郁冲霄,欹斜作势,开花时节,一院皆香。壁间有清代南丰张际春集句联云:"闻木犀香否? 从赤松子游",就是为这古桂和那罗汉松而作。

纪念馆尚未布置就绪,当由老道出示八大山人书画十余轴,多系真迹,题款"八大山人"四字,似哭似笑,表示哭笑不得,所画鸟兽,往往白眼看天;而就中有一字轴题款"牛石慧",隐藏着草书"生不拜君"四字,表示他决不向清帝屈膝的一副硬骨头。我们又看到他中年和老年的两幅画像;中年的那幅,头戴竹笠,面容清癯,上端自题"个山小像"并题句云:"甲寅蒲节后二日,遇老友黄安平,为余写此,时年四十有九。"又云:"生在曹洞临济有,穿过临济曹洞有,曹洞临济两俱非,赢赢然若丧家之狗。还识得此人么? 罗汉道底。个山自题。"老年画像是黄壁的手笔,山人作打坐状,两眼向上,也分明是白眼看天的模样;至于那时的年龄,画上并没写明,就不可考了。后院有八大山人当年的住所,书斋前所挂"黍居"二字,是他的好友黎元屏所书。据说山人于清顺治八年(公元一六六一年)到这里来,初建青云圃,他从三十七岁到六十三岁这二十六年间,有大半的时间都隐居在这里,过着"吾侣吾徒,耕田凿井"的田园生活,并从事于艺术创作,书啊画啊,都是戛戛独造而寄托着故国之思的。三百年来,青云圃屡经兴废,饱阅沧桑,但把山人自编青云圃中的木刻图绘和现有建筑对照一下,那么可以看出外形结构,大致是相同的。"黍居"中有五言联:"开径望三益,卓荦观群书"一联,是山人手笔;又"黍居"外壁上有石刻山人七言联云:"谈吐趣中皆合道,文辞妙处不离禅",足见他对于道教和佛教都很信仰,而推测其原因,还是为了痛心于国亡家破,有托而逃的。

离开了青云谱,我们怀着十分崇敬的心情,参观了八一纪念馆,它的前身是江西大旅社,一九二七年八月一日南昌起义,就是由朱德、周恩来、刘伯承、贺龙、叶挺诸同志在这里运筹策划,发号施令的。终于以一万多人而歼灭了国民党反动军队三万余人,获得了辉煌的胜利。我们从底层一室又一室瞻仰到三楼,看到了不少的图文实物,又瞻仰了周恩来、叶挺诸同志的卧室和办公室,念兹在兹,心向往之,想起了三十五年前为了救国救民而艰苦奋斗的过程,不由肃然起敬,而联想到今天新中国的发扬光大,成绩斐然,真不是轻易得来的。在最后一室中,听讲解员同志指着井冈山的模型而讲到毛泽东同志和朱德同志的会师,娓娓道来,十分生动,眼前仿佛看到那种气吞山河的豪迈场面,真有开拓万古心胸之感,恨不得插翅飞到井冈山去,看一看黄洋界,而把毛主席那首《西江月》词放声朗诵一下,让山灵瞧瞧我们是怎样的兴高采烈哩。

晚七时到省采茶剧院去看采茶剧团的《女驸马》,这是从黄梅戏改编过来的。主演女驸马的青年演员陈明秀,声容并茂,获得很大的成功。听说采茶剧是近年来发掘出来的赣南传统剧种,因为唱腔近似采茶歌调,所以名为采茶剧,曾往首都演出,载誉而归。

<h2 style="text-align:center">一月二十一日　晴</h2>

上午十时往洪都机械厂幼子连的家里,跟连儿夫妇阔别年余,常在惦念,今天才得一叙天伦之乐。次孙江江,生才十三个月,似乎已很解事,一见了我,就非常亲热,老是对着我笑,抱在手上,真如依人小鸟一样;他不但已在学舌唤爸唤妈,并且已能扶床学步了。中午就餐,难为他们俩给我做了九个菜,鱼肉虾蛋,汤炒冷盆,一应俱全,酒醉饭饱,尽欢而返。这一对小夫妇,是我家下一代十个子女六个婿媳中仅有的两个共产党员,生活在春风化雨似的党的教养之下,安心工作,并且进步得很快。我常常以此自慰自勉,要鼓足老劲,力争上游,因为我是一个光荣人家的光荣爸爸啊!

归途经过一个规模很大的百货商场,进去参观一下,遍历三楼,见百货充牣,顾客云集,一片繁荣景象。随又小游中山路,欣赏了花鸟商店中的几只绿毛娇凤,和几个松、柏、鸟不宿盆景,总算是尝鼎一脔,亦足快意了。

<h2 style="text-align:center">一月二十二日　晴</h2>

今天是我预定参观园林绿化的日子,上午九时,园林管理处余处长和技术员李同志来访,出示人民公园、八一公园和沄上烈士陵园的设计图纸,说明这三个园子正在进行建设,要逐步充实提高。我仔细一一地看过了三张图纸,先就心中有数,于是一同出发到现场去参观。先到人民公园,面积广

达五六百亩,还没有普遍绿化,道路也还没有建成。他们有一个开挖池塘堆造假山的计划,但还没有施工。我建议先把绿化工作做好,多种花树果树,并分类成片,一年四季都要有花可赏,而池塘也须分作鱼池和莲塘两种,养鱼可供食用,当然重要,而莲塘既可观赏,也有经济价值,所以不养鱼的池塘,就非大种莲花不可。至于堆造假山,当然不可能采用苏州的太湖石,何妨就地取材,挑选南昌一带纹理较好的山石,用土包石的手法,适当地点缀一下。除此以外,我又建议划出地面百亩,开辟一个药圃,凡是庐山和江西其他地区的药用植物,都可引种过来,分门别类地广为培植,不但可以治病救人,而开花时有色有香,也是大可观赏的。

八一公园位在市中心,占地不到百亩,特点是有一片挺大的池塘。池水澄清可喜,备有划子十余,可以供人嬉水。有桥长达九米,与一小岛相通,可惜桥面桥栏,全用木制,如果改用石造,那就经久耐用,可以一劳永逸了。至于那个小岛,更要作为全园重点之一,好好地布置起来。地点恰好邻近百花洲,正可在岛上多种观赏花木,那么百花齐放,四季皆春。堤岸上有垂柳碧桃,互相掩映,而池边浅水滩上,也可成行成片的种植芦苇、蓼花和芙蓉花,年年九秋时节,就可看到芦花如雪,红蓼和芙蓉争妍斗艳了。岛的中心可建一八角形的亭子,簇拥在百花丛中,可称之为百花亭。此外他们还计划在园中冲要地区,建立一座八一纪念堂,我因又建议将来落成之后,应在四周全种红色的花花草草,而以石榴为主体,那么红五月里"蕊珠如火一时开",眼看着一片猩红,更显示出这是天地间的正色,而联想到八一起义时树在南昌城中的第一面红旗来了。

沄上烈士陵园辟在郊外沄上地区,是革命烈士们的陵墓所在。现已绿化的约在三千亩左右,可以发展到一万余亩,作为一个大型的果园和森林公园。现已种下桃、梨、枇杷共七千多株,而以桃为大宗,葡萄也有栽植,收获不多。我以为果树品种似乎太少,柑、桔、李、杏、苹果也有引种必要,而名满天下的南丰橘,是江西特产,更非在这里扎根成长大大繁殖不可。此外如富于经济价值的杉、榉、香樟、银杏、乌桕、油桐等树,也要像"韩信将兵,多多益善",何妨百亩千亩的培植起来。至于烈士陵墓部分,我以为在进口处应建一墓门,以壮观瞻,而墓前墓后,还该建立一个战斗场面的大型塑像和表扬烈士们丰功伟绩的纪念碑,可以供人凭吊,永垂不朽。风景区的建立,千头万绪,一时难以着手,何妨以地点较为近便的狮子脑一带作为尝试。那边有山有水,条件不差,只要布置得富有诗情画意,便可引人入胜。

总的说来，南昌的园林建设，为了人力物力的关系，必须分别缓急，先把八一公园和人民公园充实提高起来。树木独多柏树，还须多多搜罗其他品种，使其丰富多采，为全市生色。目前省领导上正在掀起一个全省性的植树运动，干部人人动手，波澜壮阔，十年树木，事必有成，将来浔阳江畔，突然成为一个绿天绿地的大绿化区了。

入晚，省文化局长石凌鹤同志来，商谈重建滕王阁事。我早年读了王勃赋中"落霞与孤鹜齐飞，秋水共长天一色"的名句，向往已久，哪知此阁早已夷为平地，只存一个空名罢了。前天我在博物馆中看到一张滕王阁图，崇楼杰阁，宏伟非常，如果照样重建，谈何容易。我因建议必须仿照苏州市整修旧园林多快好省的办法，先把全省旧建筑摸一摸底，集中旧装修备用；凡是雕工细致的门窗挂落都须尽量搜罗，有了这些基本材料，才可动手兴工。此外绿化环境，也要多多搜罗高大苍老的树木，才可和古色古香的滕王阁配合起来，相得益彰。

一月二十三日　晴

一梦蘧蘧，还在惦念着井冈山，不能自已，只因行色匆匆，将于今天结束在南昌的参观访问，再也不可能前去瞻仰这革命胜地，只得期诸异日了。黎明即起，收拾行装，即于六时三刻告别了曾、尹二同志，搭车到向西站，再搭上海来车转往广州。别矣南昌，行再相见！浔阳江畔的四天，在我生命史上又描上了绚烂的一笔。

一九六二年二月
（选自《行云集》）

举目南溟万象新

“羊城我是重来客，举目南溟万象新；三面红旗长照耀，花天花地四时春。”可不是吗？一九五九年六月，我曾到过广州，这一次是来重温旧梦了。住在那硕大无朋而崭新的羊城宾馆里，是一个新的环境，凭着窗举目四顾，觉得整个广州真是“日日新，又日新，新新不已”；而花天花地，四时皆春，又到处呈现出一片欣欣向荣的新气象，几乎忘了我那个瑟缩在寒风里的苏州老家，禁不住也要像刘禅那么欢呼起来：“此间乐，不思蜀”了！

这一次我来广州，是特地为了补课来的，要到上次我所没有到过的地方去参观访问。第一个课题是什么？就是至至诚诚地去拜访往年毛主席所领导的农民运动讲习所。看了毛主席住过的那个屋不成屋的廊庑一角和简单朴素的桌椅竹箱，谁也料不到竟在这里发出了旋乾转坤的原动力，造成了惊天动地的大事业；又连带想起了当时的盘根错节，缔造艰难，才知今天我们六亿五千万人民的幸福，真不是偶然得来的。观光之下，等于上了一堂革命大课，深受教育，更觉得我们非听毛主席的话、跟着党走不可。

第二个课题是：到海南岛去参观访问，这是祖国南方的一个宝岛，有着无穷无尽的宝藏，即使不想去觅宝，也该去赏赏宝啊！可是我是个单干户，此去孤零零地，未免有举目无亲之感。却不料洪福齐天，恰恰遇到了从上海来的七位男女朋友，就凑成了“八仙过海”的一个集团，以团长胡厥文同志权充张果老，率领我们七仙浩浩荡荡地飞往海南岛去。先就到了海口，参观了五公祠、海瑞墓，发一下思古之幽情。又访问了海口罐头厂，尝到了精制的凤梨、荔枝、菠萝蜜和椰子酱，不单是甜在口舌上，直甜到心窝里。听了厂长的报告，才知道也是经过了一番惨淡经营，从烂摊子逐渐发展起来的。

从这里转往一百十三公里外的嘉积，会见了琼海县妇联主任冯增敏同志，大家向她致敬。瞧她只是一位无拳无勇的老大娘，哪知她就是电影《红色娘子军》的主角，当年还是一个冲锋陷阵杀敌如麻的连长哩。

凡是来过海南岛的人，谁不啧啧赞美国营华侨农场，于是我们也就兴兴头头地到了兴隆，一万多回国的侨胞，先后在这里安家落户。这一个华侨农场，完全是从无到有白手起家的场合，看到了林林总总不可胜数的橡树、油棕、椰子、咖啡、胡椒、剑麻以及其他香料作物和药用作物，一株株都有经济价值，一株株都是摇钱树。我们这个集团中的朋友们以为我种了好多年的花花草草，定是一个见多识广的专家，往往指着那些奇奇怪怪的花草树木来考考我。谁知我一踏上这个宝岛，竟变做了个无知无识的大傻瓜，除了回报得出少数自有的品种以外，几乎交了白卷，只能勉强地给批上个一二分罢了。

到了榆林港鹿回头，我们住在椰子林中间，别有洞天，而又两度到小东海、大东海的海滩上去观海。我最欣赏苏东坡诗中所提起过的那个"天涯海角"，凭着岩石望到远处，顿觉胸襟豁然开朗，真有海阔天空之感。因有诗云："榆林港外看恬波，叶叶风帆桅比过；洗尽俗尘三角斛，海天啸傲一高歌。"这两次我的收获可大了，不但拾到了五色斑斓的无数贝壳，又捡到了不少光怪陆离的石块；手捧、袋装、帕子包裹，还觉得不顶用。团员们笑我贪得无厌，愚不可及；却不知道这正是我充实盆景的好材料，回去还可以举行一个海南宝贝的展览会，高唱得宝歌哩。

接着我们又驱车到莺歌海去，刚过立春，虽还没有听到莺歌，却看到了大片大片的盐池和雪一般皑皑一白的几个盐丘。吃了大半世的盐，从没有见过盐池盐丘，今天才开了眼。此外又到八所港去看海舶接运含铁量百分之六十到九十的石碌矿砂，从皮带运输机的长长皮带上一堆堆的传送过去，这又是我破题儿第一遭所看到的。

离了八所，前往那大，此地属儋县，旧为儋州，一名儋耳，那位"日啖荔枝三百颗，不辞长作岭南人"的诗人苏东坡，曾在这里作太守，遗风余韵，犹在人间。听说四十公里外有东坡祠，因限于时间，欲去不得，只得向他老人家道个歉，恕我失礼不来拜谒了。但是忙里偷闲，仍然参观了周总理亲笔题赠"儋州立业、宝岛生根"八个字的亚热带作物科学研究所，在标本园中溜达一下，又增长了好多关于亚热带作物的知识。经过了一夜的酣眠，才又回到海口。这七天里东西南北，几乎绕了一个圈儿，仿佛到了世外桃源，精神和物质，都获得了丰收，简直是消受不尽；于是我又情不自禁地唱了起来："鹏搏

千里来琼岛，瑶草琪花尽是春；掉臂游行经七日，此身恍已隔红尘。"

第三个课题是以湛江市为目标，上了飞机仅仅四十五分钟就到了。车过处绿荫交织，如张油碧之幄，一条条都成了绿街。我们参观了雷州青年运河灌区的大土坝，曾有三十五万人在这里胼手胝足地参加过工作，嘘气成云，挥汗如雨，要在人间造成一条天上的银河，这是一个多伟大多豪迈的功业啊！我们在那曲曲折折长达七公里的大坝上行进，经过了三八、五四、民兵、太平、横山等几个坝，一面放眼观赏那清可见底的湛湛绿水，又不时看到一个个盆景一般的小岛屿，好像都在向我提供制作山水盆景的好范本。我更欣赏坝头几条并行的大渠道绿油油的水不断地激荡翻滚而下，倒像是一匹匹的绿罗缎，美丽极了。

从湛江飞回广州，喘息未定，羊城晚报的女记者俞敏同志早就等着我，自告奋勇地伴同我当晚去游花市。这本来是我的第四个课题，当然是乐于从命了。我们赶到了越秀区的花市，这里不单是万花如海，也竟是万人如海，灯光映着花光，花光映着人面，都是喜滋滋地反映出欢度春节的热情。我在人堆里挤呀挤的尽着挤，贪婪地要看一看那"慕蔺已久恨未识荆"的吊钟花；经俞敏同志一指点，才得看到，真的是相见恨晚了。据说今年因立春较迟，花也迟开，含蕊的多，开放的少，有白色的，也有粉红色的，花瓣重重，很为别致，中间吊出几个垂丝海棠似的小花蕾，那就是具体而微的钟了。第二天是除夕，就在下午三时伴同我们八仙集团中的"仙侣"和俞振飞同志再逛花市，看花人和买花人纷至沓来，比昨晚上更热闹了。巴金同志伉俪也带着一双儿女同来看花，相视而笑；我希望他回去一挥生花之笔，要给花市捧捧场啊。红喷喷的牡丹、山茶、大丽、碧桃、海棠等等，还夹杂着黄澄澄的金橘和柑橘，似乎都带着笑，在欢迎那些辛勤工作了一年的劳动大众，恨不得都要从竹架上跳下来，跟他们回到家里去好好地慰劳一下。

陈叔通老前辈在离开广州的前夕，曾对我们说："从化温泉区是个人间仙境，最爱无花不是红，你们从海南岛回来后，非去不可。"于是我们才回到广州，过了除夕，就于春节第一天赶往从化去。那个偌大的宾馆园地，分作三个区：松园、竹庄、翠溪，到处是嫣红姹紫的花；到处是老干虬枝绿荫如盖的荔枝树和其他从未见过的南国嘉树。尤其难得的是南来第一次看到的一个小梅林，好多株宫粉红梅正在怒放，让我们饱领了色香。我们住在湖滨大楼，下临大片碧水，简直是净不容唾。环境幽静已极，只听得嘤嘤鸟鸣；住在这里，像是羽化登仙，进了仙境哩。我并不想坐下来休息，就忙不迭地在那独用的温泉小浴池里洗了一个澡，在水上泊浮了一会，又让莲蓬头中喷下来的温暖碧绿的水,冲去身上积垢,更觉得脚健手轻,精神百倍。在这里欢度春节,住了一夜,才恋恋不舍地回广州去,车中写了两首小诗,以志一时胜事:"竹庄才看萧萧竹,更向松围抚稚松;我往湖滨凌碧水,琳宫贝阙一般同。""一脉温泉真绿净,解衣旁薄浴于斯;醍醐灌顶无余垢,快意生平此一时。"

一九六二年三月

（选自《行云集》）

673

图书在版编目(CIP)数据

周瘦鹃文集：珍藏版 / 范伯群主编. —上海：文
汇出版社，2015.1
ISBN 978-7-5496-1061-7

Ⅰ.①周… Ⅱ.①范… Ⅲ.①中国文学－当代文学－
作品综合集 Ⅳ.①I217.2

中国版本图书馆 CIP 数据核字(2015)第 024089 号

周瘦鹃文集(珍藏版)上、下卷

作　　者 / 周瘦鹃
主　　编 / 范伯群
副 主 编 / 周　全　黄　诚　周　渡

责任编辑 / 熊　勇
特约编辑 / 陈雪春
封面装帧 / 张　晋

出版发行 / 文匯出版社
　　　　　　上海市威海路 755 号
　　　　　　(邮政编码 200041)
经　　销 / 全国新华书店
排　　版 / 南京展望文化发展有限公司
印刷装订 / 上海中华商务联合印刷有限公司
版　　次 / 2015 年 1 月第 1 版
印　　次 / 2015 年 1 月第 1 次印刷
开　　本 / 720×1000　1/16
字　　数 / 1100 千字
印　　张 / 92.75(彩插 8 页)

ISBN 978-7-5496-1061-7
定　　价 / 128.00 元

周瘦鹃文集

珍藏版（下卷）

范伯群／主编

文汇出版社

目　录

杂 俎 卷

艺界交游及影剧评论

翻译卷

欧美名家

OUMEIMINGJIA

1917年2月出版的《欧美名家短篇小说丛刊》书影。周瘦鹃为筹结婚费用,将版权卖给中华书局。而美编也为他设计了"燕双飞"的封面,以祝其"双飞乐"也。

托尔斯泰（Lco Tolstoi）　原著

宁人负我
(A Long Exile)

托尔斯泰小传（1828—1910）

托尔斯泰伯爵（Count Lco N. Tolstoi）以一八二八年八月二十八日[①]生于都拉（Tula）之亚那亚波拉那（Yasnaya Poliana）。初求学于墨斯科[②]及甘惹（Kazan），后入高加索军中，从高咨却高夫亲王（Prince Gostschakoff）出征土耳其。一八五五年西伯司都波尔（Sebastopol）之役，亦与焉。事定，解甲归，而已以诗家、小说家闻，出入圣彼得堡文酒场中，人皆刮目。居未久，即作德意志、意大利之游。一八六二年，年三十四，始结婚。卜居墨斯科左近之领地上，与农人辈杂处。居恒以著书、种植为乐。更立一小学校，聚农家子弟，躬自教诲之。其课程之周密，教法之良美，实俄国两都所未尝有者。复擅医术，邻人病，每自趋视，且为之治汤药，亲切备至，人罔不感泣。隐高加索山日，草《婴时童时少年时》（*Childhood，Boyhood，and Youth*）、《尼克路道夫亲王忆语》（*Memoirs of Prince Nekludoff*）二书，并《哥萨克兵》（*The Cossacks*）短篇小说一。游西欧诸邦时，有《大风雪》（*The Snow Storm*）、《二骠骑兵》（*Two Hussars*）、《家庭幸福》（*Family Happiness*）、《三死》（*The Three Deaths*）、《波立柯希加》（*Polikushka*）诸作。一八六五年成一巨著，曰《战争与和平》（*War and Peace*），言拿破仑征俄事，奕奕有生气。一八七五年草哀情小说《阿娜喀丽尼娜》[③]

---

① 俄历，即公历 1828 年 9 月 9 日。
② 墨斯科：今译为莫斯科。
③ 今译为《安娜·卡列尼娜》。

（Anna Karenina），三年而成。书出，风靡全国，一时推为文学界唯一之杰构。一千九百年，著《复活》（Resurrection），立与前二书先后传诵全欧，迻译者不下十数国。一千九百十年，忽弃家远适，将以隐遁终其身。寻病，遂以十一月二十日卒于阿司塔波伏（Astapovo），人皆伤之。综其一生著述，舍说部外，尚有宗教书及短篇杂作无算，均传。

却说佛拉迭末镇中，住着个少年商人，名儿唤做挨克西诺夫。开着两处商店，生涯倒也不恶。他出落得也唇红齿白，眉清目秀，好算得个美少年。瞧他一天到晚，没有不快意的事，只谑浪笑傲，拍手高歌。所以人家但见他天天开着笑口，从没愁眉不展的时候。他在十七八岁时，整日价沉溺在麴糵里头，手不离杯，杯不离口，旁的事儿，一概都不问。不知道有天地，也不知道有岁月。人家说终老温柔乡，他却有终老醉乡之概。后来结了婚，便斩钉截铁的和酒绝交，流连于温柔乡，倒把醉乡忘怀了。有时偶一为之，也不过略略沾唇罢咧。

有一年夏天，挨克西诺夫预备上尼奇拿夫各洛市场去，和他老婆告别。他老婆道："伊文，这一回你别去。昨夜我曾做了一个梦，甚是不吉，出去怕不利。"伊文道："你怎总是这样害怕，怕什么来呢？"他老婆道："我自己也不知道怎的如此害怕？只那梦委实不吉，梦中我见你一天从镇中回来，除下帽儿时，却满头都是白发咧。"挨克西诺夫笑道："这梦儿怎见得不吉，或者倒是好运的预兆。这一回我出去做一个好买卖，将来把金儿银儿满载而归咧。"当下他便珍重一声，和老婆作别去了。半路上遇了个素识的商人，先喝了两杯茶，指天划地的畅谈了一会，夜中在一块儿宿着。两间卧房，只隔得一堵墙壁。半夜里，挨克西诺夫已醒，只为急着要趱程，忙唤马夫起来配好马车，付了账，一个人先自走了。走了约摸四十浮斯脱（俄里名，每里合一英里之三分之二），就找店家用早餐。喝了一杯茶，恰见旁边有一只六弦琴，顿时触动歌兴，拉着唱将起来。正唱得高兴，猛听得铃声琅琅，蓦地里来了一辆车儿，走出一个警官和两个警士来，捱近挨克西诺夫，突然问道："你是谁？从哪里来的？"挨克西诺夫一一从实答了，接着就请警官用茶。那警官又问道："昨夜你宿在哪里？一个人独宿呢？还是和旁的商人宿在一起？今天早上可曾瞧见那商人没有？你为什么捱不到天明，就在半夜里离那客店？"挨克西诺夫自问并没做过什么亏心事，便愤然道："我是个做买卖的，既不是梁上君子，又不是绿林暴客，何用长官盘诘。"那警官道："我是个警官，盘诘你也有原由。因为昨夜同你宿在一起的那个商人，已在客店中被人谋杀，此刻快把你一切东西取出来，给我过一过目。"又向那两个警士道："搜他的身上。"两人不敢怠慢，即忙搜了一遍，又把他的行李打开来，一阵子的乱翻。一会儿，那警官忽地从一只行囊里掏出一把刀来，大声道："这刀子是谁的？"挨克西诺夫一瞧，见那刀上血痕斑驳，不觉大吃一惊。警官又问道："这刀子上的血又从哪里来的？"这时挨克西诺夫早已心惊胆战，断断续续的说道："我……我不知道……这刀子不……不是我……我的。"警官道："今天早上，就发见那商人已刺死在床上。昨夜惟有你一人和他宿在一起，并没旁的人。并且他那房间的门儿是在里面下锁的，外人谁也不能进去。只是你的房间，却能和他相通。这就是两个铁证，你可掩饰不去的。况且那凶器如今也在你袋中搜得，还有什么话说。你的面庞，也着实使人起疑呢。快和我说，你怎么杀死他的？又盗得了多少钱？"挨克西诺夫并没做这杀人的勾当，自然死也不肯承认，回说我和那商人喝过茶分手后，便没有见过他一面。所有八千卢布，是自己的东西。那刀子却不知道从哪里来的。说时，声音颤颤的，脸儿白白的，全身也瑟瑟地乱抖，直从头上抖到脚尖，好似真个犯了罪的一般。警官便不由分说，立刻唤警士们缚了，送入车中。挨克西诺夫平白地蒙了这不白之冤，禁不住痛哭失声，想起了闺中少妇，正屈指数着归期，更觉得心如刀割，已割成了个粉碎。不多一刻，已关进近边一个监狱里去了。官中人又派人到佛拉迭末去，探听他平日的行为。那边的商人和镇中人，都说他十七八岁时，很喜欢酗酒，有时不免要闹事。只近几年来，却很端方，待人也极其和气，从不把疾言厉色向人的。叵耐铁案如山，万难平反。不上几天，便经法庭审讯，说他谋杀商人，盗取二万卢布，那把刀子，便是一个铁证。挨克西诺夫有口难辩，只得听他们怎样处置。审罢，依旧入狱。只可怜那闺中的细君，苦念着藁砧。一天二十四点钟中，兀是弹泪饮泣，不知道怎样才好。膝下儿女，都还弱小。一个尚在襁褓之中。没奈何只得牵男携女，到那监狱里去探望丈夫。那狱官起初拒绝不许，好容易经了几次的哀求，才蒙允许。挨克西诺夫夫人趑将进去，又见她丈夫赭衣被体，铁索郎当，杂在那许多杀人犯中间，心中一阵悲痛，便扑的倒在地上，晕了过去。停会儿，才渐渐醒来，坐在丈夫身旁，先把家里一切情形说了一遍，然后问他无端怎么受这冤枉。挨克西诺夫忍着痛，把前事一一说了。说完，夫人又含悲说道："现在我们该怎样想个法儿，洗刷你的罪名，难道眼看着你冤沉海底，白白送死不成。"挨克西诺夫道："我也想不出什么法儿，除非上书皇帝，痛切陈情，或者有一线的希望。"夫人就和他说，前几天早已上书皇帝，但是至今还没有消息，不知道递不上去呢，还是有旁的意思。挨克西诺夫听了，一声儿也不响，

似乎已经绝望的样子。夫人道："你可还记得么？当时你出门的当儿，我曾和你说做过一个恶梦，梦见你满头都是白发，如今你遇了这意外，忧急过度，头上的发儿，当真一丝丝的白了，可不是恰好应了那个梦么。唉，你这一回原不该出门的。闭门家里坐，这一场大祸未必会从天上来呢。"说时，把纤指理着她丈夫的头发，又道："我亲爱的郎君，你从实和你妻子说，当真杀死那商人不曾？"挨克西诺夫悲声说道："旁的人疑我，你也疑我么？"说完，掩着脸儿，放声哭了。这时，那守狱的宪兵已闯将进来，说时候已到，催着挨克西诺夫夫人出去。夫人不敢违拗，只得和她丈夫告别。这一天直是他们夫妇两口儿永诀之日，从此再也没有相见之期啊。

挨克西诺夫目送他夫人去后，心想：我怎么如此不幸，旁的人疑我还说得去，连自己的床头人也疑起我来，这是哪里说起？接着便喃喃自语道：唉，除了上帝以外，怕没有第二人知道我的了。我只得求上帝垂怜，求上帝大发慈悲。从这一天起，他便不望皇上的赦免，只天天掬心沥诚，祷告上帝。过了几天，已定了罪，判了个终身监禁。先处鞭刑，然后罚作苦工。可怜挨克西诺夫竟生受这世上最惨酷的刑罚，遍体鳞伤，没一块儿完肤。到得伤势痊可，就同旁的罪人一块儿，送往那冰天雪窖的西伯利亚去了。挨克西诺夫手胼足胝，在西伯利亚一连做了二十六年的苦工。一头的秀发，已白如霜雪。颔下白髯萧疏，宛像银丝一般。一生乐趣，早已化做乌有。一年三百六十五天，从没一天略开笑口。早起夜眠，只是正襟危坐，祷告那慈悲的上帝。光瞧他一个翩翩美少年，已变做了个老头儿。背也曲了，走路也蹒跚了。他在狱中，学做皮靴，得了些儿钱，便去买那许多殉道人的书儿，在铁窗下澄心诵读。每逢来复①日，总到狱中的小礼拜堂去，高唱圣诗。那声音却还不减当年，甚是响朗。狱中官长，都称他品行端正，实是罪犯中不可多得的人物。同伴们也都器重他。有的唤他做祖父，有的唤他做圣人。凡有人要向官长陈情，总请挨克西诺夫去做说客。同伴中倘有什么争端，往往请挨克西诺夫替他们判断。只要他说一声谁是谁非，大家都倾服，没一个敢说个不字。挨克西诺夫好几年做了这他乡之客，欲归不得。望断云山，也不见飞来只字，不知道他老婆儿女是生是死，好不挂念。

一天，他们狱中，又有一群新罪犯到来。到了晚上，那许多老罪犯便聚在他们四周，开起谈话会来。问他们从哪里来的？犯了什么罪？你一句我一句的，兀是刺刺不休。挨克西诺夫只坐近了他们，垂着头，细细的听着。

---

① 指礼拜天。

就中有一个六十来岁、长身白发的人，开口说道："兄弟们，我流到这里来，并没犯了什么大不了事。只为从一辆雪车上解下一匹马儿来，可巧被人家拿住，说我是个盗马贼，想盗这马呢。我虽苦苦分辩，总辨不清楚。后来审了一场，就胡胡涂涂的送到西伯利亚来了。然而公道自在，想来不久就能回去咧。"一人问道："你从哪里来的？"那老犯答道："我从佛拉迭末镇来的，我出身原是那边的人。姓西米拿维克。名儿唤做梅荀。"挨克西诺夫一听得"佛拉迭末镇"五字，分外清明，忙抬起头来问道："西米拿维克君，你可知道那边有一个商家，唤做挨克西诺夫的，如今可还存在么？"那老犯答道："我知道，我知道。挨克西诺夫原是镇中著名的富商，只可怜他受了杀人的嫌疑，早年就流到西伯利亚来了。只你老人家为了什么事到这里来的？"挨克西诺夫道："我为犯了大罪，在这里已做了二十六年的苦工。"老犯道："你犯的是什么罪？"挨克西诺夫道："总之我罪有应得，此刻也不必去说它。"当下那几个老同伴便把他的冤狱和西米拿维克说了，西米拿维克听罢，向挨克西诺夫熟视了好一会，拍着膝盖，大呼道："奇怪，这真奇怪。祖父，你已老得多了。"大家问他什么事奇怪，他却不肯回答，只说道："兄弟，这事儿煞是奇怪，想不到我们却在这里相见。"挨克西诺夫一听这话，心中顿时起了一重疑云，疑这西米拿维克即是当年杀死那个商人的凶手。于是忙问道："西米拿维克，我从前的事，你也知道么？你从前可曾遇见过我没有？"西米拿维克道："我倒也有些儿忘却，这事似乎很长久咧。"挨克西诺夫又问道："那个杀死商人的凶手是谁？你或者也知道么？"西米拿维克笑道："知道，那凶手在那商人行囊里找到了一把刀子，把他杀了，便把这带血的刀子掉在你的行囊里，人不知鬼不觉的飘然而去。"挨克西诺夫到此，心中已雪亮，知道这人正是陷害自己的凶手。便也不说什么，霍地立起身来，搭讪着走开去了。这一夜他在床上翻来覆去，再也不能入睡。通宵转侧，悲从中来。影象种种，逐一现在眼前，仿佛瞧见他老婆玉貌如花，仍和从前把别时一模一样。一时见她的粉靥，见她的妙目，且还听得她银钟也似的语声笑声。一会又仿佛瞧见他所爱的儿女，娇小玲珑，玉雪可念，正掬着笑容向他。一会又记得那天在旅馆中弹着六弦琴的时候，何等快乐，哪里知道警吏突然来了，不分皂白把他拘了去，生生的送入黑狱之中。一会又记得被鞭的时候，何等痛苦，行刑人执着皮鞭立着，恶狠狠的，好似魔鬼一般。鞭儿着处，血肉纷飞。四下里却还有无数没心肝的人瞧热闹，说着好顽咧。一会又记得铁索琅琅，长途仆仆，往西北利亚来了。一会又记得二十六年中做着苦工，消受了万般苦况。这些如云如烟的影事，霎时间潮上心头。只觉得苦多于乐，哭多于笑。当下里不由得不

咬牙切齿的说道："我这大半生都害在那恶贼奴手中,一辈子也忘不了他呢。"一会儿却又心平气和起来,想宁人负我,我毋负人。如今年已老了,死正不远。与其报仇于那人之身,不如自己早些儿死,保着我一个清清白白的身体,总算一生没有对不起人家的事。当夜便祷告了一夜,第二天也并不和西米拿维克接近,连正眼都不向他瞧一瞧。

像这样过了两来复,夜中往往不能安睡。心坎里觉得悲痛万分,不知道怎样摆布才好。有一夜偶然走过一间狱室,猛见一只床架下边,似乎有个人躲在那里。立定了瞧时,却见那梅苟西米拿维克霍的直跳出来,瞧着挨克西诺夫,两眼中都现着慌张的样儿。挨克西诺夫假做没有见他,依旧向前走去。西米拿维克却斗的一把拉住了他,说正在墙脚下掘一个洞儿,预备逃走呢。接着又道:"老人,你倘替我守着秘密,我便把这出路和你说。要是泄漏出去,给大家知道,或者报告上官,把我鞭个半死,如此我就不与你干休,定要结果了你的性命才罢。"挨克西诺夫摆脱了西米拿维克的手儿,怒气勃勃的瞧着他说道:"我不想逃走,你要杀尽杀。委实说,你已杀了我好久咧。从今以后,我一切都听上帝。上帝教我怎样,我就怎样。"第二天早上,那许多罪犯们都照常去做工,却有一个守兵一眼瞧见西米拿维克脱了靴子,把一靴子的泥都倒在地上。那守兵见了,立时起了疑,忙去报知狱官,大搜狱室,末后果然发现了那个洞儿。一会便召集了全狱的罪犯,问是谁掘这洞的? 大家面面相觑,没一个肯承认。那狱官知道挨克西诺夫是个诚实人,或能从他口中探得消息,便向他说道:"老人,我一向知道你是诚实的,如今当着上帝告诉我,掘这洞的到底是谁?"这当儿挨克西诺夫手也颤了,嘴唇也颤了,好久说不出一句话来。心中却在那里想道:我半生幸福,都给那恶贼奴葬送了个干净。此刻正好趁此报仇,一消心头的愤气,我为什么放过他! 转念却又想那鞭刑何等的可怕,我是过来人,曾经尝过味儿的,怎忍下这毒手,使他受那切肤之痛,还是依旧照着"宁人负我,我毋负人"八个字做吧。于是闭着嘴儿,默然不答。那狱官又道:"老人,你来,从实和我说,掘那洞的是谁?"挨克西诺夫瞧了西米拿维克一眼,说道:"上官,这个我不能告诉你,上帝也不许我告诉你。因此我就仰体上帝之意,恕不奉告。上官倘要怎样处置我,尽请施行。罪人可是在上官权力之下,生死唯命的。"接着那狱官又说了许多好话,苦苦劝他说,他却一百二十个不开口。没奈何,只得把这事儿搁起不问。第二天晚上,挨克西诺夫已上床睡了,怎奈两眼像鱼目似的,兀是合不拢来。猛可里却觉得有人蹩将进来,在自己足边坐下。挨克西诺夫仔细一瞧,见是梅苟西米拿维克,便开口问道:"你来做甚?可有什么事见托么?"西米拿维克低着头儿,不则一声。挨克西诺夫便坐起来说道:"你还有什么事?快去快去,不去时,我可要唤那守兵们来了。"西米拿维克挨近了他,低声道:"伊文挨克西诺夫,求你恕我。"挨克西诺夫道:"恕你什么?"西米拿维克道:"要知当年杀害那商人的即是我,把那刀子掉在你行囊中的即是我。那时我本来也想结果你性命的,只为听得门外忽地起了些儿声息,因此着了慌,把刀掉了,从窗中逃将出去。我害了你二十多年,还求你恕我则个。"挨克西诺夫箝口结舌似的一声儿也不响,西米拿维克屈膝跪了下来,又道:"伊文挨克西诺夫,请你恕我,瞧着上帝分上,恕我。现在我要一心忏悔,使他们知道我实是杀害那商人的真凶,你实是个没罪的人。这样或能还你自由,送你好好儿回家去咧。"挨克西诺夫道:"我还回到哪里去?我老妻听说已经死了,我子女总已不认识我了。世界虽大,可没有我的去处呢。"西米拿维克依旧跪着,把头儿撞着地说道:"伊文挨克西诺夫,求你恕我。我见了你,比受那鞭刑还要难堪。伊文,你简直是世上唯一的好人。我害了你,你不但不念旧怨,刚才倒反替我守着秘密,免我受那惨无人道的鞭刑。你这种生死骨肉的大恩,我生生世世忘不了的。只我此刻还求你为了上帝分上,恕我以前的罪恶。我实在是个该死的恶人!"说到这里,放声哭了。挨克西诺夫见他哭,也禁不住流下泪来。一会才道:"你既能忏悔,上帝自也恕你。或者我生平的罪恶,正百倍于你,也未可知呢。"从此以后,他不想出狱,也不想回家,只委心任运,等那死期到来。但是梅苟西米拿维克良心发现,早在上官前自认是从前杀害那商人的凶手,说挨克西诺夫是个没有罪的人,竭力替他请命。叵耐挨克西诺夫的赦免状到时,可怜他一缕幽魂,已和这二十六年息息相依的监狱告别,悠悠的归西方极乐国去了。

(选自《欧美名家短篇小说丛刻》1917年中华书局版)

乾姆司霍格(James Hogg)① 原著

鬼新娘
(The Mysterious Bride)

乾姆司霍格小传(1770—1835)

乾姆司霍格(James Hogg)以一七七〇年生于赛尔苟克歇埃(Selkirkshire)之意屈克(Ettrick)。英国文学界所艳称之"意屈克牧人"者,即此君也。父故牧人。少时读书不多,常助乃父从事于羊栏中。顾天才卓越,非常儿比。年二十,试为歌曲。二十六而成诗人。一八〇二年,大小说家施各德氏(Sir Walter Scott)方作吏于赛尔苟克歇埃,得缔交焉,而学亦大进。每有所作,辄就正于施各德。尝事农业,不利,去而之哀丁堡(Edinburgh),刻意为文,以《王后之不眠》(*The Queen's Wake*)一诗,颇为邦人士所激赏。一八二〇年与农家女玛格兰德菲立泊(Margaret Philips)结婚,年少于己可二十岁,而伉俪之情弥笃。结婚后,氏益肆力于文事。诗歌以外,复为说部。如《蒲司培克之棕灵》(*The Brownie of Bodsbeck*)、《冬夜故事》(*Winter Evening Tales*)、《男子之三危》(*The Three Perils of Man*)等,均为说部中不可多得之佳构。一八三一年,至伦敦,刊其全集。以一八三五年十一月二十一日卒于阿尔屈夫(Altrive),其女加屯夫人(Mrs. Garden)尝有《意屈克牧人忆语》(*Memorials of the Ettrick Shepherd*)之作,叙述其生平颇详。

却说白根台来和白尔麦滑钵尔镇之间,有一条路,两边荆棘为篱,编得密密的,便是兔儿也钻不过去。圣老伦司节日的前一天,白根台来地主挨莱乔治山迭生骑着马儿慢慢地沿着那路儿走去,态度甚是安闲。头上戴着的帽

---

① 今译为霍格。

012

儿偏在一边,把手杖敲着马鞍前的撑杖,嘴里唱着诗翁劳白脱彭司的一支曲儿,一壁唱,一壁笑,十分高兴。正在这当儿,猛可的瞧见前边不上几十步,有一个倾国倾城的绝色女郎,也在那里走。地主见了,喃喃自语道:"咦,好一个乖乖,出落得艳生生娇滴滴的,着实可人。只不知道她从哪里来的,从天上飞下来的呢,还是从地下钻出来的? 刚才我分明不见这一个亭亭倩影,简直是一刹那间的事,好不奇怪。我也不必去管她,这样现现成成一个美人儿,为什么轻轻放过,快些儿去一通款曲,一亲芳泽,可也是一件韵事。"

地主正在那里自言自语,那美人儿忽地轻回香颈,流波一盼,姗姗的走上前边一片高地白甘冈上去,冉冉而没。地主又说道:"哼哼,你想给小蛮靴底儿我瞧么,这里你可走不掉,我还要和你畅谈衷曲咧。"说着,即忙赶将上去,嘴里也不唱歌儿,心中只在那里想道:她真是个绝世无双的美人儿,她真是个绝世无双的美人儿,只是为什么踽踽独行,很使人不解? 当下里就跃马赶上白甘冈,向前一望,哪里有什么美人儿,早已形销影灭,不知所往。地主又自语道:我再赶往前边瞧去。便加上一鞭,飞驰而前。不道转了好几个弯,依旧不见那美人儿。心想她难道插着翅儿飞去么? 我再追去,定要追到了她才罢。于是把鞭儿乱鞭那马,飞也似的向前追去。半路上却遇了他朋友密司脱末茂苔,末茂苔高呼道:"哈罗,白根台来,追风逐电的往哪里去?"地主勒了马,答道:"我追一个女子。"末茂苔道:"你这样追去,想来那女子定能被你追到,除非她坐了氢气球上天去。"地主问道:"可是她已去得很远了么?"末茂苔道:"那女子到底向哪一条路上去的?"地主道:"便是这条路。"末茂苔不说什么,只呵呵大笑起来。地主忙问道:"我亲爱的先生,你笑什么? 可是素来和她相识的么?"末茂苔笑着答道:"呵呵呵呵,我哪里认识她。白根台来,你和我说,她究竟是谁家的娇娃?"地主道:"我也正要把这个问你。你刚才所遇的女郎,究竟是谁家的娇娃?"末茂苔道:"白根台来,你痴咧。我一路走来,除了我一人以外,并不见半个人影,哪里遇见什么女郎。但这一里半之间,也并没旁的路呢。"地主咬着唇,面上现着猜疑之状,说道:"原是原是,这里惟有这一条路。这个我真莫名其妙了。先是我和她相去很近,瞧得个清清楚楚。身上穿着一袭雪白的白罗衫子,头上戴着一顶矗着青色羽毛的青色花冠,玉颜上幂着一个青纱面幕,下幅披向左肩,垂在那杨柳腰下。象她这么一个天上安琪儿似的美人儿,路上的人哪一个不注目。你可是当真不和我闹顽笑,当真不曾遇见那美人儿么?"末茂苔道:"谁哄你来,我生平不肯扯谎的。如今何不再同我回到原路上去,或者再能遇见那美人,也说不定。等我往磨坊里喊了些儿麦,便能一同回镇去。"地主便同着他朋友走向原路去。

　　那时夕阳初下，到处染成胭脂之色。地主满面现着心神不宁之状，絮絮的只和末茂苔讲那白罗衫子、青纱面幕的美人儿。两人走了一会，已到白甘冈上。说也奇怪，却见那美人儿又在这里，也向着前边走去。地主大呼道："好啊好啊，那个乖乖又来了。"末茂苔忙问道："怎么说？"地主道："刚才所见的美人儿，依旧在这里。"末茂苔道："我却没有瞧见。在哪里？在哪里？"地主道："你天生的一副近视眼，自然瞧不见。她此刻正走上一块高地去，罗衣如雪，青纱如云，好一个可爱的人。风兮风兮，仙乎仙乎！"末茂苔道："我们何不走到她前面去，瞧她到底是怎么样一个人。"两人匆匆走下白甘冈，正要到那高地上去，那美人儿忽又不见。两人便又加鞭飞奔到那高地的顶上，但见下边一条路儿，弯弯曲曲，如同长蛇一般，路上哪里有半个人影。末茂苔呵呵大笑起来。地主咬着唇，面色惨白如死。末茂苔道："呵呵，你还在那里做梦么？但这也不妨事，大家年少时候，心里总有一个幻想。白罗衫子咧，青纱面幕咧，花冠咧，杨柳腰咧，温馨心上，魂梦都适。只我还要问你，你所见的那个美人儿，穿着什么小蛮靴，黑色的呢，青色的呢，你可瞧见么？呵呵，我们再会吧。我瞧你立在这里，还恋恋不舍，想来要等那美人儿再出现咧。"说罢，跃马奔下那高地，往磨坊去了。

　　白根台来呆呆的立在那里，痴想了一会，才轻转马头，慢慢儿的下去。一路上兀是想那不可思议的美人儿，嘴里也不唱歌，手中也不舞那手杖。走了一箭多路，又抬头来向后一望，却见那美人儿仍在原处，莲步姗姗的走上白甘冈去。那时正交八月，黄昏时风光甚是可爱。落日余光，微微带着蔷薇之色。照着那美人儿，更觉娇艳欲滴。白根台来情不自禁，高声喊她等着。只见美人儿扬了扬手，果然走得慢了一些。地主大喜过望，猛鞭着马，兜过了这高地，直到白甘冈下，举目一望，却见美人儿曼立冈颠，飘飘欲仙，回过头来，嫣然一笑，弯下杨柳腰肢，施了一礼，便亭亭而去，没入暮霭之中，但见那花冠上青色的羽毛临风微颤而已。白根台来飞也似的赶到顶上，见四下里并没什么人影，不觉吃了一惊，从头顶颤到脚尖，没命的鞭着马儿，豁喇喇驰入白尔麦滑钵尔镇而去。到了镇中，便在一家名儿唤做"皇后之头"的酒店前下马，进去喊了些儿白兰地苏打水喝着，那白罗衫子，青纱面幕的美人儿仿佛还在眼前乱晃。停了会儿，末茂苔来了，两下里就相对狂饮起来。一面讲着那美人儿，一个说没有，一个坚说有，说得都面红耳赤，力竭声嘶，磨拳擦掌的几乎要用武起来。亏得末茂苔力自抑制，才平了白根台来的气，出了酒店。末茂苔又邀他朋友到他家里去，小住数天。

那几天中，地主举止失常，说话也没有伦次，直好似中了魔术的一般。回去时，一径赶到白甘冈，想一见美人儿玉容。无奈那美人儿总不出现。一连几天，仍是芳踯沉沉。地主心儿不死，每天薄暮时，依旧打叠精神，上白甘冈去，伏在从前美人儿立处，求上天垂怜，使他一见云英颜色。不论是天上神仙，地下鬼魅，他都不怕。从此一天一天的过去，朝朝暮暮，相思无极，后来竟生起病来。达克透①劝他到别处去养疴，地主没奈何，便想往哀尔兰②阿姊家里去。他阿姊是甲必丹③白阳之妻，两口儿住在一所精雅的小屋之中，伉俪很笃。甲必丹的父母和七个阿妹，却住在施各来司培厅中，相去倒还不远。当时听得这白根台来少年地主要到来，都很快意。那甲必丹的七个妹子，都待字闺中，居处无郎，一得了这个消息，顿时浓妆艳裹、珠围翠绕起来，朝晚忙着在玉镜台上、菱花镜里用工夫。七人各自打扮得嫋嫋婷婷，齐齐整整，等那少年郎君来射雀屏。偶闻外边有车辚辚、马萧萧的声音，那红楼纱窗里，便立时现出七个如花之面，当是那少年郎君来咧。白根台来到时，那施各来司培厅中十分热闹，宴会之后，再开跳舞会。那七个女郎自然是争妍斗媚，各臻其极。无奈白根台来心中只嵌着那白甘冈上的美人儿，群雌粥粥，没一个足当一盼。后来才瞧出其中一个芳名唤做露娜的，眉黛颊痕，很有些像那美人儿。这一夜他两个眼儿，兀是盘旋在露娜身上。那六个姊妹们，便各各坠入万丈失望之渊，瞧着那露娜，又艳羡又嫉妒，然而也无可奈何。第二天露娜姑娘打扮得像孔雀似的，到他阿兄家去，瞧她的如意郎君。白根台来也待得她分外的亲热，瞧那绰约花容，活像是白甘冈上的白衣女郎，心里头说不出的有些儿热溜溜地。于是去买了一袭白罗衫子，一顶蘸着青色羽毛的青色花冠和一个青纱面幕，送给露娜，泥④她一一装饰起来。又要求她把面幕的下幅披向左肩，垂在那杨柳腰下，每天六点钟后，必须往近边的高地上去，立在顶上，做那仙女凌虚之状。露娜要博得情人的欢心，自然一一应允。

从此每天夕阳红时，近边高地的顶上，总有个美人倩影。白根台来痴痴的立在下边，抬着头儿瞧，瞧去宛象是那时萦梦寐的美人儿。但是走到上边，依旧是个露娜，不觉大失所望。因此一连几天，虽时亲露娜芳泽，然而绝口不说"露娜，我爱你！我们几时缔个同心结啊"那种话，似乎他的灵魂，他

---

① 达克透：医生。
② 今译为爱尔兰。
③ 甲必丹（captain）：陆军上尉。
④ 拘泥，作固执解。

的心,都被那白甘冈上的美人儿束缚着,不能自主。过了好几天,身体却已复原了,颊上有了血色。露娜镇日和他把臂,真个千种温存,百般体贴,说不尽的恩爱。白根台来的心,便不期然而然的动了。一天黄昏时候,从渔场回来,露娜在半路上候他。等到白根台来走近时,便立时扭转纤腰走上前边的一片高地,娉娉婷婷,好似那白甘冈上的白衣美人一般。白根台来见了,悄然自语道:"好个可爱的女郎,何等体贴我,瞧她样儿,也很像是我心坎上嵌着的那个美人儿。从前不过是个影儿,如今是实在的了。我何不走上去,抱住她杨柳腰肢,亲亲切切喊几声我爱呢。"一壁自语着,一壁走将上去。到了顶上,露娜转身过来,情脉脉的嫣然一笑。这一笑真真合着那"回头一笑百媚生,六宫粉黛无颜色"两句话儿。白根台来早已情不自禁,展着两臂去抱她那柔若无骨的玉躯,亲她的柔荑,亲她的香颊,两下里爱情的热度,差不多要达到法伦表①百度以上咧。

有一天晚上,白根台来忽觉得飘飘荡荡的到了一个所在,只见那朝思暮想片刻不忘的白衣美人亭亭的立在面前,香腮上微晕双涡。白根台来忙道:"我最亲爱的心上人,我们好久不见了,我想得好苦,如今可能同着我到我阿姊家里去,那边有一个天真烂漫的女孩子,出落得活像你呢。"那美人儿微笑着答道:"我不愿意和露娜宿在一起,你向四下里瞧,瞧这里是个什么所在?"白根台来举目四望,早知道是白甘冈,自己正立在那从前遇见这美人儿的所在,心里甚是诧异,想不知不觉怎会从哀尔兰飞渡回乡呢?但是如今既遇了美人,可不肯轻轻放过,当下便要求那美人儿到他自己家里去。美人儿却不肯答应,说彼此只能在这里把臂,必须等圣劳伦司节日的前一夜结婚之后,方能回去。接着又说道:"此刻我们须得分手了。我名儿唤做嫣痕阿琪尔绯,郎君前生便和我订下白首之约。郎君倘然嫌我蒲柳之质,要打消从前的婚约,我也能遵命。"白根台来力辩万万没有此心,双膝跪将下来,郑郑重重的对天立了一个誓,说此心永不他属,只等那圣劳伦司节日的前一夜,结一对人间天上美满无比的鸳鸯。那美人儿听了这誓言,十分快乐,亲亲切切的昵着白根台来交换一个指环,白根台来疾忙脱下指环,套在美人儿又嫩又白的纤纤玉葱之上。美人儿也除下一只鲜血般的红宝石指环来,还赠白根台来。接着两下里把檀口香腮,甜甜蜜蜜的揾了一揾,才分头自去。这时白根台来的一颗心,几乎融化在胸臆之中。下了白甘冈,想回家去。哪知跑来跑去,找不出一条路来。一会似乎到了利翻河边的挨兰码头上,正要唤一艘小

①　法伦表:华氏温度计。

船过来，却便豁然而醒，原来是做了一场好梦，身体正躺在阿姊家里的床上。晓光一线，已上疏窗。谁想红叶三生，却是黄粱一梦呢。

白根台来醒后，很觉惝恍迷离，娟娟彼美，还在想象指顾之间。一瞧指上那红宝石指环赫然在着，血色照眼。自己的指环，却已不见。白根台来咄咄称怪不已。那时甲必丹白阳家中还有一个老妇人在着，这老妇人名儿唤做勒甘勃拉克，是个苏格兰产，从前做那白根台来母亲的保姆，后来也曾抚育过白根台来和他阿姊。他阿姊出阁时，这老婆子有些依依不舍，便跟着一同来，度她的风烛残年。这天早餐时，白根台来走进餐室，一壁不住的喃喃自语，说什么八月九号咧，圣劳伦司节日的前一夜咧，那老婆子正坐在那里瞧一本书，听得了这声音，欻的回过头来，颤声说道："呀，他……他说什么？怎么好端端的说起八月九号圣劳伦司节日的前一夜来，可怕可怕。"甲必丹白阳瞧着那皱纹叠叠的面庞，莞尔而笑。白阳夫人却高声和他说圣劳伦司节日的前一夜，便是挨莱结婚之期。那老婆子不听犹可，听了巍颤颤的立将起来，伸出了那双皱皮的手，兀是乱摇，喘着说道："呀上帝，快救这孩子。怎么偏偏拣了这圣劳伦司节日的前一夜结婚，好不使吾心悸呀。上帝，你快发一些儿恻隐之心，留下了这可怜的孩子吧。"说着，把手扶了桌子，蹒跚而行，走到白根台来跟前，拉住了他的右手，凑在那两个模糊老眼之前，一瞧见了那只红宝石指环，猛可的狂叫一声，扑的倒在地上死了。

餐室中的几个人都大惊失色。白阳夫人急忙唤了女仆们来，把尸身舁上床去，百方施救，无奈已没用咧。大家又诧异，又恐怖，面面相觑，都一声儿也不响。白根台来却毫不在意，预备回苏格兰去。白阳夫妇和露娜等都竭力挽留他，劝他取消那婚约，他却悍然不顾，只说有非常重要的事，不得不回去一行，横竖不久就来的。临行之前，却去问他阿姊苏格兰可有一个芳名唤做嫣痕阿琪尔绯的女郎没有？白阳夫人把这名儿念了好几遍，回说这名儿似乎很熟，不过想不起是怎样一个女郎。接着他又把那红宝石指环给夫人瞧，夫人一见，立时用力抢了下来，大呼道："你快把这捞什子的指环烧了，快些儿烧了，这指环并不是个好东西。"白根台来忙抢了回来，说道："亲爱的阿姊，这指环什么不好？是一件美丽的东西，我直当它是全世界上无上的珍品呢。"白阳夫人又大呼道："你万万不能带这指环！你若是要使肉体上安适，灵魂上不受痛苦，必须立刻烧掉，更回绝那女郎，不然，你将来懊悔也来不及咧。"白根台来听了这一番话，甚觉奇怪。瞧那指环，分明是很珍贵的东西，质地是金的，上边嵌一颗晶莹鲜艳的红宝石，在灯光下边会发出一种青莲色的光来，异常悦目。里边刻着"爱丽琪"三个字，只是有些儿磨灭，瞧

去不甚清楚,似是久历年代的样子。

白根台来不肯使他阿姊不快,便把那指环密密的缝在胸口袋中,恰好是贴近心坎的所在。不上几天,便离了哀尔兰,回到故乡,心中仍不住的系念美人,只眼巴巴的翘盼那圣劳伦司节日,但在人前总不肯轻易说出那订婚的事来。和他朋友末茂苔更做了个避面尹邢①,不大相见。到了八月初上,就准备一切,忙忙碌碌的,日夜不休。九号那天早上,白根台来便写了一封信给他阿姊,兴兴头头的穿了结婚礼服,指上套了那红宝石指环,抬着头,张着眼,送那太阳落去。整整的盼了一天,好容易盼到日落,便跃马如飞而出,不久人家就瞧见他飞驰过镇,后边跟着一个白罗衫子、青纱面幕的美人儿,两口儿风驰电掣而前,仿佛一点钟里能够走五十里似的。后来人家又见他们俩跑过十里外的一所茅屋唤做毛司堪尔脱的,以后便不见他们的踪影。

第二天早上,有人瞧见白根台来的那头名骏,直僵僵的躺在马门外,早已气绝。不一会,又在白甘冈上发现白根台来的尸身,全身发黑,衣冠都凌乱不整,只从头到脚,毫无伤痕。那陈尸之处,正是从前遇见那美人儿的所在。这意外事一出,顿使四邻的人大惊失色。街头巷口,都谈这白根台来地主的事。大家掇拾故事,互相比证,一般年老的人都说二十年前地主的父亲酒醉坠马,恰也死在这个所在。四十年前,地主的祖父不知怎样,也死在白甘冈上,如今这挨莱实是山迭生家的末一支了,不道也步他祖上的后尘,遇了这一场悲惨的活剧,真是世上最伤心最诧异的事呢。那时全镇上的男女老少,都纷纷传说,指天画地,说鬼谈神,闹了好几天。据教士约瑟推娄说,每逢圣劳伦司节日的前一夜,走过白甘冈时,往往见月光如水中,有一个曼妙欲仙的女郎,亭亭的立在冈颠,有时往来微步,仿佛洛神凌波一般。身上穿着一袭白罗衫子,洁白如雪,玉颜上幂着一个青纱面幕,轻蒨如云,瞧去宛像是月中素娥呢。

甲必丹白阳和他夫人听得了挨莱惨死的事,连忙赶到苏格兰来,探听一切。只从末茂苔口中探悉从前地主遇美的情形,旁的了无端倪。惟有圣劳伦司节日前一天的早上,他所寄的一封信,那信上写道:"吾至亲爱之阿姊如见。明日弟即为世上至快乐之人矣。今晚即与彼绮年玉貌之女郎嫣痕阿琪尔绯行结婚典礼。冰丸一轮,灿然照此销魂之夜,彼池上鸳鸯,花间蛱蝶,亦当妒煞阿弟耳。结婚之后,须往水木明瑟之区,度我蜜月。相见之期,当在他日耳。汝至亲爱之弟挨莱乔治山迭生上。一千七百八十一年八月九日自

---

① 指彼此有意回避,典出《史记·外戚世家》。

白根台来发。"这一年,有一个老妇人唤做麦利盎霍的,从格拉司哥来,把那鬼新娘的事讲给人家听。据她说,这挨莱乔治山迭生的祖父,是第一个死在那白甘冈上的。起先他和一个美女郎嫣痕阿琪尔绯订了婚约,两下里甚是有情。后来爱情渐渐儿的淡了,他竟捐弃旧欢,娶了白根台来一个富豪之女,索性发一个狠,放出那焚琴煮鹤的手段,把那可怜的女郎,杀死在白甘冈上杨柳阴中。后来不知被谁瞧见了,做了一个小坟,好好儿的葬了那艳尸。从此每当春日,这三尺断坟上,丛生红心之草,幽艳可怜。不道二十年后,那负心人不知怎样竟死在坟上,脸儿伏着地,似乎没有面目见天的一般。再过二十年,他儿子也坠马死在白甘冈上。大家听了这一席话,才恍然大悟,知道冥冥中自有鬼咧。当下末茂苔去唤了一辆车儿来,嬲那老婆子一同到白甘冈瞧那坟儿去。教士推娄和几百个镇人都跟着同去。到了冈上,那老婆子说道:"咦,这里一切都改了样儿咧。从前并没有路的,如今却有这路了。列位,你们不见那边不是有荆棘丛么,便是嫣痕阿琪尔绯埋玉之所。你们不见那边不是有一棵老柳树么,那树下便是嫣痕阿琪尔绯血花狼藉之地。我们如今来此凭吊,好不神伤。只不知道玉骨珊珊,还在人间否?"大家瞧了,都面面相觑了一会,然后去取了铲锄来,掘那坟儿。掘了好久,才见下边果然有一个女郎的骷髅,和身上一部分的细骨,于是把锦囊好好儿的收了,葬在坟地上。从此每年圣劳伦司节日的前一夜,月明如故,只不见那白罗衫子、青纱面幕的美人儿咧。

(选自《欧美名家短篇小说丛刻》1917 年中华书局版)

亚历山大·仲马（**Alexandre Dumas**）　**原著**

美人之头
(Solange)

大仲马小传（1802—1870）

　　大仲马（Alexandre Davy de la Pailletrie Dumas）以一八〇二年七月二十四日生于哀士纳（Aisne）之维来哥得勒（Villers-Cotterets）。祖伯爵，父为将军，而祖母则一黑种妇人也。少时闲放不羁，读书亦不求甚解。一八二三年至巴黎，为奥连司公爵（Ducd' Orle' ans）邸中书记生。顾好文学，折节读书者数载。学为文，作短篇小说一卷，滑稽戏曲两种。年二十七，即以《亨利三世及其朝廷》（*Henri Trois st ta Cour*）一剧名。一八三一年编《恩都奈》（*Antony*）悲剧。翌年，又成悲剧《奈斯尔塔》（*Ta Tour de Nesle*），均名，寻患虎列刺症，买棹作瑞士之游。归后草《旅感》（*Impressions de Voyage*）多卷，名益藉甚。一八三六年始为说部，好撷拾法兰西历史中故实成之，其第一种曰《白维尔之意萨培尔》（*Lsabelle de Baviere*），继以《宝玲》（*Pauline*）、《甲必丹保罗》（*Le CaPitaine Paul*）、《柏斯格尔勃落拿》（*Pascal Bruno*）、《阿克的》（*Actè*）诸书，则别出机杼，非取材于历史者。一八四三年乃复草历史小说二，曰《哈孟瑟尔侠士》（*Le Chevalierd Harmenthal*），曰《阿斯加尼哇》（*Ascanio*），笔力雄健冠绝一时。十年中舍《惠佛来》作者施各德氏外，直无一人能与抗衡者。迨一八四四年后，著述益富，名亦益著。如《水晶岛》（*Monte Cristo*）、《三枪卒》（*LesTrois Mouspuetares*）、《二十年后》（*Vingt Ans Aprés*）、《马哥王后》（*La Reine Margot*）、《赤屋》（*Maison Rouge*）诸书，均为惊人绝世之作。读其书者，罔不叹赏焉。七月大革命之战，氏亦从军，立功甚伟。一八三七年，遂得红纽之赏。一八四二年娶意达弗利爱姑娘（Mlle. Ida Ferrier），寻即离婚。一八五五年，至比利时，居二载。一八六四年，又赴意大利，助加利波的（Garibaldi）战，凡六年，始归。才尽，而精力亦罢。所有家产，几已挥霍无遗。囊中但怀拿破仑金币二（每枚合二十法郎），踽踽然去巴黎。依其子于达意泊（Dieppe），即以一八七〇年十二月五日卒。

凉夜似水，冷月如银。时方十时，予自拉培伊街归。行经丢莱纳广场，至托囊街，盖予家于是也。方及家，斗闻悲惋之呼声，破空而起，似妇人求助者。予私念斯时为时尚未晏，绿林暴客，当不敢出而袭人，此声又胡为乎来？遂循其声之所在，疾驰而往，则见月明如洗中，一女郎花容无主，亭立街心。巡防壮士一小队，环立其前，为状至虎虎。女郎见予，立如掠燕翩然而来，回其香颈顾谓诸壮士曰："是为挨尔培先生，知儿身世良谙，儿实为浣衣妇马丹勒蒂欧女，初匪贵族中人。"言时，玉躯颤甚，如风中柳丝，力把予臂以自支。壮士之长曰："吾辈不管汝为谁家女儿，脱无护照，必须随吾辈至巡防局去。"女郎闻语，把予臂益力，状至耸惧。予私忖个女郎似此迫切，良非得已，吾觥觥男儿，乌可置之弗顾，听若辈武夫恣为焚琴煮鹤之举。因伪为素识也者，脱口呼曰："可怜之莎朗黄，是汝耶？宵行多露，奚事仆仆也？"女郎乃复回顾诸壮士曰："诸先生今能信儿否？此先生实为儿之素识。"壮士之长正色曰："今兹是何时代，犹故故以先生称人，当易称国民始得。"女郎急曰："壮士长幸勿以是见责，儿母主顾多大家，曩尝训儿，谓女孩子家须知礼衷，见人必称先生，否则且令人齿冷。然而此实专制时代之称谓，自不合于自由时代，今则一例须称国民矣。奈儿已成习惯，去之良匪易易。"女郎语时，以颤声出之。已而又谓予曰："国民挨尔培，儿当以此夜行之理由为国民告。今日儿母嘱儿以所浣衣齐至一主顾家，会女主人他适，浣资无着。儿以阿母需用急，因俟不归，不觉淹留少久，而已入晚。一至街上，便尔见执。诸壮士执法不阿，坚索儿护照，儿茫无以应，因高呼求援。幸得国民来为儿解围，国民吾女，其能保儿无他，以坚诸壮士信乎？"予曰："此何待言，予必保汝。"壮士之长曰："个女郎得国民为担保，良佳。然则国民又以伊谁为担保者？"予曰："丹顿如何？渠非爱国家中之铮铮者耶？"壮士之长曰："国民果能得丹顿国民为担保，予复何言。"予曰："斯时丹顿国民方在科地利亚俱乐部中议事，吾侪同往彼处一行如何？"壮士长曰："佳。诸国民从吾往科地利亚俱乐部也可。"

科地利亚俱乐部者，在劳勃山文街科地利亚修道院左近，与托囊街相隔仅一牛鸣地，须臾已至。予乃探囊出手册，撕一叶下，取铅笔作数字，授壮士

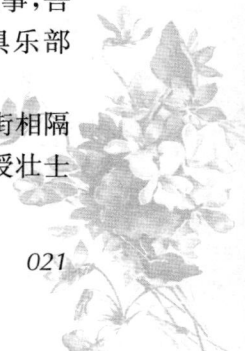

长,以呈丹顿。予则与女郎及壮士伫立门前以须。移时,壮士长偕丹顿出。丹顿一见予,立曰:"吾友,渠辈欲拘子乎?子为革命健将喀米叶国民友,素忠于共和党者,如何启诸国民疑也。"继语壮士长曰:"国民,吾决保其无他。"壮士长曰:"国民既肯保斯人,彼娟娟者亦能为之担保否?"丹顿曰:"国民之言何指?"壮士长指女郎曰:"即此女郎,亦须得国民一语,方能听彼自由。职务所在,不得不尔,国民幸恕吾。"丹顿悄然曰:"予亦可为之担保,凡与此国民同行者,吾都能保其无他也。"壮士长足恭曰:"有扰国民,殊深歉仄。予只得仍以职务所在四字,乞国民见恕耳。"言次,与诸壮士为丹顿欢呼者三,始整队去。予方欲向丹顿道谢,陡闻屋中呼其名,若将属以要事者。丹顿即谓予曰:"吾友其见原,今日百务蝟集,弗克久羁,请暂与君别。"遂匆匆入。予目送其行,小语女郎曰:"令娘将安往,须予作伴否?"女郎微笑曰:"君能否伴儿至马丹勒蒂欧许,马丹固儿母也。"予曰:"马丹居何许?"女郎娇声答曰:"莆洛街二十四号,即是儿家门巷。"予曰:"然则吾决伴令娘一行,俾途中不至再遭意外,惊碎芳魂。"途中吾二人初不交语,但各匆匆而前。时中天月色至皎洁,似新磨之宝镜。予于月光中微睨女郎,芳纪可二十一二,玉颜微作棕色。横波蔚蓝,樱唇嫣红,媚妙直无俦匹。巴黎城中,有女如云,端推此女可以冠冕群芳。时身上虽御浣衣女之服,而举止雅类贵族中人。彼巡防壮士疑之,宜也。吾侪既至莆洛街二十四号屋前,遽木立门次,相视无语。半晌,女郎乃嫣然笑曰:"吾亲爱之挨尔培,君木木然作么,生心中果何思也?"予曰:"吾至爱之莎朗黄令娘,吾侪把臂未久,遽尔判袂,能不令人恻恻。"女郎曰:"今夕得君援手,感激靡已。微君力,儿必捉将官里去。若辈一知儿匪马丹勒蒂欧女,而为贵族中人者,则此头且不为儿有矣。"予矍然曰:"噫,令娘殆亦自承为贵族中人乎?"女郎曼声答曰:"儿亦不自知也。"予曰:"令娘是否贵族中人,姑置之。特吾二人萍水相逢,遇合至奇,令娘尚未以芳名见告。行别矣,曷语吾。"女郎含笑答曰:"儿何名者。儿名莎朗黄也。"予曰:"予与令娘初非相识之燕,兹以尔时适处万困,姑娘生命,危如累卵,脱不相助,何名为男子。因不揣冒昧,妄以此名称令娘。令娘真名果云何者?"女郎娇嗔曰:"君何絮絮,莎朗黄亦不恶,儿颇好之。儿为君故,当永名此也。"予曰:"今夕吾二人且作分飞燕子,后此未必相逢。令娘芳名,胡事靳不吾告?"女郎曰:"即后此或有相逢之日,儿仍挨尔培君,君仍莎朗黄儿,可耳。"予嗒然若丧,怏怏言曰:"令娘既讳莫如深,予亦不事苛求。惟当此把别之顷,尚有一言,令娘幸谛听。"女郎曰:"挨尔培趣言之。"予曰:"令娘果贵族中人乎?"女郎微唒曰:"儿即不自承,君亦必疑儿。"予曰:"令娘既为贵族,后此乌能出共和党人手?"女郎曰:"用是儿亦颇惴惴。"予曰:"今令娘殆匿迹平民家中,以避人耳目乎?"女郎曰:"良然,儿即匿莆洛街二十四号马丹勒蒂欧许。乃夫固儿父御人,故儿可无恙。今兹儿之秘密已尽宣于君前矣,生死唯命。"予又询曰:"然则君父今在何许?"女郎曰:"吾至爱之挨尔培,是则弗能告君。总之儿父今亦匿一平民家,将乘机去法兰西他适,为终老计。儿可告君者,已尽于是,其他幸勿询。"予曰:"令娘意将安适?"女郎曰:"儿拟即随老父出亡,毕此生作他乡之客。设不克同逸,即请老人先行,儿再别图他策。"予少止,旋曰:"令娘今日宵行,殆从老父许归耶?"女郎答曰:"然。"予慨然曰:"吾至爱之莎朗黄,其听吾言。"女曰:"趣言之。"予曰:"适者予脱令娘于险,殆在令娘洞鉴中矣。"女曰:"儿已灼知君必匪庸人,故能救儿如反掌。"予曰:"谢令娘奖借。予自问碌碌无所长,然朋友孔多,都能助吾一臂。"女曰:"君友之一,儿业于科地利亚俱乐部前识荆矣。"予曰:"令娘当知其人初匪庸碌者流,赫赫雄名,直满于法兰西全土。并世英豪,殆无其匹。"女曰:"然则君能得彼奥援,拯儿及儿父出此恐怖之窟乎?"予沉吟曰:"今兹只能为令娘画策,君父须徐图之。"女娇呼曰:"脱不先脱阿父,儿宁死弗行。"予哑曰:"令娘其毋恐,予自有他策在。"女坚把予手,欢然呼曰:"果尔,儿当以君大德,永永篆诸胸臆,没齿不敢或忘。"予曰:"如得玉人时时念吾,置吾于心坎,于意已足。"女郎恳切言曰:"郎君洵仁人,乃能拯儿一家,儿谨为阿父道谢。设天不相,儿竟上断头之台,弗能出巴黎一步者,而儿感君之心,仍不渝也。"予乱之曰:"莎朗黄,勿喋喋作感激语。吾二人不审何时复能把臂?"女微睨予,答曰:"君谓何时能与儿把臂者,儿必如约。"予曰:"明日予当将得好消息来,复与令娘相见于是。"女郎雀跃曰:"良佳良佳,此间幽僻甚,不虞有人属耳。今夕吾辈絮语殆已半小时,初未见一人影也。"予曰:"明日予当携一戚畹之护照来,以授令娘。"女掉首曰:"设儿或见絷者,不将累君戚畹亦上断头台耶?"予曰:"是亦意中事,予当筹一万全之策。惟令娘明日何时始能见吾?"女郎曰:"仍夜中十时可也。"予曰:"诺。但如何方能把臂?"女略一沉思,答曰:"君以九时五十五分来,俟于门外。十时儿必下楼出见。"予遂曰:"吾至爱之莎朗黄,明晚十时再见,今且小别。"女亦曰:"至爱之挨尔培,明晚幸届时至,毋使儿久盼。"予颔之,俛首将吻其柔荑,女则以莲额就吾,玉软香温,令人意远。此时踏月归去,宛然若梦,而彼姝婉媚之态,似犹在眼。一番心上温馨过,兜率甘迟十劫生矣。

翌晚九时半,予已彳亍于莆洛街头,目注绿窗帘影,俟玉楼人下。阅十五分钟,莎朗黄已彳户而出。予如见明月出云,立一跃趋至其侧。莎朗黄急问曰:"君果以好消息来未?"予曰:"消息颇不恶。予已将得一护照来,令娘不日可去法兰西矣。"女曰："君必先脱儿父，儿然后行。不尔，儿宁死断头台上，万万不愿弃生吾之人，泰然自去。"予曰："君父如能信予，予必竭力营救。"莎朗荑曰："郎君侠气干云，儿父乌得不信。"予曰："今日令娘已见老人未？"莎朗荑曰："已见之矣。儿语以昨夕君救儿事，并谓阿父不日亦能脱险也。"予点首曰："然然。明日必救君父。"莎朗荑作昵声曰："计将安出？请道其详。何幸运事皆向儿家来耶？"予曰："惟令娘殊弗能随君父同行，须分道而驰。"莎朗荑决然曰："儿意已决，必与阿父同行，否则誓不出巴黎一步，君当知阿父重，儿身轻耳。"予磬折曰："谨闻命矣。令娘实孝女，令人佩畏。予亦必先为君父筹维，以如君愿。今予心中已得一人，足为吾助，其人之名，令娘当稔知之。"莎朗荑立曰："谁也？趣告儿。"予曰："其人为麦索，令娘想或知之。此君侠骨嶙峋，肝胆照人，决能致君父于安乐之乡。"莎朗荑曰："殆麦索将军耶？儿固知之。"予曰："然。即麦索将军。"莎朗荑曰："儿知麦将军亦古之仁者，必能救吾父女。吾至爱之挨尔培，儿今夕乐乃无极，如登仙矣。然则将军将决何策，以救儿父？"予徐徐言曰："策至简易。将军方新统西军，明晚且启行赴驻所，即携君父俱去。"莎朗荑曰："明晚便行，得毋太趣趣，吾辈不克准备矣。"予曰："无事准备，立上道可也。"莎朗荑悄然曰："儿乃不解君指。"予曰："将军决策至高，拟以君父伪为彼之秘书，同至方蒂。惟须请君父誓于上帝之前，誓后此祖国或有事，决不倒戈弗利于祖国。至方蒂后，即可安然无恙，立往白立顿奈，然后再之伦敦。数日后，令娘如一得君父平安之书，予即将一护照来，亦使令娘吸异邦空气，叙天伦乐事去也。"莎朗荑曰："如君言，儿父明晚决行矣。"予曰："决行决行，兹事万急，初无一分钟可以虚掷。"莎朗荑曰："惟今夕务必往告儿父，俾得略事准备。"予亟曰："趣往告之，予今以一护照授令娘，庶途中不致再为巡防兵所窘。兹事急急，趣往趣往。"语既，遂出护照予之。莎朗荑受而纳之酥胸之次，予即以臂扶之行。少选，已至丢莱纳广场，吾二人昨夕邂逅处也。女遽伫立弗前，低声谓予曰："君其迟儿于此，毋他适。"予鞠躬应之，女乃翩然去。去后可十五分钟，始翩然至，谓予曰："儿父颇欲见君，一道谢忱，君曷从儿来。"遂捉予臂，匆匆引予之圣奇洛姆街毛德麦小逆旅后，出钥一巨束，启一小门，直上二层楼，至一密室之前，轻叩其扉。须臾，扉辟，则见一年可五六十许之老人，危立门限之内，身上着工人服，为状似钉书之匠。顾甫一启口，即知其为贵族中人，见予立曰："麦歇①，君此来直似上天所使，来救我可怜人者。今而后吾父女生命，属诸

---

① 麦歇：Monsieur，意为先生。

024

君矣。但麦将军以何时行乎?"予曰:"将军明日行矣。"老人曰:"然则老朽今晚须走谒将军否?"予曰:"尽可往谒,想将军亦颇欲见丈。"莎朗黉牵乃父手曰:"麦歇适在是,阿父胡不立往?"老人曰:"不省麦将军今居何所?"予答曰:"将军才与其令妹苔格兰菲麦索姑娘寓居吕尼维西堆街四十号屋中,一索可得。"老人曰:"君能否偕老朽同往?"予曰:"走当遥从丈后。"老人曰:"然老朽与麦将军素未谋面,君务必为吾先容。"予曰:"是可不必,丈第以冠上三色之带结示之,渠自会意。"老人发为恳挚之声曰:"君出老朽于死,老朽将何以为报?"予曰:"但愿丈许走亦为令爱薄效微劳足矣。"老人冠其冠,熄灯,自月光中倥偬下梯,与女联臂同行。道出圣班尔街,遂至吕尼维西堆街。途中初未遇一人,予则徐行于后,相去可十步。既即直达一四十号巨厦之前,予急趣至二人之次,言曰:"途中无梗,是乃佳兆,但丈尚欲走作向导乎?"老人摇首曰:"君无须更为老朽鹿鹿,第俟吾于此可矣。"予磬折,老人以手授予曰:"老朽感君之忧,匪口所能宣达。惟祝上苍他日亦予吾一佳机,以报郎君大德耳。"予无语,与之接手,老人乃蹒跚入。莎朗黉亦殷勤与予握手,返身从乃父行。阅十分钟,门复辟,女盈盈出,微笑向予曰:"麦将军洵仁人,直与郎君无可轩轾。渠亦洞知儿心恋父,特允儿明日送老父行。其令妹亦温霭可亲,一如乃兄,已为儿下榻其室,度此一宵。明晚儿父出险矣。十时许,儿仍当迟君于茀洛街头,道我谢忱。今别矣。"予遂吻其额,惘然归去,而中心则欢喜无量。私念老人一去巴黎,彼妹无复亲故,必且倾心向予,从此情苗苗,情根固,情田获矣。转侧终宵,苦不成寐。翘盼天晓,而夜乃倍长。诘朝翘盼日落,而日偏迟迟其行。一至夜中九时,立疾驰至茀洛街。逾半时许,始见莎朗黉款步而来,直至予侧,展玉臂双挽予颈,婉婉言曰:"嘻,儿父已出兹恐怖之域,登乐土矣。挨尔培,儿感君甚,亦爱君甚也。"莲漏催人,匆匆别去。二来复后,莎朗黉已得乃父书,谓已安抵伦敦矣。

翌日,予即以护照予莎朗黉,促之行。莎朗黉红泪双抛,泣数行下,哽咽曰:"忍哉阿郎,乃不爱儿耶?"予曰:"予之爱卿,直较我爱我生命为甚。惟予已与卿父约,义不能负,卿其趣行为得。"女曰:"儿当乞阿父取消此约。郎心如铁,忍逐儿行,儿身如叶,殊弗能弃郎去也。"呜呼诸君,情丝无赖,苦苦绊人,莎朗黉竟死心塌地不肯行矣。光阴如电,倏已三月有余,莎朗黉仍绝口不言去。予乃以莎朗黉名义赁屋一椽于丢莱纳街,并于一女学校中为觅一席地。每值来复日,我二人同坐斗室,促膝谈心,指点曩日邂逅处,话旧事以为笑乐。双影并头,印上窗纱。此三月间寸寸光阴,实似以醇醪糖蜜渗杂而成。予亦自以为此忽忽百日,实为平生美满快乐之天,初弗意不如意事之相逼而来也。

尔时巴黎城中,杀风大炽。磨牙吮血,人人如饮狂药。每日夕阳未下,断头台上,已宰三四十人,血泛滥革命场上,直成小河。四围则掘壕沟,深三尺许,上覆松板,人践其上,立堕。一日,有一八龄稚子堕入其中,颅破,脑汁四迸,立死。凡此种种惨酷之状,即铁石人见之,亦且泪下。时忽有一行刑之吏,与予结识,知予为医士也,则日舁尸体来,供予剖验,以克赖麦墓地一隅之小礼拜堂为解剖之场。予初弗欲事兹血腥,继念或有所得,他日于医界上不无小补,遂勉强为之。读者诸君,当知此际之巴黎,实不名为人境。无法律,无公理,无人道,杀人如麻,流血似潮,国母沦为囚俘,上帝麾出教堂,神号鬼哭,磷飞鸱叫,此其为状,殆类鬼蜮。每晨六时,刀光已先日光而起。亭午时,头累累满巨囊,尸积车中如小丘,向克赖麦墓地来,听予遴选。予即择其怪特者,操刀剖验,余悉投诸墓穴。此每日之解剖,几为予刻版之课程。有暇则辄与莎朗荑把臂言欢,而个侬爱予之情,似亦日深一日。天上比翼之鸟,人间连理之树,都不足以方吾二人。惟同心之结虽缔,而鸳鸯之谱犹未填,居恒引为憾事。所幸彼姝之爱吾,直无殊于夫妇,沉溺于情海爱波之中,初不作去国之想。乃父虽时时来书相促,莎朗荑乃一不之顾。第以吾二人婚事修书上白,求彼玉成,老人情深,慨然允诺。一千七百九十三年十月十六日,王后马丽恩都奈德伏刑于断头台上。美人血溅,红过枫林霜叶,全欧各国君主闻之,靡不同声太息。是日予目击惨状,不觉忧思沉沉,来袭予心,郁伊弗能自聊。而莎朗荑更恸哭如泪人,予百方慰藉,终不少止。是晚吾二人一切都如平昔。第中心之悲恻,较日间为尤甚。诘朝九时,莎朗荑须赴校授课,予颇欲尼之弗往,即渠侬亦依依不忍别。奈校务旁午,在势殊不能偷此一日之闲。不得已,乃以马车伴之往。吾二人各于车中抱持弗释,相向汰澜,亲吻不知其数十百次。似今日一别,便成永诀者。校固在植物园附近,去家颇窵远。予送之至福而圣培那街,即握别下车,目送车行,木立如痴。微闻莎朗荑尚低呼阿郎,杂以哽咽之声,依稀可闻。翘首前瞻,则见其泪痕狼藉之香腮,犹隐约现于车窗之里,似方窥予。予知此车轮碾动,直将渠侬芳心碾碎矣。悲痛撄心,掩袂归去。竟日把笔弗辍,草一长书,以慰莎朗荑。书竟,方欲付邮,而莎朗荑之书已至。略谓今晨到校,为时已晏,校长啧有烦言,谓下来复日不准出校。似此苛例,誓死不愿遵从。得暇定当驰归,与郎把唔。即失兹噉饭地,亦匪所恤云云。予得书大恨,恨彼校长至于次骨。私忖吾脱一月不见个侬玉容者,且痼作矣。由是予夜夜苦念所爱,未能入睡。日中则不情不绪,神气索漠弥甚。今而后予始知相思之苦,实较长日耐寒忍饥苦也。

一日萧晨,大雨如注,似告人以冬令将至。而此凄厉之雨声中,时挟断头台上行刑吏唱名之声，久久未已。不知今日又将斫却多少好头颅，吾可不愁无剖验资料矣。四时天暝黑，如已入晚，予踉蹡至克赖麦墓地，放眼四望，则见土馒头随在皆是，凄凉万状，雨脚复影影而下，似天公垂泪，悼此地下无数枉死之人者。四围无叶之树，摇曳风中，枝相扰作声，械械如鬼语，使人闻之股弁。彳亍移时，已近小礼拜堂，一坑横于前，广且深，若方仰天而笑，盖掘以待今日断头之尸者。时地上泞滑如膏，予几失足坠入其中，不觉毛发为戴，急踉蹡入剖验之室。燃桌上烛，兀坐沉思。念彼王后马丽恩都奈德雪肤花貌，绝可人怜。讵意昨日乃使断头台上黑斧亲其蜻蜓，今后惟剩此无首之艳尸，长眠终古，安得不令人扼腕。方叹喟间，而门外雨势益狂，雨大如拳，打窗欲破。风蓊树，作声似泣。风雨声中，斗闻车声辘辘至，则行刑吏坐红色柩车从革命场上满载来也。俄而门呀然辟，二行刑吏共舁一巨革囊入。时予身适为神坛所蔽，故不为若辈所见。旋闻一人呼曰："赖度国民，此累坠物，且委之于是，今夜无事鹿鹿，曷同向炉头买醉去也。"二人即以囊委然掷神坛前，长笑出室去。予默坐有顷，竟体皆颤。忽隐隐闻一幽细清切之声，似呼挨尔培，予心怦然，自忖此名世上惟有一人知之。此一人外，孰则知之者？未几而呼挨尔培之声又作，予乃起立四顾，烛光黯澹，四隅洞黑，所见殊不了了。目光一瞬，陡注于神坛前血痕斑驳之革囊上，而又闻低呼挨尔培之声，声幽细清切益甚。予是时惊悸至于万状，全身之血，几尽凝为冰，盖此声宛然从囊中来也。予即立自镇定，徐步至神坛前，发囊探手入，觉暖香一缕，吹予手上，似有樱唇吻吾指者。予狂呼，出手于囊，则赫然为吾莎朗黉之蟆首。星眸半掩，樱唇犹未冷，予如狂如醉，立仆椅上，抱首于胸际，大呼曰："莎朗黉，莎朗黉。"迨呼第三声时，莎朗黉始张眸睐予，红泪两行，缘此玫瑰色未褪之粉颊而下。睐予者三，星眸乃渐渐而合，不复张矣。予跳跃如中狂疾，奋力扑桌，桌仆而烛熄，继长叹一声，蹶地而晕。翌晨六时，掘墓者来。则见予偃卧地上，身僵如石，良久始苏。厥后予辗转探询，遂知莎朗黉之死，实以乃父来书偶泄往事，书忽为共和党人所得，因立逮莎朗黉去，杀之。如花美眷，似水流年，遽断送于断头台上。嗟夫。玉楼人去，化鹤何年？予枨触旧事，辄复为心痛。而最难堪者，则为彼英伦三岛上之白头老父，尚日日危立海滨，翘首盼爱女之至。孰知双眼望穿，不见倩影伶俜来矣。呜乎，读者诸君志之。彼风雨萧条之夕，扬其最后之声，声声唤予。张其垂暝之星眸，频频睐予者，即吾至爱之莎朗黉，即吾莎朗黉之蟆首也。

（选自《欧美名家短篇小说丛刻》1917 年中华书局版）

史蒂文逊(R. L. B. Stevenson)^①　原著

意外鸳鸯

(The Sire de Maletroit's Door)

史蒂文逊小传(1850—1894)

　　劳帛脱路易培尔福史蒂文逊(Robert Louis Balfour Stevenson)以一八五〇年十一月十三日生于苏格兰之哀汀堡(Edinburgh)^②，为著名机师劳帛脱史蒂文逊氏之孙。初拟继承先业，继忽去而学律，入哀汀堡大学。既毕所业，即被延而入苏格兰法庭，为辩护士。少能文章，间亦操觚为文，名乃立著。生平好游，常识亦广，尝遍历法兰西诸部，赏其山水。复附一移民之舟，渡大西洋，作汗漫游。一八八九年，以病之台湾^③，居五载，一以著述自娱。其最初之作，有《内地之游》(An Inland Voyage)、《西佛纳山中驴背旅行记》(Travels With a Donkey in the Cevennes)、《佛奇尼白司潘立斯克》(Virginibus Puerique)诸书。一八八二年，荟集所为怪诞之小说，名之曰《新天方夜谈》(New Arabian Nights)，书出，备受社会欢迎。翌年，著《宝藏岛》(Treasurd Islanc)^④，亦负盛名。后三年间，又成《诱引》(Kidnapped)、《邬土亲王》(Prince Otto)、《书杰格尔博士及密司脱哈特异事》(The Strange Case of Dr. Jekyll and Mr. Hyde)^⑤诸书，均称杰构。其他说部、杂著，不下数十种，有诗三卷。氏固生而多病，体质久毁，于一八九四年十二月三日卒，

---

　　① 今译为史蒂文生。
　　② 今译为爱丁堡。
　　③ "台湾"为误译。史蒂文逊因患肺结核病而常迁徙，找寻海洋性气候的康复地。1890 年他在太平洋的萨摩亚群岛的乌波卢岛(Upolu)购买了 400 英亩的土地，建立栖身之所，并将它命名为凡利麦(Vaitinma)，并逝世于该岛。
　　④ 今译为《金银岛》。
　　⑤ 今译为《化身博士》。

葬台湾凡利麦（Vailinma）所居屋后之山颠上，从其志也。

但枭司特蒲留年纪还不到二十二岁，他却自以为是个旋转乾坤的英雄，顶天立地的好汉。可是孩子们生在这战云漠漠、四郊不靖的时代，能打得仗，冲得锋，能堂堂皇皇杀他一两个人，能知道些儿人世间的权变策略，自也怪不得他要高视阔步、目空一世咧。有时夜深人静，他却还怒马独出，学那些侠客的行径。然而，这个委实不是他的幸福，象他那么一个少年，还是伏在家里火炉旁边，或者早些上床睡觉，倒是明哲保身之道。可是这当儿白根台和英吉利的兵队，混成一起，密布各地，夜中到处乱跑，很不方便呢。

话说一千四百二十九年九月中一天傍晚时候，天气十分阴沉。漫天风雨，并力的猛攻那镇儿。树上枯叶，飘落满地，打着磨旋儿在那几条街上走着。人家窗中，有的都已上了灯，透出一道两道的光来。有几处似乎是驻兵的所在，兵士们正在那里晚膳，满腾着笑语之声，时时外达。只被风儿掩住了，不大分明。一会儿夜色已上，那塔尖上树着的一面英国国旗，受风而翻，给飞云掩映着，淡淡的只是一个黑点，好象一羽孤燕，在那铅色的天空中飞着。到了晚上，大风忽起，豁喇喇的掠过街上。连那镇下山谷中的树儿，也翦得萧萧作响，似是虎啸狮吼的一般。

这时但枭司特蒲留正急匆匆的走去访他一个朋友，预计小作勾留，便回家去。不道到了那朋友家里，他们待他亲热得什么似的。留着用过晚膳，又有一搭没一搭的闲谈了好久，不觉把时候耽搁得晏了。告别出门时，早已过了夜半。一时间大风又刮了起来，四下里又黑黑的，仿佛踏进了个坟墓。天上既没有一颗星，又没有一丝月光，只重重叠叠的，堆着那棉絮似的厚云。加着那兰屯堡近边的几条曲巷，但枭司一向不大熟悉。就在青天白日之下，也须摸索着走去，到此自然迷了路，不知道望哪里走才好。只知道他朋友的屋子，是在这兰屯堡的梢上，头上便有一所小客寓，正坐落在那礼拜堂钟塔之下。如今惟能上了小山，投往小客寓去。主意打定，就彳亍而前。有时觉得在什么空旷的所在，头上即是天空。于是停了停脚，吸他几口新鲜的夜气。有时似乎摸到了什么峭壁之间，狭狭的几乎使人透不过气来。四下里又静悄悄地，没一些儿声响，益发使人生怕。但枭司一路摸去，有时摸在人家窗儿的铁梗上，冷得冰手，还道是摸着了什么蟾蜍。有时觉得脚下七高八低的，几乎把颗心儿也颠到了口中。一会才又到了一处开旷的所在，仰见天光，比刚才也亮了一些。瞧那两边屋子，都现着一种奇怪的样儿。但枭司也不去管他，只打叠起勇气，向前赶去。每逢到了转弯抹角，才住了脚，向四面望一下子。往后他又在一条羊肠小径里踅着，伸手便触着墙壁，狭得什么似的。出得巷来，却见地势渐渐低下，分明不是向那小客寓去的方向。巷尽处，有一个望台，能望见那几百尺下边的山谷。黑魆魆地，仿佛是个鬼窟。但枭司低头瞧时，但见几个树梢，底下又有一个白点，在那里晃动，知道是一条河流。横断而过。这当儿，天上积云都已消散，天容又很明朗。那小山的边儿，约略可见。隐约中，他又瞧见左面有所大厦，上边耸着几座小小儿的尖塔。原来是礼拜堂的后部，有几堵扣壁，突出在外。那扇后门，隐在深廊之中。廊上雕着许多石像。又有两个很长的檐溜。那几扇窗中，都有着烛光，一丝丝的透将出来，倒使那扣壁尖塔，益发觉得黝黑如漆，和天光合在一起。只那建筑自辉煌崔巍，非常壮丽。但枭司瞧了，就记起他自己的屋子来。在保夷司岿然峙着，也正和这不相上下。他瞧了会儿，不觉已到小巷尽处。一瞧四面，并没什么支路，只得退将回来，想摸到了大道，径往小客寓去。只他预想中哪里想到平白地却要遇一件意外的事，点缀他一生的历史呢。

原来他退回去不到一百码光景，便见前面来了红红的火光，还有一阵谈笑脚步之声，震得小巷中都有了回响。只一瞧，就知道是一队巡夜的兵士，手中各自擎着火把，照得个一巷皆红。但枭司急忙倒退了几步，料想那些人都是酒鬼，酗醉了酒，不讲道理的，落在他们手中，就有许多不便，还是躲在什么地方，逃过他们的眼儿。打定主意，往后便退。这一退也是他合该有事，脚儿斗的踏着一块石子，身儿一侧，直向墙上撞去，震得腰下挂着的一柄佩刀，也郎郎当当的响了起来。那些兵士们一听得这刀声，就有两三个人嚷将起来。有的是英国口气，有的是法国口气，都直着嗓子，问是哪一个？但枭司给他们个不理会，一旋身仍向那小巷尽处奔去。到了平台上回头瞧时，却见他们也飞步追来，口口声声的嚷着，一壁又把那火把向着两面乱照。但枭司到此急得什么似的，急忙冲到那大厦门前的廊檐下边，拔了佩刀，倚在门上等着。

说也奇怪，这一倚他竟翻身跌了进去。站起来瞧那门时，早又好好儿的关上。当下他在暗中伏了会儿，隐约听得门外兵士们咒骂呐喊的声音。不一会，却已渐渐远去，渐渐不闻，于是吐了口气儿，想开门出去。谁知这门儿的内部，光光的连柄儿都一个没有，空伸着一双手，没得着处。末后把指甲沿着门罅，用力扳着。更使着他搏狮的全力，一阵子撞去，只也好似一垛峭壁，休想动它分毫。但枭司没法儿想，皱皱眉儿，心想：这门儿到底是个什么路数？刚才为什么虚掩着？一关上了，怎又开不开？倒似乎故意设着机关，借此坑人似的。然而像这么一所堂皇显焕的大厦，又不是贼巢盗窟，何必要设什么机关？但枭司越想越觉诧异，总想不出他是个什么意思。总之，已像困兽入笼，没了出路。四下里又黑黑的，张眼不见一物。侧耳听时，外面寂然无声。只听得近边隐约有微喟之声，仿佛是中宵怨女，恻恻怀人的一般。但枭司听了，好不诧怪。更向里边瞧时，见有一丝灯光，在那里晃漾，似乎从什么门帘下边射将出来的。但枭司瞧着，觉得此中伏着危机，禁不住栗栗畏惧起来。转念想：困守在这里，也不是事。索性放胆前去，瞧他一瞧，也见得我但枭司可不是个没骨汉呢。

想着，展开了两臂，慢慢儿的摸索而来。末了，猛觉得脚尖上咯的一响，分明是触在木板上似的。向下瞧时，才知道是一乘踏步，便趑上去，揭开了那门帘，闯然而入。更抬眼望时，见是一间光石的大起居室，三面都有门儿，一面开着一扇，都一样的遮着门帘。第四面上，却开着两扇大窗，和一个挺大的火炉架。架上雕着玛莱脱劳家的军器，但枭司一见就辨别出来。室中灯火通明，四个壁角，都在这明光之中。但是室中的器物，却很稀少。单有一只笨大的桌子和一二把椅儿。火炉中也并不生火，冷眼向人。地上杂乱的散着许多零星东西，分明已好几天没有收拾过。那火炉架旁边一把高椅上，有个老绅士颤巍巍的坐着，脖子四周围着一个皮颈圈。手儿腿儿都交叉着，满现出那种倨骄的态度。他肘边靠墙的腕木上，放着一杯香酒，那个脸儿，一些儿没有慈善之相。凶恶气团结眉宇，瞧去像是一头野猪，甚是怕人。上边的嘴唇，高高鼓起着，似乎吃了人家耳括子，又似乎害着牙齿痛，所以肿成这个样儿。那笑容咧，眉峰咧，和那又小又锐的鼠眼咧，处处现着恶相。满头白发，十分美秀，仿佛是神圣的头发。一部须髯，也当得上美秀两字。那双手又嫩又白，委实和他年纪不称。这玛莱脱劳家家人的手儿，原是向来有名的。瞧那指儿，甚是纤削。指甲也很有样，宛然是那意大利大画家利那度氏美人画中的美人手儿。谁会想到这样一个素手掺掺的人，却又生着个凶神的面孔。瞧他这时正像上帝般高坐着，白眼看人。一种忍刻奸诈的容色，堆满了一脸。这人是谁？正是玛莱脱劳家主人唤做挨莱特玛莱脱劳的便是。但枭司先在门口立了一立，一声儿不响的和那老头儿相觑着。一会，那老头儿便启口道："请到里边来，我已望了你一黄昏咧。"说时，并不起身，只皮笑肉不笑的笑了一笑，又把头儿微微一侧，算是和他行礼的意思。但枭司听了那种声音，瞧了那种笑容，觉得骨髓中森森起了冷意，几乎要抖颤起来，一时间话儿也不知从何处说起。挣扎了半晌，才放声答道："我怕你老人家认错了人咧。听你老人家的话儿，分明在那里盼望什么人，只是在下以前并不和你相识，今夜还是初会呢。"那老头儿率然道："别管他，别管他，如今既然来了,还有什么话说。我友请坐,别如此不安。停会儿我们就能勾当那件小事咧。"但枭司知道此中定有误会,便又分辩道:"今夜的事,都是你那扇门……"那老头扬了扬眉,搀言道:"嗄,你说我那扇门么?这不过是一些小慧,算不得什么奇事。"说时,耸了耸肩,接着又道:"瞧你的样儿,似乎不喜欢和我做朋友。只我们老年人却很喜欢结交,不嫌朋友多的。今夜你虽是个不速之客,老夫也一例欢迎呢。"但枭司道:"先生,你别弄错了。在下和你老人家丝毫没有什么瓜葛,况且也不是这里近乡的人。在下名儿唤做但枭司,姓特蒲留。至于好端端怎么闯入尊府,实为了……"那老头儿又截住他道:"我的小友,别再絮叨了。老夫自有用意,你只悄悄地瞧着吧。"但枭司暗暗叫着苦,想不知道多早晚的晦气,今夜无端遇了这疯子。只是身入樊笼,也无可奈何。便耸着肩,自在一把椅儿上坐下,瞧那老头儿使出什么鬼蜮手段来。停了会儿,不见动静,只隐隐听得对面的门帘中,有一种低微的声音,似乎在那里祈祷。有时仿佛一个人在看,有时又仿佛来了一人,到那时便隐约听得两种声音,一种似是劝慰,一种似是恼怒。只为声细如蝇,辨不出什么话儿。那老头儿依旧一动不动的坐在椅上,微笑着抬了两个鼠眼,骨碌碌的瞧但枭司,直从头上瞧到脚尖,又不时做出一种鸟鸣鼠叫似的声音,表示他心中的满意,使但枭司益发刺促不宁。那老头儿瞧了这情景,又暗暗匿笑,笑得脸儿都通红了。少停,但枭司便直竖的竖将起来,戴上帽儿,愤然道:"先生,你倘是心志清明的,就该知道你对于我太没礼貌,不像是个上流的君子。你倘已失了心志,我自问脑儿自有用处,也不愿意和疯子说话。委实说,你别当我是个孩子,尽由人玩之掌上的。如今我决不再留在这里,你倘不好好儿放我出去时,便把刀儿扑碎你那扇牢门。"那老头儿伸着一只右手,摇着向但枭司道:"我的侄儿,请坐着。"但枭司把指儿当着那老头儿的脸弹了一下,大呼道:"我还是你的侄儿,好个老头儿,你简直在那里满地撒谎咧!"那老头儿听了这话,忽地放出一种凶暴的声音,狗吠似的嚷起来道:"恶徒,快坐下。你想老夫好容易在门上做了个机关,收拾你进来,就肯轻轻放你去么?你要是喜欢缚头缚脚,缚得全身骨节都痛的,不妨起身出去。要是你愿意像小鹿般往来自由的,便该静坐着,和一个老先生好好儿闲谈,那就上帝也在上边呵护你呢。"但枭司问道:"如此你可是把我当做个囚犯么?"那老头儿答道:"停会儿你自己瞧着吧。"但枭司没奈何,只得坐了。外面竭力装着镇静,其实怒火中烧,已达到了沸度。想起前途危险,又禁不住战栗起来。一时间思潮叠起,搅得心中历乱。

正在这时,猛见前面门上的门帘,忽地向上一揭,蹑进一个长袍披身的牧师来。张着两个鹰眼，向但枭司瞧了好久，才捱近那玛莱脱劳，低声说了几句。玛莱脱劳扬声问道："那妮子可安静些了么？"牧师答道："主公，她已安静得多咧。"那老头儿又说了几句似嘲似讽的话儿，才向但枭司道："麦歇特蒲留，老夫介绍你去见舍侄女好么？她已等了你好久，比老夫更觉性急呢！"但枭司急着要知道这事的结果，便坦然起身，鞠了一躬。那老头儿便也起身回礼，扶着牧师的臂儿，一跷一拐的向那礼拜堂门儿蹒去。到了门前，牧师即忙揭开了门帘，三人就一同入内。但枭司举目瞧时，见那建筑十分壮丽，四边有许多小窗，有星形的，有三叶草形的，有轮形的。窗上并不全嵌玻璃，所以堂中空气，也很流通。神坛上点着四五十支蜡烛，被风吹着，光儿摇晃个不定。神坛前边的阶级上，有一个妙龄女郎，跽在那里，一身新嫁娘的礼服，焕然照眼。但枭司瞧了，身子蓦地里冷了半截，不知道怎么心中有些儿恐慌起来。那老头儿又发出一种抆笛也似的声音，向那女郎道："白朗希，我的小女郎，我特地带了个朋友来瞧你。你快起来，把玉手儿给他，敬礼上帝，果是好事。只这人世间的俗礼，可也少不了。"那女郎听了这话，便巍颤颤的起了身，旋过柳腰，向着他们微步而来。瞧她那个娇怯香躯，满带着羞惭疲乏的样儿。一路来时，把蝶首垂得低低的。但见羞红半面，绝可人怜。两道秋波，也注在地上，兀是不抬起来。只那但枭司的脚儿，却已被她瞧见。脚上一双光致致的黄皮靴子，十分动目。原来但枭司平素很喜欢修饰，虽在旅行时也装扮得楚楚动人。那时那女郎一见了这黄皮靴子，很吃惊似的，忽地立定了，抬起那似嗔似怨的秋波来瞧但枭司，两下里的眼光，可巧碰了个正着。霎时间，那女郎花腮上的羞红退了，换上一派凄惶惊恐之色，连那红喷喷的一点朱唇，也欻的变了白，猛可里惨呼一声，把柔荑掩着脸儿，扑的倒在地上，一壁又悲声呼道："伯父，不是这人！不是这人！"那老头儿又象鸟鸣般欢然说道："自然不是这人，所以我才领他到来。哼哼，你真不幸，怎么把他的名儿忘了。"那女郎又呼道："以前我委实并没见过他一面。这人是谁？并不知道，我也不愿意和他认识。"接着，又转身向但枭司道："先生，你倘然是个君子人，就该可怜见我一个弱女子，凭着天良，仗义相救。以前我们俩不是并没相见过么？"但枭司点头答道："正是，以前在下当真没有见过姑娘的芳容，今夜冒昧得很。"一壁又向那玛莱脱劳道："先生，今夜在下才是第一回拜见令侄女，愿你别误会了。"那玛莱脱劳耸了耸肩答道："以前没有见过，也不打紧。此刻订起交来，正来得及。就是老夫和先室结婚以前，彼此也是泛泛之交呢。"说到这里，挤眉做眼的，扮了个鬼脸。接着又道："要知道这种临时发生的婚姻，实是夫妇间毕生的幸福。百年偕老，白首无间，那是一定

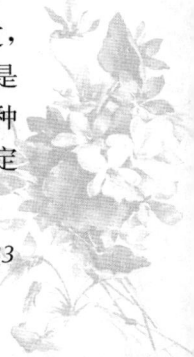

的。此时新郎倘要和新娘一通款曲,老夫就给他两点钟的时限。两点钟后,便须成礼咧。"说完,向着外边扬长走去。那牧师也跟在他后面。这当儿那女郎欻的立将起来,高声说道:"伯父,你别这样武断。做侄女的敢在上帝跟前立誓,倘是苦苦相逼,定要我嫁这少年,我也没得话说,惟有乞灵白刃,一死自了。伯父要知道这种婚姻,不但上帝不许,怕也辱没你一头的白发呀!伯父,愿你可怜见我,世上无论哪一个妇人,断不愿意这种强迫的婚姻。与其生着不能自由,宁可死了干净。"说着,把纤指儿指着但臬司,现出一种又怒又轻蔑的样子,又嗫嚅道:"伯父怎么如此固执,坚意把这厮当做那个人。"那老头儿在门口上站住了,冷然道:"正是。我原是固执的。白朗希特玛莱脱劳,我索性和你说个明白,可听清楚了。你既是我的侄女,自然也是我玛莱脱劳家的支派。如今你却胡为妄作,不顾廉耻,想把我玛莱脱劳冰清玉洁的名儿,捺在泥淖里,累你六十高年的老伯父,同被耻辱。试问你还有什么面目对我? 就是你父亲生着,怕也要唾你的脸儿,攥你出去。他是个铁手腕的人,谅你总知道呢。姑娘,此刻你还该感谢上帝,遇了我这么一个天鹅绒手腕的老伯父,仍是一味容忍,并不怎样为难你,且还物色了个可意的少年郎君来,给你做夫婿,不道你不但不知感激,反而抱怨我。然而你抱怨可也没用,我的事儿已将成功咧。白朗希特玛莱脱劳,到此我也没什么旁的话,单有一句话儿,当着上帝和天上神圣向你说,即使你反抗我的意旨,拒绝这少年,我也决不听你嫁那贱夫。你倘知理的,就该好好儿待我这小友,你可记取了?"说完,就趔了出去。那牧师也接踵而出,门帘一动,早又垂下来。那女郎很失望的瞧他们两人去后,便回过星眸来,睁睁的瞧着但臬司,开口问道:"先生,这些事到底是个什么意思?"但臬司恨恨的答道:"谁明白来。怕惟有上帝明白呢!不知道今夜多早晚的晦气,踏进了这疯人院,满屋子里似乎都是些疯人。这些事,我哪里知道,我也哪里明白。"女郎问道:"只你怎么进来的呢?"但臬司不敢怠慢,即忙把刚才的事约略和她说了,接着又道:"如今你也该把你的事儿见告,别兀是使人猜什么哑谜儿似的,摸不着头脑呢。"那女郎含颦不语了一会,香樱颤动着。两个没泪的星眸中,作作的放着红光。少停,才把两手按在额上,凄然说道:"唉,我的头儿痛得什么似的。那颗可怜的心儿,更不必说了。此刻我也不用隐讳,索性开诚和你说个明白。我名儿唤做白朗希特玛莱脱劳,从小儿便没了老子娘。他们的脸儿,也已记不起来。总之,我的生活,实是弱女子中最不幸、最可怜的生活。三个月前,我每天在礼拜堂中,总有个少年军官,立在近边,似乎很有情于我。我自己虽明知不该牵惹情丝,只想有人爱我,心中也很快乐。一天他私下授给我一封信，我就带回来读了一遍。读后，心上温馨，益发充满了乐意。以后玉珰函札，便源源而来。唉，可怜的人，他竟为了我这样颠倒，急着要向我一倾积愫。那信中唤我一夜悄悄地把门儿开了，在扶梯上和他会面，即使不能长谈，一见也是好的。他原知道我伯父向来信托我，料想不至生疑的。"她说到这里，做出一种似哭似叹的声音，不言语了好一会，才又喟然说道："我伯父本是个忍心的人，性儿又非常巧猾。壮年从军时，曾有好几回出奇制胜，在朝中也算是个数一数二的大人物，往时意萨卜王后很信任他的。至于他如何疑起来，我自己也没有知道。今天早上，我和那人行了弥撒礼出来，他把着我手儿，一路读着我那小本的《圣经》，彼此并肩同行，十分浃洽。他读罢之后，就恭恭敬敬的把那书儿还我，又要求我夜中仍开着门儿，和他密会。谁知道这一个密约，竟完全失败。我回到了家中，伯父就把我当做囚人般关在房里，直到晚上才放我出来，逼我穿这捞什子的吉服。你想一个女孩儿家，可能搁得起他这般嘲弄么？至于那门上的机关，一定是他设个陷害那人的，不想你却做了替身，陷了进来。他又将错就错，定要逼我和你结婚。唉，我想上帝是仁慈的，决不忍使一个弱女子当着个少年人跟前，受这种侮辱呢。如今我什么都告诉你了，知我罪我由你吧。"但枭司很恭敬的弯了弯腰儿，说道："马丹①，多谢你不弃下贱，垂告一切。在下自问还有些血气，断不辜负你一片盛意。此刻那麦歇特玛莱脱劳可在这里么？"那女郎答道："多分在外面厅事中写什么呢。"但枭司又满现着恭敬之状，把手儿递给女郎道："马丹，我同你一块儿去瞧他如何？"于是两下里携手同出，到那厅事中。白朗希羞答答的，低垂着粉脖子，抬不起来。但枭司却昂头挺胸，大踏步走去。瞧他分明以侠客自居，定要救这婴婴宛宛的弱女子，不成不休似的。那时玛莱脱劳见了他们，就直挺挺的站了起来。但枭司庄容说道："先生，我对于这头婚事上，有几句话儿要说，请你老人家垂听。委实说，我虽不肖，也万不肯强逼令侄女倾心向我。要是我们彼此相爱，双方出于自愿，我见了这种花好玉洁的美人儿，自然求之不得，怎肯拒绝！只目前既成了这么一个局面，我为自己名誉分上，良心分上，又不得不拒绝，还请麦歇见谅则个。"白朗希听了这番话，把媚眼儿睐着但枭司，很感激似的。那老头儿却自管微微的笑，直笑得但枭司寒毛都竖了起来。一会，那老头儿便启口说道："麦歇特蒲留，你大概还没有明白我的意旨，请你跟我到这窗前来。"说时，踅到一扇开着的大窗前边，指着外面，向但枭司道："麦歇，你不见窗外不是有个石架么！顶

---

① 马丹：Madame，意为"夫人"或"女士"。

上有个铁圈儿，穿着一根粗粗的绳子。你倘敢不依和我侄女儿结婚时，就在日出以前，把你吊出窗外去，那时可莫怪老夫无情。老夫也叫出于万不得已，要知老夫初心原不要你死，单要侄女儿振翮云霄，保全她的贞操。若要实行这保全之策，惟有逼你和她结婚。麦歇特蒲留，委实和你说，饶你本领插天，能跳出沙立曼大王的手儿，可也不容不和我侄女儿缔这同心之结。别说她出落得花儿也似的一朵，尽配得上你。即使变得像那门上刻着的石兽那么可怕，也不许你说个不字。要知道这件事不论是你，不论是她，不论是旁的人，不论是我个人方面的感情，都不能摇动我的心儿。我一切都不知道，但知保全我家几世的名誉。如今你既已知道了我们的秘密，只得借重你洗净我家的污点。你若不依，便沥你的血儿。何去何从，还请澄心三思吧。"

这一席话儿发后，大家都默然不声了一会。但臬司先开口说道："我以为处置这种儿女的事，除了强迫手段外，定还有个万全之策。我见你老人家也佩着刀儿，也曾仗着这刀儿做过一二荣誉的事，难道竟出此下策，强人所难么？"那玛莱脱劳给他个不理会，只向那牧师做了个手势。那牧师就悄悄地踅到第三扇门前，把个门帘掀了起来。但臬司举目瞧时，只见那里头是一条漆黑的甬道，夹道立着无数兵士模样的人，都执着明晃晃的长矛，如临大敌的一般。玛莱脱劳又道："麦歇特蒲留，老夫少年时，自问还能独力发付你，和你争一日的短长。只如今老了，不得不借重这些人。人老珠黄不值钱，大足使人慨叹呢。瞧你们两口子似乎很喜欢我这厅事，这也很好，老夫愿意奉让，不敢不依。此刻长夜未央，还有两个钟头，尽够你们情话。"说到这里，见但臬司满面现着怒容，便扬了扬手儿，悄然道："不要忙，你若是不愿意上那吊架的，这两点钟中尽能跳出窗外去，堕地而死，或是死在我守卒们的长矛上，也自不恶。只这两点钟的时间，甚是可贵。你的性命，都在这其间决定。你自己可打定了主意，我瞧侄女的容色，也似乎有什么话儿和你说。我们对待妇人，该当有礼，你须熨贴些她呢。"但臬司一声儿不言语，只斜着眼儿向白朗希瞧。见她星眸含泪，做出一种哀恳之状。那玛莱脱劳柔和了声音，又向但臬司道："麦歇特蒲留，我们两点钟后再见吧。要是这两点钟，你能降志相从，老夫便撤去守卒，给你们两口子切切私语咧。"但臬司没有什么话说，但向那女郎瞧，见她含颦无语，脉脉生怜，只那蕲水双波，分明在那里唤但臬司答应她伯父。但臬司便即忙答道："在下遵命就是，敢把名誉作保。"玛莱脱劳鞠了一躬，在四下里一跛一拐的踱了一会，一壁净着嗓子，不住做出那种鸟鸣似的声音，随手把桌子上几张文件收拾好了，然后踅到那甬道入口的所在，似乎向守卒们发什么命令。末后才向但臬司先时入室的那扇门儿踱去。到了门口，欻的旋过身来，微笑着，又向他们两口子弯了弯腰儿，慢慢儿的踱将出去。那牧师也就掌着一盏手灯，跟着出去。

两人去后，白朗希忽地伸了她那双羊脂白玉似的纤手，掠燕般赶到但臬司跟前，花腮晕红，活像是一枚玫瑰。只是眼波溶溶的，含着泪光，又像玫瑰着露的一般。当下她悲声说道："你可不能为了我死。最后的一法，惟有娶我。"但臬司毅然答道："马丹，听你的话儿，分明当我是个偷生怕死的懦夫，这未免认错了人咧。"白朗希急道："我并不说你是个懦夫，只想你一个堂堂男子，前途正无限量，怎能为了我一些儿小事，牺牲你的一生。"但臬司道："马丹，你不必替我着想。我一时被义愤所激，什么都搁在脑后。你要是怜惜了我，又怎么对得起你那个心上人儿呢。"说时，把眼儿着在地上，不敢向白朗希瞧。料她听了这话，一定心乱如麻。要是再向她一瞧，那就使她益发难以为情咧。那时白朗希脉脉不语了一会，忽地扭转柳腰，走了开去，扑的伏在她伯父椅儿上，又抽抽咽咽的哭将起来。但臬司一听得那美人儿的哭声，便没了摆布。恰见近边有一只矮凳，便也坐了下来。弄着他佩剑的柄儿，兀然不动，自愿立刻死去，葬在什么垃圾堆里，免得处这为难之境，弄得左不是右不是的。把眼儿向四下里望时，也不见什么特别的东西，足以惹他注意的。但见灯光晃动，带着不欢之色，夜气入窗，冷砭骨髓。外面又是黑黑的，没一丝光儿。但臬司私想，入世二十年，从没见过这样一个阒深寥廓的礼拜堂，也从没见过这样一个阴森凄苦的坟墓。那白朗希一声声悲酸的哭声，又不时送进耳来，似乎数着时刻，送去这最后的两点钟。他无聊之极，只看着那壁间盾牌上的纹形，直看得眼花了才罢。接着又向那黑影沉沉的壁角里瞧去，直瞧得那边幻做了无数的怪兽，方始把眼儿移将开去。他一壁这样瞧，一壁慌着，想这两点钟的限时，转眼便须过去，那死神已在那里进行咧。一会，但臬司已把满室里所有的东西，都瞧了个遍，再也没有什么瞧了，只得把眼光注在白朗希身上，见她低鬟蝉黛的坐在那里，把玉手儿掩着素面，不住的宛转哀啼，哭得那娇躯也瑟瑟地颤动起来。然而啼后残妆，却益发娇媚动目。玉肤上不施脂粉，自然柔美。鬟发如云，更觉不同寻常。那双纤手，自然比他伯父加上几倍白嫩。任把春绵柔荑那种字面去形容她，都觉不称。又记得她刚才两道似怨似嗔似哀似媚的眼波，看在自己面上时，也足使人销尽柔魂，连身子都软化了。但臬司悄悄地瞧着，私想自有眼儿以来，从没见过世上有这么一个美人。他越是瞧，觉得那死神来得越快，一面又自恨刚才不该说那种撩她悲怀的话儿，使她这样哭个不住。当下里不知不觉的起了个怜惜之心，这怜惜心一起，顿把不怕死的心冷了许多。想世界上有

这样一个花娇玉艳的美人儿在着，教人怎能抛开世界去呢。正这么想，却猛听得那恼人的鸡声，从窗下深谷中闹了起来，直送进他们的耳膜。万籁俱寂中，起了这鸡声，外面黑暗中，也来了一丝光，顿把他们两人的思绪打断了。

那白朗希便仰起蛾首来，瞧了但臬司一眼道："唉，我可是没有什么法儿救你么？"但臬司神志不属似的说道："马丹，我倘曾有什么话儿使你伤心的，要知我都为的是你，并不为我自己。"白朗希含泪向但臬司瞧着，流露出一派感激之色。但臬司又道："如今你的处境委实非常凶险，这种世界，真不是你的乐土。就你那个顽固的伯父，也是我们人类中的耻辱。马丹，愿你信我，我很愿意为了你死。法兰西少年人千万，可没一个像我这样死得有幸呢。"白朗希答道："我原知道你是个侠义勇敢的好男子，心中着实钦佩。只我此刻所要知道的，却是个报恩问题。无论现在，无论将来，我总得报你的大恩。"但臬司微笑道："你只许我坐在你身边，算是你的朋友，更使我心儿里无痛无苦，安乐而死。死了之后，更替我诚心祈祷，就尽够报答我咧。"这当儿白朗希翠眉双颦，似乎蕴着满怀的愁思，掩掩抑抑的说道："你这样侠气干云，自足使人起敬。但见你白白的为了我死，总觉有些心痛。此刻你不妨走近过来，倘有什么话，尽向我说，我没有不听的。"到此忽又悲声说道："唉，麦歇特蒲留，麦歇特蒲留，教我怎能正眼瞧你的脸儿。"接着便又哭了起来。但臬司把着白朗希那双纤手，说道："马丹，我在世的时候，已很有限，瞧了你这样悲痛，中心如何受得。请你可怜见我，别尽着哭了。要知如今你这凄楚情景，印在我眼儿里，死后孤魂，怕也觉得难堪呢！"白朗希道："我真是个自私自利的人，只顾了自己，不顾旁的人。麦歇特蒲留，我瞧你分上，从此鼓起勇气，抵死不哭咧。你倘有什么事，须我效劳的，我万万不敢规避，尽力做去。可是一身受恩既深，任是怎样重担子，压在肩上，也觉很轻。况且我除了哭外，自也应当做些儿事呢。"但臬司道："我母亲已经再嫁，家中人口不多。我死后，那一分薄产，就归阿弟伊却德承袭，谅他一定得意的。至于这一个死字，我并不怕惧。可是性命去时，不过像轻烟过眼，没有什么大不了事。只在生气未尽的当儿，才觉顶天立地，不可一世，自以为是个惊天动地的大人物。一阵阵鼓角声中，跃马过街。人家女郎，都从红楼中探出头来，流波瞧他。一时名人杰士，纷纷和他订交。有写信来道候的，有踵门求见的。那时他高视阔步，自是大丈夫得意之秋。然而他撒手归天之后，饶是勇比赫苟儿[①]，智如苏

_____

① 赫苟儿：Hercules，现译"赫拉克勒斯"或"大力英雄"，他是宙斯与阿尔克墨涅之子，力大无比的英雄。

罗门，人家也付之淡忘，哪一个还记得他。十年前我父亲和他手下一班健儿，在一场血战中，烈烈轰轰的为国而死，到如今人家不但记不得他们，连这场血战的名儿，也差不多忘了。马丹，要知我们一进了坟墓，就有一扇挺大的门儿，拍的关上，顿时和人世隔绝。目下我朋友原也不多，死后就一个都没有咧。"白朗希急道："麦歇特蒲留，你怎么忘了白朗希特玛莱脱劳。"但臬司道："马丹，你的兰心玉性，原很柔媚，只我不过替你薄效微劳，你倒象感恩知己似的，委实使人当不起呢。"白朗希道："你别当我是个只顾私利的人。我说这话儿，实为生平遇人不少，从没见过你这么一个英雄肝胆，侠士心肠的人，心中佩服得什么似的。我以为不论是怎样一个平庸的人，倘能有了你这副肝胆，这副心肠，也就是祥麟威凤，不可多得的了。"但臬司道："然而祥麟威凤，却死在这鼠笼里，沉沉寂寂的，死得毫无声息。"白朗希花腮上边现出一种悲痛之状，闭着樱唇，不言语了一会。霎时间星眸霍的一亮，嫣然笑道："你别说这短气的话。大凡天下见义勇为的英雄，死了诞登天堂。那上帝天使，和诸天的大神，都来和他握手相见，前途正很不寂寞呢。且慢，你瞧我可很美丽么？"说时粉靥倏的一红，连那眉梢鬓角，也都晕做了玫瑰之色。但臬司悄然答道："我瞧你不但是人间凡艳，简直是天上安琪儿呢。"白朗希欣然道："多谢你称许我，心中甚是快乐。只我们女子所宝贵的，不但是面貌，还有那爱情，觉得这爱情直是个无价之宝，不能轻易送人。然而要报答人家的大恩，除了这个，也再没什么更可贵的东西。"但臬司道："你一片好意，使人生感。只我但求你可怜见我，已很满足，万不敢妄想你芳心中可贵的爱情。"白朗希低垂着粉脖子，低声说道："麦歇特蒲留，请你听我说下去。我料想你一定小觑我，我只也不敢抱怨你。可是我自问下贱，万万不值君子一顾。但为你今天便须为我而死，可不得不趁这当儿，掬心示。要知我也很愿意嫁你，因为你是个勇敢义侠的好男子。委实说，我不但是慕你敬你，且还沥我灵魂中的诚意爱你，刚才承你助着我反抗伯父，声色俱厉的，写出你满腔侠气，已足使人感激涕零。况且你又可怜见我，并不小觑我，也怀着大君子一片恻隐之心。"但臬司含笑着，叹了口气道："你快到这窗前来瞧，天明咧。"

这当儿，半天上果已透出一片鱼肚白色，一时云净空明，朝暾盈盈欲放。下边山谷中，还幂着灰色的影儿。那林中草原，和河边曲岸，也白濛濛的笼着些儿雾气。此时四下里都寂寂的，没有什么声息。但听得那农家的鸡，却又一声两声闹将起来，似乎高唱乐歌，欢迎这朝日一般。窗下树梢，被晓风刮着，一行在那里动荡，一行瑟瑟地响个不住。那白色的曙光，从东方徐徐

出来，渐泛渐红，渐放渐大。霎时间变做了个火球，照得大地都有了生气。但臬司瞧了，微微颤着，手中正把着白朗希那只纤手，到此不觉把得紧了一些。白朗希颤声问道："天已明了么？伯父来时，我们该怎样回答他？"但臬司握住了那五个玉葱尖儿，说道："由你怎样回答他好了。"白朗希垂着头儿，低鬟不语。但臬司放着一种急切恳挚的声音，又道："白朗希，我怕死不怕死，大概已在你洞鉴之中。要知我倘不得你檀口中一声金诺，断不敢把这指尖儿触一触你的玉肤，宁可投身窗外，拼了一死。但你若是可怜见我的，想必不忍袖手旁观，瞧我冤死那缢架上边。唉，白朗希，我委实爱你，那全世界的人都不及我爱你这么情切。我为了你死，原是二百四十个愿意。倘能生着，也须臣事红颜，一辈子不变初心呢。"

　　说罢，那晓钟已嗒嗒响了起来。那外边的甬道中，也起了一阵刀剑铿锵之声，知道两点钟的时限已满，守卒们早又回来咧。白朗希听了，那娇躯忽地向前一侧，偎向但臬司。那香馥馥的樱唇，情脉脉的眼波，全个儿向着他，曼声问道："你可听得么？"但臬司道："我不听得什么。"白朗希又就着他耳朵，婉婉的说道："那少年军官的名儿唤做莘老立莽特枭达佛。"但臬司又道："我没有听得。"接着，忽的把白朗希一搦柳腰，抱在臂间，在她那个海棠着雨似的娇面上，一连接了无数甜甜蜜蜜的吻。一会儿，后边倏的起一种鸟鸣似的声音，紧接上一声欢笑。原来是这玛莱脱劳家的主人麦歇挨莱特玛莱脱劳，来向他侄婿道晨安咧。

（选自《欧美名家短篇小说丛刻》1917年中华书局版）

伤心之父
(The Loyal Zouave)

（法）都德

　　话说一天晚上，铁匠洛莱不知道为什么怏怏不乐。两道浓黑的眉毛，兀自蹙得紧紧的，不时摇着头长吁短叹，好似心儿里怀着重忧极怒一般。若在平日斜阳西匿时，他歇了工作，坐在门外的凳儿上，筋疲力尽的辛苦了一天，此时便觉得优游自在，舒服得很。面上也总微微露着笑容，有时还拉着他的伙伴们，聚在一块儿，喝几杯冷啤酒。然后瞧他们从自己的小铁厂里鱼贯而出，慢慢儿回家去。那时心中简直快乐到了二百四十分，好像做了皇帝似的。然而今天却老大的不高兴，沉着脸儿，伏在工作所中，直到晚餐时候，才悻悻而出。瞧他的样儿，似乎很不愿意出来。他老婆眼睁睁的瞧着他，心中甚是纳罕。暗想他今天这样没精打采，难道听得前敌有什么恶消息么？唉，说不定我们的克里斯勋出了什么岔子哩。想到这里，心儿也觉怔忡不定，只不敢启口问他。但噢咻着身边三个嘻嘻咄咄小狗似的小孩子，使他们别响。那三个小子一壁嬉笑着，一壁正张着小口，把红萝卜叶和乳酪饼在那里大嚼呢。

　　一会，那铁匠忽地伸手把碟子一推，怒气冲冲的暴声呼道："天杀的……龌龊的狗……"他老婆忙问道："洛莱，你说什么？"洛莱目眦欲裂，大呼道："说什么来，今天一清早，有五六个畜生，回到村里来，身上都穿着我们大法兰西军队的制服，却和白佛利人联臂同行，分外的亲热。唉，人家不是都说白佛利快要并入普鲁士联邦了么，亏他们倒有脸，和那不共戴天的仇敌们一起喝酒，一起说笑。你想我们若是天天瞧见这种不忠不义的阿尔萨希亚（法国省名,铁匠所居地)狗,一个个偷偷摸摸的回来,可不要气死人么!"

他老婆却有些左祖那几个军人们的意思,悄然说道:"你的话原也不错,然而也何苦如此生气。可是挨尔琪利亚离这里很远,孩子们一向恋家心切,千里迢迢的出去从军,免不得犯了思乡病,动了些孝心,思亲的心热了,自然爱国的心便不知不觉淡了一半咧。"洛莱听了这几句话,好似火上加了油,把他握拳透爪的手儿,在桌上磅磅的敲了几下,瞋目大喝道:"快住口!你们妇人家懂得什么,大半生的光阴,都消磨在噢咻小孩子的功夫里头,单知道体贴他们,姑息他们。我如今委实和你说,他们都是奸细,都是卖国奴,都是畜生,算不得是人。他们活在世上,天也不屑覆他,地也不屑载他。死了之后,狗彘也不屑吃他们的肉。"接着又咬牙切齿的说道:"不是夸口,我在我们大法国的萨威军里(按:萨威军为法兰西最剽悍之军队),也曾烈烈轰轰的当过七年兵役。要是万一不幸,我们克里斯勋也学了那种不忠不孝的畜生,和我的名字乔士洛莱一样的确时,我定把长刀搠穿他的身体。"说着,欻的立起身来,把那两道凶恶可怕的眼光,闪闪的射在墙上一把骑兵用的长腰刀上。那刀上还挂着一个穿萨威兵制服的少年小像,满面忠诚的气概,盎然流露。不过好似被日光晒得黑了,映着那白色的制服,益发分明,在明亮的灯光中,兀自闪烁不住。那时老铁匠见了爱子的小像,百炼钢早化做了绕指柔,禁不住笑将起来道:"我真是个呆子,何苦如此发怒,好似我们克里斯勋一定也学他们坏样的一般。其实这小子倒是个觥觥好男子,并不是没肝胆的弱虫。他匹马单枪,驰跃腥风血雨之中,不知道砍下了多少普鲁士狗的脑袋啊。"说罢,呵呵大笑。那平日里快乐的兴趣,便又充满了全身。当下就起身出门,慢慢儿踱进斯屈莱斯勃城,上酒家喝啤酒去了。

他老婆独自一人在家中,把那三个小的眠在床上之后,就取了活计,坐在小花园的门前做着。一壁做,一壁放声长叹。心中在那里想道:不差。他们都是军中的逃犯,他们都是不忠不义的恶徒。然而这也是应有的事,他们的慈母,正依闾望着,欢迎他们回来呢。接着又记起他那爱子从军以前,告别出门时,也在这时候,悄悄地向这小花园立着,眼儿里噙着泪珠。想到这里,又转眼瞧那井泉,这井泉便是当时他爱子动身时汲满水壶的所在。还记得他当日穿着的那件大褂的颜色和他一头黄金丝般艳艳的长头发。只可惜他因为要穿那轻骑兵的制服,截得短短的了。她正寻思,忽见那通往荒场的门儿轻轻地开了,好似有人摸着墙壁,从密密的蜂房中间溜将过来。这举动分明是夜中的盗贼。然而好奇怪,那几只猎狗却一声儿也不响。老婆子喘息着瞧那动静，身儿早如风吹落叶，簌簌价抖战起来。正在这当儿，猛听得一声叫道："亲爱的阿母，愿你晚安。"入耳分外的清明，不一会早见面前立着一个惭容满面的少年，身上虽是穿着军服，却已杂乱不整。这少年是谁？兀的不是她朝思暮想的爱子克里斯勋么！那时耳旁还好似听得那亲热非常的声音，嗡嗡的响道："亲爱的阿母！亲爱的阿母！"

　　看官们要知道这不幸的少年实是和几个逃兵一同逃回来的。他徘徊屋外，已有一点多钟。候他父亲出去了，才敢进来。他知道阿母虽也要责骂他，然而想她不听爱子的声音，不见爱子的笑貌，不和爱子接吻，已好久了。如今骤然相见，欢喜不暇，哪里还舍得责骂他。果然，克里斯勋的预料竟一些儿没有错，他母亲见了他并不愤怒。那时他便伏在阿母身上，细细陈说别后的情形。说他恋母之心很切，很不耐烦远离膝下，去受那军中严厉的约束。加着同伴们因为他口齿带着阿尔萨希亚音，常唤他普鲁士人，他愈加难堪，两只脚便不由自主的溜之乎也了。他阿母听罢，眸子中早露出两道慈爱的目光，注在爱子的面上。

　　停了一会，母子俩一壁喁喁讲着，一壁徐徐进屋。那三个小子闻声醒来，揉了揉小眼睛，一眼瞧见了他长兄，都欢呼起来，立时一骨碌翻身下床，赤着脚，跳跳纵纵的跑过来，抢着要抱他。他母亲也即忙去取了东西来，给他吃。但是他肚子里却并不饥饿，不过从早上直到如今，在酒馆里和那几个同逃的伙伴们胡乱把白酒咧，啤酒咧，灌得个烂醉。所以此刻觉得有些儿口渴，便鲸吞牛饮似的喝了几大杯冷水。喝罢，忽听得庭院里橐橐的来了一阵脚步声，原来那铁匠洛莱已回家了。他阿母大吃一惊，忙低呼道："克里斯勋，你阿父回来咧，快躲起来，等我和他说明了，再见机行事吧。"说着，把他推在那大大的磁器火炉后面，然后伸出一双震颤的手，取起针线来，依旧做她的活计。百忙中，却忘了克里斯勋的一只帽儿仍留在桌子上。洛莱踏进门时，第一便瞧见这触目的东西，接着又瞧了他老婆灰白的面容，踟蹰不安的神情，早已了然于心，不禁怒从心起，咆哮道："哎呀，克里斯勋也在这里么？这真气死我老子咧。"说时，早抢了那墙上雪亮的长刀，闪闪的挥着，冲到克里斯勋伏着的火炉后边。克里斯勋一见了他父亲，好似死囚待决一般，一壁哭泣着，一壁巍颤颤的扶住墙壁，几乎要栽将下来。那明晃晃的刀儿，却早在他头上盘旋。正在这危机一发之际，他母亲情急计生，连冲带跌的跑将过去，把身体横在他们父子中间，向她丈夫托言哀告道："洛莱，洛莱别杀他，这是我的不是。前几天我写信给他，扯了个谎，说你要他相助工作，所以他才敢回来。如今请你瞧我分上，赦了他吧。"说毕，死命攀住她丈夫铁打似

的臂膊，呜咽不已。那三个小子躲在黑暗中，一听得这片叫嚣踉突、忿怒哭泣的声音，吓得都哇了哭了起来。那时铁匠洛莱听了他老婆的话，身子早气得冷了半截，跳起来大声说道："嘎，是你叫他回来的么？很好很好。今天且让他睡觉去，明天我再决定一个对付你们的办法便了。"

第二天早上，克里斯勋从睡梦中醒回来，心儿别别的跳个不止。只为昨夜做了一夜的恶梦，此刻还觉得心惊胆战。张开眼儿来一瞧，只见自己躺在一间小室中，算来他从小到大，形影儿差不多没一天离过这小室。不过出去从军时，才别离了好几天。这时一道道和暖的阳光，已从那花蛇麻和草茎半掩的小玻璃窗上透入室中。楼下打铁的声浪，也已丁丁入耳。床沿的一傍，坐着他母亲。原来她怕她丈夫杀死爱子，所以一夜中只跬步不离的厮守着呢。老铁匠那夜也没有上床睡得一睡，终夜只在室中往来踱着。一会儿长叹，一会儿大哭，一会儿开那壁橱，一会儿又把它关了。发了痴似的，两手兀是不停。这时却很庄严的趑进他儿子室中，头上戴着高冠，脚上套着很高的套鞋，手中握着那重重的爬山铁手杖。照他的样儿，分明要出去旅行。当下他走到儿子床边，厉声说道："快起来。"克里斯勋心中煞是害怕，抖着坐了起来，把军服披在身上。老人冷然道："别穿这一件。"他老婆颤声答道："亲爱的，但是他单有这一件衣服呢。"洛莱道："如此把我的给他，从今以后，我那些捞什子的衣服，都没有用处咧。"

克里斯勋不敢违拗，把他父亲的衣服穿了。洛莱即忙把那军服军裤和那小小的短后衣，折叠起来，扎成了一个小包裹。又把那盛干粮的锡箱挂在颈上，然后冷冷的向他老婆和儿子道："我们一块儿下楼去吧。"于是三人静悄悄地走下楼去，到那工作之所。只见那风箱已呼呼的响着，工人们也都在那里工作咧。克里斯勋瞧着这一所从军时梦魂萦绕的巨屋，不觉记起了儿时的影事。当时往往在那阳光灿烂的路上，往来乱串，宛像树上的松鼠；有时伏在家里，瞧着那大冶炉中乌黑的煤炭，火星闪烁而起，甚是有趣。想着，心中无限的愉快，把他的害怕也忘了。然而那老铁匠却依旧板着脸儿，冷如冰雪，眼儿里也射出两道严冷的光儿。一会忽地启口说道："克里斯勋，这工作所和那许多家伙，现在都是你的了。"又指着那阳光满地、游蜂飞集的小花园，说道："这园子也是你的，那蜂房，蛇麻草茎，和屋子，一概由你经营。总之凡是我的东西，现在都是你的东西了。此后你便是这里的主人翁，须得尽你的本分，好好地过日子，我却要从军去咧。可是你还欠祖国五年的从军债，此刻做老子的便替你还债去。"那可怜的老妇人哭着喊道："洛莱，洛莱，你往哪里去？"他儿子也跪将下来，悲声呼道："阿父别去。"但那老铁匠却抬着头,挺着胸,大踏步的竟自去了。

　　不上几天,做书的听说西地蓓儿亚勃地方第三队萨威军中,新编入一个白发萧萧的老志愿兵,那年纪已是五十有五咧。

　　　　　　　　（选自《欧美名家短篇小说丛刻》1917 年中华书局版）

哀密叶查拉(Emile Zola)[①]　原著

洪　水

(The Inundation)

查拉小传(1840—1902)

　　哀密叶查拉(Emile Zola)以一八四〇年四月十二日生于巴黎。父为意大利人,母法产。入圣路易书院(Lycee Seint-Louis)肄业,未得学位。自二十岁至二十二岁时,贫困潦倒,无以为生。因投身一书肆中,司包裹书籍之役,并习印刷术。迨一八六五年末,已尽得其奥。暇时颇专心于文墨,而人皆淡漠视之。一八六四年间,刊其第一种之著作,曰《尼侬故事》(Contes a Ninon),十年后则又刊一续编,曰《尼侬新故事》(Nouveaux Contes a Ninon),盖皆汇其短篇小说而成者。著作既日富,名亦由是日著。尝与同时名小说家莆劳白氏(Fcaubert)[②]、桃苔氏(Deudet)[③]、杜瑾纳夫氏(Turgeuief,俄国大小说家)[④]等结社,讨论小说,旁及天然学理。国中文家争趋之,一时称盛。自一八七一年至一八九三年间,成小说二十卷,综名之曰《罗盎麦卡家》(Les Rougon-Macquart),中如《罗盎家之运命》(La Fortune des Rougons)、《宴会》(La Curee)、《陷井》(L'Assommoir)、《梦》(Le Reve)、《钱》(L'Argent)、《柏司格医士》(Le Docteur Pascal)、《堕落》(La Débâcle)等,均负盛名。而《胚胎》(Germinal)、《巴黎之胃》(Le Ventre de Paris)诸作,则苦口婆心,颇能道巴黎小民之疾苦者。二书尝编为剧本,演之梨园,观者靡不泣下。一八九八年有某军官者,以细故被黜,氏为不平,毁

---

　　①　今译为左拉。
　　②　今译为福楼拜。
　　③　今译为都德。
　　④　今译为屠格涅夫。

谤军法裁判,不遗余力。寻被逮,将监禁一年,并罚锾三千法郎。氏脱逃,走英伦,逾年始归。一九〇二年九月二十九日,以不慎,中煤气卒。

(一)

老夫名唤路易罗卜,行年七十,生在圣郁莱村中。这村儿去都路士不过数里,位置恰在耶泷河边。十四年来,我手胼足胝的和田亩搏战,挣一些儿面包,赡养一家。多谢上天厚我,福星高照,一个月前,居然给我做了全村中第一个富翁。我们一家,自然得意。那一片欢云乐雾,笼罩在我们屋顶之下。就那一轮红日,也好似和我们结了深交。以前的田荒岁歉,早忘了个干净,再也记不起来。我们田屋中一家人口,差不多有一打之数,一块儿熙熙攘攘,同享安乐。我虽老了,身体却还健旺。时时指天画地,教儿孙们怎样工作。我有一个阿弟,名唤庇亚尔,是个信仰独身主义的老鳏夫。从前曾在军中当过军曹,如今却归老故乡了。又有一个弱妹,名唤阿加珊,是个治理家政的老孀轮手。身儿强壮,性儿和善。从她丈夫过世以后,就来和我们住在一起。平素很喜欢笑,长笑一声,直能从村头达到村尾。除了他们俩,都是些小辈咧。我儿子唤做耶克,媳妇唤做罗丝,相亲相爱,彼此很合得来。膝下有三个女孩子,叫做哀美、佛绿尼克、玛丽。那长的已出阁了,她丈夫唤做西泊林包桑,是个赳赳桓桓的少年。一块儿已生了两个孩子,一个两岁,一个还只十个月。佛绿尼克刚和村中一个很有出息的孩子唤做亚斯伯拉布都的订婚,心中煞是满意。玛丽娇小玲珑,玉雪可念,瞧去简直是镇中的女郎,哪里象什么农家女。我们全家合住一起,可巧十人。我既是老祖父,又是外曾祖。瞧着这一堂儿孙,心花怒放。每逢晚膳时,我总居中坐着,唤阿妹阿加珊坐在右边,阿弟庇亚尔坐在左边。其余孩子们都轮着年岁,围桌而坐。从我儿子耶克起,到那十个月的外曾孙止,并着我们三个老的,恰恰成了个圆形。大家相对大嚼,兴高百倍。我每吃一口东西,心儿也觉得一喜。有时那些孩子们一个个伸着手儿向我,齐着那几串呖呖珠喉,嚷道:"祖父,再给些儿面包我吃,要一块大些的。"我听了这种声音,血管中一时充塞了无限的骄气乐意,连个嘴儿也嘻开了合不拢来。这几年来,委实好算是我一辈子得意之秋。窗牖帘桅间,荡满了一片娇歌声。到了红窗灯上,庇亚尔便发明了种种新游戏,和孩子们一块儿顽着。或者眉飞色舞,讲他军中的遗闻轶事。每逢来复日,阿加珊总得烘了糕饼,给孩子们吃。玛丽冰雪聪明,向来知道几阕赞美歌，便不时调着玉喉，宛转娇唱起来。瞧她正襟危坐，云发垂肩，也活象是天上神圣一般。当着哀美和西泊林结婚的时候，我曾在屋上加了一层楼房，顿时觉得显焕了许多。所以我时常借此和孩子们调笑，说等佛绿尼克嫁亚斯伯时，便须再加一层。这样嫁一个，加一层，娶一个，加一层，眼见将来我们这屋子可要上蠢霄汉和那老天接吻咧。我们一家老小，自然都很爱这屋子，简直没一个舍得下他。既然生在此中，也愿死在此中。往后我们人口繁衍起来，直能在田场后边造他一个镇，给大家厮守在一块儿呢。

　　这也不在话下。且说去春五月，风光十分明媚，数年来田中收获，从没像今年这样有望。一天我同着儿子耶克巡行田亩，在三点钟光景一同出发。那时我们草场上一片嫩绿，好似在耶泷河边铺了一条碧绒毯子。那草儿已长长的，齐到膝盖。就那去年种植的柳树林，也已有一码多长。我们一路走去，瞧那麦田，和葡萄园，见他们的面积，也随着我进款年年扩张。田中麦穗摇风，满眼都像黄金铺地似的。葡萄正在作花，开得甚是烂漫。知道今年葡萄的收成也正不恶。耶克瞧了，笑着拍我的肩儿道："阿父，像这个样儿，我们不忧日后没得美酒面包吃咧。我瞧阿父定然得了那万能上帝的欢心，所以把那整千整万的金钱，像雨儿般撒在你的地土上。"这当儿我听了耶克的话，觉得他说得着实不错。我似乎真个得了天上神圣的欢心，种种好运，都进了我家的门儿。村中旁的人家，哪一家及得上我这样飞黄腾达。风潮起时，雹霰乱飞，独有我田中，却仍安然无恙。好像飞到我家田边，立刻停住的一般。邻家的葡萄花开不结，我园中却分外茂盛。借着他们的架儿，倒像围了个屏风，保护我家葡萄似的。于是我想天公报施，毕竟不爽。可是我平日间待人不错，从不做那种损人利己的勾当。因此上天公这样相报呢。我们一路回去时，又到村中对面的桑林杏林中瞧去。这两个树林，也是我家之物。只见这壁厢桑叶抽绿，那壁厢杏子飞黄，我们瞧了觉得此中也正有无数的金钱，在那里铿锵作响。便一路上谈笑回家去，更商量我们将来发展的大计划。打算集了一分大资本，把那些邻家的田园一起收买了来。从此教区的一角，全个儿归了我家，岂不很好。要是今年收成丰足，一到秋间，我们这好梦便能变成事实咧。我们父子俩回到了田场，却见罗丝正在门外，忽地挥着手儿，向我们大呼道："快些儿到这里来，快些儿到这里来。"我们不知就里，三脚两步的赶去，才知道牛棚中有一头母牛，生了头小牛，合家欢声雷动，甚是得意。阿妹阿加珊往来奔走，更见兴头。那些女孩子们瞧着小牛，兀是拍手欢笑着。我们这牛棚，近来也已放大了许多，里头共有一百头牛。此外又有许多马儿，不计其数。当下我便堆着笑容说道："这又是我家一件幸运的事,今夜我们可要备他一瓶美酒,尽兴一醉咧。"这当儿罗丝忽然和我们说,佛绿尼克的情人亚斯伯曾经来过,说要商定一个结婚之日,准备一切呢。刚才曾留他在这儿用了饭,还没有去。

看官们要知这亚斯伯是玛朗夷村一家农家的长子,年才二十,生得孔武有力。我们村中,没一个不知道他的大名。往时曾在都路士一个公宴中,和大力士玛歇儿较力。这玛歇儿向来有个南方雄狮的诨号,不道那回竟败在亚斯伯手中。然而亚斯伯外表虽然象是莽男儿,其实心儿很温柔,性儿也和善。见了女孩子,总是羞羞涩涩的,连话儿都几乎说不出来。有时遇了佛绿尼克的眼波,便窘得什么似的。两个颊儿,霎时涨得绯红。像这种赳赳如猛龙,恂恂如处女的孩子,委实使人又敬又爱呢。那时,我们就唤罗丝去招他来,他正在天井中忙着,助婢女们晾布儿。一听得罗丝呼唤,即忙赶进厅事来。耶克轻轻地向我说道:"阿父,你向他说吧。"我便启口道:"我的孩子,你可是定吉日来的么?"亚斯伯红着脸儿答道:"正是。小子正为了这事来的。"我道:"孩子,你不用害羞,脸儿涨得红红的算什么来?我们就指定七月十号圣菲利堆的生日,做他们吉期,可好么?今天是六月二十八号,算来不上半个月,你可也无须心儿痒痒的老等着咧。况且我老妻的名儿可巧也唤着菲利堆,倒给你们一个吉兆。如此事儿定了么?"亚斯伯答道:"很好,就指定这圣菲利堆生日成礼吧。"于是赶到我和耶克跟前,和我们握手。两手压在我们手掌上,力大如牛,几乎使我们嚷起痛来。接着便和罗丝接吻,称她做阿母。又说我们倘若不把佛绿尼克相许,他便不免要害情病咧。那时大家有一搭没一搭的闲谈了一会,我就放声说道:"好了好了,大家就餐吧。你们赶快就座,愈快愈妙,我已饿得什么似的,直好似饿狼咧。"这夜我们桌上一共十一人,嬲着亚斯伯和佛绿尼克并肩而坐。亚斯伯眼望她情人,直已忘了酒食,心想娟娟此豸,从此已是我的人。一时又感激又欢喜,两颗又大又圆的泪珠,已在睫毛上颤动个不住。西泊林和哀美结发三年,此时瞧着那一对情人,只是微微的笑。耶克和罗丝已成了二十五年的夫妇,态度自庄重得多,只也不时的偷眼相睐,流露出一派柔情蜜意来。我插身在这几个少年情人中,也猛觉得年光倒流,回到了少年时代。瞧着他们那么快乐,直好似把天堂的一角,移到了我家。进汤时,也觉今夜的汤儿,比平时分外的有味。姑母阿加珊原是个最喜欢笑的人,便一行说着滑稽话儿,一行磔磔格格的傻笑。我阿弟庇亚尔也高兴起来,讲着他往时和一个利盖司妇人的情史,情致十分缠绵。我们用罢了水果,又往酒窖里去取了两瓶甜酒来,大家斟满了喝着,祝亚斯伯和佛绿尼克两口子好运照临,祝他们将来黄金满籯,子孙满堂,

一辈子没有什么不如意的事。祝罢，我们便又唱歌行乐。亚斯伯原知道几阕情歌的，当下就唱了一二支，自是沨沨动听，不落凡近。接着又唤玛丽唱一阕赞美歌，玛丽不敢怠慢，立时站起身来，开口便唱。她那银笛也似的妙声，送入我们耳中，都觉得心旷神怡，如闻仙乐咧。

席散之后，我慢慢儿的踅到窗前。亚斯伯也走将过来，我便向他说道："近来你们那边，可没有什么新鲜话儿听听么？"亚斯伯道："没有什么新鲜话儿。不过他们都在那里说前几天的大雨，怕是个不祥之兆呢。这话儿确也是实情，前几天中，曾下过六十点钟的大雨，耶泷河水已大涨，然而我们仍很信托它，因为那河中的水儿，从没有过泛滥上岸的事。瞧它平日宛宛而流，很温柔似的，谁也不当它是个危险的朋友。就是那些农人们也断不肯丢了屋子田地，轻易出走呢。"那时我便回答亚斯伯道："怎么叫做不祥之兆，怕是无稽之谈吧。河中水涨，也是年年常有的事，未必就有什么意外。一时虽像发怒似的，只消过了一夜，早又温和柔顺，好似一头绵羊咧。我的孩子，你记着我的话儿，这种水涨，不过像人家闹个顽意儿，没有什么大不了事的。你抬眼望那窗外，不见天气很可爱呢。"说时，我便把手儿指着天，这当儿正在七点钟光景，斜阳已下，暮色渐起。天上一片蔚蓝，留着些儿斜阳的余光，似乎在一幅浅蓝色的蛮笺上，撒着金屑的一般。屋檐下边系着的猩红一线，已渐渐淡去。四下里的晚景，直能进得画图，我委实从没见过村中有这样婉媚悦目的景光。我望了一会，还听得我们对面路曲处邻人的笑声，和小孩子们絮语呢喃的声音。此外又有牧人们策着牛羊归来，哞哞声从远而近，隐约可闻。这时耶泷河中水声澎湃，也正响个不住。只我早已听惯了，倒不大在意。心想这会儿水声越响，恰是沉寂的先兆。抬眼望那天上，已从蔚蓝色泛做了鱼肚白色，全村似乎都要沉沉入睡的一般。这一天风光明媚之日，到此便已闭幕。一时猛觉得我们一家的幸福咧，田园中的好收成咧，佛绿尼克和亚斯伯的良缘咧，都从九天阊阖上和着那清明的残日余光，冉冉的飘荡下来。就那万能上帝，便也在这日光和大地告别的当儿，把无穷的福泽加被我们呢。停了会儿，我才回到室中，掬着个笑脸，听那女孩子们在那里闲谈，鹦鹉调舌似的，煞是好听。猛可里却听得一片惨呼之声，破万寂而起道："耶泷河，耶泷河！"

（二）

我们一听得这呼声，急忙飞也似的赶到天井里，抬头望时，叵耐给那草地上一行行的凤尾松遮断了视线，再也瞧不见什么。但听得那惨呼之声，兀是续续而起，依旧在那里嚷道："耶泷河，耶泷河！"一会欸见前边路上来了两个男子和三个妇人，内中有一个妇人还抱着个孩子。他们一路奔来，一路在那里呐喊，脸儿上都现着慌张之色，时时回过头去瞧，仿佛被一群豺狼追着的一般。当下西泊林开口问我道："到底是出了怎么一回事？祖父，你可瞧见什么没有？"我答道："不见什么，便是那凤尾松上的叶儿也一动都不动呢。"我正这样说着，却又听得一派尖锐悲惨的呼声，接连的起来。到此我们才见那一行行的凤尾松中间，有一群灰色带黄、野兽也似的东西，跳过了那长长的草儿，冲将过来。定睛一瞧，方知是水。见它波波相续，滚滚而来。浪花白沫，跳珠般向四下里乱飞。一霎时间，那种汹涌之声，震得地土也好似颤了起来。于是我们也不知不觉放着失望的声音，一齐喊将起来道："耶泷河，耶泷河！"此时那两个男子和三个妇人依旧沿着路没命的奔着，只那一卷卷的白浪也依旧紧紧的跟在他们后边。霎时间已并做了一大堆，好像千军万马冲锋杀敌似的，做出一片惊天动地的大声。当下就有三棵凤尾松冲倒在水中，叶儿只打了几个旋子，便倏的不见。接着有一间茅屋也被水儿吞没，墙壁訇的塌了下来。更有许多小车，像稻草般随波逐流而去。谁知那浪花却像有意追赶那几个逃人一般，到了路曲处，斗的送过一个小山般的大浪来，把他们的进行霎时截住，可怜他们却还在水中支撑着，没命的向前爬去。接着又刮来一个大浪，先把那个抱着小孩子的妇人卷了去。不一会那旁的四人也就遭了灭顶，连影儿都没有了。我瞧了这情景，急忙放声嚷道："快些儿到里来，快些儿到里面来。我们的屋子甚是坚固，大家不用害怕。"于是我们一窝蜂赶到屋中，唤那女孩子们在前，我做了个殿，一块儿到了第一层楼上。

　　我们的屋子，原造在河岸，这时见那水儿已涌到天井里，起了些儿细浪微波，在那里动着。我们瞧了，倒还不甚着慌。耶克也一尘不惊地说道："不打紧，不打紧，这个断没有什么危险。阿父不记得〇〇五五①年间，不是也有水儿涌到天井里来么。只到了一尺光景，就停住了。"西泊林半提着嗓子，喃喃说道："不论怎样，我们的收获可绝望咧。"当下我见那些女孩子们正把眼儿怔怔的望着我，便现着托大的样儿，悄然说道："不打紧，这个委实算不得什么。"这当儿哀美正把她两个孩子眠在床上，和佛绿尼克、玛丽并坐着。姑母阿加珊上楼时原带着些酒儿，便说要烫热了，给我们喝着取乐。耶克和罗

---

　　① 原译文如此。

丝两口儿立在一扇窗前,向外边痴望。我同着阿弟庇亚尔和西泊林、亚斯伯靠了旁的一扇窗站着,也目不转睛望着外边。此时恰见我们两个婢女在天井里涉水趔着,我忙喊道:"喂,你们可能到上边来,没的使水儿浸湿了腿子呢。"她们俩答道:"但是那些牲口怪可怜的,兀在棚儿里慌着,怕要溺死咧。"我道:"不打紧,你们自管上来,停会儿再去瞧那些牲口,也来得及。"我口中虽说着这话,心中却想那水儿要是不住的涌进来,怕也救不得那些牛马,然而我很不愿使大家吃惊,兀是装着镇静之状,靠着窗槛瞧时,却见那水儿汩汩而来,益发加高。

原来那耶泷河水上岸以后,就一泻千里,泛滥全村。连那最狭的小巷里,也满着水儿。刚才怒涛澎湃,自带着急进之势。此刻已变做缓进,我们天井里的水儿,早有三尺来高。我眼瞧着他渐渐升涨,却还装着没事人儿似的,向亚斯伯道:"我的孩子,你今夜就宿在这里,料那街上的水儿,总须几点钟后才能退尽呢。"亚斯伯向我瞧着,脸儿白白的,煞是难看。接着我见他的眼儿已转向佛绿尼克,流露出两道悲痛的光儿来。这时天已渐渐入晚,正在八点半钟光景。门外还有着亮光,一半儿是天光,一半儿是水光。两光合在一起,一样的黯淡可怜。那两个婢女便带了两盏灯儿上来,点上了火。姑母阿加珊忽地收拾了一只桌子,说我们弄副纸牌儿来顽顽吧。这一个心灵解事的妇人,真使人又敬又爱。她那两道眼光,时时和我的眼光相接,似是约我合伙儿使那些女孩子们快乐的意思。当下她就鼓起勇气,满现着那种兴高采烈的神情,又不时放着欢笑之声,排去大家心中的害怕。一会儿赌局已开场了,阿加珊逼着哀美、佛绿尼克、玛丽姊妹三个在桌边坐定。又把那纸牌塞在她们柔弱无力的纤指之间。一行说着笑着,几乎把那外边泮泪潺潺的水声也压了下去。亘耐她们的心儿,都不注在纸牌上,只是白着脸儿,颤着手儿,侧着头儿,听着那外边。赌了一会,她们三人中总有一人开口问道:"祖父,水儿可依旧在那里升涨起来么?"我很大意的答道:"你们尽顽着你们的,这里没有什么危险呢。"只我虽是这么说,其实那水儿已愈涨愈高,正滔滔不绝地涌将上来。我们几个男的,只把身儿竖在窗前,掩盖那外边凄惨可怕的景象,不使那些女孩子们瞧见。我们的脸儿向着里边,也勉强做出一种安闲沉着的神气。这时我瞧那两盏灯放着一个圆光,照在桌上,顿使我记起往时残冬风雪之夜,我们也团坐在这桌子的四边,谈笑晏晏,何等快乐。就这一幅甜美安逸的家庭行乐图,此刻也并没改变。不过里边虽是甜美安逸,外边的水声却兀是龙吟虎啸般响着。这么一来,直把我们的甜美安逸,打了个对折。停了会儿,我阿弟庇亚尔忽地低声向我说道:"路易,水儿去窗不过三尺咧，我们该想个法儿才是。"我疾忙把他臂儿一扯，不许他声张。只要掩盖过去，也已来不及。那牛棚里的牛儿和马房里的马儿，都发了疯似的，一起狂叫怒嘶起来。哀美不住的抖着，巍颤颤立起身来，握着两个拳儿，压着太阳穴，一壁悲声说道："呀，我的上帝，我的上帝！"于是那些女孩子也就一齐起立，赶到窗前，我们哪里还有法儿阻止，只得听她们瞧去。她们直挺挺的立在窗前，秀发如云，都被那可怕的风儿吹得乱飞乱舞。白日早去，黄昏已近。一片白茫茫的水光，兀是晃动个不住。天上也白白的，活象是个白色的棺套，套住这世界的一般。远处袅着几丝微烟，一会儿却和旁的东西同归乌有。这当儿即是这可怖之日的收局，即是那寂灭之夜的开场。四下里冷冷清清的，没一些儿人声。但听得水声澎湃，夹着那些牛马狂叫之声，接连着起来。女孩子们仍然兀立窗前，一动都不动，只从那急促的呼吸中透出微声来，忒楞楞地说道："呀，上帝呀，上帝。"正说着，猛听得天崩地塌的一声，原来那些牛已冲破了牛棚赶将出来，卷入那黄色的急流之中。那些羊也逐流而来，好似落叶漂荡池塘中的样儿，一会就不见了。一时但见无数的牛儿马儿，攒动水中，渐渐沉没。最后惟有我们的一匹大灰色马，似还不愿意就死。伸长了个头颈，象那锻铁场中风箱似的，气嘘嘘地喘着。只又哪里禁得起那一卷卷的怒浪，不住的冲激，临了儿也只打了个旋子，冉冉而没。到此我们才破题儿第一回放声号呼起来，又不约而同的各自伸着手儿，向那些亲爱的牲口挥着，一壁哭一壁喟叹，觉得有千万种的悲痛，塞满了我们的胸脯。可是这么一来，简直是替我们宣告破产。田中收获，即全个儿毁了，牲口又全个儿溺死了。单在这一二点钟中，就把我好几十年血汗挣来的产业，全盘荡尽。唉，上帝呀上帝，怎么如此不公。我们并没冒犯你，你却把往时赐给我们的，又一古脑儿夺了回去。当下我便握了个拳儿，向天摇着，心坎中思潮溢涌，压抑不住。霎时间记起我们午后散步时的情景，又记起那草场，记起那稻田，记起那葡萄园，它们刚才何等茂盛，简直都在那里撒谎。我们的一切幸福一切好运，也都在那里撒谎。就那薄暮时一抹斜阳，又温柔又沉静的，瞧他慢慢儿落去，也在那里撒谎。此时那天井里的水儿刻刻怒涨，愈涨愈高。我阿弟庇亚尔正在窗前望着，猛可的听得他破口嚷将起来道："路易，你快瞧，水儿已到了窗下，我们可不能再留在这里。"他这几句话儿，越发使我们失望。我却若无其事的耸了耸肩儿，悄然道："事到如今，钱儿是没有的了，只消保全了我们的身儿，大家厮守在一起，那就没有什么悲痛。我们一息尚存，以后尽能从新造起这一家来呢。"儿子耶克接着说道："阿父，你说得一些儿也不错。我们都不用灰心，这里的墙壁又很坚固，也不致有什么危

险。此刻我们索性到屋顶上去吧。"到此我们去路已穷,惟有那屋顶是个最后的避难之所。外边的水儿,早已上了扶梯,汩汩地流进门来。我们都着了慌,急忙开了天窗,一个个爬到屋顶上去。检点众人,却少了个西泊林。我便提着嗓子喊了一声,才见他从隔室中匆匆而出,脸儿泛得白纸似的,一丝儿血色都没有。一霎时间,我又记起了那两个婢女,就站住着等她们来。西泊林眼儿中却放出两道奇光,瞧着我低声说道:"死咧,她们的房间,恰恰被水儿冲去。"我听了这话,便料到她们俩一定是为了不放心那藏着的私蓄,所以回房去取,不道连她们的身儿也同归于尽。西泊林又颤声和我说:"她们俩去时,还用了一乘扶梯架到她们卧房的窗上,当它是桥儿般渡过去的。"我截住了他,背脊上顿觉得冷森森的。心想那不情的死神,已进了我家的门儿咧。当下我和西泊林便也一先一后的到了屋顶上,灯儿听它亮着,桌上纸牌,也听它散着,原来此时室中的水儿已有一尺深了。

(三)

我们的屋顶,亏得非常广阔,且也不甚欹斜,所以大家躲在上边,并没危险。女孩子们都坐了下来,我却靠在天窗口上,把眼儿望着四天,勉强抱着乐观,悄然说道:"我们不用害怕,一会儿便得救咧。那山汀村中有几艘小船,总须经过这里。咦,快瞧快瞧,那边水上,不是有着灯光么。"我这样说,却没有人回答。庇亚尔点上了个烟斗吸着,只是喷一口烟时,总吐出些儿木屑来。原来那烟斗的杆儿,已被他寸寸咬断。耶克和西泊林哭丧着脸,望着远处。亚斯伯握着两个拳儿,不住的在那里往来踱着,似乎要在这屋顶上找个出路的一般。女孩子们蹲在我们脚边,兀是瑟瑟地发抖。又把手儿掩着两眼,不敢瞧那下边一派可怕的气象。霎时间罗丝忽地抬起头来,向四下里望了一望,开口问道:"我们的婢女呢,为什么不上来?"我装着没有听得,给她个不理会。不道她却抬着两个锐利的眸子,睁睁的专注着我,又问道:"那两个女孩子呢?"我不愿意向她撒谎,只旋过身去,仍是不理会。但我已觉那一股怕死的冷意,已传达到了那些女孩子身上。她们原不是呆子,瞧了我的情景,心中早已明白。当下玛丽便立起身来,叹了一大口气,接着红泪双抛,又扑的坐了下去。哀美把衣兜兜着她两个爱子的头儿,分明是保护着他们似的。佛绿尼克痴立不动,但把手儿掩着娇脸。姑母阿加珊也已泛白了脸,时时向空中划着十字,祷告上帝默佑。

此时天已完全入夜。因在初夏，天色还很明朗。空中月还未出，却点缀着无数的明星。其余一片蔚蓝，清光四映。天末的界线，也罗罗清楚。下边便横着这无边无际的大水，映天现着银光。就那一波一浪，也晃得如翻白雪。至于平原大地，都已渺渺茫茫，不知所往。记得往时我在马赛近边的海滨上，放眼望海，也有这样的奇景。当时我神驰海天风涛之间，心中得意得什么似的。不道我正在这里流连景光，追念往事，却平地闻雷似的，猛听得我阿弟庇亚尔大声嚷道："水儿又高了，水儿又高了，水儿又高了！"一壁嚷着，一壁还吸着那个烟销火灭的烟斗，只把那杆儿咬得粉碎。我低头瞧时，果然见那水已涨高了许多，去我们屋顶不过一码光景。沿边水花飞溅，不住的起着白沫。不到一点钟，水势更像发了疯的样儿，乱冲乱激。人家的屋子，纷纷塌倒。凤尾松也被水儿折做两段，倒了下去。远处汹涌之声，还兀是传将过来，和那几个女的哭声叹声，互相应和。耶克到此，再也不能忍耐，很恳切的向我说道："我们可不能再留在这里，该想个法儿才是。阿父，孩儿求你，听我们冒险一试。"我嗳嚅道："很好很好，我们自该想个法儿，冒险一试。"但我们虽是这样说着，可也想不出什么法儿。亚斯伯说他愿意驮着佛绿尼克，游泳而去。庇亚尔说须得弄一个木筏，渡登彼岸。然而这些话无非是疯话，休想实行。末后还是西泊林说我们倘能到那礼拜堂中，才能平安。他这句话，却有些意思。原来那礼拜堂和顶上的小方塔，果然还高高的矗在水上，和我们相去不过七个门面。我们倘能过了隔邻的屋顶，逐渐过去，一到礼拜堂，便是安乐乡咧。就那村人们也已躲在那里避难，因为那钟塔上边似乎有着人语之声，隐隐约约的被风儿吹渡过来。但要渡过那七个屋顶，实是非常危险的事。当下庇亚尔便说道："这事很不容易呢！隔壁蓝姆卜家的屋子太高了些，没有梯子，怎能过去？"西泊林道："别管他，待我先去瞧一下子。倘是当真不能过去，我就退了回来。倘能过去时，我们男的便带了女的，一起过去。"我自然没得话说，只得听他瞧去。西泊林用了个铁夹板，搁住在对面烟囱上，爬将过去。这当儿他老婆哀美恰抬起眼来，一见他去，便颤声呼道："呀，他到哪里去？怎么丢我在这里？我们夫妇实是两人一体的，我们一块儿生，也该一块儿死。"说着，竟抱了她孩子，直赶到屋顶的边上。一壁喘着道："西泊林，等我一会，我也来咧。我们两口子，该一块儿死的。"她丈夫苦苦求她留着，说停会儿就须回来，不用着急呢。叵耐哀美却不肯依从，不住的摇着头儿，眼中射出两道野光，注在她丈夫身上，又喃喃的说道："我也来咧，我们两口子该一块儿死的。"西泊林没奈何，只得依她，先来抱了两个孩子，然后助她老婆过去。不一会，已见他们在对面屋顶上走着。哀美仍抱着孩子们，西泊林在前，却时时回身扶他老婆。我提高了嗓子，向着他大呼道："你安插好了哀美，再回来助我们。"这时涛声汹涌，并不听得回答。但见他举着手儿，向我们挥着。少停，早出了我们视线。原来已到了第二个屋顶上，比这第一个低些，所以不见。五分钟后，才见他们在第三个屋顶上出现。多分是为了欹斜过甚，两口子却在那里爬着。我瞧了，心坎里忽地充满了恐怖，把手儿放在口边，尽了我的力，向他们大声嚷道："快回来，快回来。"一时庇亚尔、耶克和亚斯伯，也都嚷着唤他们回来。他们听了我们的声音，似乎停了一停，一会却又膝行而前，只做没有听得似的，就到了一边的角上。这所在比了邻近的屋顶，足足高出九尺。瞧他们两口子，有些儿摇摇欲坠之势。于是西泊林便像猫儿般很着意的攀到一个烟囱上边，哀美却还挺立在近边屋上的乱瓦之间。我们张眼瞧去，甚是清楚。见她把那两个孩子，紧紧的搂在胸前，抬头向着那一片清明的天空，动都不动，瞧去好似比平日长了许多的一般。可怜那一场大祸，也就在这时发生咧。原来那蓝姆卜家的屋子，造得虽很高大，质料却极脆薄。加着前部不住的被那水儿冲激，早已岌岌欲危。我瞧他全体，仿佛正在那里发抖。一壁眼瞧着西泊林上去，一壁连呼吸都几乎停住了。猛可里却听得硼的一声，分外响朗。这当儿明月刚升，朗悬中天，象是水月电灯似的，放着他万道清光，照得下界灿然一白。就这明月光中，便一眼望见蓝姆卜家的屋顶已塌了下去，连那西泊林也翻坠而下。我们瞧了，禁不住脱口惊呼起来。接着也瞧不见什么，但见那木石入水，浪花飞溅。少停，水面上却又平了。但见那无数的断木，乱乱的横在水上。就这乱木之间，瞥见有人在那里动着。我便大呼道："他还生着，他还生着。"我们该感谢上帝，那一轮明月正照在水上，瞧去很清楚呢。当下里我们便碟碟格格的狂笑着，又拍着手儿，快乐得什么似的，倒像我们已经出险咧。庇亚尔瞧着那边，说道："他定能爬起来的。"亚斯伯道："正是正是，瞧他正要抱住那左边的一根断橡呢。"一刹那间，他们的笑声忽地停了，大家都变做了哑巴，眼睁睁的瞧着西泊林着急。可怜他栽下去时，脚儿正夹在那乱木中，动弹不得。他那头儿，去水已只几寸，使尽了气力，也总不能起来。那时他心中的苦闷，也就可想而知。哀美仍抱着两个孩子，立在那隔壁的屋顶上，从头到脚，兀在那里发抖。眼瞧着丈夫危机一发，去死已近，好不难堪。一壁把两个眼儿钉在水上，一壁从那僵木的嘴唇中不住的发出一种惨呼声来，活象是狗儿吃了什么大惊，嘶声狂叫的一般。耶克很烦闷的说道："我们不能袖着手儿，瞧他这样惨死，该去救他才是。"庇亚尔道："我们须得爬到那乱木上边，撇开了那些梗着他的断木，使他手脚自由了，才能保全他的性命。"

一时大家都告了奋勇,预备去救他。谁知刚要过去,这里最近的一个屋顶,也斗的塌了下来。于是去路顿时断了,我们回血管中的血儿,好似都结了冰。彼此只紧紧的把着手儿,相对发颤。我们的眼儿,却依旧瞧着那悲惨的景象。西泊林挣扎了好久,气力已尽了,伸着两臂,在水上乱动乱舞,似乎要抓住什么东西。叵耐抓不到什么,他的头,已一半儿沉在水中。瞧那不情的死神,早步步和他接近。停了会儿,他那一头秀发儿已着水,一会却又浮了起来,便停着不动了。斜刺里却刮过一个浪来,沾湿了他的额角。第二浪来时,闭了他的眼儿。不到一分钟光景,早已慢慢儿的下了水面,渐渐不见。那些女的都蹲在我们脚边,把手儿掩着脸。我们便也伸着两臂,跪将下去。一行喃喃的祷告上帝,一行哀哀的哭着。瞧那哀美时,依旧直立在那边屋顶上,紧抱着两个孩子。那种惨呼之声,冲破了一天夜气,分外的响朗。

(四)

我们受了这么一个刺激,失魂落魄似的,不知道经了多少时候。及至我知觉回复时,只见那水儿益发涨高了许多,已浸淫到了瓦上。我们的屋顶,就像汪洋大海中一个弹丸黑子的小岛,一会儿怕不免要被那水儿吞没。我们左右的屋子,已连一接二的塌倒,眼见得四面八方都在这水儿的势力范围之中。半响,罗丝忽地把手儿抓住了屋瓦,很吃惊似的说道:"咦,我们在这里动咧。"罗丝说时,我觉得这屋顶果然微微动着,仿佛已变做了个木筏的一般。然而四下里都围着那些断椽碎木,和毁坏了的东西,可也不能飘流开去。有时总有一大堆随着怒浪没命的撞来,撞得我们屋顶格格的摇动。我们禁不住都捏了一把汗,怕那死神已在头顶上盘旋咧。亚斯伯瞧了这种情景,甚是着恼,大声嚷道:"我们该设法自救,束手待毙,可不是事呢。"说着竟大着胆儿,走到那屋顶的边上,伸了两条有力的臂儿,抓住了一根椽子,从水中拽将起来。耶克也得了庇亚尔相助,抓到一根长长的竿儿。只是我年纪老了,像小孩子般没有什么用,只得在旁边瞧着。他们三人便结成了联军,仗着那椽子和竿儿,抵敌那些撞过来的东西。这样支架了差不多一点钟,三人都好似发了狂,猛击着那水儿,破口咒骂着。亚斯伯更气鹜哥哥似的,用力把椽子向水中刺去,像要搠破人家胸脯似的。然而流水汤汤,只向他冷笑,何曾有一丝伤痕,一丝血花。末后耶克和庇亚尔都已使尽了气力,软软的倒在屋顶上。亚斯伯却还一个人支架着,但是不上一会,那根椽子已被怒浪卷去,凭着赤手空拳,可也没了法儿。只可怜那玛丽和佛绿尼克两个小妮子,慌得什么似的,彼此拥抱着,做出一种若断若续的声音,在那里说道:"我不愿意死,我不愿意死。"那一片惨怖的回声,至今还在我耳边响个不住。那时罗丝便过去拥抱她们,说了几句安慰的话儿。谁知临了儿她自己也发颤起来,仰着个惨白的脸,不知不觉的高声嚷道:"我不愿意死,我不愿意死。"就中惟有姑母阿加珊一声儿不响,不再向天祷告,也不再划那十字,只呆呆木木的,把眼儿望着前面。有时那眼光偶然和我相遇,却还勉强一笑。这当儿水已拍到瓦上,再也没有什么自救的法儿。但听得那礼拜堂中人语之声,隐隐到耳。又瞧见两星火花,在远处晃动。接着声静火灭,不见不闻。但听得水声震天,浪花拍空罢咧。

此时亚斯伯仍在四下里踱着,分明想着什么法儿。半晌,猛听得他向我们喊道:"快瞧,快助我,把我腰儿抱住了,抱得紧,抱得紧。"原来他蓦地里又抓到了一根断木,正等着一大块黑黑的东西荡将过来。近时才见是一个很结实的小屋顶,正像木筏般浮在水面。亚斯伯已把那断木拨住了,所以唤我们相助。于是我们合力抱着他腰儿,紧紧的死不放。一会儿已把那小屋顶拨到前面,亚斯伯耸身一跳,已扑的跳了上去,兜了个圈子,瞧他结实不结实?耶克和庇亚尔都在我们的屋顶边上候着,亚斯伯忽地笑了一笑,向着我欢呼道:"祖父,你瞧,我们得救咧。你们几个女的,快别哭了,到这里来。这里简直像一艘很稳当的小船,你们瞧我脚儿,干干的并没一点水花。估量这屋顶定能载着我们一家,安然远去。"我瞧它已像是我们的家庭咧。当下他又取了庇亚尔刚才带上来的几条绳子,向水中捞了几根断木,牢牢的缚在那屋顶上,使它益发坚固。正忙着束缚,有一回忽地失足落在水中,大家都吓得变了色,一齐嚷将起来。不道一转眼间,他却又爬到屋顶上,笑着说道:"耶泷和我原是旧相识,我有时入水游泳,一游总是三英里呢。"接着摇了摇他的身子,又嚷道:"你们快一个个过来,别再耽误时候咧。"那几个女的,一时都跪了下来。亚斯伯先抱了佛绿尼克和玛丽过去,唤她们坐在中心。罗丝和阿加珊却不等人家扶助,已溜了过去。这时我又向礼拜堂方面瞧时,却见哀美依旧立在那边屋顶上,只靠着烟囱,高高的伸了两条臂儿,擎着那两个孩子,可怜她的腰儿,早已没在水中。亚斯伯急忙和我说道:"祖父,你不用着急。我们过去时,就能救她咧。"说时,庇亚尔和耶克已到了那筏上,我便也跳了过去。瞧那筏儿虽是微微的侧在一边,却还稳妥结实。亚斯伯最后离那屋顶,把几根竿儿授给我们,当做桨用。他自己却取了根最长的,撑在水中,瞧他很像是个老练的船家一般。大家坐定,亚斯伯便发了个命令,一起把竿儿抵在那顶屋上，使这筏儿荡将开去。谁也知道我们用尽了气力，没有什么效验，倒像粘着在那里似的，一动都不动。眼见怒浪滚滚，不住的打来，直要打碎我们的筏儿，危险自不必说。刚才我们都以为一离屋顶，便能出险。然而我们的运命，仍还系在这贪狠凶险的水中。到此我懊悔给那些女的也到这筏儿上来，因为我见每一个怒浪打来，似乎要把她们一口吞去。但是我创议退回屋顶时，他们却一致反对，同声说道："不行不行，我们定要冒险一试，死在这里也愿意的。"此时亚斯伯也意兴索然，没有一丝笑容，任是大家合力撑去，休想动得分毫。亏得后来庇亚尔忽地得了一个法儿，自己回到屋顶上，用绳儿缚住了筏，用力向左边一拽，拽出急流。等到他回过来时，我们果然已能脱离了屋顶，撑将开去。只亚斯伯却还记着刚才搭救哀美的那句话儿，定要过去救她。可是她依旧放着那种心碎肠断的声音，不住的在那里呼喊，怪使人凄惨的。然而倘要去救她，定须经过那急流，那是很危险的事。当下亚斯伯就向我瞧了一眼，分明是问我可表同意的意思。我听了那惨呼之声，哪里还忍反对，疾忙答道："自然自然，我们自该救她，不救她，可不能安然远去呢。"亚斯伯一声儿不响，低下头去，把他手中的竿儿刺在水中，慢慢地过去。不想刚到街角，我们都破口大呼起来，原来那急流早又排山倒海似的冲来，把我们筏儿逼了回去，又猛撞在那屋顶上边，顿时撞成粉碎，我们一伙人也就掉入那旋涡之中。以后的事，便一无所知。但记得我翻落水中时，见姑母阿加珊直挺挺的躺在水面上，仗着衣裙，把她留住。只是不多一会，头儿早向后一仰，渐渐沉入水底。那时我眼儿也闭了，知觉也麻木了。及至吃了个大痛，方始张开眼来。只见庇亚尔正拽着我的头发，沿着屋瓦爬去。接着我就躺在瓦上，动弹不得。只张着两个眸子，骨碌碌的向四下里瞧。却见庇亚尔放了我后，又扑的跳入水中去。正在这当儿，猛见亚斯伯也抱了佛绿尼克起来，放在我近边，又下去救玛丽。可怜那小妮子身僵面白，寂然不动。我瞧了，几乎当她已经死咧。亚斯伯第三回下去时，再也捞不到什么，只空了一双手上来。于是庇亚尔也来了，他们俩低低的在那里说话，无奈听不出什么。我向四下里望了一下子，不觉呻吟起来道："呀，天哪，姑母阿加珊呢？耶克、罗丝呢？"两人摇了摇头儿，眼眶里早明晶晶的来了两颗泪珠，一面断断续续的嘶声说着，我才知道耶克先就被一根断木撞在头上，破脑而死。罗丝抱着她丈夫，死也不放，竟自一块儿随波逐流而去。姑母阿加珊第一回沉下去后，并不再浮起来，或者已被那急流送到了我们屋中去，也论不定。我起了起身，更向哀美那边望时，见那水儿又加高了，哀美并不再喊，只伸着两条僵僵的臂儿，把她两个孩子擎在水上。不一会，那水儿已把那臂儿和孩子同时淹没。但见那一轮满

月,独行中天,放着那种淡淡的光儿,好似要入睡的一般。

(五)

　　到此,这屋顶上,但剩我们五个人在着。那水儿也越涨越广,单有个屋脊没有淹没。这当儿佛绿尼克和玛丽都已晕去,便把她们抱到了屋脊上,免得被水儿浸湿了腿。停了好久,方始苏醒。可怜见她们兀在那里发抖,又口口声声的说着不愿意死。我们竭力安慰着,说你们放心,断断不会死的,那死神决不缠到你们身上来呢。然而事到如今,哪能使他们相信。每一个死字,从她们口中喊出来时,直好似礼拜堂里打着报丧的钟儿,使人听了不由不惊心动魄起来。就她们编贝似的银牙,也捉对儿厮打个不住。姊妹俩到了怕极时,惟有相偎相抱,相对哭着,哪里还有什么旁的法儿。唉,天哪天哪,我们的收局到咧。放眼瞧时,但见那颓垣断瓦,标出当时有着村庄的所在。到处黯黯淡淡的,都带着死气。礼拜堂的钟塔,仍还耸在水上,人语之声也隐约可闻。想那塔中的人,总能保全他们的性命,只苦了我们,步步的和死神接近。有时想入非非,仿佛听得近边有荡桨的声音,渐渐清楚。这种声音,简直是我们希望的音乐。禁不住停了呼吸,仔细听去,又像鹭鸶般拉长了头颈,向前张望。只是听得的不过是水声,瞧见的不过是一大片黄色的水上散着无数的黑影。但这黑影也并不是什么船只,不过是断树坏墙之类,在那里晃动。我们却仍乱挥着手帕,侧耳听着那种荡桨似的声音。一会亚斯伯忽地高声嚷道:"呀,我瞧见咧,一艘很大的船儿,正在那边。"说时,伸了一条臂儿,向远处指着。我和庇亚尔都瞧不见什么,只亚斯伯却坚说是船,就那声音也响了一些。末后我们果然望见一个黑影,徐徐而来。只瞧它但在远处回旋,并不行近。于是我们真个发了疯似的,一个个伸着臂儿,嚷着咒着,骂它是个懦汉。无奈任我们喊破了喉咙,可也没有什么用。瞧那船儿无声无息的,似乎已旋了回去。那黑影到底是船不是船,我并不知道,单知道它已去了,我们最后的希望也跟着他去了。过后但觉我们的屋顶,已有些儿摇晃的样子。原来屋基虽很坚固,只被那些断木没命的撞来,瓦已松了,我们倘再挤在一起,定要陷将下去。到了最后的几分钟间,我阿弟庇亚尔忽又把他的烟斗塞入嘴唇,一壁撚着他两抹军人式的浓须,嘴儿里喃喃的咕哝着,额上仿佛攒着黑云,也蹙得紧紧的。可是他到了这个境界,委实已没了用武之地。一股怒气直要迸破了胸脯。有两三回唾在那水中,好似含着侮辱那水儿的意思。不多一会,我们已逼到了末路,瞧来再没什么旁的希望。庇亚尔便竖将起来,一径踅到那屋顶的斜面。我已知道他的意儿,不觉悲声呼道:"庇亚尔,庇亚尔。"庇亚尔回过身来,悄悄地答道:"路易,再会。我这样等着死,委实觉得麻烦咧。我一去,就能留些儿余地给你。"说着,把烟斗向水中一丢,自己也投身下去。一壁却又回头喊道:"再会再会,我已苦得够咧。"那时他沉了下去,再也不浮起来。他对于游水一道,原不大在行,多分已卷入旋涡。可是眼见我们一个美满的家庭,却得了这么个悲惨的结局,他那心儿早已寸寸迸碎,即使存在世界,也没有什么生趣。这当儿礼拜堂塔上的大钟,已铿铿打了两下。这一个悲痛恐怖泪痕狼藉之夜,已渐渐向尽,我们脚下的一条干地,也渐渐缩小。那滔滔滚滚的急流,依旧不住的冲来。亚斯伯立时脱了衣服,去了靴子,睁着两眼,向水中瞧着。一壁扼着腕儿,板着指儿,腕指的骨节都格格响个不住。末后便吃楞楞的向我说道:"祖父,你听着,我再也不能老等在这里,我须得拼了一命,救她才是。"这一个她,不消说是指佛绿尼克。当下我便和亚斯伯说,他未必有这气力,驮了那女孩子游往礼拜堂去。但是亚斯伯性儿很倔强,哪肯依我的话,只口口声声的说道:"我爱她,我须救她。"我听了,也不能多说什么,只把玛丽搂在胸前。他瞧了,分明疑我怨他但顾了私情,不顾旁的人,即忙嗫嚅着说道:"停会儿我便须回来救玛丽,我敢立了誓去。万一在路上弄到一艘船儿,也论不定。祖父,愿你信我。"说完,又和佛绿尼克说了几句,那女孩子兀把眼儿注着亚斯伯,嘶声答应着。最后亚斯伯就把佛绿尼克缚住在背儿上,向空划了个十字,溜下屋顶去。佛绿尼克大呼一声,舞着四肢,一会儿已失了知觉。亚斯伯立刻用足了气力,没命的游去。我眼巴巴望着他,几乎连气儿都不敢透一口。不多一刻,见他已游了三分之一的路程,倒很有希望似的。谁知一转眼间,却似乎撞了什么东西,两口儿同时不见。接着却见亚斯伯一个人上来,那绳子早已断了。当下他再下去了两回,才又带着佛绿尼克,浮上水面,依旧百折不回的游去。停了会儿,已和那礼拜堂渐渐接近。我一面望着,一面颤个不住。也是他们命运不济,猛可里又有一根挺大的断木,撞将过来。我待要放声喊时,早见他们已被那断木撞了开去,流水汤汤,立刻把他们裹住,转眼已形消影灭,不知所往。我瞧到这里,不觉呆了,石像似的立在那里,不能动弹。这样不知道过了多少时候,猛听得一声长笑,破空而起。此时天已大明,空气十分新鲜。那一道道的曙光,已从黯黯重云中透将出来。只那笑声却还不

住的响着,回头瞧时,见是玛丽,正水淋鸡似的立在我近边,兀在那里傻笑。可怜这女孩子笼着那一天曙光,何等的温艳可爱。比了平日,分明又平添了几分姿色。那时我见她忽地俯下身去,把纤掌掬了些水儿,洗着娇脸。接着又把那一头艳艳的金丝发挽了起来,盘在头上。原来她又当是来复日听了晓钟,上礼拜堂去的时候,所以忙着理妆呢。她一壁理着妆,一壁仍是不住的傻笑,面庞上带着悦色,眸子里现着明光。唉,可怜的孩子,可怜的孩子,她已发疯咧。然而她的疯病,仿佛传染似的。我一听了她的笑声,蓦地里也碟碟格格的傻笑起来。瞧玛丽时,已毫没怕惧,毫没悲痛,只当做这时正是个春光明媚之晨,她正在绣阁中,对着那耶泷河卷帘梳洗,并不觉得自己的性命,已陷到了死地。这多分是上帝仁慈,所以免她受那临死时一番痛苦呢。我一行悄悄地瞧着她,一行点着头。她理罢了妆,益发洋洋得意,猛可的提着那种清脆明朗的娇声,唱了她平日最爱的一首赞美歌。唱不到一半,却截然停了,黄莺儿似的呖呖呼道:"我来咧,我来咧。"于是又唱着那歌儿,下了屋顶,一步步跨到水中,很舒徐很自然的冉冉入水而没。我依旧笑着,掬着个得意快乐的脸儿,目送那女孩子没去。以后的事,再也记不起来。只知道我一个人在那屋顶上边,那水儿已沾到了我身上。旁边有个烟囱矗起着,我就用力攀住了,象是困兽入了陷阱,还不愿意就死的一般。除此以外,我委实半些儿不知道。心坎里空空洞洞的,只是一片漆黑呢。

(六)

咦,奇了奇了,我怎么在这里?往后才有人和我说,早上六点钟光景,那山汀村中的人荡着船到来,见我正攀住在烟囱上,已失了知觉,于是即忙把我救了来。唉,水啊,水啊,你怎么如此忍心,不带着我跟了那些亲爱的骨肉,一块儿去。我已老了,偷生世上,还有什么趣味。可怜他们都已弃我而去,那刚在襁褓中的小孩子咧,那一对柔情脉脉的多情人咧,那两双老小的好夫妻咧,都已不在这世界之上。只冷清清的剩了我一个人,象是一根干草,生住在石上的样儿。我倘有勇气时,也须步那庇亚尔的后尘,说着"再会再会,我已苦得够咧",扑的投在耶泷河中,跟着他们同到那死路上去。如今我块然一身,没一个孩子慰我的寂寞。况且屋子已毁了,田地也荒了,回想当年灯红酒绿之夜,一家老小杂坐一桌,谈天说地,乐意融融,直使我血管里的血儿，也觉得热烘烘的。又想那五谷和葡萄丰登之日，我们欢笑而归，满腔子的得意几乎塞破了胸脯。唉，世界上万事万物，我都能忘却，但总忘不了那两个玉雪可念的小孩子，和那紫碧照眼的葡萄。总忘不了那几个温柔可爱的好女儿，和那澄澄黄金色的五谷。总忘不了我得意的晚景，和我一辈子的幸福。唉，但是现在死的死，失的失了。呀，上帝哪，你为什么还使我延着一丝残喘，留在这烦恼的世界上？从此以后，我不要人家安慰，我也不要人家相助。我所有的荒田荒地，一概都送给村中那些有儿女的人，他们才有心开垦，有心耕种。至于我们没有儿女的老物，但求荒郊一角，安顿了这副老骨，事儿就完咧。只我还有一个最后的志愿，须找到了那些亲爱的遗骸，葬在我家坟场之中。一朝我死了，便也深深的埋在里头，千百年下，和他们相依一起，永远不分开咧。

过几天后，听得人家说起都路士地方，发现了无数的死尸，都被耶泷河冲过去的。于是我就动身到那边瞧去，指望和我亲骨肉见这最后的一面。瞧我们村中气象，也好不凄惨。差不多有二千所屋子，被那水儿冲毁。差不多有七百个男女老少的村人，被那水儿溺死。至于无家可归、捱饿捱冷的人，也不下二万之数。死尸有没人收殓的，听他们暴露着。将来怕要流行室扶斯病①，也未可知呢。村中各处，都荡着一片哭声。大街小巷中，到处在那里出丧。我一路过村，熟视无睹，心中只想着我自己的亲骨肉，也落了这从来未有的浩劫，那真教人难堪咧。我到了都路士，人家和我说，那些死尸都已在公共的坟地上埋了，只还留着照片，给人辨认。我在那许多悲惨动人的照片中，便一眼望见了亚斯伯和佛绿尼克。这一对多情人，彼此紧紧地拥抱着，仿佛已当着死神行了婚礼。口儿揾着樱唇，臂儿环着粉颈，瞧他们黏住在一起似的，谁也不能分开他们。没法儿想，只得把他们两口子合葬在黄土之下。从此灵魂躯壳，永远没有分离的日子咧。唉，如今我一身之外，再也没有什么，所有的，不过这一幅惊心动目的遗像。像中双影，仍然是面目如生，流露出那种勇侠义烈的爱情来。我瞧了，禁不住回肠荡气，放声泣下咧。

（选自《欧美名家短篇小说丛刻》1917年中华书局版）

---

① 室扶斯病：伤寒症。

施土活夫人（Mrs. H. B. Stowe）[①]　原著

惩　骄

(The History of Tiptop)

施土活夫人小传（1811—1896）

施土活夫人（Mrs. Stowe）闺名曰海丽爱皮邱（Harriet Bee-cher），为世界名著《叔父汤姆之茅舍》（Uncle Tom's Cabin，按即林译《黑奴吁天录》一书之作者）。以一八一一年六月十四日生于康奈的格（Connecticut）州之利区菲尔（Litchfield）。初从其姊喀瑟玲（Catherine）读书于哈脱福（Hartford），后即在新西奈的（Cincinnati）城中合设一学校，绛帐桃李，如云集焉。一八三六年，适教士施土活氏（Rev. C. E. Stowe）移居梅恩州（Maine）之勃伦斯维（Brunswick），遂从事于文学。一八四九年，刊其第一种之说部，曰《山栌》（The Mayflower）。越两年，即成《叔父汤姆之茅舍》一书，投稿某杂志中，苦口婆心，为黑奴请命，读者靡不感动，而施土活夫人之名遂亦大著。厥后又著《崛来特》（Dred）、《牧师之情史》（The Minister's Wooing）、《莎伦土之安格妮司》（Agnes of Sorrinto）、《古镇之民》（Oldtown Folks）诸书，以一八九六年七月一日卒于哈脱福。

一所精舍的窗下，有一棵很大的苹果树。每逢艳阳之天，这树上便开满了千朵万朵的红花。一片胭脂色，照眼欲笑。到了秋天，一半儿便结成了鲜艳红润的苹果。也像那艳艳春花，一般可爱。这上边的窗中，便是一间育儿房。房里的墙上，糊着一色碧绿的纸儿。窗前垂着薄纱的窗帷，洁白如雪。每天早上，总有五个小孩子，到这房里来。身上都还穿着睡衣，那黄金之发，

---

① 今译为斯陀夫人。

也散满了一头，大家正在那里候着更衣梳洗呢。那两个最大的唤做爱丽丝和曼丽，都是明眸玉颊、七八岁的小娃娃。她们肩下却是两个壮硕的小子，一个叫杰密，一个叫却利。最小的名唤爱伦，只大家却替她起了外号，唤她做小猫儿。他们姊妹兄弟间，也都小猫儿小鸟儿的乱嚷乱叫，表示他们的亲热。每天大清早，总有五个小头从这窗中探将出来，接近那繁花密叶的苹果树。因为有一对知更雀，在近窗的一根桠枝上造了个美丽光致的窠儿。它们天天衔泥劈枝，忙着造窠。那五双明如春星的小眼睛，也天天瞧着它们。那两只知更雀见他们瞧着，先还有些怯生生的。后来瞧惯了，倒也不大在意。觉得这窗中五个卷发如蛋的小头，正和那四下里的红苹果花和那树下的雏菊杯形花，没有什么分别。至于那五个小孩子呢，自然也很爱这一对知更雀。见他们造窠，总得出力相助。有的丢儿团棉花过去，有的丢些丝线绒线过去。为了这个，却利竟在他摇床中的绒被上弄了个窟窿。爱丽丝也把她的袜带剪了个两段。大家争先投赠，十分慷慨。好在那知更雀随到随受，来者不拒。不论什么东西，都会造在窠里，造得也工致动目，俨然有建筑家的本领。大家瞧了，快乐得什么似的，往往向它们两个说道："小鸟儿，小鸟儿，我们把被儿中的棉花，和袜儿上的绒线，一古脑儿送给你们，你们可能温暖咧？"末后他们做这慈善事业，益发热心了。却利竟从他阿妹头上截下了一卷艳艳黄金发，丢将过去。姊妹们见那发儿金丝似的在那窠里飘着，都拍手欢笑起来。窠儿成时，煞是可爱。那小孩子便一起唤它做"我们的窠"。又称那知更雀是"我们的鸟儿"。

哪知有一天，他们益发兴高采烈了。原来一天早上，他们的小眼睛张开来时，斗的望见那窠里已有了个浅青色的蛋儿。以后每天总多了一个，他们也一天快乐一天。五天以后，早有了五个蛋儿。于是大家得意着说道："这五个蛋儿实是送给我们的，不久我们各人就能得一个鸟儿咧。"说时，便笑着跳舞起来。往后那母鸟就天天坐在那蛋上。每天朝夜，这育儿房的窗中，倘有一个小头探将出来时，总见那母鸟一双又圆又明的眸子，骨碌碌的转着，也似乎很恳切的等小鸟出来呢。那五个小孩子，最是性急不过的，渐觉等得不耐烦咧。但是每天就餐时，依旧取了面包糕饼放在窗栏上，给那母鸟吃。那母鸟也依旧耐性儿，坐在那蛋儿上。一天杰密很不耐的说道："不知道它可要等多少时候，我不信它再会孵成什么小鸟儿呢。"那小爱丽丝却很庄严的说道："怎么不会，你等着吧！杰密，这些事儿，你哪里知道来。要知孵成小鸟，原不是一天两天的事。据老撒姆和我说，他家的老母鸡须在蛋上坐了三来复，才能孵成小鸡呢。"但是要他五双小眼睛，巴巴的望它三来复，也

是很气闷的。当下杰密便说知更雀的蛋儿比鸡蛋儿小，哪里要这三来复的工夫。这种道理，谁也不明白来。杰密平时往往自负明白，仿佛世上万事，他没一件不知道的。所以在姊妹们中，也自以为是个大阿哥。只大家虽是议论着这知更雀的孵蛋问题，究竟脑筋简单，论不出什么究竟来。但是一天早上，大家探头到窗外瞧时，却见那双圆溜溜亮晶晶的小眼睛，已不知道往哪里去了？但见那窠儿里似乎有一堆毛茸茸的东西，大家一瞧，禁不住嚷将起来道："咦，妈妈，快来瞧，那老鸟儿忽地抛下了窠儿去咧。"正这样嚷着，猛可的瞧见那窠里张开了五张红红的小嘴来，原来那一堆毛茸茸的东西，正是五只小鸟。只为挤在一起，所以瞧不分明。那时曼丽开口说道："这些东西好不可怕。我却不知道鸟儿初生时，竟像是怪物呢。"杰密道："瞧它们仿佛单生着嘴儿，没有身体似的。"却利道："我们该喂它们才是。"说时，扯了一小块姜饼，向那窠儿丢去。一壁说道："小鸟儿，这些姜饼送给你们吃的。"谁知这一丢却恰恰丢在窠外，掉在那杯形花中，倒受用了两个蟋蟀，给它们饱餐了一顿。这当儿他们的母亲放声说道："却利，你可仔细着。我们并不知道那喂小鸟的法儿，还是让它们爸爸妈妈回来喂吧。它们两口子大清早飞将出去，就是替他们小的去觅早饭的呢。"

那母亲的话儿果然不错，正这样说着，斗见那密司脱①知更雀和密昔司②知更雀，已穿过了这苹果树上一条条的绿枝，飞到它们窠里。那五只小嘴，便不约而同的张了开来。那老子娘便把嘴儿逐一凑上，不知道送了些什么东西进去。那小孩子们天天瞧那一对老鸟喂着小鸟，直当做一件最有趣的事。那母鸟喂食的时候，就坐在窠上，把翅膀去熨暖它的子女。那老子却坐在这苹果树的最高枝上，得意洋洋的瞧着。一天又一天，瞧五头小鸟儿已渐渐儿长大起来。起初瞧去不过是五只红红的嘴儿，到此已成了五头羽毛斑驳、躯体壮硕的小知更雀。眼儿又圆又明，又带着狡猾的样子，恰像它们老子娘一个样儿。那小孩子们见它们已长大了，便又唧唧哝哝的谈论起来。曼丽道："我想给我鸟儿题一个名字，叫它们棕色眼。"杰密道："我的就唤做元首，因为我知道它也定能变成一头出类拔萃、独一无二的鸟儿。"爱丽丝道："我的鸟儿就叫做歌手吧。"到此那个最小的爱伦也嚷将起来道："我的该唤做秃笛。平日间你们不是惯常唤我秃笛利的么！"却利也大呼道："我们该向秃笛利道贺，因为他的鸟儿最是可爱呢。至于我的那头，就唤做斑点如

① 即先生。
② 即夫人。

066

何?"此时那五头小鸟,居然都有了名儿了。

　　它们渐长渐大,挤在一窠里头。那小孩子们瞧着它们,不知不觉的记起一首小诗来。诗意说是鸟儿同在一窠,总很和睦。孩子们同在一家,却要相骂打架,那是很可羞的事。他们时时唱着这诗儿,以为这些话万万没有错的。只是眼前瞧了那五头小知更雀的情景,却有些不合起来。原来它们相骂打架的工夫,也和小孩子们没有什么高下。那五头小鸟中最强最大的便是元首,往往挤着它弟妹们乱吵乱闹。吃东西时,也总抢那最多的一份。每逢密昔司知更雀带了什么好些的东西回来,那元首的红嘴儿便张得大大的。不但如此,且还骚扰个不了,仿佛这窠儿都是它一人的天下一般。它母亲瞧不过去,时时教训它不许贪嘴,有时故意使它老等着,先喂了弟妹,然后喂它。然而它却老大的不服气,一等母亲出去,就在它弟妹身上报仇,闹得翻天覆地,扰乱窠中的治安。那斑点倒是一头很有精神的鸟儿,见元首这样不法,总伸着嘴儿,去啄它几下。双方不肯退让,动不动就斗将起来。可怜那棕色眼原是一头温柔和善的鸟儿,见它哥儿们斗时,总瑟瑟缩缩的避在壁角里发抖,害怕得什么似的。至于那秃笛和歌手倒像两个好姊妹,彼此十分和睦,镇日价没有什么事,只唧唧哝哝的闲谈着。有时还骂它们阿兄行为恶劣,毫不回护。从此打架相骂的声音,时时杂然而起,直使它们窠中再也没有太平的日子。总而言之,这密司脱和密昔司知更雀的家庭,并不是那诗人意想中的家庭。

　　一天,元首忽地向它老子娘说道:"这老窠儿简直是个拥挤沉闷的洞儿,使人如何耐得。况且我们这么大了,也该出去逛逛,可能把飞行的功课,教了我们,放我们出去么?"它母亲答道:"我亲爱的孩子,我们只等你们羽毛丰满,有了气力,便须教你们飞咧。"它老子也接着说道:"你还是很小一头鸟儿,该好好儿服从你老子娘才是。耐性儿等到羽毛丰满了,自然由你到处飞翔呢。"元首一声儿也不响,把它的小尾儿搁在窠儿的边上,向那下边绿油油的草儿和黄澄澄的金花菜望着,又望那上边蔚蓝色的天空,一壁悄悄地在那里想道:这是哪里说起? 我还须等到羽毛丰满么? 阿父阿母都是些迟慢的老东西,偏要把那种呆蠢的意见,挫折我一往直前的勇气。它们倘再这样迟迟不发,吾可要自由行动咧。只消趁它们不知不觉的当儿,便一飞冲天而去。不见那些燕子,翩翩跹跹的在那碧空中掠来掠去,好不自在。我也须像它们一个样儿,才得意咧。末后它那两个妹子劝它道:"亲爱的阿兄,我们小时,先该学柔顺服从,才合正道。等我们阿父阿母说什么时候该出去时,方能出去。"元首勃然道:"你们女孩子懂什么飞行之道!"斑点道:"不是这般说。我们男女都是一样的，你倘要出去，谁希罕来。因为你在窠中，委实给你占了好多位置呢。"那时它们的母亲恰好从外边飞回来，即忙上前说道："唉，我亲爱的孩子们，我难道不能教你们相亲相爱，一块儿度日么？"大家同声答道："这都是元首的过失。"元首嚷道："都是我的过失么？你们倒好，凡是这窠中有了什么错事，都推在我一个人身上。你们说我多占了位置，索性让你们也好。不见我此刻早已缩在一边，我的位置，也早已被斑点占去咧。"斑点冷然道："谁要你的位置来，这里尽由你进来呢。"这时它母亲又出来说道："我亲爱的孩子，快到里头来，做一头好好儿的小鸟。如此在你自己方面，也觉快乐。"元首道："说来说去，总是这几句老生常谈。委实说，我在这窠中已觉太大，该出去见见世面。不见这世界之上，正满着许多美丽的东西么。就是这里树下也天天总有一只明眼美丽的生物到来，很要我飞将下去，和它一块儿在草上顽一会子呢。"它母亲很吃惊的说道："我的儿，我的儿，你可留心着。这一个外貌可爱的东西，实是我们最可怕的仇敌，它的名儿就唤做猫。要知这猫儿简直是个张牙舞爪的大怪物呢。"那些小鸟们一听这话，都瑟瑟地颤将起来，即忙挤紧在窠里，一动都不敢动。只那元首却兀是不信，心中自语道：我已长得这么大了，哪里还信这话儿，阿母也一定是和我开顽笑，并非实有其事的。我倒要使它们瞧我可有没有照顾自己的能力。

第二天早上，它老子娘出去时，元首便又站在那窠儿的边上，向下边一望，恰见那猫小姐正在树下雏菊丛中洗脸呢。它那毛儿，甚是光滑，又像雏菊花一般雪白。两个眼儿黄澄澄的，瞧去也很可爱。那时它抬眼向树上望着，眼光中带着那种勾魂摄魄的魔力。一面说道："小鸟儿，小鸟儿，快到下边来，猫儿要和你们顽呢。"元首很快乐的说道："只瞧它那双眼儿，好不像黄金铸成的。"当下斑点和歌手忙道："别瞧它，它正在那里迷惑你，然后想吃掉你呢。"元首把它的短尾儿一面在窠上挥着，一面说道："我倒要瞧它怎样吃我下去，它直是个最美丽最温柔的生物，但要我们下去和它一块儿顽罢咧。我们也不妨下去顽它一会，这个老窠里，哪有什么顽意儿。"这时那下边的两只黄色眼中，又射出两道勾魂摄魄的情光，注在元首眼中。接着又放出一种银钟也似的声音来道："小鸟儿，小鸟儿，快到下边来，猫儿要和你们顽呢。"元首又道："它那脚掌也白白的，活象是天鹅绒，并且煞是温软。我想里边一定没有利爪藏着呢。"它那两个阿妹即忙喊道："别去，阿兄，别去。"不多一会，那育儿房的窗中，忽地起了一片可怕的呼声道："呀，妈妈，快来瞧，快来瞧，那元首斗从窠中掉将下来，已被我们的猫儿抓住咧。"那猫儿衔着元首，得意洋洋的跑了开去。可怜元首兀在

它利齿之间，不住的动弹着，叵耐总挣扎不去。这狡恶的猫儿也并不就要吃掉它，正照着刚才说着的话儿，要和它顽一会子。当下便衔着元首，一口气赶到那蘡荗丛中一处静僻所在。那育儿房窗中四个头儿，便也忙得什么似的，兀是在那里东张西瞧的观望着。

　　看官们可知道猫儿玩弄那鸟儿、鼠儿的法儿么？它先把那鸟儿、鼠儿放在地上，假做要赦免它们的样子。但等那鸟儿、鼠儿准备脱逃时，就扑的跳将上去，抓住了纳在口中摇动着，戏弄虐待，无所不至。瞧它们去死近了，才一口吞将下去。它们为什么使这毒计，做书的也无从知道。但知道这是猫儿的天性罢咧。那时杰密声嘶力竭的嚷起来道："呀，它在哪里？它在哪里？此刻该赶快找到了我可怜的元首，然后杀死那可怕的恶猫。"正在这当儿，那密司脱和密昔司知更雀恰恰飞将回来，也和着元首姊妹们悲声叫着。密昔司知更雀一双明眼，原很尖锐，一眼望见它儿子辗转蘡荗丛下，给那猫儿拍着滚着，于是鼓着两翅飞下来，躲在那丛草之上，不住的吱吱狂叫，叫得那小孩子们一起赶了出来。杰密立刻钻入蘡荗丛中，一把捉住了那猫儿，口中还衔着元首，兀是不放，只禁不得他打了两三下，就把元首放了。元首虽经了一番痛苦，幸而没有伤生。不过身上血痕狼藉，已弄得不成样儿。羽毛既捋脱了一半，一个翅膀也折成了两截，瞧去怪可怜的。那些孩子们都惨然说道："可怜的元首，性命怕不保咧。我们可有什么法儿救它？"他们的母亲说道："只把它依旧放在窠中，它母亲自有法儿救它呢。"于是掇了一乘梯子，他们的父亲便爬将上去，把那元首好好儿放在窠中。过了一时，那其余的四头小知更雀都学着飞了，掠东掠西，好不兴头。只这可怜的元首，却闷躲在窠里，垂着个断翅，飞动不得。后来杰密怀着一片慈善之心，特做了一只精致的小笼，把它放在里头，天天把东西喂它。元首只在笼中往来跳着，似乎已很满意。然而它一辈子却变做了个不能飞的知更雀咧。

　　（选自《欧美名家短篇小说丛刻》1917 年中华书局版）

麦克昔姆高甘(Maxime Gorky)[①]　原著

大　义
(The Traitor's Mother)

高　甘　小　传

　　麦克昔姆高甘(Maxime Gorky)真名曰潘希高夫(M. A. M. Pyeshkof)。以一八六八年三月十四日生于尼尼拿夫高洛(Nijni Novgorod)。读书既成,颇事浪游。数年间流转工作,不名一业。尝为稗贩,为厮役,为园丁,为船坞工人。时复无业,为浪人。居恒好杂处于俄罗斯贫民苦工及下流社会中,撷拾闻见,著为说部。故其所作,多为无告小民请命者。有《麦加区特拉》(*Makar Chudra*)、《哀密良壁勃甘》(*Emilian Pibgai*)、《乞尔加希》(*Clelkash*)、《托斯加》(*Toska*)、《麦尔佛》(*Malva*)、《同伴》(*Comrades*)、《间谍》(*The Spy*)诸书,均名。外此,又有短篇小说三卷及剧本一种。其人尚存,今仍从事于著述如故。

　　这镇儿被那敌人们团团围住,一连已好几个来复咧。晚上总烧着烽火,那一双双血红的眼儿,都从城墙上的黑影中射将出去。烽火的光儿,熊熊四照,分明在那里警告镇中的人,唤他们准备杀敌。只大家的心中,都觉惨恻不乐。从城墙上望下去时,眼见得敌人的包围,已一步紧似一步。火边人影幢幢,兀在那里动着。还有那战马嘶风的声音,和刀枪相戛的声音,也隐约可闻。最难堪的,却是听那敌人们高歌欢笑之声,仿佛这得胜之券,一定操在他们手中的一般。

　　那碧水粼粼的小溪,本来是供给镇中人饮水的,此刻却被敌人们装满了尸体。四下里的葡萄园,都被烧毁。那些稻田谷田,都被践踏。邻近所有的

---

① 今译为高尔基。

树木，都被砍去。使这镇儿四面，一些儿没有屏蔽。一天天还把那枪弹炮弹，不住的送进城来。镇中的兵士，时时冲锋，大半已很疲乏，且还挨着饿。在那狭窄的街道中趑趄，人家窗中，总腾着伤兵呻吟的声音、病人狂吃的声音、和妇人小孩子们祷告哭喊的声音。大家说话时，总把嗓子压得低低的。话儿没说完，彼此却又截住了。侧耳屏息着，听那敌人们可来进攻没有？到了夜中，益发使人难堪。因为万寂之中，那呻吟哭喊的声音，更觉响朗。每逢黄昏时候，那一抹青黑色的影儿，从远处山谷间散现出来，掩没了那敌人们的营帐，移到这残毁过半的城墙上。接着就有一丸冷月，在那漆黑的山顶上涌现。月光也碎缺不全，好像一面盾牌，曾被刀儿乱戮过的样子。

　　镇中人竭力御敌，又疲又饿，一天失望一天，也不想外边有救兵到来救援。大家只惴惴的望着那半天上一丸冷月，又望那尖尖的山顶和黑黑的山谷，又望那敌人们歌呼声喧的营帐，瞧去似乎都带着死兆，使人生怕。瞧那碧空中，又一颗明星都没有。到此简直没一种光景，足以安慰他们的。人家屋中，也不点灯火，怕给敌人们瞧见了，当做枪靶。街道中罩着浓雾，并没一丝光线。就这浓雾里头，却有一个妇人，好像鱼游河底一般，悄悄地在那里往来趑趄着。从头到脚，裹着一件黑衣。大家一见了她，便彼此相问道："可就是她么？"有人答道："正是她呢。"说时，一个个缩入门口。有的也低着头儿，一声儿不响的掠过了她，一溜烟逃将开去，仿佛遇了鬼的样儿。那时斥候队的队长便放着一种庄严的声音，向那妇人说道："蒙那玛利那，你又到街上来了，你可仔细着，他们都要杀死你。你死了，人家也没一个替你去找凶手呢。"那妇人直挺挺立着，倒像等他们下刀儿杀似的。但那斥候队却并不杀她，只当她是个尸体，兜了个圈儿走了。那妇人却依旧在黑暗中彷徨着，慢慢儿的走过了这条街，又到那条街上。到处凄凉黑暗，很像表示这镇中的不幸。她的四边，仍是荡漾着一片呻吟哭喊祷告的声音，其间还杂着兵士们谈话之声，听去也没精打采的，分明已没有战胜的希望咧。

　　这妇人也是这镇中的一分子，膝下且还有着儿子。她的一意一念，都在儿子身上。只也很爱这生长之地，正和爱自己儿子一模一样。她那儿子是个俊秀快乐的少年，但可惜他没了心肝，走入邪道，此刻正带着一班叛逆之徒，打算攻毁他的故乡呢。可怜他母亲一向瞧着儿子，满现出那种傲然自得之色。想我须得把这一件无价之宝，送给祖国做礼物，借着替这自己和儿子生长的故乡，出一番死力，保全镇中的安宁，使大家都享受无穷的幸福。可是她的心直和这镇中的古石土地，打了几百个固结不解的结儿。那些古石，即是她祖上用了造屋子筑城墙的，那土地即是她列祖列宗生时立足死后埋

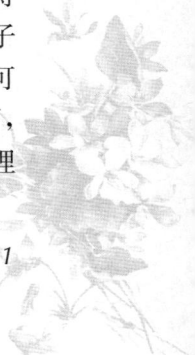

骨的。不但如此，就是这镇中的故事歌谣，也刻刻系在她心上，不能忘却。然而如今她那心儿，已失掉了她最亲爱最宝贵的儿子，平白地分做了两爿。一半儿还贮着爱子之情，一半儿便贮着爱国之念。两面称量，也不知道谁轻谁重。此时她怀着满腔子悲慨哀痛，兀在街上往来彷徨着。大家见了她，都大大的吃惊，似乎见了死神的一般。有认识她的，便也避路不迭，不愿瞧那卖国奴的母亲。

　　有一回，她在城墙的一个冷壁角里遇见了个妇人，正长跽在一具尸体旁边，把脸儿向着天上明星，不住的在那里祷告。她当头的墙上，有许多守兵悄悄地讲着话，枪儿触着墙石，戛得铿锵作响。这卖国奴的母亲见了那妇人，便开口问道："这死的可是你丈夫么？"那妇人答道："不是。"她又问道："如此可是你的兄弟？"那妇人又答道："不是，这是我的儿子。我丈夫已在十三天前战死了，今天便又死了这一个。"说着，站起身来，恭恭敬敬的说道："圣母能够瞧见万事万物，也能够知道万事万物，我还须谢她。"这卖国奴的母亲听了，忙问道："谢她什么？"那妇人道："谢她使我儿子被着荣光，为国而死。但是我当初也很着急，因为那孩子平日做事乖乱，性喜作乐，将来怕要叛他的祖国，卖他的故乡，也像那玛利那的儿子一个样儿，那厮便是我们敌人的领袖，便是上帝和人类的仇人。我咒他骂他，更咒骂那个生他的妇人。"玛利那一听了这话，便掩面逃去。第二天，她就去见镇中的守兵，侃侃说道："列位，请你们杀死我，因为我儿子是你们的公敌。要是不杀我，就请你们开了门儿放我到他那边去。"守兵们立刻答道："你是个国民，你也爱这镇的。你儿子不但是我们的公敌，也是你的仇人。"玛利那道："然而我实是他的母亲。现在他变做了卖国奴，都是我一人的罪恶。"当下里大家会议了一会，便向她说道："我们不能为了你儿子的罪恶，把你杀死。只我们料你为了他，也一定受了精神上无限的痛苦。你此刻要去尽去，我们并不要把你当做质物。想你儿子也早已把你忘了，有了这么一个万恶的儿子，便是上帝降罚于你咧。不知道你受了这种苛罚，心中可觉得怎样？在我们瞧来，简直和死刑没有什么分别。"玛利那黯然道："比了死刑更觉难堪。"那时守兵们便开了城门，放她出去，都在城上目送她步步远去。玛利那慢慢儿的趱着，不时踏在血泊之中。这血儿就是为了他儿子流的。一路趱去，又见了镇中好多守兵的遗骸，狼藉在地。她只得低头而过，惭愧得什么似的。有时见了那散着的许多断刀断枪，便恨恨的把脚儿踢将开去。可是天下做慈母的，总恨这破坏的不祥之物，倘能只生不灭，才合她们的慈心咧。她一壁走，一壁非常谨慎，好似怀中藏着一碗水儿，怕它泼翻的样子。她越走越远，影儿也越缩越小。

城上望着的人，一时都觉兴头起来。以前的沮丧失望，仿佛已跟着那玛利那一块儿去了。一会，玛利那已走了一半儿的路程，猛可里却揭开了头巾，回过头来，向她故乡望了最后的一望，分明有依依惜别之状。这时那敌营中人也早一眼望见了她，接着就有几个黑影晃将过来，问她是谁？往哪里去？玛利那悄然答道："你们的领袖，便是我的儿子。"那兵士们倒也深信不疑，便伴着她一同走去。一面满口儿赞他们领袖的大智大勇，直把他当做天神一般。玛利那听了，只抬头向着天空，一声儿不言语。不多一刻，已到了她儿子面前。这儿子实是她的无价之宝。她的血儿，简直流在儿子的血管之中。自从入世以来，从没片刻儿淡忘。此刻儿那孩子直挺挺的立着，穿着一身富丽堂皇的军服，佩着一柄宝石灿烂的军刀，立地七尺，俨然有大将的风度。当下她儿子便亲着她的手儿说道："阿母，你到这里来了。如此你已明白了孩儿的心儿，明儿个孩儿便须攻破那万恶的镇咧。"玛利那忙道："只你就在那镇中生的。"她儿子野心勃勃，哪里还知道什么大义，傲然道："孩儿但知道在这世界中生的，不知道什么镇不镇。要知道孩儿以前单为了阿母，所以容赦那镇儿。只它一天不下，我脚下就好似被木片儿梗着，断不能一跃而前，直到那荣誉的路上去。但我此刻已立下了决心，今儿倘不下手，明儿定要扑碎那些顽民的巢穴咧。"玛利那又道："但是那边的石儿都认识你，都还记着你儿时的情景。"她儿子道："石儿是哑的，不会开口。我们做人的，倘若不能使它们说话，便听那大山去说我，无论好恶，我都不管。"玛利那道："只那镇中还有百姓呢！"她儿子道："正是。我也记起他们，将来还须借重他们呢。可是英雄不朽，原全仗小民的记忆。小民的记忆力淡了，英雄的功业便也黯淡了一半。"玛利那道："然而英雄的功业，是在建设，不在破坏。"她儿子道："不是这般说。建设的能够威名，破坏的也能够成名。有时建设的名儿，倒反在破坏的之下。不见那建设罗马的安尼司科罗摩勒司么，我们都不甚知道。只那破坏罗马的阿拉立克和他手下的众英雄，我们倒没一个不知道呢。"玛利那道："正是。他们还留着些儿余臭。"接着她儿子又和她有一搭没一搭的谈着，真有气吞云梦的壮概。她也没法儿截住那一派胡话，听到末后，只把头儿渐渐低了下来。可是天下做人家慈母的，大都有好生恶死的性儿。如今听了儿子昌言破坏，要导着死神一个个到人家屋子去，心中哪有赞成的道理。然而做儿子的只被那荣誉的冷光煽动着，眼儿也好似瞎了，哪里瞧见他慈母的心儿，已在那里寸寸迸碎呢。那时玛利那懒洋洋的坐着，兀低着头儿不抬起来。就这营帐之中，便能望见那个镇儿。她便在这镇中生她的儿子，谁知这儿子如今长大了起来，却一心一意的要毁他生长的故乡咧。这当儿

斜日的光儿,恰照在那镇中的墙上塔上,好似涂着人血。人家窗儿的玻璃上光也闪闪的动个不住。瞧那全镇的现象,仿佛都受着重伤。就在这百孔千疮之间,却还似乎流着一脉鲜红的活血。

光阴刻刻过去,镇中也渐渐黑暗。瞧它横在那里,活像是个巨灵的尸体。天上明星微动,便像燃着一支支的素烛。但是玛利那却还低头兀坐,动都不动。她心中倒像生了眼儿,瞧见那镇中家家闭门熄火,分明是怕惹敌人的注目。黑暗的街上,到处腾着死人的臭气。那些可怜的镇人,都切切私语着,束手等死。她凭着这心中的眼儿,什么都已瞧见。就那镇中的一草一木,也好似立在她跟前,等她立下一个斩钉截铁的决心。到此,玛利那猛觉得自己并不是一人的母亲,直是那全镇中人公共的母亲。瞧那漆黑的山顶上,云片一块块飞入山谷,很像无数魔鬼,飞马赶到那镇中去的一般。一会,她儿子开口说道:"今夜天色倘若漆黑时,我们可要进攻咧。日中杀人委实不大方便,太阳照在刀上,耀着眼儿,砍下刀去,往往扑个空儿。"说时,抽出那把明晃晃的宝刀来,瞧了一下子。玛利那瞧着她儿子,忽然说道:"我的儿,快过来,把你的头枕在我的胸前,休息一会。试想你儿时何等的快乐,人家也何等的爱你。"她儿子便跽在她身边,很像小孩子恋母似的,接着把眼儿闭了拢来,一壁说道:"孩儿只爱荣誉和阿母,因为没有阿母生孩儿,孩儿现在可也不能得这荣誉。"玛利那低下头去,问道:"你可也爱妇人么?"她儿子道:"妇人原也可爱,只爱上了一个,不久便生厌咧。"玛利那又问道:"你可要子女么?"她儿子道:"不必要什么子女,生了子女,倒给人家杀死么?万一将来也有像我一般的人,挺刃而起,我的子女,怕就难逃劫数。那时我老了,可也不能替他们报仇呢。"玛利那太息道:"你出落得着实可爱,只可惜像那空中的电光,太活泼太没思虑咧。"她儿子微笑着,答道:"正是。很像那电光呢。"不多一会,他竟像小孩子般在慈母怀中睡熟了。于是玛利那便脱了那件黑衣,覆在他身上。同时却把一把刀儿,陷入他的心中。只见她儿子一阵颤着,就气绝咧。可是做母亲的,原知道儿子心儿跳动的所在,一击没有不中的。当下她便把那尸身拽在外边守兵们的脚下,举手指着那镇说道:"我是国民的一分子,已算替我祖国尽力。我是母亲,所以伴着我的儿子。我已老了,不能再生什么儿子。偷生在这世上,可也没用咧。"说完,便把她杀死儿子的刀儿,陷在自己胸中。心儿既痛了,自然也一击就中。那刀上还热热的,正染着她儿子的血呢。

(选自《欧美名家短篇小说丛刻》1917 年中华书局版)

盎崛利夫(Leonid Andreef)^①　原著

红　笑
(Red Laugh)

盎崛利夫小传

　　盎崛利夫(Leonid Andreef)以一八七一年生于乌利尔(Orel)。在书院中肄业时，即丧其父。家贫，困甚。因孜孜力学，不敢少息。寻为小学校教师，所入甚微。厥后从事文墨，无过问者。侘傺无聊，遂谋自杀。一八九四年，以枪自击，得不死。创处既平复，仍鼓勇事著述，而失败如故。幸自小好绘事，因以卖画为活。日为人图像，每像仅得五卢布或十卢布。至是冻馁虽已幸免，而家况之艰窘如故也。一八九七年，去而为律师生活，被召入墨斯科法廷。顾所得亦浸薄，暇则复为报馆中担任法律上之纪事焉。越年，刊其短篇小说《彼狂乎》(Was He Mad)一篇，大受社会欢迎。于是文名日著，而贫薄之生涯，遂亦于是告终矣。其生平所作短篇小说绝夥，有《谎语》(The Lie)、《思想》(The Thought)、《总督》(The Governor)、《瞿大司伊楷利哇》(Judas Iscarit)、《萨希加杰古来夫》(Sashka Jigulef)诸作。舍《彼狂乎》一篇外，尤以《红笑》为最著。今其人尚存，与高甘氏(Gorky)并称为俄罗斯当代两大著作家。

第　一　节

此刻我还是第一回觉得我们正沿着那路向前进发。这十点钟以来，两

---

^①　今译为安德烈耶夫。

条腿简直没有停过一停,脚步也没有慢过一慢。就是掉下了东西,也没有拾过一拾。一古脑儿送给敌军,他们却正在后边像疾风卷雨般赶来。三四点钟后,就能把脚印儿踏在我们的脚印儿里啊。

这一天天气非常之热。一百二十度呢?一百四十度呢?或者还不止这几度呢?吾都不知道。单知道这热气熏蒸,没有退的时候,宛像和这漫天战云结了伴似的。那一轮红日,也似乎比平日大了千倍,瞧去殷红如血,煞是可怕。仿佛要把它万道无情的光儿,烧掉这大千世界的一般。我们的眼儿,也被它逼得张不开来,一个个都变做盲人了。这可怕的红日,射在我们的枪管和刺刀上,顿时化做千百个小日,一闪一闪的钻进我们眼儿。那一阵阵的热气,又并力的穿入我们身体,把我们骨儿脑儿,做它们的旅馆。有时我总觉得两肩中间颈项上装着的一个大好头颅,不知道要遗失在什么所在。上边好像已换了一个挺大的球儿,在那里乱滚,辘辘不休呀。可怕啊,可怕啊!

到了那个时候,我却不期然而然的记起家里来了。目中好似瞧见我卧室的一隅,墙上糊着一张浅蓝色的纸儿,一只桌子上放着一个灰尘丛积、久没动过的水瓶。这桌儿也甚是可怜,早已生了废疾。一只腿儿长,一只腿儿短。于是我用一张纸儿折叠起来,垫在那短腿下边,免得它一跷一拐,像跛人一般。那隔壁的一间里即是我亲爱的老婆和我亲爱的儿子,然而我张大了两眼,却望不见。要是我提起嗓子大呼一声,不知道他们可能听得不听得?唉,不听得也是无可奈何的事。当下我向那墙上糊着的蓝色纸,和那桌上放着的水瓶瞧了好一会,觉得两脚已立定了,一动也不动。一壁高高的举起臂儿来,接着后边好似有人把我推了一推。我便匆匆而前,离了队,飞一般的走。只模模糊糊不知道望哪里走去,像是腾云驾雾的样儿。说也奇怪,霎时间我忽觉身上十分自在。热也不觉得了,疲倦也不觉得了,真有飘飘欲仙之概。走了好久,斗的楞了一楞。想我到底在这里做什么事,打算往哪里去?这么一想,却见无数被烈日炙得红红的头颈,贴着那热热的枪管,在我面前续续过去。我不知怎么欸的打了个旋儿,走向一片空地。又爬过了一条沟,坐在一块石上。这一块又热又粗的石儿,我直当它是战胜后占领的新地。我在这石上坐了约摸一点钟光景,只见大队的人,宛如长流之水,依旧在我跟前经过。那空气、土地和远处影儿似的军队,都好像在那里跳动。那火烧似的热气,又来穿入我的身体。于是我暂时把脑中虚构着的一幅思家图忘了,但见大队的人,又在我跟前经过。然而也不知道他们到底是什么人?到底是谁?

蓦地里我左边的小山顶上,轰的一声,放起炮来。接着放了两个,隆隆的震得如回声一般。我们头上还扑噜噜的有弹丸飞过,带着一种喜悦的声音。我们连忙把左右翼分将开来。

奇怪奇怪。不一会我一些儿也不觉得热了,一些儿也不觉得恐怖了,一些儿也不觉得疲倦了,神志也清明了,思路也有头绪了。我气嘘嘘地赶将过去,只见那许多人个个面上现着笑容,那沉寂如死的空气中,也装满着欢笑之声。瞧那咄咄逼人的红日,却似乎渐渐儿高了,光也似乎渐渐儿淡了。头上又有一个弹丸,电光也似的闪过,嗤的带着一种喜悦的声音。

第 二 节

第三天滨暮时,我们已开始第十二回的攻击了。军中单看三尊炮,旁的都已不能用。全军中大将军官兵士,也只有八人。我就是这八人中的一分子。我们一连经了二十个钟头,没有吃过一些儿东西,没有睡过一分钟。三日夜包裹在药云弹雨之中,和天日隔绝,和人世隔绝。成日成夜的憧憧往来,和疯人委实一模一样。瞧那些死的倒很有趣,直僵僵的躺在地上,不知道他们在那里做什么好梦。我们只多了一口气,偏偏没有他们那样安适自在,日夜的忙个不了。哭一会,讲一会,笑一会,委实和疯人一模一样。

到底是哪一夜,我记不清楚。大约是第三夜或是第四夜的那夜,我吐了一大口气,伏在一堵短墙后边,想打个盹儿。不道两眼一闭,那一幅画又现在面前。墙上糊着的浅蓝色的纸儿咧,桌上放着的水瓶咧,那一间隔室咧,一一在眼。只依旧望不见我亲爱的老婆和我亲爱的儿子,不过那一只小桌子上,却点着一盏绿色罩的灯儿,放出一道绿幽幽的光儿来。分明是黄昏时候了。

我张开眼儿时,只见天上一片漆黑,却现着一条条美丽的云纹。闭眼时,便又瞧见那蓝色纸和水瓶。心想我儿子每天傍晚便须睡的,此刻不知道睡了没有?梦儿里可见我没有?一会耳中猛听得近边砰的一响,我腿儿不觉一缩,接着便有一种惨呼之声,送入我耳。听去比那弹丸的声音,更响上几倍。我自言自语道:想来又有人死咧。但是我说时并不站起来,我这两眼只钉住在那浅蓝色纸上和水瓶上,一百个不愿意放过它们。

末后我才立起身来,踱了半晌,发了几个号令,瞧了瞧那几个面庞,试了试枪,心中却不住的在那里自问:我儿子此刻不知道睡了没有?梦儿里可见我没有?

这时猛可里下起雨来了。这一滴滴的雨,自然和家里的雨,一个样儿。

不过来得甚是突兀，不知道是雨呢？还是旁的什么东西（大约是血）？我们怕受了湿，便离了炮，停了枪不放，想找个躲雨的地方。

蓦然间我面前来了一个少年义兵，举手在帽沿上，和我说："你们若能再支持两点钟，大将军便派救兵来了。"我一壁心里咄咄称怪，想我儿子为什么还不安睡？一壁毅然决然的回他说："不论多少钟头，我都能支持下去。"说时，两眼睁睁的注视着他面庞，甚是有趣。觉得这面庞分外的惨白，我生平从没瞧见过。就是死人的脸儿，也没有他那么白。我心想他一路赶到这里来，路上定然吃惊不小，所以面色如此难看。刚才他举手在帽沿上，分明是故意做出这镇静态度来呢。

当下我把指儿触了触他的肘儿，问道："你可是害怕么？"哪知他肘儿硬硬的，好似用木儿制成。听了我的话，也并不回答，只微微笑着。但是这笑的区域，单在嘴唇四边。两个眸子里，依旧满现着恐怖之色。

我又柔声问道："你可是害怕么？"他把嘴唇牵了一牵，似乎要回答出话来，不道这当儿那面庞斗的一变，瞧去已不象是个人的面庞，非常可怕。我一时也有些儿迷离惝恍，头脑不清。仿佛有一股热气吹在我右颊上，使我摇摇欲坠。张眼瞧时，不觉大吃一惊，原来刚才那个白白的面庞，已变做一件又短又红的东西，不住的喷出血来，好似那酒家招牌上所画的酒瓶，去着塞子，酒儿汩汩而出的样子。瞧这又短又红的东西上，还似乎带着笑容，似乎带着没牙齿的老婆子的笑容，这一笑便是红笑（红笑二字，颇不可解。原文如此，故仍之）。

咦，这便是红笑。如今我才明白那些断手折足、洞胸碎颅的陈尸，不过是这红笑。那天空中，日光里，全世界上，也无非是这红笑。

第 三 节

我听得人家说，我们军中和敌军中，已有许多疯人。疯人院也有四个已经成立了。

第 四 节

电线盘绕着，好像是一条条的毒蛇。我忽见一头断了，绕在三个兵士身上，把他们的军服扯一个粉碎，刺入他们的身体。三人没命的嚷着跳着，好似发了疯的一般。那时第三人早已死了，两人便想把他拽去，免得纠缠在一起。不想竟拽不开去。一会儿三人中已死了两个，单剩一人活着，依旧不住的乱嚷乱跳。再停了一下子，三人已滚在一块儿。你滚在我身上，我滚在你身上。滚了半晌，三人都寂然不动了。

有一个军官曾和我说，这种坑人的线上，已死了不下二千人。只消被这线儿一带，不论是哪一个，不能脱身。你越是跳，它盘得越紧。敌人们趁此就把葡萄弹、榴花弹像雨一般的送来。据那军官说，敌人们布着这种东西，简直是再刁恶没有的了。人家要是能够脱逃，倒也罢咧。无奈那线足足有十一二条连在一起，下边又掘着陷阱，你还想望哪里逃去，只得把性命白白送掉。

有许多人往往好像盲人。坠在那陷阱里头，底下原矗着一个尖锐的铁橛儿。坠下去时，就不免有开胸破肚之惨。心脏肺腑，一古脑儿都漏了出来。倘然立时死了，倒也没有什么。无奈总要延一会儿残喘，不住的在那铁橛儿上乱动。好像是耍货铺子里跳舞的泥人，真个可笑可怜。每一个陷阱里，却没一个空的，总装满了鲜血淋漓的身体。有的已死了，有的还活着。每每一个阱里必有许多手伸在外边，指儿乱动，遇物即抓，很像是蟹的钳儿，抓住了东西死不放。上边偶然有人经过，衣服腿儿，立刻被他们抓住，也就一个倒栽葱栽将下去，同归于尽。有一辈人似乎喝醉了酒，莽莽撞撞向那线儿奔去，绊住了便乱嚷乱跳。等到一个弹丸飞来，就寂静了。

总而言之，我们这一班人不是疯人，便是醉人。有些人绊住在那线上，必要破口大骂了一场才死。有些人臂儿腿儿都已被线儿绕住，却还在那里礔礔大笑，不知道那死神已在他头上咧。

我向那军官道："这就是红笑。"他听了很不明白我的意思。一会才道："正是。他们笑个不住，直好似醉人的样儿。不但是笑，并且还要跳舞。刚才那三人临死时不是也跳舞么！"

军官刚说罢，猛可里飞来一个弹丸，恰中他的胸膛，身体晃了一晃，就倒在地上，两腿牵动了好一会，很像是戏园子里合着音乐跳舞的模样。他虽是吃了这一弹，面上却还现着得意之色。我问道："你胸膛里嵌了这一弹可是还不够，再想添一弹么？"他答道："老孩子，吃几个弹儿算什么来，我很想弄个勋章在胸前挂挂呢。"

他仰天躺在地上，面庞好似黄蜡，鼻子好似鹰嘴，颧骨高耸，眼眶深凹，瞧去活像是个尸骸，却仍在那里梦想勋章。我知道他三天后投入墓田，去和死人把臂,仍要带着笑容,口口声声的说勋章咧(按:下段与此似不连属,读者当知是疯人口吻)。

我问他道:"你已打个电报去给你母亲没有?"他瞧了我一眼,满脸现着愤恨恐怖之色,一声儿也不响。我也好久无语,但闻伤人呻吟之声,声声入耳。一会我起身想走时,他忽地伸出那热热的手来,捉住了我的手,把一双红红的眼儿注着我,做出很悲苦的样子。一面用力拉我的手,一面说道:"呀,这一切事儿到底是个什么意思?到底是个什么意思?"我道:"你说什么?"他道:"我说世界上一切事,到底是个什么意思?但是如今我阿母正等着我,我却不能回去。我实是为了祖国,她大约总明白的。"我道:"这也是红笑。"他道:"你又和我说顽话咧。我心里正很不自在,可是我不能亲自去和她说。不知道她可能明白么?她寄我的信,你曾瞧见过没有?她说头发已白咧。然而你……"说到这里,瞧着我头,用指儿指着,放声笑了一笑。又道:"咦,你的头怎么也秃了?你自己可瞧见么?"我道:"这里又没有镜儿,哪能瞧见。"他太息道:"唉,一片沙场上,已不知秃了多少头,白了多少头咧。你快去取一面镜儿来,我觉得自己头上,也丝丝变了白。你快给一面镜儿与我。"这时他真像发了狂,乱嚷起来。我便没精打采的出病院而去。

第 五 节

咦,那前边来的,很像是我们的人呢。十分钟后,我们都兴高采烈,非常快乐,来的当真是我们这边的人,他们大约也已瞧见我们,悄悄地不动声色的走来,似乎面上都含着笑容呢。

奇怪奇怪,他们向着我们放枪了,难道是算行个相见礼么?于是我们依旧微微笑着,似表欢迎之意。哪里知道霎时间枪炮俱发,弹丸像急雨跳珠般飞来,死了我们好几百人。有几个人便嚷将起来,说错咧错咧,来的实是敌人,并不是我们这边的人。当下里就开枪放炮,还击他们。十五分钟后,我两条腿儿,忽地和我告别,醒回来时,已身在病院之中。

我忙问他们,这一场恶战是怎么样的结果?那回答却推诿支吾,不甚清楚。我早已料到一定是敌军占的胜着了,然而我私心却很欣慰。想一断了腿,即能送回家去,和老母、妻子见面,这性命能够永远保住了,能够永远不死了。过了一来复,我忽听得有人说,那轰去我两条腿的弹儿,实是我们军中的一个弹儿。那轰去我两条腿的人,也实是我们军中的一个人。只没一个人知道到底是为了怎么一回事？我听了，心中一百二十个不快。

这病院中专司割锯四肢的医生，是一个瘦伶伶的老人。一天到晚，兀被烟草气（因为他喜欢吸烟）和炭酸气薰着（因为他片刻不停的疗治病人）。所以身上每每有这两种气味，十步以外，人家就能闻着。嘴上蓬蓬松松，堆着一部灰褐色带黄色的须儿，不住的从里头露出笑容来。一天他霎了霎眼，向我说道："你倘能回家去，自然是天大的幸事，只怕未必能够做到。"我忙道："为什么？"他皱了皱眉，全身都隐在那云雾似的烟气里头，接着微喟了一声，说道："想来定然如此。要是做得到，我也回去咧。"说着，又弯了腰向着我，从那蓬蓬松松的须里透出很细的声音来道："你瞧着，总有一天，我们一个都不能回去。你也不能回去，我也不能回去，旁的人也不能回去。"一壁说，两个老眼中，流露出一派忧闷感慨之色。我也猛觉得心中无限的恐怖，仿佛我头脑里斗有千万间的屋子坍下来的样子。一时全身都冷森地，打了好几个寒噤，低声说道："这就是红笑。"那老医生一听我这句话，立刻明白，点着头说道："不错，这就是红笑。"说时，坐近了我，举目向四下里一望，捋着他须儿，放低了声音，又滔滔滚滚的和我说了一大篇话，我听他说罢，便启口说道："达克透，你大约疯咧。"医生道："你和我也不相上下，一般都是疯人。"

那时那老医生挤紧了两个尖尖的膝盖，呵呵而笑。一会儿返身坐了过去，却依旧把两眼从肩头望着我。我也瞧着他，仿佛他刚才苦笑的声音，还在耳边荡漾。又见他向我不住的霎眼睛，好似我二人胸中都怀着什么神秘之事，不是旁的人所能索解的。半晌他才立起身来，走到我旁边，轻轻的按着我毛毡下腿儿断处，突然问道："这个你可明白么？"说着又庄容厉色，向那些伤兵躺着的一排床榻，挥了挥手，悄然说道："这些人为了什么事，你可能和我说么？"我答道："他们都受了伤咧。"他道："着啊！他们都受了伤咧。有的没了腿，有的断了臂，有的穿了腰，有的洞了胸，有的瞎了眼。这些人为了什么，你都已明白么？我甚是快乐，想来你都明白咧。"他说到这里，猛可的像猴子般翻了一个筋斗，把两手撑着地，把两脚竖了起来，身上穿着的白色衣，都倒了下去，两个颊儿都变了紫色，两眼却仍注着我，断断续续的说道："这个你也明白么？"我很觉害怕，忙低声呼道："你快立起来，别闹这把戏，不然我要高声喊了。"于是他立了起来，坐在我床边喘着，快快的说道："这个怕没有人明白咧。"我悲声说道："我要家去了。达克透，我亲爱的人，我当真要回家去，这里不愿意再勾留咧。我的家，我可爱的家。"那老医生好像在那里想什么心事似的，一声儿也不响。我却哭了起来道："呀，我的上帝！我已变做一个没腿的人了。我一向很爱我自由车的，坐在上边，走一会，跑一会，好

不自在。然而如今已没了腿。我从前惯常唤我儿子骑在我右脚上，我把脚儿一阵子动，他便一阵子笑。然而如今……咄，你们都是天杀的。我恨你们，我回家去还做什么事?"我今年不过三十岁。咄，你们都是天杀的，我恨你们。那时我想起了这两条强壮有力可爱的腿，不禁泪下如雨，哭个不住。那老医生忽的说道:"你听着，昨天我瞧见敌军中一个兵士，飞也似的赶到我们这边来。上下衣裤，都拖一片，挂一块的，和赤身没甚分别。脸儿饿得变做菜色，一头头发好似乱草。瞧那样儿，简直是上古时代的野人，又像是一只猢狲。他到了我们这边，便挥着臂儿，做着丑脸，怪声怪气的唱着嚷着，说要去打仗。我们给他饱餐了一顿，就驱入田野。可是我们也没处安插他呢。一天一天一夜一夜的过去，疯人益发多了。成日成夜的旁皇小山之中，向着东西南北乱窜，也不知道什么方向，也没有什么一定的去处。身上的制服，都肮脏破碎，面庞都狰狞可怕，瞧去活像是百鬼夜行，不像是人类。一天到晚，只挥着臂，唱着歌。有时提着嗓子乱嚷，有时仰着头儿大笑。倘然遇见了什么人，不管它三七二十一，攘臂就斗。到头来伤的伤，死的死，他们却不以为意。每天也不吃什么东西，大约同着那些野狗恶兽，争吃死人，借着医他们肚子。一到晚上，都聚在火边乱跳，好似大风雨中的怪鸟一般。你倘然在那近边点上一个火，不到半点钟光景，鬼影憧憧，一个个来了。至少总有十一二个，聚在四面，放出那可怕的声音乱喊，彻夜不休。那一班没有发疯的兵士们听了厌烦，便放枪过去结果他们几个。然而他们却依旧乱跳乱喊。"我听了这许多话，不寒而栗。掩着两个耳朵，大呼道:"我要回家去。"但是这呼声也抑而不扬，好象从棉花堆里发出来的。那老医生又嘶声说道:"这种可怜虫，也不知道有多少。伤的伤，死的死，疯的疯。更有好几百个，却坠在陷阱里，绊在电线上，白白送了命。有许多人，出战时往往做先锋，打头阵，战得像英雄一般，一些儿也不怕什么。末后却往往反戈攻自己的人。然而我倒也很愿学这班人，此刻我虽坐在这里和你讲话，以后也要渐渐儿的疯了。一到了完全疯的境界，我便赶入田野，大声疾呼，召集那班勇士，召集那班侠客，和全世界宣战。整了队，唱着歌，进这个村，入那个镇。我们足迹所过处，地上定要染它一个红，扫它一个空。那些活着的，便一块儿来和我们联合。我们这勇敢的大军，从此就好像山上泻下来的大冰块，把这万恶的世界，荡涤一个干净。哪一个说我们男子汉大丈夫不该杀人放火奸淫掳掠呢。"

　　这时那老头儿真个好像发了狂，大声大气的喊将起来，把四下里那些折腿、断臂、穿腰、洞胸、瞎眼的兵士的痛苦之梦，一齐惊醒。呻吟之声，顿时四

082

起。那许多憔悴惨澹、黄黄白白的面庞,一个个都向着我们,仿佛刚从九幽地狱里回来似的。他们呻吟着,听着。斗见门外一个黑影,从地下冉冉而起,向这门里头探头一望。那老医生就狂呼一声,展着两臂跑将出去。

第 六 节

唉,上帝在哪里?法律在哪里?毕竟还是红十字确是全世界所该尊敬,神圣不可侵犯的。此刻我们这一班可怜虫,正躺在他们床上,都在那里做回家之梦呢。

第 七 节

一只火炉里,蒸汽蓬蓬勃勃的升起来,好似汽机一般。灯上的玻璃也暗了些。那几只杯子,依旧和从前一样,外面蓝色,里面白色,好美丽的东西。这是我结婚时我老婆的阿姊所送的礼物,她是一个很温和很好心的妇人。

我执着一只闪闪有光的银匙,放糖在杯子里搅着,抬头问道:"这几只杯子可依旧是全套么?"我老婆开了一个放水筒,瞧那水汩汩的流出来,悄然答道:"已碎了一只咧。"我阿弟向着我,问道:"你无端问起这个,却是什么意思?"我道:"咦,没有什么意思。阿弟,请你依旧推我到书室里去。你为了这百战英雄,也不得不费些手脚。从前我从军的时候,你何等安闲,天天过这快乐的光阴。现在我回来了,你可不能再享福,我须得收拾你的懒骨头咧。"当下阿弟就把我的轮椅推着,我却唱起歌来。一面我又说道:"我的朋友,我们快勇往直前,赶上前敌去吧。"他们知道我说顽话,都微微而笑。惟有我老婆却并不抬起她的娇面来,纤手中执着一块绣花的布儿,兀在那里抹杯子。我进了书室,最先便瞧见那墙上糊着的浅蓝色纸儿。接着又见那绿色罩的灯儿,和那桌子上放着的水瓶儿。瓶上只微积尘埃。我欣然说道:"快把这瓶里的水,替我倒一些儿出来。"我阿弟道:"你刚用得茶,要这水做什么?"我急道:"别管他,你只替我倒一些儿来。"又向我老婆道:"请你领了孩子到隔室里去坐一会。"这时我洋洋得意,嗾着水儿很津津有味似的。我老婆和我儿子正在隔室里,只是我却望不见他们。一会我便扬声呼道:"好了,你进来。但是我们的孩子,此刻怎么还不安睡?"我老婆道:"他见你回来,心里非

083

常快乐。亲爱的,你到阿父那边去。"不想我儿子却哇的一声哭了,匿在他娘背后,不敢出来。我面上现着猜疑之状,抬眼向四面一望,说道:"他为什么好端端的哭了起来?你们也为什么白了脸?寂寂无声,好似影儿般立在我四边?"我阿弟斗的发出笑声来道:"我们简直没有静的时候,怎说寂寂无声。"我的阿姊也搭讪着答道:"着啊,我们正不住的在这里讲话。"半晌,我母亲就道:"我要料理夜饭去咧。"说着匆匆出室而去。我心里一百二十个不快意,快快的说道:"从早上直到如今,你们只静着老不开口,我并没听得你们说过一句话儿。说的笑的做顽意的,都是我一人。你们可是不愿意瞧见我么?我瞧你们的视线,也竭力避着我,从不着在我身上,难道我的人已改变了么?不错,我确已改变咧。但是这里镜儿一面都没有,大约是你们藏过了,快去取一面来。"我老婆答道:"我立刻替你去取就是。"哪知我老婆去了好久,还不见到来。末后才见一个女仆取了一面镜儿来给我,我取来一照,觉得和从前往火车站去时没甚大变。这面庞依旧是从前的面庞,不过略为老了一些。我暗暗揣他们的心理,想我一照了这镜儿,倘不狂呼起来,定要晕将过去。然而我却分外的沉着,悄悄地说道:"我到底有什么改变的所在啊。"他们听了我的话,蓦地里哄堂大笑。我阿妹早已飞也似的跑了出去。阿弟却忍着笑说道:"正是。你原没有什么改变。不过头儿已有秃咧。"我冷然道:"这头儿没有碎,已是万幸,谁管他秃不秃呢。现在请你推着我到各处去瞧一趟,这椅儿甚是适意,半点儿声音也没有,不知道化了多少钱买来的。然而我倘能多化些钱,买两条腿儿来,就益发有趣咧。"咦,我的自由车,这时我一眼瞧见那自由车正挂在墙上,依旧很新。不过那橡皮轮里好久没有打气,所以瘪着,那后轮上却还附着一块小干泥。原来我离家之前,曾踏过一回的。我正瞧着那自由车出神,阿弟却也呆呆立着,一动也不动,我料想他定在那里追悼我的头发,便向他说道:"我们一营里几乎个个做了沙场之鬼,但有四个军官侥幸生还,我也好算得很幸运的了。"阿弟启口道:"正是。你委实好算得很幸运的了。如今半镇的人都在那里伤心下泪,单有我们一家笼着这一团喜气。但是你两条腿如何?"我忙道:"横竖我不去做送信的邮差,打什么紧。"阿弟忽又说道:"只你的头怎么不住的摇动,似是发颤的样子。"我道:"这也不打紧,医生说就会好的。"阿弟又嚷道:"咦,你的手也是这个样儿。"我支吾道:"不错不错,手也有些儿颤动,这也不久就会好的。请你再推,我很不耐这静坐呢。"

好了好了,他们替我安排床褥了,好一架美丽精致的床儿,记得还是四年前我结婚时所买的。当下他们铺上了一条很洁净的被子,拍了拍枕头,翻开了绒毯。我在旁瞧着,心里头甚是得意。一壁嘻开了嘴笑,一壁眶子里却已贮满了眼泪。

半晌,我和我老婆说道:"如今请你替我脱了衣服,抱我到床上去。呵呵,好一架床儿。"我老婆答道:"亲爱的,停一会儿。"我道:"快一些。"她又道:"亲爱的,停一会儿。"我生气道:"怎么,你到底在那里做什么?"我老婆却依旧答道:"亲爱的,停一会儿。"那时她正在我背后,立在妆台的近边。我不能回过头去瞧她。蓦地里听得一声娇呼,那声音异常惨厉,和战场上听得的呼声一个样儿。我忙问道:"奇了奇了,这又是什么意思?"她斗的跑到我身边,伸了那双莹洁如玉的臂儿,抱住了我头颈,跽将下来,又把她的蠂首搁近我腿儿打断的所在。她一见了这断腿,秋波中顿现恐惧之色,粉颈不觉缩了一缩。一会儿却又把樱唇凑将过来,并力亲了几下,哭着说道:"好好的腿儿,怎么变做这个样子?你今年还只三十岁,年儿又轻,庞儿又俊,却变了个活死人儿,这是哪里说起?那一班人怎么如此刻毒,夺去你的腿儿?你也为了什么?为了谁?到那危险的地方去呀?你你是我可怜的爱人,你你是……"说到这里,一阵子呜咽,便说不下去了。这一下子却惊动了我的母亲、阿妹、看护妇,一齐赶了来,却又一齐匍匐在我足边哭了。我阿弟立在门限上,脸儿也惨白如纸,牙床骨颤动着,锐声喊道:"我也要跟着你们一同发疯咧,我也要发疯咧。"停了一会,我母亲才立起身来,扶着我轮椅背,气嘘墟地喘着。可怜她已无力再哭,只把头儿撞着椅轮,撞个不住。我面前却就是那只四年前结婚时所买的床儿,又精致,又美丽,那被儿,毯儿,枕儿都经过我娇妻玉手,治理得齐齐整整,瞧去还似乎现着一种得意之色。

第 八 节

战事未发生时,我是一家报馆里的一个编辑,专门评阅外国的一切文学书籍。现在我对着那一叠叠秋山般乱堆着的书籍,瞧着那蓝色的黄色的棕色的封面,我心中还有些儿恋恋。想这许多可爱的朋友,从前是晨夕把臂的。战云起后,彼此一别,好算得已久违了。这会无恙归来,又和他们相见,我心儿里直快乐到了极点。虽是不耐烦去读它,却也不知不觉的伸出一只手来,把这五指亲亲热热的去摩挲了一遍,面上也微微带着笑容。

我对那些书瞧了一会,自语道:从今以后,我抛却了枪刀,依旧要和这笔床墨架亲炙了。于是拈起笔来,铺了一张纸儿,想写上一个题目。但是下笔写时，手儿直好似田里的蛙，被线儿缚着，很不得劲儿。笔尖着纸，立刻就碎，勉强写成了，也弯弯曲曲，不成字儿，连一句的意思都没有。我仍把手伸在纸上，也不喊，也不动，背梁脊上已觉得冷森森地。自知此身已变了废物，眼见得这手儿兀在那雪样白的纸上跳舞，五个指儿不住的乱颤，我心中忽地生一种奇怪的感觉，仿佛此时又身在战场之上，眼中瞧见的是血光火光，耳中听得的是枪炮声，呻吟声。只是我两眼仍瞧着这手，好似那指儿已变做了人，有耳目，有口鼻，有手足，兀在那洁白如雪的纸儿上跳舞。

书室中阒寂无声，沉沉如死。原来他们知道我在这里一心一意的著书，因此上把那内外的门儿都关了，使外边的声响，一些儿也不透进来。于是我独拥一室，身儿不去写字桌一步，手儿不离纸，眼儿不离手，只是写着，只是瞧着。

我眼瞧着这颤颤的手，高声呼道："不打紧不打紧。我手儿虽不能写，难道不能口述。不见那大著作家米尔顿，不是瞎了眼儿还做一部《天堂重到记》么。好好，以后我只须脑力强健，能够思想，旁的还怕什么来。"我这呼声，直破书室中万寂而出，空空的好似疯子的声音。

当下我就想做一句长句儿，说这瞎眼的米尔顿。哪知字儿前后颠倒，凌乱无次。虽然勉强做成了一句，无奈是立不牢的，仿佛把铅字排在一个烂木印架里，字儿一个个都落去。想到了后半句，却又把前半句忘却。千思万想，总记不起来。一会我又想好端端怎么想起那米尔顿来，然而也百思不得其解。

我喃喃的说道："《天堂重到记》，《天堂重到记》。"谁想反复念了好几遍，仍不知道这五个字是个什么意思。这当儿我就觉得自己的记忆力也薄弱了，脑儿似乎已出了我的头壳。心儿似乎已不在我心房里。就是造一句很简短的句儿，也不免把字儿忘却。有时偶然想起了一个字，只苦苦的想不出它的意思。我到了这百无聊赖的时候，便想我每日如何度日。居然被我想起来了，天天过这很短的日子，光阴易过，白日笑人。镇日价若有知觉，若无知觉。若愉快若抑郁。断了这两条腿，不能自由行动。但是这两条腿怎么断的？在哪里断的？却又不知道。

我要唤我老婆，却忘了她的名儿。从前碧纱窗下，低唤小名惯了的，如今竟喊不上口来。这个我倒毫不在意，想不唤她名儿也使得。当下我便柔声喊道："老婆！"哪知道喊声渐渐儿死去，却不听得有人回答。书房的四角，依旧冷清清的像个坟墓，又像是个著作等身的大博士的著书写经之地。原来他们知道我近来好静，所以绝足不来打扰，连半些儿声音也不敢做出来。

这时我不觉穆然自念道：亲爱的人，你们何等的体贴我啊。

呵呵，今天我忽地发生了一片"烟士披里纯"（INSPIRATION）①，发生了一片高尚纯洁神圣的"烟士披里纯"（梁任公曰：烟士披里纯者，发于思想感情最高潮之一刹那顷），朝日一轮，从头顶上朗然拥出，放那万道明光，照遍大千世界。刹那间天花乱坠，仙乐飘空。花啊乐啊，使我悠然神往，我于是足足坐了一夜，足足写了一夜，也不觉得疲乏，也不觉得困倦。只随着这高尚纯洁神圣的一片"烟士披里纯"，上九天，下九地，呵呵，花啊，乐啊，使我悠然神往。

第 九 节

上来复的来复五日，我阿兄快快乐乐的死了（这是书中主人阿弟的口吻）。据我想来，他这一死，委实是无上的幸福。可是一个生龙活虎似的人，倏的没了腿，失了心，成日的如醉如痴，过这凄恻的光阴，如何能够耐得。他从那夜动笔之后，一连写了两月，身儿从来没离过那椅儿，一切饮食也都屏绝不进。有时我们把他从写字桌畔推开去，唤他休息休息，他就大骂大哭，闹个不休，一天一天过去，依旧不住的写，动着那枝干笔，其疾如风，写了一张，又是一张，手腕欲脱，不肯略略停顿。入夜也不想安睡。有两回多谢睡药，使他安睡了几个钟头。哪里知道到后来睡药也失了效力，吃了许多，仍不能入睡，一天到晚，一晚到天明，只坐在那写字桌畔，又吩咐我们把那各扇窗上的窗帷垂下，不许阳光入室。一灯荧荧，也成日成夜的点着，不许熄灭。他就在这灯光如豆之下，一壁吸纸烟。写了一张，再写一张。吸了一枝，再吸一枝。

他每天倒似乎非常快乐，面庞上神采奕奕，毫无枯槁憔悴之色，好像是个先知或是大诗家的面庞。不过头上的头发，已丝丝白如霜雪了。过了一个多月，他手里仍拈着那笔，不住的写。往往笔尖刺在纸儿里，断成两截，他却不管，依然写下去，把纸儿划了个粉碎，方始再换一张。我们天天也不敢去动他一动，要是一动他，便不得了，若不仰天长笑，就伏地大哭。但是有一两回却也停了笔，温温和和的和我讲话。每问我道：我是谁？我唤做什么名儿？我从哪一天起始从事于文字生涯的？

可怜可怜，他早把他老婆、儿子都忘怀了。就是那血飞肉舞的大战争也

---

① 灵感。

记不起来。先前暴躁的性儿，却已消归乌有。我们当着他讲话行走，他也好似并没瞧见，只管写他的字。不过面上总流露出一种异状，一到夜中万籁俱寂的时候，就狂兴大发，甚是可怕。惟有阿母和我敢去近他。一回我见他往往拈着干笔写字，想换一支铅笔给他。一瞧那纸上所写的，却横七竖八，弯曲断续，哪里还像什么字儿。一夜他忽然静悄悄的死了，那两月中悲惨恐怖的生涯从此结束。

我从阿兄死后，就把他从战地回来时和我所说的话，一一记了下来。沙场上惊心动魄的惨状，都是实录。一字一句，也都照着他的话，不敢窜易。杂乱无章，听其自然。可是他所说的话，简直句句是血，语语是泪。我写了下来，原也不求世界大文学家加以奖饰，只望普天下仁人君子，为了我亡兄下几点矜全人道的眼泪。

我和阿兄素来相爱。自从他撒手人天之后，好像有一块挺大的石头，重重的压在我脑儿上。如今我索然独处，顾影生悲，似乎瞧见那战云密布在我面前，现着一个可怕的鬼脸。又似乎瞧见一个没头的骨骼，骑在马背上，向我急驰而来。又似乎瞧见无数的黑影，从层层黑云中出现，把这偌大的世界遮住。我瞧了不由得不心惊胆战，魂儿飞上半天。

我不知道这战争到底是什么东西？我也要像我阿兄和那千百个从战地上侥幸生还的人，渐渐儿的发狂咧。我天天总想跑到通都大道上去，跑到市廛广场中去，当着千万的人，振喉大呼道："快些儿立刻停止战争，不然我定要……"

唉，我要怎么样呢？我可能借这三寸不烂之舌，说动他们的心么？然而他们听了战地上千万人的呻吟声、惨呼声，心儿动都不动。如此我跪在他们跟前，流泪哭诉么？然而千万人的哭声震天，几乎使全世界上都有回声，他们却装着耳聋，只做不听得。如此我拼了这条命，死在他们足下，激他们弭战么？然而战场上每天积尸如山，他们见了，何尝想着弭战来！

如今我惟有恨，惟有怒，惟有召集了世界上无量数哀哀无告之人，烧掉他们的屋子财产，杀死他们的老婆、儿子，下毒他们所喝的水、所吃的东西，更掘起坟下无量数战死在沙场上的尸骸来，抛在他们的屋子里，抛在他们的床上。

（选自《欧美名家短篇小说丛刻》1917年中华书局版）

拿破仑帝后之秘史

编者按：《拿破仑帝后之秘史》曾改编为戏剧，演出于上海新舞台，易名为《拿破仑之趣史》。夏润月之拿破仑，欧阳予倩之拿皇后，汪优游之奈伯格伯爵，夏月珊之勒佛宇尔公爵，周凤文之公爵夫人，皆卓绝一时之名牌大腕也。

一千八百零九年，法国大帝拿破仑演说于议院中。曰："天以大位畀吾，迄于今数载矣。举国人民均加爱戴，清夜扪心，无复遗憾。所憾者后继无人，未能永永为国宣力。屈指与帝后约瑟芬结褵以来，数阅寒暑，子息已无可望。为祖国故，不得不牺牲吾心坎中无限之热情，而出于离婚。今吾已四十岁矣，安可无子？果有子者，则可传吾衣钵，俾为异日树立之基。至吾之爱约瑟芬，深挚无匹，其事吾已十五载，不为非久。此十五年中之幸福，吾当时时念之。离婚而后，仍须保其帝后名位，以示优异。今夫妇之缘虽尽，而中心耿耿，滋愿后齿吾于良友之列也。"一日为十一月三十日晨，去演说可数日，拿破仑与约瑟芬同御晨餐，状殊无欢，神宇凝肃，似被严霜。约瑟芬因亦默然就食，不敢作语。进咖啡已，拿破仑忽屏去侍从，引身近后，把其纤纤之手纳于胸次，默视可数分钟，始启吻言曰："约瑟芬，吾挚爱之约瑟芬，吾之爱卿，卿当知之矣。吾于斯世，无足云乐，惟得卿为偶，实为吾毕生至乐之事。嗟夫约瑟芬，吾固爱卿，顾亦爱法兰西。为法兰西祖国故，不得不以情爱为牺牲矣。"约瑟芬立悲声言曰："陛下毋多言，吾知旨矣。横逆之来，固在意计之中，特不意其迅速至是也。"语既立晕，拿破仑启扉召侍从武官鲍山，叩之曰："鲍山，尔能挟后至寝内否？尔力如苦弗足，吾当助尔为之。"遂同扶约瑟芬起，相将登楼。鲍山自言多力，负约瑟芬于背，拿破仑则持烛前行，为状殊悽恻焉。越日，离婚之举已通过于议院，约瑟芬遂掩面出鸠尔利宫，退居卖梅松离宫。拿破仑言念旧情，不能无动于衷，时至离宫慰之。顾为时未久，而结婚之念动矣。左右百僚，多以求婚于奥国为劝。拿破仑韪之，遂于一千八百十年春，命使者赍书赴奥，求长公主玛丽路易瑟下嫁。时奥五败于法，势滋岌岌，故奥皇法朗昔二世亦颇欲以儿女姻好，结欢于拿，因允焉。拿破仑闻讯大悦，复命使者传语曰：今而后第一要事，彼当诞育子女。闻者咸匿笑。拿破仑于平日，初不注意服御，但衣一参将制服，恬然自适。今则特出重资，制一锦绣长袍，并市文履，屏军靴弗御。退食之暇，复强学舞蹈，俾后此得与新后同舞。卒以身手不灵，废然而止。而鸠尔利宫中，亦鸠工庀材，大加修饰。拿破仑不辞烦琐，自为监督，见有不中程者，辄纠正之。

　　一日方巡行宫中，忽于廊下遇其心腹之大将勒佛孛尔公爵，立语之曰："公爵，尔曷从朕来，朕欲与尔一语，并有以示尔。"公爵平昔敬爱拿皇，匪所不至，惟见其离婚重娶，雅不谓然，心非之而不敢言。时拿破仑引公爵入一巨室，示以罗衣锦裳及耳环颈饰之属，为值可三百万。微笑谓公爵曰："果皇后为女子者，见之必色喜。尔意云何？"公爵曰："然，臣微闻新后平时不事华饰，所有一二饰物，亦不逮此中千分之一。一旦得此多珍，乌得不喜。然臣以为此犹不足云乐，彼得为拿破仑之妻，斯真乐耳。"拿破仑笑执公爵耳曰："尔善谀哉。"公爵立曰："是实非谀，臣心有所思，立发诸口。盖臣秉性鲠直，与臣妻肖也。"拿破仑曰："尔从吾来，吾欲与尔一言尔妻之事。"遂拽公爵至于书桌之次，指一椅令坐，恳恳言曰："勒佛孛尔，今吾首欲问尔，吾与约瑟芬离婚，军中作何议论？今之新娶奥国公主，亦有反对者否？"公爵曰："吾辈军人，但知服从陛下，他非所知。则对此离婚重娶之举，亦安敢明言反对。"拿破仑曰："然则暗中必反对吾矣，若辈果作何语？尔其直言无隐。"公爵期期言曰："军人之语，初不足重。实告陛下，吾人见前后被废，无不为之扼腕。盖后温柔敦厚，如春风风人，虽粗犷如臣，后亦不以为病。其于吾辈军人，敬礼有加。今新后来，吾人且退避三舍矣。"拿破仑笑曰："勒佛孛尔，尔毋过虑，尔曹皆英雄，新后胡敢蔑视。其所以崇拜尔曹者，或且在前后上也。"公爵曰："然往来朝中者非特臣等，尚有臣等之妻子。"拿破仑作弗耐状曰："吾知之矣，尔尚欲新后敬礼尔曹之妻子耶？"公爵曰："然，臣等之为国宣力，非特激于忠义，亦为妻子深情所驱使，须知若辈皆贤妻也。"拿破仑曰："勒佛孛尔，尔忠肝义胆，凤所嘉许，故今日得为法兰西大将，并为公爵。惟尔妻出身微贱，不足为偶，试思以一浣衣之女，安能为公爵之夫人。今者腾笑满朝，咸以浣衣女为笑资矣。"公爵曰："然彼爱臣甚挚,臣亦深爱之。出身虽贱,良不足为病。"拿破仑曰："勒佛孛尔,尔曹何事结婚于大革命时,娶妇半出蓬门,非复良匹,吾实为尔曹惋惜也。"公爵曰："然事已至此,胡能更易?"拿破仑凝视公爵,大声曰："尔谓不能更易耶?"公爵知拿破仑意有所指,为之微震,继则岸然答曰："然,臣与臣妻结为夫妇,誓以百年,此生不能析也。"拿破仑曰:"然吾亦尝娶妇,今离婚矣。"公爵讴曰："臣事不能与陛下并论。"拿破仑曰:"然则尔不思离婚耶?"公爵曰："然,臣誓死不愿出此。"拿破仑沉默有间,又发吻言曰："勒佛孛尔,尔其谛听,尔果能与尔妻离婚者,吾当予彼以资,并不去其公爵夫人之名位。"公爵踊起于座,颜色泛为惨白,倚壁间,辇蹙无语。拿负手于背,蹀躞室中,又作沉定之声曰："婚约既解,吾当既曩时贵族中,为尔择一美妇。比来新旧之畛域甚深,往往互相疾视。如吾朝中百僚及麾下诸将,一一与贵族女子结婚,则新旧之嫌立泯,国家有承平之庆矣。勒佛孛尔,尔能否恪遵吾命?"公爵皇恐答曰："陛下,此事万难遵命。陛下驱吾于世界尽处可也,放吾于阿非利加之炎荒可也,逐吾于北冰洋之冰山间可也。即操刃杀吾,亦无不可。惟此一事,陛下不能相强。吾妻实为贤妇,吾实爱之,宁受抗命之罪,不能曲徇陛下之意。"拿破仑冷然曰："勒佛孛尔公爵,尔诚勇士,敢与吾抗。然吾非暴君,亦不欲强尔相从。今姑置之勿论可矣,今而后尔其善事尔妻,勿萌他念。惟告尔贤妻,后此勿复以市中鄙倍之语,渎吾新后清听也。行矣公爵,归视尔妻,彼盼尔久矣。"公爵磬折而退,拿破仑目送其行,切齿言曰："蠢哉是人,蠢哉是人。"公爵归时,其夫人喀瑟玲方试一新制之朝服,则立舍其服,趋迓公爵。见容色有异,讴问故。公爵知不能隐,即具告之。喀瑟玲者本巴黎浣衣女,大革命时与公爵遇,一见倾心。时公爵方为军曹,立娶之归。其人绝明慧,能言善辩,公爵深爱之。此时闻公爵转述拿破仑语,则恨恨不已。

　　奥大利首都维也纳皇宫,壮丽如天堂,公主玛丽路易瑟方亭坐粉阁中,切切若有所思。一手则抱小狗,逗之同嬉。一侍女忽排闼入室,坌息呼曰："公主。"公主微震,立问曰："尔何事作此皇急之态? 讵宫中火耶?"侍女喘定,掉首曰："否,皇帝陛下至矣。"公主愕然曰："阿爷奚为至是?"侍女答曰："婢不知也,微闻陛下之来,有涉公主婚事,公主行知之矣。"公主无语,麾侍女出。公主年十有九,明眸皓齿,双辅如玫瑰。奥之屡败于法,彼固知之,故平昔心目中,凤以拿破仑为食人之魔鬼,闻将身事其人,则益震骇。已而奥皇入,即以遣嫁拿皇事告公主。公主颤声言曰："吾国之人,非言拿破仑为魔鬼耶? 阿爷奈何以儿嫁魔鬼?"皇曰："拿破仑昔为吾敌,故称之为魔鬼,实则其人固英英奇男子也。"公主曰:"然儿亦不愿嫁此可怖之人。"皇曰:"路易瑟,吾已许之矣。为祖国故,尔必嫁拿破仑,非此不足以救祖国。"公主俯首无语。皇又曰:"尔此去虽远适异国,茕茕无依,然吾必遣一忠勇可恃之人,以为尔伴。"公主拊掌曰:"阿爷殆欲令此小狗茶茶伴儿耶?"皇微笑曰:"否,吾意非指茶茶,将于臣僚中为尔择取一人。且吾尝闻拿破仑不喜小畜,不宜携茶茶同行,尔曷留之家中,吾当将护之也。"公主心滋不怿,微顿其足,泪痕承睫如明珠,立以罗帕揾之。皇趋近其侧,恳切言曰:"路易瑟,尔必嫁拿破仑,兹事定矣。"公主微颔其首,揾泪不答,皇遂出。一日,公主散步御园,屏侍女独行。偶见一小湖畔有忆侬花数丛,姹婳欲笑,心悦其艳,趋前撷之。顾以用力过猛,失足几仆,将堕水矣。斗有人出其后,疾进挽公主腰,乃得不堕。公主惊魂少定,磬折道谢。视其人作贵族装,状貌甚都,顾不之识,继即授以纤手,含笑言曰:"谢君见援,脱非然者,吾命丧矣。"其人亦磬折,把公主手吻之。公主曰:"吾遇此奇险,徒为一花。而此花仍不为吾有,能不令人邑邑。"语次,引眸注水中堕花,若有余恋。其人初不作语,投身入水。时在深秋,水中颇挟寒意,其人弗顾,力泳可五六十码,携花而返。既登岸,华服尽湿,取花纳唇际吻之,上公主。公主感激之余,爱心立动。时有侍女趋至,迎公主归。其人磬折欲行,公主立止之曰:"君其少住,请以大名见告。今日之事,令人感激涕零,吾当归白父皇,以旌君功。"其人足恭答曰:"鄙人为奈伯格伯爵,奉大皇帝命,将出驻邻邦,为总领事。今晨尚须入觐皇帝,为时甚促,愿公主恕之。"公主曼声言曰:"伯爵,今晨少缓无妨,容言之父皇,父皇决不罪君也。"言次嫣然一笑,与伯爵为别。由是而后,此奈伯格伯爵遂深据公主芳心中矣。居未久,公主即遣嫁赴法,花车载道,颇极一时之盛。为之伴者,则奈伯格伯爵也。伯爵以马随车后,顾盼生姿。公主则时时于车窗中现其娇面,报以情笑。将抵法境,每晨必有使者赍拿皇书至,并膝鲜花一巨束,以示眷念。既入法,去巴黎尚远,而朝中亲贵,已结队来迓。香车十里,鱼贯不绝。时则拿破仑在鸠尔利宫中,焦心相待,夜辄失眠,日中则往来蹀躞,不复治事。时试其新婚吉服,聊以自遣,并视公主小影,用慰相思之苦。晨起必作情书,饬使者赍往,其情急之状,有不可言喻者。如是数日,闻新后花车已抵巴黎五十里外。时天已入暮,大雨如注,拿破仑竟冒雨往迓,衣冠皆湿,入花车时,状至狼狈。时其妹氏奈伯尔司女王方与新后同车,则力促之下。玛丽路易瑟骇极,垂睫不敢仰视,但觉拿破仑力亲其颊,粗暴无伦。复以手抚摩其玉肤,亦无温存体贴之致。此一夕者,彼盖永永不之忘矣。结婚之翌日,拿破仑竟不入餐堂,传餐于钿床之次,与新后同食,朝臣咸哗笑。而前室之中,有一人枯坐室隅,炉火方中烧者,则奈伯格伯爵也。拿破仑结婚后,颇尽力博新后欢。日屏国事不理,驾言出游。前此不事修饰,今则对镜顾影,弥复周详。闻新后之爱其小狗茶茶也,则立命使者赴奥,将之宫中。且一变其疾恶之心,爱此小狗。间复忘其皇帝之尊严,与女郎等同嬉园中,为迷藏之戏,叫嚣跳荡,如小学生,藉博新后一粲,引为至乐。后有所欲,亦唯命是听,一若毕生无复大事,但伺玛丽路易瑟颦笑足矣。顾拿破仑虽眷爱有加,而后则落落无复情愫,日惟佯笑承欢,虚与委蛇。花朝月夜,时与奈伯格伯爵把臂为欢。即平日一言一动,亦在在示其亲昵。拿破仑目光绝锐,时辄注此二人,虽知新后尊严,无所用其防范,顾亦不能无疑,因属警务总监福歇密伺之。一日,方治事,新后以马出游,挟奈伯格伯爵与俱。去久之,犹未见归,拿破仑治事毕,即出觅新后,冀使新后惊喜,相与同返。意决,携一侍从偕行,循地上马迹,追蹑而前。行至半径,马迹忽折入丛蒨,遥望为一树林,绿阴如幄。即命侍从以马俟林外,微步而入。既入绿阴深处,见一大树下方系二马,少远有草庐,隐隐似闻人声。拿破仑怒极欲狂,挥鞭作响,目中发为怒光,灼灼如岩下电。侧耳倾听,殊不辨其语,是时妒怒交并,莫能自制。立翔步趋入草庐,则见奈伯格方与新后对立,喁喁作软语。拿破仑大怒,咆勃呼曰:“先生,尔在此何作?尔何人?乃敢与皇后密语于林薄深处,是何意耶?”奈伯格伯爵不能答,忽促遂行。后一不之慑,嫣然笑曰:“拿破仑尔何悻悻至是,讵妒吾侍从耶?”语次,委宛作媚态,以平其怒。拿破仑嗫不能声,但道主臣而已。既归宫,即下令遣奈伯格伯爵归国,并褫警务总监福歇职,惩其失察。后见拿遣去伯爵,心滋恨恨,言念当日涉水取花,深知伯爵之爱己。而一寸芳心,遂亦不属拿破仑而属之斯人矣。伯爵濒行,后独处绣闼,偷弹红泪,命侍婢以钿合贻伯爵。伯爵颤手启视,得指环一,并忆侬花一束。则加环于指,取花亲之以吻,引眸回望后所居楼窗,登车而去。而后此时亦方伏红楼帘影间,遥送伯爵行也。

一日鸠尔利宫中开会大宴群臣,群臣之妻女亦集,俾觐见新后。拿皇二妹及勒佛孛尔公爵夫人均与会,福歇虽去职,亦仍厕止。一时钗光钿影,撩乱一天,拿破仑及后皆大悦。福歇知勒佛孛尔公爵为拿心腹,或能助己复职,因结好于公爵夫人喀瑟玲,无所不至。并阴告夫人,谓拿皇二妹及某贵妇等,咸欲于是夕加以侮辱,以其出身贱也。夫人愤甚,磨厉以须。席次,拿皇长妹奈伯尔司女王忽微哂曰:“今日来宾甚盛,允为一代盛事,即浣衣之女,亦俨然为上宾矣。”公爵夫人踊起于座,怒声言曰:“吾人苟能持身以正,虽浣衣女何伤?即出身为奴厮,不足为耻。吾固浣衣女也,然平生行事,问

心无愧,足以对天,足以对人。吾尝见今之所谓贵妇人者矣,蝇营狗苟,不知廉耻为何物。迹其行事,远在奴隶之下,则贵妇人亦何足贵?且以出身论人,亦失之褊浅,不见吾奄有天下之大皇帝陛下,前此非科西嘉岛中村儿耶?今若曹凭藉皇帝,恣作威福,非皇帝者,则亦科西嘉岛中村姑耳?何贵之有?”奈伯尔司女王作色谓其妹曰:“吾辈行矣,勿与此猥贱之浣衣女作语,自贬其身分。”遂相将避席去。福歇引身近公爵夫人,微语曰:“夫人舌锋良锐,令人佩畏。然皇帝闻之,或且不悦夫人。”公爵夫人岸然答曰:“吾何慑者,少缓亦将以此事白之皇帝,一评其曲直也。”越数日,宫中将开游猎大会。公爵夫人特于一大衣肆中新制花冠一。翌日,肆人赍花冠至,侍婢将冠入室,谓夫人曰:“夫人,肆人在前室中求见。”夫人颔之,出至前室中,甫见其人,则大惊曰:“奈伯格伯爵,君非已返维也纳耶? 今奚为至是?”伯爵悄然答曰:“因其要事,故忽忽复至。会今日诇知夫人于大衣肆中购一花冠,因以二十五金贿肆人,易其衣,将冠至是。”夫人曰:“君何轻率若是,讵不知仇君者盈朝耶?”伯爵曰:“仇吾者惟皇帝耳。”夫人曰:“即皇帝一人,已足置君于死地。人果知奈伯格伯爵在是者,事实奇险。”伯爵曰:“吾方乔装,人安从知之。”夫人曰:“然间谍密布,图君甚急。须知皇帝方以重金密贿皇后左右,伺君行动。今君重戾斯土,一旦为皇帝所知,则生命危矣。”伯爵曰:“惟吾此来初不久淹,不及两日,即当遄返维也纳。”夫人曰:“然则君以何事戾此?”伯爵微喟曰:“吾欲一见玛丽路易瑟。”夫人立曰:“是乌乎可,君果爱皇后,即宜高举远引,以安其心。万不可更与昵近,动皇帝之疑。”伯爵把夫人手,恳恳言曰:“夫人,吾心碎矣。勿复拨吾创口,更益吾痛。吾爱皇后,夫人固知之。不知皇后之爱吾,亦复深挚无伦?”夫人微愠曰:“慎哉君也,君何人斯? 胡能与皇后言爱? 果发觉者,在君为死,在皇后为大辱。以吾度之,尚以逃情为得。”伯爵仰天叹曰:“逃情岂易言者。吾一息尚存,殊不能斩此情丝。然吾既爱彼,亦决不陷彼于险。”夫人曰:“君此来果为何事? 胡不见告。”伯爵曰:“适已告之夫人矣,吾欲一见皇后,璧还其物。”夫人曰:“殆信物耶?”伯爵点首曰:“然,当日濒行,皇后尝以指环及忆侬花贻吾。”言次,出钿合,以指环示夫人,继即吻之数四,返置合中。长叹言曰:“夫人当知此区区者,吾实目为世界中之至宝,视吾生命尤足矜贵。嗟夫天,今日吾乃不得不与此至宝别矣。”夫人曰:“然则君此次不远千里而来,即欲返此指环耶?”伯爵曰:“然,拿破仑近益多疑,尝向皇后索此指环。后以遗失对,而拿期在必得,迫后愈急。后不得已,因以急书寄吾,属返此环。吾遂铤而走险,星夜来法。今夕玛丽路易瑟既得此环,则拿破仑积疑当冰释矣。”夫人曰:“然则何人助君入宫? 吾殊为君危之。"伯爵夷犹有间，引目定注夫人，徐徐言曰："吾于法土初无良友，惟以夫人为毕生知已。今日之事，惟有求助于夫人。"夫人立摇首曰："否否，兹事吾实爱莫能助。"伯爵沉声言曰："喀瑟玲勒佛孛尔，尔尚忆茄姆伯战中事乎？救尔于吾军枪弹之下者，谁也？今日之事甚细，尔乃不能助吾耶？"夫人庄容答曰："伯爵，吾固欲助君，以报旧恩。惟吾夫为拿破仑大帝之忠臣，为陆军之大将，为法兰西之公爵。平日受恩深重，在势不能欺罔皇帝。吾深爱吾夫，为吾夫故，亦不能与皇帝树敌，愿伯爵谅之。"伯爵怫然曰："然则夫人竟峻绝吾请，不为吾助耶？"夫人曰："吾但忠告伯爵，趣归维也纳，勿复萌此妄想，与皇后相见。"伯爵曰："吾果归者，将何以处此指环？"夫人立曰："君第授吾，吾当为君璧返皇后。"伯爵首肯，出钿合授夫人，吻其手曰："谢夫人见助，见皇后时，尚乞代达鄙意。谓吾身虽远去，痴魂尚坚守其侧。他日有事见召，吾必立至。后今日虽据高位，尊荣为天下冠，而未来之局，孰则知之。"夫人曰："伯爵意良厚，吾必转达皇后。惟皇后他日或无需君助耳。"伯爵微笑曰："此殊难言，夫人当知拿破仑双足践处，地盘动矣。"夫人曰："上帝相吾皇帝，决无颠覆之日。且猛将如云，皆愿为皇帝效命也。"伯爵哂曰："他日之颠覆拿破仑者，即此如云之猛将，夫人其拭目俟之可矣。"夫人曰："奈伯格，尔勿作此妄语。当知拿破仑为天之骄子，天且保其大位，至于万世。即其群仆亦效忠不二，之死靡他，苟知君私昵皇后，与大皇帝树敌者，必且寸脔君身矣。"伯爵笑曰："当不至是。吾固知拿破仑奇妒，严约皇后如囚徒，虽其忠臣至友，不得与近。吾今阑入宫中，险乃万状。今夕夫人入觐皇后，乞为道歉。然皇后如欲见吾者，吾必一冒此险，赴汤蹈火，不之慑也。"夫人立曰："伯爵，君曷纳吾忠告，趣去斯土。脱不行者，不特自丧其躯命，亦将隳皇后之令誉。至此指环，吾当为君转致皇后，可毋虑也。"伯爵无语，作犹豫状。夫人又曰："奈伯格伯爵，君其行矣。"伯爵略磬折，遂翔步去。方是时，侍婢忽入报，谓皇帝有命，请夫人入觐。夫人知前夕之事，奈伯尔司女王必已谮之皇帝，故召已入宫，将加遣责。因就妆台中出一黄敝之纸，怀之胸次，忽忽遂出。

既入宫中，由承宣官导入皇帝书室。时皇帝方坐书桌之次，披阅文牍，室中严静，但闻金钟悉率作响，及火炉中榾柮之声。夫人屏息侧立，不敢少动。拿破仑披阅良久，徐引其眸，见夫人，立发吻曰："公爵夫人，尔在是耶？前夕之事，朕已微有所闻，尔出身微贱，发语固不能醇雅。然胡不保持尔舌，使宁处于齿牙间耶？今则全欧新闻纸中，咸以吾朝为笑资。微夫人安得有是，尔夫不幸，乃娶浣衣之女，朕实为彼扼腕也。"语至是，忽自座中踊起，取银杯斟咖啡，一饮而尽。手中尚持杯，面夫人曰："今后尔宜去此，勿复厕列吾朝。前此吾尝命勒佛孛尔与尔离婚，少予赡养之资，并留公爵夫人名位，此事勒佛孛尔尝告尔否？"夫人悄然答曰："陛下，妾夫固尝以此相告，妾惟向彼笑耳。"拿破仑立曰："尔夫何言？"夫人曰："彼挟妾于臂间，谓誓死不从皇帝之命。"拿破仑堕其银杯，厉声呼曰："女魅，尔敢以此告尔皇帝，告尔主人耶？"夫人毅然答曰："陛下为妾等皇帝，妾等主人，固也。妾等之尊荣富贵，咸出陛下之赐。陛下横刀一呼，立能使十万健儿冲锋陷阵，无敢违抗。然陛下之命，殊不能行之夫妇之间，杀其情爱。果陛下必欲为之者，其事必败。"拿曰："夫人，尔舌殊灵锐，有类鹦鹉，然亦不当自恃其能，用以忤人。前夕尔尝以不逊之言，侮辱奈伯尔司女王，并及朕躬，尔殆欲与朕挑战耶？"夫人急曰："陛下误矣，前夕之事，先发者实为陛下令妹，不特辱妾，并辱陛下神圣之军人，妾特自卫而已。"拿破仑讶然曰："尔言何指？孰为神圣之军人？"夫人傲然答曰："妾不特为浣衣之女，亦为曩时第十三营中之军士，尝乔装从勒佛孛尔军曹后，出入战阵，躬与凡尔登茄姆伯诸役。"拿破仑拊掌笑曰："壮哉妇人，壮哉妇人，然勒佛孛尔平昔胡不告吾？"夫人曰："吾二人均已贵显，则妾虽有微功，正不必上渎清听。即妾平日亦讳莫如深，不欲以此自伐，今受责于陛下，故一言之。"拿破仑曰："然尔身与战阵，尝被创否？"夫人曰："在弗勒路一战中，右臂尝为奥人之刺刀所创。"拿破仑立曰："公爵夫人，曷以此创示朕，容朕一视之。"夫人遂袒右臂示拿破仑，拿吻其创痕，喃喃言曰："此创殊美，而此凝脂之玉肤，尤可人意也。"夫人立缩其臂，作倩笑曰："陛下，妾臂但有此创，无他创矣。且此凝脂之肤，亦无与于陛下。"拿破仑曰："吾曩在军中，何未尝见尔？"夫人曰："陛下固尝见妾，惟去今久矣。时在一千七百九十二年间，妾尚未与勒佛孛尔缔婚，操浣衣之业，时复至陛下寓中。其地在梅尔街，妾尚忆之。"拿破仑额首曰："然，吾居屋中二层楼。"夫人曰："否，在三层楼，陛下误记矣。"拿破仑闻夫人道其旧事，兴采弥烈，因又问曰："然尔当日奚为时时至吾寓中？"夫人曰："为陛下浣衣也，顾陛下当日埋首书籍地图中，初不注意及妾。妾物色佳婿，久久未得，遂委身以事勒佛孛尔。实则妾当日之爱彼，殊不若今日之甚。果陛下舍其书籍地图，通情款于妾者，妾必纳陛下矣。"语已，微睇拿破仑，作憨态。拿嗒默久之，似方追念当日情景，已而问曰："然则曩年为吾浣衣者即夫人耶？"夫人曰："然，妾固浣衣女也。今之所以见轻于陛下令妹及诸贵妇者，即亦为是。"拿破仑颦蹙曰："夫人奈何操此贱业？令人弗解。为军人可也，奚为浣衣？"夫人正色曰："妾操此诚实之生活，以血汗博微资，用自糊口。为业虽贱，亦不足云辱。惟吾业虽昌，所得殊无几，且有人欠吾浣衣之资，久久不付者。即此宫中亦有一人，未付吾资也。”拿破仑笑曰：“尔讵欲索此夙逋耶？”夫人曰：“然，吾循正轨行事，谅亦为陛下所许。彼欠吾资者，今已富贵，固尝偿此夙逋。”语至是，探怀出黄敝之纸，谓拿破仑曰：“彼尚有笔据在是，在势不能不承。其书曰：吾今不能付尔浣衣之资，实以所得非丰，舍自赡外，尚须赡母，并赡弟妹多人。一俟他日擢为大佐，当尽偿尔资。”夫人读未毕，拿破仑忽腾跃而前，攫其纸呼曰：“嗟夫天，此固吾当日手书也。今兹见此片纸，立忆少时贫薄之苦。时吾立志甚高，名犹未著，厕身炮队中，所入甚微，平日亦无朋好，能贷吾一法郎者。不谓尔以一浣衣之女，乃能见信。吾今虽为皇帝，当永不忘此大德也。”是时拿破仑中心大动，现为感激之色，继又言曰：“今而后吾当使朝中之人，敬夫人如天神。明日游猎大会中，务乞戾止。当吾妹氏及诸贵妇前，即以敬礼相加，俾若辈后此不敢相侮。吾今视尔，实与开国元勋等矣。然吾当年欠资几何，理合追偿，请言其数。”言次，探手囊中，为状滋悦。夫人展手曰：“为数共六十法郎。”拿破仑笑曰：“尔值太昂，请予吾以折扣。”夫人曰：“否，此值殊廉。舍浣濯外，尚须缀其绽裂之处，耗时多矣。”拿破仑曰：“吾衣安有绽裂？”夫人曰：“安得无之？有时绽裂之痕，大如狮口。每补缀时，非竟日不可。此六十法郎中，已计入补费。且时隔多年，亦须计息。”拿破仑应曰：“良是良是，吾当如数偿尔。”语时，二手深陷左右囊中，扪索殆遍，顾乃一无所有。因邑邑言曰：“是殊不幸，吾囊中乃不名一钱。”夫人笑曰：“然则少宽亦可，但愿陛下勿忘此资。此六十法郎者，不能减一法郎也。”拿破仑曰：“谢夫人厚吾，吾胡敢忘？今为时已晏，十一时将届，当饬罗斯丹送夫人归。”遂扬声呼罗斯丹，门应声辟。门外一守者，磬折而入。拿破仑遂曰：“罗斯丹，尔其送公爵夫人归，将慎毋忽。”罗斯丹复磬折，偕夫人出。

行不数武，忽回首向拿破仑，目中作作有光，抑其声言曰：“陛下，适见一白色军服之人，沿廊道至皇后寝外，试启其扉，厥状殊可疑也。”拿破仑闻语色变，如中奇疾。盖廊道中有二扉，一通皇帝书室，一则通皇后寝内。宫中之人，非见召不敢阑入。皇帝书室中，亦有二扉，与已室及皇后寝内连。今忽有白衣之人，试皇后寝门，滋足骇怪。沉思有间，则自语曰：“此白色军服之人，必奥人无疑。然奈伯格方在维也纳，咄嗟安得至是？意其人或为刺客，将不利于吾。见皇后寝内，误为吾室，故试启其扉，少选且复至，吾当一见其人。”因灭灯，潜辟三扉。时四陬黝黑无光，如入魔窟，火炉中榾柮，已垂熸，但作微明。拿命罗斯丹伏暗中，即携勒佛孛尔公爵夫人同坐室隅，屏息以待。居顷之，闻罗裙萃察声，由皇后寝内来。寻见一妇人现于门次，蹑足入书室。炉中余光烛及其面，审为皇后之侍女孟德佩洛夫人。公爵夫人大震，竟体皆颤。拿破仑则坚握其臂，止之弗声。侍女摸索而行，至于外达廊道之门。拿一跃起，徐蹑其后。微闻门外有男子之声曰："孟德佩洛夫人左右已无人耶？"拿力擘侍女于侧，超跃出室，禽取其人，呼罗斯丹然火。禽入室中，罗斯丹然烛视之，则奈伯格伯爵也。拿破仑咆勃呼曰："奈伯格，吾固已料及之矣。"奈伯格却立无语，状至觳觫。而侍女则以惊极，晕仆于地。拿破仑顾罗斯丹曰："为吾将此妇出，非呼尔者，勿入此室。"罗斯丹嗷应，挟侍女出。拿破仑目光如炬，厉声问奈伯格曰："先生，尔奚为深夜潜入吾宫，为状如贼？吾意尔已返维也纳矣，胡犹淹留吾国？"奈伯格颜色惨变，犹强作镇定状曰："陛下，外臣实奉敝国大皇帝命，重戾贵邦。"拿破仑曰："来此奚事？"奈伯格曰："大皇帝因有要事，命外臣来贵邦，入觐皇后陛下。"拿破仑微哂曰："先生，尔殆与吾戏耳。入觐皇后，胡不于白日为之，今以夜半潜入宫中，抑又何也？"奈伯格曰："是以外臣前此见逐于陛下，不许复入宫门，故不得不出以暮夜，非得已耳。"拿破仑曰："然夜已过午，非入觐皇后之时。"奈伯格曰："是出皇后之命，非可责外臣。"拿破仑大呼曰："先生，讵皇后命尔以夜半入其寝内耶？"奈伯格曰："皇后固命外臣以夜半至是，俾取复书归报敝国皇帝。"拿破仑怒呼曰："尔妄人妄语，皇后安得出此？"奈伯格闻拿斥为妄人，唇吻皆白。握其拳切齿言曰："陛下，外臣为奥大利将领，今奉皇帝命来，即为皇帝代表，辱外臣即所以辱皇帝。陛下以妄人见称，外臣亦不得不以恶声相报矣。"拿破仑哮声呼曰："万恶之贼，尔以夜半潜入吾宫，迹类刺客。尔自命为奥皇代表，吾殊不能承认。"语既，立摘奈伯格胸际勋章，掷之于地。奈伯格拔其佩刀，大声曰："陛下辱吾已甚，吾刀当一饮陛下之血矣。"公爵夫人方隅坐，大惊而起，投身以阻奈伯格。拿破仑手无寸铁，则扬声呼罗斯丹。罗斯丹知有变，排闼而入，别召三侍卫至，禽奈伯格。已而侍卫长亦至，公爵夫人立跽拿破仑前，乞恕奈伯格弗杀。拿不之顾，岸然谓侍卫长曰："此人心怀叵测，谋害朕躬。其罪殊不可逭，尔其禁锢之，以俟鞫讯。"侍卫长磬折以应，执奈伯格去。拿破仑盛怒未杀，躐步自入其室，公爵夫人亦归，谋所以救奈伯格者。顾通宵转侧，不得一策。

翌晨，即以此事就商于夫。时公爵已闻其事，因微喟曰："此次奈伯格自投罗网，恐不能生还奥大利矣。"夫人曰："君能否为吾求皇帝，贷伯爵一死。"公爵曰："此中原因繁复，恐不能回皇帝之意。今日皇帝且以鞫讯之事属吾矣。"夫人曰："君将从皇帝命乎？"公爵曰："然，吾胡能抗皇帝？"夫人曰："然奈伯格当年尝于茄姆伯一战中出吾于死，君当知之。非奈伯格者，吾且以间谍论罪,为奥人所杀。今日如能救彼,即所以报旧恩。"公爵曰:"卿言良是,为卿故,固当力救伯爵。特皇帝一怒,尚安有吾人容喙地哉?"夫人愠曰:"君不救伯爵,吾当救伯爵。吾虽女子,殊不欲示人以不义也。"公爵曰:"卿将何以救伯爵?"夫人曰:"容徐图之,惟有一事奉问,今日宫中亦有人能近皇后否?"公爵曰:"舍吾一人外,无人能近皇后寝内一步者。盖吾已被任为宫中戒严总司令矣。"夫人曰:"今吾已得一策,或足以救奈伯格。今日君能否至皇后寝室门外?"公爵曰:"此殊易易。"夫人曰:"君趋近寝门时,步履宜重,并以佩刀着地作响,令皇后闻之。其次则以大声诰诫戍卒,谓今晨勿令一人阑入皇后寝内。即出入书札,亦当严行检查。如有寄奥国皇帝之书,尤宜注意,末语滋关重要,不可不以大声出之。"公爵愕然曰:"吾殊不解卿意,请言其详。"夫人曰:"吾今无暇为君剖解,事后君当解之,今但恪遵吾言行事足矣。"公爵略沉吟,即匆匆入宫去。时后尚在寝内,闻公爵诰诫戍卒之语,知奈伯格已有变,即阴自为备。公爵夫人胸有成竹,亦忽促入宫。会福歇亦至,福歇因失警务总监职,颇懊丧。近方运动皇帝左右,力谋复职,故亦时时出入宫中。夫人见福歇滋悦,同至无人之处,低声语之曰:"麦歇福歇,吾有事奉恳,君能见助否?"福歇立曰:"吾与夫人夙称良友,非同泛泛。夫人有事,敢不效其绵薄。"夫人曰:"奈伯格伯爵被逮事,君当知之矣。"福歇曰:"然,今方俟新总监萨佛利来,或将处以死刑。"夫人曰:"奈伯格有大恩于吾,吾实不忍见其惨死。君善吾,曷为吾救之。"福歇蹙蹙曰:"此人为皇帝死仇,势在必杀。彼与吾非戚非友,奚为救之。况吾之失职,亦为彼事,至今犹恨恨也。"夫人曰:"麦歇福歇,君以彼失职,今亦思藉彼复职耶?"福歇曰:"复职固所望也,惟皇帝之意难回耳。"夫人微笑曰:"麦歇听之,今君复职之时机至矣。趣救奈伯格伯爵。"福歇掉首曰:"此事胡足助吾复职?脱为皇帝所知,吾死无日矣。"夫人附福歇耳,咕嗫作小语曰:"麦歇当知皇后之昵奈伯格,其事良确。君果救奈伯格者,皇后必喜,事后且言之皇帝,复君之职。盖皇帝虽疑皇后,而爱心仍未变也。"福歇大悦曰:"夫人设策良佳,大类策士。然吾何以救奈伯格者?"夫人曰:"君曷入求皇帝,少缓奈伯格之死。此一日中,吾当决一良策。"是时皇帝之侍从官适过,福歇立止之曰:"麦歇康斯顿,君曷为吾入告皇帝,谓福歇入觐,有要事奉白。"康斯顿固与福歇善,立允其请。少选康斯顿已返,福歇立问曰:"康斯顿,皇帝能见吾否?"康斯顿曰:"皇帝方召见新警务总监萨佛利,言奈伯格伯爵事,君其少待。"福歇曰:"伯爵能不死否?"康斯顿曰:"皇帝意至坚决,拟不俟鞫讯,即处伯爵以死。闻已命萨佛利准备,以正午处刑。"公爵夫人闻语大震,容色立变。康斯顿语已,翔步自去。

福歇噫气曰："伤哉奈伯格,死期促矣。"夫人急曰："麦歇福歇,吾辈既不能乞怜于皇帝,贷伯爵一死,惟有立决一策,助伯爵出险。"福歇曰："然,今为时已促,在势不能久延。闻伯爵未入犴狴,方幽侍卫长室中,出之较易。"夫人曰:"计将安出,宜出以稳妥,庶不偾事。"福歇曰:"吾拟贿通内外戍卒,弛其防范。先草一小简,属窗下戍卒拴之枪尖,投入窗中。而夫人则于此时至侍卫长室外,以访寻公爵为辞,与侍卫长小语。伯爵得间即可越窗而逃,吾谓此策似尚可行。夫人于意云何?"夫人少思,即答曰:"此策虽险,然事迫然眉,不得不冒险为之。"福歇无语,即自日记中裂片纸,以铅笔作书曰:"伯爵鉴,俟侍卫长与勒佛字尔公爵夫人交语时,请即越窗而出。事关生死,将慎毋忽。内外戍卒均已受贿,可毋虑也。"书已,取纸示夫人。夫人读竟,点首曰:"佳,今日之事,君实为皇后尽力,皇后必有以报君。"福歇笑曰:"吾无他求,但求皇后以警务总监旧职归吾可矣。此两小时中,当予伯爵以自由。半小时后,夫人请即往见侍卫长。今别矣,行再相见。"遂磬折去。夫人就室隅静坐久之,中心跃跃而动,万念复纷起,有若潮涌。如是可半小时,即至侍卫长室外,嫣然作倩笑曰:"麦歇侍卫长,曾见吾家公爵否?"侍卫长夙艳夫人美,平昔不能一通款曲,辄引以为恨。今见夫人惠然下顾,似被殊荣,即力嬲夫人,与之絮语。方笑语间,忽见侍从官康斯顿趑息而至,启吻言曰:"夫人,陛下在私室中有事召见,请即入觐。"夫人领首,立从康斯顿行。

入私室时,拿破仑方鞫讯孟德佩洛夫人,声色俱厉。见夫人入,则怒目睨之。夫人磬折至地,曼声问曰:"陛下奚事见召?"拿破仑大声曰:"喀瑟玲,吾闻奈伯格与尔交好,往来綦密。彼昵近皇后,妄思非分,尔亦有所知否?脱有所知,可直陈无隐。在吾虽觉难堪,然尚有勇气自持,尔第言之可也。"夫人侃侃言曰:"皇后淑德懿范,久为国人所钦仰,陛下当亦知之。即奈伯格伯爵,臣妾亦素识其人,宅心甚厚,事上以忠,胡敢冒此不韪。陛下果不信者,臣妾敢以身家性命为保。"孟德佩洛夫人亦曰:"皇后母仪天下,安有不德之事?臣妾与皇后朝夕相处,知之甚深。奈伯格伯爵此来实奉奥国皇帝命,省视皇后。昨夕入宫,但达奥帝之意,初无他事,第以陛下曩尝禁其入宫,故不得不出以秘密。虽迹近暗昧,心实无他也。"夫人立曰:"陛下听之,孟德佩洛夫人之言,实出真诚。皇后及奈伯格伯爵中心坦坦,无一事不可告人者。臣妾既识奈伯格伯爵,又时侍皇后,平日言动,无不备悉。愿陛下信之。"拿破仑微吐其气,沉声言曰:"果能如尔所言,宁不甚佳。然昨夕之事,吾终不能无疑。"夫人恳切言曰:"陛下既不信臣妾所言,可一试之。今日皇后尚未离其寝内,无由知外间之事。陛下可令孟德佩洛夫人入白皇后,谓奈伯格伯爵在前室中求见，索书归报奥国皇帝。皇后之贞否，即可于此见之矣。"拿破仑凝思有顷，立首肯曰："此策良得，姑一试之。"因力握孟德佩洛夫人腕，正色诏之曰："尔闻公爵夫人语否？可如言白皇后，惟吾禁尔入寝内，但于门次言之，吾则在书室中监尔，一言一动，胥不能逃吾眼睫。"孟德佩洛夫人颤声以应，越书室至寝门外。拿破仑急起从之，挟公爵夫人同坐室隅，屏息以须。孟德佩洛夫人立寝门之次，扬声言曰："皇后陛下，奈伯格伯爵在前室中求见，索书归报陛下父皇，陛下愿见之否？"时皇后方起，固已知奈伯格被执事，因故作懒声曰："吾不愿晤见其人，容修一小简，以报父皇。吾殊弗解奈伯格既为皇帝陛下所逐，胡又觍颜入此宫门？人之无耻，一至此耶？"拿在书室中备闻其语，不期微笑。皇后语已，则至一镂花小桌之次，走笔可二三分钟，始纳笺于封，授书孟德佩洛夫人曰："尔将书授奈伯格伯爵，谓吾不愿见彼。"孟德佩洛夫人受书，返身至于室心，皇后寝门亦随合。拿破仑一跃起，攫其书读之。二妇忧惧交并，窥其颜色。拿读书，笑容立展，捧其笺吻之，欢然呼曰："吾挚爱之路易瑟，彼爱吾深也。"又顾公爵夫人及孟德佩洛夫人曰："尔二人语殊非妄，吾心滋悦。书中力诋奈伯格，振振有词，并恳父皇后此勿复遣此人来法，贻人口实。即此一书，已足见皇后贤德，吾疑释矣。"语次，力执公爵夫人耳，示其悦怿。夫人摩其耳，展颜作微笑曰："陛下今后可无疑矣。惟奈伯格伯爵如何，当杀之否？"拿破仑立曰："否，吾当纵之去，惟后此不许更入吾宫，用示惩创。"语至是，呼罗斯丹入，取片纸作数字，并案头佩刀授之曰："以此纸授侍卫长，以此刀授奈伯格伯爵。"以下无语，顾公爵夫人而笑。罗斯丹颇错愕，磬折而退。方是时，萨佛利及侍卫长疾奔而入，喘且言曰："陛下，奈伯格伯爵死矣。"拿破仑大声曰："乌得遽死？尔曹殆已处以死刑耶？然午刻未届，胡可轻率从事？"萨佛利曰："陛下，臣未尝抗命。第以伯爵越窗图逃，适为侍卫长所见，故枪杀之。"拿破仑曰："然则其人已死耶？"侍卫长曰："似已死矣。时麦歇福歇适过窗下，即舁其尸入医院。"拿破仑微喟曰："伤哉是人，伤哉是人。"时福歇忽趋入曰："陛下，奈伯格伯爵未死。侍卫长发枪初未命中，弹掠头上过，伯爵下窗后，即狂奔而去。臣追之数里，始获其人。今方羁留臣家，须解入宫中否？"拿破仑曰："此人尚无大过，朕拟赦之，属彼趣返奥大利，勿复入吾国境。并还彼佩刀，俾他日用之疆场上也。"语既，复力执福歇耳曰："福歇，尔为吾追获逃人，亦殊可嘉。当赐尔法郎二千，以旌尔功。"时勒佛宇尔公爵亦至，拿立与握手曰："奈伯格伯爵之嫌已解，吾已赦之矣。"公爵磬折无语，微睨夫人。夫人流眄示意，含娇而笑。而拿破仑殊弗觉，蹑步入皇后寝内矣。越数日，皇后知福歇救其所欢，感激万状。为言于拿,复警务总监职。一千八百十四年,拿破仑为联军所败,被放之爱尔巴岛。是时后已封派麦公爵夫人,因赴派麦。而奈伯格伯爵复潜至,日侍其侧。尝含笑语人曰:"六阅月中,吾姑为彼情人。后此则当夺拿破仑之席,而为彼夫。"于是从后后,至派麦,复同作欧洲南部之游。拿破仑在爱尔巴岛中,苦念其妻,时命使者赍书归,顾皆为奈伯格所截,罕有入后手者。间为后得,则亦付之一炬,初不启视。后赴瑞士,两心相印益深。夜中无事,辄骈坐红灯影下,调琵琶,同唱情爱之歌。如是六月,而赫赫法兰西帝后玛丽路易瑟,遂枕首于情人奈伯格伯爵臂间,不复忆万里投荒之拿破仑矣。迨拿破仑自爱尔巴归,奈伯格亦被召回奥,统军出战。后中心滋戚,时以情人为念,花晨月夕,辄背人雪涕。厥后滑铁卢一役,拿破仑复大败,放于圣海伦那孤岛。奈伯格复至,后欢然语之曰:"感谢上天,吾事了矣。今日天气大佳,曷从吾一游麦根斯丹乎?"遂以马同出,由是而后,心目中无复拿皇片影。然拿破仑蛰处荒岛,时切驰思,屡屡投书存问,而后终不报。后拿亦微闻其事,心虽弗悦,仍以旷达处之。平日与左右闲谈,未尝少怼其妻。一千八百二十年,后竟下嫁奈伯格,双飞双宿,情好无间。翌年,拿破仑病死孤岛。临终谓医士安托麦企氏曰:"吾死后,请抉吾心内酒精中,将之派麦,贻吾至爱之玛丽路易瑟。并谓吾仍爱彼,初未中变也。"后闻其语,亦漠然无动于衷,爱奈伯格如故。奈固美丰姿,工词令,女流皆悦之。其人且以勇闻,为奥国名将之一,战中尝受创,眇一目,顾亦不损其美。一千八百二十九年,以病卒。后葬之于喀拉拉,树丰碑于墓上,称之为至爱之夫婿,至忠之朋友云。逾年,哀悼之情渐杀,又倾心于一庞培尔伯爵,爱之如奈伯格。后忽生厌,情丝遂绝。会朝中有乐师曰茄尔士勒考姆德者,美少年也。后见而悦之,立与之通,尝谓是人之可爱,非言可喻云。后卒时,年已垂暮,一生以荡佚自放,无足称善。尝为拿皇生一子,称罗马王,顾视若路人,不之爱也。

(1919 年 1 月 10 日《世界秘史》初版中华图书集成公司)

（法国）伏兰　原著

畸　人

亚勃利尔伏兰氏（Gabruel Volland）是法兰西小说界的"后起之秀"。巴黎新闻纸和杂志中，常有他的短篇小说。他最擅长的，就是描写人生的痛苦。他那一枝笔，真是蘸着墨水和眼泪一起写的。这一篇《畸人》，笔意文情，都很像毛柏桑（Guy de Maupassant）①。十年以后，怕不是第二个毛柏桑么？如今我就借着这说海新潮一栏，先介绍他和我们中国的新文学界相见。

达士孟先生已到了五十五岁，才娶一个很年轻的妇人。那妇人的娇媚，忽在他眼中霍的亮了起来。他苦心研究学问已二十五年，也觉得有些厌倦咧。他老人家一向在书房的尘埃中过生活。恰有人把玛丽（那妇人的名字）荐了来，做他的誊写人。他幽闭半世，到此似乎见了一道阳光。那女的很穷苦，他却有几个钱。于是把这一副美貌，来掉换他的姓和财产。不过他的欲望小，那女的贪念大。

既结了婚，那女的费用分外大。但他正迷恋着，怕夫人不快，不敢反对。他的财产，也就缩小起来。不上几时，他夫人连结婚时立下的誓也忘了，自去享受她不正当的自由。可怜达士孟先生就渐渐儿老了。他本是个爱名誉爱体面的人，只是软弱些。暗暗挨着苦痛，不给人家知道。

末后他瞧自己快要破产了。自从结婚以后，便第一回醒悟过来。他决

---

① 今译为莫泊桑。

意守住那最后留着的一些子进款,不再浪用。好在他在乡下还有一宅旧屋子,又阴森,又冷静,藏在一所园子后面,由一个老园丁给他看管。到此他便同着夫人住了进去,就把那老园丁充了下人。玛丽原不赞成,死命反对。达士孟先生却也打定主意,一动都不动。可是目前受这打击,全为了夫人奢华无度,才弄到这个样子。心中一恨,倒把勇气提了起来。以前失去的主权,倒恢复了。不容他夫人作主,竟一同住到乡下去。但他夫人既没了服侍的女侍,又没了那些捧她爱慕她的少年郎。这两重难堪的事,逼得她分外动怒,眼中便霍霍的发出凶焰来。

他们过这新生活,约有一礼拜光景。一天晚上,两下忽在卧房中起了争论,闹得很利害。那园丁住的小屋子虽相去不很近,两耳也不大清明,然而还听得他们吵闹的声音。在这春天的夜中,就起了这两种不和之声。那丈夫的声气很生硬。那婆子的声气很尖锐。闹了一会,却斗的静了。很诧异的,一丝声息都没有。

天明后,那园丁心中很不自在,在园子里一条小径上走着。达士孟先生忽从窗中探出身来,唤住他。园丁便把脚上穿着的大木靴脱了,搁在门口,疾忙入到屋中。把园中那股泥香和玫瑰花香带了进去。这香气又像是夏天大雨后花园中的清香,顿时充满了四周。但那里边室中。更有一阵浓香,透将出来。这分明是那位年少貌美的夫人身上的衣香。只那园丁向四面瞧时,却不见夫人的影儿。

那时达士孟先生一个人在室中,立在一只挺大的箱子旁边。这箱中本是装书的,此刻盖儿开着,里边散着好多美丽可爱的女人用品。轻纱咧,麻布咧,花边咧,甚么都有。达士孟先生面色灰白,把两眼避着这箱儿不看,只把手指着。那手像羊皮纸一般干枯,似乎瑟瑟地在那里发抖。当下便说道:

"你去把他锁好了,然后!"

"然后怎样?"园丁问。

"今天晚上,我们俩把这箱子带到园子尽头处。在那边掘一个窟窿,又宽又深,接着就放下箱子去。你可明白么?"

"明白,明白。"园丁嗫嚅着答应,一面早已吓得抖个不住。

"往后你把地上铺平了,在那边种几株玫瑰花。到秋天便有死的枯叶,到冬天便有雪了。如此甚么事都没有咧。"

"玫瑰花——死的枯叶——雪——"园丁呆呆的学着他说。他想起了要做这件事,身上已出了一身冷汗。他又想起昨夜的那回事。先闹得很利害,猛可里却没了声音。他这样想去,觉得内中含着很可怕的意思。他原知道主人结婚后的生活,很不快乐。但他此刻深怕失掉位置,又不大信托警察,因此也不说甚么。到了晚上,就助着主人把那可怪的箱子埋了。不上几时。玫瑰开出花来。到十月中放着血红的花瓣,又散满了一地的死叶子。

达士孟先生从不曾到那边去。脸色更见得惨白,身体也弯下去,比了个一百岁的人似乎更老了。他眼光时常不定,仿佛在那里追一个影子。每天夜中,那园丁常从梦魇中吓醒,喘息着,跳下床来。他自信有一个鬼,流着血,呻吟着,在园子里往来走动。他脑中还嵌着那夜吵闹的情景,便推想到杀死人的事。一会又想起自己做下了甚么——他,明明是个帮凶。于是想写一封匿名信给警察署。叵耐总提不起这股勇气来。

达士孟先生死了——有人说是自杀——他的天良便表现出来。警察们到来,得了那园丁的报告,立时着手探查。那箱子给他们找到了,还没有烂。忙把它开了盖,翻一个身。只见箱中装满的都是些美丽脆薄的东西,分明曾经偎贴过美人儿玉肤的。却并不见甚么死尸。把屋中和园子里搜了一个遍,也搜不到甚么。这大概是达士孟先生报了仇,犯下了罪,把那秘密也带了去咧。警察们对于此事,诧异得甚么似的。那园丁也不愿再留在这嫌疑的屋中。

幸而隔了一天,有一个公证律师忽地接到了那位失踪的达士孟夫人寄来一封信,她说已得了丈夫死的消息,现在要求接受他遗下的薄产。原来那夜吵闹之后,夫人就悄悄地溜了出去,决意不受她丈夫的束缚。

这一件事人家哪里想到这个被妻抛弃的可怜人并不把死尸装入箱中,却是葬他爱情上的一片幻影。那些殉葬的品物,就都是引起妇人虚荣的成绩品。他要见玫瑰花和死的枯叶着在那秘密的坟墓上,就能见人生在世,寿命很短,和这花一样。他再要见雪盖上去,就是要掩盖住以前一切罪恶,渐渐淡忘。唉!他到底是个畸人。

(原载小说月报第 11 卷第 1 号 1920 年 1 月出版)

（美国）欧亨利　原著

末　叶

欧亨利(O. Henry)是美国有名的短篇小说家。他的真姓名叫做威廉西德南包德(William Sidney Porter)，一八六七年生在北加罗令那州的格林士卜洛城。童子时，往戴克萨斯州，在一个畜牧场上做了几年工。后来飘泊到霍斯顿城中，投入一家报馆做事。一年后他在奥斯丁城买了一种报，开办起来，自己做文章，自己作画，可辛勤极了。不上几时，却遭了失败，便又飘泊到中美洲。他在那里穷极无聊，混不过去，只索回到戴克萨斯州，在一家药店中服务两礼拜，便移到纽奥连司州。到这时，他才做小说过活，有《四百万》、《城中之声》、《菜子与国王》种种短篇的杰作。合计前后著作，共有二百多篇，如今都有名了。欧美文家，都赞美他，称他是"美国的毛柏桑"。他死时，去今不过十年左右，还在壮年时代，美国人至今很悼惜他呢。这一篇原名"The Last Leaf"看他写情造意，是何等的好手笔。

在华盛顿广场西面一个小区域中，那街道并乱分裂了，变成了一条条的小地方叫做"场所"。这些"场所"都有很奇怪的角和曲线。一条街，或者和两条街叉在一起了。有一回有一个画师在这街中发现了个机巧的意思。要是那收画漆账和画纸画布账的人来时，自己恰没有一个铜币付账，那收账的走了这错乱的街路，可要折回去咧。

因此上这奇古的谷林佛村中，倒来了好多美术界人物，满地寻那向北有窗十八世纪三角式屋顶和租金低廉的荷兰小楼。于是他们从第六街中搬了些白铁水杯和一二只暖炉子来，做成了一片"领土"。

在一宅矮小的三层砖屋顶楼上，莎依和琼珊在那里辟着画室。琼珊是琼娜熟称的名字。一个从曼恩州到来；一个从嘉利福宜州到来。她们在第八街"苔马泥各旅馆"会食桌上彼此遇见，觉得伊们在美术上的意味，和吃东西的口味，都很相像，才有这合辟画室的一回事。

那时是在五月。到了十一月中，来了一位冷酷和无形的生客，医生们叫做肺炎症，他老人家在这领土中大踏步往来，把他冰冷的指儿撩撩这里，拨拨那里。这暴客在东部更是肆无忌惮，葬送了好几十个人，他的脚步就慢慢地踏到这腾着薄雾长着青苔的狭小场所来了。

肺炎症先生并非常人所说有义气的老侠士。这一个血儿早被嘉利福宜州西风吹薄了的小小女子，怎能禁得起那个老猾贼的作弄。琼珊就遭了他的毒手了；伊躺在一脚漆过的铁床上，不大动弹，从那荷兰小窗中望着隔壁砖屋的空墙。

一天早上，那个赶忙的医生矗着一道灰褐色浓眉，把莎依请到客堂中，说道："伊十个机会中单有一个机会。"说时，把他那个临床寒暑表中的水银摇动了下去。"这个机会就是给伊活命的。这样的病已把好多人一堆堆的送到葬殓匠手中去，简直使医药完全没用了。你们那位小姐自己也早已决定不能病愈。伊心上可有甚么心事么？"

莎依道："伊——伊将来要画一幅南伯尔斯海湾的图。"

医生道："画图么？——算不得甚么！伊心上可有甚么事比这画有两倍的价值？譬如说，一个男子——有没有？"

莎依道："一个男子么？"伊声音中忽像吹口琴般铿的一响。"一个男子可是值——然而，达克透①，并没有这种事。"

医生道："如此，全为的虚弱了。我俩利用着科学方法尽我的力治去，或能得救。但是伊倘已在那里计算伊葬礼中的车辆，我可就把那药剂中的疗治力减去一半，横竖一样没了希望。要是你能使伊问一句冬服袖口的新式样如何，如此我敢许你五停中伊有一停的生机，不是十停中有一停了。"

医生去后，莎依便入到琼珊卧房中，带着伊的画板，轻轻地唱着一支小曲儿。

琼珊躺着，在被下一动都不动，把脸儿向着窗。莎依即忙停了唱，心想伊多分睡熟了。

---

① 即"医生"。

伊架好了画板，就开始画一幅铅笔墨水画，是做一篇杂志小说中插图用的。大凡少年画师往往给杂志中的小说画插图，做一条接近美术的路径，这些杂志小说，也就是少年著作家借着做那接近文学的路径。

莎依正画着一条很美丽的马戏场骑马裤，和一个伊达诃州牧牛人，眼上架着一个单眼镜，这牧牛人就是那篇小说中的英雄，画时，伊听得个低低的声音，又覆了几回。伊便急急的赶到床边去。

琼珊的两眼张得很大。伊正望在窗外数着——倒数回来。

伊数着道："十二"，一会儿又数"十一"；接着便是"十"，"九"；又数"八"和"七"，几乎全都倒数回去。

莎依很担忧的向窗外望去。伊在那里数甚么？所瞧见的不过是一片荒凉的空场，和二十尺外那宅砖屋的空墙。一带陈年的长春藤，根上已枯烂了，爬了一半的路到那砖墙上。那秋天的冷气已把叶子从藤上摧落了，只剩着半空的枯枝，还攀住那墙上破碎的砖块。

莎依问道："亲爱的，是甚么？"

"六"，琼珊说着，直是一种极细的声音。"他们此刻已落得快了。三天以前还约摸有一百片。点数时使我头痛。但是如今可就容易得多。那边又落去了一片。只剩下五片咧。"

"亲爱的，五片是甚么。快告诉你的莎依。"

"是叶子。在那长春藤上。到得末一片叶子落时，我定也去了。这个我已知道了三天。那医生可曾和你说么？"

莎依很轻蔑似的说道："咦，我从没听得过这种没意识的话。那老长春藤的叶子和你的病有甚么相干？你这顽皮的女孩子，总是爱着那藤儿。你可不要做呆鹅了。今晨医生还和我说，你的病有很多复元的机会——让我想他的话是怎样说的——他说你十停中有九停有望！这种快意，直好似我们在纽约坐街头汽车，或是走过一宅新造的屋子。此刻你且喝些肉汤，让莎娣（自称）自去画画，如此伊（自称）能去卖给那主笔先生，买了葡萄酒给伊的病孩子喝，更买了猪肉块给伊贪嘴的自己吃。"

琼珊把两眼注在窗外，说道："你不须再多买酒了。那边又落掉了一片叶子。我也不要再喝肉汤。那叶子恰恰还有四片。不等天黑，我可能瞧见末一片叶子落下来。如此我也就去咧。"

莎依弯下身去向着伊，说道："琼珊，亲爱的，你可能许我把两眼闭了，不再向窗外看，等我做完了工事么？明天我定须把这些画交进去。我只为要那亮光，不然，早把那窗帘拽下来了。"

琼珊冷冷的问道:"你难道不能到隔房去画么?"

莎依道:"我要守候在你的旁边。并且我也不愿意使你呆呆的瞧着那些长春藤叶子。"

"你画完了画就告知我一声,"琼珊说时,把伊的眼闭了,悄悄地躺着,睡衣雪白,瞧去倒像一个跌倒的石像,又道:"因为我要瞧那末一片叶子落下去。我已等得倦了。我也想念得倦了。我预备把百事一起放手,慢慢儿的下去,下去,也像那困倦可怜的叶子一样。"

莎依道:"你且好好入睡,我须要去唤那培尔曼上楼来。做我画中那个退隐老矿工的模型。我下去不到一分钟,就须上来。你别动,等我走回来。"

那老培尔曼是一个画师,住在伊们楼下的屋中。他已过了六十岁,有一部古画家密希儿安琪洛画稿中的穆西司式的胡须。从一个半人半羊神的头上卷下去,沿着一个妖怪的身体飘开来。培尔曼是美术中的失败人物。四十年来握着画笔,却总不能走近去接触他情妇(指美术)的衣边。他常要画一幅杰出的大手笔,但他总没有开始画去。这几年间,他简直不曾画甚么,不过在商业中的货品上或是广告上涂抹几笔。他又给那领土中的少年画师们做模型,借此赚一些钱。他喝着很多的杜松子酒,仍说要画一幅杰作。此外他又是一个暴烈的小老头儿,很嘲笑人家的温柔和气,他又把自己当做一头特别的猛狗,保护那上边画阁中两个小画师的。

莎依见培尔曼在下边暗暗的小房中,腾满着那股极浓的杜松子酒气。一面壁角里有一个画架,张着一张空白的画布,二十五年来等在那里,等他画那杰作的第一笔。当下伊把琼珊的幻想和他说了,又说伊怎样的害怕,怕琼珊正像一片叶子般脆弱,到得伊攀住世界的一些子微力软极时,可就随着叶子一同飘去了。

老培尔曼的一双红眼中流着泪,对了这样痴呆的幻想很轻蔑和发狂似的喊骂着。

他嚷道:"可是!世界中竟有人如此痴呆,为了那万恶的藤上落着叶子,就要死么?我从没听得过这么一回事。不,我可不愿再做你那画中傻隐士的模型了。你为甚么使这种痴想钻进伊的脑袋?唉,那可怜的小密司琼珊。"

莎依道:"伊病得很弱了,那一场热病直使伊心上也害了病,充满了奇怪的幻想。很好,培尔曼先生,你倘不愿意给我做模型,也就不必勉强。但我以为你实是一个可恶的老——老厌物。"

培尔曼呼道:"你恰像是个妇人!谁说我不愿意做模型呢?上楼去。我同你一块儿去。半点钟来我早说预备给你做模型了。呀！这里可不是给密司琼珊卧病的一个好场所。有一天我可要画成一幅杰作，如此我们便能一起离开这里咧。呀！是的。"

他们上楼去时，琼珊正入睡了。莎依把窗帘拽到了窗槛上，做着手势唤培尔曼到隔室中去。到了那边，他们很害怕的向窗外长春藤瞧着。接着他们又悄悄地相觑了半晌。一阵长头的冷雨簌簌的落下来，还夹着雪。培尔曼穿着蓝色旧衫子，做那退隐矿工的模型，坐在一只翻转的锅子上，当做山石。

第二天早上，莎依睡了一点钟就醒回来，伊见琼珊正张大了那双呆呆的眼睛，望那遮蔽着的绿窗帘。

伊低声发令道："快扯起来，我要瞧。"

莎依很疲倦的依从了。

但是抬眼一瞧，却见那耐过长夜的急雨暴风中，仍有一片长春藤的叶子凸出在砖墙上。这是藤上末一片叶子。近梗的所在仍带着深碧色，不过那锯齿形的边上做着枯烂的黄色，很勇敢似的在离地二十尺一条藤子上挂着。

琼珊道："这是末一片叶子。我心想夜中一定要落去的。我曾听得风声。这叶子今天定要落去，我可也在同时死了。"

莎依把伊憔悴的面庞靠在枕上，说道："亲爱的，亲爱的！你就不给自己着想，也得为了我想想。我可怎么处？"

但是琼珊并不回答。全世界中最寂寞的事，是在一个灵魂儿预备上那神秘远路的时候，幻想拘束着伊，似乎分外有力，那许多把伊和友谊和尘世缚住的结儿，却一个个放松了。

一天渐渐过去，在黄昏的光线中，伊们仍能见那孤单的长春藤叶子攀住着墙上的藤梗。末后已入夜了，北风又刮起来，那雨仍打在窗上，从那荷兰式矮檐上飞溅下来。

到日光又上时，这无情的琼珊又发下命令，要把那窗帘扯将起来。

那长春藤叶子仍在那边。

琼珊躺着瞧了好久。于是伊才唤莎依，莎依正搅那汽炉上煮着的鸡汁。

琼珊说道："莎娣，我是一个不好的女孩子。怕有甚么神力使那末一片叶子留着，表示我怎样的狠恶。一个人盼望着死也是一重罪案。如今你不妨给我一些鸡汁，加些牛奶和葡萄酒在里头，咦——别忙，且把一柄手镜先授给我，再在身边垫几个枕儿，我要坐起来瞧你烹调。"

一点钟后伊又说道："莎依，我很望将来有一天画那幅南伯尔斯海湾的图。"

那医生在午后到来,他去时,莎依说了句推托的话,即忙赶到客堂中。

医生握住了莎依那只打颤的瘦手,说道:"还有病愈的机会。你倘好好看护伊,定能得手。如今我须得下楼去诊视另外一个病人。培尔曼,是他的名字——我料他也是一个美术家。害的病也是肺炎。他是一个年老软弱的人,来势又很凶猛。他委实已没有甚么希望。只是今天须进医院去,使他舒服一些。"

第二天医生向莎依道:"伊出了险了。你己占得胜利。如今但须调养和着意——那就好了。"

这天午后莎依走近琼珊躺着的床,很满意的缝着一个深蓝色没用的羊毛肩巾,把一条臂挽着琼珊和那几个枕儿。

伊说道:"白鼠子(戏称琼珊),我有话和你说。培尔曼先生为了肺炎病今天在医院中死了。他不过病了两天。第一天早上那看门的见他在楼下的房中,正痛得利害。他的鞋子和衣服都已湿透,又像冰一般冷。他们也不知道他这一个可怕的雨夜中,到底往哪里去的。后来他们寻见一盏灯,依旧点着火,一乘梯子已从原处拽了开去。又瞧见几枝散着的画笔,一块调色的板上调和着绿的黄的两种颜色,——亲爱的,你更向窗外瞧去,瞧那墙上末一片的长春藤叶子。不见外边风虽刮着,那叶子却一动都不动,你瞧了可觉的奇怪么? 唉,亲爱的,这便是培尔曼的杰作——他在那叶落的夜中画成的。"

(原载《礼拜六》第 102 期 1921 年 3 月 26 日出版)

邓南遮　原著

哑儿多多

邓南遮（G. D. Annunzio），生于一八六三年，以小说诗歌戏曲蜚声欧洲，意大利近代第一文豪也。年十六，即刊其第一部诗集，一时有小诗翁之称。后作小说《生命之焰》、《故乡杂事》及戏曲多种，皆精绝，名亦益著。欧洲大战中，氏身历戎行，为飞行队队长，有功。迨阜姆（Fiume）问题起，即以一旅据阜姆，高唱爱国。政府不谓然，以大军平之。遂解甲，去而著书，是亦近世界一奇人也。是篇英名《哑儿多多》（*Toto, the Mute*）为其短篇杰作之一。

他模样儿很不好看，活像是梅依拉山谷中的一头野熊，放到平原上来的。一头漆黑的头发，很蓬乱的拥着他那很肮脏的面庞。两个小眼睛，像长春花一般黄，兀自流转不定。

夏天他在田野中彷徨着，偷摘树上的果子，或采那篱笆上的悬钩子，或拾了石子，去掷那曝日的蜥蜴。他常作短促的嘶呼，好像是苦热的秋天午后，一头猛狗被铁链锁住了，在那里吠叫。又像是襁褓中的婴孩，掉舌作声一般，因为他是哑的，可怜的多多。

强盗们把他的舌子割去了，那时他正在草场中替他的主人看牛。场上种着红苜蓿花和荳花，都是香香的。他一壁吹着一个木风笛，一壁看远处烟云四起，野鸭乱飞。

这当儿是夏日的黄昏时候，那热风把橡树吹动，做成了种种奇怪的模样。那梅依拉山在紫罗兰色的雾中，时隐时现。大盗伊摩洛同着两个党徒，

112

到草场中来，抢多多看守着的一头斑牛。多多没口子的嚷起来，他们便割掉他半截舌子。伊摩洛还向他说道："你这刽子手的儿子，快去把这回事对他们说罢。"

多多颠顿着回到家里，兀自挥动两臂，血浪阵阵，从他口中涌将出来。他侥幸保住了性命，但永远忘不了那大盗伊摩洛。一天他看见伊摩洛铐住了手，由兵士们押解过市，就掷了块石子在伊摩洛背上，大笑着跑开去了。

过了些时，他离了老母，和那橡树下的黄色小屋，在乡中往来徘徊着。赤着一双脚，身上又龌龊，时常挨冻挨饿，受村中孩子们的嘲弄，他便也学成了那种残酷的性质。

有时他躺在阳光中，慢慢地弄死田中捉来的一只蜥蜴，或一只金色的蜻蜓，心中很觉有趣。旁的孩子们倘欺侮他时，他就像野猪见了一群猎狗，放声大叫起来。有一天他竟把一个孩子狠狠的打了一顿，从此以后，大家也不去理他了。

但是米米是爱他的，好一个温柔的小女郎，眼睛很明亮伶俐，一张有雀斑的脸，额上覆着一绺棕黄色的秀发。他们俩第一次相见时，是在圣洛加礼拜堂的穹门下。米米正缩在门角里，吃着一小块面包。多多没东西吃，立在一旁呆瞧，不住的舐嘴唇。

米米抬起那双清明的眼睛来，害羞似的问他道："你可要吃些么？我这里还有一块在着。"多多很高兴的走过去，取了那面包，彼此静着嚼吃。他们的眼睛，却有三四回相接，便微微的笑。

米米低声问道："你从那儿来的？"多多做着手势，表示他不会说话。又张开嘴来，把那一截黑色的舌根给米米瞧。米米很害怕，疾忙回过头去。多多微握他的臂儿，眼中含着泪，似乎要说道："你不要这样对我，求你可怜见我——不要逃开去。"米米听了那种奇怪的声音，打颤起来，当下说了一声再会，便逃去了。

往后他们俩又遇见了，便像兄妹一般。他们同坐在阳光中，多多把头搁在米米的身上，两眼像猫眼般很快乐的闪动。米米将纤指掠着多多的头发，讲一个术士和公主的故事。

米米说着道："有一次有一位国王，他膝下有三个女儿，最小的唤做史蒂玲娜，金丝般的头发，眼光像钻石般明亮。他在街上走时，大家都跪在他跟前说道：'请看这圣母的画像。有一天他在园子里采花，忽见一头美丽的绿鹦鹉，坐在一株树上——'"

多多被这柔婉的声音抚慰着，竟闭上了眼睡过去，梦见那公主史蒂玲娜。一句句的话，缓缓的从米米口中吐出来，一会儿已停住了。阳光浴着那一堆破衣，霍地亮了起来。

他们像这样同过了好几天，向人乞食，睡在树丛里。有时跑过葡萄架，险些儿中了农人的枪弹。

多多很快乐，有时他叫米米骑在肩上，像跑马般跑过水沟树丛和垃圾堆。直跑得满面通红，像一枝红牡丹一般，才在树下或泽地中停住了，格格碟碟地大笑起来。

米米也和着大笑，但他两眼偶然瞧见了多多笑口中的半截黑舌子，在那里动着，就觉得周身打颤，连骨髓中也发出异感来。有时多多自己觉得了，便大半天闷闷不乐。

十月中何等可爱，那棕色的山立在远处，被白色和绿色的背景衬托出来。山头薄笼着紫罗兰色的雾气，上腾天空，渐渐融化成了极柔美的色彩。瞧那一片大海，也似乎和云片合在一起了。

米米半开着嘴唇，正在干草中睡着，多多蹲在一旁。几步外有一堆干芦苇，和两株空干的橄榄树。从那灰色的橄榄叶中间望天，天色益发美丽了。可怜的多多，正在那里想心事。也不知道他想的甚么，可是想那史蒂玲娜公主么，或是想那大盗伊摩洛么，或又是想那橡树下的黄色小屋，和独坐纺织望子不见的老母么。

那一股干草的香味，使多多很觉快乐。便取了一根草，去拨米米的咽喉。米米仍还睡着，只像拂去苍蝇般动了一动。多多退下去，低声的笑，忙把手按在口上，生怕被米米听得了笑声。接着他又跑到山岩上去，采了好多白色的野花，赶回来散在米米四面。便闭上了眼，慢慢地俯将下去，亲了亲米米的嘴唇。

米米受了这接触，便嘤的一声醒了。见多多呆立在那里，脸色绯红，仍还闭着眼，便禁不住大笑道："你好傻。"那声音很清朗，好像吹笛子一样，一会儿却又在草香中睡去了。

一天是十一月中的礼拜日，正午时他们俩又一同在圣洛加礼拜堂的穹门下。那蔚蓝色的晴空中，射下阳光来，将许多屋子都搽上了柔和的金光。礼拜堂中的钟声，很愉快的作响。街中有杂乱的低语声，似乎从一个大蜂房里发出来的。他们俩冷清清的坐着，一面是一条寂寞的路，通往加都，一面是一片新种的田。

多多瞧着那开花的长春藤，正挂在一堵红色的古墙上。米米对自己赤着的脚和破碎的衣服瞧着，悄悄地说道："冬天已来了，雪一下，万物都白。

我们既没有家，又没有火炉，便怎么处。多多，你母亲可是死了么？"多多低下头来，沉吟了半晌。少停，忽的抬起两眼，眼光霍霍的远注在天边。米米忙道："如此你母亲没有死么？他在那边等着你么？"多多做了做手势，分明说不错。接着又似乎在手势中说道："我们快回去，只须到了那边山影之下，就有火烘，有牛奶面包吃了。"

他们一同走去，每见了路边屋子或村庄，总略作停留。但他们常挨着饿，常躺在树丛中，或者躺在人家车下和外舍的门外。可怜米米竟病了，脸色泛作惨白，两眼呆滞，嘴唇没了血色，双脚肿起来，时时流血。多多瞧了他，觉得苦痛万分，只索把自己那件破外衣裹了米米，大半天挟在臂间。

一天晚上，他们连赶了好几里路，不会瞧见一间屋子。地上的积雪，足有一尺多深，雪花还一大片一大片的飞下来，被东北风满地裹刮去。

米米已冻僵了，牙齿捉对儿厮打，像蛇一般攀住了多多不放。他那低弱的呻吟声，快刀似的刺到多多胸中。可怜的多多，他挣扎着向前赶路，觉得米米的心，正贴住自己的心。一会儿甚么都不觉得了，但觉两条小臂紧紧攀住他的脖子，仿佛钢带似的。一个可怜的小头，垂在一旁。

多多惨呼了一声，似乎把胸中一根血管爆断了。于是更紧抱着那不动的米米，向低草场中冒着雪片风片挣扎过去。瞧他的模样，直似一头饿狼，再也不怕甚么。但他全身的筋肉已僵了，血管中的血液也冻结了，一会儿便乏得跌倒在地，胸头还紧紧抱着那个小尸体。

少停，雪花已把他们俩一起遮没了。

（1922 年 8 月 5 日《紫兰花片》第 3 集）

（法国）穆丽士罗士堂　原著

杀

　　近代法兰西文坛上，其以戏曲负盛名者，有爱德孟罗士堂（Edmond Rostand）。《享德格勒》（*Chantecler*）一剧，蜚声欧洲久矣。有子曰穆丽士（Maurice），擅小说家言，亦有声，一时称二难，盖犹百年前之仲马父子焉。斯作英名《我所杀之人》（*The Man I Killed*），言欧洲大战中一轶事。深慨于战时杀人喋血之惨，遂以杀一敌人为有罪，真仁者之言也。今吾国武人肆虐，黩武穷兵无已时，驱全国之父子兄弟，互相残杀，震旦家家，悉沦陷于血海泪河之中。其为祸之惨，实亘古所未有。吾诚愿国人咸一读斯篇，憬然有悟，亟起而作弭兵之运动也。

江浙开战[①]后之第十五日瘦鹃识于紫罗兰庵

　　神父，我已杀死一个人了。这回事早已做下，再也不能改变了。像这样的罪，任是上帝之力，也无法解脱。即使可以补过或忘却，然而终于不能抹去了。这一回可怖的动作，永永存在，再也不能从上帝所写运命的碑上擦抹掉了。

　　我杀死一个人，这一件神秘奥妙的东西，叫做生命，是多忧多虑很脆薄很不可思议的东西，一切科学都不能维持的，仗着名誉能使他不朽，仗着情爱能将他转移，我却在一挥手间把来毁灭了。这几百万分钟所缓缓建设起来的，我在一秒钟间破坏净尽。这凡百人类所力图保存的一件宝物，我竟在

---

① 1924 年 9 月 3 日江浙军阀战争爆发。

116

一秒钟间打消了。

寻常的杀人犯,总得抵偿他所犯的罪。他要是捉拿住了,就得受罪。倘没有拿住,也得苦苦的躲藏。他在世之日,常被危险所逼吓,从此没有一丝生趣。那么也就为了他所做的事,受了惩罚了。牧师先生,然而我却不像那旁的杀人犯。我杀死了一个人,却没有人恫吓我。我杀死了一个人,却自由自在的走开了。

我的罪是无可宽恕的。我一个人都不爱,我也不爱他,因为我是杀死他的。我并不认识他,我也并不为了嫉妒或为了情爱的事杀死他。只为有人对我说:"杀!"我才杀他了,只为那礼拜堂中的钟,鸣着这号令道:"尔当杀。"我才杀了,你礼拜堂中的钟,也是这样鸣着。

我并不恨他,我只瞧见他一次,是第一次,也就是最后的一次。他对我瞧,也只是他最后的一瞧,很勇敢,很凶猛。我觉得他的灵魂似乎超出于语言之上,直穿透了我的灵魂。我永永不能忘却他那最后的一瞧。我至今还没有知道他是表示哪一种意思,是表示临死时的深忧呢,还是为了见我残杀,表示深切的悲悯?

也许是把他这双垂死的眼睛,穿过了现在,瞧到未来,瞧见我未来所受的种种苦痛。每夜总教他惊醒了,不能熟睡。长长的日中,也总被他那最后的一瞧打扰着,不能安贴。

神父,你甚么都已听得了……

我记得那天,我记得那天的日期,那一张脸,在旁的许多脸中显现着,因此别的日期和那一天一比,就觉得黯淡了。那天也不过是秋季的一天,似乎没甚希罕,然而比了别种记忆都觉得明白些。那天是一千九百十五年十月二十二日。

我照常的起身了,天空中没有甚么遮掩,云影像尘埃般浮动着。

先还并没有进行攻击的事,我们刚接到了邮件,然而这都没有关系的。一切事情,却凑集于半点钟中,很短促,很可怕。攻击令已下了,我们从地下的泥窟中爬出来,前去和敌军接触。于是到了那时间,我放枪了。我瞧他跌倒下来,眼见他受着那种自己知道被杀时的惨痛,倒像他的脚边,早就掘好他的坟墓了。当下我便走到他那边去,见他躺着不动,倒在一株不动的树脚下。瞧去很像是另外一株树,连根拔起,僵卧不动了。我不知怎样,近边只有我们两人。旁的人都已赶向前去,在别处肉搏了。但他已瞧见了我,他已知道并不是牺牲在一个流弹之下的……他知道是我施放这一弹的,他在去世以前,便眼睁睁地对我瞧着。这一瞧,时间很短,他那两眼中却包含着无声的哭喊。

这回事发生得很快,很自然。一个人犯了这样最大的罪,却似乎没有甚么关系的。在他跌下去的地方,我瞧见了他姓名的签条,就从他腕上卸下来,加在我的腕上。我自己也不知道为甚么如此,一切事情都像是梦境中的一节,做这梦的也不知是谁。

于是我不一会也受了伤了,失去了知觉。醒回来时,已在亚米恩的病院中。这时期间空空洞洞的,我甚么都不记得咧。

然而我头脑一清醒时,就想到他了。他的脸,像他临死时那么现在我面前一张脸,是他的脸,他那一双灰色的大眼珠,像雾气般嵌在那眼睫的中间,右太阳穴一条蓝色的回血管,直达到他的脑府中。

我们所爱的一人倘失去了,我们苦苦的要把他的脸记在心坎中,往往像流水般一瞥而逝。但是他的脸偏清清楚楚的留在我眼前,也惟有他的姓名,从过去的黑影中涌现出来。此外有好多人的姓名,我所应当记得的,却都模糊不清,仿佛用不旋准的望远镜,望那海中岛屿一般。而在这好多化为乌有的熟姓名中,惟有一个姓名,很孤寂,很惨恻,而又像归罪于我似的,突起在前。这一个姓名即是他的姓名,一刻比一刻的清晰了,就叫做:

欧孟方胡德林。

那一个日期——一个姓名,就把现在的我完全拘管住了。每分钟中,总有这姓名和这日期不住的鸣着,比一切愉快之声都响亮,比一切悲惨之声都深沉:

一千九百十五年十月二十二日!

欧孟方胡德林!

旁的杀人犯,总在事前先知道他杀死的是谁,并且也知道为了甚么杀的。但我事前却不知道杀的是谁,为甚么要杀他。到得我一犯了这罪,就不知怎的竟不能安安静静的过活了。我总要探明他是哪一种人,他又住在哪里的。牧师先生,你听明白了?

但我怎样去探明呢?经过了好多日好多夜好多年的苦痛,我就决意到德意志去,也许他的诞生之地足以助我探明一切……我是一定要知道的,可是我既知道了那死者的姓名,还记得他的声音面貌,而偏偏不知道他是怎样的人。我想到这里,觉得竟不能活着做人了。

神父,你瞧,倘我们的枪弹炮弹和我们的攻击,是在一次无名的混战中施放的,那么这罪不是我们个人的罪,我们不过在国家所犯的大罪恶中,做盲从的杀人者罢了。然而我是明明瞧见他的,他的眼睛曾和我的眼睛互相接触，我曾听得他的哭喊，因此我个人就有了罪了。这并不是一国利用着我服从的手臂，将他杀死，实在是一个人杀死别一个人。那时我尽可停住不放枪，免得犯这不可弥补的罪恶。然而我却不肯停住，我就犯这罪了。我杀死了人，政府中虽奖励我，各国虽赞美我，礼拜堂虽被除我的罪——我却仍是一个罪人。

我原知道他是属于一个敌国的，我也知道要是我不杀死他，他要杀死我的，我也知道我们是奉令作战，彼此像不能相容的星一般……然而我曾瞧见他最后的一瞧，永永不能忘却。我即使可以提出宽恕我罪恶的种种理由来，只是未免侮辱了他。他如今是我一切思想所专注的东西，我挨受一切苦痛，都为了他。在他更是可怜，因为他是被我杀死的啊。

我所得他的唯一线索，便是他的姓名……但我怎能从德意志全国中去探寻他出来呢？我很着力的检查各地的人名地名簿，有一个胡德林，曾在海德堡大学念过书的。可就是他么？此外纽士达也有几个胡德林，德来士屯也有几个胡德林，柏林也有几个胡德林，他又属于哪一处的呢？一天，我决意写一封信，寄与住在柏林的一个高志方胡德林。信中假做说，我在战前曾认识欧孟，很想再和他一见的话。

于是回信来了，那信中说道："欧孟方胡德林是我的侄子，他是我哥哥的儿子。如今我哥哥正和他夫人住在华恩河上的奥白威士村中，他们自儿子死后，便退居乡间了。欧孟是在一千九百十五年十月间在法兰西的铁鹿附近战死的……"

这分明是他了。

这信是写给我的，写给我这杀死他的杀人犯。他也许是一个独生子罢。他们二十多年来所爱护抚养的人，我却在一秒钟间把来毁灭了。这话是真的，爱情无限，痛苦也不分国界。

我便往奥白威士村去了。

神父，我到那村中时，天已入夜了。那大河的两岸，似乎腾着夏季的余炎。我曾瞧见那圣威纳礼拜堂的残址，红石凿成的穹门，似是血染的一般。这里已是奥白威士村了，欧孟一定是常在这里消夏的。他在孩提时，就跪在这圣坛之前，即是我此刻预备祈祷的所在。我在这礼拜堂中逗留了好久，然后走到堂院中去。但我却不能祈祷，另有一个妇人停留很晏，用面幕遮着脸，这多分是他的母亲……

我寻到他们的住屋了，是在森林近边的一带屋子中间，但比别的屋子似乎更暗些，阴森些。有一次我曾在这屋子四周徘徊了好几点钟。

一天黄昏六点钟时,那门开了,一个全黑的人影出来了。他离开门口,似是一大片枯叶,从树上飘落下来似的。伊向着我这边走近,走过时,几乎接触到我了。那两道眉和眼下的黑影,因着那面幕,更觉得浓黑些。瞧那脸的全部,在嘴唇边,现着一种悲悯之状——这正是我那天早上在铁鹿所瞧见的那张脸,这正是他的母亲了。伊缓缓地走着,双手捧着一本祈祷书。伊到哪里去啊?天色差不多暗了,那晚风玩着伊的面幕,瑟瑟地飘动。伊还没有从深忧中回复过来,仍是陷在无底的忧窟里,直把伊磨折得衰弱不堪了。伊正在想念他,我们俩的思想似乎正混合在一起。

　　这里是我们两个人,伊是生他的,我是死他的。伊是他的建造者,我是他的毁灭者。

　　那门随后关上了,伊转向镇中走去。我不知怎的跟随着伊。伊走向礼拜堂,只并不进去,一径走到坟场中。伊在那许多坟墓中间走得很快,这些坟墓好似一排阴冷的小屋,伊分明在这死城的邻近走惯了。我在伊后面跟着,蓦见伊停住了脚跪下地去,抽抽咽咽的哭将起来……

　　一片素净的白石,像一个瘦削的身体般,平卧在那里。四下里围着白杨矮篱,此外没有甚么了。单有一块大理石竖在那里,纪念这阵亡的战士欧孟方胡德林。我立着读那石上的字,这些字已在我灵魂中刻过了一千次了:

欧孟方胡德林

一千八百九十一年——一千九百十五年

　　伊低头哭着,伊的眼泪流入黑夜之中。这里似乎正流着天下慈母的眼泪,不问甚么地方,不问甚么时期,似乎把伊们所流的眼泪,都荟集在这一个慈母的眼泪中,落在这冷寂的坟墓上。时在静夜,地在僻处,又有那杀人的人在一旁瞧着。

　　伊先还没有瞧见我,直到转身出去时,才瞧见我了。伊的面上陡的起了一种奇怪的神情,多分是为了受苦已深,不能再有甚么惊动伊了。伊似乎向我走近了些,接着便低声问我道:"你认识他么?"

　　我撒谎回了一声:"是的。"我便和伊结识,我直打到伊忧郁的中心了。

　　伊又喃喃问道:"你认识他么?"我这杀人犯便又回了一声:"是的。"我不是当真认识他么?除了他母亲以外,还有谁把他的脸刻在心坎上,比我更深呢?伊瞧他生,我瞧他死。我曾杀死一个人了,撒谎又打甚么紧?当下我便说,他曾到过海德堡,我也曾到过那边,就在那里遇见他的。我借着这撒谎做了幌子,便入到欧孟方胡德林的屋中。

　　神父,这几个礼拜中的生活,没有甚么可以描写的了。我是一个生客,是一个仇人，但他们却不管，只当我是他们儿子的朋友。我是认识他们儿子的。

他们依恋着我，似乎依恋他们青年的儿子。我简直变成他们生活中的一部分了。

我从没有见过那种深刻的隐忧，像表示在他父亲脸上一样的。他的模样儿，很像是那文豪老贵推，蓬乱的白发，拥着他黯淡的脸面，像是加上了一个框子一般。我从没见他那双清明的大眼睛中，有过一滴眼泪。然而他除了诉说积忧以外，竟没有别的话可说。他屡次对我说，如何接到那恶耗的电报，但从不曾提起那死的日期，便是他夫人也绝口不提。

他们老夫妇俩似乎要隐瞒着这个日期，年年此日，就由他们俩作深切的悲悼。但他们总不住的讲起欧孟，更讲起欧孟的少年时代。欧孟是很爱音乐的，喜弄繁华令①，自他死后，便没有人去动他的繁华令。他们二老也不忍再听音乐，每逢假期，总把窗子关上了。

老亨士加士伯喃喃说道："你还没有知道他何等的爱音乐咧。他是何等的爱着，每天黄昏时，他母亲和我往往坐在这里，他便弄着繁华令，奏一曲穆石儿氏的乐曲。十分神妙，真足以打动人的心弦……"

神父，我永永忘不了亨士加士伯说话时的那张老脸咧。任是一切名誉、一切荣光、一切事业足以使历史增光的，比了这一张痛苦无限而不肯哭的老脸，都算不得一回事。

亨士加士伯逐渐逐渐的亲近我，端为我说是认识他的儿子，就像有一个结儿般把我们俩缚在一起了。并且我的年纪，也足以使他记起自己的儿子。我们每在奥白威士花园中散步时，阳光照在我们背后，我的影儿很像是欧孟的影儿，我简直在他的死影中走着。

于是我便都知道他的一切事了。神父，那亨士加士伯在忧郁中虽很见得柔和，但我觉得这老人也正恨着法兰西。他那衰老的身体中，正有一种国家的骄傲心和隐忍不发的仇恨心，在那里活动着。有时往往暴露出来，即忙制抑住了。但在愤激放言时，听去很可明白。我既知道了亨士加士伯有这种敌忾之心，便料知他老人家要是在欧孟的年纪，那一定也要冷冷地荷枪出战。我所杀死的，可就是他了。

神父，我对你说，欧孟的父亲和母亲，从没有和我说起他的死日，他们兀自隐藏起来，藏在他们的心坎中。一天，正在十月之末，我到他们的屋中去。

---

① 繁华令：指小提琴。

他们二老本来惯常在楼下面园的一室中会见我的,今天却不在那里。欧孟的母亲惯常坐在那大藤椅中,听伊侄女安琪丽嘉高芙曼朗朗读书的,今天这藤椅也空着,安琪丽嘉也不在那里。伊是一个金发白脸的小女郎,瞧去很柔弱,却又很强健的。我觉得伊在这莱因河一带梦境似的地方,很像是故事中伤心的嘉绿德女郎。

我迟疑了一会,不知怎样才好。在客堂中等了几分钟,却见安琪丽嘉高芙曼出来了。

我从没有见过伊的模样儿是如此的,一张嫩脸,白如黎花,倒像跑得太急了似的。伊靠在门边的墙上,立一立稳,身上穿一件黑色的绒布衣,把伊的脸色衬托得益发白了。

伊立住了,一见我似乎很讶异,伊的态度上又似乎表示一种处女的羞涩,大凡女孩子在这快要成年的当儿,总是这样的。然而在伊的四周,却总腾着一派阴沉的死气。

我记得曾听他们二老说起过,伊快要嫁与欧孟了,伊是他的未婚妻。

如此,伊也是一个牺牲者啊。但那重重忧恨,虽像书尾一个"终"字般,把亨士加士伯夫妇俩的余年断送了。在安琪丽嘉却不是如此,可是伊正在妙年,不能常在沉郁的回想中讨生活,伊已渐渐儿的把那愁绮恨罗割绝了。

当下伊似乎道歉般向我低低的说道:"他们都在楼上,正在欧孟的房间中读他的信。"

伊导我上去见他们,一壁说道:"他们本要瞧你。"说着,把那门开了。

这是他的房间,瞧了他的坟墓,倒没有如此难受,可是坟墓不过诉说他的死罢了。这房间却诉说他的在世之日,诉说他那快乐的儿童时代,不道他刚才出了这儿童时代,就给我杀死了。那时美丽的落日,正放着一道最后的光,照在那狭小的床上,瞧去仿佛他昨夜曾在这里睡过似的。我这时的感觉,真觉得那战场再可怖没有了。

亨士加士伯正在他夫人近旁立着,中间有一张矮桌,放着几张纸。我很想偷瞧一下,因为我不知道他的字迹是怎样的。我记得他最后无声的哭喊,记得他眼中的神情,又记得他脸上的惨白色,然而我却不知道他的字迹。那哭喊之声似乎正凝注在这信纸上,还遗留着他语言的骨骼……

亨士加士伯忙把那些信纸用手遮住了,分明不给我的眼光瞧到。这当儿我第一次见他在那里哭咧。只为要掩过他的软弱,那眼泪浴着的脸上,反见得凶狠了。他平日常很柔和的对我瞧,此刻却把很暴的眼光和我接触。我走到他面前,他才唤我坐下。

他夫人说道："他要重读欧孟的遗书，因此上又使他伤心咧。"

亨士加士伯在房间中往来踱着，开口说道："这真难受得很。我读了他的信，仿佛他仍在这里，和我们讲话……然而甚么都没有了，甚么都没有了！你不能明白是怎么一回事，你可也猜想不到的。那可怕的死的感觉，常要回来。我们没有再和他见过面，也没有向他说一声再会，死神竟把他召了去了。我们并且也不知道他死的情形，我们有一个儿子，我们都爱他的，然而不曾见他的死。"

亨士加士伯说得渐渐暴烈起来，似乎要借着这很暴的口吻，忘却他心中的忧闷。

他又说道："我们不曾见他的死，因为他好久没有信来。正在讶异，正在担心，但我们并不疑到他死了。直到后来方始知道，你可知为甚么？就为了我们的儿子死在远地，我们并不知道啊。听说那天是二十二日……"

亨士加士伯先前从不提起那日期，如今正要说出来了。我却不知怎的起了一种异感，不由得喃喃说道："一千九百十五年十月二十二日。"

亨士加士伯斗的现出一派惊怖之色，他夫人的脸上也变了色了。

他嚷着道："你怎么知道这日期的？除了安琪丽嘉，我们并没告知旁的人。"我向四下里一望，两眼便着在安琪丽嘉脸上，颤着音撒谎道："伊和我说的。"

安琪丽嘉垂下妙目去，表示不反对，我便觉得伊不会卖我了。

亨士加士伯又问道："但你怎么还记得这日期？"

我答道："因为我太爱欧孟之故，所以不能忘怀了。"

亨士加士伯听得我这样说明之后，便放心了些，说道："请恕我，这些信，竟把过去的一切事情全都唤回来了。你虽是从那夺去我儿子的国中来的，然而你却比旁的人温柔仁厚得多。况且在这边界的那一面，也正有千万个父亲和母亲，远远望着这里无数的人面中，要找寻一个德意志的杀人犯。双方父母心，都是一样……我真错误了，请恕我。如今你快要去了，待我给你些可以纪念欧孟的东西。这东西也足以表示我们的爱和感激，并足以使你瞧了记得我们的。"

他走到床边去，我瞧那床，竟像是活着的一样。在这床铺上面的墙上，似是一个木制的心一般，挂着欧孟的那只繁华令。他在这奥白威士村中幽静的黄昏时候，往往奏着曲，他的头贴在那金黄色的木上，指儿悄悄地按在琴弦上。当下我即忙做一个手势止住老人取下来，叵耐亨士加士伯却不做理会，接着对我说道："没有甚么人触动过这繁华令，我就送给你了。"

神父，我可怎么办呢？我怎能收下这个礼物，在我觉得把欧孟的心托在手中呢？这时我心中的异感，已现在脸上，亨士加士伯却误会了这是我感激的表示。唉，如今我竟带着他们儿子的心回法兰西去……神父，这当儿正可招供一切，掏出我的心来，使他们知道我所受的苦痛，正和他们相等。我应当跪在地上嚷着道："请恨我，杀死我！我即是杀你们儿子的杀人犯！"

神父，但我可不敢啊！我并不是害怕，只是不敢使这被苦痛压倒了的二老，再加上一重新忧新恨。这时安琪丽嘉已出室而去，我们都立近门口。亨士加士伯手中拿着灯，先走出去了。老夫人却留住了我，将门关上，又听那亨士加士伯重重的脚步声在客堂中没去了，伊才说道："我有几句话要和你说。"

胡德林老夫人脸色白白的，似乎要做出甚么很关重要的事情来。我回想到我们第一次遇见时，我就仗着一句撒谎，使伊老人家推心相与。我自己原知道为了甚么事来的，如今使他们这样依赖我，把我装在他们空洞的心坎中，反使我觉得又犯了一重罪，比先前更为可恶，更不可恕。可是我实是应当受他们切齿痛恨的，如今却反消受了他们无穷的推爱。

胡德林老夫人对我说道："我丈夫那么很粗暴的对你说话，使我很为抱歉。"

我忙道："他并不是有意使我受不下的，但瞧他过了一会，又何等的加爱于我。"

老夫人道："他不过是给你一个暗证，表示我们的爱罢了。便是我，也要另外给你一个暗证。第一层，自欧孟死后，你还是第一个生客入到我们的屋中来。可巧这生客偏又是欧孟的朋友，你认识他，也许你很爱他的……

"你还不知道你此来于我们有何等的关系咧。欧孟在冥冥之中要是不以为忤的，我还得说你简直把他的生命和青年的精神带了些回来。自你来后，觉得这屋中也不像先前荒凉了。要是欧孟在地下瞧得见我们的，那一定要感激你加惠于我们呢。

"我原知道你是属于我们所交战的外国的，但是一个人倘能掏心相示，就觉得国际之分，没有甚么出入。我委实很愿亲近那些失去儿子的法兰西母亲，比了没有失去儿子的本国德意志母亲，着实要亲近一些。

"我心中的忧闷很深，我只有一个意愿，就愿你爱我欧孟。我要你知道他毕竟是怎样一个人，如此便能使你益发和他亲近些了。"

"亨士加士伯委实并不知道欧孟是怎样的感想，其实他老人家也不愿知道。他是属于上一代的人，他的思想近于激烈，欧孟却不像他。先生，我倘对你说欧孟并不像旁的德意志人，怕你听了也要感动，委实说，欧孟方胡德林是并不恨法兰西的。"

我心中起了一阵恐怖之念，忙问道："他并不恨法兰西么？"

老夫人又接下去说道："不！欧孟并不恨法兰西或别的哪一国。当你在海德堡认识他时，他还是一个孩子，一切思想，都不是他自己心中发出来的，不过接受教育指授他的意见罢了。但到了大战以前的几年中，他竟划然脱去，已知道了他自己的心。世上怕没有人比他更痛恶战争的了，对于战争的恐怖，怕也没有人比他瞧得更清楚的了。他从军出去，因为是不能不去，必须服从他的父亲。我瞧他的模样，只是怀着那悲天悯人之念，只是暗暗反对这人类相残的大罪恶。

"欧孟瞧一切人类都像是兄弟一般。他以为现今那些杀人的战士，在后代一定要被人瞧得和杀戮异教时代的凶汉一般可怕。他这种思想，不敢写信告知他父亲，因为他知道亨士加士伯的国际思想是极深的。但他在写给我的信中，却十次百次的表示他反对战争的感想，他十百次的反抗那磨牙吮血的偶像，他十百次的惧怕那断脰沥血的杀戮。

"瞧他对于战场上无谓的破坏，是怎样的说法。他又痛论那大家不能谅解之祸，竟使人类互相残杀，所得的是甚么利益！他们却都没有知道，倘你当真要知道他的为人，当真要爱他，那你必须一读这些信。

"他战死以前的一个月光景，他信中说道：'我瞧见那边几尺地以外的那些人，正挨着痛苦——他们当真是我的敌人么？不是很像我的兄弟辈么？'又道，'那些人不知道自己为甚么生，为甚么死，并且也不知道他们为甚么相杀。'你再读到被杀前两礼拜的这封信：'这里四面的国土，和我们的也没有甚么分别。唉，最亲爱的母亲，你和我的中间，都有这么一个深渊隔开着，却有这么一堵人墙遮掩着，我以为再也不能寻到你了。只须我能逃去这一座可恨的杀人机械，因为我正在这里勉强做他的傀儡。只须我能停止再做这杀人不眨眼的刽子手，因为所杀的都是些无辜的人民。'

"你瞧他再三说到'杀人的可怕'，'杀人的恐怖'，'取人的性命应负何等的责任'，有一处他还说'我宁可被人杀死，却不愿杀人'，我不知道这样的信如何能逃过军中检查员举发的。有一次他来信说'我要是独自一人和那一个所谓敌人的遇见了，我觉得自己决不能杀死他，我自知决不能若无其事的杀死别一个人类。'"

我听到这里，禁不住嘶声喊了一声。可是我不但杀死一个普通的人——实是杀死了一个和我有同样精神的人了。那天早上在铁鹿杀死的，正是我自己的青春，连带把一切梦想、一切问题和一切烦恼都结束了。

胡德林夫人又接着说道："你瞧，你当真能爱他的。他不像旁的人一般，是你的仇敌。"

这句话伊分明是安慰我的，分明把止痛的药敷在我伤口上的。然而我这痛苦更觉难受了。

不问有甚么距离，不问有甚么疆界，总之我已杀死了我的兄弟，杀死了我所最亲爱的人。我如今到他的房间中来，立在他的床前，本来他昨夜可以睡在这床上的。就是这个房间中，也处处觉得伊人宛在。唉！神父，这真太使人难堪了！我把我的头埋在他那空床上时，不知他可曾听得我心中的哭声么？

我哭着道："欧孟，我的兄弟，请恕我，请恕我！请恕我为了事前没有觉悟之故，请恕我把你从日光之中暖星之下和阳光所照的波上，生生的劫夺了去——我是一个服从命令的疯子。请恕我把你的眼睛掩上了，使你不能回眼一看。然而可没有人比我更爱你的了。亲爱的同伴，你的脸，直须等到我在世最后的一天，方始和我分开。我可没有一点钟，没有一分一秒，不是为了你挨着苦痛。自你死后，我这所过的生活，委实比了死更难受咧。"

当下我便逃了，逃出这寂静的屋子了。一阵风从莱因河上吹来，我兀自逃去，不敢回头，也不回答露易瑟方胡德林老夫人的呼唤。我逃了，独自很恐怖的逃了，心口却紧紧的抱着那只繁华令。

我回到那小客寓的卧室中时，天已入晚了。末后我便独坐室中，开了窗，呼吸夜气。我这火热的头，倾向着夜风，于是我想起那繁华令了，便提了起来奏一曲穆石儿的乐曲。这是欧孟所爱的，一节一节的记将起来，仿佛是欧孟的灵魂寄在那里，永永不去。然而这牺牲者的繁华令，简直在杀人犯的手指下呜咽了。

蓦地里门开了，我很怕再见亨士加士伯的阔额和露易瑟方胡德林那双含忧的眼睛，只是来的却是安琪丽嘉高芙曼。伊仍是穿着黑衣，眼中仍带着悲凉之色。

伊说道："你为甚么这样跑了？我们到处找寻你，姑母和姑丈很为不快，你定须回去……"

伊说得很迟缓，又似乎很诧异的。伊的妙目，简直像闭着一般。这黯淡的房间中，衬托着伊那白白的脸色，倒像突然来了一道明光似的。那只繁华令，仍还握在我的手中。

我喃喃说道："安琪丽嘉，我永远——永远不回去了。"

于是我又像独自在室中般奏那繁华令了。仍奏着欧孟所爱的乐曲,他的灵魂,似乎在里边颤动着。他的灵魂很为高洁,是反对流血,反对杀人,反对屠戮的……那时安琪丽嘉闭着眼,过去的影事,仿佛涌现在眼前了。伊便向着我走近些,一股热热的空气,罩着我们两人。我陡的停了手,那繁华令便瑟的掉在床上了。

　　我又说道:"安琪丽嘉,我永远不去了。你无论对他们怎样说都好,说我忽地召回法兰西去了,说我忽地病了,任你怎样说就是。总之我不能去。不!我不能去!我决不能再在欧孟方胡德林的影中走着。"

　　伊觉得我的话是最后的话了。乐声停后,伊也渐渐恢复了神志,便向着那门缓步走去。瞧伊那种妙年的愁态,真好似甚么繁华的省分,已被得胜之国把伊的中心占据去了。伊快要出去时,忽又被好奇心挽了回来,柔声问道:"你怎么知道他死的日期?可是我并没有告诉过你啊!"

　　我对伊瞧着,一声儿不言语。伊在我眼中,也就知道了实情,立时把伊的妙目下注了。我最后瞧见伊的玉容之上,分明表现出一种又爱又慕又恐怖的神情。

　　神父,如今甚么都完了。我永永不再见亨士加士伯,不再见露易瑟方胡德林,不再见欧孟的坟墓,也不再见他坟场中的树木。神父,请给我祈祷,求和平之神降临在我的身上。我要去杀死一个人,凡是人类都有这权利可以杀死的,便是他自己。

（原载《半月》第 4 卷第 1 号 1924 年 12 月 11 日出版）

（葡萄芽）蒯洛士　原著

宝　藏

葡萄芽小说殊不多见，此作为彼邦名小说家蒯洛士氏（Eeade Queiroz）所撰，英国某文学周刊译载之。用意诚善，可以戒贪妄。而其文字之懿美，亦深可玩味。亟为移译，以饷《半月》读者。顾吾不文，愧未能尽原作之长也。鹃附识。

（一）

梅德来诺贵家的三兄弟：鲁伊、嘉南和洛士太白，是三个最寒酸的绅士，也是亚士多利国中最穷苦的贵家子。

他们那所幽静的梅德来诺堡，常受山风狂吹，差不多将一片片的瓦、一块块的玻璃，全都吹去了。冬天的晚上，兄弟三人往往裹着山羊皮，在厨房中往来踱步。把他们着敝了的皮鞋底，在大壁炉前敲击着。但这炉中久已烟销火灭，去那榾柮火爆铁壶水沸的时期，已好久好久了。

黄昏时候，他们吞了一片抹着葱的棕色面包下去，就走过了那积雪的院子，去睡在马房中，靠近他们三头瘦马取暖。可怜那三头马只是咬着空槽，正和他们的主人一样饥饿。

他们发见那宝藏，却在春季。那天是礼拜日一个静静的早上。那三头马吃着四月中的新草，兄弟们在树林中旁皇着，瞧有甚么野味没有，一壁采那橡树四面的鲜菌。无意中却在一丛荆棘之内，发现了一个洞。洞中有一只箱子，锁眼里插着三个钥匙，一动都没有动，仿佛有炮台保卫着的一般。沿边有一首阿拉伯的诗，字已锈坏。开出来瞧时，却见装得满满的全是金币。

他们最初的惊异和快乐既过去了，那三个贵人都变得脸如白蜡。接着各自伸手到金币中去掏摸，忽又放声大笑起来，直笑得树上的嫩叶，也瑟瑟地颤动。蓦地里却各自退下一步，很猜疑的怒目相视。嘉南和洛士太白都将手放在腰带上去，握住他们的大刀子。那胖大而红发的鲁伊，是三人中最狡猾的。忽像法官般举起双手来，说这宝藏是上帝或魔鬼所赐的，就属于他们三人。应当用秤来秤这金币，严格的均分一下。但他们既不能把这重重的箱子运上山顶的堡中去，夜中就这样把宝藏留在树林里，又觉得放心不下。于是提议由那身体最轻捷的嘉南，赶往邻近的黎托铁霍村去，买三只大皮袋、三斗燕麦、三个肉馒首和三瓶酒。酒和肉馒首是给他们自己吃的，可是自昨夜以来，他们都不曾进食。那燕麦是喂马的。到得人马俱饱之后，他们便可在这没有月的夜中很安全的携着一袋袋金币，得意洋洋的上梅德来诺堡中去。

洛士太白嚷道："这法儿想得很好。"此人头发很长，身材也高高的，高出松树的梢头。满嘴脸都是须子，从那两个血红的眸子起，直垂到腰带的扣子上。

但那嘉南却皱着眉，很怀疑的不肯离那金箱一步。他搔着鹤颈般的长脖子，暴声说道："兄弟，这箱子有三个钥匙。待把我名下的钥匙在锁眼中锁上，就给我带了去。"洛士太白也大声道："我也要我的钥匙。"鲁伊也表示同意，说大家既是这金箱的主人，那当然各有保持钥匙的权利。于是三人都悄没声儿的蹲在金箱之前，紧紧的把锁儿锁上了。嘉南放下了心，霍的跳上马背，从榆树丛中扬长而去。一壁唱着一支悲壮的曲儿。

（二）

在那丛树中间的空地上，有山泉从岩石上泻下来，泻上山洼，汇成了一片清澈的水池。池旁一株桷树的影下，有一段花岗石的断柱，掉在那里已经很久，长满了青苔。鲁伊和洛士太白便一同走去，在这石柱上坐下，拔出他们的大刀来，放在膝盖上。他们的马正在吃草，草中还生着杯花和罂粟花，

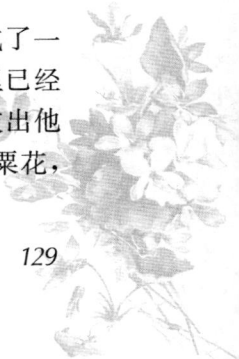

何等的鲜美可爱！一头山鸟，在树中嘘嘘地低唱着。紫罗兰的浮香，把那暖和的空气也搅得甘芳了。洛士太白对那阳光瞧着，觉得肚子很饿，欠伸了一下。

鲁伊已脱下了帽子，抚摩着那帽上的紫色旧羽，静静的说："嘉南先前本不愿意同他们到这绿克兰森林中来的。不幸他后来却变了主意，竟一同来了。要是嘉南留在梅德来诺，那么只有他们二人发见金箱，彼此便可各得一半。唉，这真是可惜得很。"接着他又嚷道："呀！洛士太白，洛士太白，要是嘉南一个人走过这里，寻见了藏金，洛士太白，他也未必肯分给我们啊。"

洛士太白在他厚厚的须子里含怒咕哝着，答道："不，不！他决不肯分给我们的。嘉南这厮，向来很吝啬。不记得去年他在佛士拿赢了刀匠们一百个都开，我问他借三都开买一件紧身衣，他不是不肯么？"鲁伊眼中一亮道："你还记得么？"

两个都从石柱上站起身来，似乎他们心中已得了个新主意。鲁伊又道："这些金币应当归于我们俩的。在他又有甚么用呢？你不听得他夜夜不住的咳嗽么？他那草床四面的石上，全是他吐的血，连这石块都变得黑了。洛士太白，我瞧他决不能活到初雪，而在这时期间，却要给他平白地花费许多大好的金钱。我们多了这笔钱，便可重建故堡，买宝马，买武具，买贵人的服装。又可使四方宾客，都来趋奉，才配了我们梅德来诺故家的身分。"洛士太白大笑说道："如此就给他今天死罢。"鲁伊道："你愿意么？"说着，抓住了他弟弟的臂，指点那榆树丛中的一条小径，先前嘉南正从这儿歌唱远去的。他说道："去此略远，在这小径的一旁，有一个很好的所在，正隐在丛树之中。洛士太白，你是一个最精壮最敏捷的人，这回事就由你办罢。你须得觑中了他的背，刺将过去。这也是上帝的意思，须由你干。可是嘉南平日常在酒店中称你是猪，是蠢物，因为你不读书不写字不知算数之故。"洛士太白嚼齿骂道："恶徒！"

他们穿过了荆棘丛中，接近那条石砌的小径。洛士太白蹲在沟里，横刀等着。一阵轻风，吹动山坡上榆树的叶子，将黎托铁霍村方面歌唱的回声，也吹送了过来。鲁伊捋着须子，瞧着阳光计算钟点。此时斜阳一抹，已向山中渐渐下去了。有一队乌鸦，在他们头上噪着。洛士太白闲闲的瞧乌鸦飞过，又饿得连连呵欠，很焦急的等嘉南带了酒和肉馒首回来。

听着他终于回来了，嘉南嘶哑和悲壮的歌声，早又从这小径上面的树丛中送来。鲁伊低声问洛士太白道："等他走过时，刺在他的肋下。"一会儿便听得马蹄得得，在石径上响着。那阔边帽上的红羽，已在树罅中瞧见了。

洛士太白排开了矮树,握着长刀,把臂儿伸将出去,雪亮的刀锋,立时刺入嘉南的胸中。他从马鞍上翻了个身,呻吟着跌下马来。鲁伊早就飞一般赶到马前,洛士太白瞧着那喘息未绝的嘉南,又照准他胸口和咽喉上刺了两下,才把他结果了。鲁伊嚷着道:"那钥匙呢?"他们从死人怀中搜得了钥匙,就匆匆地赶下山坡去。洛士太白帽上的羽毛已弯曲了,他把那凶刀挟在臂下,飞奔前去。嘴腔里兀自觉得血腥气,直使他打颤起来。鲁伊跟着过来,用力拖那马头。但那马却挺立着不动,露出黄色的长牙来,似乎不愿离开他陈尸在地的故主。

鲁伊把刀尖刺着马腹,提着刀,像追摩亚蛮人般,在马后追赶着。才到了那树阴下的空地上,这时斜阳已下,再也没有阳光烘染树叶了。洛士太白抛下了帽子和刀子,卷起两袖,伏在石上,悄悄地掬了泉水,洗他的脸和须子。

这时那马已在旁边吃草了,背上还重重的负着嘉南带回来的袋子。有一只袋中,露出两个酒瓶的瓶颈来。鲁伊却缓缓地拔出他的阔刀。悄没声儿的沿着草地溜去,溜到洛士太白伏着的池旁。洛士太白水浸了须子,正在重重的呼吸。鲁伊便像在园子里树甚么椿子般,把他的刀全个儿插在洛士太白阔大的背中。

洛士太白一声儿不响的跌了下去,脸没在水中,长发都浮在水上,他的一只旧皮袋还垂在一旁。鲁伊为了要他的钥匙,便把他身体扶了起来。只见血如泉涌,沿着池上的石沿淌开去了。

(三)

如今那三个钥匙都归他一人所有了。鲁伊立住了脚,展开两臂很快乐的呼吸着。心想不到夜分,他就可牵着三头马,满驮黄金,沿了山径走上梅德来诺堡中去,把这些金币,都藏在地窖中。而这里池旁,和那边短树之下,只有无名的尸骨,长埋在十二月的大雪之下。他一人却可独做梅德来诺堡的贵主了。他在新堡的礼拜堂中,可以大做弥撒,超度他两个弟弟的亡魂。死又打甚么紧,譬如那些人去抵御土耳其人,也一样要死的。

他开了那金箱抓了一握金币,在石上试验着,分明都是纯金,如今完全是他的了。接着他又察看那嘉南马背上的袋子,见一袋中放着两瓶酒和一头很肥壮的燔瓶鸡,他顿觉非常的饥饿起来。可是这一天他并没进食,只吃了一条鱼干。至于这阉鸡,更好久没有尝过了。

他很兴头的在草上坐了下来,两腿中间,放着那头美味的阉鸡,旁边又有那琥珀色的美酒。咦,嘉南真是个善于调度的人。他还记得带了些橄榄来,但是三个人怎么只有两瓶酒呢? 鲁伊一壁想,一壁撕了一翼阉鸡,大口的吞咽下去。

这当儿夜色渐上,如入软梦。天空中散着玫瑰色的小云。树外的山坡上,有乌鸦结队争噪。那三匹马已吃饱了肚子,垂倒了头,打着瞌睡。泉水渐渐低唱,正浴着那亡弟之尸。鲁伊擎起酒瓶来,就亮光中瞧时,见那美丽的酒色分明很陈了。非有三个金币一定买不到的。呀,好可爱的酒啊! 顿使血液中暖和了。他喝完了一瓶,将空瓶抛开,又旋开了第二瓶的塞子,预备再喝一个畅快。但是嘴到瓶口,却停住了不喝。心想带着宝藏上山去,是要些气力,又须小心些的,不能多喝,酒醉了可不是顽。当下他靠在石上,想到梅德来诺古堡上已盖满了新瓦。严风雪霰之夜,壁炉中活火熊熊,何等的温暖! 他又想到那锦衾绣褥的钿床和玉貌花容的妇人。

树下的黑影更深了,他忽然急急的想把金币装入袋中。于是先把一匹马牵在那金箱旁边,取出一握金币来。谁知正在这当儿,他猛觉得身中起了剧变,举起双手来,去抓他的胸口。那金币豁琅琅掉在地上。

鲁伊,这是怎么一回事? 呀,天哪! 这分明是一抹火焰,一抹活火,烧着他的心,又跳上他的咽喉来了。他撕着身上的紧身衣,一头喘息,一头颠簸,舌子烧得怪痛,不住抹去那一颗颗的大汗珠。这汗也可怕,竟颗颗冰冷,像雪珠一般。呀! 火焰,更烧得厉害了,直要把他吞噬下去。他嚷着道:"救命,有人! 嘉南! 洛士太白!"

他把那扭曲的两臂狂击着空气,里面的火更怒烧起来。他觉得骨节都格格地响着,仿佛屋中的木板都烧着了似的。他踉踉跄跄的赶到池边,要扑灭这身中的火焰,他却在洛士太白尸身上绊跌了。把两膝拖过去,达到水中,口中不住的呐喊。指爪儿抓着岩石,掬了那小小的泉流,洗他的眼睛和头发,但那水也烧着他了。他躺倒在草上,抓住了一大握草,没命的咬着,吸那草中的鲜汁,水沫在须子上淌下来。鲁伊突出了两眼,陡的明白过来,脱口呼道:"毒——毒!"

唉,鲁伊,狡猾的人,这正是毒啊! 因为先前嘉南往黎托铁霍村去时,还没有买食物,先就赶到大礼拜堂后面一条小街中。那边有一个犹太老药师卖了毒药给他,和在酒中。他打算毒死了兄弟二人,独得宝藏。

天已入夜了,那鸦队中有两头乌鸦,早飞到嘉南尸身上来。泉流低唱,浴着另一个尸身。而鲁伊的脸躺在黯碧的草中,已变做黑色了。一颗小星,在天上闪闪地亮着。

那宝藏仍在那里,仍在绿克兰森林中。

（原载《半月》第 4 卷第 10 号 1925 年 5 月 7 日出版）

（瑞典）赖格罗芙① 原著

登天之路

　　雪尔梅赖格罗芙（Selma Lagerlof），为瑞典著名女小说家。曾得努培尔②奖金，全欧文家多推重之。盖以女子而得此奖，为难能可贵也。斯篇富有含蓄，为其短篇杰作之一。

　　一连好几年，那陆军少佐的夫人主持着一所公共的住屋。那老大佐裴伦克洛，就住在伊克白这所屋中的一部分。这部分便是供给骑兵中人居住的。自少佐夫人死后，那骑兵们快乐的生活也完了，老大佐便住到罗文湖南岸一所田舍中去。他在楼上住了两间房，那较大的一间，通入小些的一间中。这田舍中人都住在楼下，便给老大佐完全占住了一层楼面。他在这里过活，直到七十五岁，也并不雇用一个下人侍奉他。他那房间收拾得很整齐，一日三餐，都自己料理，便是他那匹马，也由自己喂养的。他说，这些事情，都足以助他消磨光阴。其实他也太穷了，无力雇用甚么下人。他整日价兀自忙着，只为手头事情太多，忙得不可开交。

　　老大佐在他的起居室中，织起一条很奇怪的地毯来。近边教堂中人都纷纷议论，暗暗诧异。这地毯并不是在织机上织的，却把一条条的线从这边墙上绊到那边墙上。人家入到室中时，仿佛投在一个绝大的蜘蛛网中。大佐往往在这些织得很巧的线条中间往来走动，东也绊一条线，西也绊一条

---

　　① 今译为拉格洛夫女士。
　　② 努培尔：今译为诺贝尔。

线,又选择配合得当的颜色。这地毯要是完全织成,直可比得上古时甘达哈和蒲加拉的地毯一样美丽。但他老人家工作很迟慢,忙了好久,还织不到两方尺。

老大佐睡在里房一张小帆布床上,这床他曾在德国出征抵敌拿破仑时用的。室中的器物,也陈饰得不错。有一夜夏夜,老大佐正睡在这房中,忽被楼梯上一阵很重的脚步声惊醒过来。就那蒙暗的天色瞧去,分明是已近夜半了,他心中想道:"这班农人真很奇怪,怎么从不知道那外边的门锁上的。"老大佐原是个很有秩序的人,平日间曾因农人们不锁门就去安睡,常加责骂。今晚大约又不曾锁门,才使那不速之客闯到屋中来了。听他的脚步声响,决不是偷儿,也决不是喝醉了酒的酒徒,来胡乱投宿的。

老大佐听着那脚步之声,以为总是上顶楼去的。谁知并不上顶楼,却正向着他的房门咯噔咯噔走来。一会儿又听得门上的钥眼中,钥匙转动了。大佐又暗暗想道:"你要开我的房门,尽你去试罢。估量你总也闯不进来。"原来他老人家在临睡时,早把房门下了锁上了键了。也为的楼下农人们过于大意,所以他是很仔细的。然而说也奇怪,那来客竟很容易的开了房门,入到起居室中。但那未完工的地毯,线条纵横,室中又半暗,没有灯光,一路摸索,实是很难行走的。

老大佐又自语道:"如今这恶徒定然是缠住在那地毯的线条中,怕要把我的工作弄坏了。"他预备跳下床来,把那人撵下楼去。不道正在这当儿,却听得那脚步声已向着房门过来,步步停匀,好像兵士进行的步伐一般。大佐望着门,明明见门上上着键,当下便又自言自语道:"好了,无论如何,你再也不能前进一步了你——"他还没有说完,蓦见那门呀的开了,"砰"的撞在墙上,似是被甚么大风吹开似的。

老大佐坐直在床上,放着发号令的声音,鸣雷般问道:"哪一个?"那来客把脚拍的并在一起,又有钢铁磨击之声,似乎拔出兵器来的样子,接着放声答道:"大佐,来的是死神。"听这答话的声音,也异乎寻常,既不像是人类,却也不觉得阴惨可怕。在大佐听去,似是从风琴上或旁的大乐器上发出来的。听那声调很为严肃,细味时却又和谐可听。他的灵魂中倒不由得充满了一种渴望,望自己也能入到这好声所发的境域里去。

老大佐扯开了衬衣,准备着有快刀刺上心来,口中一壁说道:"快快了却这回事罢。"但那来客却并不下手,只答道:"大佐,我在明天的夜半以前再来。"于是又听得一阵脚跟相并声,兵器磨击声,那重重的脚步也退出去了。不一会又听得阖门的声响,连那门上的铁键也照旧插上了。

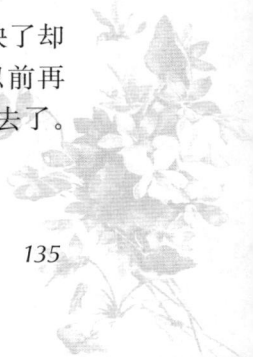

老大佐很害怕的倒在枕上，悄悄地躺在那里听那脚步声渐渐没去。他出了屋子穿过田场的当儿，脚步声已轻了不少。老大佐便霍地跳起身来，赶到窗前去瞧，心想总能瞧见那客的模样了。但他把面庞贴紧在玻璃上，很着意的瞧去，却只见田场中小径分明，并没有人在那里走动。然而那脚步的声响，隔着窗子还听得出，并且还可以指出那发声之处咧。

　　老大佐耸了耸肩，他早就知道这不是当耍的事了。他勉强的想开去，只以为是甚么顽皮的少年，故意恶作剧，借着来吓他的。但他心中也明白实际上不是如此，他刚才所听得的声口，明明不是人类的声口啊。第二天有甚么事降临在他身上，他早已料到。仗着他是个老军人，很能处以镇静。不过这一夜他也不能再睡了，取出他最好的衣服来，很着意的穿在身上，又好好的修净了面，刷光了一头白发，直刷得光亮如银丝一般。他想不久就有人来收拾他的遗骸了，总该装扮的齐齐整整才是。

　　老大佐把一张圈椅放在窗前，坐了下来，膝上摊着他母亲的一本旧圣经，等到天光一明就读。不多一会，东方有红云升起，把黑暗驱逐了，一轮旭日，快要从云幕中涌现出来。他便戴上一副眼镜，读了两页圣经，接着从圣经上抬起眼来，悄悄地想着。这当儿他一个人在此，又并没牧师相助，他很想和造物之主发生一种谅解。末后他把圣经合上了，立起身来一手放在上边，说道："我不能明白你，然而到了最高的法庭中，总比这低级的法庭容易谅解些。"说完，他心中很安静，便在写字台上坐下来，安排他身后的葬事。他的遗嘱中，须把他那匹老马毁灭，倘有人肯放枪击死他，便以小银杯一具为酬。他又把一切账目计算了一下，自己共有多少，欠人的有多少。他的器具和个人的零物，应当归谁承受。一大半都送给一个小女郎，伊是这里田舍主人的幼女，和他老人家甚是亲爱。他在忙的时候，伊总要来坐在他的房中，所以老人身后，定要报答伊的一番好意。到得他的事情完全办妥时，已近八点钟了。他又须干日常规定的职务，忙了两个钟头才得了自由，可以随心所欲的过这最后的一天。他决意要做些非常的事，给自己祝贺一下。

　　他坐在园子里想了好久，他想道："今天我当然不想再织那地毯，无论如何，终于不能完工的了。我得坐一辆轻便的马车，任便到甚么地方去跑一会。这是我最后的一天，没的再老坐在这田舍中消磨过去。而这里的人，可也一些儿不知道我过去的身世的。"这时老大佐的心中，烧起一阵活火，又回复了他过去的精力，他打算要把这一天在奢华富丽中过去。他很想重入世界，再享受那过去所享受过的快乐。任是不能一一领略，也得拣几件最好最可爱的事，领略一下。

136

老大佐急急的立起身来,出去驾他的马。他穿上一件旧时的军衣,虽已穿了一生,却还没有破碎。当下他坐上马车,飞一般的去了。一会儿便到了一个五路交叉的所在,他停下马来,心想这是他最后的一天,应当决定怎样一个行乐之法。这五条路,可以通到五个所在,都是他犹有余恋的。

前面一条大路,直达加尔斯德,只须几个钟头便可到那边了。他有几位老友,仍还住在这镇中,他尽可召集起来,在客店中开一个同乐会。他们能编造笑话讲述有趣的故事,痛饮最上品的美酒。再由那镇中鸣钟报事的人,唱几支好曲儿听听。最后的余兴,大家合伙儿弄纸牌顽。老大佐想起他手指间夹着纸牌,竟快乐得打颤起来……

这大路的右面,又有一条路,是通往德洛士那去的。那边有佛兰轻步兵的营寨,老大佐自知以旧日统领资格,一旦降临,全营的兵士都得列队欢迎。那些穿着绿色制服的孩子们,都笑吟吟的向着他。他老人家从军时的勇名,是人人知道的。那时军中的乐队,少不得要击起鼓来。而他那可爱的军旗,也得在风中飘飐咧……在这一瞬间,老大佐似乎要赶往德洛士那去,但他终于没有去。因为他心中渴想要到一个无穷无尽的所在,便又转向别条路上去了。

左面有一条绿柳敷荫的荫路,他倘要前去,不多时便可到邻近的一所大厦中。这大厦中的主人,是一位婉娈可爱的命妇。他老人家曾经恋爱过的,如今伊已老了,但比他还小几岁,况且像伊那种妇人,任是老了也很可爱。老大佐和伊阔别多年,久未见面,心知在这最后的一天前去瞧伊,彼此定很快乐。这一天真好似进了天堂一般,他们俩又可在那些华丽的房间中往来同步,像少年时一样。四下里围着罗绮锦绣,说不尽的富丽乔皇,也可使他立时忘却这晚年的穷苦和寂寞了……

还有一条路向西北方的,可以通往伊克白。那边有极大的佛兰铁厂,还有先前少佐夫人和骑兵们所住的住屋。这所在正是老大佐所爱。目前住在那边的人,他虽并不认识,然而人家也一定开了门欢迎他。因为他是骑兵队中的有名人物,而且当时使这枯寂无欢的伊克白,变做一个歌舞快乐之乡,他老人家也有分儿的……

他把两眼注在末一条路上了,他要是选定这一条路,那么日落时便可到一所罗夫达拉小田庄中。这田庄的主人,便是鼎鼎大名的琴师李杰葛洛南。田庄极小,无可流连。所足以吸引他的,都是那琴师的妙乐。当下老大佐一见这条路,就知道是势所必去的了。他自己也很奇怪,为甚么定要走这条路,然而他已立了决心,不能变动。这一天傍晚时,他就到了罗夫达拉,那琴

师李杰葛洛南见是个伊克白的旧相识，便很亲热的欢迎他。也不等老大佐请求，先就取了他的四弦提琴，轻拢慢撚起来。叵耐李杰葛洛南也已老了，琴技已不如当年。听那琴声泠泠中，似乎含着一种迟疑，又像在那里搜寻甚么，而不是言语所能表白的。曾有一般人说，他目前的琴技，已没有听的价值。老大佐也曾听得过这种传言，但他此刻端坐静听，仍觉得曼妙动人。他明白自己快要在这几小时内死了，而李杰葛洛南正在给他铺一条路，是通入太空去的。他听着这妙乐，一壁似在暗中摸索，远远的达到了人类思想所不及之地。他好生感动，便对李杰葛洛南说明昨夜死神降临的事。今天已是他最后的一天了。

李杰葛洛南也很感动的说道："你因此之故，今天便赶来瞧我么？"老大佐眼睁睁地注在前面，答道："我并不是专为瞧你而来，我实是要听你的妙乐。觉得我在这最后的一天，再也没有别的可以听了。你想那音乐之力，不是很神奇么？"李杰葛洛南道："是啊，你的话很对。音乐原是极神奇的。"老大佐又道："也许为的音乐并不是专属于这世界，你要说明此中玄理，却又容易明白。"说到这里，指着天上道："吾弟，你可曾想到那音乐便是上方所用的语言么？达到我们下界来的，不过是一丝低弱的回声么？"李杰葛洛南道："你的意思是——"他觉得很难措辞，便顿住不说了，老大佐却接口道："我以为音乐是属于天上，也属于人间的，也可说音乐是一条登天之路。如今你就在赶造这一条路，停会儿给我登天去的。"

李杰葛洛南听着老大佐的话，把他的灵魂完全贯注在音乐中，重又奏起四弦琴来。老大佐坐在这幽静的夏夜中，细细地听着，猛可里向前一扑，倒在地上了。李杰葛洛南即忙跳过去，把他扶在床上，老大佐开口说道："我一切都好，我如今正在走过天地之间的一条路。吾弟，谢谢你。"

从此他再不说话，两小时中，他便死了。

（原载《半月》第 4 卷第 16 号 1925 年 8 月 4 日出版）

(西班牙) 裴尚夫人① 原著

绛珠怨

伊美兰裴尚伯爵夫人(Countess Emilia P. Bazan)，为西班牙唯一
之女文豪。以一千八百五十一年生，至今健在。其人才调纵横，突过男
子，为诗人，为小说家，为评论家，为戏剧家，为传记家，为史学家，又为
一辩才无碍之演说家。其生平著述甚富，一千九百十一年间曾以专集
付刊行世，都三十八卷。所撰短篇小说数百篇，类皆精湛可诵。此篇为
其杰作之一云。

这是我一个不幸的朋友对我所说的话：

"世间惟有男子肯镇日的关闭在一室中，夜间又作长时间的工作，挣了
钱来，博他所爱妇人的欢心。他又喜欢逐渐的积蓄起钱来，好随时满足伊最
虚妄最细小的心愿。有时伊想到甚么，分明是一场幻梦、一种空想，万万不
能实现的。而我偏要尽心竭力，使伊的幻梦空想变成事实。我但愿仗着我
的工作和爱情，能把伊所想望的事物放在伊的手中。使伊在惊喜之余，将一
双嫩臂，挽住了我的脖子，表示感激，那我可就快乐极了！

"所怕的，我出去时手册中夹满了钞票，心中欣欣然早有了购买那东西
的成见，谁知那首饰商却已有了别的主顾了。这回我想把一对美丽的绛红
珍珠，放在露雪兰的纤手之中，瞧伊娇脸上的喜色。可是伊先前曾吊在我的
臂上，望在那首饰店的窗子里，委实是想望已久咧。像这样一对完美的珍

---

① 今译为埃米莉亚·帕尔多·巴桑。

珠,式样和颜色彼此相同,闪闪地发着娇红的光彩,实是很难觅到的。我深怕哪一个富家妇,已把这绛珠买去,早安然的锁在伊首饰箱中,那么我真失望极了。到得我赶到那首饰店的窗前时,禁不住如释重负的吐了一口气。原来那两颗镶钻的绛珠,仍还陈在一只白天鹅绒的匣中。一面陈列着一挂钻石大项圈,一面陈列着一串金手钏。

"我原也料到自己作此遐想,代价是不小的。我向那首饰商问价时,他一开口,顿把我吓退了。瞧那两颗豆一般大的小小东西,任把我全部的积蓄都放在上面,还是不够。像我这样一个寒酸的人,本不配买这种首饰的。当下便迟疑着,心想那首饰商不要估量我不知道这些东西的价值,因此故意抬价么?心中正在这样想,两眼望着窗外,却斗的瞧见我那老友和同学江才介陆伦德。他也是我生平一个最知己的朋友。我一见了这相熟的脸,便决意赶出去唤住他,预备把这绛珠问题向他请教。可是这位顾影翩翩的江才介,对于这些入时的衣饰很有经验。他在那些富人们的中间,也是很著名的,人人都和他合得上来。他平日却还时时光顾我的寒舍,我不是一向很感激他的么?像他那么一个人,还把我们放在心上,这便是他的好处。

"我赶出去唤住他时,江才介似乎很诧异,很愉快,立时同着我入到首饰店中。我向他说明了请教的意思,他很赞美这对可爱的绛珠,说他在交际社会中所认识的几位富家妇,得了这样名贵的东西做耳坠,那无论甚么代价都愿意出的。端为那娇红的双珠,镶着那一小圈小钻石,分外的美丽动目。当下里他把我拉在一旁,悄悄地说,瞧了这双珠的美丽,觉得那首饰商索价并不太高。我也很觉江才介的话不错,但我所惭愧的,只为手头的钱不够,眼见得不能成交了。末后我便对江才介说明,自己原很想买这一对绛珠耳坠赠与吾妻,叵耐我没有能力付这么大的代价。江才介便像仗义的朋友一般,揭开了他的手册,取出几张钞票来递给我。同时又笑着赌咒,说我要是不容纳他这一些相助的微意,那我们将来相遇时,便得和我绝交了。这时我何等的难受,一方面我既不敢收受这借款,生怕自己无力归还,一方面倘不付足这笔代价,那又不能把这名贵的珠耳坠带回家去。最后我毕竟为那要吾妻快乐的一念克服了,满腔子充满着乐意,直要跪下地来,亲他那只助我的手。于是我便邀请江才介第二天和我们一块儿用餐,瞧我把这绛珠耳坠赠与吾妻。我们就这样约定了,分手而去。我衣袋中揣着那小小匣子赶回家去,自觉肩上生了翅了。

"我回去时,吾妻正在扫除客室。伊对我瞧着,我便开口说道:'搜我的衣袋,瞧里面可有甚么东西?'伊像活泼泼地小孩子似的,跳着拍着手,娇呼道:'咦,送我的礼物,待我来搜寻。'伊把我身上所有的袋儿都翻了个身,一壁来呵我的痒，临了伊才把那小小匣子找到了。我再也忘不了伊那时一见绛珠，便没口子的欢呼起来。接着拉下我的脸儿去，不住的接吻，说我是世上最良善最仁厚的丈夫。这当儿我自觉得伊当真爱我的。平日伊原料想我断没有买这绛珠的能力，这一回事真使伊喜出望外咧。我见伊快乐，自己也快乐。等不得瞧伊明天才戴这珠耳坠，因便唤伊把那两个小金环子卸下来，忙将那绛珠系了上去。伊周身都现着喜悦之色，连两个耳朵也泛作玫瑰色了。如今想起了这些痴情的影事，便觉苦痛非常——唉，我可也不能不想啊！

"第二天是礼拜日，江才介如约来和我们一块儿用餐。我们都很快乐，一时笑语声喧，分外的热闹。露雪兰穿了一身最好的衣服，是灰色绸制的，和伊很为相配。伊又在胸口簪了一朵红玫瑰，恰和耳上戴着的绛珠耳坠一色。江才介又带了戏园子的入座券来，我们便一同过了个极乐的黄昏。第二天上，我仍去工作。工作过了规定的时间，想多挣些钱来，归还吾好友助我买珠的借款。我回到了家里，坐下来和露雪兰同用晚餐，我劈头就瞧伊那双美丽的小耳朵。霎时间我跳起身来，惊呼了一声。原来见伊一个钻石小环子里已空无一物，那绛珠已失去了。我便嚷着道：'你已失去了一颗绛珠。'吾妻答道：'你这话不是的罢。'说时即忙把纤指伸到耳上去，抚摸那耳坠。伊见一颗珠儿当真失去了，似乎非常的震惊。我也不由得惊异起来，只并不是为了那绛珠的失去，端为眼瞧着露雪兰模样儿分外忧急之故。于是我对伊说道：'不必如此担心，那珠儿一定掉在甚么地方。我们好好的找去，自能找到的。'

"我们到处搜寻，拍过了地衣，翻过了毡毯，察看过了帷幔的褑缝，把一切家具都移动了，便是露雪兰声言几个月来从未动过的箱箧，也一一开看。末后眼见我们的搜寻落空了，露雪兰便坐下来哀哀的哭泣。我问伊道：'你今天可曾出去过么？'伊很考虑似的答道：'是的。咦，是的。我确曾出去过。'我道：'亲爱的，你到过哪里？'伊道：'咦，我到了好几处，我出去是——是买东西的。'我又道：'你到过甚么商店？'伊道：'此刻我已忘了呀，是的我曾到过邮务局，又到了同街的几处地方，我又到过广场中的布店，又到过散步场，又——'我道：'你是步行呢，还是坐了街头的马车或汽车去的？'伊道：'我先是步行，后来坐了一辆马车。'我道：'你在哪里上车的，可曾留心车上号数？'伊道：'不！我不曾留心呀！我如何会留心到这个呢？那不过是一辆路过的街车，我恰恰又走得乏了。'说到这里，又哭了。我道：'吾爱，但你也该放明白些。'这时我瞧伊似乎要发狂了，又忙着说道：'你定还记得去过的商店，倘能开一张单子给我，我不妨一家家给你问去，一面再在新闻纸上登一个广告。'伊怒呼道：'呀！我记不得了！请你给我静一会罢。'我瞧伊分明

为了失去我所赠的礼物，才如此忧急，心中很觉怜悯伊，因此也不说甚么了。

"我们过了个很不快乐的夜。我不能入睡，见露雪兰也兀自转侧着，兀自暗暗饮泣。一面假做入睡，生怕惊动了我，然而无论如何，总也不能安静。我也自管想着怎样去找寻那颗失珠。第二天清早起身，决意让露雪兰安睡一会。当下我便去和我那位乖觉的好友江才介陆伦德商量。我想起警察们对于人家失去的珍物，也许能够找到的，便希望借重了江才介的势力和经验，助我干成这件重要的事情。

"那下人向我说道：'我主人正睡着，先生但请你进来，在书房中等一会儿。到得他能见你时，我便报与你知道。在这十分钟内，我须把朱古律送进去，就对他说你老来了。'这当儿那下人分明也瞧见我焦急不耐的神情了。我打定了主意等候他，那下人便开了书房中的窗子，一壁请我进去。里面充塞着纸烟的烟气和香水的香，我心想自己要是不等在这里，而直闯到吾友卧房中去，便怎么样。

"那下人开了窗子放进第一道的天光来，他还没有请我坐下，我便一眼望见那土耳其温榻下一条蓝布地白熊皮毯子的长毛中，闪闪地有一件东西在那里亮着，原来就是失去的那颗绛珠。

"我见了这失珠，心中所发的感想。倘发生在你们的心中，你们要是问我该如何处置这一回事，那我就得很诚实的答道：'你该从温榻上面挂着的武器中，取下一柄刀来。冲到那奸细睡着的卧房中去，使他永永醒不过来。'

"但你们知道我那时怎么办呢？我只俯下身去拾起那珠来，纳在衣袋中，悄悄地出了这屋子回家去。吾妻已起身梳洗，只是模样儿很局促不安。我立着对伊瞧，并不动手扼死伊，只放着沉静的声音，唤伊戴上了耳坠。接着我便取出那珠来，擎在两指之间，说道：'这就是你所失去的，你瞧我不多时便找到了。'

"当下我忽然盲撞似的发起怒来，觉得我急着要复仇，要发狂了。因便赶到伊面前，从伊耳上拉下那双耳坠，掷在脚下一阵子乱踏。我并不要杀死伊，也不知道为的甚么，只一口气跑下楼梯去。到最近的一家酒店中，要了一杯白兰地喝。

"我可曾重见露雪兰的面么？是啊，曾见过一面。伊靠在一个男子的臂上，却并不是江才介。我见伊左耳的耳轮上有一个瘢痕，似乎从中间扯下来扯碎了的。这当然是我的所为，然而如何下手，我可已记不得了。"

（原载《紫罗兰》第 1 卷第 2 号 1925 年 12 月 30 日出版）

（俄）高尔甘^① 原著

薄命女

　　高尔甘氏（M. Gorky），俄国近代大小说家之一也。真姓氏曰潘希高夫（M. A. M. Pyeshkof），以一千八百六十八年三月十四日生于俄之尼尼奴夫高洛（Nijni Novgorod），读书既成，颇事浪游，数年间流转工作，不名一业。尝为面包师，为阁人，为乐队歌人，为苹果小贩，为律师书记，为铁路佣工，又尝入自杀会，谋自杀，卒未死。时复无业，为浪人，居恒好杂处贫民苦工及下流社会中，撷拾闻见，著为说部，故其所作，多有为无告小民请命者。其说部中之杰作，有《间谍》、《同伴》、《麦加居特拉》、《乞尔加希》、《托斯加》、《麦尔佛》诸书，外此又有短篇小说三卷，剧本若干种，均名。今其人尚存，从事著述如故。

　　这是我一个朋友有一天对我说的：

　　我在莫斯科读书时，住在一所小屋子里。我的邻居是个奇怪的女郎，伊是波兰人，伊的名儿是戴丽珊。伊身材很长，很强壮，皮肤作棕色，眉毛很重，粗粗的面貌，倒像是把一柄斧头雕成的。伊的眼睛似乎很呆钝，声音也重浊，瞧他的一举一动，活像是个角斗得奖的大力士。总之伊生着一具重大而宣于肌肉的身子，以全体论，委实是丑陋极了。我们同住在顶楼中，房间恰恰相对。我倘知道伊在家时，决不开门。有时在梯顶上或院子里遇见了伊，伊总放出一种粗悍的笑容来，向着我微笑。我又往往瞧见伊红着两眼回

---

　　① 今译为高尔基。

来，头发也蓬乱得很。在这个当儿，伊总把莽撞无礼的眼光对着我瞧，接着又得呼道："哈罗，学生。"

伊那种蠢笑是很可厌的，我本想迁移开去避过伊，但这住处却是个极好的所在，开窗能望见全城，毫无障蔽，街中又分外的幽静，因此我依旧留住着。

一天早上，我漱洗过后，躺在床上，门忽地开了。戴丽珊已现在门口，放着伊重浊的声音说道："哈罗，学生。"我忙问道："你要甚么啊？"

我对伊瞧时，见伊脸上现出羞涩的模样来，这是我从来没有见过的。伊说道："学生，我要求你一件事，请你不要推却。"我仍躺在床上，心中想："这不过是托辞罢了。"然而口中却不说出来。

伊接着说道："我想写一封信寄到家乡去。"我又想道："伊毕竟是捣甚么鬼啊？"我于是从床上跳下来，在案前坐下取了纸笔和墨水，说道："请进来坐了，口述与我听。"

伊便入到里面很小心的坐下了，眼睁睁地瞧了我一下。我问道："这信是写给谁的？"伊答道："是给蒲尔士洛甘希普的，他住在华沙铁路上的史温齐尼镇。"我又道："你要我怎样写法呢？请说下来。"

"我亲爱的蒲尔士——我的甜心——我的爱人——我的灵魂儿——愿那圣母保护着你。吾爱，你为甚么好久没信给你的小鸽儿戴丽珊？伊因此很忧闷啊！"

我听到这里，几乎当着伊喷出笑来。试想这"忧闷的小鸽儿"身长足足六尺，牛一般的壮健，两个拳头，活像是大力士，一张脸又是黑黑的。像这样的鸽儿，多分一辈子不做旁的事，兀自在那里扫烟囱罢。但我仍扯直了脸，很正经似的问道："谁是这蒲尔士洛啊？"

伊立时现着诧异之色，以为我不应该不知道这蒲尔士洛啊。因便答道："先生，你问蒲尔士么？蒲尔士是我的未婚——"我接口道："未婚夫么？"伊道："学生，你为甚么如此惊异？像我这样的年轻女郎，难道不许有一个恋人么？"

这是何等的笑话！但我仍搭讪着道："一个年轻女郎，原是甚么事都可干的，但你订婚已有多少年了？"伊道："已十年了。"

我便给伊写了一封信，信中充满着无限的柔情蜜意。要是这寄信的不是戴丽珊而是旁的女子，那我倒也很愿处在蒲尔士洛的地位呢。

伊似乎深为感动，向我说道："学生，我掬着全个儿的心感谢你。你可有甚么事要我帮忙？"我道："多谢，没有事。"伊又道："学生，我能给你缝补衬衫和衣服。"我觉得很窘，很简捷的回说没有事需伊效劳。伊便去了。

两礼拜已过去了。一天黄昏时候，我正坐在窗前，口中呜呜的低哼着曲儿，想怎样消遣这寂寞的黄昏。外面天气很恶劣，我又不愿意出去。蓦地里门开了，我心想："再好没有，有甚么人来了？"门外有人说道："学生，你此刻可忙着么？"原来又是戴丽珊呀！偏又是伊，我实在愿意见旁的人啊。当下我答道："没有事，你要甚么？"伊道："我要求你再给我写一封信。"我道："使得。可是给蒲尔士的？"伊忙道："不！我要他的回信。"我嚷起来道："甚么？"

伊道："学生请恕我，我是有些呆蠢的。我不曾说个明白，这信不是我自己的，是给我一个朋友写的——不是朋友，不过彼此相识罢了。他不能写信——他也有像我一样的一个未婚妻——"

我抬起眼来对伊瞧，伊似乎很羞惭，伊的手抖颤着，分明很困窘的样子。我心中便明白了，放声说道："我的女孩子，你听着，你对我所说的蒲士洛夫等等——全是出于理想的，你是撒谎，不过托辞要到我这儿来。算了，我不愿再和你有甚么瓜葛了，你可明白么？"

我瞧伊很吃惊了，伊涨红了脸，挣扎着要说甚么话，我觉得自己可错怪伊了。伊到我这儿来，实在并没有这意思，要引我越出道德的途径，内中另有隐情在着，但又是甚么一回事啊？

伊讷讷的说道："学生——"接着却陡的挥了挥手，一旋身走了出去，"砰"的把门带上了。我心中很觉不安，听得伊又"砰"的一声，把伊自己的房门关上。伊分明是恼了。我默想了半晌，决意去唤伊回来。我愿意给伊写这信，我很觉对伊不起。

于是我到伊的房间里去，见伊正傍着桌子坐着把双手掩住了脸。我开口说道："我的女孩子，你——"我讲到这里，总觉得非常的感动。原来伊一听得我的声音，便跳起身来，直走到我跟前，两眼闪闪地发着光亮，把两臂搁在我的肩头，抽抽噎噎的兀自哭。伊的心似乎要碎裂了。

伊呜咽着说着："你——你写这——这几行——字——有——有——甚么——分别呀——你——似乎是一个——好——好人是啊——原没有——甚么蒲尔士洛——也没——没有——戴丽珊只有我——我——一个人罢了。"

我听了这些话，可呆住了，忙道："甚么？如此并没——并没有蒲尔士这人么？"伊道："没有。"我又道："也没有戴丽珊么？"伊道："不！我原是戴丽珊。"这时我头脑中打着旋子，兀自很诧异的对伊瞧着，我们两人中定有一人疯了。伊回到桌旁，在抽屉中摸索着，掏出一张纸来。

伊回到我身旁，说道："这里，这里，你把代我写的这封信收回去罢。你不愿意写第二封信，好在有旁的好心的人给我写的。"伊手中握着我代伊写给蒲尔士洛的那封信。这到底是甚么意思啊？我一壁便说道："戴丽珊，你听着，这可是甚么意思？你为甚么求人写了信，又搁着不寄出去呢？"伊道："我寄给谁啊？"我道："怎么？寄给你的未婚夫蒲尔士洛啊。"伊悄然道："但是——并没有这个人。"我只索丢手了，此刻唯一的办法，惟有走出去。但伊却又说道："不！他并不存在——并没有这蒲尔士洛——"说时做着手势，表示伊很难说明的意思。接着又道："然而我要伊活着，我知道自己并不欢喜旁的人——我原也自知是何等人——只是我写信给他，不是无损于人么？"我道："你可是甚么意思？写信给谁？"伊道："给蒲尔士洛。"我好生怀疑，又赤紧的说道："但你此刻刚和我说过，并没有这个人啊。"伊道："呀！圣母，我管他有没有这人呢。即使没有这人，我理想中总有一个蒲尔士洛在着，我当他真有其人，写信给他。他写回信给我，我再写信，他再有回信——"到此我方始明白了，我自觉好像是犯了甚么罪，甚是羞惭，又像受了刺激，身体上感受一种苦痛。在我的身边，相去不过一臂之近，竟有这么个可怜的人。世界中没一个人对于伊表示一丝情感，没有父母，没有朋友，甚么都没有，因此这可怜虫便给自己造出一个恋人，造出一个未婚夫来。

伊又放着那种重浊而单调的声音说道："你代我写给蒲尔士洛的这封信——我曾请别人朗诵给我听，我听了以为蒲尔士洛活着。于是我又要求蒲尔士洛写一封回信给他的戴丽珊——给我。我几乎觉得蒲尔士洛实有其人——住在甚么地方——我却不知是哪里——我因此也能维系着过活了。这样才不觉得难受，不觉得苦痛，也不觉得寂寞。"

从这一天起，我便规定一礼拜两次，替伊写着信。由戴丽珊给蒲尔士洛，再由蒲尔士洛给戴丽珊。这些信中都充满着热情，而以回信为尤甚。伊——伊听着我读，一会儿哭，一会儿笑，甚是快乐。伊从此也照顾我的衣服，作为报答，常给我补衬衫，补袜子，拭净我的靴子和帽子。

三个月后，伊受了甚么嫌疑，捉将官长去。从此我不再见伊的面，伊多分是死了。

（原载《紫罗兰》第 1 卷第 6 号 1926 年 2 月 27 日出版）

146

（法）柯贝^①　原著

一饼金

柯贝(Frangois Coppee)，以一八四二年一月十二日生于法京巴黎。初以诗人名，有《神龛篇》《仇恨篇》二诗，得执法兰西近世骚坛之牛耳。尝为陆军部秘书，居三载，始去职，致力于声诗之学。后又成剧本说部多种。剧本有《旅客》、《弃妇》、《马丹孟达朗》诸作。说部多短篇，有《散文小说集》、《新小说二十种》等，亦均有声。舍著述外，又任祖国报评剧记者。一八八四年，得入文学院。一八八八年，去而为军官。顾军务之暇，仍治文艺如故。以一九〇八年五月二十三日卒于巴黎。

罗新郝谟眼瞧着他最后的那张一百法郎钞票，被管账员的耙耙去了，便从那轮盘的赌台上立起身来。他好容易凑集了这一笔小小钱钞，原为剧战一场来的，却不道又失败了。当下里觉得头脑昏昏，直要栽下地去。

他的头昏了，他的两腿软化了，便投身在这赌场四周设着的皮座上，呆望着这秘密之窟。心想他那少年最好的时代，都在这窟中给毁坏了。他又望着赌客们那些憔悴的面庞，只被三面大反光镜反照着，分外的惨厉。一壁又听着金钱在台布上轻轻撞击的声音，知道自己已完全失败了。不由得记起家里的衣柜中，正藏有三枝军用的手枪。他父亲郝谟将军当大佐时，曾仗着这枪，在进攻石界一役血战过的。接着他觉得疲乏已极，便沉沉睡熟了。

他醒回来时，口中很觉胶黏。一瞧钟上，睡了不到半点钟，满想出去吸

---

① 今译为科佩。

些新鲜的空气。钟上的长短针，去夜半只有一刻钟了。罗新立起来伸开两臂，便记得这是耶稣圣诞的前一夜。偶一转念，猛觉自己仍回过去做了个小孩子，在临睡时，正把鞋子放在火炉前呢。

这当儿，那赌窟中的柱石老德隆士基走来了。他是个波兰人，穿着一件破外衣。衣上全是褯带和油渍，肮脏不堪。他走到罗新跟前，在他那部灰色而龌龊的须子中，喃喃的说道："先生，只须借与我五法郎好了。你瞧，我已两天没有离开俱乐部。这两天中，总也不见'十七'转出来。你要笑我，不妨由你笑。但到夜半时，这数目要是不转出来，你不如截去我这一双手。"

罗新郝谟耸了耸肩，他衣袋中委实也付不出这笔进门税。在他们常来的赌客们，是唤做"波兰人的一百苏"的（按：苏为法兰西之铜币）。他于是入到外室中，戴上了帽，披上了外衣，急急地赶下楼梯去，好像是一个发热病的人。

罗新在那赌场中已盘桓了四个钟头了。这四点钟中，门外正下着大雪。那街是巴黎中心的街道，狭狭的一条，而两面都是高高的屋子，此刻已被雪花铺得皑皑一白了。罗新出门时，雪已停止。那清朗的天空中，泛做了蓝黑之色，星斗闪闪地放着寒光。

这一败涂地的赌徒，在他的皮大衣中打颤着。一路走去，他的心中翻来覆去起了好多绝望之念，更想起那老衣柜中的一匣手枪正等着他。但他走不上多少路，就站住了，却瞧见一片伤心惨目的景象。

在一宅大厦门外的石凳上，有一个六七岁的女孩，身上穿着破烂的黑衫子，正坐在雪中。任是天气冷得紧，伊却也睡熟了。瞧伊的模样儿，分明是疲乏已极，一些儿气力都没有了。伊那可怜的小头和柔弱的肩膊，都倒垂在墙角，贴在冰冷的石上。一只小小的鞋儿，从伊垂着的脚上泻落下去，掉在伊的前面。

罗新郝谟不知不觉地探手到他衣袋中去，但他立时记起先前也曾摸索过袋中，却连二十个苏都没有，因此并没有付那赌场中侍者的小账。然而一片恻隐之心，兀自冲动着。他便走近了那小女孩子，也许想把双臂抱了伊，给伊去找一个过夜的宿顿。不道他眼快，陡的望见那掉落在雪中的鞋儿里，有甚么东西霍霍地发亮。

他俯下身去瞧时，却见是二十法郎的一饼金。这多分是那一位慈善的太太，当着这圣诞的前一夜，路过此地，瞥见了这睡儿的鞋子，便记起那相传下来的一节故事，不由得掏出这一饼金来，悄悄地放在鞋中。借此好使这苦孩子仍相信那基督幼时将礼物赠人的故事，而在流离不幸之中，还抱着希望和信仰心。

二十个法郎，尽可使这苦女孩得好几天的休息和温饱。罗新正想唤醒了伊，把这话对伊说。但他在精神错乱中，耳边仿佛听得那波兰人放着油滑的声调，低低的对他说道："你瞧，我已两天没有离开俱乐部。这两天中，总也不见'十七'转出来……到夜半时，这数目要是不转出来，你不如截去我这一双手。"

于是这二十三岁的青年，家世诚实，又向在军中有名，而从不曾做过一件无耻的事情的。此刻却起了一个恶念，他被那疯狂而可怕的欲望制服住了。抬眼一望，见自己正独在街中，并没有旁的人。因便屈膝跪了下去，伸着一只抖颤的手，将那鞋中的一饼金偷了，接着用了他全身的气力，跑回赌场去。三脚二步跳上阶石，把拳头推开了那厚重的门，入到室中。那时钟声镗镗，恰开始报着夜半了。他即忙将那一饼金放在绿色的台布上，高声嚷道："全注在'十七'上。"

那"十七"果然赢了。他挥一挥手，把三十六个金币全放在红色上，那红色却又赢了。他不动，由这七十二金币仍留在原处，不道那红色偏又转了出来。他这样二倍三倍的加上注去，竟一样的占着胜利。他的面前，早堆着一堆的金币和钞票。他发疯似的在台布上随意散放，"十二"、"柱子"、"全数"，没一次不赢。这简直是从没有听得过的好运，也可说不是人世所有的。但瞧那小小的象牙球满盘子的跳着，而罗新目光注在哪里，那球自会服从着落在那里。他在最初十二次中，早把这夜黄昏时候所输去的几千法郎一起收回了。

每一次下注，总是二三百个二十法郎金币。仗着他好运临头，有进无退，直把这几年来浪费的财产全都恢复了。只为他一心一意的赌着，连那皮大衣也没有脱去，几只挺大的衣袋中此刻已装满了一束束的钞票和一卷卷的金币。赢得钱太多了，再也不知道放在那里才好。于是他那礼服内外的袋中、半臂袋裤袋中、雪茄烟匣中、手帕中，凡是可以安放东西的所在，没一处不是被钱钞塞满了。他不住的赌，不住的赢，好像是个疯人，好像是个醉鬼。他兀自把一握一握的金钱乱撒在台布上，现出稳定和轻貌的态度。

不过他的心中，似乎有火热的烙铁在那里烙着。他想起那睡在雪中的小女化子，他的钱便是从女孩子那里盗来的。当下他又想道："伊仍在原处不用说，伊一定在原处的。且等钟上报一点钟时——我敢赌誓——我一定离开这里，抱着伊，睡在我的臂间，回到家里去。给伊眠在我的床上，往后我便抚养伊起来。伊出嫁时，给伊一笔丰厚的妆奁。我得像爱自己女儿般爱伊，常常的当心伊照顾伊。"

但那钟镗的报了一下，一点一刻、一点半，去二点只有一刻了……罗新仍还坐在那万恶的赌台上。末后去二点钟只有一分了，那赌场中的主人陡的站起来说道："列位这里所有的钱已完……今天可也够了。"

罗新跳起身来，很暴躁的推开了四下里围看的赌客，急忽忽地赶出去。跳下阶石，没命的跑到那石凳之前，他就着一盏街灯，早远远的望见那小女孩子。当下便欢呼着道："感谢上帝，伊仍在那里。"于是飞跑过去，握住伊的手，说道："呀！伊何等的冷啊！好可爱的小宝贝！"

他就伊两臂之下抱了伊起来，想带伊回去。那孩子的头倒向后面，却依旧酣睡不醒。他自言自语的道："他们小孩子，是何等的好睡啊！"说时把伊贴在自己胸口，想偎暖伊。不知怎的心中很觉焦急，亲了亲伊的眼睛，借此惊醒伊。一会儿他却吃惊起来，原来他见那女孩子的眼皮半开着，现出两个呆滞不动玻璃似的眼珠来。猛可里便有一个恐怖之念，直掠到他心上。他即忙把嘴凑近那女孩子的嘴时，觉得竟没有呼吸了。

他正在借着那偷来的一饼金，赢得了好一笔钱，却不道这无家可归的女孩子，竟生生的冻死了。

罗新受了这绝大的刺激，喉咙中痒痒的待要呼喊起来……这样用一用力，便把他从梦魇中震醒了。他依旧坐在那赌场中的皮座上。赌场中的侍者，可怜见他是个一败涂地的人，因此并不唤醒他，自管回去了。

冬日迷雾的曙光，白白的照在窗上。罗新走将出去，质当了他的时计，洗了一个浴，用了一顿早餐，便到征兵总局去，签下名来。自顾投入亚非利加轻骑兵队，如今罗新郝谟已升做中尉了。只仗着饷银过活，却还宽绰有余。因为他是个很安分的军官，平日间从不和纸牌接触，因此他且还有了储蓄了。有一天在亚尔奇亚，他在那甘士白崎岖的街上走去。有一个伙伴正在他后面走，瞧见他掏出钱来，给一个睡在穹门下的西班牙小女孩子。那伙伴生性好奇，瞧罗新给了多少钱，当下不由得惊叹这苦中尉的慷慨为怀，乐善好施。原来那女孩子的手中，明明是二十法郎的一饼金。

(原载《紫罗兰》第 1 卷第 9 号 1926 年 4 月 12 日出版)

（英）许丽南女士　著

画师的秘密

按：不慧曩为中华书局辑译欧美名家短篇小说丛刊，所采达十四国，得五十篇。读者善之，且得教育部褒奖，覆瓿之作，荷此荣宠，殊自惭也。前岁邮购世界短篇小说杰作集二十卷于英伦，采辑之广，殆十倍于吾丛刊。夜中偷得余暇，辄篝灯读之，并选其短峭有思致者如干篇，从事移译，汇为一编。盖犹掇拾明珠无数，而乙乙穿之也，因名之曰《穿珠集》。

许丽南女士（Olive Schreinor），英人，以一千八百六十二年生于南非洲，所著短篇小说一帙，多含哲理，以此得名。

昔时有一位画师，他画了一幅画，旁的画师们都有更富丽更难得的颜色，也画得更名贵的图画，而他单用一种颜色画着，上面却有一重奇怪的光彩。一般人来来往往，说道："我们喜欢这图画，我们喜欢这光彩。"

旁的画师来说道："他哪里得来的颜色啊？"他们问他，他只是微笑着答道："我不能告知你们。"当下他仍低下头去工作。

有的人上远东去，买了贵重的颜料来，调成了很好的色彩画去，然而过了些时，那画上的色彩退了。

有的人读了古书，制成一种富丽而难得的颜色，但是画在画上，却是死的。

那画师继续的画去，他的画红上加红，他却变得白而又白了。末后有一天他们瞧见他已死在那画的前面，他们异了他起来，预备想安葬。旁的一行人在他所有的壶儿里瓶儿里搜寻着,叵耐竟搜不出甚么来。

他们脱去了他的衣服,待要给他穿上尸衣时,却发见他的左胸上面有一个伤口,是一个极老的老伤口。伤口的四边,又老又坚硬,大约是一辈子有着的。但那死神却把他伤口的边合了拢来,封起来了。

他们将他安葬了,人家还在说道:"他哪里得来的颜色啊?"过了些时,大家已忘了那画师了,但他的画仍还活着。

(原载《良友》第 5 期 1926 年 6 月 15 日出版)

（俄）蒲轩根氏① 　原著
游侠儿

按：蒲轩根（Alexander Pushkin）为俄罗斯最著名之诗人，亦为一短篇小说能手，盛名达于英德。其作品多含讽刺，尝以是获罪于政府，放逐至乌台萨，常为警吏所监视。一千八百三十七年与人决斗，死之。

（一）

我们驻扎在某小镇中，一个军官的日常生活，是大家知道的。早上是操练和学习骑马，午时在副将那里或甚么犹太餐馆中用餐，黄昏时候便是喝淡酒打纸牌。在这某小镇中，简直没一所安适的屋子可住，也没一个可以婚娶的女孩子。我们只是聚在各人的房间里，除了看彼此的制服外，竟一无可看了。

在我们一行人中，只有一个文士。他年约三十五岁，我们却瞧他似是一个老人一般。他生平经历很多，因此占得许多便宜。此外可见的，便是他惯常做出一副郁郁不乐的嘴脸，又加着脾气很坏，口没遮拦，于我们少年的心中却有了一种潜势力。此人委实有些可怪之处，他明明是俄罗斯人，却偏偏用一个外国人的名字。有一时他曾在轻骑兵营中服务，也很为得意，但没有人知道他为的甚么事退休了。住在这一个窟窿似的小地方，同时过着啬刻

---

① 今译为普希金。

而又放纵的生活。他常常步行，穿着一件破旧的外衣，然而常请我们营中的全体军官吃喝。每餐虽不过二三个碟子，由一个退伍兵士料理的，只是香槟美酒，却尽着大家牛饮。他的财产或进款如何，没有人知道，也没有人敢问他。他藏着书本，大半是小说和讨论军事的专籍，他很愿意借给人看，却从不向人讨还，一方面他借了人家的书，也始终不还的。他唯一的运动，是练习手枪。他房间中的四壁全是弹孔，好像蜂窠一样。所收藏的手枪，也着实不少，要算是他那所土屋中最奢侈的东西了。他用着手枪射击，非常神妙，要是他自愿一试其技，在那一个军帽上放着个梨子，放枪射去，便没一个摇头不答应的。我们的谈话，常谈到决斗的事情，而薛威欧（我们将此称他）却从不插口。倘问他先前可曾和人决斗过没有，他很简单的回说决斗过的，并不说出碎细的情形，分明这种问题是使他不快意的。据我们推想起来，定有甚么不幸的人，死在他那种可怕的神技之下，所以使他的天良不安。然而我们的头脑中，从不想到他有懦怯的事情的，谁知却有一件出于意外的事，使我们甚是诧异。

一天，我们约有十个人和薛威欧在一起用餐，又照常喝了不少的酒。餐后我们要求打纸牌，请主人做庄，他再三推却，因为他是难得赌的。只是末后他仍唤下人取出纸牌来，倒了约摸五十个金币在桌子上，就开始赌了。我们围住了他，赌得很热烈。薛威欧赌时，往往静默着，从不和人争论或有所辩白。打牌的算钱时偶然弄错了，他总得付钱贴补，或记了下来。我们原知道他的特性，从不去打搅他。但我们中间，却有一个新来的军官，在赌时神志不属似的转下了一角，照例就得加倍下注。其实他本意并不要如此，薛威欧哪里知道，他有意无意当然将铅粉加上了一笔。军官以为薛威欧错了，呶呶分辩，薛威欧不则一声的自管派着纸牌。军官不能再耐，便将他以为错加的数目立时抹去。薛威欧取了铅粉，重又加上。那军官既多喝了些酒，又受了赌时的激刺，加上伙伴们的嘲笑，便认做自己受了苛待了，从桌上抢了一个铜烛台，掷向薛威欧。薛威欧却避了开去，我们都呆坐着动弹不得。薛威欧站起身来，直怒得脸色泛白，两眼注在火上，说道："先生，请离开这房间。感谢上帝，这事恰发生在我的屋中。"我们早料到以后还有事情，瞧着我们那个新伙伴直如已死的一般。那军官离了屋子，声言准备着接受对方的侮辱，决不逃免。那赌又继续了几分钟，但我们觉得主人的心已不在赌上，于是一个个告别回去。彼此议论着说我们营中的军官，怕要有一个空缺了。

第二天早晨我们在练马场上，便问起我们那位新中尉还活着么。到得他上场来时，忙纷纷的去问他，他回说还没有得到薛威欧信息。这一回事，使我们大大的诧异。我们上薛威欧那里去时，却见他正在院子里一弹又一弹的射击那黏在大门上的一张爱司纸牌。他照常的接待我们，并不说起昨夜的事。一连三天，那中尉还没有死。我们都很奇怪的相问着，薛威欧可是真的不决斗了么？他不决斗了，分明表示很软弱的道歉了。这件事未免使一般少年人的心中都小觑了他。可是缺少勇气，在少年人以为是万难宽恕的。而个人的英勇，在他们眼中以为是大丈夫最高的美德，足以掩盖无数的罪恶。然而过了些时，此事渐渐地淡忘，薛威欧又渐渐地恢复了从前的潜势力。

惟有我一个人对于他却不同了。平日间我原以为他性情奇特，因和他十分投契。他过去的事，是一个不可解的谜，而我瞧他却是一件秘史中的英雄。他似乎也喜欢我，对着我便不再用那种粗暴的口气，往往很简单很愉快的和我谈谈许多事情。只是从那不幸之夜以后，我想他的体面上已受了玷污，而自己偏又并不报复，这一念在我心中波动着，对他便不似从前了。我瞧着他的脸，就觉得羞愧。他又聪明又有经验，当然也觉得，也不用揣测是甚么原因了。他似乎很忧闷，我瞧他曾有一二次似乎要向我诉说，但我却避过他，他对我的态度也就疏远了。从此以后，只当着别人在场时，才和他遇见。而我们先前那种开诚布公的谈话，也完全停止了。

大凡大城中的居民，有种种的趣味和娱乐。想不到小镇中住民所经历的事，即如等候邮件，便是其中之一。每逢礼拜二礼拜五两天，我们营中的办公处，都聚满了军官，有的等钱，有的等信，有的等新闻纸。递来的包裹，总得当场拆开，彼此交换故乡的消息。一时办公处中，便满现着活泼的气象。薛威欧的信也全都送在我们营中，由我们转交过去。一天，有一个包裹交给他，他很不耐的把他拆开了。他一壁看着那信，眼中霍霍地发出火来。那时军官们正各自忙着，并不注意于他。他却对他们说道："列位，有些儿意外的事情，使我不得不立时动身了。我决定今夜离此，在我未去之前，很希望你们同我一块儿用餐，不要拒绝我。"接着转身向我道："我希望你也来，不容拒绝的。"说了这些话，他便匆匆而去。我们都商定在他屋中相会，就分道而去。

到了约定的时间，入到薛威欧的屋中，我见全营的军官都聚在那里。他所有的东西，一起收拾好了，除了四堵满布枪眼的空壁外，一无所留。我们坐下来用餐，见主人甚是高兴，同时便使大家都高兴起来。香槟酒瓶的塞子，拍拍地乱飞；酒樽中的酒沫，嘶嘶作声。我们兀自祝颂着老友此去，一路平安，凡百如意。我们从桌子上立起身来时，时候已晏了，我们各自取着帽子,薛威欧——道别。我正要跨出门去,他却握住我的手,将我留下,低声向我说道:"我要和你说句话。"我便留下了。

大家去后,我们俩相对坐着。静静的点上了烟斗,薛威欧像有心事似的,他那惨白而沉郁的脸色、血红而火热的眼睛、口中喷出来的烟雾,直使他完全变做一个魔鬼模样。过了好几分钟,他才打破了静默,开口说道:"我们怕不再相见了。在我们分手之先,须得把事情表白一下。你总也瞧到,我平日对于别人对我的意见,不大在意。但我很喜欢你,而使你心上印着我一个不良的印象,那是很可伤心的。"

他停住了,又在烟斗中装上了烟。我默默不语,低垂了眼等着。他便又说道:"你定然很奇怪,我并不为难那酗醉的傻子 R。你要知道我俩和他决斗时,他的性命就握在我手中,我自己却是非常安全的。我临时原不妨宽恕他,以博慷慨之名。但我又不愿说谎,可是我惩罚 R 而自己一无危险,我就决不可宽恕他啊。"我很诧异的瞧着薛威欧,他这种话着实使我激动。他又接下去说道:"这是实在的,我也没有以性命冒险的权利。六年以前,我被人劈面打了一下,而我的仇人至今还活着。"我忙道:"你不和他决斗么? 可是为环境所阻么?"薛威欧答道:"我曾和他决斗的,且给你瞧一件决斗的纪念品。"

他立起身来从一只纸板匣中取出一顶红缨金边的红色帽来,这帽法兰西人称为警帽。他戴在头上,却见在头额上面一寸的地位,被枪弹洞穿了一个窟窿。他重又说道:"你总也知道,我曾在轻骑兵营中服务过的。你总也知道我的性情,如今是专横对人的。而在我少年时代,更热烈得多咧。在我那个时代,打架争吵,要算是时髦的事。我在军中,便是一个最会淘气的人。我们往往以豪饮自夸,我曾超过那著名的酒人 B 君。他是军中诗人 D 君酒曲中时加咏叹的英雄。至于决斗一事,也是我们营中天天有的,我总是做当事或者给伙伴们做证人。我同伍的军官,人人爱我,而上面统带的官长不时调换,却都瞧我是个害群之马。"

"我正很冷静的享着这盛名,谁知却有一个少年加入我们的伙儿。他是富贵之家的后裔,我且隐去他的姓名。我一辈子从没有遇见过这样漂亮而得天独厚的人物! 试想他又年青,又美秀,又聪明,又愉快,又勇敢而无畏,又有一个富贵的姓氏,又有好多的钱可以命令一切。试想这样一个模范人物,现身在我们的中间,那结果可想而知,我这最高的地位,可就岌岌欲危了。他因为我在军中有名,最初就和我结交,我却只是冷冷的相待,而他不以为意,奉身而退,我心中甚是恨他。他在军营中和妇女们中间大告成功,简直是使我要发疯了。我于是等候机会和他闹翻，给他讽刺小诗，他却很和善的作答。而我读他的诗似乎比我的更自然，更漂亮，也更为愉快。可是我在这里发怒，他却在那里开顽笑。末后在一位波兰贵族的跳舞会中，眼见他成了许多太太们的注意之点。我正在很热烈的爱着那女主人，而那女主人，偏格外的注意于他。我恨极了，便就着他耳边说了几句侮辱他的话。他红着脸转过身来，劈面打了我一下。两下都立时赶去取佩刀，太太们吓得晕去了，当下便有人把我们拉开。这夜双方约着到远些的地方去，一决雌雄。"

"这一天是春朝的天明时候，我同着三个证人立在那约定的所在，好生不耐的等着我那仇人。太阳升起来了，我便远远望见了那仇人，他正在步行着，只有一个证人作伴，一件短军裤，挂在他腰间的佩刀上。我们一行人，走前去和他们相会。他走近过来，执着一只帽子，帽中盛满了樱桃。证人们量过距离，相去共十二步。我本该先放枪的，只为怒极之余，心神错乱，怕不能瞄准，因将第一枪让给他放。这回事他却不答应，只索拈阄决定。不过他交了好运，处处顺利，他瞄准了我，在我帽上打出一个窟窿来。接着便轮到我了，他的性命已在我手中。我饥渴似的瞧着他，瞧他脸上有没有一丝不安之象。他立在我那举起的手枪下，从帽中取了最熟的樱桃，自管嚼吃，吐出一个个核来，有的竟吐到我这边。他这冷静的态度，又使我恼了。我心中想：'他既把性命看得不值钱，那我取他的性命，又有甚么意思呢？'那时便有一个恶念，霍地掠过我的脑中。于是把我的手枪放了下来，我对他说：'我瞧你此刻志不在死，正忙着吃东西，我也不敢来打扰你。'他答道：'你并不打扰我甚么，快快开枪，一切任你的便。这一枪原是属于你的，随时听你处分就是。'我转向证人们说：'我此刻不预备开枪，这决斗就算终止咧。'后来我从军中退休，住在这偏僻之地，没一天不想到复仇，而复仇的时期终于来了。"

薛威欧从衣袋里取出今天早上接到的一封信，递给我读。原来有人从莫斯科来信，说"他所知道的那人"将娶一个绮年玉貌的美人儿了。薛威欧又开言道："你总可猜到这'我所知道的那人'是谁了。我如今便上莫斯科去，我们且瞧着，瞧他在结婚的前一夜死时，可还像当时吃樱桃时一般的冷静么？"他说了这话，立起身来，把那击破的帽子掷在地上。一壁在室中往来踱步，直好像一头槛中的猛虎一般。我一动不动的听着，心中起了许多奇怪而矛盾的感想。不多一会，有一个下人进来，报道马已等着了。薛威欧很亲热的和我握手，我们彼此拥抱。他入到一辆轻马车中，车中早放着两只箱子，一箱是手枪，一箱中是他个人的钱物。我们重又说了声再见，那马便泼刺刺地赶去了。

（二）

几年以后，我为了家庭中的事，不得不住在一个幽僻的小村中。每天忙着家务和田事，往往怀念先前那种很热闹而又无忧无虑的生活。最难受的每逢春夏的黄昏，总得在寂寞中过去。在晚餐以前，我还能设法捱过时光和当地的保正谈谈，或去看看工厂中的工作，但是一近黄昏可就坐立不安，不知道怎样才好。我那橱中和木料间中的几本书，早已读得烂熟，了然于心了。那女管家老箕利洛那所讲的故事，也已听得厌了，但仍唤伊讲了再讲。有时我借着没甜味的果子酒消遣，只是喝了之后，使我头痛，而我又不愿冷清清地一个人喝闷酒，只索罢了。我并无近邻，即使有二三个宝贝，也语言乏味，一开口便是打嗝和长叹。这寂寞委实耐不住了。末后我就决意提早上床，便可将夜间的时光缩短，而延长日间的时光。我照此一试，觉得这主意倒是很好的。

去我住处约四俄里的所在，有一处豪富的采地，是一位伯爵夫人的。他在做新嫁娘时，曾来过一次，却没有住过一月就去。但在我隐居后的第二个春季，忽传言伊要同着丈夫来此避暑了。在六月初上，伊们果然来了。

来了一个富邻，要算是乡人生活中一件大事了。那些乡人家主仆上下，在两个月前早就说起，便到了三年以后，还在谈讲。便是我自己，委实说也被这消息吸引住了，急着要去瞧瞧我那高邻的女主人。据说是年少而貌美的，所以在伊到后的第一个礼拜日，我就在餐后赶去，想致敬礼于伊，并给自己介绍，算是伊家最近的邻居，可有甚么效劳之处没有。

一个下人导我到了伯爵的书室中，自去通报。这书室布置得甚是奢华，四壁都是书橱，每一具橱上都放着一个半身铜像。火炉架上，挂着一面挺大的明镜。地上罩有绿布，再加上地毯，真考究极了。可是我惯常住在那可怜的陋屋之中，已完全没有奢华之想，而又好久不到别人的屋中去了，所以此刻等着那伯爵，很觉羞涩，仿佛是一个乡下律师候谒当朝的首相一般。那时一扇门开了，有一个三十二岁左右面貌极清秀的少年，入到室中。伯爵掬着一副很和善的面容，走近我来。我鼓起了勇气，预备自叙来历，他却截住了我。彼此坐下了，伯爵谈吐俊爽，毫无拘束，便使我去除了羞怯之心，渐渐恢复平时的态度。正在这当儿，那伯爵夫人却突然进来了。我心中更觉麻乱，不能自制。夫人确是一个美人，伯爵忙给我介绍了。我表面上竭力要做出安闲的模样,谁知越是如此,越是不行。他们俩也瞧破了这个,有意要使我恢复常态,像在自己家里一样。因此两下里谈起话来,当我是一个很密切的邻人,所以不拘礼数似的。我于是在室中往来踱着,看看书本和图画。我本来不识画的,然而有一幅画却引起了我的注意。看那画中分明是瑞士的风景,上面有两个枪弹的窟窿,恰恰叠在一起。我瞧了,止不住转身向伯爵道:"好神奇的枪法啊!"伯爵答道:"是的,这不是很神奇么!但你自己也是一个好枪手么?"我乐于把话头引到这上边去,因便答道:"还过得去,在三十步的距离击一张纸牌,不会不中。我当然也是识得手枪的。"那伯爵夫人也似乎很有兴味的说道:"真的么?"又问伊丈夫道:"吾爱,你也能三十步击中一张纸牌么?"伯爵道:"有时可中,我们且试一下子。先前我原也是个好枪手,但是四年以来,没有动过手枪了。"我道:"既是如此,那我敢打赌任是在二十步上,也击不中一张纸牌。手枪这东西是要天天练习的,这是我的经验之谈。在我们的军营中,我也算得是一个最好的枪手了,然而我的手枪常须修理,要是一个月不动,你们以为怎样?我第一次试击时,便在二十步上一连四次击一个瓶子,也没有击中。我们有一位大佐,是军中的智多星,他很会开顽笑的。那时恰也在场,便对我说道:'兄弟,你分明不能和一个瓶子抵敌了。'不行不行,伯爵,你万不可疏于练习,要是一松下来,那你不知不觉的要完全生疏了。我先前很幸运,曾遇见过一个最好的枪手,他天天练习,餐前至少练习三次,这是他的日课,好像他每天喝一杯威士忌酒一般。"

伯爵和他夫人递了个眼色,伯爵问道:"他打枪是如何的好法呢?"我道:"我和你说,他倘看见了墙上有一个蝇……伯爵夫人,你笑么?我对你说,这是实在的事……他一见那蝇,便嚷着道:'谷士麦,我的手枪。'他那下人谷士麦,忙把一枝实弹的手枪递给他。'砰'的一声,那蝇便贴死在墙上了。"伯爵道:"这真是神奇了!他的名字唤做甚么?"我道:"薛威欧。"伯爵大呼道:"薛威欧,你也认识薛威欧么?"我道:"怎样不认识?我们是好朋友。我们军中,待他好像同营的军官,但已五年没有知道他的消息了。如此你也认识他的么?"伯爵道:"是的,我曾认识他。他难道没有告诉你一件很奇怪的旧事么?"我道:"你可是指当时有一个无赖的汉子劈面打他的事?"伯爵道:"但他曾把这无赖汉子的名字告知你么?"我道:"他并没说……呀!我的……"我停住了口,心中斗的猜到了三分,便接着说道:"请恕我……我并不知道……不要就是你老人家么?"伯爵很不安的答道:"正是我。这幅画便是当年的纪念品啊!"伯爵夫人忙插口道:"呀!吾爱,瞧上帝分上,不要再提起这回事,我听了就得发疯咧。"伯爵答道"不!我定要说的,他知道我曾侮辱他的朋友，此刻给他知道薛威欧怎样的报复我。"

他移了一只圈椅给我坐了，我便很着意的听着以下的一段故事：

"五年以前，我结婚了，我在这里采地上度过了蜜月。这屋中我既过了一辈子最快乐的时光，而也留下了最苦痛的纪念。一天黄昏时，我们俩骑着马一同出去，吾妻的马似乎发起性子来，伊惊了，忙把马缰交给了我，随后徒步回来。我到得院子里，见有一辆轻便的旅行马车停着，下人们报知我，说有一位绅士坐在书室中，不肯自道姓名，也不说来意。我进了书室，在半明的天光中，瞧见一个尘埃满身的人立在壁炉旁边，已长了一抹几尺长的须子。我走上前去，想看出他的面貌来，他放着不稳定的声音说道：'伯爵，你不认识我了么？'我大呼道：'薛威欧！'委实说，我这时毛发都竖起来了。他答道：'正是，先前你曾欠我一弹，我此来便要把手枪撤空了，你可准备了没有？'说时那手枪已从胸口袋中露了出来，我量了十二步距离，在那边壁角里立住了，要求他趁着吾妻回来之前，立刻开枪。他嫌室中太暗，我便把烛火取来了，关上了门，吩咐不许一人进来，便又要求他开枪。他取出那手枪，瞄准起来……我只一秒钟一秒钟的数着……一分钟可怕的时光已过去了，薛威欧放下臂来说道：'对不起，这手枪里并不是装着樱桃的核子，那弹儿是重重的。况且我有一种印象，这一回事不像决斗，倒像是我犯谋杀来的。我可不惯击死一个手无寸铁的人，不如让我们重新来过，拈一个阄儿决定谁先开枪。'这当儿我头中正在打旋子，反对他的新主张，末了儿却答应了。另外在一柄手枪中装了子弹，又卷了两个纸卷儿，他放在一顶先前给我一枪打穿的软帽中。彼此各拈一个，这回我仍拈得了个首先开枪的阄儿。当下他对我说道：'伯爵，你好幸运啊。'说时微微一笑，这一笑是我所永永不能忘怀的。接着我也不知道是甚么一回事，他有没有逼迫我，我又首先开枪了……这一枪就击在那幅画上……"

伯爵指着那幅弹穿的风景画，脸色绯红如火，而伯爵夫人的娇脸，却白白的像伊手帕子一样。我禁不住脱口低呼了一声，伯爵却又说道："我开了枪，感谢上帝，又没有中……于是薛威欧（这时他很为失惊）缓缓地擎起手枪来向着我，不道那门陡的撞开了。玛丽惊呼着飞奔进来，将两臂挽住了我的脖子。吾妻一来，倒使我神志清明了，即忙说道：'吾爱，你不见我们正在这里打赌开顽笑么？怎的你竟如此吃惊！快去喝一口水再来，我介绍你见我的一个老朋友老伙伴。'玛丽不很相信我的话，转身向着那兀立不动的薛威欧道：'请和我说，我丈夫的话可是真的，你们正在这里开顽笑么？'薛威欧答道：'夫人，他原是常开顽笑的。有一次他在顽笑中劈面打了我一下，接着又在顽笑中开枪打穿了我的帽子，刚才又在顽笑中向我开了一枪。此刻我可也要开一个小小顽笑了……'当下他便又擎起臂来，当着伊眼前……当真瞄准着我。伊疾忙投身在他的脚下，我怒呼道：'起来，玛丽，太可耻了！'我又向薛威欧道：'先生，你可能不再作弄一个可怜的妇人么？你毕竟要开枪不开枪呢？'薛威欧道：'我不开枪了。我心中已满足，我已瞧见你的困乱、你的畏缩，我已逼着你向我开枪，我再也没有别的要求了。以后你总能记得我，我让你扪着良心想想。'说完，走向门去。在门口立住了，旋过身来，眼望着那幅画，差不多并不瞄准，砰的开了一枪，立时走了。吾妻晕倒在地，下人们不敢阻止他，只害怕得向他呆瞧。他到了廊下，唤过车夫，一会儿便去远了。"

伯爵说完了这一席话后，便默默无语。这晚我对于那段动人的故事，总算得了结束了。这故事中的英雄，我却不能再见。传闻薛威欧在亚历山大叶西朗蒂氏叛乱时，曾统带了一支队兵士，在史古立南将军麾下战死了。

（原载《紫罗兰》第 1 卷第 22 号 1926 年 10 月 21 日出版）

（法）邬度女士　原著

未婚妻

按：邬度女士（M. Audoux）为巴黎一缝衣妇，略知书。工余之时草《茉莉葛兰》（*Marie Claier*）。阅十年，篡改数度，始出以问世。当代文豪见之，大为激赏，因以成名。又有短篇小说多种，散见巴黎丛报中，此其一也。

过了几天的假期，我就得回巴黎去了。我到火车站时，火车中已挤满了人。我向着每一节车中张望，希望找到一个座位。对面的一节中恰有个座位空着，不过放有两只大篮子，篮中有鸡和鸭，探出头来望人。我迟疑了好一会，才决然入到车中。我打扰了旅客们，连连道歉，但是有一个穿着宽大外衣的人说道："姑娘，等一会，待我将这篮子取下来。"当下我给他拿着膝上的一篮水果，他就把那鸡鸭篮子塞到了座下去。鸭子们不喜欢如此，向着我们叫，那些母鸡都垂倒了头，倒像受了侮辱似的。而那农人的妻子却和伊们陪话，唤着伊们的名字。

我就座后，鸭子都静了。我对面一个客人便问那农人，可是把这些鸡鸭送到市上去卖的。农人答道："先生，不是的，我将去送与我的儿子，他后天要娶妻了。"他脸奕奕有光，抬眼向四下里瞧着，似乎要显给大家看，他是何等的快乐。一隅有一个老婆子拥着三个枕头蹲在那里，占了两个人的地位，还在那里咕噜说着，农人们在火车中太占地位了，而他旁边坐着的一个少年连两肘都没有放处。

火车开行了，那刚才和农人说话的客人，展开一张新闻纸来。农人却又对他说道："我的孩子是在巴黎,他在一所商店中工作,要和同店的一位姑娘结婚了。"那客人把展开的新闻纸掉在膝上,一手执着,身体微微倾向前面,问道:"那未婚妻可美丽么?"农人道:"不知道,我们还没有瞧见过伊咧。"客人道:"当真,要是伊生得很丑,或你们不喜欢伊,便怎么处?"农人道:"这种事情原是常有的,但我以为我们定能欢喜伊,因为我们那孩子也决不会娶一个丑妻的。"那农人的妻子在我旁边说道:"况且伊倘能使我儿子快乐,那一定也能使我们快乐呢。"

伊转身向着我,那一双温柔的眼中,满含着笑。伊有一张活泼泼地小圆面孔,我简直不相信伊有一个长成的儿子,竟要娶妻了。伊问我可是往巴黎去,我向伊说是的,于是我那对面的客人便开起玩笑来,他说:"我敢打一个赌,这姑娘就是那未婚妻,伊是来会伊翁姑的,而故意不告知他们伊是甚么人。"

大家都对着我瞧,我的脸便涨得绯红了。那农人夫妻俩都说道:"要是真的,那我们甚是欢喜。"我对他们说,这不是真的事,但那客人却又说明我在月台上曾往来两次,似乎找寻甚么人,接着又迟疑了好久,方始入到火车中来。

旅客们都笑了,我便又竭力辩明,火车中只有这里一个空座,所以到这里来的。那农妇忙道:"不打紧,我们都欢喜你,倘我们媳妇能像你一样,那我们就很快乐咧。"农人道:"是的,我希望伊的模样儿像你。"那客人仍要继续他的笑话,狠狠地瞧着我说道:"你们试瞧,一到了巴黎,你便知我的话不错了。你们的儿子定然和你们说:'这便是我的未婚妻。'"

过了一会,那农妇转身向我,在篮子里摸索着,取出一个糕来说这是伊今天早上亲自做的。我不知道该怎样拒绝伊,便回说我中了寒,身子发热,于是那糕重又回到篮子里去了。接着伊又给了我一串葡萄,我只索受了,车子停时,那农人又要给我去弄些热的饮料来,我好容易阻住他。

我瞧着这一对好夫妇,很恳切的要爱他们儿子所挑选的媳妇。我倒很怨自己不是他们的媳妇,要是真有这回事,正不知他们要如何的爱我咧。可是我从不知道我的父母在那里,我又往往在一般陌生人中间过活,不论在甚么时候,总觉他们是睁睁地对我瞧着。

我们到巴黎时,我助着他们将篮子提了下去,又指点他们火车站的出路。我刚走开去时,见有一个身体高的少年跑过来,和他们拥抱,逐一和他们接吻。接了又接,他们都笑着,快乐得甚么似的。脚夫们高喊着,取着行李磕到他们身上来,他们也没有听得。当下我跟着他们到门口,那儿子把一臂挽着那鸭篮的柄,另一臂挽着他母亲的腰。因他也像他父亲一样,有一双快乐的眼睛和宽大的笑容。

外面天色快要暗了,我拉紧了衣裳,在那一对快乐的老夫妇背后逗留了半晌,他们的儿子却去唤车子了。那农人抚摩着一头斑毛大母鸡的头,向他妻子说道:"我们倘知道伊不是我们的媳妇,我们便把这斑毛鸡送给伊了。"农妇也抚摩着那斑毛的母鸡,说道:"是的,要是我们预先知道。"伊向着一大群走出车站来的人走去,远望着说道:"伊和这些人一块儿去了。"

那儿子唤了车子回来了,扶着他的父母上车,他自己跨上车厢,在车夫旁边坐下。他把身子斜坐着,好时时看他的父母,他模样儿又强健又温柔,我想他的未婚妻真是一个快乐的女孩子。

那车子去远了,我缓缓地走向街中去。我不能打定主意,回到我那寂寞的小房间中去。我已二十岁了,还从没有人和我讲这恋爱咧。

（原载《良友》第 10 期 1926 年 11 月 15 日出版）

（英）培来潘恩　原著

疗贫之法

　　早上很清爽，很凉快，预示大热天随后要来了。那沉沉欲睡的村中、街上简直没了人影，四下里也没有甚么活动的东西。只有那屠夫的车子，往往比旁的车子活动。孩子们都在学校里，年老的人，立在他们门口，等有行人走过时，便对他说天气要热起来了。

　　一个清洁而瘦小的老婆婆，从街头一所清洁的小屋子里走出来，走过了屋前一片清洁的小园子。伊在门口立住了，对伊的猫说，不该跟着伊出来。那猫甚是着恼，也不愿和伊同去了，于是伊自管出去。伊那怯生生地而又坚忍的脸上，微含笑容，手中紧握着一个皮手袋。

　　伊微笑着一路走去时，人家也报以微笑，无论哪一家门口的人，都能告知你伊是谁，而曾做过许多好事的。伊小小的进款，自己用得很少，多半耗费在别人身上。谁害了病，伊便去做义务的看护妇。谁穷得没有钱使，伊便去做乐善好施的银行家。每在街中遇见了个小孩子哭着，便不由得停住了脚，瞧是为了甚么一回事，可能帮助一下不能。

　　那候补牧师是个模样儿很愉快而黄铜色面皮的人，立停了和伊作简短的谈话。伊确知日内不会有雨，伊正有一束海菜晒着，临了儿这谈话便转到教堂中的事业上去。

　　候补牧师道："我估量你老人家可又是照常出来做好事么？"那老婆婆的脸色变了，一会儿似乎现着又怕又恨的神情。伊说道："这样我也没法了，我虽做了好久的好事，而各处仍是捱着苦痛，要设法减除。正好似拾起了一粒粒的沙，而要打扫那偌大的沙漠一般。只有一件东西——"

伊斗的截住了，打开了伊的手袋，取出一匣糖果来。很恳切的问道："你可要吃一个么？"候补牧师道："多谢，我是从不吃甜食的，况且我也不该抢他们小孩子的爱物啊。"

伊走前去时，那候补牧师又停着脚，向伊的背后瞧，伊当真有些儿可怪。

到了街的尽头处，伊遇见一女孩子正在哭着，听了伊自述的话，才知是为了牙痛很厉害，学校中的教师，许伊离校回去。那小老婆婆说道："知道了，吾爱，你拔去了这个牙，而别的牙仍要痛，再有别的牙也要痛。世界原是这样造成，原也是这样进行的，但你吃一个罢。"伊又取出那匣儿来，那孩子取了一个，向伊道谢。

出了村有一个极有判断力的化子，见这是个很好的机会来了。他说了一番很清楚很刚毅的话，说是从孟吉士德步行到这里，三天没吃东西了，上帝知道，他只要能找到一件事情做，也很愿意去工作的。那老婆婆便给了他一个先令，说道："我的人，你这事情是很可悲的，我可也没有法儿想，这一个先令于你并无实惠，明天或后天你早又一样的穷苦，一样的饥饿了。除非——但你可要吃一个糖果么？"

那化子迟疑了一下，好在伊已给了他一个先令，他也不妨迎合伊的意思。于是从匣中取了两个糖果，丢在他那又大又龌龊的口中，举手触了触他的帽子。

那老婆婆仍一路走去，再过去些，伊遇见一个妇人，是个儿女太多的母亲，兀自在那里抱怨着。老婆婆听伊诉说完了，便道："是啊，正如你所说的，世界中苦痛太多，我可没有这能力去破除，但我以为你该吃一个糖果。"于是又从那手袋中取出糖果匣来。

伊回去时，又走过那化子了，他躺在篱下，早已气绝。伊立了半响，向着他瞧，只是现着蔼然之色，而并无恐怖。接着便回到那清洁的小园子里清洁的小屋子里去，伊就坐着，等警察到来。

他们当然送伊往白洛马监狱去了。

（原载《良友》第 11 期 1926 年 12 月 15 日出版）

（美）彭南① 原著

传言玉女

按：彭南氏（H. C. Bunner）生于一千八百五十五年，卒于一千八百
九十六年，尝主纂美国著名之滑稽周刊《泼克》（*Puok*）有声于时。所著
说部有《亚甘迭与罗温之歌调》、《八人舞蹈之第三节》，富有大文家华盛
顿欧文氏作风，不仅以幽默称也。

那缝衣女郎一层又一层的爬上那座大砖屋，入到顶上一层伊的卧房中
时，委实是乏极了。你要是不明白怎么叫做顶上一层，该记取人类的贪欲，
是没有限制的，而对于这种分间出租的屋子，更是不厌其高，于是这一座七
层高的屋子的主人，见他屋中还能租出一层，就要求我们地方上主持营造律
法的官员，许他在屋顶上再添造出一层来，好似轮船甲板上的舱房一般。这
顶上的一层又分作四部分，那缝衣女郎便住着东南角的一部分，你在街上能
望见伊窗子的顶，屋前原有的大檐板，如今恰好给伊做窗槛之用，而这顶楼
的下半部，却一齐遮去了。

那缝衣女郎的年纪，还不到三十多岁，而伊那小小的身子所有容貌态
度，却全是旧式。我对于伊的称呼，也几乎要学着我们祖母的旧法，将
Seamstress（按：此为"缝衣女"之新式拼法）拼作 Sempstress（按：此为"缝
衣女"之旧式拼法）了。伊有一个美秀的身体，如今要不是瘦削惨白，眼中含
着忧急之色，那么还觉得我见犹怜咧。

---

① 今译为庞纳。

今夜伊真乏极了，因为伊替那住在哈勒河外新区域的一位太太，做了整天的工作，远迢迢的赶回家来，又爬上那七层楼的扶梯。伊身心都觉太乏，再也不能煮那带回来的两块排骨了，想省下来，留在明天作早餐吃，因此便在小火炉上，做了一杯茶，吃了一片干面包，也懒得将面包烘了。

餐后便取水浇灌伊的花，这一回事，伊是从不觉得困倦的。而那檐板上向着南面阳光的六盆风吕草，也开得花朵儿嫣红姹紫的报答伊。接着伊在那靠窗的摇椅中坐了下来，向窗外望着，伊的眼睛，高出一切屋宇之上，并能望过对面的几个低屋顶，而望见汤金斯广场最远的尽头处，在暮霭迷濛中，隐隐见那稀疏而新绿的春草。永远不断的市声，很嘈杂的浮动上来，使伊很为焦恼，伊本是个乡村中的女郎，在纽约虽已住了十年，却还听不惯这营营不绝的声响。今夜伊觉得新节气的懒怠和工作后的疲倦，一时交作，简直连上床睡觉也嫌乏力了。

伊想到这辛苦的一天已过去，在伊那张坚硬的小床上度过一夜之后，那么辛苦的一天又开始了；伊想到当初在乡间所过安静的日子，在伊故乡马萨诸塞州的一个村落中，充学校教师；伊想到种种琐屑的事情，处处忍受着富人们的轻视；伊想到那碧绿可爱的田野，近来已难得瞧见了；伊又想到明天工作前后一去一来的长路，不知伊那雇主可肯偿还伊的车费么。接着定了定神，心想伊应当想些快意的事情，不然，今夜再也睡不熟了，然而那唯一快意的事情，只有伊的花朵，因此又抬眼望着那檐板上的花园。

一种奇怪的磨擦声，使伊向下望去，却见有一个圆锥形的东西，在暮色昏黄中闪闪地亮着，歪歪斜斜的向着伊的花盆接近过来，仔细看时，见是一个锡镴的酒瓶。有人在隔邻的房间中，将一根二英尺长的界尺推送过来，酒瓶上有一张纸，纸上写着很散漫而潦草的几个字道：

"麦酒

请恕我放肆

饮之"

那缝衣女郎大惊而起，将窗子关上了。伊记得贴邻的房间中有一个男子住着，每礼拜日，曾在楼梯上瞧见过他，他似乎是个庄严而端方的人，但是——他今夜定是醉了。伊在床上坐下，周身都抖颤起来，当下伊又向自己多方理喻，此人一定是醉了，以后也许不再打扰伊，倘再来打扰时，那只得退避到后面马佛南夫人房间中去。马佛南在一家煮器店中工作，是个很可尊敬的人，她定能保护伊的。伊是一个可怜的女子，先前早有这么二三回的"请恕放肆"，而被伊拒绝的，此时伊便决意好好地守着缝衣女的本分，上床

睡去。果然收效了，到得伊的灯火一灭，便在月光中瞧见那二英尺长的界尺重又出现，拗曲了一节钩住瓶柄，将那酒瓶拖了回去。

第二天确是那缝衣女郎最辛苦的一天，并不想起昨夜的事情，直到了昨天这时候，伊又坐在窗畔，于是微笑着记忆起来了。伊那慈悲的心中，悄然自语道："可怜的人，我料知他此刻定是羞愧极了。也许他先前从没有喝醉过酒，也许他不知道这里一个寂寞的女子会受惊的。"

正在这当儿伊又听得一种磨擦之声，向下望时，那锡镶的酒瓶早又现在她面前了，那二英尺长的界尺正在缓缓地收回去，酒瓶上系着一张纸儿，纸上写着道：

"麦酒

有益于健康

甚为适宜"

这一回那缝衣女郎含着怒，砰的将窗关上了。白白的颊上涌起怒红来，想立刻下楼去瞧那管屋子的人，接着却又记起那七层的楼梯，懒得奔走，便决意等到明天早上瞧他去。自管上床去睡，一壁又眼见那酒瓶拖回去了，像昨夜一样。

朝晨来了，那缝衣女郎却又不想去对那管屋子的人诉说一切了，伊生怕闹出事来——而那管屋子的人也许要以为——算了——算了。倘那恶徒再来相扰，那就亲自去责问他，决定如此办去。

于是第二天的晚上，这天是礼拜四，那缝衣女郎坐在窗畔，决意要解决这回事。伊坐在那老家中带来的一张小摇椅中，摇摆得格格有声，坐了不久，那酒瓶又出现了，瓶上仍系着一张纸，伊读道：

"君殆惧吾将与

君语

实则吾非此类人也"

那缝衣女郎真觉哭不得，笑不得，但伊以为这一次定须向他责问了，因便靠在窗外，对着那夜色昏黄的天空说道："密司忒——密司忒——先生——我——你可能将你的头放到窗外来，我好和你说话。"

那邻室中却仍是寂静无声，缝衣女郎晕红着脸，退缩了回来。到得伊重振精神，继续进攻时，早见那两英尺长的界尺上，送过一张纸来："吾言必有信

既云不与君语者

则决不犯之也"

那缝衣女郎又待怎么处呢？伊立在窗畔，苦苦地想着，伊可要去告诉那管屋子的人么？然而那厮又很知自重，他定是一番好意，他当然是好意，才将这一瓶瓶的麦酒耗费在伊身上。伊又记得上一次——也是第一次——曾喝过麦酒，那时是在家中，伊还是一个小女郎，在害过白喉症之后，伊记得那麦酒多么好，恢复了伊的体力。这当儿伊便不知不觉的，提起那麦酒瓶来，先喝了一小口——又喝了两小口。霎时间却想起自己是一败涂地了，伊涨红了脸，先前从没有涨得这样红的，疾忙放下了酒瓶，逃到床上去，像一头惊鹿逃到森林中去一般。

第二夜麦酒来时，附着一个很简单的请求道：

"请勿惧

尽饮之"

那缝衣女郎站起身来，紧紧地握住了那酒瓶的柄，将那酒都泼在伊一盆最大的风吕草的泥土上。伊把那酒点滴不剩的泼完了，便奔回去坐在床上哭了，双手掩住了伊的脸，自言自语道："如今你已干下了，你直是可恶而忍心，多疑而卑劣，好似——好似一头狐狸。"

伊想到了自己的忍心，兀自哭着，当下又想道："他再也不会给我一个道歉的机会。"真的，伊很想好好地向那可怜的人说话，对他说伊很感激于他，然而他不应该要求伊喝那麦酒啊！

礼拜六的晚上，伊坐在窗畔，又自语道："但是此刻甚么都完了。"说时，向檐板上一望，早见那忠实的锡镴小酒瓶又缓缓地向着伊行来，伊屈服了，像他这样基督教徒的恕道和耐心，很感动了伊仁厚的精神。伊读那纸上的字道：

"麦酒固有裨于花朵

而更有裨于人生"

伊提起酒瓶来，直凑到樱唇上，麦酒的色彩，还不如伊双颊一半儿的红，接着很恳切很感激的痛饮了一下，喝过了第一口后便悄悄的咳着，一会儿却诧异起来，原来已见了瓶底了。

伊旁边的桌子上，有几颗珠钮旋住在一片白纸上，伊拆下了纸儿把来铺平了，手儿颤颤的写上两个字——伊写得一手很挺秀的字：

"多谢。"

伊将这纸片放在酒瓶上，不一会，那二英尺长的界尺又曲着探将过来，把那邮信车儿拖回去了。于是伊静坐着，享受那麦酒发热的乐趣，这热气顿似流通了伊的全身，并不像空气中那种窒闷而不快的热气，而似乎是很滋润的春气。那时白铁的檐板上一阵磨擦之声，又惊动了伊，一张纸儿已现在伊眼前，上面说：

"万物滋生之好天气！

史密士"

像这样平淡无奇的话，本来没引动那缝衣女郎继续通问的可能，但是这一句简单而质直的语句却触动了伊的乡心，这万物滋生的好天气，和那伏在这七层屋子里的劳力者，又有甚么相干？此人多分也像伊一样，是个生在乡间的人，正切盼着田中棕色沃土的翻动，和新绿的滋生呢。伊便取起纸来，在他的语句下写了一字道：

"利。"

这似乎太简了，伊就加上了个"于"字，利于甚么呢？却并不知道，末后在窘急中写上了"种薯"二字，这纸儿缩去了，接着又送回来，加上了一句道：

"过湿不宜种薯。"

那缝衣女郎瞧了见那"湿"（moist）字还写了个别字，误作 mist（译意为雾），不由得低低的笑了起来。在这个时节，而此人能关心于种薯，像这样的人，是不用害怕的，当下伊找到了半张信纸写道：

"予于未来纽约时，卜居一小村中，顾亦不甚了了于农事。君殆务农者乎？"

那人作答道：

"曾在梅恩州略习农事。

史密士"

字句多不通，且有误字，那缝衣女郎读时，听得一只礼拜堂中的钟报了九下，伊便嚷着道："咦，已这样晏了么？"于是急急将铅笔写了"晚安"二字，抛将出去，把窗子关了。过了几分钟，却见檐板上又有一片纸儿，在晚风中拂动着，也只是"晚安"两字，一个"晚"字可又写别了，缝衣女郎略一迟疑，便拿进去，收藏好了。

从此以后，他们俩成了极好的朋友。每晚酒瓶出现了，那缝衣女郎在伊的窗前喝着，史密士先生也在他窗中喝着同样的酒。而在史密士早年的学问范围以内，很快的彼此通信，他们互将自己的历史相告，史密士足迹很广，职业也多变换，他曾经航海，种田，曾在梅恩州森林中伐木和打猎，如今在东河木厂中充工头，很为发达，一二年间，他就能积下一笔钱，回白克斯堡故乡去，而在造船业中做一个股东了。这些事情，全是在他别字连篇和可解不可解的通信中写出来的，内中有思想，有道德，而也含有哲理。

以下便是史密士先生通信的式样：

"吾曾旅行至一神秘之

地。"

缝衣女郎答道：

"其地必甚有趣味！"

史密士却很简单的答道：

"并不。"

他又继续下去道：

"吾在香港，尝见一中国庖人

能制油煎饼一如

君母。"

"一教士出售糖酒

实为上帝信徒中之至卑劣者。"

"吾身长六尺一寸又四分之一

顾吾父为六尺四寸。"

某年冬间，那缝衣女郎曾在学堂中教书，向来是循循善诱的，如今可不能不将史密士先生的缀字法改良一下。一天晚上，伊接得了他的通信说：

"吾在梅恩州杀一熊，重六百磅。"

那熊（Bear）又误拼了 Bare，伊便答道：

"熊字之缀法非大抵作 Bear 者乎？"

然而伊以后不愿再纠正他，因为他的来信又说：

"熊之缀法无论如何

总为一下贱之兽畜耳。"

春季过去，夏季来了。这晚上的喝酒和晚上的通信，仍使那缝衣女郎在每天的尽头得些儿乐趣，喝了麦酒，夜夜使伊睡熟，身在热闹的城市中，却能得到极安静的休息，真有益于伊的身心了。伊想到了日后把晤之乐，那无论怎样疲乏，总得鼓起勇气来，烹煮伊的晚餐，从此那缝衣女郎粉颊之上，便和六月中的玫瑰一同开花了。

在这许多时期间，史密士先生仍守着他决不交谈的誓言，并未违反。那缝衣女郎有时故作低呼，逗引他答话，然而他仍是默默无语，连人影儿都瞧不见，惟有他烟斗中的烟雾和麦酒瓶磕在那檐板上的声响，表示那和伊通信的人，是个有生气有形骸的史密士。他们俩从没在楼梯上遇见过，因为彼此出入的时间是不符合的，有一二次曾在街中擦身而过，但那史密士先生兀自望着前面，直越过伊头顶一尺以上。那缝衣女郎见他那六尺一寸又四分之一高的身材和棕色的须子，以为他是个很美观的男子，而旁的人却大半说他是丑陋的。

有一次伊曾和他说话，一个夏日的黄昏，伊走回家来，有一班街角的流氓截住了伊，要钱买啤酒喝，这是他们的习惯。伊正在吃惊，而史密士先生出现了——从那儿来的，伊不知道——当下像撒糠般打散那班流氓，揪住了两人，很迟慢而有思虑轮流更迭的踢着，直踢得他们嚷起痛来。到得他放走二人以后，伊便转身向着他，很恳切的道谢，此时模样儿很美丽，双颊都晕红了。他两眼望过了伊的头顶，脸色涨得绯红，很觉得局促不安，当下见一个德国人在旁走过，便吃喝着，借此也自管走开去了。

夏季渐渐地过去，两人仍在窗中悄悄的通信，仗着那很有交情的檐板，遮去下面的一切世界。他们在屋顶上望出去，见那汤金斯广场上的碧草，因着日积月累而变成黯绿了。

礼拜日，史密士先生总得到郊外去旅行，回来时总得带一束雏菊花或黑眼苏珊花，入秋后便又带一束紫菀或秋金草，把来赠与那缝衣女郎。有时他很聪明的，索性买那整棵的花和草回来，还连带着新鲜的肥土，可以立刻供盆种之用。

他在一个酒瓶中，又送伊一具卷丝轴、一枝珊瑚和一条晒干的飞鱼，鱼翅如刀，两眼空洞，瞧去甚是可怕，起初将这飞鱼挂在墙上，伊往往不能入睡，后来才惯了。

九月中一个凉快的黄昏，他很引起了那缝衣女郎的惊异。原来他从檐板上送过这么一封信来：

"尊重与敬慕之女士

久仰光仪，原欲以私衷奉白，迄不可得。数月来猥承不弃鱼雁往返，以是因缘，敢申一言，吾心中情感，已为君所扇动。寸心所注，不仅友谊而止，盖已达于夫妇爱悦之境矣。女士，今兹不揣冒昧，敢以婚约相要结，如荷玉允，感且不朽。凡为人夫者，应尽之责所不敢避，赴汤蹈火，惟力是视。他日携君之手，同趋圣坛，以君之美淑，必能共跻于人世极乐之域也。君之贱仆与热爱者史密士再拜。"

那缝衣女郎对这信看了好久，也许伊诧异着史密士不知从哪一本上世纪的"尺牍便览"中，得这求婚书的格式；也许伊诧异着史密士第一次用心写信，竟得到这样的成绩；也许伊正在想着旁的甚么事情，因为伊眼中已有了泪痕，那樱桃小口上，也含着一丝微笑。

这样过了好多时候,史密士先生定已焦急不安了,当下他又有一封信,从那磨光的檐板上送将过来道:

"如不解书中所谓,然则

君能嫁吾乎?"

那缝衣女郎取了一张纸儿,写道:

"吾脱许子者,子能与吾一语乎?"

接着伊站起身来,递将过去,把身体靠在窗外,他们俩的脸,便接合在一起了。

(原载《紫罗兰》第 2 卷第 17 号 1927 年 9 月 10 日出版)

（西班牙）白勒士谷① 原著

现代生活

按：白勒士谷氏（E. Blasoo）为西班牙著名小说家与编剧家之一。生一八四四年，卒一九〇三年，所作善于讽刺，笑嬉怒骂皆成文章。斯作英名《现代生活》（*Modern Life*），其代表作品也。生平著书甚富，都二十七卷，其《乡村补靴匠》（*The Rustio Cobbler*）一书，尤为彼邦人士所传诵云。

（一）

先生，这是讲述一个父亲的事。他有四个儿子，长子是二十四岁，次子是二十三岁，三子是二十二岁，四子是二十一岁。这为父的是个老鳏夫，以银行为业，而极富极富的。

可是有三个儿子已得了学士的学位（这在现代生活中是没有实用的）。有一天便唤他们集在一起，对他们说道："我的儿，如今你们都须择定你们的终身事业了，你们可要干甚么？"

那长子名唤孟元尔，答道："父亲，我要做一个律师。"父亲道："好，你就做律师罢。"

次子名唤安东讷，答道："我要做一个医生。"父亲道："那你就做医生，我

---

① 今译为伊巴涅斯。

并不反对。"

三子名唤育山,答道:"父亲,我要像你那么做一个商人,做一个银行家,挣钱挣得很快。"父亲道:"我定然助你,如你的愿。"

那兄弟中最幼的一个停了好一会,才很温顺的说道:"爸爸,我要做一个强盗。"

当下里大家便闹起来了,那父亲从椅中跳起身来,头顶几乎撞到了天花板。他那哥子们便骂他是流氓,是懒汉,是无赖,是骗子,是不肖子,是恶弟弟,将来还是个不良的国民。便是下人和邻人们听得了他这种邪僻的愿望,也大加毁谤。然而那孩子仍反复的说道:"我既要做一个强盗,那定然做强盗了。你们倘不许我做,我就脱离家庭。"他父亲便从家庭中撵他出去,没口子的咒骂他,当真演了一出家庭的活剧。

这天晚上,这富人的儿子狄麦,收拾了他的行装去瞧这屋中一个最老的老下人,他并不知道是甚么一回事,只以为那孩子是往加士铁或安达罗西探亲去的,狄麦对他说道:"赖蒙,我正在窘困之中,而又不愿意去打扰父亲,你老人家可能借与我一千比斯德(按:即西班牙之银币),准下礼拜中还给你就是了。"

赖蒙手头原是积有几个钱的,便数了二百银圆,递给他,狄麦是打定主意一去不归的了,一壁却说道:"好,一笔债是一笔债,如今我就可借此发展咧。"

(二)

二十五年过去了。

二十五年,是好长的时间,却一些儿也不听得那恶少年的消息……

那父亲如今已过了七十岁了,变得很老很衰弱,因为他在这时期间投机失败,丧失了他的财产……那高地的银行倒闭了,他所有的钱和信用,也同归于尽……有二三个朋友失踪了,拖欠了他几千块钱……他先前曾有车马屋宇、猎墅别业,只因他像一个正直的君子一般,慢慢地还了别人的债,如今便住在台萨柏拉图街一间小房之中,十二块钱一月的租金,唉,可怜的人!

他的儿子们也一样的不幸。

那律师孟元尔,在二十五年间只接得了两件讼案,两案又全都失败。他们虽说他的当事人是对的,而对方很有势力,那恶人的律师认识国务卿、上下院议员,他便像霎眼睛般很容易的胜了两案了。孟元尔失望之余,便死心塌地的受雇在一家公司中,每年薪水二千比斯德,不够养他的妻子和五个儿女。他在这不幸的法律生涯中所得到的唯一报偿,单是一个罗马教徒伊萨白的十字勋章,也是他向来认识的一位议员送给他的,但他从不佩挂,因为没有这种规例。

那医生安东讷也不曾发迹。他应诊不久,他的病人中就死了二三个,其实他们本来要死的,因为害的是死症,这种病没有人能医治,这么一来,那些知道他而嫉妒他的医生们,是何等的快乐啊!他们便开始数说他是个杀人的凶手,他并不知道甚么医药,而他的父亲又是骗子,是个狡猾的商人,害病的人,就不应该去请教这么一个父亲的儿子。

感谢他儿时的一个朋友,也是做医生的,他很为愚蠢,没有甚么学识,但他很有几个钱,设了一所极富丽的诊所,充满了许多精巧伟大的机械。在新闻纸中大登广告,说是百病急治,应手可愈,每次诊金二十元。我又得说,感谢这位朋友,给他得了一个位置,在一处矿泉那里做医生,但因不多登广告之故,人家是不大知道的。

第一季中他所得的病人不到十四人,内中有二人是从马德里城来的赌徒,害的是胃病,但他们并不听从医生的话,夜中自管喝着酒,弹着六弦琴顽。

内中有一人在疗治中狂饮无度,便害上了一种制命的虎列拉症①,在三天中死了。他的哥哥不愿意出医费,便说医生混蛋,不知在那里干甚么,接着在新闻纸中大登诋毁的文字,闹得乌烟瘴气。安东讷于是被医院中斥退了,很耻辱的回到马德里,既没了职业,又不名一钱。

无论他怎样尽力,总也得不到一个病人。他先后在二三处市镇中自行悬壶,那佛拉啊,亚拉买啊,利哇嘉啊,都曾到过。乡民们并不给他钱,倘有人死了,却合伙儿攻击医生。他闷闷地回到马德里,只仗着一家药店中给一些钱过活,这药店就是自命为可代医生,而出卖那种可医百病的药品的。

育山便是愿意学他父亲做商人的那个儿子,他在二十五年间一无所得,只丧失了金钱、光阴和健康。他开了一爿商店专卖美丽的东西——领结、围巾、香水、钮子、手钏、手册、手袋、行杖、罗伞、衬衣、时计、小雕像、玩具、美术品、新奇的物件……然而端为了商约、关税,有钱的主顾们高兴时付账,不高兴时完全不付,战事荒年、展期的宕账、立须付现的支票、拒绝证书、存货、恶魔的打

---

① 虎列拉症:霍乱,简称虎疫。

扰……倒了,有一天他竟宣告:破产!于是人都嚷道:"自然有此父,自有此子。你还希望些甚么啊?"到此一般商人都很快乐,债户们安然而去,而育山和他的妻子儿女都流落了。末后他做了一种周刊的经理,薪水不过六利尔(按:此系西班牙货币每利尔合英币二便士半)一天,还是不常照付的。

三兄弟惯常去伴他们那个可怜的病父坐在一起,只雇用着一个下人,既没有医生,也没有药品,就由他儿子安东讷诊治,所开的药方全是很贵的。在这屋中第三层楼一间简陋的小房中,大家都说道:"不知道狄麦怎样了啊?"一个道:"他定已入狱了。"孟元尔道:"他定已死了!"一个道:"他也许是被害的。"一个道:"只有上天知道。"一个道:"试想这二十五年间,竟一封信都没有!"一个道:"这是何等的不肖子!"一个道:"是何等的恶徒!"一个道:"是何等的恶弟弟!"那父亲道:"我的儿子们,快为他祈祷,愿上帝可怜见这不幸的小子!"

(三)

一天午后(这天是礼拜日全家都聚在一起),下人擎了一张名片进来,说道:"主人,一个下人递上这名片来,有一辆马车等在门前。"孟元尔抢了那名片读道:"萨海根侯爵。"

一时大为激动,竟是一位侯爵!他们忙着将椅子放在原处,整理那病人的床褥,扯直了各人的领结,又把弟兄三人在他们父亲床边玩着的纸牌藏过了。

三层楼上来一位侯爵,这可是谁啊?老人开口说道:"萨海根侯爵……萨海根是我的故乡,在里昂省中,那边并没有这爵位的。"当下那下人来报道:"这绅士来了!"

入到室中来的,是一个四十五六岁的人,衣服很精美,钮孔中系着一条红带,似是爵位的标记,身上洒着最名贵的香水,妙香扑人。

他们都同声呼道:"狄麦!"

委实是他,任是他那秀髯和秀发中已杂了斑白,也很容易的辨认出来……狄麦走近了床,跪下来说道:"父亲,浪子离家,末后往往衣衫褴褛的回到老家里来。然而在旧时代是如此,我回来时,却是一个大富豪,并且很有势力了。你老人家可能恕我么?"

那财富和富人的空气,往往能诱惑和催眠一般傻子的,他们全家都能瞧

178

到狄麦的回家,是有利于一家的预兆。二十五年来的痛心和咒骂,就在这一刻之间忘却了。

那父亲呼道:"我的儿!"

"欢迎你!"

孟元尔、安东讷和育山都拥抱他,和他接吻。狄麦在这一家中,差不多是上帝了。

何等的高兴,何等的动容! 是何等快乐的片刻,又是何等的欢欣鼓舞啊!

他们既表示了一番亲爱之后,他父亲对他说道:"快告知我们,我的儿,告知我们,你怎么会达到这般高高的地位?"

狄麦向着门走去,他把门锁了,室中便只有他们一家的人,他在开始讲述之前,先就说道:"父亲,劫夺罢了。"

(四)

那老人很吃惊的从床上坐了起来,狄麦忙道:"不! 不要吃惊,据他们说,我并没有做甚么坏事,我满载着荣誉和金钱回来,我受人的尊敬。我所过的,就是他们所谓'现代的生活'。"

"你们瞧:我从赖蒙手中骗得了一千比斯德……且慢,赖蒙如今怎样了?"

"他如今已很老了,因为他是个老军人,我们便送他到军人养老院中去。"

"今天我得给他一二千块钱。"这数目好像甘露般降在他们一家。

狄麦又道:"孟元尔,你的名下,我已给你提出二千块钱。安东讷和育山,你们俩也各得此数。父亲,至于你,我昨天已在高斯德赖那买了一所屋子,我们可以同住在一起,你老人家便做这一家之王。"

这当儿他们已不听得他的话了,眼睁睁地瞧着他,直当他是个神奇不可思议的人物。

狄麦接着说道:"当初我既得了那一千比斯德,又向一个朋友借了一千,便登船往合众国去。这是一个有金钱而没有道德的国度,到得我能开始营业时(现在的所谓营业就是包括着取得他人的钱),便在一个大船主大富豪的家中得了工作,在六个月之间我就盗了他的夫人。"

那父亲大呼道："天哪！"

狄麦道："父亲，这是一件难以防止的淫行。而那两半球的新闻纸，称为一出情爱的活剧，人人都偏袒我。伊年少而活泼，伊丈夫却又老又病，待伊很恶。新闻纸中又印着我和伊的小像，并且还印着那以枪自杀的老头儿小像，那时我直是国中一时代的英雄。便同着我的爱人上加利福宜州去，伊带过来五十万美金，可是为了那边最有钱的人，可最得人的尊重我就着手办一种人人喜办的营业，便是一个没有金子的金矿，并且连这矿也没有的。"

"但是这就是欺诈啊！"

狄麦道："然而这种事是天天有的，那公众又是全世界的傻子，竟立刻纷纷的投资，而我的股票已散在市面上了，末后便来一次大失败……于是我弄出一个无足轻重的人来挡头阵，负这责任，我只算是个支薪办事的经理人罢了。到得事情破裂，那人捉将官里去，我却嚷着：'贼，贼！'咦，孟元尔，你笑么？你既是律师，这种事总已见得不少了，没见过么？委实说，只须出了一万块钱的律费，你就得给我辩护。

我从这投机事业上得了一大笔钱……（父亲，目下我们称这样的事叫做投机事业，事实上却往往不对的）便成了富人往巴黎去，大模大样的在那边住下，做了一个法兰西国民。"

他父亲坐起在床，大呼道："法兰西，我的儿子是法兰西人，决不决不！不行不行！"

狄麦道："爸爸，但你不知道我们西班牙正有着世界中最聪明最便利的法律么？这法律尽有给人忏悔和爱国的余地，依照民律第二十一条，西班牙人丧失了他的国籍，改入外国籍的，只须当着他居留地点的民律司册官前，申请复籍，便可恢复过来。我照着这样做去，就依然是西班牙人，不过当初和法兰西人厮混着挣我的财产罢了。"

孟元尔赞道："精明得很。"安东讷和育山也道："神妙之至。"

狄麦又道："巴黎这一个城，是奴事金钱和有钱的人的。我一到那边，便开始设立无数的公司，都是不利于旁的人，而有利于我自己的。那法兰西人都好似小孩子，他们竟非常容易的受人欺骗，试记取那巴拿马事件、梅笃克公司事件、脱郎斯华金矿事件，这全是引诱麻雀的网……端为金钱和荣誉是在巴黎占得势力的要素，又端为这共和国中有爱好贵族的狂热，在第一年上我就赶往罗马去买了一个爵衔。我以萨海根侯爵的名义，随时大宴宾客，这实是结交朋友和引人爱慕的新方法，不多时我就操纵全市了。有一个发明家一无所有，也像旁的发明家一样，把他的新发明品讲给我听，我偷了他的意思，又挣得了一笔财产。"

他父亲太息道："孩子，瞧上帝分上。"

狄麦道："但你不知道凡是制作发明或创始一件事物的人，原得不到利益的么？著作家被出版人利用，优伶被戏班主利用，发明家被资本家利用……资本，我即是资本，全世都俯伏在我的面前。妇人们都崇拜我，我有意让吾妻跟着一个用情于伊的穷汉逃跑了，便将一个很固执的女子屈服下来，几百万的金钱，像水一般流进来……宝星啊，十字勋章啊，宝典啊，我从世界各国接受到手……而此外也有代办所出卖这种章绶的。总而言之，我在这里行年四十有六，被称为'富的银行家'、'大理财家'和'大慈善家'，因为我曾将成千的法郎给与穷人。如今我又将在这里建立医院、学堂和他们所需要的事业……好啊，父亲，明天我们迁入大厦中去，下层全部归你，第一层楼给哥子们和他们的家眷居住，每人各有三四千块钱，存在银行中，而我却要进行做众议员、上议员和国务大臣了……我还得制定法律。"

末了儿他们便放声大笑起来，眼见得金钱从天而降，掉在他们的身上，不由得陶醉了。那父亲一半儿已瘫痪着，却从床上跳将下来，孟元尔跑回去报告他的家人，安东讴唱着歌，育山正在想着在马德里城的中心开起大商店来。狄麦见他们都快乐，便也乐极而笑，临去时他对那开车门的穷小子说道："去工作，去工作！我是自小儿忙着工作的！"

于是全家都说道："是何等伶俐的汉子，他原时常显得有大才干的。"
大才干！！！

（原载《紫罗兰》第 2 卷第 20 号 1927 年 10 月 25 日出版）

（奥）许泥紫勒① 原著

花

许泥紫勒氏（A. Schnitzler），以一八六二年五月生于奥京维也纳。初习医，尝悬壶问世。中年折节治文学，于奥国文坛上卓著声誉，所以剧本与小说，并皆佳妙。一九〇八年获格立派受奖。所作剧本如《亚那托儿》有声欧土，黎园争演之。今其人尚健在，春秋六十有六矣。

这整个的下午，我在街道中旁皇着。那雪缓缓地掉下来，大片儿的下来——而此刻我已在家里了。我的灯已点上，我的纸烟已烧着，我的书本已放在近边。真的，我所有的一切，都给与我实在的安适。然而一切都是虚幻的，我只能想起一件事。

但伊之于我，不是已死了好久了么——是的，死了，也许就我童稚的愤激上着想，以为这欺诈的人"比了死更坏"么。可是如今我知道伊不再是"比了死更坏"，却真的死了。也像旁的许多人一般，永永的长眠在地下——在春季，在炎热的夏季，在下雪的时节，像今天这样——再也没有回来的希望了——从此以后，我才知道伊对于我的死，并没有比对于世界的死早一刻儿啊。悲哀么——不是的，这不过是我们所觉得的一种普通的惊异。对于那曾经属身于我们的人，从头至脚仍还清清楚楚地在我们心上的，如今却掉到坟墓中去了。

当我发见伊在欺骗我时，心中甚是悲哀——然而还有别的难堪咧——愤

---

① 今译为显尼茨勒。

怒与突然的怨恨对于生命的恐怖——唉,是的——还有那虚荣心的损伤——悲哀之念却是随后来的。但是想起了伊一定也在捱着苦痛,才得到了慰安——我至今还保留着,不论甚么时候都可重读一下,就是那十二封哭诉哀求而请我宽恕的信——我仍还能瞧见伊在我的跟前,穿着伊那深色的衣服和那小小的草帽,暮色昏黄中立在街角,而我正从门中走将出来——伊从后望着我。我仍还想到我们最后的会面,伊立在我跟前,伊那大大的美目,嵌在一张圆圆的孩子似的脸上。如今这脸已变得苍白如死灰了——伊离了我走开去时,我并没有将手授给伊——这是伊离我而去的最后一次了——我在窗中眼瞧着伊走下街去,于是伊不见了——永永的不见了,如今伊再也不能回来……

我是在偶然间知道这回事的,我尽可好几个礼拜好几个月一无所知。一天早上,我可巧遇见伊的伯父。至少有一年不曾见他了,因为他是不常到维也纳来的。真的,我以前只遇见过他二三次。我们第一次见面,是在三年以前一个弹子会中。伊和伊的母亲也同在那里——第二年夏间,我和几个朋友同在柏拉德大饭店中,伊的伯父和几位绅士恰在邻桌上坐地。他们都很快乐,他老人家还喝着酒祝我康健。临去之前,他走过来悄悄地对我说,他的侄女儿正发疯也似的爱着我——而我在一半儿昏瞀中,觉得这老绅士在这弦管呕哑之中,对我说这么一回事,似乎是太呆而太奇怪了。在我呢,原早已知道,可是我的嘴唇上刚印着伊最近的一个香吻咧。而在此刻,在这一个早上,我差不多已走过了他,偶然问起他的侄女儿,其实并非关心,多半是表示我的礼貌。我对于伊的事情早就不知道了,伊的通信已停止了好久。不过伊仍照常的送花与我,回想到我们最快乐的日子,每一个月送一回花来,也没有名片,不过是沉默而谦卑的花罢了——这时我问起那老绅士时,他甚是诧异:"你不知道那可怜的女孩子已在一礼拜前死了么?"这是一个很可怕的打击——接着他又告知我一切。伊已病了好久,但是上了床还不到一礼拜。伊的病症呢?"忧郁病——贫血病——医生们自己也不很明白。"

我在那老绅士别去的所在呆立了好久——我软软的没有气力,似乎刚经过了甚么极大的困苦——到现在我觉得今天是我一部分的生命终了的日子了。为甚么——为甚么? 这真是出于意外的事。我对于伊没有甚么感情了,委实说,我已难得想起伊了。但是此刻我把这些意念写了下来,才觉好了些,我已安心了些——我渐渐地爱我家中的舒适了——这真是无谓而痛苦的,再想起那些事——今天当然有旁的人比我更热烈的在哀悼伊。

我散步了一回。这是一个恬静的冬日,那天空中瞧去很灰黯,很寒冷,又似乎远远的——而我甚是镇静,那老绅士才在昨天遇见——却好似在几个礼拜以前了。我想起伊时,便能瞧见伊一个很可怪的明显而精细的轮廓,只缺少了一件事,便是我先前一想起伊,往往生气。如今却没有了,端为伊已不再在世上,已长眠玉棺之中,而已埋香地下了。我并不——我并不觉得悲哀,今天这世界,在我似乎更平静些。我曾有一时知道世上没有甚么快乐,也没有甚么悲哀,所有的不过是那哀乐所幻成的丑态。我们笑,我们哭,读我们的灵魂示现。此刻我能坐下来读那深奥而严重的书本,一会儿就可悟彻种种的学问。我也许能站在那些古画之前,先前是向不在意的,而现在却很爱它们的真美了——我每当想起几个亲爱的亡友时,我的心中总不觉得怎样的悲哀——死神已变成了亲善之物,在我们的中间缓步着,但是并不来伤害我们。

雪,高高而白白的雪,盖满在街道中。小葛丽姐来说,我们大可坐了雪车出去逛一下子,于是驱车向乡间驶去。驶过那平坦的路,惊铃乱鸣。我们的头上,好一片蓝灰色的天空。葛丽姐偎在我的肩头,将快乐的妙目,望着那迢迢的长路。我们到了一家客寓,这所在我们在夏间是很熟悉的。炉子里生着火,火光熊熊的,热得我们将桌子移了开去。葛丽姐的左耳和左颊都已烘得绯红,我只索去吻伊那张比较白些的右颊了。后来,在暮色昏黄中回来,葛丽姐贴近了我坐着,握住我的双手——接着伊说:"我终于又得到你了。"伊不假思索的,恰恰一语中的,使我很觉快乐。也许是这尖冷而清洁的空气,弛放了我的思想,我觉得比前几天自由些满足些了。

在不多一会以前,我正躺在睡椅中打盹,我的心上又来了一个奇怪之念。我自己也觉得太忍心太冷酷了,可是一个人立在他亲爱者的坟墓前而一无眼泪,一无感动。因为他的心肠已变得很硬,再也不觉得死的可怖咧——是啊,木强无情,就是这回事。

去了,都去了,生命快乐和一些儿的情爱。将那些痴念都已撵去了,我重又在人们中走动。我欢喜他们,他们毫无危险,常谈讲着种种愉快的事情。而葛丽姐又是一个亲爱而温柔的孩子,当伊立在我窗前,阳光照在伊的金丝发上时,那再美丽也没有了。

今天又有奇怪的事发生了——这一天是伊惯常送花与我的日子,那花竟又来了——倒像没有甚么变动似的。他们将第一次的邮件送来,是一只狭长而白色的匣子。这时时刻很早,我还有些儿睡意,到得我打开那匣子来时,才完全清醒了。于是我大为震动,匣中放着紫罗兰和石竹,用一缕金线很美的束住着——它们好像躺在一具棺中一样。我取花在手,心中一阵抖颤起来——但我不明白这花今天怎么会来的,多分伊觉得病时,或觉得去死将近时,仍照

常向花店订定,好使我仍然得到伊的关注。自然,这就是此事的解答了。事情很为自然,也许是很足动人的——那时我手中仍握着这些花,它们似在点头而抖颤。任是我有理性,有定力,也不由得瞧做是带着鬼气的东西,好像是直接从伊那里来的,倒像是代伊来致意的——倒像是伊往常一样。此刻伊虽死了,仍要将伊的爱告知我——将伊的忠实告知我。唉,我们不明白死是甚么,我们永永不会明白。一个人死了,只知道他甚么都过去了。今天我握着这些花,却和平常不同,我握得太紧,倒像要伤害了它们似的——倒像它们的灵魂在那里轻轻地哭泣。此刻这些花立在我面前的写字台上,在那狭狭的浅碧色的瓶中,似乎很悲伤的点着头。因了这些花,便有一种忧闷的苦痛完全布满了我的一身。要是我们能懂得一切生物的言语时,那我相信这些花定有甚么话要和我说咧。

我自己可不要受了愚,它们不过是花罢了,是传来的过去的消息。它们并不是来访问,当然并不是从坟墓中来访问我的。它们不过是些花朵儿,由花匠机械式的束了起来,绕一缕绵线在上面,便放在那白色的匣子里付邮了——如今已到了这里,我又何必多想呢?

我有好几点钟逗遛在外,作长时间而寂寞的散步。要是杂在人们的中间,我觉得和他们合不上来。而我又瞧到那金发而可爱的女孩子坐在我室中,絮话着种种的事情——我却不知道说些甚么,到得伊去后,便好像离开了我好几里,伊已被人潮所淹没,不留遗迹了。伊要是不再到来,我也不会觉得诧异的。

那些花立在那高高的碧色瓶中,花干浸在水中,花香充满了一室。我虽已得到了一个礼拜,已在渐渐凋谢,而它们的香仍还留着。而我所惯常讥笑的无意识的事,却一起都相信了。我相信人类有和自然界事物谈话的可能——我相信一个人能和云与泉水通信,我便等着那些花开始说话了。但我觉得它们常在说话——就是此刻——它们也不住的在那里呼喊着,我差不多也能懂得咧。

我是何等的快乐,冬季是过去了,春气已在空际鼓动着,我的生活和以前并无差异。有时我仍觉得我生命的界限扩大了。昨日之日似已远去,而在过去的几天中所发生的事情,直好似幻梦一样。葛丽姐每和我相别时,仍是这般情景。我倘有几天没瞧见伊,我们的友谊便像是好几年以前的事了。伊常常来,远远的来,从很远的所在来——但开口一说了话,就又如旧时一样。而我便很清楚的知道现在所处的地位,当下就觉得伊的声音太高,色彩似乎太浓厚。然而等到伊一去,一切都去了,既没有后来的印象,又没有渐

渐地消灭的回忆——于是我又单独和我的花同在一起了。它们如今已很凋败,已很凋败,再也没有香气了。葛丽姐先还没有瞧见,到今天方才瞧见,似乎要问我,但伊霎时间暗暗的起了恐怖之念——伊完全停住了说话,一会儿就撇下我去了。

那花瓣儿缓缓地掉下来,我从没有动过,要是一动那就粉碎了。我眼瞧着它们凋落,很为悲哀,不知道自己为甚么没有勇气,结束这一切无意识的事。这凋落的花,简直使我病了。我消受不得,便奔了出去。一到街中,却又觉得急急的要赶回去,看顾它们。当下我见它们仍在那只碧色瓶中,疲乏而忧闷。昨夜我在它们跟前哭着,好似一个人在坟墓前哭泣一样。然而我从没有想到那送花的人,也许我是错误了。而葛丽姐也似乎觉得我的室中有些可怪,伊不再笑了,伊也不再做着我所听惯了的清朗而活泼的声音,响响的说话了。我接待伊时,也不像平日间一样,我又很怕伊要问我甚么,料知那问话一定是使人难堪的。

伊往往带了伊的缝件来,我倘在看书时,那伊就悄悄地坐在桌旁缝织了。伊耐心儿的等着,等我看完了书,将书本放开去,到伊的跟前,把伊手中的缝件取下来。接着我移去了那灯上的绿色罩,使那柔和的光照满了一室,我是不喜欢暗壁角的。

春来了,我的窗子洞开着。昨晚我和葛丽姐同在这里瞧到街上,空气温暖而芬芳。我瞧到街角,那边的街灯放射出一道微光来,我陡的瞧见了一个影儿,我瞧见的却又不见——我知道我并没瞧见——我闭上了眼,忽地从我的眼帘中瞧见了,那可怜儿立在那里。在那惨白的灯光之下,我很清楚的瞧见伊的脸,像有黄色的阳光照着,而我在那苍白而憔悴的脸上,更见伊那双哭伤了的眼睛。于是我缓缓地从窗前走开,在写字台旁坐下来。蜡烛在微风中溅着泪,我兀自一动都不动,因为我知道那可怜儿正立在街角等着,我要是敢去接触那凋败的花,就得从瓶中取出送给伊去。于是我想,很诚实地想,然而我始终知道这是无意识的。这当儿葛丽姐也离了窗前,来到我的椅后,小立了半晌,便将伊的嘴唇亲我的头发,当下伊去了,留下我一个人。

我瞧着那些花朵,所余已无几了,大半是空枝儿,又干枯,又可怜。它们使我难堪,驱我发疯,这事分明是实在的,不然葛丽姐定须问我。但伊早已觉得,因此伊逃跑出去,倒像我室中有鬼物似的。

鬼物——是有的,是有的——死的和生命在那里……要是凋落的花闻着霉烂之气,那不过花朵儿开放时的回忆。而死的也可以回来,只须我们一径不忘记它们。即使不开口说话，那又有甚么分别呢——它们的话，我能听得的。伊不能再现身，然而我能瞧见伊。春在外面，阳光在我的地毯上，丁香花的香在园子里，人们在下面走过，却和我漠不相关。这些可就是生命么？我倘把窗帘拉下，阳光是死了。我不要知道那班人，那班人也是死了。我关上了窗子，那么丁香花的香去了，春也死了。我比了阳光、人们和春都有力量，然而比我更有力量的，却是回忆。回忆一来，甚么都逃不了的，所以这些繁花落尽的枯枝比了春和丁香花的香，都有力量。

　　我正在想念着这些事，而葛丽妲已进来了。伊从没有来得这样早的，我惊愕着，诧异着。伊在门限上小立了一会，我只对伊瞧，并不招呼，伊微笑着走近了我，手中握着一个鲜花球。当下伊一言不发，放在我的写字台上。不一会儿伊已抓住那碧色瓶中的枯枝儿了，倒似乎有人抓住了我的心——但我却做声不得。到得我要立起来握住伊的臂时，伊对着我微笑，把那枯花擎得高高的，赶到窗前去，抛在街中。我觉得自己也要跳出窗去，舍身相从。但那葛丽妲正立在窗边，面对着我。而伊的头上正照着阳光，明媚的阳光，丁香花的浓香从窗中吹送进来。我眼瞧着写字台上那只中空的碧色瓶——我不知如何觉得自己已自由些了——是的自由些了。接着葛丽妲捱近了我，拾起伊的花球来，那凉凉的白白的丁香花，已招展在我的面前。那一种合于卫生而新鲜的香——又温柔，又凉快，我直要将我的脸埋在那花朵的中间。这含笑而白白的艳艳的花——使我觉得那鬼物已去了。葛丽妲立在我的后面，伸手掠着我的头发，伊说道："你这傻孩子。"伊可知道伊做下了甚么好事么？我握住了伊的手，和伊接吻。

　　晚上我们一同到户外去，到春光中去。此刻我们刚回来，我已点上了蜡烛。这一次我们走了好长的路，葛丽妲很疲乏，已在椅中睡熟了。伊甚是美丽，在睡中还是嫣然的微笑着。

　　在我的面前，那狭狭的碧色的瓶中，插着丁香花。下面的街中——不，不，那枯花早已不在那里了，一阵风来，已把它们和着尘沙吹开去了。

（原载《紫罗兰》第 3 卷第 11 号 1928 年 8 月 29 日出版）

（塞尔维亚）曲洛维克　原著

死　仇

曲洛维克氏（S. Chorowich）为塞尔维亚（Serbia）现代之名小说家，所作多描写彼邦沉毅勇敢之故实。盖塞国久处土耳其鞭棰之下，非此不足以激励民心也。斯作英译名为 *Deadly Enemies*，故径译之为《死仇》。其于土耳其人刚强戆直之国民性，亦颇致称许焉。

我们同在一起旅行，我有一头马，一头好马——我知道它是好马，因为我曾有好几次，翻落下来。我骑了好马，是往往要翻落的。它很骄傲很快速的跨着步，头儿高高的昂向空中。我的伙伴悄悄地骑着一匹白马，有四五头运货的马，跟在他的后面，却并不装运甚么东西。

他是一个很壮健的汉子，长长的身材，阔阔的肩胛。白白的脸上，微带死色，但他穿着的本国的衣服。那短褂的前面，缀有无数闪闪地发亮的纽扣。一块鲜明的丝巾，绕着他的头，两端挂下来，垂在他的胸口。他那模样儿甚是好看，我的眼睛再也不能从他身上移开去。而我也很怕开口说话，生恐破坏了我默默地打量他的一种乐趣。

他的名儿是唤做狄乌谷毛洛维克。

我曾听得过那关于他的神奇的故事。国人都很称赞他是一个无双的勇士和谨慎小心的强盗。他曾在赫志谷维那大部分的地方，横行一时，因此他很引起我的注意。

“你既带了这好多匹运货的马，为甚么又一些儿不装东西呢?”经过了好久的静默，我这样地问着，想拉拢他谈话。

"我运了东西到城里去,此刻我是回来了。"

"你运去的是甚么东西啊?"

"各种的东西,面包咧,马铃薯咧,卷心菜咧。"

"给谁啊?"

"给那已故的亚烈马亚基克的子女们。"

我停住了,很诧异的对他瞧。亚烈马亚基克是土耳其人中一个最勇敢而最凶恶的汉子,并且是——毛洛维克家的死仇。

"为甚么? 你可是租他们的田么?"

"不是的。我正欠着他们的债,很多的债。"

他不做声了,垂倒了头,打着他的马的脖子。那马正在急急地走,到此便迟缓下来。他重又打着,那马便又泼剌剌的向前赶去了。

瞧了这样,我不想再问他了,于是放松了缰,低声的唱起歌来。我如今已记不得唱的是甚么歌。

他似乎喜欢这歌儿,因为他将他的马靠近了我,很着意的听着。

"唱得响些。"

我提高了声音,他把那绕着头的丝巾拉下来,直挂到颈背以下,不住的点头,和着我的歌。

末后我停住了。

"唱下去。"

"以下我不知道怎么唱了。"

他很不快的转过身去,拉着马缰,转向那通往树林的小径中去。

"你上哪里去?"

"进林子去,我们且休息一下。"

我跟着他到了树林中,我们跳下马来,给马去吃草。我们俩坐在一株大橡树的影儿下,各自取出烟荷包来,装满了我们的烟斗。

我们静静地坐着,听着那两匹马嚼草的声音,和远处一头啄木鸟丁丁啄木之声。

"你甚么时候,变做了亚烈的债户的。"我末了儿打破了静寂问他,以引起我们的谈话来。

狄乌谷皱着眉,挥一挥手儿答道:"去今已好久了。"

"你已清偿了你的债没有?"

"呀,还没有。这须经过了好多时候,我才能偿清这笔债。"

他喷了两三口的烟,向我瞧了半晌,才说道:"说起来这是一段很长的故

189

事——虽于我不很痛快,但也不妨说与你听听。

"土耳其的残暴不仁,逼得我做了一个强盗了。我很厌倦这毫无人权的土耳其奴子的生活,我又不愿意呵着腰逢人鞠躬,被人侮辱——因此我取了一枝枪,同着五六个伙伴,赶到那林木森森的小山中去。我们就在这里等候着土耳其人,袭击上去,几乎没有一天没有小战。而我们也往往能劫得些儿东西,安然逃去。后来我们便遇见了马亚基克家兄弟,和他们算账了。我们去攻打他们的屋子,杀死了他家三个人,但那亚烈却给他逃跑了。我们虽是找寻了好久,兀自找不到他。当下我们便搜劫他家,满载着珍物,回到我们的巢穴中去。

"但我们因此报偿得大了。亚烈召集了一组比我们更强大的兵力,穿山过谷的穷追着我们,直把我们赶到一片荒原之中,任是山羊也无路可走了。我们就在这里筑垒固守,决意作战到死。亚烈和他的部下包围着我们,水泄不通。我们那可怕的饥饿和苦痛便开始了。既没有面包,又没有水,也没有人敢偷偷的溜出去取些儿回来,我们可要因饥渴而死了。我的伙伴们愁苦着脸往来走动,但是没一个说一句抱怨的话,或是呻吟着,悲哀他的运命。

"末了我觉得实在不能再捱下去了,我就对伙伴们说:'听着,弟兄们!你们可想到突围而出扑在我们敌人的身上,报了我们的仇,像好男子般死去,不强似饿死在这里么?我们既免不了一死,为甚么不力战而死?免得到别一世界中去渴想土耳其人的血啊。'

"他们都明白我的话是不错的——此外再也没有别的法儿,他们便赞同了我的提议。

"我手中握着长剑,第一个跳将出去,旁的人跟在我的后面。土耳其人迎着我们乱枪齐放,我眼见有两个伙伴已跌倒了。我心中想,我已别无他法——我只索向敌人们扑去,旁的人也跟我扑过去。我的眼睛血红的睁着,瞧不见甚。我只是向空挥着我的长剑,没命的望前奔去。蓦然之间,我给人从后猛击了一下,就失去知觉了。

"我醒回来时见自己正在马亚基克的屋中——我躺在一条席上。有几个土耳其人,亚烈马亚基克也在内,正立在那里,摇着他们的头。我睁开眼来时,却见亚烈俯下身来向着我,握住我的手。

"他问道:'你觉得怎样?'

"我待要坐起身来时,觉得痛苦不堪,倒像又受了一击——重又失去知觉了。

"我足足有一个月躺在死神的门口,而亚烈竟片刻不离开我的身边,很小心的服侍我,直胜过我自己的父亲。他亲手给我掉换绷布,像待小孩子般给我吃喝。我倘没有胃口时,他总央求我吃下去。有时他往往将我的头搁在他的膝盖上,硬要我吃鸡子或肉脯,竟把来放在我的口中。

"后来我渐渐地复元了,我一觉得自己已能起立,就挣扎起来,扶着墙壁,在室中走动。亚烈往往握住我的臂,扶我到庭心里去,在大桑树的荫下休息着。

"每过一天,我总觉强健一些,眼见得亚烈含笑着对着我瞧,脸色何等的焕发!

"他有一次问我:'你以为怎样,你可能跳么?'

"我答道:'我不能,我还很软弱咧。'

"他拈着须子,笑道:'不久,咦,不久你就能如此了。'

"过几天后,他重又问我这句话。

"我说:'我来试一下子。'

"他走在一旁,我开始跑过去跳将起来。这一跳跳得很高,直使亚烈乐极而笑了。

"他说:'这可知你已完全复元了。'

"他留下我在庭心里,自己入到屋中去。我眼送着他,大为猜疑。停了一会,他手中取了两柄实弹的枪回来了。他的脸,惨白如死。他的眼睛,像一头饿猫般闪闪地发着野光。

"他立在我的面前说道:'如今我已医可了你,使你起身了。如今你已像受伤以前一样的强健,可以偿还那笔欠我的债了——你欠得我很多——三个完全的头,因为你杀死了我两个兄弟。'这时他的两眼灼灼有光,比先前更为可怕。他的下颚颤动着,又道:'当你受了伤躺在我的面前时,我尽可杀死你,但我不愿意如此。我却要医可了你,然后将你杀死。亚烈马亚基克从不杀死一个无力抵抗的仇人的,当然也不能使你除外。'

"他递与我一枝枪,又道:'这里是一枝枪,和我的枪一样的良好而精强,也一样的好好地装着弹儿。我们且到森林中去,试试我们的臂力。'

"我找不出一句话来,只是垂着头,闷闷的向前走去。

"于是我们到了森林之中。

"他说:'你自管立在那里,我就立在这里,彼此恰恰相对,我们就在这个所在,同时开枪。'

"但我此时已恢复了我的意识,即忙抛开了我手中的枪,走在一旁。

"'我还能擎起手来对付你么?你以为我如此卑劣,竟向你开枪,世界中

可没有理性了。'

　　"他很轻蔑的微微一笑,说道:'你定须这么办,我强迫你这么办。我万不能延搁这一回的厮斗,而我也不愿意袭击一个手无寸铁的人,快取起那枪来,我并不是和你开玩笑的。'

　　"我不动。

　　"'我和你说,快取起那枪来。不然,我唤你是一头野兔子。'

　　"我俯下身去,拾起那枪来。

　　"'转向这里。'

　　"我转身了。

　　"'向我瞄准。'

　　"他瞄准着我,我的枪也指着他。

　　"他放了,他的枪弹在森林中发着回声。

　　"我已记不得自己可曾扳那枪机不曾——不过我向他瞧时,他摇晃着跌倒下去。我惨呼了一声,飞扑到他的身边,但他却已死了。

　　"从此以后,我每年总把好几担的马铃薯和卷心菜送与他的子女们。我并且送许多羊和牛去供给他们。"

　　狄乌谷讲完了他的故事,低头坐着,竭力忍住他的眼泪,正在簌簌地淌下面颊来。

（原载《紫罗兰》第 3 卷第 13 号 1928 年 9 月 28 日出版）

（荷兰）华德女士①　原著

诱　惑

荷兰虽小国，而作家辈出。如安芬氏（J. V. Effon）、毗咨氏（N. Beets）、罕德氏（B. Huet）等，均以小说名。此篇英译名为（*Temptation*），描写妇女心理，妙到毫颠。作者华德女士（J. V. Woude），亦后之秀也。

"华伦高君唤我致意于你。"伊的丈夫说着。伊递与他一杯茶时，他便从新闻纸上抬起眼来。

伊深思似的望着外面的花园，这当儿正被夕阳装点着黄金和艳紫之色。

"呀！是的，他正住在这里镇中，可不是么？"

"他住在这里好久了。不过远在镇的那一端，而他又是一个极忙的人。我常在集会中遇见他。还是今天第一次，我听说他也是从法利士莱来的，你们俩并且是旧相识。"

"是的，正是如此……他的父亲是一个村中的牧师，和我们邻近。他已娶了妻没有？"

"没有，还没有娶妻。他仍很年轻——又聪明得很，他们都说将来他得做大学教授咧。"

伊一壁想，一壁放声说道："他比我年长两岁，定是三十二岁。"

"很相像。吾爱再见！对不起，我又要出去了。"

---

① 今译为玛格丽特·奥图。

"我又要出去了!"这是好多为妻的所不爱听的话,然而伊如今倒已习久成惯了。伊不再献小殷勤,留住他在家中,也不再因他的冷淡而哭泣。伊不再自怨自艾,想恢复他的爱。因为伊早就知道他永远不会再爱伊的了……唉,任是精神上的苦痛,一个人也会惯受的。

伊从橱中取出孩子们的洁净的衣服来,放做了三小堆。而伊的眼中仍含着沉沉深思的神情,表示伊的思想,正飘荡在很远很远的所在。伊所瞧见的,便是伊那快乐的妙年时代。而目前很受人爱重和尊敬的那位劳白德华伦高先生,那时只叫做"劳白",是一个瘦伶伶的乡下孩子,是一向很固执的爱伊的,真固执得可怕。伊往往笑着这痴情人,竟这般的热烈,这般的笨拙,这般的固执不化。伊的女友也都是像伊一般生长在镇中的少女,却没一个给他瞧得上。伊虽也欢喜他,却不肯承认他是伊的恋人。可是一个十五岁的女孩子而不肯倾心相向,那又有甚么理由可说呢?

他坚持不变,但伊却不许他的爱接触到伊。

于是他进大学去了,他的父亲也到别处去了。伊过着伊自己的生活,是一个跳舞宴集欢笑快乐的生活。到二十岁时,伊便嫁人了。伊做着恋爱的梦,也正像旁的出嫁的妇人一样。而一到吉日的前后,这梦就完了。伊醒回来时,擦着眼睛向四下里瞧,瞧那命运之神领导伊到了甚么地方,给伊的儿女们找到了怎样的一个父亲。

到如今伊已嫁了十年了。这长长的十年,伊将愁恨和苦痛掩藏在欢笑之后。在这十年中,伊兀自渴想着一颗真实而多情的心,很温柔的爱护伊。

伊的思想回到当年认识劳白的时期,回到伊亲爱的故乡,那里伊已好久没有回去了。伊有时很渴想的,便是那可爱的田陌和宽广而有树荫的村路。伊和女友们一同出去散步时,他惯常在伊的身边的。伊还能瞧见那阔阔的沟,有水莲浮在水面。那青青的草场,他曾经给伊赶开群牛的。那一带篱落,是他给伊采覆盆子的所在。那冰冻的运河上平滑的河面,他和伊同去溜冰,往往给伊遮着风,怕吹坏了伊。呀,好一个温柔敦厚的劳白!

他怎样的对伊呆瞧着……充满了沉郁和失望的爱,而伊往往笑着这回事——伊如今追想起来,未免后悔咧。这好多年中,伊时常想到,当初要是许身于伊,可能胜于目前。他或者也会给伊常作不快之想,说:"请求我,端为我的金钱罢了。"……不不——他决不如此。

但伊不能再想下去了。下人们已送进浴桶来,那三个善闹的小孩子绕着她跑跳。当下将他们捉住了,脱去了衣服,洗过了浴,然后给他们上床睡觉。因为伊是一个良好而忠实的母亲。

过去的事情已忘怀了。伊的笑和小孩子的笑混合在一起。伊的眼中霍霍地发亮,瞧他们很快乐的玩着。三双小臂,挽住了伊的脖子,伊便给他们无数的接吻所闷住了。这便是伊好多年来的幸福。

冬

阳光很明亮的照在那大镇中铺着雪的街道上,雪车辚辚的驶过,内中还有旁的车子的铃铎之声。有那种穿着皮号衣的车夫的油壁香车,也有那种进行奇慢的薄笨车子,沿着砌路一带,充满着何等的谈笑歌呼之声。更有多多少少的玫瑰脸儿和富丽堂皇的锦绣衣裳。

书商的窗中亮亮的陈列着装钉精美的书本,那玩具店的橱中一闪一闪的全是金光银光和水晶的光。耶稣圣诞节已近了,各处都现着欢欣和期待的气象。

伊在伊丈夫的身旁走着——苗条而鲜艳。玫瑰花似的伊确是一个北方的女儿,有美秀的头发和美秀的脸色。好多男子的眼光很愉快的着在伊的身上,有好多帽子向伊一扬,不但是为伊的身分和地位的关系。

伊们是探望了朋友出来,正在一路回家去。

他问道:“你可能一个人先自回去,我在这里近边还有事情要勾当咧。”

“不打紧。”

正在这当儿,在那憧憧往来的群众的头上,伊一眼望见一张清秀的脸,被一部黄须儿绕着,正向着伊这边过来。当下伊和他的眼睛接触了,即忙很冷淡的望向别处去。可是一个美貌而不很风骚的妇人,在出外散步时,是往往如此的。直到那人步步走近时,伊才觉得他正在掀起他的帽来,伊便又向他瞧了一下……

他的眼睛直达到伊的灵府深处,仍是那种沉郁的神情,这是伊记得很清楚的。这长身美貌走过伊身旁的人,正是劳白德华伦高。他不再是那种乡下粗鲁的模样了。伊的心便狂跳起来,想起了那含情的一盼,两颊上都堆满了红云。这一盼中就告知伊,在那过去与现在之间,虽已过了好多年,而此刻一见了伊把旧时的情焰重又烧着了。

伊丈夫说:“这就是华伦高,可不是么?”

“是的。”

“他已受了委派,到安斯透丹去。今天早上,我在新闻纸中瞧到的。”

195

"当真么?"

"咦,再会了!"

他们匆匆的分别,一些儿也不动情。伊好像在梦中似的向前走去,那厮熟的脸面,兀自系在伊的心上。四下里车马奔腾,伊只付之不见不闻。伊不住的在那里想,伊觉得伊的心猛跳着,便很诧异的扪心自问:"为甚么如此?"可是伊终于有意于他么? 也许是他那清秀的模样儿迷惑了伊么?

然而伊何等的乐于和他相见。彼此谈讲旧日的情事,讲到伊的家乡和他们俩所认识的朋友。呀! 遇见一个旧相识,真是伊难得的事。

伊走近家里时,蓦然间有一个很厮熟的声音,击动伊的耳鼓。

伊抬起眼来,红云重又升上了两颊,增加了伊的美丽。

"劳白,你一向好?"伊不能再用别的名儿称呼他。

他们的手很热烈的握住了。伊很记得那双强有力的手。

"我可能仍然唤你婀丽珈么?"

"那当然。"伊微觉窘困的回答着,不敢对他瞧。他微笑着,掩藏他的情感。一壁说道:"我们同在一个镇中,已有一年多了,却到今天才会面。"

"是的。这很奇怪,可不是么? 但你和你的工作是在这镇的西部,我和我这忙碌的家庭却在东部……呀! 劳白,重见一张法利士莱的脸,这是何等的妙啊!"伊陡的从心底里喊将出来。

他玩笑似的说道:"而我也没有忘却怎样说法利士莱的话。"

伊也笑了,伊以为自己的模样儿很自然,很快乐,然而他却瞧到伊的手何等的震颤着,他又听得伊的声音微颤。而往常是很圆润,很清朗的他,倒像自己仍是一个孩子,正在切盼伊的倾心相爱。他的心中蓦地充满了一种奇怪的快感——他那坦白的心,好多年来只是怀着大志,没有恋爱了。而这时伊抬眼向着他瞧,又被他的眼光所感动,老是满现着那种沉郁的神情,宣示他灵府中的秘密。

"你可知道,刚才我已认不出你了。劳白,你已大大的改变。"

"我希望改变得好些,但我无论怎样的改变,我觉得仍然是我。"

伊望着脚下的雪,是的,他仍然和先前一样热烈、方正、粗野。但是这种品性,如今很能吸引伊了。

"我料你不大出来么?"

"是的,很少出来,我委实不大想出来呢。"

"但是——你向来很喜欢溜冰的。你的丈夫不是溜冰俱乐部的部员么?"

196

"是的,大半是为了孩子们。"

"呀!这自然,你可是已有了孩子么?"他问着,多少有些儿失惊。

伊并不抬起头来,答道:"两个男孩和一个女孩。"

默然了一会,铃声叮当,小贩们叫卖他们的货物。邻近一所学校中放学了,孩子们跳跳纵纵的过去,十分活泼。

但这两口子悄悄地对立着,他们的眼睛注在地上。

末后伊说道:"我听说你要离开这镇了。"

"这不一定,我还没有打定主意。"

"咦,"顿了一顿,伊又问:"可是职务上得了升迁么?"

"不过是经济上的关系。当初我本想接受的,不过现在却委决不下了——婀丽珈。"

没有答话。

"你可曾到过溜冰场去么?"

"去过的,我的丈夫却并不溜冰。"

"但你是喜欢溜冰的。"

"今年我也不过溜了一二次。"

"你今夜可能来么?"他问着,同时伸出他的手来,似乎要预备走的样子,"你可知道这是一个盛会,有电光,有中国灯笼和旁的美妙的东西。"

伊并不对他的脸上瞧,伊再也不能拒绝那双恳求的眼睛和那强有力的手表出心中情感的把握。伊很迟疑的答道:"我不知道。"但伊两个燃烧般绯红的面颊,已告知他,他终于得到了那颗久久渴想的心了。

"你不——你可不知道么?"他问着,握着伊的手不放。他被那粉颊上的红云所鼓励,又完全被少年时美丽的旧爱所制服住了。此刻这爱的热度,比以前更为强烈。对那立在他跟前的妇人,很勇敢的低低说了一句话。在孩子时不足以动伊,而到了这成人的时代,却足以屈服伊了。他说:"婀丽珈,我以为这是一个亲善的表示。"

他鞠了一躬,飘然的去了。

伊立在镜前,伊的模样儿何等的活泼!这是伊自己所瞧到的。倒像是开始给他过一个新的生命了。伊从先前直到如今,是过着怎样的生活……往往是做伊丈夫的忠仆,做一个保姆,做一个管家,此外没有了。伊并不是做一个爱妻,得以享受青春和现世的幸福。唉,一些儿没有。

伊深思似的瞧着镜中那个年少而美丽的身体。伊是何等的切盼着今夜,伊先还踌躇不决,但是在用膳时,伊的丈夫也唤伊同去——是的,于是伊被诱惑所屈服了。

呀！去享乐！去享乐！这其间又有甚么不是之处呢？一块儿略略的谈谈心，溜溜冰，接着也许偎在伊丈夫的臂上，请劳白到家里来瞧他们。这其间又有甚么不是之处呢？唉，伊所要求的不过是在伊单调而寂寞的生活中得一些诗意，赐一些爱情给与伊的可怜的心，只须得到一些些的快乐。

伊戴上一顶有白色翼子的帽子，使伊分外的好看。到得伊披上了那件天鹅绒的长外衣后，重又很愉快的在镜中打量伊那亭亭削玉之身。

蓦地里门开了，走进伊的长子克立斯金来。他是伊的宝贝，伊的一切。

"母亲，你在这里么？"

"我的儿，我正在这里。"

伊瞧了他半晌，那孩子一双清明可爱的眼睛，是何等的炯炯有光。他那漂亮的面庞，是何等的玉雪可念，竟活像是伊的副本。

"克立斯，可是在溜冰么？"

"是的，母亲。怪好玩的。"

"可是么？"伊问着，心神不属似的系上了伊的面纱。

"呀！他们又在不住的嘲弄那斐德立桑德士了，你可认识他么？"

是啊，伊是认识他的。伊往往很可怜见的瞧着那美貌而鬈发的孩子，伊也认识他的母亲，是个轻浮而没有意识的妇人，竟抛下了丈夫和儿子，跟一个陌生人逃跑了。

"孩子们都嘲弄他。他们又提起他母亲的事，末后，他恼极了，飞扑到他们的身上去。他们还是笑着。"

"亲爱的，可是么？"伊很诧异的瞧着他，声音微微颤动。

"嗳，母亲，可是没有人能说你甚么话么？"他又傲然的说，"那些孩子们从没有说过你甚么事！"

伊陡的跪在他的身旁，伊的头搁在他的小肩上。

他是惯常受伊这种抚爱的，便将双臂挽住伊的脖子，他们往往是最要好的朋友。

末后伊脱身了。

"母亲，你不出去么？"

伊起身解开伊的外衣来道："不！我不出去了！"

伊脸色白白的，伊那丰满的嘴唇闭得很紧，深深地呼吸着。但这一场战争，伊终于得了胜利了。

伊怎能有一刻儿忘怀，始终要毫无惧怕的常对那双小眼睛中瞧着伊，也万万不能使那两片小嘴唇中有一句责备的话。

"我很快乐,你可记得昨天曾对我们谈讲那雪后的故事。但是太长了些,我们恰要睡了。今夜可能讲完么?弟弟和妹妹正在等你。你可知道,这是一天中最好的时光,听你谈讲那美丽的故事。"

那外衣已抛在椅中,此刻那帽子也急急地卸下了。伊把那小手紧握在伊的手中。

"如此跟着我来。"伊说时,伊那娇脸上满现着满意的神情,又道:"如此,跟着我来。克立斯,我和你一同来罢。"

(原载《紫罗兰》第 3 卷第 14 号 1928 年 10 月 13 日出版)

（印度）太谷儿氏①　原著

长相思

太谷儿氏（P. Tagore）以一八六〇年生于印度之喀尔喀他。出身华胄，早岁饫受教育，年十七即去国求学于海外。学成返国，卓著声闻。一九一三年，得努培尔文学奖金，有印度第一诗哲之目。东西学者，尽知其名。尝作本加尔歌曲，村人争歌之，有家弦户诵之概。所著诗文与长短篇小说，流传尤广，他国竞相移译，名乃益著。氏以所得努培尔奖金与卖文之资，创立一学校于蒲尔柏附近，四方来学者甚盛，骎骎为印度文化之中心焉。某几游英吉利，英王锡以爵士位，印人叹为异数。亦尝一度游吾国，演讲于平津各地，吾友徐志摩君与之善，为作舌人②焉。

我上大奇陵去时，见天气多云多雾——这种天气，一个人既不愿出门去，而厮守在屋子里更觉得不快。我在旅馆中用罢了早餐，便穿上了厚厚的靴子和外衣，走将出去，作通常的散步。

细雨廉纤，时作时止，那雾气罩住了山，模样儿好像是一幅画图，美术家已画成了又待擦去的一般。我正很寂寞的沿着那喀尔喀他③的大道走去，猛听得近边起了一个妇人的低低的哭声——本来是不足以引人特别注意的。委实说，在别的时候，我也决不会注意到此。但在这无边无际的雾中，在我

---

①　今译为泰戈尔。
②　舌人：翻译。
③　今译为加尔各答。

听去,似是一个窒闷的世界中的哭声。

我到了这所在,见一个妇人坐在路旁的一块石上。一头蓬乱的头发,盘在伊的头上,被雾霭染成了褐色。而那哭泣之声,直从伊的心坎深处发出来,似乎因失望已久,如今在这云山寂寞的中间,便止不住的发泄出来了。

我用了印度北部的土白,问伊是谁,又为的怎么一回事。伊先还并不作答,只在雾中和泪痕中对我瞧着。我对伊说不必害怕。

伊微笑着用完美的印度斯坦话回答我道:"我早就不怕甚么了,也没有廉耻存在。先生,然而有一个时期,我住在我自己的闺房中时,你是我的兄弟也须先得了许可,才可进房。但是如今我在这偌大世界中,连一个掩蔽的窗帘都没有了。"

我问道:"你可要我的帮助么?"

伊眼光很稳定的注在我的脸上,答道:"我是巴特龙总督古拉迦德可汗的女儿。"

巴特龙在甚么地方,那总督是甚么人?既是家世华贵,他的女儿为甚么变做一个逃世的人,在这喀尔喀他的路隅哀哀号哭着——这些事情,我既意想不到,也不很相信。但我自己对自己说,不用过于挑剔这,故事说下去是很有趣味的。于是我很庄重的行了一个深深的额手礼,说:"请恕我,太太,我猜不到你是谁?"

那妇人分明很快意的,指点我坐在近边的一块石上,挥了挥手道:"请坐下来。"

我瞧了伊的态度,见伊确有一种自然的美和能力,指挥别人。而我也觉得这是意外的恩遇,承伊赐坐在伊的旁边那块又硬又湿又长着苔藓的石上。当我这天早上披了外衣走出旅馆时,再也料不到会在这喀尔喀他的路隅,傍着巴特龙可汗古拉迦德的女儿,坐在这一块泥石上的。

我问伊:"太太,怎么使你弄到这般地步的?"

那郡主伸手抚着伊的额,说:"我怎能说出是谁使我如此的——你可能和我说是谁使这座山隐没在那云幕后面的啊?"

我这时不想作哲理上的讨论,因便容纳下伊的话,说:"是啊,郡主。这是实在的,谁能探测运命的神秘?我们不过是虫豸罢了。"

我原要和伊讨论这一点,但我不会说印度斯坦话,只索作罢。仗着我在下人那里拾得的一些儿北印度土白,断不能和这位巴特龙郡主在那大奇陵路旁畅谈运命与自由意志的问题。任是和别的人说话,也是不行的。

那郡主道:"我生平这一段神妙的情史,到今天恰恰结束了。倘蒙允许,我便奉告一切。"

我忙着接口道:"允许么——我真是万分乐意听的。"

凡是认识我的人都可以明白,我很尊重印度斯坦的话,加着郡主和我说时,好像晨风吹在黄金色的稻田上,幽婉可听。伊所说的很流利而自然,口若悬河,而我的答话,却是简短而支离。

以下便是伊的故事:

"在我父亲的血管中,流着台尔希王家之血。因此要给我找一个相当的丈夫,就很困难了。曾有人谈起将我许配勒克诺总督的话,但我父亲却迟疑不决。那时恰恰发生了印军叛乱攻袭英军的事。印度斯坦都被人血所染红,被炮火所熏黑了。"

我生平从没有听得过印度斯坦的话,从一个妇人的口中说出来有如此完美的。我心知这是王家的语言,自不配用之于近世做卖买的机械的时代。伊的声音中含有一种魔术,使我在这英国的山站的中心,恍见眼前涌现出白云石的蒙古皇宫的圆顶、装饰华丽的宝马、摇曳着长尾巨象的身上装着锦幰绣幕的座位、朝中官僚都戴着各种彩色的头巾、华美的腰带中系着弯形的宝刀、架上那高尖和绣金的鞋子、轻裾飘拂的罗袍和细棉布衣。凡此种种,都见得王朝举行大典时华贵的气象。

那郡主又继续伊的故事道:"我们的炮台,是在鸠那河两岸,由一个婆罗门教徒甘歇赖尔驻守着——"

说起甘歇赖尔这名字时,那妇人的声音中似乎注满着悦耳的音乐。我的行杖掉落在地,很紧张的坐直了身子。

伊又说下去道:"甘歇赖尔是一个很纯正的印度人。每天清早,我在闺房的格子窗中望见他。他大半身立在鸠那河中,向着太阳举行灌水之礼。他往往湿着衣服,坐在河边埠头的石级上,悄悄地读着圣诗。然后放出他那美而清澈的声音,唱一支宗教中的甚么歌曲。一壁唱,一壁走回去了。

"我是一个回教的女郎,但我从没有机会研究我自己的声,也从没有练习过崇拜的礼式。那时我们教中的男子,都是荒淫无度,不守教规。群女聚居时,艳窟便是他们唯一的行乐之地,直把宗教都忘掉了。我在这晨光熹微中,瞧那通往下面一片澄蓝的鸠那河的雪白石级上,有这很虔诚的崇奉宗教的一幕,我也似乎渴想一切神圣的事物。我这方才苏醒的心中,流溢着说不出的皈依圣教的甜美感。

"我有一个印度女奴。每天早上,伊总得给甘歇赖尔拂去脚上的尘埃。这一回事往往使我感到一种愉快,而也使我心上起了一些儿妒念。有时这女孩子还得将食品供给婆罗门教徒吃,并且送他们礼物。我往往把金钱助伊。有一次我唤伊邀请甘歇赖尔吃饭,但伊挺起身来,说伊的主公甘歇赖尔是从不收受人家食品和礼物的。我端为不能直接或间接的向甘歇赖尔表示敬意,我的心中只是挨着饥渴,得不到慰安。往时我有一位祖先,曾用了武力劫取一位婆罗门女郎,做他的妾滕。因此我每想到伊的血,正在我的血管中流动着。我起了此念,便给与我一种满意,以为我和甘歇赖尔是有亲戚的关系的。平时我曾听过一切印度神仙和女神的许多神妙的故事,由那印度女奴根据着叙事诗,详详细细的说来。于是我的心中,便起了一片理想的世界。印度文化独居着最高的地位。那神仙的偶像咧,寺庙中的钟声法螺声咧,金顶的神龛咧,香炉中的香烟咧,那供神的鲜花和旃檀的妙香咧,那有超人的权力的瑜珈论咧,那婆罗门教徒的庄严神圣咧,那印度神仙下凡入世的神话咧——这些事情充满了我的理想,便给我造起了一个广大无边渺渺茫茫的理想之国来。我的心在里边飞翔着,好似暮色昏黄中的一头小鸟,在一座古旧的大厦里在一间间房中飞来飞去。

"于是那大叛乱的事件发生了,便是我们巴特龙的小炮台中,也觉得受了震动。印度教和回回教又到了这时期,两下里拼骰争占印度斯坦的王位。这已是他们的老玩意了。而那杀牛为食的白种人,就得被逐到亚利安人种的国土之外。

"我的父亲古拉迦德可汗,是一个谨慎小心的人。他一边痛骂着英吉利人,而同时却又说道:'那些人决不能成事,印度斯坦的人是比不上他们的。我不愿为了无谓的野心,失掉我这一座小小的炮台,我不愿和英军作战。'

"这时印度斯坦全土的每一印度人和回教徒都已热血中沸。我们见父亲如此小心,觉得很惭愧。便是宫中一般贵妇,也烦躁不安起来。于是甘歇赖尔把所有军队多归他统带,向我父亲宣言道:'总督,你要是不愿意和我们站在一起,那么在这作战期间,我得把你禁锢着,并由我自己防守炮台。'

"我父亲即忙回说不用着急,他已预备和叛军合作了。甘歇赖尔向库中要钱,只给了他小小的数目。说往后到了紧要的时期,再多多的给他。

"我卸下了从头到脚的一切饰物,唤我那女奴去暗暗地送与甘歇赖尔。他收下了,直使我的四肢都快乐得震动起来。他得了钱,忙着准备把那旧式的枪械和久已不用的刀子擦亮了。一天午后,那英军的统领蓦地带了一队红衣的白军,入到炮台中来。我父亲便将甘歇赖尔的密谋私下报告了他。然而这位婆罗门教徒的势力很大,他那一小队的兵都预备用了他们无用的枪械和生锈的刀子,拼命一战。我因了老父的不义,眼中虽没有眼泪,而我

的心直惭愧的要碎裂了。

"我穿了我哥子的衣服,暗地出宫而去。那作战时的硝烟、兵士们的呐喊声、枪炮的轰击声,都已停止了。那可怕的静谧的死,布满在天地之间。太阳带着血,落下去休息,把那鸠那河的碧水也染红了。在暮空中,现出一个月儿来,快要团圆了,照见战场之上,满现着一片死伤的惨景。在别的时候,我决不能在这惨景中间走去。但是这晚,我直好似在梦中行走的一般。我唯一的目的,便是要找到甘歇赖尔,而旁的事情都记不得了。

"将近夜半,我在鸠那河近边的一带芒果树丛中找到了甘歇赖尔。他躺在地上,他那忠仆蒂华基的尸体,正横在他的身旁。我料知这忠仆虽已受了制命的伤,仍还带着他的主人到这安稳的所在来。也许是那受伤的主人,撞见了他垂毙的忠仆,而带到这里来的。我私下里久已尊敬他的为人,此刻再也忍不住了。我便投身在甘歇赖尔的脚边,把我松散下来的头发拂去他脚上的尘沙,将我的头额去接触他冰冷的双脚。我那忍住着的眼泪,便扑簌簌地掉出来了。

"正在这当儿,甘歇赖尔动弹了,低低的喊了一声痛。他的眼睛闭合着,我听得他低唤着要水喝。便立时赶下鸠那河去,将我的衣服浸在河中,赶回来把衣上的水挤在他半开的嘴唇中。我又在衣上撕下了一块缚住了他的左眼,因为眼上受了一个刀伤,而沿着头顶也有一个很深的伤口。我好几次挤出水来,洒在他的脸上,他便渐渐地苏醒过来。我问他可要再喝些水,他呆望着我,问我是谁,我不能自抑,即忙答道:'我是你忠实的奴子,总督古拉迦德可汗的女儿。'

"我心中希望甘歇赖尔在他将死之际,听我一番最后的自白。谁也不能夺去我这最后的乐趣了!但他一听得我的名儿,便破口呼道:'间谍的女儿,不义之女!你在我临死的当儿,来亵渎我的一生。'说了这话,他给我的右颊上猛击了一下,我觉得眩晕起来,便一切都昏暗了。

"你须得知道我那时的年纪,还不过十六岁左右,我才是生平第一次走出我的闺房。那外面天空中火热的阳光,还没有夺去我两颊上花一般的娇嫩之色。然而我初踏到门外的空气中来,却就受我世界中的大神施与我这样的敬礼。"

好似一个人迷失在梦中一般,我听着这妇人的故事,连我的纸烟上已没有了火,也不曾觉得。我的心可是被那语言之美所迷惑了呢,还是迷惑于伊那音乐般的声调,或伊这一段可泣可歌的故事?这很不容易说明。我只是默默地,老不开口。然而伊说到了这里,我再也不能缄默了,便脱口说道:

"畜生！"

那总督的女儿说道："谁是畜生啊？畜生在临死苦痛的当儿，有人把水送到他的嘴边，他会放弃么？"

我立时改正道："呀！是的，这是神圣的。"

但那总督的女儿却又答道："神圣？你可是说神圣会拒绝一个虔诚之心向他崇拜么？"

我听了这番话，心想自己还是不开口为妙。那总督的女儿便又继续伊的故事道："那时我觉得大为激动，倒像我这破碎的世界，压到我的头上来了。我远远地膜拜着这一位严酷无情的婆罗门武士。我的心中在那里说：'你从不接受下人的侍奉，异族的饮食，富人的金钱，少年人的青春，妇人女子的情爱，你只是孤高自处，遗世独立——超出于污浊的尘凡之上。我简直还没有这权利献身于你啊！'

"他眼瞧我一个总督的骄贵的女儿，向他膜拜头碰着地，我不知道他心中作何感想。但他的面容上却并不表示甚么惊异或感动之色，他对我的脸上瞧了一会，于是慢慢地坐起身来。

"我急忙伸出两臂去扶持他，但他悄悄地拒绝了我，很苦痛的挨到鸠那河的埠头上。有一艘渡船系在那里，却没有搭客，也没有船夫。甘歇赖尔入到船中，放了绳子，那船便泛入河心不见了。

"我一时很想投入鸠那河中，像一朵好花，未及时而从枝儿上摘下来似的——将我的爱与青春和被拒绝的崇拜之诚，全都贡献与那载着甘歇赖尔远去的一叶扁舟，但我却又不能。那冉冉上升的明月、那鸠那河对岸一带黑沉沉的树影，那一片静止不动的深蓝色的河水，那远处芒果树丛上一座炮台的高垒——都在向我奏着幽静的死的音乐。惟有那轻舟一叶，被流水悠悠载到没有希望的远处去，却还吸引着我走到生命的路上，而将我从这月明之夜美的死神的怀抱中拖曳出来。

"我好似失了魂似的，沿着鸠那河岸走前去。走过了那密密的丛苇和多沙的荒地，有时涉浅水，有时攀危崖，有时穿过那灌木丛生的林莽。"

伊在这里停住了，我也并不打破伊的静默。伊停了好久，才又继续伊的故事：

"以后的事情便混乱了，我不知道该怎样的一一说来，以使我的故事明了。我似乎走过一片荒野茫然的不知方向，可就记不起我足迹所经的地方了。我不知道如何开始，如何终了；怎么事该包括，怎么事该除外；也不知道该如何使我这故事清清楚楚，使你听了觉得完全是自然的。然而我在几年来的困苦中得到了教训，知道这世界中没有不可能的事，也没有难事的。起先以为像我这般一个生长在总督家深闺中的女孩子，走出去一定有种种障碍，无法避免的。但你一到了人群中去，就觉得有路可走。这路未必是总督走的路，然而一样是一条路引导着人们归向他们各各不同的运命——这一条路崎岖不平，曲曲折折的没有穷尽。这一条路充满着忧乐和阻力——往往是这一条路。

"我在那普通人类所走的路上往来飘泊的种种历史，说来没甚好听。况且我也没有这魄力，完全诉说出来。总之，我经过了一切的困难、一切的危险、一切的侮辱——然而劫后余生，还可以勉强忍受。好像放一个焰火，越是烧得厉害，越是飞腾上去。我只抱着这勇往直前的意志，就不觉得那火烧般的苦痛，到得我极哀极乐的活火熄灭时，我便筋疲力尽的跌倒在地埃尘了。我的飘泊今天已终止，我的故事也结束了。"

伊停止了。

但我摇着头对自己说，这决不是一个相当的结束，定有下文。当下便用了我那支离破碎而不完全的北印度土白对伊说："郡主，请恕我的失礼。但我敢明白奉告，你倘能将这结束的话，说得明白一些，那就使我心中大大的安慰咧。"

那总督的女儿微笑着，我那支离破碎的北印度话倒发生了效力。我要是用了最最纯粹的印度斯坦话说去，怕反引起伊的憎厌。而我这不完全的语言，倒有了假借了。伊又说道："我往往能随时得到甘歇赖尔的消息，但我从不曾遇见过他。他联络了叛徒丹蒂亚都璧，像大风雨般随时发作，一会儿在东一会儿在西，而蓦然之间他也不知所往。我穿上了方外人的法服，上毘那尔去从我那位唤作'父亲'的薛佛南大史华密处学诵梵文经典。印度各部的新闻，都得送到他的脚边。我从他很虔诚的学诵经典时，总很恳切的探听战争的消息——那英吉利的统将，已把印度斯坦全土叛乱的余烬踹熄了。

"以后我再也得不到甘歇赖尔的消息。在那远处地平线上破坏的红光中照耀着的人物，蓦地里隐到黑暗中去了。

"于是我离了所住的小寨，出去挨户的找寻甘歇赖尔。从这一个圣地到那一个圣地，却从没有遇见他。有几个认识他的人，说他定已送了命了。他是死在战场上，或战后的军法上的。但是我的心中，有一个小小的声音在那里说，决没有这一回事的，甘歇赖尔决不会死。这婆罗门信徒，有如燃烧着的火焰——是不能熄灭的。那熊熊之火，仍在甚么寂寞而难以接近的圣坛上燃烧着，等着我把生命和灵魂作最后的贡献。

"印度的经典中,往往说低级的人民,因了极力奉行避世绝欲的主义,而成为婆罗门教徒的。但是回教徒可能成为婆罗门教徒,却没有提起。我知道自己须得久捱下去,才能和甘歇赖尔相结合。因为我须得先做了婆罗门教徒才是。而我在这样的情形之下,已过了三十年了。"

"我的心志和生活,都变做一个婆罗门教徒了。我从甚么婆罗门祖母遗传下来的一脉,婆罗门的血又在我的血管里滤清起来,而在我的四肢中跳动了。这一回事既已完成,我的精神上就可毫无疑义的皈依在我青春时代中敬慕的第一个婆罗门信徒的脚边——他是我偌大的世界中唯一的婆罗门信徒。而我也觉得那光荣的圆明,已绕在我的头上了。

"在叛乱时的战争中,我常听得甘歇赖尔勇敢的故事。但是这些事情,并不在我心上留下甚么印象。我的心上只有一幅图画是很显明的,便是那一艘渡船载着甘歇赖尔,向那月光下静静的鸿那河中驶去。我日夜的瞧见他驶向一片广大无边的神秘之乡,既没伴侣,又无奴仆——这婆罗门信徒是无需于人的,他完全可以自主。

"末后我得到甘歇赖尔的消息了——他逃过了奈泊尔的边界,免受惩罚。我赶往奈泊尔去,在那边居留了好久,才知他早在数年以前离了奈泊尔。没有人知道他往哪里去的。从此以后,我就在群山之间往来旅行。这一带区域不是印度人的区域了。这班蒲帝亚人和赖泊嘉人都是崇拜偶像的民族,他们对于饮食没有相当的规定,他们自有神道,也自有崇拜的方式。那时我很刺促不安的留意着保持我宗教上的纯洁,避过一切的染污。我料知我的船快已到了港中,而我一生最后的目的,也相去不远了。

"于是——我怎样的结束呢?大凡结束都是很短的,只须陡的吐一口气便可熄灭灯火。那么我何必把这事拉成一段长长的故事呢?……恰在今天的早上,已足足捱过了三十八年的分离,我终于遇见了甘歇赖尔——"

伊在这所在停止时,我很恳切的再也按捺不住了,忙说道:"你怎么找到他的?"

那总督的女儿答道:"我在一个蒲帝亚村落中瞧见老甘歇赖尔在一所院子里拾取麦穗中的谷粒。他那蒲帝亚的老妻厮守在他的身旁,他那蒲帝亚的孙儿孙女正围绕着他。"

那故事就在这里结束了。

我想说甚么话——只几句话——以安慰伊。我说道:"此人和那些异族的人同过了三十八年的时光,只为怕死而躲藏在那里——他又怎能保持他宗教上的纯洁呢?"

那总督的女儿答道："我难道不明白么？但我在妙龄时就被这婆罗门教徒盗了我的心去，好多年捱将过去，这蛊惑的魔力是何等的大啊！我怎能疑到他不过是一种习惯呢？却一心以为真理在此，永生的真理在此。不然，我怎能十六岁时刚离了我父亲庇荫，愿以身心和青春贡献于他，却低首下心忍受他的侮辱呢？呀！婆罗门，你自己接受了旁的习惯以代替你往时的习惯，但我怎能再得一个新的生命和青春，以补偿我所失去了的生命和青春啊！"

伊说了这一番哀怨的话，那妇人便站起来，操着北印度话说道："再会，先生！"当下忙又改正伊的口气，用了回教徒的话说道："再会，先生！"

说了这一句回教徒道别的话，伊也就和那婆罗门教长别了。一切想像，都委弃在尘沙之中。我待再和伊说一句话，伊却已在那希马拉耶山灰色的雾中隐去咧。

我把两眼闭上了一会，瞧见伊故事中种种经历的事情，掠过我的心头——那十六岁的女孩子，总督的女儿坐在伊的格子窗前，在伊的波斯毯上，瞧着那婆罗门教徒向鸠那河举行他早晨的灌水礼。那愁惨的妇人，穿着方外人的法服，在怎么神龛前的灯光中做着晚祷。那伛偻的身子，怀着无家可归的苦痛，伏在大奇陵的喀尔喀他路上。我想起了这一个妇人的身中交流着两种性质的血，又听了伊十分庄严的声口，说着那美妙的语言，便觉得我的心中挑动了悲哀的音乐了。

于是我睁开眼睛，雾已散了。山边罩着晨曦，在闪闪地发亮。那英吉利的夫人们都已坐了人力车出来，那英吉利的先生们都骑着马。时常有一个本加尔的店伙，头上裹着搭膊巾，从巾褶中溜过眼来，很诧异的对着我瞧。

（原载《紫罗兰》第3卷第16号1928年11月12日出版）

（罗马尼亚）沙杜维努① 原著

飘泊者

沙杜维努氏（M．Sadoveanu）为罗马尼亚国（Roumania）短篇小说名家，卓著声闻。所刊短篇说集甚夥，其最后之一集，曰《西勒河上之磨坊》以一九二五年出版。描写其国内风土人情，弥见魄力，说者谓为沙氏最精之作品。氏生年未详，以一九二六年卒。此作英译名为（*The Wanderers*），写波兰亡国之苦。怨而不怒，读之令人怅惘。今吾国固未亡也，而北望济南，五中如沸，亦不禁与篇中罗猛，有同一之孤愤矣。噫！

一所屋子，孤立在一座园子的中心，和市上大多数的屋子不相连接。

这是一所古旧的屋子，那前廊又高又阔，有很大的粉刷的柱子。尖屋顶上，铺着瓦片，绿绿的长着苔藓。前廊的前面，向南的所在，立着两株很美好而圆圆的菩提树，绿荫四展。

在八月中的一天，那屋主人佛拉第末萨维基和他的妻子安娜，坐在前廊中。他们俩都已老了，只为好多次的远行，饱历了风涛。而一生经历，又很多不幸的事，因此更见得老了。那老人生着一部长长的白须，白发也长长的，从头的中间，分披下来，而头顶上却已光无一发。他吸着一枝很长的烟斗，一双蓝眼，向那伸展到日落处的平原上望去。而那老妇人安娜，却正从一只花篮中拣取花朵儿。老人仍还高大而强健，老妇却很瘦小，举动也温柔

---

① 今译为米哈伊·萨多维亚努。

得很。四十年前，他们离了那破碎的波兰，居留在我们的国中。他们收了一个义女，承欢膝下。自己却也有一个儿子在着，是个良好的工艺家。今年已三十岁了，还没有娶妻。他们在这老屋中已住了三十年，只忙着园艺借此度日。三十年来，在这所在过着忧闷而单调的生活。他们只有那义女曼玑丽娜作伴，在过去的十年间，他们的孩子罗猛，兀自在世界中往来飘泊，老不归家。

老佛拉第末拈①着须子，喷去那烟斗中的烟。午后天气很暖，已把他的蓝褂子卸下了。他的老妻，仍在拣选伊的花。一阵柔风，带着妙香，从那园子里满结果实的树上和色彩鲜丽的花朵上吹送过来。一缕缕的阳光，穿过那绿叶扶疏的菩提树，有一小块一小块的白光从上面射下来，在那鲜明的草上舞弄着。草色绿绿的，好像树蛙一样。那颤动的树叶，时时把一片和谐的瑟瑟之声，送达到这闲静的廊下。

有时又有轻柔的歌唱声，从开着的窗子里飘浮进来。

蓦然之间，却有一样响应之声，打破了这午后的静默。是甚么声音啊？是一辆车子的声音。那老人惊动了，放下了烟斗，站起身来。那老妇人也将伊那裹着白肩巾的头，从阑干上探将出去。一辆轮声辘辘的马车，赶近过来。车厢上坐着一个面容丑陋的犹太人，把车儿扣住在这老屋子的门外。一个模样儿很强壮而阔肩胖的少年跳下车来，右手中提着一个大包子，左手中提着一只篓儿。

"罗猛，罗猛！"那老妇人放出低弱的声音嚷着。伊想站起身来，却仍轻轻地坐倒在花朵旁边的椅中。

老人走下楼梯去，很快乐的喃喃地说道："咦咦，老夫人，这是罗猛啊！"

"罗猛君！"一个温柔的声音在喊着，曼玑丽娜的蠑首已现在窗口。罗猛放下了包裹，投身在他父亲的臂间。

"是啊！老夫人，这是罗猛。"佛拉第末萨维基眼中含泪，喃喃地说着。他拥抱着儿子，紧紧地贴在他的心口："是啊！老夫人，这是罗猛。"他所能说的，只有这一句话。

那少年嚷着道："母亲，我不见你已有十年了。"

那老母亲悄悄地哭泣，伊的儿子即忙搂住伊在怀中。老人兀自绕圈儿徘徊着，泪汪汪地在须子里，低呼道："是啊！是啊！老夫人，这是罗猛。"

罗猛萨维基挺直了他壮健的干儿，旋将过去。却见一张白白的脸和一

---

① 拈同"捻"。

双蓝蓝的眼,现在门口,他很诧异的呆呆地立住了。那女孩子瞧着他,羞答答地微笑。

老萨维基笑道:"呵呵,如今怎样了? 你们彼此不认识了么? 咦,两下里接一个吻,曼玳丽娜小时节,你就认识伊的。"

两小口子彼此默默地走近了,那女孩子低垂着眼睑,把伊的面颊向罗猛,罗猛便吻了一下。

罗猛说:"我认不出伊来了,伊长得很大!"

他的母亲轻轻地笑道:"罗猛,你也长得更大了——并且更美了。"

老人道:"我们的罗猛自然是美的。老夫人,我们的罗猛。"

那老母亲又吻着伊的儿子。罗猛坐在廊下一张椅中,老人坐在他的右边,母亲坐在左边。他们兀自瞧着他,两眼老注在他的身上。

罗猛对那老妇人说道:"我的亲爱的,我的亲爱的,我好久不见你了。"

末后他们都默然无语,只是很着意的含笑相觑。那菩提树的轻柔的槭槭声,打破了这八月天的热气和静寂。

老人忽地问道:"罗猛,你从哪里来?"

他的儿子抬起头来,答道:"从华沙来。"

老人张大了他的眼睛,然后转向安娜。

"你听得么? 老夫人,他从华沙来。"

老夫人点着伊的头,很诧异的说道:"从华沙来?"

罗猛说:"是的。我此行遍历波兰,充满了苦痛。而我也曾旁皇在世界各处我们那些放逐在外的同胞们中间。"

他那强有力的声音中,包含着很显著的悲痛。一对老夫妇含忧带笑的瞧着他,却不明白他的意思。一切对于他们祖国的灵敏的感觉,在他们的心中早已死了。他们只是坐着,很快乐的瞧他们罗猛的一双蓝眼,瞧他的清秀而光滑的脸面,更瞧他的茂美可爱的头发。

那少年开始演说了,他的声音渐渐提高,十分有力,而充满了悲哀与苦痛。他哪里没有到过? 他曾到过各处。在各处他都遇到放逐在外的波兰人。在异国人中忧伤憔悴的捱过去,死在离开他们祖国很远的所在。各处都有同样的渴望,各处都有同样的悲痛。专制的魔王,管辖着他们的老家,被压迫者的呼号声,冲破了空气。一般爱国者,铁索郎当的踏在西比利亚的路上。一群群的人,从他们父祖的家里逃出来,异族之人便像潮水般涌了进去。

那老妇人垂泪说道:"罗猛罗猛,你说得何等的美啊。"

佛拉第末萨维基含忧说道："老夫人，我们的罗猛原说得很美很美，但他带了悲哀的消息来了。"

在老人的灵魂中，重又挑动了旧时的渴望和苦痛的回忆。曼玳丽娜立在门限上，瞧着罗猛，很沮丧的打颤。

蓦地里有两个老人从门外走将进来。一个长着很浓厚的灰色须子，一个长着一部长须，闪闪地夹着银丝。

老萨维基嚷道："呀！巴吉维西来了，鲁羌谷士基也来了！我们的罗猛已回来，他正在这里。"

鲁羌谷士基庄容说道："我们知道，我们已瞧见他了。"

巴吉维西喃喃地接口道："是的是的，我们已瞧见他了。"

他们走近过来，很亲热的和罗猛握手。

鲁羌谷士基道："你好啊！欢迎你回来！你们瞧，如今这镇中的波兰人都会集在一处了。"

罗猛问道："怎么？只剩下这几个了么？"

老萨维基含哀说道："他们都亡故了。"

"是的，他们都亡故了。"巴吉维西喃喃地说着，手指儿将着他那灰色的大胡子。

他们都静默了一会。

佛拉第末萨维基道："老夫人，去拿一瓶酒和甚么吃的东西来。罗猛也许已饿了。但你在哪里，安娜在哪里？"老人瞧着曼玳丽娜发问。

那女孩子微笑着答道："不要着急，伊早去预备东西了。"

"这样很好，这样很好。"他又转向那两个波兰人道，"你们还不知道，罗猛怎样的善于演说咧。你们该听他说来，罗猛，你定须再说一遍。"

他的老妻取了酒和冷肉来，伊把肉放在伊儿子的面前，把酒放在那三个老人跟前。他们便都讲起话来。但是罗猛的声音，在这夏日的沉静中发着悽响。当下他们喝酒，祝罗猛的康健，又彼此互祝着。

罗猛很激动的把拳儿击着桌子，放声呼道："祝波兰！"接着他便开始演说道：

"你们可感觉到那被踏在脚下的民众，已在切切相告，蠢蠢欲动了么？眼见不久他们就得像大风潮般掀将起来，打倒那监狱的墙壁。自由之歌唱遍了我们的祖国。唉，你们还不知道，那边的哀悲与苦痛咧。异族横行，荒凉满目。自哥修士孤（译者按：哥为波兰之大爱国家）死后，各处都有被放逐的人，各处都现着荒凉之象。"罗猛又转身向那老妇喊着道，"母亲把那边的篮儿递给我，

212

我定须唱些歌儿给你们听听。"

说了这些话,他的眼睛黯了,向空间呆望着。那几个老年人都瞧着他,好生感动。他们的头垂倒在胸口,一言不发,沉默占领了这老屋子。园子里也布满了安静。一抹发怒似的夕阳罩着火焰般的红云,拥到那树林的绿海之中。那黄金色的阳光,射到古旧的廊下,照在罗猛的头发上。

他的母亲将篮儿递给了他。

那少年说道:"好,我来弹着我的琵琶,唱些歌儿给你们听。要唱出我们的悲哀来。"

于是那弦子在他的指下悽悽切切,好似从睡梦中醒过来了。罗猛俯身向前,开始唱来。那些老年人围住了他,一动不动的坐着。

那悲哀的声音,在这老屋的静寂中波动着。调子温柔而含忧,好像是远远的哀号,深沉而抖颤的诉出一切苦恼来。那歌儿如泣如诉的唱破夕阳,似是甚么因时迁地的鸟儿,翩翩的飞去一般。

那些老年人的灵魂中,像潮水般涌起旧时的忧思来。歌声朗朗,正在哀悼他们破碎的大好河山。他们似乎在愁梦中一般,听着那些为国而死的人们掉着辛酸的眼泪。他们似乎瞧见哥修士孤,已奋斗得筋疲力尽了,手中擎着一柄刀,满身浴血的跪在那里。

波兰完了。波兰是再也没有了,一片剩水残山,四下里躺满着死人。一个惨呼的声音,破空而起。孩子们勉强的离了他们不幸的祖国,含辛茹苦的死在异乡。

那弦子上充满着悲哀,悠悠扬扬的唱彻那清明的夕阳。于是歌声缓缓地缓缓地死去了,仿佛因重忧之下,疲乏已极。直到那弦子最后的尾声,悄然而止。好像是远处的一丝颤动之声,在死一般的寂静中静止了。

听的人都像化做了石块。罗猛把他的头靠在手上,眼中满含苦痛,向着那怒红的夕阳。他的下颔颤动着,他的心中全是悲愤的回忆。那些老年人都呆坐在那里,好似受伤的动物,他们的头低低的垂在胸口。那老母亲低声啜泣,时时太息,而伊的眼睛仍是注在罗猛身上。那少年人转眼向着门瞧去,却见曼玼丽娜的蓝眼亮晶晶地含着两颗大泪珠,在这沉静之中。他自己的眼睛,注在那女孩子的眼中。而那夕阳最后的一抹红光,已在树林里隐去了。

(原载《紫罗兰》第 3 卷第 17 号 1928 年 11 月 26 日出版)

213

（比利时）郛白劳　原著

他是不能久活的了

作者郛白劳氏（M. des Omdriaux），为比利时小说界后起之秀。以一八六八年生于海瑙尔，亦如比利时一般散文作家，专喜描写乡村生活者。今其人尚存。

好多年来，席莱蒲才德兀自咳着，直把他的灵魂都咳出来了。那咳是一种很厉害的干咳，似乎震得胸脯都碎裂开来。那些听得他咳声的人都说："他是不能久活的了。"

当真的，席莱蒲才德的不能久活，已好久了。

他在夏间，还是做着泥水匠。每天大清早，人家总瞧见他带着他的桶出去。桶中装满着铅粉咧，蓝色粉咧，刷帚和套袖咧。一壁还是不住的咳着。

大家都说道："可怜的席莱蒲才德，像他那么的身体，还做这样的工作，实在是那石灰正在吃掉他的两肺。是啊，他是不能久活的了。"

"这可怜的席莱蒲才德，他是何等的勇敢！无论如何，竟不能劝动他进医院去。他很坚定的工作着，而那蓝色的粉也不住的下毒在他的血管中。他不能久活了，这是一定的。"

席莱又带了白粉水，出去给人家刷新屋子了。他在梯子上咳着，脸儿白白的，像他的围裙一样。他惯常是粉刷厨房和房间的。只为大家都怜悯他，所以待得他很好。又为了他的代价适中，所以各处唤他工作的很多，并且早就预定的。任是极寒素的人家，也得为了他放一块肉在锅子里，给他吃食。

他们说："这可怜的席莱蒲才德，该设法强壮些才是。他简直要瘦成一条线了，决不能久活在世上。"

田庄中的人，天天总得给他喝一口好酒。他很需要这个，可是他不能久活了。

然而席莱蒲才德仍是捱下去，并且每逢礼拜日，在市集中那种用四只桶和一块板搭成的台上，在那厕所的近旁，他奏着提琴，给小孩子们跳舞。他一面仍是咳着，一面和着那一只单簧箫和长喇叭，奏弄他的提琴。

"可怜的席莱蒲才德，他这样病着，还是整晚的坐在外面，定然是冷得难受咧。他的血中，没有一些儿气力，但瞧他那么咳着抖颤着，真使你心痛。唉，他委实是不能久活了。"

于是他到一处，总有人请他喝啤酒或杜松子酒。有的竟给他喝香槟酒和一大片一大片的糕，这是人家特别优待这可怜的人。因为他已不能久活了。人家也很欢喜他，当他是个音乐师。他能指导着那小乐队，引得人家起舞，这是谁也及不上他的。他那么轻拢漫弄，音和韵协，任是最笨拙的腿和刚在学舞的人，也不由得要跳将起来。一般舞会的领袖，都得在年头上和他接洽。临时才能到场奏乐，不致使他们失望。他是何等的受宠，何等的优待！为了他的分上，往往把一瓶啤酒，放在音乐台上。大家以为对于这位良善的老席莱蒲才德，应当好好的款待。因为奏乐也已不久，到那时还有谁能使他们跳舞呢。

席莱蒲才德是从不推辞的，有酒便喝，有食便吃。吃喝时也慢慢的，不肯太快。瞧着他的吃喝，谁也不会说他是不能久活的。席莱蒲才德实是一个贪于口腹的人。

他们想："这就是他的病啊！唉，可怜的汉子！他就全仗这些吃喝来支撑他的身体。是啊，虽是这么说，他仍然是不能久活的了。"

他有琴师那种温和柔顺的态度。

席莱蒲才德也常到邻近的大家富室中去。在他们施洗礼和举行结婚或订婚的仪式时，指导小孩子们跳华尔资舞。而到处所受的款待，都在工匠或下人之上，对他常有额外的赠与。人人都关心于他，差不多当他是一个朋友了。我不知道该怎么说才是。总之他是一个不能久活的人。

冬间没有粉刷的工作了，也没有市集了。席莱为谋他的生活起见，便在空闲的时间，干靴匠的买卖，而一面仍是咳着。委实说，他对于这一项职业、这一种艺术，并不十分在行。然而工作是不会缺少的，人家都向他定拖鞋。他也给那些妇人或女郎们所绣织的鞋面，配上一个鞋底。大都是送与伊们亲爱的丈夫，或去献媚恋人的。他并且也做小孩子们的靴子。

"可怜的席莱浦才德，他当然要活命的。多给些儿工作与他，便是行善事，尽责任。可是他不能久活了。"

衰弱而多病，不住的咳着，席莱蒲才德分明是不能久活的了。然而他却已葬过了两个妻子。据说他那第一个妻子，是因为怜悯他而嫁他的。

伊心中曾想："一个人不妨冒一回险，这束缚是不会长久的，可是他不能久活了。"

伊却中寒而死。

第二个妻子因为他略有积蓄而嫁他的。

伊暗暗的想："这是一个好买卖。我一些儿没有甚么，而他又不能久活在世上，将来我便可承受他的遗产，找一个我所欢喜的人。"

伊却又死了。

如今有一个谣言传遍村中，说他又要娶妻了。这是第三次，娶一个只有二十岁的女郎。

人家在闲谈中彼此告语道："你可曾听得过这么一回事么？他自己又要来一下了。可怜的席莱蒲才德，无论如何他决不能久活在世上。"

旁的人说道："又有一个人瞧上他的屋子和果子园了。这是一个何等可耻的东西，伊明明知道他不能久活了啊。"

"总之他要是欢喜，为甚么使不得呢？我们处于他的地位，也得照这样做。他再也不能错过这个机会，因为他已不能久活了。"

席莱浦才德有一所小小的屋子和一片空地，四下里被白莱劳兄弟的产业包围着。他们是村中最富的人，一个是村长，一个是农夫，第三个是慈善会的会计。三人都是鳏夫，都是伟大而壮健的汉子。四肢又强壮，又细长，像一条鞭子的柄。瞧他们的模样儿，倒像要活上一百年似的。他们拥有一百多亩的地产，年年还在添买。据说半个村子都是属于他们的。那田唎，田庄唎，花园和果园唎，合成了一个极好的地方，委实是村中唯一的良产。直使他们花费了好多的钱，受了好多的麻烦。他们往往从这一个手中买一块地，从那一个手中买一座破屋，在这里买一所茅舍，在那边买一间炕房，拆的拆，装的装，铲平的铲平，只为要使他们的产业十分完美。他们少不得要席莱蒲才德的屋子了。

他们自己对自己说道："他是不能久活的了，等他一死，我们便可唾手而得。"

但他们的志愿，末后比了他们的理性更坚强了。他们立刻就要这一份产业，愈快愈妙。可是谁能知道，席莱死后，他的后嗣绝不留难，或是要求太

216

奢呢。

　　用了种种的提议、种种的运动和许多农人的巧计,他们来和那泥水匠开谈判了。但他们的狡猾的策略完全没用,席莱蒲才德老是不听。他白着脸摇着头,不住的咳着说道:

　　"请先生们要求我别的事罢,但请不要勉强我离开我祖先的屋子。你们知道我是不能久活的了。请耐心些,我只有这很短的时期,决不愿再上别处去了。我得死在这屋子里,这是我生的所在,也是我祖上老死的所在。"

　　他用了那种温和而客气的固执态度,以对付他那邻人们的请求,委实是没法可想。他心中非常坚决,他们想用恫吓的话来恫吓他,也是没用。于是他们和他断绝往来。那村中另请了别的音乐师在市集中奏乐了。席莱蒲才德受了这打击,觉得很为难堪,便咳得更厉害了。所有农人们都袒护他,村中的少年们都退出了正式的跳舞,自愿出钱请席莱蒲才德的乐队来奏乐,使这村中唯一的大官大失面子。

　　"像这样待一个不能久活在世上的可怜人,你未免太无心肝了。"

　　一时很引起群众的恶感,因了这件事,预备在大选举时反对村长。有人提议把席莱蒲才德也加入候选人的中间。他当然可以中选,因为他不能久活之故,不致和地方上有甚么为难。但他很有意识力辞当选。

　　白莱劳为了避免危险起见,和他议和了。他们又增加了代价,然而任是怎样的诱惑,席莱一面仍咳着,一面答道:

　　"不行,先生们。像我这样的一所屋子,只值百分之八。照你们所出的价钱,我原可脱手……不过,我要死在我父亲的屋子里。"

　　"卖给了我们,你在世一天,尽你用一天就是了。"那慈善会中的会计先生这样说着,他以为席莱蒲才德是不能久活的了。这一个主意,却引动了那泥水匠。他们商量了一下,末后就决定了。席莱蒲才德尽可用他的屋子,直到他亡故才止。预料他们白莱劳兄弟,至多只须付一二次的屋价。因为席莱蒲才德是不能久活的了。

　　于是全村都在说道:

　　"那白莱劳兄弟都是些好狐狸啊!你们还不知道他们的用意咧。他们定可很便宜的买下那屋子,因为他是不能久活的了。"

　　席莱蒲才德年年得他的屋价。白莱劳兄弟每次总是擦着他们的手,对他们自己说这是付钱的最后一次了。

　　村长死了,却没有瞧见那果园和自己的地产相接起来。每逢席莱蒲才德来登门要钱时,两兄弟的脸上,便不由得现出不豫之色来。

那农夫死了,也不曾瞧见他家和那席莱蒲才德的产业相并合。而那不能久活在世上的席莱,却仍是咳着,继续来收他的屋价。那慈善会中的会计先生已向席莱说出破产的极话来了,而席莱在他的衰弱之中,仍是一面咳着,一面取他的钱。他早已比那屋地的原价,袋下了二三倍的钱了。但是村中仍在那里说道:

"这白莱劳真是一个幸运儿,他白白的得了席莱蒲才德的屋子。因为那可怜人不能久活的了。"

他每次将那宝贵的金币付出去时,一个扼死那泥水匠的狂念,直使他的指头儿发痒起来。他再也不能遏止自己,便不由得说道:

"呀!你又来了,你可是永永不死了么?"

"白莱劳先生,你怎能对我这样一个不能久活的可怜人说这样的话啊!"席莱答着,很可怜的仍然咳个不住。

他葬了第三个白莱劳,然后死了,已超过了一百岁。但他足足有一世纪的四分之三,说是不能久活在世上。

(原载《紫罗兰》第 3 卷第 19 号 1928 年 12 月 26 日出版)

（英）爱德温浦（Edwin Pugh）　原著

金　星

葛立惧怕着和海克蓦地相逢已好久了。他们俩本来是多年的密友、同伴、合资的股东。后来他们翻起脸来,便一怒而分手了。

葛立的恼怒差不多是很温和而带着软性的。海克起初很暴烈,兀自闹着,渐渐地却也静默下来,入于阴狠之境。他曾咬牙切齿地说,早晚总有这一天,要和葛立算一算旧账。

这大约是三年以前的事。在这时期间葛立从没有瞧见海克或听得他的甚么消息。而今天这个早上,他们俩却在转弯时互撞了一下。他们在这一臂的距离之间,深沉莫测的彼此相觑了一会。接着他们的手已刷的伸了出来,仍像旧日友善时那么很亲热的握住了。

他们在一起用膳,开了一瓶酒互相祝饮。他们并不多讲甚么话。他们的心中正忙着在追想过去的事情,因此使他们有些哑口无言了。

"住在伦敦么?"葛立停了好一会才问。

"是的。住在罗司培来荫路附近。"

他在手册中撕下的一页纸上写了他的住址授与葛立。葛立也回了他一张名刺。

"海克今晚来和我一块儿用一顿晚餐。"葛立说。

海克瞧着那名刺,似乎在深思的一般。"不,"他末后作答,"我想还是你到我那里来吧。"

"随你的意,"葛立说,"甚么时候呢?"

"八点钟好么?"

"好的。八点钟于我很方便。"

准八点钟时葛立已叩着海克寓楼的门。室中家具稀少。蓦然间就使葛立觉察到他的老友和仇人一定是处境很艰窘。他那晚餐时所穿的褂子也有些儿敝旧了。这些寒酸的情景,使葛立很感不快,一面又暗暗地快乐,因为海克似乎已中落下来,而自己却很发达尽可助他一臂。

随意闲谈了半晌,海克便起身走到一只威尔士旧食器架前,取了一个方的酒瓶和两个玻璃杯。

"这是陈希达酒,"他说,"我这里没有现时流行的可克推。可要小些的一杯么?"

"是的!"葛立很高兴的说,"但是真的要小小的一杯,我心中自己知道现在是不行了,而你的希达又是很强烈的,我得小心些儿。你少斟一些,多加些水。"

海克微笑着,给葛立斟了两个手指那么高,给他自己斟了四指。他又取起一个半装着水的水瓶来,泼了些水在葛立的杯中。

"我自己要喝纯粹的酒,"海克说,"好啊,尽此一杯,以备作恶为非,不可留下余沥。"

他们立起来,面对着面,彼此以酒杯相碰,于是在一瞬间一饮而尽,涓滴不留,像他们少年时节的老惯例一样。

但是葛立的酒杯还没有离开他的嘴唇,早已砰的一声掉落在地,两手抓住他的喉咙,全身都拘挛起来。当下一切都黑暗了。

他从一个苦痛的梦中醒回来,梦中他从头至脚好似被铁索捆缚着——一会儿却见这并非梦境,他真的从头到脚都被捆缚了,虽不是铁索,却也是扣得紧紧的绳子。

他俯身前倾的坐在一张坚硬的椅中,他的全身捆住在一卷卷的绳子中间。并且,他的嘴也一动不动的扎缚住了。

他猛力的挣扎着要脱去那绳子,却没有用!他想喊起来,但是只有一种局闷的声音从他的嘴唇里发出。一会儿,却有一个叫喊似的回声浮动在室中,那门已开了,海克走将进来,脸上现着一种奸恶的讥笑。

"好啊,葛立,"他说着,格格地放出一阵丑恶的笑声,"如今你可以瞧到我既没有忘怀,也不能恕你。我从那水瓶中倒出来的东西是一种印度的花朵儿所蒸制成的精华。我尽可不用麻醉药而以毒药放在你的酒中。不过这样却使你毫无痛苦的去世,未免太便宜了。"

又是格格地一阵子笑，分明是疯了。

"在你两只脚的中间，"他说下去，"你瞧见那一段黑弦线般三码长的东西。这是一条寻常火药的药线，一条缓缓地爆发的药线。你可瞧见这一头，我此刻正将我的手触着。别的一头你不能瞧见，因为正在你的椅子下面。你的椅子下面还有些儿东西在着——一个装着炸药的洋铁罐。"

他擦了一枝火柴，燃着了那黑弦线的一头。当下里就见一小点金星慢慢地爬行过去——呀，何等的慢啊！——沿着那弦线向椅子过来。

"要好多的时候，"那残酷无情的声音又继续说去，"给这一小点子火星达到那洋铁罐中爆裂开来。到那时你便要炸成了许多极小极小的块儿。这几层楼的大部分也要炸毁，而你所瞧见我的犯罪的证据也消灭了。现在我且借着你在世最后的几分钟数说你的罪恶史。"

他深深地吐了一口气，低下了他的头，瞧着那缓缓地向前爬行的小金星。

"我们先前原是朋友，"他突然的做出深沉的声音来说着，"在那时我差不多很欢喜你了。虽然我也并不是完全的欢喜你。"

他重又停住了，重又放出那种恶笑声来。

"我老实的说，"他继续下去，"我们二人间不协调的真原因，是在于你常常使我觉得相形见绌。你处处见得更伟大，更有力，更聪明，更美观。我竭力的想以你为模范，虽然我始终在猜忌你，嫉妒你。后来我们合做了营业，我在营业上相形见绌的观念更觉一层层的增加起来，也好像别的一切事情一样，你总是胜我一着的。但是这还不是我所以和你闹翻的原因。"

他抬起头来凝视着葛立，这时他在捆缚中已软软的无力挣扎了。

"你知道我们是为甚么事情闹翻的，"海克喘息着说来，"我的意思是说那真的原因。当然是为了一个女人。我爱梅妃已好几年了。你却又插身进来，我至今还深信那时伊定能爱上我，要不是你摇动了伊的脚跟，从我那里扯伊开去，打破了我可以得到伊的最后希望。但是那时我还可以饶恕你，只要你像一个正人君子般娶了伊去。然而不然！你不久就厌弃伊了。"

葛立在捆缚中很软弱的动弹着，摇着他的头，以表示反对这一番斥责的话。要是他能开口说话，要不是被那万恶的布扎住了嘴，他就得告知海克完全是错怪了他，他，葛立，委实是深爱梅妃，至今仍还爱着，虽然他们二人都已失去了伊，其实那无情无义的并不是他，完全是伊，将他们俩都抛在一旁，因为另有一个小白脸儿施出他的本领来迷惑了伊，——得了胜利了。然而他的心虽因老友的不公平的责备而在那里碎裂，却苦的说不出一句话来。

他凝定的瞧着那一点小小的金星。

"是的,你不久就厌弃伊了,"海克的声音很单调而重浊的继续下去,"那时我在伊弹回来的当儿也许可以得到伊,只要你将经过的一切告知我好了。但又不然,你当着我兀自一声儿不响的瞧着。于是在我知道了真相之前,伊已嫁了那粗汉巴生斯了——我以为伊也许是出于怨恨之故。这一回事直使我狂怒起来,我的痛恶你尤过于痛恶巴生斯。我觉得不论甚么事都不能和你合作。所以我就借端和你翻脸了。"

他的声音中断了。他把双手掩住了他的脸。

"就在那时,"他呻吟着,"你很不愿意的答应和我拆伙,临时还是要显得你的胜我一筹。你想劝止我不要如此。到得你见我不听劝止时,你就给与我异常慷慨的条款。我因为知道你的用意,不愿接受。我只取了我完全应得的一份。从这天起,我的路急转直下,而你却扶摇直上,直至如今——"

他不能再说下去了。他跳起身来。

"还有甚么话要说么?"他嚷着,很可怕的狞笑,"瞧啊!此刻那小小的金星进行已不远了。不上五分钟就是你的结果——而也是我的结果,要是我不就离开这里。"

他扭转了身,向着门走去,一会儿已去了。

他那门关上以后,葛立重又使出他最后的气力来想挣脱他的捆缚。却做不到!只要他能把椅子换一个地位就好了,但那椅子似乎钉住在地板上一样。他那发狂的挣扎徒然牺牲了他的肉,直至那绳子好似变成了铁索,沸红而火热了。末后他因筋疲力尽,停住了挣扎。他那困苦的心撞在肋骨上,好像一个鼓在他的胸中擂着。他想叫喊,但是只有一个局闷的声音从他的嘴唇里发出来。

海克,在邻室中看守着,听着。他听得了那沙哑的喊声之后,就又溜到他那俘虏捆缚着的所在。

"如今,葛立,"他嚷着,做出很得意的高声,"如今你这痛苦的经验已完毕了,我只要显给你瞧,我对于痛恨的仇人也能慷慨一下的,待我来说明一切吧。那火药的药线是不错的。但是那罐儿中并没有甚么炸药。而——那小小的金星也熄灭就算了。我只要你落在我的掌握之中,胜过你一次,使你吃惊,也使一尝屈服的痛苦,正如你使我捱这痛苦一样。好了,我已达到目的了。这事已过去而完结了。也许我是发疯。但是,无论如何,我已行使了我的——我该怎么说?——我的滑稽的报复。"

他说时,就从那威尔士旧食器架上取起一柄刀来,走向那俘虏跟前,在旁边跪下去,割去他身上的绳子。

那椅中的人向前倒下,重重地掉落在海克的臂间。似乎很可怪的僵硬而没有生气。

海克惊视着那张苍白而凝定的脸,这时他才知道葛立已死了。

（原载《紫罗兰》第 4 卷第 12 号 1929 年 12 月 15 日出版）

莫泊桑专辑

MOBOSANGZHUANJI

莫泊桑肖像

毛柏霜（Guy de Maupassant）[1]　　**原著**

伞

(The Umbrella)

毛柏霜小传（1850—1893）

　　毛柏霜（Guy de Maupassant）以一八五〇年八月五日生于西茵河下部之梅洛梅斯尼堡（Chateau de Miromesnil）。初入佛都（Yvetot）某小学读，后又毕业于罗盎书院（College of Rouen）。普法战争中，尝身历戎行，且服务于海军部中，可十年。归而从事于文墨，草小说、诗曲数种，编脚本一，卒以小说驰名法兰西全土。有《朗度利姊妹》（*Les Soeurs Rondoli*）、《巴朗先生》（*Monsieur Parent*）、《男友》[2]（*Bel Ami*）、《小绿克》（*La Petite Roque*）。《庇亚尔与叶盎》（*Pierre et Jean*）诸书，并短篇小说三四百种，一时称短篇小说之王。一八九二年忽中狂疾，以翌年七月六日卒于巴黎之柏山（Passy）。

　　马丹乌利尔是个最有俭德的妇人。人家瞧着半辨士[3]，以为区区无几，她瞧去却好似几千万的金镑。她的下人们，平日间自然要牛马似的用力做事，才能领取工钱。然而要使马丹乌利尔伸手到她袋儿里去，直是千难万难的大难事。她膝下并没一男半女，只同她丈夫两口儿度日，倒很过得去。马丹心中，原也不希望生育什么儿女；因为有了儿女，她的经济上不免要受影响。旁的不必说，每天的面包，先要加添了。现在她白瞧着金光照眼的钱儿，不时从手指缝里漏去，精神上受了无限痛苦，仿佛剜了她一角心儿似的。

　　① 　今译为莫泊桑。
　　② 　今译为《漂亮朋友》或《俊友》。
　　③ 　今译为便士。

有时倘为了万不能省的费用,付出一注钱,夜中总在床上翻她十七八个身,再也不能安睡。她丈夫瞧了,总向她说道:"你何苦如此节省,不妨把手儿放宽一些,也不致于把我们每月的进款化尽呢。"马丹听了这话,也总答道:"世界上的事,谁也不能预先知道。到急难时,有了钱,什么都不怕。手头多一些,总比少一些的好得多呢。"

马丹乌利尔四十岁了,她身材生得很短,活像一只矮脚老母鸡。面上额上满堆着皱纹,好似地图上所画的山脉。衣服却很清洁,为了省钱起见,分外的当心。她的性儿,喜动不喜静。一天到晚,兀是忙着。旁的人也不知道她到底忙些什么,单见她苍蝇杀了头似的,只在屋子里乱撞。她对于丈夫,纯用严厉的手段,什么事都要干涉。财政权又操在她一人手里,一些儿不肯放松。她丈夫蜷伏在这专制政府之下,不住的在那里暗暗叫苦。加着他又是个喜欢虚荣的人,免不得要在衣饰上注意一些,撑撑场面,叵耐自己都不能作主。为了这一层,心里就受了许多痛苦。他天天在军事部里办事,充当一个头等书记,薪水倒还不薄。他也安心守职,不想更动,但知道听他老婆的命令。他虽然这样服从,仍然不能得老婆的优待。两年中每天上部去时,只带一柄七补八缀的旧伞。同事们不知道他的苦衷,只当他悭吝,时时把这伞儿做顽笑的资料。乌利尔起先还忍耐着,只算自己是个聋子,由他们说笑去。末后却忍不住了,就拼命放大了鼠胆,硬着头皮回去,要求老婆替他买一柄新伞。马丹乌利尔吃他聒噪不过,居然也大发慈悲,勉强出了六先令八辨士,向一家大店中买了一柄市上最贱最普通的伞儿。乌利尔的同事们见了这新伞,益发讥笑个不住。乌利尔听了好不难堪,想从前为了那捞什子的旧伞,已饱受了无数的热嘲冷讽。如今好容易打动了夫人的铁心,买到了这柄新伞,依旧关不住他们的利嘴,真也无可如何了。

三个月后,乌利尔的那柄伞,已腾笑全部。有人还做了一只歌儿,大家从早上唱到晚上,楼上唱彻楼下。乌利尔被同事们这样嘲弄,只恨得牙痒痒地,心中满装了恨意。倒把满腔子的恐怖,驱逐出境。回去竟严辞厉色的吩咐他老婆,再去买一柄上品的新罗伞,至少须出十六先令的代价,回来时须把店家的收条交出,作为凭据。马丹也没奈何,明天出去,忍着心痛,竟把十四先令七辨士买了一柄回来,怒勃勃的授给她丈夫道:"这一柄伞至少须用五年,你可听仔细了。"乌利尔得了这柄伞,快乐得了不得。到部后,同事们嘲笑的声浪,果然静了下来。这天晚上,他擎着伞,得意洋洋回到家中。马丹接着,先向伞儿瞧了一眼,现出十分不放心的样子,忙嘱咐道:"照你这样儿卷着,仔细那宽紧带擦破了绸面子,可不是顽。目前你第一要着,须得当心这伞儿。我已买了两柄,决不替你买第三柄的了。"说着,郑郑重重取过伞儿,撑将开来。不道就这一撑里头,马丹乌利尔顿时化了一尊石像,目定口呆,动弹不得。原来那伞的中央,早有一个法郎般大的圆洞,分明是被雪茄烟烧破的,乌利尔还没知道。一见了这个洞,也登时变色。马丹颤声问道:"这是什么?"乌利尔嗫嚅答道:"我……自己也不知道。"马丹气极,几乎停了呼吸,一时说不出话来。挣扎了好一会,才大声喝道:"你好……你好大胆,把这伞儿烧破了,你……你可是发了疯,要使我家破产么?"乌利尔旋了一个身,脸上青一阵,白一阵,没有一丝血色,颤着说道:"你说些什么?"马丹大呼道:"你还装做聋子,我说你把这伞儿烧破了,你瞧,你自己瞧。"说时一个虎跳,早跳到乌利尔跟前,把那伞上的破洞,直凑在他鼻子下边。乌利尔吓得什么似的,期期艾艾的说道:"你……你说这个破洞么? 我……我也不知道。这并不是我烧破的,我可以当着你面,立一个誓。"马丹厉声道:"该死的贼,我知道你到了部里,一定把这伞儿献宝似的献给人家瞧,什么人都已瞧过了。"乌利尔道:"我不过撑开得一回,给大家瞧瞧,好教他们知道我夫人正法眼藏,拣的东西,好不美丽。我撑了这一回以后,并没动过一动。你若不信,我可以立誓。"马丹听了,怒气不但丝毫未减,血管中的怒血,早已到了沸点。全身不住的颤着,直从头顶颤到脚尖。停了会儿,这火炉旁边尺寸之地,已变做了一片大战场。两方面相持不下了好久,方始宣告停战。末后究竟瞧了夫妻两字的分上,和平了结。马丹乌利尔便从旧伞上剪了一块下来,补了破洞。只是颜色不同,很不雅观。

第二天,乌利尔只得取了破伞上部去。到了部中,随手插在伞架里。忙着做事,也不把它放心上。做完了事,便取了伞回家去,心儿早又别别别的乱跳。脚儿还没有跨进门限,他老婆已赶将出来,伸手把伞儿抢过去,撑开一瞧,早又化了尊石像。原来这柄伞仿佛上过战场,借给兵士们做了盾牌,上面穿了无数的小洞,连补缀都不能补缀了。瞧来多分是有人刚吸了烟,把那一烟斗的灰,都撒在这伞儿里,才烧做这个样儿。马丹呆瞧着破伞,一声儿不响,因为怒火中烧,连喉咙里也做声不得。乌利尔也呆着不动,心中又怕又诧异。接着两口儿面面相觑了一会,毕竟乌利尔敌不过他夫人,便把眼光放了下来。乌利尔的眼光才放下,马丹手中的伞儿已飞将出来,扑的打在他面上。那时马丹的声音也回复了,便用他全身的气力,大喊道:"你这万恶的恶贼,你故意和我作对,我难道不能对付你。从此我再也不替你……"这哀的美敦书①还没有宣布完结,两下里又厉兵秣马,交战起来。足

---

① 最后通牒。

足战了一点钟，方才各自退兵，收拾残军，两方面损失都很不少。乌利尔又指天划地的立誓，说这两回的事，我半点儿也不知道，大约是同事们和我为难，或者为了一些小事，借此报仇，也论不定。马丹仍是一百个不信，坚说是她丈夫自己所做的事。于是舌剑唇枪，又继续开战。幸而正在这当儿，蓦地里来了一阵子门铃响，才把乌利尔救出了重围。停了会儿，已踅进一个朋友来。这朋友是特地来和他们夫妇俩用晚餐的，当下马丹就把这两回事，一五一十告诉了朋友。且说从此以后，不再替她丈夫买伞了。那朋友慢吞吞地说道："马丹不替他买伞，倒也不是个上策。他的衣服，不是比伞儿贵么。没了伞，便须晴天晒日，雨天淋雨，禁不得几回雨淋日晒，衣服就容易坏咧。"马丹仍然怒着，盛气说道："如此我许他把厨房里用的那柄伞取去。倘要我替他去买柄新伞，那是万万做不到的事。"乌利尔听了这斩钉截铁的话，很不服气，居然放出了十多年来深藏不发的丈夫气，造起反来。提着嗓子说道："如此我立刻去提出辞职书，万万不愿意取了那厨房里用的伞儿上军事部去。"那朋友又道："你们为什么不去掉了这破绸面，覆一层新的在上边，所费也不多呢。"马丹怒呼道："要是再去覆一层新的在上边，至少须六先令六辨士。六先令六辨士，加上了原价十四先令七辨士，便变做一镑一先令一辨士。为了一柄伞，花去二十一个先令，简直是发痴咧。"那朋友默然不语了半晌，斗的计上心来，兴兴头头的向马丹说道："据我想来，你还是到保险公司去教他们赔偿损失。他们既保了你们屋子，如今你们屋里的东西既着了火，自然也该赔偿。"这话儿一发，好似火炉上泼了一大桶水，马丹的怒气霎时消了，悄悄地想了一会，便向她丈夫道："明天你往军事部去时，先到麦透纳尔保险公司走一趟，把这伞儿给他们瞧，要求他们赔偿损失十四先令七辨士，可不能短少一辨士呢。"乌利尔原知道他朋友在那里说顽话，保险公司哪有这种章程，便掉头答道："我不去，我可不敢做这种老脸的事。就损失了十四先令七辨士，我们未必就会死呢。"第二天，乌利尔出去时，手中不带伞，却握了一根手杖。亏得这手杖倒很精美，到了部中，就塞住了同事们的嘴儿。只苦了个马丹乌利尔，独自一人在家中，总念念不忘那十四先令七辨士的损失。她把伞放在餐桌上边，兀是在四面兜圈子，一时竟委决不下，不知怎样才好。心里很想赶到保险公司去，要求他们赔偿这十四先令七辨士，但怕公司中人大都是眼儿生在额角上，非常傲慢的。他们一双双锐利的眼儿，电光也似的射将过来，先觉得不能禁受。因为马丹乌利尔平日间足不出户，从没进过交际场，所以当了稠人广众，免不得有些怯生生的。只消人家眼儿向她一溜，她脸儿就立时红了起来。若要去和不相识的人讲话，更是万分困难的事。

只想起了那十四先令七辨士,总觉心痛。她原要不去想它,无奈金钱的魔鬼,缠绕在她身上,时时作祟,使她日夜不能安宁。过了好几天,心儿还没有决定,后来究竟为那十四先令七辨士分上,立了一个决心,勇气百倍的向自己说道:"我一定去,我一定去,怕些什么。"然而动身之前,先须把那伞儿预备妥当,使公司中人瞧了没有话说,服服帖帖的赔出钞来才好。便从火炉架上取了一枝火柴,在伞上骨子中间,烧了个手掌般大的洞儿。接着卷了起来,扣上宽紧带。不一会,已戴了帽儿,披了肩褂,三脚两步的跑出大门,向着那保险公司所在屈利伏利街赶去。

到了那边,先瞧那一间间屋子上的门牌,知道到保险公司还有二十八号,心想这倒很好,一路走去,还能把这件事仔细想一想,到底去的好,不去的好。想着,生怕踏死地上蚂蚁似的,慢慢儿踅向前去。踅了一会,斗觉眼前霍的一亮,瞧见麦透纳尔专保火险几个大大的金字,原来已到了保险公司门前。她呆立了半晌,很觉得刺促不宁的,走上了三步,却退后了四步。跨进了门限,又退下了阶石。这样进退维谷了好久,方才发一个狠,向自己说道:"既到了这里,哪有不进去的道理。只消钱儿到手,何必顾什么体面。快进去,愈快愈妙。"然而她虽是这么说,两脚跨进门时,那颗心却在腔子里跳舞起来。她先闯进了一间很大的办公室,只见四面又有无数的小耳门,门后露着一个个无数的头儿,都是公司里办事的人,下半身却被柜台遮着,不能瞧见。那时可巧有一个办事员执着许多纸儿,走将出来。马丹乌利尔就遮住他去路,放出一种低弱的声音,怯生生的问道:"先生,请你恕我打扰。有一件事儿要动问,贵公司专管赔偿人家损失的可在哪里?"那人高声答道:"在第一层楼的左面,名儿唤做重灾部。"马丹听了这重灾两字,益发不安,很想牺牲了十四先令七辨士,悄悄地拔脚逃回去。只一想起那十四先令七辨士的大数目,一半儿的勇气,又回复了过来,竟毅然决然的赶上那扶梯去。不过呼吸猛可里加急了几倍,每走一级,总得停一停。到了第一层楼上,见一边有一扇门,便上前轻叩了一下,听得里头高呼道:"请进来。"马丹便开门走将进去,先偷眼一瞧,见是一间挺大的房间,有三个很体面的人,在一块儿讲话,都沉着脸儿,甚是庄重。内中有一个象是总理的开口问道:"马丹此来何事?"马丹心里先一吓,一时竟想不出适当的话来,只讷讷的答道:"我来……我来……为……为了一件意外的事。"那人点点头,递过一把椅儿来,说道:"马丹请坐一下,停会儿小可听你的吩咐。"说着,又回过身去,和那两人讲话,似乎为了一件很重要的事。讲了一会,两人便告别而去。马丹知道那两人一去,就须和自己讲话。这时的马丹,活像没有演说过的人,忽地被

231

人家拉上了演说台,暗暗捏着一把汗,恨不得插翅飞去,任是二十八先令五十六先令都不要了。亘耐不到一分钟,那总理早关上了门,回将进来,向她弯了弯腰,柔声问道:"马丹,可有什么事垂告小可?"马丹乌利尔用尽了九牛二虎之力,进出半句话来道:"我来为了这,这……"一壁说着,一壁把伞儿动了一动。那总理放下眼来,瞧着这伞,十分诧异。马丹却并没觉得,颤着手用了好些力,放开了宽紧带,斗的把那破伞撑将开来。总理瞧了,很冷静的说道:"这伞儿已破咧。"马丹道:"怎么不是,这伞儿我是费了十四个先令买来的。"那总理还不知道他此来的用意,很诧异的说道:"嗄,当真么。这么一柄破伞,要费十四先令的代价。"马丹又道:"怎么不是,这柄伞原是最精致的东西。如今请先生先瞧它烧毁的情形。"总理忙道:"我已瞧见了,我已瞧见了。不知道你的破伞和我有什么关系?"马丹听了这话,不觉有些着急,心想这公司里难道不赔小损失的么?只是十四先令七辨士,可也算不得损失小呢。接着便提高了嗓子道:"这伞是被火烧毁的。"总理道:"我已瞧见,早知道是被火烧毁的了。"马丹见那总理还不懂她的意思,牙床骨顿时落了下来,想不出以下该说些什么话儿,一会才想起自己太疏忽了,进来时还没有替自己介绍,连忙说道:"我便是马丹乌利尔,我们曾在贵公司里保过火险,此来便为了这柄伞,无意中火烧毁了,要求贵公司赔偿我的损失。"说完,怕那总理不肯答应,又急急的接下去道:"我也并不想狮子大开口,要你们赔偿多少钱。你们只消替我去掉了破绸面,换上一个新绸面,就得了。"可怜那位总理先生从没有遇见过这样绝无仅有的大主顾,只得嗫嗫着答道:"但是,但是,马丹要知道这里是保险公司,并不是伞店。马丹唤我们修这伞儿,只好敬谢不敏咧。"马丹乌利尔想起了那十四先令七辨士,早又勇气百倍的说道:"我也并不是要你们亲自替我修这伞儿,你们只消赔偿我那笔修费,我自去修好了。"总理道:"马丹,这件事好算得再小没有的咧。我们这公司开了好多年,却从没有赔过这种很小很小的损失。况且我们章程上也并不说起替人家伞儿保火险。委实说,我们各主顾家里一切日用的东西,什么手帕咧,手套咧,扫帚咧,睡鞋咧,一天到晚不知烧掉多少。要是人人像夫人这样来要求赔偿,敝公司可没有这大资本,只索预备破产。就是我们办事的人,可也不要麻烦死么!"马丹听了这一番话,两颊通红,一腔怒火,早从丹田里起来,直要冒穿了天灵盖,把这保险公司烧成一片白地,寸草不留,连这总理也活活烧死在里头。那时她默然不语了好久,才大声说道:"嗄,我记起来了。去年十二月中,我们的烟囱里起了火,差不多损失了二十金镑。那时我们的麦歇乌利尔,并不来要求贵公司赔偿。这回无论怎样,须得赔我这柄伞儿。"

总理知道她在那里撒谎，便微笑着说道："马丹，这个我可有些儿不信。麦歇乌利尔损失了二十镑，不来要求我们赔偿。如今为了修这伞儿四五先令的事，难道倒要我们赔偿么？"马丹道："不是这般说。二十镑的损失，是麦歇乌利尔方面的事。这十四先令七辨士的损失，却完全是马丹乌利尔方面的事。两方面划清界限，可不能混在一块儿呢。"总理见没法儿打发她去，不免要把宝贵的光阴白白丢掉，就很勉强的说道："如此请夫人且把这伞儿遇灾的情形告知小可。"马丹乌利尔一听这话，自觉这回大战，已占了胜着，便得意洋洋的说道："先生，你听着。我们大厅里原有一个青铜的架子，专给我们插伞和手杖用的。前天我出去了回来，自然把这伞儿插在那架中。此刻我须得和你说明，这插架的上面是一个小小儿的皮阁。凡是火柴和蜡烛一类东西，都放在那里。到了上灯时分，我赶去点火，谁知一连擦了四根火柴，都没有着。第一根擦了不燃，第二第三根燃了又熄。"总理笑着插口道："这多分是国造的火柴，所以这样不好。"马丹乌利尔哪里知道这句是和她说笑的话，忙点头答道："不错不错，大概如此。末后擦第四根时，方才着火。我就点了一枝蜡烛，到房里去睡觉。谁知道过了一刻钟光景，忽觉得有一股焦气，送进我的鼻孔，不由得大大的吃了一惊。可是我一辈子最怕火灾，去年经了烟囱里那回事以后，竟变做了惊弓之鸟。见了火，吓得什么似的。当下我即忙跳下床去，像猎狗般向四下里嗅着。后来才瞧见我这伞儿已着了火，大约先前的四枝火柴，定有一枝掉在里头呢。这便是失火的大略情形，你可听明白了没有？"那总理已打定主意，不和她计较这种小事。接着又问道："但这伞儿的损失，一共是多少钱？"马丹默默半晌，不敢说定那数目，外面还装着落落大方的样子，坦然说道："我不愿取什么赔偿金，你替我把伞儿去修好就是了。"总理摇头道："这个小可却不能从命。你只把那数目说来，到底要多少？"马丹乌利尔道："修费要多少？我哪里知道。我又是个很公道很正直的妇人，也不愿意多取你一个辨士。我瞧还是先把这伞儿唤伞店里修去，替我换上一重上好的绸面。修了之后，我便把他们修费的收条取来给你瞧，你认为如何？"总理答道："马丹此言正合小可的意思。此刻你收着这名片，修后要多少钱，尽管向我们会计处领去。"说着，掏出一张名片来授给马丹乌利尔。马丹忙受了，谢了一声，起身出室，飞也似的逃出门去，怕那总理忽地变了心，向她收回那张名片咧。

　　出了公司，大踏步在街上走着。这时她兴高采烈，仿佛拿破仑克服了埃及，奏凯而归。一壁走，一壁把眼儿骨碌碌的向左右乱望，找那最时新的伞店。后来找到了一家，便高视阔步的走将进去，朗声说道："我要把这伞儿换上一个绸面，用你们所有最上好的东西，价钱就贵些我可不计较的。"

（原载《礼拜六》第 74 期 1915 年 10 月 30 日出版）

（法）毛柏霜　原著

面　包

毛柏霜（Guy de Maupassat）为法兰西大小说家之一。生一八五〇年八月，卒一八九三年七月。生平著述有短篇小说三四百种，欧西人士称为"短篇小说之王"。所作善写社会物状，栩栩欲活，篇幅虽短，而有笔飞墨舞之致。法兰西文学院员法朗斯氏（A. France）尝曰："毛柏霜者，一描绘世故人情之大画家也。惟其描绘也，不以丹青而以文字，画家笔端所不能达者，而彼能曲曲达之焉。每有所作，无不穷形尽相，如手明镜，独立天表，而世间万事，人生七情，乃一一入其镜中，无有遁者。彼则运其妙笔，一一抒写之，如画家之写生也。"氏于短篇外，尚有长篇多种，顾其名为短篇所掩，鲜有称之者。后忽狂易，欲自杀，不果，越数月，卒以狂死。而其短篇小说之王之名，则终不死也。予近自美国购得毛柏霜集十卷，中有短篇一百九十余种，均为氏生平杰构。此篇为其压卷之作，冷隽可味，故译之。

他名儿唤做耶克朗特尔，年纪二十七岁，职业是个木工，为人很正直，很稳健，在兄弟中最长。只为一时失业，不得不在家中坐吃了两月，镇日价对着屋檐，兀是长吁短叹。一个月来，他往来奔走，想寻个事儿做做，叵耐踏破铁鞋，却没有觅处。没法儿想，只索离了他维叶阿佛来故乡，踽踽凉凉的出去。想自己年富力强，不该夺取家人们的面包，眼瞧着天涯地角，到处好挣饭吃，怎能辜负这昂藏六尺，老坐在家中？况且家境也不好，他两个妹子只在人家做散工，挥着血汗，换他有限的几个苦钱，兄弟们也都是穷光棍，万不能养他。于是打定主意,出门寻生活去了。离乡之先,先到市政厅中,问有甚么事给他做没有,那市长的秘书一口回绝,唤他到邻村工程经理处找去。他见本乡委实没有事,只得带了护照证书,合着一双靴子,两条裤儿和一件衬衫,用蓝帕子打了个裹儿,挂在杖头,慢慢儿向镇外走去。他沿着几条长长的路,没命的走,日也不停,夜也不停,日中犯风犯雨犯烈日,夜中带星带月带冷露,但他自管熬着苦,勇气百倍的走去,叵耐那邻村倒像在天尽头地角里似的,总走不到。他本想寻了本业,依旧做他的木工,哪知一路上上了几家木工店,都回他说近来生意清淡,但有歇工,并不用人。他倒抽了一口冷气,想照眼前情势瞧来,方不能限定本业,只索有甚么做甚么。幸而天无绝人之路,到头来给他些事儿做做。石匠咧,马夫咧,铁路工人咧,甚么都已做到,有几天还做那砍树斩柴掘井看羊的杂差。自己忘了身价,忘了头面,单为面包分上,苦苦的换他几个辫士。就是这些零星工事,也都登门自荐,特地减了工薪向工头农家哀求得来的。要是他能够长做下去倒也罢了,无奈每一件工事不过两三天的寿命,两三天后,又还他个失业之身咧。这一天他闷闷的在街上蹑着,已一礼拜没得事做,袋里钱儿空了,但有一片面包,是他最后的粮食,倒比了万方玉食更觉名贵。就这面包来处也很不容易,是沿街向几家慈善的妇人求来的。那时他走了一程,天已入晚,最后的一丝斜阳已和大地告别,可怜这耶克朗特尔疲乏得甚么似的,两条腿几乎敬谢不敏,再也没有力载他前去。万种失望塞满了心窝,加着又赤了那双脚,在路边乱草中走着,先前那双靴子,早为了欢迎面包,和他告别而去,杖头虽还备着一双,却心痛着不忍使用。这一天正是礼拜六,在秋末冬初时候,一抹灰色的云阵,黑压压的腾在半天,被大风刮着,千军万马般向天尽头推去,瞧那模样儿,似乎已有雨意,只这雨却像美人儿姗姗来迟,一时还不肯下来。这当儿四下里都静悄悄地,并没一丝人影,因为是礼拜六,农人们都休息去了。瞧那田中堆着一堆堆的柴,活像是许多挺大的黄香菌一般,四面田陌除了这柴堆以外,并没稻麦,可是这时刚已播种,须待来年才有收成咧。朗特尔一壁走,一壁捱着饿。他这时直好似一头极贪嘴的野兽,却空着肚子,没东西吃。这一种饿,任是豺狼可也禁受不起,怕要磨着牙,出来寻人做点心吃了。他既饿又乏,全身已没了气力,却还挣扎着大踏步走去,头儿重重的,好像戴着一座山,血儿像沸汤似的,在太阳穴里乱跳。一面撑着那双红眼,张着那只血口,紧紧地捱住了行杖,想找一个回去吃夜饭的人,生生的扑杀他。借着出他腔子里一口怨气,回眼向路边瞧时,却斗的起了个幻相,仿佛见无数番薯,刚从地中掘将起来,仰天躺在地上,向着他笑。恨不得抓他三四个,拾些枯枝在沟里生个火，煨好了医他肚子，借着又能沾光儿烘暖这一双冰冷的手，岂不是一举两得的事？叵耐这时秋尽冬初，哪里还有番薯？除非像昨天一个样儿，向田中去掘一个甜菜根，尽着生嚼罢了。

这两天以来，朗特尔兀是捱着饿，一面走，一面想种种图食之法。他在平日，但有很简单的思想，也全个儿放在他工事上面，欣然自得。但到了现在，思想却反觉复杂起来，可是往来飘泊，不能常常找到工事，捱着饿捱着疲乏，日中两脚不停的赶路，夜中但能在冷空气中露宿，最难堪的还须受人家白眼。一般人但知自己安居乐业，不知道飘泊无家的苦况，问他们要些儿东西吃时，他们却白瞪着眼问道："你为甚么不好好儿留在家里，到外边来做甚？"朗特尔受了这种种磨折，简直心灰意懒。从前他那双臂儿挽强破坚，很有膂力，到此不知怎么，却渐渐儿软了下来。接着又记起家里兄弟姊妹，怕也一样的艰辛困苦，连一个辨士都没有。他想到这里，又怒又恨，这怒气恨意，一秒一分一点钟一日逐渐积在心中，险些儿涨破胸脯，一时没处发泄，便一个人破口大骂起来。那时他走了一程，忽地在一块石上绊了一绊，于是把那石块骂了一阵，又恨恨的向空中骂道："天杀的，万恶的，你们都不是人，是一群野猪！竟横着心饿死一个木匠，饿死一个没有罪的好人！好一群野猪，连两个铜币都不肯给我，如今天又雨了，好一群野猪，好一群野猪！"他这时为了自己命运不济，直把全世界的人都已恨到，不但恨人，还恨那造物的主宰，骂他不公，骂他苛刻，又骂他是个没眼睛的瞎子。一会儿又咬着牙齿，向四面大呼道："好一群野猪！好一群野猪！"一壁喊着，一壁又抬起头来，却见人家屋顶上正袅着一丝丝的灰色烟，像游丝般袅入碧空。知道这时正是人家烹鱼炙肉烧夜饭的时候，只是没有他的分儿。一时怒极恨极，几乎忘了人格，忘了法律，直要闯进人家去把全家的人一个个杀死，然后狂吞大嚼，吃他一个饱。当下他又自语道："算了，算了，这世界上已没有我做人的分儿，我愿意挥着血汗，求些事儿做，他们却兀是不肯给我，偏要瞧我生生饿死了方才快意。天杀的，天杀的，好一群野猪！"这时他猛觉得四肢都刺刺作痛，心中也像被甚么虫在那里咬似的，直从心房痛到脑壳，霎时间昏昏沉沉像喝醉了酒，幸而一阵夜风吹将过来才清醒了些。于是又勃然自语道："但是人家虽要我死，我却偏要活在世上，因为空气是公产，人人都能享受的，就那名贵的面包，也总有一天有我的分儿。"

说到这里，天上恰下起雨来，这雨又大又凉，倒使他好似服了一贴清凉散，当下便住了脚，说道："这么下了雨，我可不能多走路了，须再走他一个月，才能回到家里。"到此他已打定主意，一心想回家去。可是出门多时，并没找到甚么工事，在故乡人地都熟，总能设法寻一件事，即使不能做他木匠的本业，也不妨去做石匠、沟匠和泥水匠的下手。每天倘能赚到一法郎，总能买些儿东西吃，比了这样飘泊外乡，瞧人家的嘴脸，可强得多咧。想着忙把他最后的那块蓝帕子围住了脖子，免得被冷雨溜进衣领，泻上胸背去，然而不多一会，他那薄薄的衣服早被雨水湿透。抬眼向四面瞧时，又没处藏他的身子，就瞧这偌大的世界，也似乎没有尺寸之地给他容身托脚。不多一刻，天上早已笼上黑幕，四边田野都昏黑如漆，隐隐却见远处一片草场上有一个黑影，不是一头母牛是甚么？他一见了这牛，暗中却像有人驱使他似的，不知不觉跳过了路边小沟，直到那草场上。见那牛十分壮硕，正在地上吃草，他走近时，便斗的抬起头来向他，分明有欢迎之意。他暗暗想道："我手头倘有个瓶在着，就有牛乳吃咧！"一壁想，一壁瞧那牛，那牛也闪着两个大眼睛，向着他呆瞧，他忽地不耐烦起来，照准着牛腿上踢了一下，大声叱道："畜生，快站起来！"那牛不敢怠慢，慢慢儿撑着起来，那挺大的乳房便重沉沉的向下垂着，朗特尔见了那乳房，好不快乐，立时蹲在那牛两腿中间，把两手握着乳房凑上嘴去尽着，乱吸，直等到吸干了，方始放手。这当儿雨势更大，雨点儿像拳头般大，不住的掷将下来，瞧那荒田平原，都在雨中，可没一个躲雨的地方。身上虽冰冷，也只得捱着，眼见得树丛中的屋子，灯光在窗，总不愿意前去求宿，明知去也没用的。那牛见他已吸罢了乳，就一骨碌在地上眠下。朗特尔自知没处投宿，便也在那牛的身边坐下，轻轻地抚着牛头，甚是感激。觉得那牛乳又香又甜，好似琼浆玉液一般，那牛吐着气，热腾腾的吹在朗特尔脸上，两个鼻孔仿佛喷汽的汽管似的，分外温暖。朗特尔便又抚着他说道："你倒是个热血的动物，不比那一群野猪，都是冷血动物呢。"说着，又把他双冷冷的手放在那牛胸肚下边，温他的手，心中决意傍着这多情多义的牛，度他一宵，于是把他头偎着牛肚，躺在地上，只为疲乏已极，一会儿就呼呼入睡了。夜中有好几回醒来，觉得背儿很冷即忙翻了个身，把背儿贴在牛肚子上，一连翻了几回身，依旧做他的好梦，梦中却安居乐业，并没飘泊之苦。

　　一觉醒来，已听得荒鸡乱啼，曙光已透，雨点早停了，天上一碧如海，分外明媚。那牛把嘴儿凑着地，也像在那里瞌睡的样子。朗特尔低下头去亲了亲牛鼻，说道："再会，再会，我的美人儿！下回有缘，我们再能相见咧！再会！再会！"说完穿了靴子，起身上道。这样走了两点钟光景，又觉得全身疲乏，忙在路边草堆中坐了下来。这时天已大明，礼拜堂大钟镗镗响着，见有许多男子穿着蓝裤，许多妇人戴着白帽，有的步行，有的坐了小车，断断续续在路中走过，多分是趁着今天礼拜日，大家往邻村探望亲戚朋友去的。不一会有一个农夫模样的大汉，赶着一二十头绵羊，大踏步走来，还携着一头狗，甚是灵警。朗特尔起身掀了掀帽儿，颤声说道："你老人家可有甚么工事给小可做么？请可怜见我，我快要饿死了。"那大汉恶很很的瞅了他一眼，大声答道："我有工事，可不能给路边化子做的。"朗特尔呆了一呆，依旧回到草堆上坐下。一连等了好久，想找一个慈善的脸儿，前去央求，或有几分效力。末后便见了个绅士模样的人，慢慢儿走来，肚子上挂着很粗的金链，光彩闪闪地乱射。朗特尔即忙走上一步，悲声说道："两个月来，小可正找着工事，匦耐找来找去总找不到。如今袋儿里空空的，连一个铜币都没有咧。"那绅士勃然道："你不见这村中入口处，不是挂着一块牌，牌上不是明明写着，'村中禁止行乞'六个大字么？你别认错了人，我就是这里的市长。你倘不快快离开这里，可要捉将官里去了。"朗特尔一听这话，也生了气，回他说道："任你捉我到官里去，我可一百二十个情愿，不论怎样，官中总有东西给我吃，万不致饿死在路中呢。"那绅士给他个不理会，自管掉头走了。朗特尔叹了口气，仍回到原处，正在这当儿，见有两个警察并肩走来，那帽儿上的铜徽章，和衣上的铜纽扣，都给阳光照着，一闪一闪的放着光，似乎能够吓退盗贼，只消在远处一见这铜光，就脚底明白，一溜烟的逃了。朗特尔明知他们要来盘问他，只还一动不动的坐在那里，心中很想和他们挑战，索性捉将官里去，将来一朝得意再报仇也不迟。那两个警察一路过来，一步步像天鹅走似的，先还没有瞧见他，直到了他面前才瞧见了。两人都住了脚，向朗特尔从头到脚打量了一会，内中一个便走上来问道："你在这里做甚么？"朗特尔冷冷的答道："在这里休息。"那警察又道："你从那里来的？"朗特尔道："你倘要我说出来处，不是一点钟可不能说得明白。"警察道："如今你要到哪里去？"朗特尔道："到维叶阿佛来去。"警察道："你可是住在那里的。"朗特尔道："正是，那边是我故乡。"警察道："但你为甚么离了故乡，到外边来？"朗特尔道："因为没有事做，到外边找工事来的。"那警察一声儿不言语，想了半晌，才向他同伴道："我瞧这厮很靠不住，那些流氓无赖，都是这么说的。"当下便又问朗特尔道："如此你可有甚么证书护照之类么？"朗特尔忙说："有，有。"探怀取出那七零八落的几张纸儿来。那警察好容易拼在一起，瞧了好一会，待要呵斥他，却没有甚么不合之处，就满面现着不满意的神情，仍然还给朗特尔。一壁又问道："你身上可带着钱？"朗特尔道："并没带钱。"警察道："难道一个铜币都没有么？"朗特尔道："正是，连半个铜币都没有。"警察忙道："如此你怎么过日子？"朗特尔道："全仗人家解囊相助。"那警察楞了一楞，很着惊似的说道："这么说来，你是行乞了？"朗特尔冷然道："除了行乞，还有甚么法儿？"那警察挺了挺身，怒声说道："你这人没有事，没有钱，敢明目张胆，在大道上行乞，这是那里说起，快跟我到官里去才是。"朗特尔跳起身来，插在那两个警察中间，很得意似的说道："很好很好，不论哪里，我都愿去。就把我关在黑牢里，下雨时也总有个屋顶遮在我头上，可不至整夜的露宿在雨中咧。"警察们不理会他，只扶着他向市中走去。这所在去市不到一里光景，秃树上没了叶，能瞧见那红瓦鳞鳞，高高的几乎和白云接在一起。过市时，礼拜堂正要行弥撒礼，街中站满了人，一见了朗特尔被警察扶着走来，就立时分了两行，在旁边瞧他们过去。孩子们在后边跟着，不住的鼓噪，人家男女都开出门来瞧，见是个犯人，眼中立时放着怒光，注在朗特尔身上，恨不得拾了地上石子，打破他的脑袋，或是用指爪儿抓破他的脸，更拽倒在地踏他一个半死。然而大家虽是牙痒痒地恨着，却还不知道他犯的甚么罪，彼此唧唧哝哝问道："这厮可是个强盗么？或者杀死了人不成？"内中有一个屠夫，以前曾当过骑兵的，说："这人多分是军营中的逃兵。"有一个卖烟草的说："早上曾在市外遇见他，曾给他半个铅质的法郎。"那时又有一个铁匠斜刺里岔出来说："这人就是谋害马来德寡妇的凶手，警察们已通缉六个多月咧。"

　　朗特尔被警察们送到裁判所中，劈头就见市长直僵僵的坐在当中，旁边坐着个小学教师，似乎陪审似的。市长一见了朗特尔，便笑笑着说道："呵呵，我的好友，我们又相会咧。刚才我不是和你说要捉将官里去，如今怎么样？"一面又问那警察道："这人可犯的甚么罪？"警察答道："市长先生，这人没有家，没有事，没有钱，单是个光身子，胆敢在大道上行乞，所以捉将官里来。只瞧他证书护照，却很完全。"市长道："快取来给我瞧！"朗特尔即忙投了上去，市长瞧了好久，又向警察们道："快给我搜他身上！"警察们搜了一遍，也搜不到甚。市长满面怀着疑，瞧着朗特尔，朗特尔也瞧着市长，一动都不动，很像是两头不同类的野兽，恰恰碰在一起，眼中都含着怒，像要斗起来似的。半晌，市长才破口说道："如今我许你自由，不过以后望你别再到这里来。"朗特尔急道："这一个村中，我已踏穿脚底奔走得够了，很愿意给你拘禁起来。"市长怒叱道："你不许多说。"接着向警察们道："你们快把这人押出村外二百码，仍让他上路去。"朗特尔道："去尽去，总得给些儿东西我吃。"市长大怒道："怎么说？我们难道没有旁的事，却喂你吃饭么？"朗特尔大声道："你倘给我饿个半死，我可要铤而走险，去做那罪恶之事，到那时仍要烦劳你们一班肥人呢。"那市长直竖的竖起身来，挥手大呼道："快攮他出去，不去我要生气了！"警察们不敢怠慢，捉住了朗特尔臂儿，拽将出去。朗特尔听他们拖拖扯扯的出了村，直到二百码外。那警察张牙舞爪的说道："朋友，你快走得远些，倘再落在我们手中，可要给手段你瞧咧。"朗特尔并不作答，横冲直撞的向前赶去。

赶了一刻钟光景，并没停过脚，他那心也木木的，不能想甚么念头。一会儿走过一所小屋子，窗正半开着，猛可里一阵汤香肉香，把他勾引住了。这时他又饿又怒又恨，馋得像野兽一般把身体贴在墙上，再也走不开去。一面仰天呼道："天哪！天此刻可要分些儿东西我吃咧。"于是提起行杖来，擂鼓般向那门上敲去，又喊道："里边可有人么？快开门！快开门！"敲了一会，里边却并没声响，但那汤香肉香又挟着菜香，宛宛的逗将出来，荡在空气中。朗特尔再也忍耐不下，扑的跳进窗去，抬眼望时，见桌边有两把椅子，却并没有人，多分是到礼拜堂行礼去的，瞧那火炉架上，正放着个挺大的面包，两面有两个酒瓶，似乎盛满着酒，炉子上正烧着牛肉和菜汤，香味甚是浓烈。朗特尔先取了那面包用力拗做两段，好像扼死人的一般，一连咬了几口，煞是有味，接着又来了一阵肉香，直把他引到火炉旁边，于是开了锅子，用叉叉出一块牛肉来，先把刀割做四块，和着菜子萝卜，狼吞虎咽似的一阵子大嚼。吃罢，又从火炉架上取了个酒瓶，倒了些酒在杯子里，一瞧却是白兰地，快乐得甚么似的，好在身体正冷，喝了定能使血管中暖热起来，他凑在嘴上喝了个干，又倒了一杯，一口喝将下去。到此他猛觉得心坎里填满了乐意，把万种愁恨一起忘了。先前身上冷如冰块，这时却热热的好似烧着，额上更热得利害，那回血管别别的跳个不住。他一壁还喝着酒，一壁把面包浸在汤中吃着，正吃得高兴，蓦地里听得礼拜堂钟声镗镗响了，知道弥撒礼已完毕，主人快要回来，倘见自己这样放肆，有所未便。想到这里忙把吃残的面包纳在一边袋中，又把那白兰地酒瓶也藏好了，赶到窗前望时，见街上并没有人，当下便耸身一个虎跳，跳出窗外。这回他却并不走大路，穿过了一片田，径向一带树林赶去。一时觉得心儿很轻，身体很强壮，手脚也比先前活泼了许多，只一跳就跳过了田边竹篱，飞也似的入到树林深处。又掏出那白兰地酒瓶来，喝了一大口，只不知怎么眼睛却模糊了，神思也昏乱了，那两条腿又像装了弹簧似的，非常轻快，一面跳，一面却提着嗓子高唱道："撷野草莓于芳春兮，吾心跃跃兮乐未央。"他唱的原是一首古歌，只唱了这两句却唱不下去。一路跳跳踪踪的到了一片绿苔上边，软软的衬在脚下，好似铺着天鹅绒毯子。他心中越发快乐，恨不得年光倒流，回到幼稚时代，就着地上打滚好不有趣，接着他便跑了几十步，打了个筋斗，又连打了几个，一壁又高唱道："撷野草莓于芳春兮，吾心跃跃兮乐未央。"出了树林，便是一条官路，猛见一个玉树亭亭的女孩子,提着两桶牛乳花枝招展般走将过来。朗特尔一见这牛乳,好像狗见了肉骨,分外眼明。那女孩子也见了他,抬起头来,娇声问道:"你可是在那里唱歌么?"朗特尔一声不响,跳到她面前,这当儿他早有了醉意,抱住了那女孩子,一块儿滚在地上。这么一来,那两桶牛乳便全个儿泼了个干净。那女孩子挣扎着起来,见泼翻了牛乳,好不着恼,一壁哭,一壁拾了石子掷朗特尔。朗特尔拔脚飞奔,背上早吃了几下,奔了好久,觉得全身又疲乏了,腿儿软软的,已没了气力,脑中也昏昏沉沉的,记不起甚么事来。那时他便在一棵树下坐下,不到五分钟,早已睡熟。

这样不知睡了多少时候,斗觉有人摇他肩胛,张眼瞧时,先就见那两顶铜光闪闪的三角帽,瞧他们脸不是刚才的两个警察是谁?内中一个把绳子缚住了他臂儿,笑着说道:"呵呵,朋友,我原知道你仍要掉在我手中的。"朗特尔并不做声,巍颤颤抬起身来,跟着警察们,又向市中走去。这时天色将晚,斜阳一线,照在朗特尔身上,像在那里嘲笑他似的。半点钟后,已到市中,人家早又开了门,男的女的老的小的,都挤满在门前瞧着,见了朗特尔,人人动怒,似乎他们的面包也都被朗特尔吃了去,他们的牛乳也都被朗特尔泼翻了的一般。朗特尔一路走去,一路但听得冷嘲热骂的声音。到维叶大旅馆时,那市长正在里边等着,一见朗特尔进去,又冷笑着说道:"呵呵,我的好友,我们又相会了,你一切可好?我第一回见你时,早说你总要捉将官里来的。"说着不住的搓着手,活现出一派得意的神情。朗特尔悲声说道:"我没有罪,我要吃面包。"那市长怒呼道:"恶徒,你这腥龊的恶徒,二十年坐监,你可逃不了咧。"

（原载《小说月报》第 9 卷第 9 期 1918 年 9 月 25 日出版）

（法）毛柏霜(Guy de Maupassant)　原著

欧梅夫人
(Madam Hermet)

　　我很喜欢发狂的人，这些人住在怪梦的境地中，蒙在颠倒错乱的云雾里，凡是他们见过的景物，爱过的人，做过的事，又从新在他们幻想中温理一遍。最快意的，就是立在那管理事物指挥思想的法律外边，不受法律的拘束。

　　在他们狂人中间，再也不知道有甚么做不到的事。他们常有的是虚幻的理想，相熟的是神秘不可思议的意境。理论，是人生的旧界线；理性，是人生的旧墙壁；常识，是引导思想的旧栏杆；他们狂人却把来打破了，一概都不管。他们只在那无边无际的幻想界中，奔跑趴跳，谁也不能阻止他们。他们平日，并不要战服事实，克服敌体，铲除一切阻力。他们只消迷迷糊糊发一个心愿，自己就能做太子，做国王，做神仙；取到世界中的财产和美境；更享受种种快乐；就是要常常强健，常常美丽，常常年少，常常可爱，在他们也都做得到。世界上独有他们狂人，才能得真快乐，就因为他们心中，从没有实际两个字。

　　我因为喜欢狂人，因此也喜欢观察他们。一天我上一处狂人院去，有一位医生领导我，向我说道："待我来给你瞧一件很有趣的事。"

　　他就开了一间病房的门，我瞧见里边有一个四十岁光景的妇人，面貌仍还美丽，坐在一把挺大的圈手椅上。她兀是在一面小手镜中，照着她的脸，她一见了我们，立刻站起身来，赶到房间的尽头处，取一个面幕丢在椅上，很仔细的把脸儿蒙住了，然后回过来，把头动了一动，招呼我们。

那医生问道："好啊，你今天可觉得怎么样？"她叹了一大口气，答道："先生，不好，很不好，那窟窿已一天多似一天了。"那医生放着很切实的声音，向她说道："并不并不，我知道你委实弄错了。"她走近过来低声道："并没有错，我是瞧得很清楚的。今天早上，我细细一数，又多了十个窟窿。——三个在右颊上，四个在左颊上，更有三个在额角上。这真可怕，可怕极了。我委实不敢给人家瞧见我，就是我自己儿子，也不给她瞧。唉，我可糟了，我这脸永远不美丽了。"说完，她靠在椅背上，抽抽咽咽的哭将起来。

那医生取了一把椅子，挨近她坐了，柔声安慰她道："好了好了，你只给我瞧：我敢说这是不打紧的，一会儿，就好。只须用一些医法，那窟窿就没有了。"

妇人摇着头，不信这话。医生想去揭开她的面幕，她却死命的把那幕双手握着，指儿用足了力，竟把那面幕穿透了。

医生仍安慰她道："你不用着恼，你是知道的，我每一回总给你移去那些可怕的窟窿，只等我完全医好了你，人家就瞧不出甚么来了。你倘不把脸儿给我瞧，我就不能替你医治。"

妇人低低说道："我给你瞧原不打紧，但你同来的那位先生我可不认识的。"

医生道："这话是啊，但他也是医生，他也能给你医治，比了我更好。"

到此她才把面幕揭去了，但他又怕，又恨，又害羞，脸和脖子都涨得通红。两眼向着地，不敢抬起，她那头也左右乱旋，分明不愿意给我们瞧见她的脸。

当下她又说道："呀！我给你们瞧我丑到这个模样，心中真捱着万分痛苦。你们瞧我怎样？不是很可怕么？"

那时我瞧了她，诧异得甚么似的，因为她脸上一些没有甚么。没一个窟窿，没一个斑点，连一个瘢痕也没有。

她却依旧眼望着地，把头回了过去，一壁说道："先生，我就为了看护我的儿子，才传染到这个可怕的病。我救了她，却毁了我的脸面。我为那可怜的孩子，竟牺牲我全副的美貌。只无论如何，我总算尽了我的天职；良心上可也安了。我捱着的痛苦，只有上帝知道。"

这当儿那医生从她袋中取出一枝画师用的水彩画笔来，向那妇人说道："我给你医好他。"妇人听了，才把右脸回过来，医生把那画笔点了几下，倒像真的填补窟窿似的。接着又在左颊和下颌上点着，最后便点到额上。立时嚷起来道："此刻你再瞧那镜中，那窟窿一起没有了。"

那妇人便取了镜,很着意的照她脸面。一时似乎把她的心,灌注在脸上,到处都瞧仔细,末后才吐了一大口气道:"没有了,竟瞧不出甚么来了。我很感谢你。"

医生从椅中站起来,我们俩向那妇人施了一礼,便离了房出来。医生把房门带上了,向我说道:"如今我再把这可怜妇人的历史说给你听。"

那医生道:"她叫做欧梅夫人。她以前出落得很美丽,很风骚,很能用情,也很有做人的兴味。她是一个最爱美貌的妇人,除了保全这美貌自慰取乐外,简直一辈子没有旁的事。她平时最关怀的,就是美貌,因此很留心她的脸、手、牙齿和其余的身体各部,都须显给人家瞧的。她为了这样留心,直把她的光阴完全占去了。后来她成了寡妇,幸而还有个儿子在着。那孩子自然饱受教育,像交际社会中旁的贵妇人的儿子一样,她也很爱这儿子。孩子渐渐长大,做母亲的也渐渐老了。她自己可觉得不觉得,我不知道。她可也像旁的妇人一般,朝朝对着镜子照他通明柔嫩的玉肌,到如今眼边已起了皱纹,却一天一天的明显起来么?她可也瞧见额上已有了一条条长的小槽,又好像小蛇似的谁也不能阻住她不出来么?她可能捱着这镜中惹出来的痛苦,预知她老年已步步接近的么?她原也知道老年是总要来的,那一面无赖的镜子,正在那里笑她,嘲弄她,和她说得明明白白。老年一到,各种的病便须上她身体。心中任是痛苦,也须消受到死才罢。一死,她方始得救了。她可曾哭着跪着求上帝,使她年少美貌直到末日么?她可曾知道上帝不答应,她便哭着跳着嚷着失望么?然而这些事她也只索忍受着,因为是人人逃不了的。到此她就蓦地遇了一件不幸的事。一天(她这时是三十五岁)她那十五岁的儿子病了。到底是甚么病,一时还诊断不出。那孩子的师傅是一个牧师,一天到晚看护着他,难得离开病床。欧梅夫人也日夜来探问儿子的消息。"

每天早上,她穿着理妆衣,香喷喷的赶来,在门口含笑问道:"乔治,你可觉得舒服些么?"那孩子被热病逼着,脸儿烧得绯红,一面答道:"亲爱的阿母,孩儿已觉得舒服些了。"她在病房中盘桓半晌。一见药瓶,就很害怕,即忙说道:"咦!我忘了一件很紧急的事。"说完,疾忙逃出病房,只留下她一股很好的衣香。到了黄昏时候,她又穿着一件袒胸的衣服,急匆匆的赶来问道:"医生怎样说?"那牧师答道:"他还不能断定。"但是一天晚上,那医生沉着脸,向欧梅夫人道:"夫人,令郎实是害的天花症。"她破口惊呼了一声,就飞一般逃开去了。

第二天早上,她侍婢到他卧房中去,就闻到一股极浓烈的辟疫糖香。又

见女主人白着脸，在床上发抖。她心中恨害怕，一夜没有好睡。她一见侍婢，忙问道："乔治怎么样？"侍婢道："夫人，今天更觉得不舒服。"她到午时才起身，吃了两个鸡子，又喝一杯茶，便上化学师那里去，问有预防天花传染的药品没有。那牧师正在餐堂中等着她回来。她一见了这师傅，忙又赤紧的问道："此刻他怎么样？怎么样？"牧师答道："唉！不见有起色。那医生也正替他担忧呢。"她开口就哭，再也不能吃甚么东西，心中很觉着急。第二天一清早，天才明，他又差人去探听消息。回来的报告，却总是没有希望。她整日价关上门，老坐在自己房中。小炉子里，烧着各种名香，防他传染。她侍婢说，夜中曾听得女主人呻吟的声音。

这样过了一礼拜，她再也不做甚么事，不过每天午后出去一回。一天二十四点钟，几乎每点钟使人来问儿子的病。听说病势加重，就呜呜的哭。第十一天上，那牧师传信过去，要求一见。少停，他白着脸，很庄严的入到欧梅夫人房中。夫人请他坐，他却不坐，沉着声说道："夫人。令郎病势更重了，他要见你一面。"夫人跪在地上，哭着喊道："呀！我的上帝，我的上帝！我终不敢去。上帝啊！请你助我。"牧师又道："夫人，那医生说，复元的希望已很少很少，乔治正等着要见你。"说完，走了出去。

两点钟后，那孩子觉得最后的时刻快到了，又要求见他母亲，牧师便又到欧梅夫人房中去，却见夫人跪在地上，不住的嚷着道："我不愿……我不愿……我很害怕……我不愿去。"牧师劝她，安慰她，想拉她同去。但她只是狂呼，不肯起身，一连好几点钟，仍是喊个不住。晚上医生来了，牧师把这事和他说，那医生便自告奋勇，说总要劝她来见一见儿子，她要是不肯，便用武力强迫她来。叵耐说了好多话，兀是劝她不动，临了便挟着她向病房来，谁知到得门口，却攀住了门死不放，谁也不能拉动她。医生放了手，她就扑的投身在地，承认自己的懦怯，求大家宽恕她。接着又放声呼道："咦！他决不会死的，我求你们告诉他，说我爱他，十分的爱他。"

那孩子临死，很觉痛苦，又要求和他母亲相见，借着话别。这时回光返照，心地清明，顿时猜到他母亲不来的缘故。便支撑着说道："她要是不敢进来，就求她到洋台的窗前，我虽不能和她亲一亲吻，也好见她一面，把这一双眼睛向她老人家告别。"那医生和牧师就又赶去劝那欧梅夫人，向她说道："这个并没有危险，你和她两人之间，有一扇窗隔着。"好容易才把她劝得答应了，当下便裹住了头，取了一瓶闻盐，在洋台上走了几步，猛可里却又把两手捧着脸，呻吟着道："不去不去……我终不敢……我很害怕……我又很害怕……不能，这个不能。"他们俩想把她拉近窗前，她又攀住了洋台上的栏杆,不住的嚷着哭着,街上行人,都立住了脚瞧热闹。可怜那孩子,睁着两眼向着那窗,很恳切的等他母亲见一见面,他要这最后的一次,瞧他慈母那个美丽可爱的面庞。然而等了好久,天已入夜。于是在床上翻一个身,把脸向着墙壁,再也不说一句话。

天明时,他就死了。第二天早上,他母亲也就发狂了。

瘦鹃道:妇人爱她的美貌,好似孔雀爱它的文羽,孔雀的文羽,总免不得要给人家持去;妇人的美貌,到头来也总要被无情的光阴先生毁坏的。唉!欧梅夫人啊!你何必如此爱你的美貌,竟辜负了你爱子临死时撑眼窗前,巴巴的盼望你。他死了,这一双眼可也不闭的。你只知美貌,不知爱子,你真是个没心肝的妇人。

(原载《小说月报》第 11 卷第 4 期 1920 年 4 月 25 日出版)

（法）毛柏桑　原著

难问题

毛柏桑向他的女友说道："夫人，你可还记得，有一夜我们在那日本式小客室中，为了一个做父亲的犯了乱伦之罪，大大的争论一番。你可还记得，那时你听了我的话，很为气愤，破口怒骂，说我回护男子轻蔑女子么？你加罪于我，我却要提起反诉，不服你的裁判，如今且把这一件事叙述出来，告诉公众。或者有人能明白遇了命中注定的事，简直不是人力所能抵抗的，可要怪那万能的造物作弄人呢。"

那女子在十六岁时，嫁了一个老年的商人。这老人很苛刻，很贪婪，目的是要图一笔妆奁到手。那女子很好，是一个白皙的美人，生性快乐，多梦想，常常希望着享受理想中的幸福。嫁后却大失所望，几乎捣碎了她的芳心。当下她也达观了，心知前途黑暗，好梦成空，也没有法儿想。她那灵魂中只充满着一个志愿，就是要得一个小孩子，好把她没用处的爱情用在孩子身上。然而这志愿也不能达到，她总没有孩子。

两年过去，她有了情人了，是一个二十岁左右的青年，竟一往情深的爱着她，为了她分上，不论甚么傻事都会去做，但她却怯生生的，兀把自己的情感压住了好久，不敢流露出来，那青年名唤比爱尔马德。

但是一回冬夜，他们俩却在一起，是在那女的家里，此外没有第三人在着。这夜比爱尔特来探望情人，当下便在火炉旁一只低椅中坐了。他们两口儿都不多说话，但他们的嘴唇久已渴想接触，于是两唇竟彼此接触了，他们的臂儿都忒楞楞地抖颤着，展开了互相偎抱。

一盏纱罩的灯,放着那亲切的光,照在这一间寂静的房中。两人很觉不安,时时说一二句话,借此推排开去。但他们眼光相遇时,顿又把两颗心挑动了。唉!世上有甚么明白的理解,能抵抗那天性的冲动呢?有甚么制定的法例,能和自然界的欲望反对呢?他们的手指偶一相接,这样就够了。一时受着这情感的大力从中煽动,彼此便紧紧抱住。

　　过了些时,她忽觉身中起了异感,是她情人的呢,还是她丈夫的,她何从知道。推想起来,似是她情人的咧。于是心中非常害怕,自觉这回分娩,难逃一死,因此不住的逼着她情人发誓,自己死后,须得好好儿照顾她的孩子,定要死心塌地百依百顺,只要使小孩子将来快乐,任是犯罪也不妨事的。她日夜梦想,几达到了发疯的境界。将近分娩时,她心中更觉得意非常,产下了一个女儿。可怜她竟死了。

　　这一个大打击使她情人痛悼的甚么似的,心头掩盖不住,也不管那丈夫见了生疑。但那丈夫却还自信是孩子的父亲,给她受教育,一壁和那比爱尔马德绝交了。

　　这样过了多年,比爱尔马德已忘了前事,也像普通的人一样,事过境迁了。这时他已成了富人,但他不再爱上甚么女子,只是单身不娶。他是个守静爱快乐的人,很能逍遥度日。他情人的丈夫和他私生女儿方面,也没有甚么消息传来。

　　一天早上,他忽然听得他情人的丈夫死了,霎时间却起了一种悔悟之心,想那孩子怎么样,可有甚么助她之处么?当下他前去探问,才知道那女孩子已同一个姑母住在一起,境况穷苦得很。他很想一见女儿,设法相助。当下里就托人介绍前去,那姑母和女孩子似乎都不知道他的姓名。他年已四十,却还像少年一样。他们见有上客到来,自然欢迎,但他兀自不敢道起那女孩子的母亲,生怕他们起疑。

　　他在那小客室中等着,很恳切的等他女儿。到得那女孩子进门来时,顿时诧异起来,诧异中还带着恐怖,原来一见之下,直好像见那死的回来了。

　　这时的女孩子,正和她当年的母亲一个模样,一样的年纪、一样的眼睛、一样的头发、一样的身材、一样的笑、一样的声音。这么一个活像旧爱的亭亭倩影,立在他面前,直要使他发疯,往年的一缕深情,又从他心坎深处发生出来。那女孩子却也很洒脱,很率直,两下握了握手,顿成莫逆了。

　　比爱尔回到了自己家里,觉得旧创又拨开了,便把双手扶着头,不住的痛哭。他追念前尘,哭着地下的情人,那旧时一句句亲切的话,也立时兜上心来,更使他陷入幽忧之中,不能自拔咧。

从此以后，他常在女儿家里走动。要是不见了那娇面，不听得了那妙音和衣裳缥缈之声，就觉得不能活命似的。但是瞧了他所爱的女儿，捱着穷乡中的苦况，也很觉难受，心想要助她，该怎么办？给她一笔钱罢，算是甚么名义？做她的保护人罢，自己模样儿还在青年，人人都得当是她的情人。把她嫁与甚么人罢，但这一念才起顿觉吃惊，到得镇静了再想时，便想起她穷苦无靠，也未必有人愿意娶她呢。

那姑母猜到他的心事，以为是爱着这女孩子罢了，此刻多分是等着，但不知道他等些甚么，又不知道他自己究想如何。

一天黄昏时候，他们俩并坐在沙发上，轻轻的讲着话，蓦然之间，他却握住了女儿的手，这也不过像父亲抚爱子女一样，不足为奇。但他握住之后，就舍不得放开。他女儿也尽他握着，并不缩回去。停了一会，忽的纤腰一摆，竟投在他怀中，原来这女孩子好似得了他母亲遗传的爱情一般，也同样的爱着他。

他很亲热的亲了亲女儿秀发，一会儿他女儿抬起头来，彼此的嘴唇又相接了。在这个当儿，两人都像发了疯。他到了街中，一径向前走去，不知道这事该怎样发付才好。

"夫人，我记得你当时听我说到这里，就怒呼道：'他应该自杀才是。'我回问你道：'但那女孩子怎样呢？可也叫她杀死么？'"

那女孩子委实爱他到极点了，那时就被这可怕的爱驱使着，因便忘了自己贞洁，投身在他的臂间。委实说，这一种行为，实在是表示他全身都已沉醉，无法强制。所以忘怀一切，放胆图到情人的一抱，这也像雌畜偎就雄畜一样。

试问比爱尔马德倘在这时自杀了，教那女孩子怎样？她可也难免一死，死得既不名誉，心中又怀着无限的痛苦。如此这事到底该怎样办呢？可是由比爱尔抛弃她，给她一份妆奁嫁与旁的人么？但她既专爱这么一个人，当然不肯受钱，也不肯嫁旁人，免不得心碎而死。所以这一下子，比爱尔也是破坏她的一生，打消她的幸福，使她永永捱苦，永永失望，就永在寂寞中过去，或竟出于一死。况且比爱尔原也爱着那女孩子，此刻虽是又爱又怕，但也热热的冷不下来。她即使是自己女儿，然而关于生产的法律上，有很野蛮的一条，他因偶然的情势生下了这女孩子，彼此没有正式的关系，加着他如今的爱，连那旧爱也并在一起，聚在他的心中，当下里便又记起他情人当时逼他发誓，说要竭力照顾他的孩子，只要使小孩子将来快乐，任是犯罪也不妨事的。于是他就提出求婚，到底娶了她。

"夫人，我不知道他以后快乐不快乐，但我倘遇了这难问题时，也只得如此做去"。

    鹃按：毛氏对此难问题，以为当如此做去，不知读者以为如何？请各抒卓见，投函钝根兄，以资研究。

（原载《礼拜六》第 158 期 1922 年 4 月 22 日出版）

（法）毛柏桑　原著

奴　爱

　　每天四点钟时，亚历山大总照着医生的命令，把轮椅推着他老病的主妇麦拉培夫人出去，到六点钟时才回来。这一天他照常把那轮椅推到门前，在阶石上稳稳的搁住了，自己便入到屋中去，接着就听得里头起了斥骂之声，是一个老军人正在那里嘶声发誓，十分可怕。这老军人就是他主人约瑟麦拉培，是步兵营中一个乞休的大佐。

　　末后又听得一阵很响的开门声，椅子绊倒声，和急促的脚步声，接着却寂静了，没有甚么声息。停了一会，亚历山大才又在前门的门限上出现，用足了全身的气力，扶他主妇麦拉培夫人坐到那轮椅中去。夫人的身材是胖胖的，一路从楼梯上下来，早已乏极了。

　　夫人好容易在那轮椅中坐定了，亚历山大便转到后边去，挽着那板，缓缓的向着河滨推去。

　　他们俩每天总是这样的经过镇中，镇中人见了，都很尊敬似的向他们行礼，不替他们分出主仆的界限来。因为麦拉培夫人是大佐的夫人，亚历山大也是个老兵士，一部白须，模样儿很觉庄严，并且大家也都知道他是一个模范的下人。

　　七月的阳光很猛烈的照在街上，一般低屋子被高屋遮住了，转觉暗暗的没有亮光。那些狗怕着烈日，便都躲在墙阴的砌道上睡觉。亚历山大气嘘嘘地喘息着，加快了脚步，想早些儿赶到那通往水边的荫路中去。

　　那时麦拉培夫人早在他的白伞子下边睡过去了，伞子的尖角时时触着亚历山大那个沉定的面庞。他们既到了那菩提树荫路中，夫人忽然醒了，柔声说道:"我的可怜人,慢些儿走罢!这样火热的阳光中,你又跑得飞快,可真要灼死你了。"

这荫路的上边,都遮盖着一株株的老菩提树,修剪得整整的,好像一个窖子一样。近边是一条拉纳丸溪,在两行碧柳中流出,水过石上,沛汩有声,漩涡中水花急旋,和水流的曲折都做出一种清婉的声音来。这一派水的妙乐和新鲜的空气,真够使人心旷神怡咧!

麦拉培夫人领略了一会清趣,低声说道:"咦,我如今觉得好些了,但他今天早上从床上起来,又恼得甚么似的,分明是身中又觉不舒服呢。"亚历山大答道:"正是,夫人。大佐很不舒服呢。"

亚历山大在麦拉培大佐家服役已有三十五年了,起先是做大佐传令的兵士,后来大佐乞休,他不忍抛撇旧主,就自愿做大佐家里的下人。六年以来,每天午后,他总得把轮椅推着主妇,穿过那镇中的几条街道。因了他多年的服役,至忠不二,主仆之间不知不觉起了一种深厚的感情。他们谈到家事时,两下里直好似处于平等的地位。

他们每回的谈话,大半是讲起大佐的劣性,怎样躁急,怎样着恼。可是大佐先前在军中时,本抱着大志,想一步步扶摇直上,达到了大将军的地位。哪知从军多年,并没升迁。乞休回乡时,也无声无臭的,毫无光荣。因此上心中时感不快,动不动要生气了。

当下麦拉培夫人又道:"今天他起床就恼,自从当年退伍以来,几乎常常如此了。"亚历山大道:"咦,夫人,他天天如此的,就在退伍以前,也是如此。"夫人道:"是的,他这人命运甚是不济。他在二十岁时,因为勇敢有功,得了个十字勋章。从二十岁到五十岁,却老守着个大佐的地位,再也升不上去。平日间他以为至少总能升到参将之职,然后乞休。谁知这一个希望也没有达到呢。"亚历山大道:"夫人,委实说,这也是主人自己不是,他要是性情和顺一些,上官们可就和他合得上来,升迁自然有望了,只因性情太坏,就吃了一辈子的亏。大家都恨他呢。"

麦拉培夫人听到这里,便悄悄的沉思,她这样沉思已好多年了。想起她丈夫的凶猛躁急,甚是难受。往年上嫁给他,原为他那时是个美貌的少年军官,早年立了功勋,前途分明是很有希望的。谁知一生碌碌,只不过一个大佐罢了。人生在世,简直是自骗呢。

那时麦拉培夫人又悄悄地说道:"亚历山大,我们在这里停一下子,你也好在那板凳上歇歇了。"原来那荫路的转角,有一只小板凳在着,一半儿已腐烂,是放在那边专给礼拜日那些散步的人坐的。他们每回到这里来时,亚历山大总得在这板凳上小坐几分钟，接接气。如今他坐着，做出一种很自大的态度，捋着他那扇子模样的白须，在胸前捺住了一会，好像想甚么似的。

麦拉培夫人又道："我既已嫁了他了，自然只索忍受他的薄待。但我很不明白的，就是你为甚么也忍受下去呢？"亚历山大把肩胛动了一动，嗫嚅着道："呀！夫人我——我……"麦拉培夫人又接着说道："可是我常在这里想，当初我嫁时，你正充着他传令的兵士，除了忍受他外，没法可想。但你以后却又投到我们家里来，他付你的工资既少，待你又刻薄，你为甚么牢守着不去？我以为你也尽可像旁人般娶一个妻，组织起家庭来呢。"亚历山大忙道："呀！夫人，我的情形是和旁人不同的。"说了这话，他忽然停住了，不住的拉他须子，两眼又睁得大大的，做出一种很忸怩的样子。

麦拉培夫人默想了半晌，说道："你不是个农夫，似乎也曾受过教育的。"亚历山大忙道："夫人，我原曾受过教育，当初预备做测量师呢。"麦拉培夫人道："如此你为甚么厮守着吾家，抛撇你一生的事业？"亚历山大低声答道："是这么一回事，这是我天性如此。"麦拉培夫人道："怎么说？这是你天性上的关系么？"亚历山大道："是的，我倘依恋了一个人，就得依恋到底。"麦拉培夫人掌不住笑道："难道密司忒麦拉培的薄待你，竟能使你依恋到底么？"亚历山大很不安似的在板凳上动弹着，挣扎了好一会，才从长须中吐出一句话来道："我不是依恋他，我依恋的是——你。"

麦拉培夫人虽已老了，还生着一张很美丽的脸，他那头额和头巾之间，露着白发，天天卷得光光的，像天鹅的柔羽一样。这当儿她在轮椅中振了振身子，张大了两眼，很诧异的向亚历山大瞧着道："我可怜的亚历山大，你却依恋着我，这是怎么一回事？"

亚历山大望着天，把他的头向左右转动，仿佛是一个人道穿了他心头的秘密，害羞得甚么似的。末后才像兵士得了冲锋的命令，鼓勇说道："是这样的，那时大佐还在中尉的时代，我第一回送他的信来给你，你给我一法郎，对我微笑，于是我的运命就决定了。"

麦拉培夫人还不明白这话，说道："怎样？怎样？请你详细说给我听。"到此亚历山大可不得不揭破他的秘密了，便像罪犯招供一般，很直截的说道："我委实是爱着夫人。"麦拉培夫人不说甚么话，也不再向亚历山大瞧了，只是低倒了头脉脉地想，她性格儿很和善，也充满着理性和情感。

一会儿她已明白这可怜人用情的深切，竟愿意抛弃了一辈子的事业和幸福，守在她身边偏又一声儿不响，自管捱苦。她想到这里，几乎要呜呜的哭了。稍停，才庄容说道："我们且回家去罢！"亚历山大怎敢怠慢，忙起身到那轮椅背后，推着前去。近村时，他们瞧见麦拉培大佐正迎面走来。大佐一见了夫人，又像要动怒似的，大声问道："我们晚膳时吃些甚样菜?"夫人答道："一头小鸡，和着腰子豆。"大佐嚷道："一头小鸡，又是一头小鸡! 常常总是那些小鸡呀，我的上帝! 我挨受你的小鸡可也挨得够了! 你难道不想想，每天总是给我吃这个捞什子么?"麦拉培夫人柔声道："亲爱的，你须知道，这是医生吩咐你吃的。还是这些小鸡，最对你的胃。倘你不害那不消化病时，我早就把旁的许多东西给你吃了。此刻可不敢啊!"

那麦拉培大佐立在亚历山大跟前怒声道："我的胃病全是被这畜生害出来的! 三十五年来，他兀自把那万恶的烹调毒害我呢!"这时麦拉培夫人忽然回头向着亚历山大，他们的老眼彼此便都接触了，里头似乎含着两个很简单的字道"谢你"。

（原载《礼拜六》第 160 期 1922 年 5 月 6 日出版）

（法）毛柏桑　原著

莲花出土记

"这便是山木莲伯爵夫人?"

"可就是那边那个穿黑衣服的妇人么?"

"正是此人,伊正给女儿服丧,那女儿实是被伊杀死的。"

"这是真的么? 伊是怎样死的?"

"咦,这是一节极简单的故事,并不是真有甚么杀人流血的举动。"

"那么毕竟是甚么一回事呢?"

"算不得甚么,他们说天下原有好多娼妇,天生是有德的女子;而有好多号称有德的女子,却偏偏是天生的娼妇,这话可不是么? 如今这一位山木莲夫人,便是天生的娼妇,而伊的女儿却是一个天生有德的女子。"

"我不很明白你的话。"

"待我和你说个明白,那伯爵夫人不过是一家寻常的暴发户,谁也不知道伊的来历,据我所知,多分是一个匈牙利或华兰钦的贵妇人罢了。某年的冬间,伊在哀丽西街租了琼楼绮阁,突然的出现了。这一带原是许多棍徒、女骗出没之地。伯爵夫人闲居无事,专讲交际,无论是谁上伊的门去,伊是没有不欢迎的。

"我也去了,你定要问我为甚么去,但我可不能奉答。我也像旁的人一般心理,因为那种地方有娇柔的妇人,和不正直的男子,最便于鬼混的。这其间也居然有好多贵人,都很高贵,都有爵衔。但那些公使馆中并不知道他们,所知道的,不过是内中几个间谍。这些贵人也往往高谈道德,却并不实行,又彼此夸张他们的祖先,乱说他们的身世。其实骗子恶棍,一一都有,袖

256

子里藏着假纸牌,作翻戏之用,总之这是一个男盗女娼的最高组合。

"我很喜欢这般人,因为他们很足供我的研究,而和他们结识,也是很觉有味的。他们的妻大半是美妇人,举止轻挑,不知来历,也许曾进过改过局的。伊们往往生着很大的媚眼,和丰美的云发,我也甚是喜欢伊们。

"山木莲夫人也就是这一类人物,温柔倜傥,玉貌未衰。像这样的可意人儿,你却能觉得伊们的骨髓之中,都含着邪恶之念。你倘前去访问时,那最是有趣。伊们往往举行叶子戏会,或是跳舞夜宴,无所不备。凡是交际社会中一切娱乐,都能给你享受。

"伊有一个女儿——是个长身玉立的美女子。伊也常喜行乐,欢笑无度。有其母必有其女,自不足为怪。然而伊却是一个天真烂漫,很正直很纯洁的好女儿。平日间甚么都瞧不到,甚么都不知道,也从不了解那些鬼鬼祟祟的事情,正发生在伊父亲的屋中。

"我对于这女孩子很怀疑,伊简直是个神秘之物。瞧伊住在这黑暗龌龊的环境之内,却始终抱着安闲镇静的态度。从这上边推测起来,可知伊倘不是同流合污,那就是为了天真未凿不解事之故。伊仿佛是一枝好花,从泥污中挺生出来。"

"伊们的事情你怎么知道的?"

"你问我怎么知道么? 这也是很有趣的事。有一天早上,我门上铃声大鸣,我的侍者上楼来说,有一位约瑟蒲能山要和我说话。我忙着问道:'这位先生又是谁啊?'我侍者答道:'先生,我不知道,也许是谋事来的。'见面之后,果然如此。那人要我收留他,做我的下人。我问他先前在那里服役,他答道:'在山木莲伯爵夫人家里。'我道:'咦,但我这里是和伊家完全不同的。'他道:'先生,我原知道的。我也就为了这缘故,愿意给先生服役。我和那班人合在一起,也捱得够了。和他们作短时间的周旋还使得,却万万不能久留。'这时我恰恰要添雇一个下人,因便把他收下了。

"一个月后那位山木莲伯爵夫人的女公子惠德姑娘忽然很神秘的死了,伊那死的详情,我都得自约瑟。而约瑟是得之于他的情人,原来他情人是在伯爵夫人家充侍婢的。

"那夜是个跳舞会之夜,有两个新到的宾客,同在一扇门后闲谈。惠德姑娘舞罢,正靠在门上,吸一些新鲜的空气。他们并不见伊走近,但伊却听得他们的说话,以下便是他们所说的:

'但那女孩子的父亲是谁啊?'

'似是一个俄罗斯人,唤做罗凡洛夫伯爵,他如今不再和伊母亲接

近了。'

'那么如今又是谁在那里南面称王啊?'

'便是那立近窗口的,一位英国亲王。山木莲夫人很爱他,但伊对于男子的爱,从不能维持到一个月或六礼拜的。况且伊还有许多面首,全来瞧伊——也全都上手的。'

'但这山木莲一姓伊是从那里得来的啊?'

'此人多分是伊唯一的恋人了,他是一个柏林来的犹太银行家,名唤山茂尔木莲,夫人的姓就脱胎于此。'

'很好,谢谢你,从此我瞧见伊时,一壁就可知道伊是怎样一个妇人,我去了。'

"那天生是贤德女子的惠德姑娘,听了这一番话,心房中何等的震动。伊那单纯的灵魂中,又何等的失望。这种精神上的痛苦,顿把伊心中的乐观,人生的快感,和一切跳踉欢笑,全都扑灭了。到得宾客们完全退息时,伊那稚弱的心坎中,当然起了剧烈的争端。这些事都由我推想而得,并不是约瑟对我说的。但是这天夜半,惠德蓦地到伊母亲卧房中去,那时伯爵夫人恰要上床睡了,惠德便打发侍婢出去,关上了门,直挺挺的立在那里。白着脸张大了两眼,说道:'母亲,请你听我说一番话,是我刚才在跳舞场中所听得的。'当下伊便一句句的把那番话复述了一遍。

"伯爵夫人也震了一震,一时不知道该怎样回答。一会儿才回复了伊镇定的态度,否认一切,并且说伊敢请上帝作证人,证明这些话是并不实在的。那女孩子便走开去了,伊那小小的芳心中,甚是扰乱,终不很相信,从此便察看伊的母亲。

"我记得伊从这一夜以后,便大大的改变了,变得庄严而沉郁,常把伊那双诚恳的巨眸注在我们身上,似乎要读我们的心底里怀着甚么意思。我们先还不知道伊是何心理,还道伊正在那里物色丈夫呢。

"一天黄昏时候,伊偶然听得伊母亲和一个面首讲话,末后又见伊们俩同在一起,于是伊确信旁人的话是不错了。一时芳心欲碎,把伊所亲见的告知了伊母亲,又像商界中人订甚么契约似的,冷冷地说道:'母亲,如今我已决定了,我们俩该立时移往甚么小镇中去居住,或是到乡间去隐居,只是静静地过我们的生活。单是你所有的首饰,也抵得一笔偌大的财产了。你倘要嫁甚么正直的男子,那是再好没有。便是我也不妨物色一个好青年,以身相许。你要是不依我这么办,那我惟有自杀。'

"这时伯爵夫人便命伊女儿快快去安睡,不许再说这些没意味的话,做女儿的对于母亲,也未免太放肆了。惠德听着,却答道:'我且给你一个月的期限,好好地想一想,要是到了这一个月期满之后,仍还不改变我们的生活状态,那我一定自杀。可是我的一生,已长陷在泥污中了。'说完岸然出室而去。

"到了这一月期满时,山木莲伯爵夫人仍是大宴宾客,欢笑鼓舞,似是没事人儿一般。一天惠德推说牙痛,从邻近一个化学师那里买了几滴麻醉药,第二天又多买了些,每一次出去,总得买一些回来,如此装满了一瓶。"

"一天早上却发见伊僵卧在床,玉体已冷,早没有了性命。脸上蒙着一个棉花的面具,浸透了麻醉药。"

"伊的棺上堆满了无数香花,教堂中挂着白,举行殡殓典礼时,参与的人着实不少。"

"唉,我要是知道伊是个有德的女子,那我定然娶伊为妻,可是伊那个宜嗔宜喜的娇面,也非常的美丽啊。"

"伊那母亲又怎样呢?"

"伊也曾流过好多眼泪,但过了一个礼拜,早又开阁延宾,酣歌恒舞了。"

"伊对于女儿的死,又怎样说辞呢?"

"咦,伊们推说是新装了一只煤气炉,机括不妥,才出了这岔子。可是这个原也是常有的事,人家就深信不疑了。"

(原载《半月》第 4 卷第 21 期 1925 年 10 月 18 日出版)

（法）毛柏桑　原著

亡妻的遗爱

　　蓝慕业已成了个鳏夫了，只有一个儿子慰他的寂寞。他先前用着温柔和热烈的爱情爱他的妻。在他们结婚的生活中，始终没有一条裂痕。他是个很良善很正直的人，心地单纯而诚厚，绝无疑人怨恨人的事情。

　　他爱上了一个穷苦的邻家女，向伊求婚，立时允许了。他经营布业景况很过得去，他以为那邻家女以身相许，全为了爱他之故，并没有别的意思。

　　伊使他快乐，伊是他唯一之爱。他只是想念伊，常把一双崇拜的眼睛不住的对伊瞧着。他在用餐时，就为了两眼不离那可爱的娇面，时时闹出笑话来。一会儿把酒倒在他的碟子里，一会儿将盐缸中搅了水，他觉察了，便像小孩子般笑个不休，说道："你瞧，我爱你太过了，直使我发昏咧！"

　　伊只静静地笑了一笑，就眼望着别处，似乎受不了伊丈夫的爱，很害羞的样子，又总得把话岔开去引他说别的事情。然而他却在桌子下紧紧握住了伊的手，低声说道："我的小杏妮，我亲爱的小杏妮。"有时伊耐不住了，便道："快！好好的让我吃，你自己也吃。"他于是太息着，吃了一口面包下去，慢慢地咀嚼。

　　一连五年，他们并没儿女。一天，伊忽地和他说，有了消息了！他大喜欲狂，从此更一分钟也不肯离开伊。他有一个老保姆，是抚养他长大，给他管家的。却往往推他到门外去，忙把门关上了，强迫他吸些外边的清气。

　　他和一个少年交友，渐渐地亲热起来。这少年从小儿就和他夫人认识，在县署中当着秘书之职。他名唤杜利多，一礼拜中总有三次和蓝慕业夫妇一块儿用餐，总得带了鲜花来送与夫人，有时又得在戏园子里定一个包厢请看戏。每逢餐罢蓝慕业受了情感的冲动，往往转向他夫人说道："得了你这样的爱偶，又得了他那么的好友，一个人生在世上可真快乐极了！"

伊在生产中不幸死了。这一个打击几乎杀死了他，但他瞧着那新生的苦小子，却鼓起勇气来。他用着一种亲切而含悲的爱情，爱这孩子。因了这爱，不时纪念死者，就在这孩子身上，寄着他当时崇拜亡妻之念。他想这是亡妻的骨肉，是伊的一种精髓的结晶品，伊的生命也就好似继续存在，所以这孩子便是伊的生命移在别一个肉体中罢了。伊一面消灭一面仍还存在，他便把无限的热吻加在孩子之身。然而换一句话说，这孩子也可说是杀害伊的，实是盗了他的爱妻去，这一条小命是用他爱妻的命换来的。蓝慕业往往把他儿子放在摇篮中，坐下来兀自瞧着，如此总得老坐一二点钟，不住的对他瞧，梦想着种种的事情，甜的也有，苦的也有，到得那小孩子睡熟时，他就俯下身去哭了。

那孩子生长起来，做父亲的简直一点钟也不忍离开他。常厮守在孩子的近旁，带他一同出去散步，他又亲自给他穿衣，洗浴，喂他东西吃。他那好友杜利多也似乎爱这孩子，往往像他父母那么情感冲动时，发狂似的吻着他，又在他两臂间抛弄着，或在他两膝上舞蹈着，这时蓝慕业瞧了也欢喜，总喃喃的说道："他可不是一个爱儿么？他可不是一个爱儿么？"当下杜利多便把那孩子搂紧在臂间，将须儿拂着那小脖子发痒。

独有那老保姆山勒士德，却并不爱这小孩子。伊见他顽皮时就得发怒，见他们两人抚摩他时，也往往现出不耐之色，破口说道："你们像这个样子，怎能将孩子抚育起来？我瞧你们简直要把他养成一头猴子啊！"

一年一年的过去，伊盎已九岁了，他不知如何读书，平日间已娇养惯了，他瞧怎么样才对便怎么样做去。他很刚愎，很固执，又非常的躁急，他父亲惯常依他，由他独行其是，杜利多也总把他所喜欢的玩具买来给他玩。他所吃的东西全都是糕饼糖果之类，于是山勒士德又恼了，嚷着道："这是可耻的，先生，这是可耻的，你已把这孩子姑息坏了，但此刻就该停止，我和你说，该趁早停止才是。"蓝慕业微笑着答道："你希望怎样，我只为太爱他了，不能不依从他。往后你自也渐渐的瞧惯了。"

伊盎的体质，未免单薄了些。医生说他是贫血症，药方中开的是铁质的药品，半煮的肉和肉汤。但那孩子只爱糕饼，旁的滋养品全都不肯吃。他父亲失望之余，便索性把奶油松饼和朱古聿果子塞给他吃。

一天黄昏时候，他们坐下来用晚餐，山勒士德送进一盆肉汤来，脸色很为庄重，是平时所不常有的。伊揭去了盆盖，把勺子放在盆中说道："这里有

些儿肉汤,是我从来没有做过的。这回子可要我们孩子吃些了。"

蓝慕业陡吃一惊,低下头去,知道那风潮已在酝酿中了。山勒士德取了他的盆子,盛满了一盆放在他的面前。他尝了尝汤,说道:"这味儿委实不错。"

山勒士德又取了那孩子的盆子,盛了一勺肉汤,接着便退后了几步,等在那里。伊盎闻了闻肉味,便很厌恶的把碟子推开了。山勒士德立时变了色,急忙走上前去,硬将一匙的汤灌到孩子口中去。

那孩子咳着呛着呕吐着,一面哭喊,一面抢起杯子来,向老保姆掷去,恰恰掷在伊的肚子上。伊更恼了,便将孩子的头挟住在臂下,把那肉汤一匙一匙的灌下他咽喉去。他这时涨红了脸,活像一个红萝卜一般,一边咳,一边跺脚,一边挣扎着,一边把双手乱挥,打着空气。

他父亲见他不能动弹,先还诧异着,一会儿却勃然大怒起来,陡的赶上前去抓住了那老保姆的咽喉,直把伊揪在墙壁上,怒呼道:"出去!出去!出去!你畜生!"

伊挣脱了身,头发披散在背上,睁圆了两眼,大呼道:"你中了甚么邪?你们兀自把甜东西塞给这孩子吃,如今端为我给他吃些肉汤,竟要动蛮打我咧。"

他从头颤到脚上,仍不住的嚷道:"出去!滚出去——滚出去!你畜生!"伊怒极了,转身向着他,直把伊的脸凑到他脸上,颤声说道:"哼——你以为——你以为能这样对待我么?哼!不能!为的是谁?为这不是你生的乳臭小儿啊!是啊!不是你的,并不是你的——并不是你的。除了你自己外,人人都知道。去问那杂货商,去问那肉店主人,去问那面包师,他们都知道,全都知道的。"伊一阵子咆哮数说,激动得几乎塞住了气。末后才停住了,对着他瞧。

他立着不动,脸上泛做了铅色,两臂下垂,直垂在两旁,静默了半晌,他便放出抖颤而低弱的声音,分明是受了极深的感动似的,说道:"你说,你说,你说的甚?"

伊瞧着他的模样,很为吃惊,便默然不答。他却又走上一步,问道:"你说,你说的是甚么啊?"伊放出镇静的声音,答道:"我说我所知道的事,也是人人所知道的。"

他捉住了伊的手,发怒得像野兽一样,待要把伊掷下地去。伊虽老了,却还壮健活泼,从他臂下溜脱了身,绕着桌子跑过去。怒火重又提上了,便没口子的嚷道:"你对他瞧,你只对他瞧,你真是个傻子啊!瞧他的模样,可不是杜利多先生的活肖像么？你只须瞧他的鼻子和眼睛,你自己的鼻和眼可像这样的么？更瞧他的头发,可像他母亲的么？我和你说人人都知道的,除了你自己,尽人皆知。这是镇中的一个笑柄啊！你对他瞧——"说到这里,便跑到门口,开了门,立时溜走了。

伊盎吃惊得甚么似的,一动不动的坐在他那盆肉汤之前。

过了一点钟,那老保姆山勒士德很柔和的回来瞧事情怎样了。那孩子把糕饼全已吃完,又吃了一壶乳酪和一瓶糖浆,此时正用着汤匙刮净那只果酱缸。

他父亲已出去了。

山勒士德抱了孩子,接了一吻,悄悄地抱到卧房中去,给他上床安睡。伊接着回到餐室中,撤清了餐桌,把一切用具归在原处,心中兀自觉得不安。

屋中一些儿声息都没有,伊把耳朵贴在主人的房门外静听,似乎很安静,更偷眼向那钥眼中瞧时,见他正在写字,分明镇静得很。于是伊回到厨房中去坐下,准备着有甚么意外的事情发生。但伊却在一把椅中睡熟了,直到天明才醒。

伊整理了几个房间,这是每天早上的惯例,天天如此的。扫地啊,拂尘啊,直忙到八点钟,就给蓝慕业预备早餐,但伊却不敢送去,正不知伊主人如何对付伊,便等着呼人铃作响。然而他并不按铃,九点钟了,十点钟也过去了。

山勒士德也不知道自己想甚么,备好了盘子径自送上楼去。伊的心突突的跳得很快,伊在房门前停住了,侧耳听着,一切都寂静。伊叩门时,也没人答应,于是鼓起了勇气,推门入到房中,当下里狂呼一声,伊手中捧着的早餐盘子也豁朗朗的掉落在地。

在那房间的中央,蓝慕业正高高的吊在那天花板垂下来的一条绳子上,舌尖很可怕的伸出在外,他那右脚上的拖鞋落在地上,左脚上却还套着,一张仰翻的椅子直滚到床边。

山勒士德昏昏沉沉的跑出去,一声声的嚷着。邻人们都聚拢来了。医生赶来瞧时,验得他是在夜半死的。

自杀者的桌子上发见了一封给杜利多的信,内中只写着几个字道"我以遗孤托君"。

（原载《半月》第 4 卷第 21 期 1925 年 10 月 18 日出版）

（法）毛柏桑　原著

酷相思

　　一行人餐后在吸烟室中闲谈。我们谈起那些意外的遗产和奇怪的嗣续，当下有一位白罗孟先生，有时被称为"名法官"，有时又被称为"名律师"的他立起身来，背了火立着说道："我正在找寻一个嗣子。他是在很难堪的境遇下突然失踪的，这也是日常生活中很简单的悲剧之一。也许天天可以发生，然而我却以为是最最惨痛的事啊！事实如下：去今约六个月以前，我被召到一个将死的妇人的床边。伊对我说：'先生，我要委托你一件极困难极烦琐的事，请你好好地注意我的遗嘱，正放在那边的桌子上。这回事你倘不能成功，我留给你五千法郎。倘能成功，那就以十万法郎为报。我要你在我死后找到我的儿子。'伊要求我助伊在床上坐了起来，说话时好方便一些，因为伊的声音已断续而带喘，而喉管中也有了嘶嘶之声了。

　　"那屋子是一宅富家的大厦，富丽的房间中，处处都觉得雅洁可人，所有各种坐具的垫褥都厚得像墙壁一样，那光滑的面子也似乎在那里请人坐呢。那时那将死的妇人继续说道：'你是第一人听我这一段惨痛之史，我得振作了气力从头讲完。我知道你是一个仁心的人，也是个老于世故的人，务求你尽力助我一臂。请垂听我的话。

　　'我在未嫁时曾爱上一位青年，只为他家道不很富裕，求婚时，便被我家庭中回绝了。不上几时我便嫁了一个富豪，我的嫁他像寻常女孩子嫁人一样，是出于无知，出于服从，完全是出于勉强的。我生了一个儿子，我丈夫不久便死了。那时我所爱的那人也已娶了妻，他见我已做了寡妇，而他却不能自由，心中忧闷已极。他赶来瞧我，只是哀哀的哭泣，直把我的心捣碎了。

他最初来瞧我时,像朋友的模样。我也许是不应当接见的,然而我又怎能自制呢?可是我这时又孤单,又苦闷,又寂寞,又失望,并且我仍还爱他。我们做妇人的有时可忍受着何等的苦痛呀!

　　'我在这世界中只有他一人了,可是我的父母也已去世,别无亲故。他常到我这儿来,同度黄昏的时光。我见他娶了妻,原不该许他常来,然而我却没有这决心阻止他不来。

　　'教我从何说起——他做了我的情夫了,如何会弄到这个地步?我又怎样说明?可有人能说明这种事么?你想这可不是两下里为了爱力所吸引以致结合在一起么?先生,你想我们哪有这能力绝情割爱,不为吁求和眼泪所感动,不为热爱和深情所转移么?

　　'先生,总之我是他的情妇了,我心中甚是快乐,我并且还做了他夫人的朋友,这便是我最大的弱点和我的卑劣之处。

　　'我们俩合力把我的儿子抚育起来,我们造就他做一个好男子,做一个完人,又聪明又富情感,又有决断力又抱着伟大的思想。这孩子骎骎长大,达到了十七岁。他也很喜欢我——我的情夫正像我自己喜欢他一样,而我们俩也一致爱这孩子,处处照顾这孩子的。这孩子惯常称他为"亲爱的朋友",非常的尊敬他,从他那边领受一切智慧的教训,以忠信正直为模范,只把他当作母亲一个忠实的老友,也是自己的义父和保护人。这个我又从何说起呢?

　　'这孩子多分是自幼儿惯见他在我的屋中,所以对于他从不问起过甚么话。可是他常在我的身旁,也常在那孩子的身旁,他常很关心于我们母子二人的。

　　'一天黄昏时候,我们三人在一块儿用晚餐——这是我唯一的乐事——我正等着他们两人一壁自问不知是谁先到,门开了却见是我的老友,我展开着两臂向他走去,他在我嘴唇上亲了个甜蜜的长吻。

　　'蓦然之间,却听得一声微响,一种低低的衣裳窣缲声,使我们顿时觉得有人来着。我们震了一震,疾忙回过身来,却见我的儿子伊盎立在那里,苍白了脸对我们呆瞧着。

　　'那时当然很窘,窘得不知所措,我退了下去,伸手向着我的儿子做出恳求的样子来,但我却不见了他,他早已走了。我们俩——我和我的情夫——面对面立着,都是垂头丧气,说不出一句话来。末后我才倒在一把圈椅中,猛觉得起了一个志愿,一个空虚而强有力的志愿,愿意逃入深夜中,从此永永隐去了。接着我的咽喉里起了断断续续的呜咽声,我不住的哭,身体像痉挛似的兀自抖颤，我的心碎了，我全身的神经都在那里牵动，心知这天大的厄运，再也没有挽救之法。而此时在我做母亲的心中更充满了无限的羞惭，难堪得甚么似的。'

'他也很可怕似的瞧着我，不敢再走近过来，不敢再和我说话，不敢再和我接触，因为生怕那孩子回来，末后他说道："我要跟着他去——和他谈判——把事情和他说个明白。总之我定须去瞧他，让他知道——"于是他急急地赶去了。

'我等着，心神不定的等着，听得了一丝低弱的声响，就战楞楞地打颤，火炉中榾柮微爆也得发生一种说不出的奇怪感觉，直害怕得跳起身来。

'我等了一点钟、二点钟，觉得我的心中涨涨的却填塞着恐怖，这是我从来没有经历过的。像这样的苦痛，任是一个罪大恶极的罪犯，我也不愿给他捱受十分钟。我的儿子在哪里，他怎么样了？

'大约在夜半的时光，有一个使者从我情夫那里送了一封信来。我心中至今还记得那信中的话，他说："你的儿子已回来了没有？我没有找到他，我正在这里，此刻不愿赶来见你。"我在那片纸上用铅笔来写道："伊盎没有回来，你定须去找到他。"

'这一夜我便终夜的坐守在那圈椅中，等我儿子回来。我觉得自己快要发疯了，我一心想狂奔急走，在地上打滚。然而我却并不动弹，只是一点钟一点钟的等下去，不知道前途要发生出甚么事情来，我苦苦的想，苦苦的猜测，但我虽是用尽了力，捱足了灵魂上的苦痛，终于想不出甚么，推测不出甚么来。

'一会儿我又深怕他们遇见之后又怎么样呢？我的儿子又待怎样呢？这时我的心，直被那可怕的疑团和可怕的猜测捣碎了。先生，你可能了解我那时的感想么？

'我那婢女，伊是不知道甚么事，也不明白甚么事的，时时到我的室中来，以为我是疯了。我总是说一句话，或挥一挥手，打发伊出去。伊忙去请了个医生来，医生来时，我正在神经错乱之中，他们把我扶上床去，我竟害起脑炎来了。

'到得我大病之后回复知觉时，却见我——我的情夫正在我的床边，于是我嚷着道："我的儿子呢？我的儿子在哪里？"他并不回答。我又嗫嚅着说道："死了——死了。他可是自杀的么？"他忙道："决不！决不！我敢赌得咒的。但我虽是尽心竭力，总也找不到他。"

'一时我恨极怒极了，便像那种发怒时不可理喻的妇人一般，放声说道：

"你要是找不到他，我便不许你再接近我，不许你再见我一面。快去快去！"
他当真去了。

　　'先生，从此以后，我既不曾见过这一个，也不曾见过那一个，我就这样悠悠忽忽的活了二十年。你可能想到我是怎样捱过来的？你可能明白这严酷的惩罚？你可能明白这一颗慈母之心正在缓缓的脔割？你可能明白这可怕而无尽期的等待？我不是说无尽期么？不，不！如今我快要咽气，便有了尽期了，但我死时，却不能见他们二人一面，既不见这一个，又不见那一个。

　　'他——便是我所爱的那人——二十年来曾天天写信给我，但我——我总不许他再来见我，便是一秒钟也不行，因为我有一种奇怪的感想，想他倘再来时，我的儿子也许恰在这当儿回来呀！我的儿，我的儿，他可是死了么？他可还活着么？他又躲在甚么地方？他也许在大洋的那边，在甚么极远的国中，那国名连我都不知道的，他可再想起我么？唉，但愿他知道，做儿子的是何等的忍酷！他自己可明白已罚得我好苦，使我陷落在何等的绝望与苦痛之中。他使我辜负了月满花芳的盛年，停辛伫苦的直到如今，直到如今快要死了——我——我是他的母亲，一向用了极热烈的慈母之爱爱他的。唉！他是何等的忍酷，何等的忍酷啊！

　　'先生，请你把这些话对他说，你可允许么？请你把我最后的话传达与他："我的儿，我亲爱亲爱的儿：求你不要太苛待了可怜的妇人，要知伊们的一生，已经历了千磨百折，不幸极了！我亲爱的儿，自你那天出去后你那可怜的母亲是过着何等生活！我亲爱的儿，请恕伊爱伊，如今伊已死了，伊曾受过了妇人万万受不得的酷罚。'

　　"伊气嘘嘘地吐着气，一壁瑟瑟地抖颤着，好像把伊最后的话亲自说给儿子听，儿子也似乎立在伊床边似的。于是伊又说道：'先生，请你也对他说，我从没有——从没有再见过那人一面。'说到这里，伊顿住了口，一会儿又放着断续的声音说道：'请离开我，我求你，我要一个人悄悄地死去，因为他们俩都不在我身边。'"

　　白罗孟先生接着又说道："列位，那天我走进屋子来时，竟像傻子般兀自哀哀的哭着，害得我马车上的车夫也回过头来对着我呆看。列位试想，像这样的活剧，不是天天在我们四下里搬演么？至于那儿子——伊的儿子，我竟始终没有找到，你们以为他怎么样？我却称他是个犯罪的儿子。"

（原载《紫罗兰》第 1 卷第 13 期 1926 年 6 月 10 日出版）

（法）莫泊桑　原著

于飞乐

　　市长正要坐下来用早餐了，却有人报上来说，那乡警同着两名罪犯，正在议事厅中等着他。他立时赶去，见那老邬希德立在那里，看守着一对中等阶级的夫妇。他脸上现出严正之色，向他们察看一下：

　　那男子是个红鼻子白头发而身材胖胖的老汉，模样儿十分沮丧。那妇人是个小圆身材，亮晶晶的面颊，将一双怨恨的眼睛向那拘捕伊的乡警瞧着。

　　市长问道："甚么事？邬希德，甚么事？"

　　那乡警便供述出来，这天早上，他按着规定的时间出去巡逻，地点由香碎欧森林远至亚金端边界。他在乡野一带，不见有甚么出奇的事情，只见天日晴明，麦长得很好。一会儿却见那老白利德的儿子，从他的葡萄圃中赶过来，向他嚷道："邬希德爹爹，快去林边察看一下！在那第一堆的树丛中，你可以发见一对鸽儿，他们的年纪合起来定有一百三十岁咧！"

　　他照着所说的方向走去，进了树丛便听得一派人语之声，使他疑到这其间定有不道德的行为。于是像伺拿一个偷猎人似的，蛇行前去，便发见了这一对男女，立时拘捕下来。

　　市长很诧异的瞧着那两名罪犯，因为那男子分明有六十岁了，那妇人也至少有五十五岁。当下他便开始盘问，先从男子问起。那人放着很低弱的声音作答，几乎听不出来。

　　市长问："你名儿叫甚么？"那人答："倪谷勒卜莱。"问："你的职业是甚么？"答："杂货商，在巴黎殉道人街中做买卖。"问："你在那树林中干甚么？"

那人一声儿不响，两眼注着他的胖肚子，双手下垂着。市长又问道："你可是否认这警吏所说的一番话么？"那人忙道："先生，并不否认。"市长道："如此你认罪了。"答："是的，先生。"问："你有甚么话给自己辩护么？"答："先生，没有话。"问："你在甚么地方遇见你这共同犯罪的伙伴的。"答："先生，伊是我的妻子。"问："是你的妻子么？"答："正是，先生。"问"如此——如此——你们俩并不是同居——在巴黎么？"答："先生，求你见恕，我们俩原是同住在巴黎的。"市长大惊道："如此说来——你定是疯了。吾亲爱的先生，你定是发了疯，才在早上十点钟到乡下去干这情人的勾当，竟被捕了。"

那老杂货商羞得似乎哭将出来，喃喃地说道："这全是伊勾引我的。我原对伊说这种事情太傻角了，但是你要知道——一个妇人既有一件事进了伊的脑袋，你就不能撵掉咧。"

市长是喜欢说笑话的，微笑着说道："要是只有伊脑袋中有这主意，那你也不会到这儿来了。怕恰恰和你所说的相反罢！"

卜莱先生怒不可遏，转身向着他的妻子说道："你瞧！你的诗意累我们到怎样的地步？像我们这般年纪，还须戴着破坏道德的罪名到法庭上去，我们少不得要关上了店，卖掉了我们好的愿望，般移到别的地方去，这便是所得的结果。"

卜莱夫人站了起来，并不向伊的丈夫瞧，毫不困窘的给伊自己剖白。既不用无谓的谦卑，也一些儿没有迟疑的样子。

"自然，先生，我原知道这件事未免太可笑了。你可能许我像律师般辩护，或是像一个可怜的妇人般泣诉么？我很希望你大发慈悲，放我们回去，免得受那控告的耻辱。

"好多年以前，我还在年青的时节，有一个礼拜日，在这里近边和卜莱先生认识了。他受雇在一家布匹店中，我也在一家衣店中充店伙，这些事情我记得还好像是昨天的一般。那时我惯常到这里来消磨那礼拜日的光阴，和一个女友露史蓝佛克同在一起。我本来和伊同住在碧介丽街的，露史有一个情人，而我却没有。那情人往往带我们到这里来顽。有一次礼拜六，他笑着对我说，明天带一个朋友同来。我很明白他是甚么意思，但回说这很不好。先生，因为我是很贞洁的。

"第二天，我在火车站上遇见了卜莱先生。当时他模样儿很美秀，但我打定主意决不逗引他，我当真如此。我们一行人到了贝崇。这一天是可爱的天气，这种天很足以打动你的心的，就到了如今，还觉得很好，和先前一样。我便不由得发起呆来，一到了乡下，简直是神魂颠倒了。那碧绿的芳

草,香气袭人;燕子翩翩,很快的飞掠着;还有那红红的罂粟、白白的雏菊。这都能使我发疯的,不惯消受的人,就好似喝了香槟酒了。

"是啊!这是很可爱的天气,又暖又明媚。你眼中所瞧见的,似乎能穿透你的心,你呼吸时,便似乎经过你的嘴。露史和西孟每一分钟总得相抱接吻,这便使我起了一种奇怪的感觉。卜莱先生和我一同在他们的背后走着,不多说话,可是彼此不大熟识的人原觉得没有甚么事情可以说的。末后我们到了小树林中,凉凉的好似在一个浴池中,我们四人便坐了下来。露史和伊的情人见我很严肃,便逗着我顽笑,但你该明白我不得不如此啊!当下他们俩又拥抱着接吻,仿佛我们不在面前,一些儿不知检束,接着他们又切切私语了一会,就一句话都没有,起身到丛树中去了。你想我和这初次相见的少年人独留在一起,是怎般的模样?我见他们走开去,心中觉得很乱,一面却反给了我一股勇气,开始讲话。我问他干甚么职业,他说正在做一个布匹商的副手。我刚才已说起过了,我们谈讲了几分钟,使他胆大了些,竟要和我动手动脚起来;我很严厉的唤他坐在原处,不许胡为。卜莱先生,这不是实在的事么?"

卜莱先生很羞愧的看着他的脚,并不作答。接着伊又说道:"那时他见我品行贞洁,便像一个有体面的绅士般,好好地用情于我。从此以后,每礼拜来瞧我,因为他委实是爱我到极点了,我也很欢喜他,非常的欢喜他,先前他原是个美貌的男子。第二年的九月中,就娶了我。我们便在殉道人街中开始做买卖了。

"先生,一连好几年,我们苦苦的奋斗,端为买卖不见发达。我们没有钱可作乡间的旅行,实在也不想到这回事了。可是一个人做了买卖,头脑中想了别的事情,兀自想着银箱,再也不想美妙的词令了。我们渐渐地年老起来,自己也并没觉得,也像那些生性怡静的人,不大想到爱情了。大抵一个人既没有瞧见他自己丧失了甚么,也就不会有甚么悔恨。

"先生,接着买卖渐有起色,我们对于前途很安心。你瞧,我也不很知道自己心中想甚么不,委实并不知道,不过像一个学堂中女孩子般开始梦想了。每见一辆小车,装满着花朵儿,在街中拖过,直使我哭将起来。紫罗兰的妙香,吹送到我的安乐椅中,我便在那银箱的后边,心儿突突地跳了,于是我总得站起身来,出去到门限上,瞧那屋顶中间一片蔚蓝色的天空。可是一个人在街道中抬头望天,就好像见一条河流下巴黎来,曲曲折折地流着,而那往来飞动的燕子,都活似变做鱼了。在我这般年纪,而发这种思想,确是很傻。先生,但是一个人工作了一辈子,这也是无可如何的事啊!可是一个人在一个时期间,瞧到了自己尽可做些别的事情,于是免不得要悔恨起来呀! 是的,觉得非常的悔恨。试想,我在这过去的二十年间,尽可像旁的妇人模样,到树林中去接吻。我又往往想到躺在那阴阴绿树之下,和甚么人言情说爱,那是何等的快乐! 我日日夜夜的这般想着,我又梦想着水上的月光,直要投身到河中去自溺了。

"我先还不敢将这事告知卜莱先生,我料知他定要和我开顽笑,而逼着我上柜台去卖针线的。委实说,那时卜莱先生也不大和我说话。我向镜中照看时,才明白自己不再有动人的可能了。"

"可是我已打定了主意,便要求他到乡下去旅行一次,到我们最初相识的地方去,他并不怀疑甚么,立时答应了。今天早上九点钟,便到了这里。

"我一到那麦田中间,顿觉自己重又年青了,因为一个妇人的心是永永不会变老的。当真,那时我瞧我的丈夫也不像是现在的模样,而仍像往时一样了,先生,这个我可以向你赌得咒的。我当真是疯了,像我此刻立在这里,同是实在的事,我开始和他接吻,他却比了我要谋杀他更为吃惊,不住的说道:'怎的? 你定是疯了! 今朝你定是疯了! 你可是甚么一回事啊?'我不听他的话,我只听着我自己的心,我硬要他同到树林中去。话儿完了,我说的都是事实,市长先生,完全是事实。"

那市长是个富于情感的人,他从椅中站起身来微笑着说道:"夫人悄悄地去罢! 以后你再到我们森林中来,还得小心些才是。"

(原载《紫罗兰》第 2 卷第 19 期 1927 年 10 月 10 日出版)

271

巴比塞专辑

巴比塞肖像

瘫

巴比塞(H. Barbusse)是法国现今最有名的小说家,欧战中做了一本《火线中》(*Under Fire*)的长篇小说,已传诵欧罗巴洲,他的宗旨是弭战,所以描写战祸极其深刻。我新近得了他一本短篇小说集,很多好作品,预备逐一译出来,介绍于读者,这一篇就是集中之一。

这一天早上,那个做散工的老婆子照常到米希龙寓所中去,霎时间却退走不迭,好似陡的被人抛掷出来似的。她跪在村路的中心,满脸子现着惊惶之色,喉咙中似乎有一种呼声,吞既吞不下,吐又吐不出的一般。

那老婆子吓倒在街心,可也不是完全没理由的。我们绕过了她跪着的所在,入到屋中,我们头先但见那大汉米希龙一双伸直的长腿,从黑魆魆的桌子下面露出来,一对挺大的靴底,直竖在石地板上,刚见了这挺大的靴底,委实可怕。但瞧他靴跟着地,靴尖向天,在这地室里四角黑暗半明不灭的光线中瞧去,活像地上竖起来的两根柱子。

我们低下身去,钻向桌子底下,瞧那可怕的一堆黑影,只见那大汉的身体横在那里,像铁般黑,石上淌着一大抹鲜红的血液。那面庞呢,被一只弯曲的臂掩住着,他们提起他的臂来,瞧他的脸,但觉那臂儿还微微颤动。

他们都说道:"他还没有僵咧。"这话可很不错,这罪案分明是刚才犯下的。我们都怀着鬼胎,向那门口瞧去,眼中仿佛瞧见那杀人犯的幻象。一会儿我们的眼光便又回了过来,同注在那张脸上,这当儿已在半明不灭的光线中渐渐瞧惯了。

我们瞧时，却又瞧不分明，因为那面庞的模样儿早已完全没有，脸上曾经给椎子打过，已打毁了。鼻子破碎，塌平了下去，瞧去倒像一张狮子的脸，到得取了蜡烛来时，便全个儿照了出来。

脸上既不见害怕，又不见愤怒和苦痛，竟一些儿表示都没有。可是面部全坏，除了血肉模糊外，本来也无从表示了。但见一张黑色的嘴张开着，不知道当时曾发过怎样一种呼声和呻吟的声音。当下我们不忍再瞧这怪物似的尸体，便背过身去。

众人中有一人忽然问道："还有那个人呢。"那人是个瘫子，全身不能动弹，自然依旧坐在那里。我们见他面有死色，照常坐在室中的一角，靠住在一把圈手椅中，他的手像破布般垂在椅臂上。

这一个疯瘫的老人是个单身汉子，也没有甚么亲戚，但有那米希龙是他唯一的亲戚，因此住到这里来，度他的风烛残年。一二年前，他便害了瘫病，捱过一年，完全不能动了，便生根似的老坐在那把圈手椅中。

他的余生很能耐，很能支撑下去。他那一丝气息，似乎紧紧系住在身体中那一部分，他的心，暗自跳动，眼中有蓝光浮动，时时对人瞧着，使他那张柔弱的脸上，平添了好多活气。他能瞧，或者也能思想，但要移动一个手指，可就不能了。他在那做散工的老婆子手中，直好似一件空的衣服，任人折叠摆布。

我见了，低低说道："咦，他也瞧见这一回事，心中已知道了。"旁的人都做着鬼脸道："正是，正是。"

我想这一出杀人流血的惨剧正在他的身旁演将出来，但他直和一件死东西不相上下，可不能保护他的好同伴和有恩于他的亲戚。不知道那凶手可曾瞧见他，瞧见这一个半死的人，已穿了尸衣，却还没有安葬。

我们一壁瞧着那种幻象，一壁乱说推测的话。那时全村的人已都跟着我们赶来瞧了，警察们也接着到来，分头追那杀人的凶手。要捉拿犯人是不难的，他们胡思乱想，便想起了一个人。那人是个野蛮性质的汉子，当然不是个好人。于是这天午后二点钟，就不问情由，在一丛树林旁边把他拦住了，用绳子捆缚起来，提到署中去。他当真是个蛮子，圆圆的干儿，好像一束腥臊的麻布，他的头上，矗着黄色的头发，一部须子，像野猪的刺一般坚硬。

那蛮子想装了疯脱身事外，连做着猴子般的怪面孔，又放出不清楚的怪叫声，然而警察们层层盘驳，一些不肯让步。末后他便顿口无声，把那草堆似的头低下去了。警察们盘驳还不算，又把一枝沾着血的手杖给他瞧，他不知怎的，就变了色，那嘴唇也在乱须中颤动起来，然而他并不供出甚么话，任那警察们软骗威吓，终也说不出那死人失去的一只铁银匣，藏在哪里。

接着又把嫌疑搁在一个吉普赛人的头上，因为出事的那夜，他曾在我们门前出现，就是那钟点也恰恰符合的。另有一个受嫌疑的，是个诚实的呆子，幸而舆论对他还不恶，又没有甚么证据。末后这案子索性又分做两截了，盗银管盗银，杀人管杀人，只不知道盗银的是谁，杀人的又是谁。那只失去的铁银匣，更是无影无踪，官中没法，只得把他搁起来当做疑案了。

但我眼瞧那罪犯逍遥法外，很觉着恼，因把这事牢记在心，一心一意的定要知道案中的真相。然而我心中虽很迫切，仍是无效，临了儿也就像那官中人一般，当做是一件疑案。只是我身心都捱着苦，我的神经也不安得很。

时光过得很快，一转眼又过了几个礼拜。一天晚上，我赶着车回家，鞭着我那头快马贝洛，没命的狂奔。这当儿正有大风大雨，天空中也像发狂一般，事儿来时很奇怪，在最后的半里路中，就发见了一件意外的事。那时人家的屋子已瞧见了，贝洛忽然横冲直撞的奔上前去，冒着黑暗，冒着倾盆的雨水，冒着半空飞掠的电光，直冲到狭街中去。我好生着惊，蓦见一带墙壁，近在眼前，快要相撞了。我心头一急，想我怎生发付，可要跳下马来么？谁知蓦然之间，早已天崩地塌似的使我受了大大的一震，接着瞧见前面放出火光，似是一堵墙壁被我的马撞塌了，我震下马来掉入泥中时，就一眼瞧见了一件事。

我躺在地上，一阵子喘息打颤，神经也觉得错乱了，并不是为了这一回子的危险，死神已和我接近，就为了我眼中瞧见的那件事。

那墙壁已撞塌了一角，我的车杠打破了窗板插到一扇小窗中去。我的眼光就在这当儿直射到一间房中，我瞧见一个人立在那里，低身检看一只铁银匣，两手掏摸着金币，叮叮哒哒的响。我瞧见那人一个挺大的背儿微微颤动，多分是知道窗子一破，就破了他的秘密了，一手慢慢地过去，取那手杖。我就着黄金光中，已瞧见他那个可怕的脸。一阵风来，灯光便吹熄了。

那人是谁？就是那个瘫子。这瘫子就是杀人的凶手！

世界中罪案很多，犯罪作恶的人也很多，可没有人能胜过这个巧于作伪的恶徒了。一年以来，他装着一个没有生气的瘫子，这是何等的忍耐工夫！当下我一壁想，一壁也似乎瘫倒在地，因为那凶人正在我的近边，先前他仗着瘫痪不动，已占了胜利了。

（原载《礼拜六》第 125 期 1921 年 9 月 3 日出版）

定　数

那空无一物的墙壁上有一扇窗子，开出去便是一天夜景，像一幅没有边际的图画。靠窗有两个老友的脸，像石像般不动声色。

他们在一块儿度日，同入阳光中，同入黑阴里，也同在一座屋中等光阴过去，他们闲着没事便时时相对谈天。

那陶密尼老人讲完了一节甚么事，说道："甚么事都有错误，惟有定数这东西是不会错的。"格劳德老人却答道："这话不对，定数有时也要错误，和旁的事一样。"陶密尼老人回过来，向他的老伴①瞧，似乎怜悯他，又像是小觑他，然而不露出一些诧异的神情。

格劳德老人摇着头和那一条条筋骨绽露的脖子，又把那只木柴似的手拍着膝盖说道："还有那种难修补的事，到底修补好了。"陶密尼吐了一口气，把那血红眼眶中的一双老眼向天望着，以为他老伴也在那里胡说咧。

格劳德道："有一回我娶了蓓娜亭，先前我本来已忘怀她了，但是有一天我瞧见一个女孩子，很和她相像，我第二回瞧见她时，更使我完全想起她来，于是我就娶了她。但在两个月之前，我曾把一个枪弹，打破了她老子的脑门。"

陶密尼蓦地害怕起来，怕他老伴是发了疯在那里梦呓，因便猛颤着问道："唉！格劳德，你可是睡熟了么？"格劳德道："不！是我在这里思想，并没睡熟。我原好好儿的娶那女孩子，我也曾把一个弹子嵌进她老子的头额。

---

① 老伴：译者所处年代，"老伴"同"老友"，非夫妻。

那女孩子原是很爱她老子的,这一下子可真不幸咧。"

陶密尼镇定了些,说道:"这事的时期,去今可是很久了。"格劳德道:"正是,事儿相隔已久。如今由我口中说来,倒像是说别人的事,然而一闭眼似乎还在眼前。"

当下格劳德甚么事都已记将起来,舌子很活动的说道:"白巴老人是很精明很诚实的,他不愿意我娶他的女儿,因我是一无长处的人。我原是一无长处,但我很爱他的女儿,就这一件事,却是我的长处。我被那女孩子迷惑住了,比甚么事都利害。后来他年华渐老,到如今可已死了好久咧——陶密尼,你须听我的话!"

陶密尼道:"我理会得。"说着,更捱近了些。

格劳德道:"那时他老人家很不愿意,他左右的人都设法打动他的心,他却假做不听得,装作不明白。他们也不敢多说,因他生性暴躁,动不动要生气,生得又强壮有力,两条臂好似善斗的力士,两手又像工具般坚硬。有一天我自己斗胆去和他开谈判,态度和口气都很和平,谁知他老人家竟把我掷将出来。那美貌的蓓娜亭躲在厨房中一边壁角里,把拳儿掩着脸,兀在那里抽抽咽咽的哭。我又害羞,又没有能力,几乎要发疯了,便暗暗自语道:'我只索自杀,可是我一生的快乐和幸福都操在那力大如牛的老魅手中,还有甚么希望?'一见了人,我总又觉得忸怩不安,不如结果了性命,图个安乐。我便装了弹子在我的枪中,拣了一个风清月白的良夜,像痴情人一般直赶到乡野蒲立克村一角的近边,在路边坐了下来,干这自杀的勾当。但我还没有握住那枪,猛地里瞧见一辆马车辚辚的过来,我心中刷的一动,知道这是老白巴的车子,我便又记起每月这一夜,他老人家惯常送一袋钱去给戴姆卜利夫人的。那马慢慢地走着,车子很近的走过我面前,我瞧见他那个伟大可恨的身躯,微微俯向前面,他那高大的鼻子、一大抹的尖须和那蛮野可怕的体态,都在暗中显出轮廓来,活像是一个黑种王。我眼瞧着这个逼我失望的老魅在面前走过,心上不由得充满了一派说不出的愤怒,我立时跳起身来,照准了他额角,砰的把枪放了。他一声儿不响的把上半身扑将下去,恰伏在马臀上,马吃了一惊,向前飞奔,转了个弯,直奔到五十步外的罗维欧田场中去了。我飞一般逃了开去,昏天黑地,也不知道自己做了怎么一回事。但我至今还记得那夜穿过树林,跑过田野破除一切可怕的障碍,一一都像是昨天的事。我还记得那夜逃时,竟逃到了他们屋外,等到我觉得时,就被一种吸引力吸住了,我定要见那爱人一面。从她的窗中瞧进去,料想炉火通红定然映出她的亭亭倩影,打定主意就沿着墙壁走去,微微的喘息着,转过墙角,咦,那窗子恰好开着,她正立在那里,把两条玉臂搁在窗槛上,玉脸白白的,好似一个安琪儿一般。她似乎还遇了甚么得意的事,模样儿甚是快乐。是啊,她正在微笑,她见了我便低呼一声,交捧着一双手,瞧她更得意了,那笑容也越发甜美,接着便向我说道:'上天派遣你来的,父亲已答应了。他老人家见我捱着痛苦,便大发慈悲,蓦地说:"使得使得!"他刚才出去时,还说:"依你依你!"'说时更格格的笑。我听了他这番话,连喊也喊不出来,我的气塞住了,眼前瞧不见了,我自己也不知道当时怎样的走下去,怎样的走出他视线,又怎样逃开去的。我只记得回到家里的当儿,一手向前摸索,一手紧握着我的枪,这时这一柄枪可是我唯一的宝物了。我到厨房中,也不点火,也不张开眼睛来,我找到了那弹子,就放在枪中装好了,这其间大概又有定数咧,我要自杀,却又不许我自杀,那枪放后,竟没有打个正着,只觉得热风熏面,把一绺头发轰去了,我打了个旋子跌倒在地。自以为我已死了,但我仍然活着。我在午时的阳光中醒回来,微微的呻吟,耳边有营营之声,但那门外也正有嘈杂的声音,原来有一大群的人聚在那里闹。正在这当儿,约翰把拳头来叩我的门了。他是我的长兄,后来到了高年死的。他接着又是一拳,把门打开了,探进脸来嚷道:'老白巴昨夜在路上给人谋杀了!'

我立时变了色,退到房间的壁角里,破口喊了一声道:'呀!'

约翰又道:'有两个万恶的吉普赛人干下这件事,仗着那劫去的钱袋做导线,把他们拿住了,甚么都已供了出来。据说在那村庄的尽头处攻袭那老人的车子,老人背上中了十个刀伤,顿时杀死,那边还流了一大抹的血,他们却仍把他放在车座上,赶那匹马向前奔去,过了好久,那马奔到白立克村转角上,冲入罗维欧田场中去了。'

我并没有杀死他老人家,因为他早已死了。杀死一个死人,算不得一句话。你不见么?这其间有定数在着,但这定数也算错了?"

(原载《礼拜六》第 131 期 1921 年 10 月 5 日出版)

同 病

我不知道那个富医生可有没有考虑，竟说我害着肺痨病。他和我说时，我很镇静的答道："可恶，可恶！"我一壁咬着牙齿，不做出那种丑脸来。

但我是个有决断力的人，我知道这事该怎样办。我这不幸的皮囊里头既捱着苦痛，又怀着惧怕，当下便把我的营业结束了，也不等着告知那些和我亲切的人，自管飞一般投到一所山中病院中去。第二天午后，火车便载着我到那山顶的火车站上，这车站好似替那所白的山顶戴上了一顶帽子，我便灰白着脸，下了火车，进那病院，这简直好似犯了罪恶，进巴黎拉洛克监狱一般。

那病院的组织，似是一所旅馆。那些入院的病人，餐后聚在那冬季大花园中，都像放假日闲暇出游的旅客模样。

然而这也不过是表面上的乐观罢了，其实这屋中廊道内布满着好多间谍式的侍役，壁角里堆满着好多没用过的痰盂，消毒时从病房门缝中喷出一阵阵辛烈的药气，更有主任医生门前地毯上那个圈子，可见每天早上有无数没血色的病人到这里来，从这各方面瞧去，可就是实实在在一所病院。那些病人，虽一大半学着海边作海水浴的人，装出那种自由舒适的态度，其实都为了他们的肺，正提心吊胆的过着日子。

我在餐桌上，坐在一个俄罗斯人和一个意大利人的中间，面对着一个西利亚人，我们的说话时时被一个短头发德国人响朗的声音吞没下去，更有一个美国妇人的笑声，也响得利害，这位夫人，似是从甚么杂志插画中摹写下来的。我惯常细听我们的谈话，谈谈热，谈谈冷，大抵谈我们自己朝夜的温度,此外又谈到文学美术,谈到有名的人物,大抵谈我们的主任医生乌都博士,他是我们最近的神明,最所崇拜的,我们竭力要离开我们本身的事,只是一会儿又提起了。

过了先头的两个礼拜,我竟加了两磅多的重量,这一下子使我安慰了一些。我把这事传开了去,有些人嫉妒我,但也不得不勉强道贺,有些人却假做不信我的话。

这不过是短期的缓刑罢了,下一个礼拜,我就不加重量,餐桌上常多出空座位来。那施密德先生和劳伦石西范特白克两先生哪里去了?凡是不见了一个人,大家也不敢多想,知道这一个已回到地球的那一角去了,那一个已葬在地下了,五月是一年中最难受的时节。

然而在我们这一班病人中间,有十八个很壮健的人,服侍我们。这十八个便是女侍役,或者是餐桌上的女下人。她们都是开足的花,都很美妙,她们的美态加上了健体,好似明光中参和着色彩。她们在这二百个病人所坐的餐桌上周转来往,端着杯碟分头进来,空了手排队出去,她们整齐一致的举动,就使她们做出一种音乐场中合奏歌曲的态度。

我从不敢抬起眼来,向这些鲜美的玫瑰花瞧,内中有一个却陡的向我微笑起来。她和旁的人截然不同,她直是他们的主妇,是他们的监督、他们的女王。不但如此,她是一个最可爱的人,是一种圣母的画像变成了个妇人,那圣母头上的圆明变成了她的头发。她向我微笑了两次,一笑是偶然的事,两笑可就很有意思了。

于是我也并不仔细想想,见了这笑,就很觉安慰,我的忧愁寂寞和种种的幻想、未来的困苦,全都忘怀,我要重过一生了。

我的朋友们,我敢向你们直说,我对于这个少妇,委实完全激动了!

我趁着机会撞见她,有时在一个走廊中,有时在厅中或是外面,在厨房的门口或是近一扇窗的所在,瞧她脸上的明光。

我同她说话,很奇怪的,她竟给我一句回话,我每听了她爽直的答辩、温柔的讥讽和那连带着的笑容,我就瞧出她不是冷淡寡情的。

那时我当然不讲甚么理性,我却料不到那种物质上的引诱力,能使她服服贴贴的听我说话,她走过时,那媚眼中放着奇光注在我脸上,可是这种山中质朴的小女子,瞧我们病人一个个都是大富豪呢。

我预备要去和她——但我忽然醒悟了。

我对自己作良心上的责问,我还记得那时在我的卧房中,这天傍晚时的一股寒气,使我更觉得身体上的痛苦。

我立在那吸氧器、寒暑表、酒精灯的中间，立近我的床，这是我出汗发热很可怕的床，夜中躺在上边，总是睡不着的，我就着镜中瞧见我那鹰脸般没肉的脸，我那恶瘦的模样，和我那张有毒的嘴，到此我才知道我的行为错了。

唉，这是何等的可鄙！我竟想去接触这一个康健的天人，她是我们众人中一点清白，不容染污的，这是何等的罪恶，使她忘了那边花团锦簇的一角世界，到这病人中来，料想那边定有甚么人和她订下婚了，像她一样的壮健、一样的有价值。

我已瞧到了这罪恶，便退缩下去，不敢近她，把那无限的温柔代我的热情，更渴想替她谋得幸福。以后我走近她时，便放出十分的敬意，几乎不敢把我有毒的嘴唇哼出一句话来。她回答我时，我只低眼瞧着她的脚，当下又问到她的家庭，我听她说起她祖母的事，很觉感动，我听她说起她姊姊郁曼的事，又很觉感动。

如今去我这回的胜利已两礼拜了！你们想我不是很有些义侠气么？从此我就为她自己分上爱她，我在玻璃的走廊中遇见她了，廊外的雪，白白的像砌着云母石一样。

她那亭亭倩影，衬托着远山的背景，分外美丽。她的面颊，像浅红的玫瑰，她的嘴唇，像深红的玫瑰，比了那镜架中走下来的圣像，更美丽多呢。我瞧见她的颈项，接着又瞧见她的肩头，使人当作一个有臂的梅洛爱神石像（译者按：意大利的梅洛爱神石像是没有臂的）。

我向她低低的说了几句话，可怜见她住在这些病人的中间。

她说道："我也害着病呢。"

她向着我微笑，是那种美媚无比的微笑。

她又说道："我第一次吐血时，乌都博士就在这里给我一个位置。"

唉，我退了下去，勉强截住了一声嘶喊。我对她瞧，亲爱的朋友们，我对她瞧着，忽的引起了一种暴烈的快乐，我低头去就她的嘴唇，这嘴唇再也不是神圣不可侵犯的了，我抖颤着，把我眼睛去接触她带病的身体，她是地狱，然而也是一座天堂。

（原载《礼拜六》第 140 期 1921 年 12 月 17 日出版）

283

契诃夫专辑

契诃夫肖像

（俄罗斯）柴霍甫①　原著

复仇者

按：柴霍甫（Anton Tchehov）为俄罗斯最著名之短篇小说家，与法之莫柏桑、美之欧亨利鼎足而三。以一八六〇年生于俄罗斯南部，初读于本乡之专门学校，后入莫斯科大学学医，间以赝名投稿于报章杂志，既毕业任职某医院，后充医疫部主任。阅数年，忽折节治文学。先出一小品专集，读者称之。所作小说，长篇有《决斗》一书，余皆短篇。剧本有《海鸥》《樱园》《三姊妹》《伊佛讷甫》，并独幕剧数种。以一九〇四年卒。夫人柯妮蓓，为名女优，至今健在。父初为农奴，力作甚苦，后得恢复自由云。

福道洛维支薛甘甫发见了他夫人有和人暧昧的事。一会儿他就立在那施木克枪店中，挑选一柄合用的手枪。他的面容上，表现着愤怒、忧闷和不可改移的坚决心。

他心中正在想着道："我自己原知道这事该怎么办的。家庭的尊严已破坏了，名誉已踏在污泥中了，而罪恶反志得意满，占得了胜利。我既是国民一分子，又是一个很有体面的人，那么我定须做他们的复仇者。第一步，我先杀死了伊和伊的情夫，然后自杀。"

他还没有选定一柄手枪，也还不曾杀死过甚么人。但他的幻想中，早已瞧见三具血迹模糊的尸身，脑壳已破碎了，脑汁正漏将出来。又瞧见四下里

---

① 今译为契诃夫。

的骚动,无数看热闹的闲人,和验尸时的一番情景……他处于受辱人的地位,怀着一种恶毒的乐意,推想到亲戚们和社会中的惊惶和奸妇的苦痛,精神上正读着新闻纸中关于家庭破毁的重要论文。

那店伙是个短小活泼而法兰西化的人物,圆圆的肚子,白白的半臂。他把各种手枪都陈列出来,很恭敬地微微笑着。他那一双小小儿的脚,轻踏着地上,说道:"……先生我劝你买这一柄精美的手枪,是史密斯和惠生公司的牌子。要知枪械学中最近的术语,便是三响头,有放射的机括,六百步外杀人,视线集中。先生,请你注意这种手枪的美观,先生,这实在是最最时式的,我们每天总得卖去一打。可以杀盗贼,杀豺狼,杀情夫,动作很正确而有力,远远地便可击中。只须一个弹子,尽能制奸夫淫妇的死命了。至于用以自杀,那么除却这种手枪,我也不知道再有更好的货色。"

那店伙将枪机拨着扳着,在枪管上呵着气,又瞄准了,看他甚是快乐,几乎透不过气来。瞧了他那种洋洋得意的模样儿,仿佛是有了这史密斯惠生的好手枪在手,尽不妨放个弹子到脑袋中去的一般。

薛甘甫问道:"是甚么价钱?"

店伙道:"先生,四十五个卢布。"

薛甘甫道:"咦……这价钱在我以为太贵了!"

店伙道:"先生,既是如此待我另外给你看一个牌子,价钱便宜些。请你自己来看,这儿各种货色都有,价钱也贵贱不一……譬如这一柄手枪,是赖福九牌子的,只须十八个卢布,但是……"(店伙很鄙夷的皱着他的脸)"……但是,先生,这枪是旧式的了,来买的无非是那些发疯的妇人和神经错乱的人。用一枝赖福九手枪自杀或杀妻,在近来要说是不时髦了。惟有史密斯惠生才是最合用的牌子。"

薛甘甫很不耐的撒了个谎道:"我并不要自杀或杀死甚么人。我买这手枪去,不过是放在乡间的住宅中……吓退盗贼罢了……"

店伙微微一笑,很聪明的低垂着眼说道:"你老买去做甚么用,这是不干我们的事的。先生,要是每做一件买卖,都须查究人家的用处,那我们只索关店了。至于吓退盗贼的话,先生,赖福九牌子也是不合用的,因为放时只有一种低弱而沉浊的声响。我以为毛铁茂的牌子才对,这种牌子就叫做决斗手枪……"

薛甘甫心中一动暗暗想道:"我可要挑动他和他决斗么?这未免太给他面子了……像他这样的畜生,该像杀狗般杀死他才是……"

那店伙很温文的摆动着身体,一双小小的脚往来移动,一面仍是含着笑，拿出一堆手枪来，陈列在面前。而最为触目最为动心的，仍还是那柄史密斯惠生牌子的手枪。薛甘甫检取了一枝，拿在手中，呆呆地望着，心中的思潮便又波动起来。他的幻想中，瞧到他怎样击破了他们的脑袋，那血像流水似的流将出来，流满在地毯上和木镶的地板上。那恶妇在最后感觉痛苦的当儿，两条腿怎样的抽搐着……但他那充满着怒火的灵魂中，还觉得不满足。这一幅流血哀号和恐怖的图画，还不能满足他的心。他定须想些儿更可怕的事情。

他想道："我知道了。我该杀死了自己，再杀死他，却故意让伊活着，饱受了良心上的刺激和伊四下里旁人的轻蔑，便得忧伤憔悴而死。可是像伊那么善感的天性，比了死更觉苦痛咧。"

他又幻想到自己殡殓的情景。他是一个被辱的丈夫，嘴唇上带着温和的微笑，躺在棺中。而伊脸色白白的，因悔悟而捱着痛苦，垂头丧气的跟随在棺后。那些愤愤不平的群众，把严厉和轻蔑的眼光齐注在伊的身上。伊竟不知道该躲到哪里去才是。

那店伙打断他的思绪道："先生我瞧你分明喜欢这史密斯惠生的牌子。你要是以为太贵的，那么我给你减去五卢布……但我们还有别的牌子，价钱可以便宜些。"

这短小精悍而法兰西化的店伙，仪态万方的转过身去，从木架上又取下一打手枪来，说道："先生，这里的一柄，只须三十个卢布。这价钱不算贵，况且目前汇价大落，而关税却一点钟高似一点钟呢。先生，我敢赌得咒，我是守旧的，然而也不由得要鸣起不平来。为甚么呢？可是因了汇价和关税的关系，只有富人可以买武器了。所留给穷人的，只有那种都拉手枪和磷头火柴了。而都拉手枪尤其是不堪一用，你倘取了一柄都拉手枪，瞄准着尊夫人，而机括一扳，反击穿了你的肩胛骨。"

薛甘甫忽又觉得烦闷抑郁起来。心想他要是死了，可就不能瞧那恶妇捱受痛苦。复仇之所以甜蜜，全在乎自己能瞧见那所结的果，而尝其美味。要是直僵僵地躺在棺中，甚么都不知道，那又有甚么意思呢？

他想道："我不是这样做好么？我杀死了他，更去参与他殡殓之礼，悄悄地站在一旁看着。殡殓之后，我才自杀。然而在殡殓之前，他们就得拿下我来，取去了我的手枪……因此我杀死了他，仍使伊活着。暂时我也并不自杀，由他们捉将官里去。好在我随时可以自杀的，捉拿了去反于事实上很有利益。在初审的当儿，我便有机会将伊的丑行告知官长和社会群众。我倘自杀了，那么仗着伊的性情反复和寡廉鲜耻，把一切罪恶都推在我身上，于

是社会中就得原谅伊的行为,反要笑我咧……我要是活着,如此……"

一分钟后,他又想道:"是啊! 我倘自杀了,便要招人疑怪,说我的器量太小……况且我又为甚么自杀,这是一件事。另一件事,自杀是卑怯的。所以我杀死他后,就让她活着,我却到官中去受审。我受审时,伊也得带到法庭中来做一名见证……我可以料到伊被我律师盘问时,定然是神色慌张,受尽耻辱。所有法官舆论和社会的群众,当然是都表同情于我的。"

他正在这样想着,那店伙自管把他的货品逐一贡献出来,觉得招待这主雇,原是他的分内事。当下便又唠唠叨叨的说道:"这里是英国的出品,是一种新牌子,还是刚才运到的。先生,但我要警告你,这些手枪一放在史密斯惠生旁边,可就黯然无色了。前一天——我敢说你曾在报纸上见过的——有一位军官从我们这里买了一枝史密斯惠生去,击死他夫人的情夫——你可相信么——那弹子穿过了他的身体,更穿过了一盏铜灯,着在一座钢琴上。当下又从钢琴上跳回来,击死了一头小狗,擦伤了他的夫人。这真是一个伟大的记录,足以传布我们的荣誉的。那军官现在已拿住了,不用说他得定了罪名,送去执行终身惩役。第一层,我们的刑律已不合时宜了。第二层,先生,法堂上往往是表同情于那情夫的。为甚么如此呢? 先生,这事很为简单,因为那法官啊,陪审官啊,公家和私家的律师啊,都是和别人的妻子共同生活的。俄罗斯少一个丈夫,便使他们多享些安乐。所以政府中要是将国内所有的丈夫一起放逐到萨海林去,社会中可就大为快意咧。"

"呀,先生你不知道我眼瞧着近来道德的腐败,怎样的引起我愤怒来咧。爱上别人的妻子,如今已成了很普通的事,好似吸别人的纸烟,看别人的书本一样。我们的营业一年坏似一年,并不是为了一般做妻子的忠于丈夫,实在为了做丈夫的生怕那法律和终身惩役,所以都屈服下来,随随便便的完了。"

说到这里那店伙向四下里张望了一下,低声说道:"先生,这是谁的不是? 是政府的。"

薛甘甫心中想道:"为了那猪猡分上,放逐到萨海林去——那也太没意思了。我要是去做终身惩役,恰恰给我妻子得一个再嫁的机会,可以再欺骗第二个丈夫。伊又占胜利了……所以我还是让伊活着,我不必自杀,也不必杀他……我一个都不杀了。我须得想些儿更有意思更有效果的事情出来。我不如将我的轻蔑之心去责罚他们。我可以进行离婚的手续,给大家知道这么一件丑事。"

那店伙又从木架上取下一打手枪来,说道:"先生,这里又是一种出品,请你留意着那枪机的构造。"

薛甘甫见自己已立定了决心,这手枪已没有用了。但那店伙却益发热心起来,将店中所有的货物,都贡献在他面前了。他暗中很觉惭愧,想那店伙如此辛苦,却一无所得。他那么笑着,说着,殷勤招待着,全是白忙一场罢了。

他嗫嚅着道:"算了,我往后再来……或是派人前来。"

他并没瞧见那店伙的面容,为了免除这尴尬的地位起见。他想总得买些东西去才是,但他买甚么好呢? 他向四面墙上瞧了一下,挑选那价钱便宜的东西。他的两眼陡的注在近门处一张绿色的网上。

他问道:"这个……这是甚么?"

"这是一张捉鹌鹑的网。"

"价钱是多少?"

"先生,八个卢布。"

"给我包将起来。"

这含怒的丈夫付了八个卢布,取了那网,觉得益发愤怒了。匆匆出店外而去。

(原载《紫罗兰》第 2 卷第 11 期 1927 年 6 月 14 日出版)

（俄罗斯）柴霍甫　原著

男朋友

那娇好可喜的温达，或者，照伊的护照上所填写的，是"华贵的女国民南德士霞嘉娜基娜"，伊一走出医院来，就觉得处于一个从来没有处过的地位：没有住处也没有一个钱。待怎么办呢？

第一件事情，伊就上当铺去将伊的龟壳指环当了，这是伊唯一的饰物。他们给了伊一个卢布……但这一个卢布可买甚么东西呢？你将此区区可不能买一件时样的短褂，或一顶华美的帽子，或一双棕色的靴子；然而没有这些东西伊就觉得一身赤裸了。伊似乎觉得，不但是路上行人，便是那马和狗也对伊那身朴素的衣服瞧着笑。伊唯一的思虑即是衣服；至于吃甚么睡在哪里伊倒毫不在意。

"要是我能遇见一个男朋友……"伊想，"我就可得些钱……决没有人会说'不可'的，因为……"

然而伊遇不到甚么男朋友。每夜到复兴饭店去很容易找到他们，但伊穿着这朴素的衣服，又没有帽子，他们是不许伊进复兴饭店去的。待怎么办呢？经过了长时期的烦闷焦恼和困倦。兀自走着坐着和想着。温达决意施行伊最后的一着：直接到那一个男朋友的寓所中去问他要钱。

"但是我去瞧哪一个呢？"伊想，"我可不能去瞧密歇……他是有家眷的……那暴躁老辣的老头儿又在他的写字间里……"

温达记起那牙医生芬格尔来，这变种的犹太人曾在三个月前送伊一只手钏。有一次在日尔曼俱乐部中伊把一瓶啤酒泼在他的头上。伊想起了芬格尔，快乐得甚么似的。

"他当然要给些我的，我只须碰到他正在家里……"伊一路去瞧他时，心中想着，"他要是不肯。我就得将他那边的东西捣毁一空。"

伊的计划已准备好了。伊走近那牙医生的门，伊得跑上楼梯去，带着笑，直扑到他的私室中去要二十五个卢布……但伊握住了那门铃的绳子，这计划便从伊的头脑中溜走了。温达忽地害怕而困窘起来，这一回事是伊先前所没有经历过的。伊在和酒徒们厮混一起时，原是胆大而没有拘束的；但是此刻，身穿平凡的衣服，正好似那种乞怜于人的寻常人一般，伊就觉得胆怯而卑下了。

"也许伊已忘了我……"伊想着，不敢拉那门铃，"而我又怎能穿了这样的衣服去见他？倒像我是一个化子，或是一个堕落的贵妇人……"

伊踌躇着拉响那门铃了。

有脚步之声起于门后。却是那守门的人。

"医生在家么?"伊问。

此刻伊得非常的欣慰，要是那守门的人回说"不在家"，但他并不答话，却导伊到客室中去，接受了伊的外褂。那楼梯在伊瞧去似乎很奢华而壮丽，但伊在一切奢华中所最先注意到的是一面大镜，在这镜中伊瞧见一个穷女子，既没有华贵的帽子，又没有时样的外褂，并且也没有一双棕色的靴子。温达自觉甚是奇怪，如今伊穿得这般寒酸，倒很像一个缝衣女或洗衣的妇人，伊第一次觉得羞愧不堪，再也没有一些儿定力和勇气遗留着了。在伊的思想中便开始自称为南德士霞嘉娜基娜，不再用伊常用的小字温达。

"请这里来!"一个女下人说着，导伊到那私室中去，"医生立刻就来……请你坐一会……"

温达坐在一张安乐椅中。

"我要说：'请借给我……'"伊想，"这是合理的事，因为我们很厮熟。但那女下人该到外面去……当着女下人跟前很不便……伊为甚么站在那里?"

五分钟中那门开了，芬格尔已走进来——一个长身材棕黑脸的变种犹太人，肥胖的面颊和凸出的眼睛。他的颊、眼、肚腹、多肉的股——都是肥满可厌，而又粗鲁得很！在那复兴饭店和日尔曼俱乐部中他往往小醉，花费好一笔钱在妇人们身上，很忍耐的容受他们种种的恶作剧——譬如温达泼那啤酒在他的头上，他不过微笑着向伊摇摇手指——但是此刻他的模样儿却阴沉而含着睡意；他有一种长上的倨傲而冷淡的神情，并且他正在咀嚼甚么东西。

"甚么事?"他问着,却并不对温达瞧。温达瞧瞧那女下人的严肃的脸,又瞧瞧那芬格尔的吹大似的身子,他分明已认不出伊来,于是伊的脸涨红了。

"甚么事"? 那牙医生很不耐的又问着。

"牙……牙痛……"温达嗫嚅地作答。

"啊……那一个牙齿……在哪里?"

温达记得伊一个牙齿上有了窟窿。

"在底下……偏向右面,"伊说。

"哼……张开你的嘴。"

芬格尔皱着眉,进住了呼吸,开始把那疼痛的牙齿撬松了。

"你可觉得痛么?"他问着,用甚么家伙戳着伊的牙齿。

"是的,我觉得痛……"温达撒着谎。"我可要提醒他?"伊想,"他当然会记得……但是……那女下人……伊为甚么站在那里?"

芬格尔蓦地像一架汽机般喷着气,直喷到伊的口中,他说:

"我不劝你镶补。这牙齿已完全没用的了。"

他又将伊的牙齿略略戳了一下,他那烟草熏污的手指沾污了温达的嘴唇和牙肉。他又进住了呼吸,把甚么冷冷的东西直伸到伊的口中去……

温达猛觉得一阵剧痛,叫喊着,抓住了芬格尔的手……

"不打紧……"他喃喃地说,"不要吓……这牙齿没有甚么用了。"

他那烟草熏污的手指,染着血,拿着那拔下的牙齿放在伊的眼前。那女下人走过来,将一只碗凑在伊的嘴唇上。

"家里用冷水漱你的口,"芬格尔说,"这是可以止血的。"

他立在伊的跟前,现着一个不耐烦而下逐客令的人的态度。

"再会……"伊说着,转身向门。

"哼! 由谁付这一笔工作的钱啊?"芬格尔笑着问。

"呀……是的!"温达记得了,涨红着脸,将那当去了龟壳指环得来的一个卢布给那牙医生。

伊到了街中,觉得比先前更为羞愧,但伊并不是为了穷困而羞愧了。伊也不再注意到自己没有一顶华贵的帽子或一件时样的外褂。伊沿着街走去,一面吐着血,而每一抹红色的唾沫都告知伊的生活,是一个恶劣而艰苦的生活;又告知伊所受的种种侮辱还须捱受下去——明天,一礼拜,一年——伊的一生,以至于死……

"呀,这是何等的可怕!"伊低语着,"我的上帝,何等的可怕!"

但是第二天伊在复兴饭店中跳舞了。伊戴着一顶又新又大的红色帽子,穿一件时样的外褂和一双棕色的靴子。伊是给一位从加尚来的少年商人邀来用晚餐的。

（原载《紫罗兰》第 4 卷第 1 期 1929 年 7 月 1 日出版）

（俄罗斯）柴霍甫　小小说

顽劣的孩子

从1929年7月至1930年6月，周瘦鹃在《紫罗兰》中辟"少少许集"，专门翻译契诃夫的小小说，这是每期专栏的题头。

弁言　俄罗斯名作家柴霍甫氏（A. P. Tchehov），以短篇小说名于时，与法之莫泊桑氏美之欧亨利氏鼎足而三。其所作率讽刺人生，冷隽有味。而悲天悯人之念，复时时流溢行间，读之令人凄然。去春愚发宏愿，欲于二三年间搜集中西短篇说集千种，成一个人之短篇小说小图书馆。因于募集欧美俱备外，复邮购柴氏全集英译本于英京伦敦，得十三卷，都二百〇三篇。开卷读之，爱不忍释。兹撷其集中最短之作品如干篇，以忠实之笔，从事移译，将以一年之力，汇为一编。庄子云："以少少许，胜人多多许。"柴氏有焉，因颜之曰《少少许集》。共和十八年六月一日，瘦鹃识于紫罗兰盦。

伊文·伊凡臬·勒泊金，一个模样儿很愉快的青年，和一个生着小扁鼻子的少女安娜·薛郁瑙芙娜·柴白立志基，一同走下斜堤，坐在凳上。那凳接近水边，正在那浓绿的稚柳丛中。好一个洞天福地啊！你坐了下来，就躲藏过了世界。只有那鱼可以瞧见你，还有那轻风像电光般掠过水上。这男女两青年齐备着钓竿，鱼钩，皮袋，虫罐和一切需要的东西。他们一坐下来，便开始钓鱼了。

"我很快乐，我们俩终于独留在这里了，"勒泊金说着，向四下里瞧，"安娜，我有许多话要和你说——许多许多……我第一次瞧见你时……你有鱼儿咬着了……我就明白——我为甚么生活着，我知道我的偶像在那里，我所能将我诚实而勤恳的一生奉献于伊的……这定是一尾大鱼……正在咬着……和我说，亲爱的，和我说——你可能使我希望么？不！我不配。我连想都不敢想——也许给我希望着……拉啊！"

安娜擎起那握着钓竿的手来——拉着，嚷将起来。一尾银绿色的鱼耀动在空气中。

"好啊！是一尾鲈鱼！来助我——快快！它溜走了。"那鲈鱼挣脱了钩子——跳在草中，仍然向它的来处去……便扑的跳到水中去了。

但他所追赶的并不是那尾小鱼，勒泊金却很意外的握住了安娜的手——更很意外的贴在嘴唇上。伊退后去，但是太迟了；他们俩的嘴唇很意外的相遇而相接了；是啊，这是完全出于意外的！他们接着又接着。于是又说了一番发誓和保证的话……真是幸福的时间！然而此生决没有完全快乐这回事的。快乐的本质中倘不是含着毒，那毒也会从外面侵入。事情就在这当儿发生了。两人正在接吻时，蓦地里听得一声笑。他们瞧着河面呆住了。那小学生谷尔亚，安娜的弟弟，正站在水中，瞧着他们不住的恶笑。

"哈哈——哈！接吻！"他说着，"很好，我去告知母亲。"

"我希望你——须像一个有体面的人一样，"勒泊金喃喃地说，涨红了脸，"窥探我们是可憎的，搬弄是非是可恶的，是最坏的。须像一个有体面的人……"

"给我一个先令，如此我闭着嘴不说，"那有体面的人回答着，"你要是不肯，我就得去说。"

勒泊金从他的衣袋中取了一个先令给谷尔亚，他握紧在那湿淋淋的拳头中，嘘嘘地吹着嘴唇，游泳开去。那时这一对情侣也不再接吻了。

第二天勒泊金从镇中带了些绘画的颜料和一个皮球来送与谷尔亚，他的姊姊也把伊所有的药丸空匣子都给了他了。接着他们又送与他一套像狗头一般的纽扣。那顽童对于这把戏很为得意，为延长下去起见，便时常的窥探他们。勒泊金和安娜到哪里，他也到哪里。他从不肯让他们俩厮守在一起。

"畜生！"勒泊金切齿暗骂，"这样小小年纪却已是一个十足的恶徒。以后正不知他还要怎样的作恶!"

在这七月全月中,那可怜的情侣竟老是离不了他。他恫吓着要报告他们的事;他纠缠着他们要求更多的礼物。没有甚么东西可以使他满意——末后他便暗示要一只金时计了。很好,他们只得许下这时计来。

有一次,在桌子上,大家正在传递饼干吃的时候,他忽地笑出声来,对勒泊金说:"可要我说出来么? 哈——哈!"

勒泊金吓红了脸,不吃饼干而咬那食巾了。安娜跳起身来奔到室外去。

事情像这样的捱下去直到八月末,勒泊金终于向安娜求婚的一天。呀!这是一个何等快乐的日子! 他既告知了伊的父母,得到了他们的允许,勒泊金便赶到园子里去找谷尔亚。既找到了他,几乎快乐得大叫起来,上去扭住那顽童的耳朵。安娜也正在寻觅谷尔亚,便跑上来扭住他另外的一只耳朵。你可以瞧见他们喜形于色,听那谷尔亚呼号着央求他们:

"亲爱的,宝贝,我再也不敢了。呀呀——呀呀! 请饶恕我!"后来他们俩曾老实说出来,在他们彼此恋爱的全时期间从没有经历过这般的快乐,像他们扭住那顽童耳朵时的那么快乐。

(原载《紫罗兰》第 4 卷第 1 期 1929 年 7 月 1 日)

乐

　　是晚上的十二点钟。

　　米德亚古达洛夫，带着激动的脸和蓬乱的头发，飞奔到他父母亲的寓楼中，急忙忙地在一间间的房中跑着。他的父母早已去睡了。他的姊姊正在床上，读完那小说的最后一页。伊那几个小学生的弟弟也都已睡熟了。

　　"你从哪里来？"他的父母亲很诧异的问，"你又有甚么事？"

　　"呀，不要问！我断断期望不到的；不，我断断期望不到的！这是……这是简直……使人不相信的！"

　　米德亚笑着倒在一张圈椅中，他为了快乐已极两腿已站不住了。

　　"这是使人不相信的！你们可也意想不到！看啊！"

　　他的姊姊从床上跳下来，围了一条被在身上，到伊的弟弟那里去。那些小学生们也醒了。

　　"甚么一回事？你的模样儿也改变了！"

　　"妈妈，这因为我快乐极了！你可知道，如今全俄罗斯都已知道我了！俄罗斯的全部！先前只有你知道有一个注册书记叫做米德亚古达洛夫，而如今却是全俄罗斯都知道了！妈妈！呀，上帝！"

　　米德亚跳起来，在那一间间房中上下奔跑，接着又坐了下来。

　　"甚么，发生了甚么事？明明白白的告知我们！"

　　"你们像野兽般过活，你们竟不读新闻纸不注意于上面的记载，而报纸中却是很多趣味的。倘有甚么事情发生，大家立刻知道，毫无隐讳！我是何等的快乐！呀，上帝！你们要知道只有名人才见他们的姓名刊登在报纸中，而如今他们却刊登我的大名了!"

"你是甚么意思? 在哪里?"

那爸爸脸色泛白了。那妈妈眼望着圣像,在自己身上画十字。那些小学生们从床上跳出来,就那么穿着短短的睡衣,赶到他们的哥子那里去。

"是啊! 我的姓名已登出来了! 如今全俄罗斯都知道我了! 妈妈,保藏着这报纸,作为纪念! 有时我们得读着! 看啊!"

米德亚从他的衣袋中抽出一张报纸来,给他的父亲,将他的指儿指那用蓝铅笔标出的一节。

"读这一节!"

父亲戴上他的眼镜。

"只读这一节!"

妈妈眼望着圣像,在自己身上画十字。爸爸净了咽喉读将起来:"十二月二十九日晚十一点钟,有一个注册书记名唤米德亚古达洛夫……"

"你瞧,你瞧! 读下去!"

"……一个注册书记名唤米德亚古达洛夫,从小白洛奈中谷齐兴氏大厦的啤酒店出来,已作沉醉之状……"

"这是说我和山荣比屈维克……记述得都很正确! 读下去! 听着!"

"……沉醉之状,失足跌在一辆雪车的马下,这雪车夫是宇诺夫斯基县杜利基拿村中的一个农人,名伊文杜洛托夫。那吃惊的马拖着雪车踏过古达洛夫的身上,车中正坐着第二商会的一位莫斯科商人名史蒂本罗谷夫,沿着街冲去,被几个人家的阍人拦住了。古达洛夫先还不省人事,送到警察署去由医生察看。他的脑后受了一击……"

"爸爸,这是被车杠击着的。读下去! 读那后文!"

"……他在脑后所受的伤并不紧要。这一件意外的事后来报告上去。对于这伤人予以医药上的扶助……"

"他们唤我将冷水泼在脑后,如今你已读完了么? 咦! 你瞧。如今已传遍俄罗斯了! 还给我!"

米德亚抢了那报纸,折起来放在他的衣袋中。

"我要跑到麦加洛夫家去给他们瞧,我也须给伊凡尼志基家,南太士亚伊凡诺夫那家和安尼西范西以克家去瞧……我要跑了! 再会!"

米德亚戴上了那缀有帽章的帽子,快乐而得意的,跑到街中去了。

(原载《紫罗兰》第 4 卷第 2 期 1929 年 7 月 1 日出版)

（俄罗斯）柴霍甫　小小说

在消夏别墅

"我爱你。你是我的生命,我的幸福——我的一切的一切! 请恕我诉说出来,但我没有这能力捱了苦而不则一声。我并不要求你回报我的爱,只求你加以怜悯而已。今晚八时请到那老园亭中……信尾的署名我想可以无须,但你不要为了匿名而感到不安。我年青而貌美……此外你还要甚么啊?"

柏佛伊凡尼范霍德西夫,是一个确已娶了妻的人,他正在一所消夏别墅中度他的假期,读了这封信,耸着他的肩,很猜疑的搔他的头额。

"这是何等的邪恶啊?"他想,"我是一个娶了妻的人,却寄与我这么一封奇怪……而无意识的信! 是谁写的啊?"

柏佛伊凡尼把那信在他的眼前翻来覆去,重又读了一遍,很厌恶的吐着唾涎。

"'我爱你'"……他嘲弄似的说,"伊倒拣定了一个好孩子! 如此我就跑到亭子里来和你相会! ……我的女孩子,这些言情说爱的事,我早在好多年前都干过的了! ……哼! 伊定是甚么莽撞而不道德的东西……是啊,这些妇人是一类的! 这是何等的荒唐——上帝恕吾们! ———伊竟写这么一封信给一个陌生的人,并且是一个娶了妻的人! 这真是不道德!"

在他八年的结婚生活中。柏佛伊凡尼已完全制服了情感,除了道贺的信件外,从没有接到过妇人们的信,因此,他虽想处之以轻蔑的态度,而那上面的一封信已大大的挑逗与激动他。

接信后的一点钟他躺在沙发上想着:

"我当然不是一个傻孩子,决不会赶去作这种没意识的私会;但是倘能知道写信的是谁倒有趣得很!哼……这当然是一个妇人的手笔……这信确是出于真的情感,不见得是开顽笑……很像是甚么神经质的女子,也许是一个寡妇……寡妇照例是轻浮而偏心的。哼……毕竟是谁啊?"

最是使他难以解决这问题的,就为了柏佛伊凡尼在那所有避暑的客人中,除了他的夫人没一个女子是熟识的。

"这很奇怪……"他想,"'我爱你'!……伊是甚么时候会爱上我的?可怪的妇人!像这样的讲爱情,彼此毫不相关,又没有结成朋友而探明我是怎样的一个男子……伊定是很年青而浪漫,才能瞧了我二三眼就爱上我了……但是……伊是谁啊?"

柏佛伊凡尼忽然记起前天与大前天在几座消夏别墅间散步,他曾有好几次遇见一个戴浅蓝色帽子而鼻子上翘的美女郎。这美人儿兀自向着他瞧,伊在凳上坐下时伊又坐在他的旁边……

"也许是伊么"?范霍德西夫诧异着,"这不会的!像那么一个温柔娇嫩的女孩子会爱上我这样一个衰颓的老鳝鱼么?不,这不会的!"

就餐时,柏佛伊凡尼茫茫然的瞧着他的夫人,一面他又想道:

"伊写这信足见伊是年青而貌美的……如此伊并不老……哼……委实说,我也不见得怎样的老丑以致没有人肯爱上我。吾妻很爱我!况且爱是盲目的,吾们都知道……"

"你在想甚么啊?"他的夫人问他。

"咦……我的头有些儿痛……"柏佛伊凡尼很不老诚的说。

他立下了决心,以为像这样注意于这么一封无意识的情书是愚蠢的,他便讥笑着这信和那写信的女人,但是——唉!——魔力是人类的仇敌!用过了餐,柏佛伊凡尼躺在他的床上,却并不入睡,只想着道:

"但是,我敢说伊正在盼望我前去!何等的傻啊!我能料想到伊一见我不在亭中,是何等的心身不安而又何等的抖颤啊!虽然,我不该去……可恼的伊!"

但是,我又要说:魔力是人类的仇敌。

"然而我也许是出于好奇……"半点钟后他又在想着,"我不妨前去远远地瞧伊是怎样一个人……瞧一瞧伊倒是很有趣的!这完全是开顽笑罢了!况且既有这么一个机会送上来,我为甚么不小开顽笑呢?"

柏佛伊凡尼从他的床上起身,开始打扮。他的夫人见他穿上一件洁净的衬衫和一个时样的领结,便问道:"你为甚么打扮得这样漂亮啊?"

"咦，没有甚么……我定须出去散步一下……我的头好痛……哼。"

柏佛伊凡尼穿上了他最好的衣服，等到八点钟，就出外去了。那些衣饰鲜华的避暑的男女在浓绿的背景中经过他的眼前，他的心突突地跳动了。

"是他们中间的哪一个？……"他诧异着，迟疑不决的走前去。"来，我害怕甚么呢？我本来不去赴那私会！怎的……一个傻子！尽放胆前去！我入到亭中去便怎么样？然而，然而……我没有前去的理由。"

柏佛伊凡尼的心跳得更厉害了。……他不知不觉而并非出于本意的，忽的想像到那园亭的半暗之中……一个戴着蓝色帽子而鼻子上翘的美女郎已涌现在他的幻想之前。他瞧见伊，因伊的痴情而娇羞无那，周身发颤，怯生生地走近了他，很激动的呼吸着，而……猛可的把他拥抱在伊的臂间。

"倘我不曾结过婚那就好了……"他想着，将罪恶的观念撵出他的脑袋。

"虽然……我一辈子只有只一次，前去得一些经验是没有甚么损害的，不然一个人死了也不知道……至于我的妻，于伊有甚么相干？感谢上帝，八年来我从没有一步离开过伊……八年来毫无过失的尽着责任！熬得伊也够了……这委实是可恼……我不管伊怎样一定前去了！"

周身打颤着而进住了他的呼吸，柏佛伊凡尼走到那满络着长春藤和野葡萄的亭前，张望进去……一阵潮湿和发霉的气息直扑他的鼻观。

"我相信没有人在这里……"他想着，入到亭中，立时瞧见一个人影儿坐在一隅。

那人影是一个男子……仔细看时。柏佛伊凡尼辨认出是他的妻弟密德亚，他是一个学生，和他们同住在消夏别墅中。

"呀，是你……"他很不满意的咆哮着，脱了他的帽坐下去。

"是的，是我。"……密德亚回说。

两分钟在静默中过去了。

"柏佛伊凡尼，请恕我，"密德亚开口说，"但我可能求你让我一个人在此么？……我正在构想那考取学位的论文而……而有别的人在旁就足以妨碍我的思想。"

"你还是到别的甚么幽暗的荫路中去……"柏佛伊凡尼很温和的说，"在露天思想比较的容易，况且……呃……我很想在这里的凳上小睡一会……这里倒不大热……"

"你要睡觉，但我却是为了论文的问题……"密德亚咕哝着，"论文是较为重要。"

又静默下去了。柏佛伊凡尼被幻想拘管着，时时听得脚步之声，蓦地里

跳起身来,用一种悲哀的声音说道:

"来,我求你,密德亚! 你年纪轻轻,应当替我着想……我身体不好……我需要安睡……快去吧!"

"这是利己主义……为甚么你必须留在这里,而我却不能呢? 我为了真理分上决计不去。"

"来,我求你去! 也许我是一个利己派,一个专制的人,一个傻子……但我要求你去! 我一辈子只此一次向你求一个情! 请你体恤一下!"

密德亚摇他的头。

"是何等的一头畜生! ……"柏佛伊凡尼想,"他在这里,吾们怎么还能私会! 他在这里是不行的!"

"我说,密德亚,"他说,"我求你末一次了……请表明你是一个有意识有人情而又文明的人!"

"我不知道你为甚么如此固执!"……密德亚说着,耸他的肩,"我既说不去,那我一定不去,我为了真理分上定要留在这里……"

这当儿有一个鼻子上翘的妇人的脸向亭中张望了一下,瞧见了密德亚和柏佛伊凡尼便皱一皱眉,瞥然不见了。

"伊去了!"柏佛伊凡尼想着,含怒向密德亚瞧,"伊一瞧见这恶徒就逃了! 一切都给弄糟了!"

又等了一会,立起身来,戴上了帽子说道:

"你是一头畜生,一头卑劣的畜生,和一个恶徒! 是啊! 一头畜生! 这是卑劣……和愚蠢! 吾们二人间的一切关系都完了!"

"很喜欢听这些话!"密德亚喃喃地说,也立起来戴上了帽子。"我和你说,你在这里用这样的恶计和我开玩笑,我活在世上决不宽恕你。"

柏佛伊凡尼走出了园亭,怒不可遏的,急步向他的别墅赶去。任是瞧了那桌子上预备的晚餐也不足以慰藉他。

"一辈子只有一次得到这样的机会,"他很激动的想着,"而平白地被人妨碍了! 如今伊一定是着恼……苦痛!"

晚餐时柏佛伊凡尼和密德亚都把眼睛注在碟子上,怒气勃勃的静默着……他们俩直从心底里互相痛恨。

"你笑甚么来?"柏佛伊凡尼抓住了他的夫人问着,"惟有无意识的傻子才会没来由的笑!"

他的夫人瞧着伊的丈夫含怒的脸,忍不住放出一阵子笑声来。

"今天早上你接到了甚么信?"伊问。

"我么,我没有接到信……"柏佛伊凡尼被慌乱所制服了,"你在捏造……理想。"

"咦,来,对吾们说! 快承认,你是接到的! 给你这信的恰就是我啊! 老实说,确是我干的! 呵呵!"

柏佛伊凡尼涨红了脸,俯倒在他的碟子上。他咕哝着道:"没意识的开玩笑。"

"我该怎么办? 请对我说……今晚吾们要擦洗地板,怎样可使你走出屋外去呢? 没有别的法子可使你出去……但是不要生气,发傻……我不忍使你一个人在亭子里太觉寂寞,因此也送了一封同样的信给密德亚! 密德亚,你可曾到过亭中去么?"

密德亚狞笑起来,不再怒视他的敌人了。

(原载《紫罗兰》第 4 卷第 3 期 1929 年 7 月 15 日出版)

黑暗中

一个不大不小的苍蝇。向那助理代诉人贾金的鼻管中钻去。它也许是为好奇心所驱使，也许是因嬉戏或在黑暗中出于无意而钻了进去；总之，那鼻子是最恨为外物所侵入的，于是发了一个打嚏的信号。贾金打嚏了，打得很着力而又尖锐与响朗，直使那床颤动着，连弹簧都格格地作响起来。贾金的妻子麦霞米海绿芙娜，是一个胖而美的妇人，也被惊醒了。伊望着黑暗中，叹了一口气，翻过身去换了个方向。六分钟后，伊又翻过身来，眼睛闭得更紧，但伊再也不能入睡了。叹息着翻来覆去了半晌，就撑起身来，爬过了伊的丈夫，套上了拖鞋，走到窗前去。

外面是暗暗的。伊瞧不见甚么，只见那树木的轮廓和马房的屋顶，东方现着微白，但这白色渐渐地被云气掩住了。空间完全寂静，包裹在睡眠与黑暗之中。便是那更夫，本来出了钱唤他打破这夜中的沉寂的，此时也静默着；更有那秧鸡——是羽族中唯一的野畜见了避暑的客人也不避的——此时也静默着。

这静默却被麦霞米海绿芙娜自己所打破了。伊立在窗前望着院落，忽然惊呼了一声。伊瞧见一个黑影，从那种有一株瘦削而剪短了的白杨的花园中向屋子匍匐而来。伊先还以为是一头牛或一头马，接着伊揉了揉眼睛。便很清楚的瞧出一个男子的轮廓来。

于是伊仿佛见那黑影接近了厨房的窗子，立定了一会，分明是踌躇不决似的，把一只脚踏在窗槛上，一会儿就在那窗子的黑暗中霍地隐去了。

"一个夜贼！"伊心中忽的想着，而一重死灰之色布满在伊的脸上。霎时之间,伊的幻想构成了一幅画图,确是一般到乡间来的女客们所害怕的! 一个夜贼潜入厨房中,从厨房中潜入餐室中……碗橱里有银器……其次潜入卧房中……一柄斧头……一个强徒的脸……首饰。……伊的两膝软化了,而一阵子的抖颤从伊背上蔓延下去。

"佛西亚!"伊喊着,摇着伊的丈夫,"呀! 佛西利柏洛谷维! 唉! 可怜见吾们,他也许是死了! 快醒回来,呀,我求求你!"

"怎——怎么样?"那助理代诉人咕哝着,深深地吐了口气而做出一种咀嚼东西的声音来。

"瞧上帝分上,快醒回来! 一个夜贼已进了厨房! 我正在窗前向外望着,见有人溜到窗中来。其次他得入到餐室中来……那银匙子在碗橱中! 呀! 他们去年曾闯到玛芙拉叶高洛芙娜那里去的。"

"甚——甚么一回事?"

"天哪! 他还没有明白。听着,你这呆子! 我对你说我刚瞧见一个人入到厨房的窗中! 卑拉琪亚可要吃吓而……而那银器又在碗橱中!"

"一派胡言乱语!"

"呀,这真受不了! 我对你说一重真正的危险,而你兀自睡在那里咕哝着! 你可要怎样? 你可要吾们被劫而被人杀害么?"

那助理代诉人缓缓地起来坐在床上,那响朗的呵欠声满布在空气中。

"妇人们真是怎样的一种动物啊!"他喃喃地说着,"任是在夜中也不给人家太平的! 为了这样无意识的事竟惊醒一个男子!"

"但是,我敢赌咒确曾瞧见一个人入到窗中来!"

"好的,这算得甚么? 让他进来……这当然一定是卑拉琪亚的恋人那个救火员。"

"甚么! 你说的甚么?"

"我说这是卑拉琪亚的那个救火员特来瞧伊的。"

"更坏了!"麦霞米海绿芙娜嚷将起来,"这比了一个夜贼更坏! 我不愿意有这种不道德的事发生在我的屋中!"

"好了好了! 吾们是有道德的! 不愿意和不道德的合在一起么? 倒像这确是不道德似的! 何必发出这些不相干的话来呢? 吾亲爱的女孩子,这一件事是自有世界以来就发生的,因习俗相沿而变为很圣洁。救火员不和厨娘讲恋爱又待怎样呢?"

"呀,不行! 你似乎还不知道我! 我不能容许这样这么一件……这么一件……发生在我的屋中。此刻你该入到厨房中去打发他快去! 立刻就去!

明天我得对卑拉琪亚说伊不应当敢如此的不道德！我死了你尽可容许在你的屋中干不道德的事，但是如今你可不能！……请去吧！"

贾金咒诅着，套上了他的拖鞋，随又咒诅着，向厨房赶去。四下里暗暗的好似一只木桶的内部，那助理代诉人只得摸索着走去。他摸索到育儿房外唤醒了保姆。

"佛西利萨，"他说，"昨晚你拿我的便衣去擦拭的——在哪里？"

"主人，我交给卑拉琪亚去拭了。"

"何等的疏忽！你拿了去不拿回来——此刻我便没有便衣穿了！"

到了厨房中，他向那一隅一个安放盆碟的木架子下而厨娘睡着的箱子那里走去。

"卑拉琪亚！"他说着，摸到了伊的肩，摇上一摇，"卑拉琪亚！你为甚么装假呢？你并未睡熟！此刻入到你窗里来的是谁？"

"主……主……早安！到窗里来么？谁会进来？"

"咦，你也不用隐瞒了！你还是唤你那汉子在可以出去时快快出去！你听得么？他平白地不能到这儿来！"

"主人，你敢是发了昏么？你想我可是这样的一个呆子么？在这里整日的跑来跑去，一分钟也不能坐下来，到了夜中还向人说这种话！四卢布一个月……茶与糖还须自备，而我所得的报偿却是如此！先前我在一位商人家里时，从没有受过这样的侮辱！"

"来，来——不用说你的怨话了！这当儿你的汉子也该出去了！你明白么？"

"主人，你自己该觉得惭愧，"卑拉琪亚说着，他听得伊的声音中已含着眼泪，"绅士先生……受过教育的，却一些儿不体念吾们的厄运……吾们辛苦的一生，"——伊哭出来了，"要侮辱吾们原很容易。没一个人给吾们帮忙的。"

"来，来……我并不在意！你的主妇唤我来的。任你放一个魔鬼进来我可也不管！"

那助理代诉人到此没有办法，只索自认错误回到他的老婆那里去。

"卑拉琪亚，"他说，"你曾拿我的便衣去擦拭的。在哪里？"

"呀，对不起，主人；我忘却放在你的椅上了。正挂在那靠近炉子的一个木钉上。"

贾金摸索着了那炉子旁的便衣，穿在身上，悄悄地回到他的卧房中去。

当伊的丈夫刚出去时，麦霞米海绿芙娜回到床上去等着。最初的三分钟中伊的心还安定,但是过后就渐渐地觉得不安定起来。

"他去了多久,"伊在想。

"他到了那边就好了……那不道德的人……然而倘是一个夜贼呢?"

伊的幻想又构成了一幅画图,伊的丈夫入到那黑暗的厨房中去……一斧头打下来……一声儿不响的死了……一个血泊!

五分钟过去了……五分半钟……至少六分钟了……一阵冷汗迸出在伊的额上。

"呀!"他呐喊着,"呀!"

"你嚷甚么? 我来了。"伊听得伊丈夫的声音与脚步,"你敢是要被人杀害么?"

那助理代诉人走到床前,在床沿上坐了下来。

"那边没有甚么人,"他说,"你这怪东西,这全是你的幻想……你尽可安安定定的睡去,你那卑拉琪亚正像伊女主人一样的贞洁。你是何等的懦怯! 何等的……"

那助理代诉人开始和他的夫人闹着玩。他此时已很清醒不能再睡了。

"你是一个懦怯的弱虫!"他笑着,"你明天还是瞧医生去,对他说明你那精神错乱的病情,你是一个害神经病的!"

"怎的一阵柏油气?"他的夫人说着——"柏油或是甚么东西……洋葱……菜汤!"

"是—是的! 有一阵气味……我并无睡意。待我点上一枝蜡烛……火柴在那里? 加着我要给你瞧一张公道宫中那位正代诉人的照片。昨天他和吾们道别时,给吾们每人一张照片。上面还有他亲笔的签名。"

贾金在墙上擦了一根火柴,点上一枝蜡烛。但他正在移步离床去取那照片,猛听得背后起了一声刺心的大叫。回过来瞧时却见他夫人的一双巨眼钉住在他的身上,充满了诧异,惊骇与愤怒……

"你在厨房中曾脱去你的便衣么?"伊说着,脸色泛白。

"怎么?""你对自己瞧!"

那助理代诉人对自己瞧时,蓦地喘息起来。

披在他肩上的并不是他的那件便衣,却是一件救火员的外衣。怎么会到他肩上来的? 他正在解决这个问题,他夫人的幻想中又构成了一幅画图,可怕而做不得的:黑暗,静寂,低语,如此云云,如此云云。

(原载《紫罗兰》第 4 卷第 7 期 1929 年 10 月 1 日出版)

人生的片段

　　一个衣食饱暖而面颊红润的少年名唤尼谷来伊立克裴尔亚夫，年三十二，他是彼得堡的一个房产主人和爱好赛马的人，一晚去瞧那乌尔珈伊凡瑙芙娜欧宁，他和伊正同居一起，用他自己的口气说，是在拖曳着表演一段冗长而可厌的浪漫史。真的，这浪漫史中最先的热烈而有趣的几页，早已看过；如今一页页的拖延下去，拖延下去，不见有甚么新鲜或有趣味的材料了。

　　他见乌尔珈伊凡瑙芙娜不在家，便在客室中的卧椅上躺了下来，开始等候伊。

　　"晚安，尼谷来伊立克！"他听得一个孩子的声音，"母亲快要回来了，伊是和莎妮亚上成衣匠那里去的。"

　　乌尔珈伊凡瑙芙娜的儿子，亚尔育歇——一个八岁的孩子，模样儿很体面，抚养得很好，他装扮得像一幅画，穿一件黑天鹅绒的褂子和长统黑丝袜——正躺在室中的沙发上。他是在一个锦垫上躺着，分明在摹仿他近来在马戏场中所见的一个大力士，把两条腿轮流的伸向空中。他这两条美观的腿伸得疲乏了，他又玩弄着两臂，或是很激动的跳起来而将四肢爬行着，想到立在地上，两脚脱空。这些事情他都极其严重的做去，一面很苦痛的喘息而呻吟，倒像抱恨上帝给与了他这样一个不安定的身体。

　　"咦，晚安，我的孩子，"裴尔亚夫说，"原来是你！我没有留心到你。你的母亲可安好么？"

　　亚尔育歇，将他的右手握住了一只左面的脚趾，跌下去做一个极不自然的姿势，翻过去，跳起来，从那又大又软的灯罩后面张望着裴尔亚夫。

"我该怎么说呢?"他说着,耸耸他的两肩,"其实母亲从来没有安好过。你瞧,伊是一个妇人,尼谷来伊立克,而妇人们总是花样很多的。"

裴尔亚夫没有甚么事情可做,便开始察看亚尔育歇的脸,他和乌尔珈伊凡瑙芙娜结合了这些时光,先前却从没有注意到这个孩子,并且完全不当他存在;那孩子原是常在他的眼前,但他并没有想到他为甚么在这里的,他是干甚么来的。

在暮色昏黄中,亚尔育歇的脸,生着白白的额,和乌黑而凝定的眼睛,不由得使裴尔亚夫记忆他们的浪漫史最初几页中的乌尔珈伊凡瑙芙娜来。他觉得自己很有和这孩子亲善的倾向了。

"虫儿,到这里来,"他说;"让我仔细的瞧一瞧你。"

那孩子从沙发上跳下来,直跳到裴尔亚夫跟前。

"好,"尼谷来伊立克说着,把一只手放在那孩子瘦削的肩上,"你们怎样的好啊?"

"我该怎么说! 我们一向是很好的。"

"怎的?"

"这很简单。莎妮亚和我向来只学习音乐与诵读,而如今他们却教我们学习法国诗了。你近来曾剃过面么?"

"剃过的。"

"是的,我瞧你剃过了。你的须子已短了些。让我抚摸一下。……可碰痛你么?"

"没有。"

"为甚么你倘拉住一根头发要痛,但你倘在同时拉起一撮来却一些不痛呢? 呵呵! 你要知道,可惜你没有短髭。这里应当修剃……但是这里两旁的头发却应当留着。……"

那孩子攀住在裴尔亚夫的身上,又玩弄他的表链了。

"我上中学校去时,"他说,"母亲就得买一只时表给我。我还要伊买给我像这样的一根表链。……甚——么。一个小——盒子! 父亲也有这么一个小盒子,不过你的上面有条纹,而他的上面是有字母的……他的中间有母亲照片。父亲现在又有另外一种表链了,不是用环子的,却像带子一样。……"

"你怎么知道的? 你可是见过了你的父亲么?"

"我么? 哦……不……我……"

亚尔育歇脸红了。在绝大的窘困中,觉得撒了一句谎,便将指甲儿很奋兴的抓着那时表上的小盒子。……裴尔亚夫凝视着他的脸问道:

"你可曾见过你的父亲么?"

"不——不!"

"来,老实说,顾全你的人格。……我从你的脸上瞧出你在撒谎。你既漏出了一句话来,便不必再支吾下去。快和我说,你瞧见他么? 来,像一个朋友一样。"

亚尔育歇迟疑着。

"你不会告知母亲么?"他说。

"我不会的!"

"将你的人格作保么?"

"将我的人格作保。"

"你能发誓么?"

"咦,你这淘气的孩子! 你当我是甚么?"

亚尔育歇向他四下里瞧着,于是睁大了眼睛,低低的向他说:

"不过,为道德分上,不要告知母亲。……不要告知任何的人,因为这是一件秘密。我希望母亲不会发觉,不然,我们都要担当不起的——莎妮亚,和我,和贝拉琪。……好,你听着……莎妮亚和我每逢礼拜二和礼拜五都与父亲相见。在晚餐之前。贝拉琪带我们出去散步,我们就上亚佛尔餐馆去,父亲在那边等着我们。……他往往坐在一间和别室隔离的室中,你要知道那边有一张云石桌子和一只没有背的鹅形的烟灰盘。……"

"你们在那边干么?"

"没有甚么! 我们先问了好,于是都围着桌子坐下,父亲请我们吃咖啡与面饼。你知道莎妮亚是爱吃肉饼的,但我却受不了这肉饼! 喜欢菜和蛋所制的饼。我们吃得很多,回来用晚餐时,还得尽我们的能力硬吃下去,生怕引起母亲的注意。"

"你们谈讲些甚么?"

"和父亲么? 任何事情都讲讲。他和我们接吻,他拥抱我们,告知我们一切有趣的笑话。你可知道,他说等我们长大时,他得领我们去和他同住在一起。莎妮亚不愿意去,但我们已应允了。当然,要记挂着母亲;但那时我可写信给伊! 这是一个奇怪的主意,但我们每逢假期可来探望伊的——我们可以? 父亲又说,他要买一匹马给我。他是一个非常和善的人! 我不明白母亲为甚么不请他来和我们同住,伊又为甚么禁止我们去见他。你知道他是极爱母亲的。他常常的问我们伊怎么样,伊做些甚么事。伊病时,他便像这样的搔着他的头,又……又不住的跑来跑去。他常常对我们说要服从伊尊敬伊。听着。我们当真是很不幸么?"

"哼!……为甚么?"

"这是父亲说的。'你们都是不幸的孩子,'他说。听他说得很奇怪的。'你们是不幸,'他说,'我也不幸,而母亲也不幸。你们必须祷告上帝,'他说,'为你们自己和母亲。'"

亚尔育歇将他的眼睛注在一头鸟的标本上,在那里沉思。

"如此……"裴尔亚夫咆哮着,"如此你们是在这样的进行。你们设法在餐馆中相会。而母亲可是并不知道么?"

"不——不……伊怎么会知道呢?你要知贝拉琪无论如何不会告知伊的。前天他给我几个梨子。甜得像糖浆一样!我吃了两个。"

"哼!……好的,我说……你听着。父亲可曾讲起我甚么话么!"

"讲起你么?我该怎么说?"

亚尔育歇很着急的瞧着裴尔亚夫的脸,耸动他的双肩。

"他并没有细讲。"

"且举个例子,他怎样说?"

"你不会着恼么?"

"以下有甚么话?怎么,他可是侮辱我么?"

"他并不是侮辱你,但你知道他很恼你的。他说母亲的不幸因了你……而你是破坏母亲的。你知道他的为人甚是奇怪!我对他说你很和善,从没有骂过母亲;但他只是摇头。"

"如此他说我破坏伊么?"

"是的;尼谷来伊立克,你决不可着恼。"

裴尔亚夫立起身来,静立了一会,便在客室中往来踱步。

"这很奇怪而……可笑!"他喃喃地说,耸着他的肩,含着讥讽似的笑,"他要完全负责,而却说我破坏伊么?我可要说,是一头无辜的羊。如此,他竟对你说我破坏你的母亲么?"

"是的,但是……你曾说不会着恼的,你自己知道。"

"我并不着恼,而……而这也不干你的事。怎的,这是……怎的,这委实可笑!我被牵在中间,直好似一头鸡被投在肉汤中,如今却似乎都归罪于我了!"

一声铃响听得了。那孩子跳起来跑了出去。一分钟后,一个妇人带着一个小女孩入到室中;这便是乌尔珈伊凡瑠芙娜,亚尔育歇的母亲。亚尔育歇跟随伊们进来,跳着舞着,高声哼着而挥着他的手。裴尔亚夫点点头,又往来不息的踱步了。

"当然,这不是我的罪过又是谁的呢?"他喃喃地说,做出一种发鼻息的声音,"他是不错的! 他是一个被损害的丈夫。"

"你在那里说甚么?"乌尔珈伊凡瑙芙娜问。

"甚么话? 你只听你那位合法的丈夫如今在外面宣传些甚么故事! 倒好像我是一个奸人和一个恶徒,我曾破坏了你和你的子女。你们都是不幸,而我是唯一的有幸者! 异常,异常的有幸!"

"我不明白,尼谷来。甚么一回事?"

"怎的,听听这位绅士的话!"裴尔亚夫说着,指指亚尔育歇。亚尔育歇脸色涨得通红,一会儿泛了白,他面庞的全部都在酝酿出恐怖来。

"尼谷来伊立克",他做出一种半高的低声,"嘘! 嘘!"

乌尔珈伊凡瑙芙娜很惊异瞧着亚尔育歇,又瞧瞧裴尔亚夫,接着又对亚尔育歇瞧。

"只问他,"裴尔亚夫继续的说,"你的贝拉琪,像一个呆子般,带他们在餐馆中乱跑,设法和他们的父亲相会。这还不是重要之点,那重要的一点是,他们那位亲爱的爸爸是一个牺牲者,而我是一个恶徒来破坏你们的一生的。……"

"尼谷来伊立克,"亚尔育歇呻吟着,"怎么,你是答应我以人格作保的!"

"呀,滚开去!"裴尔亚夫说,挥他走开,"这是比人格的话更为重要。这是诈伪和撒谎在那里背叛我了! ……"

"我不明白这个,"乌尔珈伊凡瑙芙娜说,眼泪在眼眶中闪动,"你和我说,亚尔育歇。"伊转身向伊的儿子,"你可是见过你的父亲么?"

亚尔育歇并不听得伊说;他正很恐怖的望着裴尔亚夫。

"这不行,"他的母亲说,"我得去盘问贝拉琪。"

乌尔珈伊凡瑙芙娜走出去了。

"我说,你曾答应我以人格作保的!"亚尔育歇说着,周身都颤动起来。

裴尔亚夫挥一挥手打发他出去,仍继续的往来踱着。他沉浸在自己的苦闷中,已忘了那孩子在旁,像他在平时一样。他,一个长成而严肃的人,对孩子们也从不假借。那时亚尔育歇坐在一隅,很恐怖的向莎妮亚诉说他怎样的受骗。他抖颤,嗳嚅,而哭泣。他生平第一次像这样粗率的和诈伪相接触;他一向不知道世界中除了甜的梨子、面饼,和名贵的时表外,还有好多的事情不是孩子们的语言所能表明的。

(原载《紫罗兰》第 4 卷第 11 期 1929 年 12 月 1 日出版)

良　缘

吕白芙葛丽高兰芙娜，一个坚定而壮健快乐的四十岁的妇人，专给人家做媒并担任那种只能低声私语的事情的，伊来瞧车守的头领①史铁区根，恰在他休假的一天。史铁区根有些子困窘，但仍照常的很庄重、很切实、很严肃，在室中往来踱着，吸着一枝雪茄说道："我很乐于和你认识。山容伊凡努维克举荐你，端为你也许可以助我干一件繁琐而极重要的事情，有关于我的一生幸福的。吕白芙葛丽高兰芙娜，我已到了五十二岁的年纪；在这个时期有好多人早已有了长成的儿女了。我的位置是很稳固的。虽然我的财产并不大，然而我所处的地位尽足以供给一个亲爱的人儿和我身旁的儿女。我还可以私下告知你，除了我的薪水以外，还有钱存在银行中，因为我的生活状况可使我从事储蓄的。我是一个切实而头脑清明的人，我度着一种有意识而适宜的生活，所以我可挺身起来给许多人做个榜样。但有一件事我是缺少的——一个自有的家庭和一个终身的伴侣，于是我便像一个流浪的麦格耶一般，流转不定而不能满意。我既没有甚么人遇事可以商略，我病时也没有人给我喝一口水，诸如此类，不胜枚举。除此以外，吕白芙葛丽高兰芙娜，一个已婚的人，在社会中往往比一个鳏夫多一些力量。……我是个智识阶级中人，手头又有钱，但你用通常的眼光观察我，我是甚么啊？一个无亲无眷的人，和甚么波兰的牧师不相上下。因此我极想和婚姻之神结合起来——就是和甚么有价值的妇人结为夫妇。"

①　车守的头领：车站站长。

"一件好事情，"那媒婆说，吐了一口气。

"我是一个孤独的人，在这镇中一个人都不认识。可是这里的人在我都是陌生的，我可能上哪里去，我可能向谁请求啊？因此山容伊凡努维克劝我请愿于一个老于此道的人，是专以安排别人的幸福作为伊的职业的。吕白芙葛丽高兰芙娜，所以我很诚恳的求你，助我整理我的前途。这镇中待字的少妇们你是完全知道的，当然很容易适应我的需求。"

"我可以……"

"一杯酒，我求……"

那媒婆做出一种惯常的姿势，举起酒杯来凑在嘴唇上，一眼不瞬的喝干了。

"我可以的，"伊又说，"尼古来尼古来伊克，你欢喜哪一种新妇呢？"

"我所欢喜的么？由命运给我一个新妇。"

"是啊，这当然要靠你的命运，但是你要知道人人都有一种嗜好的。这一个喜欢面孔黑苍苍的女子，那一个却喜欢皮肤雪雪白的女子。"

"你瞧，吕白芙丽葛高兰芙娜，"史铁区根说着，深深的太息，"我是一个切实而有德性的人；美貌和外表在我是放在第二位的，因为，你知道美貌既不是碗又不是碟子。而一个美貌的妻往往会引起许多麻烦的。在我瞧去，一个妇人所最关重要的是不在外表，而全在内容——就是，伊须有灵魂和一切良好的品性。一杯酒，我求……当然，一个人的妻子生得丰丰满满是很可人意的，但是为双方幸福起见，并没有多大关系；所重要的端在思想。说得适当些，一个妇人也不必有甚么思想，因为伊一有了脑筋就得自视其高，而把种种的意见装入伊的头脑了。在现在的时代没有学问是不行的，这个自然，但是学问又各有不同。一个人的妻子通晓法文、德文，能说好几种方言，我原是极其可喜的；但伊倘不能缝一个纽扣，这又有甚么用呢？我是一个智识阶级中人，我此刻和你在这里，直好似和甘尼德林亲王同在家里一样。但是我的习性很简单，我不要甚么过于高贵的女孩子。尤其重要的，伊必须敬重我而觉得我是造福于伊的。"

"这是一定的。"

"好，此刻更关于主要的：我不要一个富家的新妇；我决不愿意如此卑贱为了金钱而结婚。我不要给妻子养我，却由我养伊，而要伊心中明白的。但我可也不愿意娶一个贫女。虽然我是一个有钱的人，而这次结婚也并不是金钱的主动，实在是出于情爱，然而我总不能娶一个贫家之女，因为你也知道，一切物价都已增高，将来还有儿女。"

"一个人总得找寻一个有奁资的，"那媒婆说。

"一杯酒，我求……"

停顿了五分钟。

那媒婆吐了一口气，斜眼儿瞧了那车守一下，问道：

"好，我的好先生，此刻……你在独身的境地中可有甚么需要么？我有几件很好的交易。一个是法兰西女子而一个是希腊人。很值得化钱的。"

那车守想了一会便说：

"不要，谢谢你。瞧了你那种和易可亲的样子，请许我问一声儿，你物色一个新妇可要多少酬劳呢？"

"我并不多要的。照例给我二十五个卢布和一件衣料，我就得说谢谢你了……但是倘有奁资的话，那么又当作为别论。"

史铁区根将双臂交叉在他的胸前，默默地想。想了一会他便吐一口气说道：

"这是太贵……"

"尼古来尼古来伊克，这并不贵！往时结婚的事情很多，原可便宜些，但是现在我们能挣多少钱呢？倘你在一个月中能挣到五十卢布不致捱饿，那你就得感谢不尽了。我的好先生，总之我们不是靠着婚事挣钱的。"

史铁区根很诧异的瞧着那媒婆，耸了耸他的两肩。

"哼！……你可是说五十卢布太少么？"他问。

"这当然是小数目！从前我们有时可以挣到一百多啊。"

"哼！我倒想不到做这些事情可挣这么多的钱。五十卢布！男子也不是人人可以挣得到的！请喝些酒……"

那媒婆一眼不瞬的喝干了伊的酒杯。史铁区根默默地将伊从头到脚瞧了一遍，便说：

"五十卢布……怎么，这就是一年六百卢布了……请再喝些酒……吕白芙葛丽高兰芙娜，你要知道，倘加上了这些利息，你可也不难给你自己找个配偶啊……"

"给我自己，"那媒婆笑着，"我是一个老婆子了。"

"一些不老……你有这么一个身材，你的脸庞又白又丰满，并且还有其余的一切。"

那媒婆很窘，史铁区根也是很窘，在伊的身旁坐下。

"你还是很足动人，"他说，"倘你遇见一个切实，稳定而思虑周密的丈夫，他既有薪水，你也能挣钱，那更足以吸引他，而你们也可以好好地一块儿度日了……"

"尼古来尼古来伊克,你知道在那里说些甚么话。"

"可是,我以为没有妨害的……"

静默了一会。史铁区根响响的哼去他的鼻涕,而那媒婆已面涨通红,很羞涩的瞧着他,问道:

"尼古来尼古来伊克,你可挣多少钱?"

"我么? 七十五卢布,小账另外……此外我们在烛火与野兔子上也能弄些钱钞。"

"如此你去打猎么?"

"不是的。旅客们不买票子上车,我们叫做野兔子。"

又静默了半晌。史铁区根很激动的起身在室中踱着。

"我不要一个年青的妻子,"他说。"我是一个中年人了,我要一个……像你一样的……稳健而安定……身材也像你那么一样……"

"你知道在那里说些甚么话……"那媒婆傻笑着,将伊那通红的脸藏匿在头巾里。

"也不用多想了。你恰合我的心,你的性情一切也正配得上我。我是一个切实而头脑清明的人,你要是欢喜我……那不是再好没有么? 请许我向你求婚吧!"

那媒婆掉下了一滴眼泪,笑了,这是伊允许的表示,就和史铁区根举杯相碰。

"好啊,"那快乐的车守说,"此刻请许我和你说明,我要你应有怎样的行为和生活的方式。我是一个严肃、尊重,而切实的人。我要我的妻子也很严肃,而伊要明白我是伊的恩主与世界中的第一人。"

他坐下来,深深地吐了一口气,便开始向他所选定的新妇说明他对于家庭中生活的意见和一个妻子的责任。

(原载《紫罗兰》第 4 卷第 14 期 1930 年 1 月 15 日出版)

老　年

　　邬席尔高夫，一个位至市参议的建筑师，回到了他的故乡，他是被请来修复那坟场中的礼拜堂的。他生在镇中，在镇中求学，又在镇中生长与结婚的。但他一出了火车，他几乎不认识了。一切都已改变。……十八年前他迁居到彼得堡去时，例如街中的孩子们惯常捕捉黄鼠的所在，现在已建立着一座火车站了；现在驱车到那大街中去时，劈面就见一所四层楼的旅馆；在旧时那边不过是一带丑陋的灰色篱笆罢了，然而篱笆和屋子都没有人民那么改变得更甚。他一问了旅馆中的侍者，邬席尔高夫知道他所记得的一大半的人都已死亡，或变为穷困，忘却了。

　　"你可记得邬席尔高夫么？"他提出，他自己来问那老侍者，"那和他妻子离婚的建筑师邬席尔高夫么？他向有一宅屋子坐落在史佛培伊夫斯基街中。……你一定记得。"

　　"先生，我不记得了。"

　　"你怎么会不记得呢？那案子轰动一时，连车夫们全都知道的。此刻，且想想看！那律师夏伯京曾给我办理离婚的，那个恶徒……那有名的纸牌翻戏，曾在俱乐部中捱过一顿打的。……"

　　"伊文尼谷来克么？"

　　"是的，是的。……他还活着么？他已死了么？"

　　"活着，先生，谢谢上帝。他现在已做了公证律师，并有一处事务所。他是很富裕了。他在苟必克南街中有两宅屋子。……他的女儿才在前天出嫁。……"

邬席尔高夫在室中往来踱着,想了一会,他在烦闷中决意到夏伯京的事务所去瞧他。他走出了旅馆缓缓地向苟必克南街走去,时在中午。他见夏伯京正在事务所中,也几乎认不得他了。从一个身材相称举动敏捷,而带着一张傲慢易变常有醉意的面庞的大律师,夏伯京已变做了一个头发花白谦卑而衰弱的老头儿了。

"你不认识我了,你已忘却我了?"邬席尔高夫开始说,"我是你的老当事人邬席尔高夫。"

"邬席尔高夫,哪个邬席尔高夫?咦!"夏伯京记得了,认识了。牵引起一大堆的事来。接着便是一阵子的欢呼,问话,回忆。

"这真是一件奇事!这是出于意外的!"夏伯京吃吃地笑着,"我得把甚么供应你?你可要香槟酒么?也许你是欢喜蛎黄的么?我亲爱的朋友,当初我曾得了你许多好处,总也报答不够……"

"请你不必靡费。"邬席尔高夫说,"我也没有空闲的工夫。我须立刻上坟场去察看礼拜堂,我已担任了修复的工作。"

"这好极了!我们且吃一些点心,喝一些酒,便同车前去。我有很好的马匹。我送你到那边,介绍你见那礼拜堂中的司事;我来安排一切。……但是怎么一回事,我的天使,你似乎害怕我而和我隔离着么?请坐近一些!现在你也不用害怕我了。嘻!嘻!有一个时期,这是实在的,我是一个狡猾的人,人家的狗,没有人敢接近我;但是现在我比了水还恬静,而比了草还谦卑。我已老了,我是一个有家室的人,我又有儿女。这是我死的时期了。"

两个朋友吃过了点心,喝了些酒,便在雪车上驾了一对马赶出镇外,上坟场去。

"是啊,在那个时候!"夏伯京坐在雪车中说着,"你记起来时简直不能相信。你可还记得怎样和你的夫人离婚么?这差不多已在二十年前,我敢说你早已完全忘怀了;但我却还记得好像是才在昨天给你离婚的。天啊,我为了此事曾惹起多少的麻烦!我是一个尖刻的人,欺诈而狡猾,一种凶悍的性质。……有时我很热烈的去招揽那些棘手的事件,尤其是公费优厚的,即如你的那件事。那时你给我多少钱啊?五千或六千之数!这就值得去麻烦一下,可不是么?你自管到彼得堡去了,将这件事完全交在我手中,由我尽力的干去,而你的夫人苏霞米海绿芙娜,虽是出身在商人之家,却是骄傲而高贵。要买通伊自承其咎甚是困难,非常的困难!我曾去和伊商量,而伊一见了我就唤伊的婢子道:'玛歇,我不是曾嘱咐你不要放这恶徒进来么?'也罢,我只索想尽方法一一试去。……我写信给伊设法在偶然之间和伊见面——都没有用！我只得由第三人从中设法了。我为了伊费了好久的心力，直到你答应给伊一万时伊方始屈服。……伊舍不下这一万，伊不能再支持下去。……伊哭着，伊唾着我的脸，但是伊答应了，由伊自承其咎！"

"我记得伊曾取了我一万五千去，不止一万，"邹席尔高夫说。

"是的，是的……一万五千——我弄错了，"夏伯京很窘乱的说着，"现在一切都已过去，也不用再隐瞒下去。我给了伊一万，其余的五千却给我自己上了腰了。我欺骗了你们二人。……现在一切都已过去，也不用羞惭了。委实说，请你自己判断一下，蒲立司庇屈维克，你可不是正好给我敲出钱来的人么？……你是一个富人，你要甚么就是甚么。……你的婚姻是无益的幻想，所以你的离婚也是如此。你已挣得了好多的钱。我记得你在一张建筑的合同上就得了二万。我要不是诈取你的又去诈取谁的呢？我并且要承认我很妒忌你。你倘捞摸了甚么，他们还得向你脱帽致敬，而我为了一个卢布，他们在俱乐部中竟打我，给我一个耳括子。……但是，为甚么再记忆起来？这时候正好忘却它。"

"请告知我，后来苏霞米海绿芙娜怎样度日的？"

"靠着伊的一万么？困难得很。上帝知道是怎么一回事——伊发了昏，也许是伊为的卖去了伊的人格，伊的傲气和良心上都受了苦痛，也许是为的伊仍爱着你；但是，你可知道，伊酗酒了。伊一得了钱就和军官们同车出游。端的是纵酒堕落，荒淫无度。……当伊和军官们上酒店去时，单喝葡萄酒或淡性的酒，总是不满足，伊定要喝强烈的白兰地，将烈性的酒类麻醉伊。"

"是的，伊是很怪僻的。……我曾有许多事情都忍受伊……有时伊心有所忤就会发狂起来。……以后怎么样呢？"

"礼拜过去了又是一礼拜。……我正坐在家中，写甚么东西。蓦然间门开了，伊走将进来……已喝醉了酒。'收回你这万恶的钱，'伊说，就向我脸上掷过一卷钞票来。……如此伊不能屈服了。我拾起钞票来一数。一万中只短少了五百，如此伊只用五百够了。"

"你把这钱放在哪里？"

"这都是古旧的历史，现在不必隐瞒了。……当然在我的袋中。你为甚么像这样瞧着我呢？且等着瞧那后来发生的事情。……这是一部通常的小说，一种病理学上的研究。……两个月以后，有一夜我喝醉了酒跟跄回家。……我点上了一枝蜡烛，举目瞧啊！苏霞米海绿芙娜正坐在我的沙发上，伊也醉了，并且在疯狂之中——狂乱得好像从培拉姆疯人院中跑出来的一般。'还我的钱，'伊说，'我已改变主意了；我倘要一败涂地，可不愿半伸半缩的不澈底,我要尽兴的放浪一下! 快些,你这恶徒,快还我的钱!'一出可耻的活剧!"

"如此你……你还给伊么?"

"我记得,给了伊十个卢布。"

"呀! 你怎能如此?"邬席尔高夫嚷着,皱着眉,"你要是不愿意给伊,也得写信给我。……可是我并不知道! 我并不知道!"

"我亲爱的朋友,伊后来卧病医院中时,我以为伊自己已写信给你了,要我写信又有何用呢?"

"是的,但我那时正在第二次婚后得意之中。我是团团转的想不到通信等事。……但你是个局外人,你对于苏霞并无嫌怨……为什么不助伊一臂呢? ……"

"蒲立司庇屈维克,你不能用现今的标准下断语了。我们现在的见地原是如此,但在那时却是别有一种思想。……到了现在我也许肯给伊一千卢布,但在那时我觉得给伊十卢布也不肯白给的。这是一件坏交易! ……我们定须忘却它。……但我们已到了。……"

那雪车停住在坟场的门前。邬席尔高夫与夏伯京从雪车中出来,进了门,走上一条长而阔的荫路。那枯落的樱桃树与声息花树,那灰色的十字架与墓碑,都被霜罩得变了银色,每个小颗儿的雪珠,在明亮的朗日下闪闪地发光。四下里腾着一种坟场中常有的气味,所烧的香与新掘的泥土的气味。……

"我们的坟场是很美的,"邬席尔高夫说,"简直是一座花园!"

"是的,但是可惜给偷儿们把墓碑都偷去了。……在那边,在右面铁纪念碑以外,苏霞米海绿芙娜正安葬着。你可要去瞧瞧么?"

两位朋友转向右方,走过了深深的雪直到铁纪念碑那里。

"在这里,"夏伯京说,指点那一小块的白色大理石,"这石碣是一位中尉立在伊坟上的。"

邬席尔高夫缓缓地脱下帽子,露出那秃头在阳光之下。夏伯京对他瞧着,也脱下了帽子,又是一个秃顶在阳光下霍霍地发亮。四面保持着坟墓的静寂,倒像那空气也死亡了。两位朋友瞧着那坟,想念着,默默地不发一言。

"伊安睡在地下,"夏伯京说,打破了静默,"伊那自承其咎和大喝白兰地的事,如今在伊都没有甚么了。蒲立司庇屈维克,你定须承认……"

"承认甚么?"邬席尔高夫郁郁地问。

"怎的……过去的无论如何可恨,总比这个好一些。"

夏伯京指点他那花白的头。

"我并不想到死亡的时刻……我曾幻想着,倘给我们俩撞见时,那我就可指点死神而得到胜利了;但是现在,但是多说又有何用!"

邬席尔高夫被悲哀所制服了。他忽地渴想着要哭,好像先前渴想情爱一般,他觉得那些眼泪的滋味是甜蜜而可口的。一层湿雾来到他的眼中,又有一个块儿来到他的喉际,但是……夏伯京正立在他的旁边,而邬席尔高夫觉得示弱于旁观的人是可耻的。他蓦地转身进礼拜堂去。

两小时以后,他既和礼拜堂中的司事接洽过,又察看了礼拜堂,他就趁夏伯京在和那牧师谈话时,捉空儿忙着去哭。……他偷偷地溜到坟前,时时向四下里偷看。那一小块的石碣,深思而感伤地向他瞧着,而他那荒唐的离婚的妻子正像一个小女孩般天真烂漫的躺在下面。

"哭啊,哭啊!"邬席尔高夫想。

但他流泪的时间已过去了;这老头儿虽是闪动他的眼,虽是激起他的情感,那眼泪兀自不流下来,那块儿也不到他的咽喉间来。立了十分钟,便做了一个绝望的手势,邬席尔高夫跑去瞧夏伯京了。

(原载《紫罗兰》第 4 卷第 15 期 1930 年 2 月 1 日)

（俄罗斯）柴霍甫　小小说

安玉妲

　　在那大公寓里一间租金最廉的室中，史蒂本葛洛吉可夫，一个第三年的医学生，正在往来踱步，很用心的温习他的解剖学。他的嘴是干燥而他的额上流着汗，为了不住地用力的牢记在心头之故。

　　在那罩着霜花的窗子内，那和伊同居的女郎正坐在一只矮凳上——安玉妲，一个二十五岁的纤瘦的棕发女郎，颜色很惨白，生着一双温和的灰色眼睛。伊曲着背坐在那里，忙着用红色的线在织一件男子的衬衣的领圈。伊工作不得其时……那甬道中的钟疲倦似的打了两下，然而这小房中还没有整理好。被儿绉绉的，枕儿四下里乱抛，书啊，衣服啊，一只肮脏的大水桶中满布着肥皂的泡沫。纸烟头浮泳在上面，而地板上也垃圾散乱——都似乎有意的乱堆在一起。……

　　"那右肺包括三个部分……"葛洛吉可夫在背诵着，"区域：上部在胸腔的前壁，达到第四或第五根肋骨，在那横面，第四根肋骨……在脊部肩部之后……"

　　葛洛吉可夫抬起他的眼来向着天花板，似乎要看出他们读的是甚么。可是他不能构成一幅明晰的图画，就隔着半臂抚摩他的上部的肋骨。

　　"这些肋骨像一架钢琴的键，"他说，"一个人必须自己熟悉，以免混乱不清。一个人必须在骸骨上和活人的身体上研究一下。……我说，安玉妲，让我一一指点出来。"

　　安玉妲放下了伊的绣件，脱去了伊那宽大的外衣，将伊的身体挺直起来。葛洛吉可夫坐下来面对着伊，皱着眉，开始数伊的肋骨。

"哼！……一个人抚摸不出第一根肋骨；这是在肩胛骨后面的。……这一定是第二根肋骨。……是的……这是第三根……这是第四根。……哼！……是的。……你为甚么颤动啊？"

"你的手指很冷！"

"来，来……这不会冷死你的。不要扭动。这一定是第三根肋骨，于是……这是第四根了。……你是这样一个瘦瘦的东西。然而竟摸大不出你的肋骨。这是第二根……这是第三根。……呀，这弄乱了，使人瞧不清楚。……我必须画将出来。……我的铅笔在哪里？"

葛洛吉可夫取了他的铅笔，在安玉姐的胸上画了几条与肋骨并行的线。

"好极了。这都是直直的。……好，此刻我可听你的声音了。立起来！"

安玉姐立起来抬高了伊的下额。葛洛吉可夫弹着伊的胸部。他专心致志的并不注意到安玉姐的嘴唇、鼻子和手指都冷得变做蓝色了。安玉姐抖颤着，却又生怕引起那医学生的注意，就得停住了画伊和弹伊了，于是，他的考试也许要失败。

"如今一切都明白了，"葛洛吉可夫弹罢了说，"你就这样坐着，不要擦去铅笔线，同时我还须多研究一番啊。"

那医学生往来踱步，默默地背诵。安玉姐，胸前画着黑线条，瞧去倒像文了身似的，坐在那里思索，缩紧着兀自冷得打颤。伊照例是说话很少的；伊常常默默地，尽自思索着思索着……

六七年来，伊从这一间房流转到另一间房，曾结识了五个像葛洛吉可夫一般的学生。如今他们都已毕了业，到世界中去，自然，像有身分的人一样，早就忘却伊了。内中有一个住在巴黎，两个是医生，第四个是美术家，第五个据说已在做大学教授了。葛洛吉可夫是第六个。……不久他也得毕了业到世界中去。不用说，他的前途很有希望，葛洛吉可夫也许会成一个大人物，但是现在却窘困得很：葛洛吉可夫既没有烟又没有茶。只剩了四块糖了。伊须得急急地赶完了伊的绣件，交与那位定件的妇人，得了一卢布的四分之一，伊就可去买茶与烟了。

"我能进来么？"门口有一个声音在问。

安玉姐疾忙披了一条羊毛肩巾在肩上。那画师佛狄索夫已走了进来。

"我来求你帮一下忙，"他向葛洛吉可夫说，两眼在他长长的眉毛下像一头野兽般睨视着。"帮我一下忙，将你这位姑娘借与我两点钟！可是我正在画一幅画，没有一个模特儿是不行的。"

"咦，当然使得。"葛洛吉可夫说，"快去，安玉姐。"

"我这里还有事情，"安玉妲轻轻地说。

"别慌！此人的要求你是为了艺术分上，并不是为了要干甚么没意识的事。你能够帮他的忙，为甚么不帮忙呢？"

安玉妲穿起衣服来。

"你在画甚么啊？"葛洛吉可夫问。

"灵魂女神；这是一个很好的画题。但是总画不成。我曾用过好几个模特儿供我摹写。昨天我画的是一个蓝腿子的。'你的腿为甚么是蓝色的啊？'我问伊。'这是我的袜子沾染成的，'伊说。你还在孜孜的研究！幸运儿！你真有忍耐性。"

"医学上的事情不研究是不行的。"

"哼！……请恕我，葛洛吉可夫，但你像一头猪般过着活！你的生活太难了！"

"你以为怎样？我是无可如何。……每月我只得到父亲十二个卢布，自难以过适宜的生活了。"

"是的……是的……"那画师说，皱着眉做出憎厌的神情，"但你仍该好一些过活。……一个有学问的人是有提倡美化的责任的，可不是么？而看你这里还成甚么样子！床铺没有整理，秽水，垃圾……昨天的残羹还在碟子里。……咄！"

"这是实在的，"那医学生很羞愧的说，"但是今天安玉妲没有工夫从事收拾；伊一径的忙着。"

安玉妲和那画师出去后；葛洛吉可夫便靠在沙发上研究着，躺了下去；于是他偶然的睡熟了，一点钟后才醒回来，双拳撑着头闷闷地思索着。他回想那画师的话，说一个有学问的人是有提倡美化的责任的，而他的环境此刻确使他感到可厌可憎。他心中的眼睛似乎瞧见他自己的将来，见他的病人在他的诊察室内，又和他的夫人同在一间大餐室中用茶，伊是一位真有身分的太太。而如今那只有纸烟头儿浮泳着的肮脏的水桶，确使他看了异常的可憎。安玉妲也在他的幻想跟前涌现出来——一个平凡，委琐而怪可怜的人儿……他便立下了决心，无论如何立时就要和伊分离。

伊从画师那里回来，脱去了伊的外衣，他站起身来很严重的对伊说："你留心……我的好女孩子，坐下来听着。我们必须分离了。事实上我不愿意再和你同居一起。"

安玉妲从画师处回来已疲乏极了。伊做模特儿立得很久，使伊的脸更见得瘦削而憔悴，伊的下颔也似乎益发尖锐了。伊并不回答那医学生的话，不过伊的嘴唇已颤动起来。

"你原也知道我们多早晚总是要分离的，"那医学生说，"你是个善良的女孩子，而不是一个呆子；你总得明白……"

安玉姐又穿上了外衣，悄悄地将绣件裹在纸中，又把伊的针与线收拾起来：伊发见了窗间那个螺旋形的纸包中的四块糖便放在桌子上书籍旁边。

"这是……你的糖……"伊低低的说，转过身去掩藏伊的眼泪。

"你为甚么哭啊?"葛洛吉可夫问。

他很窘困的在室中往来走动，又说：

"你当真是一个奇怪的女孩子。……可是你知道我们终于要分离的。我们不能永永的厮守在一起啊。"

伊聚拢了伊所有的一切东西，回过身来向他道别，他为了伊很觉凄然。

"我可能给伊在这里再住一礼拜么?"他想，"伊委实还是留下来，我得在一礼拜中叫伊去。"他一面恼着自己的懦弱，便很粗暴的向伊嚷道：

"来。你为甚么老是站在那里？你倘要去，那么就去；你倘不要去的，那就脱去了外衣留下来！你可以留下！"

安玉姐脱去了外衣，默默的，悄悄的，哼去了伊的鼻涕，太息着，悄没声儿地仍回到窗畔矮凳伊的原位上去。

那医学生取了他的教科书，又在四下里往来踱着，"那右肺包括三个部分，"他背诵着，"那上部在胸腔的前壁，达到第四或第五根肋骨……"

在那甬道中有人提高了声音嚷着："葛利高来！茶缸！"

（原载《紫罗兰》第 4 卷第 18 期 1930 年 3 月 15 日）

醉　归

一座乡村已包裹在夜的黑暗中了。钟楼上已镗的打了一下钟。有两位律师,叫做谷柴甫金与赖芙,都是兴高采烈,而他们的两条腿部已不稳定,走出了树林转身向那些村舍走去。

"好啊,感谢上帝,我们已到了,"谷柴甫金说,洋洋地吐了一口气,"像我们这个样子而还能从车站上赶四里路到此,这真是神乎其技了。我此时疲乏得要死! 并且恶运临头似的,连一个蝇子都瞧不见。"

"贝德亚,我亲爱的朋友……我不能……我觉得这五分钟内要是不到床上去,那我好像要死了。"

"床上去! 我的孩子,你不要这般想! 第一我们得用了夜膳,喝一杯红酒,然后你可上床去睡了。维绿姑加和我可以唤醒你。……呀,我亲爱的朋友,结婚真是一件很好的事情! 你是不懂得的,你这冷心肠的可怜虫! 不一会我可到家中了,疲乏得筋疲力尽。……一个爱妻得欢迎我,给我喝些儿茶吃些儿东西,将伊那亲爱的漆黑的眼睛脉脉含情的瞧着我,以报偿我的辛勤的工作和我的爱,顿使我忘了自己是何等的疲乏,更忘了那盗窃案与法院与上诉庭。……这真快乐极了!"

"是的! 我说,我觉得我的腿似乎要掉下来了,我差不多已不能朝前去。……我又异常的口渴……"

"好了,我们已到了家里了。"

两个朋友到了一所村舍之前,在最近的一扇窗下立住了。

"这是一所畅快的屋子,"谷柴甫金说,"明天你就可瞧见我们这里有怎样的风景！那些窗子里都没有灯光。如此维绿姑加定已安睡了；伊定是坐得乏了。伊在床上，见我不回去定在忧急。"（他将他的手杖去推那窗，窗开了）"勇敢的女孩子！伊没有闩上窗子就去睡了。"（他卸下了他的帔合着他的文书箧一并抛进窗去）"我热得很！我们来唱一支良宵抒情曲逗着伊笑！"（他唱起来）"明月浮在夜半的天空中。……微微地掀动了温柔的晚风。……微微地拂动了树梢。……唱啊，唱啊，亚尔郁歇！维绿姑加，可要我们唱那许培尔氏的良宵抒情曲么？"（他唱起来）

他的歌唱被一阵突然的咳嗽所剪断了。"唉！维绿姑加，唤阿新耶给我们把门开了！（停了一下）维绿姑加！不要贪懒，亲爱的，快快起来！"（他站在一块石头上向窗中瞧）"维绿姑加，我的粉团子；维绿姑加，我的洋囡囡……我的小天使，我的无可比拟的娇妻，快起来唤阿新耶给我们开门吧！你并没有睡熟，你是知道的。小妻子，我们委实是乏极了，不能给你开玩笑。我们是一路从车站上走来的！你听得了没有？呀，该死的！"（他用一用力爬上了窗趺将下去）"你要知道这是不能向一位客人开玩笑的！我瞧你仍然是一个学校中的大女孩子，维绿，你往往还是这样顽皮！"

"也许维绿史蒂柏奴芙娜已睡熟了，"赖芙说。

"伊并未睡熟！我敢打赌伊要我闹将起来惊醒四邻。维绿，我可要发脾气了！呀，该死的！亚尔郁歇，你将我的一条腿向上抬一抬；我得爬将进去。你是一个顽皮的女孩子，还是一个平凡的女学生。……快给我拉一把。"

吐着气而喘息着，赖芙把他的一条腿抬了上去，谷柴甫金爬进窗去，就在里面黑暗中隐没了。

"维绿！"少停赖芙听得里面唤着，"你在哪里？……该——该死！咦！我的手伸到了甚么东西中去！咦！"

当下起了一种瑟瑟之声，一阵翅翼拍动的声音，和一头家禽狂叫的声音。

"这情形好极了，"赖芙听得说，"维绿，这些鸡是哪里来的？怎么，见鬼，一头一头的飞不完的！这里又有一只篮子，里面是一头火鸡。……它啄人了，这可恶的畜生。"

两头母鸡飞出窗来，提高了声音狂叫着，飞下那村中的街道。

"亚尔郁歇，我们弄错了！"谷柴甫金放着含泪的声音说，"这里有不少的鸡在着。……我定是弄错了屋子。该死的，你们竟占满了一屋，你们那些万恶的畜生！"

"如此快快下来。你听得么？我要渴死了！"

"等一会儿。……我正在找寻我的帔与文书箧。"

"划一枝火柴。"

"火柴正在我的帔中。……我真是一个呆子会走到这个地方来。那些村舍瞧上去都像是一样的；任是魔鬼也不能在黑暗中辨认出来。嗳，那火鸡啄我的面颊了，那可恶的畜生！"

"赶快出来，不然他们要当我们是来偷鸡的。"

"等一会儿。……我找不到我的帔在那里。……这里有许多破旧的布，我不知道那帔到那里去了。丢一枝火柴给我。"

"我一枝都没有。"

"我要说，我们是受困了！我该怎么办呢？我没有帔和文书箧决不能去。我定要找到了它们才是。"

"我不懂得一个人怎么会不认识他自己的屋子，"赖芙愤愤地说，"醉畜。……若是我知道了要弄出这种事情来，那我决不会同着你来。此刻我早在家里睡熟了，而我却坐困在这里！……我是异常的疲乏与口渴，我的头正在旋转。"

"等一会，等一会。……你可不会死的。"

一头大公鸡啼着飞过赖芙的头。赖芙深深地吐了一口气，做了做失望的手势在一块石上坐下。他被那发烧似的口渴所困，他的眼睛是闭着，他的头向前垂倒了。……五分钟过去了，十分，二十分，谷柴甫金仍在那鸡群中忙乱着。

"贝德亚，你可是要长久的耽搁下去么？"

"等一会儿。我本已找到了那文书箧，但是又失去了。"

赖芙把他的头搁在他的两个拳上，闭上了他的眼睛。那群鸡的啼叫越闹越响了。那空屋中的"居民"都从窗子里飞出来打着旋子，他推想起来，似乎是猫头鹰飞过他的头。他的两耳中听得它们的叫，他是充满了恐怖。

"那畜生！"他想，"他请我住在他那里，许我酒食，而他却使我从车站上一路赶来，来听这些鸡叫……"

在他的愤怒中他的下颔落在他的领圈上，把他的头放在他的文书箧上，渐渐地沉默起来。疲乏制服了他。他就开始瞌睡了。

"我已找到了那文书箧！"他听得谷柴甫金在那里欢呼，"一会儿我得找到了那帔，我们便可走了！"

接着他在睡中听得一阵子狗吠的声音。先是一头狗在吠，于是第二头，而第三头。……那一声声狗吠夹杂着一声声鸡叫，并成一种野蛮的音乐。

有人走到赖芙跟前来问他甚么话。接着他听得爬过他的头入到那窗子里去，紧接上一阵殴打声和叫喊声。……一个束红围裙的妇人，手中提着灯立在他的旁边，问他甚么话。

"你没有权这般说，"他听得谷柴甫金的声音，"我是一位律师，一位法学士——谷柴甫金——这里是我的拜客的名片。"

"我要你的名片做甚么用?"有人发出一种嘶声在那里说。

"你把我的鸡全都惊动了，你捣碎了那些蛋! 请看你干了些甚么事情。那火鸡的雏儿今天或明天准可孵出来的，你却把它们都捣碎了。先生，你把你的名片交给我有甚么用?"

"你怎么敢干涉我! 不! 我不答应!"

"我渴极了，"赖芙在想，想睁开他的眼来，他觉得有人从他头上的窗子里爬出来了。

"我的名儿是谷柴甫金! 我有一所屋子在这里。人人都认识我。"

"我们并不认识甚么人叫做谷柴甫金的。"

"你在说甚么? 唤你们长辈来。他认识我。"

"不要闹，巡警快要来了。……这里避暑的客人我们全都认识的。但我一辈子从没有见过你。"

"我有一所屋子在劳顿谷已有五年之久了。"

"咦! 你把这儿当做是谷里么? 这是雪克利斯堆，但那劳顿谷是远远的僻在右面的，还在火柴厂以外。离开这里有三英里路。"

"天哪! 如此我转错了弯了!"

一时人的呐喊声和鸡啼声狗吠声闹成一片，而谷柴甫金的声音高出在杂乱的众声之上……

"你们快静下来! 我偿付就是了。我要显给你们瞧瞧是在和谁说话!"

那些声音渐渐地静下去了。赖芙觉得有人推着他的肩。……

（原载《紫罗兰》第 4 卷第 23 期 1930 年 6 月 1 日出版）

杂俎卷

编辑手记及序跋

BIANJISHOUJIJIXUBA

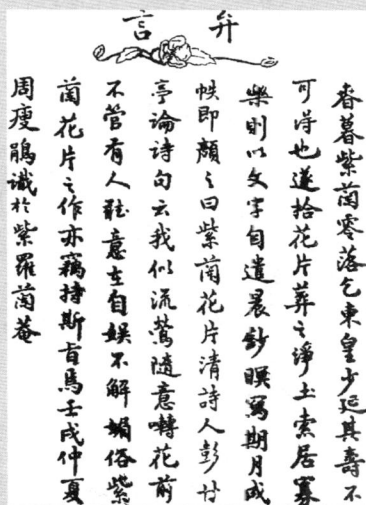

周瘦鹃亲题之《紫兰花片》弁言

申报·自由谈之自由谈
及春秋编者的话

编者按：《申报·自由谈之自由谈》是副刊《自由谈》中的编者后记。一般在百字左右。内容也极"自由"，或政论文论，或人生哲理，或四时风物感悟，不拘一格。自1920年4月周瘦鹃主持后，大多由其执笔，改编《春秋》亦有此类编者的话。现选录数则，以窥一斑。

《申报·自由谈之自由谈》1920年10月13日第14版

吾国政府，知有官意军意而已，初不知有民意也。民之所目为国贼，而欲放之四夷者，政府必倚重之，今又以持节赴东方贺婚专使闻矣。呜呼，好人之所恶，恶人之所好，吾政府殆别有肺肠乎？

《申报·自由谈之自由谈》1920年10月19日第14版

武人脑筋之简单，可笑亦复可怜。其目光所注，但在金钱与禄位，与言世界潮流，彼不知也；与言文化运动，彼不解也。于是蔡鹤卿（即蔡元培——编者注）以拿办闻矣，呜呼。

《申报·自由谈之自由谈》1920年11月5日第14版

国民以废督请，趺扈武人立曰："此无政府主义也，不可听，不可听。"然国民欲废督，必请于政府，是目中尚有政府也。若彼趦趄者扩地盘，位爪牙，自为支配，视政府如无物。所谓无政府主义者，即此欤？

《申报·自由谈之自由谈》1920年12月8日第14版

今日吾国民已无一事可为矣。无论何事，虽尽力以求之，往往不能如愿。惟有一事可为者：则各掬至诚，祷吁于天，乞下降鞠凶，以尽诛一般误国误民之武人官僚与伟大人物。舍此不为，则束手待毙而已。

《申报·自由谈之自由谈》1921年1月9日第14版，小说特刊第1号

小说可以疗愁，为效殊神，秋中多感，百端交集。小楼听雨，每悒悒不乐,出一二名家小说读之,则郁抱为展,秋愁自竭,正不必别觅疗愁方也。

《申报·自由谈之自由谈》1921 年 1 月 16 日第 14 版,小说特刊第 2 号

以薄荷油敷太阳穴,目中作微辛,泪簌簌下,察此泪实为强致,与心无关也。其能使心弦动而泪泉至者,莫若情感强烈之小说。予读黑奴吁天而哭,读绛珠归天(红楼之一节)而哭,读茶花女而哭,读不如归而哭,泪之来,每出于不自觉,女人之笔,有胜于薄荷油多矣。

《申报·自由谈之自由谈》1921 年 1 月 23 日第 14 版,小说特刊第 3 号

青年涉世,每昧于世故人情,出而与社会相接触,则十步一网,百步一穴,偶一弗慎,辄深陷其中而不可出,可畏也。平居无事,如多读有意义之社会小说,则世故人情,渐可洞晓。社会小说者,盖犹一世故人情之教科书也。

《申报·自由谈之自由谈》1921 年 1 月 30 日第 14 版,小说特刊第 4 号

国事日非,民生愈困,三年以还,小说界之趋势亦变。时贤作品,率多抒写社会疾苦,一唱三叹,不同凡响,当兹岁暮天寒,一为展读,恍见行墨间有小民泪血之痕,与啼饥喊寒之凄态也。

《申报·自由谈之自由谈》1921 年 2 月 13 日第 14 版,小说特刊第 5 号

小说为美文之一,词采上之点缀,固不可少,惟造意结构,实为小说主体,尤宜加意为之。庶春华秋实,相得益彰,若徒知词藻,而忽于造意,不重结构,则无异一泥塑或木雕之美人,虽镂金错采,涂泽甚工,而终觉其呆滞无生气也。

《申报·自由谈之自由谈》1921 年 2 月 27 日第 14 版,小说特刊第 7 号

吾人治小说家言,时觉材料枯窘,无由着笔,不知材料固多,特患吾人之不自搜觅耳。歌馆剧场,通衢陋巷,无一非小说材料产生之所,得其一二琐事,即可作万言宏篇。而文思之来,亦若自来水之启其机括,汩汩无尽矣。

《申报·自由谈之自由谈》1921 年 3 月 6 日第 14 版,小说特刊第 8 号

哀情小说以能引人心酸泪泚者为上,作者走笔时,须自以为书中人物,举其中心所欲吐者,衔悲和泪以吐之。庶歌离吊梦,一一皆真,正不必实有其人,实有其事也。读小仲马之《茶花女》,读哈葛德之《迦茵传》,吾泪泚,此之谓哀情小说。

《申报·自由谈之自由谈》1921 年 3 月 13 日第 14 版,小说特刊第 9 号

挽近俄法名家说部,迻译者蜂起,移其思想之花,植之吾土,诚盛事也。然雷同之作,多于束笋,如托尔斯泰、毛柏桑两家作品,往往一短篇而先后有五六人译之者,虽译笔不同,究有虎贲中郎之似。审填如予,亦复不免。窃愿与薄海同文,商榷一防止之法也。

《申报·自由谈之自由谈》1921 年 3 月 20 日第 14 版,小说特刊第 10 号

持花镜前,观镜中花影,一瓣一萼,悉与真花同。持紫兰,镜中现紫兰,持玫瑰,镜中现玫瑰,迻译西方名家小说,亦常如是,庶不失其真,今人尚直译,良有以也。然中西文法不同,按字直译,终有钩辀格磔之弊,奈何。

《申报·自由谈之自由谈》1921 年 3 月 27 日第 14 版,小说特刊第 11 号

小说之作,现有新旧两体,或崇新,或尚旧,果以何者为正宗,迄犹未能论定。鄙意不如新崇其新,旧尚其旧,各阿所好,一听读者之取舍。若因嫉妒而生疑忌,假批评以肆攻击,则徒见其量窄而已。

《申报·自由谈之自由谈》1921 年 4 月 3 日第 14 版,小说特刊第 12 号

言情小说非不可作也,惟用意宜高洁,力避猥俗。当下笔时,作者必置其心于青天碧海之间,冥想乎人世不可得之情,而参以一二实事,以冰清玉洁之笔,曲为摹写,无俗念,无亵意,则其所言之情,自尔高洁,若涉想及于闺襜艳福,即堕入魔道中矣。

《申报·自由谈之自由谈》1921 年 4 月 10 日第 14 版,小说特刊第 13 号

袁寒云曰:"小说以社会为最上选,言情备一格而已,而惨情者尤败人兴趣,著作愈佳,愈使人短气,每读瘦鹃此类之作,辄怆然掩卷。"允哉袁子之言也,社会小说,固为小说眉目,悲天悯人之念,非社会小说不能写,而欲挽救世变,亦非社会小说不为功。挽近以来,颇知事此,顾生性善感,涉笔每多凄响,恬管难鸣,哀弦不辍,袁子读吾文,姑作午夜鹃啼观可也。

《申报·自由谈之自由谈》1921 年 4 月 24 日第 14 版,小说特刊第 15 号

近癖留声机,朝夕得暇,每以一听为快。机片转处,歌乐齐鸣,几疑身在梨园中也。日者谋草说部,思路苦涩,适闻留声机声,欣然若有得。走笔两夕,遂成一篇,题曰《留声机片》,抒写哀情,差能尽致。于以知小说材料不患枯窘,端赖吾人之随时触机而已。

《申报·自由谈之自由谈》1921 年 5 月 1 日第 14 版,小说特刊第 16 号

社会小说良不易作,分章列回,已颇费力,复须纬以千奇百怪之事实,作者必世故饱经,见多识广,始克集事。吾友涵秋、瞻庐、海上说梦人等,均擅此,一作往往累一二十万言,如长江大河,奔赴腕底,有一泻千里之观,小子不敏,无能为役也。

《申报·自由谈之自由谈》1921 年 5 月 22 日第 14 版,小说特刊第 19 号

小说之新旧,不在形式而在精神。苟精神上极新,则即不加新(符)附号,不用她字,亦未始非新;反是,则虽大用她字,大加新附(符)号,亦不得谓为新也。设有一脑筋陈腐之旧人物于此,而令其冠西方博士之冠,衣西方博士之衣,即目之为新人物得乎? 吾故曰小说之新旧不在形式而在精神也。

《申报·自由谈之自由谈》1921 年 6 月 5 日第 14 版,小说特刊第 21 号

小说命名,非易事也。往往有一作既成,而苦索不能得一佳名者。雕红刻翠,无当大雅,摭拾昔人诗句为之,复觉其未善,则无宁以白描为得。近作命名,如《一诺》、《之子于归》、《一念之微》、《十年守寡》等,似尚可取也。

《申报·自由谈之自由谈》1921 年 6 月 26 日第 14 版,小说特刊第 24 号

个人操守之坚否,是关于平昔之学养,严守心垒,岂能为外物所动,若徒归罪于小说,谓足使人失足,谬矣。西方小说,每一国无虑千万种,以言情为尤多,未闻其社会因以堕落;而吾国之犯奸杀案者,反多不识字之流。呜呼,可以思矣(惟小说之描写淫欲者,自当拂斥之)。

《申报·自由谈之自由谈》1921 年 7 月 3 日第 13 版,小说特刊第 25 号

吾国民气消沉,非伊朝夕,每遇外侮,受一度刺激,少知振拔,及事过境迁,则又梦梦如故,乐之之道,惟有多作爱国小说,以深刻之笔,写壮烈之事,俾拨国人之心弦,振振而动,而思所以自强强国之道。此其功效,正无异一贴兴奋剂也,近为《新声》撰《五月九日》一作,似亦足以拨动心弦者,愿吾国人一读之。

《申报·自由谈》《新话·说消闲之小说杂志》1921 年 7 月 17 日第 18 版，小说特刊第 27 号

吾友程小青言，尝闻之东吴大学教授美国某博士，美国杂志无虑数千种，大抵以供人消闲为宗旨。盖彼邦男女，服务于社会中者綦夥，公余之暇，即以杂志消闲，而尤嗜小说杂志，若陈义过高，稍涉沉闷，即束之高阁，不愿浏览矣。是故消闲之小说杂志充斥世上，行销辄数十万或竟达百万二百万以外，若专事研究文艺之杂志，则仅二三种，行销亦不广，徒供一般研究文艺者之参考而已，即英国亦然。著名之小说杂志如《海滨杂志》、《伦敦杂志》等，亦无非供人作消闲之品。有《约翰伦敦》周报一种，为专研文艺之杂志，销数无多，海上诸大西书肆中竟不备，余尝往叩之，苦无以应，寻得之一小书肆中，因订阅焉。据肆中人告予云，此报海上绝无销路，每期仅向英国总社订定二册，一归一英国老叟购去，一则归君耳。观于此，则可知英美人专研文艺者之少矣，返观海上杂志界，肆力于文艺而独树新帜者，亦不过一二种，足以代表全国，其他类为消闲之杂志，精粗略备，俱可自立，顾予意中尚觉未餍，尝思另得一种杂志，于徒供消闲与专研文艺间作一过渡之桥。因拟组一《半月》杂志，以为尝试，事之成否未可知，当视群众之能否力为吾助耳。

《申报·自由谈之自由谈》1921 年 7 月 31 日第 18 版，小说特刊第 29 号

英国迭更司先生善为社会小说，描写人情世故，无不深刻入微，世之人翕然称之。今日吾国之社会，其阴险奸谲，什百倍于迭更司时代之英国，即使迭更司先生复活，亦将无从描写之矣。

《申报·自由谈之随便说说》（我的洗涤北京腐败观）1922 年 8 月 12 日第 18 版

吴佩孚说："我主张多请风厉的阁员，洗涤北京腐败的积习，然后组织正式内阁，趋重学行。"吴佩孚这些话，倘能做得到，自是国家之福，然而说虽这样说，做是做不到的。可是北京的腐败，还是从前清积到如今，甚么臭鱼烂肉坏蛋，都满坑满谷的积在那里，凭你磬南山之竹，做成一柄大扫帚，怕也扫除不去。即使暂时扫除，他们仍会还来，发出恶臭和微生虫来，把个好好北京城，糟踏坏了。像黎总统和此外一二个正派些的，不能不算得很好的清道夫，但也没法发付。我看还是像上海救火会中把皮带灌水冲地板一般，向外洋定造几副再大没有的皮带龙头，把一头浸在东海里，一头由我们国民握住了，立在昆仑山、峨嵋山和五岳的顶上，齐向着北京冲去；但是把东海中的水一起用干了,怕也不能洗涤北京腐败于万一呢,唉。

《申报·自由谈之随便说说》(欢迎孙中山先生到沪)1922 年 8 月 14 日,第 18 版

孙中山先生护法功高,为一个法字奋斗了几年,挨了多少辛苦,吃了多少闲气。虽因了护法,做一任护法总统,似很合算,但也因了护法,得了个孙大炮的诨号,不大值得。但是无论如何,孙先生总已对得起这个法了。

《申报·自由谈之随便说说》(若干年的亡国生活)1922 年 9 月 1 日第 18 版

美国某博士说,中国须过着若干年亡国生活,方能激刺麻木脑筋,而趋于向上。今所患者痨病,越患越深呀。这种可怕的话,不知道国人大家都注意没有。十年前我们既千辛万苦推翻了满清,建造起这个中华民国来,就该发扬光大,不辱没这东亚大国的称号才是。那知因循十年,种种的腐败,反比满清时代更厉害。到了现在,竟使外国人高唱共管论,要我们过若干年的亡国生活了。我们国民,脑筋不是完全麻木的,该赶快起来,唤醒那些万恶的军阀官僚和搬弄是非的政客,大家痛改前非,同心救国。要知道朝鲜、印度、安南等国,不过做一国的奴隶,已痛苦万分。我们倘在各国共管之下,做各国的奴隶时,怕就要万劫不复,永没有重见天日的希望咧。国人呀国人,刀已响了,瓜分的日子到了,快醒醒罢,快醒醒罢。

《申报·自由谈之随便说说》(政界与厕所)1922 年 9 月 25 日第 18 版

里昂通信,章行严(即章士钊——编者注)过里昂时,曾演讲一次。吴稚晖劝他回国后不要再入政界,说今日投身政界,直好似投身厕所,稍一逡巡,就遍体着粪咧。吴先生的意思,简直把政界比做厕所,真是个臭不可当的所在。这样说来,偌大一个北京城,差不多像上海那种公坑所,人人都要掩鼻而过。那在坑满坑、在谷满谷的大小政客,可不是活像粪缸中的粪蛆么?我瞧吴先生的话,虽然比喻得很妙,也未免过分一些。政界中人虽说坏的人多,也未始没有好人。不过一入政界,因地位关系,难保不同流合污罢了。政界中的列位大人先生啊,你们快快争一口气,使这厕所式的政界,变成了芝兰之室。那时怕吴先生也要来闻闻香味咧,呵呵。(瘦鹃)

《申报·自由谈之随便说说》(贱业抽签又将举行)1922年11月18日第2版

本埠执照妓院,又将于十二月五日抽去三分之一。抽签后所捐照会,到明年四月一号取消。于是这三分之一的妓女,可就要莺飞燕散,不能再在灯红酒绿场中讨生活了。不上几时,就那三分之二的妓女,也得被签子抽去,谁也逃不过的。工部局的意思,是要使这些操贱业的妓女不能再在租界内立足,使租界内的男子嫖无可嫖,就可把道德加厚,人格加高起来。这真是大家所应感激的。不过我还有一个希望,就是希望工部局一方面把那些挂着金字招牌的妓女禁绝了,一方面再把那些不挂金字招牌贻害更大的私娼设法调查调查,再把那些街头巷口餐风饮露的雉妓,一起送到屋子里去,都给他们想一条生路,免得除了经营皮肉生涯外,不能活命。这倒也是耶稣基督教人之道呢。

《申报·自由谈之随便说说》(议场与杂耍场)1922年12月20日第2版

北京通信,说众议员为了变更日程问题,又闹将起来。掷墨匣咧,喝打咧,扭做一团咧,真闹得不可开交。有两位先生,各持一墨匣,忽而扬起作欲掷状,忽而拍案作醒木用,论议场的形状,直好像一个杂耍场。那个旁听席中倘有好事人,用快镜摄成影片,倒是很好看的。但我们做国民的,见我们所选神圣的议员,这样胡闹,真个欲哭无泪,欲笑不得。可是这个议场,是我们国民希望场里干出些福国利民的事情来的,谁要他闹成一个杂耍场模样。早知如此,我们何不就请北京、天津那些落子馆里的人物做议员,或者就把上海游戏场里的杂耍台当做议场呢。我说到这里,旁边有一位朋友呵斥我道:哈,你又要说迂夫子的话了,神仙尚须游戏,何怪他们神圣的议员老爷们,也要弄个墨匣玩玩,这算得甚么事啊。

《自由谈之三言两语》(新到德国兽医)1925年5月18日第17版

上海新到一位德国兽医,据说善医狗的心虫病。我说,害心虫病的不但是狗,便是吾国的政客官僚和大军阀,也都有这种病啊。你看他们那么善钻营,因为心中有钻纸的蠹虫;善剥削,因为心中有蛀木的蛀虫;贪得无厌,因为心中有贪食的蛔虫;无恶不作,因为心中有吸血的毒虫。端为了这心虫病作怪,才使各省常作秋虫之斗,才使全中国可怜虫的小百姓常受虫沙之劫。

《申报·自由谈·痛心的话》1931年9月24日第11版

亲爱的国人,这不是醋歌恒舞的时候了,暴日的兵已侵占了我们的土

343

地,掠夺了我们的财产,残杀了我们的同胞,你们有心肝有血气么,便当效法勾践,一致做卧薪尝胆的工作。

《申报·自由谈·痛心的话》1931 年 9 月 25 日第 11 版

亲爱的国人,今日何日,你们还在欢天喜地的度中秋,吃月饼吗?你们在取了一个圆圆的月饼到手中的时候,应当想到我们的中华民国本来也是圆圆的,像这月饼一样,你在放到口中吃的时候,就应当想到暴日之对于我国,也像你吃这月饼一样。东三省占去了,就好似咬去了月饼的一大角,随后再一口口咬下去,把月饼吃光,而我们的中华民国也就完了,唉,可怜的祖国啊,你怎么与月饼一般的命运。

《申报·自由谈·痛心的话》1931 年 9 月 26 日第 11 版

亲爱的国人,今天不是旧俗所谓中秋节么?"月到中秋分外明",是如何的美满。然而我希望今夜的月,不要再圆,不要再明了,怕它照见我们东北方的膏腴之府。那庄严灿烂的青天白日旗哪里去了,却换上了一面面血染似的红日旗。那大中华民国数十万执干戈而卫社稷的大军又哪里去了,却换上了一个个恶魔似的矮子兵。唉,不堪回首故国月明中,月儿月儿,你今夜不要再圆,不要再明了。

《申报·自由谈·痛心的话》1931 年 9 月 27 日第 16 版

亲爱的国人,今日何日,已到了国难临头的日子了。你们还要互相仇视,互相火拼吗?要知一切利禄,一切权势,到如今不能再挂在心头眼底。因为你们所托足的祖国,已在一刀刀的被人宰割了。还是趁这尚未宰割净尽的时候,一致的团结起来,共谋国是,共赴国难。

《申报·春秋》(特刊序)1933 年 9 月 21 日第 15 版

九一八不出特刊,并非贪懒,却是静默三分钟之意。兹于此惨痛纪念的第三期上,在痛定思痛之余,蓦地来这么一个特刊,叫做"无题"。"无题"云者,非与那旧诗人们专写风怀的艳体诗同科,而如佛所云"不可说不可说"也。是为序。

《申报·春秋》(秋特刊跋)1934 年 9 月 8 日第 18 版

我与鸟中杜鹃,同是天地间的愁种子,所以虽在春夏,而忧国忧家,常怀着悲秋的情绪。如今偏又到了秋季！这"秋风秋雨愁杀人"的秋季,我的悲哀更不用说了。秋夜无俚,检读四方文友的来稿,竟不少关于"秋"的文字,因此来了一个"秋"的特刊,以示同调。是为跋。甲戌之秋,周瘦鹃跋于紫罗兰庵。

《申报·春秋·点滴》1934 年 8 月 20 日第 16 版

邓铁梅将军陷在沈阳监狱中,敌人以酒筵相饷,他拒绝一食,誓之以死。因此想到当年张睢阳对南霁云说:"南八,男儿死耳,不可为不义屈!"真可后先辉映。翘首东北,敬向邓将军顶礼膜拜。

《申报·春秋·点滴》1934 年 8 月 22 日第 17 版

昔人"汗滴禾下土"的诗句儿,描写农人犁田之苦,入木三分。今年江南大旱,赤地万里,可怜他们连禾也没有了！所有的,只是汗,只是泪,只是血!

《申报·春秋·点滴》1934 年 12 月 8 日第 16 版

距史经理被难之日(指《申报》老板史量才被特务暗杀了),忽忽兼旬矣。以公之中正和平,万无杀身之理,而卒不免于杀身,厥故安在？迄于今莫能明。公之目,岂能瞑乎？今日,本报同人,举行追悼会于湖社,吾将携满斛热泪,挥之灵前。魂兮有知,或能于吾人之前,有所启示乎？呜呼！上帝无言,哲人何处？拊膺巨恸,百念灰冷矣。

写在紫罗兰前头（一）

娟娟紫罗兰，幽居万木阴，岭上梅花好，同此岁寒心。
娟娟紫罗兰，尘寰历劫还，相思苦无益，红泪湿青山。
娟娟紫罗兰，朝朝带笑看，种我灵台上，与尔结古欢。
娟娟紫罗兰，悠悠系我思，颠倒终为汝，情深不讳痴。

——周瘦鹃拟古五十首之四——

江南秋老，东篱的黄花已残了，这正是"餐秋菊之落英"的时候。香雪园石阶下一盆从苏州故园中移植而来的紫罗兰，却在圆圆的绿叶中间，开放着四五朵紫色的小花，在秋阳下微微地散发出甜蜜的妙香，似乎来安慰一个孤鸿般的寂寞之人。

紫罗兰庵主人独坐长廊之下，遥望着这一盆紫罗兰，不断地发着遐想。他的一颗心好像游丝般飘呀飘的，飘过了长江万里，直飘到蜀道巫峡之间。因为有一位象征这紫罗兰的人儿，正离乡背井，托迹在那里，勇敢地和生活奋斗着，不知何年何月，方可重见故乡云树？ 更不知何年何月，方可重和自己握手言欢？ 正在这样想着，想着，简直想出了神。

忽的足音跫然，从门外闯进一长一短两位绅士来，那长的是旧友孙芹阶先生，一位却是素昧平生，而满现着精明干练的神情。我定一定神，疾忙站起身来招待，肃客入座。经孙先生介绍之下，才知那一位是银都广告公司总经理林振浚先生。

彼此寒暄了一番，由孙先生说明来意，林先生是广告界的权威，而平日爱好文艺，为了发扬都市文化起见，想创办一种月刊，只因谬采虚声，愿以编辑事宜全权相托。并因过去对于十余年前我所主办的《紫罗兰》半月刊，留着极深刻的印象，所以打算仍然定名紫罗兰。我一听这话，顿时兴奋起来，也并不考虑到此时办杂志是否相宜，也忘却了一年来自己从事老圃生活，早和文化界绝缘，竟兴高采烈地满口答允下来。我这时的心头眼底，仿佛见文艺的园地里，已涌现了一丛鲜艳馥郁的紫罗兰，正如石阶下那盆迎风欲笑的紫罗兰一样。

第二天我奔走了好半天,到大众社访钱须弥先生,又到万象书屋访平襟亚先生,探问一切,听了他们说起开支的浩大,先就气馁了一半。末了再到某印刷所去,把我所计画的《紫罗兰》,请他们作精密的估价,不料白报纸的价格已飞涨得使人不敢相信,而其他排印装订等费,也已涨起了有六成光景,一张估价单开出来,更把我吓得倒躲倒躲。不管三七二十一,且把它向孙先生处一送,请他转致林先生。一连三星期,眼见得纸价日涨夜大,简直是竿头直上似的,我更不敢向孙、林二先生催问一声,料知这文艺园地里的一丛紫罗兰,是再也开不出来的了。

　　谁知过不了三天,孙先生忽地来一个电话,说林先生明天奉约上银行俱乐部去吃中饭,大家谈谈紫罗兰的事,我将信将疑地答允了。第二天中午,我又将信将疑地赶往银行俱乐部去,以为物力维艰,林先生未必有这办杂志的勇气吧。到了那里,见林、孙二先生和另外两位客都已在座,经过了介绍,才知一位是林先生的介弟振商先生,一位是林先生的同事卢少轩先生,也是广告界两员能征惯战的骁将。

　　林先生不待我开口动问,先就把一份双方合作的草约和一本空白的杂志样本,献宝似的献了过来,并且连封面上的一丛紫罗兰也画好了,紫的花,绿的叶,红的字,生香活色的,似乎在对着我笑。我不觉愣了一愣,将信将疑地问道:“怎么说! 难道你真的要办紫罗兰么?”林先生打着一口福建音的上海白,毅然答道:“当然要办,为什么不办?”我忙道:“在这纸价飞涨,工价激增的当儿,我的勇气已打了倒七折,难道你倒有这十足的勇气么?”林先生笑道:“怎么不是! 人家可以办下去,我们为甚么不能办? 好在我这里有左辅右弼,分头出马,对于广告发行等事,都有相当把握。只要你肯撑起铁肩,独挑这副编辑的重担,那就再好没有,别的倒不用你担心。”我听了这样切实的话,立时放下了一大半心,欣然答道:“既有你们三剑客同心协力,我的勇气也就来了。好! 我们合伙儿来干,干,埋头苦干!”孙先生也在一旁打边鼓,把乐观的话鼓励着我,倒像反串了一下桴鼓助战的梁红玉。

　　于是经过了两个月来大家合伙儿的干,干,埋头苦干,这文艺园地里的一丛紫罗兰,居然灿烂地开放出来了。这全仗诸位作家们的心血,助我培植而成,我自己断断不敢居功。但是有二点我所沾沾自喜的:一则我可借此告慰于先盟兄袁寒云先生之灵,当我在民国十五年间初办《紫罗兰》半月刊时,他是朋友中赞助我最热心的一个。如今见紫罗兰在十余年后灿然重放,也许要含笑九泉,并且暗暗地呵护着我吧。二则我可借此再度奉献于象征紫罗兰的伊人,她是我三十年来灵魂上的监督,三十年前使我力图上进,三

十年后使我不敢堕落。如今她万里投荒，久疏音问，要是听得了《紫罗兰》重放的消息，借悉故人别来无恙，尚知振作，也许能使她凄凉的心坎上，得到一丝暖意吧。

——民国三十二年三月吴门周瘦鹃识于紫罗兰庵——

（选自 1943 年 4 月 1 日《紫罗兰》月刊第 1 期）

写在紫罗兰前头（二）

"含情欲说宫中事，鹦武前头不敢言"，这是唐人的诗句，描写宫中妃嫔的苦闷，有话不敢当着鹦鹉前头说出，提防能言的鹦鹉给她们传播开去，弄出是非来。可是我们在《紫罗兰》前头，却是敢言的，可以直言的，并且不妨亲切如家人般和读者们谈谈。

亡友刘半农兄，是编者二十余年前中华书局编辑部的同事，同出同进，非常相契，彼此的书，也往往借来借去，交换着阅读。我对于他那好学不倦的精神，一向是拳拳服膺的。后来他离开了中华，因为常在《新青年》月刊投稿的关系，认识了陈独秀先生，独秀先生往北大担任文学院长时，就带他同去。临行缺少盘费，拿他所译法国大仲马氏的《卖花女侠》，托我卖给进步书局，（后由包天笑先生付刊《小说大观》季刊）得了稿费五百元，方始成行。仗着他的埋头苦干，后来竟留学法国，荣膺文学博士学位，以一个江阴的中学生，而达到这步田地，真够使人佩服！他在新文化运动中创制了代表女性第三者的"她"字，一直沿用到如今，并且普及全国。不过我因为"她"字即古文"姐"字，别有意义，而音也不对，所以未敢苟同，二十年来凡是我的作品和我所编的刊物中，就始终没有见过"她"字，一律以"伊"字为代。记得去年谢啼红兄曾在所作《因风阁小简》中提到这一点，承他称许我不肯随俗的精神，而"伊"字尤别饶风趣，不过对于我将别人作品中的"她"改而为"伊"，却不以为然，他以为应该各存其真，不必强人尽同于己。这一句话，我自然很愿听从，但是不知如何，我对于这个"她"字，总觉得不对胃口，所以别人的作品一到我手中，非改不可，实在抱歉得很！这一回着手编辑《紫罗兰》，承文友们珠玉纷投，而除了程小青兄的《龙虎斗》和顾明道兄的《昆仑奴》中仍用"伊"字外，其他作品，竟无一非"她"，我的老毛病正想发作，而一想起啼红兄的话，倒没有勇气了。想一个人应当从善如流，我难道还是做"老顽固"刚愎自用么？而我的儿女们也提出了抗议，说大家都在用"她"字，爸爸何必坚持到底，不见年近古稀的包天笑老先生，也早已用了"她"了，这年头儿任何事情，都该从众，准不会错，就是您老人家自己的作品，也何妨从众用"她"呢？我觉得"从众"二字，倒无从反驳，也不知是不是为了舐犊情深的缘故？我竟硬一硬头皮，不但不再改去人家的"她"，索性连我自己也破题儿第一遭用起

"她"来了。刘半农兄一灵不昧,定要掀髯一笑(我和他同事时本来是没有髯的,但他是个络腮胡子,这些年来,也许于思于思了。呵呵!)道:"老朋友,从今以后,您可不再和我闹别扭了吧!"一面我还得向那位替福尔摩斯打不平的程小青兄和给昆仑奴捧场的顾明道兄唱个喏道:"对不起,老程、老顾,您们瞧老朋友分上,也将就'她'一'她'吧。"

本刊创刊,恰好是春光明媚的时节,春来得快,也去得快,不可不加意的珍惜。所以我们来了一个特辑"春",包含九篇小品文,使春光长留在纸面上,长留在读者们的心眼中,也就是古词人"千万和春住"的意思。

予且先生的短篇小说,久已脍炙人口,近来却大写其"记",除了在《大众》月刊里"寻燕"、"埋情"之外,特地给本刊写了一篇《修容记》,仍然是保持他的一贯作风,又松又甜,好像蜂蜜鸡蛋糕一样。不!内中还含有奶油的成分,因为不但是松与甜,并且腴美得很。

丁谛先生的《我们的利市》,自始至终,是一个军阀时代的"老税油子"向人述说他怎样作弊弄钱的经过,文笔十分老辣。徐卓呆先生的《海棠杯》,自始至终,是一个女看护向女病家述说她与一只古董茶杯的故事,文笔十分委婉。这两篇不谋而合,同样是俗语所谓"自说自话",在小说中别具一种风格。

这里要特别介绍两位女作家的作品:施济美女士的《野草》,汤雪华女士的《死灰》,都当得上"不同凡俗"四字的考语。《野草》对于恋爱和事业划下一个明晰而有力的分野,给予失恋者以莫大的慰藉与鼓励。《死灰》是对抱着独身主义的小姐们作当头棒喝,描写一位老处女心理上的反复和矛盾,文心之细,有过于她自己头上的青丝发。凡是三十以上的老小姐,不可不一读此篇,读过之后,包管她的独身主义立时摇动,而急于要物色对象了。(下半篇准于第二期中刊完)

顾明道先生的武侠小说,有声于时,这一回给本刊写了一篇《昆仑奴》,是衍述唐代昆仑奴盗红绡的一段故事,写得有声有色;他以后也预备常写这一类武侠故事,作为本刊的特殊贡献。

范烟桥先生对于写作不感兴趣,久已搁笔,几乎天天打麻将,与花骨头为伍。此次特为本刊写了一篇散文《马将篇》。他既是马将疆场上一员知己知彼的老将,自有许多独到之见,独得之秘。爱好此道的读者,可以当作教科书读,要是多赢了钱,分一些出来助助学,济济贫,那么打麻将也不算是无益之事啊!

"万宝全书缺只角",是一句俗语,形容一个人差不多样样都知道的意思。本刊特辟"万宝全书"一栏，在排式上也照样的缺了一只角，全是记述些琐琐屑屑的事情，可作交换智识之用，我们打算按期刊登，欢迎读者投稿。

长篇小说除了编者的《新秋海棠》乏善足述外，有胡山源先生的《龙女》，是一个事实与理想的结晶，看他描写的精妙，故事的曲折，结构的谨严，不愧是一位老作家的力作。朱瘦菊先生的《金银花》，是一篇最近的上海社会现形记，脱不了财色两字的范畴，写得非常真切。瘦菊是十余年前名作《歇浦潮》的作者，别署海上说梦人，也是读者们的一位老友了。程小青先生是东方福尔摩斯"霍桑"的创造者，人尽皆知，无须介绍，《龙虎斗》是专写了福尔摩斯报复亚森罗苹而作，写大侦探与剧盗的斗智，真像生龙活虎一样。《月中天》是英国大作家威尔斯氏的科学名著，由编者的两位老师仇、吴二先生合译，虽用文言，却也流利可诵，并无艰深难解之弊。仇先生是英文教授，现已退休；吴先生是国文教授，早已去世。本书的付刊，是纪念这两位老师的。三十余年前编者束发受书时的情景，又活跃在眼前了。

本刊是一个综合性的刊物，文学与科学合流，小说与散文并重，趣味与意义兼顾，语体与文言齐收，这一片紫罗兰的园地，永远地公开着，欢迎大家来欣赏，指示，更赐以珍贵的种子——情文并茂的作品。（一切关于编辑范围内的信札和稿件，请径寄上海愚园路六〇八弄九十四号紫罗兰庵）

（选自 1943 年 4 月 1 日《紫罗兰》月刊第 1 期）

写在紫罗兰前头（三）

一个春寒料峭的下午，我正懒洋洋地耽在紫罗兰庵里，不想出门，眼望着案头宣德炉中烧着的一枝紫罗兰香袅起的一缕青烟在出神。我的小女儿瑛忽然急匆匆地赶上三层楼来，拿一个挺大的信封递给我，说有一位张女士来访问。我拆开信一瞧，原来是黄园主人岳渊老人介绍一位女作家张爱玲女士来，要和我谈谈小说的事。我忙不迭的赶下楼去，却见客座中站起一位穿着鹅黄缎半臂的长身玉立的小姐来向我鞠躬，我答过了礼，招呼她坐下。接谈之后，才知这位张女士生在北平，长在上海，前年在香港大学读书，再过一年就可毕业，却不料战事发生，就辗转回到上海，和她的姑母住在一座西方式的公寓中，从事于卖文生活，而且卖的还是"西"文，给英文《泰晤士报》写剧评影评，又替德人所办的英文杂志《二十世纪》写文章。至于中文的作品，除了以前给《西风》杂志写过一篇《天才梦》后，没有动过笔，最近却做了两个中篇小说，演述两段香港的故事，要我给她看行不行，说着，就把一个纸包打开来，将两本稿簿捧了给我。我一看标题叫做《沉香屑》，第一篇标明《第一炉香》，第二篇标明《第二炉香》，就这么一看，我已觉得它很别致，很有意味了。当下我就请她把这稿本留在我这里，容细细拜读，随又和她谈起《紫罗兰》复活的事，她听了很兴奋，据说她的母亲和她的姑母都是我十多年前《半月》、《紫罗兰》和《紫兰花片》的读者，她母亲正留法学画归国，读了我的哀情小说，落过不少眼泪，曾写信劝我不要再写，可惜这一

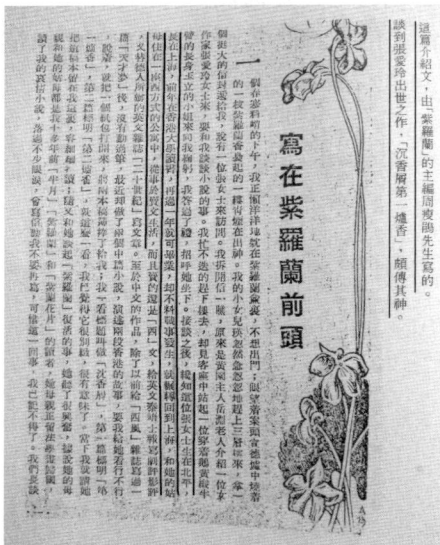

香港《时报》书系 516 号《张爱玲资料大全集》中影印了《紫罗兰》1943 年第 2 期上的《写在紫罗兰前头》，并加按语："这篇介绍文，由《紫罗兰》的主编周瘦鹃先生写的，谈到张爱玲出世之作《沉香屑·第一炉香》，颇传其神。"

回事，我已记不得了。我们长谈了一点多钟，方始作别。当夜我就在灯下读起她的《沉香屑》来，一壁读，一壁击节，觉得它的风格很像英国名作家 Somerset Maughm 的作品，而又受一些《红楼梦》的影响，不管别人读了以为如何，而我却是"深喜之"了。一星期后，张女士来问我读后的意见，我把这些话向她一说，她表示心悦神服，因为她正是 S. Maughm 作品的爱好者，而《红楼梦》也是她所喜读的。我问她愿不愿将《沉香屑》发表在《紫罗兰》里，她一口应允，我便约定在《紫罗兰》创刊号出版之后，拿了样本去瞧她，她称谢而去。当晚她又赶来，热诚地约我们夫妇俩届时同去，参与她的一个小小茶会。《紫罗兰》出版的那天，凤君因家中有事，不能分身，我便如约带了样本独自到那公寓去，乘了电梯直上六层楼，由张女士招待到一间"洁而精"的小客室里，见过了她的姑母，又指着两张照片中一位丰容盛鬋的太太给我介绍，说这就是她的母亲，一向住在星加坡，前年十二月八日以后，杳无消息，最近有人传言，说已到了印度去了。这一个茶会中，并无别客，只有她们姑侄俩和我一人，茶是牛酪红茶，点是甜咸俱备的西点，十分精美，连茶杯与点碟也都是十分精美的。我们三人谈了许多文艺和园艺上的话，张女士又拿出一份她在《二十世纪》杂志中所写的一篇文章《中国的生活与服装》来送给我，所有妇女新旧服装的插图，也都是她自己画的。我约略一读，就觉得她英文的高明，而画笔也十分生动，不由不深深地佩服她的天才。如今我郑重地发表了这篇《沉香屑》，请读者共同来欣赏张女士一种特殊情调的作品，而对于当年香港所谓高等华人的那种骄奢淫逸的生活，也可得到一个深刻的印象，后来他们饱受了炮火的洗礼，真是活该！（《沉香屑·第一炉香》，因篇幅较长，须分三期刊完）

　　文字与美术并重，这是我历来所编刊物中的一贯作风，本刊封面由青年

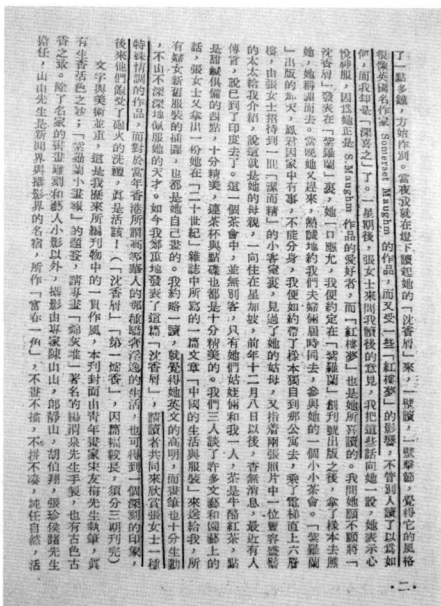

周瘦鹃在《紫罗兰》1943 年第 2 期上隆重推出张爱玲的成名作《沉香屑·第一炉香》，他当期的编者的话《写在紫罗兰前头》是中国首篇盛赞张爱玲作品的评论。

画家宋友梅先生执笔,真有生香活色之妙。《紫罗兰小画报》的题签,请专画《锦灰堆》著名的杨渭泉先生手制,也有古色古香之致。除了名家的书画雕刻和艺人小影以外,摄影由专家陈山山、郎静山、胡伯翔、张珍侯诸先生担任。山山先生是新闻界与摄影界的名宿,所作《富春一角》,不画不描,不拼不凑,纯正自然,活像是一幅名画,瞧那山明水媚的富春江,活跃在画面上,大可作卧游之资。

《新秋海棠》刊布以后,当然不免有人讥弹,但也谬承好多朋友的赞许,使我且感且愧!《秋海棠》作者秦瘦鸥兄读过之后,就跑来看我,说了许多"大才小用"等客气话,但有一点:他以为秋海棠夫妇俩应当重重酬谢那患难朋友韩家父女,单把小客栈中遗下的一些东西送给他们,未免菲薄一些。我用着葛礼医生的口吻回答他道:"且慢慢儿的来,慢慢儿的来。此刻秋海棠正在病中,罗湘绮正在忧急,还想不到这些,以后自要好好补报他们的。"鸥兄本想做一篇对于《新秋海棠》的观感,交小型报发表,因有标榜之嫌,所以作罢。我对于《新秋海棠》的写作,怕不能以技巧胜人,但是也力求其合理化,而且要不背事实,第二章《血与血交流》,叙述接血这回事,我自己不是医家,全本外行,因此动笔时除了参考书本外,并先后请教于臧伯庸和陈明斋两大医师。伯庸先生名闻遐迩,无庸介绍,明斋先生是北平协和医院医学博士,前任苏州博习医院外科主任,施行大小手术,熟极而流,最近来沪悬壶于爱文义路大华路口九八五号,这是值得向病家推荐的。

吕伯攸先生的小说,一向以轻灵擅长,并且富于戏剧性,上期的《空穴来风》和本期的《灵方记》,都是属于这一型的。或以为演出太巧,但我以为宇宙之大,人事之繁,自难免有这样巧合的事实的。谭惟翰先生的《生活的一页》,叙述他喜获麟儿的经过,可作小说读,也可作报告文学读。

小说虽重趣味,但也不能忘却意义,本期有两篇富于教育性的作品,一是程育真女士的《遗憾》,阐发尊师之道,深入显出。育真是老友小青兄的爱女,文采斐然,自是后起之秀。二是令玉的《精神的慰藉》,使一般厌倦冷板凳的小学教师,得到一种慰藉,作者自己是小学教师,可说是现身说法。至于令玉是谁,她本人不愿宣布姓名,让我来凑在您的耳朵上,偷偷地告知您,她姓周,名玲,是编者的长女,先后在苏州景海小学和上海胡山源夫人手创的集英中小学中坐冷板凳,但请您千万严守秘密,怕给她知道了,要怪我老子饶舌的。

——民国三十二年四月吴门周瘦鹃识于紫罗兰庵——

（选自 1943 年 5 月 1 日《紫罗兰》月刊第 2 期）

写在紫罗兰前头（六）

　　笔者生性孤僻，爱与花木为伍，不喜欢参加任何正式的集会，最近为了《紫罗兰》，却破例去参加了两次，一是：上海杂志联合会的筹备会与成立大会，见了好几位闻名而没见过面的杂志主办者与编辑者；二是：《申报》陈社长招待日本出版界代表山田谦吉、上野巍二君茶会，专足把请柬送到紫罗兰庵，柬上附条说是务须出席，笔者因鉴于陈先生的一片盛意，于是代表《紫罗兰》去出席了。席间听过了好几位先生的伟论之后，陈先生也要我发表意见，于是我又破例的说了几句。第二天《申报》曾有记述，可是关于《盆栽》杂志一点，略有缠误，我说的是："曾经订阅过日本的《盆栽》月刊，这月刊中，也曾登过我的盆栽照片。"并不是我创办过什么《盆栽》杂志。还有最重要的一点没有记述出来的，那就是我的意见，我当时曾这样说："本人平时常在日本的书籍报纸杂志中，见到他们文化人对于我国的称呼，老是用'支那'二字，据说这'支那'二字，是含有轻蔑我国的意义的。本人孤陋寡闻，不知道是不是如此，今天特地请教于代表日本出版界的两位先生。"我这番话由任云鹏先生翻译，两先生听了，却只是笑而不答。少停，我又继续说道："现在且不管它有没有轻蔑的意义，总之我国是中华民国，那就应当以中华民国相称。希望两先生回国后，向出版界转达此意，愿'支那'二字，从此不再见于日本的出版物中。这就是本人今天所要提出的一些意见。"这一些些的意见，我怀之已久，正如骨鲠在喉，一吐为快，读者诸君，也许会同情于我吧。

　　六月十八日，老友胡山源兄送来汤雪华女士的大作《罪的工价》，附有一封信，他说："'罪的工价乃是死'，语出圣经，此作如嫌过长，或分期刊登或删削，悉听尊便。雪华之作，深刻缠绵，与轻快流利者不同，弟深嗜之。（轻快流利者，弟亦喜欢。）（下略）"当时我将这一篇《罪的工价》读了一遍，并不觉其过长，并且也无从删削。读过之后，掩卷深思，一片悲天悯人之念，油然而生，正如读了法国大作家嚣俄氏 V. Hugo 的杰作《哀史》（Les Miserables）一样，不是恭维的话，这简直是《哀史》的一个雏形，《哀史》的一个缩本。当此粮食日贵民生日困的年头，希望当局者注意及之，不要多多塑造出与《罪的工价》中那个可怜虫同一型的人物来，真是功德无量，无量功德。

施济美女士和俞昭明女士,是女作家中绛树双声,一时瑜亮。她们俩先头同在东吴大学念书,同时毕业,并且同住在一起,又同样的说得一口流利的北京话,她们的作品,又同样的散见于各杂志,不过俞女士因体质较弱,作品比较的少一些。本期她们俩同为本刊写了两篇创作,施女士的《一个落花时节的梦》,写一位忠于工作而淡于恋爱的白衣天使;俞女士的《望》,写一位供献其良人于祖国的贤妻良母型的好女子。这两篇作品是一样的情文兼至,意义深长,也可说是短篇创作中的绛树双声,一时瑜亮。

吕伯攸先生的《杜鹃声里》,吴起贤先生的《刀痕》,笔调都很轻松,而情节上也富于罗曼谛克的气息,但在这罗曼谛克的上海滩上,是常会有这种事实发生出来的。吕先生是一位写作最勤而又篇篇可读的老作家,吴先生是一位沉默寡言而富有艺术修养的青年作家,我希望本刊上以后常有他们的作品。

张爱玲女士的《沉香屑》第一炉香已烧完了,得到了读者很多的好评。本期又烧上了第二炉香,写香港一位英国籍的大学教授,因娶了一个不解性教育的年青妻子而演出的一段悲哀故事,叙述与描写的技巧,仍保持她的独特的风格。张女士因为要出单行本,本来要求我一期登完的,可是篇幅实在太长了,不能如命,抱歉得很!但这第二炉香烧完之后,可没有第三炉香了,我真有些舍不得一次烧完它,何妨留一半儿下来,让那沉香屑慢慢的化为灰烬,让大家慢慢的多领略些幽香呢。

慢着,请大家来见见本刊的这位新作家练元秀女士,请放心!并不需要列位的见仪,她却亲自送上一份小小的见面礼来了,那就是《决斗》。但您得小心一些,她是个很会淘气的女孩子,会跳、会纵、会哭、会闹、会扮鬼脸,会逗弄得您啼笑皆非,至于跟她决斗的那个男孩子是谁?我读到末了,才从恍然中钻出个大悟来,原来就是前几年风行一时的《西风》杂志的主编人吾友黄嘉音兄。可是这男孩子听说已经成人了,前年他远游回来之后,就悄悄地结了婚,却偏偏并没有请我喝喜酒,不知那位跟他决斗过的女孩子,可喝着喜酒没有?要是没有的话,那么跟我一块儿兴师问罪去,把他那个两年陈的洞房,闹它个天翻地覆!

上期为了民立中学清寒奖学基金,向《紫罗兰》读者呼吁乞助,当初笔者以为这低弱的呼声,也等于是潮湿的爆仗,放出去是白费的。谁知在短短的十天之内,就募到了八千八百元,已送到代收助金的民生银行去,当即取到收据,分别送交惠助诸先生,并以十二万分的诚意,向诸先生道谢。台衔与惠助金额谨列于后：

　　王永康先生五千元　徐懋棠先生二千元　张英超先生一千五百元　毛家麟先生二百元　金寿南先生一百元

　　　　　　　　——民国三十二年八月周瘦鹃识于紫罗兰庵——

　　　　（选自 1943 年 8 月 10 日《紫罗兰》月刊第 5 期）

写在紫罗兰前头（七）

　　《紫罗兰》在风雨飘摇之中，居然也出满了一年了。作者的特别帮忙，读者的加意爱护，真的使编者感激涕零！倘以花来比喻，那么这一年来诸大作家简直是把无限宝贵的心血来把它灌溉着，才使它开得活色生香，烂烂漫漫；而读者诸君却也不惜金铃十万，一个个来做了护花使者；因此第二年上，这花又开出来了。编者是个老园丁，哪敢不加倍努力，朝斯夕斯，以期其长保色香，烂烂漫漫的永久开下去。

　　第二年的阵容，并没有多大变更，第一年每期总有一个特辑，现在打算以《紫兰花片》为代，期期不使间断，内容专选散文诗词等小品杂作，这正与二十年前编者的个人小杂志《紫兰花片》一样，在《紫罗兰》里面，又附刊了一个小杂志，不过这不是编者个人的，而是一个公开的园地了。

　　一个人活到五十岁，世俗往往要庆祝一下，美其名曰大衍之庆，无非酒食征逐，跟亲友们热闹一场罢了。编者生于忧患，长于忧患，不知怎的，却不曾忧伤憔悴而死，一眨眼竟也是个五十岁的人了。生平不喜铺张，不爱热闹，况且碌碌半生，无功无德，也够不上庆寿的资格。可是扪心自问，却有一段绵延三十二年的恋史，还似乎有一述的价值，因此大胆地写了一篇《爱的供状》，作为五十自寿的纪念文字。谁知写好之后，没有发表的勇气，踌躇又踌躇，满想把它束之高阁了。不过深知此事的程小青、沈禹钟、吴仲熊诸老友，却一再的力劝发表，他们以为像这样的恋史，可泣可歌，与一般人朝三暮四的恋爱不同，正不妨大书特书的昭告世人，无所用其隐瞒啊。我一面唯唯诺诺，一面迟迟疑疑，终于挨到了《紫罗兰》第二年第一期的全部稿件发齐之后，才毅然决然的发了出去。知我罪我，在所不计，即使让卫道者给与我一个"名教罪人"的头衔，也是直受不辞的。

　　第一年的长篇小说，除胡山源兄的《龙女》外，都已结束。本年起特请汤雪华女士写了一部《亚当的子孙》，汤女士文笔老练，思想前进，向为山源兄所称许，此篇更是精心结撰之作。海上说梦人在二十年前曾以《歇浦潮》一书蜚声大江南北，最近特地为本刊写了一部《新歇浦潮》，揭发社会黑暗面，与禹鼎铸奸一样有力。每期刊登二回，使读者可以过瘾。

　　短篇创作有虞兮先生的《报复》，写一个失恋者的反常心理，入木三分。

阿湛先生的《多余的故事》，写人生的空虚，富有哲学意味。小珞女士的《一对小鸟的死》，借一对失却自由的小鸟，阐发自由的真谛，自是言中有物。方修先生的《浮沉》，写人情的虚伪，刻画入微。其他如柯凤先生的《春之插曲》、张丽英女士的《落叶》、璞子先生的《往事》、方正先生的《孤帆》，也都足以使人深长思的。

散文方面，有邬尉廷先生的中篇译作《横渡大西洋》、沈泽人的《三国志演义杂考》、高穆先生的《倦旅掠影录》、米家船先生的《死》等，也都是不平凡的佳作。

——民国三十三年五月周瘦鹃识于紫罗兰庵——

（选自 1944 年 5 月《紫罗兰》月刊第 13 期）

写在紫罗兰前头（八）

编者所作的《爱的供状——记得词一百首》，自披露了四十首以后，居然博得了广大的同情，感激万万。就中如范烟桥兄来函说："……读大作记得词，此中有人，呼之欲出。而我兄诗境之孟晋，为之惊怖！……"鲍忠祈先生来函说："决不是恭维的话，《爱的供状》曾经使我流了不少的眼泪，家中人常笑我看书居然会哭，那叫我回答些甚么呢？实在因为《爱的供状》太感动人了，情感丰富的我，又怎能例外呢？我常常一个人孤独地躲在房中看《爱的供状》，一遍，二遍，三遍，一遍又一遍的不厌其烦，老是重复的看着。……"闻人杰先生来函说："……近期《紫罗兰》，令人读之再三而不忍舍去者，莫若先生之《爱的供状》，不意世界之大，竟有如此神圣不可侵犯的爱在滋长着，而又发生于数十年前，始终不变，思之实属稀有，或者就为了是稀有之故，更觉有回味可寻。所以一方面为先生哭，而一方面也为先生颂。语云：'人生得一知己，可以无憾'，像先生这样的知己，世间实在难觅，而先生得之，那么又何必一定要结为夫妇呢？……"陈佩珍女士来函说："……大作《爱的供状》，我最爱读，何以不在一期中刊完？尝鼎一脔，不能大快朵颐，十分难过，希望能在十六期中获窥全豹，请不要吝惜篇幅吧。……"我读了这些信，一面感激，一面也兴奋极了。陈女士要我把《记得词》在一期中刊完，只为每首诗都须加注之故，颇费心力，而情感也激动太过，往往有说不出的难受，恕我不能从命。好在再刊两期，也就全部结束了。

本期创作，有方修先生的《金家铺的艳事》，以老练而带讽刺的笔调，写一段乡村里一个教授的桃色的故事，可说是艳，也可说是丑。白悠先生的《遗产》为纪念他尊翁的周年祭而作。以一幅画作为遗产，何等的清高，也何等的凄惋！但我以为比了守财奴遗下来的千万家财，要宝贵得多。蓝羽先生的《麦子》，写一位多情的女子，为了不忍离开她恋人的坟墓，而枯守在小城里当一个清苦的小学教员，读之有不尽惘然之感。邹曦先生的《惑人的星光》，写他自己恋史的一节，歌颂恋爱，又歌颂音乐，像一首美丽的散文诗。徐碧波先生的《星期一》，是写字间中星期一日的写真，轻松而又翔实，非个中人不能道。凌祖仁先生《鸽铃声里》，借鸽铃琴来怀念远方的哥哥，读之可增手足之情。陈福慧女士的《牧师的女儿》、薛所正女士的《银宝》,一写女校同学间的友爱,一写托儿所中师长的热诚,读了都能使心中油然而起温暖的感觉。

本期的散文,如范烟桥先生的《垂虹桥》、徐一帆先生的《希特勒的第一个恋人》、金渚啸先生的《深山狼妖的故事》,都可作茶余酒后的谈助。《紫兰花片》本期仍出专页"饮",包含关于"茶"的文字四篇,关于"酒"的文字二篇,那就算请亲爱的读者们喝四杯香茗、两杯美酒吧。

编者在过去十二期中所写的《新秋海棠》长篇说部,虽说不上是精心结撰之作,但因不弹此调已久,手生荆棘,所以也费了不少心血。现已编成话剧五幕六景,由唐槐秋先生主持的中国旅行剧团在本市绿宝剧场演出,同时并由老闸大戏院林黛英、张湘卿二女士表演越剧,两院阵容都很坚强,成绩准不会错,凡是本刊读过《新秋海棠》的读者,不妨分头前去一看。至于本书单行本,本拟筹措资本,自行出版,不料老母忽患牙瘤,心绪不宁,因此未能成为事实,愿将版权出让,凡书业中人有意承购的,请投函本市愚园路六○八弄九四号紫罗兰庵接洽。

——民国三十三年九月周瘦鹃识于紫罗兰庵——

(选自 1944 年 9 月《紫罗兰》月刊第 16 期)

写在紫罗兰前头（九）

　　本期创作，有陈本圣先生的《红》，写一位青年学子，把握住了他的心猿意马，始终不为美色所迷惑，真是难能可贵。他所得力的，就是《马太福音》上的两句金玉良言："我们要谨慎，免得有人迷惑我们！"真可为色情社会中一般意志薄弱的青年们说教，不要以为是无关宏旨的小说家言啊。程小麟先生的《诗人与寡妇》，写一位唐吉诃德式的诗人，援救一个被虐待的小寡妇的故事，诗人自以为是英雄事业，而终于因了他的穷，结果是失败了。他的笔调轻松而别有风格，读过之后，还觉得很有回味的。吴苹子女士的《海恋者》，写海滨一段三角恋爱的故事，那女主人公处于两位恋人之间，偏偏是五雀六燕，铢两悉称。她在不知道该怎样取舍的心境之下，却被一位老教授劝她为社会服务的一封信所感动，竟同时抛下了两位恋人，毅然决然的踏上了征程。"为了自己，为了他们，为了最崇高、最神圣、最有价值的爱，我不得不这么做！"这是何等伟大的呼声，也可为一般沉迷于恋爱圈中的女性们说教的。范烟桥先生的《同学少年都不贱》，写一位大学教授在他同学的结婚礼堂上，遇见他中学时代的许多男女同学，当初大家做中学生时，本来是同在一个范畴里的，而经过了社会洪炉的陶冶，却变做了各种不同型的人物，以致使这位大学教授起了无限感触，不免引用起老杜这一句有名的诗句来。其实我们这班进过学校的人，到了中年而仍然郁郁不得志的，遇见了同学少年，又那得不感慨系之呢？戴容女士的《入赘》，是一篇中篇创作，本期先登一半，下期续完，写一个穷小子迷恋虚荣，抛撇了真心爱他的人，入赘富家，以致受尽了侮辱，无可告语。凡是拜金主义者读了这故事，不啻当头棒喝。

　　关于拙作《爱的供状》，又得了几封信，可使我兴奋而感激的。吴仲熊先生来函云："读大作《记得词》，缠绵悱恻，一往情深，不独文词绮丽可爱，而天性敦厚，至情不移，益令人肃然起敬，彼纨袴薄幸者流，无容身之地矣。古人得一知己，谓可无憾，今足下得一知己于巾帼中，其亦可以无憾乎？……"虞兮先生来函云："……大作《记得词》不同凡响，玉溪竹垞，抗手风流，情文兼胜，读之醉心。不知尚须若干期始毕全豹，企予望之。"施旋女士来函云："……我想你的大作《爱的供状》，何以不多刊一些？甚至连《记得词》都未刊完,不免使我们爱读大作的人感到失望! 你说张恨水先生曾把你的影事写成《换巢鸾凤》十五回,未竟而辍,张先生的小说也是我们所爱读的,这一篇未饱眼福,可不可以把十五回移载《紫罗兰》上,使我们可持以印证。……"虞兮先生和施女士都急于要瞧到本篇的全豹,好在一共还剩四十首,就在本期中全都刊出,作一结束;至于张恨水兄的《换巢鸾凤》十五回,先前虽曾从申报的《春秋》副刊上逐天剪下来保存着,可是因为经了丁丑事变,颠沛流离之余,早已残缺不全,因此不能从命,请施女士原谅!

本期的《紫兰花片》又是一个专页"食",包含散文九篇,民以食为天,这原是我们生存条件上第一要著,可是在这非常时期,物资一天缺似一天,大家只能在纸上空谈一阵,等于画饼充饥,不过给我们这些挣扎在饥饿线上的人,聊以解嘲罢了。

拙作《新秋海棠》,仗着晨钟出版社陆宗植先生的毅力,竟在最短期间替我出版了,市上各报摊与书店里都有寄售,成绩都还不错。最近接到了四位读者的来函:"瘦鹃先生:《新秋海棠》已出现在报摊上了,我们都爱不忍释地争看着,觉得先生的文章真是太好了。我们除了相互赞美外,便写信给先生以表我们的心。可是有一点使我们感到奇怪,那就是先生编辑的《紫罗兰》月刊,为甚么忽然不出了? 每次我们走过报摊,总不见这灿烂的花朵,我们很惋惜而惊奇! 希望先生能早日编就出版,我们知道先生不会使我们失望的。我们这年青的一群,是需要这种精神的食粮,愿先生能尽力帮助我们,我们不会说客气话,还望原谅! 祝秋安。四个《紫罗兰》的读者陈永康、胡成、荣凤敬、余光耀同上。"这四位先生的来函,又给予我一种鼓励,使我很兴奋。承赞《新秋海棠》,愧不敢当! 至于《紫罗兰》,不错,我们又延误了出版的日期。不瞒诸位说,我们因为资本太少,一向是买一期纸张出一期的,谁知一个月来纸贵如金,使我们吓得倒躲倒躲! 幸而最近纸价已降低了一些,才使我们透了一口气,决计把这十七期赶快出版了。我希望纸老虎从此稍敛淫威,使出版界得以苟延残喘,不然的话,这一朵柔弱的紫罗兰也终于要给它一口吞噬下去的。谢谢四位先生的关怀!

《红楼梦》是中国小说界一部颠扑不破的杰作,为它心醉神往的读者,不知有多多少少。先前舞台上虽有演出,只是枝枝节节的采取书中一二节的故事,就是近来映演的《红楼梦》电影剧,也只着眼于贾宝玉与林黛玉的一段恋史,忽略了其余的情节。剧作家萧林先生的夫人陈元宁女士,特地编成了一部《红楼梦》话剧的剧本,包罗很广,剪裁也很精细,特交本刊

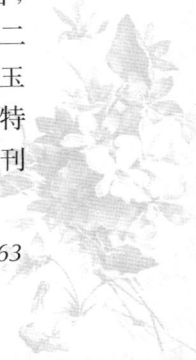

发表，即自本期开始刊登，大约不久的将来，读者就可在舞台上看到它的演出吧。

——民国三十三年十月周瘦鹃识于紫罗兰庵——

（选自 1944 年 11 月《紫罗兰》月刊第 17 期）

《爱之花》弁言

大千世界一情窟也,芸芸众生皆情人也。吾人生斯世,熙熙攘攘,营营扰扰,不过一个情罗网之一缕。情丝缚之,春女多怨,秋士多悲。精卫衔石,嗟恨海之难填;女娲炼云,叹情天其莫补。一似堕地作儿女,即带情以俱来,纵至海枯石烂而终不销焉。爱译是剧,以与普天下痴男怨女作玲珑八面观,愿世界有情人都成了眷属,永绕情轨,皆大欢喜,情之芽常茁,爱之花常开。

(选自 1911 年 9 月 25 日上海《小说月报》月刊第 2 卷第 9 号)

《世界秘史》例言

一、本书所载,皆世界各国实事,有原本可稽,初无一篇出于向壁虚造;

二、本书第一篇《拿破仑帝后之秘史》,曾编为戏剧,演于上海新舞台,易名《拿破仑之趣史》。夏月润之拿破仑,欧阳予倩之拿皇后,汪优游之奈伯格伯爵,夏月珊之勒佛勃尔公爵,周凤文之公爵夫人,皆卓绝一时;

三、本书内容实分六类:曰宫闱秘史,曰名人秘史,曰外交秘史,曰政治秘史,曰军事秘史,曰社会秘史。今不加诠次,间杂刊载,读者自为区别可也;

四、本书原作,类多出自欧美秘籍,罗致煞费苦心,而《拿破仑情人之秘密日记》一种,尤为名贵;

五、本书匆促付印,校雠少有疏略。鲁鱼亥豕,在所不免,读者请于读后更一阅卷末勘误表;

六、本书告成,除自行编译外,并深得友人程小青、张碧梧、黄宙民、华颂尧四君之助,附志一言,用致感忱。

编者(周瘦鹃)志

(录自《世界秘史》,1918 年 1 月 10 日上海中华图书集成公司初版)

周瘦鹃心血的宣言^①

看官们请了！在下是周瘦鹃的心血，向来不值什么钱的，东也洒一些，西也洒一些，直好像自来水一样，七八年来，也不知洒去多少了。其实于人家毫没益处。如今同着王钝根出主意，索性把我们余下来的合在一起，又约了几位老朋友的心血，合伙儿去浇灌《礼拜六》这片文字的良田。一礼拜七日，天天浇灌，指望他到处开出最美丽的花来，给看官们时时把玩。每逢礼拜六，就能闻到花香，看见花光，月份牌上的礼拜六无穷。愿《礼拜六》的良田不荒，愿《礼拜六》的好花常开！

（选自 1921 年 3 月 19 日上海《礼拜六》周刊第 101 期）

《游戏世界》的发刊词

今年不是五德公当位么？"雄鸡一声天下白"，应该把猢狲玉狡诈的居心，敷衍的积习，得过且过的光景，洗刷一洗刷，变换一变换，才算称那五德公的徽号呢：——列位！我虽是个书贾，也是国民一分子，自问也还有一点儿热心！当这个风雨如晦的时局，南北争战个不了，外债亦借个不了。什么叫做护法？什么叫做统一？什么叫做自治？名目固然是光明正大的，内中却黑暗的了不得！让他虚虚实实，真真假假，有权有势的人，向口头，报上尽力去干；这向来是轮不到我们的——我们无权无势，只好就本业上着想，从本业上做起：特地请了二三十位的时下名流，各尽所长的分撰起来，成了一本最浅最新的杂志，贡献社会。希望稍稍弥补社会的缺陷！这就是本杂志的宗旨——曾记得《论语》上有那"游于艺"这一句话，又记得《毛诗》上有那"善戏谑兮，不为虐兮"这两句话，我就断章取义的，把他这两个字，做了我这本杂志的名字。——但是这两个字，我们中国一般咬文嚼字脑筋内装满头

巾气的老师、宿儒,向来把这两个字当作不正经代表的名词;教诲子弟,当作洪水毒兽的警戒。我若不明白一番,不但我这本杂志的宗旨埋没了,而且孔圣人同那诗人这几句话,都变成坏话了——列位!须知道孔圣所说的"游于艺",就是三育中发挥智育的意思。诗人所说的"善戏谑兮",就是古来所说"庄言难入,谐言易听"的意思。可见这两个字,真是最正经的。——说到这里,我还有那西来的学说,做个极精确、极明白的证据。西人许多哲学大家,也曾把游戏的原理、游戏的价值研究过多少次数;讨论过多少次数。有的说:"游戏出于精神充溢的";有的说:"游戏根于祖先遗传的";有的说:"游戏由于能力练习的"。三个说头各有不同的焦点。分别起来,第三说的理由,比较那第一说、第二说,却占优胜一点。他说:"游戏的起原,是从本能而生的。本能的发达,又是跟游戏而出的。"就这几句话推想起来,游戏的方法,游戏的种类,我也说不了的许多。——大概当分为二种:一种是关于心意的;一种是关于筋肉的。关于心意的,当然入于智育范围;关于筋肉的,当然属于体育范围。——我们这本杂志,就同人的知识,同人的经验,东掇西拾的杂凑起来,似乎尚在那"筚路褴褛","草昧开辟"的时代。——但是宗旨所在,就那智育上、体育上能得稍稍有点儿发明,增进游戏的本能,为社会将来生活的准备,借此鸡口的"詹詹之言",唤醒那假惺惺的护法家、统一家、自治家,牛后的大吹特吹,这不是本杂志的"不鸣则已,一鸣惊人"么?

（选自 1921 年 6 月上海《游戏世界》月刊第 1 期"创刊号"）

《紫兰花片》弁言

春暮,紫兰零落,乞东皇少延其寿不可得也,遂拾花片葬之净土。索居寡乐,则以文字自遣,晨抄暝写,期月成帙,即颜之曰《紫兰花片》。清诗人彭甘亭论诗句云:"我似流莺随意啭,花前不管有人听。"意在自娱,不解媚俗,《紫兰花片》之作亦窃持斯旨焉。
壬戌仲夏周瘦鹃识于紫罗兰庵。

（选自 1922 年 6 月 5 日上海《紫兰花片》月刊第 1 集）

说觚·《亡国奴之日记》跋及 创作前后

往岁，予感于五月九日之国耻纪念，尝有《亡国奴之日记》一作，举吾理想中亡国奴之苦痛，以日记体记之，而复参考韩、印、越、埃、波、缅亡国之史俾资印证，深宵走笔，恍闻鬼哭声，而吾身似亦入于书中躬被亡国之苦，纸上墨痕正不辨是泪是血也。书仅万余言，而亡国奴之苦况书写殆尽，开端有二语曰："前此，有国之时，弗知爱国，今欲爱国，则国已不为吾有。"故愿吾国人乘此祖国未亡之际共爱其国，幸勿谓作者之无病而呻也。篇末有《跋》语，录之以见予怀：

> 周瘦鹃曰：吾草斯篇，吾悄然以思，悄然以悲，扳然以惧，吾心痛如寸劙，吾血冷如饮冰，吾四肢百体亦为之震震而颤。吾乃自疑，疑吾身已为亡国奴矣，魑魅魍魉环伺吾侧，一一加吾以揶揄。于是吾又抚躬自问，问吾祖国其已亡也耶？然而此"中华民国"四字固犹明明在也；吾祖国其未亡也耶？则一切主权奚为操之他人？而年年之五月九日又奚为名之曰"国耻纪念日"？吾尝读越南、朝鲜、印度、缅甸、埃及、波兰之亡国史矣，则觉吾祖国现象乃与彼六国亡时情状一一都肖，吾因不得不佩吾国人摹仿亡国何若是其工也！于是，吾又悄然以思，悄然以悲，扳然以惧，设身为亡国之奴，而草此《亡国奴之日记》。吾岂好为不祥之言哉！将以警吾醉生梦死之国人，勿应吾不祥之言陷入奴籍耳。尝忆十年以前英国名小说家威廉·勒勾氏草《入寇》一书，言德意志之攻陷英国。夫以英之强，勒勾氏尚发为危辞警其国人，今吾祖国之不振如是，则此《亡国奴之日记》又乌可以不作哉？吾记告成，乃在凄风苦雨之宵，掷笔汍澜，忧沉沉来袭吾心。惝悦中似闻痛哭之声匝于八表，并有大声发于天，曰："是，汝祖国之魂也，方在泥犁中哀其子孙加以拯拔耳！"国人乎，汝其谛听！
>
> 瘦鹃又曰：此日记理想之日记也，吾至愿此理想永为理想。

原篇见中华书局出版之《瘦鹃短篇小说》。

368

民国八年五月，青岛问题起，国人愤激万状。予因请于中华书局局长陆费伯鸿先生。别刊单本行世，每册售值五分，以中国纸印，叠版数次，凡销去四五万册。然则吾国人心目中殆亦知亡国之可惧也。

（选自 1922 年 6 月 5 日上海《紫兰花片》月刊第 1 集）

《快活》祝词

《快活》出版，找我做一篇描写快活的小说，我本想快快活活的做一篇，叵耐事情太忙了，想不出好意思来。要快活，竟不能快活，只得怀着一肚皮的不快活勉勉强强说几句祝颂《快活》的话。

现在的世界，不快活极了。上天下地充满着不快活的空气，简直没有一个快活的人。做专制国的大皇帝，总算快活了，然而小百姓要闹革命，仍是不快活。做天上的神仙，再快活没有了，然而新人物要破除迷信，也是不快活。至于做一个寻常的人，不用说是不快活的了。在这百不快活之中，我们就得感谢《快活》的主人，做出一本《快活》杂志来，给大家快活快活，忘却那许多不快活的事。我便把一瓣心香，祝《快活》长生，并敬《快活》的出版人、《快活》的印刷人、《快活》的编辑人、《快活》的撰述人、《快活》的读者皆大快活，秒秒快活，分分快活，刻刻快活，时时快活，日日快活，月月快活，年年快活，永永快活。

（选自 1923 年 3 月上海《快活》旬刊第 1 号"创刊号"）

《紫罗兰庵小丛书·
小小说选》弁言

不慧束发受书，即喜读小说，举中外名家之作，浏览殆遍，兴之所至，几忘寝馈，家人以为痫。罢学而后，即亦东涂西抹，效为小说家言。而孤陋寡闻，无当大雅，行自惭也。日者，纂辑《紫罗兰庵小丛书》，偶得友朋短篇作品若干,篇篇不足二千言,而情文兼至,不落凡近,是诚能以少许胜者,心焉好之。穷数日,夜力从事,选辑得二十篇,汇为一编,曰《小小说选》,不分卢前王后,以篇幅短者居前,较长者列后。旧作《等》因读者多谬相推许,故亦选入。其所以橐然居首者,则以篇幅最短故也。书成之日,秋花正烂开,瓷盎中五色凤仙一枝嫣嫣欲笑,似与吾书中群贤之心血相为妩媚者。把笔一笑,拉杂书此。

癸亥孟秋吴门周瘦鹃识于紫罗兰庵。

（选自《紫罗兰庵小丛书·小小说选》1923 年 9 月上海大东书局初版）

祝《社会之花》

香国中万紫千红,热闹极了。每年春夏秋冬,总有许多嫣姹红紫的好花,争艳斗妍的开出来,点缀这灰暗枯寂的世界,顿觉得世界美丽了。人生才平添了许多乐趣!

花的种类很多很多,色香兼备而又毫无缺憾的,却很少很少。紫罗兰花有色有香,那种明艳的紫色和幽媚的香味,都非常可爱,可惜寿命不长,一会儿就憔悴了。玫瑰花也有色有香,西方人尊为花后,可惜有刺刺手。也是一种缺憾。莲花、百合花亭亭独立,美是美极了,可惜香味欠缺些。所以好花虽多,总没有一枝十全十美的花。

如今文艺界中,却有一枝十全十美的好花开出来了。有一等一的色,一等一的香,却又不像紫罗兰的短命、玫瑰花的有刺。这朵花芳名叫什么? 就叫做《社会之花》。

这《社会之花》的种花人是王钝根,他是十多年种"花"的老手了,当然很爱护培植这枝初胎的奇花。一天茂盛一天。我就在这儿掬着一瓣心香,很虔诚祷祝道:天地无尽,《社会之花》常开!

（选自 1924 年 1 月 5 日上海《社会之花》旬刊第 1 卷第 1 号"创刊号"）

《福尔摩斯新探案全集》序

英国柯南道尔先生之《福尔摩斯侦探案》蜚声世界久矣。其长短篇诸名作,欧美各国,迻译殆遍,即吾国亦已大备,嗜侦探小说者,几乎人手一编焉。中华书局之《福尔摩斯全案》,采译最广,蔚为大观。其欧战以后诸新著,如吾友舍我所译《皇冕宝石》,与拙译之《雷神桥畔》、《匍匐之人》、《吮血记》等,皆短篇,曾刊载予所主之《半月》杂志。别刊单本,沧海差无遗珠矣。比者南沙张葳苹先生,忽又译得柯氏旧作《孪生劫》一书,为《福尔摩斯全案》中所未备,其情节之诙诡奇谲,殊不亚于《血书》、《罪薮》、《獒祟》诸书,校读之余,叹赏靡已,爰亟为付刊,以示同好。

（选自《福尔摩斯新探案全集》1925 年 12 月上海大东书局初版）

几句告别的话

记得在二十八年以前吧,我还是个六岁的小孩子,不幸父亲去世了,可怜我从此便变做了个无父孤儿。为了父亲没留下财产来,家里太穷,因此,我常受邻儿的欺侮,挨了打,只索躲到家里来哭。后来进学堂去读书了,见了师长,果然害怕,就是在同学之中,也得让人三分,在民立中学读了几年书,达到了最高的一班,因病没有参与毕业的考试。承校长先生瞧得上我,唤我在预科中做英文教员,好容易捱过了一年。这一年中,那些小兄弟们见我并没有压服人的声威,也就不加忌惮,致使我的管理,十分棘手,终于辞职而去。脱离了学校之后,就从事于笔墨的生活,一年来东涂西抹,居然能自立了,又于笔头上比较的勤些,我这不祥的名字,常常在报章杂志上出现,居然给多数人认识了。然而十多年来,呕心沥血所得,却多半给亲戚们蚕食了去,使我不得不怀着两叶坏肺,仍在拼命做事。除了赡养一家十余口以外,还要供应亲戚们无厌的诛求,因为我生就是个弱者,不怕我不拿出来的。然而不打紧,好在我的身体还支撑得住,尽管像牛马般做下去就是了,只要办事顺手,辛苦些算什么？不幸我所处的地位,恰恰做了人家文字上的公仆。一天到晚,只在给人家公布他们的大文章,一天百余封信,全是文稿,又为的朋友太多,不能不顾到感情,只得到处讨好,而终于不能讨好,偶一懈怠,责难立至,外界不谅,又因来稿未登,或敷衍未周,而加以种种的责备、种种的谩骂。日积月累的苦痛,一言难尽,便是日常相见的朋友之间,也莫名其妙的会发生了误会,引出许多是非,在我已觉得鞠躬尽瘁,而在人还是不能满意。唉,好好先生做到这个地步,可已做到山穷水尽的地步了。

我和《上海画报》的关系,是发生在亡友毕倚虹先生病重之际,他以报务重托了钱芥尘先生继续维持,而由钱先生以编辑一席托我担任,当时转告倚虹,倚虹很为高兴,在病榻上执了我的手,说《画报》由你担任辑务,必可持久,我的心中得到安慰了。后来倚虹病故,我就一径担任下去,捱过了一年多,觉得自己才力不及,因便交还钱先生自己主编,每期只撰稿一篇,不问他事。到得去年冬间,钱先生以事离沪,便又将编辑、发行等事统交与我,代为主持,一年以来,任劳任怨,苦痛万分,不知不觉的似乎处于养媳妇的地位,谁有了气,都是向我来发泄,而我自己有了气,只索向肚子里咽,无可发泄,加着我对于印刷一切,也有不满意处,早想摆脱了。到了今天,回来的已回来了,摆脱也不妨事了,我自己觉得终于是个弱者,什么事也终于是吃力不讨好的,所以我慢慢地要谋一个退藏于密的办法。第一步从《上海画报》做起,先解决我一部分的苦痛,从此以后,便和期期读我那篇不知所云的文字的读者诸君长别了。敬以一瓣心香,祝读者诸君的康健与快乐！

(选自 1929 年 1 月 12 日《上海画报》三日刊第 431 期第 2 版)

五百号纪念的献词

一个潮头打过来,一个潮头打过去,加以风狂雨暴,助澜推波,一艘船在中间行驶,倘不是船身坚固,船老大有能耐,如何对付得了,到头来不免樯摧桅折,卷到海底里去了。《上海画报》也好像是艘船啊,开驶到如今,已是五百次了,经过了多少次的骇浪惊涛,捱过了多少回狂风暴雨,总是一帆风顺,安安稳稳的驶过去。这果然是由于旧船主毕老板当初造船时造得坚固,而新船主钱老板的有手腕,有魄力,尤其是人人公认的。在下不自量力,居然也曾当过一任船老大,可是缺少航海经验,吃力不讨好,险些打翻了船,幸而钱老板一到,立时转危为安,竟好似春水船如天上坐了。如今船主与新船老大通力合作,一往直前,航线的进展,日胜一日,到今天便兴高采烈的举行起开驶五百次的纪念式来。在下虽已洗手不干,而眼见得我们老船如此顺利,也不由得要曲踊"五"百,距跃"五"百(三百不够)的赶去祝贺一番咧。

> 炯按:倚虹未故时,愚等接到是报,即推瘦鹃先生主持编辑,赖以不坠,尤以客岁危疑震撼之秋,幸得鹃公从容坐镇,否则斯船已沉,安有今日之纪念哉?

(选自 1929 年 8 月 24 日《上海画报》三日刊第 500 期第 3 版)

《新家庭》出版宣言

家庭是人们身心寄托的所在。能给予人们一切的慰安,一切的幸福。你无论走到天尽头地角里去,你总会牵肠挂肚的想念着它。心中跃跃地兀自想回到这家庭里来。这种意味,凡是不曾远离过家门的人,是不会知道的。

人类是不知足的动物。他们营营一生,从来没有知足的时候。所以久处在家庭的卵翼之下,享受着了种种的慰安与幸福。还是不知足。往往有以家庭为烦恼之府,而自甘脱离家庭的。他们哪里知道无家之苦,正等于亡国人民的无国之苦!旁皇复旁皇,飘泊复飘泊,到处瞧不到一张慈和的面庞,听不到一声温柔的言语,到了那时,怕就要回想到家庭的甜蜜咧。

家庭,甜蜜的家庭。里面充塞着无穷的爱,不用你自去追求,自然而然的会给与你的,只要你守你应守的范围,尽你应尽的责任,那么你要慰安,给你慰安;你要幸福,给你幸福。你可安然做这小天国中的皇帝,决没有人来推翻你。

我们因鉴于家庭与各个人的关系的重要,因此有《新家庭》杂志之作,每月出版一次,参考美国 *Ladies Home Journal*、*Woman's Home Companion*,英国 *The Home Magazine*、*Modern Home* 等编制,从事编辑。一切材料,都求其新颖有味,成为家庭中最良好的读物。如荷读者随时赐教,无任欢迎。

(选自 1932 年 1 月上海《新家庭》月刊第 1 卷第 1 号"创刊号")

《申报·儿童周刊》发刊词

宇宙间的一切,不外乎生息于三个时期以内。过去,现在,未来。人之常情,总是感伤着过去,不满于现在,而希望着未来。那么,让我们来抓住未来吧!

儿童,是未来的代表者,所以我们对于未来的一切希望,也就整个儿属于儿童们的身上。我们是渐渐地老了,不中用了,眼瞧着这内忧外患相煎相迫的祖国,除了摇头太息外,谁也想不出一个挽救的方法来。所希望者,只得希望我们的富有朝气的儿童们,将来都能把救国救民的一副重担,挑在他们的肩头,仗着大刀阔斧,杀出一条生路来,使我们这可怜的祖国,终于有否极泰来的一天。

可爱的儿童们啊,你们是我们绝望中的一丝希望,黑暗中的一线光明!我们目前虽是沦陷在地狱之中,却期待你们快快长大起来,拯救我们。你们是祖国的未来的主人翁,你们的责任是何等的重大!

然而,你们现在还是在幼小的时代,如花含苞,如日方升,甚么都需要我们的扶助与爱护。可是我们自愧力量薄弱了,只能在每星期日刊行这一纸小小的儿童周报,贡献于我们亲爱的小朋友,给你们每星期日在跑跳玩笑之余,多一种有兴味的读物。小朋友们啊,我们掬着十二万分的至诚,祝你们智、德、体三育同时并进,进步无量!

(选自 1933 年 12 月 10 日《申报》第 13 版)

《花果小品》序

不慧生平无他嗜,爱花果最焉。年来百忧内燠,邑邑不乐,所赖以慰情者,厥惟花果。每当笔耕之暇,辄归就小园,把锄于花坛果圃之间,用以忘忧,而忧果少解。苏东坡所谓时于此中得少佳趣者,信哉。不慧于花中最爱紫罗兰,二十年来,魂牵梦役,无日忘之,洎移家吴中,庭园间植之殆遍,春秋

374

花发，日夕领其色香，良惬幽怀。舍紫罗兰外，其他奇花异草，亦多爱好，不能毕举。而于四时果木，尤喜栽植，盖花时既可娱目，一旦结实，复足餍口腹之欲。田园风味，要非软红十丈中人所克享受也。不慧以爱好花果故，兼爱有关花果之诗词文章，平昔搜集所得，灿然成帙。而于逸梅小品，亦独爱其偬述花果之作，每一把诵，似赏名花而啖珍果，坛坛有余味，尝从臾之，辑为专集，以贻同好。睹逸梅书来，云已汇为一编，问世有日，愿得一言以弁其首。不慧奉书喜跃，欲快先睹，率书数语以归之。是为序。

甲戌孟冬。吴门周瘦鹃序于紫罗兰庵。

（选自《花果小品》1935 年 4 月 10 日上海中孚书局初版）

《乐观》发刊辞

我是一个爱美成癖的人，宇宙间一切天然的美，或人为的美，简直是无所不爱。所以我爱霞，爱虹，爱云，爱月。我也爱花鸟，爱虫鱼，爱山水。我也爱诗词，爱书画，爱金石。因为这一切的一切，都是美的结晶品，而是有目共赏的。我生平无党无派，过去是如此，现在是如此，将来也是如此；要是说人必有派的话，那么我是一个唯美派，是美的信徒。可是宇宙间虽充满着天然的美和人为的美，叵耐不幸得很，偏偏生在这万分丑恶的时代，一阵阵的血雨腥风，一重重的愁云惨雾，把那一切美景美感，全都破坏了。于是这"唯美派"的我，美的信徒的我，似乎打落在悲观的深渊中，兀自忧伤憔悴，度着百无聊赖的岁月。

知我者谓我心忧，不知我者谓我何求？有些乐观的朋友，都笑我无病呻吟，而以"乐观"为劝；可是悲观者终于悲观，无论人家怎样劝慰，总觉得跼天蹐地，无从乐观起来。于是另有几位热肠的前辈先生，来探讨我悲观的病源，结果却说：平日间太空闲了，太空闲就多思虑，多思虑就要引起悲观来；不如给些事情你做做，使你忙得没有思虑的工夫，也许可以医好你的悲观病。因了这个动机，立时决定办一个杂志，就定名为《乐观》，把发行、编辑的两副重担，一起搁在我的肩上，真的要使我忙不过来，再也没有思虑的工夫了。回想我在往年，曾编过《半月》、《紫罗兰》、《新家庭》、《紫兰花片》诸刊物，那时兴高采烈，不知困难为何物。可是匆匆十余年，此调不弹久矣；如今

375

故调重弹,便觉手生荆棘,触处都感到困难,那就不得不期望一般文艺界老朋友援之以手了。

我因爱美之故,所以对于这呱呱坠地的《乐观》,也力求其美化,一方面原要取悦于读者,一方面也是聊以自娱;并且可把这"乐观"二字,当作座右铭般,时时挂在我的眼底心头,时时挂在每一个读者的眼底心头,愿大家排除悲观,走向乐观之路,抱着乐观,乐观光明之来临。

(选自 1941 年 5 月 1 日上海《乐观》月刊第 1 期)

《花前琐记》前言

东涂西抹,匆匆三十年,自己觉得不祥文字,无补邦国,很为惭愧!因此起了投笔焚砚之念,打算退藏于密,消磨岁月于千花百草之间,以老圃终了。当时曾集清代诗人龚定公句,成《撼怀吟》、《逐初吟》各十四首,向朋友们示意,中如:

暮气颓唐不自知,一灯悬命续如丝;
　　今年烧梦先烧笔,倦矣应怜缩手时。
名场阅历莽无涯,一代人才有岁差;
　　花月湖山娇冶甚,自缄红泪请回车。
少小无端爱令名,九流触手绪纵横;
　　百年心事归平淡,至竟虫鱼了一生。
一灯红楼混茫前,东海潮来月上弦;
　　花有家乡侬替管,莫因心病损华年。
不要公卿寄俸钱,此身已作在山泉;
　　人生合种闲花草,明镜明朝定少年。
断无只梦堕天涯,忽向东山感岁华;
　　我替梅花深颂祷,丽情还比牡丹奢。
此去东山又北山,料无富贵逼人来;
　　黄梅淡冶山攀靓,记取先生亲手栽。
斜阳只乞照书城,玉想琼思过一生;

从此周郎闭门卧,梅花四壁梦魂清。

单单看了这八首诗,就可知道我的心事了。

对日抗战胜利以后,我就实践了这些诗中的话,匆匆的结束了文字生涯,回到故乡苏州来;又因遭受了悼亡之痛,更灰了心,只是莳花种竹,过我的老圃生活,简直把一枝笔抛到了九霄云外;如今重行执笔,重理故业,真有手生荆棘之感。幸而日常起居于万花如海中,案头有花枝照眼,姹娅欲笑,边看花,边动笔,文思也就源源而来了。

《花前琐记》之作,除了漫谈我所喜爱的花木事而外,也谈及文学艺术名胜风俗等等,简直是无所不谈;一方面歌颂我们祖国的伟大,一方面表示我们生活的美满;要不是如此,我也写不出这些文字来的。此外我需要鼓励和督促,要是没有朋友们的鼓励和督促,我也不会这样勤笔勉思的。

一九五五年四月周瘦鹃识于紫罗兰庵
（选自《花前琐记》1955 年 6 月北京通俗文艺出版社出版第 1 版）

《花花草草》前记

我是一个特别爱好花草的人,一天二十四小时,除了睡眠七八小时和出席各种会议或动笔写写文章以外,大半的时间,都为了花草而忙着。古诗人曾有"一年无事为花忙"之句,而我却即使有事,也依然要设法分出时间来,为花而忙的。有时甚至忙得过了头,废寝忘食,影响了健康;这不仅仅是寻常的爱好,简直是做了花草的奴隶了。

我的家园,自从解放以来,就向群众开放,来者不拒。全国各地的工农兵以及首长、干部和国际友人们,都来参观我的花草,表示特殊的好感,使我精神上得到了莫大的安慰,也增加了我劳动的热情,总想精益求精,使他们乘兴而来,不要败兴而去。有好多来宾还要求我多写些有关花草的文章,以供观摩。我兴奋之余,就把一枝闲搁了十多年的笔,重新动了起来,居然乐此不疲。老友沈禹钟兄去秋特来看花,赠诗多首,中有"闭户自开花世界,著书能斗月精神"之句,虽说有些过誉,倒也给与我一种鼓励。

本书所收的散文三十五篇,都是一九五五年的作品,分为二辑:第一辑为我所爱好的花草果品张目,颂德歌功,不遗余力,第二辑记记游踪,写写风土俗尚,谈谈苏州的手工艺,有的虽说与花花草草无关,然而也可以说是日常生活中的花花草草,反映出我在这新中国的新社会中,是过得非常美好、非常愉快的。因此统名之曰"花花草草",也未始不可。

一九五六年五一劳动节周瘦鹃记于紫罗兰庵
（选自《花花草草》1956 年 9 月上海文化出版社出版第 1 版）

《拈花集》前言

时光过得多快呀！古人以"白驹过隙"来作比,虽觉夸张,然而华年不再,白发催人,所谓华年似水,的确像水一般在不知不觉中泻过去了。这一泻,可就泻去了我整整六十七年有半,而在这些悠悠忽忽的年头里,写作生活却足足占去了五十年。五十年东涂西抹,忝列作者之林,扪心自问,实在没有什么成就,但在我个人的生命史中,毕竟是可以纪念的一页。

解放初期,万象更新,文艺界也换上了新的面貌。我怀着自卑感,老是不敢动笔;打算退藏于密,消磨岁月于千花百草之间,以老圃终老了。当时曾集清代诗人龚自珍句成诗以寄慨,中如:"暮气颓唐不自知,一灯悬命续如丝,今年烧梦先烧笔,倦矣应怜缩手时。""少小无端爱令名,九流能手绪纵横;百年心事归平澹,至竟虫鱼了一生。""斜阳只乞照书城,玉想琼思过一生;从此周郎闭门卧,梅花四壁梦魂清。"读了这些诗,可见我那时的心情非常萧素,是充满着黄昏思想的。

一九五一年九月,我意外地被邀出席苏南区第一届文学艺术工作者代表大会,江苏省管文蔚副省长那时正任苏南人民行政公署主任,在大会上接见了我。随后他又给了我一封信,略谓:"先生从事写作多年,经验丰富,希望遵照毛主席所指出的正确的文艺路线,发挥高度的爱国热情,继续写作,将来对人民文艺事业谅必有更多的贡献。"一九五三年六月,陈毅元帅在上海市市长任内,有一天光临苏州,也光临了我的小圃,当他提到我往年的写作时,我即忙回说过去的一切写作真要不得,我全都否定了。元帅却正色道:"不！这是时代的关系,并不是技术问题。"这句话,正如管副省长的那封信一样,给与我莫大的鼓励。于是振作精神,重又动起笔来。这几年间,曾经在报纸和刊物写了不少散文,先后出版了《花前琐记》、《花前续记》、《花前新记》、《花花草草》四个选集,虽说旧调重弹,总算有了一些新的内容,但与毛主席所指示的文艺路线还是有相当距离的。

至于近三年来所获得的一些成绩,那要归功于毛主席。只因我于一九五九年四月和一九六二年四月,曾两度荣幸地见到了主席,他老人家给了我很大的鼓励,才使我勤笔勉思,鼓足干劲,孜孜兀兀地猛干了三年。这一种知遇之感,真是刻骨铭心,永远不会忘却的。

今年恰是我从事写作以来的第五十个年头,感谢上海文化出版社不弃葑菲,要我把这几年间所写的散文,编一本选集,除了把先前《花前琐记》等四个集子里的作品或多或少地加以修改作为基本内容外,再把近年来发表于报纸、刊物上的和其他若干篇没有发表过的作品,补充进去,分作三辑,定名《拈花集》。记得书中曾有这么一个故事:"释迦牟尼在灵山会上,拈花示众,一时众皆默然,只有迦叶尊者破颜微笑。"我的拈花,怎敢比释迦牟尼的功德,不过是拈花惹草,自娱娱人罢了。但是饮水思源,还得感谢毛主席、陈毅元帅和管文蔚副省长先后给我的鼓励,才使我在这新中国的新时代里不被淘汰,而仍然列于作者之林。今天才有这么一本选集,居然公之于世。感谢田汉同志赐序,给我这选集增加了光采,可是语多溢美,实在愧不敢当;我只有至至诚诚地跟着那班小学校里的小朋友们,一同喊起口号来:"好好学习,天天向上!"

一九六二年八月周瘦鹃记于紫罗兰庵

(选自《拈花集》)

附:《紫兰花片》1—12 期封面

编者按:1922 年 6 月周瘦鹃的个人小杂志《紫兰花片》出版,制作精美,出版后轰动一时。其宗旨为"意在自娱,不解媚俗"。共出版两年 24 期,第一年每期请一位名人为刊名题签,每期均换一幅时尚仕女画。特搜之刊印,以飨读者。

第一集

第二集

The Violet.

he Violet.

第四集

The Violet.

第五集

The Violet.

第六集

The Violet.

第七集

The Violet.

第八集

The Violet.

第九集

The Violet.

第十集

The Violet.

第十一集

第十二集

The Violet.

艺界交游及影剧评论

YIJIEJIAOYOUJIYINGJUPINGLUN

小 说 杂 谈（一）

　　春云残矣，莺声已老，烟梧压窗，风柳攀檐，索居寡乐，无以忘忧，遂有小说杂谈之作。忆云词人有言：不为无益之事，何以遣有涯之生？自遣而已，固不必问事之有益无益也。

　　小说一道，由来已久。在吾国发轫于汉魏，代有述作。在欧洲，则犹滥觞于耶稣基督降生以前，迄十八、十九世纪而益精。晚近欧美诸邦，竞以小说相炫异，光怪陆离，不可方物。凡有文字之国，殆无不知有小说矣。吾国小说，在汉魏六朝唐宋时，多短篇，作笔记体，名亦不甚著。迨施耐庵《水浒传》、曹雪芹《石头记》出，斯称大观，传至胜清末叶，乃益复脍炙人口。外此虽有名者，然终远在此二书下也。以言小说界人材，则英国最多，法国美国次之，俄德又次之。其他意大利西班牙瑞典日本诸国，虽有名家，不过一二人而已。以言文字，则一般人多推法国为最，英美次之。法之作者，文字多极纤丽，有非英国作家所能及者。而黄钟大吕之音，则终推英国。盖英国如中闺命妇，仪态端重，示人以不可犯。法国则如十八九好女儿，回眸送笑，作殢人娇态也。美国以清新隽逸见长，如裘马少年，翩翩顾影。俄德亦极质实，悃愊无华，如老名士然。其他诸国，各有所长，各有所短。而小说之盛，亦殊不逮英法美俄诸国也。

　　小说家以英国为多。就中名者，殆远过孔子门下七十子之数。其尤著者，则如彭扬（J. Bunyan）、谭福（D. Defoe）、古尔斯密（O. Goldsmith）、菲尔亭（H. Fielding）、施各德（W. Scott）、兰姆（C. Lamb）、哀立哇（G. Eliot）、山格莱（W. M. Thackeray）、狄根司（C. Dickens）、李特（Reade）、史蒂文逊（L. Stevenson）、哈葛德（B. Haggard）、柯南道尔（A. Conan Doyle）诸家。法国名家，则有伏尔泰（Voltaire）、嚣俄（V. Hugo）、乔治山德（George Sand）、白尔石克（H. Balzac）、大仲马（A. Dumas Pere）、小仲马（A. Dumas Fils）、陶苔（A. Daudat）、查拉（E. Zola）、毛柏桑（G. De Maupassant）、梅立末（P. Merimee）诸家。美则有欧文（W. Irving）、霍桑（N. Hawthorne）、波（E. A. Poe）、施土活夫人（Mrs. Stowe）、马克吐温（Mark Twain）、哈脱（B. Harte）诸家。俄有托尔斯泰（L. Tolstoi）、杜瑾纳夫（L. Turgeajeff）、益崛利夫（L. Andreef）。德有贵推（J. W. Goetbe）、欧

白克（B. Auerbach）、施柏海根（F. Spielhagen）。意大利有法利那（S. Farina）。西班牙有山尔文咨（Cervantes）。瑞典有史屈恩白（A. Strindberg）。日本有德富健次郎。凡此诸子，均与一代文化，有莫大之关系。心血所凝，发为文章。每一编出，足以陶铸国民新脑。今日欧美诸邦之所以日进于文明者，未始非小说家功也。

（选自《申报·自由谈》1919 年 5 月 31 日第 15 版）

小 说 杂 谈（三）

英国近世名小说家，舍柯南道尔、哈葛德二氏外，端推威廉勒勾氏（William Le Queux）。氏以奇情小说见长，极酣畅淋漓之致。旁及外交奇案、间谍逸史，亦复俶诡可诵。予尤赏其《入寇》Invation 一书，足令人惊心动魄，几疑其为实情实事也。书为理想小说，略谓某年德国入寇英伦，全国糜烂。世界第一名城之伦敦，竟沦为德意志兵牧马之场。其描写兵燹之惨，历历如真，读者几若置身影戏场中，观大战之影片者。然尔时尚在十年以前，方英国鼓舞承平时也，乃不数年而欧洲大战起，虽血战五稔，英伦无恙，而战中事状，间有为氏所言中者。其目光之远大可知矣。此书本旨，在掊击陆军，令加改革，并以警惕举国国民，知所戒备。其意甚盛。英国名将劳勃志贵族（Lord Roberts）尝为之序，深加赞叹。盖所谓有功世道人心之作者，此书其当之无愧矣。闻氏于著述之先，尝旅行国中要隘，历时四月，历程一万余里。其于军队之布置，军港之设备，无不细事研究，而由军事学家为之指点，其价值之大，非寻常小说家言所可比拟。书既成，国人无不感奋，销行至数十万册。天笑、觉我尝译之，易其名曰《英德战争未来记》，颇明洁可诵。吾国不乏作者，有能师其意，草一《中国覆亡记》者乎？则其警觉国人之力，不殊释迦佛作大狮子吼也。

（选自《申报·自由谈》1919 年 6 月 8 日第 15 版）

小 说 杂 谈（六）

　　小说家之笔，犹社会中之贤母，往往能产出一二英物，为世称颂。吾于欧美小说家中，得数人焉。一曰谭福①（D. Defoe），于其笔端产生一漂流荒岛之鲁滨生。其写风涛，写鸟兽，写鲁滨生，皆有龙骧虎跃之观。于是后之读者，咸深信世间有此大冒险家鲁滨生。实则谭福笔端及理想中之肖子而已。西班牙大家山尔文咨②（Cervantes），作《堂堪克素传》③（*Don Quixote*），于其笔端产生一戆侠客堂堪克素，嬉笑怒骂，皆成文章。吾国虽无有知之者，试执欧美人而问之，则类能言堂堪克素事。是又山尔文咨笔端及理想中之肖子也。施各德以小说而得北方雄狮之称，而此雄狮亦有肖子，曰挨文诃（*Ivanhoe*），即所谓撒克逊劫后之英雄也。吾人读其书，每觉挨文诃之壮概，与剑气刀光，飒飒动行墨间。是又施各德笔端及理想中之肖子矣。狄根司之《大卫柯伯菲尔》（*David Copperfield*），实为自己写照，不能目为彼笔端产生之肖子。然其《二城古事》（*A Tale of Two Cities*）中之侠少年西特奈卡顿（Sidney Carton），柔肠侠骨，并足动天地而惊鬼神。世之读其书者，咸为泣下。是非又狄根司笔端及理想中之肖子耶？美国大家波氏（E. A. Poe），于笔端产生一大侦探杜宾（Dupin），遂为后来侦探小说之先河。凡言侦探者，胥以杜宾为法。然则杜宾又波氏笔端及理想中之肖子也。欧文（W. Irving）作笔记，风行一世，亦于笔端产生一肖子，曰李迫樊温格尔（Rip Van Winkle）。十年一梦，令天下怕妇者咸开笑口。人读笔记，必啧啧称樊温格尔。是又欧文笔端及理想中之肖子也。近人如柯南道尔，于笔端生子三人。伯曰福尔摩斯，为大侦探，一言一行，已为世所共知。仲曰遮那德，为拿破仑麾下一裨将，述其事者短篇二十种，虎虎有生气。叔曰夏伦杰博士（Prof. Challenger），为一探幽讨奇之科学家，屡于《失世界》（*The Lost World*）等书中与世相见，名几与伯埒。之三子者，均柯南道尔笔端及理想中之肖子也。最奇者莫如法人勒勃朗（M. Leblan），忽于笔端

---

　　① 今译为笛福。
　　② 今译为塞万提斯。
　　③ 今译为《堂吉诃德》。

产生一剧盗亚森罗苹（Arsene Lupin），叫嚣跳踉，俶诡无匹。耗其半生心血，著十余书，皆为亚森罗苹张目，且战福尔摩斯而败之。吾人读其书，精神立奕奕振。是亚森罗苹亦勒勃朗笔端及理想中之肖子也。其在吾国，则施耐庵之一百零八人，曹雪芹之贾宝玉林黛玉，亦一一皆肖子也。或曰，然则子为小说，亦尝于笔端产生一二肖子否？予曰：吾笔尚在处女时代，生子与否，须□□□（按：原文缺）以后。而生子之贤不肖，亦尚在不可知之数耳。一笑。

（选自《申报·自由谈》1919 年 7 月 2 日第 14 版）

小 说 杂 谈（九）

凡作一小说，于情节文字外，当注重名称。名称之佳者，能令人深浸脑府中历久不忘。欧美小说家，于名称似颇注重。然大抵以质直为贵，振笔直书，不加雕琢。如施各德之《挨文诃》，狄根司之《大卫柯伯菲尔》，均以书中主人之名作名称。乃一经中土译手，则不得不易其名为《劫后英雄略》，为《块肉余生述》。苟仍原名，则必不为读者所喜也。盖吾国小说名称，率以华缛相尚：如《红楼梦》、《花月痕》等，咸带脂粉气，苟能与书中情节相切合，则亦未尝不佳，较之直用书中人姓名动目多矣。欧美小说名称，其质直尚不止此。亦有以一部分之屋为名者，如狄根司记孝女耐儿，但名其书曰《老骨董肆》（The Old Curiosity Shop），施土活夫人（Mrs. Stowe）写黑奴惨况，但名其书曰《汤姆叔父之小木屋》（Uncle Tom's Cabin）。范围甚小，而用以笼罩全书。二书复同负盛名，为世传诵。苟吾人试易《红楼梦》为《贾氏之园》者，读者不将哗笑耶？晚近小说，其名称之佳者，吾数《梅花落》、《空谷兰》，二者均含诗意。《红礁画桨录》亦佳，惜太廓，不足以括全书，盖不过书中二主人遇合时，在红礁下一扁舟中而已。《血华鸳鸯枕》颇妙，鸳鸯枕三字之上，忽着血华二字，大足耐人寻味。《香钩情眼》四字失之太艳，几令人疑为淫书。五六年前，吾国自撰小说，其言情者，命名每不脱"波"、"影"、"怨"、"魂"、"潮"、"泪"等字，一时荡为风气。且每名必三字，鲜有四字五字者。今长篇小说，人不多作，此风亦少替。短篇小说，命名较易。予之所自鸣得意者，有《花开花落》、《玫瑰有刺》、《良心上之裁判》诸名称。近颇好用两字之名称，如《心照》、《惆怅》、《哀弦》、《桃屑》、《情诠》、《懊侬》等，不一而足。脱用之于长篇小说，即觉不甚适宜。不若欧美长短篇小说，名称可彼此混合也。海上当小说杂志盛行时，短篇小说，多以昔人诗句为名称。而始作俑者予也。时予草一短篇哀情小说，苦思不得佳名，偶忆"恨不相逢未嫁时"句，因以名之。厥后又有《遥指红楼是妾家》、《无可奈何花落去》、《似曾相识燕归来》诸作，往往强以情节凑题，可怜亦复可笑。他人效而尤之，以为新奇，唐诗三百首，几于搬运以尽。后且恶俗不可耐，读者嗤之。是所谓学我者死，殊不可以为训也。

（选自《申报·自由谈》1919 年 8 月 16 日第 14 版）

影 戏 话（一）

影戏，西名曰 Cinematograph。欧美诸邦，盛行于十九世纪，至今日而益发达。凡通都大邑，无不广设影戏院十余所至数十所不等。盖开通民智，不仅在小说，而影戏实一主要之锁钥也。考之吾国古昔，滥觞于汉武帝时。武帝以李夫人死，悼念弗衰，齐少翁夜设帐，张灯烛，帝坐他帐望之，仿佛是夫人。此虽近于神话，或亦为少翁所演之一种影戏。惜后即弗传，未能改弦更张耳。又新年元宵，儿童所弄走马灯，外作方形纸框，内以纸雕为车马人物，黏作圆圈形，中加以轴，缚针其端，下承蚶壳一，注油少许，两旁燃烛，烛明轴动，辘辘而转，车马人物之影，映纸框上，如相逐然。吾国之影戏，如此而已。五年前，海上有亚细亚影戏公司者，鸠集新剧人员，映演《黑籍冤魂》，及短篇趣剧多种。剧中妇女，仍以旦角乔装为之，装模作样，丑态百出。情节布景，亦无足观，不一年而消灭。持较百代林发诸大公司之影片，正如小巫之见大巫耳。

英美诸国，多有以名家小说映为影戏者。其价值之高，远非寻常影片可比。予最喜观此。盖小说既已寓目，即可以影片中所睹，互相印证也。数年来每见影戏院揭橥，而有名家小说之影片者，必拨冗往观。笑风泪雨，起落于电光幕影中。而吾中心之喜怒哀乐，亦授之于影片中而不自觉。综予所见，有小仲马之《茶花女》(Comille)、《苔妮士》(Denise)，狄根司之《二城故事》(A. Tale of Two Cities)，大仲马之《红屋侠士》(Le Chevedier de

Maiscn Rouge)（按：即林译《玉楼花劫》）、《水晶岛伯爵》(*Le Comte de Moit Cristo*)，桃苔(A. Dandet 法国大小说家)之《小物事》(*Le Petit Chose*)，笠顿之《旁贝城之末日》(*Last Days of Pomyeii*)，查拉(E. Zola 法国大小说家)之《胚胎》(*Germinal*)，柯南道尔之福尔摩斯探案四种。吾人读原书后，复一观此书外之影戏，即觉脑府中留一绝深之印象。甫一合目，解绪纷来。书中人物，似一一活跃于前。其趣味之隽永，有匪尝可喻者。去冬维多利亚影戏院，尝映演狄根司杰作《大卫柯伯菲尔》(*David Copperfield*)（按：即林译《块肉余生述》）。想影片中之布景人物，必能与狄根司之妙笔相得益彰。时予适婴小疾，未克往观，至今犹呼负负也。

（选自《申报·自由谈》1919 年 6 月 20 日第 15 版）

影 戏 话（二）

　　欧美诸邦，无不有影戏，无不有影戏院。而最盛者，尤莫如美国。据统计家言，一九一六年间，已得影戏院四千五百所。每日每一院中，至少有观客八百人，每人六便士，则全国影戏院一百间可入九万镑，一星期得五十四万镑。星期日尚不计，观者必较平日为尤盛。以一年计，则每年至少有二千八百万镑，从影机辘辘影片闪闪中来矣。今阅时两年有半，当犹不止此数。其盛况可想。英国影戏事业虽次于美国，而每一城中，亦必有影戏院若干所。即扑咨毛司(Ports Mouth)一海口，至有二十二所之多。列席往观者，占全部人民十六分之一。推想他处，相去当不甚远。法国有百代(Pathe Freres)、高莽(L. Gaumont)两大公司，所出影片，多至数千种。则国中影戏之发达，不问可知。其沿海之口岸上，尝有人假船舶为活动之影戏院者，是亦足见彼邦人士爱观影戏之热潮矣。返观吾国，内地既多不知影戏为何物。而开通如上海，亦未尝见一中国人之影戏片与中国人之影戏院。坐使男女童叟，出入于西人影戏院之门，蟹行文字，瞪目不识，误侦探为盗贼，惊机关为神怪。瞽说盲谈，无有是处。欲求民智之开豁，不亦难乎？吾观于欧美影戏之发达，不禁感慨系之矣。

　　比来美国影戏，竞尚长篇。每一种往往多至三四十本。如《紫面具》、《半文钱》、《黑箱》、《怪手》、《三心牌》、《红眼》、《红圈》、《铁手》、《七粒珠》等，其最足动人者,率在机关之离奇。屋自升高,地能下陷,或书橱去而壁穴现,或承尘移而扶梯降。其建筑之钩心斗角,固自可观。而情节每有拖泥带水沙砾杂下之弊。与晚近海上梨园中之连本新剧,如出一辙。然其吸引观客之魔力,则颇不小。盖彼观客之心目,亦为影片中五花八门之机关关住矣。海上诸影戏院,为迎合普通社会心理起见,亦多映演此类长篇影戏。每值换片之期,人必蜂屯而至,在坑满坑,在谷满谷。鼓掌哗笑之声,几欲破影戏院四壁而出。曲院中人,亦复嗜之成癖,多有挟其所欢俱至者。谑者戏称之为情欲之夜市,盖逆料电影烨烨中,或不免有几多风流韵事也。予于长篇影戏中,尝观《孽海情天》全部,《三心牌》全部,《紫面具》、《红圈》、《无声党》各半部。此等长篇,惟暇豫有福之人,始克观其全豹。若吾辈文字中之苦力,恒在百忙之中,事势所迫,每苦其半途中辍也。

（选自《申报·自由谈》1919 年 6 月 27 日第 14 版）

影 戏 话 （四）

滑稽影片,类多短篇,妇孺多欢迎之。吾人当沉郁无憀之际,排愁无术,施施入影戏园,借滑稽片一开笑口。嗢噱之余,愁思尽杀,正不必别寻行乐地也。以滑稽名者,首推卓别麟(C. Chaplin),次则罗克(Luke),他如麦克司林达(Max Linder)、泊林司(Prince)、挨勃格尔(Arbuckle)诸氏,亦并为世称。卓别麟在影戏界中,殆为天骄之子。凡世界中影戏片所至之地,人莫不知卓别麟。识之者殆数百万人。人有不知帝王之名,而语以卓别麟,则领首以应者盖比比也。即儿童玩具,亦多以卓别麟为范,其得世人之推崇,可谓至矣。卓本英人,十年前佣于马戏班中,月仅得一二镑,郁郁不得志,已而游于美,试为影戏,遂渐有名。今则自设影片公司,独长其曹。尝售其滑稽片八种,代价至二十万镑(约二百万元)。欧战中购英国公债票甚多,一次尝购十五万金元(约墨洋三十万元),盖俨然为富豪矣。其演剧也,率以动作之滑稽见长,为他人所弗及。而其短臂小须,及长阔之履,小圆之冠,均足助其作态。至片中情节,类皆无甚意味,惟叫嚣隳突四字,足以尽之。去岁尝于维多利亚院见其《卡曼》(Carmen)一片,凡五本,谐妙可观,其价值在诸短片上。《卡曼》本法国名家哀情小说。梨园子弟争演之,遂成有名悲剧。今卓别出机杼,演为喜剧,诚所谓别开生面者矣。罗克为新进人物,善演无赖少年。其滑稽可喜,亦为一般人所欢迎。苟见滑稽短片中有美少年,目新式玳瑁圆边眼镜者,即此君也。爱普庐院中,演其片绝夥。麦克司林达,善为滑稽言情之片。五年前海上诸院时演之,颇足号召观者。其人工修饰,恒以时装见于片中。而目间善表情,动作亦佳。与之配者皆绝色女子,滑稽片中之俊品也。欧战既肇,林达即不复为影戏,去而从军。想其横刀杀敌时,或亦自疑为影戏中情景也。越年,海上有盛传其阵亡者,实则未死,第受创耳。同时有泊林司氏,亦滑稽之雄,沪人亦欢迎之。其所演人物,以活虎儿(Wiffles)名。善为怯汉及惧内之懦夫,惟妙惟肖。一颦一笑,皆能以丑态出之。海上影戏园,一时争演其片,今则广陵散已成绝响矣。挨勃格尔,为开司东片中习见人物,即硕大无朋之胖人所为,法的Fatty(意谓胖也)者是也。其人善为憨态,啼笑如稚子,益以身躯胖硕似为一天然的丑角。观其蠢若鹿豕之状,可发大噱。有艳妻曰梅白儿瑠孟(Mabel Normand),娇小玲珑,亦足当李香君香扇坠之称,与乃夫适相反。二人时合演影片,并臻佳妙。梅能游泳,能骑马登高山,身手矫捷,女中丈夫也。

(选自《申报·自由谈》1919年8月7日第14版)

影 戏 话（十）

全球影戏公司以九月十八日离美东来,同行数十人,兴采弥烈。初至日本,择其名胜之区,摄影多帧,如横滨东京长崎神户诸地,无不遍历。其《金莲花瓣》新影片中,遂得东方布景不少。居一月,始来中国。先以上海为目的地,将于租界及城内摄制影片,当有一番忙碌。去上海后,再赴汉口、北京、张家口,至外蒙古之库伦。因《金莲花瓣》之事实,以一土窟为最主要,而库伦则以多窟著也。自北京至库伦,拟以摩托车行,越沙漠,二十四小时可达。或以旅车首涂,则进行少缓。库伦事既毕,当南行赴广州、香港及小吕宋。片中尚须摄入猛虎真影,故不得不一至印度,或将与猎虎之猎人队相结合云。日来已于上海开始摄制,片中主要之某女郎为影戏中名女伶玛丽华克姆所饰。以名优哈兰德苟饰某少年。乌都利德勒饰中国道教代表。星期一日午前,在黄浦江中摄影。玛丽华克姆由一日本轮舶上,投身入水,泳至一小艇中，盖为彼中国道教代表推堕者。午后则至城内，演道教代表率其党徒追某女郎穿桥越巷，至于一荒僻之所。星期二日至吴淞有事于舟舶中。星期三日仍当入城摄演云。吾于斯事，窃有感焉。欧美之人，事事俱尚实践，故一影片之微，亦不恤间关万里，实事求是。此等精神，实为吾国人所不可及者。苟吾国大小百事，能出以美人摄制影戏之精神，以实事求是为归，则国事可为矣。即吾尚有一言，敢为全球影戏公司同人告者：西方人士，每不谙吾中国情状，故前此英美影戏中所有事实，其关于中国者，类皆与中国实情大相径庭。他姑弗论，即衣饰一端，动咸笑资。尝观《三心牌》影片，有一节涉及中国。其演员所被衣服，似中国又似日本，而行路之状，则俨然日本人曳木屐行也。所乘行舆，竟如前清囚人之木笼，见之令人失笑。又尝观《怪手女侠盗》诸影片，中国人多被箭衣外套，曳长辫，如前清官吏状，与中国今日情形，迥然不同。吾人见此，往往即避不愿一观。窃愿该公司同人于此等处一加审察，勿再自作聪明，暴吾中国人莫须有之丑态于世界。是亦实事求是之道也。

（选自《申报·自由谈》1919 年 11 月 13 日第 14 版）

影戏话（十三）

《世界之心》（*Hearts of the world*）为影戏中最近杰作，与《难堪》一片，同出美国影戏界巨子格立司氏手。全片凡长十二万尺，其见于幕上者，仅十分之一。盖少有毁损，即弃去也。揣其主旨，在写欧洲大战之惨况，而斥德意志人之残酷。将藉区区电影，留一深刻之印象于世人心坎脑府中，俾永永不之忘也。当制片时，曾携其全部演员，躬赴欧洲前敌，得英国陆军部特许，恣其自由。并得英首相劳德乔治氏嘉勉，其言曰："君之为此，实足为人道之保障。他日传遍世界，动人观感，将使人人心中，洞知爱国爱家忧人之义。君之功大矣。"格氏既赴法国战地，英法军官争助之，匪所不至。然出入药云弹雨中，险乃万状。德军三次猛攻，每次至四小时之久，格氏均亲历之。所部有两女郎，曰丽丽痕甘希（Lillian Gish）及杜露珊甘希（Eorothy Gish），年甫及笄，并负绝色，并一六龄之稚子，均从格氏往来战地，坦然若无所慑，而濒于险者屡矣。历时十八月，耗资二百万，全片始获告成。演之世界诸大都

391

会,备受欢迎。自来海上,一演于浩灵班,再演于维多利亚部。予尝一见,叹为观止。其最足动人者,在状战事之惨烈。予于此得见数种特殊之战器,一为极巨之战炮,一为泄放毒气之钢管,一为状如球板之爆烈弹,杀人如麻,流血似潮,人命之贱,殆逾于蝼蚁矣。其间纬以一节简单之情史,略述如下:法国某村有老画师居焉。生一子,年少多才,善为诗,以小诗人称。邻有某女郎,貌美如花,复擅绝慧。一日与天鹅嬉,鹅入邻园,女追捕之,不期与少年遇,芳心微动,遂种情荄。少年亦倾心焉。左近有贫女某,瞰少年美,屡挑之,少年不为动。一夕伏门次,俟其出,强与接吻。会女自外归,见状大恚,入室饮泣。越日,即尽出少年所贻书札信物,一一璧还。少年哭,自白无他。女忽回嗔作喜,于是复合。居未久,遂订婚。贫女无如何,则别昵一园丁去。如是两月,而大战起,少年固爱国,奋身从戎。女尼之不得,牵衣揽袂,欲别频啼。笳鼓声中,鸳鸯遂分飞矣。时园丁亦从军去,与少年遇于军中,颇相友爱。战月余,大败。德军之炮弹,时入村中,杀人无算,村屋亦墟其半。村人相率他徙,女亦不能久居,奉其祖父母出走,行未远,二老皆中弹殒。女出时未携他物,仅挟其订婚后手制之嫁衣一袭,以为一身所有,止此可宝耳。村破之日,女忽忽若狂,屈指时期,适届吉日,遂御其嫁衣,作新嫁娘状,出觅所欢于郊外,适少年中弹仆地,才得一见,即为红十字会中人舁之而去。未几,德军已入村,女为所拘获,留以充担煤之役,唾骂扑挞,备受凌辱,日惟观所欢小影,用以自慰而已。时少年伤已愈,一夕探敌垒,成功而归。信足归村,藉视旧时居宅,不期于一酒肆中遇女,大喜过望,忽为一德兵所见,将执以去。少年刺杀之,顾他德兵已闻警奔集,围二人于小楼中。双方交攻,命若悬丝。会前贫女至,掷炸弹殪一部分之德兵始得脱。是日英法联军适大举返攻,德人不支,鼠窜去。于是村复为法有,而此一对多情儿女,遂亦结为鸳侣矣。

(选自《申报·自由谈》1919 年 12 月 16 日第 14 版)

记 狼 虎 会

去岁，与天虚我生、钝根、独鹤、常觉、小蝶、丁悚、小巢诸子组一聚餐会，锡以嘉名曰：狼虎。盖谓与会者须狼吞虎咽，不以为谦相尚。而人人之中以体态作比，适得狼四，而虎亦四也。

某次，予特邀前《小说月报》社长王子尊农与会时，王子方婴小报，以书来谢，颇隽妙可诵。录之，亦吾狼虎会中一点缀品也。书云："蕴湿伏暑，再愈再发，傈然，此身大类秋后疏桐，霜前衰柳，药难医庸，棋输于乱，天下事大抵如此，可发一叹。昨馆人来传示手札，知辱宠抬，弟方偃卧，龙须八尺，静听床下牛马斗，安能强执鞭，弥从公等为座上狼虎嚼乎？敢告从者，请以异日。倚枕率谢，不宣。"以"牛马斗"对"狼虎嚼"，妙语解颐。斯会一星期一举行，食必盈腹，笑辄迸泪鞍掌。六日得一日欢，无异进一服大补剂也。后加入者有江小鹣、杨清磬。两画师擅丝竹、善歌唱，亦吾党俊人。

某日，狼虎会同人集予庐，并予凡十人。饮宴尽欢，酒酣耳热，时江小鹣高歌上天台，铿锵动听；杨清磬与陈小蝶合演南词《断桥》，既毕，杨复戏效"蒋五娘殉情十叹"，自拉弦索，小蝶吹笙，予击脚炉盖和之，一座哗笑。天虚我生即席赋诗，寄拜花余杭（拜花，吾宗，隐居于杭，亦酒阵诗场中一健将也），诗前系小序云：

狼虎会部分成员游苏时在苏州园林中之合影，丁悚摄，左起第一人（戴礼帽及墨镜者）为周瘦鹃。

于休沐之日每一小集酌，惟玄酒朋，皆素心。而常与斯集者，有钝根，独鹤之冷隽，常觉、瘦鹃之诙谐，丁、姚二子工于丹青，江、杨两君乃善丝竹；往往一言脱吻，众座捧腹，一簋甫陈，众箸已举，坐无不笑之人，案少生还之馔。高吟朋朋，宗郎之神采珊然；击筑呜呜，酒兵之旌旗可想。诚开竹林之生面，亦兰亭之别裁也。安得拜花能来共之，戏成数诗，聊记当时光景。

诗云："温文儒雅亦吾师，笑洒登坛酒一卮，更有千花陪入座，马融经帐是蛾眉；笑向春风拜绮筵，翩翩白袷胜从前，阿咸语此乃公隽，输与词曹十五年（瘦鹃平日恂恂，而一至即席，则诙谐绝倒）；入座青衫沉瘦腰，十五郎署旧词曹，闲愁欲说南都事，先唱秦淮旧板桥（江小鹣能唱青衫，尤工《彩楼》诸出）；隔座眈眈大有人，冰盘银盌荐新苹，明知不是先生撰，分与杯羹赠茂秦（座皆饕餮，悉有狼虎之号，予箸短，乃往往不能得食）；慷慨淋漓意不平，一声牙板座人惊，年时若著饕人传，先画评书柳敬亭（杨清磬能评话，尤善南词，一言发吻，座无不笑）；绿堂调烛夜深时，高咏情怀两可知，银粉盒中名士句，罗罗烛畔女郎诗；不是旗亭赌唱诗，无人能识定公姿，只求自解心头热，何必玲珑唱我辞。"清俊婉约，为狼虎会生色不少。

予平居讷涩少言，而每遇与会诸故人，则喜于口舌上行小慧，用博笑噱。第二绝多溢美语，不敢承也。第四绝中，先生以箸短为言，绝非事实。箸固一律，身手或有不同，非短于箸，恐短于视耳。然每陈一簋，亦恒能夹取一二块以去，且同人皆不善酒，先生独豪饮，则菜肴上虽小受损失，此固大占便宜矣。一笑！

（选自《紫罗兰集》下册 1922 年 5 月 10 日上海大东书局初版）

观俄国灾荒赈济会舞蹈志愤

星期日晚上，俄国灾荒赈济会为了赈济俄国灾荒，请俄国跳舞团在浩灵班戏院表演各国舞蹈。承他们好意送了我一张券，因也去观光一下子。前一半所演高加索舞、波兰对舞等，微嫌粗犷，不足引起人的美感。惟有法兰克女士的倦鹅舞，竖趾折腰，随处表现倦鹅的状态，甚为可观。最可厌最可恨的，就是那中日戏剧舞。我生性和平，平日间宁可由人得罪我，我不愿得罪人。但是看了这种侮辱吾国人的舞蹈,就觉怒火中烧,不容不说几句。请大家仔细想想,出场时约一共是八个俄国男女,四个扮中国男子,四个扮日本妇人。扮中国男子的,三个穿淡蓝布短衫裤,一个穿黑布长衫,却都画着鬼脸,头上还拖一根长布条当作辫子。出场后八人怪叫怪舞了一阵,可厌已极。末后那四个扮中国男子的把辫子舞着,忽的伏在地上,那些日本妇人便走上去拖他们的辫子,打他们的头。穿黑布长衫的,还操着中国语,说了声:"不要。"于是我们一般较有血气的人,都愤慨起来,同声叱他们进去,他们便怪跳着进去了。到此前半的节目已告结束,我们纷纷议论,想一个出气的办法。那时他们也觉得闹了乱子了,由一个中国干事出来说了几句。同座裴国雄君接口说,应该唤那俄国人一同出来道歉。于是过了一二分钟,伴着那俄国跳舞团主任出来,鞠躬道歉,我们的愤慨才略略平了一些。那时裴君不愿再看后一半的舞蹈,起身先走。稍停,我也走了。回到家里,就做了这一篇,心想西方人和吾们中国国民接触已好久了,近十年来的中国人怎么样,他们总已观察到了,不该再做这种丑态侮辱我们。并且扮出日本妇人来拖辫打头,更把中国国民侮辱到了一百二十分。唉,像这样侮辱我们中国人的,也不但是俄国的跳舞,就是欧美影戏中也往往如此。凡是没有奴性的中国人见了,谁不愤慨。所愿欧美各国的艺术家,以后还须细细考察中国现在的民情风俗,不要再用三四十年前的眼光来瞧我们。我们国内和居留外国的同胞,也该随时留意,不要做出甚么丑态来,落在外国人眼中,由他们尽情的侮辱我们啊。

(选自《申报·自由谈》1922 年 5 月 23 日第 17 版)

狂 欢 三 日 记

崇奉罗马教诸国,在大斋前的一星期,士女们饮宴歌舞,举国若狂,叫做狂欢节(Carnival)。大中华民国十三年元旦日,南门民立中学举行二十周年纪念大会,也是饮宴歌舞,盛极一时。我原是民立中学十二年前的学生,因此也躬与其盛。这三天中,凡是民立中学的学生啊,校友啊,教职员啊,与民立中学有关系的人,人人都欢天喜地。便是我这百忙之身,也腾出三天功夫来凑热闹,并且把我的沉郁之心打开了,居然也欢欣鼓舞起来。总之这三天实是民立中学的狂欢节,所以我这篇记,就叫做《狂欢三日记》。

这一次纪念大会,老友李常觉(他是校中的数学教授)是游艺主任。他规画一切,煞费苦心。此外吴志青、陆澹盦、顾旭初诸君也出力不少,总其成的便是校长苏颖杰先生。他们费了一个多月的心力,才换得这三日的狂欢。凡是在这三日中身心愉快,觉得一扫积闷的,都应当感激他们。

纪念会的节目,因为四个半天两个晚上各各不同,所以也用六种入览券。红黄蓝白绿粉红这六样颜色,往来我们手指之间,仿佛天半彩虹,十分美丽。我一共得了四五十张,剩下来的已给我家小鹃收藏起来,作为纪念品咧。

表演游艺的场所有两处,一在体育室,一在同门厅,都布置得富丽斋皇,很有可观。元旦上午在运动场中举行开幕礼式,约翰大学卜校长夫妇和沈县长都来观礼,并有演说。此外便是校长报告,教职员演说,学生合唱国歌校歌。最特别的,便是我们校友会特派代表蒋君毅君奖给师长大银盾三座。得奖者苏校长和担任二十年英文教授的仇蓉秋先生,担任十多年国文教授的孙经笙先生。苏校长见了他银盾上刻着的"岂止三千人"五字,微微含笑。

午后我只为参与了《电光》杂志范春生君的宴会和毕倚虹君的婚礼,没有看澹盦所编的新剧《循环的离婚》。据好多人说,编得好,演得也好。前后共十幕,情节说明如下(本刊卷首有本剧摄影):

> 男生王叔文与女生李曼英相恋爱,订嫁娶之约。曼英以语其父李毅厂,毅厂戒勿操切。曼英不听,结婚后,始尚相得。已而叔文又与女生胡竞雄者昵,迫曼英离婚。曼英归告毅厂,毅厂趣诺之。离婚之日,曼英悲不自胜,而叔文则夷然自若。越日,遂与胡竞雄结婚。竞雄素放浪豪奢,广交游,奴视其夫,稍不如意,辄肆诟谇。叔文渐苦之,已而竞雄又昵少年潘璧人,益与叔文不协,自请离异。叔文不得已,诺之,乃往律师处毁约,不意律师即李毅厂也。叔文大惭,竞雄则与潘璧人挽臂至,签字离婚,坦然无依恋。叔文念往事,悔恨交并,时潘璧人忽翩然入内,比出,已改女装,则李曼英也。叔文大骇异,愧恧无地,曼英历数二人之寡情,痛斥之。始知曼英之改装诱竞雄,皆毅厂策也。竞雄既悟曼英为女,求与叔文复合,叔文叱逐之,并向曼英长跽谢过,自投无数。毅厂从旁为缓颊,曼英怒稍霁,遂为夫妇如初。

晚上七点半钟,同门厅中雅乐徐奏,华灯齐明。表演的节目共四种:

（一）母校学生的丝竹；（二）来宾陈道中、吴桐初二君的三弦拉戏，抑扬抗坠，各极其妙，足为我国的音乐吐气不少；（三）我的新说书《长春液》；（四）昆剧，有来宾江紫来君、校友王汝嘉君的《照镜》，校友袁沤波、袁卧雪二君的《扫花》，来宾俞振飞君、校友袁沤波君的《佳期》，又有来宾张君等的《议剑献剑》，徐君等的《问探》等。都是斲轮老手，珠联璧合，《照镜》诙谐，《扫花》高逸，《佳期》雅艳，《议剑献剑》老练，《问探》矫健。这一晚的昆剧，当真是红氍毹上一时的精华了。（按：此事全由王汝嘉君调度，可谓劳苦功高）我的新说书，那真是一件胆大妄为的事，和八九年前在新民社客串《血手印》，同王无恐、凌怜影等登台合演一样的出人意料之外。这晚我在登台以前的十分钟，就着绣帘的罅儿向外张望，只见弥望都是人头人面，足有一千多个，心中兀自别别别的乱跳，慌张得甚么似的。直到登场时，我那两只脚把我搬到了台口，猛听得一阵拍手之声。说也奇怪，顿时把我的胆拍大了，居然有条不紊的说完了一篇开场白。那最便我心胆俱壮的，因为有一张极厮熟的面庞，正在那里向着我微笑。我随身所带的，有大响木一个，假面具一个，扇子一柄，登有拙作《长春液》的《游戏世界》第二期一本。说时我的声音虽已提得很高，总还不能使一千多人人人听得，这是我很抱歉的。我正说到了一半，后台那个扮《扫花》中吕洞宾的袁卧雪君，因为头痛欲裂，找不到铁拐李葫芦里的药，便在纸条上写了从速二字，着人放在我桌子上。我一看这二字，心中不觉一慌，只索除去小穿插，赶快说完，套上假面具下台了。前辈天虚我生、天台山农二先生，同学蒋保厘、蒋君毅、白云汀诸君都在台下，第二天山农先生写一封信给我，说"昨晚说书甚佳，是亦可以夺吴玉孙之饭碗也，可怕可怕"，我看了不觉笑起来，暗想吴玉孙早已抛掉饭碗做达克透去了，还用我去夺么。过了几天，王汝嘉君在《新闻报·快活林》中做了一篇《记周瘦鹃之新说书》捧我，且转录下来，给《半月》读者肉麻一下子：

阳历元旦，沪南民立中学校举行廿周年纪念大会。周瘦鹃君亦为该校校友，是晚在同门厅内表演新说书《长春液》。此书为瘦鹃旧作，情节系述一年逾四十五岁之人，因眷一女郎年仅二十许，自顾年齿相差太远，忽见报载有医学博士，新发明一种长春液，力能返老还童，乃往求博士减去廿岁。及施术后，果然身强十倍，面目如画，宛如二十余之美少年。乃复往女郎处求婚，讵女郎仍因其年岁尚差五岁，嘱其再求博士减去五岁。孰知博士误听减去五岁为减剩五岁，于是二十余之美少年，竟一变而为五岁之孩童，一切行动，亦改常度，行则踪跳，食则狼藉满桌，竟不能举箸。以是弄巧成拙，婚姻终未成云。登台时瘦鹃戴皮帽，架墨镜，袖出一纱制滑稽假面具，谓如说得不好，只得戴假面具而逃。言时，以手作势，于是哄堂大笑。瘦鹃平日见人颇腼腆，是晚登台，竟口若悬河，滔滔不绝，姿势工架，极为活泼。又手执硕大无朋之响木，频击案桌，一种说书神情，虽叶声扬见之（不知也是娥见之何如）亦当退避三舍也。归后无俚，濡笔记之。

王君所记，与我《长春液》原作略有出入，大概情形，确是如此。末尾"不知也是娥见之何如"一句，一定是独鹤加注的。此君狡狯，常喜和我开玩笑，我倒也奈何他不得。

这一天日夜表演的游艺，除了以上几项外，更有幻术、西剧、京剧、跳舞、双簧、空中拉戏、梵铃钢琴合奏等，真个五花八门，美备极了。可惜我不能化身为二，既到体育室，又在同门厅呢。

第二天上午举行运动会，有审美操、优秀操、拳术、游艺操、双人徒手、新徒手、柔软操、模仿操、武术诸节目，我因为前一天忙得乏力了，休息半天，没有去看。午后体育室中表演我所编的新剧《恩怨了了》，此剧根据《紫兰花片》第十六集中《记马孝子事》一篇，略为变动，编成八幕，由李常觉导演。仗着常觉的循循善诱和诸演员的聪明，备受观众的赞美。我在台上值场，看得更为仔细，忠濬的卖饼叟，凤庠的珊儿，善鸣的黄三，梦梅的桂儿，宗伯的狱卒，都是不可多得之才，我很为佩服。全剧情节说明如下（本刊卷首有本剧摄影）：

> 贫民马义，为富豪黄金谷所杀。义子珊儿稍长，悉其事，誓为父复仇。珊儿业小负贩，事母以孝。一夕，邻家火，毁珊儿之居，母亦旋卒。茫然无所归，有卖饼叟怜之，留居其家，叟女桂儿，颇倾心焉。已而叟介珊儿于村塾师某，使供奔走，珊儿日挟利刃出，伺仇于途。一日遇黄金谷郊外，疾起刺之，黄未殊。其仆有黄三者，素憾黄，即拔刀杀之。珊儿为警吏所获，供杀人不讳，下狱判死刑。桂儿知之大戚，泣诉于父，愿以身代。乃设计入狱中，以迷药杂酒饮珊儿，与之易衣，使叟扶出。诘旦，桂且就刑，珊忽醒而驰至，力与桂争死。正相持间，黄三亦踵至，自承为杀人正凶。语已，即抽刀自到。三既死，桂因得释，叟遂以桂儿妻珊儿云。

过了几天,《申报》《金刚钻》报,都有评论。转录一则如下:

民立中学二十周纪念会第二日,学生所演之新剧,名《恩怨了了》,为周瘦鹃君所编,兹将剧中诸角色,逐一评之于后:

凤庠饰珊儿,睹仇哭墓诸幕,声泪俱下,台下观者,莫不凄然堕泪。此君擅长悲剧,生旦俱佳,在众演员中,自当首屈一指。梦梅饰桂儿,苗条娇憨,恰合小家碧玉身分,哭墓易囚几场,演来一往情深,令人叹绝。忠潘饰卖饼叟,老态龙钟,表白周到,谋代一幕,描摹父母之爱子女,尤觉入微。善鸣饰黄三,神采奕奕,有义侠气,刑场一幕,最为出色,言语慷慨激昂,观者咸为动容。锡良饰秦氏,扮相甚佳,惜发音稍低,致所言不能尽闻。桂笙饰黄金谷,此君身材硕大,高视阔步,极像一为富不仁之土豪。睹仇一幕,与凤庠搭配,一正一反,相得益彰。老桐饰塾师,咬文嚼字,满口之乎者也,形态迂腐,为之捧腹。宗伯之狱卒,亦足令人发噱。闻此剧并无脚本,以前仅练过一次,而有如是之成绩,洵不易也。

这一次校友也有新剧表演,共有三出:一、顾肯夫君所编独幕剧《瘟牛》;二、隐园君所编正剧《水落石出》;三、《家庭恩怨记》。演员有肯夫、汝嘉、隐园、祖荫、慎声、天梅、志良诸君,都有好几年的舞台经验,说白表情,都能体贴入微。这晚体育室中拍手赞美之声,几乎震破了屋瓦。《瘟牛》我没有看,据常觉说,突梯滑稽,极受座客欢迎。《水落石出》和《家庭恩怨记》都看了半出,十分满意,《家庭恩怨记》妓院一幕,有京腔,有小调,有昆曲,有三弦拉戏,那时我正在后台,见善鸣串嫖客,宗潘串鸨母,这二位的双簧,大大的有名,可惜没有听过,因此撺掇他们试一下子。授了一方大石砚过去,权当响木,他们俩便一搭一挡的演了起来,说的是乡下老婆婆白相新世界。善鸣的一口浦东白和宗潘的一副怪态,不知笑痛了多少人的肚子,笑出多少人眼泪来。《水落石出》一剧共四幕,演员都有特殊的精神,情节说明如下:

路政司长黄鹏志,钟情于殷伯华之表妹张怜影。伯华亦爱怜影,视鹏志为情敌,而伯华之妹殷蕴华,则有情于鹏志,以鹏志之爱怜影也,心甚妒嫉。曾有某国人者,觊觎某路,运动鹏志,订立草约,鹏志峻拒之。伯华潜与其妹谋,假冒鹏志之名,与某国人签字订约。约既成,即举而告之怜影,指鹏志为卖国贼,怜影遂与鹏志绝。鹏志忿恨致疾,延催眠术士治之。会伯华兄妹来视疾,术士以术施之,二人皆吐实,鹏志之冤得白。而某国人处之草约,亦被其仆德忠盗回,鹏志与怜影乃复合云。

这一天的表演除了以上几个外,另有丝竹评话京剧《新戏迷传》,滑稽剧《术士》等。最受人注意的,有校友郑正秋君的《黄老大说梦》,这是他独演的杰作,阐发爱国之义,无微不至。又有久记社的京剧《捉放曹》、《梅龙镇》、《李陵碑》,那也不用说是一等一的好戏了。最特别的有小学生的双簧和幻术,他们的年纪都不过十三四岁,表演时却老练得很。

第三天上午没有表演,下午倒串新剧,外加别种游艺,专给本校学生看的。晚上便是举行宴会和提灯大会,因为这天除了民立中学二十周年纪念外,又连带庆祝苏校长的五十大庆。广场中有提线戏,钲鼓镗锴,演全本《狸猫换太子》。又有桑栋臣的焰火,最可观是一株火树银花,光明灿烂,耀得人眼都花了。至于提灯大会,实在是这一天最重大的事件。我们校友先预备了一条大龙灯,共分十九节,每一节代表一年的毕业生。此外又有民立校友大方灯四盏,校中同学也备了好几百盏大小花灯,加上国旗、校旗、锣鼓、花炮排了个长蛇之阵,好生热闹。于是我们便在响彻云霄的锣鼓声、爆竹声中,浩浩荡荡的出发。我在龙灯前面拿了一盏珠灯,给那龙抢着。说也奇怪,这当儿我好似回到了儿童时代,分外高兴。一路走中华路过大南门、小南门,进大东门,出西门,经省教育会,出小西门回校,也足足有好几里的路程。沿路打锣鼓,放花炮,欢呼中华民国万岁,民立中学万岁。半路上擎龙头的白、朱二君都乏了,体操教授吴志青君自告奋勇,由他擎着,一路走一路掉。我这珠当然是主动了,只掉得那珠灯中的蜡泪,都纷纷落在我身上。进大东门后,我便把珠灯交与朱伯先君暂代,坐了车子赶回去唤家人们出来观看。大家还以为我走得乏,临阵脱逃咧,后来重又加入,方始无话。儿子小鹏助我擎着珠灯,送到西门,才由老妈子领回去,他恋恋不舍的,很想送到学堂中呢。回校时,那花炮和爆竹又连天的放了起来,擎龙头的吴志青君又发起掉龙灯,在广场中掉了一会。于是兴尽散队,我们校友,便到同门厅中,参与苏校长的寿宴,觥筹交错,可也兴头极了。

这三天中除了表演游艺外,最可注意的,便是三十多课堂的布置,钩心斗角,各各不同。内中有头甲的桃源,初中二的竹深处,三戊的迎宾室,二甲的亦园,各有特色。桃源的装点,根据陶渊明的《桃花源记》,从一个山洞中望去,洞口有可望不可即五字,里面便是桃源模型。有桃花,有田野,有茅舍,有樵叟,有渔父,甚么都有。岂特桃源,直是天上仙境呢。头甲诸同学备有说明书,转录如下:

仿今国事蜩螗，民生日蹙，忧时之士，感世局之沧桑，辄慕靖节先生之世外桃源。欲假此为遁迹匿影之所，不知桃源佳境，乃渊明寄托之词，初非有此实地，特藉文章以发其积怨焉耳。本组有鉴于斯，陈设教室，悉仿桃源，将渊明所著于篇者，一一演诸事实。此中一草一木，悉合天然景象，而渔翁樵叟，尤具活泼精神，虽在斗室之中，不啻千里之远。只以能力微薄，经验未充，瑕疵尚所不免，尚希诸君观览之余，加以指正，不胜欣幸之至。

初中二的竹深处，课堂外先布竹巷，越显得内部的幽邃。一路进去，全是竹树，加着绿色电灯，更觉得绿森森的，使人尘襟尽涤。地上铺有香木屑，扑鼻芬芳，茅亭半座，布置也很幽雅。同学们唤我批评，我便随意写了两句道"绿竹猗猗中，我亦愿为七贤之一"，一面捧他们，一面却又捧自己，可算取巧了。二甲的亦园，我觉得一块碑，和一个活动的龙头，很有意思。至于会客室的布置，那要推三戊的一间冠军了，精致富丽，很可小坐。当日有陈列主任应君，就来约我做评判员，说已请了美术家汤苏本楠女士和某某两女士、中华照相馆主人郭君四位担任评判，要我也凑了一份。我觉得评判很难，但又不能却应君厚意，因便答应了。我在一小时中，参观了三十多课堂，评判结果是桃源、竹深处各一百分，亦园九十分，三戊会客室的布置，也给了一百分。五人的分数合在一起，据说是桃源第一，竹深处第二。当时竹深处诸同学似有不平之意，取了《桃花源记》，向我和应君责问。我说："对不起，这不干我事，我原也给你们一百分的。"当下才没有话说了。

我们校友会中坚分子，有蒋君毅、刘同嘉、叶贡山、吴惠荣诸君，本来也想布置一间精美的校友招待室，谁知没有适宜的房间。到了开会的前一日，可怜我们还是无家可归。幸而苏校长大发慈悲，把他的校长室和两间会客室供我们使用。于是在半日之间，略略布置，把我家里的中西画镜，也搬了一半来。又仗着同学朱苏诸君的热心，陈设一切，总算给我们有了坐处了。门前那条大龙，抬着头立在那里，助我们张目不少，那我们也应当感谢这位密司忒龙的。

这三日六会的情形，大略如此，从校长起，直到校役，大家都含着笑容，开着笑口，这真是我们民立中学的狂欢节啊。

（选自《半月》1924 年 2 月 5 日第 3 卷第 10 号）

说 侦 探 影 片

　　影戏中之侦探片,以机关繁复行动活泼为上,情节曲折,尚在其次。近日社会中人最喜观机关,欧美人心理如何,吾不之知,而吾国上中下社会以及妇孺则无不顾而乐之。梨园中优伶,为敛钱计,每编一新剧,亦必有机关若干种,情节之贯通与否,均不问也。吾知他日变本加厉,旧剧中或亦加以机关,如演《空城计》时,忽平地现城墙一座,不必更用布墙为代。而诸葛亮之一琴一扇,亦能不翼而飞,从天外飞来,不亦奇笑耶。吾于影戏中所见机关,以侦探长片《怪盗》(*The Phuntom Bandit*)中之一幕为佳。其先一室,本为盗窟中赌场,有群盗聚赌其间,忽侦探来,夺门欲入。门外守者力尼之,乘隙微拨案头一机关,群盗立入复壁,长案上所散纸牌,一一隐去,所有案椅杂具,不胫自走,忽互相配合,或成琴台,或成乐谱之架,或成会场中之客座,井井排列,疾如电闪。群盗亦易装而出,或为宾客,或为琴师,歌乐之声既作,俨然一音乐会矣。侦探入室见状,嗒焉而去,观其变易之速,令人可惊,殊不知其何术致此也。一二年前,海上盛行一种侦探影片,每种仅四五本,层见叠出。其侦探曰聂克温脱(Nick Winter),机警如狡兔,吾所谓行动活泼者惟聂有之。每演一片,观者恒云集焉。柯南道尔之福尔摩斯侦探案,亦尝见于影片之中,予所见者为《佛国宝》(*The Sign of Four*)及短篇数种,已忘其名。福氏探案以理论见长,或从事于手纹走印之间,一以暇豫态度出之,以视聂克温脱之跳踉奔突,判然各异。其不识幕端西文说明者,但见福氏作冷静之行动,莫名其妙。故观者欢迎之诚,远不如观聂克温脱,名家小说,至此而丁厄运矣。

（选自《电影杂志》1924 年 5 月第 1 卷第 1 号）

介绍名剧《少奶奶的扇子》

星期六晚上,实验剧社试演名剧《少奶奶的扇子》,曾送我两张券,我忘记道谢,抱歉得很。这晚恰又为了赴徐咏青画师的宴会,没有前去领教,又加上了一倍的抱歉。星期日的早上,老友李常觉赶到我家里来,没口子的赞美《少奶奶的扇子》。说别的戏可以不看,这一出戏不可不看,他预备再看一遍。于是这天午后,我便同着内子凤君,兴兴头头的到陆家浜职工教育馆看去。《少奶奶的扇子》原是英国名戏剧家王尔德氏的杰作,经洪琛君改译,仍不失原书精意。至于演员,无论主角配角,没一个没有十二分的精神,一言一动,无不的当。自春柳社以后,好多年没见过这样的新剧了。他们所发的说明书上说:"诸君看了,觉得不满意,请告诉我们。觉得满意,请告诉旁人。"我因为很满意,特地写这几句,来告诉旁人。好在下星期日,和再下一个星期日,日夜一共还有四次表演。爱看真艺术的人,不可不去看一次,倘嫌路远不去,那就可惜了。

(选自《申报·自由谈》1924 年 5 月 5 日第 18 版)

参观《采茶女》影片而后

《采茶女》影片,为老友朱瘦菊君手笔,几经推敲,始底于成,盖亦煞费苦心矣。前晚试映于麦根路四十七号百合公司,记者被邀列席,得观全豹。觉其布局之新颖,正如朱君向作小说,处处奇峰突起,深入显出。于小说为不易,而影戏乃能不着痕迹,殊不能不佩此君之思想焉。全片光线充足,取景美丽,演员之表情亦细腻。中国影片,向忽视表情,而是剧乃丝毫不苟,不可谓非中国影戏前途之一大福音也。剧中数出布景壮丽,视舶来影片亦无多让,说明辞句亦庄谐兼备,为中国片中所罕见。出映之日,必受观众热烈之欢迎,可晰言也。现闻夏令配克主人已要求将是片在该院首先开映,日期为九月一、二、三号，则吾人又可一扩眼界矣。

（选自《申报·自由谈》1924 年 9 月 1 日第 8 版）

银 幕 漫 谈（一）

观《月宫宝盒》

上海大戏院新得美国明星范朋克氏杰作《月宫宝盒》（原名《巴达之贼》），试映之日，折柬见邀，予耳其名久矣，因欣然往观。是片本于《天方夜谈》之一节，极离奇诙诡之致。范朋克饰巴达之贼，神通狡狯，殆无异于《西游记》中之孙行者。而布景之侈丽伟大，不啻导吾人入于梦想中之琳宫贝阙，窃叹观止。是片主旨，在"幸福当力争而得"一语，意谓人生幸福，不能幸致，非奋发莫能得。观于巴达之贼，因爱一公主故，赴汤蹈火，百折不回，卒入月宫，得宝盒而归。而金枝玉叶之公主，遂亦为彼所有，脱以此毅力务其大者远者，亦必有成。凡吾青年，观是片可以兴起矣。

（选自《申报·自由谈》1925 年 2 月 18 日第 12 版）

银 幕 漫 谈（三）

吾友但杜宇，名画家也，以善写美人闻。比舍丹青而治电影，亦能发抒美感，演之银幕。其新制《重返故乡》一片，尤为聚精会神之杰作。陈义既高，摄法亦美，在国产影片中，允为凤毛麟角焉。日前邀观试映，深为满意。同观者有丁慕琴、张光宇二子，亦击节称赏不置。

斯片女角有素女、虚荣、美丽、贞节、青年五姊妹，而为之母者则曰光阴。男角有金钱、引诱、诌媚、色欲、诚悫，陪衬者有义侠、强横、阴险，其描写社会罪恶，深刻已极。而字幕中之语句，亦含有哲理，甚难得也。

其情节略谓乡村中有五女郎，曰素女，曰虚荣，曰美丽，曰贞节，曰青年，虚荣慕城市之美，怂恿素女等往访姑母于城中。金钱见素女美，欲犯之，素女习于邪侈,亦不自检,虽有诚悫与之善,贞节为之防,而卒为金钱所惑。已而美丽横死,贞节被幽,虚荣与青年归去,素女见弃于金钱,幡然知悟,遂返故乡终老焉。

片中主角,饰素女者为殷明珠,饰金钱者为徐维翰,并皆佳妙。其他诸角,亦能发挥尽致,穿插尤多入妙,诚佳片也。

(选自《申报·自由谈》1925 年 5 月 15 日第 17 版)

志新影片《重返故乡》

吾友但杜宇,名画家也,以善写美人闻。比舍丹青而治电影,尤能发抒美感,现诸银幕。其新制《重返故乡》一片,为其聚精会神之杰作。陈义既高,摄法亦美,在国产影片中,允为凤毛麟角。闻此片杜宇自兼编剧、导演、摄影之职,而措之裕如,诚奇才也。

是片描写社会罪恶,深刻已极。作恶之原动者为虚荣,济其恶者为金钱,纵其恶者为溺爱,助其恶者为引诱,为谄媚,而懦弱、色欲、阴险、强权等,无一不为恶推波助澜,造成此恶世界。虽有贞节、诚恳、义侠,亦几莫能挽回,还真返璞,仍在素女之自己觉悟。其立意如此,有益于世道人心不少。

片中主角素女,饰之者为殷明珠女士。数年不见,似稍稍丰腴矣。其表演之精进,远胜《海誓》,即时下号称之电影明星,亦鲜足与之竞。在此片中开始时,绝类曼丽璧克福之《渔家女》。入城后,则颇肖梅茉莉。之二人者,均美国最大之女明星,而明珠女士以一人兼其所长,宜其为中国电影界唯一女明星矣。

全片各演员,除明珠女士外,亦均能发挥尽致,各如其份,无过与不及之弊。字幕之语句,尤为佳妙,冷隽处耐人寻味,滑稽处令人捧腹,严正处令人悚然,而皆寄托深远,含有哲理,允为空前之作。至布景之堂皇幽雅,光线之优美和润,犹其余事耳。

(选自《重返故乡》专号 1925 年 6 月出版)

谈 艺 （一）

予尝谓中国电影界中之具电影天才者，有二人，一但二春，一则黎明晖也。明晖于《战功》中渐露头角，予已知其不凡。吾友陆洁亦审其能，因特编《小厂主》一剧，供其表演。于是乎明晖之艺乃益显，明晖之饰小厂主黎爱方也，易钗而弁，复易弁而钗，活泼玲珑，在在尽其所长。而观众之喜怒哀乐，似亦随明晖之喜怒哀乐而转移焉。吾朋好之，自中央大戏院观《小厂主》归者，咸谓明晖于斯片中，已绝肖新大陆之电影女王曼丽毕克馥。脱假以时日，努力研究，则东方之曼丽毕克馥，非明晖莫属矣。王元龙年少英俊，孔武有力，其饰忠勇之秘书王一平，自忖非他人所可企及。而阴鸷如汤杰之黎大荣，沈毅如萧英之李达光，媚妩如何丽珠之黎如慧，亦不啻添花锦上焉。

（选自《申报·自由谈》1925 年 10 月 20 日第 13 版）

徐卓呆与猪有缘

大家总还记得，在癸亥年的新年里，徐卓呆不是发过一种滑稽贺年片么？上面画三个穿西装的猪先生，分送了友朋，一时传为笑柄。有人问他甚么缘故，他说我是猪头三，新年里猪头三来向你们诸位拜年啊。

现在他和汪优游，开一个专制滑稽剧的影片公司，叫做开心影片公司。这开心影片公司的商标，更来得奇怪，画一个猪八戒，正在那里吃一个钥匙。因为有句俗语叫猪八戒吃钥匙，乃开心之谓也，亏他们想得出来。

新舞台此番演《新西游记》，本来打算聘卓呆去做猪八戒的。一来因为他有一身肥肉，二来他会猪叫，叫起来竟和真猪猡差不多，所以大有猪八戒资格。后来卓呆因为路太远，没有答应。

以上三件事，都可以证明徐卓呆与猪猡大有缘分。还有一件事，他是一向欢喜吃肉的，几乎每饭不忘，非肉不饱。不料他在开心公司摄过第一片《临时公馆》，第二片《爱情之肥料》以后，将要摄第三片《隐身衣》之前，卓呆忽然戒肉,吃起长素来了。他这么一来,似乎与猪猡,更是痛痒相关咧。

卓呆卓呆,你何以和猪猡如此相亲相爱?

(选自《半月》1925 年 11 月 30 日第 4 卷第 24 号)

谈　艺　(三)

老友卓呆、优游创制滑稽片。余以二人平日之著作及艺术料之已可必其成功矣。前日试演于中央大戏院,果博观众欢迎,实不亚于卓别灵、罗克也。《临时公馆》情节已颇滑稽,加之二人做工俱颇老练,益为该剧生色。菱清女士容姿既佳,演来亦甚自然。《隐身衣》以应用摄影艺术为主,如箱子走路,酒壶变夜壶,粪箕与扫帚战争等颇堪发噱,且忽隐忽现,尽神出鬼没之能。此种摄法中国片中应用尚少,故甚为新异也。《爱情之肥料》以情节胜,全剧之二大要点为书信之错误及误怪人做贼以致闹成笑柄,收场于夫妇二人中现出一小儿,此种摄法中国片中尚属创见。三剧均以汪徐二君为主角,尚有著名滑稽家周凤文君及菱清女士、爱珠女士、AD 女士等,可谓珠联璧合矣。闻该三片将于十二月二十二日起为罗克之《丈母娘》合演于中央,开心公司第一次出品即得与罗克之片合作,固开心之荣,为中国电影界中足与罗克并驾齐驱者,亦非汪徐二君莫属也。

(选自《申报·自由谈》1925 年 12 月 3 日第 11 版)

礼拜六的晚上

礼拜六的晚上,狼虎会由李长脚(常觉)作东,在消闲别墅聚餐。会员共到十人,牙如剪刀筷如雨,彼此各不相让。吃到九点半钟,早见那杯儿碟儿碗儿锅儿,变做了四大皆空,一尘不染。席间的谈话,庄谐杂陈,记不胜记。听剑云演讲王病侠自杀薤露园中(即万国公墓)的事,最引起同人的注意,此事报纸中还没有宣布,可算得簇崭全新的新闻了(按:翌日始见报)。听他自备字碑，自筹葬费，擘画甚是周详，虽说自杀是懦夫，但我以为此君在懦夫中，也可算是一位英雄咧。席散后，驱车回家去，不道刚到西门，却撞见了王汝嘉夫妇，和他的年兄乃寿，同着叶君，汝嘉拉住了我，说回到卡尔登去。我再三推却，谁知他不由分说，竟逼着我换了车子，用绑票式的手段绑到卡尔登。那时已十点多钟，座客不像前礼拜六的旺盛。台上表演的舞蹈，以"一个吸鸦片烟者的梦"（Dream of an Opium-Smoker）为最美。我最初的推想，以为这一节定是调侃我们中国人的，少不得要扮出一个拖辫子的中国人来，捧着烟枪乱跳乱舞，当场出丑。谁知绒幕一揭，不禁啧啧叹赏，原来台上布着一间精室，明窗双掩，窗外有新月如钩，月光如雪，照见一个美女子，姗姗的走到茶几之旁，把一盏红纱的灯旋明了，就着几旁坐下，对小灯抽烟。我们中国人总是躺了抽，这位外国太太却是坐着抽的。抽了一会，似乎倦极入睡了，当下便有个美少年微步而来，先和伊接了一吻。于是颊与颊相磨，肩与肩相并，臂与臂相联，手与手相握，舞了一个极曼妙的汤娥舞。那种娇容媚态，凡是洛神赋中的形容词，都可以搬上去形容的。这时窗外月明如故，灯影微茫，台上的舞者，台下的观众，似乎都沉醉了。夜将半，又来了几位舞客，任矜蘋与宣景琳，疤六女士与洪君，叶少英大律师与如夫人，王季眉与一黑衣女士。疤六围白雀毛围布，穿绿地白花长半臂，容光照人。洪叶王的舞都妙，对手方也功力悉敌。矜蘋学舞未久，进步极快，已不像先前那么扶新娘子的模样了，可贺可贺。归时已一点半，拉杂记之。

（选自《上海画报》1926 年 1 月 28 日第 78 期第 2 版）

岁尾年头之两影剧

　　岁尾年头，电影界颇多巨制，贡献于观众。而予所寓目者，则为明星公司之《空谷兰》与夏令配克之《朱庆乔》（Chu Chin Chow）。腊鼓声中，百无聊赖，惟于此得少佳趣耳。

　　《空谷兰》为天笑先生所译杰作之一，本为西方说部，由日本名小说家黑岩泪香氏译为日文，而天笑先生则由日文转译者。十年以前，排日刊载《时报》之第一版，继由有正书局刊为单本。迨新剧社兴，即由郑子正秋编为新剧，演之红氍毹上。当时演员，如凌怜影之纫珠，汪优游之柔云，王无恐之兰苏,王明玉与王幼雅双演之良彦,皆脍炙一时人口。去岁明星公司以此书富有号召力,因复摄制影剧,历时半载,始克告成。大除夕之前二夕,试映于中央大戏院。前后二十本,以一夕了之,颇足快心也。所选演员,如张织云之纫珠、杨耐梅之柔云,铢两悉称;而朱飞之兰苏,与郑小秋之良彦,亦能尽其所长。布景内外皆精美,外景多取之西子湖畔,而不落寻常窠臼,故颇可观。全片情节,与原书无甚出入,惟易陶时介之从军阵亡为留学新大陆病死而已。以全片精采论,则后十本尤胜于前十本,纫珠劫后重来,与爱子絮语一节,极凄婉之致;而夺药一幕,尤有精神。千百观众,咸为之屏息不声,于以知此幕之足以动人矣。织云、耐梅,表演均有进步,似胜于以前诸片也。

《朱庆乔》本为英国舞台名剧,尝连演一年之久,后乃摄为影剧,以电影界名美蓓苈白丽丝(Betty Blythe)主演。片中情节,为亚烈裴伯与四十盗故事,吾国人士,多知之。往岁小说林出版之《侠女奴》说部,即述其事。斯片因盗首海山,尝乔装为中国富翁,御蟒袍与团龙之褂,曳长辫,冠缨冠,长须两绺左右垂,如挂丝带,言时闭目,唇吻微动,厥状丑恶极矣;其来也,一人叩锣前导,别有四侍者,亦饰中国人,均丑恶如朱庆乔,此片价值因此乃等于零。惟蓓苈饰女奴,半露其凝脂之肤,示人以西方美人之美,差足动人观感耳。

(选自《上海画报》1926 年 2 月 22 日第 84 期第 2 版)

樽边偶拾

日来胃疾少差,多与春宴,樽边值朋好,剧谈忘倦,每闻隽语,拉杂记之。

一客言,献岁以来,诸影戏院所映影片,题名皆作吉祥语,如大戏院之《财运亨通》,爱普庐之《万事如意》,中央之《早生贵子》,如连缀一起,则曰早生贵子、财运亨通、万事如意,颇类新年城隍庙中乞食儿口吻也。而《财运亨通》因卓别灵之号召力大,半个月盈二万金,大戏院亦可谓财运亨通矣(按此片租价为万五千金、与范鹏克之《月宫宝匣》同)。

一客言,共舞台之碧云霞真为尤物,其发额眉目鼻口,无一不佳。口之位置如能略略移下二三分,则更美矣(按:此客为画师丁悚,其倾倒之热烈,盖不亚于吴大头也)。

又一客言,吾尝观碧云霞之《六月雪》,上法场时由二刽子手扶掖而上,愁眉弹黛,莲步欹斜,剧有楚楚可怜之态。顾吾颇健羡此二刽子手,诚愿取而代之,俾得一亲云娘芳泽也。已而下雪,此雪其为雪花粉乎(意谓此女因太漂亮,故所下之雪,亦必为雪花粉也。可发一笑)?

一客言,昔人有眉目如画一语,谓美人眉目,其美如画也,然而亦不过为一种形容之词。不意递嬗至今,眉目乃真画矣。不见一般女明星,以其眉之阔而短也,悉薙去之,而画为细而长者。眼皮之上,亦往往略染黑色,此非所谓眉目如画乎?

(选自《上海画报》1926 年 3 月 4 日第 87 期第 2 版)

云霞妍唱记

老友天壤王郎,是碧云霞的一员新忠臣。上次看了伊的《六月雪》,一会儿想客串刽子手,一会儿又想化身做伊玉腕上的银镣铐,真是风魔得了不得。那夜演的虽是双出,第二出偏又是《士林祭塔》,做那雷峰塔里的白娘娘和《六月雪》中一样的愁眉苦脸,煞是可怜。我本是听歌解闷来的,如今不见伊一丝笑容,反添加了几分闷气,未免有些儿不满意。前晚共舞台的海报上,恰贴着一出《新纺绵花》。天壤王郎便拉了我同去道。来来来,我和你一块儿看碧云霞的笑脸去。我是无可无不可的,跟着他就走。好容易捱过了《赤壁鏖兵》、《乾坤圈》、《柴桑口》几出戏,台上便铺了一条碧色的地毯,换上了碧色绣花的桌围椅披。开出幕来,里面的壁幔门帘,也焕然一新,全是碧的私产;当中一只狮子,张牙舞爪的给碧云霞打着旗子。我料知天壤王郎大约又在那里羡慕这狮子了。不多一会,台下一声喝采,早见碧云霞已轻云出岫般袅袅婷婷的走了出来。一身绣花浅黄缎衣,不裙而裤,着镂花浅灰色皮鞋,横 S 髻的右面,簪着一朵浅黄宫花,其余钻耳珰、钻指环、钻手钏,也一应俱全,珠光宝气,照映四座。那一、二千双眼睛,都注在伊一人身上了。伊一上台,果然就嫣然微笑。先抱着小娃娃,唱了支催眠歌;接着小秃扁上场,隔着门儿应答,碧云霞便莺声呖呖的唱起来了。第一支苏滩《拾垃圾》,苏白十分柔媚;接上去一只东乡调,又换了上海白,甚么"睏在一横头"啊,"同床合被头"啊,一连串不知说了多少"头"字;接唱扬州调、南京调,一声声是销魂之声；以下又有东洋调、西洋调、广东调，花样百出；并且还唱了半出《黑风帕》，放了大喉咙，做起大面的架式来。末后夫妇相见，极尽打情骂俏的能事。台下的许多观客眼望着碧云霞，张开了口，一个个似乎呆住了。末尾小秃扁向碧云霞说道："我台上和你做夫妻，后台去仍旧客客气气。"于是哄堂一笑而散。

（选自《上海画报》1926 年 3 月 10 日第 89 期第 2 版）

碧云霞历史中的一小页

　　碧云霞南来匝月，舆论对之颇多好感。艳其色者，至拟之为天仙化人。吾友红杏，夙为梅畹华①至忠不贰之臣，乃一见云霞，倾倒备至，尝草《碧云清话》一文以美之，中有"傥使微波能通，容致洛灵入赋"，"伫月何时，停云未待，由情生怨，良有未及自克者在"。可谓情见乎词矣。老友天壤王郎，亦醉心于云霞者也。观《六月雪》而遽思客串剑子手，朋好间传为佳话。日者过吾寓庐，欣然以云霞之历史见告。据云其岳家俞氏，曩年尝雇一苏籍女佣，佣携一爱女俱来，梳双丫髻，眉目如画，已而苦其累，令随三麻子学戏。今日在《新纺棉花》中能戏唱黑风帕等大面戏者，盖犹得力三麻子也。未几，别从一师，专习花衫。最初现身氍毹时，无藉藉名，及北上津沽，得诸巨公力捧，名乃日噪。碧之父母俱已去世，由其婶母草草殡葬。碧尝言，他日如成名，并得嫁富人为妇者，必衣锦归故乡，重为父母厚葬焉。其婶母年必自吴中来，诣俞氏家，探云霞消息。今云霞方在沪，而此婶母乃不至，否则衣锦归乡重为父母厚葬之言，或当实践耳。

（选自《上海画报》1926 年 3 月 28 日第 95 期第 2 版）

---

　　① 即梅兰芳。

411

云霞会亲记

予前记《碧云霞历史中的一小页》，谓有一婶母者，居吴中，年必来海上，探云霞消息，而今年则未来云云。不意予稿朝刊，而此婶母夕至。吾友天壤王郎固极关心于云霞者也，呕岔息而告予，谓其人实为姨母而非婶母，发斑白，年六十余矣，昨已赴敏体尼荫路之五福里，与云霞晤。云霞虽久饮香名，而绝无倨傲之气，遇其姨母良厚。起居已，立出十金予之，偿其此来之车费，并殷殷留以小住。是夕即与共榻，如兰之气，扑鼻欲醉，媪乐极，不能成寐。翌晨云复力慰之，谓姨母如能多作数日留者，当别辟一室以相处，媪唯唯而已。尤有一事，媪所引为生平得意事者，则云霞家仆隶，悉尊称之为太太。媪平昔太太人，今日乃自为太太，谓非异数而何。

据媪言，云霞食极精，尤嗜鱼翅，每餐必具一簋；鸡鸭之外，必以鱼翅为伴，菜蔬之类则不经见云。媪又言，云霞事其假父甚孝，未尝有闲言，此次出阁之说，甚嚣尘上。对方确允以八万元为代价，而云霞尚踌躇未决，谓愿多作数年红氍毹上之生活，俾得博多金以娱假父之晚景云。

尤有二事可记者，一，云霞每演《新失足恨》，入后台必哭，谓俯仰身世，颇有同情之感云；二，唐少川先生亦颇赏识云霞之艺，尝两度往观，击节叹赏不止。

（选自《上海画报》1926 年 4 月 4 日第 97 期第 2 版）

行　路　难

吾友陈小蝶，一日偕其弟叔宝，以汽车过静安寺路之斜桥，忽迎面来一汽车，司机者忽掞机而转折，撞小蝶车，两车皆受重损。小蝶被震，鼻触车窗，眼镜立碎，玻片嵌入鼻中，洞三孔，血流如注。呕易车归，延牛惠霖医生来，为施刀圭，谓须半月方痊，不可以风；又以头脑受震过剧之故，昏昏然如坠云雾，至今不甚清明也。叔宝亦伤其一臂，络以赴校。宝平日擅唱《盗御马》,扬臂挺胸作黄天霸气概,而今则黄天霸乃大吃摩托卡之亏矣。因此一事,吾遂忆及半阅月前,某中学校校长夫人覆车受伤事。校长李君,年少有干才。其夫人出圣玛利亚女书院,亦美而慧。一日夫人携三岁爱子,以人力车赴母家,会所居里中,有人家迁居,器物车辆,填咽里口,越五分钟得出。突有一载货汽车疾驰而来,撞夫人之车,车覆,母子同仆汽车下。夫人折一足,创其半面;而子之右臂亦断,成为断臂小将军。事闻于李校长,惊悸欲死,亟车送医院。别延律师控汽车公司于官。然而李校长目睹此残废之娇妻爱子,中心已寸寸碎矣。因此二事,吾乃又忆及一月以前,以车过中华路,忽一汽车自后来,寂然不声,陡掠吾车而过。车旁叶板被撞,吾车侧起数寸;更数寸者,则吾车亦覆矣。顾吾殊有幸,车不覆,叶子板亦无恙,而吾仍不能不致慨于海上行路之难也。

（选自《上海画报》1926 年 4 月 1 日第 96 期第 2 版）

黎明晖的照相册

　　上海的电影明星,差不多和天上的星斗一样多了,真个是数也数不清。但我在那许多明星之中,最赏识的要算是黎明晖。因为我平日爱看美国曼丽毕克馥的影片;而明晖的艺术,就有几分像曼丽毕克馥处。说伊是我们中国未来的曼丽毕克馥,也未尝不可啊。明晖的成绩,在《战功》与《小厂主》中已可概见,而在《透明的上海》中,更见得有突飞的进步。

　　明晖爱拍照,一时代有一时代的照片。在当年表演《葡萄仙子》歌剧时,就一幕幕拍成了许多照片。自投身入了电影界,差不多天天与摄影机为缘,照片也益发多了。宝记的玻璃窗中,常见伊那娇小玲珑的情影,掬着浅笑,供街中行人们的欣赏。上海有一半人,因此也认识黎明晖了。大中华百合公司的导演陆洁,是电影界最初发见黎明晖的人,也正像哥伦布发见新大陆一样;因此明晖很有知己之感,每拍一张新照片,总得送一张给陆洁。连十多年来自幼至长的照片,也送给他。陆洁很高兴,特地办了一本照相册,一张张的黏贴起来,竟成了厚厚的一册。有几张连明晖自己都没有了,因此这一本黎明晖的照相册,甚是名贵;但也为了太名贵之故,可就不能长为陆洁所有。去年的年底,这照相册竟从陆洁的办事室中,不翼而飞了。陆洁如失至宝,懊丧已极,侦查了好久,兀自没有踪影。听说已悬了巨赏,要探知这照相册的下落。世无福尔摩斯,不知道究能珠还合浦么?

(选自《上海画报》1926 年 4 月 7 日第 98 期第 2 版)

念炸弹下的北京朋友

勇于内战的大中华民国健儿,彼此倒像有不共戴天之仇似的,厮杀不休。如今狠上加狠,索性把炸弹抛掷北京城了。我得到这骇人的消息时,正在七里泷山明水媚之间,不由得想起我几位北京朋友来,因便掬着一瓣心香,默祷上天,保佑他们平安。

我想起袁寒云盟兄,已好多时没信来了。他本来住在北京东城遂安伯胡同,诗酒逍遥,很觉安闲自在。上月听说曾到天津,借寓国民饭店。以后不知曾否回去,曾否听得这可怕的炸弹声,他的琴书都还无恙么?

我想起老友何一雁将军,是住在北京东单牌楼洋溢胡同的。他很给本报帮忙,又常有极好的短篇小说,替我《紫罗兰》挣场面。不知道这回可也受惊没有? 好在他曾死守过南京城一个多月。上马杀贼,下马草露布,听了这种炸弹声大约也稀松平常,不算一回事。况且他那求幸福斋的命名很吉祥,定是有幸福而没有祸患的。

我想起老友黄秀峰伉俪。他也住在东城,去寒云寓所不远。他们俩婚后还不到一年,每逢春光明媚时,又往往到北京诸名胜区去踏青摄影。而今满城都是炸弹声,不知道还有这闲情逸致么? 在那北海琼岛一带花明柳暗之地,还常有他们俩的并头双影么?

我又想起梅畹华、程玉霜二名伶。他们几次来上海,曾和我有几面之雅。他们是专在红氍毹上扮女性的,胆力也比较差一些。如今在这可怕的炸弹声中,可还能粉墨登场,做《长生殿》中的杨太真、《红拂传》中的红拂女么? 他们的舞衫歌扇,仍一一无恙么?

唉,我的朋友,岂止这几位。凡是北京城中的人,都是我的朋友,都是我的骨肉,我都希望他们无恙,祝祷他们平安!

(选自《上海画报》1926 年 4 月 10 日第 99 期第 2 版)

西方情书中的称呼

现代的一般青年男女,写情书要算是拿手戏了。每天上正不知有多少甜甜蜜蜜的玉珰缄札,在邮筒中经过,而由那救苦救难的绿衣使者,递到双方有情人的手中,作精神上的慰安品。然而这些情书中的称呼,大都稀松平常,无非是吾爱、爱人、亲爱者或哥哥、妹妹罢了。哪里及得来西方情书中那么推陈出新,别开生面。最近我在一本伦敦文艺周刊中,见了俄国大小说家柴霍甫氏[①](A. Chekhov)寄与他爱妻的几封情书。那周刊记者也惯使狡狯,故意在他情书中对于爱妻的种种称呼立了一张表,引起读者的注意。其表如下:

我的蛇,我灵魂上的鳄鱼,我甜蜜的小狗,我神奇的狗,我亲爱的虫,我甜蜜的鹅,我的鹦鹉,我的鸽子,我的鸟,我的白鹭,我的小鸠,我亲爱的小马,我的杂种动物,我的小甲虫,我的鲈鱼,我的金鱼,我的小蚋,我亲爱的小红雀,我亲爱的金鱼,我的小蛙,我的小火鸡,我的鼹鼠,我亲爱的小鲸鱼······

读了这表,几乎当做是动物院中的一张清单。谁也料到却是俄国大小说家对于他爱妻的称呼啊。柴霍夫氏的短篇小说很著名,在我国不少译作。他的夫人名邬尔珈(Olga)是莫斯科的名女伶,艺和貌都很不凡。如今柴氏早已去世,夫人却还健在。

(选自《上海画报》1926 年 4 月 16 日第 101 期第 2 版)

---

① 今译为契诃夫。

山阴道上之明星点点

　　大中华百合公司摄制新片《殖边外史》，一去奢华纷靡之习，表扬中华大国民之真精神，盖与美利坚《边外英雄》一片，有同等之价值者也。取景多在绍兴，雄奇可观。耶稣复活节之前一日，导演陆洁，率同男女明星二十余赴绍，下榻于州山善庆学校中。黎明晖、王元龙皆与焉。昨有人自绍来，语予以趣事数则，颇有可噱者，记之如下：

　　州山之饭，糙黑如砂粒，猪肉须购自十里余外。村中亦有厨子，而所制之菜，不能下咽。诸星中有每餐非四五瓯不饱者，至是亦一瓯而饱。窃思长此以往，必将菜色而归。乃惟周文珠、杨静我二女星为临时大司务，轮流入厨制菜。杨于制菜时，必请陆洁尝菜味之咸淡，于是陆遂被推为制菜总监。以制片总监而兼制菜总监，可谓双料总监矣。

　　村中所多者为鸡蛋，小洋一角，可买四五枚，于是炒蛋、水铺蛋、滚蛋、王八蛋，同是一蛋，而制成十数种之蛋，终日所过者为蛋生活。黎明晖等诸女星好啖连壳白烧蛋，此物不易消化，多食必伤胃，陆洁屡诫之，始各屏而不食。村中除鸡蛋外偶可购得几块豆腐干，一个铜板买一块，细嚼之，其味似胜于沙利文之巧格律糖。诸星如长住其间，人人可以成富翁，盖有钱实无处可花也。

　　片中黎明晖之家，乃将山中一龙王庙改造。庙虽名龙王，而所供者则为关老夫子，由木匠、漆匠、泥水匠数十工改成之。门前有广场，乃毁去麦田二亩而成。场上围以矮篱，缀鲜花万朵；篱中白鹅数十，往来自得，屋旁有牛棚、羊棚、猪棚，牛羊猪鸣声相闻，乃如诗人之赋诗相唱和者。屋前一古树，高可十丈，已为百年前物。特在树旁建一古井，悉用碎石造成。此碎石乃由二十村童从山中搬运而来。陆洁特使杨静我坐井上，为摄一影。井前一羊方食草，井后白鹅数头，方昂首长鸣，因题其影曰"羊井鹅"，音与杨静我谐，聪明极矣。

　　诸女星辄至庙内求签。黎明晖先以小拳向关老夫子作欲击状，然后抽一签，得下下，再抽又下下。乃恐，虔诚跪而求，仍下下。明日再求下下，又求又下下。二日中五求而五下下，黎怒，声言非拆毁庙宇不可。周文珠燃烛爇香叩头而求，亦下下。有句云："……拾得黄金要化铜，反来覆去一场空。"

害得周文珠几天不快活。杨静我求二签，句亦不佳，而杨频称"菩萨真灵"。王元龙兄弟均相继求，所得签佳否互见。众要陆洁求，陆不肯。杨静我乃抢签筒而代求曰："今年如能吃陆先生的喜酒，赐上上；明年，中中；后年……"语未竟，而一签出，为中上，句曰："玉兔团圆出海边，清光皎洁瑞云端，时人要见嫦娥面，卷起珠帘仔细看。"一解曰："月静如海，倍见光明，要觅其好，必须用心。"均不知其命意所在。王雪厂曾求得上上，签句大佳，惜已忘之云。

（选自《上海画报》1926 年 4 月 19 日第 102 期第 2 版）

狗 赛 会 中

　　五月一日上午十一时至下午六时，海上西人所组豢狗之俱乐部，举行狗赛会于黄浦滩。予不喜狗，而颇欲一观一狗吠影百狗吠声以为乐，因于饭后偷暇往观焉。

　　狗赛会之会场，设于黄浦公园之旁，周以竹篱，树英吉利国旗二，猎猎翻风中，傲态可掬。未入会场，而群狗争吠，厥声如豹，已迎客于百码之外。场以内，一面设茅亭七八，一般狗主人，多牵狗集其内，以待评判员之评判。一面则为一绝大之芦席棚，辟作小厢二三百间，各以芦席为界，藉以稻草，盖即群狗之临时公馆也。场之东端设评判员之写字间，西端设临时餐馆，间有一二商品之摊，则为出售狗链、狗嘴套与狗之沐浴用药等等者，他无有也。

　　参与斯会者，西方士女居十之七八，中国士女居十之一二。群狗之主人，均于臂间标号码，其一百五十六号为一中国少妇，御红珠边之玄缎旗袍，牵一白色狮子狗，与西妇多人杂立于评判之茅亭内，屡目二评判员，状至恳恳，不知其爱狗果能获奖否也。

　　芦席棚内之小厢中，每厢一狗，有狗主人亲伴爱狗同坐，亦有以仆欧留守其间者。其半数皆为警狗、猎狗，狞悍可畏，吠声亦最厉。别一半则为家常爱玩之北京狗，有中国粲者二三，同据一厢，携一筠篮，以篮锦为裹，一白毛小狗卧其中，婉娈可爱。此数小狗，多跳跃主人襟袖间，故修饰甚美，颈项间均缎结，五采纷披，仿佛蝴蝶之翻飞也。其所处之小厢中，亦往往铺锦毯，加绣垫，中有一厢，则置一小沙发，令狗坐卧其上，观于狗主人爱狗之状，虽父母子女，蔑以加焉。

闻与赛之狗,凡分三十余类,分类给奖。每类设甲乙丙三奖,报载顾维钧夫人之爱狗得首奖,顾予是日仅在场中逗留一小时,殊憾未见顾夫人,亦未见顾夫人荣膺首奖之爱狗也。

（选自《上海画报》1926 年 5 月 7 日第 108 期第 2 版）

重 五 纪 事

因导演《新人的家庭》双收名利而念念不忘于《新人的家庭》之任矜蘋君,创办一新人影片公司,罗致明星绝夥,颇有使天下英雄,都入我彀中之概。重五前一日,举行开幕典礼于卡尔登之屋顶,一时屋顶上群星灿灿,几可与天上之星争衡矣。予等因莅场已迟,得座甚后。而予适又背台而坐,台上游艺,殊不甚了了。仿佛有俄女联翩舞踊而已,交际舞初犹无人参加,比矜蘋拥严素贞为之倡,于是继起者不乏人,而亦仍以星为多,目光所及,则有黎明晖、杨耐梅、李曼丽诸星。已而汪英宾君亦与一星同舞,观其姿态之美,固知为老斲轮手也。是日星之奇服,有黎明晖两色之衣与两色之履,前火黄而后青绿,是则青黄不接之说,可易为青黄相接矣。毛剑佩御一绿色之衣,行时如展两翼,曾登台唱西歌,歌喉颇嘹亮,不亚乃翁唱《西门楼》中吕布也。韩云珍被一白色黑花之衣,袖窄而长,袖下中裂,而于袖口约之以纽,奇矣。他星如蒋耐芳、魏佩娟,亦在座。魏曾两度登台,歌《四郎探母》与《虹霓关》作大小嗓,皆可听也。殷明珠与贺蓉珠最后至,新妆甚都,殷自获掌珠后,此为第一次厕身交际场云。

重五日之晨,意至无聊,方搜读书报自遣。老友慕琴,忽邀观美专成绩,因驱车往。同观者丁娘外,又有二张生,则张光宇、张珍侯也。西洋画多幅,佳作迭见,而予与珍侯则独赏识一潘思同君之作品,如《夕阳》、《水滨》、《竹林老叟》、《庙宇》诸幅,用笔纯正,不入魔道。而设色章法意境等,亦并皆佳妙。人体写生一图,虽背坐,亦栩栩如生,此君前途,正未可限量也。国粹画中,则予等皆称赏潘天授先生一派,以为区逸有致。盖此派学子皆从潘先生游者。尝见俞人昌君一幅,画枫叶八哥,极妙。潘先生（署名阿寿）题其端云:"一夜丹枫红似锦,八哥误认是春来。"如此聪明语,令人叹服,观览既遍,日已亭午,遂出。

午后，有约游半淞园者。是日，有龙舟，观者云集，为数殆不下万人。凡可坐之地，无不满座，如开一上海士女之展览会。靓妆丽服，在在可见。电影明星之与斯盛会者，有韩云珍、王慧仙、魏佩娟等。云珍顾盼如孔雀，与在大中华百合公司时，迥不侔矣。园中游人，似亦以明星为目标，窃窃私语，似以见星为幸者。甚矣，星之不可为而可为也。日下春，龙舟卸其旗帜，锣鼓声寂然，游人遂亦渐渐散去。予等复游园一周而出，觉人去后之半淞园，清幽可爱多矣。

（选自《上海画报》1926 年 6 月 18 日第 122 期第 2 版）

辟　　谣

在下本来是个无用人，一向抱着宁人骂我，我不骂人的宗旨。所以无论是谁用笔墨来骂我，挖苦我，我从不答辩。说也可笑，近来有好几个朋友告诉我，外边起了一种谣言，说我和包天笑先生闹意见，彼此大相骂，倒像实有其事似的。试想我向不骂人，那有和人相骂之理，更那有和包天笑先生大相骂之理。这种谣言，不可不辟。此事的起因，是由于本报登了一篇董慕范君《女尼身殉毕倚虹》的文章，说得凿凿有据，我这简单的脑筋中，将信将疑，以为这倒是倚虹身后的一段珍闻，不妨登出来，以待证实。发稿之际，又想倚虹生前文采风流，名闻天下，也许红粉怜才，对于他有愿为夫子妾之意。文中也不过说彼此文宴频晤，过从更密，并不说倚虹有诱惑陈女士的事。最后殉情一节，更使我很为艳羡，以为我们文人死后，而有好女子以身相殉，这是很足矜贵的。因了这两种意念，就把这篇文章发表了出来，但一壁仍在文后加上按语，表示我的将信将疑，而也绝对没有诬蔑死友之意。端午前一日，新人影片公司在卡尔登举行开幕典礼，恰遇见了包天笑先生。包先生说："女尼身殉毕倚虹的事全属子虚，我已做了一篇辩正的文字，将在《晶报》发表，对于你可是没有关系的。"我连说："再好没有，我本来有些怀疑，尽请辩正。"过了一天，《晶报》上果然刊出包先生的文章来，内中口气，虽觉激烈一些，但我以为前辈训斥后生，也是理所当然，我除了敬谨受教以外，无话可说。好在我存心并不诬蔑倚虹，而对于倚虹身后，也曾略效绵薄。扪心自问，毫无愧怍，不过人家说我和包先生大相骂，却不得不辩。因为包先生向来是我所尊敬的，没的被他老人家听得了，错疑我有所介介，以致有这种谣言发生，那可不是玩的啊。

（选自《上海画报》1926 年 6 月 26 日第 125 期第 2 版）

美国之模特儿案

纽约一歌剧院中，演一新编之歌剧，有名女伶蓓儿海兰（Beryl Halley）者，饰剧中之夏娃一角，赤裸裸一丝不挂，但以一珍珠镶成之无花果叶，掩其下体。凝脂之肤，显豁呈露于红氍毹上，乃皑皑如堆玉雪焉。警曹乔士史密斯（George Smith）见之，以为蔑弃道德，有伤风化，控之于官中。而海兰侃侃自辨，谓此乃艺术的表演，美至无度，初无伤于风化，亦无背于道德，并自白其平日未尝吸烟，未尝饮酒，为有道德之证；又以警曹之控诉为诬蔑也，将反诉警部，要求二十万金，以赔偿其名誉上之损失焉。法官不能决，谓欲亲睹其状，然后判曲直。于是歌剧院中，重演斯剧，法官据坐第三排之中座，整顿全神以观之，目击海兰之玉体毕呈，坦然不以为意，谓此乃新派的艺术，未可加罪也。当此案覆讯时，法官即以此为言，宣告海兰无罪。海兰大悦曰："长官大有造于艺术，吾乃乐极矣。脱令长官设身为吾，而登场作此人类始祖之夏娃者，亦必不衣如吾状，其美感动人为何如乎。且吾亦尝自试之矣，初登舞台时，为千百人目光所注，而略无刺促不宁之状。即四座女宾，亦无一避席起去者，则吾之无伤风化可知也。"法官唯唯，海兰遂粲然退。

（选自《上海画报》1926 年 6 月 30 日第 126 期第 2 版）

日进无疆之明星公司

挽近以来，海上电影事业蒸蒸日上，有如火如荼之观。电影公司之成立者，凡数十家，其所抱宗旨要在借娱乐以陶铸国民新脑，补助教育之不足，法至良，意至善也。夫吾国之电影，固亦有甚早之历史。上海影戏公司与商务印书馆最先崛起，以辟草莱；而发扬光大之者，实为明星影片公司。明星公

420

司为亡友郑鹧鸪君与张石川、郑正秋、周剑云、任矜蘋诸君所创办,其最初之出品,亦不过《劳工之爱情》等一二滑稽片,无足重轻。及《孤儿救祖记》出,始为社会观众所注意。郑鹧鸪君与王汉伦女士因以成名,明星公司之魄力渐以显著,而亦从此立一稳固不拔之基础矣。从此出片奇迅,几于月必一片,为其他电影公司所望尘莫及。继《孤儿救祖记》而问世者,如《苦儿弱女》、《诱婚》、《好哥哥》、《最后之良心》、《小朋友》、《上海一妇人》、《盲孤女》、《可怜的闺女》、《空谷兰》、《多情的女伶》、《好男儿》、《富人之女》等率皆由张石川君导演,包天笑君、郑正秋君编剧。对于社会家庭之劣点细加考察,而借银幕之力痛下针砭,其有功于世道人心者,正复非鲜也。他如郑正秋君导演之《小情人》、洪深君导演之《冯大少爷》、《早生贵子》、《四月里蔷薇处处开》、任矜蘋君导演之《新人的家庭》诸片,肯于艺术上用功夫,亦为雅俗共赏之作。吾人观于明星公司发轫未久,而所得成绩已斐然可观,若秉此百折不回之精神,力进不懈,则其前途之伟大有未可预期者在。果也今已有扩充股本为五十万元之决议,特组招股委员会,从事征集矣。他日发扬国光于全世界,为吾国电影界开一新纪元,窃于明星公司有厚望焉。

(选自《明星特刊》第 15 期《未婚妻专号》1926 年 8 月 25 日出版)

殖 边 庆 功 记

我国武人,只知尽力于内战,久已不问边事,哪里说得到殖边,更哪里说得到殖边庆功四个字呢。我之所谓殖边庆功,却是说大中华百合公司因新影片《殖边外史》摄制成功而庆功,并庆王元龙君第一次导演之成功。

《殖边外史》是以提倡殖边为经,描写儿女情爱为纬的杰作,所取外景,包含江、浙、豫、鄂四省,以至于北边的沙地。走了万里路,经了千百种辛苦,方始有这八本《殖边外史》,贡献于银幕之上,足与美国鼎鼎有名的《边外英雄》,争一日之短长。王导演与诸演员之功,自不可不庆。

庆功之宴,设在都益处三楼。小阁高寒,风来习习,浑忘日中炎蒸之苦。列席者有大中华百合公司全体职演员,女星有周文珠君、杨静我君等,黎明晖却因病缺席,未免美中不足。每一桌上,都坐一女星,仿佛是镇压风水一般。文珠穿蓝色碎花纱衣裙,寡言寡笑,不减其所谓"温吞水"之本色。静我穿白裙白半臂,白花绿地茜纱衫,两袖极短,不上五寸,赤裸裸地露着一双藕臂,真是风凉得很。

席间有董事长吴性栽君的演说,王元龙君的答辞。一番庄论,各以诙谐结束,赚得四座不少的拍手声。演说未完,已有名花应征而来,有当得上司马相如赋中所谓"妖冶娴都"的宓妃,有《三日画报》上与刘公鲁君合拍戏照题为好一对野鸳鸯的谢爱卿(即玉琪),另有一花,在王元龙君身旁坐了好久,即席挥毫,写福裕里雅秋五字,笔致十分遒劲,不像女子手笔。据说曾在虹口某女校读书,与张织云为同学,怪不得有这一手了。张秋虫君向不征花,这晚不知被谁"强奸"一下,窘不敢言。身后坐了一花一叶,他照例敬过香烟以后,竟老是正襟危坐,一言不发,真是个二十世纪的柳下惠啊。花去后,他才又活动起来,跳来跳去,换了个座位。冷不防被徐欣夫君身后的谢爱卿将一柄轻罗小扇,像扑流萤般扑了三下,扑得他直跳。事后探问原因,才知是拜"好一对野鸳鸯"之赐。陆洁和此道并不接近,而花名烂熟,代人写局票,运笔如飞,在制片总监本职外,直可兼一个叫局总监。朱瘦菊、微微先生、史东山、马瘦红等都不叫局。

大抵花来时,都向座上客一一端相,凭着她们平日看影戏的经验,辨认谁是王元龙,谁是王雪厂,谁是周文珠、杨静我,而都以不能一见黎明晖为憾。徐欣夫君想得周到,每一花都送了一张《殖边外史》的参观券,作为纪念。群花去后,继以拇战,四座呼声雷动,各自为战。我瞧了,不觉感想到我们中国的内战,东一起西一起的,也正是如此。

十点钟过了,菜吃饱了,汽水、葡萄汁也喝畅了,便尽欢而散。

(选自《上海画报》1926 年 8 月 14 日第 141 期第 2 版)

说 伦 理 影 片

中国数千年来,对于忠孝节义四字是向来极注重的。自新学说兴,一般青年非常崇信(新)。于是竭力排斥旧道德,把忠孝节义四字一齐都推翻了。忠呢,本来是臣行之于君的,如今专制国已改了共和国,君臣的名义已没有了,自无所谓忠不忠,然而改忠于君者忠于国,也未尝不可。至于一个节字,虽也是绝好字眼,为中国几千年来最奇怪而难能的一种道德,为世界各国所无的。但自新学说兴，可被攻击得体无完肤了。义这个字，无论新学说旧学说，都决无推翻的理由，但虽没有人加以攻击，而叔季之世，人情薄如秋云，差不多也人人忘了这义字了。除了那忠与节义之外，如今我要很郑重的提出一个孝字来，讨论一下。我以为无论如何，这一个字是应当保留的了。虽然非孝之说，甚嚣尘上，究竟还不敢明目张胆的宣传，本来像现在这种时代，不用再宣传非孝，实际上已在那里实行。试问现在一般做人家儿子的，哪一个真能孝他的父母。一娶了妻，一生了儿女，就几乎将父母抛在脑后了。若再将非孝之说大吹大擂的鼓吹起来，势必要叫全中国儿子，人人带了勃浪宁（一种手枪的译音——编者注），将父母一一轰死，没有手枪的，使用快刀杀死他们，如这个样子，那中国可就真个要变做无父无母之国了。即如西洋各国，也未尝非孝。试将其英文字典一翻，便有 filial 一字，即是中国的孝字，既有孝字之一字，便有孝的所为，我们虽没有机会到西方人的家庭中去参观一回，但我们在影戏院许多外国影片中，可以见西方人对于父母实在非常孝顺，而以养母为尤甚。便是在久别重逢之际，儿子总得拥抱着父母，重重的接吻，随处有真性情流露，为吾国人所不及。只须在这极小的一点上看去，便知西方人未尝非孝了。平心而论，我们做儿子的不必如二十四孝所谓王祥卧冰、孟宗哭竹行那种愚孝，只要使父母衣食无缺，老怀常开，足以娱他们桑榆晚景，便不失其为孝子。像这种极小极容易做的事，难道还做不到么？有人说，父母有什么权利定要子女孝顺他们，金圣叹说得好：父母生子女是为了行乐而生的，子女实在无孝顺之必要。我说，金圣叹的话，姑且当他可以成立，然而做父母的抚养子女到长大成人，供给他们衣食住以及求学问题、婚嫁问题，样样都要操心，而幼稚时代的提携保抱，更足使为母的耗尽心力。做子女的受了这样的深恩，难道竟可以一辈子（辜）负而不知回报么？有人说：这是做父母的应该的义务，说不上深恩不深恩的。我说，姑且撇开深恩两字，但是尽了义务，也应当享受权利。父母尽了这么大的义务，子女就应当给他们享受些权利啊。现在一般人，在未娶妻时，也许能孝顺他们的父母。到得娶妻之后，往往一天天的和父母疏远起来，甚至可以断绝关系。其实只要把爱妻之心，分这么一丝一忽以孝顺父母，父母也就很快乐了。那又何必舍此区区呢？

　　在下六岁失怙，只有老母在堂。在下并非孝子，说不上孝顺二字。然而对于老母，却也不敢拂逆，凡事总是行我心之所安。觉得父母子女之间，本也有一种自然的感情维系着，决不能轻轻摆脱的。我近二十年来，所看西方影片不少。但看了哀情影片，不大会落泪，而竟有两种伦理影片，使我看了，

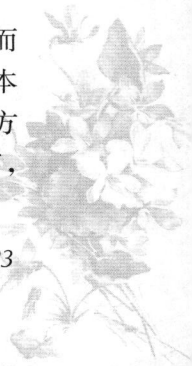

不知不觉地落泪不少的。其一是玛利贾尔女士主演的《过山》(*Over the Hill*)(按：即当年上海大剧院开演的《慈母》)。其二是曾在浩灵班见过的《吾儿今夜流浪何处?》(*Where is My Wandering Boy Tonight?*)。这两片中描写父母之爱、子女与孝子、不孝子的区别，是何等强烈。此外在我国国产影片中也曾见过几种伦理片，也大足以拨动我的心弦，不能自遏。可知伦理影片之动人，实超过于描写男女情爱的作品。就是在下做小说，所做的哀情小说要占十之七八。虽也有哀感动人的，而终不及伦理小说的出之于正，动人的力量更大。因此，在七八年前，在下便喜欢做伦理小说，对于父母子女骨肉之爱，多所发挥，如《有母在》、《病中之阿母》、《父与子》等一共有好几篇。做到热烈时，自己也会不期然而然掉下眼泪来。何况银幕上的表演，比了笔面上的描写，更为亲切有味呢。内中《有母在》一篇，曾在母校民立中学二十周年纪念会中由高材生陶杨诸君表演，改名《恩怨了了》，饰孝子马珊兄的某君，更能把恳切的言语和真挚的眼泪，使观众留一个极深的印象，至今为一般人所称道。舞台上的伦理剧如此，银幕上的伦理剧，那自然也一样的足以打动人心了。

老友瘦菊很想借银幕感化人心，所以他摄制了一种劝善惩恶的《马介甫》，又新编了一本伦理的巨作《儿孙福》。请《桃花恨》、《同居之爱》的名导演史东山君代为导演。史君的导演手腕能用艺术上的功夫，自是一般人所不可及。在这《儿孙福》中，也能看出他的导演方法，仍以艺术为前提。虽然片中的情节，无非是些家常琐事，而能将父母子女的心理一一分析开来，深入浅出的表现于银幕之上，使观众看了之后都觉得自己在家庭中委实有这种现象。但看了平日史君研究艺术，心细如发，就可知《儿孙福》的成绩定有可观了。

《儿孙福》的三个字眼，似乎是乐观的。其实以全剧的情节而论，实在是偏于悲观而含有讽刺之意。试看剧中的那位慈母，生了二子二女辛辛苦苦地抚养他们起来，娶的娶，嫁的嫁，似乎应当得享福了。而哪知竟会行乞，到得子女都来看伊时，伊也就撒手归天。人生所享儿孙之福，不过如此。唉，这样的福可以算得福么，实在是苦痛罢了。

剧中对于慈母的劬劳，加倍的描写，以反衬子女们的不肖和不孝。虽有一个肖子，一个贤媳，也无济于事。看了此剧，可以唤醒一般愚父愚母要靠儿孙享福的迷梦，也可以使一般没有子女的人，不必娶妾纳宠，生出许多无谓的风波来，以致得不偿失。看了此剧，也可以使一般做子女的扪扪良心，对于父母应当如何的相待。平日间可有什么亏心之处，趁着父母未死之际，

424

快快补过,到得父母去世,补过也来不及了。

周文珠大家都知道,她是个二十多岁的少妇,而在此剧中由少而老,末后竟能饰成一个五六十岁的老太太。一举一动,惟妙惟肖。化装之出神入化,直与当年史君在上海影戏公司《小公子》片中饰老皮匠胡山一样,都是不可多得的。《儿孙福》的成功,又使史东山君在电影界导演中的地位加高了一层。

(选自《儿孙福》特刊 1926 年 9 月出版)

记中秋日之狼虎会

近来不知怎的,常觉得郁郁不乐。而中秋节忽又来了,我为了图片晌的快乐起见,便将轮值到我的狼虎会,移在中秋日午间在我的寓庐中举行。狼虎会是我们几个老朋友所合组的聚餐会,已有了好几年的历史,这一回所到会的会员,有天虚我生父子、江小鹣、周剑云、李常觉、涂筱巢、丁慕琴、任矜蘋八人,严独鹤、王钝根、樊竞美缺席。

菜由中南大礼堂承办,是在两天以前预定的。谁知等到了十二点钟,还不见来,我有些着急,即忙派下人前去一问。据说是忘怀了,且耐心儿等一会,等他们预备起来。这时狼虎已到了几头,我只索装做好整以暇的态度,学着诸葛武侯老先生设起空城计来。先将广东月饼和苏州月饼,供他们大嚼,捱到了一点钟,狼虎差不多已到齐了,而菜仍不来。我正好似那武昌城里的刘玉春,死守待援,心中焦急得了不得。多谢李常觉给我想了个缓步之计,说慕琴害心跳病,我们倒要听听他的心,毕竟跳得怎样。于是他先自去听琴心,把个头凑了上去,众狼虎也一一去听,只听得琴心跳得很响,直好像小鹿儿在内乱撞一般。我为了捱延时间之故,又将众狼虎的心逐一听去,有的匀净,有的沉着,有的比较的急一些。敝心经多数人评判,归入匀净一类,我真不愧为城头上弹琴的诸葛武侯了。然而小蝶吃了月饼不算,还是发急,大有嗷嗷待哺之势。我即忙再派下人去催,一面又回来搭趁着开谈话会,讨论刘玉春守城问题。有的赞美他,有的反对他,天虚我生他老人家却主张两军交战,随时随地要备着白旗,见自己有些吃不了,便早早树起白旗来,知难而退,那里他们尽管打来打去,百姓不致吃大苦。语气虽然滑稽,却也是蔼然仁者之言。

好了好了，菜来了，看看时钟，早已过了二点。一群饿虎饿狼，险些儿要吃人了。乱哄哄的坐下来，随意大嚼，吃完了四个冷碟子，忽报又有客到，却见是任矜蘋，还加上一位临时向导许窥豹。矜蘋只是摇头，说他在蓬莱路兜了四个圈子，总也找不到，后来遇见了老许，帮同他找，又兜了一个圈子，仍是没有找到。亏得老许有计较，想起了王汝嘉，即忙赶到王家去，方始由他们派一个女下人陪同前来。吃一顿饭而费这许多周折，也足见天下吃饭之难了。我道："你曾经来过，怎么又找不到，难道我的府上竟好似陶渊明所记的桃花源，所以再来时就认不得路径么？"大家谑浪笑傲，直到三点半钟，方始散席。

（选自《上海画报》1926 年 9 月 25 日第 155 期第 3 版）

《儿孙福》的派别

《聊斋》一书，所以为人爱读者，因其笔法之佳，用简略的笔墨而作细腻的描写，人称笔记之王。史东山导演作风，向以描写细腻著。而最近导演之《儿孙福》一剧，其手腕愈显灵敏，盖能效《聊斋》笔法作，减省饶头之摄法矣。剧中多暗写法，且常能于一场戏中表几面事情，能于一个近景中表几个人的心情，使观者得深刻之感想与趣味，颇为难能。斯片宗旨，在教人看淡儿孙幸福，以"理智"打破世人成见，可说是一服热病人之清凉剂。

（选自《申报·自由谈》1926 年 9 月 28 日第 13 版）

不开心与开心

我生就是个不开心的人，踏进了这不开心的世界，碰来碰去，都是不开心的事情，于是我就格外的不开心了。讲到日常生活人事，无非衣食住三大问题。但我穿着破旧的衣服，当然不开心，而穿了崭新的锦衣华服，也依然是不开心，吃黄米饭豆腐汤，果然不开心，而吃了鱼翅燕窝，也依然是不开

426

心。住在穷斋矮屋中，果然不开心，而住了高堂大厦，依然是不开心。此外，没有钱财不开心，有了钱也不开心。没有妻时不开心，娶了妻也不开心。没有子女时不开心，有了子女也不开心。没有事做不开心，事情忙了也不开心。横不开心，竖不开心，简直是被千千万万的不开心包围住了。有人问，你毕竟为了甚么如此不开心，我却也说不出个所以然来。大概做人总是不开心的，所以我也兀自不开心么，但不知道别的人怎么样？毕竟是开心不开心？

有人说，如此你竟一辈子没有开心的时候吗？我说不，不！我也有短时间的开心，这短时间的开心，便是在影戏院中，看见了那种使人开心的滑稽影片时。那么这不开心的我，居然也开心起来了。卓别灵啊、罗克啊、林达啊、齐士甘登啊，都是一等一的良医，可以医我的不开心，而使我得短时间开心的。然而他们全是西医，所以未得中医为憾。好了，中医来了！老友徐卓呆、汪优游，他们本来是开心的人物，肯做开心的文章，肯演开心的戏剧，又为了应公众开心的需求起见，组织一个开心影戏公司，专搜开心的材料，制成开心的影片。顾名思义，一定是大有开心之道。于是这不开心的我，又上影戏院去寻开心了。我看了《隐身衣》，我开心。我看了《临时公馆》，我开心。我看了《爱情之肥料》，我开心。我看了《神仙杯》，我开心。我看了《怪医生》，我开心。我看了《活招牌》，我开心。我看了《活动银箱》，我开心。我不但开心而已，我且微笑，大笑，放声而狂笑，直笑得拍手、跺脚、肚子痛、眼泪出，然后很开心的回去。开心影片公司很会寻开心，如今又制成了一种极开心的影片，叫做《雄媳妇》。媳妇应是雌的，他们却偏说是雄，一看这名儿，先驱就足以开心了。预料看这全片之后，一定要大开心而特开心。凡是不开心的人，非去看看开心不可。医不开心无良药，开心公司的影片，就是无上良药。《雄媳妇》公映之日，我就预备去观看了。不开心的人们啊！我们手携着手儿，大家一起开心去。

（选自《开心特刊》第 3 期 1926 年 10 月 15 日出版）

观《第二梦》后

国且不国，国庆又何可庆，所可庆者，则今年之国庆日，得一观戏剧协社爱美的名剧《第二梦》而已。《第二梦》者,吾友洪深先生根据英国名戏剧家裴黎爵士(Sir J. Barrie)之名作"Dear Brutus"改译而成。一年以前,洪先生曾以其剧旨见告,愚亟称之,怂以排演,今乃得亲睹之于红氍毹上,而复得绝好之成绩,诚可欣慰也。

　　全剧共分三幕,陈义甚高。兹摘录其说明书,以示未见斯剧者。第一幕云:一个人凡是上了几岁年纪,或是经过一番事变,往往会悔恨前非。不是说当初某事某事我不该去做,就是说当初有某种机会我不该昧然错过,如果我当初做了这样,或是不做了那样,我之为我,比较今日之我,当然好得多了。所以那做贼的悔当初未曾学得正当的职业;那自由恋爱的悔当初错订了婚姻;那一事无成的,悔当初生在膏粱之家,因生活的容易而懒惰;那潦倒终身,悔当初不能善处家庭,以致痛苦而灰心。他们都希望得一重新做人的机会,如果人生是一梦,他们都想做第二梦。第二幕云:到了如意林子里,他们都如愿以偿了。然而结果如何呢? 那做贼的学得正当职业,已做了银行经理了,但他的贼性未改,卷逃了人家的存款;那自由恋爱的已同他意中人结婚了,但他又同另一女子发生了恋爱,这女子便是他素日厌弃的夫人;那一事无成的,现在并非富有了,但他仍是随缘寻乐,得过且过。更有那生性骄傲自信过深自谓无可懊悔的许二小姐,因一念虚荣,竟嫁了伊所最鄙恶的仆人。只有那潦倒终身的瞿知白,在梦里见了他夫人,尚有恋恋之情,因他生性忠厚,所以结果还算比较的好。第三幕云:游林子的人,一个个都回来了,有的先醒,有的未醒,有的刚醒,有的半醒。那先醒半醒的人,还要笑那刚醒未醒的人。他们思量起往事,要抱头痛哭,却是哭不得。要放声大笑,却是笑不出,此幕戏最难演也最凄惨。欧洲近三十年文学,大半主张人生为环境之牺牲,种种罪恶,胥由环境所造。此剧独谓人格可战胜环境,自求多福,在我而已,机会气运,到底不相干的。人为不知足之动物,故无论穷通贵贱,对于其现在所处之地位,往往不自满足,而有种种悔不当初之想。于是痴心妄想,皆欲重新做人,以为今之所不能如意者,必能一一如意矣。迨一旦处身其境,则亦依然如故,而颠倒迷离,且又过之,转不如守其本来为善矣。观《第二梦》可以憬悟不少,是故《第二梦》者,实吾人之暮鼓晨钟也。剧中演员,以洪深、陈宪谟、钱剑秋、王毓清为尤。洪深饰潦倒之画师瞿知白,见轻于妻,出以凄清之一笑,直将心坎中无穷酸泪,悉自一笑中倾泻而出,神妙极矣,说白沉着而清晰,至为动听,表情亦深刻入微。陈宪谟饰董国材,可以代表今日恋爱不专之少年。故第二梦中,乃至爱及其向所厌弃之妻,调侃播弄,编剧者之狡狯极矣。钱剑秋饰瞿夫人,为爱虚荣之妇人写照,王毓清之董夫人，为善嫉妒之妇人写照，均为隽品。其他诸演员亦珠联璧合，各有所长。谷剑尘饰袁真人，自颇称职，惟袁真人既为一怪道士，化装方面似宜出以古怪，而目上之金镜，亦以去之为得。

斯剧开幕时，观者未悉剧情，稍觉晦涩。而未及半幕，即醰醰有味，冷隽深刻之语，络绎而来，至耐咀嚼。剧罢归去，尚如谏果之回甘也。

（选自《上海画报》1926 年 10 月 16 日第 163 期第 3 版）

参观黎明晖女士婚礼记

畴昔之夕，予方闲坐留声机畔，倾听黎明晖女士《葡萄仙子》唱片。莺声呖呖，出以天真，想见当日被浅紫罗衣，依依葡萄架畔，式歌且舞之状，不禁致慨于年华之易逝，尽人不能长保其儿时之乐趣也。今女士渐渐长矣，不复以葡萄仙子之舞，表演于红氍之上。惟此清歌一曲，差足慰人想望耳。方致慨间，而老友陆洁，忽排闼入，欢然而呼曰："黎明晖结婚矣，子欲往观婚礼否？"予颇以未得婚柬为讶，方欲有所致诘，而陆遽挟予登车，疾趋至于麦根路一巨厦中。甫下车，鼓乐声洋洋盈耳，方奏新婚之曲。堂中遍缀灯彩，富丽如王宫，男女贺客，济济一堂，殆百余人。已而乐声复大震，司仪者高呼新郎入席，则有二傧相挟一美少年至。三人俱大礼服，襟缀鲜花，笑容可掬。予微窥新郎，不期大愕，盖赫然王君乃东也。未几，香风微拂，六女傧相，拥新娘珊珊来。茜纱如雪，贴地有声，御粉霞衣裙，与粉靥同其娇艳，而仪态万方，几不类平日活泼泼地依人如小鸟之小妹妹矣。俄司仪人又大呼，则一方面漆髯，貌如黎元洪者，于于登坛，盖证婚人也。此半小时中，易指环也，签婚书也，证婚人致颂词也，来宾致颂词也，新郎新娘答谢也，一一如仪。礼毕，欢呼声四起，彩纸纷飞，冒新郎新娘之身者数匝，如情丝之缠缚也。予延伫礼堂中，以待新婚之宴，顾日薄崦嵫，华灯四张，而婚宴杳然。贺客亦星散，不知所之。予以询陆洁，陆笑曰："此吾大中华百合公司《探亲家》之一幕耳，初非真结婚也。"予大呼负负，废然而返，私念他日黎明晖女士果真结婚者，则吾必大闹新房，以报今日上当之仇矣。

（选自《上海画报》1926 年 11 月 3 日第 169 期第 3 版）

剧 场 陨 泪 记

近二月来,不知怎的,常觉得郁郁不乐,于是将肝胃病引了起来。一般朋友,都劝我及时行乐,休得自苦。然而我生平行乐的范围极小,除了看看影戏以外,简直是无乐可行。这一回辛酉学社在中央大会堂试演独幕剧四出,我就欣然的去看了。谁知到了那里,劈头看一出《获虎之夜》,偏偏是赚人眼泪的悲剧。我看到受伤的黄大傻,辗转榻上,诉说一片痴情时,我不由得鼻子里酸了。我听了多情的莲姑,在隔室受老父毒打,一声惨呼黄大哥时,我的泪潮中不由得起了波动,竟掉下泪了。唉,我近来炼心成铁,虽曾在影戏院中看过许多哀情的影片,不大容易落泪,这回却被一出《获虎之夜》轻轻地赚了我两行眼泪去了。

要知道我流泪的经过,先看他们所发表的剧情:"这幕悲剧发生于湖南长沙东乡仙姑岭旁,猎户魏福生,家道很好,有一个独养女儿莲姑。他不管女儿的意志,已经替伊选了一家门当户对的人家,没有几天就要过门了。近来他的运气很好,连打了两只虎,都抬到城里去请了赏。这一晚他在后山上装了铳(又称抬枪),打算再打一只虎,不抬去请赏,要把皮剥去来,替他的女儿做一床虎皮褥子,添作嫁装,也显得他猎户人家的本色。他的岳家黄氏,不幸家道中落,接连又是天灾人祸,如今只剩了一个内侄,有些傻气,人家都叫他黄大傻,却是他女儿莲姑小时候青梅竹马两小无猜的伴侣。他们过去的光阴中间,当然有一段很好的罗曼史呢。黄大傻流为乞丐,只是旧情难忘,死也不肯离开仙姑岭。莲姑哭哭啼啼,不肯出嫁,但是父命如山,怎有挽回的余地呢?好了,抬枪响了,又打了一只虎来了(按:此系指误受枪伤的黄大傻)。魏福生还不悔悟,一场大悲剧就演出来了(按:结果黄大傻自到而死)。"

(选自《上海画报》1926 年 11 月 12 日第 172 期第 3 版)

花间雅宴记(上)

　　月之十日,老友杨清磬画师见过,欢然语予曰:"今夕天马会同人设嵩山路韵籁家,欢迎日本大画家桥本关雪先生,业专柬奉邀矣,此盛会也,君不可不至。"予曰:"诺。"是夕,既与北京大戏院何挺然先生与本报炯炯先生大加利之宴,即飞车赴韵籁家,至则华堂中张三宴,裙屐盈座。甫就坐,忽莺声呖呖起于门次,语谁为姓周者,群以指指予。予大窘且愕,顾又不能拒,询之邻座滕子石渠,始知江小鹣恶作剧。一纸花符,遂破我十年之戒矣。来者一雏,御水红色之衣,自称小花园寄春,秋深矣,春乃寄于斯耶? 已而石渠为予介绍诸上客,首席和服者,桥本关雪先生也。年四十余,有微髭,对坐则为桥本夫人,意态颇静穆。中座一美少年,与一丽人并坐,似夫也妇者,则新诗人徐志摩先生与其新夫人陆小曼女士也。其他座客,有前朝鲜领事张小楼先生,法学博士吴德生先生,均为初觌。他如余大雄、刘海粟、俞寄凡、王济远诸君,则皆素识也。步林屋先生与瘦铁、小鹣、吉生、慕琴、清磬诸子方聚饮楼头,初未之见,继乃续续来。步先生善饮,饮酣,则诗思溃涌,洒洒而来。座有东瀛老妓竹香,系桥本先生偕来者,亦豪于饮,与步先生对酌,尽十余盏,乞诗四首。已而有醉意,婆娑起舞,飏清磬同舞,继复引吭作歌,唧唧如鸟鸣,盖东瀛之漫舞与小曲也。时老友江子红蕉、名画师汪亚尘先生与吾师潘天授先生同在邻室座上,均起视莞尔。桥本先生视予刺,即以铅笔作书相示曰:"弟前日读新闻纸,知先生之名,瘦鹃二字甚奇,贵国人用字至妙。"先生又坚约作东瀛之游,谓明春樱花开时,好把晤也。

　　(选自《上海画报》1926 年 11 月 15 日第 173 期第 3 版)

花间雅宴记(下)

　　桥本先生虽日人,而与吾国人士至为浃洽,绝无虚伪之气,席间走笔书示吾辈云:"前身为中国人,自称东海谪仙,恨今生不生贵国。"时徐志摩先生与先生接席,先生因相徐先生面,谓与彼邦名伶守田勘弥氏绝肖,徐先生则自谓肖马面,闻者皆笑。先生因又书曰:"山人饶舌。"有进先生以酒者,先生一饮而尽,拈笔书纸上云:"酒场驰驱已久",其吐属雅隽如此。前数日,尝游虞山,谓虞山之美,令人消化不了。又言虞山赵氏家,有红豆树,绝美,云系由钱牧斋拂水山庄旧址分栽者。先生赋诗云:"风流换世癖为因,千里寻花亦比邻,无恙一株红豆树,于今幽赏属词人。"宴罢,合摄一影,即鱼贯登楼,楼心已陈素纸与画具以待。韵籁词史丐先生画,先生时已半醉,戴中国瓜皮之帽,泼墨画一马,骏骨开张,有行空之致。题字作狂草,自署关雪酒徒。继又为陆小曼女士绘一渔翁,亦苍老可喜。而彼式歌且舞之老妓竹香,此时已卧于壁座间矣。已而先生倦,遂醒竹香,偕夫人兴辞去。徐志摩先生为印度诗圣太谷儿氏①诗弟子,有才名,此次携其新夫人南来度蜜月,暂寓静安寺路吴博士家。夫人御绣花之袄与粉霞堆绒半臂,以银鼠为缘,美乃无艺。夫人语予:"闻君亦能画,有诸?"予逊谢,谓尝从潘天授先生游者一月,涂鸦而已。徐先生时与夫人喁喁作软语,情意如蜜。予问徐先生,将以何日北上。徐先生曰:"尚拟小作勾留,先返硖石故里一行,仍当来沪。顾海上尘嚣,君蛰处其间,何能为文?"予笑曰:"惟其如此,故吾文卒亦不能工也。"

　　韵籁词史,年逾三十,而风致娟好,仍如二十许人。性喜风雅,特备一精裱手册,倩在座诸子题字题画,以为纪念。海粟首题四字,曰"神韵天籁",并画一兰,并皆佳妙。予不能书,而为小鹅所嬲,漫涂"雅韵欲流"四字,掷笔而遁。夜将午,群谓南市戒严,不能归,予不信,亟驱车行,抵家走笔记之。

(选自《上海画报》1926 年 11 月 18 日第 174 期第 3 版)

梅　华　消　息

　　梅畹华款段南下,轰动一时,梅兰芳三字,几成为人人之口头禅。戚友相见,辄欢然相问曰:已看过梅兰芳未?一若看梅兰芳为当务之急者。于是此门前冷落车马稀之大新舞台,一变而为从来未有之热闹场。华灯初上,四座已满,每晚卖座所入,平均为五千元,只须十日,便足抵此次四十日之包

---

① 今译为泰戈尔。

银。观众欢迎之热烈，于此可知，梅真天之骄子哉。

美国人颇迷梅，前此尝屡有延梅出演彼邦之讯，徒以海天迢递，卒卒未果。近有纽约某报主笔史蒂伯氏者来函，谓梅如有意游美，彼当设法请之柯立芝总统，在白宫设宴欢迎，遇以上宾之礼。据吾友珍重阁主言，梅赴美时，拟不受任何剧场之聘，自备资斧，在彼邦诸名城中轮流演剧，每座售五金元、二十金元，亦不为贵。预料此行所获，必有可观，是亦挽回利权之一道也。

《申报》总主笔陈冷血先生向与剧场无缘，而此次梅来，亦拟拨冗往观，特点《黛玉葬花》、《天女散花》二折，可谓异数。愚生平不知剧，足迹鲜履剧场，而每值梅来，则必一娱视听。犹忆前此观其与杨小楼合演《霸王别姬》一折，英雄儿女，活跃于红氍毹上，为之拍案叫绝。今梅来而杨不来，益令吾想望不置。

大东书局拟出新笺一种，曰大东笺，由愚与骆子无涯函梅题端。时梅初抵沪渎，行装甫卸，即伸纸染翰，为书横直二种。厥书如美女簪花，妩媚绝伦，一钤缀玉轩章，一钤梅兰芳草，又为拙编之《紫罗兰》杂志题"紫罗兰"三字，将供第二卷封面之用，殊足为吾志生色也。

（选自《上海画报》1926 年 11 月 27 日第 177 期第 3 版）

筵 次 记 言

明星公司因新影片《良心复活》与《爱情与黄金》摄制告成，设宴招饮于该公司。愚与黄子梅生同往列席，至则摄影场中，方布成精室六间，华灯四灿，如入锦绣谷中。而室外小庭中有明月一轮，掩映绿阴间，亦宛然如真。据张子石川言，此新片《为亲牺牲》中之布景也。已而郑子正秋来，握手道故，见其清癯如故，因问比来健旺否。郑子以手拊背，连呼背痛。愚曰："君尝受返老还童术，在理应与令郎小秋同其朗健，奈何仍作病夫态也。"郑子摇首曰："徒耗吾千金耳，术殊无稗于吾。"愚曰："吾固亦疑之，脱君受术后，能如石川先生之虎虎有生气者，则吾亦将效君之一割，而立易瘦鹃为肥鹃矣。"因相与噱嘘。已而洪子浅哉来，洪浅哉为谁，知之者恐不多，盖即戏剧专家与电影专家洪深也。洪子健谈，读书复多，夙为愚所钦服。而劈头第一语，即询以《第二梦》公演亏本事。洪子谓此次在新中央公演三日成绩尚不恶，

433

第三日虽大雨，而卖座初未减色，除付租金与他项开支外，盈余一百余元。惟在职工教育馆因浙事大受影响，以前后开支与收入相抵，约亏四百余元，惟予初不以亏本为意，仍当从事于此。予曰："已有新剧在编制中否。"洪子曰："新剧本甚多，顾当须留之明春排演。兹拟于明岁元宵左右，将旧排诸剧，轮演数日，如《少奶奶的扇子》、《黑蝙蝠》等，再在红氍毹上与沪人士相见也。"继又谈及当今诸女明星，洪子力称丁子明女士，谓为端穆淑静，不染时习，能以薪水瞻其父母，每来公司，沉默寡言笑。而于表演方面，亦肫挚异于他人，真妙才也。宴毕，试映卜万苍君导演，包天笑先生编剧之《良心复活》（先映八本），主角为杨耐梅、朱飞，成绩较他片为佳。继以洪深君导演之《金钱与爱情》（先映四本），主角为洪与张织云、丁子明，亦并皆佳妙，于艺术上盖三致意焉。

（选自《上海画报》1926 年 12 月 6 日第 180 期第 3 版）

吾 友 轶 事（一）

　　吾友洪深，以排演爱美的新剧《少奶奶的扇子》、《第二梦》名于时。当其导演之电影名片《冯大少爷》与《四月里蔷薇处处开》等，亦为一般观众所称道。其人盖爱艺术如性命，而能身体力行，以提倡艺术者也。愚初与通信，苦不知其大号云何，姑书曰深公，曰深先生，终觉不妥，因以问老友卓呆，卓呆谓洪子旧字浅哉，子其浅哉之也可。愚曰："妙哉此号，适与名反，深欤浅欤，诚令人莫测高深矣。"一日晤洪子，洪子谓君何由知吾旧号，吾已废置久矣。愚以闻之卓呆对，洪子曰："此中有一段故实在，愿以告君。"愚立曰："愿闻其详。"洪子曰："予留学扶桑时，某年患盲肠炎甚剧，势将不起。举衣服书籍等，一一分配，以遗诸好友。或曰：'君亦能立一遗嘱否？'予冷然笑曰：'浅哉，吾何需此为？'已而病垂危矣，不意药石有灵，竟尔获救，于是以浅哉为号，藉示记念焉。"

　　吾友丁悚，字慕琴，在画师中享名甚早。当十余年前，即崭然露头角，与刘海粟、汪亚尘诸君为旧同学。其习画也，初未尝躬入学校，受师长之耳提面命，而实得力于函授，其聪明绝顶，概可见矣。慕琴蚤失怙，习业于一质肆中，肆曰昌泰，在老北门内。肆主喜其聪慧，擢为写票，日必高坐帐桌上，听朝奉绵蛮作皖语,报质物之名,与所质之价。君走笔如飞,若张天师画符然。及质票去,则立取其画板作画,调铅杀粉,逸兴遄飞,不须臾间,而纸上之美人,栩栩欲活矣。居质肆中者十年,绝口不言去。民初坊间所出《游戏杂志》及《礼拜六》周刊等之封面画,盖皆成于质肆中者也。愚初识君,日必与常觉诣质肆,观君写票兼作画,得暇则抵掌作长谈,杂以谑浪,时且留饭,必夜午始归,盖视此质肆如俱乐部焉。厥后慕琴事业大盛,遂不得不舍此质肆而去,其人盖富于奋斗力,而能不为环境所支配者,今日之得享盛名,良有以也。

（选自《上海画报》1926 年 12 月 15 日第 183 期第 3 版）

吾 友 轶 事（二）

袁寒云盟兄,身出华族,而绝无贵介子弟习气,喜与文人墨客相往还,纵谈忘倦。性喜古物,与古为缘,初嗜汉玉古钱,罗致甚富。日夕摩挲珍物,啸傲烟霞间,致足乐也。继又癖中西金银币,斥巨金,广为购求。特制一宝箧,分门别类以贮之,镂金错采,弥彪手眼间,见者无不叹赏。近复致力于集邮,专重本国一部,为时两月,灿然大备。或谓何不集外邮,兄谓外邮浩如烟海,致力匪易,与其博而不精,则不如专集国邮,尚不失为提倡国货之道耳。近自某欧人许购得红印花加盖小字当一圆之品,颇得意,恒出以示人,问其值,云为千金,可谓名贵矣。工于书,挥毫每不择地,咄嗟立就。尝见其坐床上,以正楷书立轴,字字工正,无少参差,盖手能役笔,而不为笔役也。旬日前重来沪上,小住远东,求书者踵相接,人得其寸缣,珍如拱璧焉。年来忽蓄须,而须甚疏,恍如九疑山色,在若有若无之间。朋辈或指以为笑,不为忤也。

前记丁慕琴出身质肆事,丁子颇引以为乐,举以告晏摩士诸女生。诸女生不信,则以吾记证实之。闻报界中尚有二人,亦出身质肆者,一为前《新申报》总理席子佩先生,一为《小日报》主人查士端先生。畴昔之夕,丁子遇查先生于宴会中,查先生自承少时尝习业于质肆,丁子立以缮写质票为请,查先生挥笔立就,则光板皮袍子一件也。继又互道质肆中术语,钩辀格磔,相与作皖音。《品报》余大雄先生固皖人,因亦加入,闻者粲然。

（选自《上海画报》1926 年 12 月 24 日第 186 期第 3 版）

古色古香记

　　吾国现代的社会,受了新潮流的激荡,甚么都要翻翻新花样。凡是先前古色古香的事事物物,都不喜欢,即如游戏一项,除了麻雀牌还不曾废弃外,而大半都爱同花顺子打扑克了。可是吾国古代的游戏,何等风雅,最普通的,即是投壶。他们在饮宴集会的当儿,设了个壶,这壶很像花瓶,不过有三个卷筒模样的口,是专为投壶而特制的。主宾和客人都远远地把箭掷向那口中去,掷中的便把酒罚那掷不中的人。今年南京的当局,居然提倡风雅,也举行过一次,可是板板六十四的,未免失却游戏的本意了。这投壶是文的游戏之一,至于武的游戏,就是舞剑,公孙大娘舞剑器,浑脱流利,至今令人想望而赞叹。可惜这种投壶和舞剑的古游戏,我们平时都不能看见了。前天宴会中遇见老友陆洁,大家都问他大中华百合公司摄制古装影片《美人计》的情形,陆洁兴高采烈,口讲指画,说他们如何筑古式宫殿,如何制古式街道,如何制古式行头,如何造古式器具,真说得天花乱坠,几乎使人不相信起来。当下,便插口问:"那么投壶舞剑一类古式的游戏,可有没有呢?"陆洁忙不迭的点头道:"有有有,我们想插一节孙夫人与闺友们游戏,文有投壶,武有舞剑,并有铜壶滴漏,代表时钟,古色古香,大有可观。且待将来开摄时,请你来参观罢。"我大喜道:"那我一定要来开开眼的,但那孙夫人是谁,已选定了没有?"陆洁又忙不迭的点头道:"定了定了,说出来你不要吃惊,我们已请定了大明星,来充孙夫人一角,这样的硬角色,观众可就没有话说了。"我道:"你们惨淡经营,摄制《美人计》,甚是难得,我们且拭着眼,看你们的好成绩罢。"

（选自《上海画报》1926 年 12 月 18 日第 184 期第 3 版）

新妆斗艳记

　　欧美大都会之大衣肆中,每有新妆束出,恒令娇好女子,被之以示客,若群花之献媚焉。舶来之影片中,亦往往见之,侈丽至于万状。颇致慨于吾国女子装束,虽日新月异,而此类新妆之赛会,殊未之见也。上海联青社诸子,揣摩风气,善与人同,因募集儿童诊病所创立经费,遂有新妆大会之举行。其尤足矜贵者,则与会者均为名门闺秀,与欧美大衣肆中之雇员充任者迥异。予于十七夜偕凤君往观,颇自诩眼福不浅焉。

斯会以新妆之竞赛为主体,而佐以武技歌乐,蔚为大观。精武体育会武技,以一女子舞双刀,与一黑髯者之跌扑为最。又有一白髯老翁迭出献技,身手矫捷,虎虎有生气,令人有矍铄是翁之叹。男女八音合唱西曲《天鹡歌》,与大同乐会筝阮、提琴、琵琶、铜箫合奏古乐《春江花月夜》,抑扬抗坠,飒飒动听,虽霓裳仙乐,不是过也。歌乐之后,即继以古装大会,分汉唐宋元明清六朝女服。事考古籍,吾不能知其制作是否准确,惟裘女士之满洲装,则一望而知为代表有清耳。其间范夫人持孔雀羽扇,盛夫人捧花篮,劳夫人则挟一花锄,宛转作折腰步,颇令人联想及于梅畹华之《黛玉葬花》也。陈女士服皇后服,黄袍之上,绣以黑花,绚烂动目,而仪态万方,绰有母仪天下之概。其身段最活泼,姿貌最秀丽者,据凤君月旦,谓当推服汉服之沈女士。

休息可十分钟,而圣约翰大学乐班之吉士乐作,繁弦急管,如入跳舞场中。趣剧《育儿宝鉴》,于滑稽中示人以保育儿童之法,用心良苦。而黄仁霖君,梳小辫,御红衣袴,坐小儿车中,大呼妈妈,吸牛乳一巨瓶,尤可绝倒。似此魁巍之儿童,诚可谓大此儿子矣,一笑。次为四音会唱,与钢琴并奏,均能抒发美感。已而唐瑛女士抱琵琶而上,珠喉宛啭,玉指轻撚,从容歌一曲,惜无曲词,不辨其所歌云何。是夕女士衣浅黄秃袖之衣,姿态绝美,歌已,罄折作微笑。有人贻以绛花一巨束,并花篮二,其较巨者,则为吾旧同学李祖法君所赠,祖法盖即女士之未婚夫也。

殿军即为人人瞩目之时装大会,分游戏服、全服、跳舞服、夏服、秋服、冬服、冬季晚服、午后服、晚礼服、并花女与新人之服。登场者十四人,争妍斗艳,五色纷呈,各如孔雀开屏,顾盼自得,诚奇观也。个中御晚礼服者三人,以唐女士为最,黑绒白领之外衣内,御一浅紫之衣,有如阳春三月,紫兰乍放者。而足为全军之冠者,愚独推唐少川氏女公子甘夫人之冬季晚服,服以黑绒制,缀以白银巨花,黑白相映,极雍容华贵之致。若以花喻,则宛然一朵墨牡丹也。四季之服,夏秋冬俱备,而春服独付阙如,似不无遗憾耳。夜将午,亟驱车归,诘旦,记以付本报。

(选自《上海画报》1926 年 12 月 21 日第 185 期第 3 版)

梅 华 片 片

　　生平崇拜英雄,独数法帝拿破仑与西楚霸王项羽。故平日采辑拿翁轶事与画片像片特多,其有关拿翁之电影与舞台剧,尤无不以一睹为快。往岁改编法兰西名剧《浣衣妇》(Madame Sans-Gene),揭橥曰《拿破仑趣史》,演之新舞台,亦此物此志也。顾吾国舞台上讴歌西楚霸王之剧,前此殊未之见,(按:愚观旧剧甚少,不知亦有此类剧否)洎梅畹华与杨小楼合演之《霸王别姬》出,遂万口争道,声闻天下。而霸王慷慨悲歌,与夫虞姬宛转哀啼之概,遂藉梅杨而活跃于红氍毹上焉。此次畹华南来,所演名剧綦夥,而《霸王别姬》一剧,排演独多,虽易杨小楼为金小山,艺事少差,顾其号召力未尝减也。吾友朱瘦菊、陆洁,为大中华百合公司摄制古装片《美人计》,筹备甚力,并提议及于后来续制之片。愚呕以《霸王别姬》之说进,因《霸王别姬》而联想及于梅畹华,偶以语赵子叔雍,赵为转言于梅,梅颇首肯。畴昔之夕,朱陆等因宴之于大加利餐社,梅惠然肯来,而袁寒云兄与黄秋岳、文公达、赵叔雍诸子亦与焉。是夕梅来特早,畅谈至快,梅谓中国电影事业,已极发达,前途颇可乐观。以古装剧映之银幕,自足以发扬国光,服装布景,无论如何富丽,如何伟大,皆不难措置。惟表情台步二端,迥异于舞台上所演者,尚须加以充分之研究耳。《霸王别姬》,自有摄制影片之价值,容徐图之。及九时许,合摄一影,梅不畏镁光,态度良佳。摄已,遂兴辞去,盖是夕大新须演《宝莲灯》、《蚍蜉庙》二剧,上场较早。梅在《蚍蜉庙》中反串黄天霸一角,不知此英风飒爽之英雄,虎虎登场时,亦带有脂粉气否。大加利有名厨,治肴甚美,而梅所进不多,于冷盆中仅取英腿一事,酒亦屏绝,以葡萄汁为代。席次肴核纷呈,少尝即止,其食量之窄,殆无异于巾帼中人也。

　　(选自《上海画报》1926 年 12 月 27 日第 187 期第 3 版)

梅 宴 记 趣

畴昔之夕,电影明星杨耐梅女士,招宴于武昌路安乐园酒家之霏霏厅。座有张石川、巨川昆仲、包天笑、洪深、郑正秋、卜万苍,并明星津经理王玉书、股东姚豫元诸君,盖为清一色之明星公司同人。其忝陪末座,而如《红楼梦》中之所谓槛外人者,惟愚与独鹤而已。耐梅耗金半百余,治此一席,故肴核特精。纯鱼翅一箓,直二十金,入口柔滑如无物,洪深连呼"崽崽"(犹言美也)。群起争下,各尽其铺啜之能事,姚豫元君见碗有余沥,亟持碗分惠于鹤与愚,曰君等幸毋蔑视,中犹值三四金也,群为粲然。别有海狗一器,谓有壮阳滋阴之功,巨川阁箸不动,谓昨夜曾见其生前之状,颇可畏,不敢进。石川、耐梅稍尝其汤,愚与天笑等亦仅进一脔而止,惟郑正秋大啖不已,并其鳍而食之,其勇敢无畏之气,殊不可及。愚因上以尊号曰"海狗英雄",可与名影片《海上英雄》并传矣。

耐梅飞笺召粤花一枝,自征一花,曰丽华,乃与百货公司同名,所居在仁智里十三弄。姿首清扬,衣饰亦雅丽入时,可人儿也。叩钢弦之琴,歌粤曲《花魁女自叹》,清脆可听。豫元剧赏之,因转局,复歌《柳摇金》一阕。小坐片刻,嫣然谢去。继来一花,曰亚莲,系代天笑征者。面目亦娇好,御狐领,惟衣太长,稍有村气,亦曼歌一曲而去。耐梅谓粤妓身价颇高,以鬻歌为主,不作"豁溪"生涯者。愚闻言大诧,亟问"豁溪"作何解,耐梅谓此系特别名词,惟明星同人多知之。愚方探索间,洪深立谓"豁溪"为谐声格,君试一味之,即得之矣,因相与大笑,金以"豁溪"为谈助焉。耐梅是夕御玄色衣,加绿色长半臂,颇淡雅。自言近欲专心艺术,不事华饰,因以《良心复活》之成绩叩座人。座人亟称之,谓彼前此主演之新片,无一能及此片者。所歌《乳娘曲》,如"儿啊,你贴着娘的胸怀,你偎着娘的乳峰,我的心肝呀,我要见一见你的笑容,我要瞧一瞧你的睡容,我要见娇儿除非在梦中"诸语,一唱三叹,凄婉动人,盖犹鹃啼蜀道,听者每为肠断也。耐梅于七日启行赴香港,闻将于《良心复活》开演时,登台歌粤曲云。

(选自《上海画报》1927 年 1 月 10 日第 191 期第 3 版)

记 连 环 信

往岁，闻一般教会学校中之男女生，有以连环信投寄其戚友者，厥事绝趣。愚闻而惑之，初不知此连环信之为何物也。去夏吾友徐子心芹自绿杨城中来函，縢以蟹行文一通。读之，则赫然一连环信也。兹译其文云："亲爱的密司弎周，我的幸运朋友寄与我这封幸运的信，我便转寄出去，以免截断了这幸运的链条。我就别的人中间寄与你这一封，并将别人所请求我的请求你，不要截断这链条，照着这信钞录九封分寄给九个人，都是你所愿望他们有幸运的。这链条是由一位美国军官开始，得绕全世界三匝，不要截断这链条。谁照着做，便谁有幸运。写了九封信在二十四小时内寄出，数过九天，那你就有幸运了。最神奇的，自这链条开始以来，这预言曾有好几次应验的，愿你和你的一家都顺遂，让我们笑着快乐着过这一千九百二十六年。"

此连环信之发起者，为美国军官霍穆林司令，寄与葛洛夫司令，及第七周转入日本一海军大臣之手，而寄与彼邦某亲王。及第二十六周，则由美国笑匠罗克寄与卓别灵，及第四十九周，陡入于上海道生银行襄理任子翚君之手，而寄与徐子心芹。徐子则转寄与愚，此皆仅指二人而言，其他尚有受信发信者八人，则不可究诘矣。尔时愚既得此连环信后，颇费踌躇，因爱信者既须了解英文，而又须有暇作九函之钞胥者，而后可。卒乃涉想及于一闲居闺阃之女友，而又通晓英文者，因录以寄之，盖窃愿其百凡如意，永永在幸运中也。乃翌日即得此君复函云："鹃兄，这样热的天，你为甚么偏要给些事情我做做啊。我宁可运气不好，不情愿写这九封信的。一个月前，我也有个朋友写来给我，我也是没有写，至今必未见得什么不好。这世上好和不好，我都不在心上，但愿你好就是了。"我受此打击，亦不愿更寄其他之八封，于是此幸运之链条，遂不幸而中断矣。

（选自《上海画报》1927 年 3 月 21 日第 215 期第 3 版）

琴雪芳的回忆

　　去今约七八年前,在下所编的《先施乐园报》上,变做了一片大战场。双方拼命厮杀,各不相下。作战的主因,只为了大世界乾坤大剧场中一个女伶马金凤。老友刘亚庐、达纾庵诸君,都效忠拥马,而偏有一位曾梦醒君,单枪匹马,独树反马之帜。于是空前的大笔战开场了,兵连祸结,足足有一个多月。笔战的文字,足足有十万字左右。助战的,调停的,在一旁说冷话的,一共有十多人,弄得在下头痛极了。末了有人劝告双方息战,吃和气茶,而达大将军也厮杀得倦了,方始鸣金收兵。那时这位马金凤姑娘,在大世界只有几十块钱的包银,真个默默无闻,而捧她场的,却着实不少。亚庐先生更是此中健将,他称赞金凤的贵妃醉酒,说是有许多好处,而最好的却是在高力士进酒的时候,贵妃问是"甚么酒",高说"通宵酒",时下的伶工,一定说"呀呀啐",用手一指,微微一笑,再说"哪个同你通宵",真有些不合戏情。要晓得那时候贵妃又没有吃醉,哪得这样的淫浪呢。金凤将"哪个同你通宵"一句,改作"甚么叫做通宵酒",说时,脸色微红,娇羞中带着怒意,真亏她能如此体贴戏情。以后求欢一场,做过就算过,不像别人偏要刻意描摹,至失贵妃身份的。当时又有人记金凤的苦况,说她劳力所得,须得奉养老母,有许多行头,她都没有。有一天她唱浣花溪,改装后例穿一件半臂,作丫环的样儿。换的时候,只要在台上换好了。金凤忽然跑进后台去了好久没见出来,敲小锣的朋友,足足敲了二十下,才见她慢慢的跑出来。那半臂却仍是没有穿,只卸去了一条裙子,束了一条白带,一双眼红红的,似乎已哭过了。原来金凤她自己是没有半臂的,这天未唱之前,曾向某坤伶告借,已蒙答应了。只因金凤演的是大轴子,某坤伶不耐烦老等,先自走了,临走也没有交代管箱的人,就替她锁了起来。金凤要那人开了借给她,那人竟是不允,金凤又急又羞,所以哭了。自这件事披露以后,大家都表同情于金凤,非常的怜惜她。这样不知过了多少时候,马金凤脱离了大世界,不知所往。后来北京天津的舞台上,却出现了一颗明星,叫做琴雪芳,名公贵人,都捧场纷纷。而以前大总统黎黄陂为尤热心,于是琴雪芳的大名,轰动了全国。这琴雪芳是谁,原来就是那位七八年前默默无闻的马金凤。琴雪芳的艺术如何,我不知道,就这奋发有为的精神,已大足使人佩服了。

　　　　　　(选自《上海画报》1927 年 4 月 15 日第 223 期第 3 版)

海 外 诗 笺

　　吕碧城女士,去国半载,漫游新大陆。加利福宜之橘林,尼亚加拉之瀑布,胥皆为其锦囊中诗料矣。清游既倦,翩然赴欧土,止于巴黎。而往来于瑞士、义大利诸名邦,观览新猷,凭吊古迹,神仙中人不啻也。顷自巴黎,寄我寸缄,读之狂喜,转录如下:"瘦鹃先生,两月前寄缄,计达。兹以小诗二首投贵报,披露后,如能将该报剪寄,尤幸。顷自义、瑞等国归来,不久将往德、奥,欧美要事,沪报自有专电,无待鄙人陈述。生计困难,社会日趋险恶,奥国有人,身体保险八万磅,而自用斧砍去其腿,以求偿金者。纽约有施乃德(Snyder)之谋杀案,施氏结婚已十二年,生一女方九岁,施保寿险五千金,其妻为暗中加保至十万金,然与姘夫葛来(H. Gray)将施杀毙,以被盗所杀报警。案破,施妻及葛来同判处死刑,将于六月二十日执行,此轰动纽约之杀人案也。日来巴黎方欢迎由大西洋乘飞机至法之林德白氏,举国若狂。电影明星波拉奈格罗(PolaNegri)为卓别麟之旧好,已在巴黎嫁某王子,不久将登台演剧。当其结婚时,卓别麟曾有贺电云。潦草琐布,即颂文安。碧城手启。"比来沪上诸大报,颇注意于社会琐闻,女士此函,实海外有价值之社会琐闻也。附诗二首:《丁卯暮春游瑞士》云:"谁调浓彩与奇香,造就仙都隔下方,海映花城腾艳霭,霞渲雪岭炫瑶光。鸣禽合奏天然乐,静女同羞时世妆,安得一塵相假借,余生沦隐水云乡。"《游义京罗马》云:"夕照镕金灿古垣(罗马古迹多颓垣断宇),罗京写影入黄昏,海波净似胡儿眼,石像靓传娥女魂(美术以石像为最佳)。万国珠槃存息壤(义之邻境日内瓦为各国订约之所),千秋文献尚同源(各国法律多道源罗马),无端小住成惆怅,记取坚波市酒门。"读此二诗,令人神往于瑞士湖光、罗京夕照之间。盖愚尝先后闻朱少屏君与张织云女士绳此二国之美,固已役吾梦魂,系之寤寐矣。

(选自《上海画报》1927 年 6 月 30 日第 248 期第 3 版)

情　书　话

　　情书者，男女间写心抒怀而用以通情愫者也。在道学家见之，必斥为非礼，不衷于正。然世界中弥天际地，不外一情字，非情不能成世界，非情不能造人类。人寿百年，情寿无疆，纵至世界末日，人类灭绝，而此所谓情者，尚飘荡于六合八荒之间。英国莎士比亚有言：人时时死，虫食其身，而情则不然。是亦足见情之不可磨灭矣。情书之作，所以表情也，其性情中人而善用其情者，每能作缠绵肫挚之情书，而出以清俊韵逸之辞。故欧美人士，咸目为一种美术的文学，一编甫出，几有家弦户诵之概。贱子少好读书，旁及稗官杂作，所见中外名人之情书，不止一二，披览所及，心弦为动，龚定庵所谓心灵之香、神明之媚者，吾于情书中得之焉。爰仿诗话词话之例，作情书话。若夫今世浪子荡女，才解涂鸦，竞为淫奔之辞者，则吾不欲见之，亦不欲言之矣。

　　情书云者，非专谓情人间之通函也。即夫妇或未婚夫妇间尺素往还，亦为情书。吾国情书作手，要推司马相如、卓文君、徐淑、秦嘉，虽着墨不多，而词隽语永，不可方物。后有明人王百谷，亦个中健者，所为小简，致秦淮马湘兰，致复可诵。其在欧美，则粗豪如拿破岺，偏能作靡靡之音，即在戎马倥偬中，恒以情书寄约瑟芬，前后所作，多至百余。嚣俄①为诗人小说家，文采风流，一时无两，其致未婚妻阿玳儿福叶（Adele Foucher）书，凡百二十通，传诵世界。别有所眷曰意丽爱杜露伊（Juliette Drouet），悦嚣俄垂五十年，所作情书一万五千通，其情意绵密处，不亚嚣俄。此外一代奇杰如华盛顿、奈尔逊、俾斯麦，亦能抒写情怀，至今一鳞一爪，为世珍视。英雄之心，与美人之意，借此三寸蛮笺，相与胶合，壮概柔情，同足千古矣。

　　情书之作，开端必有称呼，男致女者，率曰某某爱卿或某某爱姊、某某爱妹，亦有但用芳名中之一字，曰某卿某姊某妹者。其下则缀以如吻、如握、爱鉴、青睐、青盼等字。女致男者，用郎哥弟等称，大致相同。然此亦指近人之情书言也，古人情书，则开端多无称呼，所谓不着一字，尽得风流者。如吻二字极新，不知何人所创，鄙意以爱鉴二字为佳，至如握、青睐、青盼等等，则不专用于

---

　　① 　今译为雨果。

情书，朋辈通札亦用之。欧美情书，颇以称呼为重，新颖怪特，别创一格，尤以男致女者为甚。而其腻密热挚者，殊无异玉镜台畔低唤小名时也。夫称妇有曰"吾挚意之小香肠"者，有曰"吾之小菜子"者，有曰"吾之小狸奴"、"吾之小豕"者，读之令人失笑。其称情人或未婚妻，各有不同，要以善体女之好恶而定之。如喜鸟则称之曰"吾天堂中之仙鸟"，如喜言王家则称之曰"吾心中之王后"，如喜咏诗，则直袭古诗中恒见之语，称之曰"予美"，曰"吾之美女郎"。其字之缀法，亦宜用诗中之古文，如喜治天文学，则宜以星月媚之，称之曰"吾世界中之明月"，曰"吾灵魂中之明星"。如喜啖果，则宜称之曰"吾眼中之苹果"（按别又作眸子解），曰"吾美好之小梅子"。如其玉体少肥，则宜称之曰"吾之小鹧鸪"，讳其肥也。如偃瘦，则宜称之曰"挺秀之百合花茎"，美其瘦也。以上诸称，都含诗意，固足令所爱者见之色喜。如但用挚爱之玛丽、挚爱之安痕等称，在善作情书目为平淡无奇，仍落寻常窠臼矣。然此等称呼，固适用于欧美，而用之吾中国之情书中，则终觉其弗称。人见之，未有不哗笑者。南人言酥酪如盐豉，北人谓荔枝似杨梅，天下之大，人各有见，正不必强同也。

秦嘉、徐淑书，情文俱妙，且出之夫妇之间，尤情书中之正者。嘉字士会，陇西人，为郡掾远行，妻徐淑，病不能从，嘉以诗赠别，并媵一书有"知尔所苦，尚未有瘳，想念悒悒，劳心无已。当涉远路，趋走飞尘，匪知所慕，惨惨少乐"诸语，中怀惜别之情，溢于辞表。淑答书中有"室迩人遐，我劳如何。深谷逶迤，而君是涉。高山岩岩，而君是越，斯亦难矣。长路悠悠，而君是践，冰霜惨冽，而君是履。身非形影，何得动而辄俱。体非比目，何得动而不离。于是诵萱草之咏，以消两家之思，割今者之恨，以待将来之欢"诸语。先写行役苦况，深致怜惜，其后故作旷达语，用以自慰。下笔时一寸芳心，正不知有几多折叠矣。嘉抵任后，作书归寄，以明镜、宝钗、芳香、素琴为赠，略谓镜可鉴形，钗可耀首，香可馥身，琴可悦耳。意盖藉之数物，用慰闺中人离索之苦也。淑答书致谢，其后半云"揽镜执钗，情想仿佛，操琴咏诗，思心成结。敕以芳香馥身，喻以明镜鉴形，此言过矣，未获吾心也。昔诗人有飞蓬之感，婕妤有谁荣之叹，素琴之作，当须君归明镜之鉴，当待君还，未奉光仪，则宝钗不列也。未待帷帐，则芳香不发也"。意致绵邈，情绪如揭。读此书，如见楼头思妇，凝妆望远时矣。

拿破仑暗呜叱咤，纵横欧洲二十年。铁骑所至，当者胆落。夫人而知其为粗豪人也，然粗豪如西楚霸王，尚能于四面楚歌中怜香惜玉，作虞兮之唱，则拿破仑之善为情书，正不足怪耳。予尝由英国滕德书肆中购得拿破仑情书一巨帙，盖专寄约瑟芬者。其作第一通也，在被任为出征意大利大军统将时,尚未与约瑟芬结褵,词旨热烈,似揭其心坎中之深情,一一倾注其间。其最后一语曰:"吾欢,请纳吾一千之接吻,特汝勿还吻,将令吾血脉中沸也。"此时期中,得书凡八,为时凡四阅月。戎马倥偬中,恒能发其绵密之情思,草情书以寄所爱。其后征奥时期,得三十通,虽多简赅不逾十行,而情至之语,有触即发,似不可遏抑者。迨登极后,征普鲁士,征俄罗斯,征西班牙,再征意大利,情书之由前敌达宫中者,仍不绝于道,前后计得一百六十通。拿破仑之爱约瑟芬也,以此时期为最。每一书后,恒附语寄以接吻,有云吾以一千热吻亲尔曼睟,亲尔香唇,亲尔妙舌,亲尔芳心者;有云吾以数百万吻寄尔,并及尔狗者。其最悬挚者则云"吾不日且归,当拥于臂间,以一百万之热吻亲尔,其热度之高,如在热带下也"。综计二百书中,末附"寄尔以一千吻"一语者,凡二十见。附有"寄尔以一百万吻"一语者,凡五见。此时之拿破仑,身虽在药云弹雨之中,而寸心跃跃,实时作甘隶妆台伺眼波之想也。一千八百零九年,拿为各方面情势所迫,不得不与约瑟芬离婚,而情深一往,初不以是少变。离婚后,先后作书四十通,寄约瑟芬,加以温慰,行墨间且含歉意。约瑟芬见之,遂益肠断矣。其情书佳者极夥,予尝译其出征意大利时归寄一书中警句云"别尔而后,吾实无时弗悲,惟有偎近尔侧,始为吾唯一之至乐。吾今思尔不已,思尔芳吻,思尔香泪,并思尔含媚之妒意,盖吾神奇之约瑟芬,直于吾心坎中、觉官中燃一熊熊之活火矣"。似此缠绵细腻之文字,颇含诗意,几令人不信其为莽英雄手笔也。

约瑟芬既见弃于拿破仑,屏居卖梅村离宫中。花晨月夕,辄复泪零,秋风团扇之悲,固有不能自已者。拿破仑谅其情,恒作书慰之,颇于行墨间致其情款,时则尚未与奥公主结褵也。自一千八百〇九年十二月始,至一千八百十二年六月止,拿破仑玉珰缄札之达约瑟芬玉镜台畔者,凡三十有九通。开端仍称吾爱,无变其故,惟书末则不复作"寄尔以百万吻千万吻"之语,但曰"愿君珍重"、"愿君好睡"而已。而每书之中,必力言其情爱之未变,以慰约瑟芬。实则手造此一页泪痕狼藉之惨史,亦终不能脱薄幸郎之谥法耳。约瑟芬复书,曾见两通,一因不得拿破仑书,写其哀怨,语气间微挟怒意;其二则因拿书至而作此以表谢忱也,肠断心碎之余,尚能作婉约语,诚不愧为情种,不愧为情书作手矣。其书曰"承君相忆,感谢至于万状,吾子(按:即前夫之子字叶纳)适来此,赍君手札,吾心乃跃跃然,急欲一读。而读之久久,耗时滋多,盖此书中,实无一语不令吾掩袂泣下也。特此眼泪殊温靡,不因悲怆而发,即吾寸碎之心,亦立复其旧,后当永永无变,盖吾之情感,直与吾生同其寿命。迨吾天年既尽,则此情感或亦随以俱去耳。十九日一书,致君弗悦,吾心弥复歉歉。书中何语,

445

今已不能省忆，然当着笔之时，意颇哀怨，实以不得君耗之故。忆吾去卖梅村日，尝有一书奉寄，后亦屡欲寄君以书，顾以君既靳不吾答，殊弗敢孟浪出之。今君此书，绝类镇痛之灵剂，足以祛吾楚痛。吾今掬此愚诚，祝君忻悦，因君今日亦令吾忻悦矣。须知君之示吾以不忘，实为吾至可宝贵之事。别矣吾爱，吾今婉婉谢君，其诚挚之度，亦如吾平昔之爱君也。约瑟芬"。读此书，能令人去其愤薄不平之气，班婕妤好作《怨歌行》，多见其量窄而已。

（选自《紫罗兰》1927 年 7 月 13 日第 2 卷第 13 号）

诗 人 之 家

　　愚之识诗人徐志摩先生与其夫人陆小曼女士也，乃在去春江小鹣、刘海粟诸名画家欢迎日本画伯桥本关雪氏席上。席设于名倡韵籁之家，花枝照眼，逸兴遄飞。酒半酣，有歌呜呜而婆娑起舞者，当时情景，至今忆之。而徐家伉俪之和易可亲，犹耿耿不能忘焉。别后倏忽经年，牵于人事，迄未握晤。妇女慰劳会开幕之前一日，老友黄子梅生来，谓徐先生颇念君，明午邀君饭于其家。愚以久阔思殷，闻讯欣然。翌午，遂往访之于环龙路花园别墅十一号。繁花入户，好风在闼，书卷纵横几席间，真诗人之家也。

　　徐夫人御碎花绛纱之衣，倚坐门次一安乐椅中，徐先生坐其侧，方与梅生榉谈。见愚入，起而相迓，和易之态，如春风之风人也。

　　徐先生呼夫人曰曼，夫人则呼徐先生曰大大，坐起每相共，若不忍须臾离者。连理之枝，比翼之鸟，同功之茧，盖仿佛似之矣。

　　徐先生出其诗集《志摩的诗》一帙见贻，亲题其端曰："瘦鹃先生指正，徐志摩。"集以白连史纸聚珍版印，古雅绝伦，愚谢而受之。诗凡五十五首，俱清逸可诵，而悲天悯人之意，亦时复流露于行墨间。兹录其《月下雷峰影片》一首云："我送你一个雷峰塔影，满天稠密的黑云与白云。我送你一个雷峰塔顶，明月泻影在眠熟的波心。深深的黑夜，依依的塔影，团团的月彩，纤纤的波鳞——假如你我荡一支无遮的小艇，假如你我创一个完全的梦境！"愚于月下雷峰，固尝作一度之欣赏者，觉此诗颇能曲写其妙，而亦可为雷峰圮后之一纪念也。徐先生尝留学于英国之剑桥大学，又尝与英国大小说家哈苔氏、印度诗圣太谷儿氏相往还，于文学深有根柢，诗特其绪余而已。夫人工英法语言,亦能文章,新译《海市蜃楼》剧本,将由新月书店出版。自谓在女学生时代即喜读愚小说,颇欲一读愚所编之《紫罗兰》半月刊云。室中一圆桌,为吾辈噉饭之所,桌低而椅略高,徐先生因以方凳侧置于地,而加以锦垫,坐之良适。菜六七簋,皆自制,清洁可口。饭以黄米煮,亦绝糯。饭之前,徐先生出樱桃酒相饷,盛以高脚晶杯,三杯三色,一红,一碧,一紫。知愚之笃好紫罗兰也,因以紫杯进。酒至猩红如樱实,味之甚甘,尽两杯,无难色。徐夫人不能饮,亦不进饭,第噉馒首二,继以粥一瓯。会吴我尊君来,因同饭焉。

饭罢,复出冰瓜相饷,凉沁心脾。徐先生出示故林宗孟(长民)先生书扇及遗墨多种。书法高雅,脱尽烟火气。又某女士画梅小手卷一,亦遒逸可喜,卷末有梁任公先生题诗及当代诸名流书画小品,弥足珍贵。又古笺一合,凡数十种,古色古香,弸彪手眼间,摩挲一过,爱不忍释焉。

梅生偶言闻人某先生,惧内如陈季常,夫人有所而命,辄为发抖。徐先生曰:此不足异,吾固亦时时发抖者。语次,目夫人,夫人微笑。已而徐先生有友人某君来,徐先生欲作竹林游,拟与某君偕去,请之夫人,谓请假三小时足矣。夫人立曰:不可,子敢往者,吾将使子发抖。徐先生笑应之,卒不往。

月之五夕,徐夫人将为妇女慰劳会一尽义务,登台串昆曲《思凡》,并与江子小鹣合演《汾河湾》。想仙韶法曲,偶落人间,必能令吾人一娱视听也。

闲谈至三时许,愚乃起谢主人、主妇,与梅生偕出。此诗人之家,遂又留一深刻之印象于吾心坎中矣。

(选自《上海画报》1927 年 7 月 27 日第 257 期第 3 版)

我与少奶奶的扇子

生平爱美,在禽类中最爱孔雀,最爱孔雀的毛,我紫罗兰庵的壁上和瓶子里,都将孔雀毛做点缀品。而我尤其爱一柄孔雀毛的扇子,摇摇飐飐的摇到我心坎上,直摇得我心儿醉了。二三年来,这一柄哀感顽艳的扇子,憧憧心头,兀自不能忘怀。这是一柄甚么扇子啊?喏,便是那爱美剧《少奶奶的扇子》。英国大文豪王尔德先生,写了一本剧本《温德美夫人的扇子》,那扇子便摇遍了欧美的舞台,大出风头了。而破题儿第一次摇到我国的舞台上来,却是吾友洪深先生之功。最初曾有某女士将王尔德剧本原著译成汉文,定名《遗扇记》,登在群益书社出版的《新青年》中。当时爱美剧的团体一个都没有,所以没人注意。后来洪先生译登商务印书馆的《东方杂志》,将剧中外国人名,一起改做了吾国人的名字,完全合于吾国人的口胃。到得戏剧协社诸君子在舞台上公演以后,这《少奶奶的扇子》便轰动了上海。

洪先生原是戏剧协社的社员,由他排目、指导,第一次便在南市职工教育馆公演。主要的角色,有洪先生的刘伯英、王毓清女士的少奶奶、谷剑尘先生的徐子明、钱剑秋女士的金女士、王梨云先生的吴八大人、应云卫先生的李公鲁、陈宪谟先生的张亦公、某女士的陈太太等,支配得十分得当。当时我带着洪先生的剧本去看,句句都很明白,看得非常满意,从此那少奶奶手中的一柄孔雀毛扇子,便摇上我的心坎,留了一个深深的印象了。

过了些时,戏剧协社应一般人之请求,又在夏令配克影戏院公演一次。我被那孔雀毛扇子诱惑着,便前度刘郎今又来了。这一次的角色,略有变更,陈太太由故女画家高璞女士担任,仗着一口好国语,倒还对付得下。而吴八大人换了一位满口浦东国语的胖先生,那太使人倒胃口了,幸而其他的好角色,都是仍旧,看了仍还满意,所以少奶奶的孔雀毛扇子,仍在我心坎上摇飏着。

第三次看《少奶奶的扇子》,却不是戏剧协社洪先生他们的表演,而在爱普庐戏院银幕之上了。这影片是美国华纳公司出品,由德国名导演家刘别谦导演,诸演员表情的出神入化,不用说得。所可惜的,只见影中人开口,而不得能听他们说话,未免扫兴咧。然而这少奶奶的一柄扇子,仍是使我忘不了。

好了,少奶奶的孔雀毛扇子,又在我心坎上蠢蠢欲动,起来诱惑我了。而这一次的诱惑力,分外猛烈,为甚么,因为妇女慰劳会中几位名门闺秀,和戏剧协社诸君合作,来表演《少奶奶的扇子》了。而拿这扇子的少奶奶,偏又派定了我们交际社会中鼎鼎大名的唐瑛女士,以唐女士的灵心慧舌,嬝态娇容,涌现于红氍毹上,那号召力之伟大,可想而知。而此次表演成绩之佳妙,也可想而知了。我料知看了这一次的《少奶奶的扇子》以后,那扇子更要深埋在我的心坎中,永永的摇飏着,使我心醉而神往。

(选自《上海画报》1927 年 8 月 3 日第 259 期第 3 版)

惊才绝艳之《少奶奶的扇子》

溽暑困人，镇日如坐洪炉中。而四日午后之中央大戏院舞台上，乃有一扇焉，能拂暑解热，令人兀坐至四五小时之久而不知困倦者。厥扇维何，曰上海妇女慰劳会诸闺秀与戏剧协社诸君子所合演之《少奶奶的扇子》，虽属试演，而成绩斐然。予于欢喜赞叹之余，撮拾是日见闻，笔之于书，曰惊才绝艳者，盖美之也。

脂粉狼藉之女化妆室　三时许，老友朱瘦菊、陆洁二子过我，偕往中央，遇杨子吉孚，以参观化妆室见邀。因入后台，拾纫登梯，先过男化妆室，应云卫君、杨惠罗君、袁伦仁等，化妆正忙。更上一层楼，即为女化妆室，洪深君方为钱剑秋女士化妆，初敷以油，继益以粉。唐瑛女士方盥面，皂蒙其目。点首相招呼。粟六可半小时，唐女士与郭泰祺夫人等皆陆续化妆，案头脂粉狼藉，浓芬袭人衣袂间也。

云裳公司之新装束　开幕已四时许，一客室位置楚楚，华灯四灿。饰少奶奶之唐瑛女士，姗姗登场，御一玄绸之衣两袖紧束，上黑而下火黄，右腰际缀一彩色巨花，下垂一绅。绅之端，缘以火黄色与金绦之边，艳冶夺目。江子小鹣语予曰："此云裳公司之新装束也，图样亦由我制，尚称惬意。"第二幕唐女士易舞衣，由白色而晕为浅绛，袒两臂，摺领作圆形，胸际绣一镂空之花，艳雅可喜，亦江子为之规画者。予起贺曰："云裳发轫伊始，有此良好成绩，他日其门如市，可预卜焉。"

冰雪聪明之唐女士　《少奶奶的扇子》中全用国语，而国语殊不易学。唐瑛女士向操苏语，学国语尤难，乃一经发吻，居然神似。其初发音较低，而电扇复习习作声，台下几不辨其作何语。厥后电扇停，声亦渐高，十排以后，听之了了。而表演之细腻熨贴，尤如初写黄庭，恰到好处，无过与不及之弊。此红氍毹上之少奶奶，真足以代表今日新家庭中一般根性良善而意志薄弱之少奶奶矣。

初度登台之奇迹　唐瑛女士已可谓为初度登台之奇迹矣。外此尚有二人，足称奇迹者，则饰陈太太之郑慧琛女士（郑毓秀令妹）与饰刘伯英之郭德华君也。二君发语明晰，态度自然，描写一喜管闲事之长舌妇人，与一浮浪而又持重之青年男子，神妙欲到秋毫颠矣。郭君于第二幕中向少奶奶求情道"我爱你"三字时,情态少欠热烈,忆曩者洪深君饰此角,作此语时,喉际发微声,似咽似吐,一若欲语又止也者,真传神阿堵之作也。

花团锦簇之二舞衣　谭徐霞青夫人与戴竹书女士,分饰朱太太女士二角。二女士平昔颇活泼,而临场中怯,发音略低。所御舞衣绝艳丽,谭夫人衣作紫罗兰色,戴女士衣作水红色,皆有金银丝交纠蒙络其上,花样甚美。孔雀开屏,无此华艳也。他如饰陈秀英之孙杰女士,饰张亦公姑母之郭夫人,饰菊花之张培仙女士,但能称职。

几个老斫轮手　饰徐子明之洪深君,饰金女士之钱剑秋女士,饰张亦公之应云卫君,饰李不鲁之袁伦仁君,饰吴八克之陈笃君,均戏剧协社健者,表演爱美剧之老斫轮手也。洪君平日遇事皆抱认真态度,于演剧尤认真,自是不凡。钱女士之金女士,表演真挚,夙负盛誉,惟鄙意所御舞衣,似觉稍短,宜易一较长而较宽博者,以见其为落落大方。黄文农君谓钱女士发甚美,不必束钻箍,予亦云然。第三幕旅舍劝女时,"天下做母亲的心,总是一样的。"凄属哀切,闻之心动。至应袁之能言善辩,陈君之突梯滑稽,均如果中荔枝,隽永可味也。中有数幕,均经黄之梅生摄影,第在电灯之下,光线未善,不知能使未观此剧者一饱眼福否。

（选自《申报·自由谈》1927 年 8 月 6 日第 16 版）

云 裳 碎 锦 录

云裳公司者,唐瑛、陆小曼、徐志摩、宋春舫、江小鹣、张宇九诸君创办之新式女衣肆也。开幕情形,愚已记之《申报》,兹复撷拾连日见闻所得,琐记如下。

云裳之市招:云裳市招,系金地银字,字作篆体,出名画家吴湖帆君手。君为吴窓斋先生文孙,擅山水,兼工书法。初,有主张不用篆字作市招者,顾小鹣以为篆字古雅,且云裳二字,笔画亦并不繁复奇诡,故卒用篆字。小鹣尚拟别制二市招,张之窗口,以引人注目云。云裳西名为"杨贵妃",因西方人多知之。而李白"云想衣裳花想容"之清平调,亦与杨贵妃颇有关系也。

另一唐瑛:开幕之日,见案头有一银盾,上镌唐瑛敬赠字样。颇有人以为唐女士特别客气,自己向自己送礼也。以询宇九,则谓据最近统计,上海共有男女八唐瑛,此为女性中之另一唐瑛,久慕老牌唐瑛之名,而对云裳表示好感,故以银盾为赠,并亲致之于老牌唐瑛之府上云。

杜宇合作:但杜宇君来访小鹣,谓上海影戏公司愿与云裳合作。云裳每有新装束出,可由上海摄为影片,映之银幕,其足以引起社会之注意,自不待言。他日银灯影里,可常见云裳花团锦簇之新妆矣。杜宇并主张与云裳连合举行一艳装舞会或乔装舞会于大华饭店,一旦成为事实,则轰动沪渎,又可知也。

名妇人之光顾:张啸林夫人,杜月笙夫人,范回春夫人,王茂亭夫人,皆上海名妇人也。日者光顾云裳,参观一切新装束,颇加称许。时唐瑛、陆小曼二女士适在公司中,因亲出招待,各订购一衣而去。他日苟有人见诸夫人新妆灿灿,现身于交际场中者,须知为云裳出品也。

云裳之新计画:云裳所制衣,不止舞衣与参与一切宴会音乐会等之装束,今后更将致力于家常服用之衣。旗衫、短衫与长短半臂等,无不具备。所选色彩与花样,务极精美,较之自赴绸缎庄洋货肆自选衣料踌躇莫决者,其难易不可以道里计矣。

商略嫁时衣:唐瑛女士嫁期,经《晶报》宣布后,愚即调之女士。女士坚谓非是,张子景秋云在重阳左右,女士亦否认。愚曰:已凉天气未寒时,是真大好时光也。女士谓终必令君等知之,今不必问。时小鹣在侧,即与商略嫁衣,他日衣成,斯诚小鹣之心血结晶品矣。

不懂事之董事:开幕后三日,曾开一股东会于花园咖啡店,推定董事。唐瑛女士兼二职,除任董事外,又与徐志摩君同任常务董事,与陆小曼女士同任特别顾问。宋春舫君任董事长,谭雅声夫人则以董事而兼艺术顾问,愚与陈子小蝶,亦被推为董事,固辞不获。顾愚实不懂事,殊无以董其事也,艺术顾问凡十余人,胡适之博士、郑毓秀博士均与其列云。

(选自《上海画报》1927 年 8 月 15 日第 263 期第 3 版)

巴 黎 的 蜡 语

巴黎是法兰西的花都,是全世界有名数一数二的大都会。不论甚么大小百事,往往是巴黎开风气之先,然后流行于全世界。那流行之速,比了流行病的传染，更为厉害。最近流行的一种玩意儿，便是在信函封口的蜡上，以颜色的各别，而表示出种种意思来。目前已流行到欧罗巴洲全土，尤其是拉丁族的各国，因为那边实是浪漫思想的产地，对于这种新奇有趣的玩意，当然是欢喜奉行的。据说南美洲各国，现在也步着巴黎的后尘，争用蜡语。而先前男女间的将花朵表意，将手帕表意，将邮票表意，都已不时髦了。

考信口封蜡表示意思的这回事，实在还创始于一世纪以前。英国大诗人名作《唐琼篇》(按：即今日美国华纳影片公司摄成影片的《美人心》)中，曾说有一个红颜薄命的女子，和泪和墨的写了一封诀别的信，给伊所爱的情人。那信上封口的蜡非常精美，而嫣红作玛瑙色的。伊用这玛瑙色的蜡，定有一种隐秘的意思，暗寓在内。伊的情人，定然一望而知的。如今巴黎所流行的蜡语，花样可多了，如宣告婚姻，用白蜡；通知丧葬或旁的悲哀消息，用黑蜡；紫罗兰色蜡表示悼惜；棕色蜡表示烦恼或不快之感；栗色蜡用在设宴宴客的请柬上，最为适当；浅红色的蜡，专供得意情场的情人之用；要是单恋而得不到对方情爱的，那就用黄色蜡了。绿色蜡表示希望，浅绿色蜡表示责备，蔚蓝色蜡表示有恒心，永久不变。女郎彼此通信，须用玫瑰红色的蜡，以表示花好人好。灰色腊表示纯粹的友谊，并不搀杂情爱在内。至于营业上往来的信件，须用朱红色，因为这触目的色彩中，仿佛高喊着"金钱金钱"呢。

上海是小巴黎，凡事都喜欧化，在下今天将巴黎流行的蜡语介绍过来，上海的士女，也许要学着玩玩么，请邮差先生给我留意一下罢。

(选自《上海画报》1927 年 8 月 18 日第 264 期第 3 版)

百星偿愿记

生平有数愿，愿花长好，月长圆；人不必长寿，愿长能不病，钱不必长多，愿长得无缺；而愿外之愿，则愿长为忙中之闲人，长看好影戏而已。愚于影戏有特嗜，每星期必观三四片，习以为常。于银幕之上，见世界之大，亦弥足以旷心而怡神也。近数年来，海上影业极发达，欧美名片，络绎而来，出映于诸大影戏院。如《儿女英雄》、《赖婚》、《乱世孤雏》、《巴黎一妇人》、《罗宾汉》、《三剑客》、《风流寡妇》、《战地之花》、《淘金记》、《美人心》等，皆能予吾人以极深刻之印象，历久而不能忘者。愚为影迷，最留意于影界消息，佳片来时，每快先睹。去岁秋仲，夏令配克大戏院以重金租得美国名导演西席地密尔杰作《伏尔加舟子》（*The Volga Boatman*），译其名为《党人魂》，试演之日，老友世勋，尝函约往观。愚以得函稍迟，失之交臂，及公映后，荏苒三日，又以别有要务，未克戾观。一日为星期六日，拟往观矣，而老友朱子穰丞，复招观辛酉学社之四独幕剧，因舍彼而就此。盖知《党人魂》之映演，当有数日，过此且将移映于爱普庐，固无所用其急急也。不意是日有红白俄人在院滋闹，有妨治安，翌日即为工部局谕禁。而愚之与《党人魂》，遂如参之与商，不复能相见矣。朋好中如独鹤、矜苹诸子，知愚之未见《党人魂》也，每见愚，必力绳此片之美，舌底澜翻，滔滔不绝。愚自命影迷，而独未得一观《党人魂》，亦正如二十年老娘，倒绷孩儿矣。每一念及，辄呼负负不置。半稔以还，每晤爱普庐经理柯西尼君，恒以能否再演为问。柯君掉头太息，谓为无望，愚亦以为永永无望矣。讵月之五日，忽得黎锦晖、黎明晖、沈彬翰三君柬，约于翌晨十时，赴百星大戏院观《党人魂》试片，并设宴相款。是晚喜而不寐，黎明即起，及九时半，亟驱车赴约，中心跃跃然，几于上抵喉际，突吭而出。盖深恐到院逾时，不能窥全豹也。及至，则尚未开映，黎锦晖、蔡仁抱、杨九寰诸君招待甚殷，包天笑、沈骏声二君，欲愚口译片中说明，因相与骈坐。及十时半，而吾一年来寤寐系之之《党人魂》，遂涌现于银幕之上。综观其布景、情节、表演三大要件，无一不臻最上乘。西席地密尔氏杰作虽多，自以此片为翘楚，佐以俄罗斯乐工歌《伏尔加舟子》一曲，益觉其沉郁苍凉，得未曾有。据黎明晖女士语愚，渠已三观此片，犹觉津津有味云，亦可见此片之价值矣。闻百星购取此片映演权，计值四千二百万金，地点限长江一带，期限为三年云。观毕，黎氏父女邀至楼下与宴，醉酒饱德之余，归而记此。夙愿既偿，喜心翻倒矣。

（选自《上海画报》1927 年 10 月 12 日第 282 期第 3 版）

曼 华 小 志

曼华者，谓名媛陆小曼女士与唐棣华（瑛）女士也。日前晤两女士，得谂近况，有可记者，因并志之。

二十五日午后，自卡尔登观《美女如云》新片出，将赴雪园参与云裳公司董事会茶会。忽见一姝行于前，背影婀娜，似曾相识，而姝已瞥见愚，遽展笑相招呼，则赫然唐瑛女士也。问得毋往雪园，应曰然，因偕行。愚曰：此次蜜月旅行，曾至北京否？曰否，但小住大连与青岛而已。兼旬未见，君相吾貌，亦较丰腴乎？愚笑曰：丰腴多矣，想见蜜月中于飞之乐。女士嫣然无语。愚又进而问旅中情形，曰此行以神户丸往，以大连丸归，两舟并皆闳丽，而以大连丸为胜，坐之良适。游迹所及，则于大连、青岛外，又尝一至旅顺。以风景言，端推大连，所居逆旅，为日人所设，幽雅绝伦。门临碧海，风帆沙鸥，皆可入画焉。愚曰：女士此游，似皆作舟行，亦尝以车否？女士曰：尝一度登南满铁道之火车，路政之佳，得未曾有。惟头等车中，别无乘客，稍苦寂寞耳。愚笑曰：女士有侍从武官在，跬步不离，岂复有寂寞之苦哉？女士笑而不答。是日与会者有谭甘金翠女士、宋春舫、徐志摩、张禹九、江小鹣、张学文、陈小蝶诸子，相与调诙，女士不以为忤。已而讨论及于称呼问题，多以骤呼太太为不便。女士笑顾愚曰：顷在街中见君，曾两呼周先生，而君不吾应，何也。愚曰：无他，徒以呼唐小姐则不称，呼李太太则不惯耳。女士曰：然则仍唐小姐呼吾可矣。众皆不谓然，大约两称将并用云。

是夕，与小鹣、小蝶饭于志摩家，肴核俱自制，腴美可口。久不见小曼女士矣，容姿似少清癯，盖以体弱，常为二竖所侵也。女士不善饭，独嗜米面，和以菌油，食之而甘。愚与鹣、蝶，亦各尽一小瓯。座有翁瑞午君，为昆剧中名旦，兼擅推拿之术。女士每病发，辄就治焉。餐罢，小鹣就壁间出一油画巨幅相示，则女士画像也，面目宛然，栩栩欲活。虽未完工，神形已颇逼肖，连日方在赶画中，闻将作天马展览会出品云。已而唐瑛女士来，盖践小曼之约，谈天马会表演剧艺事。拟与小曼、小鹣、梅生合串《贩马记》，小鹣请小蝶亦加入，或将一串剧中之县官，于红氍毹上，现宰官身焉。小曼意独未餍，坚嬲棣华合串昆剧《游园惊梦》，曼生而华旦，脱成事实，诚可谓珠联璧合矣。居顷之，俞振飞君至，为小曼、小鹣说《贩马记》，唱白均宛转动听。二小得此名师，造诣可知。闻袁抱存、丁慕琴二兄，亦将表演京剧，同襄盛举。他日天马会开，人才荟萃，度必有以餍吾人之观听也。

（选自《上海画报》1927 年 10 月 30 日第 288 期第 3 版）

吃看并记（一）

　　吾家楼窗外有广场，凌晨即闻角声呜呜作，而一二三之声，即继之以起，盖有军士在此作早操也。愚每闻此一二三之口号，辄连想及于四五六。四五六者，吾友杨清磬、顾苍生二君与党部诸子合组之一食品公司也，其地在南京路抛球场与画锦里之间，正为吃喝衣着荟萃之所。四五六崛起其间，以淮扬名点川中佳肴为号召，大足使贪吃贪喝之上海人食指大动，而趋之若鹜焉。月之二十有九日，为开幕之日，先一日折柬见邀，因欣然往。门首垂黄色花灯一串，凌风招展，似磬折以迎客者。两玻窗中，陈果品数事，双橘半绽，露其瓤，位置亦复不俗，仿佛名画师之静物写生画也。入门见玻案藤椅，洁无纤尘，与糊壁之纸，色泽相称。中央有梯，以达楼心，梯之阑，亦有特别装点，如嵌以绝巨之骰子。谛视之，则四五六也。楼头有革制雅座，坐之滋适，每一几上，陈调味之器，与插花之瓶，瓶中黄菊一枝，姹娅欲笑，环顾四座，颇富美感。脱肆中司事与奔走伺应之侍者，亦一一易以女性者。则此四五六美具难并，可谓美的食品店矣。清磬命侍者以点心来，已而热气蓬勃之甜咸包子，已毕呈于前。时愚方饱食，浅尝即止。其食品单中，罗列点心十余类，都一百种。中如翡翠烧卖、蝴蝶卷子、蚌蝤汤包、螺丝馒头等，皆新颖可喜，殊足使老饕见之垂涎焉。据清磬言，其三层楼上，拟再自出心裁，加以布置。四壁绘壁画，全用图案，丛花之间，缀以金鸟，而鸟喙衔一玉钩，钩上悬名画一帧，四壁可悬十余画，皆精选者。所陈几案，悉特制，极娇小玲珑之致。此室专供设宴宴客之用，度必为一般雅人所乐闻也。（惟何日始能布置就绪，刻尚未定）座有名画师唐吉生君，倾谈至乐，越一时许，始道谢兴辞而出。

　　近日海上影戏院中，有两大名片，可令吾人过瘾者。一为卡尔登之《复活》，一则浩灵班之《茶花女》也。《复活》原著出俄国文豪托尔斯泰先生手，《茶花女》原著出法国文豪小仲马先生手，实为小说界两大名著，久已轰动世界。前此固已有人摄为影片，并尝映于海上，愚曾两度见之。此次之两片，则为一年来新摄之作。《复活》一片，得托尔斯泰公子伊尔亚伯爵指导一切，并任片中老哲学家一角，身价为之顿增。而伊尔亚托尔斯泰伯爵之状貌，尤绝肖乃父，弥足令人景仰也。（按：明星公司之《良心复活》一片，亦即根据托氏说部而编制者)《茶花女》一片,得善演悲剧之瑙曼泰美琪饰茶花女,以一新进之小生饰亚猛,表演之佳,与前次南捷穆淮范伦铁诺不相上下。而前后次序悉本原书,尤为难能可贵,惟茶花女临死一幕,少嫌草率,迥不如南捷穆淮之哀感动人耳。愚于影戏有特嗜,而于三日之间,得睹此两大名片,深自欣幸,是不可以不记。

(选自《上海画报》1927 年 11 月 3 日第 289 期第 3 版)

吃看并记(二)

人生多烦恼,劳劳终日,无可乐者。愚生而多感,几不知天下有乐事。所引以为乐者,吃耳。海上餐馆林立,颇难判其优劣。其在愚吃之历史上,有可记之价值者,则去岁杨耐梅安乐园酒家之五十元席,与月前华新公司之共乐春一宴,足快朵颐。以言私家名厨,则中南金城二银行,皆有淮扬佳肴,百啖不厌。舍是以外,则马兰记、马永记、宋贵记诸厨房,亦颇不恶也。西餐则大华礼查,自有佳品。麦山尔之纯粹法兰西风味,亦能独张一军。王茂亭君家有庖人,能制法兰西菜,弥复可口,愚尤喜之。以言家常便饭,足恣老饕饱饫者,则惠而康之每餐十道,足当价廉物美之誉。每星期四与星期日之旁贝黄饭,每星期二、五之火腿鸡布丁,俱有特殊风味,为他家所未备者。以言点心,则大中楼之砂锅馄饨,四五六之菜烧卖、枣泥饺,精美之野鸭面,惠通、粤南、安乐园之粤点,皆可一吃也。一日晤老友汤韵韶君,江小鹣君亦在座。韵韶善谑,笑顾小鹣曰:吾将与君等之云裳公司为邻矣,小店牌号为师姑斋,云裳其易名为和尚堂可乎。小鹣大笑,愚瞠目不解所谓,以问小鹣。始知韵韶与蔡巨川、吴六宜诸君合设一骨董肆于云裳之贴邻,揭橥其名曰师古斋,故韵韶以师姑和尚为戏也。越日过云裳,访韵韶于师古。韵韶御中山装,威仪赫弈,与四壁琳瑯,相映成趣。古书画数百幅,多名家作品,足资观摩。其他名瓷珍石与汉代宝玉,无不具备,而观光之余,尤令人深印脑府,念念不忘者,则有汉代之大铜鼓一具,为白下丁园宝藏之物,名流谭延闿氏等尝叹为希世之珍,影而去。直二万,不为贵也。又西太后鼻烟壶匣两具,以竹为之,可折叠,镂工极细,至可把玩,直八百金,家藏鼻烟壶者,必且目此匣为瑰宝矣。又湘妃竹扇五十柄,为某君祖遗珍物,扇面书画,均出名家手。

五十扇索值三万,概不拆售。扇骨光泽无匹,竹斑尤美,殆真有湘妃当年之斑斑血泪,濡染其上也。观赏久之,恋恋不忍去,归而记其崖略如此。

（选自《上海画报》1927年11月18日第294期第3版）

吃 看 并 记（三）

老饕爱吃,肚子里的一张食单,五花八门,甚么都有,却只有俄罗斯菜,付之阙如。老友慕琴、光宇,都说俄罗斯菜别有风味,甚么汤里的牛排啊,牛排之外再有牛排啊,说得津津有味,但我总没有尝试过。前天《新闻报》记者潘竞民先生忽然寄来一张请柬,代哈尔滨俄菜馆请我大嚼,我食指大动,便牺牲了巴黎饭店的一顿,远迢迢地赶去。这夜因为凤君要看卡尔登的时装展览,为便利起见,便同去叨扰。同席的大半是新闻记者,女客除了凤君外,只有李公朴君的未婚夫人张曼筠女士。食堂中布置很富丽,一面还有一只音乐台,有一个俄罗斯人在那里拉繁华令①,一个穿红衣服的妇人弹悲婀娜②,铿锵动听。临时客串的,有音乐家仲子通君自弹自唱,并竞民的京剧《受禅台》,又与何西亚君合唱《捉放曹》,用繁华令、悲婀娜相和,很为有趣。大家要余空我君唱《六月雪》,许窥豹君唱《南天门》,不道两君面嫩,都不肯使我们一饱耳福,只索饱饱口福了。说起口福,确实福如东海,几样冷盆,装璜得何等美丽。一只野鸡,栖在大盆子上,昂起了头,仪态万方。我们可以动刀动叉,在它的背上割肉吃,其美无比。两碟子冷羊肉,一些儿羊骚气都没有。其他如冷鱼、冷龙虾,无一不美。几道热菜,以焊鱼与俄式鸡排为最可口,而末尾一道糖丝冰忌廉,也做得十分道地,市上不大吃得到的。酒有红酒、香宾酒两种,真是尽吃喝的能事了。饱饫之余,须得谢谢半个主人潘竞民先生。

出了哈尔滨菜馆,恰恰九点钟,便与凤君上卡尔登去。这天鸿翔公司加入时装表演,所以宾客很多。我和独鹤、曼陀、剑侯等同坐一桌。乐声起时,第一节便是一张画幕,张在台上。画中有一队乐师,一女而五男,模样儿各

---

① 即小提琴。
② 即钢琴。

各不同，嘴部镂了个大窟窿，人便隐在画幕后歌唱。大家不见真人而只见画上嘴动，耳中听着绝妙的乐声歌声，真是别开生面之作。跳舞除了交际舞外，有男女两人合演的俄罗斯舞，如龙飞，如凤舞，极为美观。又有六对男女合演的一节，也浪漫可喜。时装表演，共有三个西方美人，以福森士的丝银白料晚衣和白绒白狐领开披为最美，两位中国女士，也凌波微步的，在场中往来走了一趟。我很赞美汤让蕙女士的黑纱丝绒舞衣与黑丝绒披肩，穿在身上真好似一朵黑牡丹啊。夜过半，方始尽兴而归。这一晚的吃与看，不同寻常，也是值得一记的。

（选自《上海画报》1927 年 12 月 27 日第 307 期第 3 版）

天马会中的三位老友

　　天马会的发起人中，多半是老友。而老友中的老友，要算是丁慕琴、江小鹣、杨清磬三位。这三位老友，又一个个十足的当得上俊人之称。目前当着天马会开展览会的当儿，且把他们三人分别说一下子。

　　丁慕琴，是我初入文艺界认识最早的一位老友，到如今已有十四五个年头了。他的大名是毛骨悚然的一个悚字，有人识不得，读作束字，他还是胡乱答应着。他生性和蔼，从没有疾言厉色，和在下一样算得是个好好先生。他年纪比我大四五岁，而娇小玲珑，活似一个香扇坠儿，可和李香君配得对。对付女性的本领特别大，所以女性都乐于亲近他。他的秘密我知道十之八九，在八九年前，我还荣任过他的西文情书秘书官咧。那时我们和钝根同在一起办《游戏杂志》、《礼拜六》，每天夕阳西下时，我们俩总一同出去逛马路。凡是走至南京路的，往往瞧见我们的影儿。他生平抱乐天主义，善于行乐，近年来爱上了留声机片，打得一片火热，竟当做情人般看待。作画样样来得，可是不肯多画，朋友们的画债欠了不少，老是不肯还。这一把懒骨头，真使人奈何他不得。

　　江小鹣，是一个漂亮人物，大家都承认的了。十多年前，曾在春柳社露脸，串演过巴黎茶花女，这一张脸蛋子，可算得道地了。他单名一个新字，因此朋友们都唤他做江新轮船。前几年这江新轮船开到了法兰西去，大家都记挂得了不得，因为他的"面目可喜，语言有味"，是值得使人记挂的。前年这轮船开回来，船头上忽然挂了黄色的流苏，倒也觉得有趣。新婚时许多人都劝他付之并剪，他却好似遗老爱辫子一般，老是不肯牺牲。如今在云裳公司中当艺术主任，外国人走过门前，在玻璃窗中看见他的羊须子，还当他是法兰西人咧。他作画最精油画，善于画像，最近给陆小曼女士所写的一幅，是他的得意之作。平日作小幅画，从前往往不署名，画一个小小骷髅。近来常署"小三"二字，倒像是王小二的老弟呢。性爱猫，也喜欢画猫，他所画的猫，我曾见过好几幅，都跃然纸上，像活的一样。

杨清磐的为人，真和磐子一般的清脆，也是一般女性所乐于亲近的人物。他是湖州人，操着一口湖州白，说话时口若悬河，绘影绘声，听去一些儿不讨厌。生性也爽直，肚子里有甚么事，当着老朋友跟前，便倾筐倒箧而出，任是家庭中的不如意事，不足为外人道的，他也毫不隐瞒的诉说出来。他并不是狼虎会会员，而狼兄虎弟，没一个不欢迎他参与大嚼的。他作画也样样来得，图案画很有研究，在扬州时作品极多，足有一百余点。不幸被丘八光顾，全都毁坏，只剩了一幅，他至今很怅惜。精丝竹，能唱苏滩好几十种，有些还不是范少山他们唱得上口的。可惜此调不弹已久，大半忘怀了。最近和朋友们合开四五六食品公司，规画一切，十分辛劳。他所爱吃的蚌蛈汤包，总该多吃几个罢。听说开幕以来，生涯不恶，我便祝颂他财通四海，利达三江。

（选自《上海画报》1927 年 11 月 6 日第 290 期第 2 版）

天马剧艺会琐记（上）

海上诸名画师所组织之天马会，曩既各出其丹青妙作，供吾人之欣赏矣。兹复于月之六七日，表演剧艺于浩灵班大戏院。钲鼓镗鎯中，结束登场，居然如古人复生。愚与内子凤君得该会请柬，因躬与其盛，尽一夕之欢，归而记其琐屑，藉资谈助。愚于剧事为门外汉，故不敢评剧也。

是夕无意间邂逅汪永康、吴连洲、吴天翁诸子，邀往大中楼，大嚼砂锅馄饨。袁抱存兄称之为西新楼畔第一家，洵非虚誉。饱饫后驱车赴会，而为时已略迟。凭柬上号码觅座，不可得，盖已为他人捷足先得矣。无已，就空座坐之，于后一排见小蝶夫妇，而栩园丈与次蝶夫妇则同在旁座中。中间甬道,颇有盈盈水一间,脉脉不得语之概。

时台上方演《宝莲灯》,杨清磬、张光宇等之《红霓关》,未获一观。清磬登台为第一次,以其平日之做一样像一样证之,则知是夕之丫鬟,必胜任愉快也。光宇已成老牌王伯党,荦荦之面,颇能装正经模样,不知此次之表演为如何耳。《宝莲灯》后,又有一灯,曰《七星灯》,天罡侍者本老作家,故演诸葛亮,自是佳妙。描摹孔明临死之状,颇为卖力。小蝶戏谓诸葛孔明一代人杰,其死时必瞑目安然而逝,如此死法,未免难为孔明矣,因相与拊掌。

黄子梅生,与唐瑛女士之母夫人、谭延闿氏之侄女公子等,同坐一厢,款谈甚洽。已而唐瑛女士亦来,御裘而不冠,貌较未嫁时为丰腴。愚与小语,易密司唐之称为马丹李,女士微笑而已。《七星灯》将终场,独鹤始至,予方他适,鹊巢遂为鹤占,以有凤君在,鹤欲起让,愚坚拒。及《玉堂春》登场,始与骈坐,盖座椅较阔,两椅之间,亦可勉强占一席地也。

(选自《上海画报》1927 年 12 月 12 日第 302 期第 3 版)

天马剧艺会琐记(下)

是夕司法界名人如王宠惠、魏道明二博士与郑毓秀女博士俱莅止。郑女博士与陆小曼女士为素识,特探之后台,会《玉堂春》将登场,因亲为化装,涂脂抹粉,有若内家,小曼称谢不已。化装既毕,款款登场,一声"苦呀",已博得彩声不少。衣饰镣枷之属,均极精丽,长跪公案前时,承以云裳锦垫,此女罪犯,可谓大阔特阔矣。唱白之佳,亦不亚老斲轮手,独鹤、小蝶,称赏不已。医生本定丁慕琴,而慕琴面嫩,不敢登台,卒由光宇承乏。为王公子诊脉时,谓此病不必吃药,应施以推拿之术。盖扮演王公子之翁瑞午君,为推拿名医,故调之也。凡识翁者,佥为失笑。

《玉堂春》毕,已过夜半,遂不及观俞振飞、鄂吕弓诸君之《群英会》,忽促引归。翌晚愚到会时间极短,略与诸友好周旋,忽觉热闹场中,不可久留,因潜出,驱车遄返,亦不自知其所以然也。

(选自《上海画报》1927 年 12 月 15 日第 303 期第 2 版)

海粟画展之一瞥

　　海粟近作展览会，于十七日起假尚贤堂举行。每日午后一时至六时，任人展览，期以一周，可谓艺术界一大贡献。予于十八日午后偕宋春舫、江小鹣二君、张幼仪女士同往观光，得观洋画三十五点，国画五十点。徐志摩君谓："他是一个有体魄有力量的人，他并且有时也能把他天赋的体魄和力量着实的按捺到他作品里。"洵非虚语，予觉其无论为洋画为国画，皆力求伟大，而表现其艺术上之魄力，充其意境之所至，直欲掷笔天外，破壁而飞，非能拘拘于尺幅之间者。刘君自谓于国画最心折石涛八大，亦可见其取法乎上，而石涛八大作品之伟大，固亦吾人所公认者也。

　　洋画三十五点，陈列楼下，多半为风景写生，而三分之一皆作于普陀。盖今夏刘君尝客普陀五十余日，山高水长，在在皆画料也。予尤喜其《风涛》、《潮音》二帧，白浪翻雪，若有澎湃之声，自纸背出。而《斜阳》一作，则又色调静美，如美人展笑焉。西湖诸作，以《沙雾中之雷峰》为最，觉其沙雾中之美，正不亚夕照煊染时。惜雷峰已圮，徒让画师笔端留一纪念耳。其他如《秦淮河》、《渔舟晚炊》、《蔷薇》诸作，亦足撩人美感也。楼上诸图画五十点，尤瑰伟动人。予生平爱瀑，故最爱其《华岩泷》、《玉帘泷》二作，银瀑下泻，衬以嘉树，令人胸襟如洗，不着一尘。《三千年之桃实》于冷金笺上，高仙桃无数，极富丽乔皇之致，真可作麻姑献寿用也。其以少许胜者，有《桃花流水鳜鱼肥》一作，遒逸可喜，桃花流水，系白龙山人补绘，可谓二难。《寒梅簝灯》亦只寥寥数笔，胡适之君题云："不嫌孤寂不嫌寒，更不嫌添盏灯儿作伴。"更足为此画生色。其他佳作如《松鹰》、《天马行空》、《白孔雀》、《素》皆能曲写鸟兽之伟大与美丽。山水中之佳品，尚有《九溪十八涧》、《梵音洞怒涛》、《高岩翘翠》，笔大如椽，具见工力。而宋春舫君独赏其《四围晴翠拥山亭》一作，因订购焉。小幅有《平沙落雁》等四幅，据海粟言，本系绘潇湘八景，因为时不及，故仅得其四。虽向小处着墨，亦颇有气韵也。浏览可一时许，心目为豁。予不解画，而又不能无一言，以彰其美，爰记所见如此。

　　　　　　（选自《申报·自由谈》1927 年 12 月 20 日第 16 版）

颇可纪念的一天

黯黯的云,濛濛的雨,将这一个畅好的礼拜日生生蹂躏了。我从沉寂的心坎上,勉强的打起兴致来,早上九点半钟,冒雨出门,先决定了两件事:(一)上尚贤堂参观海粟画展,(二)访问袁抱存兄。不道赶到尚贤堂,却见铁将军把门,才记起参观时间是在下午,这一次我可白跑了。当下便转往袁宅,闲谈了一会,瞧抱兄笔酣墨饱,写了几个屏条,早已十一点半了。于是驱车上沧洲别墅访陈小蝶兄,同赴谭雅声夫人午餐之约。小蝶恰因事他出,我只得独往谭宅。谭夫人殷勤招待,以西餐相饷,鸡龟蛎黄与番茄意大利面,都是绝好的风味。同席有宋春舫昆仲,江小鹣君、陶润之君、张幼仪女士,可惜徐志摩、张宇九二君和唐瑛女士都有约不来,未免寂寞些了。

餐后再与宋、江等往尚贤堂去,恰遇刘海粟君,导观他的诸大作品。楼下共有洋画三十五点,大半是风景画,而三分之一,都是普陀的写生。海粟的作风,趋向伟大,无怪他对于普陀,有深切的默契了。西湖诸作,也很美妙,而我尤爱《沙雾中的雷峰》一幅,莽莽苍苍,写出沙雾中的雷峰塔,正与夕照烘天时的雷峰塔同其可爱,如今塔已坍塌了,此画可以不朽。楼上计有国画五十点,以山水为多,我最爱《华岩泷》、《九溪十八涧》、《梵音洞怒涛》诸作,颇足以见海粟的胸襟。《三千年之桃实》一巨幅,写在冷金笺上,饶有富丽堂皇之致。而与白龙山人合作之《桃花流水鳜鱼肥》一幅,着墨不多,却也遒逸可喜。其他如《松鹰》、《天马行空》、《醉钟馗》、《白孔雀》等,也足见作者的胆大心雄,不可企及。

三点钟上申报馆,做了一点半钟日常刻板的功课,忽接到了徐心波君的函柬,唤我上笑舞台去参观中华体育会的游艺会,并说李璎女士有事面谈,万勿失约。但我前去时,已近五点,台上正在表演京剧,所有其他的好节目全已过去。李女士刚走,和心波小谈了半晌,便匆匆告辞,飞车赴张珍侯兄之约。车近新舞台,忽见一辆摩托车中,装满了人,一声娇脆的呼声,将我唤住了,正是王汝嘉伉俪和珍侯、保厘他们。不容分说,拉我上了车,说奥迪安看影戏去。一路谑浪笑傲,早到了奥迪安,踏进门时,蓦地想起了大东书局吕子泉君晚餐之约,于是做了个临阵脱逃,赶往山海关路吕宅。闲谈了一阵,看了报上吴稚晖先生的半篇文章,狼吞虎咽的饱餐了一顿,便道了谢出门。忽又记起田汉君函招参观艺术大学鱼龙会的事来，那几出独幕剧的魔力，吸引着我。我余勇可贾，竟一口气赶到善钟路该大学，雨丝风片，都不足以杀我的胜会。走进门去，却见小小儿的一间房拱着一只小小儿的舞台，台上正在表演《爸爸回来了》，原名《父归》，是日本人的脚本，我前曾见辛西学社表演过，今晚是第二次了。接着是《苏州夜话》，据田汉君的报告，是记他们上苏州去写生而发生的一件事：一个因寂寞而流于虚伪的中年教师，口头说着正经话，而对于一个女学生颇有蘸着些儿麻上来的意味，终于遇到了他在战中失散的一个亲女儿，得到最后的安慰。唐槐秋君扮演教师，真是出神入化啊。下一出是《到何处去》，写几个烦闷的青年，借酒浇愁，想奋斗而不知所可。忽然来了个浪漫的女子，和他们跳舞，逗他们快乐，给他们一种肉的美感。他们都醉了，陶醉了，末后女子去了临别赠言，是一句"愿你们努力"，顿如当头棒喝，使演的人看的人都得了一种深刻的教训。最后一出是《名优之死》，据殷李涛君说，是演故名优刘鸿声惨死的故事，表演旧式戏园后台的情景，前后共两场，杨小仲君也扮了个后台经理的角色。扮名优和他的恋人的，都是该大学学生，表演工夫着实不恶。而表演情敌的唐槐秋君，更活画出一个捧角着魔的恶少来，使人欢喜赞叹，真的是神妙欲到秋毫颠了。同看的欧阳予倩伉俪、吴树人律师，鲁少飞、黄文农、叶浅予三画师，周信芳、高百岁二名优。散会已过夜半，我还是精神勃发的与三画师安步当车，走过了那西比利亚般一条长长的霞飞路，到贝勒路口，才分道而归。鱼龙会的会期共一星期，日夜都有，我敢介绍与爱爱美剧的读者，非去不可。

这一天我忙极了，乏极了，也快乐极了。所以这一个黯黯的云、濛濛的雨中的礼拜日，真是我颇可纪念的一天。

（选自《上海画报》1927 年 12 月 21 日第 305 期第 3 版）

哀艳雄奇的《潘金莲》

上星期六午后四点半钟光景，我上爱文义路卡德路口的电车站去，却见许窥豹君先已等在那里。我问他："上哪里去？"他回说："看《潘金莲》去。"他问我："上哪里去？"我也回说："看《潘金莲》去。"可真是不约而同，于是同搭一路电车，同往天蟾舞台看这哀艳雄奇的《潘金莲》去了。

这天是艺术大学筹措经费,假座天蟾表演京剧,定名云霓大剧会,有刘奎官、王芸芳、高百岁、刘汉臣诸名伶各演得意之剧。我们进场时,恰正是恩晓峰女公子佩贤女士客串打花鼓,身段表情都好,可惜嗓子低了一些,那"好一朵鲜花"的妙唱,就有些不甚了了了。票友王泊生君的《逍遥津》,调高响逸,几声"欺寡人",很觉动听。最后的一出,便是人人所想望的《潘金莲》,此剧是欧阳予倩君新编的五幕歌剧,由狮子楼武松杀嫂改编而成,翻陈出新,引起了艺术界的注意。

潘金莲一角,由予倩君自饰,是尽力地描写一个失意于婚姻而情深一往的少妇,直把伊相传下来淫毒而狠恶的罪名,一起洗刷干净了。伊对王婆说的一番慨叹的话,说"女子还是早死的好,年少时仗着美色,尚可博得男子们的爱,一旦年老色衰,便没有人爱了,所以还是早死为妙"。又说"少年美貌的女子都死完了,便可让男子们难受难受",都名隽得很。其与西门庆调情并引起心爱武二郎的话,极为细腻。当西门庆听说爱武二,便怒极欲行,伊却宛转陈辞,说"这番话是特地试试你的,你要是吃醋,才是真心爱我,倘不吃醋时,那就不爱我了",座中女客听到这里,颇有为之忍俊不禁者。末尾武松横刀将杀潘金莲时,说要挖伊的心,伊很从容的袒开酥胸来,对武松说道:"这雪白的胸膛里,有一颗很热烈很诚恳的心,本来早就给你的了,你不肯拿去,只得保留着。如今你要拿去么,那再好没有。好二郎呀,你慢慢地割罢,好让我多多的亲近你。"这是何等哀艳何等热烈的话。而其以毒杀武大,归罪于张大户之强主婚事,更于婚姻不自由一端,痛下针砭。看戏至此,便不觉得潘金莲之可恨可杀,而转觉潘金莲之可怜可悯了。

周信芳君之武松,豪情壮概,虎虎如生。即使武松再生,想也不过如此。我以前所见武松多矣,未有如此君之壮快淋漓表情真切者。最后下刀杀潘金莲时,说"你爱我,我爱我的哥哥"一语,斩钉截铁而出,余音袅袅,使人常留耳根,不易忘却。老友正秋,对于此剧最激赏信芳,确有见地。他如高百岁之西门庆,周五宝之王婆,焦宝奎之何九,也能尽心表演,不偷懒,不过火,难能可贵。

(选自《上海画报》1928年1月12日第312期第3版)

月 份 牌 小 谈

吾友名画师胡伯翔君,人皆知其善绘山水,兼精摄影,而不知其亦擅周防之术,善为美人写照。近见其为英美烟公司作一月份牌,画中一美人,御嫩绿色绛花长帔,围白色驼毛围巾,两手加肩际,作怯寒状。波眸凝睇,颊辅间呈微笑,真有呼之欲出之概,诚佳制也。题曰冷艳,出蔡子庐君手,适与相称。胡君又为该公司作月历一组,写四季景色,亦各极其妙。一曰《龙华春色》,极烂漫之致;二曰《巫峡晓云》,自是夏季清晓景象;三曰《闽江远眺》,长松植立如人,秋光照眼;四曰《燕郊霁雪》,写骆驼三数,一驼夫加红风帽,与白雪相映发,明艳极矣。此类月历,年必一出,均为胡君手绘,并皆佳妙,予已收藏至三年之久,颇珍视之也。

(选自《申报》1928 年 2 月 4 日第 16 版)

改　　业

西方文化发达,读书者多,文艺上之需求甚广,故文艺家之收获亦富。脱一书之成,而获同文之称誉,藉甚人口者,则欧美两大陆之销数,已可达百万册以上,版税之收入不赀。外此则改编为剧本,或演之梨园或摄为电影,无不食报甚隆。等而上之,则英国之爵位也、诺贝尔之奖金也,均可以笔尖易取而得,而名且益彰。故西方文艺家每成一得意之作,即不啻开一金矿矣。他业中人鉴于文艺家之名利双收也,咸纷纷改业。如英国大小说家哈代氏,以建筑家改业;柯南道尔氏,以医士改业;美国名著作家马克都温氏,以领港人改业。其他名流,不胜枚举。而吾国之文艺界,则荆棘遍地,非如西方之为一玫瑰花林也。故一般文艺家,咸望望然去之,反投身以入他业,与西方适成一反比例。故十年以还,如叶小凤、姚鹓雏投身以入政治界,天虚我生改业为牙粉与化妆品之制造家,恽铁樵改业为医士(可与柯南道尔氏之以医士而改业为小说家相对照),王钝根改业为广告家,张枕绿改业为信封信笺之制造者，张舍我改业为人寿保险人，严芙孙改无可改，遽去而卖卜，恃一闷葫芦，以糊其口。而最近又得一消息，则英文学专家沈问梅，亦逃出文艺界，去而为汽车公司老板矣。日前往访之，知已设两公司，一曰亚洲，在长浜路；一曰金星，在杨树浦，业事良不恶。谈汽车事业，利弊瞭然，宛然老驶轮手。自顾藐躬，笔耕年年，呕心沥血，终不能决然舍去，可叹也。

（选自《上海画报》1928 年 2 月 6 日第 320 期第 3 版）

《美人关》之回忆

　　方愚十七岁时，读于民立中学，家贫，慈母以针黹赡一家，时虞不足，因怒焉忧之。时寓城内县西街之洽升弄中，以一千六百钱税三小室以居。愚所宿室外，有隙地一弓，野花偶开，姹娅欲笑；麻雀三两，恒往来飞鸣其间。愚夙兴夜寐，辄凭窗独坐，月注天际，沉沉作深思，思所以纾母氏忧者。时小说潮流，已见其端，商务印书馆之《小说月报》已出版，由王莼农先生主其事，愚每积慈母所赐点心钱，购一二册读之，醰醰若有至味。平日则复喜读《时报》中所刊冷、笑二公小说，日剪存之，目为珍宝，课余之暇，亦居然有述作之志。会暑假，偶于邑庙冷摊上得《浙江潮》杂志一册，中有笔记一篇，记法兰西神圣军中将法罗子爵之夫人曼茵与少将柯比子爵之恋爱事，颇哀艳动人心魄。思取其事衍为小说，继念小说不易作，未敢轻试，见《小说月报》中刊有剧本，似较小说为易办，于是葫芦依样，从事于剧本之作，晨钞冥写，孜孜不倦，积二十日而成八幕：曰绿荫絮语；曰死美人复活；曰夜半无人私语时；曰春光泄漏；曰千种相思向谁说；曰可怜无定河边骨；曰情人之心肝；曰这一番花残月缺。题以名曰《爱之花》，自署"泣红"，盖当时尚未以"瘦鹃"为名也。杀青之日，私心窃喜，亟邮呈《小说月报》王莼农先生，滕以一函，复署赝名曰汪崇臣。居旬日，日日如大旱之望云霓。一日慈母方澣衣，忽有急足赍银函至，云自商务印书馆来，交汪崇臣先生者，母殊错愕，以"此无汪"对，时愚方在内室中作冥想，闻声亟跃起，趋受银函，发之，则钞洋十六元。愚自有生以来，此为第一次以辛劳易钱，为数虽微，而乐乃无极，继以颠末白慈母，分十四元作家用，而自留二元为购书之用。由是愚遂东涂西抹，以迄于今。十余年来，竟以文字为生涯矣！此剧本为愚处女之作，情节虽有所本，亦殊

466

平凡，文字更不足道，其言情处，浓艳而热烈，盖当年风尚使然，今日读之不期为之肤栗矣。已而郑子正秋、朱子双云等，创新民新剧社于海上，摭取遗闻轶事及稗官家言编为新剧。愚与天笑先生暇则过从其间，因与郑、朱等稔。一日，郑子语愚，谓在汉口时，汪子优游、王子无恐等，曾取君所编《爱之花》剧本演之红氍毹上，易名曰《儿女英雄》，颇得鄂中人欢迎。愚闻之大悦，嬲之一演，郑子慨允，会汪、王诸子均在新民，遂以王饰中将，汪饰少将，王惠声君饰曼茵，哀艳热烈，一如愚之剧本。而声容并茂，则迥非吾之死文字所能企及也。如是多年，新剧衰落，而此剧传布已广，时复于游戏场之戏剧班中一见之。每念当年处女之作，碌碌无足称者，乃因汪、王诸子之介，得以流传久远，未尝不自惭于中也。

去岁秋，杨耐梅女士以师事欧阳予倩君宴客明星公司，愚亦被邀，席间晤郑子正秋，抵掌谈旧事，以为笑乐。郑子因语愚："《爱之花》已改编为电影剧本，将由卜子万苍导演，耐梅女士主演，而易其名为《美人关》。"愚初以此剧情节平易未易讨好为虑，愿念比来电影界表演功夫，日有进步，不必赖情节之曲折，取悦观众，故亦乐观厥成焉。去腊，《美人关》摄制告成，愚以事冗，未获往观其试映之成绩。畴昔之夕，中央大戏院揭橥《美人关》开映消息，因偕凤君往观之，片中姓名均已改易，以耐梅女士饰中将夫人胡媚梨，萧英君饰中将高人杰，客串李时敏君饰少将尚剑凡，表演之鞭辟入里，得未曾有。吾之剧本可摧烧，而此片固有永久存在之价值也。剧本中少将负创刖敌，剜心以贻所欢一节，已由郑子删去，而结尾令三人同归于尽，虽予观众以不快之感想，未能一睹团圆之乐，顾当恬管呕哑之后，正不妨以哀弦调剂之耳，美国电影界之善为悲剧者，有殷谷兰氏，声闻遐迩，窃愿以此为卜子勉也。

（选自 1928 年 2 月 24 日、27 日《上海画报》三日刊第 326 期、第 327 期第 3 版）

雄健壮烈之球战

忙里偷闲，想不出一个调节精神的好法儿来，就往往沉迷在影戏场中，片子果然好看，大足以怡情悦性，而惯常被包围在黑暗之中，也不免有些儿奄奄无生气了。老友孙道胜君，在《申报》教育新闻栏中主编体育一门，常和体育界要人相接近，他便教了我一个振作精神的妙法，说是常川到足球场中观球战去，任你精神怎样不好，也会奋发起来。在下从善如流，好几次跑去尝试，果然如百龄机广告所谓"有意想不到之效力"。但是在下有一个怪脾气，非国际的作战不看，因为本国的球队作战，胜负之间，无所容心，刺戟力减少，精神自也不能振作到十二分。若是和外国人作战时，那竟好似在前敌看枪炮的真战争一样，每胜一次，便手舞足蹈，快乐得甚么似的。最近我曾看了两次中国对葡萄牙的球战，一次是混合队，一次是乐华队，都占得胜利。不过我国的观众，庆祝胜利过于热烈一些，大放爆竹不算，有一次还有人将橘皮和泥块向葡方的球门中抛去，以致惹起葡方球员和公正人的抗议，向李惠堂队长说话。李队长没奈何，只得向那铁网眼外的观众摇手劝止，其实呢，这种小事情原不成问题，可是在他们两次输球之后，自也不免有些儿猴急咧。

三月三日天气新，足球场中多丽人。乐华队又与英国工程队作战了。工程队中很有几个能手，确是球战场上的劲敌，所以在战局未开之先，已料知有一番死战了。三点钟时银笛一鸣，乐华队诸健儿就奋勇直前，比了前两次对葡之战，似乎加上了不少劲儿。果然不到十分钟就被戴麟经踢进一球，博得全场怒潮一般的欢呼声。而爆竹之声，也跟着砰砰訇訇的作响了。以后双方出奇制胜，往来力战，又仗着李惠堂一双神奇矫捷的腿和脚，再胜一球，欢声雷动。观众高台上树着的一面"祝乐华胜利"的横旗，在风中猎猎地翻动着，也似乎满现着得意之色。柠檬时间过后，下半时战局又开始了，可是乐华因为已胜了两球，而又有两位健将的头上和腿上都受了伤，所以已不如上半时的有劲。绰号小黑炭的陈镇和，却还十分骁勇，始终不懈。而严守球门的周贤言，也精神抖擞，抵住了好几次危险的袭来。因此下半时虽不曾获胜，却也未受损失，任是工程队员身子高、腰脚健，也无如乐华何咧。在下看球战，有一个秘诀，就是敌方的球门在哪里，我也立在哪里。可是眼看着我方健儿盘球疾进，轻轻地踢入敌门，这是何等开怀的事。至于我方的球门，我倒不很注意，可是万一被敌方得胜，生生地看那球直攻进去，岂不是伤心惨目么。凡是老于看球的人，谅来都赞同我的话罢。

（选自《上海画报》1928 年 3 月 6 日第 329 期第 3 版）

记许杨之婚

　　愚既记十五之夕"美丽"之宴矣，而是夕尚别有一美丽之宴，有不可不记者，则皖中许士骐画师与某未婚夫人杨缦华女士宴请证婚人胡适之博士也。先是愚既得柬，颇费踌躇，盖一夕两宴，两皆情不可却，且亦不忍割爱者。因先赴"美丽"，得睹红氍毹上诸名姝，已深以为快矣。比驱车赴新闸路许宅，乃于饱看三日后之新娘外，又获一瞻文艺界诸名流之丰采，诚足以快慰平生也。愚入席已八时余，主人为介见其未婚夫人，时方坐主席，姿致端丽，落落大方。继及在座诸君，则皆神交已久，而初度握晤者。胡适之博士健于谈，语多风趣，合座倾听忘倦。承齿及本报，谓每期必读拙作，而尤激赏丹翁之诗，以绑票喻为出堂差，足资玩味。继又道及拙编《紫罗兰》半月刊与往岁中华书局出版之拙译《欧美名家短篇小说》，谓为不恶，愚以大巫当前，不期为之汗下数升焉。已而愚谈及二十年前之《竞业旬报》，中有博士诗文杂作，署名铁儿，已斐然可诵，博士谓所化之名，当不止此。当时共同合作者，为丹翁、君墨诸君，故至今尚珍藏数十册，以资纪念云。

　　博士问愚年，以三十四对，还叩博士，则三十有八，年事相去只四龄，而学识上之相去，直天壤矣。继又谈及《红楼梦》，谓近以三十金得一曹雪芹写本，深以为快，问以近有新著作否，云方著一《白话文学史》，将归新月书店出版也。席终，博士嬲主人演说其恋爱之经过，主人略述结合之因，寥寥数语，无足动听。博士表示不满，欲闻其详，主人谓此乃恪遵博士名言，所谓以最经济的手段，描写事实中最精彩的一段也。博士笑曰：经济则经济矣，其如不精彩何。主人卒忸怩不肯尽宣，但曰由友谊而发生恋爱，由恋爱而缔结婚姻而已。座中尚有谢慧生先生持，为党国要人，工书法，名满天下。黄宾虹先生，则金石书画名家，凤所倾服者。外此有教育家江彤侯先生、林君墨先生，文学家程万孚先生、吴畏庵先生，新闻家兼戏剧家王怡庵先生，怡庵别署梨云，即最初在戏剧协社《少奶奶的扇子》中饰吴八大人者，愚至今犹历历忆其声容也。近在《申报》任外勤记者，闻今年戏剧协社春季公演时，仍须加入云。主人为艺术家，故四壁琳瑯，书画特多。冯总司令与李烈钧先生手书立轴，银钩铁画，尤足矜贵焉。十八日，为许杨婚期，礼堂设大华饭店冬园，愚以事迟至，见新夫妇方摄影，一人为之指点，若电影中之导演者，则证婚人胡博士也。女傧相玲珑娇小，似曾相识，谛视之，则为黎明晖女士。男傧相容采焕发，为程万孚君。新夫妇乐极，笑容未尝有敛时，新娘御粉霞礼服，映以雪纱绛花，益觉其仪态万方矣。已而复至园中摄数影，愚惟与新夫妇遥相道贺而已，与钱子化佛小谈有间，始兴辞而出。

（选自《上海画报》1928 年 3 月 21 日第 334 期第 3 版）

男扮女不如女扮女

　　西方各国，自有戏剧以来，凡是剧中的女角色，无论是正角儿，是配角儿，都得由女子扮演，从没有借重男子的（《佳来的姑母》一类的滑稽戏除外）。在莎士比亚的时代，便已如此，直到几百年后，还是如此。惟有我们中国，中了几千年来吃人的礼教的毒，凡事都采取男女不合作主义，连"男女授受不亲"这句迂话，也奉为金科玉律。所以那当着大庭广众尽情表演的戏剧中，更绝对的不许男女合作了。

　　京剧是流传最久远而最普遍的戏剧，剧中女角儿，向来是由男子描头画角，乔装而成的。男戏班中，断断容不得女子插足，因此梅兰芳、程砚秋、荀慧生、尚小云这班须眉男子，就拜了男女不合作之赐，给他们名利双收，成了一时代的骄子。但我以为男子扮女子，即使扮得尽善尽美，总觉得扭扭捏捏的，有些儿肉麻，远不如女子扮女子的妙造自然，毫无做作。这一句话，无论有戏剧智识没有戏剧智识的人，大概人人都能承认的。好了好了，近年来新学说风起云涌，吃人的旧礼教，渐渐地给打倒了，男女可以同学，可以合作。舞台之上，男女可以合演戏剧了。但瞧今年的上海舞台，几乎处处都是男女合演。红氍毹上，充满了美的空气。北方来的女角儿，都挂着挺大的牌子，备受观众的欢迎。而就中的一颗最亮的明星，那当然要算雪艳琴。可怜在下不懂戏，上戏园子去，也好似小孩子看红面孔和绿面孔相打，不知道是甚么一回事。但是看了雪艳琴的戏，只觉得样样看得入眼，句句听得入耳，而我那"男扮女不如女扮女"的学说，也益发着着实实的证明了。老友黄梅生是最最赏识雪艳琴的，他高兴要出《雪艳琴特刊》，唤我做一篇捧场文字。我千思万想，老是做不出，便随便的诌这么几句，总算交了卷了。

（选自《上海画报》1928 年 4 月 30 日第 347 期第 3 版）

凤 凰 试 飞 记

挽近以还，舞场云起，而率皆以宫名，月宫、白宫、桃花宫，藉甚人口。乃者朱君联馥，独标新异，名其新辟之舞场曰凤凰俱乐部。凤凰，瑞鸟也，俱乐部而命名凤凰，其前途之大吉大利可知矣。五一节之夕，凤凰俱乐部举行开幕典礼，愚之标题曰试飞者，即指此也。朱君善交际，属沈子吉诚坚邀与宴，先以柬请继以面请，终则以电请，真有如俗谚所谓三请诸葛亮者。愚以盛意难却，是夕七时，遂与《申报》同事朱子应鹏、赵子君豪偕往。其地址为同孚路八号，女文学家吕碧城女士之故居也，往岁，愚尝数过女士，参与茗会，纵谈中外文艺，逸兴遄飞，不意三数年后，乃一变而为舞场矣。楼下之餐室客室，今已合而为一，成一舞厅，四壁饰绘绝美，间以西方故事画，色彩颇浓艳，朱子应鹏深为激赏，谓为俄罗斯人本色也。别一室较小，本为吕女士起居室，今为休息之室。壁纸以深灰色为地，而绘孔雀无数于其上，其他椅桌甈甀之属，皆与壁纸相调和，以视之舞厅之纷红骇绿，别有清幽之趣。舞厅之外，有草地一方，闻将辟为露天舞场，客有于炎夏中来者，小驻此间，如服一剂清凉散焉。楼上凡三室，其一本为吕女士寝室，后与舞室连，今则贯而通之，辟为摇彩聚博之室，以供部员之娱乐。其邻室拟作扑克室，四壁綦以蓝色，布置亦精丽，向日吕女士恒与朋好手谈于此，方桌一，椅四，皆红木，嵌以螺甸，盖为特制者，后此闻皆付之拍卖，惜哉。是夕朱君辟两室宴客，摇彩室中宴西宾，各国领事多莅止，扑克室中则宴华宾，半为新闻界，半则朱君友好也。馔事为俄罗斯式，冷盆特多，侍者皆俄人，执役甚恭。愚戏语朱君：何不更添英美法侍者若干人，则更是为吾国人吐气矣。席散已将九时，愚以病咳遄归，不及观是夕舞踊之盛，为憾事耳。

（选自《上海画报》1928 年 5 月 6 日第 349 期第 3 版）

吾们的三周纪念

黄梅生兄的记性真好，他竟像母亲常常记得爱子的生日一般，请浙声兄

471

来转告我道：六月六日，是《上画》的三周纪念了，小孩子抚养到了三岁，也不是容易的事，该怎么样表示吾们的庆祝。我听了这番话，很以为然，但是吾们报纸的生日，不比小孩子做生日，可以叫一班宣卷先生宣宣卷，或是唤蒋婉贞、王美玉来唱一套《马浪荡》或《扦脚做亲》助助兴的，最高的限度，无非在纸面上热闹热闹罢了。讲到庆祝呢，我以为在这国家多难之秋，任何甚么事情，都没有甚么可以庆祝的。侧身四望，到处都是烽烟，虽是统一之期，已近在眉睫。而强敌环伺，危机四伏，往往足以使吾们的统一上发生障碍。要是全国一天不能统一，那么吾们国民的痛苦也一天不能减少。佛经上以生老病死，为人生的大苦，怕那时人人所捱受的，正不止这自然的四苦呢。

我说到这里，人家怕又要说我发老脾气，说悲观话了。也罢，国家大事，不去说，我且回过来庆祝吾们《上画》的三周纪念，希望上画的四杰（丹翁、梅生、空我、瘦鸥）打起精神，终年不变，做出许多好文章，拍出许多好照片来，给《上画》大张门面，像一朵四照花般，灿烂光明，十分动目。将来四通八达，销行寰宇，每期销这么一二万份，和申、新两报鼎足而三。到那时四美既具，十方传诵，借吾们的一枝笔，改造这四维不张之世，正如《左传》所谓"投之四裔，以御魑魅"。吾们要是寿长些，还来得及大吹大擂的庆祝《上画》三十周纪念咧。

（选自《上海画报》1928 年 6 月 6 日第 359 期第 3 版）

我们的"辟克鼐"

有风日晴和的日子，约了三五好友，带了酒水食料，往景物幽倩的郊野或园林中去吃喝，席地幕天，谑浪笑傲，这确是一件极有兴味的事。在英美有一个专门名词，叫做"Picnic"，译音"辟克鼐"，在吾国无以名之，只能称为野宴，也就是古诗人携榼听莺那个调调儿罢了。上星期六，我们一般"群居终日言不及义"的朋友，忽然发起雅兴来，说星期日没事儿做，何不上兆丰公园做"辟克鼐"去。一时忙急了电话局里接线人，滴玲玲的电铃声中，便约定了五对贤伉俪，我和汝嘉是发起人，先就有了两对，加上了珍侯，便是"瑟利配阿"，保厘又约了他的好友谢芝芳君，密昔司谢就凑成五对了。

汝嘉很有军需处处长的才干，最善于办差，我们的"辟克鼐"，便公举他筹备一切，他自也当仁不让，义不容辞。星期日早上，他老人家就实行朱柏庐先生治家格言的黎明即起，上北市去买了许多面包、牛油、糖酱以及沙田鱼、外国火腿、沙生治、咸肉之类，赶回来预备好了，便浩浩荡荡的携眷出发，吾家铮儿，也愿随鞭镫。可是从西门小西门之间，赶在梵王渡，坐了黄包车，再做电车，又改坐公共汽车，这条路真觉得其长无比，我不由得微吟起岳武穆满江红词中"八千里路云和月"的妙句儿来了。

到兆丰公园时，已近午刻，我们一行人，便径往一个紫藤棚下，作为我们的大本营。这所在是我们上次来时先看定了的，坐在那里吃喝，真是绝妙一间大餐间。头顶上的紫藤花虽没有了，而绿叶扶疏，密密地结成了个油碧之幄，把阳光挡住了。四面又围着松树、梧桐树、银杏树等，一片碧绿。当下大家都很满意，把椅子围成了圆形，团团而坐，开始吃的工作。地上铺了一条粉红的毯子，一切饮食品，杂陈其上。汝嘉生怕老饕不餍所欲，又向公园对门的一家餐馆中买了两客咖喱鸡来，风味倒也不恶。半点钟后，早吃得刀叉纵横，杯罐向天，面包屑和鸡骨肉片，狼藉了一毯子。而一小半人的袜上、裤上、白皮鞋上，都沾染了颜色，黄的咖喱汁，红的是苹果酱，分外好看。有的身上，湿了一大块，那是柠檬水沙示水了。大嚼之余，相视而笑，幸而有几位密昔司在着，即忙办理善后事宜，一霎时间，把这残席收拾干净。我们鼓着一个饱饱的肚子，同去游园。保厘带着一具小影戏机，便把我们走路的姿势和玩笑的模样，一一摄入镜头。园中最幽秀的所在，是在接近圣约翰大学的一带，真有些儿杭州灵隐的风味。一起一起的都有碧眼儿在那里做"辟克桌"，男子们喝酒唱歌，兴高采烈，一株大树的荫下，见有一对外国夫妇竟头并头的躺在那里，枕褥绒毯，一应俱全。两口儿一动不动的，似已入睡，料他们栩栩蓬蓬的，正在做着清梦呢。

四点钟后，游人愈多，而我们一行人中有二三位密昔司已游兴阑珊了，便放弃了我们紫藤棚下的大本营联翩出园而去。

（选自《上海画报》1928 年 6 月 24 日第 365 期第 3 版）

艺 苑 琐 闻

我对于无论甚么东西，都是喜欢小的，越是小，越觉得精致可爱。所以我在往年，曾独自做一本个人的小杂志，叫做《紫兰花片》。又集了曼殊上人、朱鸳雏等的作品，编成一部《紫罗兰庵小丛书》，面积都是小小的，不过英尺三四寸光景。袁抱存兄知道我爱小东西，曾送我一副精裱的小对联，写的"飞清潜淑照灼沈玄"八字，从宋刘怀民志墓石上用双钩钩下，非常隽丽。后来陈小蝶兄也送了我一副，写上我破题儿第一遭做的诗中"晓日赪如新妇颊，岚花羞上老人头"两句。另外又给我山水小立轴两轴，都是长不到一尺的，分外的玲珑可喜，真如《板桥杂记》记李香君如香扉坠一般，小蝶自己也就喜欢这种小字画，因此异想天开，预备组织一个小画会，已约定钱瘦铁、李祖韩、楼辛壶、郑曼青、唐吉生、杨清磬、吴仲熊、胡伯翔、许徵白诸名画家加入，同在一个时期间，专作小幅的画件，山水人物，花草鸟兽，甚么都有。将来便举行一次小展览会，请大家鉴赏他们的小作品，这是多么有趣的事。

我不懂得音乐，也不会弄乐器，但是很喜欢听。因为那玎玎琮琮的乐声，咿咿哑哑的歌声，委实是足以忘忧而消愁的。老友傅彦长兄，常劝我听市政厅的音乐，我曾去领略过几次，很当得上"只应天上难得人间"这句老话儿。上星期在卡尔登看影戏，无意中听到俄罗斯女音乐家施洛文斯基夫人和伊的音乐班的歌唱，声调的抑扬抗坠，真是匪夷所思。每逢一曲将终，那尾声细若游丝，在空气中颤动，神妙极了。所唱的歌，有好几支，我所知道的，只有那《伏尔加船夫》一曲，沉郁苍凉，不同凡俗。可是这俄罗斯的名曲，从二十多个久经磨炼的喉舌中宛转悠扬地唱出来，自然是特别的道地了。最有趣的，是唱一支《毛毛雨》，以俄国人唱中国歌，比鹦鹉学舌，更为吃力。后来晤见杨九寰兄，说起此事，才知是他教他们的，将来流传到海外去，倒又给黎家小妹妹出风头了。

（选自《上海画报》1928 年 6 月 30 日第 367 期第 3 版）

一日之间的两看

上海人的眼睛，再忙没有了，除了看京戏、影戏、跑马、跑狗以及旁的种种玩艺以外，还有那种临时的看，特别的看，小如顽童相打，大如富家出丧，都得看一下子，以满足他们的好奇心。即如星期日一日之间，就有两种大看，十分热闹。北市有虞洽卿夫人大出殡，南市有国货运动大游行，于是大

474

看特看,忙煞了上海人的眼睛。惟有虹庙对门的吴鉴光,在那里摇着起课筒,唉声叹气,任是睁大了两眼,也无从赏"鉴",没法观"光"。

那天上午十一点半钟,同铮儿从顾家宅公园回来,车过安澜路,将到蓬莱路口,蓦地截住了,不能通过。中华路上,波波吧吧的沸腾着一片汽车喇叭之声,一辆辆花花绿绿的车子,在面前鱼贯而过,有的是载人的汽车,有的是运货的汽车,都是国货商家给自己大吹大擂作广告宣传的,各运匠心,从事装点。有的是卖酒的,便在车上装着许多极大的酒瓶;卖纸烟的,便装着许多大纸烟匣子,且还有一二枝人臂般粗的纸烟,矗起在匣外;卖煤球的便堆上许多煤球篓子,虽减少了富丽堂皇的气象,却也质朴可喜。最有趣的,是一家制造蚊烟香的厂家,在车上烧着一大盘的蚊烟香,那盘子有圆桌面般大,香也盘得有人身般高,料想车儿过处,蚊先生们定要奔避不遑咧。车儿的总数不知有多少,我所瞧见的,已有好几十辆,标语触目,传单乱飞,这真是提倡国货的好现象。午后三点多钟,我在大雨倾盆中往北四川路去,车出望平街过南京路,见两面砌道上人山人海,有许多人已变做了落汤鸡。丽华公司门前虽有遮蔽,而五六排的人前后叠在一起,几乎透不过气来。内中还有女子们,紧紧的被挤着,动弹不得。站在最前一排的人,虽觉得舒服些,而挺大的雨点扑在身上,也有无可逃避之苦。我知道这许多人都是被虞洽卿夫人大出殡吸引而来的,唉,这么热的天气,又加上了一阵大雨,真何苦来啊。我到了北四川路,出殡的道子已远远的来了,眼底所见到的,也没有甚么特别新鲜的花样。不过军乐队奏着哀乐,沉痛而庄严,与普通乱吹乱打的不同,无数的花圈,虽已被大雨摧残,倒也是洋洋大观,可算得一个花圈展览会。耳中听得看热闹的人在那里说道:"上当上当,等候了三四个钟头,却没有甚么好看。"听他的口气,倒像在那里抱怨虞洽卿先生没预备好玩艺给他们看似的,真是奇谈。

(选自《上海画报》1928 年 7 月 12 日第 371 期第 3 版)

申 园 的 狗

康瑙脱路上,有一个新赛狗场出现了,西名唤做"The Shanghai Greyhound Club"。当初该会中有一位董事,曾和我商量,要题一个中国名称，必须明白而简单的，我想起了诗经上卢令令的句儿，恰和狗相关，因便拈了令令两字给他。但他们董事部中，以为两个字不如一个字好，于是定名为申园。

申园的狗，都是外国来的一种猎狗，长长的鼻子，狭狭的身体，两眼很尖锐，四腿很细削，平日惯于猎狐猎兔，奔逐在森林丛莽之中，如入无人之境。与别种狗不同，此次运到的狗，虽有一百多头，而抽签租与会员的，不过七十多头。抽得的每年出租费一百二十元，每月出月费十六元，由会中练狗的西人代为训练饲养。新华银行行长黄明道君的夫人抽得一条好狗，唤做弼儿"Bill"。名医萧智吉君抽得的一条，也很不弱，命名开伍长"Corporal K"。将来与赛时，这两条狗定有常夺锦标的希望。

会员们抽得了狗，可由自己题名，要是题得隽妙，大有意味。申园诸狗题名，可惜好的不多，比较有味的，有"玄袍"Black Gown、"烟"Smoke、"金色的羞容"Golden Blush、"真淑女"Real Lady、"淡酒"Light Ale、"女郎"Girlie、"怒云"Storm Cloud 诸名。有一位陆君也抽得一狗题名"Bully-ho"，谐音为"跑来好"，哪知第一次参与试赛，偏偏跑来不好，只跑了半个圈子，就跑回来，这一条狗，真可称得是懒狗了。

狗的吸引力大极了，每一次比赛，总能吸引千千万万的人前去。凡是看的人、赌的人、办事的人、训练的人，以及人力车夫、汽车夫、电车公共汽车的司机人、卖票人等等，都是直接间接的为狗而忙。目前赛狗场已有申园、明园两家，每星期已有四次赛狗，将来第三个赛狗场开幕，那就夜夜有赛狗看了，那时怕要有半上海的人，一个个为狗而忙咧。

（选自《上海画报》1928 年 7 月 15 日第 372 期第 3 版）

胡适之先生谈片

胡适之先生已有一年不见了，大约在一个月以前罢，在春江楼席上遇见他，欢谈未畅，重申后约。前天忽尔兴到，就远迢迢地赶到极斯菲而路去访问他，作两小时的长谈，兹就记忆中所得，追记我们片段的谈话。

胡先生在他的楼上的书室中和我相见，四壁都是书橱，插满了大大小小洋装平装的中国书外国书，一只很大的写字台上，也堆满了书，好像一座座的小山一般,只空出中间一方,作写字著书之用。此外五斗橱上和他椅子背后的窗槛上,也一样的堆满了书,所以胡先生直好似隐在书堆中了。我瞧了咋舌道:"胡先生的书真不少啊。"胡先生道:"这不过是十分之一,拣些儿用得着的放在手头,其余都在北平,寄在朋友家里,足足堆了两间屋子咧,安徽家里,也有许多旧书,生平所爱的,就是这些书罢了。"我道:"先生近来可有甚么新著作么?"胡先生道:"没有甚么东西,因为近来害了腰酸的病,坐着写字,很不舒服,时髦的西医曾有拔牙的治法,因此我也学学时髦,拔去了两个牙齿,然而仍是未见大效,所以又换别的治法了。"我道:"听说先生要出门去,确么?"胡先生道:"是的,本想上广东去,受中山大学之聘,但因身体不佳,所以还未决定。"我道:"先生平日作何消遣,也爱看电影么?"胡先生道:"我是简直杜门不出,前礼拜曾去看过那张描写释迦牟尼一生的影片,叫做《亚洲之光》,却不见高明。晚上有时也出去参与人家的宴会,每礼拜四,便到中国公学去一天,此外就在家时多了。"当下我们讲到短篇小说,胡先生捡起一本《新月》杂志来送给我,指着一篇《戒酒》道:"这是我今年新译的美国欧亨利氏的作品,差不多已有六七年不弹此调了。"我道:"先生译作,可是很忠实的直译的么?"胡先生道:"能直译时当然直译,倘有译出来使人不明白的语句,那就不妨删去,即如这《戒酒》篇中,我也删去几句。"说着,立起来取了一本欧亨利的原著指给我瞧道:"你瞧这开头几句全是美国的土话,译出来很吃力,而人家也不明白,所以我只采取其意,并成一句就得了。"我道:"我很喜欢先生所译的作品,往往是明明白白的。"胡先生道:"译作当然以明白为妙,我译了短篇小说,总得先给我的太太读,和我的孩子们读,他们倘能明白,那就不怕人家不明白咧。"接着胡先生问我近来做甚么工作,我道:"正在整理年来所译的短篇小说,除了莫泊桑已得四十篇外,其余各国的作品,共八十多篇,包括二十多国,预备凑成一百篇,汇为一编。"胡先生道:"这样很好,功夫着实不小啊。"我道:"将来汇成之后,还得请先生指教。"

此外所谈的话很多,曾谈到新标点,谈到版税,谈到英美的大小新闻纸,全是很有意味的。可惜限于篇幅,不能一一记下来了。

(选自《上海画报》1928 年 10 月 27 日第 406 期第 2 版)

477

海庐读画记

　　一日过劳神父路，访海粟于海庐。登楼入其画室，四壁琳瑯皆画也。倾谈有间，海粟出一帙授愚，帙面作火黄色，绘为我佛拈花之图，则敦煌石室之壁画也。蔡子民先生题其端曰："海粟近作"。开帙读之，得《彤云素羽》，卷头画一，作者小影一，蔡子民、康南海、梁任公、王一亭、徐志摩、张禹九题序六，均刊印绝精，内包含一色版图画七，一曰《鹿》，写双鹿走崖谷间，如闻呦呦鹿鸣之声；二曰《虞山言子墓》，系在甲子之秋江浙大战中独坐画室，由所作油绘脱胎而成。上有子民先生题诗，并吴缶翁题句云："吴中文学传千古，海色天光拜墓门。"吉光片羽，弥足珍也。三曰《九溪十八涧》，此为愚前数年旧游之地，见之如见故人。上有蔡子民、黄任之、张君劢、郭沫若题诗题句，足见斯画价值。四曰《月落乌啼丛林寒》，荒寒之气满纸，读之寒栗，今已归日本久迩宫邦彦王珍藏矣。五曰《栾树草堂》，六曰《放鹤亭》，皆苍老可喜。七曰《松鹰》，白龙山人为补凌霄花，并题句曰："百丈松能拔地起，一声鹰似凌霄鸣。"曰拔地，曰凌霄，亦可以况海粟画笔也。后附原色版六，皆西画，曰《南高峰绝顶》，曰《秦淮渡舟》，曰《西溪》，曰《西湖烟霞》，曰《花》，曰《苏堤夜月》，色调笔触，皆淳厚老到，不同凡俗。愚尤爱其《西溪》一作，令人回想当年以轻红一舸，容与绿波春水之乐焉。《西湖烟霞》、《苏堤夜月》，亦鱼鱼雅雅，写尽西湖之美，足为卧游资料也。书以民国十五年十二月付印，以十七年九月出版，编辑者为刘思训氏，代售者为上海中华书局与美术用品社云。

　　（选自《上海画报》1928 年 11 月 18 日第 413 期第 2 版）

樽畔一夕记

　　徐志摩先生自海外归，友朋多为欣慰，畴昔之夕，陆费伯鸿、刘海粟二先生设宴为之洗尘，愚亦忝陪末座。是夕嘉宾无多，除主人陆、刘伉俪四人外，惟徐志摩先生、胡适之先生、顾荫亭夫人，与一陈先生伉俪而已。入席之前，

478

胡、徐、刘、陈四先生方作方城之戏，兴采弥烈，四圈既罢，相将入席。肴核为南园酒家所治，精洁可口，中有脍三蛇一器，诸夫人多不敢尝试，群以女性異怯为讽。顾夫人不屈，连进三数匙，意盖为女性吐气也。愚平昔虽畏蛇，而斯时亦鼓勇进食，厥状略如鸡丝，味之特鲜，陆费先生劝进甚殷，谓子体凤不甚健，多食此物，足资滋补。愚笑额之，席间谑浪笑傲，无所箝束。初，互问年事，则陆费先生四十三，居长，胡先生三十八，愚三十四，徐、刘各三十三，顾阴亭夫人亦三十八，因与胡先生争长。二人同为十一月生，而胡先生卒获胜利，盖早生一星期也。已而及于子女之多寡，则陆费先生本四而折其一，胡、刘各三，愚得半打，众以凑满一打为言，愚笑谢不遑。陆费先生因言友朋中之多子女者，以王晓籁先生为冠，得二十余人，居恒不复忆名字，每编号为之，而王先生余勇可贾，谓须凑足半百之数。张刚夫先生（即名医张近枢先生）得十四人，折其一，亦云不弱。众闻之，咸为咋舌不已。徐先生为愚略述此行历五阅月，经欧美诸大国，采风问俗，颇多见闻。在英居一月，在德居一星期，而在法居四日夜，尤如身入众香之国，为之魂销魄荡焉。归途过印度，访诗哲太谷儿于蒲尔柏，握手话旧，欢若平生。印度多毒蛇猛兽，其在荒僻之区，在在可见。惟民气激越，大非昔比，皆见他日必有一飞冲天，一鸣惊人时也。愚问此行亦尝草一详细之游记否，君谓五阅月中尝致书九十九通与其夫人小曼女士，述行踪甚详，不啻一部游记也。愚曰：何不付之梨枣，必可纸贵一时。君谓九十九书均以英文为之，迻译不易，且间有闺房亲昵之言，未可示人也。席散，徐、胡、刘等重整旗鼓，再事雀战，愚作壁上观。不三圈，胡、刘皆小挫，去五六十金，志摩较善战，略有所获，然终不如陈先生之暗噁叱咤，纵横无敌也。时已十时，愚以事兴辞出。

（选自《上海画报》1928 年 11 月 21 日第 414 期第 2 版）

《申报》二万号纪念拾零

《申报》做二万号纪念，是做的五十六岁生日，在中国所有报纸中，确是一位老大哥了。申报馆所有办事人员，不为不多，然而竟没有超过五十六岁的。就是那位 Grand Old man 张蕴和（默公）先生，瞧他的模样儿，我以为高寿总有一花甲了，所以我在自由谈中做了一篇《今日何日》，说《申报》出世时,他老人家还是一个小弟弟,只知踢毽子斋泥模玩。那知后来一问张老先生,才知他今年不过五十五岁,《申报》还比他早一年出世咧。张先生在馆二十六年,勤勤恳恳,二十六年如一日。他主编外埠要闻,陈冷先生出门时,也就由他兼代第一张职务。近来更常做时评,署名一个"默"字,文章道德,都不可及。这一回因二万号纪念,同事们因敬礼张先生之故,集资铸一金鼎为赠。现已集得五六百元,不足之数,由史量才先生一力担任。

《申报》有五虎将,短小精悍的是史量才先生,沉着恬淡的是陈景韩先生,老成持重的是张蕴和先生,精明干练的是张竹平先生,玲珑活泼的是汪英宾先生。史先生在纪念特刊中做一篇文章,以《申报》譬作风雨艰难中的一艘船,很为中肯。那么这五虎将便是船中的船主大副二副舵手之类了。此外还有三位加油添火掌管全船机器的要人,便是主任广告的王尧钦先生,主任会计的孙洁人先生,和主任庶务的黄炎卿先生。如今这船已行驶五十六年了,骇浪惊涛,已经历得,以后一帆风顺,定可达到光明之途。

陈冷(即陈景韩先生——编者注)先生在纪念特刊中做的《〈申报〉二万号纪念感言》,好算得是一篇代表新闻记者诉冤诉苦的血泪文章,将报馆全体以及记者个人种种任劳任怨的苦痛,说得至矣尽矣。明崇祯皇帝吊死煤山上时,说"生生世世莫生帝王之家",我不由得要改一句说"愿生生世世莫作新闻记者"了。

二万号纪念日(十一月十九日)午刻,在杏花楼举行同人聚餐大会,足足到了二百人。弦管咿哑声中,人人喜气洋溢。我的坐处恰恰靠近游艺台,好似戏园子里的特别官厅,苏滩、魔术,都听一个饱,看一个畅。这天同人几乎全体出席,连从不参与宴会的陈景韩先生也欣然而至,可谓异数。就中却有二位没有到场,一位是在馆二十三年的老翻译不吃猪油的回教信徒伍特公先生,一位是伍先生的左右手此日恰逢夫人生产而行不得哥哥的秦理斋先生。

(选自《上海画报》1928 年 11 月 24 日第 415 期第 2 版)

一九二九年影戏院潮中之先驱者

上海地面上,一年总有一种潮流。一九二八年的跑狗场潮,渐渐地平下去了，一九二九年，多分是影戏院潮涌起来了。听说明年一年中，就有十家新影戏院出现，这真是我们一般影迷的福音。而这影戏院潮的先驱者，却要算是大光明影戏院。这大光明影戏院是老同学高勇醒兄所手创的，发动在今年的夏末。那时我正在莫干山上躲懒养病，勇醒忽地写一封快信来，说已觅到了一个极好的地位，打算弄一爿影戏院玩玩，唤我给他起名字，并且开了一张西方著名戏院和影戏院的名单，要我挑选一个西名。当下我挑了个"Grand Theatre"，觉得很堂皇，又题了"大光"二字作为华名。回信发出后，忽觉"大光"二字不很妥善，大有蚀本蚀得大光的意思，回到上海后，问了勇醒，他也有些踌躇不决。我道：加上一个"明"字罢，"大光明"大放光明，那总算得善颂善祷了。勇醒拍手赞美，而西名也采用了。他们费了好大的一笔钱，三四个月的时光，方始把一个跳舞厅，改造成了一座富丽堂皇的大影戏院，真像人们脱胎换骨的一般。建筑师的大名叫做"Gonda"，译音是"戆大"，而对于一切建筑上装饰上的规画，委实一些也不戆大，人家看了，没一个不满意的。全院面积极大，可容一千二百余座位，此外空地也多，所以茶室、酒排、会客室、吸烟室、待候室等，竟色色都有，倒像是一所大俱乐部了。院中的特点，听说影戏机是最新式的，最近才到上海，司机人也是十七八年的老手，手段十分高妙，音乐师多至十六人，第一星期中更加五人，凑成圈的温，当真是人才济济。而乐器中，还有一具特别大风琴，是人家所没有的，将来吹吹打打，定然十二分动听。所有招待和贩卖食品的，有中国女郎和西国女郎，大概总有和乐可亲的长处。入座券定价特别从廉，并且无论映演甚么极名贵极伟大的影片，也决不加价，始终如一，这确是打破影戏院的记录，而为一般经济家所欢迎的。选片力求精审，英美德法的名片，一应俱全。在下受了勇醒兄的重托，给他担任中文本事和中文字幕，又拉了吴云梦兄帮忙。我们的宗旨，只在简明二字，决不弄笔头掉文，而我这影迷，倒又可以多看几张好影片了。开幕第一声，已决定映演法国大小说家嚣俄先生的杰作《笑之人》，易名为《笑声鸳影》，德国大明星康拉攀伊德饰笑面人，美国名女星梅丽菲尔苹饰盲美人，真是旗鼓相当，工力悉敌。至于情节表演，当得上哀感顽艳四字，有时使你笑，有时使你哭，有时也能使你魂销心醉，确是一部极有价值的片子。独鹤、红蕉、敏时、转陶诸兄已瞧过一遍，都满意而去，我预备等开幕那天，再瞧一遍，方能过瘾咧。

（选自《上海画报》1928 年 12 月 18 日第 423 期第 2 版）

南 国 之 一 夕

　　去年此时,也似乎是寒风凛冽的冬季罢,田汉先生给我一封信,约我上善钟路艺术大学去参观他们表演短剧。时在夜间,路又远,天气又冷,然而我的心很恳切地对我说,他们的成绩是不会错的,不去看可不要后悔啊。于是我冒着寒风,竟远迢迢地赶往善钟路去了。说也奇怪,一出《苏州夜话》,一出《名优之死》,竟在我心中脑中,留下了个极深刻的印象,一径不能忘怀。因此前几天看见报上南国社公演的消息,我便喜心翻倒,决意非看不可。所以田汉先生虽没有信和券给我,我也在十七的那晚兴高采烈的跑去看了,心知看的人一定很多,所以唤凤君先去买了票等着,我把公务料理清楚,在六点半钟时赶去。见有两对新夫妇已先我在座,严独鹤与陆蕴玉、史东山与华但妮,这样的好戏,自是应当与同心人共同欣赏的。

　　田汉先生报告了一番,很客气的报告,接上去便是《古潭里的声音》登场了。这是一出独脚戏,一幕抒情剧,据戏单上说,此剧取日古诗人"蛙跃古池中"意,写一诗人从物的诱惑中救出一舞女,居之寂寞的高楼上,及至归来,则此女郎又受灵的诱惑,跃入楼下古潭,诗人为复仇欲将古潭捶碎,但诗人之声与古潭之声俱远矣,寓意深远,真够使人玩味。万籁天君扮诗人,表演得很为有力,像这种吃力不讨好的戏,而能做到如此地步,亏他亏他。可惜剧情太深了些,能领略内中妙处的,怕不多罢。《最后的假面》,系奥国名家许泥紫勒所作独幕剧,也觉得太沉闷,万籁天君扮一个病得要死的新闻记者,言语动作,十分逼肖,也分外的卖力,然而观众仍觉得沉闷得很。幸而有左明君所扮的喜剧伶人穿插其间,才使人破了几次笑口,减了些沉闷的程度,我以为这种西方剧本,以暂时缓演为是。《苏州夜话》,得唐槐秋君扮老画师,唐叔明女士扮卖花女,真是双绝。剧旨是藉一老画师父女的奇遇,写战争与贫穷对于人生的影响,曲曲演来,深入显出,足为非战运动的一助。《名优之死》,虽仍演得不错,但比去年在艺术大学时,似乎差些,因为那位扮刘凤仙的尼南女士,太没有劲儿了,记得去年的一位女士,化装和表演,都活脱是一个北方的女伶,而表情也非常细腻,非常周到,这回没有加入,真是憾事,独鹤也与我同样的感想。至于唐槐秋的杨大爷,左明君的小丑,仍是很有精彩,再加上一个洪深君的名优刘振声,那真是锦上添花了。《湖上的悲剧》，要算是这晚最得观众同情的一出戏，而我也最为感动。万籁天君做了一回跳古潭的诗人以后，又复活而做湖上的诗人了，他那面部的表情，和说话中的语气，确是活画出一个孤冷而抱有抑郁病的诗人。尼南女士，扮他的恋人白薇，也活泼泼地，有声有色，不像刚才扮刘凤仙那么不得劲儿了。临死的一番话，掩掩抑抑，句句都是眼泪，直把我好久凝住了没流过的眼泪也勾引出来了。名隽之语，如"我也好像海底下的鱼，望着水面上边进来的光似的，等着你三年了"，"有时候我一个人到孤山去赏玩一回湖上的夕阳，也凭吊一回自己的坟墓，就像我的邻居冯小青伤悼她自己的影子一样"，都足使人玩味不尽的。唐叔明女士的诗人之弟，天真烂漫，可爱到万分，喜是喜，惊是惊，悲哀是悲哀，都能作充分的表演。这种演剧的天才，实是难能可贵的，钦佩之余，恨不得立时跳上台去，和伊拉手做朋友呢。

　　这晚的表演，已足见南国社的成功，也就是田汉先生的成功。我很希望他们得一个好好的小剧场，每月作一二次的公演，使我们在劳心劳力之后，喝一口这甜蜜蜜的艺术之酒，精神上得到一些儿愉快的慰安。

　　　　　　　（选自《上海画报》1928 年 12 月 21 日第 424 期第 2 版）

宴 梅 席 上

　　不见梅畹华者三年矣，比者梅花消息，又到江南，歇浦士女，喜动颜色。其排日听歌，陶醉于大舞台红氍之下者，盖不知有几许人也。前星期六，梅子招宴于全家福，会愚有梁溪之行，致未握晤。畴昔之夕，潘子志诠，宴梅于澄园，折柬相招。愚以七时半往，嘉宾满堂，均已就席。梅子自首席中起，执手相寒暄，频言"您好"，厥声如微风振箫，幽婉可听也。愚受大光明影戏院主人之托，将请其于星期六之一夕，执行开幕典礼。因面达此意，梅子唯唯。愚退而语之赵叔雍、文公达二子，谓梅是夕须赴聂仕二公之宴，栗六万状，第出吾子之嘱，自当践约，预计九时必可趋前也，愚悦而谢之。同席除赵、文二子外，有杨小堂、严独鹤、舒舍予、余空我、黄少卿、程玉菁诸子，谈笑甚欢，殊不若他席之拘束。叔雍健谈，而愚与独鹤善谑，因相与调诙不已，鹤以赵、文比为梅子之孟良、焦赞，尤入妙也。

　　翌夕，梅花馆主复宴梅于联华总会，愚与独鹤、公达、芎垞，均在伴客之列。谭富英、李万春二名优已先莅,方进西餐。其他如丁慕琴、田越民、田天放诸子,皆蓓开唱机公司同人,有西宾五,三男二女,中一年事较长,而操德意志音之英吉利语者,则蓓开之西总理德人白君也,喜欢吾国花雕,尽数十杯无难色,有时强操中国白,向座人呼"干杯",尤滑稽可笑。梅子以八时许至,御西服,朗朗如玉山照人,与宾从一一握手,作微笑。其偕莅者,为姜妙香、姚玉芙二子,神采如昔,特光阴之刀,似已于面目间少加刻画,即梅子亦不能免。愚以语独鹤,鹤亦谓然,因相与致慨于青春之易逝。而诸西宾则群谓梅有驻颜之术,厥状犹似二十许人云。梅子坐于二西女宾之间,进食绝少,发言亦不甚多,而言必谦抑,故诸西宾咸力称之,谓其谦光可挹,绝无西方艺术家傲岸之态,可佩也。款洽至九时许,玉芙在别座中屈一指作9字,形遥示梅子,梅子晤,遂相率兴辞而去。

（选自《上海画报》1928 年 12 月 24 日第 425 期第 2 版）

寄 语 雪 蝶

胡蝶与林雪怀之解除婚约也,今已成为社会上极瞩目之一事。双方函件往还,攻讦不已。愚识二君已垂三载,相差仅七日,虽非知友,然亦薄具交谊。且感情方面,无分轩轾,故事出后即竭力调解,冀莫不致决裂。无奈事与愿违,双方各趋极端,愚遂嗒然引退而作壁上观矣。

读近日各报,知二君已达剑拔弩张之境,对簿公庭,恐将不免。且察彼此所斤斤者,已越出解除婚约之本题以外,虽曰相骂无好言,然窃恐二君令誉,从此咸将大打折扣矣,惜哉。

况二君相爱已达四五年之久,今虽不得已而解约,岂即尽忘前情乎?雪、蝶倘能回念及此,即不难憬然而悟,兹事亦易于和平解决矣。

愚更须声明,林雪怀之延聘鄂森律师,纯系彼本人自动。因鄂律师别名吕弓,其识林君更早于愚。雪、蝶在月宫订婚时,渠亦贺客之一,此乃不可掩之事实。外间不知根据何种空气,竟强指林之延鄂,系愚所介,是真东瓜缠作茄子之奇谈也。

（选自《申报·自由谈》1930 年 12 月 8 日第 13 版）

提倡国产的有声影片

在十余年以前,我们初看影戏的时候,见那影戏片中的人物鸟兽都会活动,委实是像真的一样了。但是都抱憾着那些人物鸟兽只会活动,不会开口发声,未免美中不足。于是人人都抱着一个希望,希望西方人科学上的发明,更有突飞的进步,使那影戏片中的人物鸟兽,一一都会开口发声。不致再看他们只会得动着嘴,而始终无声无息的,如哑巴一样。

果然,西方人科学上的发明,日新月异。竟使我们十余年来的希望,完全达到了。在这二年之间,美国的有声影片,尽量的输入中国。先到了上海,轰动了千千万万好奇的上海人,都要一看这最新的奇迹。于是市上所有的大影戏院,为了迎合上海人好奇的脾胃起见,一律都改映了有声影片。摩维通啊、维太风啊,洋洋盈耳,何等的热闹。无论懂得英语,或不懂得英语的人,都要去见识见识。一时各大影院中,其门如市。

然而看有声影片,真不是一件容易的事,必须充分懂得英语的,方能听得出影片中人在那里讲些甚么话。单是懂得英语,还嫌不够,必须常和西方人接近,而懂得他们的种种俗语,方能感受到个中的兴味。否则,你还是呆坐在那里,听他们外国观众的呵呵大笑,心里痒痒的,真有搔不着痒处之苦。转不如看着无声影片的字幕,可以了解得多些。至于不懂得英语的人,倘不先把那张中国说明书细看一遍,那么往往会看得莫名其妙,等于没有看一样。因此有情有节的影戏,大都是为了语言问题,得不到一般人的欢迎。所欢迎的,不过是几部花花绿绿的歌舞影片罢了。

我们的国产影片,已有了好几年的历史了。虽不能如欧美各国那么发达,但是流行全国以及南洋一带,也已有相当的成绩。明星公司对于新片的制作,向来很努力。如今鉴于国人爱好有声影片,而苦于言语隔阂,于是受了民众公司的委托,毅然决然的与百代公司合作,创制有声影片,以应社会的需求。片中所有对白,全用国语,以期普及全国。而一切歌舞游艺,也应有尽有。比了西方的有声影片,诘屈聱牙,一片蛮语的,自然容易受国人的欢迎。方今国人日渐觉悟,对于凡百用品,都在热烈的提倡国货,那么像这样新兴的国产有声影片,自也在热烈的提倡之列。

民众公司的第一部有声影片,就是《歌女红牡丹》。对于剧本的编制,几经修改，国语的发音，几经练习。其他背景服饰等项，也几经推敲。而最感困难的，却是收音的手续，稍不满意，立时废弃。因此我知道他们曾经在收音的手续上经过了不少的困难，费去了不少的心血，丢掉了不少的金钱。直辛苦了五六个月，方告成功。姑无论其成绩如何，而有这样继续的研究与牺牲的精神，也大可钦佩了。

我听得一位日本回来的朋友说，日本先前的影戏院中，也十之七八开映西方影片。虽经检查员大动剪刀，往往将动人情处的接吻的片段或表演热爱之处大剪特剪，而看的人仍是十分起劲。日本的电影界中人鉴于开映西方影片利权外溢，漏卮太大，因此创制本国的有声影片。据说近来遍映全国，异常发达，使西方的有声影片大受打击。现在日本的影戏院中，差不多十之七八都在开映他们本国的有声影片了。民众公司开风气之先，既制成了这第一部纯粹的有声影片《歌女红牡丹》，我仍希望他们不断的努力，一步步的改善，制成无数完美的国产有声影片，以夺西方有声影片之席，也正与日本一样。而一方面还须仰仗国人尽力提倡，提倡国产的有声影片。

（选自《〈歌女红牡丹〉特刊》一九三一年四月出版）

发人深省的《如此天堂》

天堂是上界清都，洞天福地，虽不知究竟有没有这所在，而千百年来，一般佛教徒、耶教徒的心中脑中，几乎人人都嵌着这天堂二字，期望于撒手去世之后，可以乘着风车云轿，长驱而入天堂之门，以享无穷的幸福。即使不是佛教徒、耶教徒，他们对于天堂也一致的有相当的信仰，力求减少罪过，而作死后置身天堂之想。天堂，天堂，你的魔力是何等的伟大啊！

因天堂之为洞天福地，于是人间的福地，也以天堂相比。俗语道得好："上有天堂，下有苏杭"，就是一个例子。杭州固可称为浙省的天堂，而苏省的天堂，还须让繁华的上海当之无愧（1928年前上海属江苏省——编者注）。台楼杰阁，纸醉金迷，一切衣食住行，无不穷奢极欲，尽善尽美。有的地方，往往有钱买不到，而在上海地面上，只要你手中有钱，便甚么都可以买到。连人们的灵魂，也买得到的。因此之故，上海就成了世界有名的都会之一，而有小巴黎、小纽约之称。

486

然而上海虽是一个幸福之府，却也是一个罪恶之薮，都市的文明越是熏染的多，都市的罪恶越是发展的快。上海各大报的本埠新闻，就是一部上海社会的罪恶史。杀人放火、打家劫舍以及绑票奸淫、离婚自杀等事，几于无日无之。只为制造罪恶的机关太多，于是种种的罪恶，也像制造货物般一件件的制造出来。而跳舞场即是制造罪恶的机关之一。在多数人心目中，差不多已认定了。其实跳舞并非坏事，欧美的上流社会，以跳舞为社交上必要之事，国家的庆祝大典中，也总得有跳舞一项，并且是极庄严极郑重的。不幸跳舞一到了上海，就被认为罪恶，实在也为的上海一般以营业为目的的跳舞场，大半为荡子妖妇所盘踞，将酒色财气四项尽量的表现，冒大不韪，作奸犯科，当有若干件轰动社会的事实，予人以跳舞即罪恶的证据，于是跳舞之场，便尽做了堕落之窟，罪恶之薮。

　　民众公司第二部有声巨片《如此天堂》，即以上海的跳舞场为背景，尽力的描写跳舞场的黑暗，舞女的苦痛，以及青年们的堕落。借着一张银幕，作为指导青年的讲坛，苦口婆心，发人深省。其实不但是描写舞场而已，也可说是描写整个的上海。所谓天堂也者，实在是地狱的变相。愿一般天堂中人，快快地劳力自拔，勿再醉生梦死，陷入真正的苦痛的地狱！

（选自《〈如此天堂〉特刊》1931 年 10 月出版）

紫罗兰庵谈荟

　　无论哪一国的文学家小说家，单单做一国闻名的文学家、小说家，不算希罕，必须做成一个世界闻名的文学家、小说家，才是难能可贵。俄罗斯的高尔基氏（Maxim Gorki）就是当代世界闻名的文学家、小说家之一，俄罗斯人的敬爱他，崇拜他，尤过于执掌全国政权的史大林氏，他那一枝笔，真的是胜于十万毛瑟了。高尔基实在是一个笔名，他的真姓氏叫做潘希考夫（H. A. M. Pyeshkof）知道的人却是很少，而高尔基三字，那是家喻户晓，无人不知的。他的故乡是尼尼奴夫高洛（Nijnr Novgorod）地方。他的生日是一千八百六十八年三月十四日，到今年恰是六十五岁。他生平执业很多，时常变换，打破一切文学家与小说家的纪录。据他自传中的节目说：一千八百七十八年，做鞋匠的学徒；一千八百七十九年，做画师的学徒；一千八百八十二

487

年,在一艘汽船上做洗濯餐具的工作;一千八百八十三年,做面包师;一千八百八十四年,给人家守门;一千八百八十五年,重又做面包师去;一千八百八十六年,做乐队里唱歌的人;一千八百八十七年,做苹果小贩;一千八百八十八年,因活得不耐烦起来,投身在自杀会中,预备自杀;一千八百九十一年,做律师的书记;一千八百九十二年,无事可做,就做了个无业的游民,游遍俄罗斯全国;一千八百九十三年,在铁路上当工人。看了他这种种经历,正好似吾国唱苏滩的口头演唱出来的那个十弃行的马浪荡。然而他却因此见多识广,终于做成了一位善写平民疾苦的文学家、小说家,他的文章,都是用他的笔尖儿蘸着他自己的血、汗和眼泪写出来的。一千八百九十四年,他开始刊行他的第一种短篇小说,以后就做了许多长篇、短篇与剧本,行间字里,充满了悲天悯人之念,所以他至今还做着新俄罗斯文坛上的权威者。我译过他两个短篇小说,一:《绿猫》,二:《薄命女》①。

(选自《申报·春秋》1933 年 2 月 10 日第 18 版)

访　　鹤

　　既没有怨,又没有仇,一柄小小的锉刀,却溅人颈血于五步之内,说是神经病吧,不像是神经病;说不是神经病吧,又活像是神经病。这一回事,是上海报馆街上一出最新的活剧,也是一个不可思议的奇迹。

　　我既得到了老友独鹤遇暴的消息,发了一会儿呆,即忙去信慰问一番。二十八日午后六时,便又赶到他家里去访问。走进大门,先在庭心里喊了一声鹤兄,他的夫人闻声而出,笑吟吟地导我登楼。鹤兄穿着一件蓝色方格毛巾布的晨衣,头颈里围着一条雪白的毛巾,早在卧房门口迎着我了。我进了房,尚未坐定,先就敞开了那条毛巾,看他受伤的所在。只见头颈的右侧,用橡皮膏黏住了一方块纱布,那伤口当然是瞧不见的。据鹤兄说:"伤口并不大,最初也不过二寸左右,现在已不到一寸了。"我问他受伤的情形,他说:"那天午刻,我上报馆去,刚到门口,却见那金柏生蓦从一辆汽车后面转了出来,我心知不妙,匆匆走入电梯。本来呢,那开电梯的也认识金柏生的,因为

---

　　① 周瘦鹃最早译的高尔基短篇小说为《大义》,收入 1917 年出版的《欧美名家短篇小说丛刻》。

先前来过几次，我曾指给他瞧，吩咐以后要提防着。不料这几天他恰好请假，由一个替工庖代，替工是不认识此人的，并未拦阻，一面反出去接受我包车夫手中的饭篮。因为我并不吃馆中的饭，天天都带着自备的饭菜来的。金柏生趁此机会，就揪住了我大衣的后领，下此毒手。当时我只觉得头颈上被刺一下，倒并不怎样痛，恰好那开电梯的人已提着饭篮回进来，我便一叠连声的嚷着：'拿下他！拿下他！'那开电梯的和司阍捕不敢怠慢，疾忙拿下了金柏生，送捕房去。我自己便走出了电梯，赶上三层楼到办公室中对同事们说：'我被人刺了一下！'那时的态度，还是相当镇静的。我用手抚摸伤口时，出血不多，只觉头颈的左右两边，都有些儿坟起，心中很为诧异，也不知道是被甚么刺的。随即由同事们伴我到仁济医院，掏出名片，请求急治，当下由一位医师忙给我局部麻醉，一下子就箝出一个三寸长的锉刀尖来，原来姓金的用力过猛，把锉刀也戳断了。亏得有这锉刀尖断在肉里，把血管压住，所以出血不多，又幸而那锉刀是斜戳进去的，要是直一直，那就性命交关了。"我忙道："这真是吉人天相，天相吉人，你的性命，本来不应该这样白白送掉的。"鹤兄又道："金柏生和我厮缠，已有七八年之久，因为看了我在报上所做的谈话，受到刺激，硬说我是有妖法的，拘住了他的灵魂，使他捱受精神上的痛苦。近年来他连我们的报也不看了，据说我仍在梦中去捉弄他。我先托在苏州的程小青兄去看他，向他解释，我自己也曾接见过他一次，反复譬解，甚么都没有用，这大概真如俗语所谓前世事吧。他之于我，绝对没有索诈或借贷等事，我因为他正在苏州法院中办事，维持生活，所以几年来始终隐忍，并没有声张，深恐影响他的职位。却不料他竟会施出这样的毒手来，这真是我做梦也做不到的。"我慨叹着道："前后一个半月，我平白地死掉一个儿子，你平白地遭到一次飞灾，一鹃一鹤，祸不单行，难道我们做了半世的好好先生，竟做出报应来了么？"鹤兄嘴唇上挂了小半截纸卷烟，微微地摇头苦笑着，无话可说。我道声珍重，就在暮色苍黄中走了。

（选自《申报》1937 年 5 月 3 日第 17 版）

诗词与剧本

SHICIYUJUBEN

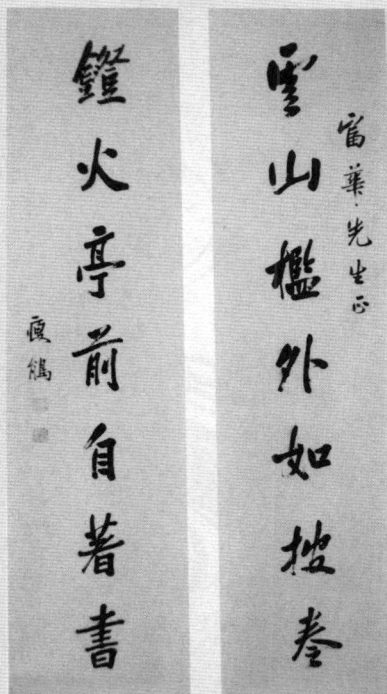

周瘦鹃行书对联

爱 的 供 状

——附：《记得词》一百首

　　年华似水，不知不觉地流去了四十九年，一年年的玩岁愒日，居然也活到五十岁了。要是把我这本人生账簿一页页地翻开来，查一查账；那么这四十九年间没有存项，只有负债，负了父母的债，负了儿女的债，负了国家社会的债，负了亲戚师友和爱我者的债，简直没有清偿的一天。人家于学问或有专长，于事业或有成就，其上也者，有所谓立德，立功，立言；说也惭愧，我却是一无所长，一无所就，也一无所立。倘依照着"五十而知四十九年之非"这句话说起来，那么我这本人生账簿上，真可写上四十九"非"字的。不过有一件事，是我所绝对的不以为非，而绝对的自以为是的，那就是我从十八岁起，在这账簿的"备要"一项下，注上了一页可歌可泣的恋史，三十二年来刻骨铭心，牵肠挂肚，再也不能把它抹去，把它忘却；任是我到了乘化归尽之日，撒手长眠，一切都归寂灭，而这一页恋史，却是历劫长存，不会寂灭的。我平生固然是一无所长，一无所就，也一无所立；只有这一回事，却足以自傲，也足以自慰。我虽已勘破了人生，却单单勘不破这一回事；也就是这一回事，维系着我的一丝生趣，使我常常沉浸于甜蜜温馨的回忆之中，龚定公《写神思铭》中所谓较温于兰蕙的心灵之香，绝嫣乎裙裾的神明之媚，都让我恋情的享受，直享受了三十二年。

　　如此说来，我倒像是情天中一位无忧无虑的快乐神仙了。不！不！我可还没有那么大的福份；恋爱之不能无苦痛，正如玫瑰之不能无刺。最初的六年，因为局势已定，无力回天，自幼儿订定的婚约，把她一生的命运支配了，我那一颗空洞洞的心，老是被苦痛煎熬着，是一种搔爬不着而又没法疗治的苦痛。彼此因为在旧礼教压迫之下心虚胆怯的缘故，只是借微波以通辞，假尺素以达意，从没有敢会一次面，说一句话，若有情，若无情，老是在这样虚悬的苦痛中煎熬下去。于是病魔乘隙而进，接连的侵袭着我，贫血病啊，肝胃病啊，神经衰弱啊……不一而足；工愁必善病，竟成了一个固定的方式，我对于恋爱，总算付出了不小的代价。到得六年以后，一个已罗敷有夫，一个也使君有妇，那分明应当忏除绮障，摆脱这一年年煎熬着的苦痛了。谁知道苦痛竟如附骨之疽，没法儿把它拔去，并且双方都是一样；同病相怜之余,就不得不求个互相安慰的方法,尤其是她,为了遇人不淑,非得到安慰不可,于是竟邀相约的偷偷地会晤起来,借着物质上耳目口腹之娱,稍稍忘却了精神上的苦痛。可是情感因接触愈多而愈加进展,又为了这不可弥补的缺憾而愈加苦痛。尤其是这情痴的我,直痴得像古时抱柱守信的尾生,痛哭琊琊的王生一样,更陷到了苦痛的深渊中去,不可自拔。有时虽也跟朋友们踏进歌台舞榭,在人前有说有笑,像个没事人儿一般,其实内心所感受到的恋爱之苦,恰似毒弹入骨,常在隐隐作痛呢。到了无可告语,无可申诉之时,便诉之于笔墨,一篇篇的小说啊,散文啊,一首首的诗啊,词啊,都成了我用以申诉的工具,三十二年来,也不知呕过了多少心血。平日间独个儿坐想行思,总觉得有一个婷婷情影,兀自往来于心头眼底;而我那些作品的字里行间,也就嵌着这一个亭亭情影,呼之欲出。又为的西方紫罗兰花是伊人的象征,于是我那苏州的故居定名为"紫兰小筑";我的书室定名为"紫罗兰庵";我的杂志定名为《紫罗兰》、《紫兰花片》;我的小品集定名为《紫兰芽》、《紫兰小谱》,我的丛书定名为《紫罗兰庵小丛书》,更在故园的一角,叠石为"紫兰台",种满了一丛丛的紫罗兰,每当阳春三月花开如锦的时节,我就天天痴坐在那里,尽着领略它的色香,而心头眼底的那个亭亭情影,又仿佛在花丛中冉冉涌现出来,给我以安慰。

有几位知道我底细的老友,都在笑我太痴了,善意地劝慰我道:"你有一个慈母贤妻和孝顺儿女所构成的美满家庭,难道还不能满足么? 以前种种,也可以看开些了。"是的,我不能否认,我有一个很美满的家庭,母慈,妻贤,儿女孝顺,我就在他们的温情之下,过了二十多年安定的生活,我很感激他们给予我无限的温情,才得延长了我的生命,不然,这烦恼的世界上早就没有我了。尤其是我的妻! 凤君,真是一位标准的贤妻良母,委曲求全的体贴备至;我最初就没有瞒过她,在她过门后的第三天上,很坦白地把我的恋史和盘托出,她虽不免因爱生妒,可是对于我也渐渐地表示同情;而我对于她呢,早年在亲戚家遇见她时本已有了深刻的印象,并不是单凭媒妁之言的结合,所以我是始终爱重她的。可是我那另一个爱的根荄,实在在我的心坎中种得太深了,总也不能拔去,这真是无可奈何的事! 记得民国二十六年秋间避兵皖南屏山村时,曾有过这么一首《慰闺人》的诗:"情丝著体年方少,慧剑难挥万绪纷,我有双心分两室,渠侬占一一归君。"这就足见我的一片苦心了。

有人说:"几百年的老树,也有被大风连根拔起的,你那另一个爱的根荄,岂有不能拔去之理?"是啊! 几百年的老树确有被大风连根拔起的事,只因它的本干和根部已被蛀虫蛀空了的缘故；而我那爱的根荄，却是一年年把我的心血眼泪做肥料，随时随刻的浇灌着；把她的深情蜜意做土壤，随时随刻的培养着；因此早就根牢固实了，那里还有拔去的可能？要是我真的是失恋的话，那么一了百了，倒也死了这条心了，叵耐偏偏不是"失"而是"得"，所得的是一颗热烈的心，一颗百折不回的心。身子虽被别人占有了，却还抵死挣扎着替我苦守了一年，直守到我结了婚。今生是牺牲定了，却愿意死心塌地，做我一辈子的未婚妻。这是民国十六年七月十一日一封沥血剖心的千言长信中所吐露的两点，也是她十多年来破题儿第一遭赤裸裸的陈诉；我只索捧着那一叠信笺流泪，感动得四肢百体都震颤起来。十六年来，我把这封信熏香什袭的珍藏着，瞧作一件无价之宝，任是这几年在颠沛流离之中，从没有离开过它，将与其他的几件信物，作为我将来的殉葬品。唉！"春蚕到死丝方尽，蜡炬成灰泪始干"，这是唐代诗人李义山的名句，也就是我对于一般劝慰我的朋友们提出一个综合的答案。

从此以后，我的精神上得到了莫大的安慰，我那郁塞的心顿时开朗了，我好似得到了新生，一天天地从悲观中转变到乐观中来了。自己常在这样暗暗地想：我即使不齿于社会，见弃于世人，被剥夺了一切的一切；然而我已稳稳获得了一位天人的热烈的心，真挚的爱，人世间还有甚么比这个更可宝贵的呢？于是我不想忏情，不想忘情，也不想逃情了；只是在相思无奈时，要筹维一个寄情之法，寄情于花木鱼鸟，寄情于书画古董，借此安顿身心，得少佳趣。这些年来，身遭玄黄之劫，不得已而背井离乡，连那握手言欢的伊人，也已远隔云山，欲觅不得，只索向梦里寻去，有时梦里也寻不到，那就又沉浸于甜蜜温馨的回忆中了。风和日丽之辰，月明星稀之夜，我往往独坐在一角小楼中，对着炉香，一瓶花，一盆树，沉沉地想着，仅是想那过去的陈陈影事，一件件在笔尖上抒写出来，仿佛有人亭亭、依依于襟袖之间，不由得荡气回肠，如痴如醉；积渐地写成了一百首《记得词》，如今就把它作为我一生的爱的供状，也作为我五十自寿的纪念。

有人说："这是非常时期的非常时期，你却偏有闲情，发表这些靡靡之音的篇什，难道不怕清议么？"我却毅然决然的答道："是啊，我只知恋爱至上，不知道什么叫做清议！"嘲笑谩骂，一切唯命。当年朱竹垞氏编定诗集，有人劝他删除风怀百韵；朱氏却回绝他说：我宁不食两庑肉，不愿删去风怀诗。小子无状，正同此心，何况这不是科举时代，何况我又没有这"食两庑肉"的资格呢？不过我敲诗拈韵，只有短短六七年的历史，说不到什么工力，无非借它抒写性灵罢了。

在《记得词》一百首之前，先来十六首《无题》七律，作为总括大意的引子，前八首叙事写情，后八首伤离怨别，也真如龚定公所谓殊呻窃吟，魂舒魄惨啊！

《无题》前八首

卅二年前梦再温，眼边微孕泪双痕。瑶街乍睹姗姗步，绮阁旋通楚楚魂。寄去素笺才吐意，飞于玉札竟纤尊。红颜知己殊难得，初沐平生不次恩。

美人才调信纵横，冰雪聪明擅性灵。似凤清眸传密意，如莺慧舌吐深情。蜀笺善作簪花字，蛮语能为锦鸠声。心地玲珑通百艺，琼姿何况是倾城。

六年未许接仙姿，青鸟殷勤慰所思。欣遇花间行缓缓，喜逢巷曲行迟迟。蛾眉兴诼原堪恨，妒眼成城亦可嗤。愿向爱河拼自溺，尾生终古是情痴。

雏莺生小便联姻，乍见云骈意似焚。珠泪偷弹鲛帕湿，绣衣频谢麝香薰。缘由前定君怜我，梦可长圆我慰君。我未成名卿已嫁，问心终悔负红裙。

一病相思送晚芳，三朝茹恨探兰房。银光煜煜芙蓉镜，珠珞垂垂玳瑁床。眉样轻描仍未改，手衣初御示难忘。绝怜琼阁朱栏畔，珍重一声泪两行。

云英嫁去常衔哀，深锁蛾眉郁不开。聊以忘忧临舞榭，偶因遣闷到歌台。鸳肩婉谢檀奴并，藕臂轻扶阿母来。却让鳅生夸艳福，先颁玉旨约追陪。

初度招邀正好春，相陪绮席影形亲。人前岂必通眉语，背后原来已目成。海誓未能宣此日，山盟先许结他生。难忘银烛清尊畔，倚醉喁喁齧绛唇。

兰玉盈阶绿满荫,无情岁月去骎骎。愁无可解愁弥固,爱莫能忘爱
更深。卿意缠绵如我意,我心宛转似卿心。闺中有妇差贤淑,慰问书来
字字金。

《无题》后八首

叠叠闲愁叠叠深,排除无计且悲吟。梦中忽睹亭亭影,灯畔空偎瑟
瑟衾。泊凤飘鸾迷去迹,沉鱼落雁绝来音。遥知万水千山外,一样相思
一样心。

相思万种夜来煎,转侧中宵苦不眠。独茧缫愁愁似水,孤灯煮梦梦
成烟。仙葩堕溷殊堪惜,彩凤随鸦总可怜。莫叹人间多缺憾,从容一笑
付之天。

山程水驿白云连,抚昔思今梦不圆。秋草经霜都落寞,春蚕作茧本
缠绵。官砂一载劳相守,鸳牒三生恨未填。检取心魂捋作土,卿卿我我
万千年。

前尘追溯有余哀,岁月难留白发催。竟遣娇莺衔鹤怨,谁令雏燕误
鸠媒。卅年输爱缘非浅,一舸浮湖愿早灰。但使双心常固结,他生携手
约重来。

长宵寂寂漏沉沉,吊梦歌离泪满襟。莫道情深难齧臂,曾因爱切共
盟心。花开花落愁常驻,春去春来老渐侵。但愿年光能倒驶,韶颜同向
梦中寻。

风清月白小春天,惨绿愁红入锦笺。不信至情能老去,非关失恋自
缠绵。瑶函积积巾箱满,倩影频频梦寐牵。只恨身无双凤翯,长风相送
到君前。

无意行春作散仙，杜门却扫忆当年。银屏影里常联臂，金谷园中小比肩。荡气回肠怜我苦，推襟送袍感卿贤。情知此别应非久，密意从头诉万千。

芳菲三月满春城，独处岑楼静似僧。眼底偶呈花绰约，心头常挂影娉婷。金环贴我千般意，红豆赠君万种情。莫惜华年随逝水，今生未卜卜来生。

附：《记得词》一百首

这些年来吊梦歌离，愁红怨绿，老是在百无聊赖中消磨这如水年华，虽说是如水年华，倒也并不觉得像水一般流得那么快，也许是为了百无聊赖之故，就合着"度日如年"那句老话，反恨那光阴过得太慢而有些儿不耐烦了。《记得词》绝句一百首，就是我百无聊赖中的一种产物，借此以找到一些精神上的安慰；而我的所谓精神上的安慰，偏又少得可怜，简直可说是等于零；有之，那么就是我三十二年来刻骨铭心的那一页可歌可泣的恋史而已。在"八一三"事变以前，老友张恨水兄曾根据我的本事，写了一部长篇小说《换巢鸾凤》，由我排日付刊于所编的《申报》副刊《春秋》上，那"楔子"中的十首联珠，就是全书叙事的纲要，写得宋艳班香，娓娓可诵，如今转录于此，留一纪念：

盖闻兰生空谷，流泉度其孤芳，月落秋阶，苍鹤怜其皓魄。是以高山一曲，焦桐托生死之交。落花无言，巾车感相逢之晚。

盖闻二南之叶，好逑为往哲所不能讳言。三闾之辞，钟情亦骚人所有以自托。故铜沟流琴，有缘得叶上之诗。彩凤求凰，怜才悟琴中之意。

盖闻求三年之艾，虽扁鹊莫起沉疴。索十万之钱，是天孙尤须重聘。故灰尽芳心，商女不知亡国恨。撑将泪眼，落花犹是坠楼人。

盖闻沧海多波，红颜薄福。鹦鹉以能言而投笼，孽非自作。山鸡以善舞而触镜，天实为之。是以能藏金屋，不妨生碧玉于小家。一入侯门，谁得寻紫钗于旧邸。

盖闻良禽择木，不以遭网罗而易此心。芳草流芬，不以生荆棘而丧其质。故徐庶别蜀，策未魏谋。李陵事胡，心存汉室。

盖闻精卫填海，未买痴心。愚叟移山，且竟素愿。牡丹亭畔，寓言还杜女之魂。司马门中，故主圆乐昌之镜。故满山是血，夜深啼遍哀鹃。一苇可航，春归终期旧燕。

　　盖闻孝思不匮，有歧路回车之私。人言可畏，秉瓜田纳履之戒。故东家宋玉，遽撼投桃。陌上罗敷，终虚解佩。

　　盖闻月没星替，并是因缘。李代桃僵，相为祸福。故绛珠虽出于贾氏之园，孔雀不飞于仲卿之室。

　　盖闻汉家信绝，明妃之泪偷垂。楚宫腰轻，息妫之心早碎。故面壁经年，留此身以有待。楚歌四起，恸去日之苦多。

　　盖闻河梁唱别，念生死之悠悠。楼上断魂，感年华之寂寂。故抽刀断水，情犹击乎藕丝。炼石补天，身不甘于泥絮。

　　盖闻相思难治，唯卜双栖。角酒不已，同拼一醉。故海枯石烂，犹订约于他生。花落鹃啼，徒遗恨于今日。

　　事变中《春秋》暂时停刊，《换巢鸾凤》也就不了而了。可是恨水兄辛辛苦苦地一连写了十五回，虽已费了不少心血，还是好像有一种隔膜似的，搔不到我的痒处；原来我自己心坎深处蕴蓄着的千头万绪，任是恨水兄那么一枝生花妙笔，也无从曲曲折折的描写出来。要是让我自己动笔来写吧，那又好像是一部二十四史，真的不知从何处说起！于是就在百无聊赖中雕肝镂心，追忆三十二年来的一切，写成了《记得词》绝句一百首；写的时间先后不出一年，而所记的却概括了三十二年，时日当然不能尽记，自也不免有先后颠倒之处，好在这个并不是本人的年谱，无关紧要的。诗中所记，有的是事实，有的是梦境，有的抒情绪，有的写感想……信手拈来，并不计其工拙，最近却为了郑重起见，特地检出原稿，走访诗友沈禹钟兄，请他指正，因为他是此道的老斲轮手，料想定能给我点铁成金的，谁知一星期后他把诗稿交还我时，却见一百首中仅仅改动了七首，七首中仅仅改动了二十二字。当时我自然很不满意，问他为什么不痛加斧削，难道是为了朽木不可雕么？他回说：这一百首诗全都由你灵府中的深情蜜意组合而成，实在改动不得；并且也看得出你已刻意求工，早就一改再改，煞费苦心了。我没奈何，只得勉勉强强地把它带了回来，也只得随随便便地把它发表了出来，有的须加注语的，就加上几句，有无须的，也就从阙，因为诗是旧体诗，所以注语也一概用文言文了。唉！前尘若梦，往事如烟，回首当年，惆怅曷极！在清代诗人舒铁云氏的《瓶水斋诗集》中集成二绝句，即以题其端：

荳蔻梢头事惘然，青春初度有情天；人间此境应愁绝，谁遣鸳鸯化杜鹃。

　　归梦自随流水去，暮雅啼杀绿杨丝；云英已嫁方干老，肠断吴侬本事诗。

卅年前事已成陈，爇尽心香入梦频；记得江城春似锦，绿杨巷陌种兰因。

　　溯自当年邂逅之始，缠绵歌泣以迄于今，一弹指顷，匆匆已逾三十年矣。

小年媚学成书蠹，偏有闲情役梦魂；记得心旌常著处，萧疏风柳大南门。

　　少时颇知媚学，十八岁即执教鞭于母校。大南门为黉舍所在地，而伊人之家，亦复密迩也。

圆姿艳艳鬓峨峨，瞥睹仙妹堕爱河；记得城南花巷里，痴心日日伺秋波。

　　伊人就读于城西某女学，散学归来，必取道小巷，予亦排日过此，以伺其眼波为快。

洛川神女非凡艳，小谪千年下太清；记得红窗偷一眼，不输平视作刘桢。

　　有时以时间相左，过小巷不值，则诣其家门前窥之，虽偶睹倩影于一瞥间，自谓亦不输刘桢之平视也。

怜香惜玉一心坚，青鸟传书诉万千；记得九天颁玉旨，簪花小字满鸾笺。

　　伊人以艳慧蜚声里闬间，予固已心识其名，爱以尺素书往，借达钦迟之忱；越三日，竟获还云，慨然以缔交见许，盖予尔时已为文字役，渠亦知予名矣。

清才能作探梅赋，丽质还胜萼绿华；记得年来耿冷艳，不辞风雪看寒花。

某日书来，滕以校中所作文课《探梅赋》一篇，清词丽句，斐然可诵。予年来有逋仙之癖，爱梅特甚，虽曰以其为国花故而劲节孤芳，此文固已诏我于先矣。

孤雏号夜泪难干，黄巷青灯耐岁寒；记得天人关爱切，年年奋翮作鹏搏。

予六岁失怙，赖慈母茹苦含辛，鞠育以长，平日孜孜向学，不敢少懈；自得伊人垂青，则更朝惕夕厉，力图奋发矣。

红牙按拍歌喉脆，常有游鱼出水听；记得华堂曾度曲，春莺百啭牡丹亭。

伊人擅昆曲，得名师薪传，《牡丹亭》"游园"、"惊梦"诸折，均能琅琅上口。

一枝荳蔻乍含胎，便下温家玉镜台；记得悲来常咄咄，误人至竟是鸠媒。

雏莺生小，即以媒妁之言，许字富家子某氏。某蠢蠢无所长，非其俪也。书中每及此事，辄悲愤不已。

珍珠密字乌丝格，心事千重一纸书；记得行间曾渍泪，琼愁玉怨总难除。

嫁前十日，以长书剖诉衷曲，哀怨弗胜，略谓数年来一再婉拒，以冀幸免，今则实逼处此，不能复延矣云云。行墨间泪痕斑斑，犹隐约可见也。

春来渐觉腰围瘦，疑是东阳姓沈人；记得渠侬将别嫁，故应肠断百花辰。

伊人嫁期订于春初月之某日，予忧伤憔悴，无以自慰，竟致恹恹而病，不觉瘦损沈郎腰矣。

盈门百辆驻香舆，泪眼无从挽锦裾；记得云英终嫁去，鸾情凤想尽成虚。

嫁之日，予既计无所出，但有饮泪，伊人亦委心任运，不克自全；于是鸾情凤想，尽付东流矣。

洞房春暖恰三朝，携泪强来访阿娇；记得亭亭人玉立，纤眉蹙损未曾描。

予以凤稔夫已氏故，爰于三朝托词称贺，借谋一面；入洞房时，见其低眉蝉黛，有楚楚可怜之色，而微抚其所御浅色丝手衣以示意，盖予畴昔所馈赠者。

胜常道罢暗魂销，相对无言倍寂寥；记得琼姿能闭月，如何减却几分娇。

此为予六年来与伊人晤对之始，亦两两通词之始；顾寒暄数语后，咸悲从中来，默尔而息矣。

银盂银笔亲贻我，中有佳人款款情；记得书窗常作伴，誓将翰墨奋前程。

承以银笔、银水盂等文具数事见贻，盂上镌英吉利字"REMEMBRANCE"并其西名缩书 V. T. 二字，盖欲予睹物思人，长毋相忘；亦所以勖我努力文事也。

玉珰缄札美人贻，雒诵回环可忘饥；记得传书求稳便，常劳琼姐与兰姨。

平昔无由睹面，则端赖缄札为慰情之具，每得其片纸只字，目为瑰宝，予作复靡勤，以邮递之不甚稳便也，辄倩其中表姐妹行为青鸟使焉。

阿谁识得莲心苦，偏说金闺福自饶；记得鸳衾常独拥，空教红泪湿鲛绡。

伊人戚鄙中之昧昧者，佥以其嫁得金龟婿为有福；初不知两情难洽，如冰如炭，独处深闺，似坐犴狱，日惟以眼泪洗面而已。

翠眉难展可怜孽，嫁后光阴惨不春；记得蕨薇经岁守，灯前仍是女儿身。
苦心坚守女儿身，完璧还期报故人；记得千言陈密意，至情应许勒贞珉。

频年鱼雁常通，徒诉哀怨，未尝以其蕴蓄于心者，稍稍泄露于行墨间,盖犹冀予自拔于情网,毋再郁郁为也。此十五年后,因予去书之一激,始倾筐倒箧而出之,其民国十六年七月十一日来书云:"(上略)想当初我也曾几次三番的想抵抗,然而总没有效力,做梦一般的被他们送进这牢狱式的门口了。后来退一步想:我譬如寄居此间,保持清白,以后慢慢的再作道理。一年功夫,居然被我推过了;但是好不容易,这恐怕也没有第二人所能办到的吧?"苦心孤诣,一至于此,三复诵之,为之感激涕零! 一息尚存,自当铭心刻骨,永矢弗忘美人恩也。

碧梧元合凤凰栖,谁分秦楼未可跻;记得千金申一诺,今生长作未婚妻。

"(上略)我和你是很正当的精神结合;要是你不嫌弃我的话,就作为我是你的未婚妻便了。"此亦七月十一日长书中语;嗟夫! 世有百年偕老之夫妇,又安得有一生相守、结褵无期之未婚妻哉,是痴情语,亦伤心语也。

经年无分见文箫,不觉朱颜渐渐凋;记得孤灯孤枕畔,听风听雨可怜宵。

侯门如海,远隔红墙,虽欲一伺眼波,亦不可得;憔悴经年,不胜相思之苦,而风雨之宵,尤难为怀焉。

欲从画里唤真真,不见欢容只见鼙;记得芳年刚十七,梨涡一笑可回春。

欲见不得,则时时出其小影视之,影摄于当年缔交之时,正十七妙年华时也。

销魂时节在城南,吊梦歌离百不堪;记得情丝常自缚,年年辛苦作春蚕。

城南为彼故居及新居所在地,风日佳时,辄往过之,以冀一见;正如春蚕作茧,丝丝自缚,不自觉其可怜也。

楼头依约见仙姿,一味相思一味痴;记得连天风雨里,为伊引领立多时。

某岁春,伊人为避兵故,暂住城北租界中,一日予过屋外,瞥见其适在楼头，因痴立对街一市肆之前，借微波以通辞；虽风雨连天，沾衣都湿，弗顾也。

一年守鳏非为久，别缔鸳盟总可嗤；记得渠侬心绪恶，歌占听唱葬花词。

　　伊人嫁后一年，慈母见予郁郁不自聊，命即别娶；婚之日，渠亦来观礼，眉黛间有楚色。翌日忽以书来，谓昨宵观"黛玉葬花"于某剧院，心绪恶劣，为林颦卿一掬同情之泪云云。微旨所在，自不难探索而得，顾予惟有引疚，无以慰之。

美人身世等秋荼，独对菱花影总孤；记得花晨梳洗懒，偷缄红泪寄檀奴。

　　渠与夫己氏既不相得，故以独处之时为多，书来语多凄婉，行墨间似沾泪痕焉。

芳心一寸渐成灰，委曲求全事可哀；记得罗裙长不溷，晶盘日日进青梅。

　　"我虽守过了一年，而你已和人结婚了；这也不能怪你，我又不曾向你有所表示，这都是我不肯多说话的害处。总之，这样一来，我很觉灰心，以为你是没有真情的人（现在我已不是这样想了）；心中一懈，就此前功尽弃，这便是我作为今生和你无缘的证据了。"此亦民国十六年七月十一日长书中语；盖彼嫁后守身一年，意有所图，因予别娶而遂灰心；于是前功尽弃，委曲求全，而怀孕于两年之后矣。

可怜九月初三夜，握晤还疑在梦中；记得春秋逾六度，情深只赖雁书通。

　　缔交六载，未尝敢谋一面，但借尺素互通情愫；及双方嫁娶之后，而忽有此举，洵不可解！记是日为九月初三，时已薄暮，白香山"可怜九月初三夜"句，遂得假用于此，当促坐密语时，犹疑南柯一梦也。

凌空兀兀摩星塔，有约同来夕照沉；记得凭阑曾密语，坚贞共矢百年心。

　　把晤之地，在先施乐园之摩星塔下；时予方主纂《乐园日报》，日必莅园视事,因约晤于此。因此一晤,而情谊益坚,毕生以之矣。

珠愁玉怨梅花落,搬演红氍自逼真;记得悲来同雪涕,依稀都是戏中人。

包天笑先生说部《梅花落》,先后由新民社、民鸣社编为话剧,演之红氍毹上,尝约伊人往观,至哀婉处,辄相与雪涕。

只缘久郁意难舒,期日偶疏雁足书;记得飞笺来问讯,檀奴玉体近何如?

予多愁善感,无以自解;每郁郁无欢时,百事都废;即与伊人亦不复通音信。于是来书辄殷殷以健康与否为问,可感也!

使君有妇差贤淑,争奈罗敷枉有夫;记得开尊同话旧,怜伊红泪泻千珠。

予幸得贤妇,而彼则遇人不淑;每与餐叙共话昔尘,辄累唏不已。

凤来仪后一年更,喜看娇婴锦带绷;记得渠侬情意重,金牌持赠祝长生。

予婚后一年,即获一雄,弥月时,伊人以金锁片一事见贻,即悬之儿项,以迄其长,今犹什袭珍藏于箧衍中焉。

金尊银烛敞琼筵,共醉香醪祝大年;记得唇樱初试后,长教甜蜜到心田。

某夕同餐于北四川路之粤南酒楼,肴核既美,兴会亦佳;尔时尊边情景,迄犹耿耿不能忘也。

息妫元是无言惯,一见萧郎笑语倾;记得酒边闻雅谑,桃花登颊可怜生。

平居寡言笑,而把晤时欲逗予笑乐,每多雅谑;时则颊晕桃花,姿致弥艳。

青莲心性自莲姿,落落孤高想见之;记得倾觞成薄醉,花娇柳姹近人时。

伊人殊善饮，量宏于予，薄醉时柳姹花娇，弥觉其婉娈近人也。

无端歌哭郁千辛，讳疾忌医自损神；记得玉人和泪劝，为侬珍重百年身。

予以历年抑寒于怀，致罹肝胃之疾，顾听其自然，不欲就医；伊人一再苦劝，至于泪零。其某一函中有云："你应该想你是爱我的，你有病，我很不安；你要安慰我，第一先要医好你的病，那才是真的爱我呢。"情见乎词，读之感涕！

多情端的是愁媒，权把清娱遣闷来；记得春江花月夜，歌台舞榭许追陪。

伊人感于家居苦闷，则时出游散，借以自遣；以夙嗜声歌故，恒诣剧院观剧，先期必函约偕往；予复挈以赴礼查舞厅或音乐会等观光，借资调剂。

陆离光怪银屏影，万象包罗幻象呈；记得双携同赏叹，欢情都向暗中生。

于电影有同好，凡海上影院，无远弗届，当年北四川路之爱普庐，奥迪安，及上海大戏院，尤为常川莅止之所；惟渠不喜欢悲剧，谓本身已为悲剧中人，又何堪更为剧中人陪泪哉！

人言可畏要提防，止谤还须赖阿娘；记得鸯肩相并处，苍颜华发是萱堂。

伊人素巽怯，憎于人言之可畏；故每与予共游宴，辄襁其慈母偕来，而予亦深感老人之慈祥，能为吾二人地也。

莲侬惹汝缠绵甚，宛转相通一寸心；记得春宵贻信物，玲珑约指铸坚金。
玲珑约指坚金铸，蛮语深镌表挚情；记得年年长在手，来须钿盒证鸳盟。

缔交多年，各以心府相见；而渠于缄札或言词之间，未尝齿及一"爱"字，盖恐予深陷情苦，益将不能自拔耳。渠一夕忽以一金约指见贻，指面作小长方形，珐兰地，上镂英吉利字"Love"，则赫然"爱"也。予喜心翻倒，再拜而受，亟御之于左手第四指上，珍同球璧焉。

506

市楼夜饮沉沉醉,襟上斑斑满酒痕;记得花灯明似雪,劳伊扶去叩朱门。

　　时方同饮于市楼,狂喜之余,尽无算爵,不觉沾醉;渠因偕予过其母氏许小憩焉。

神仙未必多顽福,修到鸳鸯胜似仙;记得明珰才卸却,诸天尽是有情天。

　　此记梦也;人非木石,孰能无情? 不必有此事,却不可无此梦!

胆娘生小偏无胆,爱惜清名亦谅渠;记得花间申约法,人前第一要生疏。

　　渠爱惜清名,巽怯逾恒,每驾言出游,辄竞竞焉以近及戚友为惧;如同乘公共车辆时,恒佯作不相识者,终程不敢通一语也。

钿车换彩紫兰身,遇市招摇碾细尘;记得良辰曾共载,低眸掩袖总防人。

　　当予佐同学高勇醒兄创立大光明电影院时,尝置飞霞牌摩托车一,通体髹作紫罗兰色;每与渠共载时,渠必低眸弹黛,或以素帕障其半面,防为亲故所见也。噫,亦可怜已!

江城六月苦炎蒸,解愠招凉恨未能;记得卿心如我热,相将赌饮玉壶冰。

　　入夏海上暑甚,如就炙于洪炉;渠畏热嗜冷饮,以冰结凝为恩物,一饮能尽五六盏,予尝与赌饮,不能胜也。

绿荫如幄绿连天,绿染衣襟绿上肩;记得芳园同逭暑,轻绡掩映绿荷边。
柳丝低弹拂银塘,翠盖亭亭八尺长;记得凉飔来眷夕,朱唇微度紫兰香。
星稀月暗霏轻雾,鸟睡花眠蝉噪微;记得荷亭同促坐,流萤烨烨上罗衣。

　　以上三绝,记某岁夏夜,逭暑于顾家宅公园事也;今则绿荷犹是,人事已非,回首前尘,能毋怅惘!

吴中小筑一椽安,肇锡嘉名是紫兰;记得芳辰常抱憾,万花如海不同看。

民国二十年秋,买宅于苏州王长河头,傍其门曰"紫兰小筑",值春秋佳日,万花如海,辄折柬招与共赏;而渠以顾忌恐多,终不肯来,滋以为憾!

青阳港上水沦涟,景物依稀是昔年;记得并肩人似玉,衔杯共醉菊花天。

　　某岁秋仲,予以家园所植盆菊,参加青阳港铁路饭店之菊花展览会,因飞函速之来,相与持螯以赏,逸兴遄飞。

双双徒步如麋鹿,争上青峰力不衰;记得春纤曾勒石,情天留得记功碑。

　　昆山距青阳港迩,因又偕游马鞍山,各夸腰脚,争登其颠;渠出寸铅,戏署其名于一山石之上,盖仍为西名之缩书 V. T. 二字,固不畏人知也。

昆山鸭面名天下,下箸同夸快朵颐;记得嘤嘤闻妙语,相思情味倘如伊。

　　昆山鸭面,脍炙人口久矣;下马鞍山后,即就一肆共啖之,入口津津,诚不啻相思情味也。

梦中人是意中人,形影相随总可亲;记得痴情曾比拟,卿为宝辇我为轮。

　　平昔以睽隔时多,把晤时少,辄呼负负!渠曰:"然则将奈何?"予曰:"卿为车,我为轮,昕夕相依,庶乎其可矣。"

相思无限凭谁诉,托付飞鸿诉与郎;记得青箱瑶札满,心灵夜夜吐芳香。

　　历年寄予之书,积数百通;予薰以兰麝,裹以罗帕,贮以锦盒,虽在干戈扰攘之中,一无所失,每一检读,仿佛有心灵之香,披拂其间也。

秦淮河畔走征骖,聊以慰情影一龛;记得销魂难话别,桃花细雨湿江南。

　　某岁春,渠以不欲更与夫己氏共晨夕,因毅然就事于白门;临行以近影一帧寄苏，借代话别。

春来好梦苦无凭，枯寂浑如入定僧；记得同心人去后，莺歌蝶舞尽生憎。

　　渠去白门后，予每星期由苏莅沪，遂不复能与把晤，怅惘之情，莫能去诸怀也。

清秋相约作清游，雁足传来一诺投；记得普天同庆夜，散花天女下苏州。

　　民国二十五年秋，去书邀以游苏；渠一时兴至。欣然报可，竟于双十节之夕翩然抵苏，予迓之于车驿，中心欣慰，乃仿佛见散花天女，自天而降焉。

三层绮阁隔花峙，双影婆娑话旧时；记得吴天凉月下，银灯相对诉相思。

　　三层绮阁隔花峙者，谓苏州之花园饭店也；即于此中共进晚餐，尊边话旧，为之悲喜交集！

秋风荐爽菊花鲜，隽侣翩跹小比肩；记得冠云峰下立，盟心矢与石争坚。

　　同游留园，观冠云峰奇石，窃愿两心交绾，亦如此石之坚不可移也。

青山绿水桥边路，油壁香车载窈娘；记得虎丘曾蜡屐，同临芳冢吊鸳鸯。

　　以马车诣虎丘，蜡屐而登，过憨憨泉，有古鸳鸯圹，此为明代倪士义与其妻杨烈妇合葬之所，相与小立其前，不期发思古之幽情焉。

缃梅灿发如堆绵，共泛梁溪一叶舟；记得溶溶明月夜，满身花影话绸缪。

　　翌年春初，复相约作梁溪之游。止于梅园；时则梅已烂开，流连香雪丛中，心目为之俱豁。

鼋头渚畔小勾留，万顷烟波绿上楼；记得临流曾密誓，五湖一舸更无求。

鼋头渚畔，小作勾留，观太湖中烟波万顷，心向往之，因誓之于神；脱能如鸱夷子皮之一舸五湖者，则平生之愿已了，不复有他求矣。

断肠时节正清明，痛抱西河感不禁；记得温言来慰藉，拈花一笑悟三生。

民国二十六年三月十七日，次子榕在家园中堕池死，予骤抱西河之痛，悲不自胜；渠闻之，立以快函来唁，娓娓作达观语，温藉备至。

眉痕颊影依稀记，别久还防认未真；记得春残花落后，挑灯常伴画中人。

别久不能无念，尤以入夜为甚，则每于灯下出其旧影置之案头，聊慰相思之苦。

黄梅天气黄梅雨，寂寞情怀寂寞春；记得蓬山千里隔，断肠诗寄断肠人。

黄梅天气，最难为怀，则抉取新愁旧恨，一一写入诗简，远寄白门焉。

输伊肝胆轮囷似，石破天惊也不惊；记得秦淮烽火急，蛾眉剑气自纵横。

丁丑秋仲，事变猝发，秦淮河畔，风鹤频惊，妇孺纷纷奔避，而渠不欲离其职守，自谓将死守至于最后一刻；予虽飞函促其返沪，不顾也。

青鸾信杳客魂惊，望断云天百虑盈；记得红妆刚入梦，那堪五夜一鸡鸣。

事既急，吴中亦不可居，予举家走避于浙之南浔，更投以一函，以来浔为请，数日后得复，则坚持如故，予虽皇急万状，亦无如之何。后此音问遂绝，徒萦梦想，翘首云天，为之回肠九转矣。

心头长嵌影亭亭，梦役魂牵到八溟；记得明眸难款接，中宵空自看疏星。
四愁赋罢一呻吟，终怨春鸿阄好音；记得夭桃才吐艳，惊看绿叶又成荫。

已而南浔亦不能宁处，遂买舟赴杭，辗转至皖黟之南屏村，居三月余,而沪渎已平定,因举家之沪,汔河小休;顾伊人杳无消息,不知所之,中心之愁虑可知矣!

绝怜闺里婵娟子,却作投荒万里行;记得贻书和泪墨,情缘未了待来生。
单飞孤雁影随形,飘泊还如水上萍;记得离人哀怨语,自怜彩凤忒伶俜。

抵沪后,亟走访其母夫人,一探伊人消息;始知其由白门而汉皋,由汉皋而西行入蜀,寻即谋得职业,茕茕弱质,万里投荒,其勇往直前之慨,迥非驽骀如予者所能企及,可佩也。已而予即于治事处得其来函,缕述其历劫远行之经过,末谓蓬泊飘萍,归来不知何日,今生未了之缘,惟有期之来世云云;语多哀怨,令人不忍卒读。

伊人秋水不胜悲,夜夜何堪听子规;记得宵深飞梦去,独携清泪上峨嵋。
经年阔别鬓毛斑,两地相思梦不闲;记得双心常往返,迢遥万里百重山。

予虽未尝入蜀,而峨嵋之胜,向往已久;兹既有刻骨倾心之人,羁旅其下,于是夜有所梦,辄悠然作峨嵋之游,盖平日之结想深矣。阔别以来,匆匆一年,两地相思,曷其有极! 吾二人之心,仆仆于千山万水间,亦复往返为劳焉。

平安两字胜琳琅,玉影遥颁作靓妆;记得花容还似旧,偏将肥瘦问萧郎。

每有书来,辄以平安两字相慰,间数月,则塍以近影一帧,灿灿作靓妆,丰姿无减畴昔,而书中则每以肥瘦为问。

销魂旧地有啼乌,依旧帘栊映碧梧;记得旧时明月好,夜深曾照合欢襦。

此纪梦之作,梦中情境,极回肠荡气之致。

平时言笑听分明,玉振金声一样清;记得频年离索苦,恼他花外有啼莺。
三年未识绮罗春,刻骨相思老此身;记得怀中红豆子,温馨曾伴玉楼人。

离索中之光阴,亦复如白驹过隙,一弹指顷,匆匆三年矣;声音笑貌,萦系心头不能去,所用以慰情者,相思红豆子而已。

秋风江上感飘萍,万里书来一展颦;记得兰桡归不远,安排鸾驾迓天人。

渠方远游未归,而忽遭失怙之痛;一日以书来,谓将奔丧来沪,心窃引以为慰,盖别来三载,重晤有日矣。

生离死别重重劫,泪雨绵绵不肯晴;记得罗纨齐换却,麻衣如雪亦倾城。

渠自万里外匆匆遄归,已不及见老父一面,抚棺号咷,一恸几绝;虽麻衣如雪,脂粉不施,仍不能掩其琼花璧月之姿也。

千红万紫簇华堂,小试居然压众芳;记得渠侬来眷顾,花容人面共辉光。

是年秋,予以所植盆栽盆景参加中西莳花会,幸获总锦标英国彼得葛莱爵士大银杯,渠闻讯大喜,侍其慈母同来观赏,相徉众香国里,浑不辨花容人面也。

割慈忍爱投荒去,影只形单倍苦辛;记得临歧频嘱托,愿君为我慰萱亲。

渠之归也。向治事之所请假三月,兹已愈期,亟欲前去销假,予与乃母百计留之不可得;盖渠有难言之恫,翻以远行为得计也。骊歌将唱,不能不黯然魂销,顾亦别无他语,但以老母殷殷相托而已。

街车辘辘如龙走,分手匆匆语未终;记得莺声犹宛转,回头一瞥失惊鸿。

启行之前一日。相与餐叙话别,并观电影于大光明,既出,同乘公共汽车过南京路,须臾已抵河南路口,遂与分袂,互道珍重,相顾怃然;予惘惘下车,木立道周,目送车影至于不见,而惊鸿之影,亦随与俱杳矣。

相思滋味各深谙,跌宕情场共苦甘;记得分携春亦老,落花飞絮满江南。
杜兰香去百花残,人隔云山入梦难;记得别来眠食减,连宵偷检故笺看。

512

愁春兀自未能醒，神思悠悠入窈冥；记得年来悲折柳，吴霜点鬓已星星。

　　别后重逢，欣得数月之聚，终复作劳燕之分飞；自冬徂春，倏又春老花落，怨别伤离，眠食俱减，第出其旧时缄札，回环雒诵，用以慰情而已。自维年来饱尝别离滋味，愁肠百结，不觉两鬓都斑矣。

眼波颊影耐人思，绝肖渠侬妙龄时；记得廿年才一瞬，喜看玉树发新枝。
阶前兰玉骎骎长，谋结三生未了因；记得年时承惬允，两家春作一家春。
欲令儿女结鸾凰，其奈人谋苦未臧；记得春朝逢小玉，比肩已自有萧郎。

　　渠有爱女，姿致清扬，与其妙龄时绝肖，予尝乞以俪吾子，借为姻娅，渠亦欣诺无异辞；顾以多所顾忌，一再因循，迄未成为事实。一日，予逅乃女于街头，则已有吉士与之偕行，向平之愿，又成画饼，徒呼负负而已！

浮沉情海总艰辛，揽镜同怜白发新；记得当年相见始，朱颜绿鬓各青春。
华年似水匆匆去，搗麝拗莲感昔尘；记得幽闺肠断语：留将何用是青春！

　　华年似水，一瞥而逝，曾几何时，而垂垂老矣。渠虽善自保养，顾以忧伤过度，亦自觉容华之非昔；其某一函中尝云："几年以来，我自己也觉得憔悴得很快，但我又要留住这青春何用呢？我是牺牲定了，还有什么希望啊！我正在指望时光一年年的快些儿过去，不要再迟迟延延的，教人更觉难堪了。"伤心人语，读之肠回。

江涛澒洞江声壮，万里夔门客路赊；记得秋来因惜别，更无情绪看秋花。
灯红酒绿销金窟，姹女三千作态工；记得伊人行役苦，此心争忍恋芳丛？

　　渠以只身远行，间关万里，劳顿可想；予于惜别之余，复惴惴焉忧其途中之或遇意外，于是闲情逸致，索然俱尽，游宴娱乐，更无论矣。

迢遥两地千山阻，雁杳鱼沉万虑煎；记得梦中曾化鹤，天风吹送到伊边。

以道远故，音问多梗，每为之焦虑不安，即有尺一书来，亦动须二三月之久；苦盼日甚，遂尔多梦，尝梦此身化为玄鹤，奋飞而去，瞬息间已与晤对，为之欢呼而醒。

游仙枕上梦重温，往事萦回有泪痕；记得扪心常自讼，粉身难报玉人恩。

自问平生德薄能鲜，无长足录，而三十二年来受恩深重，有非楮墨以能言宣者，虽碎骨粉身，亦不足以报万一也。

红颜知己世难寻，送袍推襟结契深；记得频年相顾复，情真端不重黄金。

双方之相契，端在情感，未尝以物质为念，虽为名份所限，此生已定，而休戚相关，忧乐与共，实有过乎骨肉；人生得一知己，可以无憾，矧为红颜知己乎？

王生只合为情死，痛哭琅琊未算痴；记得平生为涕泪，箧中尽是断肠辞。

综三十二年来所作抒情之说部、散文及诗词等，十之七八均为彼一人而作，雕肝镂心，不以为苦；徒以恬管难张，哀弦不辍，偶检箧衍中旧稿读之，殆一一皆断肠文字也。

愁苗爱叶同根苗，填海补天布惠深；记得灵娲能炼石，我来兑化作冤禽。卅年梦影堪追忆，抽尽春蚕未尽丝；记得千愁兼万恨，泪花和墨织成诗。

三十二年梦影历历，已留其迹象于此一百首《记得词》中，春蚕未尽之丝，亦几一一抽尽矣。嗟夫！情天莫补，恨海难填，人间或有痴如我者，当亦抱憾于无穷；敢以一瓣心香，乞女娲氏炼石以补情天，我则愿化身为千万精卫，衔石以填恨海耳。

［选自上海《紫罗兰》(后)月刊 1944 年 5 月、6 月、8 月、9 月、11 月第 13 期—第 17 期］

附：紫罗兰信件之一（残）

　　……顷由黄妈来此传言种种，具见盛情，无任感佩。萍自顾无一异人之处，足招天忌者，何苍苍者亦不吾察耶？清夜扪心，觉予自有生以来，未尝作何昧心事，是或前生宿孽耳。今予亦不复他怨，惟自恨不幸而己耳。闻吾友己悟透一切，慰何如之。来岁欣逢吉席，予或能忝与其盛乎？闻胡女士才貌俱佳，萍深为吾友贺也。令堂得些佳儿妇，相依膝下，自当笑口常开，不被他人羡煞耶！吾侪二年友谊，予己告诸家兄矣，此后当谨遵前约，时复予吾友以书，未识足下其愿乎？前拟以薄物数件相赠，聊作酬答之意，乃以乏便中止。今拟倩黄妈奉上。惟是物轻意重，尚祈晒而纳之，是为至幸耳。萍拟于下月初返舍小住数天，如蒙赐函，乞于初四五日邮寄下亦可。苟吾友谨守前约，不复予以书者，萍亦不敢相责也。而足下并予书亦不愿复见者，则不妨作最后之函以告吾，萍亦当乐从之也，不胜企盼之至。即请
文安　　并祈
阖潭安好

友萍敬上
薄物数件拟于下星期日奉上，又及。

当谨遵荷约时速于晋友以书未藏足

下文顾年昔携以荷物数件相赠聊

作酬答之意乃以之便中止今携佳黄妈

奉上惟是物轻意重心祈俯而约之是

荷玉幸 ——

平 瀞 撰於下月初函小

佳数天以蒙赐正元于初口豆日由邮寄

下示万恳吾友谨守前约不速于晋以书

者萍亦不敢相责义而足下并于书示

不顾没见者则不妨作最涨之两以吴吾前

亦当乐从之也不胜企朌之玉什注

文安 益祉

阖潭安好

饰物数件擡于下星期日奉上矣

友 萍 敬上

1916 年"紫罗兰"周吟萍写给周瘦鹃的亲笔信。此乃"文革"抄家后归
还之残片。

法兰西情剧

爱 之 花

登场人物

张宾伯爵	神圣军大将
法罗子爵	神圣军中将
柯比子爵	神圣军少将
曼茵	法罗之夫人
施推尔	柯比之友人
泌哀尔	柯比之侍者
梅叶司伦	公园经理人
杰痕	夫人之侍婢

以外公园游人、夜会大众、神圣军军士多人、医生一人、看护妇二三人

第一幕　绿 阴 絮 语

场上作一美丽之花园，正面有一铁门，东北隅有一侧面之应接室，仅见石阶数级。左面有音乐亭，亭中有大风琴、大洋琴等乐器甚多。右面有葡萄棚，棚下有游乐椅六，少年数人坐其上，相对谈笑。中央为喷水池，四周围以常青树之短篱，游人立而观者甚多。场中皆草地，芳草芊绵，花径纵横，游人往来如织。两旁遍植大树，树叶片片下覆。下有游乐椅，花草数十百种，芬芳馥郁，扑人鼻观。

大树下有一少年，年约二十四五，衣服楚楚，作贵族装饰。垂首沿花径行，若有所思，是为柯比。忽又有一少年绅士，自大树后走出，口含烟斗，目架金镜，手中执手杖。年约在二十六左右，面含笑容，以手拍柯比肩。柯比回顾，急匿入大树后。柯比仍向前行，少年又蹑足走出，牵柯比衣大笑。

（少年）哈哈哈哈，柯比君到哪里去？低着头想甚么心事？我拍你也不知道。

柯比仰首见少年，急与握手，面上作微笑。

517

（柯比）我道是谁，原来是你，害我老大的吃了一惊。施推尔君，你前几天在甚么地方？真想煞我了。今天怎的到此游玩？

（施推尔）前礼拜我在伦敦勾当了一件事儿，怪腻烦的，所以回来歇息歇息。

（柯比）你这个人真好似神龙见首不见尾的，那天在跳舞会里分开了手，为甚么一声儿也不响，逃难也似的跑到伦敦去了。你偷偷的到伦敦去，勾当甚么事儿？

施推尔微笑，作忸怩不肯言状，放其烟斗于袋中。

（施推尔）你别问我，且猜一回。

（柯比）你是个情天里的拿坡仑，想来又在甚么花姑娘、柳姑娘那边用工夫了。

（施推尔）你不要把小人心度君子腹，这回却是到伦敦经营投机事业去的。

（柯比）哈哈，你真个好算得朝三暮四了。起初是恋爱主义，一天到晚，好似饿鬼道里的东西，攒在红粉队里，东来西去的乱串。这回却变了方针，又是金钱主义了，可笑可笑。

（施推尔）你别笑我，人各有志。

（柯比）这回你成功么？

（施推尔）却没有失败，被我发了一注大财。

（柯比）怪道呢，这几天你身体也发得胖了，只是笑嘻嘻，张开了嘴，敲开木鱼也似的，恐怕你屁股上也堆满了笑容呢。

施推尔紧握其手

（施推尔）你从哪里学来的这副油嘴滑舌儿，只是把人家取笑。

柯比且笑且说

（柯比）从你梦寐难忘的意中人茵莲姑娘那边学来的。

（施推尔）别说笑了，吾们且去玩一会儿，停一会我要到总会里去呢，你赞成不赞成？

（柯比）你现在是一个面团团富家翁了，额上顶着金字招牌。我跟了你一同去，正好叨你的光呢，哪有不赞成之理？哈哈哈哈。

施推尔放柯比手，拍其背，柯比大笑不止。

（施推尔）你的口才好利害，句句有机锋的。

柯比不答，以一手插腰际，一手置树上。忽有二游客至，坐近旁游乐椅上。施推尔亦倚于一大树上，自怀中出雪茄二，以一授柯比，二人乃以自来火燃之对吸。

（游客甲）今天游客为甚么这样多？把这园挤满了。

（游客乙）听说那很有名望的法罗夫人，今天也在这里游玩。

（游客甲）刚才那法罗夫人不知道为了甚么，蓦地里晕了过去，弄得那经理人手忙脚乱呢。

（游客乙）可惜可惜，这样一个天上安珑儿也似的美人，好端端就死了去了。

（游客甲）听说现在在应接室里，还没有醒呢。

（游客乙）可怜法罗夫人今年不过二十三岁，生得娇滴滴，真是巴黎城中天字第一号的美人。别说巴黎，便是走遍法兰西，恐怕也寻不出第二个呢，真可怜见的。

（游客甲）人家都说他是秋里第二，若然真个返魂无术起来，那法罗卿得了这个消息，不知道要怎样的怜惜，怎样的号咷呢。

（游客乙）天晚了，我们去罢。

柯比闻二游客言，面如土色，以手拭泪，急至二游客前。

（柯比）请问二位先生，刚才晕去的，当真是法罗夫人么？不错的么？（声甚咽哽）

（二游客）当真是法罗夫人，我们亲眼瞧见，没有错的。

（柯比）那法罗卿来了没有？

（二游客）法罗卿还没有知道咧。

二游客乃去，施推尔微笑向柯比。

（施推尔）你为甚么眼圈儿也红了，声音也哽咽了。人家的夫人死，也不用你着急啊。

柯比面上微露红色

（柯比）也没有甚么，法罗夫人和法罗卿都是我好友。我又是个心肠很软的人，所以听了这个消息，不知不觉的落泪了。

（施推尔）你不要遮遮掩掩，你的秘密，我都知道的。你瞒得过别人，却瞒不过我过来人施推尔。

施推尔作冷笑，柯比面大赧

（柯比）甚么秘密不秘密，我很不懂你的话啊。

（施推尔）你不懂我的话么？我便开了天窗说亮话了（言至此声稍高），你是法罗夫人的情夫。

柯比急回首四顾

（柯比）你别大声大气的,被人听了去可不是玩。

施推尔鼓掌大笑

（施推尔）哈哈哈哈,不打自招。我是你的好友,也该替你包荒些儿。再说下去,恐怕要下哀的美敦书①呢。

（柯比）别多说了,我们且去看看。

（施推尔）你前几年曾在英伦医科里得了学位的,你的医术也很靠得住,何不去替她医治医治? 医好了法罗卿也要谢你的恩。你和夫人的情,也好加深些,你的名望也高了,岂不是一举两得。

（柯比）我本领也不见得怎么高,不好算是斲轮老手。

率尔操觚,恐怕不行,但是不妨去看看。

（施推尔）你的本领我也知道的,快去罢。

二人乃匆匆去

第一幕闭

第二幕　死美人复活

场上作一风雅清洁之应接室,两旁有轮椅,中有圆桌,铺以白色之布。桌上有茶杯,有花瓶,有钟。墙上悬有照像架及图画甚多,正中天花板上,悬电灯四。正面有一门,门之两面皆玻璃长窗,右面有一沙发,铺以红色之天鹅绒。

沙发上法罗夫人仰首偃卧,穿一玫瑰色之礼服。面惨白无血色,星眼微启,樱唇紧闭。夫人之侍婢杰痕,及经理人梅叶司伦立沙发旁。杰痕手托一碗,中盛清水,双眸注夫人面,梅叶司伦以手自击其腿。

（梅叶司伦）啊哟哟,这便怎么处,这便怎么处?

（杰痕）这里近边有医生没有? 为甚么不快快去请来?

（梅叶司伦）这里近边医生虽有两个,本事都很靠不住的。只知道一味讲时髦,算显他的本领,病人的生死,他却不顾的。

（杰痕）别管他,先去请了来再说。

（梅叶司伦）真急煞我了,杰痕姑娘。照我看来,不如到法罗夫人的府上报信去。

---

① 哀的美敦书:即最后通牒。

（杰痕）若然夫人不碍的，也不必大惊小怪去惊动他们，不知道有甚么天大祸事呢。

（梅叶司伦）夫人晕了过去已有半点钟了，还不快快施救，恐怕不行。

（杰痕）若然夫人一有三长两短，你也脱不去干系的，还不快去请医生来。

梅叶司伦于室中乱旋，杰痕乃置其碗于圆桌上。

（梅叶司伦）快请医生去，快请医生去，园丁园丁，快去快去。

（杰痕）你这样没头苍蝇也似的乱转，也没有用的。

梅叶司伦乃立定，视夫人面。

（梅叶司伦）杰痕姑娘，还是去请法罗子爵来，这样的重担子，让他挑去，我们也好卸下了。

（杰痕）夫人不好了，你也放不下这重担子。你不去请医生，我自己去请。

柯比与施推尔入

（杰痕）呀，救星来了，救星来了。柯比先生，夫人晕去了，你也该想想法儿。

施推尔上前与梅叶司伦握手

（施推尔）夫人好些了没有？

梅叶司伦皱眉作忧色

（梅叶司伦）夫人晕了去半点钟了，还没有醒呢。

柯比斜视夫人，额上汗涔涔下。

（施推尔）我有一位医学很好的朋友在这里，他在英伦大学里得了学位的，况且和法罗子爵也是总角交，何不请他医治医治。

施推尔以手指柯比微笑，梅叶司伦乃上前与之握手。

（梅叶司伦）这是好极了，就请这位先生医治罢。

（柯比）现在要赶快施救才好，时候隔得长久了，恐怕来不及呢。

（施推尔）正是，现在是一刻也不可缓了。

柯比及施推尔、梅叶司伦皆走至榻畔，柯比斜视杰痕作微笑，俯身去夫人外衣，以手微摸夫人酥胸。

（梅叶司伦 杰痕）先生，不要紧么？

（柯比）还不要紧，夫人是闷死的，一时没有空气吸进去，所以就晕了过去，要用人工呼吸法回复他的呼吸才好。但是用这个法子，我是男子，很不便的，须要请一位女郎做我的帮手。

（梅叶司伦）便是这位杰痕姑娘罢。

（柯比）也好。

柯比乃自大衣袋中取出一小革囊，自囊中出法兰绒一片，以舌引出，将绒布包之，夹于颚间，复以一枕置夫人腰下。

（柯比）杰痕，快来骑在夫人身上，挺直了手，向前不住的打击，回复了几十次便好了。

杰痕乃跨夫人身上，一一如柯比言，运动不绝。此时数人皆默然不作酬答，夫人腹中突然作声，柯比面上有喜色。

（施推尔）不要紧了，不要紧了，等一会儿就醒转来了。

未几夫人微呻吐气，柯比乃唤杰痕下。杰痕去，梅叶司伦鼓掌大喜。

（梅叶司伦）夫人活了，先生真救世主，大医学家。

柯比急摇手止之

（柯比）别大声，这时让她歇息一会，安静些才能回复转来。

法罗入，年约二十八岁，穿一褐色之礼服。梅叶司伦急上前，脱帽施礼。柯比、施推尔亦与之握手，法罗微笑。

（法罗）柯比君、施推尔君今天都在这里，真好算得风云际会了。

（施推尔）前几天在伦敦，烦得脑儿也昏了，所以今天到这里来吸吸新鲜空气。

法罗向梅叶司伦

（法罗）梅叶司伦先生，拙荆在哪里？

（梅叶司伦）尊夫人刚才晕了过去，（以手指柯比）全仗这位先生的大力，方才能醒了过来，现在好得多了。

法罗面上作匆迫之色

（法罗）拙荆现在在甚么地方？快陪我去。

梅叶司伦以手指榻

（梅叶司伦）就在那边，子爵不必着急了。

法罗急至榻畔，与夫人接吻。

（法罗）曼茵，你怎么会蓦地里晕了过去？

（夫人）今天游客挤得很，我在人丛中便闷了过去，失了知觉，一切都不知道了。

（梅叶司伦）正是，今天不知道为甚么，游客这般多。夫人珊珊弱质，一阵大风就要吹倒，哪里禁得起这许多的人挤，便晕了过去。小可急得怎么似的，身上发了一身大汗呢。幸亏上帝垂怜，那位救星来了，用着人工呼吸法把夫人救醒转来,小可胸中一块石头方才落下。

夫人自榻上盈盈起立,以秋波偷视柯比,粉腮靦然。

(夫人)今天原来是柯比君救我的性命,真感激得很。

法罗乃行近柯比,紧握柯比手。

(法罗)拙荆全仗大力,方才起死回生,我和你做了好几年朋友,却不知道你医学这样高明,佩服佩服。

(柯比)这也不过侥幸罢了,不足为奇的。

施推尔向梅叶司伦

(施推尔)这位先生在这医学一道,很有阅历,不论甚么重的病,只要他一到,没有不着手成春的。

(梅叶司伦)真不愧是一个医学博士,不知道先生尊姓大名。

(施推尔)先生难道不知道么?他是这里很有名望的柯比子爵。

(梅叶司伦)柯比子爵么?失敬失敬。

(柯比)不过靠着先大人的余荫罢了,那敢和法罗君并驾齐驱。

(法罗)柯比君你也太谦让了。

柯比不答微笑向夫人

(柯比)夫人现在觉得怎样?

(夫人)柯比君,好得多了,不觉得怎样。若然没有你,我便不能和你们见面了。

(法罗)这样的大恩,我们终忘不了的。

(柯比)好说好说,我们好友,难道你的夫人有了危难,我便漠视不成?法罗君这样说来,我反觉难以为情了。

(施推尔)夫人也痊愈了,天也晚了,我们去罢。

柯比与施推尔向法罗及夫人、梅叶司伦告别

(柯比)法罗君,我们明天再会罢。

(法罗)柯比君,明天舍下的夜会,请你早些儿降临。施推尔君也一同来,增舍下蓬荜之光。

(施推尔)多谢,法罗君,我没有不来的。

(夫人)柯比君千万不可失约。

(柯比)遵命,我决不失约就是了。

柯比偕施推尔相将走出

(法罗)曼茵吾爱,你今天也辛苦了,快回去歇歇罢。

(夫人)倒也不觉得怎样,杰痕哪里去了?

（梅叶司伦）杰痕姑娘在外边，我替夫人唤去。

（夫人）多谢，梅叶司伦君。

梅叶司伦乃去偕杰痕至

（杰痕）夫人传唤有甚么事？

（夫人）杰痕，吾们要去了，马车在外边等着么？

（杰痕）等了多时了。

梅叶司伦与法罗握手

（法罗）梅叶司伦君，再会再会。

（梅叶司伦）夫人若然有兴，请过来游玩。

（夫人）我是常常要来的。

（梅叶司伦）那是小可很欢迎的，若得夫人时时驾临，小园也生色呢。

法罗携夫人手出应接室，杰痕、梅叶司伦随之。

第二幕闭

第三幕　夜半无人私语时

场上作一花园中之音乐亭，亭极宽敞，两旁有大洋琴二。琴侧有轮椅二，铺以极美丽之锦垫，中间悬有电灯二。亭前有大树数株，亭之左有极大之建筑物。极亮之灯光，从玻璃窗中射出。里面正在跳舞，谈笑声与音乐声混成一片大声浪，隐隐度出。时园中已漆黑无光，寂静无声，惟有大树上许多小鸟，唧啾不绝。

音乐亭前之大树后，忽有一美人颤其花冠，亭亭出现，翩然入音乐亭。玉臂如雪，酥胸外露，衣极美丽之跳舞服，衣上金刚石闪闪作光，是即法罗夫人。既入亭，即坐轮椅上，夫人之侍婢杰痕至。

（夫人）杰痕，快去请柯比先生来，说我等在这里。

（杰痕）夫人，我知道了。

（夫人）但是你去切不可大声大气的唤他，只要悄悄的拉他的衣裳，领他到这里来就是了。你要留心，千万不要被人家知道。若然事儿做得好，我便重重赏你，酬你的劳。

（杰痕）婢子替夫人做这种事，也不是今夜破题儿第一遭，我却很有阅历的了，决不会误事的。包管你的玉郎，停一会儿就立在夫人面前，一声一声把爱卿爱卿唤着你。

夫人扭转腰肢作娇羞色

（夫人）杰痕，快去罢。去去就来，别忘却了我的话儿，不要误事。

（杰痕）夫人，我知道了，决不误事。

杰痕出亭去，偕柯比至。柯比频频回首四顾，低声问杰痕。

（柯比）杰痕，夫人在哪里？

（杰痕）你别慌，夫人在音乐亭里等着呢。

（柯比）法罗子爵知了，可不是玩。

（杰痕）柯比先生，你为甚么怯生生的，今夜也不是第一回。夫人的胆，比你大得多了。

二人乃入音乐亭，杰痕含笑向夫人。

（杰痕）夫人，柯比先生来了，这回有甚么东西赏我？

（夫人）你快去罢，明天再说。

杰痕去，夫人与柯比接吻，柯比拽轮椅坐夫人旁。

（夫人）柯比，你前夜为甚么不来，累得我心如火焚一般，等得好苦。睡在床上，哪里能安睡，一夜不曾合眼，听那谯楼上更鼓蓬蓬，兀的把更筹数到天明。

（柯比）前夜我受了一些风寒，身上很不舒服，所以不能践你的约了。

（夫人）柯比，你知道我恋爱你么？

（柯比）我也很爱你，可恨我不能抉出我的心肝来给你看。我这一年来，一心一意都注在夫人身上。

（夫人）这也是天缘呢。

（柯比）我前几年在英伦大学里的时候，只知道研究科学，那化学、物理、医学、代数的课本，便算是我的情人。我见了许多同学写情书，和女子换照片，我总笑他们是情界里的饿鬼。想我柯比是一个顶天立地好男儿，断不学那游蜂浪蝶，只知攒在红粉队里，惜玉怜香。谁知去年在跳舞会里遇见了夫人，方才知道世界上有这很可爱的情字。一堆死灰里便爆出一点火星来，一株枯树，蓦地里逢着了春光，就发了芽生了叶开起花来了。

柯比紧握夫人右手，夫人以左臂置柯比肩上，秋波凝睇，含笑视柯比。

（夫人）我前三年嫁他的时候，只知道他是世上最可爱的人了。去年一见了你，才知世上还有比他更可爱的人。柯比，你真是我心头的肉，眼中的瞳子。

柯比掉头作微喟声

（柯比）咳，我们既是这样有缘，前三年遇着了，岂不是一对很美满的夫

525

妻？花晨月夕，并着肩，携着手，一刻也不分离。我到甚么地方，你也到甚么地方，这种乐趣，便是做皇帝做总统也哪里比得上？人家也羡慕我的艳福，堂堂正正，免得幽期密约，提心吊胆了。咳，可恨老天既然生了法罗，又何必生我，既然生了我，又何必生你。

（夫人）我们形式虽然不是夫妻，精神上早已是夫妻了。我的魂就是你的魂，你的魂就是我的魂。你看我似好花，我看你如春风；我当你是我的性命，你当我是你的性命；时你时我，无你无我；你忘其为你，我忘其为我。地球一日不破坏，我们两人的情也永永不灭。

（柯比）夫人，我虽然爱你，但是中夜扪心，总觉有些惭愧。想我柯比磊磊落落大丈夫，所做的事，都光明正大，没有一件不可对人说的。为甚么要做这种幽期密约的事，夺去了人家的心头肉，戴着假面具骗人，欺骗我自己的良心，欺骗上帝，欺骗好友。因此我时时想斩断情丝，跳出情关，拔去情根。但是我的心总敌不过爱神，被那爱情的吸力吸了去。你好似磁石，我好似铁针，一见了你这种千娇百媚，浅笑轻颦，一缕情丝，便不知不觉的兜上心来。画地为牢，我就监禁在情狱里头，做一个情囚，死也情愿，要甚么良心。

（夫人）我们两人的情，真好似火一般热。你昨天又救了我的性命，我只得把这身献与你，你若然走到世上尽头的地方去，我也要和你携手同行。后来我两人的魂儿，散在天空，变成空气，遇着了冷风，又合而为一。不知道是柯比的魂儿，是曼茵的魂儿，天长地久，这一缕情魂，在天空里飘来飘去，永远不散。在天愿为比翼鸟，在地愿为连理枝，或者再诞生人世，做一对有情眷属。

夫人轻舒玉臂揽柯比之颈，枕首其肩，继乃与之接吻，相视而笑。

（柯比）夫人夫人，你真是多情人，我爱你，我爱你。

夫人作娇嗔，时施推尔蹴足至，隐入大树后。

（夫人）你从此以后不必叫我做夫人，叫我曼茵，我是你亲爱的曼茵，不是他的夫人。

（柯比）我就遵你命，我就叫你曼茵。

（夫人）我亲爱的柯比，明天四点钟，他要到利翁去，千万望你到这里来。

（柯比）明天五点钟后，我便在那边玫瑰丛中等你。

忽闻亭外有淅沥声，柯比大惊，急至亭外四顾，夫人亦起立。

（夫人）外边有甚么？有人来么？

柯比又至夫人旁，抱夫人腰，吻与吻一相接。

（柯比）我亲爱的曼茵，不见甚么，真所谓疑心生暗鬼了。

施推尔作咳嗽声,柯比色变,急出外眺视,施推尔自树后出,鼓掌大笑。

(柯比)你为甚么这样恶作剧,我们好友,该这样的么?

(施推尔)哈哈,柯比,你在音乐亭里做甚么? 这回可被我拿住了。

夫人急急出音乐亭去

(柯比)施推尔君,求你别说出去。

(施推尔)你放心,吾决不替你说出去的。今夜可被我看得畅快,只见你抱住了夫人的柳腰,檀口搵香腮。可惜我不曾带照相,替你们拍一张,将来做个纪念品。我真无情,惊散你们一对露水鸳鸯,对不起,对不起。

(柯比)我也要报复的,下次你和茵莲姑娘的秘密,别被我看见。

施推尔出时计视之

(施推尔)呀,十二点钟了。

(柯比)里边客人散了没有?

(施推尔)我来的时候,已渐渐散了。

(柯比)法罗问起我么?

(施推尔)他问过我两回,都是我替你包谎的。

(柯比)施推尔,多谢。

(施推尔)柯比君,时候晚了,我们快去罢。

二人携手去

第三幕闭

第四幕 春 光 泄 漏

场上作法罗之花园,四围范以铁栏。园中万紫千红,绿阴夹道,左为音乐亭,右有一大建筑物。中央一石像,是即法罗之父老子爵。石像下有毋忘侬花丛,石像之西有玫瑰花丛,近花有一长椅,法罗夫人坐于其上,衣白色衣,裳绿色裳。一手托香腮置椅背上,状甚无聊,杰痕至,立夫人旁。

(夫人)杰痕,子爵去了没有?

(杰痕)子爵去了,他说明天四点钟请夫人到火车站去等着。

夫人现躁急之色,自椅上起立,往来蹀躞。

(夫人)柯比子爵为甚么还不来?

(杰痕)现在五点钟,停一回儿就来了。

(夫人)今天的钟,也好似和我作对,为甚么走得这样慢? 过一秒钟好似过一分钟一般。

（杰痕）哪有这种道理，夫人望得太切，所以觉得钟走得慢了。

夫人以小蛮靴向地上乱顿，礼拜堂中之钟声镗镗鸣五下，隐隐随风吹来。

（夫人）为甚么还不来？为甚么还不来？柯比柯比，你使我这般难堪。

（杰痕）夫人，别只是望柯比子爵来。将来春光泄漏，风雨无情起来，也很可怜的，我劝你还是早早的拔去情根罢。

夫人重又坐下微微叹息

（夫人）咳，杰痕，这情根已深，那里拔得起呢？

（杰痕）夫人，你也要知道，子爵近来很防范你。

（夫人）他防范我，我却没有甚么害怕，看他有甚么手段放出来。

（杰痕）夫人，子爵很爱你，你为甚么这样无情。

（夫人）他爱我，我却不爱他，他虽然做了我的丈夫，我的心终不向他的。

（杰痕）夫人，你也要细想，不要这样固执，子爵听了可不要肝肠寸裂么？

（夫人）总之我爱柯比，他不在我心上。杰痕，你不要多说了，快去罢。

夫人以手挥杰痕去，杰痕乃，行走至七八步，又回顾。

（杰痕）夫人，求你见恕，这是我的忠告，夫人明白人，想来必不怀恨我的。

夫人倚椅背，仰首向天，柯比远远至，面有忧色。

（夫人）呀，柯比来了，柯比来了。

柯比乃至夫人旁，相抱接吻，并肩坐椅上。

（夫人）柯比，你今天为甚么面有忧色，到底有甚么心事？

柯比叹息

（柯比）咳，曼茵，我从此以后，便要不能见你的面了。

（夫人）柯比，你说甚么，为甚么不能见我的面了？

（柯比）从此以后，便和你分手了，今天特地来告别的。

柯比声甚悲戚，垂头含泪，夫人执柯比手急问。

（夫人）柯比，你要到哪里去？别吞吞吐吐，快和我说啊。

柯比自抚其面

（柯比）曼茵，我此去和到死路上去差不多，恐怕别时容易见时难了。

（夫人）柯比，你到底要到甚么地方去？你有甚么事？

夫人斜其首，注视柯比面。

（柯比）曼茵，你知道这几天的新闻么？你知道巴烈司丹的战事么？

（夫人）我昨天在报上看见的，难道你要从军去不成？

（柯比）正是，今天早晨在议院里议过，派定张宾伯爵做神圣军大将，法罗子爵是中将，少将却派的是我。恐怕药云弹雨，我此去是有死无生的了。

夫人以首枕柯比肩，掩面呜咽。

（夫人）咳，我的心为了你寸寸碎了。

（柯比）咳，英雄气短，儿女情长，这次便和你永诀了。柯比可怜，柯比可怜。

（夫人）柯比，你知道我伤心么？万丈情丝，一刀两断，从此情天之中，不容我薄命的曼茵立足了。

（柯比）恐怕这已断的情丝，只能到来生再续了。

法罗自后至，隐入玫瑰丛中，伏地上不少动。

（夫人）柯比啊，你忍心丢下我么？

柯比以手弹泪，夫人伏柯比身上。

（柯比）曼茵，教我哪里舍得丢下你，这也是没法的事。我巴不得把我的皮儿肉儿，和你的皮儿肉儿，一齐捣碎，变成肉浆，合而为一，分不出是谁的皮肉。我的皮肉，就是你的皮肉，你的皮肉，就是我的皮肉。但愿天荒地老，海枯石烂，我们两人，永远跬步勿离。任是天下第一等的快刀利刃，斩也斩不开，割也割不断，才合我的意呢。

（夫人）咳，柯比，此后的眼泪光阴，教我怎能过去，我就陪着你一同去罢。

（柯比）这也是万万做不到的事，我们若能心心相印，坚如金石。虽然天涯地角，也能梦魂儿相会。我的身子，虽在战场上，我的魂儿，却永远在这里绕着你不散。万一上帝见怜，我杀敌归来，仍平安无事，也好和你见面，你也不必时时想我。

夫人执柯比手，倚椅背上，泪如雨下。

（夫人）可恨我们法国的列祖列宗，为甚么造出这可厌可恨的巴烈司丹来坑人，从此以后，弄得我秋水望穿，镇日价捐弃眼泪。咳，我这条苦命身子，还有甚么乐趣再活在世上，不如早早的跳出尘寰，向那空的所在走去。那滔滔无情的西茵河，便是我曼茵绝命之地。将来要你知道，某年月日有一个痴情女子，竟为情而死。你去了之后，也不必把这一年来我们两人的爱情，记在怀里，只当这偌大世界，从没有曼茵这个人，我在九泉之下也瞑目呢。

柯比抚夫人背，出罗巾为之拭泪。

（柯比）曼茵，你不必说出这种伤心话来，我也要酸鼻呢。我们一日不死，爱情一日不消灭。

夫人双手捧柯比之手

（夫人）柯比，你低下头来，我要和你接最后的吻。恐怕此后只有把冰冷的面，等着你再来和我接吻呢。

柯比乃低头与之接吻，夫人自椅上盈盈起立，缓步至石像下，采毋忘侬花两朵插柯比襟上。

（夫人）柯比，毋忘侬，柯比，别忘了你精神上的妻子。

（柯比）我死了也不忘的。

法罗自地上起立，面含怒容，绕至柯比前。夫人及柯比皆大惊色变，夫人提裙匆匆去，频频回顾柯比。

（法罗）哼，柯比，你做得好事。我有甚么地方待错了你，你却这样报答我，把我面上涂了泥，污我高洁无上的姓名。你青天白日，在这里做甚么？这种丑事，传将出去，我法罗家还有谁看得起，叫我怎样去见人？（以手指石像）你不见那石像含着怒对你看么？

（柯比）法罗，我实在对你不住。现在错已铸成，求你快杀了我，处置了我罢。我是个十恶不赦的大恶人，我是禽兽，我不是人类，法罗你就把剑来杀了我，把我的血儿洗净你的污点。快杀了我，免得我心痛。

法罗仰天长叹

（法罗）咳，柯比，我平日推心置腹，待你好似骨肉一般。你忍心欺骗我，破坏我的名誉，我却没有这硬心肠杀你，处置你。柯比，你知道我心痛么？柯比，你知道我肠断么？

柯比摇手向法罗

（柯比）法罗，不必说了，不必说了。你这样说来，我的心好似被你挖了去。法罗，快杀我，我但愿早一日脱离这世界，倒觉得无牵无挂，免得我活受痛苦。法罗，我知罪了。禽兽！恶魔！

（法罗）我杀是不忍杀你的，你是神圣军的少将，我不愿把个人的私事，败坏国家的大局。你若然能为国努力，也算忏悔今朝的大过。我去了，明天再见。

法罗缓步去，柯比木立不动，状如死人，目送法罗。杰痕突然自后至，轻挽柯比衣，以一荳蔻匣授柯比，外裹以粉红色之手帕。

（杰痕）柯比先生，这是夫人赠你的。里边有金刚石约指，同心结照片，快收好了。

杰痕急返身去,柯比持荳蔻匣,与之接吻。吻已,置衣囊中,自言自语。

(柯比)情! 地狱!

匆匆出园去

第四幕闭

第五幕　千种相思向谁说

场上作法罗夫人之闺房,正面有床,青纱之帐,沉沉下垂。床前有一安乐椅,床之右有门,东南墙上有窗,白色之窗帷下垂。临窗有一方桌,桌上有灯有钟有花瓶、镜子等物,又有小说书甚多。桌之右,有风琴一架,轮椅七八只,随地排列。照像四五架悬墙上,桌之对面有玻璃柜及面盆架,架上有手巾肥皂香水等物,一切陈设尽善尽美。

夫人卧床上,室中寂静无声,桌上之钟悉率作响。夫人忽醒,探头帐外,手掠鬙发自语。

(夫人)呀,天已亮了,快起来罢。

夫人乃装束下床坐桌前,曼声唤杰痕。杰痕入,为夫人理晓妆。理毕,杰痕去。夫人起立,至面盆架前盥洗。洗已,乃更一碧罗衫,兀坐床前安乐椅上。玉颜惨沮,泪眼盈盈。杰痕又入,至床前理衾枕,微微叹息。

(杰痕)咳,夫人为甚么这样多愁啊?

(夫人)没有甚么,不过昨夜梦里,有些儿感触罢了。

(杰痕)夫人梦里见了甚么?

(夫人)我梦里只见柯比独自一人坐在音乐亭里,手里拿着一只玉钏。后来我走到他面前,就把那玉钏向地上一摔,打了个粉碎,匆匆的去了。杰痕,恐怕这便是我们两人不能再见的预兆了。

(杰痕)梦里的事,不足为凭,夫人不必深信。早膳预备了,请夫人快下楼去罢。

(夫人)现在我不想吃,你快去罢。

(杰痕)夫人请宽怀,柯比先生还没有去,你先这样多忧。来日正长,怎样过法呢? 若然上帝垂怜,横竖终有见面的日子,你这样单相思,也没用的。

夫人俯首不语,杰痕退去,法罗入。

(法罗)曼茵,今天为甚么这样早啊?

夫人默然不语,双眸注地。法罗执夫人手,欲与接吻。

531

夫人摆脱,驰至室隅,坐一轮椅上。

(夫人)法罗,请远我。我不愿和你接吻,你去和你的意中人接吻。

(法罗)曼茵,你就是我的意中人,我心坎上除了你还有谁?

(夫人)法罗,你不要哄人了。

法罗摇首叹息

(法罗)咳,曼茵,我的心难道你不知道么?我百方的爱你,你却这样待我。曼茵,那得不使我肝肠寸寸断啊。

法罗行近夫人,又欲与之接吻,夫人仍拒之。

(夫人)法罗,你也不把我放在心上,我也不爱你。法罗,你不要骗我了。

(法罗)我骗你甚么?

(夫人)昨天你说要到利翁去,怎么不去?这种小事先要骗我,你待我的情,可见都不是真心,不过一片假意儿罢了。

(法罗)我今天就要到巴烈司丹去,生死也不可知,你且和我接个吻罢。

(夫人)法罗,我不是你的床头人,你不要和我接吻,夫妇两字,情缘已断。

(法罗)昨天我亲见你只是和柯比接吻,我一声儿也不敢和你响,恐怕伤你的心。我做了你的丈夫,却这样拒绝我。咳,既有今日,何必当初。我待你的一片深情,都付诸东流了。(以手外指)那花园里的石像,今天见我们两口儿,如同冰炭,也要暗暗地垂泪呢。

法罗言毕,长跽夫人前,俯首垂泪,夫人作冷笑。

(夫人)法罗,你为何不去长跽在你意中人面前,他正在那里秋水望穿的等着你呢。

夫人扭转柳腰,以双手置椅背上,面壁而坐,法罗以手摇其膝。

(法罗)曼茵啊,难道你的心竟是铁石不能打动的么?你竟然斩钉截铁,把我当做陌路人么?照这样看来,我们两人的缘分已尽了。你从前在普斯的时候,和我鹣怜鲽爱,情好无比。翡翠相逐,鸳鸯共游,说不尽的温存缠绵。无论到甚么地方,总是携手同行。到了今天,你却忘却得干干净净,处处容不得我法罗。从前那种爱情,不过遮遮我的眼罢了。你前三年三月十日那一夜,在白露敦公园里头,蔷薇丛中和我盈盈对立,互通款曲的一夕话,坚金铄石的海誓山盟,你也当做过眼浮云忘却了么?你如今爱上了柯比,花里送郎,柳梢待月,移爱我的情都爱了柯比,把你的床头人,却不放在眼里,真教我失了一百二十个大望。曼茵,你当真不爱我么?你若然不忘前情的,请你对我笑一笑,我也好心死了。

夫人仍不语,法罗以指弹泪,自地上起立,走至夫人前。夫人又避去,驰至床畔，上床侧身向内。法罗长叹一声，忽尔倒地。

（法罗）咳，俗语说的痴心女子负心汉，现在可说得痴心男子负心女了。曼茵，你为甚么这样冷淡我？我有甚么地方待错了你？你便责罚我，让我也知道，为甚么只是老不开口？

法罗踉跄起立，走至门畔，又回头立定。

（法罗）你虽然冷淡我，厌弃我，我却没有一点怨你恨你的心。我这回若然战死沙场，你前三年待我的爱情，一颦一笑，我终忘不了的。就是我的身子，化作飞灰，我也不忘你的。曼茵曼茵，我但望柯比能平安回来，和你结一对双飞双宿最美满的鸳鸯。我在泉下也要含着笑，洗着耳，听你们在礼拜堂里高唱结婚歌呢。曼茵，来生再见。

法罗如狂如醉，疾驰出门去。夫人盈盈下床，走向窗前，仰天作祷告状。杰痕入，夫人回顾。

（夫人）杰痕，子爵去了么？

（杰痕）子爵去了，他去的时候，两眼含着眼泪，只是唉声叹气。我问他夫人知道了没有，他一声儿也不响，头也不回的去了。

（夫人）可厌可厌，只是和我缠扰。

（杰痕）夫人，你难道和床头人没有一些儿香火情的么？我前三年见夫人和子爵何等相爱，天上比翼鸟，人间并头花。夫人要甚么，子爵便立刻去办来，从来不违拗夫人的意思。到了如今，为甚么就说出这种无情的话来。子爵究竟和夫人在礼拜堂里订过婚约换过指环的，夫人不该只是爱着柯比先生，早些斩断情丝，方是大道。

（夫人）此身已作沾泥絮，待扬下教人怎扬。我有时也想竭力的划除情根，把柯比两字，丢在九霄云外。不知怎的一旋踵又兜的上心来，这也是无可奈何的事。我日间想，夜间梦，总逃不出柯比两字的范围。一缕情丝，把我牢牢缚住；一个情网，把我紧紧罩住。咳，柯比柯比，你现在丢了我去了，叫我形单影只，怎生过日子。

夫人泪籁籁下

（杰痕）夫人也要知道忧愁是杀人的利器，断不可过于悲伤，镇日想他，保重自己玉体。

（夫人）柯比柯比，阿尔波司山可平，大西洋可涸，我的情终不移。柯比，你现在在哪里？我在这里不住的想你，你也想我么？

（杰痕）夫人，你这样想去，恐怕要发痴呢。

（夫人）哪得不相思，相思哪得灰。想柯比是个多情人，他心中目中意中梦中,必定时时想着我呢。像柯比这样的人,地球上那里寻得出第二个。

(杰痕)夫人只是想柯比,为甚么不想子爵,子爵是你的丈夫啊。

(夫人)你为何只是丈夫丈夫,唠叨个不休,丈夫究竟值几个先令一磅呢?

(杰痕)夫人,你珊珊弱质,真如红蜻蜓弱不禁风,哪里禁得起这许多恨绮愁罗罩上头来。夫人夫人,不要多想了,保重珠躯要紧。

夫人双手捧面作苦笑

(夫人)杰痕,你有甚么权力,叫我不想。叫我死倒很容易,叫我不想却做不到。春蚕到死丝方尽,蜡炬成灰泪始干。柯比柯比,我为你憔悴也。

(杰痕)我要料理中膳去了,夫人请宽愁怀。

杰痕出房去,夫人坐向风琴前,按琴而歌:

望刀环兮肠欲折

对丁香兮心欲结

我所思兮巴烈司丹之日月……

杰痕又入,抚夫人背。

(杰痕)夫人,现在麦咨伯尔男爵夫人的女仆在下边,请夫人去游公园,夫人去不去?

(夫人)杰痕,我今天心绪不宁,你去回绝了他,说我身上很不舒服,不能践约了。

杰痕领首去,夫人又曼声唱:

妾心终不移,勃浪山屹屹

红泪易枯兮情无竭

怀伊人兮天之末

歌毕,娇喘细细。阖风琴盖,至桌前,出柯比之照片,吻之再三,指像自语。

(夫人)柯比柯比,我心中只知有你,你心中也只知有我么?柯比柯比,我再能见你的面么?可恨你镜中人不能起来和我讲话,真教我千种相思向谁说?

第五幕闭

第六幕 可怜无定河边骨

场上作一病房,地上铺以绒毡,血痕狼藉。枪、指挥刀、刺刀等,散乱于

534

地。正面有门，室之左右有半桌二桌，上有药水瓶、绷带、药箱、玻璃杯等物。兵士四五人，皆偃卧于地上。有折足者，有断臂者，有破额者，有伤腿者，鲜血四溢，呻吟之声不绝。看护妇二三，往来蹀躞，看护病者。柯比亦仰卧地上，身穿少将制服，襟上悬宝星四五。额血如注，束以绷带，胸际血流不绝，右手亦有血痕。左足已折，全身为血所染，成殷红色。张宾伯爵至，俯身与柯比语。柯比时颔其首，病房外放枪之声不绝。

（张宾）柯比君，你真是勇士，真是大国民，替我们法兰西生色。

（柯比）我也不过尽我的义务罢了。

（张宾）柯比君，只是苦了你的身子了，胸也伤了么？

（柯比）大丈夫战死沙场，很荣誉的，我怕甚么？我情愿为了国家牺牲一身，上马杀敌，血染战袍，是男儿该当的事。

（张宾）我自己很抱愧，不能为国尽力。我佩服你，我崇拜你，你真是我们国民军的模范。

（柯比）张宾君，我们胜了么？敌兵退了么？

（张宾）这回爱楷之围，全仗你的勇敢，敌兵都退尽了。柯比君，你觉得痛么？为甚么胸边的血还在那里流呢？

（柯比）我是不中用的了，我没有军人绝大的希望。

（张宾）柯比君，你且静养着，上帝必定垂怜的。

（柯比）张宾君，我们没有人被敌人掠去么？

（张宾）没有没有，你放心，这回我们全胜的。全靠你一人，我做了大将，却不及你。

柯比欠伸微笑

（柯比）张宾君，我们果然全胜，可喜可喜。

（张宾）柯比君，你觉得痛么？血还不住的流呢。

（柯比）痛痛，痛不可言，我的性命就要结果了，但是我不懊悔。张宾君，你看我胸边的血，好不鲜明，好不美丽。张宾君，这是我爱国的热血，把这血好浇开我祖国之花。

（张宾）外边枪声很嘈杂，这里很不安静。柯比君，你厌烦么？要唤医生来换你到别处去么？

柯比频摇其首

（柯比）不必不必，我听了这枪声，觉得很快乐，心里很爽快，好似听音乐一般。

张宾轻按其臂，柯比皱眉作痛楚状。

（张宾）你臂上也受了伤么？

（柯比）也受了伤了。

（张宾）咳，可怜可怜。

（柯比）没有甚么，我金刚百炼之身，受了一些儿伤，算甚么。

（张宾）柯比君，你且静着睡一会，医生要来了。

柯比又摇首

（柯比）张宾君，谢你的厚意，请医生快去医别人，我是不中用的了。别为了我耽误别人，他们都是勇士，都是国家的干城，将来要仗着他们的力，使我们法兰西国旗风翻全世界。打得那敌人一败涂地，只轮不返，把敌人鲜红的血，染我们法国的地图。我将死了，我在九泉之下，做个名誉之鬼，也很快乐。我还要含着笑容，听祖国健儿高唱凯旋歌呢。张宾君，不必顾着我，请医生快去医治他们，他们都有父母，快医好了，免得他们父母，肝肠寸断的盼望了。

张宾泪涔涔下

（张宾）柯比君，我望你平安，替我们法兰西争光。

（柯比）张宾君，我很痛，我但愿早一刻死。我的父亲也战死在沙场上的，我早些儿死，好见我父亲在天上。我死了之后，把我的尸身，葬在父亲的旁边。

柯比方语，医生至，俯身跽柯比侧，为之束绷带于胸间。束毕至半桌前，以安神药水至，饮柯比，柯比沉沉睡去。

（医生）张宾伯爵，这时须让他安静些。

（张宾）将军不妨么？

医生皱眉摇其头

（医生）难了难了，有死无生了。他虽然断了足，是不要紧的。只是那胸间的伤，是致命的了，今天必定捱不到夜的。

张宾垂泪吻其手，缓步去。医生乃至他人身旁医治，一看护妇行经柯比，以毛毡一覆柯比身上。医生医他人毕，又至柯比旁，手执一玻璃杯，轻推柯比醒。

（医生）将军醒来，将军醒来。

柯比醒，作呻吟声。

（柯比）呀，痛死我也。

柯比以一手置胸际，医生急去之，以杯接柯比唇，柯比就而饮之，医生去，张宾又至。

（柯比）张宾君，我去死不远了。我很感激你，你待我的情，我很感激上帝。我替国家已尽义务，我死也瞑目。老友，我要和你永诀了。你伸出手来，和你告别。

张宾含泪与柯比握手

（张宾）柯比君，觉得越发痛么？

（柯比）越发痛了，张宾君。请你替我去唤泌哀尔来，我有话要和他说。

张宾应声去，柯比合目吐气。数分钟后，二人至，泌哀尔长跽于地，含泪吻柯比手。

（柯比）泌哀尔，你来了么？法罗子爵回去了没有？

（泌哀尔）法罗子爵在两点钟前回去了。

柯比启其目，见张宾在，良久不语。张宾知其意，乃俯首亲柯比额。

（柯比）张宾君，我的老友，愿上帝降福于君，愿君为国努力，来生再见……再见。

（张宾）可怜……可……怜。

张宾返身去，泪缘颊而下，哽咽不成声。

（柯比）泌哀尔你去拿张纸来，我要写信给法罗夫人。

泌哀尔去，以纸笔至，柯比侧其身，书七八行付泌哀尔，探手衣囊中，出一苣蔻匣。

（柯比）你把那照片替我拿出来。

泌哀尔启匣，以一二寸许之照片授柯比。柯比颤手受之，置唇边吻之再三。

（柯比）曼茵，我负了你，我负了你。曼茵曼茵，我一百个对不住你。曼茵，你知道我就要和你永诀么？

柯比以照片授泌哀尔仍置匣中

（柯比）曼茵，你给我的东西，我一天也不曾离开，教他代你偎我的身。曼茵，我要去了。

（泌哀尔）主人，你养病要紧，别多想了。

（柯比）我死了之后，你挖出了我的心肝，再剪下我的头发来，和这封信，这蔻苣匣，都去给夫人。夫人接得了这许多东西，不知道要怎样的肠断心碎哩。泌哀尔，别误了事，泌哀尔，别误了事。

（泌哀尔）遵主人命，决不误事的。

柯比挺足长叹

（柯比）咳，泌哀尔，我也要和你分手了。十年主仆，也不好算不长了。

（泌哀尔）我情愿掏出我满腔心血，祝主人平安。

柯比合目微笑

（柯比）泌哀尔，恐怕绝望了。

柯比胸际之血，喷涌而出，红透绷带，柯比举手大呼。

（柯比）曼茵！曼茵！我亲爱的曼茵。我上不负祖国，下不负法罗。曼茵，我却负了你也。我却……

柯比晕去，泌哀尔急推其身。

（泌哀尔）主人主人，醒来醒来。

柯比微笑启其目，面含笑容，高声向泌哀尔。

（柯比）男儿只合为国死，半壁江山一墓田。我已尽了义务，阿父阿母，儿来了。泌哀尔，别忘了我的话。

又大呼曼茵数声晕去，泌哀尔亲其额大哭，张宾闻声至，含泪推柯比。

（张宾）柯比！柯比！好友！好友！呀，死了死了，快去请教士。

泌哀尔去，偕一老教士至，兵士多人皆随之入，教士跪柯比身旁，为之祈祷。柯比又微启其目，低声向教士。

（柯比）我一生没没有罪恶，不过为了曼茵，为了情，曼茵！曼……

柯比气绝，张宾抚其尸，吻柯比额，哭失声，兵士皆揾泪。

（大众）呀，将军死了，将军死了，可怜可怜。

（张宾）柯比将军一身是胆，为国捐躯，真是我们国民军的师表。从此以后，我们倘不为祖国努力，不但辜负了同胞，辜负了祖宗，也要为柯比将军未死之灵所笑呢。

第六幕闭

第七幕　情人之心肝

场上作一精雅之餐室，正面有一大门，中央一长方桌，白色之台布铺其上。桌上有五味瓶，刀叉数事，盆碟三四，玻璃杯五，酒瓶三，排列颇整齐。桌之两端，有极美丽之花瓶二，中供时花数枝。桌之四围有椅六，地上铺极厚之地衣，五彩花纹，精美夺目。四壁张照像图画甚多，上悬金银错采之电灯。东南有窗四，窗帘卷起，外即花园，可见玫瑰花丛。桌之右面，法罗坐椅上，状甚无聊。一手托腮伏案上，一手弄刀叉，玩弄良久，探囊出金时计视之。

（法罗）呀，六点钟了，杰痕杰痕。

杰痕入，立法罗前。

（杰痕）子爵唤我有甚么吩咐？

（法罗）我饿了，你快去叫赫尔预备晚膳。

（杰痕）理会得，子爵辛苦了几个礼拜，觉得乏力么？

（法罗）好辛苦，好辛苦，几个礼拜在枪林弹雨里乱串，没有一天过快活日子。天天吸火药气，血腥气，哪里有新鲜空气吸进去。眼中看见的，地上七横八竖，都是死的伤；耳中听见的，都是枪声炮声、刀相击声、呐喊声、呻吟声，好似走到枉死城里去了。

（杰痕）子爵没有受伤么？

（法罗）我腿上受了一些儿伤，有一天我几乎送了命呢。那天我正立在一个小丘上，执着望远镜，瞭望地势，恰恰被敌兵的探子看见了，便一枪放将过来。幸亏我眼快，扑的伏在地上，那弹子刷的在我帽子上飞过。第二个弹子再来，我已跑下小丘去了，现在我帽子上还有被弹子擦破的痕迹哩。

（杰痕）好险好险，子爵腿上怎么会伤了的？

（法罗）那是在战的时候，被刺刀擦伤了的。

（杰痕）子爵天天吃东西，有一定的辰光么？

（法罗）没有一定的，有几天我在忙的时候，一点牛肉面包也没有入口呢。

（杰痕）所以几个礼拜没见，子爵瘦了许多了。

（法罗）杰痕快去拿晚膳来，我带来的凤肝叫他们烧得熟些，要烂烂的才好。

（杰痕）我知道了。

（法罗）快些快些，我这时肚里好似放排枪呢。

杰痕乃去，走至门畔，法罗又唤止之。

（法罗）杰痕，今天的晚报你也快去拿来，我好几天不知道外边的新闻了。

杰痕领首去，法罗起立，双手交叉胸前，往来蹀躞，继乃走至窗前，闲眺自语。

（法罗）我好几个礼拜不见，玫瑰花又长大得多了，那边倒也是我的纪念地。惭愧惭愧，柯比柯比，你此后再能用了你的狐媚手段，来喧宾夺主么？恋敌！恋敌！哈哈，柯比，从此以后没有你的分了。

法罗语时冷笑，以手拍窗，意颇自得。

杰痕徐徐入，一手托盘，盘中有盆二，一为牛排，一为鹌鹑，一手执巴黎晚报。至桌前，以盆置桌上，以报授法罗。

（法罗）那凤肝熟了没有？

（杰痕）还没有熟哩。

杰痕且语且行，法罗坐椅上阅报，出雪茄燃之，含口中，高声唤杰痕。

（法罗）杰痕杰痕，我有话和你说。

杰痕回至门畔

（杰痕）子爵，喊我甚么？

（法罗）你去请夫人来用晚膳，说有东方带来的凤肝在这里，叫他来尝尝新罢。

杰痕返身去，数分钟后，夫人至。长裙委地，远山攒翠，秋波中隐隐含有泪痕，玉颜微露惨沮色。法罗见夫人入，以雪茄及报置桌上，含笑起立。

（法罗）哈哈，曼茵，好几个礼拜没见，柳腰越发瘦损了。毕竟为谁憔悴啊，想来必定为了我，我去了你好不寂寞，每晚在阳台上等我回来呢。

夫人坐左面之椅上，秋波盈盈注法罗面。

（夫人）法罗，你倒没有死在战场上么？

（法罗）也是上帝见怜，却没有死，你望我死么？你的良心很好，我死了，你好和你甜甜蜜蜜多情多义的柯比结婚了。

法罗仰天狂笑，以手自击其股。

（夫人）柯比平安么？没有伤么？

（法罗）你放心，柯比没有伤，很平安，明天早晨就要领着兵回来了。他在战场上，时时刻刻想着你呢。

（夫人）他时时刻刻想着我么？多谢多谢。

（法罗）曼茵，你见我来，恨我么？

（夫人）法罗，刚才杰痕说，你带来的甚么凤肝？

（法罗）正是，我有一个朋友从东方带来的，说是凤肝。他只有两个，一个却送了我了。这种东西，很少也很有名，所以我叫你来尝尝怎样的滋味。

（夫人）多谢，你想着我。

门启，杰痕至，手执一盆，盆中即法罗所谓凤肝也。杰痕置桌上自去，法罗含笑向夫人。

（法罗）我刚才在朋友家中已尝过了，味儿很好，这个我特地带来请你尝的，我替你割。

法罗执刀割一片，授夫人。夫人置口中尝之，法罗自酒瓶中倾惠司克酒

540

一杯,微笑独酌。

（夫人）谢你的厚意。

法罗含笑,一手执杯问夫人。

（法罗）曼茵,这肝嫩么? 软么? 味儿好么?

（夫人）很嫩,很软,味儿也很好。

法罗又割一大片授夫人

（法罗）我带来的时候,很大的。烧了一烧,小得多了。曼茵,这东西走遍法国,也没有寻处的。别说法国,就是走遍全欧洲也难寻呢。

（夫人）近来赫尔的烹饪法大进步了,他也好算得厨房里的博士呢。

法罗大笑,俟夫人食毕,又以盆中所余一大片授之。

（法罗）烹饪博士,倒也一个特别的衔头,哈哈哈哈。

夫人以手中一片,且视且食。

（夫人）这些要慢慢儿的嚼,吃过了下回可没有吃了。

（法罗）正是,这是很难得的。

法罗执刀割牛排大嚼。

（夫人）烹饪法又好,东西又好。

（法罗）烹饪法还在其次,这东西却是宝贵到绝顶的。曼茵,你知道么? 这是你心头肉最恋爱的情人的心肝呢,哪里是甚么凤肝。

法罗作冷笑,夫人大骇,急问法罗。

（夫人）法罗,你说甚么? 情人的心肝?

（法罗）我就直接的对你说了,这是柯比的心肝。他在爱楷一围,过于勇敢,负了重伤,昨天死了。死的时候,他吩咐泌哀尔挖出他的心肝来给你。我刚才三点钟在大门前散步,泌哀尔正在那边树林里探头探脑,望着我们的窗,我便上去问他。起初他只是半吞半吐,不肯实说,后来我用着强硬手段,方才把这东西拿出来,说是柯比给你的。

（夫人）你不是说柯比很平安么? 他明天就要回来么?

法罗双眸注夫人面作冷笑

（法罗）我不过哄你罢了,他哪里再能回来? 今天早上,他的尸身已回来,早已长眠在绿草之下,只能梦魂儿和你相会了。你不信,有他的头发和你送他的荳蔻匣在这里。

法罗探囊出一小革囊及荳蔻匣,掷夫人前。

（法罗）嘎,还有他的绝命书,我读给你听。

法罗出书朗读:

541

我至爱之曼茵如见，园中一别，已数旬矣。此身虽在药云弹雨之中，而一点灵犀，固时时萦绕于卿旁也。不意爱楷一围，余竟以身殉，大好男儿，固当向沙场上觅好死处。而念及卿卿，未免九回肠断，已死春蚕，情丝犹缚，将灰蜡炬，泪点全枯。卿一片爱我之心，余自当携入窀穸，共瘗地下，永矢勿忘。爱卿爱卿，长相别矣，两两情丝，期诸来世再续耳。

柯比和泪志别

法罗读毕，掷书于桌上，夫人面色惨白，忽尔仆地，悲声大呼。

（夫人）柯比柯比，兀的不痛煞我也。

夫人仆地上，手足不动，法罗自椅上起立，至门畔大呼。

（法罗）杰痕杰痕，快拿水来，夫人晕去了。

法罗急至夫人旁，注视其面，杰痕手执水杯，急步入，以水喷夫人面。

（杰痕）子爵，为甚么又决裂了？夫人娇弱珠躯，哪里受得起这种磨折？

夫人醒，突然起立，指法罗面。

（夫人）法罗，你真是个多情人。你恐怕世界上没有很宝贵的坟墓，葬这柯比很宝贵的心肝，所以葬在我很宝贵的腹中。法罗，我谢你，我很感激你。我死了，好和我柯比的心肝，同葬在坟里（以手自拍其腹）。真是一个绝好的坟墓，真是一个很宝贵的坟墓。

夫人言毕，攫桌上之信，及小革囊苣蔻匣，疾驰出餐室。金丝之发，散披于肩，口中大呼柯比，法罗及杰痕自后追之。

第七幕闭

第八幕 这一番花残月缺

场上作一隐室，室小而清洁。正面一小铁床，床之右，有一小门。床前有小圆桌一，安乐椅一，桌上除一钟一镜外，别无他物。四壁张极大之图画，左面之壁上悬法罗之肖像。右面之壁上，开一小窗，下即花园，中间悬一电灯。

一轮明月，从窗间射入，电灯已明。法罗夫人坐安乐椅上，满面泪痕，玉容憔悴。一头黄金发，披于婑婧之肩上。御灰褐色之外衣，黑色之裙，一手执柯比之照片，一手执柯比之信，注视不已，眼泪点点落纸上。

（夫人）柯比柯比，夜台有知，你也知道我心如刀割么？咳，柯比，你为甚么奋不顾身，送了你的命。那可厌可恨的法罗，却仍旧平安无事回来。咳，柯比,谁也知道生离便成死别,只见你去不见你回来啊。

夫人且语且哭,声甚哽咽。

(夫人)咳,柯比,你也知道我天天把眼泪洗面么? 咳,柯比柯比,你为甚么硬着心肠丢我去,不领我薄命人一同去啊。柯比,你在地下觉得寂寞么? 你忍耐一些,我要来伴你了。

夫人恨恨起立,以照片及信置桌上。走近左壁,自架中取法罗之照片,又回至桌前,探囊出小洋刀乱划,散弃地上。

(夫人)我恨不得把你千剐万剐,才消我胸头的恨,恶魔! 恶魔!

小门轻开,杰痕入,至夫人侧。

(杰痕)夫人,你为甚么好端端把子爵的照片划碎?

(夫人)他是恶魔,我恨他,我恨他。我前三年,瞎了眼,脂油蒙了心,嫁这恶魔。我为甚么嫁他? 我为甚么嫁他?

(杰痕)夫人,这是三年前的事,你懊悔也来不及了。

(夫人)咳,可恨前三年,那养我育我最爱的父母,也忍着心丢了我到天国去了。一个娇养惯的千金,变做一个哀哀无告的孤儿,我所以嫁了他。现在倒做了哑子,吃了苦没处去诉,眼泪往肚子里咽,我哪里知道有这一天。我可爱的柯比,又撒手回去,如今那天上一对苦鸳鸯,仍旧相依为命,每年三百六十日,可以诉相思的苦处。独有我却做了个凤只鸾孤,相思苦向哪里去诉呢? 只有你是我最亲切的人,所以我常常待你像骨肉一般,不道你又花言巧语,只是替那恶魔辩护。咳,我这薄命人,上帝不容,丈夫不容,朋友不容,你也不容我。咳,这偌大世界,恐怕没有容我的地方呢。

夫人掩面痛哭,杰痕出罗巾,为之拭泪。

(杰痕)我服侍了夫人几年,夫人并不待我像奴婢一般,事事都信托我。我受了这样的大恩,便是狗儿也知道一些好歹。难道我活了十八年,连个好歹也不识么? 我的话儿句句都是忠告,夫人不要误会啊。(挽夫人颈)夫人,快别哭了,你哭得这样凄楚,我听了也要心酸。

夫人哭少止,哽咽问杰痕。

(夫人)杰痕,他关我在这里算甚么? 当我做罪人看待么? 好好,也好。

(杰痕)子爵请夫人住在这里,并不当你做罪人看待,不过请你静养静养罢了。

(夫人)我停一会就要跟柯比去了,还静养甚么?

(杰痕)夫人,现在柯比先生死了,你爱他的心也好死了,我劝你好好的回心转意罢。

(夫人)回甚么心,转甚么意,我心中只有柯比,目中只有柯比,意中只有柯比,梦中只有柯比。我心中、目中、意中、梦中却没有法罗,我一切都不知,只知有柯比,我知全神,都灌注在柯比一身。我死了之后,我的骨化作野马,我的魂终忘不了他;我的肉化作莫破,我的魂终忘不了他。我死了,我但愿变做一朵断肠花,生在他的坟上,来生我但望变一枝莲花,他也变一枝莲花,同生在一个池里做一枝并头莲。

　　(杰痕)快别想了,这时他的身子也早已变做飘风,吹个不知去向了。

　　(夫人)我也要变做一阵飘风,在后边追去。我活在世上一天,我便想他一天。我死了,我的魂儿不死。我仍旧要想他,我的想没有完的日子,天长地久有时尽,此想绵绵无绝期。

　　(杰痕)夫人,别发痴了,你一天到晚只是想他,他哪里知道,早已把你丢到爪哇国里去了。

　　(夫人)柯比不是薄幸郎,他也时时想我的。他的魂儿,天天在我身边。我眼前看见的东西,都有他的肖容。明月啊,红霞啊,都有柯比的肖容在里头;玫瑰花啊,蔷薇花啊,都有柯比的肖容在里头。我耳边听得的,都是柯比的声音。风声啊,水声啊,都是柯比的声音;琴声啊,鸟声啊,都是柯比的声音。他的魂儿一定在我身边。

夫人力挽杰痕至窗前指月向杰痕

　　(夫人)杰痕,你看那边月中不是有柯比的肖容嵌在里头么?你看你看,两道浓浓的眉,一双三角的眼,高高的鼻,小小的嘴。他还在那里对我笑呢,杰痕你看见的么?

　　(杰痕)夫人,别说痴话,我不看见那里有甚么柯比,你心里只是想了柯比,所以眼前看见的,耳边听得的,都是柯比了。

夫人又以手下指

　　(夫人)杰痕,那边不是音乐亭么?那是我在开跳舞会的时候,和柯比私会的所在。那边不是玫瑰花丛么?那是我和柯比告别的所在。那边不是石像么?石像下边不是一簇毋忘侬花么?那是我那天采了两朵插在柯比襟上的所在。那边不是花径么?那是我和柯比双双携手,并肩散步的所在。现在音乐亭还在,玫瑰花丛还在,石像还在,毋忘侬花还在,花径还在,我曼茵还在,独少柯比一人。

杰痕闭窗挽夫人入

　　(杰痕)夫人,好了好了,快进来罢。你已四天没吃东西,真人比黄花瘦了,我去拿东西来。

夫人频摇其头

（夫人）杰痕，我不要吃，我不要吃。

杰痕不答，疾驰出门去。夫人悄然坐椅上，独自垂泪。忽自小桌之抽屉中，取出一小刀，至窗畔开窗跪地上，作祷告状。继又起立，取柯比之照片，吻之数过，又凝眸视之。

（夫人）让我且细细的瞧一会，记在脑里，留一个影子，死了也不致忘却你的面貌。

凝视良久，乃以照片藏衣囊中，又跪窗前。法罗忽掩入，潜身夫人后。夫人举刀向心猛刺，法罗急拍其臂，夺刀，夫人愕然起立。

（夫人）法罗，你来做甚么？我要死也不许我死么？我要跟柯比一同去呢。

法罗面含怒容

（法罗）贱妇，无耻的贱妇。只是柯比柯比，你看立在你面前的是谁，不是你的丈夫么？

（夫人）是我不共戴天的仇敌。法罗，你快去拿婚约来烧了罢。我和你结了三年的孽障，我真糊涂，我真是瞎子。我的身虽是你的，我这一颗洁白的心却向着柯比的。

（法罗）豺狼！畜道！贱妇，你朝三暮四，难道是卖淫妇么？亏你说得出。

（夫人）有甚么说不出，你不在我的心上，我不爱你，我爱柯比。

法罗怒目视夫人

（法罗）你这没有廉耻的贱妇，不是人类。我堂堂子爵的名誉，被你扫地尽了。我的面上，被你泼了黑墨水。吾清白的家声，被你涂了泥，弄污了。可杀可杀。

（夫人）法罗，你快去罢，还我的刀来，我愿早些死，好见柯比于地下。

（法罗）贱妇，我却不由你做主，我停一会来取你的血，祭父亲去。

法罗大踏步去，夫人急至门处，闭门。一口腥红，喷涌而出，突然倒地。

（夫人）柯比，等一等，我来了。柯比柯比，慢些儿走，法罗，你好，你好，我来世再报你仇。你……你……

夫人血又喷出，立晕去，面惨白如纸。杰痕启门入，抚夫人身大哭。

（杰痕）夫人夫人，谁知你竟为情而死。

夫人启目视杰痕声甚低

（夫人）杰痕，荳蔻匣，革囊，柯比的照片，都放在我里衣袋里，做我的殉葬……

（杰痕）夫人你放心，我都知道的。

杰痕含泪吻夫人额，夫人微笑，头渐低。法罗执手枪盛怒入，杰痕悲声向法罗。

（杰痕）子爵子爵，你害死了夫人也。

法罗视尸微笑

（法罗）这贱妇死了么？很好很好，他自己不死，我也要把这手枪送他到清净的地方去，已死得晚了。

（杰痕）子爵，你也太无情了。

（法罗）这贱妇不死何待，死了倒干净。杰痕，快去请教士来，忏悔她的罪恶。

杰痕且泣且行，微微叹息。

（杰痕）爱之花开却了，咳，可怜可怜。

第八幕闭（完）

（选自《小说月报》1911 年 11 月 25 日至 1912 年 2 月 12 日第二年 9—12 号）

时评 · 杂感

周瘦鹃和他手制的微型盆景

闺秀丛话（一）

编者按：包天笑于一九一一年主编《妇女时报》，周瘦鹃为该刊写了若干期《闺秀丛话》，其中有不少文字是歌颂外国女英雄、女志士的篇章，也从中探讨妇女解放问题，选录数则，以显示周氏创作初期的启蒙思想。

贞德，法之亚尔格部人，小家碧玉也。幼时尝牧羊，是时法国专尚淫靡，而贞德独贞静，无轻佻态。一千四百二十九年，英王亨利六世遣兵来攻，罗亚河以北各城悉降。法王子却尔司则蒙尘出走，英军长驱南下，围奥连司，城中死伤甚众。时贞德年方十八，目击惨状，遂有为民请命之志，乃于礼拜堂中言于众曰："上帝诏我趣克强敌，为若曹除害。"众见一弱女子，知无能为，咸哗笑，而贞德益坚自任。不数日，奇女子之声遂四布，寻为王子所闻，大喜，急往谒之，拜为大元帅。贞德登坛誓师，慷慨激昂，士气大振。时奥连司受攻甚急，城中食又尽，旦夕且下。贞德即率三军往援，大败英军，奥连司遂得无恙。英法人士皆称之为奥连司之女（Maid of Orleans），今英国史家犹艳称其事，谓当日贞德衣缟色之甲，跨雪骝，英风飒爽，真有大将态度。英人见之，无不披靡，若得神助云。贞德大小数十战，连战连捷，每战斩将刈旗，英军辄败北。一千四百三十年，迎法王子行加冕礼于兰士（巴黎东北）之礼拜堂中，号却尔司七世。越年，贞德往解罔比尼围，坠马，为白艮部人所得，献之英人。英人诬以妖妄罪，焚之于卢盎。时有英王之侍臣某，见贞德死，仰天大呼曰："我辈失策矣，奈何焚此天人，上帝其恕我辈罪。"贞德既死，法国民心大振，所失之地尽复。法王念其功，为立碑于奥连司及卢盎两郡。每逢诞日，彼邦人士为开庆祝之会，联谊跳舞，彻夜不绝，四百年来如一日也。今贞德故居犹在普模迷路之小村中，每当春秋佳日，墨客骚人辄往瞻仰焉。丹徒叶中冷先生《世界十二女杰词》中有一首咏其事云：一村娃耳，蓦妆成篝火，狐鸣幻戏。天辟神权新世界，择叶搓枝灵气。剑簇夷光，香搓谟罕，绣旗惊天使。如安打克，军中谁识娘子。忍见钗鬖卢鸦，鞭摧紫凤，春锁强蜻丽，到底女儿容易赚，再顾兜鍪痴矣。火玉成烟，血花喷雨，魂化天魔帝，一碑留念，国民崇拜此娟豸。（调寄念奴娇）余曩年编火中花脚本，甫及四幕以校中大考，不果作。至今思之，尚呼负负也。

女子口才，亦属一生要事，断断不可少者。良以吾国女子，数千年来深锁红闺，足不出绣幨一步，未尝与社会接触。而今日之世界，非往昔可比，脱无三寸粲莲之舌，决不能卓立于社会也。近日英国女界中演说最佳者为女子参政会巨子克立司推白潘格司女士，其演说时之态度既佳，而其言尤足令人感动。足迹所至，辄于空旷之地演说，听者云集。年来英国女子参政会之发达，未始非女士广长舌之力也。日前张郁乡女士以私立女子中学校学生演说会简章寄我，特录其缘起云：身居女界，时值共和，恨成事之因人，岂无才之是德。许女儿以进校，已见家属开通。待弟子以热心，又得良师教育，较之昔日之女子谨守三从，一丁不识者，相去奚啻霄壤也。然而圣门重专对之才，今日尊外交之选，仅如班昭之有学，不及道韫之解围。将见登坛献艺，强支杨柳之腰，对客抒怀，先晕桃花之脸，此父书徒读，应变无方，将何以参国政而扩女权乎。吾姊妹欲养成雄辩才，组织此演说会，是当群策群力，以期口吐莲花，庶几有守有为，不致质同蒲柳。会期定于每星期六下午二时一刻，诸君压线余暇，其曷联袂偕往，一聆诸女士咳珠吐玉之伟论乎。

德太子妃茜雪丽，文学家而又慈善家也。一千九百零五年与太子结婚，鹣怜鲽爱，情好无比，国人称为欧罗巴洲之花。妃精家政学，治事井井有条，且极敏捷，性颖慧，亦文学界中健者。为处女时，辄好作砚田生活，著作甚富。悉署赝名投稿各报，为彼邦人士所叹赏，然不知乃妃之手笔。有子三，皆健硕无伦。长名威廉飞迭力克，落落有父风。妃性极慈善，哀贫民之无告也。乃以其钻石之冠冕，售得五千镑，以为济助之需。以是颇得民心，芳誉蜚于全国。人咸相告曰：太子妃真吾国贫民之天使也。

华盛顿既被举为总统，即归茀尔吉尼亚故居，迎其母玛利褒夫人时，夫人年已七十，仍事农作，辞弗往，华盛顿固劝不可得，乃怏怏而去。夫人独居小屋，淡泊自持，年虽老迈，日必躬耕田间，寒暑不辍。尝谓人曰：吾子为一国元首，自富受国民之厚遇，若余者，不过一田舍妪而已。其胸襟何等清洁，其人格何等高尚。有是子乃有是母，华家母子，毕竟是非常人物。

斯巴达尚武功，即妇孺亦具敌忾之心。男子出而从戎，妻必谓之曰：吾见汝持盾出，毋宁见汝持盾归。以是军士多奋勇杀敌，虽死无恤。某地有一老妇，五子皆从军，迨战事告终，比邻有一军士归。老妇见之，询曰：吾国战况奚若？军士曰：媪五子皆战死沙场矣。老妇怒曰：咄，懦夫，吾欲闻者乃国家胜败耳,岂欲闻吾子生死耶?军士曰:实告媪,吾国胜矣。老妇大喜,欣然曰:吾国胜乎,是则吾国民之福也。夫妇人普通之心理,惟子息是爱,而此老妇乃不问子之生死,但问国之胜败,闻爱子之死而不哀,闻祖国之胜而愉快,自是寻常人不可及处。余草兹一则竟,不禁拊掌欢呼曰:斯巴达之魂,斯巴达之魂。

　　迩来女飞行家云起,几使苍天白云,变为香闺绣幪。排雾穿云,视作缝纫刺绣,亦可谓盛矣。法国女子善飞行者最多,如陆熹夫人、如鹬拉哈姆法哀脱夫人,此特最著名者耳。英国则如密司斯宾塞堪范纳、如考苔夫人、如密司培屯抛惠尔、如塞泼夫人,皆富有经验者。惟美国不多见,寥寥如晨星焉。近桑茀兰西司哥有自称杰奈脱女士者,乘一希奈特之双叶飞行机,出现于纽约之培尔莽派克,年约四十余,身上着一村俗之衣,而其驾驶之法,足令人惊叹,直可与法兰西大飞行家伏星氏颉颃。美国人士谓为女界中破天荒者。惟杰奈脱实其赝名,其真名不可知,殆亦一无名之英雄乎。法国又有潘立爱夫人者,以善乘单叶飞行机名,与英国之密司斯宾塞堪范纳称为女界中驾单叶机之二健者云。我草兹则,不禁叹吾国之无人也。

(选自《妇女时报》1913 年 2 月 25 日第九号)

闺秀丛话(二)

　　菅野清,日本女社会党也,生于西京葛野朱雀村。生数岁,入小学校,渐长,嗜文学,好读文学家之著作。每于秋风落叶之辰,春雨敲窗之夜,手一编弗释也。既而从大阪小说家宇田川文海氏遊,以是所学益进,其文清新俊逸,有月印波心之致,文海氏雅器重之。尔时女士犹崇帝国主义,以为巍巍九五之尊,神圣不可侵犯,其见识与常人无殊也。迨入纪州《田边牟娄新报》及《大阪朝报》主笔政时,日与社会相接触,其宗旨遂一变,排斥帝国主义,而倾向社会主义。时女士芳龄才二十许耳,其后为大阪基督教世界杂志社电报新闻记者,因得识幸德秋水于东京,日聆其伟论,遂有为社会牺牲之志。明治四十一年六月二十二日,东京社会党揭赤旗,大书无政府共产革命等字,巡行神田各市街,为警察所止,彼邦人士谓之赤旗事,而女士亦与有力焉。赤旗事过后,乃与幸德秋水同发行一杂志,曰《自由思想》,时以政见公诸世,立论至激烈,国民皆大感动。是年七月间,政府遂逮女士入狱,在狱中不幸罹肺病,越一月有半,始得释出。而女士心不稍馁,精神益奋,大声疾呼,曰为党事奔走。前年与党人谋为示威运动,五月为政府所知,捕女士及幸德等二十五人入狱。女士神色如恒,坦然无惧容。谳定,与幸德同受缳首之刑,各国社会党人咸为不平,谋救之已无及,时女士年甫三十也。

　　孝女耐儿传,原名 NELL,为英国大小说家却尔司迭更司氏所著。闽县林畏庐先生取而译之,真可谓工力悉敌。中叙耐儿以一髫龄弱女,而扶持祖父,弗及于难。浪迹天涯,颠沛流离,其一片苦心,悉为林先生生花之笔,曲曲写出,洵为有功人心世道之文。窃以为年来说部中不乏叙述孝子之作,顾叙孝女者,只此一部,宁不可贵。吾诸姊妹当绿窗人静时,手兹一编,亦滋有益也。

　　吾国女子,恒倚赖所夫,不能自立。一饮一啄,无不出于夫赐。试观南京路上,一般粉白黛绿者流,缟袂凌云,罗裙拖雨,坐通明油碧车,翩然而过者,无不得诸所夫也。而泰西各国之妇女则不然,靡不有一技之长,无须仰食于人,迩来业速记及打字者为最多,其他所操各业者,为列表如左:

著作家	三〇〇
杂志记者	一二五〇
美术家	三六九九
音乐家	二二六四四
摄影者	三八五一

此特其大略而已，此外如小学教师、写真者及看护妇等，更更仆难数矣，而吾国则如何。

（选自《妇女时报》1913 年 10 月 20 日第 11 号）

申报·自由谈之三言两语

《申报·自由谈之三言两语》1923 年 3 月 20 日第 14 版

我听说上海卖淫的妓女,有长三、幺二、雉妓三等之分。不过,我们所谓神圣的国会议员,有人收买,也把他们分做了三等:六千、四千、三千,不是个小数目。料他们得了这笔钱,少不得要打情骂俏,曲意献媚了。唉,国会议员啊,你们可要去拿这笔钱么,可这还要挂着神圣的招牌吗?

《申报·自由谈之三言两语》1923 年 6 月 18 日第 8 版

端午节的五毒,是人人知道的。然而我们不怕,还有法儿扑灭他们。如今中国当局的大人物,却欲都变做五毒了,虎啊、蛇啊、蝎啊、蜈蚣啊,横行国内,不知道什么法律,也不知道什么人道。全国的国民啊,大家快设法自卫,不然那五毒要来咬死我们了。

《申报·自由谈之三言两语》1923 年 12 月 21 日第 8 版

像煞有介事的话总要他从大大方方的人口中说出来,才觉得当。不道如今吴大头(指吴佩孚——编者注)也像煞有介事的,说起殉国家,殉法律,殉国会,死而无憾的话来了。不知怎样,总觉得有些不配。我看大头要是真有这样烈性,就请他殉一下子,让全国的国民来给他立铜像,开追悼会罢。

《申报·自由谈之三言两语》1924 年 9 月 12 日第 13 版

某公使说得好,江浙当局均有捷报得胜,因知战败者是江浙之人民。唉,是啊,江浙开战了一星期,江啊浙啊,仍还雄起起气昂昂的在那里火并。惟有我们小百姓却焦头烂额,一败涂地了。我们且竖着白旗,向江浙当局涕泣请命,请看我们可怜的小百姓分上,大家息战罢。

《申报·自由谈之三言两语·欢迎新同业》1925 年 2 月 8 日第 17 版

呵呵,我们吃笔墨饭的,要开一个欢迎大会,欢迎一位簇崭全新的新同业了。不见那亡命日本的齐抚万先生①,不是对人说,以后拟作笔墨生涯么。大约他老人家也觉得毛瑟枪不利于己,因此想换一枝毛锥子玩玩了。不过齐先生初次执笔,一时怕想不出题目。我区区不敏,拟有三题在此,敬以奉献,藉供采择:

　　㊀ 我军焚掠无锡记

　　㊁ 军阀罪恶史

　　㊂ 说良心上之责备

《申报·自由谈之三言两语·吊孙中山先生》1925 年 3 月 15 日第 17 版

　　有孙中山,然后有中华民国。没有孙中山,未必有中华民国。美国人称缔造美国的华盛顿为国父,那我们对于这中华民国的华盛顿,也应当尊一声国父。

　　中山先生自广州商团事件,虽受一部分人的非议。但中山的部属很多,决不能专怪中山。我们也不能因此之故,而减少我们对于他死后的哀悼。

　　中山先生始终不忘一个"民",他所主张的三民主义和国民会议,都能替我们国民说几句话,做我们国民的喉舌。

　　中山先生死了,我们国民的舌子断了,喉咙闭塞了。我们想到了来日大难,奋斗无人,更不能不哀悼中山先生。

《申报·自由谈之三言两语》1925 年 6 月 1 日第 17 版

　　地上一抹一抹的血痕,被一夜雨水冲洗去了,但愿我们心上所印悲惨的印象,不要也和血痕一样淡化。

　　邻家的一头狗死了,那爱狗的主人抚着狗尸,抽抽咽咽的哭着。我道:现在的人命也不希罕,何必怜惜这么一条狗。

《申报·自由谈之三言两语》1925 年 8 月 5 日第 9 版

　　砰砰的枪声,红红的血痕,孤儿寡妇们热热的眼泪,哀哀的哭泣,这是我们中国民族史上所留着的绝大纪念。任是经过了两个多月,已成陈迹,而我们的心头脑底,似乎还耿耿难忘罢。《自由谈》销声匿迹,已两个多月了②,如今卷土重来,满望欢欢喜喜的,说几句乐观的话。然而交涉停顿,胜利难期,

---

　　① 齐抚万,即军阀齐燮元,江苏督军,后抗战中投敌,抗战胜利后被枪决。

　　② 五卅惨案后,因有关惨案的稿件众多,《自由谈》曾停刊两个多月。

在下在本报上和读者相见,只索流泪眼望流泪眼罢了。

《申报·自由谈之三言两语》1925 年 8 月 29 日第 17 版

章士钊为了女师大女生厮守着学堂不肯走,他一时倒没有法儿想,这也是他福至性灵,斗的计上心来,便召集了三四十个壮健的老妈子,浩浩荡荡杀奔女师大而去。末了儿毕竟马到成功,奏凯而归,这种雷厉风行的手段,我们不得不佩服他。但是女学堂不止女师大一所,起风潮又在所难免,照区区愚见,不如组织一个常备老妈子队,专为应付女学堂风潮之用,免得临时召集,或有措手不及之虞。倘若没事时,那也不妨充作本人卫队,路上遇了女学生,万一其势汹汹,也可以不怕了,但不知道密司脱章可能容纳我这条陈么。

《申报·自由谈之三言两语》1925 年 9 月 18 日第 11 版

教育部近来似乎忘了自己是个穷部和冷曹,倒很高兴的在那里干。最近又通令女学生一律着用制服。训令中有"甚或故为宽短,豁敞脱露,扬袖见肘,举步窥膝"等语,他的主意,似乎专在反对时髦衣服。但看他上边豁敞、脱露、见肘、窥膝等字眼,分明不愿意女学生显露他们的人体美,非得密密封裹不可。我以为这不必定要着用制服,一般女学生们,家里总有祖老太太二十年三十年前的衣服,与其藏在箱子里供蛀虫吃,何不废物利用,都取出来穿了上学堂去,那么教育部中总没有话说了。

《申报·自由谈之三言两语》1925 年 12 月 25 日第 11 版

今天是耶稣基督的诞日,我不是基督徒,因此也并不像佛弟子迷信佛菩萨那么迷信他。不过无论如何,他老人家以一个"爱"字教训世人,这就很可崇拜的了。如今我们北方自相残杀,血肉横飞,而主持其事的恰又是耶稣基督的信徒,基督曾说"尔毋杀",又说"爱尔邻"。如今的所为,却恰恰和这两句话背道而驰。试想邻尚且应爱,何况是自家的同胞手足呢? 唉! 基督有知,怕也要挥泪长太息罢。

《申报·自由谈之三言两语》1926 年 2 月 8 日第 11 版

一年容易,我们借着习惯上的年关,又可休息一星期了。但我们虽在休息期间,而军阀们的穷兵黩武,与政客们的狗钻蝇营,却未必肯休息。不知一星期间,又闹成怎样的一个局面? 要是丙寅年正月四日早上,大家翻开我们报纸来看时,见那乱七八糟的不了之局,竟像变戏法般变成了个霁月风光的好局面,那我们就可痛饮屠苏酒,祝民国万岁了。只怕我今天的话,终于成了个痴人说梦。

《申报·自由谈之三言两语》1926 年 2 月 19 日第 11 版

　　阴历新年岁首,凡事总要图个吉利。最忌的便是死人,不道湖北先就大不吉利,死了一个头儿脑儿的萧耀南①。试想乙丑年的一年间,军阀伟人已死了不少。倘做起统计表来,已占了长长一大篇。不道丙寅年开始,阎罗王还是其势汹汹,不肯罢休,先把老萧开刀。大约这一年是虎年,吃人更要吃得好了。要是专吃大人物,消弭种种祸国殃民的隐患,这倒是我们小百姓的一线生机啊。

《申报·自由谈之三言两语》1926 年 3 月 13 日第 11 版

　　光阴过得好容易,一瞥眼,我们那位开国英雄孙中山先生已谢世一年了。昨天三月十二日,便是孙先生谢世的周年纪念日。整日价细雨帘织,似乎老天也在那里垂泪。可是哭孙先生么？也许是的。一面怕也是借着这孙先生周年纪念日。哭我们这兵连祸结岌岌欲危的中华民国罢。唉！孙先生谢世一年了,这一年来的中国,乱七八糟,更远不如一年以前。不但老天下泪,怕孙先生英魂有知,也要痛哭一场呢。

《申报·自由谈之三言两语》1926 年 3 月 21 日第 17 版

　　在这战云四起风尘澒洞之中,而身当军事重任的张之江,忽然电段电贾,大谈起整顿学风的问题来,可算得闲情逸致。足和空城计中弹琴却敌的诸葛先生后先媲美了。他的通电中,把解放恋爱、男女同校等等,都骂得焦头烂额,以致于说得甚于洪水猛兽。但我以为学风原应整顿,而军风更非整顿不可,像那种奸淫掳掠的行为,似乎也不亚于洪水猛兽。军风不整顿,人民不能安居乐业,子弟也无从求学,那更说不到整顿学风了。所以张之江要整顿学风,该先从整顿军风做起。

《申报·自由谈之三言两语》1926 年 3 月 27 日第 11 版

　　我看了北京惨案中死伤的调查表,不禁吓了一跳！想段大执政的手段,

---

　　① 萧耀南,1923 年曾参与镇压京汉铁路工人大罢工、制造"二七"惨案,后任湖北首长,1926 年初病逝。

委实可算得第一等辣了。任是那震动中外的五卅惨案，也没有死伤这样多的人啊！唉！外边人要杀，自己人又要杀，这真是那里说起？有人说：中国人本来太多了，目前生活程度日高，米要十七多元一石。父兄对于子弟的担负，一天重似一天，如今砰砰砰一阵排枪响，直接葬送了许多学子，间接却是减轻了他们父兄的担负，这正是大执政的一片好心肠呢，唉？

夫妇的公约

国际有公约,因为国际的事情太复杂,不得不立个公约,以昭信守而利交涉;却不听得同床合被的夫妇,也有订立公约的事。吾友杨清磬画师,有老友任君,寓环龙路,小庭花木,幽静出尘。他们是个一夫一妇的小家庭,伉俪间甚是相得。据清磬说,任君在几年以前曾断过弦,有好多人和他做媒,他都拒绝,说我是个已婚的人,不愿再作践人家处女,也愿意得一个已婚的女子,做我毕生的好伴侣。好容易给他找到了一位寡妇,恰自愿再嫁,于是正式结了婚。可是他们俩都是过来人了,所以关于夫妇间的事,彼此能体谅,能了解;而最足以动人观感的,便是他们客堂中高挂着的一张公约。约中共有十二信条,清磬只记得十条,且把大意写出来:一,妇须剪发;二,妇之装饰服御归夫支配;三,有客来,夫妇共同出见;四,夫妇不得作颓丧语(吁叹亦在禁例);五,夫妇每日各写大字一百,作文一篇,妇更鼓琴一次;六,夫出而应酬,不得叫局;七,凡有饮宴或娱乐之事,夫妇须同去;八,夫在外有事,须令妇知之;九,每十日须将卧房中一切布置,变易方向,以新耳目;十,每三日夫妇须更换衬衫裤一次。以上所记,不过是照清磬所说的信笔记下。很希望任君能将公约原文写示本报,以供一般新家庭的采用与参考。

(选自《上海画报》1926年1月19日第75期第2版)

娶寡妇为妻的大人物

娶寡妇为妻,在我们中国是一件忌讳的事,而在欧美各国,却稀松平常,不足为奇。不要说是普通的人,便是他们历史上的大人物,也不少娶寡妇为妻的。如美国的国父华盛顿,他在当大佐的时候,一天偶然瞧上了一位青年寡妇葛士蝶夫人(Mrs. D. P. Custis),说了一夜的情话。几个月后,两下便结婚了。又如法国怪杰拿破仑,他的爱妻约瑟芬(Josephine)也是一位寡妇,并且还带了个儿子来,这就合着我们中国所谓拖油瓶咧。又如那位英国海军中第一伟人奈尔逊,他也娶一个寡妇为妻,是一个医生的寡妇,唤做聂士培夫人（Mrs. Nisbet），结婚后爱情极笃，并且也像约瑟芬一样，拖了个油瓶过来，这油瓶儿子名唤乔西亚（Josian），曾跟着奈尔逊一同出征，十分勇敢。后来奈尔逊私恋上了一位大使的夫人，才和自己夫人疏远了。又如英国大儒约翰逊博士，他在二十六岁时，娶了个寡妇包德夫人（Mrs. Portel）为妻。这位太太年纪比他长二十岁，又很有脾气。结婚的那天，两下里骑着马上礼拜堂去，一会儿嫌新郎跑得太快了，一会儿又嫌新郎故意落后，不愿和伊并辔。到得新郎加快了一鞭，伊却又哭了。然而他们俩结婚以后，相亲相爱，肉麻得了不得。最近如美国前总统威尔逊氏，也娶一位医生的寡妇，有极深切的爱情。威总统去世后，夫人十分伤悼，才是新近除服的。只须看了这几位大人物，便可知道娶寡妇为妻，既无损于本人的名誉，也无碍于本人的事业。我国只为人人脑筋中有了不可娶寡妇的成见，而寡妇也抱了不可再醮的宗旨，才使许多"可以再嫁"的寡妇都成了废物。有终于不能守的，便暗地做出那种偷鸡摸狗的行为来，反弄得不名誉。与其如此，那何妨正大光明的再醮呢，然而要寡妇再醮，那么非提倡男子娶寡妇为妻不可。

（选自《上海画报》1926 年 5 月 10 日第 109 期第 2 版）

勿轻视有色人种

　　有色人种，向为西方所谓文明人种之白种人所轻视。自日本以蕞尔三岛，一举打败强大之俄罗斯，于是知黄种人之不可侮，竟唱黄祸之说。顾对于吾不自振拔之中国人，仍不少减其轻视，斥之为睡狮，为东亚病夫。今吾国国民革命之势力，日益伸张，已遍及于三大流域，睡狮醒而病夫起矣。其目前之工作，虽仅在解放国内被压迫之民众，而充其力之所至，则将完成世界革命，而使世界民族一律平等。他日世界一切有色人种或将赖吾国国民革命之力，得大解放，未可知也。

　　白种人之心目中，其无有色人种也久矣。金以为有色人种者，直天僇之民，不足齿于人类也。顾棕色人种中，有一太谷儿，有一甘地，已足以骇汗僵走一世。太谷儿之赴英也，群尊之为诗圣，白色人种，且有匍匐其前，而吻其足，吻其衣襟者。故吾人见夫十里洋场中黄帕峨峨、虬髯茸茸之"印度阿三"，正未可轻视之也。他如肤黑若漆之尼格罗人，凤以为蠢如鹿豕者，亦不乏奇才异能之士，挺生其间，以文学艺术，蜚声海外。即如白种人所崇拜讴歌之法兰西大小说家大仲马氏，其血管中实亦有黑种人之血，盖其祖母为非洲之海蒂族女子也。大仲马生平所著说部，如《三剑客》、《水晶岛伯爵》等，胥为不朽之作，世界文坛，已公认之矣。又俄罗斯大文家蒲轩根氏，以诗文小说，驰誉欧土，杰作如《军佐之女》、《杜白奴夫所基》皆为彼邦小说界有数之作。其祖父为一俄罗斯贵族，而娶一黑女为妇，故蒲轩根氏，亦一有色人种之后也。

吾人今日既倡言世界革命，其第一步，即曰"勿轻视有色人种"，他日一切有色人种之大解放告厥成功，则世界大同之梦想，亦庶可实现矣。

（选自《上海画报》1927 年 6 月 27 日第 247 期第 3 版）

未来的国庆

一年一度的十月十日，随着时序的旋律，不知不觉地又旋到我们的头上来了。本来呢，无论那一年，总有这十月十日的一天，与日历上其他的三百六十五日，没有甚么区别。不过因为这一天是中华民国创立的纪念日，恰恰又碰到了两个"十"字，所以肇锡佳名，叫做双十节，又大书特书的称为国庆日。照例，像这样非同小可的纪念日，是应当庆的。然而我们且抬起眼来，向四面八方看看，东北四省，堂而皇之的扯上了别人家的旗子，早不见了青天白日的影儿，连关内好几处地方，至今还被敌人的铁蹄践踏着，无可奈何。加以处处闹着天灾，处处闹着人祸，一年比一年厉害，掉一句文，真所谓"邦国殄瘁，民不聊生，吊之不暇，庆于何有"。所以这"国庆"两字，早就站不住脚了。但是事在人为，我们不要失望，不要消极，世界尽有已亡之国，因为全国同心协力的奋斗，终于复兴的一天。何况我们的国还没有亡呢？

我以为我们在这万方多难的当儿，大家心目中且把这"国庆"两字，包包扎扎的收拾起来，束之高阁。一方面人人急起直追，在建设上生产上埋头做去，一步不要放松，定要做到了国富民强的一天。到那时再揭开旧账簿来，将历年一笔笔的国耻账，和敌人清算一下，一笔勾销，盖上一个"作废"的戳子。而最大最重要的"九一八"那笔总账，更须在算盘上仔仔细细的打一打，将从前被人侵占的东北四省，一起收回来，不可有一寸一尺的土地遗留在外,而使那个侵占我们的"日",受一下永永忘不了的创伤。到了这个时节,我们就可从高阁上把"国庆"两字搬将下来,打开包裹,挂灯结彩的高供在大厅之上,无愧无怍地给全世界鉴赏。于是我们的双十节,就可添上一个外号,叫做"伤日"节,而我们凡为中国人的也可曲踊三百再跃三百的大庆特庆起来,这样的国庆纪念,方始觉得有真的意义,真的价值。

(选自《申报》1933 年 10 月 10 日第 26 版)

我有几句话要说(上)

现在这年头儿,甚么都要转变了。有的转向右,有的转向左,有的一转而直上青云,有的一转而打入地狱。在下编这一纸《春秋》,不想别的,只想转到多数读者的眼睛里,博得多数读者说一声好,那我就好像小时节在糖人儿担上,转动那个小小的转轮子,的溜溜地转到了一个挺大挺好的糖佛头一样。

《春秋》的转变,又待怎样的转变起来呢?但看所占的地位,不过是一全张的四分之一,只好像一个东南半壁的小朝廷。且还被广告占去了一角,仿佛中华民国的地图上,失去了东四省一般,试问这一些些地位,要排得式样好看,如何办得到?我苦苦的想了一天,总算画成了一个图样,一眼看去,倒像是一座戏院子。中央高端是《春秋》两字的题头,好似舞台;两旁两大块特别地位,有如两座大花楼;其余大小三排的普通地位,似是官厅正厅;而底下一长排专刊《游踪所至》、《世界珍闻》等栏的地位,那是月楼了。《春秋》的式样既像是戏院子,那么撰稿的诸君全是超等名角,而一切的作品,都是拿手好戏了。至于在下呢,不过是一个躲在幕后的排戏者,有时上台来露露脸,也无非跳跳加官而已。

我们本来的第一篇地位,往往刊登那些社论似的作品。论社会既没头没脑,无从说起,论国事又碍手碍脚,多所未便,要是不着边际的专谈空理,怕又免不了晋人清谈之诮。据历史告诉我们,晋之亡,亡于清谈,因此大书特书,说是清谈误国。这小小的《春秋》,怎当得起误国的罪名,所以我打算把这一篇空谈的文章从此割爱了。

空谈的文章既不要,那么要些甚么呢?喏!就是空谈的对面,要有实质的文章，以经济的文字，记述和描写一段精彩的事实。请撰稿诸君在下笔之际，将一切陈言，一切废话，做一番清洁运动，打扫个一干二净，每篇务以四百字为限。请诸君在写完文章之后，高抬贵手，拨动算盘，将全篇字数算上一算，注明在稿纸之上，千万不要忘却。其他零金碎玉，在四百字以内的，只要语隽意妙，任是寥寥数十字，也不胜欢迎之至。

（选自《申报》1934 年 3 月 29 日第 12 版）

我有几句话要说（下）

名人的轶事，我们本来是很欢迎的。但是不知怎的，每刊一段大人先生的轶事，过一天总要被动的更正一下。在作者以为道听途说，可作文料，在编者以为茶余酒后，可资谈助，双方都是无所用心，也别无作用的。不过据我这好多年编辑上的经验看来，这种大人先生的轶事，实在是可谈而不可谈，可登而不可登的。在一部分的读者读了，也许以为这是做人情，拍马屁；而在大人先生本身，却又以为这是开玩笑，骂山门。所以从此以后，我们不再欢迎当代名人轶事，与其惹是招非，还是自己"火烛小心"。

在底下的一排，我们不是常有《游踪所至》、《妇女园地》、《世界珍闻》、《小食谱》等一栏的么？这一栏分类很多，除上述四种外，尚有《科学趣谈》、《小常识》、《短篇小说》、《笑的总动员》、《拉杂话》、《风土小志》、《小园艺》、《小工艺》、《独幕剧》、《小小说》等十种，凡是新颖隽永的材料，无不在欢迎之列。但那每种的字数，至多以一千字为限，因为太多了，就要排得密密层层地，好像蚂蚁扛死苍蝇似的，忒煞难看，而一般眼光已打折扣的老先生，也惟有望"字"兴叹了。

漫画本来每星期一次刊在底下一排的地位，每次总是四五张刊在一起。现在也打算转变了，变成每天一张。譬如每星期吃一桌和菜，虽觉丰盛，不如每天吃一样佳肴，更来得开胃。这种漫画，除由黄士英、张英超、江栋良三君担任外，也欢迎投稿，其他题头画，以图案为妙，大小必须依照本刊规定的尺寸，放大四分之三，以便缩小制版。

无论文稿画稿，必须注明作者的姓名住址，并加盖图章，文稿上必须注明字数，这三件事，算是本刊与诸位作家的约法三章。要是不愿遵守的，那

么刊登之后,作却酬论,想我不客气了。(附带声明,来稿无论刊用与否,概不退还)

《春秋》转变伊始,特地刊登秦瘦鸥君译述的《御香缥缈录》一书,作为纪念。此书系前清德龄公主用英文写成,一名《老佛爷时代的西太后》,记的都是当年清宫中的秘史,十分有趣。秦君本为名小说家,译笔也工致可喜,一些儿不失原意。我们刊登此书的本旨,并不是要使读者发甚么"思古之幽情",只好似请大家看梅兰芳登台表演一部《太真外传》罢了。

《春秋》是要转变了,但是从那一天起开始转变呢?喏!中华民国二十三年四月一日。(是日应出之《儿童周刊》,移至四月四日儿童节出版)

(选自《申报》1934 年 3 月 30 日第 13 版)

《美容专刊》发刊辞

人间世凡是有灵性的人,天赋与一双亮晶晶的眸子,那决计没有不爱美的东西的。抬起头来,见了天半朱霞,不由得要喊起来道:"呀,这是多么美的霞啊!"见了陆离光怪的云片,又不由得要喊起来道:"呀,这是多么美的云啊!"夏雨之后,见了那横亘天际的虹影,更要手舞足蹈的惊呼着道:"咦,快看快看,这彩虹真好像一条五色的罗带,是多么的美啊!"此外夕阳夜月,绿水青山,也无一不是使人赞美的材料,一到了诗人们美化的笔下,那更要描写得有声有色了。

人们因为天性是爱美的,所以无论男女老幼,莫不知道美的修饰。天然之美,也许有不甚满足的地方,少不得要假借一些人为之美;于是聪明的科学家,发明了种种的化妆品,以应他们的需要。

女子们的爱好天然,自古已然,于今为烈,这是不可否认的事实。虽然古人有"冶容诲淫"的警告,但终不能使女子不爱美;所以化妆品的月异日新,有加无已,也是当然的了。忧时之士,以为女子处于这大时代中,应与男子们共同担荷救国的重任,不该再在美的修饰上用功夫;然而爱美是伊们的天性,无法纠正,在可能范围之中,也不妨让伊们修饰一下,只不要穷奢极欲就是了。

我们出这美容专刊,并不是提倡奢侈,想借此来启示女子们,大家以美

564

容为第一步,进而注意于"精神之美"。怎么叫做"精神之美"呢? 便是人格的保持,道德的修养,须于爱好天然之外,做到洁身自好的一步。

(选自《申报·春秋》1939 年 1 月 2 日第 17 版)

劫 中 度 岁 记

玄黄惨劫中,飘泊他乡,已苦苦度过了两个新年,而第三个新年,一转眼也已降临到我的头上了。歌哭无端难自解,笑啼交作不成吟,姑将前年度岁的日记摘录于此,以作这民国二十九年新年的点缀。

民国二七年元旦,阴

我们千里迢迢的到皖黟南屏村来避难,忽已过了一个多月,今天居然强为欢笑的过新年了。在苏时,老母偏爱农历,奉行祀神祭祖等等旧俗,牢不可破;如今在客地做高等难民,一无所有,所以我毅然主张今年要过新新年了。昨夜除夕,凤君多方张罗,东拼西凑,预备了七碗四碟一暖锅的荤菜素菜,一家九人,围坐在小圆桌上,吃起团圆夜饭来,虽没有甚么海味山珍,却也吃得津津有味。老母买了一对火红熠烛,作守岁之用,居停主人叶老太太,也来凑趣,命婢仆们拿了好多盏小红灯来,在小园里每一株树上挂上一盏,点上了火,真的增光不少。我坐在南窗下书桌上,细领破胆瓶中一枝蜡梅花的色香,胡绉了七绝二首:七簋四盘一暖锅,家乡风味未嫌多,客中犹吃团圆饭,难得阃人展笑涡。无星无月凄清夜,今昔悬殊感不胜,为谢居停怜远客,满园花树缀红灯。我不能诗,不过写实而已。

昨夜守岁只守了半夜,那枝守岁烛,早已蜡炬成灰泪也干,只得到梦乡里去守岁了。今天仍照常七时半起床,推开南窗,先就向那领袖群山的顶云峰唱了个喏,道了一声"恭贺新禧"。一会儿老母也起身了,即忙拜了年,儿女们也纷纷道贺。只可惜天色阴沉,并有雨意,正和我的心境相似。吃过了点心,出外小步,却见村中并无新年景像;很无聊的踱回来,坐到窗前,又念了两首《元日试笔》,有"双掩柴门无贺客,迎头长揖顶云峰。""独行踽踽了无事,且看四山团拜来"之句,百无聊赖之情,于此可见。闷坐半晌,总想找些事情做,蓦地想起昨天曾向叶善卿先生借了一盆绿梅,倒可供我消遣,于是把前几天向山中掘来的小松和园中现成的小方竹,在一只明朝粗砂的长方盆中布置起来,做成了一个《岁寒三友》的盆栽。那绿梅瘦得可怜,只有近十朵花蕊儿,姿势却还不错,放在南窗外阶砌上,作为岁朝清供,观赏之余,宠之以词,《调寄谒金门》云:苔砌左,举竹苍松低覆,借得绿梅枝矮婘,一盆栽正妥。旧友相依差可,梅蕊弄春无那,计数只开花十朵,瘦寒应似我。

一月以来,与同来避难的东吴大学诸教授组织了一个座谈会,每星期举行一次,轮流作东,略备茶点,会员共十二人,上下古今的无所不谈,很可消愁解闷;有会不可无名,因此我给它起了个怪可怜的名儿,叫作"苦茶集"。今夜苦茶集有特别节目,不吃茶点而改为聚餐,算是一个迎春之宴。每一会员,各做一样菜与会,先自认定,以免雷同。傍晚虽下雨,大家意兴不减,一个个撑着伞,提着篮,到那预约的叶芳珪牧师家去参加,十二样菜和两道点心,风味各各不同,品评之下,以孙蕴璞先生的菜心狮子头和张梦白先生的豆沙八宝饭为冠,其余也都可下箸,各擅胜场。大家欢笑饮啖,浑忘颠沛流离之苦。当下我口占一绝:春菜盈盘酒盈盏,一堂团聚一飞觞,有家同是无家客,且把他乡作故乡。程小青兄也另有两绝句相和,这夜酒醉饭饱,尽欢而散,我不能饮,真有些醺然了。唉!无家之客,几时方可有家,又几时可以重见故乡云树呢?

夜雨不绝,敲在园角方灯上,萧萧有声。雨啊!尽量下的雨啊!我只期待着明天,无穷的明天,末了儿总会给我一个光明的明天,风和日丽的明天!

(选自《申报》1940 年 1 月 1 日元旦增刊 26 版)

吾母今年七十六矣

　　吾母今年七十六矣，氏汪，字月，祖籍为皖之歙县，而徙于沪渎，遂为沪人。读书不多，而能知大义，喜闻古人忠孝节烈事。十九岁来归先君子祥伯公，阅十四年而先君子殁。岁在庚子，国难益以家难，儿女均幼，家贫，无担石储，或讽以改适，拒之，藉女红自活，兼以活四雏。复令吾三兄弟先后就学，沈毅果敢，不啻百战疆场之战士也。含辛茹苦者十余年，愚始克自立。已而妹嫁，而兄殁，而弟出嗣，其依依膝下者，惟愚一人。顾自愧力绵，未能奉甘旨，隆孝养，惟有如夫子所谓：啜菽饮水尽其欢而已。

　　吾母今年七十六矣，平昔刻苦耐劳，不知痛苦为何物。某岁外王母病危，吾母割股和药以进，外王母不知也。夜梦神人语之曰："尔有孝女，可延尔寿十二年。"阅十二年，果殁。后先君子病膈，百药罔效，吾母夜起吁天，复出利剪刲臂肉，诘旦煎汤进先君子。时方盛暑，御单衣，血殷殷透襟袖。先君子见之垂泪，顾不忍却，强进之。阅月余，卒不起。吾母以两度割股故，左臂创处结两痂，隆起如胡桃肉，迄于今数十年，犹隆起如故。尝出以示愚，愚捧之而泣。

周瘦鹃最敬爱的慈母汪月真太夫人肖像。

　　吾母今年七十六矣，平昔虽多忧患，而清健逾常人，不进补，亦未尝有大病。五十外两耳忽失聪，辄引以为憾。居苏时，犹能引耳就无线电，听申曲播音，聊以自娱。比"八一三"战事发，流转千余里外，抵沪而耳聋益甚，与之语，必大声疾呼以就之，而仍多缠误，无如何也！顾聪于目，虽不御镜，亦能事针黹。见孙儿女辈衣敝袜绽，辄乐为缀补焉。

　　吾母今年七十六矣，平昔无所嗜，不嗜烟，亦不嗜酒，偶兴至，则啜家酿之玫瑰酒或木樨酒一二杯,亦未尝醉。晨兴绝早,拈念珠,焚香诵心经,就窗前稽首祈天,终岁无一日间。叩以何所祈,曰:"为儿辈祈福也。"午前佐吾妇理家事,午后或假寐片刻,或以牙牌三十二打五关为乐。值戚鄽至,则每拉作竹林游,亘十六圈二十四圈而不言倦。胜固欣然,败亦无怨,然小负五六元,则力斥牌风之恶,其词若有憾焉。愚或如数偿之,则沾沾喜,盖虽年逾古稀,而犹有童心焉。愚爱花,母亦爱花,方春见红蔷薇怒放篱落间,日必撷一二朵簪之襟角,母笑,花亦袅袅欲笑矣。

吾母今年七十六矣,足纤,而健于步。一日欲访舅氏于恺自迩路,为呼车,拒弗欲,徒步自愚园路而东,到静安寺,径乘一路电车赴马霍路。会防空警报作,止于中途,则复下车而步,历一小时有半,卒安抵舅氏许。愚初为之惴惴不安,急电吾婿张镜人就近往探,则母方言笑宴宴,为舅氏缕述途中所靓也。

吾母今年七十六矣,发虽稀,而未尽白。晨起揽镜,约发作小髻,如蟹壳黄(饼名)然。愚尝为之数白发,仅于两鬓间得数十缕而已。齿牙虽摇落,而仍健于饮啖,见花生米,则掇一二枚啃啮之,牙龈为楚,晏如也。喜咖啡,见愚饮,则亦把盏作小饮,津津若有至味,顾月亦不过五六度。比者物力维艰,厥值蒸蒸日上,一饮一啄之微,率数十倍于畴昔。愚因与妇约,有可隐者隐之,惧为老人所知,因以减食也。

吾母今年七十六矣,目睹孙儿女骎骎以长,于意滋得。去夏愚遣嫁次女梅,今春复遣嫁三女杏,两家均氏张,可云奇巧。当梅与杏各偕其婿归宁时,老母见此双双璧人,辄莞尔而笑,而絮絮道两女幼时旧事为乐。其所引为不满者,则大儿铮年已二十有六,犹未授室,老人抱孙心切,屡以为言。顾此儿殊拘谨,迄无对象,愚虽托乡人执柯,亦卒卒无成。诚愿早日得一淑女,先下镜台之聘,藉慰老母心也。

吾母今年七十六矣,综其平昔刻苦耐劳,奉佛唯虔;耳虽聋而聪于目;足虽纤而健于步;发虽稀而未尽白;齿牙虽摇落而仍健于饮啖。凡此数者,佥足为长寿之征,吾心良慰。愚早丧父,无父何怙,而母仍健在,有母可恃,窃以为幸。兹所耿耿不能去诸怀者,乃期于河清海晏之日,仍得奉吾母归隐吴门,日处万花如海中,不复作牛马走。更一二十年而愚得以皤然一叟,挂杖扶老母,尽日槃桓花间,相顾笑乐者,则天之厚我者至,而吾生为不虚矣。

(选自《紫罗兰》月刊 1943 年 6 月 10 日第 3 期)

我 的 家 庭

我的家庭是一个简单的家庭。我家庭中的人物,有一母,一妻,一子,一女。一兄另立门户,不大回来。一妹已嫁。一弟远在洛阳,一半儿已过继与人家了。附属于我这家庭中的,有一女仆,是苏州人;一使女,是松江人。现在,日常在一起过活的,连我和下人一共是大小七人。

我住在西门内,是一宅两幢的屋子,每月租金三十五元,有人说贵,也有人说贱。我自己既没有屋产,贱要住,贵也要住的。这两幢屋中,分作八间,略加布置,因为我最喜欢布置。我所称为"紫罗兰庵"的,在厢房的楼上,是我个人的小房间,读书、撰稿、睡觉都在那里,并且有一个小小儿的"紫罗兰庵"神龛,龛中还供着紫罗兰神像咧。

我的母亲今年五十五岁,他是一个很慈爱的妇人。往年,他曾两次割股:一次救母,曾延了外祖母十二年寿命;一次救夫,只因病入膏肓,已不救了。庚子那年上,父亲既撒手长逝,母亲抚养我们兄弟四人,赤手空拳的和生活奋斗。仗着外祖母的相助,居然靠女红支持了十多年。又因得了一二亲戚故旧的资助,没曾使我们兄弟流离失所。我且还在养正、储实、民立三校中做了许多年的苦学生,得一些普通的学识,这可都是我母亲和外祖母之功啊!母亲勤谨爱劳,不图安逸,现在衣食住虽舒服了,仍然料理一切家事,不肯放弃。要是节孝祠不废止时,将来似乎应该有他老人家的位置呢。

我的妻叫做胡凤君,今年二十六岁,他是一个不甚识字的女子,却有贤德,识大义,能得我母亲的欢心。我在十八九岁的时候,我的心本来别有所寄,后来失望了,因着母亲的教劝,才和她订了婚。我最初见她,还在他十三四岁时,用猩红绒绳扎着辫子,星眸月颊,很觉可爱,所以母亲要给我论婚时,我就想起了她。因着我有亲戚和她家相识,总算把这头婚事撮合成了。她过门之后,到如今已有六年,生下了一个儿子,一个女儿。他除服伺我和助母亲料理家事外,把全副精神注在儿女身上。她不爱打牌,不喜闲逛,六年中只上过戏园两次、游戏场三次,好算得拘谨极了。最近,我曾同了陈栩园丈、陈小蝶、李常觉游梁溪诸名胜,在那边宿了一夜,第二天夜车回来时,却见楼上下都插满了花,什么都收拾清楚了。我那紫罗兰庵中,更被晚香玉薰得四壁皆香,好像欢迎我似的。我明知这又是我妻的布置,口虽不言,心中很快慰呢。我生性缠绵，旧恨原不能忘怀，对于我的妻，可也是非常感激的。

我子名铮，年五岁，女名玲，年三岁。铮是经了难产生的，倘不是产科女西医施行手术，早就没有命了。铮极顽皮，智识开得很早，性情倔强，不能用硬手段屈服他。这两年来很多有趣的事情，可惜我健忘，不能一起记出来。所记得的，有一天早上六点钟时，我躺在紫罗兰庵那张没帐子的小铜床上，还没有醒，蓦觉枕头边悉悉索索的，把我惊醒了。却见铮正撑开了他母亲的一顶绸伞，搁在一旁，恰恰把我的头和上半身遮住，我问他为什么，他说太阳已晒进来咧。他每天傍晚七点钟睡觉，早上六点钟起身，我醒回来时，他总第一个唤声"爹爹，Good-morning（早安）"，这是我去年教他的，现在已成习惯了。玲还在学语时代，除了呼爷唤娘外，不能说什么话，但是人家的喜怒和东西的好坏，她全都懂得咧。

我事情极忙，每天总要操作十四五小时，真是一个文字上的劳工。家庭中的娱乐，每月不过有二三次听听留声机，此外，简直也没有工夫和家人们周旋了。我的家庭不大不小，总算能说得上是一个幸福的家庭，我生性执拗，自不免有淘气的事，但是大家都不做声，不久也就忘怀咧。

我的家庭情形大略如此。

（选自上海《游戏世界》月刊 1922 年 10 月 20 日第 17 期）

新 年 之 回 顾

　　儿时的新年,大抵是快乐得多,那红裳跳地的乐趣偶一回顾,还觉得津津有味。只恨光阴先生性儿太急,飞一般的过去,人力既不能把长绳系住白日,长保这儿时快乐的新年,又不能使年光倒流,仍还我们这儿时快乐的新年,到得马齿加增,一年一年的长大,那新年的乐趣也就一年一年的减少了。《半月》当着旧历新年,特刊一本"春节号"。我们运用民国新历,当然不该重视旧历新年,但那十年以前过去的新年,仍还是旧历的新年,我既请几位前辈的先生各各回顾他们儿时的新年,逐一记将下来,自己想偷懒搁笔了,寒云说,你既唤人家回顾,自己也该回顾回顾。于是,我就不得不说上几句,做他们的新年陪客。

　　我儿时的新年,只能说有六年寿命,得六年快乐。因为六岁的下半年就丧了父。这六岁以后的新年,便都是眼泪涂抹的时光,既不觉得快乐,也算不得新年了。我一岁到六岁的新年状况,只为如今脑力疲弱,记不清许多,但觉得也曾热闹过一阵。家中备足了年菜和糕饼、粉饵,尽着我们兄妹吃,彼此抢得利害,元旦向挂着的祖宗遗像叩了头,便给父亲、母亲和外祖母拜年,得了压岁钱买爆竹放,大家兴高采烈,快乐万分。过了初三,父亲领着上城隍庙,去买了荷花灯、走马灯,回来又配着喇叭、面具、木刀之类,同兄妹们一直顽到元宵,那时节的光阴何等甜蜜,到如今回头一望,可就万金难买了。

　　我家住的屋子,是在城内县西街一条街中。一宅旧式的五幢屋,我们租住着楼下三小间,每月租费共制钱一千六百文,若把我现在一个月的租费合算起来,在那时好住三年半了。一连住了十多年。我父亲也就死在这宅屋子中的,去世的那年,恰逢庚子之乱,八月中病重的当儿,外面人心惶惶,我们家里也人心惶惶。父亲害的是伤寒症,后来两脚两腿发肿,直肿到心口,可怜我母亲夜夜的祈祷和左臂上剪下来的一块肉,毕竟换不到父亲一命,眼见他撒手去了。第七年的新年,我们一家已在泪河之中,年菜和糕饼、粉饵什么都没有了,但觉那三间黑魆魆的室中充满着一派阴惨气,那小客堂的一角,摆着我父亲灵台,烛台上插着残剩的白蜡烛,堆满蜡泪,父亲死后新画的一幅像就挂在那几幅祖宗遗像的旁边了。这一个新年,我们关着门过去,兀对着那些遗像呆坐,心中暗发奇想,想这些穿箭衣外套和披风红裙的男女祖宗,可能从纸上走将下来? 倘下来时,可不要把我们生生吓死么? 每天早上,总听着母亲的哭声和房东严姓家的恭喜发财声互相应和,一苦一乐,可也相去得远咧。我父亲是个不得事家人生产的人,在江宽轮船上充了几年账房,不曾积蓄什么钱,所以身后萧条,反遗下了几百块钱的债。以后的新年中,母亲虽也把做女红十指所入略略备些年菜,但已不像往时那么应有尽有,糕饼、粉饵也不备了,压岁钱也没有了,爆竹也不放了,荷花灯、走马灯和喇叭、面具、木刀之类也一概没有顽了。外祖母可怜见我们,常去买一盏状元灯来挂在家中,但是只有一个红纸壳子和四个金字,比不上荷花和人马兜圈子那么好玩呢。

穷苦人家的孤儿什么都落在人后。新年中我们没新衣服穿,只索在门罅中张望,那邻家的孩子们穿绸着缎,何等的美丽! 我们却只有一双新鞋子穿在脚上,剃一个头,浴一回身,便算是过新年了。我们瞧着邻家的孩子们糕饼多、爆竹多、玩具多、压岁钱多,总觉眼热得很。

我家原也有几个亲戚,我们兄妹出去拜了年,也能换到小银元两角、四角的压岁钱,兴兴头头的捧着回来,我们要买爆竹和走马灯玩,母亲不许,再过几天,便把来贴补柴米钱了。记得有一年,我在一家亲戚家得了一块钱的压岁钱,回来时生怕再给母亲取去买柴米,就瞒着不说。谁知临睡时,被母亲在鞋子里面发见了,狠狠的一顿打,打那以后得了压岁钱便不敢再瞒她。

这样黯淡无色的新年一连过了十多年,也不知道是怎样过去的。如今我已是二十多岁的人了。十年奋斗,差能自立。只可惜到了新年已不觉得有甚么乐趣。想起十多年前的新年中,我得了压岁钱须要贴补柴米,如今我那四岁的儿子都预备着新年中要了压岁钱去向先施公司买一部小汽车玩了。唉,我那得回过去,仍做小孩子,重度那六岁以前的新年!

(选自上海《半月》半月刊 1922 年 1 月 28 日第 1 卷第 10 号"春节号")

我 的 书 室

　　我是依笔墨为生的，是文字上的劳工。我的书室，便是我的工场，关系很为密切。我平日极喜欢布置居室，而对于我的书室却因陋就简，不很注重。方为这是我的工场，只须适宜于工作，不必过于讲究的。然而我历年来在这工场中，已不知绞了多少脑汁，呕了多少心血。

　　我的书室和卧室相毗连，是面北的一小间，西面和北面都有窗子，光线很充足。北窗外有对邻的小楼，我在《半月》杂志中曾做过一篇短篇小说，叫做《对邻的小楼》，即是指此而言。在这北窗之下，就放着一张写字台，这写字台和我相依为命，已足足有十二年了，是西式紫黑色的小小儿的一张，因为用得很久，边沿上已退了漆。上面有木架，式样很好，两端各有两个小抽斗，小抽斗上边的平面上，可放装饰品。我便在右面放了个托尔斯泰石膏像，左面放了个爱情日历。中央低下去的架子上，一面有阑，放着三件东西。中是埃及金字塔式的墨水盂，右是刻有埃及古画像的银铅色石膏笔筒，左是粉红色西磁的花瓶。这所在本来放一个骷髅的，因为夜半独坐作文时，瞧了有些可怕，已移往别处去了。台面上铺着一张墨水纸板，稿件啊、信札啊、大小报纸啊，常像秋林落叶般随处抛散着，直到自己瞧不过去了，方始收拾开去。这写字台除了上面四个小抽斗杂置零物外，下面有九个大抽斗，分放《半月》用稿和《紫兰花片》的材料。我这两种杂志，完全产生于这写字台上。我这十二年来的作品，也大半产生于这写字台上，所以我和这小小写字台，有特殊的情感。

　　写字台的右面，有两具鸽笼似的方格箱，每箱八格，杂置信札、稿件、书籍之类，往往塞得很结实。箱旁小山似的一堆，堆着英国四种周刊和美国的两种影戏周报。写字台的左面，又有一座山，比那周报的山高出一倍以上，是堆着历年所搜罗的各种中西杂志和半新旧的杂书，没系统，没秩序，简直是一座山啊。在这山旁，靠壁放着一口书橱，一共四格，第一格中有法国毛柏桑短篇小说全集十卷、英国文学丛书二十卷，第二三格，都是各国的名家小说，第四格却放的中国文学书籍，约有一百多种。下面有两个抽斗，放着中西的画册和西方杂志中剪下来的画片。抽斗之下，两扇门的里面，又有两大格，放着中西的许多旧书，那好似秋山乱叠，更见得杂乱无章咧。书橱的对面西窗之下,有两张西式椅和一张西式茶几,却放着一副中式的茶具。在这几椅的旁边,有一张大方凳,有花瓶,有笔砚,有架山石,有石水盂。墙上贴着三个女孩子在破伞躲雨的五彩西画片,凳前设着一张小藤椅,这便是儿子小鹃的写字台。

至于这书室的墙上,有《时报》主人狄平子先生手写的大对联:"初日将兴带水气,崇林至静引天风"。又有故云间名士张瑞兰先生赠我的小对联:"结交指松柏,述作受江山"。又有横幅四幅,由天笑、王钝根二先生的字和张聿光、丁慕琴二先生的画,都是我所心爱的。

我的书室,是如此如此,实在不能算是书室,只能说是工场。我很想脱离这工场,叵耐终于做不到,我只得继续我的工作,并祝我的工事发达。

(选自《申报》1924 年 12 月 17 日第 17 版)

书信

《姑苏书简》受信人周瘦鹃的女儿周瑛
和丈夫、孩子的合影。

嗟我怀人中心是悼

瑛儿：

你每次来信，总要问起我的健康情况，足见你对老父的深切关怀，使我十分感动。这一年来，我并没有什么大病，但是小病小痛，在所难免，毕竟是老了一些，抵抗力也差了。尤其觉得难受的，每天清早四时，天还没亮就醒了；头脑立刻像风车般转动，想这想那，想个不了；并且往往想到亡故了的亲人和亲戚朋友。譬如你的祖母和母亲，去世已将二十年，但我还是经常想到，有时见之于梦，因此黎明即起，我总得先到她们俩的遗像之前，先叫一声"妈"，后叫一声"凤"，接着敬上一支好香烟，二十年如一日；你总也知道你母亲在世时，每天早上是有抽烟的习惯的。

这几天来，我听了几张京剧中青衣花旦的唱片，忽又想到了三位亡故了的戏曲艺术家，都是跟我有一日之雅的。第一位是半年前去世的欧阳予倩，他那张白皙的面庞和一双深度的近视眼，立刻涌现在我的眼前。只因我年轻时在上海从事文艺工作，很早就认识了他。当他和陆镜若、马绛士、吴我尊等共同组织"春柳社"时，我就看过他们合演的新剧《不如归》、《黑奴吁天录》、《茶花女》等，为了我先前已读过了这些原著的小说，他们那种声容并茂的演出，也给了我不易磨灭的印象。后来予倩在京剧中露了头角，我也看过他好多出戏，平时常相往来，还到他家里去吃过饭，他夫人会做一手挺好的湖南菜，煎炒煲熬，吃得我津津有味。记得我看到他的最后一出好戏，是和周信芳合演的《武松与潘金莲》，在天蟾舞台演出。那时周信芳正用着他旧时的艺名"麒麟童"，扮演武松，虎虎有生气，而予倩的潘金莲也表演得有声有色，并且给她翻了案，不再是群众心目中的淫妇，而是一个被压迫的弱女子了。我和他最后一次见面，是在一九五九年"五一"国际劳动节前夕，因出席全国政协会议之便，被邀参加全国文联的座谈会。阔别了三十多年，白头相对，倒像在梦里一样。予倩拉住我坐在一起，谈谈别后情况，正如一部二十四史，不知从哪里说起。谁知这三十多年来的一面也就是最后的一面，噩耗传来，他竟和梅兰芳同病而也追从而去了。我于痛悼之余，检点故箧，发见了他当年见赠的一张照片，是和他夫人站在一起合摄的。上款是他用钢笔写的"瘦鹃先生、夫人惠存"；下款是："予倩、韵秋敬赠"。予倩身穿马褂长袍,毕恭毕敬地站在左边,夫人身体略侧,右手挽着予倩的左臂,左手捧着一束鲜花,上身穿一件圆角短袄,下身系一条阔花边的裙子,是四十余年前的时装。照片上没有注明年、月、日,瞧了贤伉俪那种丰容盛鬋,年少翩翩的模样,估量他们的年龄是在三十岁左右;而这张照片,也许是结婚十周年的纪念照吧?

我所想到的第二位,是一年半以前去世的梅兰芳,流年似水,却并没有冲淡我沉痛的回忆。那时我为了聊以自慰起见,只当他行色匆匆,到什么遥远的地方壮游去了。记得我曾写了一封很长的信,刊登在首都的《戏剧报》上,说了不少伤离怨别的话,好像是寄给一个远游的好朋友似的。信中还有这么几句话:"我这小园南部的'梅丘'之上,有一间小小的'梅屋',一切点缀,都与梅花有关,原是春初陈列盆梅、瓶梅供人观赏的,今后将兼作我个人纪念您的地方。您云游天下,如果有兴的话,何妨于月白风清之夜,光降到'梅屋'中来流连光景,小憩一会,又何妨重演一次散花的天女,凌波的洛神呢?"有一位朋友读了之后就对我说:"你这么一说,我可不敢再到'梅屋'中来了,一进'梅屋'就觉得有些儿汗毛凛凛哩。"我笑道:"你未免忒煞胆小了,兰芳即使做了鬼,也是一个漂亮鬼,他要是惠然肯来,我一定竭诚欢迎,这有什么可怕的? 何况我还可瞧他兴之所至,表演他的杰作'洛神'和'天女散花'呢。"那朋友一听,也就情不自禁地笑了起来。

瑛儿,我不知道你可曾瞧过梅先生生前所演的戏,但我料知你在海外,一定在收音机中听过他的唱片,在银幕上瞧过他和俞振飞合演的昆剧《游园惊梦》彩色电影了。梅先生去世以后,政府为了他一生对戏曲艺术多所贡献,功不可没,因此展开了一系列的纪念活动,发行纪念邮票,出版唱片选集、文集和画集,绘制梅兰芳艺术生活幻灯片,摄制梅兰芳传记艺术影片。瑛儿,将来你要是瞧到这部影片开头作为点缀的梅花时,要知道那一株株的红苞绿萼,还是家园中的东西。原来那家影片公司的摄影小姐,特地到我家来借了几盆梅桩,带到上海去入镜头的。我和梅先生既有一份深厚的交情,现在我所手植的梅花得在他的传记影片中一现色相,当然是喜出望外,要是梅花有知,也该引为荣幸吧。

梅先生的戏曲艺术早已名满天下,有口皆碑;而出其余绪,从事丹青,也居然楚楚有致。他于三十余年前,曾给我画过一幅"无量寿佛",衣褶笔笔有力,古趣盎然。另有一个扇面,画的是碧桃花和芭蕉叶,红绿相映,色泽鲜妍,笔致也很遒劲;我给配上了一副刻着钟鼎文的檀香扇骨,相得益彰。这两件墨宝,至今珍藏在紫罗兰庵中,留作永久纪念。可是人亡物在,睹物思人，又不免引起了一重惆怅哩。

我所想到的第三位，是五年前去世的程砚秋。记得我在上海给《申报》编《自由谈》副刊的时期，他每次南下演出，总得偕同其他主要演员上报馆来访问我，据说这叫做"拜客"，如果我恰不在，那么每人就留下一个名片，表示已来拜过了。那时他还很年轻，大名是叫"艳秋"，直到中年，才改称"砚秋"的。他还写得一手好字。曾给我写过一个小立幅，录王荆公诗，共一百十字，起句"牛若不穿鼻，岂肯推人磨，马若不络头，随宜而起卧"，诗为古风，通首含着哲理，在可解不可解之间，不知他怎么会挑上这首诗的。此外他又送了我好几幅戏装和便装的照片，真的是面目如画，俊俏得很！抗日战争期间，他痛心国难，深恶敌伪，就毅然地抛却了舞扇歌衫，不再在红氍毹上讨生活，正像梅兰芳一样，保持了民族气节，真可愧煞一般屈膝事仇的士大夫。

砚秋襟怀磊落，淡泊自甘，身在绮罗场中，常有买山归隐之志。当他在上海演出，大红大紫的时期，就请汤定之老画师画了一幅"御霜簃图"，名诗人周今觉给题了六首诗，录其四云："一曲清歌动九城，红氍毹衬舞身轻；铅华洗尽君知否，枯木寒岩了此生。""淡云薄似砑罗衣，远岫浓于染黛眉；茅屋数椽西崦外，无人知是御霜簃。""高名岂首震时贤，弟子芬芳已再传；画里有人呼不出，与谁流涕话开天。""玉笑珠啼幻亦真，廿年赚尽凤城春；嘉荣已自称前辈，莫认云屏梦里人。"后来他为了跟日寇作斗争，竟赶到北京西郊外青龙桥乡下种田去了。他天天啃窝窝头、玉米饼，在田里劳动着，实现了当年高洁的志愿。

解放以后，砚秋重登舞台，并曾来苏州演出，轰动一时，我看过他一出《骂殿》，只为中年发胖，扮相差了一些，而艺术已达到了炉火纯青的境界，行腔使调，仍如清泉咽石，宛转动听，煞尾的拖腔，一波三折，仿佛天际游丝，不绝如缕地袅动着，真的是美极了。

瑛儿，这三位卓越的戏曲艺术家，虽一一离开了人间，但他们一生莫大的贡献，却留在人间，永垂不朽。他们的声音笑貌，也深深地印在我的心坎上，长为我伴，以终我身。

（选自《姑苏书简》）

笔墨生涯五十年

瑛儿：

时间老人倒像是一个运动场上的赛跑健将，老是一手捧日，一手带月，洒开一双飞毛腿，蹦蹦跳跳地跑个无休无歇。我生也有涯，却眼睁睁地瞧着他老人家跑了六十八年有零，而我那东涂西抹的笔墨生涯，竟在这些年头里占去了足足五十年。五十年来我曾创作和翻译了不少作品，也曾编辑了不少刊物，虽说庸庸碌碌，对文艺界并没有多大贡献，可是在我个人的生命史上，毕竟还是可以纪念的一页。

瑛儿，你在外出阁以前，虽在家里耽了二十多年，但你对于我少年时艰苦奋斗从事写作的过程，也许不大了了。现在为了纪念我的笔墨生涯五十年，就不惮辞费的对你从头说起，你也不妨当作听人说故事般听一听吧！

你知道我是在上海生长的，你祖父在我六岁的那年，不幸得了臌胀病去世了。这一年恰是国耻深重的庚子年，八国联军如狼如虎，进攻我国北京，他老人家在病中忽作呓语，高呼"兄弟三个，英雄好汉，出兵打仗"，我和你的伯父、叔父，恰是兄弟三个，这一句话给了我一个十分深刻的印象，至今不忘。不过后来我们三兄弟都没有照着他老人家的话，去做卫国的战士，这是应该引为遗憾的。你祖父去世时，家中一贫如洗，无以为殓，连一口棺木也是由亲戚们凑了钱来买的。你祖母含辛茹苦，抚育我们兄弟三个和一个妹妹，平时靠她一双手，做女红换饭吃。瑛儿，你总知道黄连的味儿是够苦的，而那时我们一家的生活，简直是比黄连还苦啊！我由私塾而小学而中学，都是做苦学生，从没有出过学费，不过逢年逢节，出一些杂费罢了。你祖母平日所教训我的，就是要争气，要立志向上，因此我一辈子"向上爬"的思想，就在这时扎下了根。

我在艰难困苦中成长起来，居然活到了十六岁，好容易踏进了当时上海有名的学府民立中学。暑假期间，常到城隍庙里冷摊上去掏旧书，作为课外读物。有一天把你祖母给的点心钱，买了一本革命党同盟会在日本东京出版的杂志《浙江潮》，读到了一篇笔记，记的是法国一个将军的恋爱故事，悲感动人，引起了我的爱好，想把它编成一篇小说，尝试一下。但是想到写小说要结构严谨，前后连贯，不是一件容易的事，念头一转，计上心来，想不如编作剧本吧，剧本写些人物上场下场和动作外，全用对白，似乎比写小说容易得多。于是日夜动笔，用了一个月的工夫，编了一个八幕的剧本，取名《爱之花》，并且起了一个笔名，叫做"泣红"签了上去。那时商务印书馆创刊《小说月报》，正在日报上登广告征求稿件，我就瞒着家里人，偷偷地把这剧本寄了去，从此天天伸长了头颈，等待好消息。呵呵！皇天不负苦心人，隔不多久，好消息来了；《小说月报》的编者王蓴农先生回了我一封信，说是采用了。准在第一期中刊登，并送下了银洋十六元，作为酬报。这一下子，真使我喜心翻倒，好像买彩票中了头奖一样。你祖母的欢喜更不用说；因为那时的十六块大洋钱是可以买好几石米的。我那五十年的笔墨生涯，就在这一年上扎下了根。

嘿！瑛儿，你可不要小觑我这部处女作，几年以后，上海掀起了新剧的热潮，据新剧名艺人郑正秋、汪优游告诉我，他们有一出名剧"英雄难逃美人关"，曾在汉口演得大红大紫，就是把《爱之花》改编演出的。我听了当然喜出望外，可惜没有亲眼看到，不知是怎样的一个场面。

十八岁那年，念完了本科三年，总算毕业了。幸喜毕业并不失业，苏校长留我在本校教预科一年级的英文，给了我一只饭碗。那班学生都是我的同学，有的是富家子弟，有的年纪还比我大，因此有意欺侮我这初出茅庐的小先生，常常要我陪他们"吃大菜"。（学生们戏称犯规后被校长召去训斥为"吃大菜"）我挨了一年，天天如坐针毡，真的是怨天怨地，于是硬硬头皮，辞职不干了。那时文艺刊物正如风起云涌，商务印书馆有《小说月报》，中华书局有《中华小说界》，有正书局有《小说时报》，中华图书馆有《礼拜六》、《游戏杂志》，日报如《申报》、《时报》，也很注重小说。我一出校门，就立刻正式下海，干起笔墨生涯来；一篇又一篇的把创作或翻译的小说、杂文等，分头投到这些刊物和报纸上去，一时稿子满天飞，把我"瘦鹃"这个新笔名传开去了。尤其是《礼拜六》周刊，每月四期，每期必写一篇，一个月所得稿费，总有好几十元，远胜于做小先生活受罪，于是劝你祖母不必再给人家做女红，由我独个儿来挑这一家生活的担子了。

一连几年，我就做了一个文字劳工，也可说是一部写作机器，白天写写停停，晚上往往写到夜静更深，方始就睡。像这样大批生产，大批推销，当时就被称为多产作家，而在文艺界中站定了脚跟。一九一六年，中华书局邀我去担任编撰，专给《小说界》、《妇女界》两月刊撰译小说、杂文，并且给我出版了好几种小说单行本。就中有一本《亡国奴日记》，我为了受"五九"国耻的刺激，悲愤填胸，参考了别国的亡国惨史，自己设身为亡国奴，写成一本日记,意在警惕国人,急起救亡。那年五月九日前夕,由局中持用国产纸印成小册子,销行了几十万册。接着我又写了一部《卖国奴日记》,自己出版,痛骂曹、章、陆三个私通日本的卖国贼,一泄心头之恨。

瑛儿,在这里值得提一提的,就是我二十二岁那年,为了要娶你的母亲,筹措一笔结婚费,因将曾在各种报刊发表过的历年所译欧美十四国的名家短篇小说五十篇,全都搜集起来,编成一部《欧美名家短篇小说丛刊》,卖给中华书局,得稿费四百元,下一年我就像模像样地跟你母亲结了婚。以后二十年间,生下了你们兄弟姐妹七个;细想起来,你们七个孩子都可算得是我这部书的副产品,而都是从我一枝笔上生发出来的。呵呵!瑛儿,你想我这句话可说得对头不对头啊?更值得提一提的,我这部书后来竟获得了鲁迅先生的赞许,还由那时的教育部给了我一张奖状。前几年在周遐寿先生一篇《鲁迅与清末文坛》的文章中,又说鲁迅先生当年对其他作家都不很措意,而对我却相当尊重。这一份知己之感,真使我刻骨铭心,一辈子也忘不了。

在中华书局一共服务了三年,因公司改组而脱离,接着应老友严独鹤兄之约,担任了《新闻报》"快活林"副刊的特约撰述,每天写稿一篇,谈天说地,花样百出,足足写了一年,才告一段落。但是我的脑和手是闲不住的,我的笔尖儿也是闲不住的,又给《申报》"自由谈"副刊担任了特约撰述。总编辑陈冷血先生正在兼管"自由谈",邀我去谈了一下,由他每天写一段短小精悍的《自由谈之自由谈》,要我每天给他写一篇小品文,不限体裁,不限字数,不论宇宙之大、蚊蝇之微,什么都可以谈,真的是再自由也没有了。一年以后,《申报》主人史量才先生就量才录用,下了聘书,竟把"自由谈"主编一席交给了我。记得那时是一九一九年,我得意洋洋地走马上任,跨进了汉口路申报馆的大门,居然独当一面的开始做起编辑工作来。瑛儿,你记住,这在我笔墨生涯五十年中,实在是大可纪念的一回事。

瑛儿,我在那时的工作倒是轻松愉快的,每天编辑这一份《自由谈》只须两小时的工夫,连小样大样也不要我看,自有他人代劳,真可算得是个神仙编辑。这么一来,我就尽多余暇,可以兼任其他编撰工作。一九二二年,久已停刊的《礼拜六》周刊忽又复活,从一百〇一期起,由我编辑,仍由中华图书馆出版。不知怎的,读者对它有些偏爱,每礼拜六一清早,就有人来等开门抢买了。我编了十多期,见出刊物大有可为,一时心血来潮,就自掏腰包,刊行了一个半月刊《半月》,首创三十开本的版式,力求新颖,出了四期,倒也风行一时。只因我的经济力有限,周转不灵,实在难乎为继;世界、大东两书局得了消息,都来和我商洽,愿意代为出版,经过谈判之后,终于被大东取得了发行权,并邀我进局担任审阅小说杂书的职务。从此我不必在经济上动脑筋,可以一心一意地在编辑和写作上用工夫,每半月出一期,竟一连出了四年。大东负责人以为《半月》这个名称用得腻了,因为我一向爱花,尤其热爱紫罗兰,大吹大擂,时常形之笔墨,于是改名为《紫罗兰》,仍是半月一出,又出了四年,版式和内容,有所改进。最特别的,就是在二十四开本版式的一年间,开卷就用铜版纸精印一页紫罗兰画报,图文并重,很可爱玩。有一年是三十开本的版式,而把封面纸挖空了,后面衬了一幅彩色时装仕女画,真所谓"画里真真,呼之欲出";总之我是不断地挖空心思,标新立异的。

1928年1月《紫罗兰》第3卷改版革新,封面挖空一块,作苏州园林的"漏窗式",扉页是一幅精印彩色时装仕女画,配上相映成趣的诗词。封面与扉页合成后的效果,颇有"画里真真,呼之欲出"之感。周瘦鹃说自己总是不断"挖空心思,标新立异"。

《紫罗兰》半月刊风行各地,经久不衰,恰像春光好时,园地上的紫罗兰花开得烂烂漫漫,有色有香。有一夜独坐书斋,玩赏着案头瞻瓶中姹娅欲笑的紫罗兰,忽然动了灵感,想别开生面,出版一本个人的小杂志,就叫做《紫兰花片》。主意打定,立即动起笔来,写些零零星星的小品文,恰像是一片片的花瓣一样。日积月累地写好了几十篇,有创作,有翻译,居然五花八门,应有尽有,就设计了六十四开本的袖珍版式,自行排比,用桃林纸精印,文字共有二十八个题目,卷首和中页有风景、人物、书画、金石等图片,全作紫罗兰色,分外精致。第一集问世,就获得了读者的好评,诗人词客,纷纷品题,例如南社诗人顾悼秋先生二绝句之一云"嚼蕊吹香骨便仙,紫罗兰外问韶年;湖山花月殊娇冶,合贮灵文此一缃"。我于感奋之余,就一集又一集的编写下去,月出一集,竟持续了二年之久。读者们爱它的娇小玲珑,比作"桃花扇"传奇中外号"香扇坠"的李香君,说这《紫兰花片》就是杂志群中的一个"香扇坠"啊。

瑛儿,在这些年头里,我虽像打游击一般,东编一个刊物,西编一个刊物,还要边写边译,忙得不可开交,然而仍以编辑"自由谈"作为主要工作。时间过得飞快,真如白驹过隙,不知不觉地编了十多年,历任的几位编辑先生,谁也没有像我老坐在这席位上会坐得那么久的。于是平地一声雷,来了一个大转变,"自由谈"变了,换上了一副新面目,这一变实在是变得好的,我先还看看稿件,装装门面,后来什么也不管了,就懒洋洋地踅到总理室去,露骨表示了倦勤之意。好一个念旧情深的史老总,立即拉住了我,急道:"《申报》是你的大本营,你不能走!来来来,再来一个新的副刊,各显神通。"于是隔不多久,《春秋》就呱呱坠地了。我抱着雄心壮志,发愤图强,先美化了版面,在版底特辟一栏,轮流刊登各种专题性的文章,分成"游于艺"、"小常识"、"游踪所至"、"妇女的乐园"、"笑的总动员"、"人物小志"、"新漫画"、"小小说"、"儿童的乐园"等十个门类,每星期又在版末来一个"小春秋周刊",每期选用一些数十字至一二百字的小品,形成一个雏形的副刊,煞是有趣。这样不算,还随时集合了同一类型的文章,出不定期的专页,例如"记所见"、"菊与蟹"、"炎夏风光"、"苏杭特刊"、"夜"、"学校生活"、"农村专号"等等,引得读者眼花撩乱,兴趣倍增,至于逢年逢节的特刊,那更要大张旗鼓,不在话下了。总之我为了史老总"各显神通"一句话,差不多把浑身解数十八般武艺,全都搬了出来。

《春秋》悠悠忽忽地度过了几个春秋,我所采用的材料,随着时局的动荡,常起变化,有时是乐观的,有时是悲观的;有时是消极的,有时是积极的;有时是低沉的调子,有时是愤激的声音。原来国事日非,民生憔悴,日寇侵略的凶焰,咄咄逼人,终于大难临头,"八一三"事变爆发了。《申报》缩小篇幅,副刊全部停刊,我绸缪未雨,早就回到了苏州。到得敌机来苏轰炸之后,人心惶惶,我只得扶老携幼,随同东吴大学诸教授仓惶出走,先在浙江南浔镇呆了三个月,又转移到安徽黟县的南屏村去了。瑛儿,那年你已是一个十一岁的小姑娘,总还记得我们一家九口逃难的情景,抚昔思今,仿佛隔了一世哩。我们在山村中呆了三个多月,天天苦念苏州,苦念故园。我苦闷已极,只索借诗词来发泄一下,前后做了二百多首诗,二百多首词,一唱三叹,无非亡国之音。后来《申报》因副刊复刊,来信催我复职,才又扶老携幼的回到上海,暂在上海定居下来,你们兄弟姐妹也就分头在上海上学了。我到《申报》馆报到后,改编《儿童》和《衣食住行》两个周刊,闲散得很,便又给九福制药公司主编《乐观》杂志,月出一期,版式是二十开本,也算是我的创造,每期附有《乐观画报》和一种特刊,可说是两个特点。出满了一年十二期,因故停刊。我满想休息一下;不料有一家银星广告社忽又托人来找我去办一个月刊。只因我和紫罗兰是一向结着不解缘的,早为群众所熟知,于是又定名为《紫罗兰》,与当年的半月刊大同小异,可说是老店新开了。我在这刊物中写了一篇"五十供状"(应为《爱的供状》——编者注),叙述了我联系着一生的一段可歌可泣的恋史。又写了一个中篇小说《新秋海棠》把那多情多义潦倒而死的艺人秋海棠救活了。瑛儿,你记得不记得,这还是当年你们姐妹看了话剧《秋海棠》感动得痛哭流涕,才苦求我设法救活他的。

自从日寇占领了整个上海,申报馆也沦陷了;我不再做编辑工作,总算保持了清白。到得抗战胜利以后,《申报》却没有恢复原来的局面,我也并没有回到"春秋"的岗位上去,戴着一个所谓"申报设计委员"的虚衔,掉头不顾地回到苏州故园中,做起陶渊明式、林和靖式的隐士来。我一面种树栽花做盆景,一面给上海几个报刊写写小品文,发发牢骚。那时我曾集清代诗人龚定盦的诗句,成《撼怀吟》十四首,那最后一首是:"斜阳只乞照书城,玉想琼思过一生;从此周郎闭门卧,梅花四壁梦魂清。"足见我已决心退隐,想做那个住在孤山梅花丛中的林和靖了。

一九四九年解放前夕,我在《申报》的工龄已满三十年,就去了一封信,把这敝屣一般的设计委员虚衔坚决地丢掉了。从此我一无挂碍,全心全意地从事园艺,兴之所至,只是做做旧诗,填填旧词,聊以自娱。虽然市文联成立时被邀参加,又出席了苏南区第一届文学艺术工作者代表大会,但我自觉赶不上大时代,老是怀着自卑感,不敢动笔,就是我过去那些拉拉杂杂的无数作品,自己也给全部否定了。可是后来我又怎么会斗胆动起笔来呢?瑛儿,你也许没有知道,这要归功于江苏省管文蔚副省长的一封信鼓励了我(他信中说:"……希望遵照毛主席所指出的正确的文艺路线,发挥高度的爱国热情,继续写作……"),陈毅元帅的一句话启发了我(他针对我所说全部否定过去作品的话说:"不,这是时代,并不是技术问题。"),于是我就放心托胆地开始写了,写啊写的一直写到如今,但我不敢写小说,只是写写散文,借此,歌颂祖国的新生,歌颂我们人民的新生活。

瑛儿,我这样涂涂抹抹,居然闯过了五十年,今天居然还列于作者之林,被吸收为中国作家协会会员。曾有几位老前辈夸奖我,说我是才子,你可不要相信,要知我实在是个蠢材,不过为了出身太苦,有一些苦干的精神罢了。

(选自香港《文汇报》1963 年 4 月 24—25 日第 6 版"姑苏书简"专栏)

笔墨生涯鳞爪

瑛儿：

这五月真不愧是个红五月啊！我家爱莲堂上，高高地供着一盆半悬崖形的红杜鹃，花朵儿开得特别大。下面是一盆桃红色的七姐妹花，小朵簇聚，衬托着槎枒的老干，分外婀娜。旁边一个白地青花瓷胆瓶中，插着五朵红月季花，为了是在抗日战争中种出来的新花，因名抗日红，象征着当年我们抗战的一片赤心。而更为耀眼的，是那盆抢先开放的朝鲜石榴花，干儿不大，花却不少，真开得如火如荼，我欣赏之下，就口占了二十八字："一盆灿灿如堆锦，端的人工夺化工；装点年年红五月，红旗辉映石榴红。"正在歌颂石榴红，哼得很高兴，却不料绿衣使者来了，带来了你的信，这就增添了我的高兴，回眼看那石榴花时，似乎也含着笑越发的红艳了。

这封信饱鼓鼓沉甸甸的，可是什么玩意儿啊？也许是给你小妹妹们寄包糖的花纸来了吧！忙不迭地拆开一看；呀，不是不是！原来是把我最近登在报上的几篇文章全都剪下寄回来了。我先前曾经说过：如果自己写的文章寄到外地去而不再见面，那就好像是嫁出的女儿断了娘家路，不由不牵肠挂肚地惦记着。难为你这份好心眼儿，今天让我爷儿们重又见面了。只怪你不能像孙悟空般拔根毫毛变一变，变成了一张薄薄的纸儿，夹在信封里一同来。

好吧，让我来从头检看一下，我那几篇文章都折叠得整整齐齐的，就逐一摊了开来。这一篇是《初识人间浩荡春》，那一篇是《一时春满爱莲堂》，还有分作上篇和下篇的《笔墨生涯五十年》和《难忘的四月十五日》；我一篇又一篇的仔细校读，改正了那些排错了的字，随即归档在一本簿子里粘贴好了。当下我又读了你的信，读到第二节，情不自禁地笑了起来。啊，我的孩子从哪里学来这一套工夫，居然恭维起你爸爸来了。你说："一连读到了父亲的几篇文章，心中非常高兴，又觉得万分光荣，因为我有一位伟大的父亲。"瑛儿，我料知你一定是为了毛主席的召见和周总理的枉顾，才觉得万分光荣而认为我是一个伟大的父亲吧？但是这样的恭维，未免恭维得过火了。要知父亲并不伟大，伟大的实在是两位国家领导人。在一般人的心目中，总以为他们是高高在上，高不可攀的，谁知却是这样的平易近人，出于意外；对我这样一个平凡的文艺工作者，竟这样的重视和关怀。你说你觉得万分光荣，我当然也有同感；然而日月无私，光明普照，像我这样被照到的人正多着呢，决不是父亲的伟大。瑛儿，你记住！我们可不要被光荣冲昏了头脑，还该像小学生般好好学习，天天向上才是。

呵呵！你也忒煞礼数周到了！读了我那篇《笔墨生涯五十年》，就又祝贺起我写作生活的五十年纪念来；说什么这与梅兰芳舞台生活五十年和周信芳舞台生活五十年有同样意义，是值得祝贺一下的。啊！孩子，你把爸爸估价太高了，我怎么能和这两位大艺术家相提并论呢？他们两对国家对社会都有很大的贡献；解放以来，又深入到工农兵广大群众中去，不辞辛劳地为他们服务，在鼓励士气促进生产方面起了莫大的作用。试问我东涂西抹五十年，枉为一个文艺工作者，毕竟有多大的贡献呢？至于我在"书简"中之所以不惮辞费向你述说《笔墨生涯五十年》，有如儿女灯前，絮絮话旧，让你知道我这文字劳工的工龄，已经达到五十年了；一方面要在我的生命史上留个纪念，一方面也要在我家庭的小圈子里留个纪念。

我读完了你的信，忽又发现信封中还夹着一张折得小小的纸儿，抽出来展开一看，"周瘦鹃中秋献月"的七字标题，立即跳进我的眼帘。我好奇地从头读去，原来是从《大公报》上剪下来的一篇张友鸾先生的杂写，多承他念旧情深，对我当年的写作翻译以及编辑报刊的工作多所奖饰，实在是愧不敢当。至于"中秋献月"这回事，倒是我五十年笔墨生涯中的一鳞半爪，不妨和你谈谈。记得在民国十年左右的一个中秋节，我已担任《申报》副刊"自由谈"的编者，将出一个"中秋号"，点缀令节；忽然心血来潮，想把版面排成圆形，以象征一轮团圆的明月，待向排字工友提出这个意图时，工友们都有难色，说从来没有排过这样的版面，不但费工费料，时间上怕也来不及。我因报头画和插画都是为了排作圆形版面而设计的，早已准备好了，非在报上让读者赏月玩月不可。于是急匆匆地跑下三层楼，赶到排字房里去，凭着三寸不烂之舌，向工友们说了不少好话，几乎声泪俱下；并且以我本人通宵守候着帮助排版，亲看大样作为条件，终于说服了工友们，立即动起手来。这一晚拼拼凑凑，拆拆排排，工友们费了很多工夫，尽了最大力量；我也实践诺言，通宵随侍在侧，直到东方发白，版面上出现了一轮明月时，这才感激涕零的，谢过了工友们，兴高采烈地回家去睡大觉了。这一页"自由谈·中秋号"我至今珍藏着，今天检出来看时，见有朱鸳雏的笔记《妆楼记》、程瞻庐的谐著《月府大会记》、李涵秋的小说《月夜艳语》等九篇作品，钱病鹤的插画"姮娥夜夜愁"，这四位先生早已先后去世，没有看到今天的新中国，真是可惜！

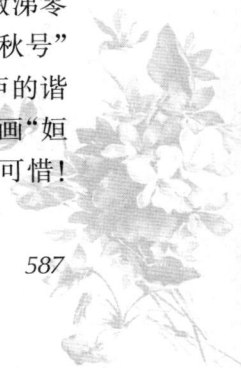

1920 年 6 月 26 日，欣逢中秋佳节，周瘦鹃别开生面，请《申报》读者共赏版面上之一轮团圆明月，将九篇文章排成圆月版。那天报摊上的零售《申报》成了抢手货。

版末有我自己用文言写的《自由谈之自由谈》："月圆如饼，藕大似船，中秋又至矣。年来每当此夕，恒若念孩提时彩衣跳地之乐，一饼一果，食之俱甘。今则未到中年，伤于哀乐，吊梦歌离，动增悲感，虽月明如水，亦以愁人泪痕视之矣。"原来那时正是军阀横行民不聊生的时代，所以我写出来的文字，调子总是低沉的，那有像今天这样的笔歌墨舞，欢喜无量啊！

俗说："喜鹊叫，客人到"，怪道今天一清早园子里喜鹊叫得欢，原来有客从北京来了。此客非别，却是老友龚兄；一进爱莲堂，就把带来的两个方形纸匣子递给了我，说是豌豆黄，要赶快吃。原来这是北海公园著名餐馆"仿膳"的传统美点，本是当年清宫御厨房制给西太后吃的，而现在却飞入寻常百姓家了。瑛儿，你要知道我这一篇又一篇的"书简"，就是这位龚老伯所促成的，你还该谢谢他才是。去秋他代表《文汇报》来苏约稿，十分恳切，我觉得情不可却，便以常写"书简"为报；这几个月来，竟拉拉杂杂地写了十多篇，倒写出瘾来了。这时我和他分宾主坐下互道寒暄之后，就谈到了我那篇《笔墨生涯五十年》，他说："您这五十年的写作，经历太多，简直可以写成一部书，五六千字怎么够呢？譬如解放以后您出了些什么书，就没有提出，连我也不甚了了。"我忙道："不错，这倒是应该提一提的。从一九五四年起我出了四种散文集，是《花前琐记》、《花前续记》、《花前新记》、《花花草草》；一种新诗集是《农村杂唱》，有关园艺的两种，是和儿子铮合作的《园艺杂谈》和《盆栽趣味》，去冬出了一种游记选集《行云集》；说也惭愧，我所写的全是一些零零星星的小品文，委实是不足以登大雅之堂的。"

瑛儿，你知道吗？在我这五十年笔墨生涯中，翻译工作倒是重要的一环。鲁迅先生早年曾经表扬过我年轻时编译的那部《欧美名家短篇小说丛刻》，我至今引以为荣。去年在首都，陈毅副总理还问起我近来是不是仍在搞翻译工作哩。前几天接到一位不相识的读者费在山先生从浙江吴兴来信，又问起我当年翻译高尔基小说的事，信中说："我是一个机关工作者，又是一个业余文艺爱好者；我很喜欢读您的著作，尤其是散文。今天突然在戈宝权《高尔基的早期中译及其他》一文中，(见《世界文学》一九六三年第四期)知道您在一九一七年曾以'周国贤'的名字翻译了题名《大义》的高尔基作品。文章说：译文刊登在上海中华书局出版的《欧美名家短篇小说丛刻》下编俄罗斯部中。我等不及看译文，先想知道一下您当时翻译这篇作品的情形；因为戈同志把您的这篇译文列为最早的中译，所以引起了我的兴趣。但据江苏方面的朋友们说：周老目前的兴趣，可能不在这一方面(大家都说您是一位中国盆景专家)，但我仍然迫切地想知道您老在四十六年前是怎样写起这篇译文来的。今年是高尔基诞辰九十五周年纪念，如果能得到您的回信，也可算纪念活动中的一支小插曲。"(下略)这位费先生如此关心我旧时的一些小小贡献，使我十分感动，在答复他之前，让我先来和你谈一谈吧。你知道我从来没有学过俄文，这一篇英译的高尔基短篇小说，是从一本英文杂志中翻译出来的。故事是说一个爱国的母亲，经过了痛苦的思想斗争，终于坚决地杀死她那个叛徒的儿子。高尔基描写这位贤母的内心活动，是非常深刻、非常生动的；我的译笔当然是差得远了。原著不知是什么名称，而英译名是《叛徒的母亲》，我因这位公而忘私的母亲深明大义，杀子救国，就把译作名为《大义》。至于我的署名，不论是在刊物中发表时和收入《欧美名家短篇小说丛刻》中时，都是用"瘦鹃"二字，而后来人家不知怎的，偏偏把我这个不甚为人知道的学名"周国贤"搬了出来。费先生问我在四十六年前是怎样译起这篇小说来的；瑛儿，让我先来告诉你，那时我为了受到"五九"国耻的绝大刺激，痛恨那班卖国贼私通日本，丧权辱国，但愿多得几位像高尔基笔下所塑造的爱国母亲,杀尽这些丧尽天良的无耻贼子,救国救民。这种想法,当然是幼稚的,但我当年翻译这篇小说的动机,确是如此。那时高尔基还健在,要是知道我这个二十岁左右的中国小伙子,很早把他的大作介绍过来,也许会掀髯一笑,说一声"孺子可教"吧。

在那国难重重国将不国的年代里,我老是心惊肉跳,以亡国为忧,因此经常写作一些鼓吹爱国的小说和散文,例如《亡国奴日记》、《卖国贼日记》、《风雨中的国旗》、《卖国贼之子》、《亡国奴家里的燕子》、《爱国丛谈》、《我国之爱国者》等等,皆在唤醒醉生梦死的国人,共起救国。此外还写过假想中日战争的《祖国之徽》和《南京之围》,后来"八一三事变"发作竟不幸而言中;而那篇《祖国之徽》却由日本作家桃川氏译成日文,刊载在上海出版的《上海公论》报中,这也是出于我的意外的。

瑛儿,你总也知道我早年那段刻骨伤心的恋史,以后二十余年间,不知费了多少笔墨,反对封建家庭和专制婚姻。我的那些如泣如诉的抒情作品中,始终贯串着紫罗兰一条线,字里行间,往往隐藏着一个人的影子。如果要重提旧事,就是写一部书,也是写不完的;现在且把当年《小说月报》主编王蓴农先生所作的一首《紫罗兰曲》录在这里,以见一斑:"飞琼姓氏满人间,天风环佩来珊珊,千红谢馥嫣红俗,化作琪葩九畹兰。芳兰本自生空谷,白石清泉寄幽躅,韵事尽教传玉台,秾姿未肯藏金屋。移根远道来欧洲,瑶草呼龙种碧畴,耕同仙李供香国,咒傍夭桃俪粉侯。花间有女颜如玉,插架奇书姿饱读,第一人夸谢女才,无双独爱周郎曲。周郎二十何堂堂,虞初九百擅东方,骚坛把臂沙司比,说部齐肩莫泊桑。三生自是多情种,惯写花娇兼柳宠,酒渴骑来北海龙,诗狂欲跨西楼凤。自署红鹃太瘦生,果然知己博倾城,武皇才肯文君妒,狗监翻成犬子名。文人墨沈女儿黛,相同只有佳人解,素面新翻北苑妆,捧心最薄东家态。修到梅花不记年,琴心经卷便成仙,乐府为删三妇艳,全家同上五湖船。游仙一枕分明记,欢作博山侬沈水,醉墨香题蝴蝶裙,矮笺细篆鸳鸯字。沧桑小劫彩云飞,州六鲤鱼芳讯稀,花前翠袖人何在,梦里红楼路竟非。眼前万事复可有,大痴重为花枝寿,血泪灌成并蒂花,情苗溉就同心藕。憔悴姬姜一例看,人才难得路人怜,多郎欲赋无题句,秋士先成忆昔篇。温馨小影胸中贮,旁人那得知其故,但道春风学柘颠,不知秋水劳葭溯。恋花本事毋忘侬,墨痕暗淡泪痕浓,豪气怀除名士卿,神光隐约美人虹。杨花浓泪桃花笑,花事繁华成一稿,红兰受露风中摇,白莲礼佛花前祷。年年花落复花开,一寸相思一寸灰,倘许重圆如转毂,何时百罚有深杯。周郎饮尔杯中酒,往事凄凉休回首,几人秋兴遂莼鲈,由来坠地成刍狗。絮果兰因事有无,一庵尘外悟禅初,写生君是周文矩,情死我惭王伯舆。兰香已嫁兰姨谪,落英片片飞香雪,歌成放笔溜秋涛,起视霜天烂明月。"

　　瑛儿你来信祝贺我的笔墨生涯五十年纪念,我就把这笔墨生涯中的一鳞半爪,作为答礼吧。咦,我想起来了! 你们那里半年不雨,正在苦旱,大家天天盼望着云霓;如饥如渴。料知你读到我这篇"书简"时,那甘霖早就沛然下降了。愿你们如鱼得水,皆大欢喜!

　　　　(选自香港《文汇报》1963 年 6 月 16—17 日第 6 版"姑苏书简"专栏)

我怎样庆祝第十四个国庆节

瑛儿：

老年人的光阴似乎过得特别快，特别容易，那一年一度普天同庆的国庆节，不知不觉地已度过了十三个，现在又要欢天喜地的庆祝第十四个国庆节了。建国十四年来，我们的伟大国家，好象是一艘飘洋过海的大航船，在险恶的洋面上行驶，不知挨受了多少次的风浪，但我们仗着一位英明的老舵手把住了舵，有好多能干的帮手通力合作，始终是安若泰山，十分平稳，不断地前进、前进，早就望见了光明的前景，幸福的明天。

瑛儿，你虽身在海外，但是由于我经常和你通信，经常向你报道国内正确的消息，你早已清清楚楚地知道了这些年来祖国各方面建设的新胜利、新成就，正在日日新、又日新、新新不已。前几年接连三年的自然灾害尽管严重，可是吓不倒我们，我们是久经考验的，从去年起，就闯过了难关，迎来了繁荣，国民经济已一天天好转起来。我国的民族虽多，而紧紧地团结在一起，像在一个大家庭里一样，大家同心同德，热爱祖国，热爱社会主义。各阶层人民的物质生活，年来已普遍改善，文化生活也随之而普遍提高。新社会的新气象、新风尚、新道德，好人好事，层出不穷。这是你们所想象不到，而要当作是"天方夜谈"式的神话的。至于国际形势，也未尝不好，我们的朋友遍天下，全是那些正直而善良的各国人民，他们的心目中已把我们国家看作是一面坚持真理、反抗侵略的旗帜。

在这国内外大好形势之下，我将怎样庆祝这第十四个国庆节呢？常年老例，每逢国庆节，我总要准备一批盆景去参加苏州园林中举行的展览会，今年当然也非去不可；而更有意义的，我那一向在小园地上朝夕作伴的大批盆景，要破题儿第一遭出一次远门，去和广州市广大群众见面了。事情的经过是这样的，我于去秋接到广州文化公园的一封信，说要于今秋给我举行一个"个人"盆景展览会，需要一百件左右的出品，征求我的同意。我考虑了一个多月，心想，如果要去展出盆景，该请苏州市园林处参加，共襄盛举。几经函洽，终于决定了从今年九月十五日起举行二十五天，地点在文化公园花卉馆，园林处出品一百三十点，分二室展出，我的出品一百余点，独占一室，定名为"苏州盆景展览会"。

说起苏州的盆景，本来久享盛名，远在明代，已有文人学士在诗文中歌颂苏州盆景了。清代诗人庄朝生，曾有《半塘盆景》一诗："吴宫花草想当年，盆盎葳蕤更自妍，尺寸林泉饶曲折，离奇枝干受拘挛。管教矮屋藏春色，始信人工夺化权。位置从兹尘不染，胸中邱壑信堪傅。"这位诗人对苏州盆景倒是很有认识的，所以说得恰到好处，到今天还是适用。

我为了这一次的展出非同小可，一个多月来，已紧张地从事准备，一面和苏州市园林处相约分工，由他们展出大型的盆景，而中型、小型的和含有诗情画意的作品都由我包了下来。为了要展出二十五天之久，打破我们历年盆景展览会的纪录，不得不作一个更替展出的打算，经过了几天的思考，我才订下了自己的计划，前十五天从九月十五日起，作为迎接国庆节的展出，将展出一批最小型的盆景和供品，另有一批小型和中型的树桩盆景。两批共九十四点。后十天从十月一日起，作为庆祝国庆节的展出，就把那些含有诗情画意的盆景接替上去，数量约在三十点左右，壁上还打算张挂二十余幅明清两代姓周的画家和书家所作的书画，以作点缀。

那迎接国庆节的展出，我是这样安排的：一座红木十景橱，分作大小不等的八格，陈列最小型的盆景；以石供和人像作为陪衬，共十八点，称为"苏州小摆设"。那些盆景有松、柏、枫、榆、竹、黄杨、虎刺、茄皮、金茉莉、老叶冬青等十一个品种，最小的可在手掌上安放三盆，足见其玲珑娇小了。小型的盆景，以品种分类来分作五组，计有雀梅小组、山栀小组、冬青小组、榆小组、三角枫小组；另二组是以各个不同品种来组成的，一组是十二品种十二树计有金雀、郁李、六月雪、雀舌黄杨等十二株；一组是汉砖八器八种树，特点是在于所用盆盎，都用各种形式的汉代砖块来雕成的，上面各各刻着螭、鱼、兽面、年号、古钱币等各各不同的花纹，这些古色古香的古器，配上了青枝绿叶的植物，就觉得生气盎然，自成馨逸了。至于二十二个中、小型树桩盆景，组成一个多样化的大集体场面，中如银杏、黄杨、冬青、柽柳、罗汉松、鸟不宿、三角枫等，虽说树干并不太大，却也老气横秋，如果问起它们的年龄来，也许要比你叨长几岁哩。

十月一日起在庆祝国庆节展出的会场上，我打算在中央面南的大桌子上，铺上一张大红色的桌衣，正中安放一个大型的山水盆景"革命圣地延安宝塔山"，供以瓜果鲜花，作为我向它表示敬意的献礼。左旁是一盆老干轮囷的黑松，以象征我国的坚持真理，右旁一盆是虬枝槎桠的刺柏，以象征我国的奋勇斗争。前面靠近桌沿，是一盆翠叶纷披的万年青，以象征新中国的长生不老，永葆青春。此外在一旁用洒金红笺大书特书道："贞松劲柏万年

青,庆祝建国十四周年。"

所谓含有画意诗情的盆景,我也像吟诗作画般一再推敲构思,多半利用了石湾制的陶质人物,配合松、柏、竹、榆等各种植物制成的。我把它们分作了四组,第一组是略仿古今名画的作品,有宋代夏珪《江山佳胜图》、元代倪云林《山林小景》、明代沈石田《鹤听琴图》、归文休《墨竹》、清代恽南田《枯木竹石》、现代齐白石《独树庵图》,这些独创一格的仿画盆景,我曾惨淡经营,力求形似,然而还是做得不够的。第二组是表现古代名人动态的作品,计有"苏东坡南岛寻诗"、"李太白举杯邀月"、"孟浩然拥鼻微吟"、"刘伶抱瓮醉眠"等四点,为了这是出于自我的创作,尽可随心所欲,不受拘束了。第三组是以国画中常用题材为名的一批作品,计有"听松图"、"观瀑图"、"柏乐图"、"琴趣图"、"唱随图"、"秋江独钓图"、"闲话桑麻图"等七点,凡是爱好国画的人们,看了这些题材,也许是似曾相识的。第四组计有"红岩"、"蒲石延年"、"欸乃归舟"、"竹深留客处"、"牧童但知牛背乐"等五点,不以类聚,杂凑在一起,其间"红岩"一景,倒是大家熟悉的新题材。我那为了庆祝国庆节而展出的作品,尽在于此,毕竟有没有诗情画意,那要请广州群众和盆景专家们不吝指教了。

瑛儿,你读了我这篇书简,就可知道我这一次结合了体力和脑力付出了多少辛勤的劳动,不用唠叨了,且以小诗作结:"为共羊城庆令节,甘抛心力不辞难;江山如此多娇好,盆景前头带笑看。"

(选自香港《文汇报》1963 年 9 月 9 日第 6 版)

悼念鲁迅先生

瑛儿：

忽忽二十八年了！伤心二十八年前，我国文坛上陨落了一颗光辉璀璨的巨星，不知多少人流泪，多少人叹息；大家怀着沉重的心情奔走相告，说鲁迅先生突于十月十九日撒手长逝了。然而他的许多著作长留人间而永垂不朽；他的大名也长留人间而永垂不朽；他那富贵不能淫、威武不能屈的战斗精神也永远留在人间，永永活在我们的心坎里。

记得三十余年前的某一个春天，一抹斜阳黄澄澄地照着上海虹口施高塔路（即今之山阴路）口一家日本小书店，照在书店后半间一张矮矮的小圆桌上，照见桌旁藤靠椅上坐着一位须眉漆黑的中年人，他那瘦削的长方脸上，满带着一种刚毅而沉着的神情。他的近旁坐着一个日本人，堆着满面的笑正在说话。这书店是当时颇颇有名的内山书店，那日本人就是店主内山完造，而那位中年人呢，我一瞧就知道正是我所仰慕已久的鲁迅先生。

瑛儿，我不懂日本文，为什么上内山书店去呢？原来为了找那有关盆栽的图籍去的；并且去了不止一次。这一次真是三生有幸，却见到了好多年来心向往之的鲁迅先生。可是我不敢冒冒失失地走上前去自我介绍表达我的一片仰慕之忱，只索就着斜阳影里，对他老人家多看几眼，就悄悄地自管走了。谁知这是第一次的见面也就是末一次的见面，从此人天永隔，欲见无从哩。

那时我对鲁迅先生的仰慕，仅仅是为了爱好他的杰作《呐喊》和《彷徨》，只是一个读者对于一位大作家的感情，直至一九五〇年读了上海《亦报》上鹤生的《鲁迅与周瘦鹃》，余苍的《鲁迅对周瘦鹃译作的表扬》两篇文章，才使我受宠若惊感激涕零起来。原来一九一七年我正在二十三岁的时候，曾给中华书局编了一部《欧美名家短篇小说丛刻》，出版后由该局送往北京教育部审定登记，后来还获得了一张奖状，真有些莫名其妙。那知过了三十余年，方始从那两篇文章中得知鲁迅先生那时正在教育部任社会教育司金事科长，审阅了我的书，加上了批语，给了我奖状，而我却好似睡在鼓里，什么都不知道。据说鲁迅先生对我采译英美以外的大陆作家的小说一点，最为称赏。这时先生的《域外小说集》早已失败，不料在此书中看出了类似的倾向，不胜有空谷足音之感。

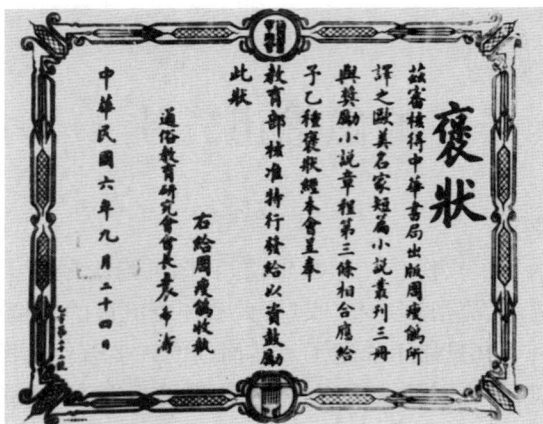

褒状

兹审核得中华书局出版周瘦鹃所
评之欧美名家短篇小说丛刊三册
与奖励小说章程第三条相合应给
予乙种褒状经本会呈奉
教育部核准特行发给以资鼓励
此状

右给周瘦鹃收执

通俗教育研究会会长袁希涛

中华民国六年九月二十四日

鲁迅曾予以高度赞扬,并拟奖评。当年教育部颁
发给周瘦鹃的"褒状"。

不错,我曾从英文中译了高尔基的《叛徒的母亲》,安特列夫的《红笑》等作品,恰是跟先生的"域外小说"走一条路子的。

更使我受宠若惊感激涕零的那就是一九五六年十月上旬,上海《文汇报》上发表的《鲁迅与清末文坛》一篇文章,是《鲁迅故家》作者周遐寿的手笔。他说:"鲁迅对清末上海文坛上的一般作者,并不重视,只有一人却在例外,并且相当尊重,那就是周瘦鹃。"我自问无德无能,怎当得起鲁迅先生的尊重呢?于是我就写了一篇《永恒的知己之感》,在先生迁葬的前夕,发表于《文汇报》,自称私淑弟子,表示对先生进一步的敬爱。接着,我又从苏州赶到上海,参与迁葬典礼,由文化局招待住在上海大厦;当晚就拜见了鲁迅夫人许广平先生,握手道好,相见恨晚。许先生已读了我那篇小文,对我说:"您未免太客气了,彼此是同一时代的朋友,怎么自称为私淑弟子呢?"我忙说:"鲁迅先生对我青年时代的译作既另眼相看,给予奖励;抗战前夕,又让我参加了上海文化工作联合战线,跟先生等好多位先进作家列名发表联合宣言,光荣已极;现在除了追认先生为我的老师外,实在是不知所报了。"十四日早上,我就随同许先生和海婴夫妇等前往万国公墓,那时鲁迅先生的灵柩已安放在礼堂的中央,髹漆一新。我含着两眶子的热泪,鞠躬致敬,又绕着灵柩轻轻地走着,深恐惊动了先生,可是这一次我总算真的接近了先生;所引为莫大遗憾的,再也不能立雪程门,亲聆训诲了。

当下举行了一个简单的仪式,就由茅盾、周扬、巴金诸同志把灵柩抬上了灵车向虹口公园缓缓地行驶前去,灵柩上盖着绣有"民族魂"三字的素色锦旗，车上堆满了花圈，沿途群众都肃立致敬。到了虹口公园，观礼的人们早已云集，党、政首长和文化界人士，几乎全都到齐了。璀璨的秋阳，照着墓前草坪上鲁迅先生白色造像；照着墓上毛主席手书的"鲁迅之墓"金色大字，似乎发出万丈光芒，照彻了人间，照亮了人们的心，该怎样来学习先生那种忘我的战斗精神，贡献出自己一份力量。

当灵柩在哀乐声中安放到墓穴里去时，大家肃立默哀，我含泪遥望着柩身一寸寸地下降到黄土中去，我的心一阵阵地酸了起来。许广平先生由宋庆龄先生扶着站在一旁，早已泣不成声，她的百般伤心，更不用说了。礼成之后，大家参观了鲁迅纪念馆，先生一生为革命奋斗的业绩，都从无数的书报、图片和实物中发出无穷的光、无穷的热和无穷的力来，是留给我们永远作为学习的榜样的。

我在上海耽了一星期，参与了纪念鲁迅先生的种种活动，看了彩色的电影《祝福》，看了话剧《祥林嫂》和《阿Q正传》，又看了鲁迅先生当年爱看的绍兴大戏《男吊》、《女吊》和《无常》，十月十九日是鲁迅先生逝世二十周年纪念日，我也参与了盛大的纪念会。这几天里，我坐想行思，以至说的、听的、看的，都不离开鲁迅先生，觉得先生仍在人间，仍和我们在一起。

瑛儿，我告诉你一个好消息，那找寻了十多年的鲁迅先生对我《欧美名家短篇小说丛刻》的批语，已由一位研究鲁迅的专家在四十余年前北京教育部教育公报中找到了。事有凑巧，连我那张珍藏了四十余年的奖状，也在最近一个月间整理一橱旧书画时，意外地发见了，依然完好如故。我一时如获至宝，高兴得手舞足蹈起来。今年的十月十九日，是鲁迅先生逝世二十八周年纪念日，我除了追记八年前的迁葬典礼和纪念活动外，更集龚定庵句成诗三首以作献礼："江左名扬前辈在，胸中灵气欲成云；著书不为丹铅误，朴学奇才张一军。""各搦著书一枝笔，颓波难挽挽颓心；照人胆是秦时月，文学缘同骨肉深。""猿鹤惊心悲皓月，满庭气肃如高霜；君魂缥缈归何处，丹实琼花海岸旁。"

（选自香港《文汇报》1964年10月19日第6版"姑苏书简"专栏）

597

爱花总是为花痴

瑛儿：

记得你在童年的时候，也是很爱好花花草草的；每逢春秋佳日，你总得像穿花蛱蝶一般，在花丛里穿来穿去。在春天，你摘了蔷薇花、玫瑰花，甚至木香花；在秋天，你摘了菊花、芙蓉花，甚至红蓼花，要你妈妈给你缀在丫髻上，得意洋洋地在你哥哥姊姊们跟前炫耀一番，他们还笑你是个痴丫头哩。现在你快将四十岁了，不知仍然爱好花花草草像童年时一样吗？如果是以我为例，爱花爱到老的话，那么料知你一定还是爱花的。

"姹紫嫣红花满枝，晨钞暝写百花时，爱花总是为花痴。晓起不辞花露湿，往来花底拨蛛丝，惜花心事有花知。"

这是我往年所填的一首浣溪沙词，描写我怎样的爱花和惜花，其实我之爱花惜花，岂止这些；有时竟达到寝食俱废心力交瘁的地步。譬如夏天常多雷阵雨，夜半梦回，蓦地听得风雨声，我往往跳下床来，打着手电，把那些陈列室内傍晚移在草坪上的盆花和瓶花，抢运到廊下来。有时为了插一瓶花或布置一个盆景，全神贯注着，非搞得尽善尽美不可，于是连吃饭也忘了。最近一个下雨天，雨下得相当大，想起那一盆老桩的千叶石榴正开了花，而园地上好多株各色各样的大丽花也正开得如火如荼，不知能不能顶住这么大的雨；于是戴上一顶大凉帽立即赶到园子里去，把几朵开足了的石榴花和大丽花一一剪了下来，准备作插瓶和布置水盘之用，回到室内时，你继母就嚷了起来，原来我身上一件短夹衫已淋漓尽致，全都湿透了。如果要我参加什么莳花展览会、盆景展览会的话，那么会前的准备，就是一项紧张而细致的工作。尤其是一九六三年为了庆祝国庆节，应广州市文化局之邀，和苏州市园林处合作，到文化公园去举行苏州盆景展览，我的出品是中、小型和最小型的盆景一百三十余点，就足足做了一个月的准备工作，劳心劳力，付出了一笔很大的劳动代价。然而在广州市展出的二十七天中，观众多至十余万人，那么我虽心力交瘁，也就获得了莫大的报偿。

我之梦花惜花，一向是有始有终的；一开始看到了花蕾，就油然而生爱之之心，从此一天总得要去看一二次，甚至看三次四次，看它们一天又一天的大起来，由微绽而半开，再由半开而全放，而我的心花也像那些花朵一样怒放了。五一劳动节后，园中有几盆小型的朝鲜石榴，尤其是我关心的焦点。只要开始看到枝梢上出现了一个像针头那么小的花蕾，心中先就一喜，花蕾出现越多，心中越喜，一天看上几次，不厌其烦。偶然见有一个焦黑了，立时怅然若失，即忙知照花工老张，随时留意盆中水份，并留意施肥的浓淡，末后眼见它们一一开了花，结了实，那真好像看到子女们的成长一样。那种志得意满兴高采烈的心情，真是难画难描难以形容的。

春天和夏天，当然是开花最多的季节，万紫千红开遍了整个的园地。我有大小好多盆老桩的花树，如梅、迎春、木香、十姊妹、八仙、紫荆、白荆、桃、木桃、紫藤、石榴、七星梅、凌霄、紫薇、红薇等等；秋天和冬天还有两株老气横秋的天竺桂和素心腊梅；老树着花，分外觉得稀罕。如果看到那一盆老树花枝招展开到七八分时，便郑重其事地移到室内来，配上了树根几或红木几座，高供在其他一些青枝绿叶的盆景之间，顿时添上了一派绚烂的色彩。有些庞然大物室内容不下的，便安放在廊下正中的大木桩上，例如一株枯干只剩半爿的老紫藤，今年开花四百余串，打破了历年的纪录，那就非让它来座镇中枢，领袖群芳不可了。

有些种在地上的花枝，没法移到室内去作供的，我就等它开到八九分时，就剪了下来插在瓷瓶里或水盘里，作为几案上的清供，像春天的玉兰、海棠、绣球、牡丹、芍药、蔷薇、月季等，夏天的广玉兰、水葫芦、大丽、菖兰、萱花、莲花等，都是插花的好材料。到得布置就绪供上几案之后，还须天天留意他们的精神面貌，傍晚总得移到室外去过夜，吸收露水。供了二三天，如果发见花瓣上有些焦黄，就把它略略修剪一下，直到花瓣脱落，没法维持下去时，才掉换新花，重行布置起来。有些花像容易脱落的凌霄和美人蕉等，花朵散落在地，十分可惜，我就一朵朵拾起来放在浅水盘里作供，也可观赏二三天之久，一面还可随时轮换，直到原株上花朵开尽为止。就是那些瓷瓶和水盘中插供的残花败叶，我也决不随意丢掉，而放到草汁缸中去作为绿肥，一年年地积累着，供百花施肥之用，清代诗人龚定庵诗中所谓"落红不是无情物，化作春泥更护花"，我也有这个想法，可是我并不让它们化作春泥而先就用作绿肥了。瑛儿，像我这样的爱花惜花，可说是"前无古人后无来者"了吧？呵呵！

瑛儿，我知道你们一家是住在大厦八楼上的，比"七重天"还要高出一重，真的是高高在上；可是和地面距离太远，一定不会有园地供你培植花草，那么你虽爱花，又待怎样来绿化美化你们的"空中楼阁"呢？现在让我来给你介绍老友花王周的一本《花树情趣》，好在这书恰在你们那里出版，定然是

买得到读得到的。他迁就当地环境,给天台、骑楼,甚至窗上作绿化美化的设计,说得头头是道,大可供你们作参考的资料。我这位朋友从前在上海办过刊物;办过花圃;也办过舞厅,一向善放噱头,因此得了一个"周噱头"的外号。就以这本《花树情趣》而论,也在大放噱头,而这些噱头却是切合实际,大有用处的。瑛儿,你家如果也有天台骑楼的话,何妨照这位噱头伯伯的设计,绿化美化一下? 虽说一个人没有花草也一样可以生活,但是在一整天的工作劳动之后,坐下来观赏一下红红绿绿的花花草草,确可陶冶性情,调节精神呢。

我是爱花如命,一日不可无花的,除了有一片万花如海乱绿成围的小园地和千百个大大小小的盆景欢迎广大群众随时登门观赏外,爱莲堂和紫罗兰庵,仰止轩中还在终年不断的举行瓶供、石供和盆景展览会,随着时令经常调换展品,力求美善,务使观众乘兴而来不要败兴而去,我是作为一项重要任务来认真对待的。此外我又利用卧房含英咀华之室的窗槛展出一批小型的盆景,这窗槛是用混凝土构成的,纵深七市寸,横六市尺,面积虽不大,却也大有"英雄用武之地"。我在右角安放一个小小十景橱,陈列仙人球一类的多肉植物十多种,而在中部和左角就陈列着八九件小型的山水盆景和花树盆景,窗槛下面的一张梅花形小桌和另一张小圆桌上,又陈列着几件中型的盆景,花树和水石都有,于是这个窗槛上的展览会就不觉寂寞了。这些盆景也是经常变动的,最近的几天,正在展出好几盆洒金的凤仙花和一盆桂林山水盆景,两块种着细叶菖蒲的小岩石,这些展品每天傍晚总得由我亲自移到园地上去过夜,而早上仍由我亲自搬运回来重行陈列,这是我入夏以来每天的课程,从不耽误的。古代陶侃运甓习劳,传为佳话,像我这样天天忙着搬运盆景,可不让老陶独有千古哩。

此外,我还有一个并不公开的私房展览会,那是在我日常起居之所的凤来仪室中,只有少数观友是可以看到的。瑛儿,你可还记得往年我们每天团坐吃饭的那张红木大圆桌吗? 这些年来,这大圆桌不单是供我们一家作就餐之用,也作为我阅读书报和写作的所在。因此我就独自占有了小半张桌子的地位,如果用市尺来量一量,横量最宽处不过三市尺,直量最深处不过一市尺半,这是我个人生活的小天地,一天到晚,在这里差不多要度过一半的时间。于是从去年秋季起,就把这片小天地美化了一下,在我面前一市尺以外,陈列小型的瓶供、石供、植物盆景、山水盆景等十七八件,每件都配上一个精致的树根几座和红木、紫檀的几座,有独块的,有双连的,高低疏密,巧作安排,形成了一个半月形的小型展览会。我闲来没事,就坐在桌旁的藤椅里，独个儿欣赏这些形形色色丰富多采的展品，活像是看到孔雀开屏一样，使我有心旷神怡之感。我每天在这里阅报读书，眼睛花了，就停下来看看这些展品中的蒲石和小竹。写作告一段落时，就放下了笔，看看那几个山水小盆景，神游于明山媚水之间。一日三餐，我也是在这里独个儿吃的，边吃边看那些五色缤纷的瓶花，似乎增加了食欲。在我坐处的右旁，有一座熊猫牌的六灯收音机，我天天收听各地广播电台的文娱节目，边听边看盆景，真所谓"极视听之娱"，心情舒畅极了。在我座后的粉壁上，贴着一张《毛主席在天安门上》的彩色年画；右旁一座电唱机上，供着一架版画的毛主席半身像；左旁的一张旧式书桌上，供着一尊毛主席全身石膏像；我时时左顾右盼，就仿佛时时跟毛主席在一起，觉得我们这位伟大的领袖正在督促着我，鼓励着我，使我在工作时在学习时平添了无穷的热力。

　　瑛儿，料知你一定要笑我了，说我园子里既有那么多的花草树木，园地上和几个室内又有那么多的大小盆景，为什么贪得无厌，还要在窗槛上餐桌上举行展览会呢？难道老年人龙马精神，竟如此的不惮烦吗？呵呵！让我来答复你，总的说来，就是概括在我往年那首浣溪沙词里的七个字："爱花总是为花痴"，不如此就不足以见其爱、见其痴啊！另一方面，为了我爱花而想到你也爱花，因此要推动你一下，使你的家里也绿化美化起来。为了料知你那里没有园地，所以把我窗槛展览会和餐桌展览会作为例子，这是在没有园子的条件下可以如法泡制的。当然你不会有这么多的盆景，也不需要举行什么展览会；只要在窗槛上、书桌上或妆台上，点缀三瓶鲜花或一二个易于培养的盆景，包管你悦目赏心，而立时觉得一室之内生气盎然了。

　　（选自香港《文汇报》1965年7月16—17日第6版"姑苏书简"）

悼亡

DAOWANG

梅兰芳题写的《紫罗兰》第二卷第一
期封面

我与李涵秋先生(节录)

我与李涵秋先生神交十年,相见却不到十次。如今李先生死了,小说界前辈又弱一个。诸同文既有哀挽的文字,纷纷在新闻纸上披露出来,我便把这第二卷第二十号的《半月》,作为李涵秋先生纪念号,也算是开了一个纸上的追悼会。我为甚么要出这李涵秋先生纪念号呢? 有三个意见:一、我佩服李先生做小说的魄力。他不动笔便罢,一动笔总是二三十万字的大著作。二、我尊敬他是一个忠厚长者,朋友之间从没有刻薄的行为。三、我悼惜他在文字中奋斗了三十年,毕竟作文字的牺牲。我年来文事太忙,动笔的时间多,看书的时间少,所以李先生各种鸿篇巨著的社会小说,大半没有看完。然如《广陵潮》、《侠凤奇缘》、《战地莺花录》等,都偶然的看了几回,《晶报》上的《爱克司光录》比较的多看几回。他对于中下社会说法,确是极嬉笑怒骂的能事。《广陵潮》因为是记他故乡的情事,本地风光,见闻较切,所以更为出色。

李先生的长篇小说,我所看完全的,就是十多年前署名包柚斧应《时报》悬赏征文中选的那本《雌蝶影》,所说的是一段巴黎情史,情节很曲折,有扑朔迷离之致。李先生不知西文,听说通篇是杜撰的,但不署真姓名,而借用他好友包柚斧的大名,不知道为甚么缘故。

李先生是江都人,字应漳,别署沁香阁主人。身材瘦长,近视眼的程度很深,在我们多数戴眼镜的文友中间要列在第一等了。

李先生不但是小说家,也是一个诗人。记得十多年前,曾在《小说林》杂志中见过他的《沁香阁诗草》,共有几十首诗,可惜如今已找不到了。

李先生和我第一次通信,是在民国九年间,那时我已编辑《申报·自由谈》了。一天忽得了李先生自扬州寄来一封信,说了一番神交已久十分钦佩的客套话,并附着一篇笔记,似乎叫做《蝶怨花愁录》罢。通篇蝇头小楷,写得十分齐整。我读过之后,很为佩服,第二天就给他在《自由谈》上刊布出来。以后又曾寄了一篇来,也刊布了。《申报》自辟《自由谈》以来,李先生的作品,似乎只有这两篇,这也是很可纪念的事。

前年冬李先生应上海《时报》馆之聘,来编辑《小时报》和《小说时报》。我得了这消息,很为欢喜,心想从此可和李先生常常聚首了。有一晚《新申报》主人席子佩先生在倚虹楼宴客，我也在被邀之列，席间见有一个身材瘦长的客人，戴着金丝边眼镜，虽已中年，却不留须子。当下由钱芥尘先生介绍，说这一位便是李涵秋先生。我们俩彼此拱一拱手，说了没几句话，李先生连面包也不吃一块，匆匆的走了。就这没几句话中，我已观察到李先生是一个忠厚长者。

辛酉中秋日，我创办《半月》，李先生还在扬州。我知道他的通信地址是宛虹桥烟业会馆，便寄了一封信去，问他要短篇小说。李先生答应了，做了一篇《绿沉韵语》来，内容是四小篇，分做瓜一、瓜二、瓜三、瓜四，都是和西瓜相关合的。我生平爱吃西瓜，自也很欢迎这篇瓜的小说。后来出春节号，李先生又给我做了一篇《新年的回顾》，说他儿时的新年和他夫人初次相见的事，非常有趣。这两篇确是李先生自撰，并且是亲笔写的。

李先生很有风趣，也能做游戏文章。曾见某君杂记，记他的新乐府四章，突梯滑稽中，含着讽刺，骂尽一切。《黄包车》云："黄包车，快快走，准备今日会朋友。先送太太去烧香，后拉老爷来吃酒。算算路，二十里，二十铜子汝足矣。争多论少不知止，骂声车夫休讨死，看我拜年坐轿子。"《金戒指》云："金戒指，金煌煌，故意伸手近灯光。天不做美寒风霜，明朝要赎皮衣裳，戒指与指两分张。天下事，争不偶，忽然又遇镶边酒。想起戒指丑丑丑，拼着人前不伸手。"《纺绵花》云："纺绵花，十八扯，舞台灯光亮如水。大家争把正座包，万头耸动如毫毛。齐齐心，喊声好，喊破喉咙我不恼。眼风溜，眉峰锁，右之右之左之左。老哥适才瞧见否，秋波分明望着我。"《大菜馆》云："大菜馆，三层楼，如飞跑到楼上头。刀叉在手作作响，老饕不觉馋涎流。吃鱼肉，吃大块，生盐甜酱葱姜芥。不甚惯吃也无奈，到底总算西人菜。"

李先生到上海后，和我见面了几次。每见总是执手相慰劳，对我说道："你太忙了，怕一天到晚没得空罢，该节劳些才是啊。"我听了这话，心中很感激，连带便想起从前亡友杨心一先生，也曾在病榻上把节劳的话劝我。如今劝我的人都已去世了，节劳的话我始终没有实践，委实有负亡友的盛意了。

去年世界书局创办《快活》杂志，本托我主持，我因《半月》的关系谢绝了。后来便请李先生担任，我做了一篇祝词送去。那时他早忙着编辑《小说时报》了，问我要稿子，我推辞不了，便借邻家的一段事实，做成一篇《邻人之妻》，给他刊在第一期中。在这个当儿，李先生可忙极了，同时要做五六种长篇小说。《新闻报》的《镜中人影》、《时报》的《自由花范》、《晶报》的《爱克司光录》《快活》的《近十年目睹之怪现状》、《小说时报》的《怪家庭》，还有《商报》的一种，似乎有一个鸳字的，这名字我已记不起了。我暗暗咋舌，想他同时做这六种长篇小说，不知道如何着笔。倘若记忆力薄弱些的人，下笔时怕要把人名和事实彼此缠误咧。然而李先生却按部就班的一种种做下去，不缠误，不中断，这样魄力，真个是难能可贵了。

上海诸文友组织的青社成立，我和李先生也入社。有一晚在东亚酒楼举行聚餐会，李先生来了。有几位没见过李先生的，都争先瞻仰这小说界的老前辈。这时李先生是四十九岁，在同社诸文友中年纪最大了。当时李先生掬着一张和蔼可亲的笑脸，操着一口低婉的扬州白，四下里忙着周旋。入座后，李先生因不喜西餐，另外点了几样中菜，仍和我们在一块儿饮啖谈笑，直到十点多钟，方始尽欢而散。

我和李先生末一次见面，是在《申报》馆。那一天我接到李先生一封信，内附一张辞去《快活》杂志主任的启事稿，托我代登申报封面。我已在那稿上签了字，预备交与广告部了，只见那字迹都不是李先生的手笔，因此起了疑，暂时搁了不发。写了个字条儿到《时报》馆，问李先生有没有信给我，不多一会，李先生亲自赶来了，说并没有信给我。我忙把那信和启事稿给他瞧时，他连连摇头，说并没这回事，不知是哪一个来开玩笑的，我也就付之一笑，把来抛在字纸篓中了。接着我们又谈了一会，李先生才兴辞而去，过了一二分钟，忽又走了回来，说："那石扶梯上有一段没阑干的，我不敢走下去，可能打发一个当差的扶我下去。"我答应着，即忙唤一个馆役扶了李先生一同下楼。我立在梯顶眼送着，不觉暗暗慨叹，心想青春易逝，文字磨人，李先生不过是个四十九岁的人，已是这样颓唐，我到四十九岁时，怕还不如李先生咧。如今李先生死了，当时他扶在馆役臂上伛偻下楼的样子，却至今还在我的心头眼底，不能忘怀。

过了一个多月，李先生辞去了《小时报》和《小说时报》的职，回扬州故乡去了。以后就没有见面，彼此事忙，也没有通过信。直至五月十四日，接到老友杨清磬兄从扬州第五师范寄来的信，说李先生昨晚走到街心一跌而逝。当时我很为震悼，便做了一节小说界消息，登在《自由谈》上。《新闻报》独鹤方面也已接到李先生噩耗了，三天后清磬又有信来，说李先生并非一跌而逝，实在是脑冲血。当时我更觉得感慨不浅，想李先生的死一定是用脑过度所致，作文字的牺牲者，朱鸳雏后，李先生是第二人了。我这回做这纪念号，多半是得杨清磬兄的相助，由他和李先生的介弟镜安先生接洽一切。借李先生遗物摄影写生，又由镜安先生钞示事略和哀挽文字，连遗像也借来了。那遗物四种，都是李先生朝夕相共的：一、眼镜，二、砚石，三、书案上的小玉屏，四、二十年不去手的胡桃两个。如今我们看了这四种遗物，不免兴人亡物在之叹咧。

　　如今我这李涵秋先生纪念号告成了，总算对亡友略尽微意，一面我还得感谢杨清磬兄和李镜安先生。

　　　　　　　　（选自《半月》1923 年 6 月 28 日第 2 卷第 20 号）

哭 阿 兄

——阿兄去世之第二日周瘦鹃和泪作

　　唉,这几年来我的眼泪可落得多了。杨心一死,落几滴眼泪;苏曼殊死,落几滴眼泪;沈泊尘死,落几滴眼泪;朱鸳雏死,落几滴眼泪;李涵秋死,落几滴眼泪。然而他们都不是我的骨肉,一回头也就没有怎样悲痛了。哪里知道骨肉间死别之惨,竟临到我的头上来。李镜安(涵秋弟)哭兄之后,我也哭兄了,一日夜来抛了无数的眼泪。我的眼泪本来多,这一回不知怎的,更滔滔不竭的淌出来。唉,三十年兄弟相亲相爱,从此人天永隔了。

　　阿兄国祥号伯琴,今年三十三岁。先严弃世时,阿兄只有十岁。因为家道清寒,不能多读书,在养正高等小学毕业后,十七岁就投身商界,执业曹家渡公益纱厂,克勤克俭,很得老母的欢心。后来公益盘与外商,他才出来,先后在怡和源打包厂、中华书局、先施乐园混了几年。这其间因为误交损友,略略做了些荒唐的事,因此失欢于老母。但我对于阿兄,感情却仍是很好的,经济上小小的接济,从不回绝。只为我独挑着这一家重担,不能供给他在世多用几个钱,这是我一辈子很抱歉的。阿兄性情和蔼,从没有疾言厉色,平时最爱小孩子,我的子女外甥外甥女,和亲戚邻家的孩子们,没一个不依恋他的。《半月》杂志的创办,阿兄也费了不少心力。我管编辑上的事,所有发行广告事宜,全由阿兄奔走接洽。往后我因经济困难,让与大东发行,阿兄虽不以为然,却也无可奈何。那时他在外已有了别馆,难得回家,回来时盘桓几点钟,也就去了。入夏以来,每礼拜总回来一次,一举一动,非常端重,言必有信,一些儿没有越轨的事情。阳历七月二十九日是星期日,因有《申报》一部分同事预备来参观紫罗兰庵,我因预约阿兄回来助我招待。那日阿兄果然回来了,谁知事不凑巧,同事中有二三人因别有要事,展期一星期。阿兄给我做了两桶冰忌廉,都不甚好,心中很不快,说隔一天到冰店中去观察一下,下星期日来时,一定做得好了。这夜我恰应了陈栩园丈诸高足之约,聚餐一江春,就对阿兄说下星期日再会,匆匆出门。阿兄用过了晚膳才去,不道下星期日再会,竟成了虚话。最后的一面,已在星期五午夜病榻呻吟之际,真使我伤心极了。阿兄的病是痧症,吐泻交作,坏在嫂子不把他送医院,胡乱挑痧。我和母亲又完全不知道他害病的事,因为阿兄平日对于他的别馆讳莫如深,不肯说出在甚么地方。他病中又自以为无碍,不愿使母亲知道了着急。直到病势加重,才由嫂子着人前来报信。星期五傍晚七点钟时,母亲先赶去了,一点钟后回来说,吐泻已止,似乎还不要紧。阿兄怕母亲闻了恶气,不住的唤伊捏住鼻子,又安慰母亲,催伊回来。哪里想到将近夜半,又有人来叩门,说周先生危险了。我大吃一惊,疾忙伴着母亲一同赶去,只见阿兄瘦骨如柴的躺在床上,见了我微微点头,声音已低了。那时正还有一个人在那里挑痧,连下数针,阿兄都能忍受,针后只嚷着酸。那挑痧的连说有救,我也就迷信他的话,以为不打紧了。照我的意思,本要送他医院去,但嫂子不肯。我知道挑过了痧,医院中也不肯收,只索作罢。守过了夜半,阿兄似要入睡,母亲便唤我先回去,临行我问他可觉得好些,他说胸口稍松,我便说你好好睡一会,明天清早,请恽铁樵先生来诊治。阿兄点头道好,我就回家了,两点钟时,母亲回来,说已睡熟,我略略放心。但这一夜,我不知怎的,再也不能入睡,想前思后,不住的落泪,半床枕簟,竟做了一个承泪的盘子。暗中我还默祷上天,鉴我的一片赤诚,救阿兄一命。接着又想起了许多未来的计画,能使阿兄安乐的。勉强睡过去了一点多钟,到四点钟就醒了。听邻家洗衣之声,疑是鬼魅,一壁暗暗问着自己,不知道阿兄好些没有。谁知四点半钟时猛听得一阵叩门声,门外的人说周先生无救了,我心痛如割,泪落如雨,手忙脚乱的不知道怎样才好。好容易找到了长衫披上,飞车前去,唉,天哪,我可怜的阿兄早在这中华民国十二年八月四日寅时弃我而去了。我抚尸大哭了一场,便赶到母舅家里,把一切殡殓等事都托了他。母亲也等在那里了,相对一恸,我因不忍见阿兄下棺,不忍听老母哭声,便像懦夫一般,溜到家里,躲在床上闷哭。我妻得了这恶消息,早也伴着我哭了。唉,这一天来我每想到阿兄的音容,和他过去的一切事情,总止不住心酸泪落。我这饱经忧患的一颗心,怎能禁得下这重大的打击。唉,阿兄啊,我这心直要为你迸碎了。

唉,阿兄啊,今天是星期日。我做这一篇文字哭你,写一行字,落一行眼泪。旁边放着一块手帕,已湿透了,想得伤心,便哭出声来,母亲是耳聋的,不听得我的哭声,我的妻在楼下听得了,赶上楼来,不许我哭,然而伊自己也哇的哭了。唉,阿兄啊,你可知道我要哭你,也不自由么?昨天你的灵柩入了会馆以后,舅父劝我,舅母劝我,我的岳母劝我,我的妻劝我,旧邻李家嬷嬷劝我,连最伤心的母亲也劝我,说以后你便是这一家之主了。一家幸福,都在你一人身上,不可过于悲伤,时时哭泣。你倘有了三长两短,这一家还能支撑过去么?我含泪答应,说以后我要使母亲快乐,决不再哭了。然而上床睡时，一闭眼就仿佛见你慢吞吞地走来，于是眼泪又来了。转侧了四点多钟，似睡非睡，到四点钟时才睡熟了。七点钟起身，就一个人躲在楼上，动笔写来。我不做呆板的哀启式文字，也不求大人先生给你作传，只是从心坎里掏出话来哭你。因为你是助我创办《半月》，也爱护《半月》的，因此刊在《半月》中。倘蒙爱读《半月》的列位赐以哀挽的文字，谅也是你所欢迎的。唉，可怜呀可怜，我搜尽家里的抽屉箱箧，竟找不到你甚么遗墨，只在《半月》创始时的一本旧订单簿上，发见你的字迹。便撕了一页下来，和你的名片一同制版付印。这两匣子的名片，可怜你竟没有用去几张，仍是装得满满的，如今我已宝藏起来了。最可怜的，这十多年以来，你怎么连照像也没拍一张。我又好容易找到了你十九岁时和你几个纱厂同事合拍的那张，握着两眶子的泪，把你的上半身剪了下来。第一次我还怕剪痛了你似的，不忍下刀，第二次方始剪下。我细细端相，那时你的面貌是何等的挺秀，先前养正的同学们，不是都给你起过一个"周美人"的绰号么。怎么十多年来，就变得如此黑瘦了。我想到这里，两眶子的眼泪，就撑不住一齐涌将出来。明天我预备给你印在《半月》中，更放成二十四寸，挂在家里，作为永久的伤心纪念。我想将来挂在客堂中，我的妻却说不好，因为一日三餐，总在客堂中，母亲瞧见了，粥饭怎能下咽。所以我想改放在次间的三摆台上，常把香花和你爱吃的东西供在你面前。你不是爱吃西瓜的么？我们前天正买了挺大的雪瓤西瓜，总拣甜的给你吃，不敢忘却你的。我这回殡殓你，共使去了二百块钱左右，中人之家，只得如此。可是衣衾棺椁，都还不恶，出殡的仪仗中，有妹倩夏、初弟送的军乐，也有我们自备的小小铺排，总算比父亲和外祖母的殡殓丰厚多了。所抱歉的，我因依着母亲和舅母的话，没有执绋送你，但妹妹和妹倩都来送你的。明天是你死后的三朝，我便同着我的妻，带了酒菜来祭你，再痛哭一场。不过你现在所暂厝的会馆，不是我们苏州本乡的，不知你和你的鬼邻们可能合得上来，也许有举目无亲之感么？唉，阿兄啊，今且忍耐一下子，今年冬至节，我一定送你到苏州七子山下，葬在祖父和父亲的一旁，那时你就不嫌寂寞了。至于你那所爱的人，虽不能进我家的门，但我因为你爱伊起见，每月送津贴去，心中也承认伊是我的嫂子了。你既没有一子半女，我就把长儿铮嗣与你，你原是一向爱他的，或能使你死了瞑目么。

唉，阿兄啊，我如今回想到你以前的事，觉得也没有甚么过恶，所说荒唐的事，原是少年人所常有的。我如今甚么都原谅你，倒觉得我自己有许多对你不起的地方，还求你原谅我啊。五七的那天，我准备设奠关帝庙中，并做道场焰口超度你的幽魂，这些事虽说无谓，但在我总算一些微意。可是你生前原也爱热闹的,对于这事或能赞同么?

　　唉,阿兄啊,我可又想起来了,星期五那夜来瞧你的时候,你挣扎着和死神奋斗,不住的把灯草捎鼻孔,我和母亲也助着你捎,希望你打一个嚏,谁知你始终没有打。我误信了那挑痧人有救的话,和你约了明朝请恽先生来,就放心走了。听说你见我去后,曾掉下两滴眼泪来,你难道已觉得从此不能再和我相见么?倘我早知如此,何不伴你一夜。第二天清早来时,你果然把一张死脸对我了。当下我一壁大哭,一壁揭开被单来,但见你口眼未闭,何等的苦痛。唉,你可是为了没有亲骨肉在旁送你的终,所以口眼不闭么?我抚你的尸体,又冷又僵,岂是一星期前做冰忌廉时有说有笑的人。唉,我的心真要为你碎了。你的病,起了三天,你的死,误在挑痧。嫂子不送你医院去,也没请医生,不容不负责。为了这个,我不得不恨嫂子坑死你,这个我要请你原谅的。我前夜来瞧你时,本有许多话要和你说,但因你在呻吟苦痛之中,无从开口。不想过了半夜,就没有这说话的机会了。我哭罢之后,想到你的身后事情,因便坐着车子赶到舅父店中去,一路惘惘,说不尽的悲痛难过。那时阳光已上了,但觉得一片金黄之色,丝丝射在我的泪眼中,我便把两眼闭了拢来,我简直不愿再见这残酷的天了。

　　唉,阿兄啊,我可又想起来了,《半月》创办的当儿,你除了担任发行和广告事宜外,更助我校对。《礼拜六》一百○一期到一百二十五期,也是你担任二校的。那时我们一灯相对,往往要忙到夜半,回想当时,自有一种甜蜜的乐趣。如今我要把《半月》第三卷改良了,满想得你的相助,谁知你等不到第三卷第一号出版,竟撒手去了。唉,以后《半月》一期期出下去,我的伤心可也没有终了的时候啊。

　　唉,阿兄啊,我可又想起来了,我的大儿铮,次女玲,不是都很依恋你,你不是也很爱他们的么?你一回来,不是要你驮,便是要你抱,或者要你牵着上街去。你总是笑逐颜开,没有不依的。昨天你的恶耗传来,他们都嚷着要瞧瞧伯伯,谁知你竟从此不回来了。记得上一次你回来时,大儿闹着要买一具小风炉小镬子玩,你唯唯答应。因为近边买不到,竟觅宝似的到别处去买了来。如今这小风炉小镬子都还在着,你可到哪里去了啊。唉,来日方长,孩子们哪里还有第二个伯伯可以相亲,以后我再也不忍听他们道伯伯两字咧。

　　唉,阿兄啊,我可又想起来了,我这屋子里上上下下的布置,不是都出于你的么?一椅一桌,都曾经你的手拨触过,可怜我要寻你一个手指痕,也寻不到了。所有客堂中的中堂屏条和其余的好多西画镜架,也不是都由你挂起来的么？从此我不敢再去动一动，因为移动之后，可没有像你一样心细的人来给我挂了。唉，记得你前一次来时，还给我把那小铜床上的圆顶珠罗纱帐挂起来。我如今睡在这帐中，哪得不想起你。我又记得那厢房中的六角小桌脱了底，你给我很仔细的钉起来，那时我还立在旁边，做你的助手咧。唉，你把那小锥子打钉的声音，至今还丁丁的留在我的耳边，顿使我连想到那匠人们钉你棺盖时的声音，可是一样的。哎哟哟，我的心好痛，这一只只的钉，可钉到我的心上来了。

　　唉，阿兄啊，我可又想起来了，想二十三年前父亲临终时，曾嚷着道："兄弟三个，英雄好汉，出兵打仗。"母亲常把这话对我们说，你也曾听得的。父亲的意思，并不是真叫我们去出兵打仗，分明是望我们做一番事业的意思。如今弟兄三个只剩两个了，你既撒手而去，我也不曾做甚么事业。三弟国良，早又嗣出，一半儿不能算是我家的人了。唉，雁行折翼，无限伤心，抛着我一个人孤另另的，还能做出甚么事业来啊。阴历五月十六那天，三弟自河南陇海铁路任所请假回来，探望母亲。你十七回来，兄弟一时团聚，欢喜不尽。二十二日我设宴会亲，所有近亲，全都邀到，你也早就来到了，开留声机，映小影戏，十分有兴。如今我回头一想，历历都在眼前，都变做了伤心资料。后来三弟同着他嗣母回洛阳去，你来不及赶来送行。可也料不到这一会之后，生离便成死别了。昨天早上，我哭了你回来，就写信到洛阳去，告知三弟。不知道他得信之后，也要怎样的伤心啊。

　　唉，阿兄啊，我在半天中写了这许多字哭你，眼泪已落了不少。想你的事情正多着，我也不愿再写了，我的妻要求我少写一些，免得多抛眼泪，给母亲瞧见了，又要难堪。所以我写到这里，也打算收束了，以后的日子，我总设法使母亲快乐。今天傍晚，还想同伊到半淞园去，杀伊的悲怀。你死而有知，应当使伊老人家手轻脚健，无忧无病。你既把这一副重担，卸给我一人挑去，也应当呵护我一家安康，减去我意外的苦痛。因为我的心非常脆薄，实在捱不下咧。唉，阿兄啊，你这回虽是死在别馆中，我这里仍要设位招魂，招你回来。月黑天高，你须得看明了回家之路，阿弟可要齐开着屋子里的电灯，照你的幽魂进门啊。唉，阿兄啊，我不能再写下去了，我的手颤了，眼泪又来了，我又要失声哭了……

（选自《半月》1923 年 8 月 12 日第 2 卷第 23 号）

哭倚虹老友

呜呼,吾今执笔时,距倚虹老友之死已十小时矣。倚虹之死,虽死于病,而实则社会杀之,家庭杀之,不良之环境杀之。杀之者众,而倚虹之身则一,于是乎倚虹死矣。

予之识倚虹,已十有二年。十二年前,予方僦居于西门外大吉里。一日,忽有冠玉少年来访,出刺见示,则赫然倚虹也。各道倾慕讫,即以所纂《销魂词》两帙相觊,谈炊许顷始去,此为予与倚虹缔交之始。厥后时相过从,交乃益密。已而予入《新申报》馆,君入《时报》馆,两馆望衡对宇,得暇必相访,间亦经过赵李,开筵坐花以为乐。阅年余君服官萧绍,予亦入《申报》馆。君于公余之暇,遂以著述自遣。着手草社会小说《人间地狱》,每成一回,则飞函寄予,排日刊之《自由谈》。读者见之狂喜,交相称誉,君之文名乃日噪。是书之妙,妙在写实,每写一人,尤能曲写其口吻行动,至于一一逼肖。掩卷以思,即觉其人跃然纸上,盖已极文章之能事矣。及六十回,君以事冗暂辍,读者纷请赓续,予亦屡促之,而君迄未着笔,今而后遂成绝响矣。呜呼!

君生小颖慧,文思敏捷,下笔千言立就。近年主《小时报》笔政,以名隽负时誉,兼业律师,亦有声。而复乃大忙,偶得余暇,则君抽暇为短篇小说,予之《半月》中时有君之新著也。去岁创办本报(本报,指《上海画报》三日刊,此文同时刊登于《上海画报》,故以"本报"称之——编者注),风行一时,编辑营业等事,以一身兼之,每出版之前一日,恒亲赴印刷所,俟阅大样,往往通宵不寐,况瘁可知。予闻而规之,而君不能听也。去冬积劳成疾,群为抱虑,旋得名西医臧伯庸先生治疗。日有起色,朋好宴集,君亦欣然莅止,苍白之颜,渐见血泽,予侪咸以为从此可以康复矣。显君以家累繁重,生活维艰,不得不继续视事,辛劳仍如平日,于是乎君乃复病矣。臧伯庸先生夙重风义,力为诊治,显病入膏肓,终于无效。予日趋臧先生许探问消息,良用焦虑。前三日,遽以绝望闻。君夫人缪女士痛不欲生,潜吞烟泡八枚,意图先死。幸为家人所觉,亟送之爱多医院,得臧先生急救得免。君昏愦中,绝不之知。今君死,而夫人亦尚卧病医院,未之知也,可云惨矣。

予生而多感,常抱悲观。前三日闻君病笃之耗,郁抑累日,至不敢一过

614

君寓,恐睹其惨状,愈难为怀也。予尝推溯君之死因,病固居其半,而其半实为环境之不良。有以致之,数稔以还,家庭多故,生离死别,百苦备尝,赖其笔墨以存活者二十余口,日常之苦痛可知。而病榻委顿之中,仍不能摆脱一切困恼,于是乎君乃死矣。予年来担负日重,环境日非,与君颇相仿佛。而被困于戚鄌,则视君之所遇,尤为难堪。今闻君死,颇有兔死狐悲之感,吾哀倚虹,转以自哀矣。

（选自《紫罗兰》1926年6月10日第1卷第13号）

倚 虹 忆 语

倚虹之死，予既为文哭之矣。追忆旧游，颇有零星琐事，足资记述者，因笔而出之。

倚虹美于目，殊不在美人媚眼下，世所谓凤目者，倚虹之目足以当之。

倚虹嗜纸烟，而于茄立克有特嗜。如参与宴会，而主人不备茄立克者，即出其自备者吸之，兼以飨他客。或以其他价值相等之上品纸烟进，倚虹必屏而弗吸。

倚虹下笔绝速，所作小说，无一非急就章。曩为《申报·自由谈》草《人间地狱》时，往往日已下舂，而君未成一字，予每以电话促之，不半小时，即得六七百字，惟字迹奇草，屈曲如蚯蚓。予辄择其不可辨者，代为描写清晰，然后付之铅椠也。

倚虹善作回目，隽妙可喜，如《人间地狱》中"红楼一角，软语话杭州；银烛三更，柔情迷弱水""舞罢弓鞋，未醒姜梦；抛残电泪，莫挽郎心""秋燕飘零，夕阳寻故垒；伊人憔悴，遥夜听疏钟""珠灯千障，热境诉幽情；凉月一丸，轻车飞短梦""碧月下桃林，飘轮碾梦；斜桥咽风露，锦瑟悲年""雪夜度凄清，量珠换梦；银灯照憔悴，射药回春""憔悴花枝，哀鹃啼野冢；飘零书剑，古驿吊斜阳""撩乱青丝，锦衾怜月瘦；烧残红烛，杯酒替花愁"好语如珠，至今犹脍炙人口也。

倚虹二字，与海上名西餐馆倚红楼不谋而合。朋友每与之谑，谓为君设也。偶与君数日不晤，一日见之，因戏问曰："日来贵楼生涯如何？座客常满否？"而君亦故作拘谦曰："托福，托福，尚过得去。"因相与呕嗺。平昔君每进西餐，辄在斯楼，即予亦老主顾之一。今而后每过斯楼，触景生情，当追念倚虹不置矣。

倚虹去冬病中，状至委顿，两靥苍白无血泽。予往省其疾，劝以赴杭养疴，谓西子湖为君旧游地，湖光山色，日相接触，似亦抵得半个达克透也。倚虹唯唯，顾面有难色。会予有环龙路法公园长券一纸，因出而予之，劝以日往一游，少吸清气。君色然喜，握手称谢。今春病渐瘥，谓每晨必往法公园一行，弥觉爽适。病革前之三星期，忽以券检还。呜呼，法公园之一花一木，从此不能更得倚虹欣赏矣。

倚虹亦为狼虎会会员之一,列席垂四年。同座中如天虚我生、钝根、独鹤、常觉诸子,皆善为雅谑。君跌宕其间,尤多妙趣。今春尝两度与会,兴采弥烈。今而后再遇斯集,座中遂少一人。刀匕在眼,肴核纷陈,不知倚虹魂兮有灵,其亦来飨否耶。

倚虹年仅三十有五,而悲欢离合之事。经历已多,人非铁石,安能无动于中。人谓倚虹甚旷达,不知倚虹之心,已寸寸碎矣。小蝶谓就倚虹生平之经历言,一世可抵人二世三世,信然。

倚虹收局之惨,出人意表。寡妇孤儿,无以为活。慰死者而安生者,端赖朋好而已。呜呼,君作《人间地狱》时,孰知自身乃亦躬尝人间地狱之苦。脱举其所历一一写之,即足以结束一部《人间地狱》矣,伤哉。

(选自《紫罗兰》1926 年 6 月 10 日第 1 卷第 13 号)

执绋痛记

倚虹溘逝之翌日,予以十时驱车赴贝勒路新天祥里。门庭冷落,一棺在室,亟趋灵前,作三鞠躬。倚虹之子女四五人,白衣如雪,分行答拜。哀哉孺子,倏忽一日间,遽作无父之儿矣。予默立灵右,披穗帐视陈尸之棺,而倚虹之声音笑貌,乃历历如在目前,为怆然者久之。继造红蕉寓,叩以出殡时日,云在十八日午后二时。届日,以一时往,伯庸、芥尘、大雄、伯礼、士端、红蕉、窥豹、绂卿、碧梧诸君已先在,天笑、东吴、荷公三君继至。倚虹之介弟介清君周旋众宾间,时时作喟叹,知其深抱鸰原之痛矣。及二时半,乐工鼓吹于门,穗帐中哭声大作。一似九回肠断者,则殉夫未成归自医院之缪夫人也。夫人哭,诸儿女哭,别则女戚四五人,亦继之哭,一时哭声动天地,红日半庭,似亦为之黯然而失色。各叩拜讫,四健夫遂舁棺出门,缪夫人投地长嘶,痛不欲生。四子衰绖踞地,以送棺出,予恻然心动,咽泪入腹。回忆六龄失怙,吾母及吾兄弟,亦正惨痛如此状也,抚今思昔,真堪肠断矣。

倚虹扬人,故暂厝于西门外京江公所。仪仗绝简,仅军乐一队,孝帏一顶,柩车一辆而已。缪夫人偕三女及女戚等,分乘两马车随于后,号哭不已。道旁一小贩,亦为太息。倚虹生前交游至广,而是日执绋相送者,合戚友不过二十人。倚虹有知,得不嫌其寥寂否耶? 道出辣斐德路,过倚虹旧居绍庆里外,遂达京江公所。迤逦入内,至殡舍中,倚虹前夫人汪瑢玠女士亦厝于此。倚虹手书之挽联,尚赫然悬壁间。孰知时隔两载,而倚虹乃亦亲榜玉棺眠耶。祭拜既,予倚始于缪夫人号哭声中,怆然而退。呜呼倚虹,从兹长别矣。

(选自《上海画报》1926 年 5 月 24 日第 114 期第 2 版)

双百回忆记

《上海画报》发刊以来,已达二百号矣。观乎今日之发扬踔厉,蒸蒸日上,不能不念及当年之缔造艰难,而尤不能不念及当年辛苦经营之毕子倚虹。倚虹之创斯报也,乃如燕子营巢,东负一块土,西衔一枝柴,经之营之,夙夜匪懈,而巢以告成。今此巢高据栋梁之上,根深蒂固,无虞失坠,而彼营巢燕子一去不復返矣,悲哉。

倚虹之名,之字,之别署,人多知之矣,而不知其有一别字,曰希卓。当十六七年前,可于《国魂报》中见之,其所为诗,每自署曰毕希卓,意者倚虹当年或嗜酒,故有希期毕吏部之意乎?倚虹之著作率为小说,不知其当年尝编诗话一帙,累数万言,曰《芳菲菲堂诗话》,曾付某小报刊布,愚珍藏十余年矣,容搜之箧衍中,以示诸友好也。

倚虹诗才绝清隽,《湖上词》与《清宫词》,最为隽上。其他零缣断素,不胜枚举。民国九年一月,尝有《上海杂事诗》之作,渠颇得意,愚处录有副稿,至可讽诵。兹转录于此:"皓腕搓酥洁似霜,北风一夜玉肌凉,盈盈十五江南女,竞作胡姬塞上装。(海上妇女,冬来喜着旗袍,北里中尤流行)写出前朝女丈夫,填膺忠愤上氍毹,眼前国破家亡事,携泪来看铁冠图。(某日韩世昌演费宫人刺出,座有遗老某巨公,为之感动雪涕,不终剧掩面而去)地球触目成齑粉,收付沧桑返太荒,赢得青楼诸姐妹,忧天亦解怨斜阳。(日前天文家传地球与太阳冲突之谣,闻者多悚惧)辜负红灯大道边,钿车一瞥去如烟,伏尸流血寻常事,儿有区区买命钱。(海上摩托车,多违章疾驰,危及途人。官中鞫治,但令罚锾数十金,犯者益无忌惮。捕房恒于要道,设红灯,警告缓行,车夫若弗睹也)"第一首纤丽可爱,末首讥刺坐汽车者,亦蔼然仁者之言也。

《人间地狱》,为倚虹生平最得意之作,文情并茂,久负盛名。所成凡六十回,逐日刊布《申报·自由谈》,每夕必经愚手,犹保姆之于婴儿,平日提携保抱,故感情上亦益亲密也。惜六十回后,久未赓续,愚虽时加督促,而倚虹事繁,卒未着笔,读者憾之。今天笑先生将秉其生花之笔,为之续成,自丁卯年起,仍逐日刊布《自由谈》,度倚虹地下有知,当亦欣慰焉。

(选自《上海画报》1927年2月3日第200期第2版)

曼殊忆语

　　香山曼殊上人，工诗善画，精梵文，兼通英、法文字。少孤僻，遁入空门，翛然作出世想。尝手译英吉利诗人拜轮、彭斯辈诗，沉博绝丽，无愧原作。偶出其绪余为小说家言，亦戛戛独造，匪人所及。所造如"碎簪"、"焚剑"、"绛纱"、"非梦"诸记，传诵江国，其凄婉处，仿佛蜀道听鹃啼声也。予心仪其人，历有年所，窃欲一见以为快。民国七年春，得老友刘半农书，谓曼殊方客海上，卧病某医院。将往省之，顾已以下世闻矣。十载相思，天独靳吾一面，此心耿耿不能已焉。兹采其诗文杂著，汇为一编，颜之曰《燕子龛残稿》。纂辑既竟，适当晦夕，月黑天高，阴风在闼。吾曼殊之魂，其来歆乎。此民国十二年八月予纂订《燕子龛残稿》时所草"弁言"也。予之爱曼殊，爱其轻倩之诗，俊逸之文，清高绝俗之画，缠绵悱恻之说部。而其为人之多情多感，亦弥有可爱者在。惜未获与之一晤面，一握手为可憾耳。今曼殊死十年矣，五月二日为其圆寂之十周纪念日。月前有玄玄君者，为文张之某报，谓予夙崇拜曼殊，不可不有所表示。爰以五月出版之《紫罗兰》中，为作曼殊上人示寂十周纪念，以报玄玄，兼示亚子社友，甚盼其所纂《曼殊全集》，早告厥成。俾曼殊之绝艺长才，得以永垂不朽焉。

　　曼殊上人亦南社社友，与亚子、楚伧善。其诗中有"南楼寺怀法忍叶叶"一题，叶叶即楚伧也。楚伧文字中，其道及曼殊者，殊不多见，仅见其在《民呼报》主附刊时，有一短记云：曼殊自安庆来，行去苏州，舣舟邓尉。但据山灵来告曰：寒梅苞葩，尚未华发。恰好我笔事未阑，没闲径去。为告花神，迟开半月，时当有一蜡屐踏雪人，访梅以来。

　　性恂先生，先烈杨笃生先生之兄也，二十年前尝与曼殊共事湘中某校。其所著《锦笈珠囊笔记》中有记曼殊一则，亦足以传曼殊焉。文云："香山曼殊居士，姓苏名玄瑛，十年前与余同任湘中实业学堂讲席。除授课外，镇日闭户不出，无垢无静，与人无町畦。娴文词，工绘事，然亦不常落笔，或画竟辄焚之。忽一日，手筇杖，著僧服，云将游衡山，则飘然去矣。后在东瀛，复面一次，曼殊持篦相赠，上绘牧童衔笛骑牛，过小溪，前临峻坂，有孤松矗立，枝干殊疏落，今此篦已不见矣。昨在柳君亚庐处，见曼殊诗数章，孤怀潇洒，如逢故人，怅触前事，因亟录之。《本事诗》云：'春雨楼头尺八箫，何时归看浙江潮,芒鞋破钵无人识,踏过樱花第几桥。'不著跡相,御风泠然,恍惚前日辞湘校游衡山时也。《为调筝人绘像》二首:'收拾禅心侍镜台,沾泥残絮有沉哀,湘弦洒遍胭脂泪,香火重生劫后灰。淡扫蛾眉朝画师,同心华髻结青丝,一杯颜色和双泪,写就梨花付与谁?'一缕深情,不可以字句间求。菩萨低眉说法,山间猿鹤,哪能悟彻?《寄调筝人》一首:'禅心一任蛾眉妒,佛说原来怨是亲,雨笠烟蓑归去也,与人无爱亦无嗔。'则已忏尽情禅,空诸色相,与一切众生同登净土矣。亡弟笃生为余言,曼殊固深于忧患者。"

凡读曼殊上人关于调筝人之诸诗者,当无不回肠荡气,急欲知此调筝人之为谁氏也。予旧有记调筝人一文,或有是处,录之如下:

"曼殊上人夙耽禅悦,尝手译梵文经卷多种,然莲性虽胎,荷丝难杀,蒲团贝叶间,仍不能忏尽红禅也。久寓扶桑,与彼邦名花百助眉史善,过从綦密。燕子龛中,时著亭亭倩影焉。往岁尝以一邮片贻天笑前辈,上镌眉史调筝小影,神光离合,不可逼视。璧月琼花,犹不足以方其明洁也。上有诗云:'无量春愁无量恨,一时都向指间鸣,我已袈裟全湿透,那堪重听割难筝?'又词云:'楼上玉笙,吹彻白露,冷飞佩玦,黛浅含颦,香残栖梦,子规啼月。扬州往事荒凉,有多少愁萦思结。燕语空梁,鸥盟寒渚,画阑飘雪。'后附跋云:'余尝作静女调筝图,为题二十八字,并录云林高士柳梢青一阕,以博百助眉史一粲。日来雪深风急,念诸故人鸾飘凤泊,衲本工愁,云何不感,故重书之,奉寄天笑足下。'上人诗稿中,尝屡及调筝人,如《为调筝人绘像》云:'收拾禅心侍镜台,沾泥残絮有沉哀。(尝作风絮美人图,寄晦公广州,晦公寄余诗,有向人风絮有沉哀句)湘弦洒遍胭脂泪,香火重生劫后灰,淡扫蛾眉朝画师,同心华髻结青丝。(汉元帝时有同心髻,顶发相缠,束以绛罗,今日本尚有此风)一杯颜色和双泪,写就梨花付与谁?'又《寄调筝人》云:'生憎花发柳含烟,东海飘零二十年,忏尽情禅空色相,琵琶湖畔枕经眠。禅心一任蛾眉妒,佛说原来怨是亲,雨笠烟蓑归去也,与人无爱亦无嗔。偷尝天女唇中露,几度临风拭泪痕,日日思君令人老,孤窗无那正黄昏。'又《调筝人将行属绘金粉江山图题赠二绝》云:'乍听骊歌似有情,危弦远道客魂惊,何心描画闲金粉,枯木寒山满故城。送君归去海潮生,点染生绡好送行,五里徘徊仍远别,未应辛苦为调筝。'以上诸诗,殆皆为百助眉史而作,佛家所谓色即是空,空即是色者,非耶!"

老友胡子寄尘亦曼殊上人旧友也,上人之《断鸿零雁记》一作,即由寄尘付刊《太平洋日报》,而其遗闻佚事,亦多知之。往岁寄尘尝有《说海感旧录》之作,其记曼殊上人云:"苏曼殊并不是个专门小说家,不过他做几部小说都很好,大概他的小说里都有他自己小影在里面。我决不敢说他完全是实事,然隐隐约约总有一些是实事。他的画,他的诗,他的小说,都别有一种风致。有人说他的画是融化中国画和东洋画而成的,实则他的画在中国和南宋马远很相似,诗略近晚唐,总之高逸有余,雄厚不足。说他是东洋风气,也不为过。诗画如是,小说也如是。就画册而论,《吴门道中闻笛》、《拿舟金牛湖》、《韬光闻鹃》等幅为佳,因为画笔和情景恰恰相称。若《衡山》一幅,但作一角,未免太薄弱了。我前年游苏州,作诗数首,中间一首云:'数家临水不成村,细雨轻烟淡有痕,绝似曼殊当日画,羸驴破衲入吴门。'便是说吴门道中闻笛的一幅画,然不是吴门山水明媚,也和他的画不相称了。曼殊的生平,见于章太炎所作的《曼殊传》,及柳亚子所作的《曼殊传》。但我再听说有一件逸事,是二传中所不载的。当曼殊病故之前,有一皮包寄存在上海虹口某旅馆中,曼殊既死于某医院,无人能知道该旅馆的名字,所以这皮包便不可复得。据云,这皮包中所藏的多半是纪念品,其中有一条手巾,是他情人送给他的,上面还有他情人的泪痕。

"我认识曼殊,在民国元年的冬天,那时刚是《太平洋报》停刊的时候。后来民国二年,在《中华民报》馆里见过几回,以后便没有相见了。曼殊的遗著,小说有《焚剑记》、《绛纱记》、《断鸿零雁记》、《惨世界》共四种,《惨世界》系署嚣俄原著,实则其中多鼓吹排满革命的话,半是曼殊杜撰的,嚣俄决没有这样的话。此书出版顶早,系在前清时,现在泰东书局的翻印本,改名《悲惨世界》。诗歌有《拜轮诗选》、《潮音》、《文学因缘》、《英汉三昧集》、《燕子龛诗稿》共五种,遗画有《曼殊上人墨妙》一册。"

友人南陔襄有《绮兰精舍笔记》一卷,亦尝记曼殊轶事,颇有为吾人所未及知者,是不可以不录。其文云:"苏玄瑛号曼殊,工绘事,能文章,以儿女情爱事,弃家入空门。然好啖,不能茹素,尤好食苏州酥糖,一日尽数十包。曾载所作《绛纱记》或《焚剑记》小说中,两记为艺林所称,允推名著。其事迹大半皆夫子自道,然颇隐约其辞,又好食糖炒栗子,卒以肠胃病逝世。病革时,在宝昌路某医院,予往视两次,曼殊握予手,谓身畔无一时计,日夜昏昏,不知命尽何时。予解所佩表赠之,今忆其言,可哀也。又詈医生不善看护,嘱予交涉。予出询院长,院长出糖栗三四包示予,反责曼殊之不遵所戒,私食禁忌之物,此由彼枕畔搜得者,犹望其疾之速效耶。后曼殊移广慈医院,适居觉生先生亦住此养疴,与之邻室。予往视之,闻觉生云:其疾已不可治,而畏死特甚。予戏谓觉生设神话以慰之。觉生乃走告,夜来梦一神人,如佛状,云中宣言,曼殊疾当速瘳,予复为子求福,良久,乃寤,子疾必愈矣。曼殊闻而大乐,于衾中合掌谢佛及觉生,其状尤可悯。曼殊初不能饮,然流连歌酒,亦所好也。且随着深情,病中犹殷殷询花间消息,即责予谳客。予谓子病如此,不能赴宴,曷若不闻不问之为愈。曼殊谓不然,予于枕席呻吟中,使得予推忆诸友之豪情,亦一乐也。且予之不忘诸友,亦犹诸友之不忘予,故一笺之来,使予知子之真不予弃也,其欣感盖十百倍于身受者矣。今忆其言其状,尤足悲矣。忆民国五年时,曼殊在青岛,与之游崂山,汽车半山而止,复乘山轿。曼殊即不胜其惫,怨言思归,一步三叹,游兴为之锐减。当时强之行,并迫其不许多语,而曼殊困苦之色,现诸眉宇。盖其体力精神,内亏已甚矣。宿崂山下宫,夜半,曼殊忽喧呼有鬼物掣其足,惊惧竟夜。予沉酣独不知。同行者为刘白先生,伴之竟不能眠,亦奇事也。曼殊在青岛时,日与觉生之夫人、日人萱野长知之夫人,及予,以赌麻雀为戏。席地而坐,予极苦之,而彼等悉乐此不疲,日日迫予为此。予每见居公长女公子来呼,及彼等来呼,辄谓宣布死刑云。久之此语流行甚广,传为成语,咸谓麻雀戏为宣布死刑也。顾曼殊虽好此,而技甚拙劣,每赌必输,惟百事均懒为,而闻赌即踊跃矣。曼殊之为人,外虽和易,而内有僻性。故落落寡合,从事革命多年,为诸伟人上客,尝与予深谈甚久,心中郁郁不得志,有生何为,而死何迟之恨。死后周年,予与觉生、梓琴诸公祭之广肇山庄归,以两律挽之,时某年四月初也。诗云:'一棺了此身,微风动积尘;寂灭长眠客,凄凉后死人。友朋犹有泪,天地已无春;浆酒宁嫌薄,应知我辈贫。'其二:'歇浦花都老,劳山梦亦奇;那堪辞世日,已是隔年期。骨朽名空立,心伤死恨迟;斯言犹在耳,多事挽君诗。'世之识曼殊者夥,予拉杂书其轶事于此,张静江为刻其遗诗,且闻觉生欲葬曼殊于西湖云。"

曼殊上人之墓,在西子湖里湖之侧,风物颇幽蒨。墓以石筑,作六角形。墓前数武外有石塔一,上镌"曼殊大师之塔"六字。其他三面书有"呜呼,此吾亡友曼殊大师之塔,大师广东香山苏氏子,名玄瑛字子谷,早弃冠服,不忘宗国。行脚万里,劬志一生,博通艺文,旁及语学,其人生平,此可知矣。大师母为日本人,故尝居日本,归国以还,时时往省,盖虽舍家,笃于伦纪。其于朋游,弥勤信纳,有所不屑,驰书力诤,久而益敬,众所称焉,往与论交,几二十年。最后之别,岁为丁巳,大师遂于是岁五月遽告怛化,年仅四十有□。(尚未补刻)甲子五月友人为筑塔孤山之阴,诸宗元乃为撰铭,林之夏书之铭曰:'终隐浮屠,夙恋此湖;藏骨于此,可无惭于林逋。'"

(选自《紫罗兰》1928 年 4 月 20 日第 3 卷第 2 号)

悼念郑正秋先生

天哪！这三年以来，毕竟是一个甚么时代？内忧，外患，天灾，人祸，全体动员的压迫着这可怜的中国，直弄得百孔千疮。焦头烂额。国土的损失，经济的损失，人才的损失，文化的损失，都不是表格所能一一开列，数字所能一一清算的。天哪！这将归咎于天心的不仁呢，或是人谋之不臧？

这三年来，亲长师友的先后凋谢，已使我于惨痛之余，灰心于人世。却不道二十年的老友郑正秋先生，又撒手归天去了。这在人才损失单中，又是很重要的一项，竟使我惊呆了好几天。不但是明星公司失了一根柱石，电影界中失了一位导师，便是中国的艺术上和文化上也失却了一个奋斗的战士。

回忆二十年来，他在舞台上银幕上的贡献，是何等的伟大。年年五月，我常能瞧见他在舞台上现身说法，表演《隐痛》和《黄老大说梦》，痛哭流涕的，想唤醒国人的迷梦。哪知世变时移，江河日下，正秋正秋，宇宙虽大，到如今已没有你痛哭流涕之地了。虽不病死，也得活活的闷死！所以我一面悼念正秋，一面却替正秋庆幸，因为一了百了，这世界又有甚么留恋呢？

正秋，你虽悄悄的死了，但是你的精神不死，你的灵魂不死。且待秋坟鬼唱时，我们仍可看你的《隐痛》，听你的《黄老大说梦》。

（选自《申报·春秋》1935 年 7 月 22 日 13 版）

悼念戈公振先生

公振老友，别三稔矣，落月停云，云何弗念。有时新雁过小楼，将得尺一书来，开缄雒诵，情见乎辞，而蝇头之字，罗罗清疏，如见故人颜色；顾以万里睽隔，积愫难倾，惟遥祝其为国珍重而已。去冬周子剑云伉俪与胡蝶女士有苏俄之行，愚尝以寸笺相托，一诉衷肠，旋得其复书，媵以俄文豪高尔基氏彩色小像一帧，书云：

瘦鹃兄：剑云兄来，奉手教，欣审著述胜常；并悉移居珂里，更美清福。

弟年来飘泊海外，倦而思归，但剑云兄必先我到沪，此间情形，无待缕述。弟后日赴柏林，暂谋小休。年初曾书一片，奉贺年禧，上为高尔基画像，不知如何来入书中，久而未寄，今因便附奉，知海外有人长相思也。率颂俪安。弟公振。四月二十五日。

　　愚得书喜跃，什袭珍藏。比剑云兄归，抵掌谈海外事，首及公振，具道其刻苦笃学之状，自惭颓废，益致倾服。此次公振游倦归来，未及一面，会愚以贸迁折阅，郁郁不自聊，老友小蝶筱巢，坚邀作黄山之游，藉以忘忧。归途车次绩溪，读《东南日报》，陡得公振噩耗，震愕不能自已，彼苍者天，年来夺吾戚友，已不可偻指数，愤积于中，辄欲指天而詈，讵意肆虐未已，今复夺吾公振以去耶！嗟夫公振，我于君之归，所欲就教于君者綦多，初以为来日方长，不必急求一见，容图畅叙。庸知君之言旋故土，似专为归正首丘而来，弹指一周，遽告奄忽；岂君爱国心殷，恋恋于不幸之祖国，而欲以此剩水残山为埋骨地耶？嗟夫公振，君今去矣，于此万方多难之秋，在君未为不幸，其如后死者之痛失良友，难以为怀何！魂兮有知，其将何以慰我？

（选自《申报·春秋》1935年10月31日第14版）

人间可哀录（一）

　　中华民国二十六年三月十七日，三儿榕以自由车游小园中，堕池而殒。愚与室人凤君，遭兹惨变，心碎魂飞，泪干声咽。窃痛其年肖汪踦，死非国殇，天实为之，谓之何哉！兹距吾榕儿之殇，忽忽经旬矣，感物伤怀，不能自已，笔之于书，藉泄吾哀。

　　榕儿字仲美，行三，肄业东吴初中二年级。天资虽不甚慧，而颇知勤读。性孝顺，在家能孝其父母，在校能得师长欢，诸同学亦多与之昵。好美术，十二龄时，即喜奏刀刻石作名钤，工劳作及绘事，楚楚可观。尤爱童子军工作，结绳、旗语、烹调、缝纫靡不能。邑中露营检阅，几于无役弗与。年不足十六，而顾硕如二十外人，与愚及乃兄，衣履均可互易。老母年七十矣，见其长成如许，顾而乐之。又安知一弹指顷，天遽攫吾爱儿以去耶！

　　十七日午后，愚方在馆治笔政，三时许，陡觉刺促不宁，亟欲返苏。因以四时特别快车行，于六时许驱车归家，陡见凤君号咷门外，谓榕儿堕水。愚惊悸亡魂，疾趋入园，则榕儿已由傭仆辈援起，方伏花丁肩头，吐水如潮。愚尚以为可救，亟命延李广勋医师与博习医院许医师来，针以救命之针，施以人工呼吸。愚复亲为接气，冀续其命。讵人工难敌天工，天既坚欲夺吾儿，非人力所能挽救。盖榕儿出水以后，久已怛化矣。愚力抱其首，狂呼榕儿不置，而儿默不吾应。儿虽横死，面目如生，安然作入眠状；遍体亦不浮肿，肌肉坚实如生前。嗟夫嗟夫，吾奚忍目观此十余年心血之结晶，竟虚掷于乌乎有之乡耶！时老母适以事羁沪，数日始归，已不及见爱孙一面，日夕跌足长号，频呼榕儿之名，老怀之抑塞可知矣。

榕儿入殓之日，为十八日，午后将殓，风雨交作，雨脚髣髴然，一若天亦为之下泪者，而吾榕儿遂于此凄风苦雨中行矣。兹拟于清明节后，卜葬绣谷公墓，从此远离骨肉，独眠灵岩山下，风晨月夕，谁与为欢？但愿山灵发大慈悲，呵护此茕独可怜之儿，勿为厉鬼所侮也。

榕儿此次惨遭意外，似有先兆。十六夜十时许，家人均先就寝。愚独坐灯下编《春秋》，忽见榕冉冉下床，直趋外室。愚惊询所以，榕谓欲觅一书，愚以为梦魇，而扶之归寝，抚其额，温温如平时。榕目愚微笑，贴然复睡，愚亦弗以为意也。及其既死，大儿铮检点遗物，则见其日常所用之犀飞利墨水笔，已固封密纫，似已预知其行将横死，从此无所用之者。又据其同学某君言：是日午后，榕在校中作文，一挥而就，状至匆促，叩其故，则谓中心麻乱，急欲归去。讵归后一小时，遂及于难。鸣呼，此中殆真有天耶！

（选自《申报》1937 年 3 月 29 日第 7 版）

人间可哀录（二）

愚向日治事之案，即在诸儿女寝室中，夜必一灯相共，笑语与书声相应。愚案头图书函稿及报章之属，往往堆积如秋山落叶，榕儿恒为我整理之。今案前窗槛上之报章一叠，杂书数积，即榕儿最后所整理者，似犹见其手爪之痕，嗟夫，今而后，吾又安忍检读之哉！愚每度自沪渎返，箧衍中累累皆稿函，向由大儿铮启封检稿，区为数类，然后置之案头，俟愚选辑，大儿课忙，则每由榕儿为之，其井井有序，一如乃兄。有时见猎心喜，则亦自撰儿童常识稿件，私夹其他文稿中以进。愚选阅得之，私心窃喜。则择其尤者，为之发刊《儿童专刊》中，用以勉其上进，日者检其遗物，竟于一书中发见二稿，一曰《蚌》，一曰《海胆》，一注四月用，一注五月用，盖于休沐之日，先已写就者。嗟夫榕儿，儿又安知不崇朝间，撒手归去，竟不能延至四月五月之久耶！尤可痛者，比来儿所写诸稿，悉关水族，卒致堕水而死，与水族为伍，每一念至，辄为泪零。

愚与大儿爱花若命，而榕亦爱之。每值种花栽树时，辄相助为理。去冬愚于山中得一古梅桩，巨干半已中空，殆数百年物，归而植之巨盆中，偃蹇作悬崖状。榕则择其枝干之未枯者，一一凿之，宛然如枯干，自饶画意。愚大喜过望，温语奖之，即以其他小梅桩，悉令雕凿，亦无不中程，某日，榕见愚以破缸爿种松竹梅，因亦效颦，觅一破花盆之半，凿作舟形，移植紫罗兰三丛于其上，佐以片石，自然入画。愚益喜，藏之温室，时加灌溉。日者忍痛取视，则叶叶鲜绿，蕊将作花，亟陈之廊下，属家人将护之，俾为永久纪念。讵翌晨出视，则中间一丛已萎，讵花亦有知，故作此惨痛之表示耶？入夏，花丁忙于艺菊，不暇他顾。榕则每于傍晚冠破草冠，履旧革履，与乃兄就汲于池，担水灌园，往往汗被其体，水湿其裤，怡如也。嗟夫榕儿，又孰知儿平昔担水灌园之池，即为儿今日死所耶！昔者精卫衔石，填平恨海，此池，亦吾之恨海也。姑俟儿接替期过，魂兮归来，吾将鸠工运泥，填平此万恶之池，以谢吾儿。

榕儿幼即茁壮，未尝有疾患，富胆略，能忍苦痛。颔下偶生赘肉，则拔而去之，血涔涔然，弗顾也。一日，在校与同学作赛跑，失足踣地，两膝表皮，皆破裂如掌大，煤屑嵌入肉里，榕则自行除剔之，搽以碘酒，奇痛彻骨，归来恐为母知，力自隐忍。厥后偶为乃母所见，悯其痛苦，加以慰藉，而榕则付之一笑而已。愚因语凤君：此儿胆粗手辣，他日可为外科医士，以救世而济人。宁料其中途夭折，遽抛其慈爱之父母而去耶！

（选自《申报》1937 年 3 月 31 日第 16 版）

损失了一部活的万宝全书

——悼念本刊特约撰述天虚我生陈栩园先生

三月二十四日一个细雨濛濛的朝晨,仿佛天公正在落泪,灰黯的天空,压得低低的,满现着一派凄凉的气象。爱麦虞限路金谷村的一角小楼上,躺着一位奄奄一息的苍髯老人;烧残的炉香,憔悴的瓶花,愁眉百结的家人,正相对无言的陪伴着他。他老人家一清早醒回来,就对他的爱子爱女说:"今天十点钟我要去了;此刻再让我好好地睡一会。"于是闭上了眼睛,慢慢地睡了过去。子女们听了他"要去"的话,心中伤感得说不出话来,只是目不转睛的呆望着老父,小楼中静悄悄地一些儿声音都没有,连雕笼中的一头芙蓉鸟也静默了。这样不知经过了多少时候,猛听得壁上的挂钟镗镗地打了十下,打破了小楼中沉静的空气,直打到子女们的心坎上,而床上的老父只微吐了一口气,就此寂然。子女们抢上前去喊着哭着,早已不及,只闻到老父口中微微地吐出一阵伽南香,呼吸就这样断了。在这一刹那间,这一位文学界和实业界的巨人天虚我生陈栩园先生,竟悄悄地走出了五浊恶世,结束了他六十二年辛勤奋斗百折不回的历史。不但是他的一家,受了一个极大的损失,社会和国家,也受了一个极大的损失;就是和他老人家有二十余年深交的笔者,也觉得受了一个极大的损失——损失了一部活的万宝全书!

陈先生是一个文人,然而并不是一个读死书的文人;他有经验,有识见,有才智,有气魄,有新思想,有创造力,并且也懂世故,懂人情,他实在是一位多方面的学者,值得做我们一般文人的导师的。他的一生,也有些像俄国文豪高尔基氏,在失败的洪炉中翻来覆去,经过了千锤百炼,终于造成了他理想中的事业。他曾做过教师、小商人、公司老板、官署幕僚、代理县令,也办过杂志和小报,民国三年,也曾主编过《申报》副刊"自由谈",因"自由谈"而编成一部行销百余万的家庭常识,因家庭常识而发明了擦面牙粉,手创家庭工业社,打倒舶来牙粉,替国家挽回不少的利权。此后又制造其他各种化妆品,造酒,造药,造纸,造汽水果汁,造药沫灭火机,都有相当的成绩。他不想到一件事便罢,一想到了,就得埋头苦干,定要一一实现起来。至于文学方面,他能文,能诗,能填词,能制曲,能写小说,他在实业界虽创下了一手事业，但仍不废文事，天天以文事为消遣。他的学识是太丰富了，上自天文地理，下至三教九流，几于无所不知。他并没有读过英文，学过化学，然而和你讲起化学来，滔滔如泻瓶水，比了化学家还要渊博。他健于谈，很欢迎人家去和他谈天，有将一切疑难问题去请教他的，他知无不言，言无不尽，像他那样的启迪后进，不惮烦琐，真能使人感动。即如笔者每逢百无聊赖时，也才得去访问他一下，和他谈诗文，谈词曲，谈哲理，谈一切常识，因此而得益不少；他老人家虽以老友相待，而我却当他是我的老师，是我的一部活的万宝全书。

三年以前，次子榕堕池而死，我伤心已极，先生以长歌相慰，并拈"譬如昨日死"五字嘱我时时念着，以自譬解。从此我每遇不如意事，往往默念这五个字，果然得到不少的安慰。"八一三"事变爆发，笔者离乡出走，想起了西子湖上的先生，曾以一诗寄呈："君家西子原幽秀，我有天平亦足夸，谁料一经离乱后，山残水剩两无家。"唉！剩水残山，欲归不得，先生竟这样悄悄的去了，九泉之下，怕也不能甘心吧。

二十六日的早上，带了一个花圈，赶往世界殡仪馆去凭吊，心中只是一阵阵的酸，四肢都没有了气力，挣扎着走进灵帏，见他老人家最后的一面，我的眼泪早像雨一般滚下来了，和苦块中的蝶野①相抱痛哭，再也不能自制。唉，先生，我生平伤心之泪，以前只有三副，三十九年前哭父，十六年前哭兄，三年前哭子，这是第四副伤心之泪，今天就至至诚诚地献给你老人家了。

先生的声音笑貌，老是不能忘怀，每一回溯，止不住要心酸；至于先生的嘉言懿行，也不是这篇短文所能概括，姑借新拟的一副挽联来作一结束：

　　大乐自煌煌，巽能突过公输子。
　　中原仍扰扰，遗憾同深陆放翁。

（选自《申报·春秋》1940 年 4 月 1 日第 13 版）

---

①　蝶野：即陈栩园之子陈小蝶，曾用笔名蝶野，乃周瘦鹃的挚友。

寄亡友梅兰芳同志

畹华①同志：

久不见，长相思！

记得一九六〇年阳春三月，在全国人民代表大会、政协全国委员会开会期间，我曾跟您晤谈过二三次，声音笑貌，记忆犹新。自从握别以来，屈指一算，忽忽已过一年又五个月了。难忘的八月八日清早五时许，听说您行色匆匆，飘然远行，大家都沉痛地说您是去世了，我却忍住了眼泪，硬说您这次匆匆而去，也许又是为了任务而作一次壮游吧？游踪所至，定是一个很远很远的地方，而又美得像我们幻想中的蓬莱仙岛一样。那地方有人说是七重天，也有人说是九重天，甚至夸张到三十三天；总而言之，这就是高不可攀的所谓"天堂"。我以为您不要去得太远，以致迷失了归路，何必三十三天，还是"直上重霄九"吧！然而现在的人间，实在比天堂好得多，何况"江山如此多娇"，处处都可留恋，这十二年来，我自己就觉得目迷心醉，而老是舍不得离去的。我于您去了之后，就在一日夜间做了十二首惜别的诗，其中一首就这样说："此别匆匆殊突兀，未应长与世相违。人间远比天堂好，游倦还期早赋归。"可不是吗？像这样美好的人间，您怎么舍得离去？况且人间还十二万分地需要着您，您又怎么可以一去不归？因此我竭诚奉劝您要是游得倦了，还是早早地回来吧！

畹华同志，大概是在三十年以前吧，听说您曾在苏州演出过一次，以后就没有来过。苏州的广大群众，盼望您再来一显身手，真如大旱之望云霓。记得一九五六年九月，我和老友范烟桥兄同到您那上海思南路的寓所拜访，作了一次十分愉快的谈话。此来唯一目的，就是诚心诚意地请您光临苏州演出三五天，以慰苏州人喁喁之望。当时您因浙、赣、湘三处有约在先，即日出发前去作巡回演出，答允下一次再作巡回演出时，一定先到苏州。不料我们那边香雪海一年又一年的梅开几度，而这边红氍毹上却一年又一年地得不到梅花消息。一转眼间，三年已过去了。一九五九年春，我正在首都出席全国政协会议，忽得烟桥兄来信，要我再度探梅，重申前请。于是我就托叶圣陶同志代约您在怀仁堂外来了个碰头会，把那封信递给您看。您为了三

---

① 梅兰芳名澜，字畹华。

630

年来未能践约,表示歉意;随即答允来年如果南下演出,总是要先到苏州还这笔债的。一九六〇年春,我再度来京,又在人民大会堂跟您见上两三面;您问起我在苏州小园子里培植牵牛花的情况,因为这是您生平爱好的花,曾经借它们的色彩来作配备"行头"的参考用的。此外您又谈起从上海迁家来京,取消了思南路的那个寓所;又谈起您跟俞振飞同志合演《游园惊梦》摄制电影的经过,口讲指划,娓娓动听。那时那个"老问题"早又在我的口头跃跃欲出;可是我一想到您在京主持的梅剧团虽天天演出,而您因忙于处理其他重要的任务,自己却不常登台,于是我也不好意思开口重申前请了。然而耿耿此心,可并没有死,仍在盼望您总有一天会像飞将军般从天而下,光临苏州的。谁也梦想不到,您这回竟抛下了一切,悄悄地远游去了。

我怀着十分沉重的心情,从旧箧中检出三十余年前您所赠与我的五帧玉照,一幅工笔画成的无量寿佛,一柄芭蕉和碧桃的画扇。睹物思人,倍觉依恋,于是我又沉浸到回忆中去了。记得我在编辑《申报》的《自由谈》副刊时期,有一年您来沪演出,我天天在报上发刊一篇特稿《梅讯》,报道您每天的演出盛况和生活动态,等于是您的"起居注"。那时凡是热爱您艺事的人们,都被称为"梅党",而我却自然而然地做了"梅党"中的一个宣传员。记得"梅党"中有一位老词人况蕙风先生,曾先后填了五十首歌颂您的词,编作《修梅清课》,中如《十六字令》三首云:

梅,真向百花头上开。琼枝秀,只合在瑶台。

兰,旧约湘皋澧浦间。花知否? 得似素心难。

芳,非雾非花枉断肠。东风里,唱彻意难忘。

每一首的第一字就是您的姓或名,工致得很,也足见他老人家对您真的是倾倒备至了。

我又记得抗日战争爆发之后,您从北京来到上海,紧紧地关上了门,隐居起来。隔不多久,上海已待不下去,只得避地香港。到香港被日寇占领后,才又栖栖皇皇地回到上海来。这几年间,敌伪一再地威胁利诱,要您登台演出;您坚不为动,故意留起胡子来,以示决绝,敌伪也奈何您不得。我钦佩您深明大义,不屈不挠地发扬了民族气节,后来我给一位老友珍藏着您旧作的一幅《瓶梅图》上题了一首诗,曾有句云:"画得梅花兼画骨,独标劲节傲群伦。"这是借梅花来歌颂您的硬骨头的。

畹华同志,自从您去了之后,全国各报刊纷纷发表了文章,一致推重您的卓越的艺术和崇高的品德,这是您受之无愧的。我跟您相识了三十多年,虽说是"君子之交淡如水",但是一有机会见了面,您总是分外亲热地跟我有说有笑的。记得十六年前大儿铮在十三层楼上结婚的那天,又承您热情地亲来道贺,直到终场,才兴辞而去。当时在场的许多亲友,对您留下了一个极好的印象,说梅先生驾到,真是喜上加喜,春满一堂了。至于您平日那种尊敬老辈、提携后进的事例,更是有口皆碑,举不胜举;因此我的另一首诗中,曾有"似此懿行能有几,弥天际地见丹诚"之句。真的,像您这样的道德品质,实在是十分难得而永远值得大家尊重和学习的。至于这些年来,您对于人民的艺术事业,也贡献了毕生最大的力量,不断地下工厂,下农村,下部队,上福建国防前线,远至海外,不辞辛苦地赶去访问,赶去演出,到处表达了有人无我的精神,真不愧为一个共产主义的战士。

畹华同志,这些年来,我这苏州的一块小小园地上,荣幸地先后接待了全国各地的无数贵宾以及二十个国家的国际朋友,文学艺术工作者也来了不少。所引为遗憾的,就是您始终没有来过,我那十多本《嘉宾题名录》上,没有留下您这个光辉的名字。在您这次匆匆远行的这些日子里,我家所有的好多盆建兰和秋素,正开满了一柱柱的花朵,发出一阵阵清幽的芳香。我天天坐对好花,不由得联想到您的大名"兰芳"两字来,就剪下几枝来供在您那五帧玉照之前,以表微忱。不知道这馥馥幽香,能不能借重好风,给我吹送到您那里去啊?畹华同志,我这小园南部的梅丘之上,有一间小小的梅屋,一切点缀都与梅花有关,原是春初用来陈列盆梅、瓶梅供人观赏的,今后将兼作我个人纪念您的地方。您云游天下,如果有兴的话,何妨于月白风清之夜,光降到梅屋中来流连光景,小憩一会;又何妨重演一次散花的天女、凌波的洛神!

畹华同志,您原是百花齐放中的一枝四时不谢之花,五十年来始终保持着梅花般的天香国色,领袖群芳,然而也是够辛苦的了。这回就算是功成身退,好好地去安息一下吧。好在葆玖、葆玥已可继承您的衣钵,而您所培养的新生力量——许多直接间接的高足,又到处都有,真的是桃李满天下,都遵循着您所开辟的道路,去为社会主义建设服务;何况您又光荣地入了党,对国家对人民已贡献出了一切,也就大可自慰,而毫无遗憾的了。

畹华同志去世后第二十天作

(选自《拈花集》)

还得名山傲骨埋

——记卜葬西湖的章太炎

章太炎先生已于一九五五年四月三日卜葬在西湖上了,从此黄土一抔,与西邻的张苍水墓同垂不朽。我既参加了苏州市方面的公祭,更与金兆梓等同志恭送灵柩赴杭。寓苏耆宿致送挽联挽诗的很多。我所留意到的,如孙履安先生一联云:

> 北斗文光冲虎跑,
> 南屏山色映牛眠。

张俟庵先生一联云:

> 若是其大乎,天下溺援之以道;
> 可以为师矣,今日吊奠敢不哀!

张松身先生一诗云:

> 一代宗师传朴学,慭遗天忍丧斯文! 救时论在昌言报,痛逝书焚革命军。生慕伯鸾充大隐,殁依苍水峙高坟。首丘归正清明近,郁郁南屏护白云。

我除了在灵前敬献手制的梅花等综合的盆景外,也挽以一联:

> 吴其沼乎,昔诵遗言惭后死;
> 国已兴矣,今将喜讯告先生。

首句因军阀乱政的黑暗时期,先生忧国心切,曾大书"吴其沼乎"四字以寄愤慨,这是章夫人汤国梨先生所见告的。章夫人自己也做了一首诗:

南屏山下旧祠堂,郁郁佳城草木香。异代萧条同此愿,相逢应共说兴亡。

章先生在九泉之下,得与苍水为邻,差不寂寞了。

鲁迅先生生前,对章先生十分推崇。一九三六年六月十四日章先生在苏逝世,鲁迅先生闻耗,在病中写《关于太炎先生二三事》,过了十天,他也去世了。他的文章中说:"我以为先生的业绩,留在革命史上的,实在比在学术史上还要大,考其生平,以大勋章作扇坠,临总统府之门大诟袁世凯的包藏祸心者,并世无第二人;七被追捕,三入牢狱,而革命之志终不屈挠者,并世亦无第二人;这才是先哲的精神,后生的楷模。"这是章先生的盖棺定论,也是给与章先生的正确评价。

章先生以大勋章作扇坠,瞧不起袁世凯,他之被捕,这固然是一个原因;而还有好几首改唐人诗讽刺时局的谐诗,也是贾祸的原由。那诗是:

瀛台湖水满时功,景帝旌旗在眼中。织女羁思蒸夜月,石狮鳞甲动春风。风飘胡子沈云黑,雨湿国旗坠粉红。关塞极天惟鸟道,江湖满地两渔翁。

蓬莱宫阙对西山,车站车头京汉间。西望瑶池见太后,南来晦气满冥关。云移鹭尾看军帽,日绕猴头识圣颜。一卧瀛台惊岁晚,几回请客吃西餐。

此人已化黄鹤去,此地空余黄鹤楼。黄鹤一去不复返,白狼千载空悠悠。晴川历历汉阳渡,芳草萋萋白鹭洲。日暮乡关何处是,黄兴门外使人愁。

这三首诗讽刺得十分尖刻,凡是留心当年政局的中年人、老年人,都可给它们作注解的。

章先生的诞日,是农历十一月三十日,就在卜葬的这一年,高年七十三岁的章夫人抚今思昔,感慨百端,因用九佳韵赋诗二首:

闻道蓬莱住处佳,五云楼阁怅无涯。梦魂枉记三生事,钿盒难分一股钗。天上人间同寂寞,青灯白发太诙谐。廿年已尽安危意,拚得明珠古井埋。

　　彩线金针亦自佳，求知沧海叹无涯。为谁抽尽红蚕茧，报我希投紫凤钗。梦去离鸾魂易断，重来辽鹤意应谐。羡君已就名山业，还得名山傲骨埋。

情文兼至，的是诗人之诗；而末二句更非常确当，章先生九泉有知天之灵，也该作会心的微笑吧！

（选自《拈花集》）

园艺盆景

YUANYIPENJING

"江南春"水石盆景

农村小景放牧图

我生长在城市里,几十年来又居住在城市里,很有些儿像井底之蛙,只看到井栏圈那么大的一片天,实在是所见不广。偶然到农村里去走走,顿觉视野拓宽了,胸襟也拓宽了。见了农民兄弟,跟他们谈谈说说,又获得了一些农作物上的新知识,并且体会到一粥一饭,真是来处不易。凡是住在城里的人,吃饭可不要忘了种田人啊。

榆树盆景

这两年来,曾经到过几次农村,苏州枫桥的曙光合作社,给予我一个最深刻的印象,蓬蓬勃勃,充满了朝气。我于视察之余,更流连光景,最爱看的便是牧童放牛。孩子们各自骑在牛背上,安闲地唱着山歌,在田坡上缓缓踱去,构成一幅挺美的画面。回家以后,就做了一个盆景,在一只浅浅的小长方红沙盆里,栽了一高一矮两株小榆树,配上几块小阳山石,而在树阴下的草坪上,放着两只广东石湾窑的小牛,牛背上各有一个牧童:一个背着笠子,双手撑在牛背上,翘起了一只脚;一个伏着牛背,像要泻落下去似的。他们的身上都穿着红衣,衬托了那榆树上的绿叶,分外好看。我给这盆景题了个名儿,叫做"放牧图",曾展出于上海中山公园的展览会。后来在北京出版的俄文版《人民中国》刊物上,刊登了我的一篇论中国盆景艺术的文章,也就把这"放牧图"的摄影作为插图。此外,我又做过一个"农村小景"的盆景,在一丛小竹子下,有几个农民在种田;而在一片塘的旁边,有一个牧童坐在牛背上,那只牛正蹲在地上休息,模样儿安闲得很。我爱好这两个盆景,因为我爱好农村里的牛,爱好农村里的牧童。

农村里的牛和牧童,是活生生的画,当然可爱。就是画到了画里去,也觉得非常可爱。记得前几年曾在苏州一位收藏家那里,见到一个手卷《风雨奔犊图》,据说是梁代一位高僧所画的,画中雨横风斜,烟雾迷蒙,一头牛正迎着风雨向前狂奔,脖子里还带着一根挣断了的绳子,后面有一个牧童在没命地追赶,满面现出紧张和恐慌的神情,画面既十分生动,笔触也十分高逸,至今深印在我的心头眼底,不能忘怀。

不但是画,就是昔人诗里的牛和牧童,也觉得可爱。如宋代陆游《买牛》云:

老子倾囊得万钱,石帆上下买乌犍。牧童避雨归来晚,一笛春风草满川。

又无名氏《牧童》云:

草铺横野六七里,笛弄晚风三四声。归来饱饭黄昏后,不脱蓑衣卧月明。

清代周镐《牧童》云:

春原一路草抽芽,新学吴讴唱浣纱。晚笛数声牛背滑,满村红雨落桃花。

这三首诗中都有"笛",足见从前的牧童都会吹笛。我想现在新农村里的牧童,搞过了多种多样的文娱活动,吹笛是不算一回事了。

又清代顾绍敏《牧牛词》云:

秧针短短湖水白,场头打麦声拍拍;绿杨影里系乌犍,双角弯环卧溪碧。晚来驱向东阡行,躏角上牛鞭两声;短童腰笛唱歌去,草深扑扑

640

飞牛蚊。但愿我牛养黄犊,更筑牛宫伴牛宿;年丰不用多苦辛,陇上一
犁春雨足。

这一首诗真所谓"诗中有画",借着牛和牧童作主题,写出农村景物,简直像
一幅画那么生动。不但是写出种种动态,还写出种种音响;末四句更写出了
对于增产和丰收的期望,表达出农民们的乐观主义精神。

现在有许多知识分子,为了体验农村生活,纷纷下乡。愿他们于工作余
暇,尽量地欣赏农村里的一切景物,会作画的可以从事写生,会作诗的可以
多写些歌颂新农村的诗歌文章。那么,不但在农作物上得到丰收,在文艺上
也可争取丰收了。

(选自《花落新记》1958 年 1 月江苏人民出版社第 1 版)

插　花

　　好花生在树上，只可远赏，而供之案头，便可近玩；于是我们就从树上摘了下来，插在瓶子里，以作案头清供，虽只二三天的时间，也尽够作眼皮儿供养了。插花的瓶子，正如今人所谓丰富多采，各各不同，质地有瓷、铜、玉、石、砖、陶之分，式样有方、圆、大、小、高、矮之别。这还不过是大纲而已；若论细则，那非写一部专书不可。单以瓷瓶而论，就有什么官窑、哥窑、柴窑、钧窑、郎窑、定窑等等名目，式样之五花八门，更不用说。铜器又有什么觚、尊、罍、觯等等名目，就是依着它们的式样而定名的。其他玉石砖陶用处较少，也可偶尔一用。比较起来，还是用陶质的坛或韩瓶等等插花最为相宜，坛口大，可插多枝或多种的花，如果是三五枝花，那么用小口的韩瓶就得了。安吉名画家吴昌硕先生每画折枝花，喜画陶坛和韩瓶，瞧上去自觉古雅。

　　插花虽小道，而对于器具却不可随便乱用。明代袁中郎（宏道）的《瓶史》中曾说："养花瓶亦须精良，譬如玉环飞燕，不可置之茅茨；又如嵇阮贺李，不可请之酒食店中。尝见江南人家所藏旧瓶，青翠入骨，砂斑垤起，可谓花之金屋，其次官、哥、象、定等窑，细媚滋润，皆花神之精舍也。"据他的看法，大概插花还是以铜瓶为上，所以有青翠入骨、砂斑垤起之说；而瓷瓶次之，即使是名窑，也不得不屈居其下。但我以为也不可一概而论。譬如粗枝大叶的花，分量较重，插在瓷瓶中易于翻倒，自以铜瓶为妥善。记得前几年苏州怡园开幕时，我举行盆景瓶供个人展览会，曾用一个古铜瓶插一枝悬崖的枇杷花，枝干很粗，主体一枝，另一枝斜下作悬崖形，而叶子十多片，每片好似小儿的手掌般大，倘用瓷瓶或陶瓶来插，定然不胜负担，因此不得不借重铜瓶了。元宵节，我从梅丘的一株铁骨红梅树上，折了一枝粗干下来，也插在一个古铜瓶中，不但觉得举重若轻，而且色彩也很调和，红艳艳的梅花，衬托着黑黝黝的瓶身，自有相得益彰之妙。这一夜供在爱莲堂中，与灯光月色相映，真的赏心悦目，美不可言。

　　铜瓶蓄水插花，可免严冬冻裂之弊，据说出土的古铜瓶，因年深月久地受了土气，插花更好，花光鲜艳，如在枝头一样，并且开得快而谢得慢，延长了寿命。结果子的花枝，还能在瓶里结出果子来，可是我没有亲见，不敢轻信。瓷瓶插花，自比铜瓶漂亮，但是严冬容易冰碎，未免美中不足；必须特制锡胆,或则利用竹管,更是惠而不费,否则在水中放些硫磺,也可免冻。

插花不可太多,以三枝或五枝最为得当,并且不可太整齐,应当有高有低,也应当有疏有密。瓶口小的,自是容易插好,要是瓶口太大,那么李笠翁《闲情偶寄》中发明"撒"之一物,说是以坚木为之,大小其形,不拘一格,其中或扁或方,或为三角,但须圆形其外,以便合瓶。我以为此法还是太费;不如剪一根树枝,横拴在瓶口以内,或多用一根,作十字形,那么插了花可以稳定,不会动摇了。

《瓶史》全文不过三千多字,分作十二节:一为花目,二为品第,三为器具,四为择水,五为宜称,六为屏俗,七为花崇,八为洗沐,九为使令,十为好事,十一为清赏,十二为监戒。我先后读了两遍,觉得他似乎在卖弄笔墨,切合实际的地方实在不多。譬如洗沐一节,就是在花上喷水,这是很简单的一回事,什么人都干得了的;而他老人家偏偏郑重其事,还指定什么花要什么人去给它洗浴,甚至同是一枝花,偏要给它们分出谁主谁婢,这实在是一种封建思想在作怪,不知道他是用什么看法分出来的?那些被派为婢子的花,如果是有知觉的话,也许要对他提出抗议来吧?

中国古籍中关于插花的,似乎只有《瓶史》一种。其中如品第、器具、择水、宜称、好事诸节,也自有见地。此书传到日本,日本人对于插花向有研究,就当作教科书读;甚至别创一派,名"宏道流",表示推重之意。中郎品第花枝十分严格,非名花不插;如牡丹必须黄楼子、绿蝴蝶、舞青猊,芍药必须冠群芳、御衣黄、宝妆成,梅花必须重叶绿萼、玉蝶、百叶缃梅。我以为插花不比盆景,选择无妨从宽,一年四季,什么花都可采用,或重其色,或重其香,或则有色有香,当然更好。不过器具却要选择得当,色彩也要互相衬托,对于枝叶的修剪,花朵的安排,必须特别注意。如果插得好,那么即使是闲花凡卉,也一样是足供欣赏的。

插花的器具,不一定单用铜瓷陶等瓶樽,就是安放水石的盘子或失了盖的紫砂旧茶壶等,也大可利用。我曾在一个乾隆白建窑的浅水盘中,放了一只铅质的花插,插上一枝半悬崖的朱砂红梅,旁置灵璧拳石一块,书带草一丛(用以掩蔽花插),自饶画意。又曾在一只陈曼生的旧砂壶中,插一枝黄菊花,花只三朵,姿态自然,再加上一小串猩红的枸杞子,作为陪衬。有一位老画师见了,就说:"这分明是一幅活色生香的徐青藤的画啊!"

（选自《花落琐记》1955 年 6 月北京通俗文艺出版社第 1 版）

盆 栽 趣 味

前　言

　　每个人在日常生活中，都有一些爱好，这可以使生活丰富多采，心身轻快。同样，在树木方面，人们也各有所好，有爱好地植的，也有爱好盆栽的。前者往往以为，庭园中地植的树木，自由发育，自由生长，一切合乎自然，又不需要费心费力地照顾，这是盆栽所不及的。事实却并不尽然。

　　盆栽树木就是将矮小的树木栽在盆子里，抑制它的发育，不使它长得太高太野，用人工整修它的形态，使它美化。你要是观察山野间的树木，便可明了盆栽确是野生树木的缩影。把山野间野生的树木，移作盆栽，如岩壑间所生的松、柏、榆、枫等，经过了数十年或数百年之久，枯干虬枝，形成了苍老的姿态，虽然常经樵夫的砍伐，高度只有二三尺左右了，但是掘来上盆，就可以成为上品的盆栽。

　　盆栽也可以用播实、接木、压条等方法养成，不过所费的时间很长，所费的心力也分外的多。急躁一些的人，可就没有这样的耐性，反不如向山野间掘取野生的树木比较现成。总之，盆栽是用矮小而苍老的树木，栽种在不同形式的精致的盆里，经过了特殊方法的整姿和培养，成为一盆富于艺术性而大可欣赏的树木。

　　盆树生长在面积狭小的盆里，用整姿、剪根、摘叶、摘芽等方法，使它长出适当的枝叶和花果，利用人工处理，使它表现出自然的美来，这才是一种美化的盆栽。要养成一种美化的盆栽，比培养普通盆植的花木难得多。因为盆树姿态的形成，正象绘画和雕刻，要充分运用纯艺术的手法。虽说是小小的一二株树，却能把自然界的美观和野趣，通过人工的方法压缩在一只狭小的盆里表现出来；因此盆栽实在是一种活的艺术品。

　　幽斋静室之内，明窗净几之上，你要是供上一二盆枯干虬枝的老树盆栽，就可以领略到山野间大自然的幽趣，能够触发诗情画意和各种高雅的幻想，朝夕相对，悠然神往。有人以为只要向园圃里买些现成的盆栽，不必动手,就可供欣赏。其实,你要是能够亲自动手栽种、整姿,亲自灌溉培养,那么你将获得更大的快感和乐趣。在一天工作之后,偷得一些余闲,亲自培养盆栽,看它长枝发叶,开花结果,看它一天天的欣欣向荣,老而弥健,自会觉得悦目赏心,怡情养性,生活既得到了调剂,身体也增进了健康。

笔者爱好盆栽,积久成癖,二十余年来朝斯夕斯,乐此不疲。有时找到了材料,还要添制盆景。有的自己创作,有的仿照古画。一盆告成,其乐陶陶,好像画师画成了一幅得意的精品。这些盆栽和盆景,虽费了我不少的心力,也获得了劳动的成果。苏州我小园中好几百件大小盆栽和盆景,已成了群众欣赏的对象,国际友人也纷至沓来,给与很高的评价。兹于种植之暇,与儿子铮通力合作,将我平日一得之见,一一记了下来,名之为《盆栽趣味》,以供同好者的参考。

第一节　盆栽和盆景简史

盆栽和盆景大约起始于唐代。唐人冯贽《记事珠》云:"王维以黄瓷斗贮兰蕙,养以绮石,累年弥盛。"这与近代用清水和石子养水仙,似是同一方法。

到了宋代,有以奇石配景作为清供的。据宋人赵希鹄所作《洞天清录》中的《怪石辨》有云:

> 可登几案观玩,亦奇物也;色润者固甚可爱玩,枯燥者不足贵也。道州石亦起峰可爱,川石奇耸,高大可喜;然人力雕刻后,置急水中舂撞之,纳之花槛中,或用烟熏,或染之色,亦能微黑有光,宜作假山。

今人作水石盆景,大同小异,不用烟熏或染色,而使其生苔,绿油油的,仿佛画中的青绿山水;这是略采古法而灵活运用的,当然是更进一步了。

到了元代,有高僧韫上人,作盆栽景物,取法自然,饶有画意,称为"些子景"。降及明代,关于盆栽和盆景的记载,更斑斑可考。如文震亨所作《长物志》中《盆玩》篇有云:

> 盆玩时尚以列几案者为第一,列庭榭中者次之,余持论则反是;最古者自以天目松为第一,高不过二尺,短不过尺许,其本如臂,其针若簇,结为马远之欹斜诘曲;郭熙之露顶张拳;刘松年之偃亚层叠;盛

子昭之拖曳轩鬃等状，栽以佳器，槎丫可观。

像这种可与古代诸大画家笔下的古树作比的盆栽，自是个中无上上品。又云：

> 又有古梅，苍藓鳞皴，苔须垂满，含花吐叶，历久不败者，亦古。又有枸杞及水冬青、野榆、桧、柏之属，根若龙蛇，不露束缚锯截痕者，俱高品也。

这与我们现在对于盆栽的看法，完全相同。又屠隆所作《考槃余录》有云：

> 盆景以几案可置者为佳，最古雅者，如天目之松，高可盈尺，本大如臂，针毛短簇，结对双本者，似入松林深处，令人六月忘暑。如闽中石梅，乃天生奇质，从石本发枝，且自露其根。如水竹，亦产闽中，高五六寸许，极则盈尺，细叶萧疏可人；盆植数竿，便生渭川之想；此三友者，盆景之高品也。

他与文氏一样，都是天目松的信徒，不过一个是说盆栽，一个是说盆景罢了。

清初顺治、康熙、雍正时期，玩盆栽、盆景的风气，盛极一时，诗人词客往往加以品题。诗如盛枫《古风》云：

> 木性本条达，山翁乃多事，三春截附枝，屈作回蟠势，蜿蜒蛟龙形，扶疏岩壑意。小萼试娇红，清阴播苍翠，携出白云来，朱门特珍异，售之以兼金，闲庭巧位置。叠石增磊砢，铺苔蔚鳞次，嘉招来上客，宴赏共嬉戏。讵知荄干薄，未久倏憔悴，始信矫揉力，托根非其地。供人耳目玩，终惭栋梁器，芸生各因依，长养视所寄，赋质谅亦齐，岂乏干霄志；遭逢既错误，培复从其类，试看千寻松，直干无柔媚。

这一位诗人，分明是不喜欢盆栽的，因其不能经久之故。其实培养得法，尽可久供观赏；培养不得其法，当然要"未久倏憔悴"了。词如李符《小重山》云：

> 红架方瓷花镂边。绿松刚半尺，数株攒。劚云根取石如拳。沈泥

646

上,点缀郭熙山。　　移近小阑干。剪苔铺翠晕,护霜寒。莲筒喷雨算飞泉。添香霭,借与玉炉烟。

又龚翔麟《小重山》云:

　　三尺宣州白狭盆。吴人偏不把,种兰荪。钗松拳石叠成村。茶烟里,浑似冷云昏。　　丘壑望中存。依然溪曲折,护柴门。秋霖长为洗苔痕。丹青叟,见也定销魂。

这两阕词,都是咏的盆栽小松,而又有拳石点缀,并且是很有丘壑的,分明是两盆特出的高品,所以老画师一见之下,也要销魂了。

清代康熙年间,有一位别号西湖花隐翁的园艺家陈淏子,对于园艺颇有经验,著有《花镜》一书,要算是旧籍中一部比较完备的种花书。他的种植方法因为时代关系,虽有许多是不科学的,然而也有不少可取之处,足供参考。书中有《种盆取景法》一节,就是说的盆栽和盆景,有云:

　　近日吴下出一种,仿云林山树画意,用长大白石盆,或紫砂宜兴盆,将最小柏、桧,或枫、榆、六月雪,或虎刺、黄杨、梅桩等,择取十余株,细视其体态参差高下,倚山靠石行栽之,或用昆山白石,或用广东英石,随意叠成山林佳景,置数盆于高轩书室之前,诚雅人清供也。

这是专指盆景而言,采取倪云林画意,和我们现在制作盆景的方法,一般无二,可说是取法乎上的。

清代光绪年间,苏州有盆栽专家胡焕章,曾将山中老而不枯的梅树,截取根部的一段移作盆栽,随用刀凿雕琢树身,变作枯干,略缀苔藓,苍古可喜;枝条大半删去,有只留二三枝的,也听其自然发展,不加束缚。这就与龚定盦《病梅馆记》中所说的病梅截然不同。我藏有他的盆梅摄影三十二幅,确有不少佳品,可供观摩。前四年间,友人顾公硕兄,将他父亲鹤逸老画师遗下来的一株盆栽绿萼老梅移赠于我,树干很像一头鹤,枝条伸展时,恰似鼓翼而舞;我因取所藏明代陈眉公画梅题句"一只瘦鹤舞"意,定名"鹤舞"。四年来这一株老梅依然年年着花茂美,老而益健。据说它的枯干,也是由鹤逸翁当年亲自雕琢而成,因为积年累月,已在五十年以上,早就浑朴自然,没有斧凿痕了。

第二节　盆栽、盆景、盆植

古人对于盆栽、盆景，混淆不分，凡是栽种在盆子里的，一概称之为盆景。如旧籍《五石瓠》云：

> 今人以盆盎间树石为玩，长者屈而短之，大者削而约之，或肤寸而结果实，或咫尺而蓄虫鱼，概称盆景；元人谓之些子景。

到了近代，才由精于此道的园艺家给划分了开来，盆栽是盆栽，盆景是盆景；并且还有盆植。日本的园艺家也是如此，分得很严，绝不混为一谈。可是吾国一般人对于盆栽之称还不习惯，口头仍称盆景；见了盆栽老树，便称为树桩或老桩头。

怎样称为盆栽呢？就是用一种美术的方法，抑制它生长而栽在盆里的树木；换句话说，盆栽的树木，经过了艺术的处理，加工剪裁，调整树形，使它具有老树的苍古的风格，这样才可称之为盆栽。

怎样称为盆景呢？这可以说是比盆栽更进一步的艺术品。因为盆栽只求所栽树木形态的古雅，或配上一二拳石或石笋就行；而制作盆景却比较细致。以绘画作比，等于画一幅山水或园林，又等于把山水胜景，缩小了放在一个盆子里。农村渔庄也可以用作绝妙题材，并可在配置的人物上，设法将劳动生产的情况表现出来。凡是盆景里的山岩、坡滩、岛屿、假山等等，都用安徽沙积石或广东英石来作适当的布置。人如渔、樵、耕、读，物如寺、塔、亭、台、楼、阁、桥、船、水车等等，都以广东石湾的出品最为精致。树木以叶片细小为必要条件，否则与全景不称。人与物配置的远近，也都要有一定的比例。因此凡是制作盆景的高手，必须胸有丘壑，腹有诗书，才能产生一盆富有诗情画意的高品。如果有这么一盆高雅幽逸的盆景，供在净几之上，朝夕观赏，仿佛置身在一角小天地间，作神游，作卧游，胸襟为之一畅。

怎样称为盆植呢？盆植就是上盆的植物。吾国玩盆栽、盆景的人，究竟是极少数的，极大多数也是玩的盆植。盆植的好处，正所谓百花齐放，推陈出新，可以用接木播种等方法，获得年年育成的新种。譬如像菊花、月季花等等，根本没有什么枯干老干的，而万紫千红，一样可供欣赏。所以盆植应该与盆栽、盆景并行不悖，等量齐观，决不可重视了盆栽、盆景，就轻视了

盆植。

第三节　盆栽的美

盆栽的美,究竟在哪里? 怎样去欣赏? 这的确不是不知盆栽美的人所能明了的。然而盆栽美是抽象的,不很容易用笔墨来描写,必须亲自去体验,朝夕的赏玩,才会觉得。现在且把盆栽美的概要列述如下:

形　态　美

树木的姿态　一切的树木,都有它固有的姿态。所以把它移栽到盆中,加以适当的剪裁,仍应维持它的原状,不过是把形体缩小罢了,这样仍可显出它本来的美。

树干的屈曲　干本挺直的,栽到盆中,仍应挺直;分歧屈曲的,仍当使之屈曲才是。屈曲的形式不一,或呈波浪形,或作蛇形,或先俯而后仰,或先仰而后俯,依各人所好而决定。

树干的裂纹　树木在年幼时,干多光滑,年稍老,便起龟裂;裂纹有纵的,也有横的。愈是大而无当的古树,树干愈是苍老,愈是无法容纳在狭小的盆里,就是能容纳得下,也没有栽活的希望。所以只得把比较矮小的花木,移栽到盆中。可惜树干都没有老态,毫无古意,惟有人工雕琢一法,使干古老;不过雕琢的手法,巧妙大有不同,如果没有能力,还是不动为妙。

枝叶的疏密　枝叶的疏密,也因种类而异:枝叶若是阔大的,那么栽在盆中,宜加修剪,使成稀疏的状态,才有雅致(常人总以稠密为佳,实在是不知其中的雅趣);若是枝叶狭小的,修剪也不必过分才是。

根蔓的隆起　树木的年龄过久,根蔓便隆起地面,蟠曲如龙蛇,形态奇妙,很有美的意味;盆栽也应如此。

色　彩　美

树冠的色彩　树冠的色彩大可支配全株的色彩。一般的树木,除冬季落叶时色彩稍异外,大都是绿叶蔽满全株,所以树冠的色彩,也受叶色的支配。但因种种关系,树叶的色彩便受影响:凡叶薄透光的,便呈黄绿色;叶经光线直射的,便显绿色;有时作深绿色,有时现淡绿色。这是因为光线的关系。所以树冠的色彩,无时无刻不在变化中。有心人如果细细加以观察,自能心领神会。

叶片的色彩　叶片薄的,呈黄绿色;质厚的,呈浓绿色;有毛茸的,色彩便很特殊,叶面有革质的,便发出闪闪的光泽;如叶带有色彩的叶柄,色调比没有叶柄的悦目得多,便显出赤色或赤褐色来。

枝干的色彩　枝干稚嫩的时候,都现绿色;年老一些的,树皮常剥落,而起龟裂,色泽便有变化。枝干的色泽常因树而异;有的灰白色,如白皮松;淡绿色,如槐;淡灰褐色,如银杏;茶褐色,如紫薇;青翠色,如翠竹;但等叶稀后,它的色彩将更为显著,所以上盘时,要在可能范围中,把它的干色显露出来。

花果的色彩　树木在盆中培养得法,没有不开花结子的。当花开时节,满树皆花,五色缤纷,好似披锦,灿烂夺目,耐人赏玩。花后结子,色泽明媚,杂缀枝头;若系果实,摘取一二入口啖之,味甘如蜜,大快朵颐。

天　籁　美

枝条的颤动　树枝的颤动,足以表示树体的美态,如杨柳依依,白杨萧萧,都是形容它的美。因了枝动,叶也飘拂,色彩便随之而起变化。

叶片的发声　叶片因枝动而动,相互磨擦,便发出叶声。所以松树的梢,谡谡如波涛,乃有松涛的雅名;白杨的叶,簌簌有声,故有响叶的美称。

季 节 变 化 美

各部形态的变动　当大地回春的时候,万木苏醒,萌发新芽,由芽而叶,由叶而枝,枝间发花,花后结子,变化不尽,其味无穷。

叶片色彩的转换　春时嫩绿,夏令浓绿,秋季赭红,入冬焦黄,一年之间变化不同。就是同一种树木,在同一季节中,也因树龄而有异,美的价值可更形增高。

年 龄 变 化 美

各部形态的变动　根干往往随着年龄的增加而起变化。干木挺直的,

年深日久后,形成屈曲凹凸的状态,根也日渐隆起,大有苍古的意味。

各部色彩的变化 叶在稚嫩的时候,色泽较淡;成年后,便变浓绿,质也变成坚硬;枝干的色泽,年龄愈久,色也愈深,而苍苔密布,更现老态。

第四节　盆盎和盆栽用具

盆 盎 的 种 类

盆盎的种类极多,有几毛钱的泥盆,有几百元的古盆。在培养时期中,宜用泥盆,求其排水便利,对于盆树的生长,较为适宜;而在观赏的时候,须用陶瓷制的盆盎,不过陶瓷盆排水不良,故用土及填塞盆孔的材料,应加以选择。

盆盎以浅口的最为适用,不过悬崖形的花木用土宜多,故须栽在深盆里。盆以我国宜兴制的砂盆最佳,栽了花木,更觉古雅。盆栽除了扦插和播实以外,多不使用木盆,若必须应用,狭长形的盆,也可偶一用之。

盆盎不但在培养上必需,于观赏上也有重大的作用;若配了适当的盆盎,更可显出盆树的美来。

盆栽的用盆,有数十种之多,通常以浅口者最为适用,可以表现出盆树的风趣。兹将盆盎的种类分述于下:

陶盆 即砂盆,有紫砂、红砂、白砂、乌砂、梨皮砂、褐色砂等。

釉盆 有白、黄、蓝、青、红和描花等,有圆形、长方形、六角形等,深浅不一。

瓷盆 有白、紫、青花白地和五彩等,色彩鲜明,若能和盆树相互调和,更有美感。

水盘 陶质、瓷质、石质都有,盘底没有透水孔,形最浅。石盘以白端石凿成的为上品,陶质上釉的为下品。

这些是盆盎一般的种类,可是它的形式更多,有方形、长方形、袋形、海棠形、六角形、多角形、圆形和椭圆形等。

花几 安置盆栽须有花几。花几种类很多,高低也没有一定,有以红木做的,也有用他种木料和竹料做的。更有一种树根几,用红木、枣木、黄杨木雕琢而成;也有用各种树根做的,最为古雅。花几的配置对于盆栽的美,大有关系,不可不注意。

盆 栽 的 用 具

盆栽的用具主要有下列几种：

箱子　可以利用各种空箱来安放培养土和小型用具等杂物。

筛子　预备大中小三种，以金属做的最耐用。大的筛孔三分眼，中号一分眼，小的半分眼；若再备有五分眼的更佳。此外备丝织的筛一只，用来筛去培养土中的微尘。

剪刀　盆栽用的剪刀有好几种，一般有弹簧剪和桑剪，以坚固而锐利的为佳，用来剪除根枝。

锯和小刀　小形的钢锯，用来去除粗枝粗根；小刀作为削平枝干之用。

攀扎用具　用来弯曲枝干，通常用烧过的铜丝，软硬适度，缠绕枝上，可以随心所欲；也有用铅丝的，但易损伤干皮，很不雅观。若不宜用金属丝来攀扎的盆树，可以用桑皮纸包在金属丝的外面使用；如攀扎粗干的时候，可用铁棒和麻皮等；扎缚细枝，可用细金属丝、棕丝或麻线等。

羽毛笔　用来清除盆树上的蛛丝和盆边上的尘土等。

小喷雾器　用以在叶上喷水或撒布杀灭病虫的药液。

喷水壶　盆栽用的喷水壶，可备大小两三只，因每日需用，故宜选购坚固而轻便的水壶。

施肥器　施液肥用的水壶或小型的粪勺等。

竹签和铁丝网　换盆的时候，用竹签剔出根土；或上盆时，用竹签来坚实根间的土粒。用半分眼的铁丝网来代替填没盆底水孔的瓦片，排水可以更觉畅通，不过每次换盆的时候，必须换新的才好。

杂具　其他像洗清污盆的揩布，驱除害虫的毛笔，揩拭枝叶的海绵，刷清干上污点的刷子等，都是不可不备的用具。

观赏用具　培养和观赏用的各种大小花盆和花架、搁板等。

培养土、肥料和药品　平日预备土和砂，另备三四种肥料和盆栽用的药品。

第五节　盆 栽 十 诀

水分不可断　盆中的土究属有限，再经日光的照射和风的吹拂，盆土极易干燥。在炎热的夏季,固然应勤于灌水,就是在秋、冬两季干燥期,也须注意水分的供给。凡是冬季落叶、发育停顿的盆树,盆土也不可十分干燥,必须保持相当的湿度,这实在是一件很紧要的事。尤其是喜水的石菖蒲和柳杉等盆树,一年之中,更不可缺少水分。

叶上多喷水 有些树木本来野生在云雾弥漫的山野间,习惯于吸收空中的湿气。若是移植到盆中,环境大大的改变了,对于它们的生长,便有不利;这时必须在叶上常常喷洒清水,来配合它们的习惯。有几种盆树,如真柏、五叶松、黑松、落叶松、杜鹃、石南、柽柳、杉、柳等,叶上宜多喷清水。

喷水的时候,可以用一只细孔的喷水壶喷洒,最好用喷雾器,这是一种人造雾,更投其所好了。喷洒的清水,必须清洁。倘若水的温度和空气的温度相差过大,可以在喷洒以前,先把水在缸里积储一二小时,等到温度相差不大时喷洒,就可避免冷的刺激。喷水的多少和分量,因树而异。喜水的盆树,在盛夏时,每日可喷三四次;叶上一喷了水,便滴到盆里去,盆土也就湿润了,因此不必在盆里另行灌水,因为叶上滴下的水,已足够它的需要了。

但是有几种盆树,象石榴、榉和榆等,若叶上多喷水,反而使它枝叶徒长,影响到它的姿态,所以都不宜喷水。

排水须便利 盆栽虽须常行灌水,但盆中不可积水。为防止积水起见,必须注意盆土的性质。盆土宜选择排水良好的培养土。但若排水太快,又不相宜,应当设法补救。因此,在栽杜鹃的土中,可以混些干苔屑,这样盆土便有相当的保水力。然而大体上盆土务求排水便利,最为紧要。为了要求排水便利,除了精选盆土外,在盆底孔上须铺三四片碎瓦片,上面盖些粗粒土,水便不致被阻塞。若能用铁丝网代替瓦片,效果更佳。若排水不便,水分郁积盆中而不去,腐根的细菌乘机而起,盆树就烂根而枯死了。有的在培养土里混了很多的砂粒(大若鱼眼,俗称鱼眼砂),或仅用砂来栽植。这种方法,排水极速,若灌水稍一疏忽,反使盆树因水分不足而多干死。所以没有灌水经验的培养者,还是不用为妙。

盆土须研究 土壤是植物养分的来源,它对植物的生长,影响很大。盆土对于盆栽植物的影响,尤其显著,因此对于盆土应加以研究。我们首先应该明了盆树原产地的土质,然后再配制适宜的盆土,这样栽下的盆树,没有不欣欣向荣的。土的种类和配合量不可不注意。配制培养土,最好在空地上掘一大窟窿,将田泥铺满,再将落叶和野草铺在上面;这样一层田泥一层叶和草,堆高起来,并随时浇些粪肥。过了几个月,叶和草腐烂了,与田泥混在一起,又肥又松,就可供给盆栽之用。如果没有空地配制培养土,可以买

些绍兴或海盐的山泥来用,这种山泥,就是种兰花用的。

施肥有要点　盆栽的培养土中混有豆饼、菜饼、鱼肥、人粪尿或其他的肥料等,这些都是基本的肥料。栽植之后,常施液肥等,这是追补的肥料。

盆栽要强健根干,须施木灰;要充实花果,宜施骨粉、过磷酸石灰等磷肥。此外如米泔汁、鱼肥、人粪尿等可时常施用。化学肥料,也可以偶一施用。施肥的次数,普通是每隔七天一次。施肥时应该加水数倍,稀释后灌入盆中。

通常除梅雨期外,自春至夏,可以多施豆饼、菜饼的液肥。伏天后,可以减少施用液肥的次数,改用干肥。冬季休眠时,施肥也可中止。不过暮春开花的盆树,像木桃、紫藤等,冬季施肥亦无不可。在幼芽活动的时候施肥,最有效力。

施肥后灌水　肥料施过后,就需灌水。有人以为这样肥料就流失了,事实上并不如此,反可促进根部吸收肥料。所以自春至夏,施肥愈多,灌水的次数也愈多。盆中如施有多量的肥料,而缺少水分的供给,盆土会干燥,反使土壤酸性加浓,因而伤害根部,以致枯凋。这种情况,象石榴、杜鹃等最容易发生。因此肥料多施时,同时也应多灌水,这是不可不注意的。

置盆有场所　若盆栽放在丛木树荫的下面,通风既不易,阳光又照射不到,虽然悉心栽培,盆树的发育,终觉不良,病虫害随时发生,以致死亡。所以盆栽必须放在空气通畅,阳光充分的场所。

盆栽最忌枝叶陡长,有碍观瞻。如果在阳光直射的地方培养,一定可以避免。像真柏、梅、黑松、五叶松等,更宜多晒阳光。他如杉、杜鹃、山茶等,除于盛夏之外,也须尽量晒阳光。

风力过强的时候,悬崖式的盆栽常被吹倒,所以在常有强风的地方,必须把它缚住。原生在高山上和海滩边的盆树,如真柏、黑松等,即使有强力的风,也是没有关系的。

廊下庭隅的地方,阳光和空气都不充分,因此树势柔弱,病害常生,虽不枯死,也毫无生气,叶瘦而现黄色,纷纷散落。若是空气阳光都充分,枝叶强健,颜色苍翠,就可以显露出盆栽的美。因此安置盆栽的场所,无论如何须选择阳光直晒和空气充足的地方。若是朝南的庭园,那么放在檐下也无妨;如果前面有树荫的遮蔽,那是不行的。最好在庭园的中央置一便于观赏而又容易管理的盆架。不过在都市中,有空地的很少,因此可以利用晒台来培养盆栽。但是大部分的盆栽都怕西晒的阳光,尤其像枫等,必须设法避免才好。

本来生在高山或寒地的盆树,在夏天宜放在朝北的场所培养,像杉、杜鹃等,在盛夏时应该放在帘棚的半阴半阳处,这样可以使叶色常保翠绿,不致有晒焦的流弊。

刚移植或换盆的盆树,不宜立刻放在阳光下或有风吹的地方,应该先置于无风的半阴地一星期左右,等到它渐渐服盆和发根,再检查它的叶是不是恢复原状,然后再放在阳光下让阳光直晒,这样才妥当。

移植有时期　盆树的移植,都有一定的适当时期,若在不宜移植的时期中移植,盆树很容易枯死。所以各种盆树的移植时期,实在有加以注意的必要。例如杜鹃有很多细根,移植力很强,除了盛夏和严冬之外,不论什么季节,都可以换盆;不过通常在早春或开过花之后换盆,最为稳妥。但是在修剪根部或是从地上掘起上盆的时候,以早春或梅雨期为最好,这不单单指杜鹃而言,凡各种树木要上盆,都宜在早春或梅雨期行之。竹类的移植时期,要算五月或九月最妥。松类是五月。枫类在芽开始生长时移植最容易活。花木类通常在花谢后换盆。不同的树木,有不同的移植时期,这是为它的生活习惯和外界环境的条件所决定的。

移植的次数也应该注意。大多数的盆栽,每年换盆一次。但像竹和杉等,每年换盆二次,前者在五月和九月,后者在春季和秋季。也有不喜换盆的盆树,像石南、真柏、黑松、五叶松等。可是盆土终属有限,所以每隔二三年必须换盆一次。

多数盆栽的换盆,一年一次,否则,盆土中的养分渐告缺乏,盆树的生长也受影响。像杜鹃、石榴、杉、竹、榉、梅、木桃、柿、蔷薇、柑桔类等,都需要多量的肥料。如果二年不换盆,那么它们的生长力渐变衰弱,终于花不开、果不结,日渐萎缩,以致枯死。

原来生长在温度较高地带的盆树,如石榴等,不能在秋末至早春换盆,否则必致死亡,这一点要特别注意。

病虫害要除　盆栽常因病虫害的侵袭而夭折,尤其是虫害更为猖獗。害虫中最常见的,要算蚜虫。扑灭害虫的药剂有好几种,如硫酸烟精液、鱼藤精、除虫菊粉、波尔多液等最有效果。

盆栽的培养和盆植不同。叶色要常保翠绿,才耐人欣赏,因此施用药剂和肥料时,必须特别留意。不宜施用过浓的肥料或药力过强的药剂。

培养要合理　我们虽用种种方法来抑制盆树的生长,曲折它的枝条,但是盆树的生长,总不能脱离自然的规律。所以在不自然中,应当依它自然生长的规律来培养,这实在是一个很重要的原则。一般人不明了这个道理,一味矫揉造作,以致盆栽枯死。若能明了盆树的本性,小心培植,是不会枯死的。

灌水过多,施肥过量,都能置盆树于死地。若换盆、整枝、剪根不合适,生长也会受影响。

已经扎定的树姿,若嫌不美,强欲更改它的姿态,也可能使它受伤。有的仅知一二,不加细察,而贸然从事,以致失败的也很多。比如听得人家说,梅须经日晒而着花更多,于是将盆梅直接放在强烈的阳光下晒,不多灌水,结果反使盆梅干死。

第六节　盆树造型

盆树的形式变化很多,大体可以分成下列几种:

直干式

单干式　主干只有一本的,叫做单干式。单干有直立形、扭旋形、曲线形等。例如:杉、银杏、榉、柳、黑松、五叶松等。

双干式　主干有二本的,称为双干式。不过二本主干的长短不宜相等,否则很不美观。例如:榆、榉、黑松、梅、枫等。

多干式　主干有三本或五本以上,干由近根处分枝的,最为自然。主干的本数,以单数为佳,不宜双数。例如:五针松、枫、木桃、花木类等。

悬崖式

大悬崖　主干悬出盆外较长,角度较大,形成这种形态比较困难,可是在观赏上极为悦目。例如:榆、枫、真柏、杜鹃、五叶松、黑松、石榴、佛手、凌霄、紫藤等。

小悬崖　主干悬出盆外较短,也很美观。例如:山茶、紫藤、常春藤等。

半悬崖　主干仅斜出盆外,不十分向下悬挂的,角度较小,形态千变万化。盆栽最多这种形态,例如:真柏、石榴、紫薇、梅、枇杷、松、海棠等。

枝 垂 式

盆树有枝条太多太长,无法整形的,可将长条一根根屈曲攀扎下来,作为枝垂式,好像垂柳的样子。例如:杜松、柽柳、梅、碧桃、迎春、榆叶梅等。

合 栽 式

好多株同一种类的植物,栽在一盆中,一见就像森林的样子,这叫合栽式。例如:黑松、五叶松、杉、枫、榆、槭等。

根 连 式

根部容易萌生不定芽的花木,可以剪除根部不需要的枝芽,只留存要它生长的数株。株数宜单数,远望活像一座森林,很是别致。这种形式的养成,比起合栽式来是困难得多,所需的时期也非数年不可。例如:木桃、杜鹃、无花果、棕竹、野樱等。

卧 干 式

使尺余的主干横卧土中,干上就发芽,只留强枝一本或三五本,再移植到细盆中,卧干也露出土面,犹如江面上的浮筏,一块横木上可生数干,形态也很奇特。例如:枫、无花果、雀梅、柏等。

枯 梢

松柏等老干的顶上,常有灰白色的枯梢,向上高耸,这种形态的枯梢,日本称为"天神",其中以真柏的枯梢最多。在古刹枯庙里的老柏,是常见的,不过在盆中,全由人工制成。松柏的顶端,因过于弯折损伤,逐渐枯死,于是在离主干约三寸处切断,剥去枯枝的外皮,把顶端削成圆锥形,形成一段灰白色的枯梢,这样可以补救顶端枯死的遗憾。凡是针叶树的盆栽,如顶上有损伤,都可利用这个方法。

总之,盆栽的树形,变化多端,虽是同一单干的石榴,由于枝干的攀扎、剪枝的方法、摘芽的情况不一样，可以变出种种不同的树形。但是盆栽的树形要能入画，才算上品。如有小枝下垂的"蟹爪"，细枝上翘的"鹿角"，隆出土面的"露根"等，都是天生古木应有的姿态。盆树也应如此。还有枯干的古梅，摩天的银杏，披散的垂柳，绝壁悬崖的苍松，直伸不屈的老杉，这许多天然优美的姿态，都可作为盆栽树形的临本。

在岩隙峭壁间生长的树木，形都矮小，而姿态苍老，是盆栽的好材料。掘得之后，移植盆中，就成上品的盆栽。若再加以人工的剪裁，更可显出它的美来。

盆栽的整形最为困难，好比绘画雕刻，非有充分的艺术眼光不可。所以在平时须多多观摩古今名画，日久之后，自有莫大的帮助。

第七节　置放盆栽的地方和盆架

置放盆栽的地方

培养盆栽，须选择阳光和空气充足，通风便利，而且工作和观赏都方便的所在，作为置放的地方。

各种盆树对于阳光和通风的需要，各不相同。兹举数例如下：爱好强烈的阳光和通风的花木，如黑松、真柏、梅等。爱好一般阳光照射的花木，如石榴、杉、紫薇等。爱好半阴的花木，如石南、兰、杜鹃、山茶等。

梅、真柏和杜鹃等盆栽，还可以放在晒台或阳台上去培养，但是像枫、槭等怕阳光西晒的盆树，是必须避免的。石榴等畏寒的盆树，冬季须移进室内，以防冰冻。栗等盆树极易冬枯，所以一到秋季，宜从盆里取出，栽植在朝南的暖地，便可安然过冬。

石南、杜鹃等的叶在阳光充分的处所，灌水稍有疏忽，很易变黄而枯焦。杉、榆也很容易被阳光晒焦。所以在盛夏的一个月左右，应该把盆栽放在半阴地或帘棚下善加保护。

盆　架

盆架有立体和平面两种式样。前者造成坛形，式样很美观，但灌水等工作进行起来不大方便；后者象长方形的桌面，形式比较质朴，而在工作时极为方便,所以采用这种式样的,来得普遍。平面的盆架,普通高三尺,阔四尺,长六尺,地方大的,可以将三四座盆架连成一行,这样一行一行地排列起来,上面可以安置许多盆栽。盆架通常是木制的,但是极容易腐烂,所以近来改用水泥制的,比较坚固耐用。安置悬崖形的盆栽,可以打一木桩,桩上架板,便即可把盆扎在架上。这样使遇到大风,也没有倾倒的危险。

除了木制的盆架以外,还有用砖头砌成的盆架,高约二三尺,阔三尺,长十二尺,上铺小石子,也可以安置盆栽。这种盆架在工作和观瞻上都还不错,不过不大容易移动。

水石盆景和石附的盆栽,都用浅盆,放在石臼上或枯根上,都很美观。

总之,盆架的式样可以随庭园的地形、工作和观赏的便利来决定。但是必须注意,不要让蚂蚁和蚯蚓爬上盆架,不要使泥水泼溅盆边,不要让水积在盆中,不要放在有大雪的地方。这四点在建造盆架的时候,都应该考虑到。

盆　土

盆栽的树木,在有限的土壤中生活着,土壤中必须有丰富的养分来让它吸收,才能枝叶繁茂。所以对于土质,实在有精选的必要。

盆栽的用土,种类很多。普通的田泥很不适用,因为田泥的土粒过小,容易干燥;若灌水过多,又不容易漏去,因此不利于培养盆栽。现在把最主要的土质分述于下:

砂　砂有海砂、河砂和山砂的区别。海砂中含有盐分,而且砂粒过细,不合栽植之用。河砂产在江河上游两岸地方,砂粒较粗。河砂的色泽有红黑两种,红砂不及黑砂。黑砂非但排水便利,并且含有肥分。山砂可作为增进盆栽美观之用。

换盆前,应备有粗、中、细的砂三种。当种植时,盆底先铺粗粒,上铺中粒,再上铺细粒,如此一层层地排列,排水可更方便。这种步骤,不单限于砂,就是其他土粒使用时,也应如此。花卉类的用土加砂较多,盆栽上用砂的量很少,太粗和太细的砂粒,都不很合用。

腐叶土　落叶等腐败以后,便成腐叶土。腐叶土质松而肥富,栽菊很适宜,也合盆栽之用。使用的时候,常把砂和田泥一并混合栽种。

红土　土色带红,有粘性和不粘性两种,都可使用。红土也应备粗、中、细三种,粒子大小和砂粒相若,施用时常加腐叶土、山土和河泥等。

黑土 黑土是天然的腐叶土,尤其是竹林下的黑土,肥分最富,山野里所产的,也很合用,可以和腐叶土同样施用。

山土 山中阳光不达处的土,称为山土,针叶树的盆栽宜用此土。

田泥 上品的盆栽,都不单独使用田泥,田泥常用作培养土调制时的材料。

上列六种土壤,都有缺点,不能算是盆栽理想的泥土,于是产生一种配合土,就是把各种土壤配合而成。另有一种肥沃土,最富肥分,可栽喜肥的盆树。今将配合土和肥沃土调制的方法分述于下:

配合土 田泥一份加黑土三份,充分混和,筛过,加入和田泥等量的人粪尿,调拌均匀,然后堆在不受雨淋的地方。大约经过两个月后,加入烧焦的糠灰和稻草灰。再经两星期,用筛筛过,就可施用。

肥沃土 任何的土壤都可调制。一到冬季,把土筛过,加入大量的人粪尿,充分调拌,暴露于外,任它冰冻风化,然后再注入人粪尿。经过三次的调拌、晒干,装入箱里贮藏,可随时使用。

倘若在城市里,不容易得到黑土等,可以利用花坛中或盆植的土,用粗孔筛筛过,铺在地上撒些豆饼、菜饼粉末和草木灰,充分拌和,经风化后,藏在箱子里,以待使用。这个方法最简便,肥效也很显著。

第八节 灌 水

盆树栽在狭小的盆中,土质有限;又放在日晒风通的地方,盆土中的水分极易蒸发;若土中混有多量的砂粒,排水很方便;有这三种原因,所以盆土很容易干燥。尤其是在夏冬两季的干燥期,更是缺乏水分。在这种情况之下,应该灌水以补水分的不足,解除盆树的干渴。但是在梅雨期和秋季的降雨期中,连雨多日,以致盆中过于潮湿,这时当然没有灌水的必要了。

水分过多,徒长枝叶,如湿气不去,盆树的根部就渐渐腐烂,以致死亡。但水分不足,易伤盆树,如缺水过久,植物的细胞便失去生活力,虽再灌注多量的水,已经不及,终于不免死亡。

盆栽培养要诀之一,就是一年四季中勿断水分,尤其是冬夏两季的灌水,更要特别注意。

灌水的种类和方法

通常的灌水　用喷水壶直接把水灌注到盆中，这就是通常的灌水，是每日必须施行的重要工作。从初夏至秋初，每逢天晴的日子，每日灌水二次，一次在晨九十点钟，一次在下午四五点钟。秋季和早春，每日在中午灌水一次。冬季约三日一次，冬季傍晚时不宜灌水。

水质：不论雨水、井水和自来水，都可以用，但不宜用盐质之水。为了去除它的刺激性，调节温度，应该把水积储在缸里，经过一日以上才灌注，比较妥当。若不积储而直接灌注，对于根部不大相宜。

一切的盆栽都有它不同的水分需要量。总之，把水灌满盆口，到将要溢出时为止。水不灌则已，灌则灌满，这是灌水的要诀。但爱好叶上喷水和不喜盆土潮湿的盆树，可用细孔喷水壶，自叶上喷注而下，直到水滴湿润盆土为度。

叶上喷水　用喷水壶或喷雾器喷水在盆树的枝叶上，简称叶水。原生在高山上的盆树，多爱云雾的湿气，所以叶水的浇喷，实在是不可缺少的。如真柏、黑松、五叶松和其他针叶树类，极喜叶水，故自春至初秋，常喷叶水，它们的生长一定很好；如杉、杜鹃、石南、柽柳和其他原生在高地的花木，也是喜爱叶水。但是有一些花木，像石榴、紫薇、梅（着花时）、木桃、海棠、梨、无花果等，若喷叶水，反而使枝叶陡长，以致影响树形的美观，生长也渐渐不良，都不宜喷叶水。

从山野掘得的花木，尤其象真柏、五叶松、黑松、石南等，栽在粗盆中，或秧在地上，必须常常喷水。但是叶水喷得太多，反而不能存活，因此喷水也有一定的限度。

灌水和施肥的关系

大多数的盆栽，通常自发芽后，经过开花而入夏天，在这期间，常施肥料。像石榴、梅、杜鹃等，时常施用豆饼、菜饼的稀薄液，来代替灌水。多施肥料，也应多灌水，否则，肥多而水少，肥料发酵使根受伤，易致枯萎。

在伏天后，可将豆饼、菜饼的粉屑，放在盆土的表面，每盆约置二三处，在灌水的时候，粉屑溶解一部分，这样肥分自能渗入土中，可供根部的吸收。这种方法，最为方便，还能减除臭气，很合都市中应用，不过肥料的效力来得比较迟缓罢了。

灌 水 的 设 备

　　培养盆栽，灌水是一件重要工作，所以灌水的设备，不可不考究。大型的空缸，用来积水（用我国古式水缸比较雅致）。缸上引了水管，水便从管中徐徐涌出，灌时比较方便。若在放盆栽地方的四角上各置一水缸，更是便利。喷水壶宜备大、中、小三种，莲蓬头的水孔要常保清洁，务使水能从各孔中喷出，不致有不均的弊病。

冬 季 的 灌 水

　　夏天勤于灌水，而冬季往往疏忽，这是培养盆栽者常有的缺点。天气寒冷时，将珍爱的盆栽搬进室中保护，而把普通的盆栽放在屋外，不去灌水，盆栽每致枯死，这是极常见的事。如石榴、柽柳、柳、紫薇、栗、落叶松等，在冬天也需要水分，否则，极易干死。所以有条件的，为防止冬枯起见，将盆栽移向朝南暖地，把盆埋在土中过冬，这样就是少给水分，也不要紧，因为土中存有湿气，可滋润盆土，这样就可以避免因干燥而冬枯的事。

干 湿 要 适 度

　　树木在发芽和开花的时候，需要水分最多，而在果实的成熟期和冬季的休眠期，需水不多，于是产生了一种使它多开花多结实的人工方法：就是在树木的生长期间，把盆土和空气的干湿程度加以调节，不要太干太湿，常保均匀，便能达到目的。

　　冬季落叶的树木，生长似乎停顿了，可是它的生活并没有停止，根部仍在生长，不过迟缓一些，所以冬天也不可缺少水分。

　　仙人掌类不宜多灌水，但是它来自热带地方，在七八月间的雨期，霪雨连绵，仍适合它的生长。由此可知仙人掌在夏季，可给多量的水和肥料，而在其他三季，盆土常需干燥。

　　有人以为，盆梅在夏天下午一点钟的时候，不可灌水，使土干燥，可增多花芽。事实上却不是如此。若行通常的灌水，也可增多花芽。总之，花木因季节和种类的不同，施肥和灌水的数量和方法也有差别，必须研究各种树木的特点,而行适当的灌水。

第九节　施　肥

树木的肥料,种类繁多,不过盆栽用的肥料,以豆饼和菜饼为主体,通常有下列的几种肥料:

豆饼和菜饼

液肥　液肥是豆饼和菜饼经过充分腐化后的水液,一切盆栽都可应用。制法是将有盖的缸甏,放在避雨的阴处,把豆饼或菜饼粉末和二倍的水,放在缸中,充分拌和,加盖密闭,夏季约经十日,冬季需二十日后,取用上面澄清的水液,再加五六倍的清水,然后施入泥土干燥的盆中,作为施肥之用。等到上面的清液用完后,可再加水,如是可用三次;但缸底的渣滓不宜使用。将充分腐化的清液,施入盆中,须先加水稀释,不宜过浓。

干肥　将豆饼或菜饼粉末放在盆土的表面,宜在伏天后至秋初间施行,而液肥在春季至初伏间使用;又可将少量豆饼或菜饼的粉末和土调和,等到换盆时用。

粉末放在盆土上,常有湿气,约经一星期便开始发酵,每次灌水时,就自然分解,养分随水渗入土中,便发生了功效。若粉末的肥效已完全消失,应取出渣滓,另换新鲜的豆饼或菜饼的粉末,不宜将渣滓遗留盆土中。

埋肥　当盆树在换盆的时候,在盆底根部的旁边,埋置豆饼或菜饼的粉末,这也是一种施肥的方法。但是配合的培养土中,早已混有豆饼或菜饼的粉末,似可不必。若土中尚未混合豆饼或菜饼的粉末时,可用此法来补给。

米 泔 汁

淘米后的米泔汁,也是一种很好的肥料。将米泔汁贮藏在缸里,随时取用;也有腐败后施用的。对于地竺、金柑、枸橘、牵牛花等更有效力。但盆栽通常多不使用,不过柑橘类的盆栽和其他盆植随时可以应用。

贝　肥

用田螺、蛤蜊、河蚌等的贝壳二升打碎,加水一斗,煎煮一二小时,等到水剩八升时,才停止煎煮,冷却,三四天后就可施用。施用时,不宜太浓。对于松类有特效。

鱼　肥

鱼汁　洗鲜鱼的汁液,藏在器中腐败,施给柑橘类盆栽,大有效力;但藤蔓的盆栽,不宜施用。鱼肥常有极浓的臭气,在都市中平时要盖严。

干肥　盆栽常用鱼粕(鱼头、鱼尾、鱼骨、鱼肠等)作肥料,因它富有磷质。将鱼粕埋入盆土中,毫不露出,用完后,再埋入,渣滓也不必取出,任它腐败。又有一法:当换盆时,在盆底或根的两旁埋入鱼粕,效果也很显著。

骨粉、血粉和过磷酸石灰

用猪、羊、鸡、鸭等骨头和血经蒸制磨成的粉,也是很好的肥料,果实的盆树都宜施用;但常因施用量过多,每多失败。所以在调制血粉的液肥时,投入一把过磷酸石灰,已很足够。这类肥料,施用量不宜过多,否则反有肥害。

酒　糟

藤蔓类,松类和葡萄的盆栽,可常用酒糟。制法可将酒糟和米糠充分拌和,使它腐烂,然后捏成小块,埋在土中,或溶解在稀薄的人粪尿中,随时施用。

人　粪　尿

浓厚的人粪尿加入等量的水,经腐败后(夏季约十日,冬季约二十日),再加数倍或二三十倍的水,加以稀释后施用,作为追肥。人粪尿的效力比豆饼、菜饼来得迅速。

664

其 他 肥 料

豆饼、菜饼是盆栽主要的肥料,鱼肥和人粪尿等也常可施用。此外农用的肥料或过磷酸石灰,硫酸铵等化学肥料,性强质浓,盆栽都不合用,应该以迟效淡性的植物性肥料为主,再以动物性肥料为辅。所谓动物性肥料,如鸡粪、马粪、鱼肠、猪粪、牛粪等,其中以鱼肠肥加水半升而烂成的汁液,对于松类有特殊的效力;牛粪对于竹类有效,而茶叶的渣滓含有丹宁质,对于天竺极为相宜。

第十节　防治病虫害

培养盆栽最感困难的,就是病虫害。盆树在狭小的盆中受到人工的抑制,发育已很不自然,所以一有病虫害,便形衰弱,终至枯死。因此在发生病虫害的初期,就应当充分注意,及早驱除。

盆 栽 的 虫 害

盆栽害虫的种类极多,兹举几种常见害虫的驱除方法如下:

蚜虫　盆栽最容易被蚜虫寄生。当蚜虫发生的初期,把稀释三十倍的硫酸烟精液,用毛笔涂在寄生的地方,但不及用喷雾器喷洒有效。

蚂蚁　蚂蚁不但引诱蚜虫的为害,并且加害于幼芽,在盆里作窠,伤害细根,为害不浅,驱除的方法有下列四种:

一、普通驱除法:寻获蚂蚁窠,注入刚煮沸的盐汤或在纸上涂蜜糖,引诱蚂蚁来吃,等到聚集最多时,用沸水杀死。这个方法须分好多次施行,才能使蚂蚁绝迹。

二、盆架脚的下面,置有水盘,可防蚂蚁爬上去。

三、若盆中蚁窠极多,那就非换盆不可,否则盆树必至枯死。

袋虫　俗称皮虫,外有坚韧的皮壳包裹着,所以用药剂来杀除,不易奏效。惟有随时注意,若发现一二,立即捕杀,手续似乎很麻烦,但效力比药剂来到显著。

毛虫和青虫　蝶蛾飞来,产卵在叶的表里,或干的周围、芽的附近,也有产在根际附近土中的。因此一见虫卵,应当立即搓死;虫卵所孵化的幼虫,大多聚集在一起,趁它还没有四散的时候,及早捕杀,才能事半而功倍。成长的幼虫都从庭树等处移带过来,加害盆栽的芽叶等,故发见后,应立即扑杀。若是到了聚集起来捕不胜捕的时候,可喷洒除虫菊肥皂液(除虫菊粉、肥皂各一两至二两,水一升制成),或撒布除虫菊木灰(除虫菊粉一两和木灰十五两混合密闭一昼夜),都有功效。

普通的肥皂水(肥皂二两削成薄片,放在一升热水中溶解而成)或火油(用水稀释)虽能杀死青虫、毛虫,但也损伤盆树,故不宜使用。

蛀心虫 蛀心虫有好多种,有天牛的幼虫,有粉蛾的幼虫和其他昆虫的幼虫。当蛀心虫蛀入盆树的干中时,树液的流动发生阻碍,遂至枯萎。若是庭树,可剪除被害的部分。但是一枝一叶有关美观的盆树,当然不能应用此法。如樱花、柳、梅、枣、桑、无花果、栗、蔷薇、葡萄、林檎等,最易被害。驱除蛀心虫至今还没有良好的方法,但蛀心虫有一特性,就是最初蛀入嫩枝,再向干部蛀入,若小枝一经蛀入,可将小枝剪去,或用铅丝伸进蛀孔,把蛀虫刺死。

已蛀入枝干的蛀虫,若不从速驱除,该枝必枯萎,实在是盆栽的大敌。凡枝干上有粉状的虫粪,必有极小的蛀孔,其中一定有蛀虫,驱除的方法,有下列四种:

一、用凡士林油涂塞蛀孔,使空气不流通,蛀虫就被窒死。

二、如上法仍不能奏效时,可用铅丝伸入蛀孔,刺死蛀虫;将铅丝的尖端弯成钩形,将虫体钩出;如蛀虫已被刺死,铅丝头上便附有水浆,但是此法不一定可靠。

三、若第二法仍觉不妥时,可在蛀孔中塞入一团浸透了滴滴涕的棉花,孔口用粘土或凡士林等封闭,可杀死枝干中的蛀虫。

四、在蛀孔中注射纯酒精,使渗入枝干,将虫杀死。酒精对于枝干并没有害处,但代价较昂。

蛀虫的卵生在幼茎上,孵化后变成青虫,沿着茎爬动,蛀入幼茎中。所以在它爬动的时期,可撒布药剂,尤其在早春发芽而成嫩枝时,蛀虫极为猖獗,更应及早撒布驱虫的药剂。

已蛀入蛀虫的枝干如必须剪去时,应在蛀孔下二寸左右处剪定,这样便可连虫体一同剪去。

蜗牛和蛞蝓 蜗牛和蛞蝓日间潜伏盆底、叶背及其他阴处,而在雨天和夜里,偷食幼芽嫩叶。凡蜗牛经过之处附着粘液,且加害叶的表面,有损枝叶的美观。驱除的方法是寻觅它们日间潜伏的地方，一一捕杀。如果要预防，可在盆中或盆树根部的四周撒布干燥的木炭末或干石灰粉；或在盆架脚的四周，撒布木炭粉；食盐也有驱除蜗牛和蜓蚰的效力。

蚯蚓 蚯蚓通常是益虫，但对于盆栽却有害处，因为它常把盆土翻上，且使土粒结成一团团，也会伤害细根。若施未经腐败的肥料，或盆土过湿时，最易发生。如盆土干燥或施腐熟的肥料，或施过磷酸石灰，发生较少。如发生不多，可听任它，等到换盆时，可以完全驱除。

介壳虫 介壳虫多寄生在柑橘、苹果、松、茶和其他果树盆栽，可用竹签剔去，再用旧牙刷洗清附着的痕迹。

切芽虫和食芽虫 切芽虫专咬去盆栽的幼芽，盆梅的嫩芽常被食芽虫所盗食。虫体长约三分，俗称红腹毛虫。发生时，所有嫩芽完全被吃去，为害不浅。驱除方法：自秋末至春初，当它还没有活动时，把它寄生的盆栽移入暖室中，引诱它活动，然后用强烈的杀虫剂（如石油乳剂或除虫菊乳剂、敌百虫、敌敌畏等）喷射全部的枝干，特别是在枝隙间，可将它杀死。

其他害虫 除上述的盆栽害虫外，还有天牛、地蚕、军配虫等，不过没有上述的几种来得普遍罢了。

盆栽的病害

盆栽的树木，不下一百数十种，所以病害的种类也很多。从植物生理上言，凡发生异常状态的，均称为病害，大概可分成三类：

生理的病害 树木因缺水分而干枯；因过湿而根腐；因移植不当而死；因缺少肥料而衰弱；因受风害而拔根折枝；因日光西晒而叶焦；这都是生理的病害。若能悉心保护，这些病害便可避免。

昆虫的寄生 如蜂产卵在叶的组织中而患虫瘿病，刺激根部而起的瘤病，以及因其他昆虫的寄生而使树木各部发生异态的，都是属于此类。

细菌的寄生 因各种细菌的寄生，致树木各部呈异态的，通常称为"植物病害"或"植物的疾病"。危害植物的细菌，种类极多。有细菌寄生的植物，不但生长受阻，且观赏价值也大大的降低，最后常致枯凋，因此应该十分注意植物病害的预防。兹从无数的病害中略举数例于下：

一、根的病害 因各种细菌的寄生，根部即起腐烂，也有很多根部变瘤肿的。此病以花卉和果树盆栽发生最多。

二、干的病害 如干表面的腐烂，树脂的流溢，干皮的裂隙，干心的蛀腐等。

三、枝的病害　除生斑点污点外,发生和木干上相似的疾病,如枝上发生瘤肿病等。

四、芽和花蕾的病害　芽蕾萌生后,不开而腐落或枯萎,其病源除害虫的加害和细菌的寄生外,也有因生理的变化而起的,这是由于培养的不当而发生。

五、叶的病害　叶的病害更多,如杜鹃的霉病、涩病等,叶患各种斑纹的病。其他盆树所患的病,列举二例于下:(1)针叶树类:霉病、涩病、锈病等;(2)梨、苹果、海棠等:赤星病、黑星病等。

六、果实的病害　果实盆栽易害果实脱落、果皮生斑点和腐点、果肉腐烂等病。

以上所述盆栽的种种疾病,常人多不注意,因此因病害而致死的盆栽,为数也不少,故对于病害的预防和治疗,不可不加以注意。

病害预防法:等病害发生之后再来治疗,困难很多,最好在事前加以预防。下列各项,都是预防的方法:

一、在阳光和空气充分、通风良好的地方培养。

二、盆土勿过干过湿,施肥适度。

三、盆土宜用蒸气或福马林(Formalin)消毒。

四、勿购已有病害的盆栽。

病菌的预防,应视其性质而定,因为病菌是有遗传性的,有从空气传染的,有从土壤传来的,有从器具媒介的,此外还有从害虫而起的(如蚜虫发生极多时,霉病也随之而起);其中以细菌自空中飞来而附着繁殖的,最为普遍。

病害虽有种种不同,然治疗和预防,可以使用下列各种药品,不过要注意使用的时期、药品的种类、用量和次数等。

波尔多液　波尔多液是用混合硫酸铜(一磅)、生石灰(一磅至一磅二两)、水(三斗至四斗)制成的;若能自己调制,最是经济,方法也很简便。先预备木桶三只,二小一大,把一定量的硫酸铜和生石灰,分别在两只小桶里用沸水充分溶解,再注满等量的清水(如用水三斗,各放一斗五升,依此类推),然后把两小桶的药液,混合到大桶中去;混合时须极力拌调,使两种溶液充分拌和成翠蓝色,然后装入喷雾器喷射。但叶干上留有青白色的污点,经过了一个相当的时期,可用食用醋的五十倍或一百倍水溶液洗去,否则对于盆栽的观瞻大有妨害。

炭酸铜氨液 本剂和波尔多液有同等的效力。调制法是取一适当的器具,放入炭酸铜(二三两),再加少许的水,用竹签调成糊状,然后注入阿摩尼亚水(氨水——五匙至七匙),加以搅拌,使它混和,最后加水(一斗)即成。这药液喷射后,不留污点,在盆栽上使用极宜。波尔多液和炭酸铜氨液对于病害的预防,大有效用,每星期喷射一次,连施四五次,病害便可完全防止。

涂抹剂 冬季休眠期中的盆树,可涂抹石油乳剂、松脂合剂等,尤其以果树盆栽应用最多,预防和驱除病虫,都能奏效。

撒布剂 病害发生的初期,可撒布硫黄粉等,仙人掌类盆栽常可应用。

盆 树 的 洗 涤

任何盆树的枝叶上,总不免有尘芥、土、煤灰等污物粘附着,所以每年必须洗涤一次。洗涤盆树可用旧牙刷蘸了清水,细心地洗清干、枝、叶三部。煮豆腐的冷汤,含有碱质,很容易洗清污点,并且使树皮光润;但用冷豆腐汤洗涤后,须再用喷水壶喷洒,可将豆腐汤洗清。盆树的洗涤,不但与观瞻有关,也可预防病虫害。落叶树可在冬季洗涤,最为方便。

空气和盆栽的关系

都市中的空气多不清洁,如松、杉等盆树,生长每多不良,常易枯死。因空气不洁,枝叶上每有煤灰等粘着,以致呼吸等作用受到阻碍,从而影响到盆树的发育。虽可喷水洗清叶上附有的尘芥,终难以好好的生长。故如松、杉、石南、真柏等盆栽,若非放在郊外或宽敞的地方,常不会有良好的成绩。

入冬以后,室内多生火炉,温度很高,而夜间炉火熄灭后,温度便降低。若供盆栽在室内观赏,因空气温度的激变,虽抵抗力强的针叶树,放了一二星期,也纷纷落叶,终至枯凋。所以在冬季切忌供盆栽于温度极高的室内。

第十一节 换 盆

在狭小盆中生长的盆树,经过了二三年,细根便密布在盆底,灌水后难以渗入,肥料也难吸收,生命力便渐渐地衰弱下去,以致枯死。所以一到适当的时期,必须换盆。换盆是移植的一种。对于各种树木的特点加以研究,

在适当的时期内换盆,未有不活的。兹将换盆应该注意的事项述之于下:

换 盆 的 时 期

树木的移植,通常在休眠期或发育迟缓的时期中举行,但也有很多例外。兹举数例说明如次:

松类 松类可隔三年换盆一次。换盆最适宜的时期是春季,尤其在春季的四月里最好。松类忌湿,故在换盆时,应将根部的土充分填塞,稍稍撖实,最为妥当。换盆后只需叶上喷水,不必把水直接灌入盆中,稍避强烈的阳光,即能服盆。

梅 梅花谢后,叶芽将萌发时换盆,最为适当。换盆时,将根上旧土剔去十分之六,老根也稍稍剪去,约经十日,便生新根。盆梅每年须换盆一次。

杉 杉喜移植,所以一年可换盆一二次,在春秋和梅雨时举行。种植时,不必将盆土十分紧压,只要用松软的山泥栽种即可。

竹 竹也喜欢移植,可在五六月间(尤其是在六月中旬)和九月各换盆一次。手续似较麻烦,但效果很好,通常在五月或九月换盆一次已足。

枫 在幼芽刚要伸长时换盆最易活,但在其他季节也可换盆。枫每隔三年换盆一次,最为妥当。

花木类 杜鹃、木桃和其他花木富有细根的,移植力也强,除盛夏严冬以外,随时可以换盆。通常在花落后,便可换盆。如根须剪得多的时候,那么在梅雨时换盆,最为安全。

石榴 石榴不耐寒冷,若在秋末至春初时,剪枝换盆,必致枯死或衰弱,故换盆的适当时期,最好在发芽时,即立春后八十八日举行,此后直到初秋,都可换盆。石榴换盆应该特别注意的,是剪根的方法。去年已经剪过的根,今年不可再剪,若剪去新的根须,那就没有关系。不但石榴如此,凡是热带植物,都不可在天寒时换盆,而宜在生长旺盛时施行,便容易活下去。

从以上数例,可知各种树木都有一定的移植期,换盆也须遵守它的时期,方才易活,这是很重要的。其他果树盆栽,通常在秋季或早春芽头尚未萌发的休眠期,或发育停顿的时期中换盆,最为稳妥。

换 盆 的 方 法

在适当的时期,把盆树从盆中拔出,栽在同盆或另一只盆中,须依照下

列的顺序：

旧土的处理

一、松、真柏、梅等，除去附在根际的旧土约十分之五六，再加新土种植。

二、杜鹃、蔷薇、石榴、杉和其他多细根并且易活的盆树，用竹签将旧土全部剔去，然后加新土栽种。

根的处理　一二年来未换盆的树木，盆里已布满了细根，当换盆时，可将无用的旧根（石榴当例外）剪除一部分，新生的根也剪去大半。但剪除的程度，须看根的发育情形和树的种类而定，今为便利起见，举三例如次：

一、不必剪除者　当新根发生不良者，虽属富有细根的盆树而根不十分繁密者，在这两种情形之下，根可不必剪除。

二、根须剪除三分之二者　松类伸长的细根，可剪去前端的三分之二。

三、剪去极多者　生根极多的盆栽，只留少许新根，而把根端完全剪去，如竹类、蔷薇和石榴的新根等。

土 的 处 理

依据盆树的性质来选择适当的盆土。新土准备好了以后，可依下列的顺序进行：

填塞水孔　用碎瓦片或铁丝网填塞水孔，通常一个水孔用碎瓦片两片叠合，若系深盆，瓦片须填得多并留出空隙，使其排水通畅。

根的固定　用浅盆栽植，盆树常易摇动，所以有的在盆底放一旧铁棒，将盆树的主要大根通过盆孔扎住在铁棒上，根便可固定而易发新须根了。

种的位置　不论方盆圆盆，如主干只有一本的，种在盆的中央，总不很入目，故宜稍偏在盆的前后左右的任何一边。

土的置入　盆树的位置既已选定，即将事前所筛好的三种粗细的培养土，先置大粒土在盆底，再放中粒土，在根的间隙把土充分填实，最后放入小粒土。盆树如松类，用手将土下压，使它紧实；但不喜土紧实的盆树，就不必将它紧压，任它虚松。到得土粒离开盆口一寸时，才停止加土。

栽 后 灌 水

种好后，就可灌水。松类不喜水，可在叶上喷水，使滴下的水滴能润湿盆土为度,不必灌大量的水。其他盆栽除喷水外,在盆中也应灌注足量的水,直至水从盆口溢出时为止。如深盆或大型的,等到水已完全渗入,再行第二次的灌水,务使盆底的土完全湿透。

种 后 处 理

水灌好之后,就将盆栽移到无风半阴地,每日喷水,大抵经过十日至十五日后,便生新根,才放在日光畅射和通风良好的盆架上,不再移动。

施 给 肥 料

培养土中已含有肥料,栽后不必再给。但是性喜肥料的盆树,在上盆时候,要先在盆底铺一层豆饼或菜饼的粉末。若已种好,不及埋置,可在盆的四角,把豆饼或菜饼的块屑埋入。

总之,换盆的时期和方法,因各种树木的性质而不同。上述的几项,不过是大概而已。

第十二节 盆 树 的 剪 定

根 的 剪 定

在下列的情形之下,可行根的剪定:

一、野生树木采集来后,可先行地植或盆植。最长大的粗根,用锯锯去,才可容纳在盆中;如根须仍多,稍加修剪,便可栽在泥盆里,否则要先秧在地上,悉心加以保护。

二、庭树或盆植的树木,要养成盆栽,可依上法行之。若保护周密,自然易活。

三、盆树在换盆前,根已密布盆中,须将根剪定,方法如下:

(一)分别新旧细根,旧根可在近基部剪定,如生长过长的新根,也可剪除一部分,但根端生白色的嫩根,切勿损伤而栽入土中。

(二)剪除旧根可用剪刀直剪,但剪口宜向下斜;粗根的剪口也应斜下。

以上各种情形,若在适当的时期中进行,同时注意用土,栽后就不会枯死。

野生树木的处理，须有相当的技术，否则不易服盆。向山中采集的松柏等，若有二成栽活，成绩就算不错了。

枝 的 修 剪

枝的修剪是发挥盆树美的一种重要工作。通常盆栽除摘心和整形外，又可由枝的剪定来决定它的基本形态。因此枝干的剪定和攀扎，对于树姿的形成，极为重要。

一、枯枝和生长不妥的枝条，可随时剪去，并在适当时期剪除陡长的枝条。

二、有碍美观的枝条，如交叉枝、并行枝、特出枝、势力形状相等枝（可剪去其中的一枝）、徒长枝和观赏上不必要的枝条，可剪去或剪短。剪后，枝上生芽的方向，也应加考虑；若不合该树性质的剪定，那么将来在观赏上就发生不美的感觉。如柳枝多下垂，倘剪定不适当，枝多向上挺生，便失却了它原有的特色，影响到它的美态。所以修剪技巧的优劣，除了自然的领略以外，全从平日经验上得来。总之，在适当的时期中，对于盆树生长上的特点，着花情况和结果习性，须考虑成熟，才可进行修剪的手续。

修剪和攀扎的技巧

由枝条的修剪和攀扎，能使不美的盆栽，显出它的美来。兹举数例说明于下：

杉 一株已受损伤的杉，可将所有的枝条完全剪去，秧在泥盆里，悉心培养，叶上喷水，施肥和摘心，随时施行。直到第四年，便可成一壮丽的杉木直干盆栽，好似原野上的一株独立乔木。

五叶松 下品的五叶松盆栽，枝多呆板，全用棕线扎成，恶俗不堪。倘将不必要的枝完全剪去，枝条不必繁密，以稀疏为贵，然后将枝干弯成带有画意的姿态。上盆后约经二年，树姿已见完美，和从前的形状完全不同。所以粗俗的盆栽，加以适当的修剪，也可以变成上品。

石榴 石榴枝条不加摘心，毫无美态。在发芽的时候，自盆中拔出，剪除新根，修去废枝，然后再上盆，时常施肥灌水，两年之后，就大有美态了。

银杏 播实而生的银杏，枝条大多向上挺生，而底下的枝不易向旁延伸,所以毫无大树的老态。将它的主根剪去,秧在地上,使生新芽,且常行摘心,次年便生侧芽。当侧芽伸长时,摘去下端的叶片,叶越摘去,芽的生长也越快,于是底下的枝条因而养成,完成大树的姿势,很为美观。

枫树 枫树摘叶也有效果。一年摘叶一次,时常施肥,约三年后,枝细而密,便成一可观的盆栽。

树形的美恶,因各人眼光的不同而大有差异。总之,盆树应具有大树的风度,苍老的姿态,并且充满了古画的意味,才能算是上品的盆栽。

第十三节 摘芽、摘叶和攀扎

摘 芽

盆树年年发芽生长,若听任不加抑制,树形便变成杂乱无章,顿失美态。故当新芽还在稚嫩时,可用指摘去。如芽已老,即用剪刀剪除。当芽没有老时,叶摘成二三片,不必要的芽,须完全摘除。

石榴在春季陡长的枝条,不可不摘去,只因花都生在枝的前端,所以先决定它生花的地位后,再行摘芽,最为妥当。但真柏若摘芽过度,叶渐变有刺,便不能再还复原来的无刺叶子。如梅树发生强枝,到秋末可自基部完全剪除,因此和梅树性质相似的盆树,可不必摘芽。但如枫、迎春、榉、榆、腊梅等发芽极易,不可疏忽摘芽。

摘 叶

摘叶以后,可使枝条细密,上生嫩叶,如槭、枫等,至秋末更为红艳。

槭一年可摘叶一次。在伏天前已经充分施肥的盆树,在伏天时可将叶全部摘去,约二星期后又生新芽,一月后全部出齐。因为春芽的叶已老,极不美观,于是把它摘去,而伏天重发的叶,至秋末便觉得更为鲜艳。所以摘叶实在是使一年发芽一次的盆树,变成一年发芽两次,这样形成的枝条细而密,更为美观。

石榴的生长力极旺盛,一年中可摘叶两次。初夏之前充分施肥,然后移植到稍大的盆中,另加肥土,将叶全部摘去,剪短新梢,一星期后发芽,半月后芽发齐,这样一年发芽三次。不过须充分施肥,生长才能旺盛。如枸杞一

年可摘叶两次,一在初夏,一在秋初,后来花蕾和芽同时生出,于是开花结子,杂缀枝头,翠绿的新叶和殷红的杞子相互掩映,真是美观极了。如榉等虽可摘叶,摘后一如旧状,不生新芽,枝也不增,故不必施行。

银杏枝条多向上直伸,下枝不易伸长,因此要使它低矮而枝叶蓬勃,是很困难的。不过可将树秧在地上,抑制顶芽,活后充分施肥,把下枝所生的叶全都摘去,使它无法发生薪芽,这样养成长形的下枝,就极像一株老树了。

攀　扎

盆树的枝条自然生长,有的生得不妥,可用金属丝(铅丝或铜丝)缠绕枝上而加以弯曲,便养成美的树姿。烧过的铜丝,性较柔软;铅丝也可,但总不及铜丝。粗枝干的攀扎,通常用粗麻线或棕线以及细长的铁条等,必须固定,勿令放松。攀扎似乎极容易,实则不然,下列各项有注意的必要。

没有攀扎必要的盆树　如真柏、榉、竹等应作自然的姿势,实在没有扎铅丝的必要。盆梅的小枝也不宜扎。

攀扎的困难　凡枝条有弹性的盆树,铅丝扎了一年,倘急于解除,仍会恢复原来的状态,甚至有扎了三年仍然没有效果的。枝干脆性的盆树,也不容易攀扎,稍不经心,就会折断。

攀扎的适当时期　若在不适当的时期中,轻举妄动地攀扎,不但枝易折断,树也往往变弱而枯死,因此不可错过攀扎的适当时期。通常花木类大概在换盆的前后或秋季施行,针叶树在发芽后举行。总之,梅雨期是一切盆树进行攀扎最适当的时期。如石榴、枫等可在伏天摘叶,同时也施行攀扎。一般说来,在生长最盛时期的前后(春季或秋季)施行,最为妥当。

不宜扎铅丝的盆树　不宜扎铅丝的盆树如扎上铅丝,俗谓"铅丝伤"的事情便发生了,对于盆树的发育,大有阻碍。如杉、枫、柿、迎春、樱、石榴等就是这样。如果在铅丝上卷了桑皮纸,然后扎枝,那就没有关系了。但是如落叶松、松、榉、蔷薇、山茶、杜鹃、五叶松、木桃等,铅丝不卷桑皮纸,也不要紧;不过珍贵的盆栽,总以卷纸为妥。

扎铅丝的方法　铅丝的一端,应固定在枝的一部分,如枝的基部或交叉处;卷绕时用力勿过强,须徐徐作螺旋状的卷绕,再将铅丝稍向后转,务使所卷部分能紧缠枝上。若铅丝游移不定,那是没有效用的。

攀扎过度的弊害　从植物生理上言,枝干的攀扎,实在是极不自然。过度的把枝干弯曲,虽在适当的时期中施行,对于树液的流动,仍不免有碍,甚至因发育不良而枯死。因此在可能的范围中,切勿作过度的攀扎。有人嫌最初所扎的树形不美,而重行攀扎,使树受到更大的损害;若这样的重复施行几次,那株盆树一定会夭折的。

攀扎的其他方法　攀扎铅丝虽属整姿的一种方法,不但在盆栽上应用,就是庭树也可施行。此外用线吊,利用石块的重量,或摘芽修剪等,都是整姿的方法。

去除铅丝的时期　铅丝去除后,枝条不再回复原状,这就已达到目的,没有再扎铅丝的必要了。若仍让铅丝留在枝上,因为枝的生长,使铅丝陷入,这对于树的发育和人的观赏,都不适宜。所以盆树扎了铅丝一足年后,便可解除。枝条富有弹性的盆树,须经二三年之久;通常过了一年半的时间,便可解除了。

第十四节　盆树繁殖

树姿已养成的盆栽,年年发芽生叶。若培养适当,虽经五年、十年或数十年,姿态始终如一,单单枝干逐年增粗,并没有特殊的变化,因此不免发生厌旧喜新的心理。所以培养盆栽要有恒心,其中的乐趣也全在于此。如果能够自己来繁殖盆树,培养的兴趣可以更浓。

盆栽的材料,除向山野里采集之外,还可以用播实、扦插、接木、压条等法来繁殖,这些办法也能养成上品的盆栽,所费的时间虽较长久,趣味是很浓厚的。不过盆树的种类很多,繁殖的方法也各不相同。

可行播实的盆树

榉　三月间把实播种,至秋季选择优良的苗木来培养,数年后,便成一小品的盆栽。

桑　果实在春季播种后,至第五年便可养成,不过桑的叶片有大小两种,盆栽宜小叶的。

栗　栗用播种来繁殖,不易结实,再经接木,便容易些,栗子杂缀枝上,外包尖刺,大有趣味。

石榴　由播种来培养,极费时间,但能养成玲珑的小盆栽。

梧桐　梧桐的盆栽,向来是用播实的,不过不及压条法来得迅速。

桃 桃用播实法,容易养成,四五年后便能结实,但佳种多行接木法。赏花用的盆栽宜选开花种,否则开花不易。

松类 黑松、五叶松等都用播实法繁殖,如将松子播种,听任发育,便成一盆松林的盆栽。但不精播种的技术,枝干便乱生,毫无雅趣,所以通常盆松的精品,多不用播实法。

银杏 播实后发芽极易,但难以结实,又乏苍老的姿态,故通常是用根接或枝接法来繁殖的。

枫 播实很易,但没有苍老的趣味,只能作小盆栽。

茶 用播实法养成小品,但枝叶稀少,这是缺点,可是播实后三年便能开花。如果整枝的技巧精良,也可以养成上品的盆栽。

合欢 由播实所得的苗木,发育较速,经四五年已颇可观;播实后两年便能开花了。

总之,凡能开花结实的盆树,都可用播实法来繁殖,只要把成熟的种子播在泥盆里,发芽后充分施肥,三年后就可以着手制成盆栽;所费时间很长,这是播实法的缺点,可是趣味是很浓厚的。

可行扦插的盆树

石榴 剪取庭中或盆里的石榴新梢,长约四五寸,在梅雨期间,扦入泥盆中,生长至第五年,才可上细盆。

柳 扦插极易生根,三年后已有柳树的姿态,但常有因缺水而枯死的,必须注意。

真柏 真柏小盆栽,多行扦插,若管理不良,不易扦活。

杜鹃 杜鹃多由扦插培养而成。

蔷薇 扦插极易活。

盆栽由扦插繁殖的极多。在剪枝时,可利用树枝上不必要的小枝,在梅雨期扦入木箱或泥盆中,用砂和土各半混合的土壤栽种。等到生根后上盆,然后再作盆栽的处理。生根迟缓的插苗,须经一年的保护,到生根后才可上盆。

可行接木的盆树

接木须有相当熟练的技巧,才能接活。接木苗的开花结实较早,这是它的优点。各种树木在适当时期可以施行接木法。接木分砧木和接穗两部，前者就是接受接穗的部分，而后者就是所要接的枝条。接后，希望接穗发育生长，砧木不过是接穗的立足点罢了。

一、割接法：砧木和接穗的粗细相差很大时，才施行割接法。先在砧木的相当高度锯断，只留一干，上面修理平滑，便把砧木形成层部向下切开，深约七八分。接穗的下端削成楔形，嵌进砧木的切开处，使双方彼此密合。上用麻皮扎缚，外用泥土涂抹，经过一个相当的时期，接穗有光泽渐渐发芽，这便是接活的现象。如锦松、五叶松及其他松类，都可施行此法。

二、切接法：砧木和接穗的粗细相同时，才用此法，方法虽和割接相似。但砧木锯断以后由皮层向下切入，然后将接穗插入，用麻皮扎缚之，如梅、樱、桃、柑橘类、柿、藤类、天竹以及果树盆栽等常可应用。

三、诱接法：凡不易接活的盆树，都改用此法，因为接穗和母体不必分离。等到接活后，再把接穗和母体剪断。在接之前，预先使砧木和接穗相互接近，便在相当地位，各削去七八分的树皮，薄削至木质部，使双方伤口密接，再用麻皮扎缚，不使分离。接活后，在接穗的下部剪断，便成一株新盆树，如枫、柿等都行此法。

四、根接法：根接，即将根作为砧木，上接接穗，和切接的方法相同，如银杏、柿、辛夷、玉兰、山茶、藤类等。

可行压条的盆树

把枝条一部分压入土中，压入部分在节之下端略加切伤，就容易生根，然后和母枝分离，这便是压条法。盆栽上也可应用，所得的苗木，虽有老态，可惜寿命最短。其中以播实所得的苗，养成虽难，而寿命最长，插木次之，接木更次之，而压条最短，这是它的缺点。如枇杷、杉、银杏、迎春、柳、山茶、石榴、藤类等，都要在梅雨前施行。

第十五节　石 附 盆 栽

盆树的根部攀附在石上的，称为石附；好似老树生在岩石上的状态，自然入妙。例如松、柏、榆、枫、槭、杉、杜鹃、金银藤、枸杞、迎春等，都可攀附在石上种植，除了通常用泥土外，还可以用水盘作供。这和水石盆景差不多，不过水石将石作为主体,而石附盆栽是以树为主体的。

石附最容易的,要算石菖蒲。先把石菖蒲的根附着在石隙中,用铅丝扎住,常喷清水,一月后根便附着石上了。

石附盆栽的用石须孔鳞较多的,便有吸水的作用,石上栽了松、柏等,放在水盘里,根便不致干枯了。

石的中心如有空洞,在洞中填了土,便可种植。或将根抱在石的四周,然后用浅盆来种植,枫和槭树常用此法。

硬质的盆石,可用凿子凿成几个小孔,将铅丝的一端插进去,再把铅块塞紧,使铅丝固定,然后将适当的盆树放上,依照根的情形,嵌入石隙,便用铅丝一端把主要的粗根扎住;但为防止根反受伤起见,根上先垫一木片,最好外包橡皮,更为妥贴。然后用河泥涂抹,外包苔草,将石放在盆土上,把盆树的细根埋入土中;时常喷水施肥,细根在盆土中伸长。到第二年便可去除涂在根上的泥草,使根部显露出来,成了一盆很有趣味的石附盆栽。到第三年,根已充分生长,紧附石上,于是扎根的铅丝也可解除了。

结　束　语

培养盆栽是一种趣味,而观赏盆栽更是一种享受。二十余年来,我一有余闲,就沉浸于盆栽盆景之间。它们给与我趣味,给与我享受,并且给与我健康;因此我虽为它们不断的费心费力,实在并不是白费的。

我国盆栽流行的区域,并不限于苏沪一带。苏北如淮安、泰州、扬州、南通、如皋各地,过去盆栽也曾有过光辉的历史;但是风格却与苏沪一带截然不同。每一株大型的盆树,往往将主干扳得向前微俯,好像是人们“鞠躬如也”的样子;而每一株小型的盆树,又往往将顶上的枝条扎成“太极图”式;虽予以特别加工,其实并不讨好。例如扬州的盆梅,往往把主干打一个结,叫做“疙瘩梅”,正与旧时苏州的“屏风梅”和安徽的“蛇游梅”一样的矫揉造作的人物屋宇等各种小件,都是日本出品,未免带着日本气息,而制作是十分精巧的。

我爱好花木,出于天性,早年在上海忙于文事,整日孜孜兀兀,作文字劳工;而一放下笔,就以花木为消遣。不过那时没有园而只有庭,一切条件都不够,只能玩玩盆植就算了。直至一九三〇年移家故乡苏州之后,有了一片小小园地,才大规模地玩起盆栽来。先向本城的各园圃中百方搜求,再扩展到山林中去,日积月累,越聚越多。除了在抗日战争中损失一部分外,随时加以补充,到现在,大、中、小和最小型的盆栽、盆植以及盆景水石,共有五六百盆之多;盆栽偏爱老干和枯干,并且偏爱开花结子的。日常除了正事要干外,就是忙于园艺。剪裁整形,灌溉培养,都当作日课,乐此不疲。

　　我的盆栽有好多株是一二百年的老干和枯干的花木。如一株悬崖形的单瓣白梅,一株松树,两株柏树,两株榆树,有的枯干上长满了苔藓,有的干已中空,形成了一个窟窿。国际朋友们见了,都啧啧称怪,以为像这样一二百年的老树,怎么能在盆子里活着呢。至于数十年和一二十年的盆树,那是太多了,简直不胜枚举。内中最稀有的,如一株四季桂,一株锦带花,一株木香花,一株八仙花,两株李花,一株素心腊梅花,两株垂丝海棠,一株石榴花,一株枸杞,一株悬崖形的胡颓子,一株状如渡船的红薇花,一株生了三个钟乳的银杏,一株去年曾结过十多个桃子的桃花;又将老柏四株配成一组,仿效光福司徒庙的清、奇、古、怪四株千年以上的古柏。还有树干并不粗壮,而树龄已在百年以上的,有一株名叫"雪塔"的白山茶,和一株三干的紫杜鹃,这是清代相国潘祖荫家的故物,去春和今春都曾开满了上千朵的花,如火如荼,鲜艳夺目。来宾们见了,都欢喜赞叹不置,甚至有远道而来观赏的。盆梅中也有不少树龄已达数十年的,如一株半悬崖形的玉蝶梅,一株斜干的单瓣白梅,一株开花最迟的送春梅,两株形态古怪的朱砂红梅,一株干粗如壮夫双臂的大绿梅;而最最名贵的,是苏州已故名画家顾鹤逸先生手植的一株绿萼梅,枯干虬枝,好像一头仙鹤振翅欲舞,我因名之为"鹤舞",树龄虽在一百年以上,而生命力还是很强,年年着花茂美。今年春初,曾参加拙政园的梅花展览会,博得观众一致的赞赏。这一株绿萼老梅,是顾老先生的后人移赠于我的,我小心培养,已四年多了。这许多老干枯干的盆树,都是树木中的"古董",我用多种多样的旧陶盆栽种着,古香古色,相得益彰。它们是我家的至宝,也是一切盆栽中的至宝。

　　我对于盆景,也有特别的爱好,恨不得每天都有一种新作品,因为这与画家作画一样,可以表现自己的艺术性的。我的盆景,一方面是自出心裁的创作,一方面是取法乎上,仿照古人的名画来做。先后做成的,有明代唐伯虎的《蕉石图》、沈石田的《鹤听琴图》、夏仲昭的《竹趣图》和《半窗晴翠图》;清代王烟客的《新蒲寿石图》等,这与国画家临摹古画,同一意味,而是我所独创的。仿照近人名画来做的,有张大千的《松岩高士图》,因为这是一个小型的盆景,岩石不大,那一前一后两株悬崖的松,是用草类中的松叶半支莲

来替代的。自己创作的,有《听松图》、《梅月图》、《紫竹林》、《竹林七贤》、《枯木竹石》、《田家小景》、《孤山放鹤图》、《枫林棋乐图》、《陶渊明赏菊东篱图》等。这些盆景,除了把各种树与竹作为主体外,再配以广东石湾与佛山制的陶质人物和亭、台、楼、阁、塔、船、桥梁、茅屋等小玩意,大小比例,必须正确,才能算是盆景中的上品。水石有仿宋代大画家范宽的《长江万里图》一角,元代大画家倪云林的《江干望山图》;自己创作的有《桃花源》、《观瀑图》、《香雪海》、《独秀峰》、《赤壁夜游图》、《欸乃归舟图》、《严子陵钓台》、《雁荡大龙湫》等,全用白端石、玛瑙石、矾石、白瓷、紫砂的水盘来装置,并且也与盆景一样,适当地配以小树和石湾制的陶质人物、茅亭、船只、屋宇等等,瞧上去便更觉生动。这一批水石盘供,曾一度展出于拙政园,取毛主席沁园春词名句"江山如此多娇"作为总题,曾博得观众不少的好评。

　　盆栽、盆景要供在几案上给人观赏,有几个必要条件:一则本身要求其富有诗情画意;二则所用的盆盎要求其古雅,并且大小要配合得当;三则盆盎下必须衬以几座,或红木、枣木、楠木,或黄杨、紫檀、紫竹,或天然树根所制,大小方圆,也要与盆盎互相配合;四则陈列时必须前后错综,高低参差;切忌成双作对,左右并列,如从前公庭上衙役站班一样(倘系盆植,而供在大厅或廊下成对的高花几上的,又当作为别论)。至于所用几案,自以红木、楠木、紫檀、花梨木或紫竹等所制而作古式的,最为得当。每一几每一案上,陈列三件至五件已足,而前后高低与色彩,都须好好配置。于盆栽、盆景之外,偶然配上一瓶花,或一座石供,或一盆菖蒲,亦无不可。石供无论灵璧、昆石或英石,无论横峰或竖峰,总须与盆栽、盆景相配;要是一个低矮的长方盆的盆景,那就配上一座竖峰的石供,要是一个悬崖形的盆栽,供在高几上的,那就配上一座横峰的石供,放在下面,或者再供一盆菖蒲,作为陪衬。可是在展览会中,当然要陈列得多一些,每一几案上,不止三件五件,然而布置时也要错综参差,力避呆板才好。我家爱莲堂和紫罗兰庵里每一几案上所供的盆景、盆栽或瓶供、石供,往往超过三件、五件,那是因为我实在好像是在开着长期展览会,要使各方来宾多看一些,不得不如此。倘以家庭中日常陈设而论,还是少许胜于多许,太多是不适宜的。

　　盆栽、盆景所用的盆盎,自以宜兴旧制的砂盆为最上。无论紫砂、白砂、红砂、乌砂等等,无论方形、圆形、长方形、椭圆形等等,都须与盆栽、盆景的高低大小互相配称。往往因为盆盎运用不当,以致使所栽的树、所布的景,为之减色。盆盎除了大小方圆之外,更有深浅之分;大概大型的盆栽可多用深盆,中型小型的盆栽,可用较浅的盆。至于盆景,那就非用浅盆不可。因

为盆景中所用的树,并不高大,尽可种得浅一些,并且还有屋宇人物等点缀着,必须放在浅盆上才见得明显而突出。砂盆的好处,一则在于古雅,二则在于有排水的效能。釉盆和瓷盆虽也有古雅的,可是不易排水,只可作为盆植的套盆。因为盆植的花草,大多数是用粗泥盆种植的,套在釉盆、瓷盆中,可以增加美观。砂盆新制不及旧制,明代的砂盆多系粗砂和铁砂,很为古朴,宜于大型的盆栽。清初的砂盆,质地很细,花样繁多,除了素的以外,有刻着诗句和博古的,有刻着人物、花鸟和山水的,有浮雕的,有彩绘的,真是丰富多采。日本人盆栽很好,而盆子却做不好,因此在抗日战争以前,常出重价向上海古玩店中收买。我见祖国的艺术品源源不绝地被他们捆载而去,很觉痛心,所以节衣缩食,和他们竞买,总算搜罗到了不少精品。名家如萧韶明、陈文卿、钱炳文、陈贯栗、杨彭年等的作品,各有两三只,平时不肯常用,怕有损坏,每年不过在菊花时节和梅花时节或参加展览会时,偶然一用罢了。这些名家作品,盆底都有图章款识,还有许多虽无图章款识,而制作绝精的,可见旧时制盆专家之多了。水石所用的水盘,也宜浅不宜深,以白端石琢成的为第一,矾石和其他种别的石质次之,至于瓷质、陶质和陶质上釉的就差一些了。

　　抗日战争期间,我最初避地浙江的南浔和安徽的黟县山村,积习难忘,依然就地制作盆栽自遣。后因在《申报》馆工作关系,仍回到上海,苦闷之余,弄些小型的盆栽、盆景玩玩,聊以忘忧。那时日军尚未侵入租界,还当它是一片安乐土,由于友人的怂恿,去参加英国人组织有六十余年历史的中西莳花会,为了要在国际上出人头地,分外卖力;因此成绩很好,曾连得两次总锦标杯,一次特种锦标杯。最初西方的士女们见了我的出品,大加赞赏,以为是出于日本人之手,彼此议论着;我在旁听得了,很觉难堪,立时挺身而出,说这是我的出品,而我是一个中国人。他们即忙向我道歉,又热情地赞美了一番,以后就刮目相看了。当时我曾做了八首诗登在《申报》上,内中有三首就是向他们西方人夸大的:

　　　　奇葩烂漫出苏州,冠冕群芳第一流;合让黄花居首席,纷红骇绿尽低头。

　　　　占得鳌头一笑呵,吴宫花草自娥娥;要他海外虬髯客,刮目相看郭橐驼。

百劫余生路未穷,灌园习静爱芳丛;愿君休薄闲花草,万国衣冠拜下风。

原来我有一种出于自然的爱国思想,以为国家正在岌岌欲危之际,我们中国人无论什么事,只要能在国际上争一口气,也是好的;所以我在西方人跟前夸大一下,未为不可。

　　兵连祸结,寇患益深,我坐困上海,欲归苏州故园而不得;而儿子铮恰从南通农学院学完了园艺出来,一时无事可做,就和他合作,辟香雪园于西区黄家库,出卖盆栽、盆景,补助生活费用的不足。我曾有七律一首寄慨云:

　　西眺苏台不见家,更从何处课桑麻?燕来莺去流光换,地暗天昏望眼赊;敦品无惭彭泽菊,治生未种邵平瓜;剧怜臣朔饥难疗,日向江头学卖花。

一时文艺界的朋友们,纷纷赠诗赠文,赠联赠画,给我们不少鼓励。我最爱邓散木兄一联云:

　　个中小寄闲情;待移来五岳精灵,供之几席。

　　此处已非故国;且分取南冠洟涕,洒向花枝。

下联十分沉痛,正道着了我的心事。香雪园开幕以后,生涯不恶,我们还创作了许多小型盆景,陈列在南京路新雅酒家的橱窗中。中外士女,都来参观选购,这使我们父子俩很为兴奋。

　　胜利以后,我回到苏州的故园,收拾残余,还是楚楚可观。"含英社"的朋友们,有的已去世了,盆栽都已散失;仍还健在的若干位,也因遭了大劫,心灰意懒,不再玩盆栽了。只有观前荣芳园的朱子安兄,因以此为业,仍有不少上好的盆栽,前年已让与苏州市园林管理处,陈列于拙政园西部,加上了园中原有的许多盆栽,蔚为大观。今春由我推荐他参加园林工作,担负了管理盆栽的责任,成绩优异,不同凡俗。朱兄是苏州现在仅有的盆栽专家,剪裁攀扎,技术特工,任何平凡的盆树,一经他的手,就能化腐朽为神奇,不论内家外家,一致称许。至于我呢,总觉得自己艺术上的修养实在不够,还须多多接近大自然，钻研画理，以求一步步精进，达到真善美的境界，创作更多更好的作品，以供国内外人士的观赏。

一九五八年八月周瘦鹃记于花延年阁

（上海文化出版社 1957 年 6 月初版）

684

为展览会准备

我一次次地参加各种展览会,虽获得了一次次的好评,享受了一时间的荣誉,然而也付出了心力上的相当的代价,不是轻易得来的。当我接受了邀请参加的时候,须得做多则一星期少则三四天的准备工作,先要动动脑筋,想定拿那些东西去参加,于是从那几百盆的盆栽盆景中去挑选出来,初选之后,还要复选,将枝叶不茂精神稍差的重行换过;然后整理盆面,或加些新的细泥,或补些细的青苔,再带上一些细叶的杂草,一面作整姿的工作,枝叶要修剪的一一修剪,要删去的一一删去,要扎缚的就得用棕丝来扎缚,有的盆栽必须加上一块英石或一条石笋;盆景中一块不够,还须加三四块五六块,石的大小高低,必须选择得当,安放的位置必须避免对称和呆板,以合乎诗情画意为上乘。除此之外,再得安放一两个广东制作的小型人物,以及亭塔茅屋船只或鹤鹿牛马等等,大小远近又须和主体的树身作比例,太大太小都是不合条件的。这整个的盆栽盆景整理完毕之后,又须照盆子的类型,配上一个合适的座子,或是红木制的,或是紫檀制的,或是黄杨的树根制的,以壮观瞻;这些座子,又须上蜡拂拭,瞧上去才觉焕然一新。做完了这几种工作,又得动脑筋题上一个含有诗意的名字,再准备了各色虎皮笺或洒金笺等请名家书写,或正或草,或隶或篆,蒋吟秋、林伯希两位老友,是经常替我效劳的。

就是瓜果和瓶花,也一样的要做准备工作,每一个北瓜,必须看它的颜色,配上一个色调相称的盆子,或方或圆或长方或椭圆,不必固定,然后铺以石粉,如有余地,再用葫芦灵芝或拳石作陪衬。瓶花除了用各种磁瓶陶樽外,也可用磁质或石质的水盘,色彩必须与花的颜色相和谐,花以三朵五朵为宜,避免双数,高低疏密必须注意,再配上绿叶一二枝,位置也须适当。水盘插花,日本人最为擅长,必须利用铅质或铜质的花插,使花枝固定不致动摇,然后用拳石或书带草等掩蔽,勿露痕迹。花枝多少不论,种类则不宜太多,二三种已足,更须注意到疏密与高低,万不可杂乱无章。这许多东西逐一准备妥贴之后,便在几案或橱架上先行陈列起来,看了盆子的高低大小,作适当的安放,总须费好一番手脚,方始决定;然后照样画了草图,以供会场上陈列时对照之用。看了这种种准备工作,就可知道我参加展览的煞费苦心了。

　　至于我的家里，更好似一年到头天天不断地在举行展览会，爱莲堂、紫罗兰庵、寒香阁、且住等四间屋以及一个曲尺形的廊下，一共陈列着几十盆大小不等的盆栽和盆景，再加以瓶花，经常地更换，以新眼界。每天傍晚，必须逐一移放到庭前去，好吸收一夜露水，使它们的精神饱满起来；倘在菊花和梅花时节，花正开得好好的，夜半如下大雨刮大风，我还得起床搬移，使花朵不受风雨摧残。每天黎明即起，第一个工作就是将这几十件盆供瓶供一一搬回屋内和廊下，安放在原来的位置上，这一天两次的刻板工作，正如古时陶侃运甓一般，也足以活动肢体，不必再打太极拳作广播体操了。为了我这一年不断的展览会，就弄得一年不断的门庭如市，北至哈尔滨、松江省，西至新疆、四川，南至广西、广东，东至福建、山东，中部如湖南、湖北和河南，都有贵宾光降，甚至朝鲜前线来的志愿军首长，也做了我的座上客，真使我受宠若惊咧。

　　　　　　　　（选自《花木丛中》1981 年 4 月金陵书画社第 1 版）

一年无事为花忙

　　园中的花树果树,按时按节乖乖地开花结果,除了果树根上一年施肥一次外,并不需要多大的照顾;我的最大的包袱,却是那五六百盆大型、中型、小型、最小型的盆景盆栽,一年无事为花忙,倒也罢了;可是即使有事,也得分身为它忙着。春季忙于翻盆,夏季忙于浇水,秋季忙于修剪,冬季忙于埋藏,这是指其荦荦大者;至于施肥和其他零星工作,可没有一定,像我这样的花迷花痴,没有事也得找些事出来,天天总想创作一两个盆景,以供大众欣赏,那更忙得喘不过气来了。

　　至于上面所说的四季的工作,也不是固定的;譬如春季翻盆,秋季冬季也可翻盆,不过我却是在春季格外忙一些,因为有好几十盆大大小小的梅桩,在开过了花之后,必须一一剪去枝条,由瓷盆或紫砂细盆中翻入瓦盆培养,换上新泥,施以肥料,忙得不可开交;记得解放以前曾有过四首七绝咏其事:

　　　　不事公卿不辱身,脩然物外葆天真;
　　　　长年甘作花奴隶,先为梅花忙一春。
　　　　或像螭蟠或虎蹲,陆离光怪古梅根;
　　　　华堂经月尊彝供,返璞还真老瓦盆。
　　　　删却枝条随换土,瓦盆培养莫相轻;
　　　　残英沾袖余香在,似有依依惜别情。
　　　　养花辛苦有谁知,雨雨风风要护持;
　　　　但愿来春春意足,瑶花重见缀琼枝。

　　这四首诗,确是实录。此外还有别的许多盆树,倘见有不健康的模样,也须逐一翻盆,所以春季翻盆工作是够忙的了。浇水原不限于夏季,春秋以至冬季都须浇水;只因夏季赤日当空,盆土容易晒干,尤以浅盆为甚,甚至一天浇一次还嫌不够,要浇两次、三次之多。试想浇五六百盆要汲多少水?要费多少手脚?所以夏季浇水,实在是主要的工作,而也是最繁重最累人的工作。若是春秋两季,阳光较弱,不一定天天要浇;冬季更为省力,只须挑盆面发白的浇一下好了。

修剪工作以春秋两季最为相宜，我却于暮秋叶落之际，忙于修剪；或则延至来春萌芽之前动手，亦无不可，但我生性急躁，总是当年就跃跃欲试了。到了冬季，花木大都入于睡眠状态，似乎不须再忙；但是第一要着，得赶快做保卫工作，以防寒流的突然袭来，抵抗力较弱的盆树，一经冰冻，就有致命的危险。

记得一九五二年初冬，有一天寒流忽如飞将军之从天而降，单单在一夜之间，田间菜蔬全都冻坏，我也没有防到初冬会这样的寒冷，所有盆树全未埋藏，以致损失了好几十盆。中如枯干的绣球，老本的丁香，都是只此一家，并无分出的，不幸都作了惨烈的牺牲；甚至抵抗力素称强大的枸杞、迎春、石榴等等，以及生长山野中从不畏寒的山枫老干，也有好多本被寒流杀死了。

我痛定思痛，至今还惋惜着这无可弥补的损失。所以去冬绸缪未雨，一过立冬，就忙着把较小的盆树尽先收藏到面南的小屋中去，然后将大型的盆树，连盆埋在地下，以免寒流袭来时措手不及。这一个赶做埋藏工作的时期，也是够忙的；并且我家缺少劳动力，中型、小型的盆树，我自己还可亲自动手移放，而大型的盆树有重至一二百斤的，那就非请人家帮忙不可了。可是我这一年四季的忙，也不是白忙的，忙里所得的报酬，是好花时餍馋眼，嘉果常快朵颐，并且博得了近悦远来的宾客们的赞誉。

（选自《花木丛中》1981 年 4 月金陵书画社第 1 版）

我家的小菊展

瑛儿:

这真使我多么的高兴啊! 上一封信报道了今秋在苏、沪、锡三市菊花会中赏菊的情况,战地黄花分外香,不但是陶醉了我,分明也陶醉了你,因此一接到我的信,你就十万火急地写回信来了。信中拉拉杂杂地说了许多话,而最使我兴奋的是这样几句"明年此时,父亲希望我回来看看故乡的菊花,故园的菊花,如有可能我一定要回来伴您老人家持螯赏菊的。"可不是吗? 你原是在故园中成长起来的。在我从上海移家来苏之后,总是年年种菊花,在你出嫁之前,也总是年年看菊花,故园的菊花,当然给你心头眼底留下了一个深刻的印象。你总还记得我们起居的凤来仪室北壁上,至今挂你老祖母五十余岁时的遗像,也是笑吟吟地坐在菊花丛中的。她老人家生前挺爱菊花,可惜我现在只能年年看到菊花的佳色,再也不能看到她老人家的笑脸了。

你问起今秋我家菊花的情况,我可以告诉你,常年老例,各地菊花会全都结束了,而我家的小菊展仍在继续下去,因此节令虽已过了冬至,嘉宾们近到远来,还要看看晚节黄花,歌颂一番哩。瑛儿,你已好几年没有看到故园的菊花了,现在且把你那双大眼睛跟着我的笔尖,来参观我的小菊展吧! 好在地盘不大,只有爱莲堂、紫罗兰庵、寒香阁、且住四个所在,你的眼睛是不会感到劳累的。

爱莲堂是我家的心脏,各种名菊,多半集中在这里。那最高处的长台上,有两只彩瓷方盆分成两端,种着两株粉红色的小菊花。下临供桌,两端有两株蟹爪形的紫菊,分栽在两只蓝地插金的方瓷盆中。紧接着这供桌的是一前一后的两张八仙桌,高低错综地陈列着十多盆名菊。高高地上供在一只枣木树根几上的,是花篮形大红袍陶盘中种着的一株松间明月,花瓣细如松针,花心好像一轮明月。下面是翡翠色六角形瓷盘种着的一株八宝珠环,粉红色的花瓣,包围着一个个珠环似的淡绿色花心,娇艳得很。它的前面是一株五朵花的"紫玉盘",种在一只清代嘉、道间名家杨彭年手制的八角形浅黄色陶盘中,深紫色的花瓣形成一格,恰象盘子模样,于是美其名为"紫玉盘"。它的近邻,有一只深黄色的瓷匜,种着两株矮矮的绿衣红裳,三朵已开足，一朵含苞未放，红色的花瓣，衬托着绿色的花心，自觉富丽堂皇，远看倒像是初放的异种牡丹。和这一盆两相贴接的，是一株短小精悍的"黄波斯"，花朵很小，而色黄似蜡，种在一只白地青花的小长方盆中，相得益彰。

为了要打破布局的公式化，就在中心点上作了个小小变化，不供菊花，而供了一只雕瓷的莲花形浅盆，盛着一块海南岛海滩上拾来的奇石，伴以小葫芦和几个紫色的灵芝，在菊花丛中很为突出。石旁又有一件新作品，就是读了名作"红岩"后的收获，在一只海棠花形的白石盆中安放着一块红色的横峰，居中种上一株苍翠的小柏，想象到书中英雄齐晓轩，舍生掩护战友时，就是挺立在这株柏树下的。他那种雄姿壮概，真使人心向往之。

在这"红岩"盆景的前面，有一只红木的长方小矮几，安放着一高一低两只青花瓷瓶，插着红色和白色的小菊花，那两朵桃红色的"帘外桃花"配着三枝带叶的枸杞子，就是包含着"杞菊延年"的意思。"红岩"的后面，有一只式样很特别的浅蓝色年窑扁圆形瓷盆，种上一株粉霞色的"织女"，三朵娇滴滴地，自有一种女性的媚态。它的贴邻的一盆，却又打破了常规，用一株浅紫色的小菊花，分头扎在一个枯了的老树桩上，好像从古木上开出好几十朵花朵，自觉别开生面。左面的部分高居在上的，是一只秦代铜器三元鼎，插着一根老干的丝兰，欹斜作态，梢上抽出三簇利箭一般的绿叶，我更在老干后面配上五朵火黄色的大菊花，就添上耀眼的色彩。在这三元鼎的下面，前后安放着三盆名菊：一盆是绿心细白瓣的绿窗纱影，一盆是配着一枝金镶碧玉竹的黄菊"电掣金蛇"，一盆是娇小玲珑的嫣红丁香菊。单是借重这些盆景作为清供，似乎已是尽够热闹了，可是在这爱莲堂前后左右的几个几上、琴桌上和矮几上，还是三三两两地陈列着大小名菊：有"二乔"、"梨香菊"、"懒梳妆"、"金缕衣"、"浣纱女"、"绿金带"、"风飘雪浪"、"十丈珠帘"等好几个品种，满堂秋色，相映成趣，可就形成了一个菊花的小天下。

瑛儿，你在爱莲堂上赏菊后，就跟着我走出那窗肚上嵌着黄杨雕刻全部《西厢记》的红木长窗，到了廊下，窗前有一大盆百年老干鸟不宿，结满了一颗颗鲜艳的红子，十多年来年年在这时节，总要殷勤地来作菊花的良伴的。沿着廊缓步向右转，可以在好多盆常绿的松柏盆景中间看到疏疏落落的大小菊花，也可以看到一盆又一盆有丘有壑的山水盆景，于是不知不觉地走进了那作为书室的紫罗兰庵，再从这里转到那作为餐室的"寒香阁"和作为客座的"且住"，这三处是嘉宾必到的所在，当然也少不了菊花的点缀，用各色各样的陶盆，瓷盆，铜盆、砖盆，种上大大小小形形色色的菊花，名种如"秋江"、"墨荷"、"凤尾"、"麒麟阁"、"云中骄凤"、"玉手调脂"、"嫦娥奔月"、"飞

690

燕新妆"、"秋光夜月"、"四海飘香"、"金钩挂月"、"红衣金钩"、"金波涌翠"、"夕阳古寺"、"金桃花线"等等,此外就是那些五色缤纷的小菊花了。

我的盆菊都取自然的姿态,不像人家菊花会中的一般盆菊,枝枝都用竹子支撑扎得齐齐整整地待在那里。瑛儿,我以为菊花的姿态,应该在可能范围内听其自然,好像是生在墙边篱角一样,这才符合它那清高的品格,而不同凡卉了。可是上了盆要它好看,也不能一味的听其自然,还须像处理盆景中的树桩似的,进行艺术加工。用棕丝、细铅丝、细竹子等给它整姿,花至少二朵,最好是三朵或五朵,再配上了一块拳石或一根石笋,或一条槎枒的枯木,或适当地和松、竹、枸等种在一起,那就更觉得富有诗意了。

我的小菊展,年年总要千方百计地延长下去,有的还要迎接春节的来临,而和梅花相见。正如女诗人汤国梨先生赠我的诗中所说的"一枝和雪伴梅花"哩。

瑛儿,你看了我这张纸上的小菊展,如果不能过瘾,那么明年菊花时节,何妨和你的爱人、你的孩子联袂归来,我和孩子们一定兴奋地扫径以待,三径黄花也一定热烈地欢迎你们! 由秋而冬,一直开到明春。这一个月来,我老是兢兢业业地伺候着那几十盆大小菊花不敢松劲,曾在朋友们跟前说过豪语:看我向时间老人挑战,一定要让菊花跨过一九六二年的年关,迎接新的一九六三年。

(选自香港《文汇报》1963 年 2 月 20 日第 6 版"姑苏书简"专栏)

梅花时节话梅花

瑛儿：

真高兴，这一次你的回信来得特别快，多分也是为了春节第七天上周总理光临我家而感到兴奋吧？你信中说，当年你们住在印尼雅加达的时候，周总理因出席万隆会议而远迢迢地亲临万隆，散居在印尼各地的爱国侨胞，都赶到万隆去欢迎，你们一家也并不例外。至于万隆当地的侨胞，更有万人空巷之盛，都以一见总理为莫大的幸福。有的人因在人山人海中挤不上去看不到总理全貌，那么就是看到一个鼻子或一双眼睛也是好的。你说当年的情景，记忆犹新，却不料今年春节，总理竟会光临我家，这真是一件三生有幸的大喜事！你虽身在异乡，不能亲自见一见面，握一握手，但是也仿佛分享到一份幸福了。瑛儿，你的话说得一些儿也不错，我的幸福实在太大了，不敢独享，不但是分一份给你，还要分给我家的许多亲友哩。

你真细心，又谈到了献花问题，你说家园里有好多株红梅、白梅和其他种类的梅树，怎说没有鲜花而要在盆景上打主意呢？不错，园子里原有好多株梅树，至今还有九个种类，如果把这傲雪争春象征我国民族性的梅花献给总理，自是合适不过的。可是春节时间，梅花虽已含苞，但还没有开放，直到农历二月初才陆陆续续地开起来了。近年不知怎的，梅花也像《珍珠塔》弹词中陈翠娥小姐下堂楼一样，姗姗来迟，总要挨延到惊蛰节边，才开得蓬蓬勃勃的，可算是梅花时节了。

苏州的盆梅，几乎集中在拙政园，大大小小，共有二三百盆之多，云蒸霞蔚似的蔚为大观。今年春节，因为广州市文化公园之邀，破题儿第一遭离乡背井，不远千里到南方去作客，挑选了精品五十多盆，专人护送前去。事先我被邀参加挑选的任务，并且给题了十个名签，其中有一盆老干绿萼梅，我用清代诗人舒铁云的诗句"情谁管领春消息，只有阊门萼绿华"十四字题上去，自以为最满意，因为阊门是苏州最著名的城门，这么一想，可就把苏州梅花点出来了。同时他们又要我写一篇短文，给苏州梅花介绍一下。古人曾说"水陆草木之花，香而可爱者甚众，梅花独先天下而春，故首及之。"先天下而春，就是梅花的可爱与可贵处。此外又有人说："梅具四德，初生为元，开花如亨，结子为利，成熟为贞。"而梅花五瓣，又是五福的象征，一是快乐，二是幸福,三是长寿,四是顺利,五是我们所最最想望的和平。况且有的梅花,不怕寒冷,还能在冰天雪地中开放,正可象征我国强劲耐苦的民族性。由于这些原因,我国人民自古以来就是爱好梅花的。尤其我们苏州人对于梅花似乎有特殊的爱好,由来已久。苏州市西面靠近太湖的邓尉山马驾山一带,号称"香雪海",是一个观赏梅花的好去处。去年梅花时节,东西南北有人来,都是被那香雪丛丛的梅花吸引来的。苏州的盆景多种多样,可说是十色五光,丰富多彩,而老干枯干的梅桩却处于主要地位,如果有其他多种多样的盆景而没有梅桩,认为是一个莫大的缺点。梅桩的产地就在"香雪海"一带,花农们把姿态较好的整株老梅树,从地上连根掘起,截去树身的大半部,保留枯干部分,然后上盆培养,一二年后才觉楚楚可观。本地区和全国各地的园林和园艺爱好者,纷纷前去选购,流传极广,供不应求。因为梅桩不同于一般的花木,不是短期可以生产出来的。这次苏州市应邀前来展出的梅桩,多半是"香雪海"一带的产物,树龄少则二三十年,多则一二百年,品种有绿萼、有硃砂、有玉蝶、有宫粉、有透骨红,有单瓣的红梅、白梅,也有来自日本鹿儿岛而嫁接在野梅上的墨梅,老干虬枝,自成馨逸。就中有少数劈梅,以整株老梅对劈而成,可以成双作对,有如孪生的兄弟姐妹,这是"香雪海"花农们的传统风俗,未能免俗,聊备一格而已。附呈小诗一首,藉博一粲:"红苞绿萼锦成堆,盆里群梅着意栽,为向羊城贺春节,遥从香雪海边来。"

当这几十盆梅桩起运的时候,眼见树树含苞,连一朵花也没有开放,广州毕竟是得天独厚,四时皆春,据说一到春节在文化公园展出时,就烂烂漫漫地开了起来。前后半个月,天天吸引了千千万万的观众,都被那暗香疏影陶醉了,报纸上也给以很高的评价,说是"一树梅花一树诗,一个盆景一幅画,这么多的诗,这么多的画,就够你徜徉吟味的了"。瑛儿,你寄居海外,已好几年没有看到故乡的梅花了,如果知道广州有这样一个苏州梅景,也许要就近赶去看一看;看了之后,也许会想到苏州家园中的老父,也正对着梅丘、梅屋下的绿萼红苞,不住地徜徉吟味呢。

今年我家的盆梅,开了花的只有十多盆,春节期间花多未开放,还是在二月初逐渐开放的。网师园春节盆景展览会,我展出了十八件,内中二件是梅桩,聊作点缀,那盆"林和靖妻梅子鹤",用一只青陶的浅盆,种着一株二尺多高的宫粉梅,花已开得很好,那是在公园的温室中催开的。梅下安放着一高一低两块楚楚有致的英石,再配上一个石湾陶制的白衣人像,一手抱着琴,似乎要到梅树下去奏一曲《梅花三弄》。这就作为我想象中的高士林和靖,旁边有两只铅质的丹顶白鹤,一俯一仰,那就是他老人家的鹤子了。另

一盆是"孟浩然踏雪寻梅",在一只紫陶的长方形浅盆里,种一株枯干的宫粉梅,因为未进温室,只开了二三朵花,其他都是花蕾。树身欹斜作势,老气横秋,真所谓暗香浮动,疏影横斜。我在干上、枝条上和土面上、石块上,都洒了一些石粉,借此代雪;盆的一角,安放一个戴着风帽披着斗篷的彩陶老叟造像,就作为我想象中的诗人孟浩然了。

瑛儿,提起我家的盆梅,让我来给你说一个笑话。记得十年以前,有人在外宣传说我得了一件活宝,十分珍贵,是一头高寿一百多岁而会跳舞的仙鹤。于是有好多位好奇的人士,先后大驾光临,说是要看看仙鹤跳舞,开开眼界,一时间可把我闹糊涂了。心想我的园子里从来没有养过鹤,更那里会有会跳舞的仙鹤呢?转念一想,才恍然大悟,原来是苏州已故名画师顾鹤逸先生当年手植的一株百年老绿梅桩,他的令子公硕兄因我爱梅,割爱见赠,我因它的枯干形如一鹤,开花时好象展翅起舞,就给它起了个雅号,叫做"鹤舞"。因此之故,就以误传误地传了开去,以为我得了一件活宝了。十年以来,这一株老绿梅在我的园子里安家落户,我真得当它像活宝一般爱护着。老也老而弥健,一年年的欣欣向荣,开出花来不多也不少,恰到好处。它那种绿沉沉的颜色,淡至欲无,越显得清高绝俗。今春农历二月初,它又乖乖地开花了,我看它开到五六分时,就移植到一只乾隆窑竹节蓝瓷大圆盆中,供在爱莲堂上,给嘉宾们共同欣赏。可巧《人民画报》摄影师来,一见倾心,就把它的绝世之姿收入了镜头。

今年真巧得很,惊蛰节和花期只相差一天,来了个碰头会,料知"香雪海"千树万树的梅花,定又满山满谷地怒放起来。两年阔别,时切时思,为了腰脚欠健,未能前去探看,大呼负负。瑛儿,你总还记得,我家梅丘一带也有几株白梅,满开的皑皑一白,曾有人称之为"小香雪海"。我以为这个美称愧不敢当,还是叫它"香雪溪"吧。今年我既无缘探梅"香雪海",那只得借这"香雪溪"来杀杀馋了。

(选自香港《文汇报》1963 年 3 月 31 日第 6 版"姑苏书简"专栏)

诗情画意上盆来

瑛儿：

我爱好盆景，已有三十年的历史，你可以算是一个亲眼目睹的见证人，说得夸张一些，你还是在盆景堆里长大起来的。这些年来，我曾写过不少有关盆景的文章，发表于人民日报、光明日报、新民报和其他各种报刊上，甚至俄文的《人民中国》，英文的《中国建设》，也要我给他们写了文章，译成俄文、英文发表，并且刊登了盆景的照片，以至引起国外读者的注意，从几个不同的国家来了好几封信，问这问那，有的还向我索取树苗和花种哩。这么一来，大家认为我是一个盆景的专家，不断的来信要我写文章谈盆景。可是我写来写去，总是这么一套。在上海人口中说来，这叫做"炒冷饭"，我实在有些厌了。

今天我写这封信给你，却要炒一炒冷饭，和你谈谈盆景了，为什么呢？因为这一个星期日——四月二十一日，有一件十分兴奋的事落在我的身上，原来中央广播电台派了两位年轻朋友，远迢迢地从北京赶到苏州，要我作一个有关盆景的报道，给我录了音，以便回去译成几国的语言，广播到国外去，那么我虽不能周游列国，而我的声音却能代表我到海外去作壮游了。这在我的生命史上是破题儿第一遭，觉得好玩得很。大约经过了十五分钟的时间，录下了三段，就算完成了任务，其余的几段，那要用文字来表达了。当下他们把录音立即放给我听。说也奇怪，听那声音很觉陌生，到像不是从我口中发出来的，而你的妹妹们和继母听了，都说并不觉得异样，明明是我的声音，这可就使我莫明其妙了。

瑛儿，在家时候，虽曾天天看我的盆景，但我料知你对于盆景的一切，却是并不了解的。现在趁我在兴奋的时候，和你谈谈；那么你就可明白我三十年来为什么爱好盆景的原因了。

我国的盆景，古已有之，我曾经考据过，足有一千年以上的历史，自唐代以至宋、元、明、清，几乎没有一个朝代没有盆景，就在民国时代，也还一脉相承而有所进展了。到了解放以后，那才蓬蓬勃勃如火如荼地发展起来。

你如果是一个人，你如果有一双眼睛，不管是男是女是老是少，可说是没有一个不爱美的。凡是花草树木，都有它的一种美的形象，看在人们眼里，就引起了心中的爱好。花草树木种在地上，自有它的一种自然美，可是种到了盆子里去，经过了艺术加工，那就于自然美外，增加了人工的美，达到了"诗情画意上盆来"的最高境界。

一般人看了一般花草树木种在盆子里的，就不管三七二十一，笼统地称之为盆景，其实我们心目中的盆景并不如此，一定要挑选那种老干枯干矮矮的树木，用人工来修剪了它的枝条，美化了它的姿态，才能作为盆景。至于一般花草树木，譬如兰、蕙、菊、月季、山茶、菖蒲、万年青、吉祥草等，并没有经过艺术加工而随随便便地种在盆子里的，那只能称为盆花、盆草和盆树，决不能作盆景来看待。要知盆景的每一株树，就是山野间老树的缩影，把大自然的美浓缩到一个小小的盆子里去。这种树必须随时修剪整姿，不使它长得太长太野，抑制它的发育，如果是枯干虬枝，那就更饶古意，可以算得上是一件盆景中的艺术品了。凡是这种在盆子里的老干或枯干的树木，我称之为简单化的盆景。除了把树木作为主体外，还要适当地配以若干个大小不等的石块或石笋，和广东省石湾镇制作的陶质屋宇、亭榭、桥、塔、船只和人物等，作为点缀，大小高矮，都要和树干、树叶作比例，以正确为目标；一切布局，都要像画家作画一样独运匠心，那么这一个盆景，就等于是一幅活色生香的立体的画了。

我盆景中的老树，有好多株已经享寿一二百年以上，并且有的还能开花结实，老当益壮。有的老干脱皮露骨，绿油油地长满了苔藓，有的主干已经中空，形成了一个岩洞的窟窿。人们看了都啧啧称怪，以为像这样一二百岁的老树，怎么能在盆子里活着，并且生命力还是很强呢？人为万物之灵，而跟它们的寿命比起来，可要自愧不如哩。至于那些树龄数十年和一二十年的，那是太多了，不足为奇。我对于那些老干枯干的树木特别重视，以为这是自然界的"老寿星"，一年年在风霜雨雪中奋斗过来，好不容易；因此用多种多样的古旧陶盆来栽种着，古香古色，相得益彰。此外我对于复杂化的盆景和山水盆景，也有特殊的爱好，恨不得每天都有一种新作品，因为这也像画家作画，可以多多地表现自己艺术上的技巧的。这两种盆景，一方面是自出心裁的创作，一方面是取法乎上，仿照古今人的名画来做，求其有诗情，有画意。例如明代沈石田的"鹤听琴图"，唐伯虎的"蕉石图"，近代齐白石的"独树庵图"等。也有参考近人摄影来做的，例如延安的"宝塔山"一角、"珠穆朗玛峰"一角等。我曾取毛主席《沁园春》词名句"江山如此多娇"作为总题。当我做这些山水盆景时，总有一个愿望，就是在一个小小的浅浅的盆子里，表现祖国的锦绣河山。这是多么的伟大，多么美丽！

凡是制作盆景的高手，必须胸有丘壑，腹有诗书，对于种树栽花，要有丰富的知识和经验。春秋佳日，要经常地出外游山玩水，从岩壑、溪滩、田野、村落以及崇山峻岭之间，像觅宝似的去寻觅奇树怪石，充分地利用或改造，以作制作盆景的好材料。只要你随时随地多多留意，眼明手快，不肯轻轻放过，那么一定会有很大收获的。平时还要经常地观摩古今名画，以供参考，挑选合适的构图，用作盆景的范本，这比凭自己的想象力没根没据地空想出来的，可高明得多。你要是有一个既饶画意又富诗情的好盆景，用作明窗净几间的清供，给你朝夕观赏，就会不知不觉地把一切烦虑、疲劳，全都忘却，仿佛飘飘然置身于大自然的怀抱里，作卧游，作神游，真的是心上莲花朵朵开了。

　　我因爱好花木而进一步爱好盆景，简直达到了热恋和着迷的地步，以盆景为好朋友，为亲骨肉，真有"不可一日无此君"之感。早年在上海忙于文艺工作，整日地孜孜兀兀，作文字劳工，费了不少心力。可是，一放下笔，就以培植花木为消遣，为娱乐，为锻炼身体的工具。不过那时只有庭而没有园，还是英雄无用武之地；直到一九三五年以历年卖文所得，在故乡苏州买到了一些园地之后，这才招兵买马似的大发展起来。先在本城各园圃中百方搜求盆景，更和园工老张一同到山野中去挖掘树桩，自行培育。于是日积月累，愈聚愈多，除了在抗日战争中给日寇盗去一小部分之外，到现在大型、中型、小型和最小的作品，共有五六百盆之多。在一九三九年、一九四〇年间四次参加上海中西莳花会的展出，曾有三次获得总锦标杯，在国际扬眉吐气，不亦快哉！我当时曾得意洋洋地写了几首诗，中如："奇葩烂漫出苏州，冠冕群芳第一流；合让黄花居首席，粉红骇绿尽低头。""占得鳌头一笑呵，吴宫花草自娥娥；要他海外虬髯客，刮目相看郭橐驼。""劫后余生路未穷，灌园习静爱芳丛；愿君休薄闲花草，万国衣冠拜下风。"瑛儿，你知道我平时不论对文艺对园艺都很虚心，但这三首诗却骄气逼人，那是为那些一向瞧不起我们中国人的碧眼儿而发，借此表达我这狭隘的爱国主义精神的。

　　解放以来，我的盆景倒像交了运，居然引起广大群众的注意，先后刊行了彩色小画片，拍摄了彩色电影纪录片，一再在本市和南京、上海园林中展览，也曾到过北京迎宾馆，今年国庆节，将应邀在广州市文化公园展出。一年四季，我的园地上，参观的来宾络绎不绝，我的文章未能为工农兵服务，而我的盆景倒真的为工农兵服务了，甚至有二十个国家的贵宾，先后光临，给予太高的评价，尤其觉得荣幸的，国家领导人如董必武副主席，周恩来总理和夫人，陈毅、陆定一、李先念、薄一波、谭震林、乌兰夫六位副总理，班禅副委员长一家以及刘伯承、叶剑英元帅等，也纷纷登门观赏，蓬荜生辉。叶元

帅先后来了三次,更为难得,曾在我那"嘉宾题名录"上题句道:"三到苏州三拜访,周园盆景更新妍。"我于受宠若惊之下,赋诗答谢道:"元戎三度降云轳,花笑鸟歌大有年;不是寒家盆景好,江南风物本清妍。"真的,我的盆景卑卑不足道,这首诗实在是说的老实话。

　　瑛儿,一提起盆景,我的话就多了。你可不要厌烦,就当作回到阔别多年的家园来,看一下那几百盆光怪陆离的盆景吧!

　　　　　　　　　　(选自香港《文汇报》1963 年 5 月 10 日第 6 版"姑苏书简"专栏)

盆景上银幕

这真是梦想不到的事！我的一些花花草草的盆景，居然摄制电影，映上银幕了。记得是一九五八年暮春三月，上海科学教育电影制片厂派了两位工作同志来到苏州，参观我那上千盆大大小小的盆景，随即跟我商量摄制电影的问题。我一时真有受宠若惊之感；当下只是唯唯诺诺，不知怎样表达我一片感激的心情！过了大约一个月的光景，科影又派了一位编剧同志来，把彩色纪录片《盆景》的剧本初稿送给我看。这可又使我怔住了。我想拍摄盆景，等于拍摄活动的照片，又没有什么悲欢离合的情节，干么要个剧本呢？到得翻开来看了几页，这才觉得大有学问，所有前后布局，都细细致致清清楚楚地给编排好了。内中有诗情，有画意，形成了一个文学和艺术的结晶体。

到了开工拍摄的那天，科影来了八位工作同志，有导演，有摄影师，有美工……真是众人拾柴火焰高，不过一天工夫，我那一座小小爱莲堂变做了一个临时摄影场。所有几案椅凳、字画镜框几乎搬运一空，走廊的檐下，张了一块挺大的浅蓝色幕布，好多架几千支光的水银灯都亮了起来，照耀得如同白昼一样。那股强大的热力，透过了胸腔，直热到我的心窝里。导演兼摄影的费俊庠同志劲头真大，帮同大家做好了一切准备，于是就请"主角"登场露脸了。我跟花工老张先把一张琴桌和一座十景古董架，安放在一个适当的位置上，这才把早就挑选好了的十二个小盆景，一个个布置起来。内中有小松、小柏、小桁、小枫、小雀梅、小六月雪等，也还有两盆水石，配上了各式各样的几座。盆盎有陶质的，有瓷质的，也有石质的，色彩有红、有白、有蓝、有黄、有紫。盆景安放好之后，见有空间，还须加上一些小石供，作为点缀。把那些东西东挪西移，安放得四平八稳，色彩调和耀目。最后还觉得背景单调，要挂上一轴古画，才更见生色。于是我又忙着去打开画橱，挑选了清代内廷供奉的画师俞榕的一幅工笔山水，在十景架左旁挂了起来。这才听得费导演一声令下，所有两旁的水银灯全都开亮，照耀得我几乎睁不开眼。一会儿，摄影机察察有声地摇动了，那一架五光十色的十二个小盆景就收进了镜头。

像这样每拍一个镜头，前后要费二三小时工夫。我是个像《水浒传》里

"霹雳火秦明"似的急性子人,在旁边熬得心痒痒地,恨不得速战速决。其实要把工作做好,是不得不细致地下一番水磨工夫的。

如此一连四天,所有开花的大小十几个盆景都已上了镜头。后来又要拍摄我和拙政园的大型盆景,我那小小的爱莲堂,就真像螺蛳壳里做道场,实在不够人回旋了。于是来了个"乔迁之喜",把我那个大石盆中的"听松图"啊,百年老干的紫杜鹃啊,高寿二百年以上的"枯干老榆桩"啊,全都搬运到苏州新苏饭店的大礼堂,在那里完成了摄制工作。这部纪录片在银幕上与观众相见时,虽只短短的二十多分钟,科影的同志却付出了不少辛勤劳动的代价。而我因为贡献了自己一份小小力量,尤其是因为银幕上的盆景,经过电影艺术的加工而显得更有精神,更觉多采,因此也自有一种欣然自得之感。

一九六〇年初夏,我被邀出席在山海关外兴城县举行的全国花卉科学技术会议。开幕那天的晚会上,《盆景》纪录片一连放映了两遍,引起了不少代表的兴趣。远在一千六百多公里外,竟在银幕上瞧到家园的那些盆景,就象异乡客地见到亲生儿女一样,真的是心上莲花朵朵开了。

盆景本是我国一千多年来的传统艺术,原始于唐代,流行于明清两代以至民国,不过当时都是作为高斋清供,专给所谓士大夫欣赏的。直到解放以后,才经常供劳动大众欣赏了。近几年来,大家对盆景更有认识,以为可以丰富人民的日常生活,欣赏之下,心旷神怡。田汉同志曾在我的《嘉宾题名录》上写下他的感想。他说:"……使祖国特有的文化传统,高雅的生活趣味,普及到一般家庭,成为吾人所追求的美好生活的基调之一。"其实我的盆景艺术还是大大不够,不过表示我力争上游的干劲罢了。正如有一位领导同志说过:"不要以为盆景是小道,如果能为社会主义建设服务,就是做一个盆景也好。"这几句话,对我起了很大的鼓励作用。可不是吗?就在这三年之间,全国各地已有十七个省市的园艺工作者,专诚来苏州学习盆景的制作,他们的目的,也就是要为社会主义建设服务啊!

(选自《拈花集》)

盆盎纷陈些子景

　　盆盎纷陈些子景，裁红剪绿出新栽。一花一木都如画，装点河山好取材。

　　这是我最近为赞美盆景而作的一首诗。所谓"些子景"，是元代高僧韫上人对于盆景的别称，"些子"就是一些些，形容它的小，因此"些子景"三字，正象我们口头上说惯的"小景致"。

　　这些年来，我那几百个大大小小的盆景，曾吸引了国内外不少贵宾前来观赏，以为把那些二三十年以至一二百年的老干、枯干的树木，压缩在小小盆子里，居然欣欣向荣，是一个不可思议的奇迹，因此大加称许，真使我且感且愧！叶剑英同志年来曾三次光降苏州，也三次光降小园，在我那本《嘉宾题名录》上题了两句诗：

　　　　三到苏州三拜访，周园盆景更新妍。

他是个诗人，也爱好花木，似乎欣赏我那些平凡的盆景，才下了"更新妍"三字的评语。后来我就用他的"妍"字韵来赋诗答谢：

　　　　元戎三度降云轺，花笑鸟歌大有年。不是寒家盆景好，江南风物本清妍。

可不是吗？江南一带的风物本来是美丽的，而我们苏州水秀山明，更是得天独厚，到处见得绿油油、红喷喷，长满着奇花异草，嘉树美果，这些都是制作盆景的大好材料。所以如果说我的盆景尚有可取，那是要归功于江南大自然的赐予的。

　　一个盆景的构成，主要是依靠那株老干或枯干的树木，有观花的，有观叶的，而以老气横秋为必要条件。这种老树桩长期在山中扎根，樵夫们年年砍伐枝条，树身就一年年粗大起来。由于经受了风霜雨雪的侵袭和虫蚁的蛀蚀，于是满身百孔千疮，形成了老树桩。给盆景的作手发现了，就小心翼翼地把它们连根挖起，如获至宝。如果觅到了一个称心如意的老树桩，认为千好万好，那真好像夺得了什么锦标一样的高兴。

　　挖到树桩后，先得整理枝条和根株，把不必要的部分剪去锯去，大型的暂时种在地上，中小型的就种在泥盆子里，随时喷水，促使它们发芽抽叶。过了几个月，枝叶渐渐茁壮，显得很有生命力的样子，经过一冬一夏，就再也不怕风吹日晒了。然后把它们分头移植在精细古雅的陶盆里整姿定形，这样，那"顾盼生姿"的盆景就可完成了。如果要使它更美观一些，可以适当地在树下配上一块拳石，或于树旁插下一根石笋，石和树原是可以结为良伴而相得益彰的。如要使它更见生动一些，配上一个陶质的人像，如广东石湾出品的屈原、苏东坡或酒醉的李太白等；不过那要看树下树旁有没有余地，人像的大小高低跟树叶的比例怎么样。我以为要是一定要配置一个人像的话，那么树叶要愈小愈好，人像要适当大一些。

　　窗明几净，供上一个富有诗情画意的盆景，朝夕坐对，真可以悦目赏心，怡情养性，而在紧张劳动之后，更可调剂精神，乐而忘倦。要把盆景供在几案上供人观赏，有几个必要的条件：一则树的姿态要美；二则盆盎要力求古雅，并且大小要配合好；三则盆盎下要衬以合适的几座；四则陈列时必须高低参差，前后错综，切忌成双作对、左右并列，像从前公堂上衙役站班一样。每一几或一案上，陈列三件至五件已足，而前后高低与盆盎的色彩，都要好好配置，求其得当。倘于一二个盆景之外，配上一瓶花、一盆菖蒲或一座石供，亦无不可。石供不论灵璧、昆石，或英石，不论竖峰或横峰，总须与盆景的高低大小相配。如果是一个长方盆的低矮盆景，那就配上一座竖峰的石供；如果是一个悬崖式的盆景供在高几上的，那就配上一座横峰的石供，放在下面，再加上一小盆菖蒲作为陪衬。用这样的方法陈列起来，可就合着古人所说的"五雀六燕，铢两悉称"了。

（选自《拈花集》）

具体而微的宝塔山

妙算神机举世惊,驰骤陕北任纵横。擎天一柱杨家岭,长系千秋万古情。

自有胸中百万兵,盘根错节更坚贞。停辛伫苦劬劳甚,救国何曾计死生。

灰条黑豆兼藜藿,一日三餐作大烹。食苦茹荼磨炼惯,终凭赤手拯苍生。

记得那年腊梅花开的时节,苏州市一部分人民代表和政协委员共三十余人,特地去参观延安时代革命生活展览会,大家好像上了一堂大课,深受教育。我于俯仰兴感之余,就口占了这么三首诗。接着我就在那座塑造延安全貌的大模型前站住了,贪婪地把两眼扫来扫去,找枣园、找杨家岭,找那一排排一座座的窑洞。就中不需要找而最为突出的,便是那矗立着一座塔的宝塔山。我想这宝塔要是通灵而会开口的话,它一定会告诉我们当年毛主席跟他的战友们艰苦奋斗、杀敌致果的一大段可泣可歌的史实,它在那里是看得最最清楚的。当下我被这宝塔山吸引住了,横看竖看地看个不了,只为了伙伴们一再催促,才依依不舍地离开。

我为什么这样神往于宝塔山而老是看个不了呢?原来我想把这宝塔山的形象深深地印在心版上,以便回去制成一个盆景,天天供在座右,借着这革命圣地的特殊标志,想想过去,看看现在而知所奋发。

我原是个急性子人,一回到家里,就忙不迭地动起手来。只因单凭在展览会中模型上所看到的宝塔山形象,还觉得不够,因此又参考了报刊上所发表的几张摄影,总算胸有成竹了。于是把历年所搜罗到的好多块沙积石排起队来,看有没有可造之材。谁知挑来挑去,竟没一块是合适的,要改造一下吧,就得大费手脚。

整整苦闷了三天,还是束手无策,而宝塔山老是萦绕心头,撇不开去。无意中瞥见廊下汉砖上供着的一块大沙积石,模样儿有些呆板,非让峰头敧斜一些不可。于是决计施一施"手术"，用小钢锯锯去了那石根的一部分。到得拿起来看时，不由得手舞足蹈起来，原来这锯下来的片石，竟略具宝塔山的轮廓，右端虽短了一些，尽可移花接木，不成问题。当下我就对照着报刊上的摄影，进行加工。该去的一一凿去，该补的一一补上，好在手头有万能胶，可把零星石块胶合起来。

这样修修补补，忙了半天，居然把那宝塔山的雏形搞出来了。然而不能算是全貌，只是小小的一角。接着在那山头的前沿，安放了一只火黄色的铅质小塔，后面稍稍隆起，作为最高的山尖。山坡下面的凹处，安放三个石刻的小亭，作为象征性的窑洞；凡是低洼的所在，插上一些细叶的柏枝作为象征性的树木，绿油油地，顿觉生气盎然。这么一来，那具体而微的宝塔山，好不容易地总算形成了。可是还需要一个水盘来衬托，盛了水，就可作为山下长流不息的延河。只因我这宝塔山又低又小，那水盘也该愈浅愈妙。如果盘子一深，那么山就不能突出了。找了好久，才找到了一个旧藏的大理石椭圆形水盘，深度只有三分左右，托着山很为合适。但是盘面太大，山只偏在一角；为补救起见，就在山的斜对面，布置一块小型的沙积石，又在中间加上一只石湾陶制的小船，船头张帆，船尾有人，似正放乎中流，从山下驶到对岸去；而那一条条黑白相间的屈曲石纹，活像是左右流水，加以盘中又盛了真的水，那形象更见得生动了。

入秋以来，这个雏形宝塔山已长满了青苔，一片葱茏；陈列在廊下的小圆桌上，让我朝夕相对，顾而乐之。凡是光临小园的来宾，看过了其他盆景之后，我总要郑重其事地请他们来看一看。尤其是对那些曾经在延安追随过毛主席的革命老前辈，定要请他们指示一下：有没有相似之处？有人说是十之八九，也有人说是十之七八。那么这个宝塔山盆景，似乎可以说得上是一个具体而微的宝塔山了。

宝塔山啊，我总有一天要来拜访您这个革命的圣地！我要怀着十分崇敬十分虔诚的心情，一步步走近您！

（选自《拈花集》）

花 的 展 览 会

展览会为一种群众性的活动,无论是属于文学的、艺术的、历史文物的、科学技术的,都足以供欣赏而资观摩,达到见多识广的境界。解放以来,苏州市的各种展览会,风起云涌,连续不断,如太平天国起义一百周年纪念展览会、总路线展览会、延安时期革命生活展览会,以及历史文物展览、工艺美术展览会等,吸引了千千万万的观众,好象给大家上了几次活生生的大课,教育意义是十分重大的。我前前后后也参加了不少展览会,大都是属于艺术和园艺方面。

抗日战争以前,我经常参加苏州公园的荷花展览会、金鱼菊花展览会、梅花展览会等。抗战期间,我在上海又参加了几次国际性的中西荷花展览会,以我们中国的盆景与西方人的园艺相竞赛,居然压倒了他们,连得了三次总锦标杯。当时自以为我的园艺取得了国际崇高的地位,得意忘形,先后做了八首绝句,其中二首,就是对外而言的:

奇葩烂漫出苏州,冠冕群芳第一流。合让黄花居首席,纷红骇绿尽低头。

占得鳌头一笑呵,吴宫花草自娥娥。要他海外虬髯客,刮目相看郭橐驼。

我以为对外而言,不妨自豪。胜利以后,回到苏州,又曾参加了荷花展览会和菊花展览会,记得有一盆"陶渊明赏菊东篱"别出心裁,曾博得了不少好评。

解放后的一九五〇年,我参加苏州市文物展览于青年会,特辟一室,布置了三个桌子。一桌是文玩小品,一桌是盆景石供,一桌是北瓜与蔬果,都是家园产品,揭橥曰"秋之收获",请老友蒋吟秋兄用白粉写在一片柿叶上,红绿斑驳,很为别致。四壁张挂着明清两代周氏的书画,如周天球、周东村、周之冕、周芷岩等,全是姓周的名家手笔。

这一次的展览,引起了大家的注意,从此我的紫兰小筑的小小园地,就经常"东西南北有人来"了。以后拙政园开幕，苏南文管会又邀我去展览园艺作品，在"南轩"又布置了三个桌子，除盆景和北瓜蔬果外，加上了一桌子的水石盆供，借用毛主席的《沁园春》词名句，揭橥曰"江山如此多娇"，为之增光不少。中如仿宋代范宽的"长江万里图"一角、仿元代倪云林的"江干望山图"、"富春江严子陵钓台"等，计六七点，在我以前的展览品中，这总算是别开生面的。

怡园开幕，又在荷花厅的树根古几案上布置了盆景、插花与瓶菊，秋菊有佳色，自能引人入胜。插花部分中有一件，以乾隆白瓷浅水盆，插棕榈叶五枝，单瓣红山茶一枝，配以拳石，别有意趣。可惜这是插在水中的，只能维持三四天。

以后又如拙政园开幕周年纪念的菊花展览会、怡园的月季花展览会，也都有我的盆景和瓶供的菊花、月季花等参加。而最可纪念的，是为了欢迎朝鲜人民军和中国人民志愿军代表，在人民文化宫中举行了一个文物展览会，邀我把各种梅花的盆景拿去参加，布置了三个桌子两个花几。那位五十多岁的朝鲜代表见了很感兴趣，在问长问短之后，都在手册上记了下来。一九五三年春节，苏州市文物保管委员会展览历代书画文物于人民文化宫，在大会堂的四壁挂满了书画，而主席台上由我布置了好多盆景与瓶供、石供等。在毛主席造像前供着三大盆的松、竹、梅，吸住了好多观众。在我历次参加的展览会中，以这一次所放最为满意，抬头望去，极庄严华贵之致。一九五四年春节，民间艺术展览会举行于拙政园，搜罗了许多苏州市的民间艺术品。那展览书画的部分，又邀我将梅花的盆景去点缀一下，中如故名画家顾鹤逸先生手植的那株绿萼老梅，着花很多，树形仿佛一头起舞的仙鹤，我给题上了"鹤舞"二字，观众啧啧称美。此外盆景如"孤山一角"、"梅花林"等盆景，也是我煞费苦心的创作。这一个展览会举行了半个月，真有万人空巷的盛况。

我每次参加展览会，须得做多则一星期、少则三四天的准备工作，先要动动脑筋，想定拿哪些东西去参加。于是从那几百盆的盆景中去挑选出来，再经过复选，将枝叶不茂精神稍差的重行换过；然后整理盆面，或加些新的细泥，或补些细的青苔，再带上一些细叶的杂草。枝叶要修剪的一一修剪，要删去的一一删去，要扎缚的就得用棕丝来扎缚。有的盆景必须加上一块英石或一条石笋，一块不够，还须加三四块、五六块，而石的大小高低，又必须选择得当，安放的位置必须避免对称和呆板，以合乎诗情画意为上乘。除此之外，再得安放一二个广东制作的小型人物，以及亭、塔、茅屋、船只或鹤、

706

鹿、牛、马等等,大小远近又须和主体的树身成比例,太大太小都是不合条件的。这些盆景整理完毕之后,又须照盆子的类型,配上一个合适的座子,或是红木制的,或是紫檀制的,或是黄杨、枣木的树根制的,以壮观瞻。这些座子,又须上蜡拂拭,瞧上去才觉焕然一新。做完了这几种工作,又得动脑筋题上一个含有诗意的名字,再准备了各色虎皮笺或洒金笺等请名家书写,或正或草,或隶或篆,书画家蒋吟秋、林伯希二位老友,是经常替我效劳的。

就是瓜果和瓶花,也一样地要做准备工作。每一个北瓜,必须看它的颜色,配上一个色调相称的盆子,或方、或圆、或长方、或椭圆,不必固定,然后铺以石粉;如有余地,再用葫芦、灵芝或拳石作陪衬。瓶花除了用各种瓷瓶、陶樽外,也可用瓷质或石质的水盘,色彩必须与花的颜色相和谐。花以三朵五朵为宜,避免双数;高低疏密必须注意。再配上绿叶一二枝,位置也须适当。水盘插花,日本人最为擅长,必须利用铅质或铜质的花插,使花枝固定,不致动摇,然后用拳石或书带草等掩蔽,勿露痕迹。花枝多少不论,种类则不宜太多,二三种已足,更须注意到疏密与高低,万可不杂乱无章。这许多东西逐一准备妥贴之后,便在几案或橱架上先行陈列起来,看了盆子的高低大小,作适当的安放,总须费好一番手脚,方始决定;然后照样画了草图,以供会场上陈列时对照之用。

至于我的家里,更好似一年到头天天不断地在举行展览会,爱莲堂、紫罗兰盦、寒香阁、且住等四间屋以及一个曲尺形的廊下,一共陈列着几十盆大小不等的盆景,再加以盆花、瓶花,经常的更换,以新眼界。每天傍晚,必须逐一移放到庭前去,好吸收一夜露水,使它们的精神饱满起来。倘在菊花和梅花时节,花正开得好好的,夜半如下大雨刮大风,我还得起床搬移,使花朵不受风雨摧残。每天黎明即起,第一个工作就是将这几十件盆供、瓶供一一搬回屋内和廊下,安放在原来的位置上。这一天两次的刻板工作,正如古时陶侃运甓一般,也足以活动肢体,不必再打太极拳作广播体操了。为了我这一年不断的展览会,就弄得一年不断的门庭如市,北至内蒙古、辽宁省,西至西藏、新疆,南至广西、广东,东至福建、山东,中部如湖南、湖北、河南等,都有贵宾光降,甚至从朝鲜三八线上回来的志愿军首长,也做了我的座上客,真使我觉得荣幸得很!

(选自《拈花集》)

夏 天 的 瓶 供

凡是爱好花木的人，总想经常有花可看，尤其是供在案头，可以朝夕坐对，而使一室之内，也增加了生气。供在案头的，当然最好是盆栽和盆景；如果条件不够，或佳品难得，那么有了瓶供，也可以过过花瘾。

对于瓶供的爱好，古已有之。如宋代诗人张道洽《瓶梅》云：

> 寒水一瓶春数枝，清香不减小溪时。横斜竹底无人见，莫与微云淡月知。

徐献可《书斋》云：

> 十日书斋九日扃，春晴何处不闲行。瓶花落尽无人管，留得残枝叶自生。

方回惜《砚中花》云：

> 花担移来锦绣丛，小窗瓶水浸春风。朝来不忍轻磨墨，研落香粘数点红。

这与我的情况恰恰相同，紫罗兰庵南窗下的书桌上，四时不断地供着一瓶花，瓶下恰有一方端砚，花瓣往往落在砚上，我也往往不忍磨墨，生怕玷污了它，足见惜花人的心理，是约略相同的。

说到夏天的瓶供，我是与盆供并重的。从园子里的细种莲花开放之后，就陆续采来供在爱莲堂中央的桌子上，如洒金、层台、大绿、粉千叶等，都是难得的名种。我轮替地用一只古铜大圆瓶、一只雍正黄瓷大胆瓶和一只紫红瓷窑变的扁方瓶来插供，以花的颜色来配瓶的颜色，务求其调和悦目。单单插了莲花还不够，更要采三片小样的莲叶来搭配着，花二朵或三朵，配上了三片叶子，插得有高有低，有直有敧，必须像画家笔下画出来的一样。倘有一朵花先谢了，剩下一只小莲蓬，仍然留在瓶里，再去采一朵半开的花来补缺，这样要连续插供到细种莲花全部开完后为止。在这一个多月的时间里，我把这一大瓶高花大叶的莲花，用树根几或红木几高供中央，总算不辜负了"爱莲堂"这块老招牌；而上面挂着的，恰又是林伯希老画师所画的一幅《爱莲图》，更觉相映成趣。

除了瓶供的莲花之外，还有瓶供的菖兰。菖兰的色彩是多种多样的，有白、红、淡黄、深黄、洒金、茄紫诸色；而我园有一种深紫而有绒光的，更为富丽。我也将花与瓶的颜色互相配合，互相衬托，花以三枝、五枝或七枝为规律，再插上几片叶，高低疏密，都须插得适当，看上去自有画意。有时瓶用得腻了，便改用一只明代欧瓷的长方形小型水盘，插上三五枝小样的菖兰，衬以绿叶，配上大小拳石两块，更觉幽雅入画了。

我爱用水盘插花，觉得比用瓶来插花，更有趣味。除了菖兰，无论大丽、月季、蜀葵等，都是夏天常见的，都可用水盘来插；不过叶子也需要，再用拳石或书带草来一衬托，那是更富于诗情画意了。爱莲堂里有一只长方形的白石大水盘，下有红木几座，落地安放着，我在盘的右边竖了一块二尺高的英石奇峰，像个独秀峰模样，盘中盛满了水，散满了碧绿的小浮萍。清早到园子里，采了大石缸中刚开放的大红色睡莲二三朵和小样的莲叶三五张；回来放在水盘里，就好像把一个小小的莲塘，搬到了屋子里来，徘徊观赏，真的是"心上莲花朵朵开"了。每天傍晚，只要把闭拢了的花朵撩起来，放在露天的浅水盆中过夜，明天早上，花依然开放，依然放到水盘里。天天这样做，可以持续三四天。

（选自《拈花集》）

附：年谱

一生低首紫罗兰

周 瘦 鹃 年 谱

范伯群　周　全

1895 年（乙未　光绪二十一年）　　　　　　　　　　　　　　　　1 岁

6 月 30 日（农历闰五月初八日辰时）诞生于上海。根据周瘦鹃所写的
"自传"："原名周国贤。我原籍苏州，生长在上海，父亲是招商局江宽轮船的
会计，所入甚微。"

父名祥伯（1864—1900），母汪月真（1868—1944）。

兄周伯琴（1891—1923），养正高等小学毕业，因家贫，17 岁就投身商界，
曾先后在曹家渡公益纱厂、怡和源打包厂、中华书局、先施乐园等处工作。

"我家住的屋子，是在城内县西街一条街中，……我们租住着楼下三小
间，每月租费共制钱一千六百文。"（《新年之回顾》）

1897 年（丁酉　光绪二十三年）　　　　　　　　　　　　　　　　3 岁

本年妹葆贞诞生。

1899 年（己亥　光绪二十五年）　　　　　　　　　　　　　　　　5 岁

本年弟国良诞生。后因家贫，过继给表伯伯，入嗣张姓，改名张得周（得
自周家之意），随张家迁居徐州，长大后在陇海铁路局工作。

1900 年（庚子　光绪二十六年）　　　　　　　　　　　　　　　　6 岁

周瘦鹃在给女儿周瑛的信中写道："你祖父在我六岁的那年，不幸得了
膨胀病去世了。这一年恰是国耻深重的庚子年，八国联军如狼如虎，进攻我
国北京，他老人家在病中忽作呓语，高呼'兄弟三个，英雄好汉，出兵打仗'，
我和你的伯父、叔父，恰是兄弟三个，这一句话给了我一个十分深刻的印象，
至今不忘。……家中一贫如洗，无以为殓，连一口棺木也是由亲戚们凑了钱
来买的。你祖母含辛茹苦，抚育我们兄弟三个和一个妹妹，平时靠她一双
手，做女红换饭吃。……那时我们一家的生活，简直是比黄连还苦啊！我由
私塾而小学而中学，都是做苦学生，从没有出过学费，不过逢年逢节，出一些
杂费罢了。你祖母平日所教训我的，就是要争气，要立志向上……"（《姑苏
书简·笔墨生涯五十年》）

1901 年（辛丑　光绪二十七年）　　　　　　　　　　　　　　　　7 岁

进私塾开蒙。自填表格"学历及经历"一栏写有："1901—1904,上海,私

塾肄业"。

1905 年(乙巳　光绪三十一年)　　　　　　　　　　　　　　11 岁

秋,插班考入上海储实两等小学。自填表格"学历及经历"一栏写有:"1905—1908,上海,储实两等小学肄业。"在学校中开始学习英语。

1908 年(戊申　光绪三十四年)　　　　　　　　　　　　　　14 岁

因外祖母与妹葆贞一起参加女红,兄伯琴又进了工厂,家庭经济稍有好转。

夏,继续就读于储实两等小学,已能读懂英文简易读物。课外,性喜阅读小说,如饥若渴,除四处向人借阅中国古典名著小说书外,还将母亲给他的早点钱节省下来到上海城隍庙旧书摊上去"淘"中英文的旧书刊。

1909 年(己酉　宣统元年)　　　　　　　　　　　　　　　15 岁

夏,毕业于储实两等小学。

秋,考入上海著名的民立中学。深得国语老师孙警僧(南社社员,编号140 号)的赏识,主动为他向苏校长请求免交学杂费。该校"1918 年曾在江苏省教育会(其时上海属江苏省——引者注)列表调查中荣居第一"(根据《上海通史》资料),这是该校多年认真努力办学的结果。民立中学在上海又以英文功底扎实著称。周瘦鹃深受其惠。他就读于民立中学时,已能读英文小说原著,并开始大量阅读欧美名家文学作品。

1910 年(庚戌　宣统二年)　　　　　　　　　　　　　　　16 岁

暑期,在城隍庙旧书摊上"淘"到一本《浙江潮》第 8 期(该刊系浙江留日革命学生在日本东京所办的刊物,鲁迅曾在该刊发表文言论文,第 8 期上就有鲁迅的《中国地质略论》和《说铒》,刊物的编辑兼发行者为浙江同乡会干事。第 8 期是 1903 年 8 月 20 日出版的)其中有依更有情的《恋爱奇谈》,当中包括三篇笔记小说,第一则名《情葬》,只有 730 个字,叙述一位法国军官的爱情悲剧,这激起了周瘦鹃的创作欲望,经过构思,花了一个月的时间,改编成八幕话剧(当时称改良新剧),剧名《爱之花》,用"泣红"的笔名,投寄给商务印书馆的《小说月报》。这是周瘦鹃的"处女作"。

冬,作短篇小说《落花怨》,以"瘦鹃"为笔名,投寄给《妇女时报》。

1911 年(辛亥　宣统三年)　　　　　　　　　　　　　　　17 岁

春,《小说月报》来信收买了这个八幕剧:"隔不多久,好消息来了;《小说月报》的编者王蕴农先生回了我一封信,说是采用了。……并送了银洋 16元,作为报酬(当时编辑认可的稿件就先由出版方付钱买下)。这一下子,真使我喜心翻倒,好像买彩票中了头奖一样。你祖母的欢喜更不用说;因为那时的16块大洋钱是可以买好几石米的。我的50年的笔墨生涯,就在这一年上扎下了根。"(《姑苏书简·笔墨生涯五十年》)。他"分14元作家用,而自留2元为购书之用"(见《〈美人关〉之回忆》)。

6月,《落花怨》先于《爱之花》在《妇女时报》创刊号上发表,这是周瘦鹃"第一篇"印成铅字的作品。以后"瘦鹃"成为他最常用的笔名,乃至"升格"代替了"国贤",成了他的本名。当时《妇女时报》的编辑是包天笑。这是周瘦鹃与包天笑一生亲密交往之始,周瘦鹃以后对这位乡前辈视为亦师亦友的知己。

11月,周瘦鹃的"处女作"《爱之花》连载在《小说月报》第2年第9期至1912年2月的第2年第12期上(分4期刊完)。

1912年(壬子　民国元年)　　　　　　　　　　　　　　18岁

1月,小说《鸳鸯血》在《小说时报》上发表,当时《小说时报》是陈景韩(冷、冷血)与包天笑合作主编的刊物。这也是周瘦鹃与陈景韩日后频繁交往之始。

4月,《孝子碧血记》在《小说时报》发表。《鸳鸯血》和《孝子碧血记》发表时均注明为翻译小说,但后来周瘦鹃在《游戏杂志》第5期上曾"自暴其假":"系为小说,雅好杜撰。年来所作,有述西事而非译自西文者,正复不少。如《铁血女儿》、《鸳鸯血》、《铁窗双鸳记》、《盲虚无党员》、《孝子碧血记》、《卖花女郎》之类是也。"这也是19世纪末20世纪初,中国有些作者常用的手法之一,他们将自己的创作冠于译作拿出去发表;或者将译作戴上创作的桂冠。但是他们却不像周瘦鹃那样"自暴其假",竟"以假乱真"。

5月得重病,须发眉尽皆脱落而且不再长出,曾被人嘲笑为"无眉人",于是,出门必戴帽子与墨镜,成了毕生的"装饰",但当时戴墨镜在上海是一种时尚。

从1月份在《小说时报》(第14期)发表《鸳鸯血》后,周瘦鹃几乎成了《小说时报》的"常客"。《小说时报》共出版33期加1期增刊,周瘦鹃除第20、31、33期无文章发表外,其他各期上均有一两篇著译发表,第22期上竟有三篇著译。7月在《小说时报》第16期上发表译作《八万九千磅》后,包天笑得知周瘦鹃家贫,又在病中,就去信慰问,并表示以后一收到周的来稿,不论刊用与否,即先将稿件买下,将稿酬立即寄奉,使周瘦鹃感激万分。

9月毕业于民立中学。因病未参加毕业考试,但学校鉴于他平时成绩优异,破格发给了他毕业证书。"幸喜毕业并不失业,苏校长留我在本校教预科(相当于初中——引者注)一年级的英文,给了我一只饭碗。"(《笔墨生涯五十年》)。

12月,在上海务本女校观看演出时,一位女演员引起了他强烈的爱慕之心。

1913 年(癸丑 民国二年) 19 岁

偶知爱慕的务本女生就住在民立中学附近,探得姓名、地址后,鼓起勇气写信给这位女学生,竭表愿结为友谊之诚意。此女生也曾读过周瘦鹃的作品,脑海中已存钦佩之意,因此三天以后就寄来回信,愿作文字之交。"予固已心识其名,爱以尺素书往,借达钦迟之忱;越三日,竟获还云,慨然以缔交见许,盖予尔时已为文字役,渠亦知予名矣"(《爱的供状》)。女生名周吟萍,英文名字为 Violet(紫罗兰),出身世家,家庭殷富。此后两人书信往还,堕入爱河。

秋,辞去民立中学教师之职,"下海"为职业作家。"那班学生都是我的同学,有的是富家子弟,有的年纪还比我大,因此有意欺侮我这初出茅庐的小先生,常常要我陪他们'吃大菜'(学生们戏称犯规后被校长召去训斥为'吃大菜'——原注)。我挨了一年,天天如坐针毡,真的是怨天怨地,于是硬硬头皮,辞职不干了。那时文艺刊物正风起云涌……我一出校门,就正式下海,干起笔墨生涯来……一时稿子满天飞,把我'瘦鹃'这个新笔名传开去了。"一月所得稿费几十元,远胜于做小先生。他就劝母亲不要再做女红了,家庭的生活费由他一人承担。

1914 年(甲寅 民国三年) 20 岁

周吟萍的父母自小就为她订定婚约。春,周吟萍不堪父母的威逼,含泪嫁给一个巨商之子,庸碌无为的"富二代"。这给周瘦鹃以巨大的打击,留下无法弥合的心灵创伤。但他终身保留着这份忠贞的情谊。真如他自己所表白的"一生低首紫罗兰":"我那苏州的故居定名为'紫兰小筑';我的书室定名为'紫罗兰庵';我的杂志定名为《紫罗兰》、《紫兰花片》;我的小品集定名为《紫兰芽》、《紫兰小谱》,我的丛书定名为《紫兰庵小丛书》。更在故园一角,叠石为'紫兰台',种满了一丛丛的紫罗兰……"(《爱的供状》)他连墨水也用紫色,这种颜色的墨水在当时的青年人中还曾流行一时。

6月6日,《礼拜六》周刊创刊,之所以定名《礼拜六》,"因为美国有一本周刊,叫做《礼拜六》晚邮报,还是创刊于富兰克林之手,历史最长,销数最广,是欧美读者最喜爱的读物。所以我们的周刊,也就定名为《礼拜六》"(《闲话〈礼拜六〉》)。王钝根主编,周瘦鹃成了该刊的台柱。

6月20日,《礼拜六》第3期上发表周瘦鹃的早年得意之作《行再相见》,

写一中国少女与英国使领馆的年轻英籍秘书热恋,正要与少女一起同赴英伦之前,她的伯父告诉她,这是庚子事变时杀害她父亲及中国人的仇人。国难家仇战胜了恋情蜜意,她亲手毒死了这个杀害中国人的恋人。

9月,在《时报》馆第一次见到神交已久的栽培自己的包天笑。

10月长篇翻译小说《霜刃碧血记》开始在《时报》上连载,并于12月由《时报》系统的"有正书局"出版单行本。这是周瘦鹃出版的第一个单行本。

本年举家迁居黄家阙新租之住宅。"是一宅两幢的屋子,每月租金三十五元,……这两幢屋中,分作八间,略加布置,因为我最喜欢布置。我所称为'紫罗兰庵'的,在厢房的楼上,是我个人的小房间,读书、撰稿、睡觉都在那里,并且有一个小小儿的'紫罗兰庵'神龛,龛中还供着紫罗兰神像咧。"(《我的家庭》)

居住条件的改善,有了养花蓄草的空间,"中紫罗兰一本,为友人小青所赠,予最爱之。经久不凋,叶叶常青,春来着一二花,亦殊疏落有致,幽馨所发,逾于兰麝,与书影相为妩媚,因以名吾书斋。至影事前尘,则吾知之,紫罗兰知之耳。"(《申报·自由谈·紫罗兰庵随笔》)

1915年(乙卯 民国四年) 21岁

3月,由南社社员、昔日他在民立中学求学时的国语老师孙警僧介绍,加入南社,编号为509。

5月9日,袁世凯承认日本旨在灭亡中国的"二十一条"。"五九"国耻,使全国人民群情激愤。周瘦鹃在这场反对日本帝国主义和袁世凯的卖国行径的斗争中,撰写了被他视为自己最主要的代表作之一的《亡国奴之日记》。"在那国难重重国将不国的年代里,我老是心惊肉跳,以亡国为忧,因此经常写作一些鼓吹爱国的小说和散文,例如《亡国奴日记》、《卖国奴日记》……皆在唤醒醉生梦死的国人,共起救国。此外还写过假想中日战争的《祖国之徽》和《南京之围》,后来'八一三事变'发作竟不幸而言中……"在写《亡国奴日记》之前,他曾研究了韩、印、越、埃、波、缅的亡国史,在这本书的封面上印着"毋忘五月九日"。在"跋语"中他写道:"吾岂好为不祥之言哉! 将以警吾醉生梦死之国人,勿应吾不祥之言陷入奴籍耳。尝忆十年前英国名小说家威廉·勒苟氏草《入寇》一书,言德意志之攻陷英国。夫以英之强,苟氏尚为危辞警其国人,今吾祖国之不振如是,则此《亡国奴之日记》乌可以不作哉?"周瘦鹃以一种"超前的危机感"假想我国人民于亡国后,在敌人的铁蹄下所过的惨痛的非人生活。他以第一人称的日记体小说,表现了中国人民不屈不挠的反抗斗争,"我"要誓死捍卫祖国,要将侵略者驱逐出我国领土的决心,跃然纸上。这是这篇小说中最可贵的精魂。

5月9日,参加在上海愚园第十二次南社雅集。

9月,《亡国奴之日记》由中华书局出版,印成64开袖珍本。据周瘦鹃自述"销行了几十万册"。

10月7日,参加南社第十三次雅集。

1916年(丙辰　民国五年)　　　　　　　　　　　　　　　22岁

在自填表格"学历及经历"一栏中:1916—1918年,由杨心一介绍入中华书局编辑部,任编译。"专给《(中华)小说界》、《(中华)妇女界》两月刊撰译小说、杂文……"

春,与胡凤君订婚,女方是他过去的邻居。自从与周吟萍的热恋经受挫折后,周瘦鹃意志颇为消沉:"我在十八九岁的时候,我的心本来别有所寄,后来失望了,因着母亲的教劝,才和她订了婚。我最初见她时,还在她十三四岁时,用猩红绒绳扎着辫子,星眸月颊,很觉可爱,所以母亲要给我论婚时,我就想起了她。"(《我的家庭》)

4月,与严独鹤等合译的《福尔摩斯侦探案全集》由中华书局出版。华裔英国翻译家孔慧怡评价道:"1916年中华版的《福尔摩斯全集》,就小说翻译的标准而言是一个里程碑,编辑与翻译态度之严谨应该值得评家注意。全集共12册,音译标准化,附有详尽的作者生平及三序一跋;作者生平中所有英文专有名词音译都附上原文;所有故事标题除中译外也附上英文;这当然说明了科南道尔在世纪之交的中国译者及读者心目中的地位崇高,但更重要的是,这套书建立了新的小说翻译、编辑及出版标准。虽然如此,论者谈小说翻译却并没有提及这套书,原因大概就因为这是侦探小说。"当然,过去的论者所以不重视这套译作的"里程碑"意义,还因为两位主要译者——周瘦鹃与严独鹤被"权威评论者"定性为"逆流"的"鸳鸯蝴蝶派"成员。此书虽用文言译成,但受到读者广泛的欢迎,一再再版达数十次。这部译作的"翻译规范"实际上是次年周瘦鹃出版《欧美名家短篇小说丛刊》的样本。

4月,《礼拜六》周刊出满百期,停刊。

5月,为纪念"五九"国耻一周年,《亡国奴之日记》由中华书局再版。

6月4日,参加在上海愚园举行的南社第十四次雅集。

11月,古体叙事诗《新情歌》收入南社作家的作品集《南社丛刻》第19集。寓爱国热情于男女爱情之中,女主人公慷慨激励情人出征,杀敌卫国。

本年受《新申报》之聘为特约撰稿人,自1916年11月至1919年1月在《新申报》发表文章133天次,共95篇作品。

1917 年（丁巳　民国六年）　　　　　　　　　　　　　　　　　　23 岁

2 月。《欧美名家短篇小说丛刊》由中华书局初版,分上、中、下 3 卷。书中不仅有英、美、法、俄、德、意等著名作家的作品,还有欧陆弱小民族国家作家的作品。高尔基的作品是首次翻译到国内来,他将高尔基的题为《叛徒的母亲》,改名为《大义》,也即"大义灭亲"之意。全书 50 篇作品中有 18 篇用通妥的白话译出。

同月,与胡凤君结婚。《欧美名家短篇小说丛刊》即为筹结婚费用而结集的。包天笑写道:"鹃为少年,鹃又为特阙鸳鸯。而鹃所辛苦一年之集成,而鹃所好合百年之侣至。……"为多得报酬,周瘦鹃将历年在报刊上发表的译作及新译的作品 50 篇连版权一起卖给中华书局,得稿酬 400 元,使婚礼办得颇为风光。

4 月《南社小说集》由文明书局出版,编辑者:南社社员。第一篇题名《自由》,署吴门周国贤 瘦鹃作。

夏,中华书局将《欧美名家短篇小说丛刊》送教育部审定、登记,所得的批复甚得赞许。"其时鲁迅在社会教育司任科长,这事就是他所办的。批语当初见过,已记不清了,大意对于周君采译英美以外的大陆作家的小说一点最为称赏。只是可惜不多,那时大概是民国六年夏天,《域外小说集》早已失败,不意在此中看出类似的倾向,当不胜有空谷足音之感吧。"(周遐寿《鲁迅的故家·周瘦鹃》)鲁迅的评语见 1917 年 11 月 30 日《教育公报》第 4 年第 15 期:"《欧美名家短篇小说丛刊》凡欧美四十七家著作,国别计十有四,其中意、西、瑞典、荷兰、塞尔维亚,在中国皆属创见,所选亦多佳作,又每一篇署著者名氏,并附小像传略。用心颇为恳挚,不仅志在娱悦俗人之耳目,足为近来译事之光。惟诸篇似因陆续登载杂志,故体例未能统一,命题造语,又系用本国成语,原本固未尝有此,未免不诚。书中所收,以英国小说为最多,唯短篇小说,在英文学中,原少佳制,古尔斯密及兰姆之文,系杂著性质,于小说为不类。欧陆著作,则大抵以不易入手,故尚未能为相当之绍介,又况以国分类,而诸国不以种族次第,亦为小失。然当此淫佚文字充塞坊肆时,得此一书,俾读者知所谓哀情惨情之外,尚有更纯洁之作,则固亦昏夜之微光,鸡群之鸣鹤矣。""复核是书,搜讨之勤,选择之善,信如原评所云,足为近来译事之光,似宜给奖,以示模范。"

本年兼任《新闻报·快活林》特约撰述,自 1917 年 1 月至 1918 年 3 月,在《快活林》发表文章 133 天次,共计 123 篇作品。

1918 年（戊午　民国七年）　　　　　　　　　　　　　　　　　　24 岁

1 月,《瘦鹃短篇小说(上下册)》由中华书局出版。《亡国奴之日记》、

《祖国之徽》收入上册,那篇《祖国之徽》由日本作家桃川氏译成日文,刊载在《上海公论》报上。

2月,《欧美名家短篇小说丛刊》由中华书局再版,改书名为《欧美名家短篇小说丛刻》。

本年,因中华书局改组,脱离中华书局。

本年,长子铮出生。

1919 年(己未　民国八年)　　　　　　　　　　　　　　　　　　25 岁

1月,《世界秘史》由上海中华图书集成公司初版,此系著译合集,系欧美国家的稗官野史及名人轶事。有欧阳予倩等 10 位作家为之写序。其中《拿破仑帝后之秘史》曾由欧阳予倩改编为话剧,演于上海新舞台。剧本易名为《拿破仑之趣史》,由夏润月饰拿破仑,欧阳予倩饰皇后,汪优游饰奈伯格伯爵,夏月珊饰苇勒佛勃公爵,周凤文饰公爵夫人,皆为当时的著名演员,可谓一时之盛。

5月,受《申报》总主笔陈景韩(冷)之约,为《自由谈》特约撰述。当年陈景韩与包天笑合编《小说时报》,陈亦曾扶植过新进作家周瘦鹃。其时,《申报·自由谈》无专职主编,由总主笔陈景韩兼顾。聘请周为特约撰述后,周虽非《申报》正式工作人员,但陈将《自由谈》的重担主要压在周瘦鹃身上,自己每天只负责写百字左右的"自由谈之自由谈"。从 1919 年 5 月 31 日起至 1920 年 3 月 31 日,周瘦鹃作为特约撰述在该副刊上发表了 194 篇文章。

5月 31 日,周瘦鹃作为特约撰述在《自由谈》上开的第一个"专栏"是"小说杂谈"。这个专栏持续到本年 12 月 29 日至,共发表"小说杂谈"17 篇。在第一篇中,他主要谈小说的教育功能,在举出英、法、美、俄等一批优秀作家的名字之后,他写道:"凡此诸子,均与一代文化有莫大之关系,心血所凝,发为文章,每一篇出,足以陶铸国民新脑,今日欧美诸邦之所以日进于文明者,未始非小说家之功也。"

6月 4 日至本年 9 月 28 日,他以"五九生"为笔名,发表了 14 篇文章,报导"五四"之后,全国学生的爱国行动与上海商界罢市义举,并痛斥军阀政府镇压学生爱国运动的罪行。这 14 篇文章的文题均为《见闻琐言》。在 6 月 4 日第一篇《见闻琐言》中他写道:"自从五月九日以后,大家闹着国耻纪念。说我们该永远把'五月九日'四字刻在心上,不可忘却。我说很好,就起了个别号,叫做五九生,借着做个国耻的纪念。况且我恰又是五月八日辰时生的,只差几个钟,说他五九生,也总算过得去。……前天上海二万多个学生在公共体育场上替北京大学殉难的烈士郭钦光开追悼会,十分悲伤。我说一样一个人,郭钦光死了,就有这二万多双眼睛中为他落泪;要是章宗祥一死,恐怕要有四万八万多个脸儿上显出笑容来咧。"

6月8日、6月9日两天的《见闻琐言》,主要报导上海罢市和北京军阀政府镇压学生的情况。6月8日:"上海竟罢市了。华界租界中大大小小的商店,都一起关上了门,停止营业。……医学家说:病人临死的当儿,神经昏乱了,往往要发一种死物狂。……我说眼前北京政府的举动不是很像死物狂么? 一上日间平白地拿了一千多个热心爱国的好学生,似乎要坑死他们才罢。"6月9日:"罢市已一连三天了。昨天我见许多商店的门上都在贴着'不去国贼不开门','不诛国贼不开市'的纸条儿。……我听说几天来北京学生因为拿得太多了,没有这大监狱容纳他们,就把个大学法科做一临时监狱。我说何不把个北京城改造一所天字第一号的大监狱。先把北京学生和附和学生的小百姓一齐拘禁了起来。第二步就把通国罢课的学生、罢市的商人也一网打尽,都去关在这大监狱中,四面用二十万兵马团团围住,绝他们的饮食,瞧他们生生饿死,岂不爽快? 只可惜没有这个魄力罢了。"

6月11日,在《申报》上发表题为《晨钟——为北京幽囚之学子作》的短篇小说,声援被捕学生。开端的小序中非常郑重而恳切地以"同学"的身份,向他们致敬:"夜深寂坐,悲愤煎心。起草斯篇,聊以自慰。北望燕君,祝诸君无恙,并遥致最诚挚之敬礼于诸君之前。七年前之上海民立中学学生周国贤敬识。"他将北京的学子比作"晨钟",这"晨钟"是"少年中国的福音,唤大家牺牲一切,救这可怜的中国,……我们少年精神不死,中国的精神永永不死。"

6月20日,在《自由谈》上开辟"影戏话"专栏。至1920年3月19日共发表"影戏话"15篇。在6月20日的第一篇中,他开宗名义:"盖开通民智,不仅在小说,而影戏实一主要之锁钥也。"这15篇文章是中国电影史上最早的较为系统的理论批评珍贵文献。

7月1日,周瘦鹃在《自由谈》上开辟了"情书话"专栏,至1920年3月3日,共发表"情书话"10篇。9月21日,周瘦鹃又开辟了与"情书话"异曲同工的"名人风流史"专栏,至1920年3月27日,共发表文章九篇,因为每篇的篇幅较长,一般都分成三天刊登,每篇分上、中、下三节。当时,对中国青年而言,争取婚姻自主,是一个改变千年婚制的长期的艰巨的斗争任务;而要完成这一任务的基础是男女青年必须获得社交公开的自由,而在"五四"那一年,全国正宣传这种民主权利的合理合法性。这里"风流"当然不是指不正当的男女关系,而是作"正解"——那就是介绍西方男女正当交谊的风俗与教化,阐发西方名人恋爱中的流风余韵,以作为中国青年的借鉴与标格。这些名人中就有雨果、拜伦、拿破仑、白朗吟(英国大诗人)、惠林顿(英国名将)、伊丽莎白(俄罗斯女皇)等多人。在"情书话"开栏时,周瘦鹃写道:"情书者,男女间写心抒怀而用以通情愫者也。在道学家见之,必斥为非礼,不衷于正。……欧美人士,咸目为一种美术的文学,一编甫出,几有家弦户诵之慨。……爱仿诗话、词话之例,作情书话。"这个专栏中就有雨果、伏尔泰、拿破仑等多人的情书。在披露拿破仑的情书时,周瘦鹃说:"然粗豪如西楚霸王,尚能于四面楚歌中怜香惜玉,作虞兮之唱;则拿破仑之善为情书,正不足怪耳。予尝由英国滕德书肆中购得拿破仑情书一巨帙。盖专寄约瑟芬者……似此缠绵细腻之文字,颇含诗意,几令人不信其为莽英雄手笔也。"这些专栏是周瘦鹃对青年们自身的民主民生权利的关心,也是对封建包办婚制的声讨,因此很得青年读者的青睐。周瘦鹃除上述的专栏外,还辟有"紫罗兰庵随笔"、"艺文谈屑"、"欧战余话"、"歇浦零话"、"瀛寰消息"等等专栏,《自由谈》变得多姿多彩,面貌为之一新。

本年,周瘦鹃收到中华书局转来的教育部1917年9月24日颁发的关于《欧美名家短篇小说丛刊》的"褒状":"兹审核得中华书局出版周瘦鹃所译之《欧美名家短篇小说丛刊》三册,与奖励小说章程第三条相合,应给予乙种褒状,经本会呈奉教育部核准,特行发给以资鼓励。此状 右给周瘦鹃收执 通俗教育研究会会长袁希涛(签章)"。而周瘦鹃直到1950年周作人化名鹤生在《亦报》上撰文,才知道此乃由鲁迅一手经办的最为珍贵的褒奖。

1920年(庚申　民国九年)　　　　　　　　　　　　　　　　26岁

3月25日,在《小说月报·小说新潮》栏内,译易卜生名剧《社会柱石》,共分8期刊载,至12月25日第12月号上连载完毕。前有"小引":"挪威大戏剧家易卜生(H. Ibsen),这名字几乎人人都知道了,从19世纪以来,他好似文艺界上的一轮明月,明光四照,直要掩没了莎士比亚,因为他每一剧中,都有一种主义,一个问题,都有他悲天悯人的的辛酸眼泪,……"

4月1日,经将近一年的试用与考察,《申报》总经理史量才和总主笔陈景韩对他的工作非常满意,史量才于4月1日正式下聘书,聘请周瘦鹃为《自由谈》副刊的主编。周瘦鹃从19岁"下海",在文坛上经六、七年的打拼,才从一位多产作家升迁为老牌著名副刊的主编。他在1963年回顾道:"我得意洋洋地走马上任,跨进了汉口路《申报》馆的大门,居然独当一面的开始做起编辑工作来。……这在我笔墨生涯五十年中,实在是大可纪念的一回事。"他"独当一面"的第一天——4月1日这一期却特别值得注意。他以紫兰主人为笔名写了一篇《花生日琐记》:"生平于花中,独爱紫罗兰。花小色紫,幽艳异常卉,尝谓其足以奴视玫瑰,婢蓄茶花,不为过也。……考希腊神话,谓此花为女神维纳司 Venus(司爱情与美丽者)情泪所化。维有夫远行,相与把别,泪珠入地,忽生萌蘖,入春花发,则紫罗兰也。予旧有句云:'野花撩乱扑阑干,生爱萧郎陌路看,毕竟巫云谁得似,以他惟独紫罗兰。'吾知紫兰,紫兰当亦知吾也。"这最后的一句,就像密电码一样,是发给正在寂寞中的周吟萍。更有意思的是他从这一天起至4月4日连载了一篇哀情小说《玫瑰小筑》,几乎可说"预示"了他的一生:作家一冰的恋爱因女方家长阻挠而告失败,他的意中人的名字中有一"玫"字,因此他特别钟爱玫瑰。一冰决心日写万言,得十年所积,建一华厦,并设小圃,遍种玫瑰,以杀相思之苦。十年后他果然如愿在郊外构筑华屋并设玫瑰园,其中设备皆作玫瑰状,室内均为玫瑰色。一冰后来因思念"玫"而疯癫,放一把火烧毁这座华厦,而自己则"登楼入玫斋,抱玫小影而卧。明日,人有过玫瑰小筑者,第见一片瓦砾,白烟尚迷漫未散,而圃中玫瑰,犹向人作可怜红也。"周瘦鹃在第一天做主编就"一文成谶"。他果然用十年稿费所积,在苏州购地筑紫罗兰庵,他后来也自戕于紫罗兰庵内,不是自焚而是自沉,不是由于情爱而疯癫,而是由于"文革"的迫害。

4月1日至1921年9月10日,他在《自由谈》上编发程瞻庐的优秀长篇《众醉独醒》,共刊429天次。

自4月1日起,原由陈景韩每天撰写的"自由谈之自由谈"基本上由周瘦鹃执笔,常常涉及政坛、时局与文艺等问题,也时有人生哲理及对四时风物的感悟。如4月24日:"吾政府心死也久矣,塞其耳,不欲闻哀号痛哭之声;掩其目,不欲见慷慨激昂之象。于是告之以利害,彼不闻也;示之以泪血,彼不见也。迁延日久,群心日激,而吾小民苦矣。"如5月2日:"劳工不特限于手胼足胝之劳动工人也。若吾辈之役,役于文字中者,镇日沥心血,绞脑液,笔不停挥,又无一而非劳工。宵来工罢,以香花旨酒自劳,代表吾文字中之工人,欢然三呼曰'劳工万岁'!"

9月26日,欣逢中秋佳节。为《申报·自由谈》设计了一个别开生面的中秋专版。为"点缀令节,忽然心血来潮,想把版面排作圆形,以象征一轮团圆的明月,待向排字工友提出这个意图时,工友们都面在难色,说从来没有排过这样的版面,不但费工费料,时间上怕也来不及。我因报头和插画都是为了排圆形版面而设计的,早已准备好了,非在报上让读者赏月玩月不可。于是急匆匆地跑下三层楼,赶到排字房里去,凭三寸不烂之舌,向工友们说

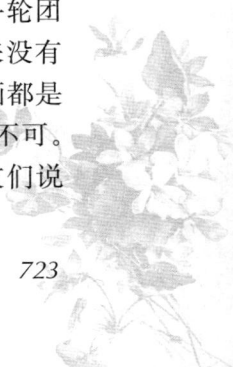

了不少好话,几乎声泪俱下;并且以我本人通宵守候着帮助排版,亲看大样作为条件,终于说服了工友们,立即动起手来。这一晚拼拼凑凑,拆拆排排,工友们费了很多功夫,尽了最大力量;我也实践诺言,通宵随侍在侧,直到东方发白,版面上出现了一轮明月,这才感激涕零的,谢过了工友们,兴高采烈地回家去睡大觉了。这一页《自由谈》中秋号我至今珍藏着,今天捡出来看时,见有朱鸳雏的笔记《妆楼记》、程瞻庐的谐著《月府大会记》、李涵秋的小说《月夜艳语》等九篇作品,钱病鹤的插画《姮娥夜夜愁》……"那天零售《申报》的报摊上,当有一番奔走相告、争先恐后的"抢购"场面。周瘦鹃设计的这个版面,在 60 年代的香港,还被名报人张友鸾再度提起,撰文作为周瘦鹃办报办刊时的那种殚精竭虑、开拓创新精神的例证。

本年,长女玲出生。

1921 年(辛酉　民国十年)　　　　　　　　　　　　　　　　　　　27 岁

1 月 9 日于《自由谈》中每星期日辟"小说特刊"专栏,至 8 月 7 日共出版 30 期。每期头条主要约请张舍我谈有关短篇小说创作诸问题。又几乎每期简介一位外国小说名家,并登载一帧这位作家的小照,依次计有莫泊桑、巴尔扎克、柯南道尔、大仲马、雨果、狄更斯、皮琴生(现译比昂松,挪威作家)、华盛顿·欧文、史蒂芬生、萧伯纳、施土活、哈葛德、高尔基、亚伦坡(现译爱伦·坡,美国作家)、屈恩白(现译斯特林堡,瑞典作家)、安徒生、柯贝(现译科佩,法国作家)、马克·吐温等。

2 月 13 日,"小说特刊"第 5 期上刊登《礼拜六》周刊复刊启事:"小说周刊《礼拜六》,停刊已久,兹将于阴历正月十二日复活(实际出版时间有所延误,即到 3 月 19 日才出版),续出 101 期,编辑者为王钝根、周瘦鹃,内容大加改革,新旧兼备,以小说为主,杂作为辅……"

2 月 27 日"小说特刊"第 7、8 号,发表风兮的《我国现在之创作小说(上、下)》:"鲁迅先生《狂人日记》一篇,描写中国礼教好行其吃人之德,发千载之覆……置之世界诸大小说家中,当无异议,在我国则唯一无二矣。""文化运动之轩然大波,新体之新小说群起,经吾所读自以为不少,而泥吾记忆者,止《狂人日记》,最为难忘。"发这样的读者中来的文章也表示了周瘦鹃对鲁迅小说的高度评价。风兮,当时是一位文学青年,乃日后加入左联之魏金枝。在"小说特刊"中对胡适、周作人、冰心和刘半农都有所赞扬。

4 月 3 日出版的《礼拜六》第 103 期上有"编辑室启事":"本刊小说,颇注重社会问题、家庭问题,以极诚恳之笔出之。有以此类小说见惠者,甚为欢迎。"

5月7日,《礼拜六》第108期上刊出了周瘦鹃的短篇《留声机片》,表现了他对情场失意人的同情。严芙孙曾在《全国小说名家专集》的《周瘦鹃》一节里,谈及这篇小说的反响的一个个案:"武进梁女士,遇人不淑,恹恹成病,临死前几天,读了《留声机片》,私语伊的同学道,瘦鹃真是我的知己,居然把我的心事借他一支笔衬托出来了,我死可以无憾了。"

6月,与赵苕狂合编《游戏世界》月刊。该杂志栏目繁多,除插图外,计有特刊、专载、说苑、谈荟、歌场、名著、趣海、谐林、艺府、余兴、杂俎、补白……从第16期起,添设问题小说、三分钟小说等。周瘦鹃撰《发刊词》:"列位! 我虽是个书贾,也是国民的一份子,自问也还有一点热心! 当这个风雨如晦的时局,南北争战个不了,外债亦借个不了,什么叫做护法? 什么叫做统一? 什么叫做自治? 名目固然是光明正大的,内中却黑暗得了不得。……我们无权无势,只好就本业上着想;从本业上做起,特地请了二三十位的时下名流,各尽所长的分撰起来,成了一本最浅最新的杂志,贡献社会,希望稍稍弥补社会的缺陷! 这就是本杂志的宗旨。……但是这(游戏)两个字,我们中国一般咬文嚼字,脑筋内装满头巾气的老师、宿儒,向来把这两个字当做不正经代表的名词教诲子弟,当做洪水猛兽的警戒……列位! 须知道孔圣人所说的'游艺',就是三育中发挥智育的意思,诗人所说的'善戏谑兮',就是古来所说'庄言难入,谐言易听'的意思,可见这两个字,真是最正经的。"《游戏世界》出版了两年共24期。

8月6日,《礼拜六》第121期起,由王钝根独自编辑,周瘦鹃曾向王钝根表示抱歉:"《礼拜六》周刊方面,自二十期以后,也不能尽力帮钝根老友的忙,很觉过意不去。"他开始筹备独资创办的刊物《半月》。但他还是向《礼拜六》供稿。周瘦鹃脱离《礼拜六》杂志,对刊物的质量有一定的影响,外界也有所反应。如《新申报》1923年2月5日有张友鹤的《谈谈〈礼拜六〉》:"《礼拜六》复刊后的第20期被视为一个分界线,20期之前的作品尚佳,20期后却每况愈下。"而《新申报》1923年5月6日,有佩黄的《学生与小说》:"当时中学生的书桌上《小说世界》、《红》、和《半月》早已取代了《礼拜六》的位置。"

9月21日《半月》创刊号出版。在筹备出版《半月》之前,周瘦鹃在《自由谈·小说特刊》第27期(7月17日出版)上,发表了一篇题为《说消闲之小说杂志》:"吾友程小青言,尝闻之东吴大学教授美国某博士,美国杂志无虑数千种,大抵以供人消遣为宗旨。盖彼邦男女,服务于社会中者甚夥,公余之暇,即以杂志消闲,而尤嗜小说杂志,若陈义过高,稍涉沉闷,即束之高阁,不愿浏览矣。是故消闲之小说杂志充斥市上,行销辄数十万或竟达百万二

百万以外。若专事研究文艺之杂志,则仅二三种,行销亦不广。徒供一般研究文艺者之参考而已。即英国亦然,著名之小说杂志,如《海滨杂志》、《伦敦杂志》等,亦无非供人作消闲之品。有《约翰伦敦》周报一种,为专研究文艺之杂志,销数无多。海上诸大西书肆中竟不备。予尝往叩之苦无以应。寻得一小书肆中,因订阅焉。据肆中人告余云,此报海上绝无销路,每期仅向英国总社订定二册,一归一英国老叟购去,一则归君耳。观于此,则可知英美人专研文艺者之少矣。返观海上杂志界,肆力于文艺而独树新帜者,亦不过一二种,足以代表全国;其它类为消闲之杂志,精粗略备,俱可自立。顾予意中尝觉未餍,常思另得一种杂志,于徒供消闲与专研文艺间作一过渡之桥,因拟组一《半月》杂志,以为尝试,事之成否未可知,当视群众之能否力为吾助耳。"

《半月》首创 30 开本的版式,力求新颖。创刊号的封面是三色精印,在当时杂志中实属罕见,成为其他一些杂志争相模仿的标杆。《半月》中有若干精彩的短篇小说,如何海鸣的《老琴师》和毕倚虹的《北里婴儿》等。周瘦鹃在《〈半月〉之一年回顾》中写道:"他(指何海鸣——引者注)第一次在上海杂志中漏脸的作品,就是那篇人人传诵的《老琴师》(见第 7 号),要算是 1921 年小说界杰作之一,任是极端反对旧文体小说的人,也多数称道的。"长篇更有何海鸣的《十丈京尘》、包天笑的《甲子絮谈》和张春帆的《政海》,在一定的艺术质量的前提下,揭露了社会黑暗及军阀横行的现实,都得到好评并拥有大量的读者。"《半月》出版时销数很不恶,编辑上一切事务由我一手管理……发行的事,全由我哥哥主管一面,走印刷所接洽印刷,做三色铜版、锌版,更助我校对,也忙得厉害"(《〈半月〉之一年回顾》)。到第 4 期,由于书帐收不齐,资金周转不灵,看来"独资"办刊的路走不通。其时有多家书局想包揽,经谈判大东书局获出版权,于是变 1 至 4 期的"大东书局印行"为第 5 期的"大东书局发行"。周瘦鹃亦受聘兼任大东书局的编辑。

10 月,参加"狼虎会",他在 1922 年《记狼虎会》一文中写道:"去岁,与天虚我生、钝根、独鹤、常觉、小蝶、丁悚、小巢诸子组一聚餐会,锡以嘉名曰:狼虎。盖谓与会者须狼吞虎咽,不以为谦相尚。"这些人都是"美食家",又是同行,而善幽默滑稽者:"健啖之外,佐以谐谑,一语乍发,合座哄堂"(《紫罗兰庵谐乘》)。每半月的一次聚餐会是他们交流著编经验、互通文坛信息的好机会。数年后自动解散。

1922 年(壬戌　民国十一年)　　　　　　　　　　　　　　　　28 岁
1 月 5 日起,《自由谈》编发婆娑生(毕倚虹)的优秀长篇名著《人间地

726

狱》,至 1924 年 5 月 10 日止,共 60 回(未完),连载了 343 天次。

3 月 30 日,上海《晶报》评选上海一百名人,在《上海最近一百名人表》中,周瘦鹃列名其中。

4 月 11 日,在《半月》第 1 卷第 15 期封底刊登《周瘦鹃的新计划》的广告:"瘦鹃办《半月》,总算已成功了。如今异想天开又想办一种个人的小杂志,定名《紫兰花片》……每月出版一次,装成袖珍本,玲珑小巧,很为特别。材料专取瘦鹃个人的新旧小作品,篇篇有精彩的,所有排法编制都很新颖,注重一个'美'字……"大东书局能为周瘦鹃投资出版个人刊物,可见当年周瘦鹃的号召力。正如郑逸梅所评估的"几乎红得发紫"。

6 月,个人小杂志《紫兰花片》创刊号出版。用桃林纸精印,64 开本。4 页 5 幅彩色插图均作紫罗兰色,28 篇文章均为他一人的著译,文中还请谢之光等画家插图。出版后在文坛轰动一时,许多文人墨客纷纷题咏。除袁寒云题词制版外,周瘦鹃所作的"弁言"也用毛笔书写后制成锌版精印:"春暮,紫兰零落,乞东皇少延其寿,不可得也,遂拾花片,葬之净土。索居寡乐,则以文字自遣,晨钞暝写,期月成帙,即颜之曰《紫兰花片》,清诗人彭甘亭论诗句云:'我以流莺随意啭,花前不管有人听。'意在自娱,不解媚俗。《紫兰花片》之作亦窃持斯旨焉。壬戌仲夏周瘦鹃识于紫罗兰庵。"《紫兰花片》共出版两年 24 期,第一年每期请一位名人为刊名题签,每期封面皆换一幅时尚的仕女画;第 13 期至 24 期封面则用清末民初著名国画家潘雅声的古代仕女画"十二金钗图"。周瘦鹃在《故画伯潘雅声氏》一文中写道:"金钗十二适可为我《花片》十二集之点缀……"

7 月,由徐卓呆、胡寄尘、张舍我、严芙孙、张枕绿等人发起,成立青社。参加者除周瘦鹃外,尚有包天笑、何海鸣、许廑父、江红蕉、程小青、张碧梧、范烟桥、王西神、严独鹤、王钝根、朱瘦菊、赵苕狂、程瞻庐、沈禹钟、毕倚虹、李涵秋等(以上发起人及参加者名单根据郑逸梅的《记过去之青社》一文)。该社没有章程,仅是"杯酒联欢,切磋文艺"。曾出版社刊《长青》5 期,不久解散。

7 月 1 日,《自由谈》新辟"一片胡言"专栏;7 月 24 日"一片胡言"改为"随便说说"专栏,由周瘦鹃自己执笔,主要职能是对政坛与时局等有关事宜发言。如本年 8 月 12 日的"随便说说"栏的题目是《我的洗涤北京腐败观》:"吴佩孚说,我主张多请风厉的阁员,洗涤北京腐败的积习,然后组织正式内阁,趋重力行。吴佩孚这些话,倘能做得到,自然是国家之福;然而说虽这样说,做是做不到的。可是北京的腐败,还是从前清积到如今,甚么臭鱼烂肉坏蛋,都满坑满谷的积在那里,凭你罄南山之竹,做一柄大扫帚,怕也扫除不去。即使扫除,他们仍会还来,发出恶臭和微生虫来,把个好好北京城,糟蹋坏了。像黎总统和此外一二个正派些的,不能不算得很好的清道夫,但也没法发付。我看还是像上海救火会中把皮带灌水冲地板一般,向外洋定造几副再大没有的皮带龙头,把一头浸在东海里,一头由我们国民握住了,立在昆仑山、峨嵋山和五狱的顶上,齐向着北京冲去,但是把东海中的水一起用干了,怕也不能洗涤北京腐败于万一呢。唉!”

自 1922 年 9 月 6 日《半月》第 2 卷第 1 期至 1924 年 8 月 30 日第 3 卷第 24 期止,编发何海鸣(求幸福斋主)的长篇小说《十丈京尘》,共 39 回(完)。

本年,曾为先施公司主编《乐园日报》,为时不长。

本年,次子榕出生。

1923 年(癸亥　民国十二年)　　　　　　　　　　　　　　　　29 岁

1 月 5 日起,“随便说说”专栏改名“三言两语”专栏,大多针对时政发言,为忧国忧民语。如 1 月 19 日,在“三言两语”栏中,他谈及众议员黄攻素质问当局,为了贿选“最高”,对议员月给津贴,认为是“侮辱人格”。周瘦鹃写道:“我昨天读了他的质问书,觉得词正气严,十分痛快,读后不觉浮一大白。我看这位黄议员毕竟有些天良,能向着议员神圣的‘神圣’两字上做去。但愿脚踏实地,步步向上,不要一失脚又掉到畜生道中去啊!”这与周瘦鹃在 3 月 20 日所写的“三言两语”可联系起来:“我听说上海卖淫的妓女,有长三、么二、雉妓三等之分,不过我们所谓神圣的国会议员,有人收买,也把他们分做了三等,六千、四千、三千。不是个小数目。料想他们得了这笔钱少不得要打情骂俏,曲意献媚了。唉!国会议员啊,你们要去拿这笔钱么?可还要挂着神圣的招牌么?”

5 月 16 日,在《半月》第 2 卷第 17 期上,发表《亡国奴家里的燕子》。这篇小说与《亡国奴之日记》可说是异曲同工,不过它是从拟人化了的燕子的视角,看侵略者的残暴和亡国奴生活的惨痛。

6 月 28 日,《半月》第 2 卷第 20 期系《李涵秋先生纪念专号》。李涵秋因脑溢血突然在 5 月 14 日于扬州逝世。周瘦鹃在专号中撰写《我与李涵秋先生》一文,回忆他与李涵秋之交往,深表悼念之情。

8 月 4 日,兄伯琴患痧症病逝。周瘦鹃悲痛万分。在《半月》第 2 卷第 23 期上发表《哭阿兄》一文。他和泪回顾了阿兄的一生。还忆及“《半月》创办的当儿,你除了担任发行和广告事宜外,更助我校对。《礼拜六》101 期到 125 期,也是你担任二校的。那时我们一灯相对,往往要忙到夜半,回想当时,自有一种甜蜜的乐趣。如今我要把《半月》第3卷改良了,满想得你的相助,谁知你等不到第3卷第1号出版,竟撒手去了。唉!"

9月25日《半月》第3卷第1期至1924年7月5日第4卷第14期,周瘦鹃编发李涵秋的遗作《绿林怪杰》,共32回(完)。

1924年(甲子　民国十三年)　　　　　　　　　　　　　　　30岁

元旦,民立中学举行20周年纪念大会。周瘦鹃写《狂欢三日记》刊于《半月》第3卷第10期(2月5日出版)。除报导纪念会盛况外,还写他在余兴节目中表演"新说书"《长春液》。

1月5日,王钝根主编的《社会之花》月刊创刊,周瘦鹃写《祝〈社会之花〉》贺词。

9月30日,《晶报》于1922年发表《上海最近一百名人表》后,引起各界的讨论,经过重行"备选"又于1924年9月30日,发表《重修上海一百名人表》,周瘦鹃仍名列其中。

12月8日,由周瘦鹃编剧,上海大陆影片公司摄制的故事片《水火鸳鸯》(默片)首映。

12月11日,在《半月》第4卷第1期至1925年11月30日第4卷第24期,周瘦鹃编发两部很有价值的长篇小说,其一是包天笑的《甲子絮谈》,反映1924年之江浙军阀混战,民不聊生的现实;其二是漱六山房(张春帆)的《政海》,乃揭露北洋军阀政府内幕的作品。

12月17日,在《申报·自由谈》上发表《我的书室》,书室中的各种布置不必一一赘述,但他的藏书可作介绍,从中可窥测他的兴趣:"箱旁小山似的一堆,堆着英国四种周刊和美国的两种电影周报;写字台的左面,又有一座山,比周报的山高出一倍以上,是堆着历年所搜罗的杂书,没系统、没秩序,简直是一座山啊。在这山旁,靠壁放着一口书橱,一共四格。第一格中有法国毛柏桑短篇小说全集十卷,英国文学丛书二十卷;第二、三格,都是名国的名家小说;第四格却放的中国文学书籍,约一百多种。下面有两个抽斗,放着中西的画册,和西方杂志中剪下来的画片。抽斗之下,两扇门的里面,又有两大格,放着中西的许多旧书,那好似秋山乱叠,更见得杂乱无章咧。"

本年,次女梅出生。

1925年(乙丑　民国十四年)　　　　　　　　　　　　　　　31岁

4月,由周瘦鹃在《申报·自由谈》上编发的毕倚虹的长篇小说《人间地狱》出版单行本。周瘦鹃为之作序,其中谈及编发时的情形:他"随作随付予,略无存稿,且日必迟至。往往《自由谈》余版皆已付排,而《人间地狱》未来。余每枯坐以待，或以电话相敦促，日以为常。"毕倚虹在《自序》中也回应了对这位"债主"的感谢："去年来海上，事务较杂，每届黄昏，犹未著一字，赖周瘦鹃先生，频以电促，使余不能偷懒。是《人狱》之成，瘦鹃实第一功臣。"周瘦鹃在序中对此书的艺术上的评价是"每写一人，尤能曲写其口吻行动，至于一一逼肖。掩卷以思，即觉其人跃然纸上，盖已极文章之能事矣。"周瘦鹃还盛赞毕倚虹因以诗词见长，所以长篇中的章回体回目尤有字里飞花之致，读者为之击节叹赏，此书为"隽妙可喜"之佳品。

6月1日，"五卅"惨案后，6月1日周瘦鹃所写的"三言两语"："地上一抹一抹的血痕，被一夜雨水冲洗去了，但愿我们心上所印悲惨的印象，不要也和血痕一样淡化。"

6月6日，毕倚虹主编的《上海画报》（三日刊）创刊，特邀周瘦鹃为主要撰稿人，几乎每期必撰一文。7月，毕倚虹病，周瘦鹃曾代理编务。

7月21日出版的《半月》第4卷第15期，刊登了周瘦鹃的小说《西市辇尸记》，以小说的形式控诉帝国主义者于"五卅"枪杀我无辜同胞的罪行。

8月，"五卅"后，因报纸篇幅拥挤，《自由谈》停刊了两个多月，至8月5日复刊。在"三言两语"中周瘦鹃写道："砰砰的枪声，红红的血痕，孤儿寡妇们热热的眼泪，哀哀的哭泣。这是我们中国民族史上所留着的绝大纪念，任是经过了两个多月，已成陈迹，而我们的心头脑底，似乎还耿耿难忘吧！""《自由谈》销声匿迹，已两个多月了。如今卷土重来，满望欢欢喜喜的说几句乐观的话。然而交涉停顿，胜利难期。在下在本报上和读者相见，只索得'流泪眼'望'流泪眼'。"

9月14日，周瘦鹃主编《紫葡萄画报》（半月刊），编辑设在自己寓所。该刊至12月30日出至第17期停刊。

11月16日，在《半月》第4卷第23期上发表《紫罗兰庵困病记》。从此文中可看到他突发严重肠胃病时，工作上一切都乱了套，稿子发不出，更令他焦急万分，似乎他没有生病的权力。其中也写母爱及友人的关怀。还记录了他某天的活动日程，可知他日常的生活节奏：晨七时至九时，创作、翻译；九时半至十时，访步林屋先生；十时至十一时，到《申报》编《自由谈》；十一时至十二时，到大东书局编《半月》；十二点半至一时半，到先施公司《乐园日报》社编《乐园日报》；下午两时到六时，参加某老友的婚礼；晚至深夜翻译小说《侠盗容禄》（现译"佐罗"）。这里勾勒出了周瘦鹃的"正常"生活，每天他就像陀螺那样团团转。

12月，《半月》出版至第4卷第24期后，改名《紫罗兰》半月刊。改名的原因是大东书局资方觉得这个刊名用了 4 年,有点"腻"了。但周瘦鹃乐于改名是他想通过改名、改版显示刊物的"创新"面貌,因此,他在更名时就向读者表示:"《半月》结束,《紫罗兰》继起,颇思别出机杼,与读者相见。版式改为二十开,为他杂志所未有,排法亦力求新颖美观,随时插入图案画与仕女画等,此系效法欧美杂志,中国杂志中未之见也。以卷首铜图地位,改为《紫罗兰画报》,以作中坚。图画与文字并重,以期尽美,此亦从来杂志中未有之伟举,度亦为读者所欢迎乎。"

12 月 16 日创刊的《紫罗兰》第 1 期上,周瘦鹃编发了两部长篇:其一是包天笑的《玉笑珠香》,刊至 1927 年 3 月 18 日的第 2 卷第 7 期,共 16 回(未完);另一长篇为王小逸的成名作《春水微波》,刊登至 1927 年 1 月 4 日第 2 卷第 2 期,亦共刊 16 回(未完),后作者完成全稿后另出单行本。

本年,周瘦鹃主持多卷本的法国作家玛利瑟·勒白朗的《亚森罗苹全集》,由大东书局出版。全集包括小说 28 种,其中长篇 10 种,短篇 18 种。分订 24 册。周瘦鹃译了其中的大部分,即 28 种中之 16 种(长篇 2 种,短篇 14 种)。全集由周瘦鹃、袁寒云、包天笑、程小青等 6 人作序。周瘦鹃在《序》中说:"亚森罗苹者,勒氏理想中之怪杰也:有时为剧盗、为巨窃;有时则又为侦探、为侠士。其出奇制胜,变幻不测,乃如神龙之夭矫天半也。吾人平昔读侦探小说,虽布局极曲折,而略加思索,便可知其结果为何;惟罗苹诸案,则多突兀出人意表,非至终卷,不能知其底蕴。其思想之窈曲幽微,几类出于神鬼。此亚森罗苹诸案之所以难能可贵也。"

与张舍我等合译《福尔摩斯新探案全集》,由大东书局出版。收探案 9 篇,共 4 册,全用白话译出。周瘦鹃作《序》。

本年,三女杏出生。

1926 年(丙寅　民国十五年)　　　　　　　　　　　　　　32 岁

4 月,著名记者邵飘萍在北京遭军阀政府杀害,周瘦鹃在 5 月 4 日《上海画报》第 107 期上发表《吾念飘萍》,对军阀枪杀新闻记者的罪行表示抗议。

5 月 10 日,在《上海画报》第 109 期上发表《娶寡妇为妻的大人物》:"娶寡妇为妻,在我们中国是一件忌讳的事,而在欧美各国,却稀松平常,不足为奇。不要说是普通的人,便是他们历史上的大人物,也不少娶寡妇为妻的。"文中举了美国国父华盛顿、法国怪杰拿破仑(妻约瑟芬还带了一个儿子来)、英国海军第一伟人奈尔逊、英国大儒约翰逊、美国前总统威尔逊等人为例。文章最后说:"我国只为人人脑筋中有了不可娶寡妇的成见,而寡妇也抱了不可再醮的宗旨,才使许多'可以再嫁'的寡妇都成了废物;有终于不能守的,便暗地做出那种偷鸡摸狗的行为来,反弄得不名誉。与其如此,那何妨正大光明的再醮呢？然而要寡妇再醮,那么非提倡男子娶寡妇不可。"周瘦鹃早年有妇女应"从一而终"的思想,在"节烈观"上有其局限性。至此可说明他在这一问题上已有了正确的观念。

5月15日,毕倚虹病逝,在病中,周瘦鹃常帮毕倚虹编发《上海画报》的稿件;至此,他正式接任《上海画报》主编,直至第431期,才移交给钱芥尘编辑。自1925年起,上海掀起"画报热",毕倚虹的《上海画报》于1925年6月6日创刊,为第一家。此举一炮打响,效法者纷起,竟达30多家之盛,皆模仿《上海画报》格式。毕氏病危时,听到周瘦鹃答应继任主编之职,现欣慰之状说"后继有人矣"！

6月6日,《上海画报》创刊一周年,周瘦鹃撰《去年今日》一文追忆始创者毕倚虹。6月10日出版的《紫罗兰》第1卷第13期为《呜呼,毕倚虹先生》专号。

6月15日,周瘦鹃又就任《良友》主编。《良友》于本年2月15日创刊,广受好评。周瘦鹃于第5期起任主编之职;并发表《向读者诸君说几句话》:他先盛赞前4期印刷精良,图画文字丰富。"便是百忙中的在下,也早已处于读者之列,引《良友》为良友了。不道那位《良友》主人伍联德君,偏不肯让在下舒舒服服享读者的清福,偏要把那编辑的一副重担,推在在下的肩上。在下本来挑着几副担,已挑得曲背伛腰,筋疲力尽了,如今平白地又加上了一副,如何应付得来？但是伍君的一片厚意,又不可孤(辜)负,且把肩背挺上一挺,试试这副担的重量;一面请诸文友助我一臂,免得使在下压死在重担之下,倘有不到之处,还得请读者诸君多多原谅。"

9月,在大中华、百合影片公司发行的《〈儿孙福〉特刊》中,发表《说伦理影片》一文。文中谈他对孝道的见解:"平心而论,我们做儿子的不必如二十四孝所谓王祥卧冰、孟宗哭竹行那种愚孝,只要使父母衣食无缺,老怀常开,足以娱他们桑榆晚景,便不失其为孝子,像这种极小极容易做的事,难道还做不到么？"过去也曾批评过他所写的《父子》有愚孝的成分,至此可以明确地看到,周瘦鹃已分清了孝行与愚孝之间的区别。

12月19日《紫罗兰》第2卷第1期至1930年第4卷第23期,周瘦鹃编发姚民哀的《荆棘江湖》,共发表了45回(未完)。

1927年(丁卯　民国十六年)　　　　　　　　　　　　　　33岁

1月15日,《良友》第12期"编者之页":从第13期起,"以后本报编辑责任,全归本公司编辑部担负;因周瘦鹃先生除主编《紫罗兰》、《申报·自由谈》等等刊物之外,还有不少的著译工作,委实是忙得很的,所以我们不敢再劳周先生了。"

6月21日,在《上海画报》第245期上,发表《庆祝北伐胜利日日记》,记述北伐军开进上海时的情景与自己的欢愉心情。

12月20日在《申报·自由谈》中推荐刘海粟画展,撰《海粟画展之一瞥》。

12月18日晚,应田汉之邀,与欧阳予倩夫妇、周信芳等友人一同观看田汉编剧并参加演出的《名优之死》。在12月21日《上海画报》第305期上撰写《颇可纪念的一天》,对剧本与演出皆深表赞赏。

本年,四女瑛出生。

1928年(戊辰 民国十七年) 34岁

1月《紫罗兰》第3卷改版革新。版式仍为30开,封面挖空一块,作苏州园林的"漏窗式",扉页是一幅精印彩色时装仕女画,配上相映成趣的诗词。读者透过"漏窗"先只能看见那扉页画的最精彩的部分,但等翻开封面才能看到扉页的全貌,并可吟诵那配画的清词丽句。正如周瘦鹃自己所说的:"真所谓'画里真真,呼之欲出',总之我是不断地挖空心思,标新立异的。"周瘦鹃的这种刻意求新的开拓精神,使杂志销量蒸蒸日上。

2月24日、27日,在3日刊《上海画报》第326、327期上撰写《〈美人关〉之回忆》。回忆他的处女作《爱之花》改编成戏剧与电影之经过。郑正秋告诉他说,汪优游与王无恐曾在汉口演出过《爱之花》但更剧名为《儿女英雄》,"颇得鄂中人欢迎。愚闻之大悦,怂之一演。郑子慨允,会汪、王诸子均在新民(剧社),遂以王饰中将,汪饰少将,王惠声君饰曼茵,哀艳热烈,一如愚之剧本。而声容并茂,则迥非吾之死文字所能企及也。"但在汉口演出的具体年月与在上海新民剧社何时演出,均无详细交代。1927年郑正秋又告诉他《爱之花》已改编为电影剧本,将由卜子万苍导演,(杨)耐梅主演,而易其名为《美人关》。……去腊,《美人关》摄制告成,愚以事冗,未获往观其试映之成绩。畴昔之夕,中央大戏院揭橥《美人关》开映消息,因偕凤君往观之……吾之剧本可摧烧,而此片固有永久存在之价值也。"

3月21日,周瘦鹃在《上海画报》第334期上发表《记许杨之婚》一文,文中谈及15日在许杨宴请证婚人胡适时,他亦在座,"胡适之博士健于谈,语多风趣,阖座倾听忘倦。承齿及本报(指《上海画报》——引者注)谓每期必读拙作,而尤激赏丹翁之诗……继又道及拙编《紫罗兰》半月刊与往岁中华书局出版之拙译《欧美名家短篇小说》,谓为不恶。愚以大巫当前,不期为之汗下数升焉。已而愚谈及二十年前之《竞业旬报》，中有博士诗文杂作，署名铁儿，已斐然可诵。博士谓所化之名，当不止此。当时共同合作者，为丹翁、君墨诸君，故至今尚珍藏数十册，以资纪念云。"

秋，被上海记者公会推选为监查委员。不久，因自觉力难胜任而辞职。

10月27日《上海画报》第406期上，载《胡适之先生谈片》，记录周瘦鹃于10月25日访胡适于寓所的谈话内容。在两小说的对话中，主要交流各自的译作经验，特别是有关直译问题的探讨。"我道，我很喜欢先生所译的作品，往往是明明白白的。胡先生道，译作当然以明白为妙。我译了短篇小说，总得先给我的太太读，和我的孩子们读。他们倘能明白，那就不怕人家不明白咧。接着胡先生问我近来做甚么工作。我道，正在整理年来所译的短篇小说。除了莫泊桑已得40篇外，其余各国的作品，共80多篇，包括20多国，预备凑成100篇，汇为一编。胡先生道，这样很好，功夫着实不小啊。我道，将来汇成之后，还得请先生指教。"

同日，《紫罗兰》第3卷第15期至1929年3月11日第3卷第24期上，周瘦鹃签发范烟桥的《吴宫花草》，共12回(完)。

11月28日，在《申报·自由谈》上发表《鹤玉因缘》，祝贺严独鹤续弦——与新娘陆蕴玉恋爱结成正果。来宾祝辞中有"独鹤不独，蕴玉不蕴。月圆花好，敬祝两新人万福"等语。周与严是掌握上海新闻界最权威副刊的"一鹃一鹤"，编"自由谈"的周瘦鹃人称"自由之鹃"，编"快活林"的严独鹤人称"快活之鹤"，虽"一时瑜亮"，但在编刊时能相互支持，友谊竞赛，私交甚洽，已有十多年交情，无文人相轻之嫌(严独鹤第一次结婚时，"快活林"的稿件就是周瘦鹃为之代发的；严丧偶后，周瘦鹃为他的续弦问题，常进忠告，尽参谋之责)。

1929年(己巳 民国十八年) 　　　　　　　　　　　　　　35 岁

1月12日，周瘦鹃在《上海画报》第431期上发表《几句告别的话》："然而十多年来，呕心沥血所得，却多半给亲戚们吞食了去，使我不得不怀着两叶坏肺，仍在拼命做事。除了赡养一家十余口以外，还要供应亲戚们无厌的诛求，因为我生来就是个弱者，不怕我不拿出来的。然而不打紧，好在我的身体还支撑得住，尽管像牛马般做下去就是了，只要办事顺手，辛苦些算什么？不幸我所处的地位，恰恰做了人家的文字上的公仆。一天到晚，只在给人家公布他们的大文章，一天百余封信，全是文稿，又为的朋友太多，不能不顾到感情，只得到处讨好，而终于不能讨好，偶一懈怠，责难立至，外界不谅，又因来稿未登，或敷衍未周，而加以种种的责备，种种的谩骂。日积月累的痛苦,一言难尽,便是日常相见的朋友之间,也莫名其妙的会发生了误会,引出许多是非,在我已觉得鞠躬尽瘁,而在人还是不能满意。唉,好好先生做到这个地步,可已做到山穷水尽的地步了。"谈及最近一年的编务,他又说:"一年以来,任劳任怨,苦痛万分,不知不觉的似乎处于养媳妇的地位,谁有了气,都是向我来发泄;而我自己有了气,只索向肚子里咽,无可发泄……我自己觉得终于是个弱者,什么事也终于是吃力不讨好的,所以我慢慢地要谋一个退藏于密的办法。第一步从《上海画报》做起,先解决我一部分的苦痛,从此以后,便和期期读我那些不知所云的文字的读者诸君长别了。敬以一瓣心香,祝读者诸君的康健与快乐!"周瘦鹃难得有这样的"发泄"的文字,但这次"发泄"中已经明确地透露出要设法"退隐"的意思。他对这十几年来的超负荷的工作,及"内外"的交困局面,已觉得再也无法承担其沉重了。

6月,游西湖后撰《湖上的三日》,刊于7月的《旅行杂志》第3卷第7期上。

从7月起至1930年6月,在《紫罗兰》上辟"少少许集",专门翻译俄国作家契诃夫的短篇小说,计23篇。

本年,开始在苏州物色房基。在向往湖光山色之余,想潜心花花草草,并借盆景园艺"释放"自己的劳瘁。

1930年(庚午 民国十九年)   36岁

6月,《紫罗兰》半月刊出满4年,改刊名为《新家庭》月刊。周瘦鹃在《发刊辞》中写道:"我们因鉴于家庭与各人的关系的重要,因此有《新家庭》杂志之作。每月出版一次……一切材料,都求其新颖有味,成为家庭中最良好的读物。"

9月,与严独鹤、胡伯翔、朗静山合作主编《中华》图画杂志月刊,由上海东方图书出版社发行。1930年3月,周瘦鹃曾游浙江宁波雪窦山,在创刊号上发表游记《雪窦山之春》。

本年,大东书局将曾在《紫罗兰》发表过小说的周瘦鹃、包天笑等16人的作品各人一册,汇编成《名家说集》。周瘦鹃的专集为《瘦鹃说集》。

本年,三子莲出生(后改为"连")。

1931年(辛未 民国二十年)   37岁

4月,中国第一部国产有声电影《歌女红牡丹》摄制成功,出版《歌女红牡丹》特刊,周瘦鹃在特刊上发表《提倡国产的有声电影》,"以夺西方有声电影之席"。

7月,《中华》图画杂志社改组,由胡伯洲主编,上海中华杂志社发行,周瘦鹃脱离。

9月，"九一八"事变。9月24日起《自由谈》创"痛心的话"专栏。在专栏的第一天他写道："亲爱的国人，这不是醉歌恒舞的时候了。暴日的兵已侵占了我们的土地，掠夺了我们的财产，残杀了我们的同胞。你们有心肝有血气么，便当效法勾践，一致做卧薪尝胆的工作。"

10月10日，为响应在全国范围内掀起抵制日货运动，在《新家庭》第1卷第9期上发表《为国难事吁求全国家庭一致勿用日货》一文："……在下以微小的《新家庭》编者的资格；以一母一妻与七个子女的家庭中一个家主的资格，敢掬着十二万分的诚意，吁求全中国四万万人的家庭，一致秉着良心的主张，从民国二十年九月十八日起，誓死抵制日货，无论威胁利诱，决不变节，以救我垂危的祖国，以制彼凶残的敌人。"

10月24日"痛心的话"改为"抗日之声"专栏。在专栏的第一天他写道："日来蒋介石氏下野的声浪，甚嚣尘上。我是中华民国的国民，当然有一分子发言权，表示我个人的意思。我以为在这外寇日深国势危急之际，蒋氏不但不应当下野，并该'上场'。怎么叫做'上场'呢？就是挺身上战场去，领导全国爱国的军民，杀开一条血路，与暴横无理的倭人作殊死战！"

10月30日至11月28日，周瘦鹃于《自由谈》中签发包天笑的连载小说《乡下人又到上海》。

本年，买宅于苏州，即苏州凤凰街王长河头3号之"紫兰小筑"。

1932年（壬申　民国二十一年）　　　　　　　　　　　　　　38岁

4月，《申报》创刊60周年，周瘦鹃在《自由谈》编发大型的60周年纪念专刊。

夏，受国光公司之聘，准备为该公司创办电影刊物。国光公司是拥有国泰、大光明两家电影院的影业公司。素知周瘦鹃不仅是影迷，而且对中外电影颇有研究，认为他是办电影刊物的不二人选。

9月，星社在"九一八"一周年时，借这个日子召开星社成立十周年纪念会，共表抗日决心："九一八是中华民国受着巨创的纪念，我们要努力于文化救国，去雪此奇耻大辱。"星社是1922年七夕那天成立于苏州留园，发起人是赵眠云和郑逸梅等人，先仅有范烟桥、顾明道等九人。常作不定期集合，所谈的无非是文艺话题。到成立十周年时，发展到三十六人，所谓"天罡之数"。范烟桥记载了周瘦鹃入会的时间："民国二十一年，我在《珊瑚》半月刊上写了一篇《星社十年》，说：'这一天的情况，平淡得很，只是有一桩巧事，孙东吴先生与周瘦鹃先生欣然加入星社，新旧社友就凑成了天罡之数……'。"

11月29日,《自由谈》编辑部刊发"启事":"本刊自12月1日起,将重行革新,所用稿件,概系特约撰述。自即日起停收外稿,敬希投稿诸君注意为幸。"

12月1日,黎烈文接任《自由谈》副刊主编,周瘦鹃十二年零七个月的《申报·自由谈》主编的生涯到此终止。在解放后他在回忆中写道:"于是平地一声雷,来了一个在转变,《自由谈》变了,换上了一幅新面目,这一变实在是变得好的。我先还看看稿件,装装门面,后来什么也不管了,就懒洋洋地蜇到总经理室去,露骨表示了倦勤之意。好一个念旧情深的史老总,立即拉住了我,急道:'《申报》是你的大本营,你不能走!来来来,再来上个新的副刊,各显神通。'于是隔不多久,《春秋》就呱呱堕地了。"

本年,移家苏州。每周到上海两天处理《申报》与国泰公司的事务。平时在苏州家园内种植花木,潜心研究盆景园艺。

1933年(癸酉 民国二十二年)   39岁

1月10日《申报·春秋》刊登"周瘦鹃启事"。

任《春秋》副刊编辑后,一心要和《自由谈》竞争,时时以史量才的"各显神通"的话激励自己:"差不多把浑身解数十八般武艺,全都搬了出来。""我抱着雄心壮志,发奋图强,先美化了版面,在版底特辟一栏,轮流刊登各种专题性的文章,分成'游于艺'、'小常识'、'游踪所至'、'妇女的乐园'、'笑的总动员'、'人物小志'、'新漫画'、'小小说'、'儿童的乐园'等十个门类,每星期又在版末来一个'小春秋周刊',每期选用一些数十字至一、二百字的小品,形成一个雏形的副刊,煞是有趣。这样不算,还随时集合了同一类型的文章,出不定期的专页,例如'记所见'、'菊与蟹'、'炎夏风光'、'苏杭特刊'、'夜'、'学校生活'、'农村专号'等等,引得读者眼花撩乱,兴趣倍增……"其实周瘦鹃还不懂得他的《春秋》与黎烈文编的《自由谈》的读者是两个路子,竞争固然必要,但各刊的基本读者却也是不大会变动的。

3月4日起至1934年8月16日,张恨水的长篇小说《东北四连长》由周瘦鹃编发于《申报·春秋》,共载453天次。

《半月》与《紫罗兰》均办了4年才改名改版式,但《新家庭》月刊艰难地办了十二期即于4月宣告停刊。其时是个日寇入侵、家破人亡的现况,《新家庭》生不逢时。

秋,大光明影院倒闭,国光公司一蹶不振,周瘦鹃脱离,筹备电影刊物也成画饼。

1934年(甲戌 民国二十三年)   40岁

1月7日,在《申报·春秋》辟《儿童》周刊,逢星期日出版。周瘦鹃在

《发刊辞》中写道:"儿童,是未来的代表者,所以我们对于未来的一切希望,也就整个儿属于儿童们的身上。我们是渐渐地老了,不中用了,眼瞧着这内忧外患相煎相迫的祖国。除了摇头太息外,谁也想不出一挽救的方法来,所希望者,只得希望我们的富有朝气的儿童们,将来都能把救国救民的一副重担,挑在他们的肩头,仗着大刀阔斧,杀出一条生路来,使我们这可怜的祖国,终于有否极泰来的一天。"

4月1日起至1935年11月19日,由德龄公主原著,秦瘦鸥译的《御香飘缈录》,由周瘦鹃编发于《春秋》,共连载459天次。

8月20日至1936年2月25日,周瘦鹃签发张恨水的《小西天》于《春秋》副刊,共连载420天次。

本年,与朱樨园等在苏州成立含英社——一个研究盆景、园艺的小团体。

1935年(乙亥　民国二十四年)　　　　　　　　　　　　　　41岁

7月22日,他在《申报·春秋》上刊载《悼念郑正秋先生》一文。怀念老友,怀念这位民立中学的校友——中国电影事业的开拓者。

本年,在《申报·春秋》辟《衣食住行》周刊,每星期四出版。

1936年(丙子　民国二十五年)　　　　　　　　　　　　　　42岁

2月,二子榕在紫兰小筑学骑自行车,不幸跌入池塘溺亡,周瘦鹃写了多篇血泪回忆短文,并将池塘填平。

3月30日至1937年8月10日,《春秋》刊登张恨水的长篇《换巢鸾凤》,小说以周瘦鹃和周吟萍之恋为原型,共刊载了15回,208天次(报上排序为207次,其中第96次重复了两次)。因抗战中断(未完)。

10月,周瘦鹃与鲁迅、茅盾、巴金、郭沫若、叶绍钧、郑振铎、谢冰心等21人联名发表《文艺界同人为团结御侮与言论自由宣言》。

10月19日,鲁迅逝世。

周瘦鹃发表《挽鲁迅先生》,挽联:"穷年《呐喊》公遂暗,绝路《彷徨》我焉归"。"《呐喊》、《彷徨》皆先生所著短篇小说集,为愚所拳拳服膺者。"并专程从苏州到上海参加鲁迅先生的葬礼。

1937年(丁丑　民国二十六年)　　　　　　　　　　　　　　43岁

1月11日,刊登《春秋》"编者话":"各类文字,均以思想前进,意识纯正,文笔活泼,趣味隽永为主要质素。"

春,星社最后一次雅集是在上海漕河泾冠生园聚餐,当时据"天命"(可能是范烟桥用笔名发表在《万象》上的文章)的《星社溯往》,说当时记录在社友录上共 105 人。后不久,抗战中就停止了活动,可说是自行解散。

7 月 7 日,卢沟桥事变,日本全面侵华,八年抗战即始于此。

8 月 9 日,周瘦鹃在《申报·春秋》上为日寇侵占北平与天津而发表新诗《平津哀歌》:"华家两子真英英,/长曰阿平,次曰阿津,/阿平大方而老成,/阿津活泼而精明,/承欢华翁膝下数千春,/谁不羡慕华翁有此两宁馨?/东方有强邻,/见之起野心,/天天早思而暮想,/安得抢来做螟蛉?/于是硬吓软骗勾通华家小厮们,/打进门来抢平津。/阿平号咷阿津哭,/苦苦挣扎不肯行。/保姆宋妈救不得,/自管大模大样走保定。/华翁年老弱不胜,/惟有忍气与吞声。/从此阿平阿津都失身,/三日之间改了姓。/四邻见了齐叹息,/叹息华家竟无人!/但愿华家子弟快发奋,/一齐起来救平津,/摩拳擦掌,秣马厉兵,/不见西方阿法兄,/早年曾受强邻阿德之欺凌,/失了两子阿尔萨斯与劳伦。/后来阿德跌翻阿法兴,/两子归宗多欢欣。/寄语阿平与阿津莫伤心,但看阿尔萨斯与劳伦。"

8 月,日寇开始进攻上海,报刊或停或缩小篇幅,8 月 14 日《春秋》停刊。

日寇出动飞机轰炸苏州等地。周瘦鹃携全家避难,同行者还有程小青及东吴大学几位教授。先在浙江湖州南浔镇避难 3 月;后东南沿海局势吃紧,迁安徽省黟县南屏村。避难期间创作旧体诗二百余首,其中不乏忧国忧民之作。

1938 年(戊寅　民国二十七年)   44 岁

元旦,在南屏村度过。邻女送来一盆蜡梅和一盆天竹为贺,居停主人叶老太太送来多盏小红灯,在小园里每株树上挂上一盏,点上了火,真的增光不少。周瘦鹃一一感激不尽。1944 年元旦,周瘦鹃写《劫中度岁记》回忆 1937 年 8 月至 1938 年初避难时的情景,说当时与同来的程小青及东吴大学教授组织了一个座谈会,每星期举行一次,会员共 12 人,他给座谈会起了个名字:"苦茶集"。南屏村的除夕夜,"夜雨不绝,敲在园角方灯上,萧萧有声。雨啊!尽量下的雨啊!我只期待着明天,无穷的明天,末了儿总会给我一个光明的明天,风和日丽的明天!"

2 月,接上海《申报》馆来信催促回沪复职。

3 月,携全家返沪。期间《春秋》副刊已有另人编辑,但又不能让赶来复职的人空手而归,于是暂时决定每周腾出两天,仍请周瘦鹃编《儿童周刊》和《衣食住行》。

秋,两次观看阿英(钱杏邨)以明末葛嫩娘抗清视死如归的故事改编的话剧《碧血花》(后易名《明末遗恨》),虽然是写抗清,但在日寇铁蹄下的上海观众心知肚明,应该以葛嫩娘般的精神去抗日。这一剧作受到周瘦鹃的高度赞扬,希望"凡是感到亡国之痛而苦闷得无从发泄的人,都去看一二遍。""昔者释迦牟尼作大狮子吼,唤醒众生,今诸君子掬无穷血泪,大声疾呼,其功德正不在释迦牟尼下,恨不能使诸君子化身千万,搬演千万遍耳。"

冬,经蒋保釐介绍,加入国际性的花卉竞赛组织中西莳花会。此会在上海已有数十年历史,每春秋各举办一次展览进行评比,优胜者得葛兰氏银质奖杯之荣誉。

1939 年(己卯　民国二十八年)　　　　　　　　　　　　　　　45 岁

1 月 1 日起至 1940 年 5 月 29 日,周瘦鹃编发包天笑的《雨过天青》于《春秋》,共连载 287 天次。

5 月 22 日,第 63 届春季评比年会在跑马厅开幕,作为中西莳花会会员的周瘦鹃首次参加展出评比,作品是盆景等展品共 22 件,引起轰动,获二等奖。许多外国人还以为是日本人的展品,因为中国人过去从未获得过名次。"经我挺身而出,说明自己是中国人后,他们即忙和我握手道歉。"

11 月 23、24 日,第 52 届秋季评比年会,仍在跑马厅举行。这次得全会总锦标英国彼得·葛兰爵士大银杯。连他母亲与夫人也冒雨来参观"我于欢欣鼓舞之余,曾作了四首七绝。"其一是:"占得鳌头一笑呵,吴宫花草自娥娥。要他海外虬髯客,刮目相看郭橐驼。"

本年,曾在《春秋》上编过数期《妇女》周刊。

1940 年(庚辰　民国二十九年)　　　　　　　　　　　　　　　46 岁

5 月 22、23 日两天,莳花会举行 64 届年会,周瘦鹃参加盆栽和水石共30 点,分 3 大桌,吸引了无数中外观众的眼球。结果蝉联了彼得葛兰爵士大银杯总锦标。他又作七绝四首,其一是:"半载辛勤差不负,者番重夺锦标还。但悲万里河山破,忍看些些盆里山。"在这山河破碎的日子里,就是为了要在这国际大都市里,让中国人出人头地,也算是自己为邦国增光。这亦悲亦喜的心情支撑着周瘦鹃参加莳花会。

6 月 1 日起至 12 月 5 日,周瘦鹃编发程小青的《霍桑探案·舞后的归宿》于《春秋》副刊,共连载 186 天次。

秋,参加第 53 届秋季莳花评比会,这次的展品,周瘦鹃自己也特别满意,自以为可以"连中三元"。但评判员全是西籍人士,根本不愿让中国人"三连贯",将总锦标给了沙逊爵士,也即当时上海首富哈同。将周瘦鹃的展品贬为二奖。许多莳花会的老观众,也包括正直的西方观众,均为周瘦鹃抱不平。周瘦鹃对不公正的评比,表示愤慨,退出了莳花会。这个中西莳花会会员西方人士占绝大多数,中国会员不足 10 人。周瘦鹃希望中国的园艺家也组织一个纯粹中国人的莳花会,发扬国光。他特别说到一点:"这不能说是什么有闲阶级的闲情逸致,因为我国以农立国,对于园艺的提倡,似乎也是需要的吧。"(《我与中西莳花会》)

1941 年(辛巳　民国三十年)　　　　　　　　　　　　　　　　47 岁

　　1 月 1 日起至 1942 年 2 月 13 日,周瘦鹃签发秦瘦鸥的长篇《秋海棠》于《春秋》,共连载 332 天次。读者反映强烈,可与《快活林》上登载张恨水《啼笑因缘》的反响相媲美。谈起发表这一长篇的缘起时,周瘦鹃回忆道:"29 年秋,为了要发掘新作家起见,特地悬赏征求,一时应征的作品,倒有一二百部,无奈都是不合用的。那时老友秦瘦鸥兄恰好闲着,手头有三部小说要写,我就请他先将故事的节略写出来看看;不上几天,他交来三篇节略,我读过之后,一挑就挑上了《秋海棠》。"

　　春,在上海王家军静安寺路口开设"香雪园",展出精心栽培的花卉和精心制作的盆景、盆栽,并设茶座。这是周瘦鹃抗衡中西莳花会的实际行动,促进中国园艺家的交流与切磋。

　　受上海九福制药公司之聘,为该公司筹备出版《乐观》杂志。

　　5 月 1 日,《乐观》杂志创刊号面世。周瘦鹃的《发刊辞》写道:"我是一个爱美成癖的人……可是宇宙间虽充满着天然的美,和人为的美,叵耐不幸得很,偏偏生在这万分丑恶的时代。一阵阵的血雨腥风,一重重的愁云惨雾,把那一切美景美感,全都破坏了……知我者谓我心忧,不知我者谓我何求?……愿大家排除悲观,走向乐观之路,抱着乐观,乐观光明之来临。"

1942 年(壬午　民国三十一年)　　　　　　　　　　　　　　48 岁

　　1 月,太平洋战争爆发,上海日军占领租界,并接管《申报》,周瘦鹃辞职,以保持清白。

　　4 月,《乐观》月刊在匮乏的物质条件下勉强维持了一年后停刊。

1943 年(癸未　民国三十二年)　　　　　　　　　　　　　　49 岁

　　春,上海银星广告社委托周瘦鹃为该社编一本杂志。周瘦鹃因过去《紫罗兰》半月刊深受读者喜爱,就将新出版的杂志仍袭用《紫罗兰》的名字。为了不与 20 世纪 20 年代的《紫罗兰》混淆,人称"(后期)《紫罗兰》",或"《紫罗兰》(后)"。

　　4 月 1 日,后期《紫罗兰》月刊创刊号出版。周瘦鹃唯一的一部中篇小说《新秋海棠》就在创刊号至 1944 年 4 月的第 12 期上连载。周瘦鹃在《弁言》中说:《秋海棠》"一编问世,不胫而走,引起了戏剧界和电影界的注意,由顾仲彝、费穆、佐临三位先生改编剧本，由马徐维邦先生编导电影；电影尚未映上银幕，而剧本却已先由上海艺术剧团在卡尔登上演了。自31年12月24日搬演红氍之后，轰动了整个的上海，打破历来卖座的纪录，几于无人不道《秋海棠》。在瘦鸥固然喜不自胜，而当年薄效微劳的我，也是'与有荣焉'的。"可是周瘦鹃忙得到开演后一个月才有空去看演出。"我的朋友中十个倒有九个都已看过《秋海棠》，都说哀感太过，虽铁石人也将为之下泪……"他的儿女们看了戏后，也一齐向他"请愿"，希望他能救活秋海棠。"因了儿女们的一再怂恿下；因了《紫罗兰》复活而鼓起我的勇气……我终于大胆地写这部《新秋海棠》了。"可是秦瘦鸥在艺术问题上却顾不得周瘦鹃是热情"首推"《秋海棠》的"功臣"，他连一点"面子"也不给，认为将秋海棠救活，做起"封翁"来的"续作"是"失败"了的。

同月，《紫罗兰》(后)自创刊起到1944年4月第12期，周瘦鹃编发程小青的侦探小说《龙虎斗》，共12回(完)。

5月，《紫罗兰》(后)1943年第2期上，周瘦鹃隆重推出张爱玲的《沉香屑·第一炉香》并在编者的话"写在紫罗兰前头"详细介绍张爱玲来访时的对话及他回访张爱玲的情景："我一看标题叫做《沉香屑》，第一篇标明'第一炉香'，第二篇标明'第二炉香'，就这么一看，我已觉得它很别致，很有意味了。当下我就请她把这稿本留在我这里，容细细拜读……我们长谈了一点多钟，方始作别。当夜我就在灯下读起她的《沉香屑》来，一壁读，一壁击节，觉得它的风格很像英国名作家 Somerset Maughm 的作品，而又受一些《红楼梦》的影响，不管别人读了以为如何，而我却是'深喜之'了。一星期后，张女士来问我读后的意见，我把这些话一说，她表示心悦神服，因为她正是 S. Maughm 作品的爱好者，而《红楼梦》也是她所喜读的。我问她愿不愿将《沉香屑》发表在《紫罗兰》里，她一口应允，……如今我郑重地发表了这篇《沉香屑》，请读者共同来欣赏张女士一种特殊情调的作品，而对于当年香港所谓高等华人的那种骄奢淫逸的生活，也可得到一个深刻的印象。"

6月，在《紫罗兰》(后)第3期上刊登《沉香屑·第二炉香》。

8月，《紫罗兰》(后)第5期的《写在紫罗兰前头》上记载了敌伪时期的《申报》为招待日本出版界代表山田谦吉、上野巍，一定要周瘦鹃出席各报刊的招待会。在会上主持人还要他发言，周瘦鹃在会上发言的最主要之点是"本人平时常在日本的书籍报纸杂志中，见到他们文化人对于我国的称呼，老是用'支那'二字，据说这'支那'二字，是含有轻蔑我国的意义的。本人孤陋寡闻，不知道是不是如此，今天特地请教于代表日本出版界的两位先生。"

经翻译后二人笑而不答。他继续说:"现在且不管它有没有轻蔑的意义,总之我国是中华民国,那就应当以中华民国相称。希望两先生回国后,向出版界转达此意,愿'支那'二字,从此不再见于日本的出版物中。这就是本人今天所要提出的一些意见。"

秋,张爱玲为感谢周瘦鹃签发了她的"两炉香",和姑姑张茂渊一起邀请周瘦鹃到赫德路爱丁顿公寓 60 号姑姑家喝茶,这是典型的英国习惯,周瘦鹃称这个家布置得洁而精,不仅点心精美,"连茶杯与点碟也都是十分精美的"(《写在紫罗兰前头》)。张爱玲本不善应酬,张茂渊却陪着周瘦鹃谈论周最喜欢的园艺。(《百年家属——张爱玲》)

1944 年(甲申 民国三十三年)   50 岁

5 月,从《紫罗兰》(后)第 13 期至 11 月第 17 期,周瘦鹃发表《爱的供状——附〈记得词〉一百首》回忆自己和周吟萍的恋史。

《爱的供状》发表后,读者深受感动,于 9 月第 16 期与 11 月第 17 期中摘录了若干读者反馈。如其一,闻人杰先生来信:"……近期《紫罗兰》,令人读之再三而不忍舍去者,莫若先生之《爱的供状》。不意世界之大,竟有如此神圣不可侵犯的爱在滋长着,而又发生于数十年前,始终不变,思之实属稀有,或者就为了是稀有之故,更觉有回味可寻;所以一方面为先生哭,而一方面也为先生颂。诗云:'人生得一知己,可以无憾',像先生这样的知己,世间实在难觅,而先生得之,那么又何必一定要结为夫妇呢?"

秋,夫人胡凤君患肺病。

母患牙癌病逝于上海。

1945 年(乙酉 民国三十四年)   51 岁

3 月,物价上涨,纸张昂贵。周瘦鹃说:"我们因为资本太少,一向是买一期纸出一期的。"终于在"纸老虎"的"淫威"下,《紫罗兰》(后)停刊,共出版了 18 期。

8 月,日本无条件投降,8 年抗战中国人民终于取得胜利。周瘦鹃准备回《申报》主编副刊。但国民党接收人员却只给了他一个"设计委员"的虚衔,每月薪金 30 元,无需到馆工作。周瘦鹃极为不快。

1946 年(丙戌 民国三十五年)   52 岁

1 月,除已婚嫁的子女之外,举家迁回苏州紫兰小筑,着手修理残破不堪的家园。

2 月,集龚自珍诗句等为七绝若干首,表现了自己的消极退隐心情,如"斜阳只乞照书城,玉想琼思过一生。从此周郎闭门卧,梅花四壁梦魂清"。

又如:"暮气颓唐不自知,一灯悬命续如丝。今年烧梦先烧笔,倦矣应怜缩手时。"他要做陶渊明、林和靖式的隐士,以灌园叟终了一生。

4月,作七律《日者室人凤君病甚焦虑万状》。23日夫人胡凤君逝世。

6月,蒋介石集团撕毁停战协定,全面发动内战。周瘦鹃寄郑逸梅诗:"干戈扰攘无宁日,箕豆相煎大可哀。乱世难寻安乐土,愿君此去莫重来。"对内战深表厌恶。

8月,作《凤箓痛语》,悼亡妻。从8月至10月,作《罗敷媚》词三十多首,悼念亡妇凤君。

12月17日,和俞文英女士结婚。婚礼在苏州孔雀厅举行。

1947年(丁亥　民国三十六年)　　　　　　　　　　　53岁

5月,翻译小说结集《世界名家短篇小说全集》(4卷)由上海大东书局出版。共收欧、美、亚、非作家小说作品80篇。

本年,又为银都广告社编辑较为大型的《乐观》杂志,但只出一期即停。周瘦鹃在作介绍时说:"本期小说,如徐碧波先生的《空气》,写抗战期间重庆防空洞中的众生相,作有力的讽刺。蔡夷白先生的《测验》,可作一页新官场现形记看。"

本年,五女蓉出生。

1948年(戊子　民国三十七年)　　　　　　　　　　　54岁

本年,物价飞涨,民不聊生。为维持全家生计,摆摊出售园中鲜花。

1949年(己丑　中华人民共和国成立)　　　　　　　　55岁

春,写信给《申报》馆,辞去设计委员的虚衔。至此,进《申报》工作整整30年。

4月27日苏州解放。

10月1日,中华人民共和国成立。周瘦鹃静观默察开始去认识新社会。

本年,六女蔷出生。

1950年(庚寅)　　　　　　　　　　　　　　　　　　56岁

秋,建国后首次应邀参加苏州市盆景展览,颇得好评。

9月底至10月初,应邀出席苏州市第一届人民代表会议,为特邀代表。人民代表会议与人民代表大会的主要区别是人民代表会议只有建议权,如在这次会议上代表建议改苏州中正路为人民路。苏州市人民政府接受了这个建议,立即实行。10月1日与全体代表一起,欢庆中华人民共和国国庆1周年。参加这次会议使周瘦鹃对人民政府与新社会有进一步的认识,深受教育。

本年，因盆景展出受到好评，慕名前来请教与交流者不乏其人，因此周瘦鹃像 1940 年开设"香雪园"一样，欢迎鉴赏者和同行园艺家来园中参观与交流；并进一步索性开放"紫兰小筑"花园，并准备《嘉宾题名录》请来访者签名留念。

1951 年（辛卯）   57 岁

9 月，应邀出席苏南地区第一届文学艺术工作者代表大会。受到苏南行政公署领导的亲切接见，鼓励他为新中国而写作，在他思想上引起很大的震动，但顾虑还没有完全打消，迟迟未敢动笔。

本年，七女荷出生。

1952 年（壬辰）   58 岁

春，接苏南行署领导的亲笔信："先生从事写作多年，经验丰富，希望遵照毛主席所指出的正确文艺路线，发挥高度的爱国热情，继续写作，将来对人民文艺事业谅必有更多贡献。"

11 月，受聘出任苏州市园林管理处副主任。

1953 年（癸巳）   59 岁

1 月，苏南、苏北行政公署合并为江苏省。江苏省人民政府成立。

3 月，受聘于江苏省文史研究馆任馆员。

春，江苏省人民政府主席来苏州视察工作，与知名人士座谈时，周瘦鹃建议全面整修苏州园林，政府接受他的建议，很快拨款。在谢孝思的主持下，周瘦鹃等人多年参与了修缮拙政园、留园、网师园、沧浪亭、狮子林、怡园等园林。为这些园林今后申请成为世界文化遗产打下厚实的基础。

6 月 19 日，时任上海市市长陈毅同志突然独自来访，连警卫员也不带，一进门就说，我，陈老总，来看你来啦！亲切而平易近人。在参观盆景园艺后，签名留念，又促膝谈心，周瘦鹃谈话中有全盘否定自己解放前的创作之意；陈毅同志更正道："不！这是时代问题，并不是技术问题。"鼓励他重新拿起笔来，使周瘦鹃深受鼓舞，坚定再次"下海"为文的决心。

7 月 4 日，史称"救国会七君子"之一、时任最高人民法院院长的沈钧儒，以老友身份拜访周瘦鹃。

1954 年（甲午）   60 岁

春，应香港《大公报》之约，开始为该报撰写散文小品。这正好使周瘦鹃的"下海"决心有了很通畅的"出海口"，他开始为新中国和新生活而放歌。

6 月 21 日，叶剑英同志来访，在《嘉宾题名录》上题字留念。

本月,当选苏州市人民代表大会代表。

7月,当选江苏省人民代表大会代表。

8月5日—11日,赴南京出席江苏省第一届人民代表大会第一次会议。

10月,参加设计修缮寒山寺。

11月27日,廖承志同志来访。

1955年(乙未)   61岁

4月3日,参加章太炎墓迁葬杭州西湖仪式。在仪式上敬献自制盆景,并题挽联:"吴其沼乎,昔诵遗言惭后死;国已兴矣,今将喜讯告先生。"撰纪念文章《还得名山傲骨埋——记卜葬西湖的章太炎》

6月,《花前琐记》由北京通俗出版社出版。这是他在建国后的第一本散文小品集,实际上是以他给香港《大公报》所撰文章为主的精选本。

10月,受聘出任苏州市文物古迹保管委员会副主任。

秋,浙江省苏昆剧团到苏州演出《十五贯》,上座率不高。周瘦鹃与范烟桥约行家与剧团编导在紫兰小筑座谈,提出了修改建议。剧团按这些建议进行的加工修改,效果显著,持续一个多月场场满座。后参加北京调演,受到毛主席与周总理的赞扬。在昆剧剧种濒临危机时,有"一个剧救活一个剧种"之誉。

1956年(丙申)   62岁

3月,参加江苏省第一届人民代表大会第二次会议。

本月。受聘出任苏州市市政建设委员会副主任。

6月,赴南京出席江苏省文化工作者代表会议。

8月,经柴德赓、范烟桥介绍,加入中国民主促进会。

9月,建国后第二个散文小品集《花花草草》由上海文化出版社出版。全书分两辑,第一辑内容都是有关花草果木的文章;第二辑为历年游记之精选。

本月,老友田汉来苏。除叙旧外还陪同游天平山。

10月5日,在纪念鲁迅逝世20周年前夕,上海《文汇报·笔会》发表周遐寿(周作人)的忆旧文章《鲁迅与清末文坛》。此文与1950年在上海《亦报》上周作人化名鹤生的《鲁迅与周瘦鹃》相比,对鲁迅当年写评语时的情景的复述则更为详细。文中谈及鲁迅与清末民初的上海文坛的关系时说:"总之他对于其时上海文坛的不重视乃是事实,虽然个别有例外,有如周瘦鹃,便相当尊重,因为所译的《欧美小说丛刊》三册中,有一册是专收美、英、法以外各国的作品的。这书在1917年出版,由中华书局送呈教育部审查注册,发到鲁迅手里去审查,他看了大为惊异,认为'空谷足音',带回会馆来,同我会拟了一条称赞的评语,用部的名义发表出去。"周遐寿在文章的结尾中评价《欧美名家短篇小说丛刊》时说:"这在当时的确是不容易的事了。"

10月13日,周瘦鹃在《文汇报·笔会》上撰文,发表了他读《鲁迅与清末文坛》一文之后的感想,题为《永恒的知己之感——追念我所敬爱的鲁迅先生》。他说自己在读了1950年鹤生的《鲁迅与周瘦鹃》和余苍的《鲁迅对周瘦鹃译作的表扬》二文之后,"我才知道鲁迅先生和我竟有过这么一段因缘,不由得感激涕零,深深地引起了知己之感。……抗日战争初起时,文化界展开联合战线,鲁迅先生竟把区区贱名也列在宣言书中,这是我一生莫大的光荣,永永不会忘怀!"他还回忆自己有时到内山书店去购日本的有关盆景书籍时,"我总能看到鲁迅先生坐在店堂后面的藤椅上,和店主内山完造在那里聊天。我对着这位文艺界的巨人,有些自卑的感觉,不敢前去招呼,只是远远地看他几眼,废然而去。如果早知道我年青时曾蒙他老人家刮目相看,那一定要走上去致一个敬礼,表示我这一份永恒的知己之感。"周瘦鹃的文章最后写道:"本月19日,是先生逝世20周年纪念,14日先举行迁墓仪式。我将专诚到上海来,作为一个私淑弟子,追随诸大作家之后,奉移先生的灵柩到虹口公园(我建议:即日改名为鲁迅公园)的新墓上去,献上一个花圈,表示我的心坎深处的一片敬意。"

本月14日,应上海市文化局之邀,周瘦鹃参加了鲁迅先生墓的迁葬仪式。19日,在上海参加鲁迅逝世20周年大会。虽然当时没有按他的建议立即将虹口公园改为鲁迅公园,但他的建议也毕竟得到了实现。

在上海期间,拜访了正在上海的老友梅兰芳。在早年梅兰芳来上海演戏时,周瘦鹃就在《自由谈》中开辟"梅讯"一栏,天天刊登这位艺术大师的演出盛况,介绍他的艺术特色及日程行踪。两人的交谊颇深。

秋,江苏省文联筹办《雨花》杂志,到苏州征求意见。周瘦鹃以一位老编辑的身份,主动出面邀请程小青、范烟桥、顾公硕、蒋吟秋及章太炎夫人汤国梨等文艺界知名人士,在紫兰小筑举行座谈,热情而建设性提出许多值得重视的建议。

11月15日,赴南京参加江苏省第二届文艺工作者代表大会。当选为江苏省文联委员。会上江苏省文教部的部长谈及周瘦鹃早年所参与的《礼拜六》周刊中有的文章,在今天读来,"还是很有趣味的"。顺着这些话,周瘦鹃撰文《闲话〈礼拜六〉》,评说当年《礼拜六》的内容:"前后两百期中所刊登的创作小说和杂文等等,大抵是暴露社会的黑暗、军阀的横暴、家庭的专制、

婚姻的不自由等等,不一定都是些鸳鸯蝴蝶派的才子佳人小说;并且我还翻译过许多西方名家的短篇小说……意外地获得了鲁迅先生的赞许。总之,《礼拜六》虽不曾高谈革命,但也并没有把诲淫诲盗的作品来毒害读者。……当年的《礼拜六》作者,包括我在内,有一个莫大的弱点,就是对于旧社会各方面的黑暗,只知暴露,而不知斗争,只是叫喊,而没有行动;譬如一个医生,只会开脉案,而不会开药方一样,所以在文艺领域中,就得不到较高的评价了。"

12月,散文小品集《花前续记》由江苏人民出版社出版。

1957 年(丁酉)   63 岁

6月,散文集《盆栽趣味》由上海文化出版社出版。

11月18日,日本文化代表团山本健吉、井上靖、多田裕计慕名到"周家花园"参观访问。

本年,八女全出生。

1958 年(戊戌)   64 岁

夏,上海科学教育电影制片厂为周瘦鹃摄制关于他的盆景艺术的彩色科教片《盆景》,片长20多分钟。

"周瘦鹃的盆栽艺术大别为盆植、盆栽、盆景、水石四类。当然这中间有些作品是不能截然分开的"。(谢孝思《周瘦鹃和他的盆景艺术》)

"周瘦鹃的盆景艺术作品,重选材,重用盆、重配置几架。……他的'以扎缚为辅,以修剪为主'加工制作的树桩盆景,虽经人工修饰,也不失天然野趣,小中见大,以小胜多,形态千变万化,绝无雷同。他们自然生动而又入画,富有诗情画意,给人以美的享受。从而达到了一种'无声的诗,立体的画'的意境。"(崔晋余《愿君休薄闲花草 万国衣冠拜下风——周瘦鹃的盆景艺术简介》)

秋,应北京市园林局的邀请赴京参观北京园林,并请他"传经送宝",对北京的园林工作提出改进工作意见。这是周瘦鹃首次赴京。为了表示对毛泽东同志的崇仰,特意制作松、柏、梅三个精致盆景,以及建国后所出版的几本作品,托人敬呈毛泽东同志。并献诗一首:"凭借吉语祝人豪,松柏长春节节高;如此江山千万好,愧无彩色颂勋劳。"

10月1日,在北京参加国庆观礼。

1959 年(己亥)   65 岁

3月,当选全国人民政治协商会议委员。

4月,在北京出席全国政协第三届第一次会议。与会期间有幸见到毛泽东和周恩来同志。毛泽东同志在怀仁堂前摊开手向周瘦鹃道:"有什么新东西给我看看。"这句话对他有莫大的鼓舞作用。回苏以后先将毛泽东同志已公开发表的4首诗和17首词一一步韵恭和,并将这些作品命名为《学步集》。如步《长征》韵的七律《写怀》:"错节盘根不畏难,笔耕墨耨未偷闲。欲凭文字为劳役,忍掷时光若转丸? 长上关怀常问暖,亲朋熨贴惯嘘寒。年来百事都如意,长对河清展笑颜。"后《学步集》经苏州市文联专门组织讨论修改。

政协闭幕时,周总理主持敬老会,到会者均为60岁以上的政协委员。周瘦鹃即席赋诗一绝:"白发满堂集众贤,春光未老百花妍。欢呼共祝人长寿,更祝宗邦万万年。"

5月,回苏作《我的心被拴在怀仁堂》,详记见到毛泽东同志时的情景。

6月24日,李先念同志来访,并在《嘉宾题名录》上题字留念。

9月,精制"想像中的毛主席故乡韶山一角"盆景,参展于苏州市庆祝国庆10周年在拙政园举办的盆景展览会。

1960年(庚子)   66岁

3月,赴京参加全国政协第三届第二次会议。

春,广西诗人吕集义来访,在《嘉宾题名录》上题名后再题诗一首:"蟠胸五岳存三亩,照眼千株灿一门。永日晤言陪木石,深堂呼吸接乾坤。"周瘦鹃十分欣赏,这正是他作为紫兰小筑主人所要追求的境界。

7月6日至12日,在辽宁省兴城县召开全国花卉科学技术会议,应邀出席并就盆景生产化与大众化发表意见。会上放映了彩色科教片《盆景》,欣喜于万里之外亲见紫兰小筑的盆景扬名于世。

秋,开始创作《苏州好——调寄〈望江南〉》。其时,苏州市召开文学艺术工作者代表会议,会议主题是向共产党成立40周年献礼。闭幕那天,范烟桥对他说,"你单单把早已和好的毛主席原韵的诗词作为献礼,还觉得不够。你对苏州是一向刻骨倾心的,何不填几首《望江南》词来说说'苏州好',歌颂歌颂苏州呢? 你如果有这雅兴的话,那么我也做几首歌颂苏州的诗来奉陪。"周瘦鹃在秋冬之交完成了《苏州好》百首诗歌。

11月29日,全国人大副委员长、西藏自治区筹备委员会代理主任委员班禅额尔德尼·却吉坚赞、副委员长陈叔通,以及却吉坚赞的父母和经师等一行访"周家花园",班禅额尔德尼·却吉坚赞并在《嘉宾题名录》上用藏文题字留念。

1961年(辛丑)   67岁

5月9日,刘伯承同志来访。

8月8日,梅兰芳逝世。周瘦鹃写挽诗12首,并作《寄亡友梅兰芳同志》一文,痛悼老友。

12月,中国园艺学会和北京园艺学会在首都召开"梅花学术讨论会",周瘦鹃应邀参加,会后撰文《暗香疏影共钻研》。

本年,叶剑英同志第3次访问"周家花园",在《嘉宾题名录》上题"三到苏州三拜访,周园盆景更新妍。"周瘦鹃以"妍"字和诗:"元戎三度降云轩,花笑鸟和大有年。不是寒家盆景好,江南风物本清妍。"在苏州,"周家花园"已成为有别于其他园林的苏州一景——具有浓郁江南文化象征性的私家盆景园。

1962年(壬寅) 68岁

1月至2月,参加全国政协考察团,经九江、南昌、广州、海南岛等处。写有《迎春时节在羊城》、《兴隆日日庆兴隆——记海南岛兴隆华侨农场》等散文。

3月,参加中国作家协会为会员。

3月下旬至4月下旬,赴北京参加全国政协第三届第三次会议。夫人俞文英和小女儿周全随行。

4月15日下午,毛泽东同志接见周瘦鹃,亲切交谈约半小时,并将《学步集》呈毛泽东同志审阅。他为此次接见感赋二绝:"难忘四月十五日,仿佛飞升入九天。幸接羲和温百体,不须羽化已登仙。""再造乾坤夺化钧,却容前席渥亲仁。谁知身历玄黄劫,初识人间浩荡春。"另在《初识人间浩荡春》、《难忘四月十五日》、《"花布小鞋"上北京》等篇散文中都作了记述。

6月,与范烟桥等在苏州松鹤楼贺程小青70寿辰。

夏,上海文化出版社拟为周瘦鹃出版一本建国后散文小品精选本。周瘦鹃亲自选定,并定书名为《拈花集》。但由于种种原因直到逝世后才于1983年6月初版。

9月25日,田汉于病中应老友周瘦鹃之请为《拈花集》写序诗:"结伴灵岩忽几年,登临不靠女儿肩。姑苏台上披襟望,何处烟波万里船?盆有乾坤石有魂,花时常是不关门。七分劳动三分酒,借得苏州半亩田。曾对诗人几度开,暗香疏影历风雷。杭州曾有精忠柏,吴市能无义士梅!风雨鸡鸣犹昨日,曾将雄叫比啼鹃。啼鹃今日何尝瘦,新得拈花数十篇。

瘦鹃先生《拈花集》成,嘱为作序,给我极大光荣。适在病中,手弱不能多写,枕上适得四绝,即以呈敬。一九六二年九月二十五日 田汉"

10月1日,应邀到上海参加国庆观礼。

秋,应香港《文汇报》之约,为该报开辟《姑苏书简》专栏。以给定居于香港的四女瑛儿写家信的形式,撰写书信体散文。后来在他逝世后,于1995年结集为《姑苏书简》,由新华出版社出版。

11月,散文、游记集《行云集》由江苏人民出版社出版,由郭沫若为之题写书名。

1963年(癸卯)   69 岁

春节,苏州园林举办盛大盆景展览,周瘦鹃根据革命历史小说《红岩》为题材,以意象手法,制作大型盆景《红岩》展出,园艺界同行和观众对他的创意精到的杰作,甚为赞赏。

1月31日,周总理因公视察苏州,于傍晚时分专程访问周氏爱莲堂,并在《嘉宾题名录》上题字:"一九六三年一月三十一日访周瘦老于苏州爱莲堂。"然后签上自己和邓颖超同志的名字。周总理的突然来访,使周瘦鹃激动不已,撰文说:"总理来去匆匆,在苏不过六七小时,却特地光临我家,这一份高谊隆情教一辈子怎么忘得了呢?……深感国家领导人对我们老一辈知识分子的关怀,心中激动得什么似的……"

4月21日,接受中央人民广播电台记者采访,录音约15分钟,主要是谈盆景艺术。后在对外广播节目中译成英、俄文播出。

4月24、25两日,香港《文汇报·姑苏书简》专栏刊登周瘦鹃的《笔墨生涯五十年》;又6月16、17两天刊登周瘦鹃的《笔墨生涯鳞爪》。这两篇均为自述创作经历的重要文章。

夏,主动报名参加苏州金山乡夏收劳动,极有兴致地割了一天麦子。

9月至10月,应广州市文化公园的邀请,会同苏州市园林处,共同于国庆期间在广州文化公园举办"苏州盆景展览"。周瘦鹃个人展出盆景百余件,包括以延安为题材制作的"革命圣地宝塔山",受到广州观众的欢迎。广东电视台还录像后制成专题节目播出。

10月1日,在广州欢度国庆。

11月16日,赴京参加全国政协第三届第四次会议。

1964年(甲辰)   70 岁

1月10日,朱德同志偕夫人康克清同志来访,在《嘉宾题名录》上题字:"一九六四年一月十日访周瘦鹃于苏州爱莲堂",并赠名种蕙兰两盆,又一次使周瘦鹃感到莫大荣幸,因作七绝二首:"兰蕙争荣压众芳,滋兰树蕙不寻常。元戎心事关天下,要共群黎赏国香。""雪兰夏蕙生巴蜀,喜见分根到我乡;此日拜嘉勤养护,年年香溢爱莲堂。"

1月25日，田汉第3次来访，在《嘉宾题名录》上题写："一九六四年一月廿五日，三访瘦鹃先生爱莲堂，时老梅初放，玉竹丛出，殆象征今年全面好转现象也。"

1月27日，陪同田汉去苏州郊区著名梅乡景区邓尉赏梅，时梅花怒放，田汉诗兴大发。临别赠周瘦鹃草书横幅，田汉诗词与书法堪称双绝："裂断腰身剩薄皮，新枝依旧翠云垂。司徒庙里精忠柏，暴雨飘风总不移。""太湖波静邓山高，奋步梅亭展望遥。白萼正苞红萼绽，一天香雪看明朝。""山农个个是专家，培出疏枝影半斜。定是六朝烟水气，人民今日要梅花。"

3月，参加苏州市政协组织的参观团，参观厂矿，并下矿井。

4月，《毛泽东选集》4卷本出版。周瘦鹃、程小青等7位苏州民进知名人士组织学习小组，由周瘦鹃任组长，每星期六下午坚持在紫兰小筑学习，至"文化大革命"开始，基本上已将《毛泽东选集》4卷本认真通读学习一遍。

5月16日，上海一班老友共十八人，会聚于上海新雅酒楼为周瘦鹃、郑逸梅、陶冷月三位同龄人庆贺七十大寿。到场祝贺者纷纷向寿星赠诗。程小青赠周瘦鹃的七律很有特色与代表性："童心未改是耶非？潇洒周郎庆古稀。彩凤将雏都佼佼，紫兰系梦总依依。文章声价寰中著，花草精神海内稀。五十余年交谊厚，风和日丽共春晖。"毕竟是半个多世纪的老友，将周瘦鹃的方方面面以及他们二人的友谊都作了概括。

6月17日那天，即农历五月初八日，欣逢70华诞，作《预支的生日》，总结自我平生的"四大快事"："第一件是年轻时翻译欧美弱小民族的短篇小说，曾获得鲁迅先生的赞许；第二件事是1962年4月在北京出席全国政协会议时，蒙我们伟大的领袖毛主席召见，作了半小时的谈话；第三、第四件是1963年1月、1964年1月，周恩来总理和夫人、朱德委员长和夫人先后光降，得以握手言欢……这四件大事，是我生命史上最可纪念的一页，是我所永远忘不了的。"他又写信给上海的老友、擅长旧体诗词的沈禹钟，请他以古风体为自己作《四快歌》。周瘦鹃以为，这"四快"决不是一首律诗所能包罗的，非来一首古风式的长歌才能囊括。隔不多时，沈禹钟就为他写了一首五百多字的长诗。周瘦鹃反复吟咏，十分满意。

12月20日，出席在京召开的全国政协第四届第一次会议，会议期间观看了大型舞蹈史诗《东方红》。在会上还见到爱新觉罗·溥仪，请他在自己新买的《我的前半生》一书上签名留念。

1965年（乙巳）   71岁

夏，写信并寄诗香港，祝贺包天笑90华诞。此后两人常以诗歌相酬答，其中有周瘦鹃赠包天笑的"嵌名诗"："人杰当然地亦灵,苏州跃进未曾停。万千成就包天笑,笑倒南天老寿星。"

秋,作《爱花总是为花痴》一文,文中自述已达到"爱花成癖"境界。"有时竟达到寝食俱废,心力交瘁的地步。"

12月22日至29日,参加苏州市第六届人民代表大会第一次会议。

1966年(丙午)   72岁

元旦期间,精选20件盆景参加在网师园举办的盆景欣赏会。并开始筹划在国庆前后展览,拟制作用盆景、花卉拼成的毛泽东同志的彩色画像的大型个人盆景。后来由于"文革"而使计划流产。

5月16日中共中央政治局扩大会议通过由毛泽东主持制定的《中共中央关于开展无产阶级文化大革命的通知》,举世震惊的"文化大革命"风暴迅速席卷全国,十年动乱开始。

7月初,周瘦鹃珍藏的几乎所有的报刊、图书、资料以及手稿被查烧。

8月,多次被抄家,周瘦鹃一生所收藏的古玩和积蓄的金银首饰,包括中西莳花会上获得的两个银杯,总之一切值钱的东西均被抄走。

1967年(丁未)   73岁

春,红卫兵和所谓的革命群众组织开始以"反动学术权威"、"牛鬼蛇神"、"鸳鸯蝴蝶派"等等帽子扣在周瘦鹃头上,对他进行多次批斗。

夏,一批自称上海东方红电影制片厂的人开着吉普车来苏州周家,将查抄浩劫中残存的一部分三十年代的报刊以及建国后全国政协编辑出版的文史资料全部劫走。

秋,被关进苏州市博物馆隔离审查,后因病获释,责令他在家中写检查。

1968年(戊申)   74岁

1月7日,不慎在花园里跌折右腕。

3月12日晚,时任中央文革副组长的张春桥在上海中苏友好大厦小会议厅接见所谓苏州造反派首脑时说："周瘦鹃这一类无聊的家伙,给人家就专门弄个盆景,都搞这一套。你看他就完全是出于爱好?那还不是搞复辟!宣传那些东西,瓦解人们的斗争的意志。我到苏州去几次,但周瘦鹃家里,我从来不去。……"(1968年3月14日《新苏州、红苏州报.联合版》第4期)

3月14日,张春桥的讲话全文在造反派小报上刊出,于是周瘦鹃又遭各路造反派的进一步残酷批斗。

4月,房产连同花园被没收,近千盆盆景毁于一旦。

8月12日深夜约11时,投入自家花园内平时浇花用的井内,含冤而逝。

1973 年（癸丑）

在周总理的关怀下始获平反。

1978 年（戊午）

8 月 31 日，周瘦鹃悼念会在苏州怡园举行。叶剑英、周扬、夏衍等有关领导人、民进中央、中国作家协会等有关各级组织、团体以及生前友好来唁电、唁函，敬送花圈或亲临参加悼念会。

1981 年（辛酉）

11 月 1 日，周瘦鹃生前好友、著名作家秦瘦鸥先生访问周家花园，与俞文英夫人共叙往事。

1983 年（癸亥）

4 月 3 日，周瘦鹃生前好友毕倚虹之子诗人毕朔望访问周家花园，俞文英夫人接待。

6 月，上海文艺出版社出版由周瘦鹃生前编选并已作过校订的散文集《拈花集》。

1986 年（丙寅）

8 月 24 日，俞文英及其子女遵照周瘦鹃生前遗愿，将抄家后归还的珍贵文物、字画、盆景等全部捐献给国家。捐赠仪式在苏州鹤园举行，苏州市政府向亲属颁发了奖状和证书。

1988 年（戊辰）

12 月 18 日，夫人俞文英将周瘦鹃的骨灰安葬在苏州市郊区藏书乡小王山名人公墓（此山为李根源先生故居厥茔村旁的小山坡）。

1989 年（己巳）

9 月，建设部城建司、中国风景园林学会、中国花卉盆景协会授予"中国盆景艺术大师"荣誉称号。

1995 年（乙亥）

8 月 10 日，苏州市政协、民进苏州市委在市政协会堂联合举行纪念周瘦鹃先生诞辰一百周年暨《姑苏书简》首发仪式。范伯群在纪念座谈会上作周瘦鹃先生生平介绍的中心发言。俞文英夫人及其子女、周瘦鹃先生生前好友应邀参加。

2005 年（乙酉）

2 月 18 日，夫人俞文英因病去世，享年 90 岁。与周瘦鹃合葬于苏州市郊区藏书乡小王山名人公墓。

8 月 12 日，苏州市政协、民进苏州市委在市政协会堂联合举行纪念周瘦鹃先生诞辰一百一十周年座谈会。范伯群在纪念座谈会上作有关周瘦鹃先生文学艺术成就的中心发言。周瘦鹃先生生前好友和文化界知名人士及子女应邀参加。

2007 年(丁亥)

8 月 10 日,苏州市文化广播新闻出版局、民进苏州市委、苏州市政协文史委、苏州博物馆在新建的苏州博物馆联合举办"蝴蝶梦、子规魂"—— 周瘦鹃先生收藏书画捐赠纪念展,并出版周瘦鹃先生收藏书画的捐赠画册。周瘦鹃子女及苏州市文化界知名人士应邀参加。

后　记

今年是家父周瘦鹃先生诞辰 115 周年,我们编选这部《周瘦鹃文集》,一是为了纪念他为现代文学所作出的贡献,特别是他为通俗文学的发展发挥过重要的承前启后的作用;二是为了让后人可以循此进一步深入系统地去了解或研究他的文学艺术生涯;三是作为子女意在将此书作为最好的礼物献给父亲在天之灵。

去年初春,由陈雪春副总编提议编选《周瘦鹃文集》四卷本,并敦请对周瘦鹃素有研究的范伯群教授担当主编,由他组织编辑班子。在范伯群教授亲自主持下,由周渡和我参加编选工作,后来周渡因忙于处理家事而中辍,于是又加上了生力军黄诚。《周瘦鹃文集》的编选工作得到中共苏州市委宣传部徐国强部长、缪学为副部长的鼎力支持,批拨了启动经费,使工作得以顺利地全面展开。

由于父亲从事文学创作时间跨度长、作品多,又散见于多种报刊杂志,要无遗漏地全方位搜集资料难度极大。这次我们不仅要从周瘦鹃作为作家与翻译家这两条线上精选他的著译,还要从编辑家的角度精选他的编辑手记;而他的广泛的艺界交游的文字记载,也颇具史料价值,应该予以关照。除了从著、译、编三方面全面进行搜罗外,作为园艺盆景专家,也要精选若干有关文章,这对我们编辑班子说来都是不小的挑战。

范先生提出了编选中要注意的几个重点问题:一、一定要将周瘦鹃的代表作和重要著译,收入文集之中。资料要尽量收得齐全,但要在出版社预定的一年多时间内,找全周瘦鹃的全部作品几乎是不可能的。我们还应对工作进行实事求是的估量。据范先生的了解,在解放前,除了周瘦鹃主编的若干报刊杂志之外,由于他的名望极高,约稿者纷至沓来,不少作品散见于多种报刊,过去虽然由王智毅同志编写的《周瘦鹃研究资料》中有《周瘦鹃著译系年》,做了大量细致的工作;但还是以周氏在杂志刊物上发表的作品为主,还有大量在报纸上发表的作品没有收入;另外,当年请周瘦鹃写"序"的作者又太多,这些单行本的著作,一时也难于找全;再说解放后,在 1961 年中央发布《关于当前文艺工作的意见》(简称《文艺十条》),因而三年困难时期,文艺政策一度相对宽松,其中第二条是"鼓励题材和风格更加多样化"。

于是多种报章杂志都向周瘦鹃约稿,似乎能约到他的文章,刊物就"响应"了多样化的"号召"。于是周瘦鹃的紫兰小筑就门庭若市,当时《雨花》编辑部的编辑到他家约稿,回南京告诉范先生,最多的一天竟有二十几批次约稿者,连某个银行的黑板报也来约他写稿(此话也非空穴来风,他在1958年就为银行储蓄所写过《七钱八盖》,银行再次来约稿也在情理之中),可见他在解放后的文章散布面也极为广泛。因此,我们编辑班子要定下自己的努力目标:这次搜集材料一定要包括他在报纸上发表的大量文章,争取做到基本见底,但周瘦鹃的代表作却一篇也不能少,如他自己一再提到的、视为他爱国题材代表作的《亡国奴日记》、《卖国奴日记》等一定要收入他的文集。二、对周瘦鹃的一些重要作品的来龙去脉一定要搞清:例如他的处女作《爱之花》,在《小说月报》1911年11月开始分4期连载时,据周瘦鹃自己说是根据《浙江潮》的《情葬》一文改编而成的,那么为什么在《中国近代期刊篇目汇录》这部具有相当权威性的工具书中,在《浙江潮》篇目中却找不到题为《情葬》为题的作品。这些关键性的问题这次非要查个水落石出不可,以使我们对他的著、译、编有个全面的了解。三、搜集资料时,现代化的网络可以帮我们很大的忙,可是从网络上找到的作品,一定要设法再找到可靠的版本进行校对。四、文界在编选文集时有个不成文的惯例,即一般不收入翻译作品,但鉴于周瘦鹃的《欧美名家短篇小说丛刻》与鲁迅、周作人的《域外小说集》有着相似的翻译理念与格局,曾得到过鲁迅的高度评价。在民国初年,周瘦鹃的译作影响很大,鲁迅亦视其为"空谷足音",因此,我们也应将周瘦鹃的译作编为一卷,以飨读者,并为中国现代翻译史增添有关资料。五、在编选的过程中,我们也考虑到现在的读者对文言文的阅读有一定的困难,因此,对文言的作品除重要代表作非选不可外,也作了适量的控制。

八十高龄的范先生不仅分派我们各处搜集资料,而且对一些重要篇目寻觅与挖掘都由他自己亲自出马,做了大量的搜索和细致的核对。《卖国奴日记》在网络上可以下载,他又在复旦大学图书馆找到了1919年出版的64开本的初版本加以校对。为找《亡国奴日记》,他在上海图书馆,复旦、华师大、上师大三所大学图书馆都没有找到,北京图书馆与北京大学图书馆也没有收藏,他再从几个大城市的图书馆搜索,直到在天津图书馆找到这篇作品,他才放心。他说如果这篇代表作找不到,这部文集也就太不像样了。他又找1903年在东京出版的《浙江潮》,查阅到第8期才在《恋爱奇谈》总题下所含的3篇笔记小说中发现了只有730个字的《情葬》。他很感慨地说:"一位才读完高一将升入高二年级的中学生,利用暑期,能将一篇730字左右的笔记小说,改编成 8 幕'改良新剧',虽然还有稚嫩的痕迹,也殊属不易了。此剧不仅在舞台上演出效果很好,以后还摄制成电影。"在一年多的工作中,他几乎天天挑灯夜战,在浩瀚的资料中遨游,为把《周瘦鹃文集》编得更精而付出极大的心血和精力。我们编辑班子也随范先生在上海、北京、天津、苏州等多个城市图书馆拍摄和复印文章,搜集工作到完成 3/4 阶段时,将复印件一称,竟重达 30 多公斤。每当与陈雪春副总编和责任编辑熊勇老师讨论编选工作时,都要用"拉杆箱"拉到出版社去。后来我们就将拍摄的资料放到电脑上去阅读,只将入选的篇目送出去复印,以"控制"复印件的重量。这里要特别感谢苏州图书馆张书记、邱馆长的大力支持,因为在苏州编辑文集,当然首先得立足于苏州图书馆,苏图给予我们许多方便的查阅条件。

此书的出版实现了母亲生前多年的愿望。早在 1989 年,母亲就敦促我要为父亲出版"文集"动手搜集资料的工作,我奉家母之命赴上海拜访郑逸梅先生和秦瘦鸥先生,向二老了解父亲二三十年代从事文学创作的情况。郑逸老送给我父亲当年写的《爱的供状——附:记得词》一百首;秦瘦老与我谈起当年写《秋海棠》时得到父亲指点的情况,使我百感交集,也受益匪浅。从此每年的中秋节我都会去沪看望他们,还与秦瘦老成了忘年交。在苏州我还走访了谢孝思、陆文夫、范伯群、徐斯年先生等父亲生前友好与同文,分别得到了他们的指点和帮助。但是由于种种原因与客观条件,也由于靠一己之力无法完成这样面广量大的工作,终于搁浅至今。今天,在苏州市委宣传部的关心与资助下,在我们编辑班子的通力合作下,在各方面的支持和帮助下,《周瘦鹃文集》四卷本终于即将出版。感谢文汇出版社将此书作为重点书列入 2010 年选题计划;感谢陈雪春副总编给予我们的倡议与帮助;感谢尹剑峰同志的支持;感谢天津社科院文研所张元卿先生为我们查找《亡国奴日记》时所提供的重要线索;也感谢禹玲博士、张蕾博士和李兵硕士或帮助查找资料或参与校对工作。更要感谢责任编辑熊勇老师为这四卷本付出了大量的心血。我作为父亲最小的女儿,除了感谢所有给予我们支持和帮助的领导、同志和单位以外,我要告慰于九泉之下的父亲和母亲,在女儿的努力下已经完成了此项"工程"。记得父亲在他一篇文章中曾套用宋代著名诗人陆游的《示儿》一诗,我也就将它套用一下作为此文的结束"他年大业完成后,家祭无忘告乃翁"。

周全于紫兰小筑

2010 年 10 月 10 日

图书在版编目(CIP)数据

周瘦鹃文集：珍藏版 / 范伯群主编. —上海：文汇出版社,2015.1
ISBN 978 - 7 - 5496 - 1061 - 7

Ⅰ.①周… Ⅱ.①范… Ⅲ.①中国文学－当代文学－作品综合集 Ⅳ.①I217.2

中国版本图书馆 CIP 数据核字(2015)第 024089 号

周瘦鹃文集(珍藏版)上、下卷

作　　者 / 周瘦鹃
主　　编 / 范伯群
副 主 编 / 周　全　黄　诚　周　渡

责任编辑 / 熊　勇
特约编辑 / 陈雪春
封面装帧 / 张　晋

出版发行 / **文汇**出版社
　　　　　　上海市威海路 755 号
　　　　　　(邮政编码 200041)
经　　销 / 全国新华书店
排　　版 / 南京展望文化发展有限公司
印刷装订 / 上海中华商务联合印刷有限公司
版　　次 / 2015 年 1 月第 1 版
印　　次 / 2015 年 1 月第 1 次印刷
开　　本 / 720×1000　1/16
字　　数 / 1100 千字
印　　张 / 92.75(彩插 8 页)

ISBN 978 - 7 - 5496 - 1061 - 7
定　　价 / 128.00 元